Clássicos do Horror

Clássicos do Horror

Frankenstein
Mary Shelley

O médico e o monstro
R. L. Stevenson

Drácula
Bram Stoker

L&PM EDITORES

Texto de acordo com a nova ortografia.

Título original: *Frankenstein*
Publicado pela L&PM Editores em formato 14x21cm em 1985 e na Coleção L&PM POCKET em 1997
Tradução: Miécio Araujo Jorge Honkins (Tradução adquirida conforme acordo com a Distribuidora Record de Serviços de Imprensa S/A)

Título original: *The Strange Case of Dr. Jekyll and Mr. Hyde*
Publicado pela L&PM Editores na Coleção L&PM POCKET em 2002
Tradução: José Paulo Golob, Maria Angela Aguiar e Roberta Sartori sob a coordenação de Beatriz Viégas-Faria

Título original: *Dracula*
Publicado pela L&PM Editores em formato 14x21cm em 1985 e na Coleção L&PM POCKET em 1998
Tradução: Theobaldo de Souza (Tradução adquirida conforme acordo com a Distribuidora Record de Serviços de Imprensa S/A)

Capa: Marco Cena
Revisão desta edição: Patrícia Rocha

CIP-Brasil. Catalogação-na-fonte
Sindicato Nacional dos Editores de Livros, RJ.

C551

Clássicos do horror. – Porto Alegre, RS: L&PM, 2010.
680p. – (Série Ouro)

Tradução de: *Frankenstein*; *The Strange Case of Dr. Jekyll and Mr. Hyde*; *Dracula*

Conteúdo: Frankenstein / Mary Shelley ; tradução Miécio Araujo Jorge Honkins - O médico e o monstro / Robert Louis Stevenson ; José Paulo Golob, Maria Angela Aguiar e Roberta Sartori sob a coordenação de Beatriz Viégas-Faria - Drácula / Bram Stoker; Theobaldo de Souza

ISBN 978-85-254-2042-8

1. Contos de terror. 2. Ficção inglesa I. Shelley, Mary, 1797-1851. Frankenstein. II. Stevenson, Robert Louis, 1850-1894. O médico e o monstro. III. Stoker, Bram, 1847-1912. Drácula. IV. Honkins, Miécio Araujo Jorge. V. Golob, José Paulo. VI. Aguiar, Maria Angela. VII. Sartori, Roberta. VIII. Viégas-Faria, Beatriz. IX. Souza, Theobaldo de. X. Série.

10-2959. CDD: 823
CDU: 821.111-3

Rua Comendador Coruja, 314, loja 9 – Floresta – 90.220-180
Porto Alegre – RS – Brasil / Fone: 51.3225.5777 – Fax: 51.3221-5380

Pedidos & Depto. Comercial: vendas@lpm.com.br
Fale conosco: info@lpm.com.br
www.lpm.com.br

Impresso no Brasil
Inverno de 2010

Sumário

Breve esboço sobre a vida literária dos monstros

*Guilherme da Silva Braga**

> *Mal posso descrever-lhe o efeito destes livros. Eles produziam em mim uma infinidade de novas imagens e sensações que por vezes alçavam-me ao êxtase, mas com maior frequência precipitavam-me ao mais profundo desalento.*
>
> – Mary Shelley

Noite. Ruínas na escuridão. O uivo de um lobo em algum lugar ao longe. O antigo diário que encerra o relato de um segredo atroz. Uma graciosa donzela em perigo mortal. A lua amarela pairando silenciosa acima das montanhas. Um cadáver.

Conhecemos todas essas imagens e, no instante mesmo em que as percebemos, sabemos estar diante de um texto com fortes traços do romantismo, do gótico, do horror.

Vejamos uma passagem bastante emblemática retirada do diário de Mina Murray, heroína de *Drácula*:

> A lua cheia resplendia, encoberta por densas nuvens escuras que mergulhavam toda a cena em um diorama fugaz de luz e sombra enquanto atravessavam o céu. Por um ou dois instantes eu não pude ver nada, uma vez que a sombra de uma nuvem obscureceu a Igreja de St. Mary e todo o cenário ao redor. Então, à medida que a nuvem passava eu via as ruínas da abadia revelarem-se, e à medida que um estreito filete de luz afiado como a lâmina de uma espada se deslocava, a igreja e o cemitério tornavam-se cada vez mais visíveis. Qualquer que fosse a minha expectativa, ela não foi frustrada, pois lá, em nosso banco favorito, a luz prateada da lua derramava-se por sobre uma figura reclinada, alva como a neve. A chegada da nuvem foi súbita demais para que eu pudesse ver muita coisa, pois a sombra abateu-se sobre a luz quase que

* Tradutor de Edgar Allan Poe (*O gato preto e outros contos*, Hedra, 2008), Henry James (*A volta do parafuso*, L&PM, 2009) e H.P. Lovecraft (*O chamado de Cthulhu e outros contos*, Hedra, 2009), entre outros. Graduado em Letras pela UFRGS e mestrando em Literatura Comparada pela mesma universidade.

de imediato, mas tive a impressão de que um vulto obscuro estava de pé atrás do assento onde a figura branca reluzia, inclinando-se sobre ela. O que era aquilo, se homem ou fera, eu não saberia dizer.

A intimidade que hoje temos com o estilo acima começou em meados do século XVIII, quando Washington Irving publicou *O castelo de Otranto* (1764), que, por conta de elementos como castelos, alçapões, armaduras e donzelas em perigo, é considerada a obra fundadora da literatura gótica. A novidade vingou e não apenas rendeu um gênero ficcional inteiro, com inúmeras ramificações nas letras, no cinema, nos quadrinhos e em outras formas de expressão artística, como também inaugurou um modo de escrever presente em diversos clássicos da literatura universal – entre os quais figuram os títulos reunidos neste volume.

Mas o que motiva essa fascinação dos escritores de veia romântica e gótica pelo mórbido, pelo fúnebre, pelo macabro?

Em um dos mais relevantes documentos sobre a estética do romantismo – o prefácio da peça *Cromwell*, de 1827 –, Victor Hugo defende que a principal e a mais importante característica da literatura de sua época é justamente a necessidade de contrastar o belo e o grotesco, o vil e o sublime. Afinal, o belo não consegue exibir toda a sua beleza senão perante a deformidade, nem o virtuoso demonstrar virtude na ausência da depravação.

Um intransponível abismo de melancolia separa estes extremos, e a cisão constitui uma condição de existência primordial para o homem.

Vale dizer que esta constatação não se verifica apenas no plano da discussão teórica empreendida pelo autor francês, mas também surge elaborada em obras literárias. No capítulo "O relato completo de Henry Jekyll sobre o caso" – parte final de *O médico e o monstro* –, o personagem afirma que

> ...mais do que qualquer degradação particular em minhas faltas, foi a natureza implacável das minhas aspirações que fez de mim o que eu era e, com uma vala ainda mais profunda do que na maioria dos homens, separou em mim as províncias do bem e do mal que compõem a natureza dual do homem.

Conforme descobrimos ao ler o relato do malfadado doutor, basta qualquer perturbação no delicado equilíbrio das contradições humanas para que suceda uma catástrofe. A essência pura não serve. Grandes homens são complexos, contraditórios, feitos dos mais diversos elementos.

O mesmo ocorre na literatura: a justaposição de elementos antagônicos, quando feita por escritores de talento, resulta em obras de grande mérito literário, pois é esta harmonia dos contrários que dramatiza com maior perfeição os conflitos humanos e a própria vida.

Talvez pareça estranho expressar-se em termos como "conflitos humanos" ao discutir obras que têm como protagonistas uma criatura feita a partir de retalhos cadavéricos, um cientista que descobre uma tintura capaz de reduzi-lo à sua própria metade sinistra e um morto-vivo que se transforma em morcego, mas os céticos encontrarão uma das inúmeras explicações possíveis para este fenômeno no prefácio que o grande poeta inglês Percy Bysshe Shelley escreveu para a primeira edição de *Frankenstein*, romance escrito por sua esposa Mary Shelley:

> Tentei assim preservar a verdade dos princípios elementares que compõem a natureza humana, porém não me furtei a inovar em suas combinações. A *Ilíada*, a poesia trágica dos gregos – Shakespeare, em *A tempestade* ou e em *Sonho de uma noite de verão* – e especialmente Milton, Em *O Paraíso perdido*, adaptaram-se a esta regra, e até o mais humilde novelista, buscando conferir ou derivar prazer de seu lavor, pode, sem pretensão alguma, aplicar à prosa ficcional uma licença, ou antes uma regra, a partir de cuja aplicação inúmeras combinações belíssimas de sentimentos humanos elevaram-se ao mais elevado patamar da poesia.

As obras mencionadas pelo poeta, há séculos reconhecidas como obras-primas da literatura, fazem desfilar em suas páginas deuses, feiticeiros, monstros, fadas, sátiros, anjos e até mesmo o próprio Lúcifer. Mesmo assim, nada impediu que, ao longo da história, os mais diversos homens e mulheres vissem algo de profundamente humano nas obras de autores como Homero, Shakespeare e Milton. Na verdade ocorre o contrário: a *mise-en-scène* destas aparentes contradições não faz senão oferecer um palco onde podem interagir os mais variados sentimentos e conflitos que animam os personagens e a obra.

Assim, se *Drácula* pode ser lido como uma história sobre a amizade, *Frankenstein* como um alerta sobre os perigos da ambição ilimitada e *O médico e o monstro* como uma alegoria sobre os perigos de tentar não ser o que se é, ao mesmo tempo estas obras trazem consigo a sua própria contraparte. Testemunhamos o altíssimo preço que Jonathan Harker e seus amigos pagam pela destruição de Drácula; o desenvolvimento espiritual da criatura de Frankenstein, que – embora sendo um assassino a sangue-frio – nos emociona; e não podemos deixar de solidarizar-nos com a motivação do dr. Jekyll, por mais utópica e inalcançável que seja. Afinal, o desafortunado médico não queria nada além de se tornar melhor, de superar-se – justamente o que seu colega Victor Frankenstein sonhou em fazer no domínio da medicina.

Toda essa riqueza interpretativa nasce na harmonia dos contrários. Assim, mesmo quando povoada por monstros e aberrações, a arte de laivos românticos, góticos, de horror – como queiram – é capaz de falar verdades sobre o homem.

Uma destas verdades é a revelação do homem por trás do monstro. Temos um exemplo inesquecível deste tipo de epifania em *Frankenstein*, quando, após os longos meses que passou recluso até aprender a falar, a criatura disforme manifesta o desejo profundamente humano de fazer amigos e busca a proteção da única família que conhecia na figura do cego De Lacey. O desfecho da cena revela um monstro gentil e uma face grotesca da humanidade, como também acontece em *O corcunda de Notre-Dame* ou até mesmo na história do Homem Elefante, que virou filme em pleno século XX. E cá estamos nós outra vez, debruçando-nos sobre essas histórias.

Ora, se os monstros não nos deixam, talvez seja porque nos falam diretamente ao coração.

***

No ano de 1816, conhecido como "o Ano sem Verão", a jovem Mary Wollstonecraft Godwin, então com apenas dezenove anos, hospedou-se às margens do Lago Léman, na Villa Deodati, a convite de Lord Byron. Também integravam a companhia John Polidori, médico pessoal de Byron e escritor, e Percy Bysshe Shelley, com quem Mary viria a casar no mesmo ano.

Reunidos ao pé da lareira para fugir do frio e da chuva fora de época, os amigos passavam o tempo lendo histórias de fantasmas, até que Byron sugeriu que cada um escrevesse uma história baseada em algum evento sobrenatural.

Mal sabia o lorde inglês que esta prosaica sugestão acabaria dando ensejo a uma das ocasiões mais célebres da história da literatura.

Dia após dia perguntavam a Mary Godwin se havia pensado em uma história; dia após dia a resposta era uma negativa. Até que, certa noite, a autora teve uma visão:

> Depois de repousar a cabeça no travesseiro, não dormi, nem se poderia dizer que eu estivesse pensando. A minha imaginação, agindo por vontade própria, possuiu-me e guiou-me, conferindo às sucessivas imagens que surgiam na minha mente uma vividez muito além dos limites ordinários da fantasia. Eu vi – de olhos fechados, mas com uma visão mental precisa –, eu vi o pálido estudante das artes profanas de joelhos ao lado da coisa que havia montado. Vi o odioso espectro de um homem estendido, que então, sob a influência de algum móvel

poderoso, deu sinais de vida e agitou-se com movimentos canhestros, dotados de uma espécie de semivida.

Logo o tempo melhorou e o grupo foi passear nos Alpes – porém Mary, obcecada pela ideia do monstro e graças ao incentivo e ao apoio de Shelley, seguiu lapidando o texto que culminaria no romance finalmente publicado em 1818.

Mas a importância cabal deste fortuito encontro entre amigos para as histórias de horror não acabou por aí. Movido pelo mesmo desafio que inspirou a autora de *Frankenstein*, John Polidori publicou em 1819 o conto "The Vampyre", que pela primeira vez retratou o vampiro aristocrático – lançando assim a semente que, quase oitenta anos mais tarde, produziria seu melhor fruto na obra de Bram Stoker.

A exemplo de Mary Godwin, Stoker sentiu a primeira palpitação de *Drácula* em um pesadelo que teve na noite de sete de março de 1890. No dia seguinte, fez a seguinte anotação, da qual se originou uma das cenas mais inesquecíveis da obra:

> Um jovem sai vê garotas uma delas tenta beijá-lo não nos lábios mas no pescoço. O velho conde interfere – raiva & fúria diabólicas – este homem me pertence ele é meu.

Anos mais tarde, após diversas pesquisas sobre vampiros e outras criaturas fantásticas no folclore europeu, Stoker havia transformado o brevíssimo apontamento acima nas mais de trezentas páginas da primeira edição de *Drácula*, impressa em 1897.

E, para completar a terrível simetria destas gêneses monstruosas, eis que Robert Louis Stevenson também teve a visão da cena que inspirou *O médico e o monstro* em um pesadelo. Ao ser despertado pela esposa durante a cena da primeira transformação do dr. Jekyll, perguntou-lhe: "Por que você me acordou? Eu estava sonhando com uma ótima história de terror".

O autor narra as circunstâncias em que teve o sonho nas seguintes palavras:

> Desde muito tempo eu vinha tentando escrever uma história sobre o assunto, encontrar um corpo, um veículo para o forte sentimento da duplicidade do homem que por vezes domina e subjuga a mente de todas as criaturas pensantes. [...] Por dois dias esquadrinhei meus pensamentos em busca de um enredo qualquer; e na segunda noite sonhei com a cena da janela, e uma cena posteriormente dividida em duas,

na qual Hyde, perseguido por algum crime, consumia o pó e sofria a transformação diante de seus perseguidores.

Apesar das hemorragias pulmonares que o prostravam na cama e restringiam-lhe até mesmo a capacidade de falar, Stevenson trabalhou com grande fervor na escritura da novela, chegando a ponto de pedir que não o perturbassem "nem que a casa estivesse em chamas". Passados três dias, a primeira versão de *O médico e o monstro* estava pronta.

Seja como for, apenas a origem comum em sonhos inquietantes não asseguraria unidade alguma às obras apresentadas. Se em nossa imaginação ocupam um lugar muito próximo umas das outras, é porque devem apresentar outros traços comuns. E, de fato, além dos monstros – o motivo em maior evidência –, podemos observar nelas diversos temas e recursos narrativos recorrentes.

O primeiro é a metamorfose dos corpos, exemplificada em *Drácula* tanto pelas diversas formas que o conde maléfico assume como pela terrível transformação das amigas Lucy e Mina. Em *Frankenstein*, presenciamos a transmutação profana de um cadáver em uma criatura dotada de vida. E em *O médico e o monstro*, como sabemos, a transformação é o próprio mote narrativo.

Em todas as histórias também nos deparamos com homens de grande ciência e saber em posições de destaque: Utterson, Henry Jekyll, Van Helsing, John Seward, Victor Frankenstein, o capitão Roger Walton... a lista não acaba. Mas não se trata de mera coincidência: um dos mais interessantes efeitos obtidos mediante o recurso a um personagem ou narrador erudito – e algo sumamente desejável quando se pretende fazer "Um drama fantástico desenrolar-se na presença de homens absolutamente sensatos", como disse Nabokov a propósito de Stevenson – é o de conferir maior credibilidade à narrativa. Afinal, quem acreditaria na lenda de Drácula ao ouvi-la de um cigano romeno? Provavelmente ninguém. Mas isso muda de figura quando lemos em primeira mão o memorando detalhado escrito por um personagem como Van Helsing, estudioso das ciências naturais capaz de realizar transfusões de sangue e trepanações em pleno século XIX. *Frankenstein* se vale de um expediente semelhante, pois apresenta o relato de um cientista acima de qualquer suspeita, Victor Frankenstein, sob a forma de anotações enviadas pelo capitão Roger Walton à irmã Margaret – e os personagens de Stevenson também são em grande parte gentis-homens londrinos que exercem profissões importantes.

O efeito de verossimilhança pode ainda ser ainda mais realçado mediante a inserção de documentos escritos na narrativa. Assim, não nos vemos diante de um simples testemunho oral, mas temos acesso direto a provas importantes, como o diário de Mina e de Jonathan Harker, as gravações do dr. Seward, a transcrição do relato de Victor Frankenstein feita pelo capitão Walton e o relato completo das transformações de Henry Jekyll, escrito pelo próprio.

A partir deste ponto, porém, entrego o caso às mãos do leitor. É chegada a hora de analisar em primeira mão os documentos que nos ocuparam até aqui: *Frankenstein*, *Drácula* e *O médico e o monstro*. A esta altura os destemidos já devem estar prontos para virar a página e confrontar os monstros que os aguardam. Caso em algum lugar destas linhas tenham encontrado uma luz para levar consigo ao longo da jornada, tanto melhor. O caminho é escuro.

Porto Alegre, maio de 2010

MARY SHELLEY

FRANKENSTEIN

Tradução de MIÉCIO ARAUJO JORGE HONKINS

Mary Shelley
(1797-1851)

Mary Shelley nasceu em Londres, filha do filósofo, romancista e jornalista William Godwin e de Mary Wollstonecraft, filósofa feminista, educadora e escritora, que morreu poucos dias após dar à luz. Mary e sua meia-irmã, Fanny Imlay, foram criadas pelo pai, que as educou de forma não convencional para a época. Elas cresceram juntamente com Charles e Claire Clairmont, filhos da segunda esposa do pai. Durante a infância, Mary Shelley era frequentemente encontrada lendo ao lado da tumba da mãe.

Em 1813, Mary, então com dezesseis anos, conheceu o poeta romântico Percy Bysshe Shelley, amigo e seguidor intelectual do seu pai. Ele tinha apenas 22 anos e já era casado. Os dois se apaixonaram e, contrariando o pai de Mary, se casaram, estabelecendo-se na Itália. Em 1816, o casal passou o verão com Lord Byron, John William Polidori e Claire Clairmont, perto de Genebra, na Suíça. Byron teria lançado a ideia de um concurso de histórias de horror, e o resultado mais exitoso foi *Frankenstein*. Porém, a tragédia parecia persegui-los. Apenas um dos quatro filhos, Percy Florence, sobreviveu à primeira infância. E, em 1822, com apenas trinta anos, Percy morreu afogado. Mary viveria mais trinta anos, período no qual escreveu dois romances históricos, *Valperga* (1823) e *Perkin Warbeck* (1830), além dos romances *The Last Man* (1826), *Lodore* (1835) e *Falkner* (1837), e o livro de relatos de viagens *Rambles in Germany and Italy* (1844).

Pedi eu, ó meu criador, que do barro
Me fizesses homem? Pedi para que
Me arrancasses das trevas?

(O PARAÍSO PERDIDO, X, 743-45)

Introdução da autora

Quando os editores dos romances-padrão escolheram *Frankenstein* para uma de suas séries, expressaram o desejo de que eu lhes contasse algo sobre a origem da história. Aquiesci prazerosamente, pois isso me dá a oportunidade de responder de um modo geral à pergunta que frequentemente me fazem – como é que eu, então uma jovem, pude pensar e discorrer sobre um assunto tão horrível. É verdade que tenho total aversão de apresentar-me em letra de imprensa, mas, como minha explicação servirá apenas como apêndice para uma produção anterior e ficará restrita a assuntos ligados somente à minha qualidade de autora, dificilmente poderei acusar-me de uma intrusão pessoal.

Não é de estranhar que, como filha de duas personalidades de notável celebridade literária, eu pensasse, ainda no início de minha vida, em escrever. Quando criança, eu rabiscava, e meu passatempo preferido durante as horas de recreio era *escrever histórias.* Eu tinha, porém, um prazer ainda maior que este, ou seja, construção de castelos no ar – permitindo-me sonhar acordada – a que se seguia uma torrente de pensamentos que tinha por objetivo a formação de uma sucessão de incidentes imaginários. Meus sonhos eram ao mesmo tempo mais fantásticos e agradáveis do que meus escritos. Nesses últimos, eu tinha muito de imitadora – fazendo mais o que os outros já tinham feito do que realizando as sugestões de minha própria mente. O que escrevia se destinava pelo menos a mais alguém – o companheiro e amigo de minha infância; meus sonhos, porém, eram só para mim; a ninguém os revelava; eram meu refúgio quando eu estava aborrecida – meus mais caros prazeres quando me achava livre.

Quando menina, vivi principalmente no campo e passei um tempo considerável na Escócia. Ocasionalmente, visitava as regiões mais pitorescas, conquanto minha residência habitual fossem as alvas e lúgubres praias do litoral do Norte do Tay, perto de Dundee. Olhando para o passado eu as chamo de alvas e lúgubres; naquela época, não me pareciam assim. Elas eram a morada da liberdade e a região agradável onde descuidadamente eu me podia comunicar com as criaturas da minha fantasia. Naquela época eu escrevia, embora no mais vulgar dos estilos. Foi debaixo das árvores dos campos pertencentes à nossa casa, ou nas encostas nuas e desoladas das montanhas próximas, que nasceram e floresceram as minhas verdadeiras composições, e os fantásticos voos da minha imaginação. Eu não me fazia heroína de meus contos. No que me dizia respeito, a vida me parecia um lugar-comum. Eu jamais poderia imaginar-me envolvida em aflições românticas ou acontecimentos maravilhosos; contudo, eu não ficava confinada à minha própria identidade, e eu podia povoar aquelas horas com criações para mim muito mais importantes, naquela idade, do que minhas próprias sensações.

Depois disso, minha vida tornou-se mais ocupada, e a realidade substituiu a ficção. No entanto, desde o início, meu marido mostrou-se muito ansioso que eu provasse ser digna de meus pais e me incluísse nas páginas da fama. Ele estava sempre incitando-me a conseguir reputação literária, o que então também me preocupava, embora depois eu me tenha tornado bastante indiferente a isso. Naquela ocasião, ele desejava que eu escrevesse, não com a ideia de que eu fosse capaz de produzir algo de importância, mas para que ele pudesse julgar o que eu seria capaz de realizar no futuro. No entanto, eu nada fiz. As viagens e os cuidados com a família ocupavam todo o meu tempo; e o estudo, no sentido de aperfeiçoar minhas ideias para melhor comunicação com seu cérebro muito mais culto, era tudo o que, em matéria de literatura, prendia minha atenção.

No verão de 1816, nós visitamos a Suíça e tornamo-nos vizinhos de Lord Byron. No início, passávamos nossas horas de lazer no lago ou errando por suas praias; e Lord Byron, que estava escrevendo o terceiro canto do *Childe Harold*, era o único dentre nós que punha suas ideias no papel. Essas, à medida que ele as ia apresentando a nós, envoltas em toda a luz da poesia e da harmonia poéticas, pareciam trazer o selo das glórias divinas do céu e da terra, cujas influências partilhávamos com ele.

Aquele, entretanto, estava sendo um verão muito desagradável, e as chuvas incessantes nos obrigavam a permanecer em casa durante vários dias. Caíram em nossas mãos alguns volumes das histórias de fantasmas, traduzidas do alemão para o francês. Havia a *History of the Inconstant Lover* (História do amante inconstante), que, quando pensava estar abraçando a noiva, a quem jurara eterna fidelidade, achava-se nos braços do pálido fantasma daquela que ele abandonara. Havia o conto do pecaminoso fundador de sua raça cujo infeliz destino era dar o beijo da morte em todos os filhos jovens de sua maldita casa, quando eles atingiam a idade em que se devia cumprir o fado. Sua forma sombria, gigantesca, vestida numa armadura completa, como o fantasma do *Hamlet*, mas com a viseira levantada, era vista à meia-noite aos raios da Lua, avançando lentamente ao longo da triste alameda. A forma se confundia com as sombras das paredes do castelo; mas logo se escancarava um portão, ouviam-se passadas, abria-se a porta de um quarto, e ele avançava para a fileira dos jovens que dormiam placidamente. Uma tristeza infinita se estampava em seu rosto, quando ele se curvava e beijava a fronte dos meninos, que daquele momento em diante murchavam como flores arrancadas de sua haste. Nunca mais vi essas histórias, mas seus incidentes se acham tão frescos em minha mente como se eu as tivesse lido ontem.

"Cada um de nós vai escrever uma história de fantasmas", disse Lord Byron, e sua proposição foi aceita. Éramos quatro. O nobre autor começou a escrever um conto, um trecho do qual ele colocou no fim de seu poema de Mazeppa. Shelley, mais apto a incorporar as ideias e os sentimentos no esplendor de imagens brilhantes e na música dos mais melodiosos versos que enfeitam nossa língua do que inventar a maquinação de uma história, começou um baseado nas primeiras experiências de sua vida. Pobre Polidori! Ele concebeu qualquer coisa sobre uma mulher que tinha por cabeça uma caveira, e que fora assim castigada por haver espiado através de um buraco de fechadura – esqueci-me para ver o quê: naturalmente algo muito chocante e absurdo; mas depois que ela ficou reduzida a uma condição pior do que a do renomado Tom de Coventry, ele nada achou de melhor para fazer com ela do que despachá-la para a tumba dos Capuletos, único lugar adequado para ela. Os ilustres poetas, também entediados pela chatice da prosa, rapidamente abandonaram sua desagradável tarefa.

Dediquei-me a *pensar em uma história* – uma história que rivalizasse com as que nos tinham incitado a realizar aquele trabalho. Uma história que falasse aos misteriosos medos de nossa natureza e despertasse um espantoso horror – capaz de fazer o leitor olhar em torno amedrontado, capaz de gelar o seu sangue e acelerar os batimentos do seu coração. Se eu não conseguisse isso, minha história de fantasmas seria indigna do seu nome. Pensei e ponderei, mas em vão. Senti aquela total incapacidade de invenção que é a maior desgraça dos autores, quando um estúpido nada responde às nossas ansiosas invocações. "Já encontrou a história?", perguntavam-me todas as manhãs, e eu era obrigada a responder com uma mortificante negativa.

Parodiando Sancho Pança, tudo deve ter um início; e esse início deve estar ligado a algo que já existiu antes. Para os hindus o mundo é sustentado por um elefante, mas o elefante se acha apoiado em cima de uma tartaruga. Inventar, deve-se admitir humildemente, não consiste em criar algo do nada, mas sim do caos; em primeiro lugar, deve-se dispor dos materiais; pode-se dar forma à substância negra e informe, mas não se pode fazer aparecer a própria substância. Em tudo o que se refere às descobertas e às invenções, mesmo àquelas que pertencem à imaginação, lembramo-nos continuamente da história do ovo de Colombo. A invenção consiste na capacidade de julgar um objeto e no poder de moldar e arrumar as ideias sugeridas por ele.

Muitas e longas eram as conversas entre Lord Byron e Shelley às quais eu assistia como ouvinte devota, mas silenciosa. Durante uma delas, discutiu-se sobre várias doutrinas filosóficas e, entre outras, sobre a natureza do princípio da vida, e se havia possibilidade de ele ser descoberto e comunicado a algo. Eles falavam das experiências do dr. Darwin (não me refiro ao que o doutor realmente fez ou disse que fez, mas no meu próprio interesse, no que se falava que ele teria feito), que havia guardado um pedacinho de vidro até que, por algum meio extraordinário, ele começou a se mover voluntariamente. Afinal de contas, não era assim que a vida devia ser criada. Talvez se pudesse reanimar um cadáver; as correntes galvânicas tinham dado sinal disso; talvez se pudesse fabricar as partes componentes de uma criatura, juntá-las e animá-las com o calor da vida.

A noite escoou por sobre essa conversa, e até mesmo a hora das bruxarias há muito havia passado, quando nos retiramos para repousar. Coloquei a cabeça sobre o travesseiro, mas não consegui dormir, nem podia dizer que estivesse pensando. Minha imaginação, solta, possuía-me e guiava-me, dotando as sucessivas imagens que se erguiam em minha mente de uma clareza que ia além dos habituais limites do sonho. Eu via – com os olhos fechados, mas com uma penetrante visão mental –, eu via o pálido estudioso das artes profanas ajoelhado junto à coisa que ele tinha reunido. Eu via o horrível espectro de um homem estendido, que, sob a ação de alguma máquina poderosa, mostrava sinais de vida e se agitava com um movimento meio-vivo, desajeitado. Deve ter sido medonho, pois terrivelmente espantoso devia ser qualquer tentativa humana para imitar o estupendo mecanismo do Criador do mundo. O sucesso deveria aterrorizar o artista; ele devia fugir de sua odiosa obra cheio de horror. Ele esperaria que, entregue a si mesma, a centelha de vida que ele lhe comunicara extinguir-se-ia, que aquela coisa que recebera uma animação tão imperfeita mergulharia na matéria morta, e ele poderia então dormir na crença de que o silêncio do túmulo envolveria para sempre a breve existência do hediondo cadáver que ele olhara como berço de uma vida. Ele dorme; mas é acordado; abre os olhos; avista a horrorosa coisa de pé ao lado de sua cama, afastando as cortinas e contemplando-o com os olhos amarelos, vazios de expressão, mas especulativos.

Horrorizada, eu abri os meus. Aquela ideia tanto se apossou de meu cérebro que um arrepio de medo percorreu meu corpo, e eu desejei substituir a horrenda imagem da minha fantasia pelas realidades que me rodeavam. Ainda as vejo: o próprio quarto, o assoalho negro, as cortinas fechadas, através das quais a luz da lua lutava para entrar, e a sensação de que a superfície vítrea do lago e os cumes dos Alpes brancos de neve estavam longe. Não pude livrar-me facilmente do meu tétrico fantasma; ele ainda me assombrava. Eu devia pensar em outra coisa. Recorri à minha história de fantasmas – à minha cansativa e infeliz história de espectros! Oh! Se eu pudesse ao menos encontrar uma que aterrorizasse o leitor tanto quanto eu ficara aterrada naquela noite!

Foi então que a ideia me empolgou, rápida como a luz. "Achei! O que me havia aterrorizado, certamente encheria de horror os outros; e eu tinha apenas de descrever o espectro que assombrara o meu sono da meia-noite." Na manhã seguinte, anunciei que já havia *encontrado uma história.* Comecei a escrevê-la naquele mesmo dia com as palavras: "Era uma sombria noite de novembro", transcrevendo apenas os lúgubres terrores do meu sonho acordada.

No princípio pensei apenas em escrever algumas páginas, um conto curto, porém Shelley incitou-me a estender a ideia. Devo esclarecer que não devo a sugestão de um só incidente nem a menor orientação dos meus pensamentos ao meu marido e, no entanto, não fosse pela sua insistência, o texto jamais teria tomado a forma sob a qual foi apresentado ao mundo. Dessa declaração devo excetuar o prefácio. Tanto quanto me recordo, foi inteiramente escrito por ele.

E agora, uma vez mais, desejo que minha hedionda criação prossiga e prospere. Tenho afeição por ela, pois foi o fruto de dias felizes, quando a morte e a dor não eram senão palavras que não encontravam eco em meu coração. Suas várias páginas falam de muitos passeios, de muitas conversas, quando eu não estava sozinha; e quando meu companheiro era um que, neste mundo, eu jamais verei. Mas isso só diz respeito a mim; meus leitores nada têm a ver com essas associações.

Não acrescentarei senão uma palavra quanto às alterações que fiz. Referem-se principalmente ao estilo. Não alterei qualquer parte da história nem introduzi ideias ou situações novas. Corrigi a linguagem onde estava tão seca que seria capaz de interferir no interesse da narrativa; e essas alterações ocorrem quase que exclusivamente no início do primeiro volume. Além do mais, acham-se inteiramente restritas àquelas partes que nada mais são do que adjuntos da história, conservando porém o miolo e a substância intactos.

Mary Shelley, Londres, 15 de outubro de 1831.

Prefácio

O fato em que esta ficção se baseia tem sido considerado, pelo dr. Darwin e alguns dos fisiologistas da Alemanha, como não impossível de acontecer. Não se deve pensar que eu alimente a menor fé em tal imaginação; no entanto, admitindo-a como a base de obra de fantasia, eu não me considerei como apenas tecendo uma série de terrores sobrenaturais. O fato do qual depende o interesse da história está isento das desvantagens de um simples conto de espectros ou encantamento. Foi sugerido pela originalidade das situações que ele desenvolve e, conquanto impossível como um fato físico, proporciona um ponto de vista à imaginação, para o delineamento das paixões humanas, mais compreensivo e imperioso do que podem oferecer quaisquer umas das relações comuns dos acontecimentos reais.

Procurei, assim, preservar os princípios elementares da natureza humana, embora não tenha tido escrúpulos em inovar sobre suas combinações. A *Ilíada*, a poesia trágica da Grécia, Shakespeare na *Tempestade* e no *Sonho de uma noite de verão*, e mais especialmente Milton em *O paraíso perdido* amoldam-se a esta regra; e o mais humilde novelista, que procura dar ou receber diversão de suas obras, pode, sem presunção alguma, aplicar um pouco de liberdade à prosa ficcionista, ou melhor, adaptar-se à regra de cuja adoção tantas requintadas combinações do sentimento humano resultaram nos mais elevados exemplos de poesia.

A situação sobre a qual repousa minha história foi sugerida por uma conversa casual. Começou em parte como fonte de diversão, em parte como um expediente para exercitar recursos inexplorados do cérebro. À medida que a obra prosseguia, outros motivos misturaram-se a esses. Não sou indiferente ao modo por que o leitor é afetado pelas tendências morais existentes nos sentimentos ou caracteres; contudo, minha principal preocupação a este respeito limitou-se a evitar os enervantes efeitos das novelas atuais, e a afabilidade da afeição doméstica, e a excelência da virtude universal. As opiniões que naturalmente brotam do caráter e da situação do herói não devem ser concebidas como sempre existentes em minhas próprias convicções; nem se deve tirar das páginas que se seguem qualquer inferência prejudicial a doutrinas filosóficas de qualquer espécie.

Também é assunto de interesse adicional para a autora que esta história tenha sido começada na majestosa região em que a cena se desenvolve principalmente, e numa roda social da qual sempre se terá saudade. Passei o verão de 1816 nas cercanias de Genebra. O tempo estava frio e chuvoso. À noite reuníamo-nos em volta de uma fogueira e ocasionalmente nos divertíamos com algumas histórias alemãs de fantasmas que caíram em nossas mãos. Esses contos despertavam em nós um desejo de imitação. Dois outros amigos (de um dos quais um simples conto seria muito mais aceito pelo público do que qualquer coisa que eu possa esperar produzir) e eu combinamos escrever, cada um, uma história baseada em algum acontecimento sobrenatural.

De repente, porém, o tempo melhorou; e meus dois amigos deixaram-me numa viagem entre os Alpes e perderam, nos magníficos cenários que eles apresentam, toda a lembrança de suas visões fantásticas. O conto que se segue foi o único que se completou.

Marlow, setembro de 1817.

Carta I

À sra. Saville, Inglaterra

SÃO PETERSBURGO, 11 DE DEZEMBRO DE 17...

Você gostará de saber que nenhum desastre sucedeu ao iniciar-se um empreendimento que você olhava com tantos maus pressentimentos. Cheguei aqui ontem, e meu primeiro cuidado foi assegurar à minha querida irmã que estou bem de saúde e possuído de uma crescente confiança no sucesso de minha empresa.

Já me encontro muito longe, ao norte de Londres, e andando pelas ruas de São Petersburgo sinto o vento frio do Norte fustigar o meu rosto, o que revigora meus nervos e me enche de prazer. Será que você compreende esta sensação? Esta brisa, que chega das regiões para onde estou caminhando, dá-me o antegozo daqueles climas gelados. Encorajados por este vento promissor, meus sonhos se tornam mais ferventes e vívidos. Tento em vão persuadir-me de que o polo é um local de gelos e desolação; ele sempre se apresenta à minha imaginação como uma região de beleza e delícias. Ali, Margaret, o Sol é sempre visível, com seu amplo disco apenas tocando o horizonte e difundindo um perpétuo esplendor. Ali – com sua permissão, minha irmã, eu dou algum crédito aos navegadores que me precederam –, ali estão banidas a neve e a geada; e, navegando por um mar calmo, podemos ser impelidos para uma terra que ultrapasse em maravilhas e beleza todas as regiões até agora descobertas no mundo habitável. Suas produções e aspectos podem ser únicos, como são sem dúvida os fenômenos dos corpos celestes naquelas solidões desconhecidas. Que não se pode esperar num país de luz eterna? Posso descobrir ali a força maravilhosa que atrai a bússola e posso realizar milhares de observações que nada mais exigem do que esta viagem para que suas aparentes excentricidades se tornem consistentes para sempre. Saciarei minha curiosidade ardente com a visão de uma parte do mundo jamais visitada e posso pisar uma terra que jamais recebeu a impressão de um pé humano. Esses são os meus atrativos e são suficientes para dissipar todo o medo do perigo ou da morte e para me levar a começar essa laboriosa viagem com a alegria que uma criança experimenta quando embarca num bote com seus companheiros, numa expedição para descobrir o rio de sua região natal. Supondo porém que todas essas conjecturas sejam falsas, você não pode contestar o inestimável benefício que eu prestarei a toda a humanidade até a última geração, descobrindo, perto do polo, uma passagem para aqueles países que tantos meses exigem para que sejam alcançados hoje, ou descobrindo o segredo do magnetismo cuja compreensão só será possível através de um empreendimento igual ao meu.

Essas reflexões desvaneceram a agitação com que comecei minha carta, e sinto meu coração brilhar com um entusiasmo que me eleva ao céu, pois nada contribui tanto para tranquilizar a mente como um firme propósito – um ponto sobre o qual a alma pode fixar seu olho intelectual. Esta expedição constituiu o sonho favorito de meus primeiros anos. Tenho lido com ardor os relatos das várias viagens feitas com o objetivo de alcançar o norte do Oceano Pacífico através dos mares que circundam o polo. Você deve lembrar-se de que uma história de todas as viagens realizadas com o objetivo de descobertas compunha toda uma parte da biblioteca de nosso bom tio Thomas. Minha educação foi negligenciada, embora eu amasse profundamente a leitura. Esses volumes foram os meus estudos dia e noite, e minha familiarização com eles aumentou a dor que eu sentia, como criança, por saber que a injunção da morte de meu pai levara meu tio a proibir que eu embarcasse em uma vida de aventuras.

Essas visões se desvaneceram quando eu li com atenção, pela primeira vez, os poetas cujas efusões arrebataram minha alma e a elevaram até o céu. Eu também me tornei poeta e, por um momento, vivi num paraíso de minha própria criação; imaginei que eu também podia conseguir um lugar, um nicho, no templo onde os homens de Homero e Shakespeare são consagrados. Você conhece muito bem o meu fracasso e sabe o quanto me doeu suportar a decepção. Mas, justamente naquela época, herdei a fortuna de meu primo, e meus pensamentos retornaram às minhas primitivas tendências.

Seis anos se passaram desde que eu resolvi lançar-me à minha presente aventura. Mesmo agora, posso recordar a hora a partir da qual me dediquei a este grande empreendimento. Comecei por habituar meu corpo às privações. Acompanhei os pescadores de baleias em várias expedições ao Mar do Norte; voluntariamente suportei o frio, a fome, a sede e a necessidade de dormir; muitas vezes trabalhava mais arduamente do que os marinheiros comuns durante o dia e devotava minhas noites ao estudo da matemática, à teoria da medicina e àqueles ramos das ciências físicas das quais um aventureiro naval pode tirar o maior número de vantagens práticas. Com efeito, por duas vezes empreguei-me como ajudante num baleeiro groenlandês e portei-me com galhardia. Devo admitir que me senti um tanto orgulhoso quando meu capitão me ofereceu o segundo posto no barco e insistiu para que eu ficasse com ele, tão valiosos considerava meus serviços.

E agora, cara Margaret, não mereço realizar algum grande feito? Minha vida transcorreu no ócio e no luxo, mas eu preferia a glória a todos os atrativos que a riqueza colocava em meu caminho. Oh, alguma voz encorajadora devia responder com uma afirmativa! Minha coragem e minha resolução são firmes; minhas esperanças, porém, flutuam, e meu ânimo muitas vezes se deprime. Estou prestes a iniciar uma longa e difícil viagem para cujas conjunturas preciso de toda a minha fortaleza: é preciso que eu não só anime o espírito dos outros, mas algumas vezes alente o meu próprio, quando os deles estiverem falhando.

Esta é a época mais favorável para se viajar na Rússia. Voa-se celeremente por sobre a neve nos trenós; o movimento é agradável e, em minha opinião, muito mais delicioso do que o de uma diligência inglesa. O frio não é excessivo, se estivermos abrigados e envoltos em peles – vestimenta que já adotei, pois há uma grande diferença entre ficar andando e permanecer sentado imóvel durante horas, quando não há exercício que impeça o sangue de congelar nas veias. E eu não tenho a mínima vontade de perder minha vida em algum posto da estrada entre São Petersburgo e Arcângel.

Devo partir para esta última cidade dentro de uma quinzena ou três semanas; e minha intenção é alugar ali um navio, o que se consegue com facilidade desde que se pague o seguro ao proprietário, e contratar, entre os pescadores de baleia, tantos marinheiros quantos eu julgar necessários. Não pretendo velejar até o mês de junho; e quando regressarei? Ah, querida irmã, como posso responder a essa pergunta? Se eu for bem-sucedido, muitos, muitos meses, talvez anos, passarão antes que nos encontremos. Se eu falhar, você me verá muito em breve, ou jamais.

Adeus, minha querida e excelente Margaret. Que os céus a cubram de bênçãos, e me protejam, para que eu possa sempre testemunhar a minha gratidão por todo o seu amor e toda a sua bondade.

Seu afeiçoado irmão,
R. Walton.

Carta 2

À sra. Saville, Inglaterra

ARCÂNGEL, 28 DE MARÇO DE 17...

Como o tempo custa a passar aqui, cercado que estou de gelo e de neve! No entanto, já dei mais um passo no que se refere ao meu empreendimento. Aluguei um navio e acho-me ocupado em recrutar meus marinheiros; aqueles que já recrutei parecem-me homens em quem posso confiar e são certamente possuidores de inegável coragem.

Tenho porém um anseio que ainda não pude satisfazer, e a ausência desse algo faz-me sentir bastante mal. Eu não tenho um amigo, Margaret; quando fico empolgado com o entusiasmo não há alguém para participar da minha alegria; se sou assaltado pela decepção, ninguém tenta amparar-me em meu desânimo. É verdade que eu confiarei meus pensamentos ao papel; mas este é um meio muito pobre para comunicação dos sentimentos. Eu desejo a companhia de um homem que partilhasse comigo, cujos olhos refletissem os meus olhos. Pode ser que você me considere romântico, minha querida irmã, mas sinto amargamente a necessidade de ter um amigo. Não tenho nenhum junto a mim, tranquilo, mas corajoso, com a mente tão capaz e culta quanto a minha, cujos gostos sejam iguais aos meus, para aprovar ou corrigir meus planos. Como um amigo nessas condições compensaria os erros de seu pobre irmão! Eu sou impulsivo demais na execução e impaciente ante as dificuldades. O pior porém para mim é que eu seja um autodidata; pois os primeiros 14 anos de minha vida eu passei como um qualquer e nada li a não ser os livros de viagens do nosso tio Thomas. Naquela época, travei conhecimento com os celebrados poetas de nossa pátria; mas só depois de perder a possibilidade de tirar os mais importantes benefícios dessa situação, foi que eu percebi a necessidade de conhecer outras línguas que não a de minha terra natal. Tenho agora 28 anos e sou mais iletrado do que muitos escolares de 15. É verdade que tenho pensado mais e que meus sonhos são muito mais vastos e magníficos, mas eles precisam (como dizem os pintores) de *harmonia*; e eu sinto uma tremenda necessidade de um amigo que tivesse bastante senso para não me desprezar como romântico, e que me demonstrasse bastante afeição para que eu pudesse regular e harmonizar minha mente.

Bem, essas queixas de nada adiantam; é muito provável que eu não encontre amigo algum na vastidão do oceano, ou mesmo aqui em Arcângel, entre mercadores e marinheiros. No entanto, alguns sentimentos alheios à escória da natureza humana batem até nesses peitos rudes. Meu imediato, por exemplo, é um homem de maravilhosa coragem e iniciativa; anseia loucamente pela glória, ou melhor, para caracterizar melhor minhas palavras, subir na sua profissão. É um inglês e, apesar de todos os preconceitos nacionais e profissionais, não refinado pela cultura, o que faz com que retenha alguns dos mais nobres dons da humanidade. Primeiro conheci-o a bordo de um navio baleeiro; vendo que se achava desempregado nesta cidade, fácil me foi recrutá-lo para ajudar-me em minha empresa.

O mestre é uma pessoa de excelente disposição e notável no navio por sua delicadeza e pela suavidade de sua disciplina. Essa circunstância, acrescida à sua conhecida integridade e arrojada coragem, despertaram em mim o desejo de contratá-lo. Uma juventude passada na solidão, meus melhores anos vividos sob a sua educação feminil e suave refinaram tanto o meu caráter que não posso deixar de experimentar um desgosto intenso ante a brutalidade usualmente empregada a bordo dos navios; nunca achei que ela fosse necessária e, quando eu soube de um marinheiro igualmente notável por sua bondade de coração e do respeito e obediência que a tripulação lhe tributava, senti-me singularmente feliz em poder contratar seus serviços. Ouvi falar dele pela primeira vez de um modo algo romântico, por uma senhora que lhe deve a felicidade de sua vida. Em resumo, é esta sua história: há alguns anos ele se apaixonou por uma jovem russa de relativa fortuna e, tendo ganhado uma considerável soma de dinheiro, o pai da moça consentiu no casamento. Uma vez, antes do casamento ele viu sua amada; ela, porém, estava desfeita em lágrimas e, atirando-se aos seus pés, implorou que a deixasse, confessando ao mesmo tempo que amava outro. Como, porém, esse outro era muito pobre, seu pai jamais consentiria na união. Meu generoso amigo confortou a suplicante e, informando-se do nome do seu apaixonado, imediatamente abandonou o terreno. Ele já havia comprado uma fazenda, onde pretendia passar o resto da vida; transferiu, porém, tudo para o rival, juntamente com o dinheiro que lhe sobrara para comprar suprimentos. Então, ele próprio solicitou ao pai da jovem que aprovasse o casamento dela com o homem a quem amava. No entanto, o velho, julgando-se ligado por laços de honra ao meu amigo, recusou firmemente. Ante a inflexibilidade do pai da moça, meu amigo deixou o país, só voltando depois que soube que sua ex-namorada se tinha casado conforme suas inclinações. "Que nobreza de caráter, a desse homem!", dirá você. E assim é. Mas ele também não tem cultura alguma: é calado como um turco, e uma espécie de descuidada ignorância o cerca, o que, embora torne a sua conduta ainda mais espantosa, lhe tira um pouco do interesse e da simpatia que de outro modo ele imporia.

Contudo, não pense que, porque eu me queixe um pouco ou porque procure arranjar um consolo para fadigas que eu talvez jamais conheça, não pense, digo, que estou abalado em minhas resoluções. Estas se encontram firmes quanto ao destino, e minha viagem está adiada até somente o tempo permitir que eu embarque. O inverno tem sido tremendamente rigoroso, mas a primavera é promissora, e acha-se que chegará logo, o que talvez permita que eu possa velejar mais cedo do que esperava. Nada farei afoitamente; você me conhece o bastante para confiar em minha prudência e o cuidado, onde quer que seja necessário, com a segurança dos outros, sob minha responsabilidade.

Não posso descrever-lhe minhas sensações ao se aproximar o momento de iniciar o meu empreendimento. É impossível fazê-la sentir a sensação entre agradável e temerosa, de que me sinto possuído, enquanto faço os preparativos para minha partida. Eu vou para regiões inexploradas, para a "terra do nevoeiro e da neve", mas não matarei nenhum albatroz; portanto não se preocupe com a minha segurança ou se eu regressar para você gasto e desgraçado como o *Velho Marinheiro*. Você vai achar graça nessa alusão que faço, mas vou revelar-lhe um segredo. Muitas vezes, tenho atribuído minha atração e meu entusiasmo apaixonado pelos perigosos mistérios do oceano à imaginação dos mais imaginativos dos poetas modernos. Há qualquer coisa que atua na minha alma e que eu não compreendo. Eu sou praticamente ativo – laborioso, um operário pronto a executar tudo com perseverança e trabalho –, mas ao mesmo tempo tenho amor pelo maravilhoso, uma crença no maravilhoso, entremeada em todos os meus projetos, e que fazem com que eu me afaste dos caminhos comuns do homem, chegando mesmo a me impelir para o mar selvagem e para as regiões desconhecidas que estou prestes a explorar.

Voltando, porém, a considerações mais queridas, será que a verei de novo, depois de ter atravessado os mares imensos, e de haver retornado pelo cabo mais meridional da África ou da América? Não ouso alcançar tanto sucesso, e no entanto não suporto contemplar o quadro sob outro prisma. Continue escrevendo-me sempre que puder; talvez eu receba suas cartas naqueles momentos em que mais precisarei delas para levantar o meu moral. Amo-a com toda a ternura. Recorde-me com afeto, se nunca mais ouvir falar de mim.

Seu afeiçoado irmão,
Robert Walton.

Carta 3

À sra. Saville, Inglaterra

17 DE JULHO DE 17...

Minha cara irmã:

Escrevo-lhe às pressas para dizer-lhe que vou bem – e bastante adiantado em minha viagem. Esta carta chegará à Inglaterra através de um mercador que já se acha em sua viagem de volta de Arcângel; mais feliz do que eu, que talvez não possa ver minha terra natal durante muitos anos. Estou, contudo, em muito boa disposição; meus homens são arrojados, aparentemente firmes de propósitos, e nem os pedaços de gelo que passam continuamente flutuando por nós, indicando os perigos das regiões para as quais avançamos, parecem desencorajá-los. Já atingimos uma latitude muito alta; estamos porém no auge do verão e, embora não tão quentes quanto na Inglaterra, os ventos do sul, que nos impelem rapidamente para as praias que eu tanto anseio por ver, renovam um certo grau de calor que eu não esperava.

Nada aconteceu até agora que merecesse ser relatado numa carta. Um ou dois furacões e o aparecimento de um rombo são acidentes que os navegadores experimentados mal se lembrariam de registrar, e eu me darei por muito satisfeito se nada pior do que isso nos acontecer durante nossa viagem.

Adieu, minha querida Margaret. Fique certa de que, tanto pela minha segurança quanto pela sua, não procurarei imprudentemente qualquer perigo. Serei calmo, perseverante e prudente.

Porém o sucesso *deverá* coroar meus esforços. E por que não? Assim, eu terei ido longe, traçando um caminho seguro pelos mares sem estradas, sendo as próprias estrelas testemunhas de meu triunfo. Por que não prosseguir sobre o elemento selvagem, em todo caso obediente? Que pode parar um coração determinado e a resoluta vontade de um homem?

Meu orgulhoso coração involuntariamente assim se pronuncia. Mas devo terminar. Que os céus abençoem minha amada irmã!

R.W.

Carta 4

À sra. Saville, Inglaterra

5 DE AGOSTO DE 17...

Aconteceu-nos um acidente tão estranho que não posso deixar de registrá-lo, embora seja muito provável que você me veja antes que esse papel chegue às suas mãos.

Segunda-feira última (31 de julho), ficamos quase que totalmente cercados de gelo, que se fechou por todos os lados do navio, mal deixando um lugar no mar para ele flutuar. Nossa situação ficou um tanto perigosa, devido particularmente ao fato de sermos envolvidos por um nevoeiro muito espesso. Então paramos, aguardando que se processasse alguma alteração na atmosfera e no tempo.

Por volta das duas horas, o nevoeiro dissipou-se e avistamos, estendendo-se em todas as direções, vastas e irregulares planícies de gelo, que pareciam não ter fim. Alguns de meus companheiros resmungaram, e meu próprio cérebro se povoou de pensamentos de ansiedade, quando uma estranha visão atraiu de repente nossa atenção e distraiu nossa preocupação. Percebemos uma carruagem baixa, fixada a um trenó e puxada por cães, que passava na direção do norte à distância de meia milha; uma criatura que tinha a forma de um homem, mas aparentemente de estatura gigantesca, estava sentada no trenó e guiava os cães. Acompanhamos o progresso do viajante com nossas lunetas até que ele se perdeu entre os distantes acidentes do gelo.

Essa aparição excitou tremendamente nossa admiração. Estávamos, segundo acreditávamos, a muitas centenas de milhas de qualquer terra; mas esta visão parecia mostrar que assim não era, que a distância não era tão grande quanto havíamos pensado. No entanto, oculta pelo gelo, não era possível seguir sua pista, que tínhamos observado com a maior atenção.

Cerca de duas horas após esta ocorrência, ouvimos o bramido do mar, e, antes que caísse a noite, o gelo partiu-se e liberou nosso navio. Nós, contudo, ali permanecemos até de manhã, temendo chocar-nos com aquelas massas soltas, enormes, que flutuam depois que o gelo se quebra. Aproveitei esse tempo para repousar algumas horas.

No entanto, de manhã, assim que a luz surgiu, subi para o convés e encontrei todos os marinheiros ocupados, num dos lados do navio, aparentemente falando a alguém que se achava no mar. Era de fato um trenó, como o que tínhamos avistado antes, e que havia derivado em nossa direção, durante a noite, sobre um grande pedaço de gelo. Apenas um cão restava vivo, mas dentro do trenó havia um ser humano que os marinheiros estavam persuadindo a subir para o navio. Não era, como o outro viajante parecia ser, um selvagem, habitante de alguma ilha desconhecida, mas um europeu. Quando apareci no convés, o mestre disse: "Aqui está o nosso capitão, e ele não permitirá que você morra no mar".

Avistando-me, o estrangeiro se dirigiu a mim em inglês, embora com sotaque estranho: "Antes de subir para o seu navio, o senhor quer ter a bondade de me informar para onde estão indo?".

Você bem pode imaginar o meu espanto ao ouvir essa pergunta partida de um homem à beira da morte e para quem eu devia supor que meu navio representasse um recurso que ele não trocaria pela maior riqueza da Terra. Repliquei, no entanto, que nos achávamos realizando uma viagem de exploração na direção do Polo Norte.

Ouvindo isso, ele pareceu satisfeito e consentiu em vir para bordo. Santo Deus! Margaret, se você tivesse visto o homem que assim capitulou pela sua salvação, sua surpresa não teria limites. Seus membros estavam quase congelados, e seu corpo, horrivelmente emaciado pela fadiga e pelas provações. Nunca vi um homem em condição tão deplorável. Tentamos levá-lo para o camarote, mas assim que ele deixou o ar fresco, desmaiou. Então trouxemo-lo de volta ao convés e o reanimamos, esfregando-lhe conhaque e fazendo com que ele bebesse um pouco. Assim que ele mostrou sinais de vida, embrulhamo-lo em cobertores e colocamo-lo perto da chaminé do fogão da cozinha. Pouco a pouco ele se foi reanimando e tomou um pouco de sopa, que o restaurou maravilhosamente.

Assim transcorreram dois dias antes que ele pudesse falar, e muitas vezes temi que seus sofrimentos o houvessem privado da razão. Assim que ele melhorou um pouco, removi-o para meu próprio camarote e prestei-lhe tanta assistência quanto permitiam os meus afazeres. Nunca vi uma criatura mais interessante. Seus olhos geralmente têm uma expressão de selvageria, e até de loucura, mas há momentos, quando alguém lhe faz algo de bom ou lhe presta o mais insignificante serviço, que todo o seu semblante se ilumina, como se fosse tocado por um raio de benevolência e doçura jamais igualado. Quase sempre, porém, ele se mostra melancólico e cheio de desespero. Às vezes rilha os dentes, como se estivesse atormentado pelo peso de grande infortúnio.

Depois que meu hóspede se restabeleceu um pouco, tive muita dificuldade em manter afastados os homens, que lhe desejavam fazer milhares de perguntas. Eu não permitiria, porém, que ele fosse incomodado por frívola curiosidade, encontrando-se como se encontrava, num estado físico e mental cuja recuperação dependia de repouso completo. Uma vez, contudo, o imediato perguntou-lhe por que tinha vindo tão longe sobre o gelo num veículo tão estranho.

Seu semblante imediatamente assumiu um tom de profunda tristeza, e ele respondeu: "Para procurar alguém que fugiu de mim".

"E o homem que você procurava viaja assim também?"

"Sim."

"Então eu acho que nós o vimos, pois no dia anterior ao em que apanhamos você avistamos alguns cães puxando um trenó, com um homem dentro, através do gelo."

Isso despertou a atenção do estrangeiro, e ele fez uma porção de perguntas sobre o caminho que o demônio, assim ele o chamava, havia tomado. Logo depois, quando se achava a sós comigo, ele disse: "Não há dúvida de que eu excitei a sua curiosidade bem como a dessa boa gente, mas todos vocês são muito corteses para fazerem perguntas".

"Claro; seria com efeito muita impertinência e desumanidade importuná-lo com qualquer interrogatório."

"E, no entanto, vocês me salvaram de uma situação estranha e perigosa; vocês foram muito bondosos em me restituírem à vida."

Logo a seguir ele me perguntou se eu achava que, ao se quebrar, o gelo havia destruído o outro trenó. Fiz-lhe sentir que não podia responder com muita certeza, pois o gelo partira-se quase à meia-noite, e o viajante poderia ter alcançado um lugar seguro antes daquela hora. Mas eu nada podia julgar.

A partir deste momento, a decadente figura do estrangeiro foi animada por uma nova chama de vida. Ele manifestou grande impaciência por subir ao convés a fim de procurar o trenó que aparecera antes. Porém eu o convenci a permanecer no camarote, pois ele estava muito fraco para suportar a rudeza das condições atmosféricas. Prometi-lhe que alguém ficaria observando por ele e lhe comunicaria imediatamente, caso qualquer novo objeto aparecesse à vista.

Assim é o meu diário com referência a essa estranha ocorrência até o dia de hoje. O estrangeiro vem melhorando gradualmente, mas permanece muito calado e se mostra constrangido quando qualquer outra pessoa que não eu entra em seu camarote. No entanto, seus modos são tão cordiais e delicados que todos os marinheiros estão interessados nele. De minha parte começo a querê-lo como a um irmão, e sua tristeza constante e profunda me enche de simpatia e compaixão. Ele deve ter sido uma nobre criatura em dias melhores, se agora nesta situação de desgraça se mostra tão atraente e amigável.

Eu disse numa de minhas cartas, querida Margaret, que eu não encontraria um amigo na vastidão do oceano; no entanto encontrei um homem que, antes de seu espírito ser abatido pela desgraça, para minha felicidade, eu poderia ter tido como um irmão cordial.

Continuarei a lançar no meu diário tudo o que se referir ao estranho, aos poucos, se houver novos incidentes dignos de registro.

13 DE AGOSTO DE 17...

Minha afeição pelo meu hóspede aumenta a cada dia que passa. Ele leva às raias do espanto, a um só tempo, minha admiração e minha piedade. Como posso ver, sem sentir uma dor pungente, uma criatura tão nobre destruída pela desgraça? Ele é tão gentil, tão sábio; sua mente é muito culta e, quando fala, embora as suas palavras sejam escolhidas com a mais refinada arte, fluem com rapidez e com uma eloquência sem par.

Ele agora se acha muito mais recuperado de sua doença e está constantemente no convés, aparentemente buscando o trenó que precedeu o seu. Embora infeliz, ele não se preocupa apenas com a sua desgraça, mas interessa-se profundamente pelos projetos dos outros. Frequentemente fala sobre a minha empresa, que eu lhe contei sem nada ocultar. Ele considerou com atenção todos os argumentos a favor de meu eventual sucesso e os mínimos detalhes das medidas que eu tomei para consegui-lo. Fui facilmente levado pela simpatia que ele demonstrou a usar a linguagem do meu coração, a manifestar o ardente entusiasmo de minha alma, e a dizer, com todo o fervor de que estava possuído, com que satisfação eu sacrificaria minha fortuna, minha existência, todas as minhas esperanças, para alcançar meu objetivo. A vida ou a morte de um homem eram um preço muito baixo a pagar pelo conhecimento que eu procurava, pelo domínio que eu adquiriria e transmitiria para subjugar os inimigos elementares de nossa raça. À medida que eu falava, uma sombra de tristeza se espalhava pelo rosto do meu ouvinte. De início, percebi que ele tentava reprimir sua emoção: ele ocultou os olhos com as mãos e minha voz tremeu até que fiquei sem fala ao ver que as lágrimas escorriam por entre seus dedos; e de seu peito escapou-se um gemido. Eu parei, e ele por fim falou com a voz entrecortada: "Homem infeliz! Você quer compartilhar a minha loucura? Será que você também bebeu do líquido que embriaga? Escute-me; deixe-me contar-lhe minha história, e você afastará o cálice de seus lábios!" Você bem pode imaginar o quanto essas palavras excitaram minha curiosidade; mas o paroxismo da dor que envolvera o estrangeiro fora superior às suas forças debilitadas, e foram necessárias muitas horas de repouso e conversação calma para que ele se recuperasse. Tendo dominado a violência de seus sentimentos, ele parecia desprezar-se por ser um escravo das paixões; e, subjugando a sombria tirania do desespero, ele me levou novamente a falar de mim mesmo. Pediu-me que lhe contasse a história de meus primeiros anos. A narrativa foi breve, mas despertou várias reflexões. Falei-lhe do meu desejo de encontrar um amigo, da minha sede de maior afinidade com um camarada cuja mente sintonizasse com a minha, e expressei a convicção de que um homem que não tivesse encontrado isso não poderia falar de felicidade, por menor que fosse.

"Concordo com o senhor", replicou o estrangeiro. "Somos criaturas imperfeitas, senão pela metade, e, se uma delas é mais sábia e melhor do que nós, como deve ser um amigo assim, não peça que ele melhore nossa natureza fraca e falha. Uma vez tive um amigo, uma das criaturas mais nobres que já encontrei, estando portanto capacitado para julgar tudo o que diz respeito a amizades. O senhor tem a esperança e o mundo pela frente, e não tem motivos para se desesperar. Porém eu... eu perdi tudo, e não posso recomeçar a vida."

Assim falando, todo o seu ser aparentava uma dor calma e assentada, que me tocava o coração. Porém ele se calou e retirou-se para seu camarote.

Embora abatido conforme ele está, ninguém é mais capaz de sentir profundamente as belezas da natureza. O céu estrelado, o mar, e todas as paisagens oferecidas por estas maravilhosas regiões ainda têm o poder de fazer com que sua alma se desprenda da Terra. Um homem assim tem uma existência dupla: pode sofrer desgraças e ser esmagado pelas decepções, mas, quando se volve para dentro de si mesmo, será como um espírito celestial com um halo à sua volta, dentro do qual nenhuma dor ou loucura serão capazes de se aventurar.

Você ri do entusiasmo com que me refiro a esse divino vagabundo? Você não riria se o visse. Você foi orientada e educada pelos livros e retirada do mundo, e por isso é um tanto exigente; porém isso apenas a torna mais capaz de apreciar os extraordinários méritos deste homem maravilhoso. Tenho tentado às vezes descobrir qual a qualidade que ele possui e que o eleva tão imensamente acima de todas as outras pessoas que já conheci. Acho que é um discernimento intuitivo, poder de julgar rápido, mas que jamais falha, uma penetração nas causas das coisas, incomparáveis em clareza e precisão. Acrescente a isso uma facilidade de expressão e uma voz cujas entonações variadas são uma verdadeira música que embala a alma.

19 de agosto de 17...

Ontem o desconhecido me disse: "Capitão Walton, o senhor pode perceber facilmente que tenho sofrido grandes e extraordinárias desgraças. Eu tinha resolvido que a lembrança desses infortúnios morreria comigo, mas o senhor me obrigou a alterar essa decisão. O senhor busca o conhecimento e a sabedoria, conforme eu já fiz uma vez; e ardentemente espero que a satisfação dos seus desejos não venha a ser uma serpente que o pique, como sucedeu comigo. Não sei em que a narração dos meus desastres lhe será útil; no entanto, quando penso que o senhor está seguindo os mesmos caminhos, expondo-se aos mesmos perigos que me tornaram o que sou, acho que o senhor talvez tire algum proveito da minha narrativa, uma conclusão que possa orientá-lo se for bem-sucedido em sua empresa, e consolá-lo, se falhar. Prepare-se para ouvir fatos que comumente são julgados maravilhas. Se nos encontrássemos entre paisagens mais suaves da natureza, eu teria receio de despertar sua descrença e talvez até de parecer ridículo; muitas coisas, porém, que provocariam o riso nos não acostumados aos variados poderes da natureza, parecerão possíveis nestas regiões selvagens e misteriosas; nem eu duvido que minha narrativa reuna em si uma série de evidências internas da verdade dos acontecimentos de que se compõe."

Você bem pode imaginar como fiquei satisfeito com o oferecimento dessa narrativa, e no entanto eu não suportaria vê-lo novamente mergulhado na dor pelo relato de suas infelicidades. Eu estava ansioso por ouvir a prometida história, em parte devido à simples curiosidade, em parte movido por um forte desejo de melhorar sua sorte, se isso estivesse em minhas mãos. Em resposta, fiz com que ele sentisse isso.

"Eu lhe agradeço", replicou ele, "agradeço suas boas intenções, porém de nada adiantam; meu destino está quase cumprido. Não espero senão uma coisa, para depois então repousar em paz. Compreendo seus sentimentos", continuou ele, percebendo que eu ia interrompê-lo, "mas o senhor está enganado, meu amigo, se o senhor me permite chamá-lo assim; nada pode mudar minha sorte; ouça a minha história e verá que ela está irrevogavelmente determinada pelo destino."

Depois ele disse que começaria sua narrativa no dia seguinte, quando eu estivesse desocupado. Esta promessa arrancou-me os mais calorosos agradecimentos. Resolvi registrar durante a noite, quando não estou ocupado com minhas obrigações, tudo o que ele me contasse durante o dia, conservando ao máximo suas próprias palavras. Se eu tiver muito o que fazer, escreverei pelo menos algumas notas. Este manuscrito vai, sem dúvida, causar-lhe muito prazer; mas, para mim – que conheço o homem e cuja narrativa ouvi de seus próprios lábios –, que interesse e simpatia não despertarão quando eu o ler no futuro! Mesmo agora ao começar minha tarefa, sua voz cheia ecoa em meus ouvidos; seus olhos brilhantes me envolvem com melancólica suavidade; vejo sua mão fina agitar-se animada, enquanto suas feições irradiam, transparecendo a alma que ele encerra. Estranha e angustiante deve ser sua história, terrível a tempestade que envolveu o seu navio heroico e o fez soçobrar – assim!

Capítulo I

De ascendência eu sou genebrino, e minha família é uma das mais notáveis daquela república. Durante muitos anos, meus ancestrais foram conselheiros e síndicos, e meu pai desempenhou várias funções públicas que o honraram e lhe deram uma boa reputação. Ele era respeitado por todos que conheciam a sua integridade e a infatigável atenção que dedicava à coisa pública. Ele passou os dias de sua juventude sempre ocupado com os negócios de sua terra. Uma série de circunstâncias impediu que ele se casasse cedo, só se tornando marido e pai de família quando já se aproximava do declínio de sua vida.

Já que as condições de seu casamento bem ilustram o seu caráter, não posso deixar de referi-las aqui. Um de seus amigos mais íntimos era um comerciante que, depois de desfrutar de uma situação muito boa, devido a uma porção de reveses, ficou reduzido à extrema pobreza. Este homem, que se chamava Beaufort, possuidor de um temperamento orgulhoso e inflexível, não suportou viver pobre e esquecido na mesma região em que anteriormente se notabilizara por sua posição e riqueza. Assim, tendo pagado suas dívidas da maneira mais honrosa, retirou-se com sua filha para a cidade de Lucerna, onde viveu ignorado e abatido. Meu pai dedicava uma amizade muito sólida a Beaufort, e sentiu grandemente sua retirada nessa situação tão infeliz. Amargamente deplorou o falso orgulho que levou seu amigo a se conduzir de maneira tão pouco digna da afeição que então os unia. E não perdeu tempo em procurá-lo, com a esperança de persuadi-lo a reiniciar a vida através de seu crédito e da sua assistência.

Beaufort tinha tomado todas as precauções para se ocultar, e só depois de dez meses foi que meu pai descobriu seu paradeiro. Radiante com essa descoberta, ele se apressou em dirigir-se para a casa, que estava situada numa rua sem importância perto de Reuss. Porém, quando ele entrou, foi recebido apenas pela miséria e pelo desespero. Beaufort salvara muito pouco dinheiro do naufrágio de seus bens, que só foi suficiente para mantê-lo durante alguns meses, enquanto esperava obter um emprego respeitável na casa de um comerciante. Consequentemente, o intervalo foi passado na inação; sua dor apenas se tornou mais profunda e exasperante quando ele refletia sobre sua vida e, por fim, tanto se apossou de sua mente que no fim de três meses ele tinha caído doente, de cama, incapaz de qualquer esforço.

Sua filha o assistia com a maior dedicação, enquanto via com desespero que suas pequenas economias estavam diminuindo rapidamente sem qualquer perspectiva de apoio. Mas Caroline Beaufort possuía uma vontade incomum, e sua coragem levou-a a suportar toda a adversidade. Procurou uma ocupação modesta; tecia objetos de palha e de vários modos ganhava uma insignificância que mal dava para sustentar a vida.

Assim, transcorreram vários meses. Seu pai piorava; ela passava a maior parte do tempo dando assistência a ele; seus meios de subsistência reduziram-se. No décimo mês, seu pai morreu em seus braços, deixando-a órfã e na miséria. Este último golpe a arrasou. Quando meu pai entrou no quarto, ela estava ajoelhada ao lado do caixão de Beaufort, chorando amargamente. Para a pobre moça ele surgiu como um espírito protetor, que se encarregou de cuidar dela. Depois dos funerais do pai, ele a conduziu para Genebra onde a colocou sob a proteção de um parente. Dois anos mais tarde, Caroline tornou-se sua esposa.

Havia uma considerável diferença de idade entre meus pais, mas essa situação parecia apenas reforçar ainda mais os laços da grande afeição que os unia. O cérebro superior de meu pai possuía um sentido de justiça que o obrigava a amar fortemente. Talvez em anos anteriores ele houvesse sofrido a experiência de amar alguém que não merecia e estivesse disposto a considerar sua nova tentativa mais digna. Na amizade que meu pai dedicava à minha mãe havia muito de gratidão e adoração, diferindo totalmente do amor senil próprio da sua idade, pois era inspirado pela reverência devida às virtudes dela e pelo desejo de, até certo ponto, recompensá-la das tristezas por que ela passara, mas que conferiam uma graça impossível de descrever às suas maneiras para com ela. Tudo era feito para atender aos desejos e conveniências dela. Ele se esforçava por protegê-la, como uma planta exótica e protegida pelo jardineiro, contra todas as adversidades e cercá-la de tudo o que pudesse despertar emoções agradáveis em sua mente suave e benévola. Sua saúde e até mesmo a tranquilidade de seu espírito, até então resoluto, tinham sido abaladas pelo que ela acabara de passar. Durante os dois anos que transcorreram antes do seu casamento, meu pai renunciara gradativamente a todas as suas funções públicas e, depois de sua união, pensou no agradável clima da Itália, na mudança de ambiente e no interesse despertado por uma viagem através daquela terra de maravilhas, como um elemento restaurador das forças de minha mãe.

Da Itália eles visitaram a Alemanha e a França. Eu, seu filho mais velho, nasci em Nápoles e ainda criança acompanhei-os em suas peregrinações. Durante vários anos fui o único filho. Unidos conforme eram um ao outro, eles pareciam extrair inexauríveis quantidades de afeição de uma verdadeira mina de amor para lançar sobre mim. Minhas primeiras lembranças são as ternas caricias de minha mãe e o sorriso de benevolente prazer de meu pai. Eu era o brinquedo e o ídolo deles, e às vezes mais – seu filho, a inocente e indefesa criatura dada a eles pelo céu, que lhes competia educar para o bem, cujo futuro de felicidade ou desgraça estava em suas mãos, conforme eles cumprissem seus deveres para comigo. Com a profunda consciência do que deviam ao ser a quem tinham dado a vida, acrescentada ao ativo espírito de ternura que animava a ambos, pode-se imaginar que em todas as horas de minha vida de criança eu recebi uma lição de paciência, de caridade, de autocontrole, e que fui guiado por um cordel de seda que fazia com que tudo me parecesse uma sequência de prazeres.

Por muito tempo eles se preocuparam apenas comigo. Minha mãe tinha muita vontade de ter uma filha, mas eu continuei a ser o único rebento da família. Quando eu tinha mais ou menos cinco anos, durante uma excursão além da fronteira da Itália, eles passaram uma semana nas margens do Lago de Como.* A boa formação de meus pais fazia com que eles entrassem frequentemente nas cabanas da gente pobre. Para minha mãe isso representava mais do que um dever; era uma necessidade, um impulso – lembrando-se do muito que havia sofrido e de que modo fora amparada – para que ela se fizesse, por seu turno, de anjo da guarda para os aflitos. Durante um de seus passeios, uma pobre cabana nas dobras de um vale atraiu sua atenção por seu aspecto singularmente desolador ao mesmo tempo em que várias crianças seminuas denotavam a pobreza na sua pior forma. Um dia em que meu pai tinha ido sozinho a Milão, minha mãe levou-me em sua companhia para visitar aquela habitação. Ela encontrou um camponês e a sua mulher abatidos pelo trabalho penoso e pelas preocupações distribuindo uma escassa refeição a cinco crianças famintas. Entre elas houve uma que despertou, mais que todas, a atenção de minha mãe. Parecia de uma origem diferente. As outras quatro tinham olhos escuros e pareciam pequenos vagabundos; esta era esguia e muito bela. Seu cabelo era vívido e brilhante como o ouro e, a despeito da pobreza de suas roupas, parecia ostentar uma coroa de distinção sobre a cabeça. Sua fronte era larga, seus olhos azuis sem uma névoa, os lábios e o contorno do seu rosto exprimiam tanta sensibilidade e doçura que ninguém podia contemplá-la sem ver nela uma origem distinta, um ser enviado pelo céu, com a marca celestial em todas as suas feições.

A camponesa, percebendo que minha mãe olhava para essa adorável menina cheia de espanto e admiração, imediatamente contou sua história. Não era sua filha, mas sim de um nobre de Milão. A mãe era alemã e morrera ao dar a luz à menina. A criança tinha sido entregue aos cuidados dessa boa gente que, então, estava numa situação bem melhor. O pai era daqueles italianos criados na memória da antiga glória da Itália – um entre os *schiavi ognor frementi* (escravos frementes de honra), que se esforçava por obter a liberdade de sua pátria. Ele se tornou vítima de sua fraqueza. Ninguém sabia se havia morrido ou se ainda estava apodrecendo nos calabouços da Áustria.

* Na época em que o livro foi escrito, o Lago de Como, hoje em território italiano, integrava a região da Áustria. (N.T.)

Seus bens foram confiscados; sua filha ficou órfã e na miséria. Ela continuou a viver com seus pais adotivos e floresceu na sua rude habitação, mais bela do que uma rosa entre sarças negras.

Quando meu pai voltou de Milão, encontrou-me na entrada de nossa vila, brincando com uma criança mais linda do que um anjo de gravura – uma criatura que parecia falar com os olhos, e cuja forma e movimentos eram mais leves do que os da camurça dos montes. Aquela aparição foi logo explicada. Com permissão dele, minha mãe convenceu os rústicos guardiães da menina a que a entregassem aos seus cuidados. Eles gostavam muito da meiga órfã. Ela lhes parecera uma verdadeira bênção, mas não seria direito mantê-la na pobreza e na necessidade quando a Providência lhe proporcionava uma proteção tão poderosa. Eles consultaram o pároco da aldeia, e o resultado foi que Elizabeth Lavenza – mais que uma irmã, a linda e adorada companheira de todas as minhas ocupações e diversões – passou a morar na casa de meus pais.

Todo mundo amava Elizabeth. A apaixonada e quase reverente dedicação que todos lhe tributavam tornou-se para mim, enquanto eu partilhei dela, motivo de orgulho e de prazer. Uma noite, antes de ela ser trazida para minha casa, minha mãe me disse alegremente: "Tenho um belo presente para o meu Victor – amanhã ele o receberá." E quando, na manhã, ela me apresentou Elizabeth como o presente prometido, eu com toda a seriedade infantil tomei suas palavras ao pé da letra, e olhei para Elizabeth como se ela fosse minha – minha para proteger, amar e tratar com carinho. Todos os elogios dirigidos a ela eu os tomava como feitos a algo que me pertencia. Nós nos tratávamos familiarmente por primos. Nenhuma palavra, nenhuma expressão poderiam incorporar melhor o tipo de parentesco que ela representava para mim – mais do que irmã, já que até a morte ela deveria ser apenas minha.

Capítulo 2

Nós fomos criados juntos; entre nossas idades não chegava a haver um ano de diferença. Desnecessário dizer que não conhecíamos qualquer tipo de desunião ou de brigas. A harmonia era a alma de nossa amizade, e a diversidade e o contraste existentes em nossas índoles ainda mais nos aproximavam. Elizabeth era de temperamento mais calmo e mais concentrado; eu porém, com todo o meu ardor, era capaz de aplicar-me mais intensamente e era mais profundamente afligido pela sede de saber. Ela se preocupava em seguir as criações quiméricas dos poetas; e nas majestosas e maravilhosas paisagens que cercavam nosso lar suíço – as sublimes formas das montanhas, as mudanças das estações, as tempestades e a bonança, o silêncio do inverno, a vida e a turbulência de nossos verões alpinos – ela encontrava um amplo campo de admiração e prazer. Enquanto minha companheira contemplava com o espírito sério e satisfeito as magnificentes aparências das coisas, eu me deliciava com investigar as suas causas. O mundo, para mim, era um segredo que eu desejava descobrir. A curiosidade, uma ardente pesquisa para descobrir as leis ocultas da natureza, um contentamento que tocava o êxtase, à medida que elas se iam revelando a mim, acham-se entre as primeiras sensações de que tenho lembrança.

Quando nasceu o segundo filho, sete anos mais moço do que eu, meus pais abandonaram complemente sua vida errante e fixaram-se em sua terra natal. Nós possuíamos uma casa em Genebra, e uma casa de campo em Belrive, na praia oriental do lago, a pouco mais de uma légua de distância da cidade. Residíamos principalmente nesta última, e a vida de meus pais transcorria em considerável isolamento. Por meu temperamento, eu evitava as multidões, e me ligava com fervor a umas poucas pessoas. Era, portanto, em geral, indiferente aos meus colegas; unia-me, porém pelos laços da mais estreita amizade a um deles. Henry Clerval era filho de um comerciante de Genebra. Era um rapaz de singular talento e muita imaginação. Era empreendedor, gostava de tarefas difíceis e até mesmo do perigo. Era muito lido em histórias românticas e de cavalaria. Compunha canções heroicas e iniciou muitos contos de bruxaria e de aventuras de cavalaria. Procurava fazer-nos representar peças, em que os personagens eram extraídos dos heróis de Roncesvalles, da Távola Redonda do Rei Arthur, e do grupo de cavaleiros que derramaram seu sangue para salvar o santo sepulcro das mãos dos infiéis.

Nenhum ser humano poderia ter passado uma infância mais feliz do que eu. Meus pais estavam possuídos do verdadeiro espírito da bondade e da indulgência. Sentíamos que eles não eram os tiranos que dirigiam nossa vida a seu bel-capricho, mas os agentes e criadores de todos os muitos prazeres que desfrutávamos. Quando eu entrava em contato com as outras famílias, podia perceber muito bem quão singularmente feliz era a minha, e a gratidão que eu experimentava reforçava o meu amor filial.

Meu temperamento era às vezes violento, e violentas as minhas paixões, mas, por alguma lei que controlava o meu eu, elas não se orientavam no sentido de objetivos infantis, e sim no de um impaciente desejo de aprender determinadas coisas, mas não de aprender tudo indiscriminadamente. Confesso que nem as línguas, nem os códigos dos governos, nem a política dos vários Estados exerciam qualquer atração sobre mim. O que eu desejava aprender eram os segredos do céu e da terra embora eu me ocupasse da substância das coisas ou do espírito da natureza e da misteriosa alma do homem, minhas pesquisas se dirigiam também para a metafísica ou, no seu mais alto sentido, para os segredos físicos do mundo.

Enquanto isso, por assim dizer, Clerval se preocupava com as relações morais das coisas. O agitado palco da vida, as virtudes dos heróis e as ações dos homens eram o seu tema; e seus sonhos e suas esperanças – tornar-se um daqueles cujos nomes estão registrados na História como os heroicos e venturosos benfeitores de nossa espécie. Em nosso lar pacífico a santa alma de Elizabeth brilhava como uma lâmpada votiva de um relicário. Sua simpatia era nossa; seu sorriso, sua voz macia, a doçura de seus olhos celestiais estavam sempre ali, abençoando-nos e animando-nos. Ela era o espírito vivo do amor que suaviza e atrai; eu podia ter-me tornado taciturno devido aos meus estudos, rude pelo ardor da minha natureza, mas ali estava ela para transmitir-me um pouco de sua própria meiguice. E Clerval? Poderia algum mal abrigar-se em seu nobre espírito? No entanto ele poderia não ter sido tão perfeitamente humano, tão ponderado em sua generosidade, tão cheio de bondade e ternura no meio de sua paixão pelas aventuras, não lhe tivesse ela revelado o encanto de prestar benefícios e fazer o bem como objetivo final de sua ambição devoradora.

Encontro um delicado prazer em relembrar os fatos da minha infância, antes que a desgraça houvesse contaminado minha mente e transformado suas brilhantes visões de extensa utilidade em reflexões sombrias e limitadas ao seu próprio eu. Além disso, ao descrever o retrato dos meus primeiros dias, recordo também os acontecimentos que conduziram, insensivelmente, à minha posterior história de desgraça, pois, quando me dou conta daquela paixão que depois regeu o meu destino, sinto-a nascer, como um rio de montanha, de uma fonte insignificante e quase esquecida, avolumando-se, à medida que prosseguia seu curso, para se transformar na torrente que varreu toda a minha esperança e alegria.

As ciências naturais foram o gênio que regulou o meu destino; desejo, portanto, nesta narrativa, mencionar os fatos que despertaram minha predileção por aquelas ciências. Quando eu tinha 13 anos, fomos todos, numa excursão alegre, aos banhos perto de Thonon; a inclemência do tempo obrigou-nos a passar um dia confinados na hospedaria. Nessa casa, eu encontrei por acaso um volume das obras de Cornelius Agrippa. Abri-o displicentemente; a teoria que ele tenta demonstrar e os maravilhosos fatos que ele relata logo transformaram esse sentimento em entusiasmo. Parecia que uma nova luz surgia em meu cérebro e, vibrando de alegria, comuniquei minha descoberta a meu pai. Ele olhou descuidadamente para a capa do meu livro e disse:

– Ah! Cornelius Agrippa! Meu caro Victor, não perca seu tempo com isso. É uma bobagem.

Se, em vez dessa observação, meu pai tivesse se dado ao trabalho de explicar que os princípios de Agrippa estavam completamente ultrapassados e que fora introduzido um moderno sistema científico que possuía muito mais força do que o antigo, pois esse se baseava em fantasias ao passo que os mais recentes eram verdadeiros e práticos, eu teria certamente deixado de lado Agrippa e me contentaria com minha imaginação, aquecida conforme estava, retornando com mais ardor aos meus estudos anteriores. É mesmo possível que o curso de minhas ideias jamais tivesse recebido o impulso fatal que me levou à ruína. Mas o breve olhar que meu pai lançou ao livro fez-me sentir que ele conhecia o seu conteúdo, e eu continuei a lê-lo com a maior avidez.

Quando voltei para casa, meu primeiro cuidado foi procurar toda a obra daquele autor e, depois, as de Paracelso e Albertus Magnus. Li e estudei deliciado as estranhas fantasias desses autores; elas me pareciam tesouros que somente alguns poucos ao meu lado conheciam. Já me descrevi como sempre imbuído de um fervoroso desejo de penetrar os segredos da natureza. A despeito do intenso trabalho e das descobertas maravilhosas dos sábios modernos, eu sempre saía de meus estudos descontente e insatisfeito. Diz-se que Isaac Newton se sentiu como uma criança catando conchas junto ao grande e inexplorado oceano da verdade. Seus sucessores em cada ramo da filosofia natural, com os quais travei conhecimento, pareceram às minhas concepções de garoto como principiantes devotados ao mesmo objetivo.

O camponês ignorante contemplava os elementos a sua volta e conhecia seus usos práticos. O sábio mais culto conhecia pouco mais. Ele desvendara parcialmente a face da natureza, porém suas implicações imortais lhe deram ainda uma maravilha e um mistério. Ele podia dissecar, analisar, e dar nomes; mas não podia falar de uma causa final, desconhecendo totalmente as causas secundárias e terciárias. Eu havia lançado um olhar sobre as fortificações e os obstáculos que pareciam impedir os seres humanos de entrar na cidadela da natureza, e temerária e ignorantemente eu me havia preocupado.

Mas aí estavam os livros e os homens que haviam penetrado mais fundo e sabiam mais. Eu acreditei em tudo o que me diziam e tornei-me seu discípulo. Pode parecer estranho que isso acontecesse no século XVIII, mas, embora eu acompanhasse o sistema de educação nas escolas de Genebra, era, em alto grau, um autodidata quando o assunto dizia respeito aos meus estudos favoritos. Meu pai não era um cientista, e eu fui deixado entregue à luta com a cegueira da infância, acrescida da sede de saber de um estudante. Sob a orientação de meus novos mestres, entreguei-me com a maior aplicação à busca da pedra filosofal e do elixir da vida; este último logo monopolizou totalmente minha atenção. A saúde era um assunto vulgar, mas que glória não envolveria a descoberta se eu pudesse banir para sempre a doença do ser humano e tornasse o homem imune a tudo o que não fosse a morte violenta!

Nem eram essas as minhas únicas visões. A evocação de fantasmas ou demônios era uma promessa liberalmente feita pelos meus autores favoritos, coisa que eu, com a maior impaciência, desejava realizar. E se minhas encantações jamais tinham êxito, eu atribuía o meu fracasso mais à minha inexperiência e aos meus erros do que à falta de habilidade ou fidelidade nos meus instrutores. Assim, durante algum tempo, ocupei-me com os sistemas obsoletos, misturando, como um incompetente, milhares de teorias contraditórias e errando destemperadamente num verdadeiro atoleiro de multifário conhecimento, guiado por uma ardente imaginação e um raciocínio infantil, até que, de novo, um acidente alterou o curso de minhas ideias.

Eu estava mais ou menos com 15 anos e havíamos passado para nossa casa perto de Belrive, quando assistimos à mais terrível e violenta das tempestades. Ela veio de trás das montanhas do Jura, e por todos os cantos do céu o trovão reboava com espantosa intensidade. Durante todo o tempo que durou a tempestade, eu fiquei observando o seu progresso com curiosidade e deleite. De pé na porta, vi de repente uma língua de fogo sair de um velho carvalho que ficava a cerca de vinte metros de nossa casa. Tão logo a luz ofuscante sumiu, o velho carvalho tinha desaparecido, nada mais restando dele senão um cepo crestado. Quando o visitamos na manhã seguinte, encontramos a árvore despedaçada de maneira singular. Ela não fora esfacelada pelo choque, mas reduzida a finos cordões de madeira. Jamais vira uma coisa tão completamente destruída.

Eu já travara conhecimento com as leis mais evidentes da eletricidade. Nesta ocasião, achava-se conosco um homem, grande pesquisador das ciências naturais, que, excitado por este acidente, se pôs a explicar uma teoria que elaborara sobre a eletricidade e o galvanismo, ao mesmo tempo nova e espantosa para mim. Tudo o que ele disse reduzia à expressão mais simples Cornelius Agrippa, Albertus Magnus e Paracelso, os senhores da minha imaginação. Por alguma fatalidade, a derrubada desses homens acabou com as minhas tendências para continuar meus estudos habituais. Era como se jamais pudéssemos descobrir qualquer coisa. Tudo aquilo, que durante tanto tempo havia prendido minha atenção, se tornou desprezível. Por um desses caprichos da mente, a que somos talvez mais sujeitos nos ingênuos anos da nossa juventude, abandonei minhas preocupações anteriores, desprezei a História Natural e tudo o que dela provinha, como se fosse uma criação abortada, e dediquei o maior desprezo a uma suposta ciência que jamais podia transpor o limiar do verdadeiro conhecimento. Com esta disposição de espírito, entreguei-me às matemáticas e todos os seus ramos de estudo como pertencentes a uma ciência que se apoiava em alicerces firmes, e portanto digna de minha consideração.

Assim são estranhamente construídos os nossos espíritos, e por esses laços tão frágeis somos ligados à prosperidade ou à ruína. Quando olho para trás, é como se esta quase milagrosa mudança de tendências e da vontade fosse a imediata sugestão do anjo da guarda de minha vida – o último esforço feito pelo espírito de conservação para afastar a tempestade que pendia das estrelas e estava pronta para me envolver. Sua vitória foi anunciada por uma incomum tranquilidade e alegria de espírito que se seguiram ao abandono de meus antigos e, ultimamente, atormentadores estudos. Foi assim que eu aprendi a associar o mal à sua continuação e a felicidade à sua interrupção.

Foi um grande esforço do espírito do bem, porém inútil. O destino era muito poderoso, e suas leis imutáveis haviam decretado minha destruição completa e terrível.

Capítulo 3

Quando completei 17 anos, meus pais resolveram que eu devia ingressar na universidade de Ingolstadt. Até então eu frequentara as escolas de Genebra, mas meu pai achava que, para concluir minha educação, era necessário que eu me familiarizasse com outros hábitos e costumes que não os de minha terra natal. Minha partida foi marcada para daí a pouco tempo, mas antes de aquele dia chegar, ocorreu o primeiro infortúnio de minha vida – como se fosse um presságio de minha futura desgraça. Elizabeth tinha contraído febre escarlatina; sua doença era grave, e ela ficou muito mal. Durante sua enfermidade, foram necessários muitos argumentos para impedir minha mãe de assisti-la. De início, ela cedera aos nossos rogos, mas, quando soube que a vida de sua favorita corria perigo, não pôde mais controlar sua ansiedade. Correu para a cama da enferma e prestou-lhe toda a assistência; sua dedicada atenção triunfou sobre a malignidade da doença – Elizabeth salvou-se, mas as consequências dessa imprudência foram fatais para a sua salvadora. No terceiro dia, minha mãe adoeceu; sua febre acompanhou-se dos sintomas mais alarmantes, e os olhares de seus médicos prognosticavam o pior. No seu leito de morte, a fortaleza e bondade dessa mulher excepcional não a abandonaram. Ela juntou minhas mãos às de Elizabeth:

– Meus filhos – falou ela –, minhas maiores esperanças de uma futura felicidade residiam na perspectiva de sua união. Essa esperança será agora o consolo de seu pai. Elizabeth, meu amor, você deve tomar o meu lugar junto aos meus filhos mais moços. Oh! Como eu lamento ter de deixá-los. Feliz e amada como tenho sido, é muito difícil. Mas não devo pensar nisso. Procurarei resignar-me com a morte e permitir-me a esperança de encontrá-los num outro mundo.

Ela morreu calmamente, e mesmo na morte seu semblante irradiava amor. Não preciso descrever os sentimentos daqueles cujos laços mais caros são rompidos pelo mais irreparável dos males, o vazio que isso representa para o espírito, o desespero das expressões. A mente custa tanto a se convencer de que aquela que víamos todos os dias e cuja própria existência parecia fazer parte da nossa partiu para sempre – que o brilho de um olhar amado se possa ter extinguido e que o som de uma voz tão familiar possa ser silenciado, para nunca mais ser ouvido. Essas são reflexões dos primeiros dias. Mas quando, com o correr do tempo, tudo isso se mostra real, é que começa a verdadeira amargura da dor. No entanto, quem não sofreu o afastamento de um ente querido por essa rude mão? E por que devo eu descrever uma tristeza que todos sentiram, e devem sentir? E chega um tempo em que a dor é mais uma indulgência do que uma necessidade; e em que o sorriso que paira sobre os lábios, embora possa ser considerado um sacrilégio, não é banido. Minha mãe estava morta, mas ainda tínhamos deveres a cumprir; nós precisávamos continuar a caminhada com os outros e aprender a nos considerar felizes por não termos sido abatidos pela ceifadora.

Minha partida para Ingolstadt, que havia sido suspensa por esses acontecimentos, foi novamente marcada. Consegui de me pai um adiamento de algumas semanas. Parecia-me um sacrilégio abandonar logo o repouso, próprio da morte, daquela casa de luto e correr para a agitação da vida. A tristeza era coisa nova para mim, mas nem por isso menos alarmante. Não queria afastar-me daqueles que me restavam e, sobretudo, desejava ver minha doce Elizabeth relativamente consolada.

Ela, com efeito, ocultava sua dor e lutava para nos confortar a todos. Encarava com firmeza a vida e assumiu seus deveres com coragem e zelo. Devotava-se àqueles a quem tinha aprendido chamar de tio e primos. Jamais ela foi tão encantadora quanto naquela ocasião, quando nos inundava com seus sorrisos contagiantes. Ela esquecia sua própria dor, na tentativa de nos fazer esquecer a nossa.

Finalmente, chegou o dia da minha partida. Clerval passou a última noite conosco. Ele tentara persuadir seu pai a permitir que me acompanhasse à universidade, onde seria meu colega, mas tudo fora em vão. Seu pai era um comerciante de pouca visão para quem a aspiração e a ambição de seu filho representavam apenas ociosidade e ruína. Henry sentia profundamente a infelicidade de não poder seguir uma educação liberal. Ele pouco dizia, mas quando falava eu lia em seus olhos inflamados e no seu olhar animado uma decisão reprimida, porém firme, de não se deixar prender aos detalhes insignificantes do comércio.

Nós nos reunimos tarde. Não podíamos nos afastar uns dos outros nem decidir a dizer "adeus!". Por fim nos despedimos, e nos retiramos sob o pretexto de repousar, cada qual pensando que havia enganado o outro, mas quando, na manhã seguinte, eu desci para tomar a carruagem que me levaria, todos ali estavam: meu pai para me abençoar de novo, Clerval para apertar mais uma vez minhas mãos, minha Elizabeth para renovar seus pedidos a fim de que escrevesse com frequência e para dedicar uma última atenção feminina ao seu amigo e companheiro de brinquedos.

Atirei-me no assento que me ia levar embora e permiti-me as mais melancólicas reflexões. Eu, que sempre me vira cercado de amáveis companheiros, continuamente preocupados em satisfazerem-se mutuamente, me achava agora sozinho. Na universidade, para onde eu me dirigia, devia formar minhas próprias amizades e ser meu próprio protetor. Até então minha vida fora notavelmente isolada e doméstica, e isso me conferira uma invencível repugnância por novas caras. Eu amava meus irmãos, Elizabeth e Clerval; eram as *velhas caras familiares*, mas eu me considerava totalmente inadequado para a companhia de estranhos. Eram esses meus pensamentos quando iniciei minha jornada, mas, à medida que prosseguíamos, meu espírito se animava e minhas esperanças renasciam. Eu ansiava por adquirir saber. Muitas vezes, quando eu estava em casa, tinha achado difícil permanecer preso a um só lugar e desejara entrar no mundo para tomar posição entre os outros seres humanos. Agora que meus desejos se tinham realizado, seria na verdade loucura que eu me arrependesse.

Durante minha viagem para Ingolstadt, que era longa e fatigante, eu tinha tempo de sobra para pensar nisso e noutras coisas. Por fim, o alto campanário branco da cidade surgiu aos meus olhos. Eu desci e fui conduzido ao meu apartamento solitário para passar a noite conforme eu quisesse.

Na manhã seguinte entreguei minhas cartas de apresentação e fiz algumas visitas a alguns dos principais professores. O acaso – ou melhor, a demoníaca influência do Anjo da Destruição que me dominou desde o instante em que, relutantemente, eu me afastei dos degraus da porta da casa de meu pai – guiou-me primeiro para o professor Krempe, de História Natural. Era um homem misterioso, profundamente imbuído nos segredos de sua ciência. Fez-me várias perguntas referentes ao meu progresso nos diferentes ramos de estudos que pertenciam às ciências naturais. Respondi displicentemente e, em parte, por desprezá-los, mencionei os nomes dos meus alquimistas como os principais autores que eu estudara. O professor olhou-me espantado.

– O senhor gastou realmente o seu tempo em estudar esses absurdos? – perguntou ele.

Respondi afirmativamente.

– Cada minuto – continuou sr. Krempe com veemência –, cada momento que o senhor desperdiçou com aqueles livros foram totalmente perdidos. O senhor sobrecarregou sua mente com sistemas ultrapassados e nomes inúteis. Meu Deus! Em que deserto vivia o senhor onde não havia uma alma bondosa para informá-lo de que essas fantasias com que o senhor se saturou têm mil anos e são tão bolorentas quanto antigas? Jamais esperei encontrar, nesta idade da ciência e das luzes, um discípulo de Albertus Magnus e de Paracelso. Meu caro jovem, o senhor deve recomeçar todos os seus estudos.

Assim falando ele se afastou e escreveu uma lista de livros sobre ciências naturais que desejava que eu procurasse, e me dispensou depois de dizer que, no início da outra semana, ele pretendia começar um curso de palestras sobre História Natural e suas relações gerais, e que Waldman, outro professor, misturaria aulas de química, alternando os dias com ele.

Não voltei para casa desapontado, pois já disse que há muito que eu considerava esses autores, que o professor havia reprovado, como totalmente inúteis; mas também não voltei mais inclinado a retomar de algum modo aqueles estudos. O professor Krempe era um homenzinho encurvado com uma voz rouca e de aspecto repulsivo; o professor, portanto, não me inspirava a menor inclinação a aceitar a sua ciência. Seguindo um curso talvez demasiado filosófico, eu relatei as conclusões a que cheguei sobre ela nos meus primeiros dias. Como criança, eu não me satisfizera com os resultados prometidos pelos modernos professores de Ciências Naturais. Com uma confusão de ideias que só pode ser admitida pela minha extrema juventude e a falta de um guia nesses assuntos, eu tinha retroagido ao longo do caminho do tempo e trocado as descobertas dos recentes pesquisadores pelos sonhos dos esquecidos alquimistas. Além disso, eu tinha desprezo pelos modernos usos das ciências naturais. Era muito diferente quando os mestres da ciência procuravam a imortalidade e o poder; embora fúteis, esses aspectos eram grandiosos; mas agora o quadro tinha mudado. A ambição do pesquisador parecia resumir-se ao aniquilamento daquelas visões sobre as quais se fundava o meu interesse pela ciência. Exigiam-me que eu trocasse quimeras de ilimitada grandeza por realidades de pouco valor.

Essas foram as minhas reflexões durante os primeiros dois ou três dias de minha residência em Ingolstadt, que dediquei particularmente a conhecer os locais e os moradores de minha nova habitação. Ao começar, porém, a semana seguinte, pus-me a pensar nas informações que o professor Krempe me dera sobre as palestras. Embora eu não estivesse disposto a ir ouvir aquele camaradinha presunçoso declamar sentenças do alto de um púlpito, lembrei-me do que ele dissera do professor Waldman, que eu nunca tinha visto, pois até então ele se achava fora da cidade.

Parte por curiosidade, parte por não ter o que fazer, fui até a sala de aula onde, pouco depois, entrou o professor Waldman. Este professor era muito diferente de seus colegas. Aparentava cerca de cinquenta anos, mas tinha um aspecto que denotava grande benevolência; alguns cabelos grisalhos marcavam-lhe as têmporas, mas o resto da cabeça era quase negro. Embora de baixa estatura, era notavelmente ereto, e sua voz a mais doce que eu jamais ouvira. Começou sua aula fazendo uma recapitulação da história da química e pelos vários progressos feitos por diferentes homens de ciência, pronunciando com fervor os nomes dos mais distinguidos descobridores. Depois, passou à vista o presente estado daquela matéria e explicou muitos de seus termos elementares. Após ter realizado algumas experiências preparatórias, concluiu com um panegírico sobre a química moderna, em termos que jamais esquecerei:

– Os antigos professores desta ciência – disse ele – prometiam tudo, mas nada realizavam. Os mestres modernos prometem muito pouco; sabem que os metais não podem ser transmutados e que o elixir da vida é uma quimera. Mas esse sábios, cujas mãos parecem apenas patinhar na sujeira, ou cujos olhos parecem estar pregados aos microscópios e aos cadinhos, têm conseguido milagres. Eles penetram os recessos da natureza e mostram como ela funciona nos lugares mais ocultos. Sobem aos céus; descobriram como circula o sangue, e qual a natureza do ar que respiramos. Adquiriram novos e quase ilimitados poderes; podem comandar os trovões no céu, reproduzir o terremoto, e até zombar do mundo invisível com as suas sombras.

Tais foram as palavras do professor – melhor me seria dizer, as palavras do destino – pronunciadas para me destruir. À medida que ele continuava, eu sentia como se a minha alma estivesse lutando com um inimigo palpável. Um a um foram tocados os vários controles que formavam o mecanismo do meu ser; uma após outra, ressoaram todas as cordas, e logo minha mente se encheu com um só pensamento, uma concepção, um objetivo. Tanto tem sido feito, exclamava a alma de Frankenstein – mais, muito mais eu conseguirei; seguindo pelos passos já marcados, eu abrirei um novo caminho, explorarei forças desconhecidas, e desvelarei ao mundo os mais recônditos mistérios da criação.

Naquela noite não fechei os olhos. Todo o meu interior estava num estado de insurreição e tumulto; eu sentia que dali deveria nascer a ordem, mas não tinha forças para comandá-la. Aos poucos, depois do alvorecer, chegou o sono. Acordei, e minha noite anterior pareceu-me um sonho. A única coisa que restava era a resolução de retornar aos meus antigos estudos e devotar-me a uma ciência para a qual eu acreditava possuir um talento natural. No mesmo dia, fiz uma visita ao professor Waldman. Seus modos na intimidade eram ainda mais suaves e atraentes do que em público, pois havia uma certa dignidade em seu semblante durante a aula e que, em sua casa, era substituída pela maior afabilidade e bondade. Ele ouviu atento a minha pequena história sobre meus estudos e sorriu aos nomes de Cornelius Agrippa e Paracelso, sem porém denotar o desprezo que o sr. Krempe demonstrara. Ele disse que "havia homens a cujo zelo infatigável os sábios modernos deviam a maior parte dos fundamentos do seu saber. Eles nos haviam deixado, como tarefa mais fácil, dar novos nomes e classificar os fatos aos quais, em grande escala, eles servirão como instrumentos para trazer à luz. Os esforços dos homens de gênio, embora erroneamente orientados, não raro acabam transformando-se numa sólida vantagem da humanidade." Eu escutava sua preleção, que era feita sem qualquer presunção ou afetação, e então aduzi que sua aula tinha removido os meus preconceitos contra a química moderna; expressei-me medindo as palavras, com a modéstia e a deferência que um jovem deve ao seu instrutor, sem deixar escapar (a inexperiência da vida me teria deixado envergonhado) qualquer coisa do entusiasmo que estimulava meus pretensos trabalhos. Pedi-lhe que me aconselhasse sobre os livros que eu devia procurar.

– Fico satisfeito de ter ganhado um discípulo – disse o professor Waldman – e, se o senhor é tão aplicado quanto capaz, não tenho dúvida do seu sucesso. A química é o ramo das ciências naturais em que foram realizados e ainda se podem realizar os maiores progressos; foi por isso que resolvi estudá-la em particular; mas ao mesmo tempo não abandonei os outros ramos da ciência. Um homem faria uma triste figura na química, se apenas se interessasse por aquele departamento do conhecimento humano. Se o senhor deseja realmente tornar-se um cientista e não apenas um simples experimentador, eu o aconselho a aplicar-se a todos os ramos das ciências naturais, incluindo a matemática.

Então, ele me levou para o seu laboratório e explicou-me a utilidade de suas várias máquinas, instruindo-me quanto ao que devia procurar e prometendo-me deixar usar o seu próprio equipamento, quando eu já estivesse bastante adiantado na ciência para não estragá-lo. Deu-me também a lista dos livros que eu lhe pedi, e então eu parti.

Assim, terminou um dia memorável para mim; um dia em que ia decidir o meu desafio futuro.

Capítulo 4

A partir daquele dia, as ciências naturais, e particularmente a química, no mais compreensível sentido do termo, tornaram-se quase que minha única ocupação. Eu lia com fervor as obras, tão cheias de gênio e sentido, que os modernos pesquisadores escreveram sobre esses assuntos. Eu assistia às aulas e cultivava as relações dos cientistas da universidade, e descobri até no professor Krempe uma boa dose de bom-senso e valiosas informações, combinadas, é verdade, a uma fisionomia e maneiras repulsivas, mas nem por isso menos válidas. No professor Waldman encontrei um verdadeiro amigo. Sua gentileza jamais se mesclava com o dogmatismo, e seus ensinamentos eram dados com um ar de franqueza e naturalidade que afastavam qualquer ideia de pedantismo. De mil maneiras, ele me aplainou o caminho do conhecimento, tornando claras e fáceis ao meu entendimento as mais intrincadas questões. Minha aplicação foi de início flutuante e incerta, mas ganhou força à medida que eu continuava e logo se tornou tão ardente que não raro eu ainda me achava em meu laboratório quando as estrelas desapareciam à luz do dia.

Já que eu estudava com tanto entusiasmo, pode-se conceber que meu progresso foi rápido. Meu ardor, na verdade, causava espanto aos estudantes, e minha eficiência, aos mestres. O professor Krempe muitas vezes me perguntava, com um sorriso irônico, como ia Cornelius Agrippa, enquanto que o professor Waldman exprimia o mais cordial entusiasmo com o meu progresso. Assim, decorreram dois anos, durante os quais não fui a Genebra, dedicado que estava de corpo e alma à busca de algumas descobertas que eu esperava fazer. Ninguém, a não ser os que já a experimentaram, pode imaginar a sedução da ciência. Em outros tipos de estudos vai-se até onde os outros foram antes de nós, e nada mais há para se conhecer; mas, quando se trata da ciência, o terreno é inesgotável para as descobertas e as maravilhas. Um cérebro de moderada capacidade que se dedique com afinco a estudar um assunto deve infalivelmente alcançar uma grande competência nele; e eu que procurava, sem parar, atingir um objetivo e só me preocupava com ele, progredi tão rapidamente que, no fim de dois meses, fiz algumas descobertas para melhoria do equipamento utilizado na química, o que me granjeou grande estima e consideração na universidade. Quando atingi este ponto e fiquei bem familiarizado com a teoria e a prática das ciências naturais no que dependia das lições de alguns professores em Ingolstadt, e minha permanência ali não mais serviria para aperfeiçoar meus conhecimentos, pensei em regressar para junto de meus amigos e para minha cidade natal, mas ocorreu um incidente que fez prolongar minha estada.

Um dos fenômenos que havia atraído particularmente minha atenção era a estrutura do corpo humano e, na verdade, de qualquer ser dotado de vida. Muitas vezes eu me perguntava de onde provinha o princípio da vida. Era uma questão ousada e que sempre foi considerada um mistério; no entanto, com quantas coisas não nos poderíamos familiarizar se a covardia ou a displicência não impedissem nossas pesquisas? Eu resolvi esses pensamentos em meu cérebro e resolvi, daí por diante, aplicar-me mais particularmente aos ramos da História Natural ligados à fisiologia. A não ser que eu fosse animado por um entusiasmo quase sobrenatural, minha dedicação a esse estudo teria sido tediosa e quase intolerável. Para examinarmos as causas da vida, precisamos primeiro recorrer à morte. Familiarizei-me com a anatomia, mas isso não era o suficiente; eu deveria observar a desintegração e a corrupção naturais do corpo humano. Durante minha educação, meu pai tomara todas as precauções para que minha mente não se impregnasse de horrores sobrenaturais. Não me lembro de me haver arrepiado ante um conto de superstição ou de haver temido o aparecimento de um espírito. A escuridão jamais me perturbou, e um cemitério nada mais era para mim do que o receptáculo de corpos privados de vida que, depois de terem sido sede da beleza e da força, se haviam transformado em alimento dos vermes. Agora, eu era levado a examinar capelas mortuárias e catacumbas. Minha atenção se fixava em objetos cuja vista era a mais insuportável para a delicadeza dos sentimentos humanos. Eu via como a bela forma do homem se degradava e se decompunha; eu assistia à corrupção da morte suceder à florescência da vida; contemplava como os vermes herdavam as maravilhas do olho e do cérebro. Eu parava, examinando minuciosamente as causas como, por exemplo, a transformação da vida em morte, e da morte em vida, até que, do meio dessas trevas, se fez uma luz súbita sobre mim – uma luz tão brilhante e maravilhosa, e no entanto tão simples que, enquanto eu tonteava com a intensidade da perspectiva que ela oferecia, surpreendi-me de que, entre tantos homens de gênio que se dedicaram aos mesmos estudos, a mim apenas estivesse reservada a descoberta de um segredo tão espantoso.

Lembre-se de que eu não estou revivendo a visão de um louco. O que eu afirmo agora é tão verdadeiro quanto o fato de o Sol brilhar no céu. É possível que isso tenha acontecido por meio de algum milagre, mas as etapas da descoberta eram distintas e prováveis. Após dias e dias de incríveis trabalhos e fadigas, consegui descobrir a causa da criação e da vida; mais ainda, tornei-me capaz de conferir vida à matéria morta.

O espanto que experimentei com essa descoberta logo cedeu lugar ao êxtase e ao deleite. Depois de tanto tempo despendido num trabalho estafante, chegar de repente ao cume dos meus desejos era a realização total das minhas lides. Esta descoberta, porém, era tão grandiosa e esmagadora que todos os passos que eu dera anteriormente foram esquecidos, e eu só contemplava o resultado. O que constituíra a preocupação e o desejo dos homens mais sábios, desde a criação do mundo, estava agora ao meu alcance. Não que tudo que me aconteceu tivesse ocorrido como por um passe de mágica; os conhecimentos que eu obtivera eram mais de molde a dirigir meus trabalhos para o objetivo de minha pesquisa do que exibir aquele objetivo já realizado. Eu estava como o árabe que, tendo sido enterrado com os mortos, encontrou uma passagem para a vida, ajudado apenas por uma luzinha de brilho aparentemente fraco.

Sinto, pela sua impaciência e pela expressão de espanto e ansiedade de seu olhar, meu amigo, que você aguarda que eu lhe conte o segredo que descobri; não pode ser assim; escute minha história com calma, até o fim, e você perceberá facilmente por que sou reservado neste assunto. Não quero levá-lo, desprevenido e cheio de ardor, como eu então estava, infalivelmente para o que será sua desgraça e destruição. Aprenda comigo, se não pelos meus ensinamentos, ao menos pelo meu exemplo, como é perigoso adquirir saber, e quão mais feliz é o homem que acredita ser a sua cidade natal o mundo, do que aquele que aspira a tornar-se maior do que a sua natureza permite.

Quando me vi com aquele poder tão espantoso em minhas mãos, hesitei longo tempo quanto à maneira de empregá-lo. Embora eu possuísse a capacidade para conferir a vida, preparar uma estrutura para recebê-la, com toda a complexidade de nervos, músculos e vasos, ainda constituía uma tarefa de inconcebível dificuldade e trabalho. No início, fiquei na dúvida se devia criar um ser como eu, ou um mais simplesmente organizado: porém a minha imaginação, demasiado exaltada pelo meu primeiro sucesso, não permitia que eu duvidasse da minha capacidade de dar a vida a um animal tão complexo e maravilhoso quanto o homem. O material que eu tinha à minha disposição naquele época mal me parecia adequado para uma tarefa tão árdua. Preparei-me para uma série de reveses; era possível que minhas experiências sofressem constantes frustrações, e por fim minha obra podia sair imperfeita, mas, quando eu pensava no progresso que todos os dias se faz nas ciências e na mecânica, eu me sentia encorajado a esperar que minhas tentativas pelo menos lançassem os alicerces do sucesso futuro. Nem podia eu admitir quaisquer argumentos sobre a impraticabilidade do meu plano grandioso e complexo. Foi assim pensando que iniciei a criação de um ser humano. A extrema pequenez das partes representava um grande obstáculo à minha pressa e assim resolvi, contrariamente à minha primeira intenção, fazer o ser de uma estatura gigantesca, isto é, com cerca de 2,40 metros de altura, e proporcionalmente largo. Depois de ter tomado essa resolução e de haver despendido em escolher e reunir meus materiais, comecei.

Ninguém pode conceber a variedade de sentimentos que me lançavam para a frente, como um furacão, no primeiro entusiasmo do sucesso. A vida e a morte se me apareciam como limites ideais, que eu primeiro devia transpor, para lançar uma torrente de luz em nosso mundo de trevas. Uma nova espécie me abençoaria como seu criador e sua origem; muitas criaturas felizes e excelentes passariam a dever sua existência a mim. Nenhum pai podia reclamar a gratidão de um filho tão completamente quanto eu a daquelas criaturas. Assim refletindo, achei que, se eu fosse capaz de animar a matéria inerte, eu poderia no decorrer do tempo (embora agora o julgue impossível) restituir a vida aos corpos aos quais a morte houvesse destinado à decomposição.

Esses pensamentos apoiavam minha disposição, enquanto eu prosseguia em minha tarefa com um crescente entusiasmo. Eu empalidecera e emagrecera devido ao estudo e ao isolamento. Às vezes, bem à beira da certeza, eu falhava. No entanto, agarrava-me à esperança de que no dia ou na hora seguintes eu pudesse vencer. Um segredo, que só eu possuía, era a esperança a que eu me entregava; e a lua contemplava meus trabalhos da meia-noite enquanto que, com uma impaciência incontida e constante, eu perscrutava a natureza nos seus lugares ocultos. Quem poderá imaginar os horrores de meus trabalhos secretos, enquanto eu profanava sepulturas frescas ou torturava animais vivos para animar o barro sem vida? Ao me lembrar disso agora, meus membros tremem e meus olhos se enchem d'água; mas naquela época um impulso irresistível e quase frenético me impelia para a frente. Parecia que eu havia perdido toda a sensibilidade de espírito e não me preocupava senão com o meu trabalho. Não era, com efeito, senão um transe passageiro, que apenas renovou minha ansiedade, assim que, cessando de atuar o estímulo natural, eu retornei aos meus velhos hábitos. Eu recolhia ossos nos ossários e perturbava, com dedos profanos, os tremendos segredos da estrutura humana. Num quarto solitário – melhor dizendo, numa cela – no alto da casa, separado de todas as outras dependências por um corredor e uma escada, eu mantinha minha oficina de trabalho, onde prosseguia com a minha asquerosa criação; meus olhos quase saltavam das órbitas, atentos aos mínimos detalhes da minha tarefa. A sala de dissecação e o matadouro forneciam a maior parte do meu material. Muitas vezes minha natureza humana afastava-se repugnada do meu trabalho, enquanto, impelido por uma ansiedade sempre crescente, eu me aproximava da conclusão da minha tarefa.

Os meses do verão passaram enquanto eu me dedicava assim, corpo e alma, a uma única ocupação. A estação era das mais belas; jamais os campos apresentaram uma colheita tão exuberante ou as vinhas uma safra tão opulenta, mas meus olhos estavam insensíveis aos encantos da natureza. E os mesmos sentimentos que me faziam desprezar as paisagens, que me cercavam, também me faziam esquecer os amigos tantas milhas distantes e que eu não via há tanto tempo. Sabia que meu silêncio os inquietava e lembrava-me bem das palavras de meu pai: "Sei que, enquanto estiver satisfeito consigo mesmo, você pensará em nós com afeição, e que teremos regularmente notícias suas. Perdoe-me se eu interpretar qualquer interrupção de sua correspondência como prova de que você está igualmente negligenciando suas outras obrigações."

Eu sabia, portanto, o que meu pai estaria julgando, mas não podia desviar meus pensamentos de meu trabalho, repugnante por si mesmo, mas que se apossara irresistivelmente de minha imaginação. Eu desejava, conforme estava acontecendo, adiar tudo o que estivesse relacionado com os meus sentimentos ou afeições até que a grande obra, que engolfava todo o meu ser, estivesse terminada.

Achei, então, que meu pai cometeria uma injustiça se atribuísse minha negligência ao fato de eu me haver entregado aos vícios ou a uma vida irregular, mas agora estava convencido de que não estava completamente livre de censura. Um ser humano normal deve sempre preservar a calma e a paz de espírito e jamais permitir que um desejo ou uma paixão passageira perturbe sua tranquilidade. Não creio que a busca do saber faça exceder a essa regra. Se o trabalho a que você se entrega tende a diminuir suas afeições e a destruir seus gostos pelos prazeres simples, aos quais nada se pode misturar, então aquela ocupação é ilegítima, isso é, não é própria para a mente humana. Se esta regra fosse sempre observada, se nenhum homem se tivesse entregue à busca daquilo que interfere com a tranquilidade de suas afeições domésticas, a Grécia não teria sido escravizada, César teria poupado sua nação, a América teria sido descoberta mais gradativamente, e os impérios do México e do Peru não teriam sido destruídos.

Estou, porém, perdendo-me em reflexões de ordem moral na parte mais interessante de minha história, e seu olhar me lembra que eu devo continuar.

Meu pai não fazia qualquer censura em suas cartas, limitando-se a notar o meu silêncio, perguntando-me se eu estava mais ocupado do que antes. O inverno, a primavera e o verão passaram, enquanto eu continuava o meu trabalho; mas não percebi a expansão das folhagens ou o desabrochar das flores – espetáculos que antes sempre me enchiam de prazer –, tão absorto eu estava em minha ocupação. Naquele ano, as folhas murcharam antes que meu trabalho se aproximasse do fim, e cada dia que passava mostrava claramente o quanto eu tinha sido bem-sucedido. Mas o meu entusiasmo era posto à prova pela minha ansiedade, e eu mais parecia um indivíduo condenado ao trabalho escravo nas minas, ou a qualquer outra tarefa insalubre, do que um artista ocupado em seus afazeres favoritos. Todas as noites, eu sentia um pouco de febre, e fiquei excessivamente nervoso; a queda de uma folha me assustava, e eu evitava meus companheiros como se fosse culpado de um crime. Às vezes, assustava-me ao ver a que estado eu tinha chegado; era sustentado, ainda, apenas pela energia do meu objetivo; logo as minhas tarefas chegariam a termo, e eu acreditava que o exercício e as diversões afastariam alguma doença incipiente; e me prometi que me dedicaria a ambas as coisas, quando minha criação estivesse terminada.

Capítulo 5

Foi numa sombria noite de novembro que eu contemplei a realização de minha obra. Com uma ansiedade que quase tocava as raias da agonia, tomei os instrumentos que estavam à minha volta, a fim de que eu pudesse infundir uma centelha de vida na coisa inerte que jazia aos meus pés. Era já quase uma hora da madrugada; a chuva batia tristemente nas janelas; e minha vela estava quase consumida quando, ao lusco-fusco da luz bruxuleante prestes a extinguir-se, vi abrir-se o baço olho amarelo da criatura. Ela respirava com dificuldade, e um movimento convulsivo agitava seus membros.

Como posso descrever minhas emoções ante aquela catástrofe, como reescrever aquela ruína que eu, com esforço infinito e zelo, havia tentado formar? Seus membros eram bem-proporcionados, e eu havia escolhido e trabalhado suas feições para que fossem belas. Belas! Meu Deus! Sua pele amarela mal cobria o relevo dos músculos e das artérias que jaziam por baixo; seus cabelos eram corridos e de um negro lustroso; seus dentes, alvos como pérolas. Todas essas exuberâncias, porém, não formavam senão um contraste horrível com seus olhos desmaiados, quase da mesma cor acinzentada das órbitas onde se cravavam, e com a pele encarquilhada e os lábios negros e retos.

Os diferentes fatos da vida não são tão variáveis quanto os sentimentos humanos. Há dois anos que eu vinha trabalhando com o único objetivo de insuflar vida num corpo inanimado. Para isso eu comprometera meu repouso e minha saúde. Eu o havia desejado com um ardor que excedia à moderação, mas agora, que havia terminado, desvanecera-se a beleza do sonho, e meu coração se enchia de horror e asco. Incapaz de suportar o aspecto do ser que eu havia criado, saí correndo do aposento e continuei durante muito tempo a andar pelo quarto, sem poder dormir. Por fim, aquele tumulto cedeu lugar a uma grande lassidão, e eu me atirei na cama, vestido como estava, tentando alguns momentos de esquecimento. Tudo, porém, foi em vão. Na verdade, dormi, mas fui perturbado pelos sonhos mais violentos. Julguei ver Elizabeth estuante de saúde, caminhando pelas ruas de Ingolstadt. Deliciado e surpreso, abracei-a, porém ao beijá-la nos lábios eles se tornaram lívidos com a cor da morte; suas feições mudaram, e eu tive a impressão de que segurava em meus braços o cadáver de minha mãe; um sudário envolvia-lhe o corpo, e eu via os vermes rastejando pelas dobras do pano. Acordei cheio de horror; um frio cobria minha testa, meus dentes batiam, e todos os meus membros se convulsionaram quando, à luz pálida e amarela da Lua – que forçava a passagem pelos vidros das janelas –, vi o desgraçado, o infeliz monstro que eu criara. Ele afastara o reposteiro da cama, e seus olhos, se é que assim podiam ser chamados, estavam fixados em mim. Seus maxilares abriram-se, e ele murmurou alguns sons inarticulados, enquanto uma careta enrugava seu rosto. Talvez ele tenha falado, mas eu não ouvi; uma mão se estendeu como se quisesse segurar-me, porém eu fugi correndo pelas escadas. Refugiei-me no pátio da casa onde eu morava, e ali passei o resto da noite, andando de um lado para o outro na maior agitação, escutando atentamente qualquer som, como se ele fosse anunciar a aproximação do cadáver demoníaco ao qual tão desgraçadamente eu havia dado a vida.

Oh! Nenhum mortal seria capaz de suportar o horror daquele rosto. Uma múmia revivida não seria tão horrorosa quanto aquele destroço. Eu o contemplara antes de terminar meu trabalho; ele era feio, porém, quando aqueles músculos e articulações passaram a se mover, ele se tornou uma coisa que nem Dante poderia ter concebido.

Passei a noite arrasado. Ora minha pulsação era tão rápida e forte que eu sentia a palpitação de todas as artérias, ora, quase caía no chão, enlanguescido por uma fraqueza extrema. Misturado a esse horror, eu experimentava a amargura do desapontamento; sonhos que durante tanto tempo foram um alimento e um descanso se haviam transformado num verdadeiro inferno para mim; e a mudança fora tão rápida, a subversão tão completa!

Por fim, o dia nasceu triste e úmido descobrindo para meus olhos insones a igreja de Ingolstadt, cujo relógio do campanário branco indicava seis horas. O porteiro abriu os portões do pátio que fora o meu asilo noturno, e eu me esgueirei para as ruas, andando com passo rápido como se procurasse evitar a monstruosidade que eu temia ver surgir a cada esquina. Não ousava retornar ao apartamento que eu habitava, mas me senti impelido a correr, embora encharcado pela chuva que caía de um céu negro e desolado.

Durante algum tempo, continuei a caminhar assim, procurando com aquele exercício físico aliviar a carga que pesava em minha mente. Eu atravessava as ruas sem noção alguma de onde estava ou do que estava fazendo. Meu coração batia atormentado pelo medo, e eu corria com passos irregulares, não ousando olhar à minha volta:

"Como alguém que numa estrada solitária,
Caminha temeroso e aterrorizado,
E, tendo olhado em derredor, avança,
Sem virar mais a cabeça;
Por saber que um terrível inimigo
Aproxima-se por trás dele."*

Assim continuando, cheguei ao outro lado da estalagem onde as várias carruagens e diligências costumavam parar. Ali estaquei, sem saber por quê; mas permaneci alguns minutos com o olhar pousado num coche que vinha em minha direção, da outra extremidade da rua. Quando ele chegou mais perto, vi que era a diligência da Suíça. Parou bem onde eu estava e, quando a porta se abriu, enxerguei Henry Clerval que, ao me ver, saltou imediatamente.

– Meu caro Frankenstein – exclamou ele –, que satisfação em revê-lo! Que sorte encontrar você aqui no justo momento em que eu ia apear!

Nada poderia igualar o prazer de ver Clerval; sua presença trouxe-me a lembrança de meu pai, Elizabeth, e de todas as cenas domésticas, tão queridas à minha memória. Apertei sua mão e, por um momento, esqueci o meu horror e a minha infelicidade; senti-me de repente, e pela primeira vez durante muitos meses, invadido por uma alegria calma e serena. Foi, portanto, da maneira mais cordial que eu dei as boas-vindas ao meu amigo, e caminhamos para o meu colégio. Clerval continuou falando sobre nossos amigos comuns e da sua boa sorte em ter conseguido permissão para vir para Ingolstadt.

– Você bem pode imaginar como foi difícil – disse ele – persuadir meu pai de que todo o conhecimento necessário não se restringia à nobre arte da contabilidade; e, com efeito, acredito que o deixei meio abalado, pois suas respostas aos meus constantes rogos eram as mesmas que as do mestre-escola holandês no *Vigário de Wakefield*: "Eu ganho 10 mil florins por ano sem saber grego, e como muito bem sem grego". Sua afeição por mim, porém, acabou vencendo sua relutância contra o aprender, e assim ele permitiu que eu fizesse uma viagem à terra do conhecimento.

– É com a maior satisfação que o vejo; mas fale-me de meu pai, de meus irmãos e de Elizabeth.

– Todos muito bem e muito felizes, apenas um pouco preocupados por terem notícias suas tão raramente. A propósito, eu mesmo quero falar-lhe sobre o que eles pensam. Mas, meu caro Frankenstein – continuou ele, parando e olhando-me em cheio –, não tinha reparado como você parece doente, tão magro e tão pálido. Você tem o aspecto de quem passou muitas noites acordado.

– Você acertou. Ultimamente, tenho estado tão ocupado num trabalho, que não tenho repousado suficientemente conforme você vê. Espero porém,

* Versos de "A balada do velho marinheiro", de Samuel Taylor Coleridge (1772-1834). (N.T.)

espero com toda a sinceridade, que tudo agora tenha terminado e que eu esteja finalmente livre.

Eu tremia muito. Não podia sequer pensar, e muito menos aludir aos acontecimentos da noite anterior. Eu caminhava depressa, e logo chegamos ao colégio. Então refleti, e esse pensamento me trouxe calafrios, que a criatura que eu deixara em meu apartamento ainda podia estar ali, viva e andando. Eu me apavorava ante a perspectiva de enfrentar aquele monstro, mas temia ainda mais que Henry o visse. Pedindo-lhe, portanto, que esperasse um pouco no patamar da escada, corri para meu quarto. Antes que desse por mim, já estava com a mão no trinco da porta. Parei, então, trespassado por um calafrio. Abri a porta com violência, como fazem as crianças, quando esperam que um fantasma as esteja esperando do outro lado, porém nada apareceu. Entrei receoso; o apartamento estava vazio, e meu quarto de dormir também se achava livre daquele hóspede horrível. Mal podia crer em tanta sorte, depois que me assegurei de que o meu inimigo havia, realmente, desaparecido. Bati palmas de alegria, e desci ao encontro de Clerval.

Subimos para o meu quarto, e o criado trouxe o café, mas eu não podia conter. Não era apenas a alegria o que me invadia; eu sentia minha carne vibrar com um excesso de sensibilidade, e o pulso bater mais rapidamente. Não podia ficar parado um instante num mesmo lugar; eu pulava por sobre as cadeiras, batia palmas e ria alto. Primeiro, Clerval atribuiu aquela excepcional disposição à sua chegada, mas, quando me observou mais atentamente, notou um selvagem brilho no meu olhar que ele não podia explicar, ficando assustado e espantado com meu riso frouxo, alto e contínuo.

– Meu caro Victor – gritou ele –, pelo amor de Deus, que é que há? Não ria assim. Você está muito doente! Qual é a causa de tudo isso?

– Não me pergunte – clamei eu, cobrindo os olhos com as mãos, pois eu julguei estar vendo o horroroso espectro esgueirar-se para dentro do quarto. – *Ele* pode lhe dizer. Oh! Salve-me! Salve-me! – Eu imaginava que o monstro estava me agarrando; lutei desesperadamente e caí desmaiado.

Pobre Clerval! Que não estaria imaginando? Um encontro, que ele antecipara com tanta alegria, transformava-se numa verdadeira amargura. Eu, no entanto, não testemunhei sua dor, pois me achava sem sentidos, só voltando a mim muito tempo depois.

Este foi o início de uma febre nervosa que me reteve no leito vários meses. Durante todo esse tempo, Henry foi meu único enfermeiro. Soube depois que, considerando a idade avançada de meu pai que o impedia de fazer uma viagem tão longa, e sentindo o quanto Elizabeth ficaria abalada com a minha doença, ele lhes poupou esta dor, escondendo-lhes a extensão do meu mal. Clerval sabia que eu não podia contar com um enfermeiro mais bondoso e atento do que ele e, firme na esperança de me recuperar, não teve dúvidas de que, em vez de causar mal, praticava uma boa ação, assim agindo para com eles.

Mas, na realidade, eu estava muito doente, não restando dúvida de que só os ilimitados e constantes cuidados de meu amigo foram capazes de me restituir a vida. A forma do monstro a que eu tinha dado vida estava sempre diante de meus olhos, e eu vociferava sem cessar contra ele. Sem dúvida, minhas palavras devem ter surpreendido Henry. Primeiro ele achou que se tratava de um delírio da minha imaginação perturbada, mas a constância com que eu me referia ao mesmo assunto persuadiu-o de que, com efeito, a minha doença se devia a um acontecimento terrível e anormal.

Muito vagarosamente, e com frequentes recaídas que alarmavam e entristeciam meu amigo, eu me recuperei. Recordo que a primeira vez que fui capaz de observar os objetos exteriores, com um certo prazer, percebi que as folhas do outono tinham desaparecido e dado lugar a jovens botões que brotavam das árvores que ensombreciam minha janela. Era uma primavera divina, e a estação contribuiu para minha recuperação. Experimentei, também, renascerem em meu peito sentimentos de alegria e de afeição. A tristeza desaparecera e, em pouco tempo, tornei-me tão animado quanto antes de ser atacado pela paixão fatal.

– Querido Clerval – exclamei –, como você é bom para mim. Todo este inverno, em vez de estudar, conforme prometeu a si mesmo, você passou no meu quarto de doente. Como poderei pagar-lhe tudo isso? Sinto um grande remorso por ter sido causa dessa desilusão, mas você há de me perdoar.

– Eu me sentirei inteiramente recompensado se você não fizer extravagâncias e procurar se restabelecer o mais depressa possível; e, desde que você parece estar com uma tão boa disposição, posso falar-lhe sobre um assunto, posso?

Eu tremi. Um assunto! Que seria? Iria ele aludir a um assunto sobre o qual eu nem ousava pensar?

– Acalme-se – disse Clerval que reparou na alteração da minha cor. – Eu não tocarei nele, se isso o faz ficar agitado, mas seu pai e sua prima sentir-se-iam muito felizes se recebessem uma carta escrita por sua própria mão. Eles ignoram o quanto você esteve mal, e estão muito preocupados com o seu longo silêncio.

– Ah, é isso, Henry? Como pode você imaginar que os meus primeiros pensamentos não iriam para aqueles amigos queridos, que eu amo e que tanto são dignos do meu amor?

– Se é esta a sua disposição, meu amigo, talvez você gostasse de ver uma carta para você e que está aqui há alguns dias; creio que seja de sua prima.

Capítulo 6

Clerval então entregou-me a seguinte carta. Era da minha própria Elizabeth:

> *Meu querido Primo:*
> Você tem estado doente, muito doente, e nem as constantes cartas do caro e bondoso Henry têm sido suficientes para me confortar a seu respeito. Você está proibido de escrever, até de segurar uma caneta; no entanto, querido Victor, é necessário uma palavra sua para acalmar nossas apreensões. Por muito tempo pensei que cada próximo correio traria a carta que esperávamos, e convenci titio a não fazer uma viagem a Ingolstadt. Impedi-o, assim, de se entregar aos inconvenientes e até talvez perigos de uma viagem tão longa. No entanto, quanto lamentei não poder eu mesma fazê-la! A mim se afigurava que a tarefa de atender você tinha sido delegada a alguma velha enfermeira mercenária, que jamais poderia satisfazer seus desejos nem dar-lhe os cuidados e afeição que sua prima lhe daria. Contudo, agora tudo passou: Clerval escreve dizendo que, com efeito, você está melhorando. Espero que você confirme isso o mais breve possível por sua própria mão.
> Fique bom e volte para nós. Você encontrará um lar alegre e feliz, e amigos que o amam extremosamente. Seu pai vai bem de saúde e não fala senão em vê-lo, para assegurar-se de que você está bem. E nenhuma outra preocupação poderia anuviar o seu bondoso semblante. Como você gostaria de assistir ao progresso de nosso Ernesto! Está agora com 16 anos, e muito ativo e animado. Deseja ser um verdadeiro suíço e entrar para o serviço militar no estrangeiro, porém só o poderá fazer depois que seu irmão mais velho voltar para nós. Titio não está muito satisfeito com a ideia do serviço militar num país distante, mas Ernesto jamais foi aplicado como você. Ele encara o estudo como um odioso cativeiro; passa o tempo a céu aberto, subindo as montanhas ou remando no lago. Receio que se torne um ocioso, se não considerarmos a questão e não permitirmos que siga a profissão que escolheu.
> Pouca coisa ocorreu aqui depois que você partiu, exceto o crescimento das crianças. O lago continua azul e as montanhas vestidas de neve: eles jamais mudam, e acho que nosso lar calmo e nossos corações satisfeitos se regulam pelas mesmas leis imutáveis. Minhas ocupações rotineiras tomam-me o tempo e me distraem, e eu sou recompensada não vendo senão rostos felizes e bondosos a meu redor. Desde que você foi embora, apenas uma alteração ocorreu no pessoal de nossa casa. Você

se recorda de quando foi que Justine Moritz entrou para nossa família? Talvez não; vou portanto, lembrar-lhe a história em poucas palavras. A senhora Moritz, mãe dela, era viúva com quatro filhos, dos quais Justine era a terceira. Essa menina sempre fora favorita de seu pai, mas por uma estranha perversidade a mãe não a suportava e, depois que o sr. Moritz morreu, passou a tratá-la muito mal. Titia observava isso e, quando Justine fez 12 anos, convenceu a mãe dela que lhe permitisse vir morar em nossa casa. As instituições republicanas de nossa pátria produziram hábitos mais simples e melhores do que os das grandes monarquias que nos cercam. Daí haver menos diferenças entre as várias classes de seus habitantes, e as classes mais humildes, nem tão pobres nem tão desprezadas, possuírem maneiras educadas e uma boa moral. Em Genebra, uma criada não significa a mesma coisa que uma criada na França e na Inglaterra. Justine, assim recebida em nossa família, aprendeu os deveres de uma criada, condição que em nossa feliz pátria não inclui a ideia de ignorância e de sacrifício da dignidade do ser humano.

Justine, você deve se lembrar, era a sua grande favorita; e recordo-me de que uma vez você observou que, se estivesse de mau humor, bastava um olhar de Justine para dissipá-lo, tal como Ariosto em relação à beleza de Angélica, pois ela parecia tão feliz e alegre. Este benefício foi totalmente recompensado; Justine era a criatura mais grata do mundo; não que ela o dissesse, mas podia-se ver nos seus olhos que ela adorava sua protetora. Embora fosse sempre alegre em muitos sentidos, às vezes até mesmo irrefletida, ela dedicava a maior atenção ao menor gesto de titia. Achava que ela era o modelo de tudo o que existe de melhor e procurava imitar seus gestos e até sua maneira de falar, de modo que até hoje me lembra muito titia.

Quando minha tia morreu, todos estávamos muito ocupados com nossa própria dor para reparar na pobre Justine, que a assistira durante a doença com a maior afeição. A pobre Justine ficou muito abalada, porém outras provações ainda lhe estavam reservadas.

Um a um, seus irmãos e sua irmã morreram; e a mãe dela, à exceção da filha abandonada, ficou sem filhos. A mulher ficou mentalmente perturbada; começou a pensar que a morte de seus filhos favoritos era uma espécie de castigo pela sua parcialidade. Ela era católica romana, e acho que seu confessor confirmou a ideia que ela havia concebido. Assim, poucos meses depois de você partir para Ingolstadt, aquela mãe arrependida chamou Justine para casa. Pobre menina! Chorou quando nos deixou, desde a morte de titia que ela ficou muito alterada. Ela, que antes era tão viva, ficou abatida pela dor, e a convivência com a mãe era o que menos se podia esperar para restaurar sua alegria. O arrependimento da pobre mulher era muito inconstante. Às vezes, ela pedia a Justine que a perdoasse pela sua maldade, mais frequentemente, porém, a acusava de ter causado a morte dos irmãos e da irmã. Uma irritação constante acabou por destruir a sra. Moritz, que agora descansa em paz, para sempre. Justine voltou para nossa casa e asseguro-lhe que a amo ternamente. Ela é muito inteligente, delicada e extremamente bela; conforme já mencionei antes, suas feições e seus modos fazem-me lembrar continuamente de minha tia querida.

Caro primo, devo dizer-lhe também algumas palavras sobre o pequeno e querido William. Gostaria de que você o visse. É muito alto para sua idade, seus olhos azuis, de pestanas negras, são muito risonhos, e seus cabelos, cacheados. Quando ri, formam-se duas covinhas de cada lado das faces, que são rosadas e sadias. Já teve uma ou duas pequenas *esposas*, mas Louisa Biron é a sua favorita, linda menina de cinco anos de idade.

Agora, caro Victor, eu ousaria dizer que você gostaria de ouvir alguns comentários sobre a boa gente de Genebra. A linda srta. Mansfield já está recebendo os parabéns pelo seu próximo casamento com um jovem inglês, John Melbourne, cavalheiro. Sua irmã muito feia, Manon, casou-se com o sr. Duvillard, o rico banqueiro, no outono passado. Seu colega favorito, Louis Manoir, sofreu vários reveses, desde que Clerval saiu de Genebra. Ele porém já se recuperou e fala-se que vai casar com uma bela francesa muito viva, a sra. Tevernier. É viuva, e muito mais velha do que Manoir, mas é muito admirada e procurada por todo mundo.

Escrevi-lhe na melhor disposição de espírito, caro primo. Ao terminar, porém, retorna a minha ansiedade. Escreva, querido Victor; uma linha, uma palavra será um verdadeiro bálsamo para nós. Mil agradecimentos a Henry pela sua bondade, sua afeição e suas várias cartas. Somos-lhe sinceramente gratos. *Adieu!* Meu primo, cuide-se e, eu lhe rogo, escreva!

GENEBRA, 18 DE MARÇO DE 17...
Elizabeth Lavenza.

– Querida Elizabeth! – exclamei quando acabei de ler a carta. – Vou escrever-lhe agora mesmo e livrá-la da ansiedade que a oprime.

Escrevi e fiquei muito cansado com o esforço feito; mas a convalescença tinha começado e continuou regularmente. Dentro de mais 15 dias, eu já podia deixar o meu quarto.

Recuperado, uma das primeiras coisas que fiz foi apresentar Clerval aos diversos professores da universidade. Assim procedendo, eu me submeti a uma espécie de flagelação, pouco adequada para as feridas que minha mente tinha sofrido. Desde aquela noite fatal, quando o meu trabalho terminou e tiveram início os meus infortúnios, que eu votara uma violenta antipatia ao simples nome de História Natural. Da mesma forma, depois de restaurada minha saúde, a simples vista de um instrumento de laboratório de química fazia renascer toda a agonia dos meus sintomas nervosos. Henry percebeu isso e removeu todos os aparelhos da minha vista. Trocara também o meu apartamento, pois viu que eu me sentia mal no quarto que fora anteriormente o meu laboratório. Porém esses cuidados de Clerval de nada adiantavam, quando eu visitava os professores. O sr. Waldman torturava-me quando louvava, com bondade e calor, o espantoso progresso que tinha feito nas ciências. Ele logo percebeu que o assunto não me agradava, mas, ignorando a causa real, atribuiu meus sentimentos à modéstia e desviou o tema do meu progresso para a própria ciência, evidentemente desejando afastar-me de suas considerações. Que podia eu fazer? Ele queria agradar-me e atormentava-me. Era como se ele me estivesse expondo, um por um, aqueles instrumentos que depois iriam matar-me lenta e cruelmente. Eu me contorcia ante suas palavras, mas me esforçava por esconder meu sofrimento. Clerval, cujos olhos eram sempre ágeis em descobrir os sentimentos dos outros, declinava do assunto, alegando sua total ignorância, e assim a conversa tomava outro rumo. Eu não falava, porém agradecia ao meu amigo do fundo do coração. Eu percebia claramente que ele estava surpreso, embora jamais tentasse arrancar o meu segredo; e mesmo eu o querendo muito, com uma mistura de afeição e reverência que não conhecia limites, não podia convencer-me a lhe confiar aquele fato, presente sempre em minhas recordações, mas que eu temia fixar ainda mais profundamente, se revelasse a outras pessoas.

O sr. Krempe não era assim tão dócil. Nas condições em que me encontrava naquela época, de uma sensibilidade quase insuportável, seus elogios explosivos causavam-me ainda mais sofrimento do que a benevolente aprovação do professor Waldman.

– Diabo de rapaz! – exclamava ele. – Olhe, sr. Clerval, asseguro-lhe que ele passou a perna em todos nós. Arregale os olhos se isso lhe faz bem; mas é a pura verdade. Um rapazola que, há apenas alguns anos, acreditava tão firmemente em Cornelius Agrippa quanto nos Evangelhos, lançou-se agora à frente da universidade. E se não o refreássemos logo, todos nós íamos perder a compostura. Sim, sim – continuava ele, observando minha expressão contrafeita. – O sr. Frankenstein é modesto, excelente qualidade num jovem. Os jovens deviam ser modestos, sabe, sr. Clerval? Eu próprio fui quando jovem, mas isso passa depressa.

O professor Krempe começara agora a elogiar-se, o que felizmente desviou a conversa de um assunto que tanto me incomodava.

Clerval jamais comungara com meu gosto pelas ciências naturais, e suas ocupações literárias diferiam por completo daquelas que me haviam absorvido. Ele viera para a universidade disposto a tornar-se um mestre completo nas línguas orientais, já que isso lhe abriria as portas para o plano de vida que ele traçara. Decidido a prosseguir uma carreira gloriosa, ele voltou seus olhos para o Leste como objetivo de seu empreendimento espiritual. Os idiomas persa, árabe e sânscrito atraíram sua atenção, e eu fui facilmente induzido a fazer os mesmos estudos. A ociosidade sempre me fora insuportável, e agora, que eu desejava fugir das minhas reflexões e odiava meus estudos anteriores, senti um grande alívio em poder ser colega de meu amigo, encontrando não apenas saber mas consolo nas obras dos orientalistas. Ao contrário dele, eu não me preocupava em fazer um estudo crítico dos seus dialetos, pois para mim aquilo não servia senão como uma distração passageira. Eu os lia somente para compreender o seu significado, e eles recompensavam o meu labor. Encontrei neles uma melancolia tão tranquilizante e uma alegria tão animadora como jamais experimentara ao estudar os autores de qualquer outro país. Quando se leem seus escritos, a vida parece consistir num sol cálido e num jardim de rosas, nos sorrisos e carrancas de um inimigo leal e no fogo que consome o próprio coração. Quão diferente da enérgica poesia heroica da Grécia e de Roma.

Passei o verão entretido com esses estudos, e meu regresso a Genebra foi marcado para o fim do outono. No entanto, como vários incidentes me impediram de partir, chegaram o inverno e a neve, as estradas ficaram totalmente intransitáveis, e minha viagem foi adiada até a chegada da primavera. Sofri muito com essa demora, pois ansiava por rever minha cidade natal e meus amigos queridos. A viagem tinha sido assim retardada pelo fato de eu não querer deixar Clerval num lugar estranho antes que tivesse travado relações com alguns de seus habitantes. Passamos, contudo, o inverno muito animados e, embora a primavera houvesse chegado excepcionalmente tarde, quando surgiu, sua beleza compensou o atraso.

Já havia começado o mês de maio e eu aguardava diariamente a carta que fixaria a data de minha partida, quando Henry propôs um passeio a pé pelas cercanias de Ingolstadt, a fim de que eu pudesse despedir-me da região em que morara durante tanto tempo. Acedi com prazer à sua proposição. Eu gostava de exercício, e Clerval sempre fora meu companheiro favorito nas caminhadas que eu realizara em minha terra natal.

Passamos 15 dias nessas perambulações; há bastante tempo que havia recuperado minha saúde de corpo e alma, e ela se fortalecia com o ar saudável que respirávamos, com os incidentes naturais de nosso passeio, e com a conversa de meu amigo. Os estudos me tinham afastado do contato com meus semelhantes, tornando-me insociável, mas Clerval reavivou os melhores sentimentos do meu coração. Ele me ensinou novamente a amar a natureza e os animados rostinhos das crianças. Excelente amigo! Como me amava sinceramente e procurava elevar minha mente ao nível da sua! Eu me dedicara a uma ocupação egoísta que me restringira até que sua delicadeza e afeição aqueceram e abriram meus sentidos. Tornei-me, assim, a mesma criatura feliz que eu era há alguns anos, querido por todos, sem tristezas nem preocupações. Quando feliz, a natureza morta tinha o poder de me comunicar as mais deliciosas sensações. O céu sereno e os campos verdejantes enchiam-me de êxtase. A estação estava realmente divina; as flores da primavera desabrochavam, nas moitas, enquanto que as do verão já se mostravam em botões. Eu não era mais assaltado pelos pensamentos que, no ano anterior, me haviam perturbado, não obstante meus esforços para me livrar deles, como de uma carga insuportável.

Henry rejubilava-se com a minha alegria e comungava sinceramente com meus sentimentos. Ele procurava distrair-me, enquanto exprimia o que lhe ia na alma. Nessa ocasião, os recursos de sua mente eram de espantar; sua conversa era cheia de imaginação e não raro, imitando os escritores persas e árabes, inventava contos maravilhosos de fantasia e paixão. Outras vezes, ele repetia meus poemas favoritos e propunha-me discussões, que sustentava com grande habilidade.

Voltamos para o colégio num domingo à tarde; os camponeses dançavam, e todo mundo parecia alegre e feliz. Eu mesmo estava com uma ótima disposição de espírito, cheio de alegria e felicidade.

Capítulo 7

No meu regresso, encontrei a seguinte carta de meu pai:

> *Meu caro Victor:*
> Com certeza você tem esperado com impaciência uma carta marcando a data de sua volta para nós, e, no início, eu fiquei muito tentado a

escrever apenas algumas linhas, mencionando o dia em que lhe esperamos. Isso seria, porém, uma crueldade e não ousei fazê-lo. Qual não seria a sua surpresa, meu filho, se, em vez de ser recebido com alegria e felicidade, você o fosse com lágrimas e abatimento? E como poderei, Victor, contar-lhe nossa desgraça? A ausência não pode ter tornado você insensível às nossas alegrias e às nossas dores, e como poderei fazer sofrer o meu filho que há tanto se acha ausente? Quero prepará-lo para as piores notícias, mas sei que é impossível; agora mesmo, parece-me ver seus olhos percorrendo essas páginas à procura das palavras que lhe comunicarão a horrível nova.

William está morto! Aquela criança tão meiga, cujos sorrisos deliciavam e aqueciam meu coração, tão delicada e tão alegre! Victor, ele foi assassinado!

Não pretendo consolá-lo, mas apenas relatar as circunstâncias do fato.

Na última quinta-feira (7 de maio), eu, minha sobrinha e seus dois irmãos fomos passear em Plainpalais. A tarde estava cálida e serena, e prolongamos nossa caminhada mais que o habitual. Já estava escuro quando pensamos em voltar, e então reparamos que William e Ernest, que tinham ido na frente, não estavam conosco. Resolvemos então sentar um pouco até que eles voltassem. Ernest regressou e perguntou se tínhamos visto seu irmão. Disse que tinham estado brincando e que William correra para se esconder. Depois de procurar em vão por ele, esperara-o por muito tempo, mas ele não apareceu.

Esse relato nos alarmou, e pusemo-nos a sua procura até que a noite caiu, quando então Elizabeth achou que ele devia ter ido diretamente para casa. Mas ele não estava lá. Nós retornamos ao campo com tochas, pois eu não podia ter descanso quando pensava que meu filhinho se havia perdido e estava exposto à umidade e ao orvalho da noite. Elizabeth também estava extremamente angustiada. Cerca das cinco horas da manhã descobri meu amado filho, que na noite anterior era todo atividade e saúde, deitado na grama, lívido e imóvel; a marca dos dedos do assassino estavam em seu pescoço.

Ele foi levado para casa, e a angústia que se estampava em meu rosto traiu o segredo para Elizabeth. Ela fez questão de ver o cadáver. Primeiro, eu tentei impedi-la, mas ela persistiu e, entrando no quarto onde ele se achava, examinou-lhe rapidamente o pescoço, após o que, juntando as mãos, exclamou: 'Meu Deus! Eu matei minha querida criança!'

Ela desmaiou, e custamos muito a reanimá-la. Quando voltou a si, foi apenas para chorar e suspirar. Disse-me que naquela mesma tarde

William tinha insistido para que ela o deixasse usar uma miniatura muito valiosa que ela possuía da mãe. Esse retrato desapareceu, e sem dúvida foi a tentação que levou o assassino a perpetrar o crime. Até o presente não temos pista alguma dele, embora continuemos infatigáveis em nossos esforços para descobri-lo. Mas ele não vai restituir a vida do meu amado William!

Venha, querido Victor; somente você poderá consolar Elizabeth. Ela vive a chorar e a se acusar injustamente da morte de William. Todos nós nos sentimos muito infelizes, mas não será isso mais um motivo para que você regresse, a fim de nos confortar? Sua querida mãe! Ah, Victor! Agradeço agora a Deus que ela não esteja viva para testemunhar a morte desgraçada e cruel de seu querido caçula!

Venha, Victor, sem alimentar pensamentos de vingança contra o assassino, mas com sentimentos de paz e bondade que hão de curar, em vez de revolver as nossas feridas espirituais. Penetre nessa casa que se enlutou, meu amigo, cheio de bondade e afeição pelos que o amam, e sem ódio pelos seus inimigos.

Seu pai afeiçoado e aflito,

Alphonse Frankenstein.

Genebra, 12 de maio de 17...

Clerval, que havia observado minha expressão à medida que eu lia a carta, ficou surpreso ao verificar o desespero que sucedeu à alegria que inicialmente demonstrei por ter recebido notícias de meus amigos. Joguei a carta sobre a mesa e mergulhei o rosto em minhas mãos.

– Meu caro Frankenstein – exclamou Henry ao ver que eu chorava amargurado. – Por que você tem de ser sempre infeliz? Meu caro amigo, que aconteceu?

Fiz-lhe um sinal para que lesse a carta, enquanto andava pelo quarto, preso de intensa agitação. As lágrimas também brotaram dos olhos de Clerval à proporção que ele lia o relatório de minha desgraça.

– Não lhe posso dar qualquer consolo, meu amigo – disse ele. – Seu desastre é irreparável. Que você pretende fazer?

– Ir imediatamente para Genebra; venha comigo, Henry, arranjar os cavalos.

Enquanto caminhávamos, Clerval tentou dizer algumas palavras de consolo; porém nada mais conseguiu senão compartilhar sinceramente da minha dor.

– Pobre William! – exclamou ele. – Querida criança agora dorme junto ao anjo que foi sua mãe! Quem o viu na sua alegria esfuziante e cheio de beleza não pode senão chorar a sua perda prematura! Morrer tão desgraçadamente, sentindo as garras do assassino. Muito mais do que um assassino, para poder destruir uma inocência tão radiante! Pobre garoto! Só nos resta um consolo; seus amigos lamentam-no e choram, mas ele está em repouso. A agonia terminou, seus sofrimentos findaram para sempre. A relva cobre o seu corpo, ele não sente mais dores. Não será mais um objeto de piedade; devemos reservá-la para os infelizes sobreviventes.

Assim falava Clerval, enquanto caminhávamos apressados pelas ruas; as palavras se fixaram em minha mente, e depois, quando sozinho, eu me lembrei delas. Mas então, assim que os cavalos chegaram, meti-me num cabriolé e dei adeus ao meu amigo.

Minha viagem foi muito triste. No início, eu queria correr, pois ansiava por consolar e compartilhar da tristeza de meus amigos; porém, à medida que me aproximava de minha cidade, segui mais devagar. Mal podia suportar o turbilhão de pensamentos que se comprimiam em meu cérebro. Atravessei regiões que conhecera quando jovem, mas que não via há quase seis anos. Quanta coisa podia ter mudado durante aquele tempo! Havia ocorrido uma súbita e desoladora modificação; porém mil outras pequenas alterações podiam ter acontecido e que, embora não se evidenciassem bruscamente, nem por isso eram menos decisivas. Fui assaltado pelo medo e não ousei prosseguir, temendo milhares de demônios anônimos que me faziam tremer, sem que eu pudesse defini-los.

Permaneci dois dias em Lausane neste doloroso estado de espírito. Eu contemplava o lago. As águas estavam plácidas, e tudo em volta era sereno. As montanhas cobertas de neve, "os palácios da natureza", não tinham mudado. Pouco a pouco, a calma e a beleza celestial da paisagem restauraram a minha tranquilidade, e continuei minha viagem para Genebra.

A estrada corria ao lado do lago, que se estreitava à medida que me aproximava da cidade. Percebi mais distintamente as encostas negras do Jura e o cume brilhante do Mont Blanc. Eu chorava como uma criança. "Queridas montanhas! Meu lindo lago! Como recebem vocês este viajante? Seus cumes estão limpos; o céu e o lago estão azuis e serenos. Será isso um prenúncio de paz ou uma zombaria da minha infelicidade?"

Receio, meu amigo, tornar-me aborrecido repisando essas circunstâncias preliminares, mas elas constituíram dias de relativa felicidade, e recordo-as com prazer. "Minha terra, minha amada terra! Quem senão um filho teu poderia dizer a sensação de deleite que me envolveu ao contemplar de novo teus regatos, tuas montanhas e, mais do que tudo, teu adorável lago?!"

Contudo, ao me aproximar de casa, fui assaltado outra vez pelo medo e pela dor. A noite caiu e, quando eu mal podia ver as montanhas escuras, experimentei uma tristeza ainda maior. Aquele quadro parecia um vasto e sombrio cenário do mal, e eu previa de longe que estava destinado a me tornar o mais desgraçado dos seres humanos. Ai de mim! Eu estava prevendo a verdade, e só falhei num ponto: toda a infelicidade que eu imaginava e temia não representava senão uma centésima parte da angústia que eu estava destinado a suportar.

Já estava completamente escuro quando cheguei às cercanias de Genebra. As portas da cidade já estavam fechadas, e fui obrigado a passar a noite em Secheron, aldeia a cerca de meia légua distante da cidade. O céu estava sereno e, como me sentia incapaz de repousar, resolvi visitar o local onde o pobre William fora assassinado. Como não podia passar pela cidade, tive de atravessar o lago num bote para alcançar Plainpalais. Durante essa curta viagem, vi os relâmpagos formando os mais lindos desenhos no cume do Mont Blanc. A tempestade parecia aproximar-se rapidamente. Ao saltar em terra, subi a uma pequena elevação a fim de melhor apreciar o seu avanço. Ela chegava; o céu estava nublado, e logo senti grandes e esparsos pingos da chuva, cuja violência aumentava rápido.

Deixei o lugar onde estava e continuei a caminhar, embora a escuridão e a tempestade aumentassem a cada minuto e os trovões estalassem com um ruído aterrador por sobre minha cabeça. O seu eco vinha desde Saleve, do Jura e dos Alpes da Savoia; os vívidos clarões dos relâmpagos me ofuscavam, iluminando o lago, fazendo-o parecer um extenso lençol de fogo; depois tudo mergulhava em trevas, até que os olhos se acomodavam de novo. Como habitualmente sucede na Suíça, a tempestade aparecia ao mesmo tempo em várias partes do céu. A mais violenta achava-se justamente ao Norte da cidade, sobre aquela parte do lago que fica entre Belrive e a aldeia de Copêt. Outra tormenta iluminava o Jura com relâmpagos fracos, e outra, ainda, escurecia e às vezes deixava entrever o Môle, um pico montanhoso a Leste do lago.

Ao mesmo tempo que eu apreciava a tempestade, tão bela e terrível, caminhava a passos largos. Essa nobre guerra celestial elevava o meu espírito; apertando as mãos, eu exclamava em voz alta:

– William, anjo querido! Este é o teu funeral, o teu réquiem!

Assim falando, percebi, na sombra, um vulto que se esgueirava detrás de um grupo de árvores perto de mim. Parei e fiquei olhando atentamente; não podia haver engano. O clarão de um relâmpago iluminou a figura e revelou perfeitamente sua forma. Sua gigantesca estatura e a deformidade de sua aparência, mais horrível do que humana, fizeram com que eu percebesse imediatamente que se tratava do desgraçado e nojento demônio ao qual eu conferira a vida. Que fazia ele ali? Teria sido ele (e eu tremi a esse pensamento) o assassino de meu irmão? Nem bem essa ideia havia atravessado minha mente e eu já estava convencido de sua veracidade. Meus dentes se entrechocaram, e eu fui obrigado a encostar-me a uma árvore para não cair. A coisa passou rapidamente por mim, e perdi-a de vista nas sombras. Nenhum ser humano poderia ter destruído aquela linda criança. Era ele o assassino! Não havia dúvida. A simples presença daquela ideia constituía uma prova irrefutável do fato. Pensei em perseguir o demônio, mas teria sido em vão, pois à luz de outro relâmpago vi que ele subia pelas rochas de uma encosta quase perpendicular do monte Saleve, elevação que limita Plainpalais ao Sul. Logo, ele atingiu o cume e desapareceu.

Eu fiquei imóvel. A trovoada cessou, mas a chuva ainda continuava, e toda a paisagem ficou envolta nas trevas. Eu revolvia em minha mente todos os acontecimentos que até agora tinha procurado esquecer: todo o progresso do meu trabalho visando à criação, o aparecimento da obra viva saída de minhas mãos ao lado da minha cama, sua partida. Fazia agora quase dois anos desde aquela noite em que ele recebera a vida. Seria este o seu primeiro crime? Ah, meu Deus! Eu soltara no mundo um monstro depravado cujo prazer residia na morte e na desgraça; não havia ele assassinado meu irmão?

Ninguém pode imaginar minha angústia durante o resto da noite que passei, frio e molhado, ao relento. No entanto, não sentia a inclemência do tempo; minha imaginação estava ocupada com cenas de maldade e desespero. Eu considerava o ser que eu havia liberado entre a humanidade e dotado de vontade e força para praticar horrores, como o que acabava fazer, quase como meu espectro, meu próprio espírito fugido da sepultura e obrigado a destruir tudo o que me era caro.

O dia vinha nascendo, e eu me encaminhei para a cidade. Os portões estavam abertos. Dirigi-me às pressas para a casa de meu pai. Meu primeiro pensamento foi revelar que eu sabia quem era o criminoso e organizar imediatamente sua perseguição. Refreei, porém, meu ímpeto quando refleti sobre a história que eu deveria contar. Um ser que eu próprio criara e dotara de vida se encontrara comigo à meia-noite entre os precipícios de uma montanha inacessível. Lembrava-me também da febre nervosa que me acometeu na época em que completei minha criação, e que daria um ar de delírio a um conto além do mais improvável. Também sabia que, se alguém me houvesse contado algo semelhante, eu o olharia como se ele estivesse à beira da loucura. Além disso, a estranha natureza do animal frustraria qualquer perseguição, mesmo que me dessem crédito e conseguisse convencer meus parentes a iniciá-la. E de que adiantaria persegui-lo? Quem poderia capturar uma criatura capaz de escalar as encostas abruptas do Monte Saleve? Esses pensamentos fizeram com que eu me decidisse a calar.

Eram cerca de cinco horas da manhã, quando entrei na casa de meu pai. Disse aos criados que a ninguém perturbassem e fui para a biblioteca esperar a hora em que habitualmente todos se levantavam.

Seis anos haviam transcorrido como um sonho, a não ser um traço indelével, e eu me achava no mesmo lugar em que abraçara meu pai pela última vez, antes de partir para Ingolstadt. Amado e venerado pai! Ele ainda me restara. Olhei para o retrato de minha mãe que estava sobre a lareira. Representava uma cena histórica, pintada por vontade de meu pai – Caroline Beaufort no desespero da agonia, ajoelhada aos pés do caixão de seu pai morto. Sua aparência era rústica e suas faces estavam pálidas, mas ela apresentava um ar de dignidade e de beleza que mal permitia um sentimento de piedade. Abaixo havia uma miniatura de William e as lágrimas me assomaram aos olhos quando a contemplei. Enquanto eu estava assim entretido entrou Ernest; ele me tinha ouvido ao chegar e apressou-se a dar-me as boas-vindas. Ao ver-me, denotava um prazer cheio de tristeza.

– Seja bem-vindo, meu querido Victor – disse ele. Quem me dera que você tivesse chegado há três meses, quando então nos teria encontrado alegres e felizes. Você chega agora para compartilhar uma desgraça que nada pode aliviar; contudo, espero que a sua presença reanime nosso pai que parece cada vez mais abater-se ante a sua infelicidade; e você poderá convencer a pobre Elizabeth a deixar de se torturar com suas autoacusações. Pobre William, ele era o nosso ente querido, e o nosso orgulho!

Lágrimas incontidas brotavam dos olhos de meu irmão; todo o meu corpo foi percorrido por uma sensação de agonia mortal. Antes, eu havia pensado apenas na ruína de meu desolado lar, mas agora a realidade se fazia sentir como um novo e não menos terrível desastre. Procurei acalmar Ernest; pedi-lhe que me falasse com mais detalhes de meu pai e daquela a quem eu chamava de prima.

– Ela, mais do que todos nós – disse Ernest –, precisa de consolo; ela se acusou de haver sido a causa da morte de meu irmão, o que a abateu muito. Mas desde que o assassino já foi descoberto...

– O assassino foi descoberto! Meu Deus! Como foi isso? Quem poderia tê-lo perseguido? É impossível! Seria mais fácil dominar os ventos ou fazer parar um regato da montanha com uma palha. Eu também o vi; ele estava solto a noite passada!

– Não sei o que você está dizendo – replicou o irmão espantado –, mas a descoberta que fizemos aumenta ainda mais a nossa desgraça. Em princípio ninguém acreditaria e, até agora, Elizabeth não está convencida, apesar de todas as provas. Com efeito, quem poderia crer que Justine Moritz, tão amiga e querida da família, pudesse de repente ser capaz de um crime tão horroroso e espantoso?

– Justine Moritz! Pobre menina, é ela a acusada? Mas isso é uma iniquidade; todo mundo sabe. Certamente ninguém acredita nisso, não é Ernest?

– No início, ninguém acreditou, mas surgiram provas circunstanciais que quase nos convenceram. Além disso, receio que o comportamento dela tenha sido bastante confuso para não deixar dúvidas quanto à evidência dos fatos. Mas ela será julgada hoje, e você então terá ocasião de saber de tudo.

Ele contou que, na manhã em que havia sido descoberta a morte do pobre William, Justine tinha caído doente, ficando de cama vários dias. Aconteceu que, durante esse tempo, uma das criadas, examinando as roupas que ela tinha usado na noite do crime, descobrira num dos bolsos o retratinho de minha mãe, que se julgava ter sido o motivo do assassinato. Imediatamente a criada mostrou-o a outro dos empregados que, sem nada dizer a nós da família, procurou a polícia; e, ante o seu depoimento, Justine foi presa. Acusada do fato, a pobre menina confirmou as suspeitas com seus modos muito estranhos.

Era uma história singular, mas não abalou minhas convicções. Respondi incisivamente:

– Todos vocês estão enganados; eu sei quem é o assassino. Justine, a pobre e boa Justine, é inocente.

Naquele instante entrou meu pai. Trazia estampada no rosto uma profunda infelicidade, mas procurou cumprimentar-me com toda a animação que lhe era possível. Depois da recepção dolorosa, teríamos enveredado por outro tópico se Ernest não tivesse falado:

– Santo Deus, papai! Victor disse que sabe quem matou o pobre William.

– Infelizmente nós também sabemos – replicou meu pai. – Na verdade, eu preferia ter ignorado para sempre do que descobrir tanta maldade e ingratidão em alguém que eu prezava tanto.

– Caro pai, você está enganado; Justine é inocente.

– Se assim for, Deus não permitirá que ela seja condenada. Vai ser julgada hoje, e espero, espero com toda a sinceridade, que seja absolvida.

Essas palavras me acalmaram. Eu estava firmemente convencido de que Justine, e com efeito qualquer outro ser humano, estivesse inocente daquele crime. Portanto, não temia que se pudesse apresentar qualquer prova suficientemente forte para condená-la. Minha história não era de molde a poder ser contada publicamente; o espantoso horror de que estava cercada faria com que toda a gente a considerasse uma loucura. Com efeito, haveria alguém além de mim, o criador, capaz de acreditar, a menos que fosse convencido pelos seus sentidos, na existência do monumento vivo de presunção e completa ignorância que eu havia soltado no mundo?

Pouco depois, Elizabeth juntou-se a nós. Estava mudada, desde a última vez que a vira. O tempo dotara-a de um encanto que ultrapassava a beleza dos seus dias de criança. Persistiam a mesma candura e vivacidade, aliadas, porém, a uma expressão de maior sensibilidade e inteligência. Ela me recebeu com a maior afeição.

– Sua chegada, querido primo – disse ela – enche-me de esperança. Talvez você encontre algum meio de justificar a inocência de minha pobre Justine. Ai de mim! Quem estará seguro, se ela for condenada por um crime? Eu confio na inocência dela como confio na minha. Somos duplamente infelizes; além de perdermos aquele adorável menino, estamos ameaçados de ver esta pobre menina, a quem tanto amo, ser destruída por um destino ainda pior. Se ela for condenada, jamais terei alegria em minha vida. Mas ela não o será, estou certa de que não será. Assim eu poderei ser feliz de novo, mesmo depois da morte do meu pobre William.

– Ela é inocente, minha Elizabeth – disse eu. – Isso será provado; nada tema e deixe que seu espírito se reanime com a certeza de sua absolvição.

– Como você é bom e generoso! Todos acreditam que ela seja culpada, e isso ainda me faz mais desgraçada pois eu sei que isso é impossível. Mas ao ver tanta gente convencida de sua culpa, eu fico ainda mais desesperada e sem esperança. – E pôs-se a chorar.

– Querida sobrinha – disse meu pai –, enxugue suas lágrimas. Se, como você crê, ela for inocente, confie na justiça de nossas leis, e eu providenciarei para que não haja a menor parcialidade.

Capítulo 8

Passamos alguns momentos tristes até as 11 horas, quando teve início o julgamento. Tendo meu pai e o resto da família de atuar como testemunhas, eu os acompanhei ao tribunal. Durante toda aquela infeliz farsa da justiça, eu sofria uma verdadeira tortura. Ia ficar decidido se o resultado de minha curiosidade doentia e meu trabalho iníquo seria a morte de dois de meus entes queridos: um, uma criancinha cheia de inocência e alegria assassinada da maneira mais terrível, com a agravante da infâmia que faria aquele crime ser lembrado para sempre com horror. Justine também era uma menina de valor e possuía as qualidades capazes de lhe tornar a vida feliz; agora tudo isso ia ser esquecido por uma cova, e por minha causa! Antes eu tivesse mil vezes me confessado culpado do crime que era atribuído a Justine, mas eu me achava ausente quando ele foi cometido, e uma declaração dessas teria sido tomada como o delírio de um louco, além de não livrá-la de sofrer por mim.

Justine estava calma. Vestia-se de luto, e seu rosto, sempre preocupado, se tornara, pela solenidade de seus pensamentos, singularmente belo. Contudo, ela parecia confiante em sua inocência, embora olhada e execrada por milhares de pessoas, pois toda a bondade que sua beleza poderia ter despertado fora apagada da mente dos espectadores pela imagem da enormidade do crime que lhe era atribuído. Ela estava tranquila, mas com uma tranquilidade evidentemente constrangida. Como seu estado de confusão fora considerado antes como prova de sua culpabilidade, ela procurava aparentar coragem. Quando entrou no tribunal, olhou em volta e rapidamente viu onde estávamos sentados. Uma lágrima pareceu embaciar seus olhos, mas ela se recompôs de imediato, deixando transparecer um olhar de triste afeição que parecia atestar sua completa inocência.

Começou o julgamento. Depois que o promotor fez a acusação contra ela, foram chamadas várias testemunhas. Vários fatos estranhos combinavam-se para comprometê-la, fatos que poderiam confundir qualquer um que não tivesse as provas de sua inocência como eu tinha. Ela passara fora toda a noite do crime e, na manhã seguinte, fora vista por uma mercadora não longe do local onde, posteriormente, fora encontrado o corpo da criança assassinada. A mulher perguntara-lhe o que fazia ali, mas ela se mostrara muito estranha e apenas respondera de modo confuso e ininteligível. Ela voltou para casa cerca das oito horas e, quando lhe inquiriram onde havia passado a noite, replicou que estivera à procura do menino e pediu com impaciência que lhe dissessem se haviam sabido dele. Quando lhe mostraram o corpo, foi presa de violento ataque de histeria e caiu de cama por vários dias. Foi então apresentado o retrato que a criada encontrara no bolso do seu vestido. Quando Elisabeth com voz titubeante, afirmou que era o mesmo que havia colocado no pescoço da criança, uma hora antes de ela desaparecer, um murmúrio de horror e indignação percorreu o tribunal.

Justine foi chamada para se defender. Durante o prosseguimento da audiência, sua aparência se tinha alterado. Seu rosto exprimia horror, surpresa e infelicidade. Às vezes, ela lutava com as lágrimas mas, quando resolveu apresentar sua defesa, reuniu forças e falou com voz audível, embora variável:

– Deus sabe – disse ela – que sou inteiramente inocente. Não tenho, porém, a pretensão de que minhas declarações me absolvam. Apoio a minha inocência numa exposição simples e franca dos fatos que foram levantados contra mim e espero que meus antecedentes inclinem os meus julgadores a uma interpretação favorável mesmo que algum deles pareça duvidoso ou suspeito.

Relatou então que, com a permissão de Elizabeth, havia passado a noite em que o crime fora cometido na casa de uma tia em Chêne, aldeia situada a cerca de uma légua de Genebra. Ao regressar, por volta das nove horas, encontrou um homem que lhe perguntou se tinha visto o menino que estava perdido. Ela ficou alarmada com esta informação e passou várias horas procurando por ele, quando as portas de Genebra se fecharam, obrigando-a a pernoitar num celeiro pertencente a uma casa de fazenda, pois não quis acordar os moradores de quem, aliás, era bem conhecida. Ali ficou ela a maior parte da noite, de vigia. Quando amanheceu, achou que tinha dormido alguns minutos. Foi acordada pelo ruído de passos. Deixou o abrigo, tentando achar novamente meu irmão. Se passou perto do local onde seu corpo jazia, fê-lo sem o saber. Que ela se tivesse mostrado espantada quando foi interrogada pela mercadora não era de admirar, pois havia passado uma noite sem dormir, o destino do pobre William ainda era incerto. Quanto ao medalhão do retrato, nada podia informar.

– Sei muito bem – continuou a infeliz vítima – o quanto esta circunstância pesa contra mim, mas não posso, não sei como explicá-la. E quando confesso a minha ignorância, nada mais me resta senão pôr-me a imaginar como teria ele vindo parar no meu bolso. Mas também aí sinto-me impotente. Acho que não tenho nenhum inimigo na Terra, e com certeza ninguém seria tão malvado a ponto de querer me destruir gratuitamente. Terá sido o assassino que o colocou ali? Não creio que lhe tenha dado uma oportunidade de fazê-lo; e, se assim foi, por que teria ele roubado a joia, para partir logo depois? Entrego a minha causa à justiça dos meus juízes, muito embora não veja lugar para esperanças. Peço permissão para que algumas testemunhas deponham sobre o meu caráter e, se o testemunho delas não superar a minha suposta culpa, devo ser condenada embora eu confie minha salvação à minha inocência.

Foram chamadas várias pessoas que a conheciam há muitos anos e todas falaram bem dela; mas o medo e o ódio despertados pelo crime de que a supunham culpada tornaram-nas temerosas e sem vontade de adiantar mais nada. Elizabeth viu que até mesmo este último recurso, apesar da excelente disposição e irrepreensível conduta de Justine, não serviria à acusada. Então, embora muito agitada, pediu permissão para se dirigir ao tribunal.

– Eu sou – disse ela – prima da infeliz criança que foi assinada, ou melhor, sua irmã, já que fui educada por seus pais e vivi com eles desde então, e muito antes de ela nascer. Pode, pois, parecer indecoroso que eu me apresente numa ocasião como esta, mas quando vejo uma criatura amiga a ponto de perecer devido à covardia de seus pretensos amigos, quero que me permitam falar para dizer o que sei sobre seu caráter. Conheço muito bem a acusada. Vivi com ela na mesma casa, uma vez durante cinco anos, e outra por quase dois. Durante todo esse tempo, ela me pareceu a mais amável e bondosa das criaturas humanas. Assistiu a sra. Frankenstein, minha tia, durante sua última doença, com a maior afeição e carinho. Depois, atendeu sua própria mãe, de um modo que provocou a admiração de todos os que a conheciam, após o que voltou a morar na casa de meu tio, onde era querida por toda a família. Estava intimamente ligada à criança que agora se acha morta e dispensava a ela o carinho da mais afeiçoada das mães. De minha parte, não hesitarei em dizer que, a despeito de todas as provas apresentadas contra ela, acredito e confio em sua total inocência. Jamais seria tentada por uma mesquinharia sobre a qual repousa a prova principal. Se ela tivesse desejado o medalhão, eu de muito boa vontade o teria dado, tanto a estimo e considero.

Um murmúrio de aprovação seguiu-se ao simples, mas poderoso apelo de Elizabeth, provocado porém pela sua generosa interferência, e não em favor de Justine, sobre quem a indignação pública recaíra com renovado vigor, carregando-a da mais negra ingratidão. Ela própria chorou enquanto Elizabeth falava, mas não respondeu. Eu fiquei tremendamente agitado e angustiado durante todo o julgamento. Acreditava na sua inocência; sabia que ela estava inocente. Poderia o demônio que assassinara (eu não tinha a menor dúvida) meu irmão arrastar, em seu esporte infernal, uma criatura inocente para a morte e a ignomínia? Não podia suportar o horror de minha situação e, quando percebi que o clamor popular e o semblante dos juízes já haviam condenado minha infeliz vítima, saí correndo do tribunal, cheio de agonia. O sofrimento da acusada não se igualava ao meu; ela possuía o apoio de sua inocência, mas as garras do remorso dilaceravam sem cessar o meu peito.

Passei uma noite completamente arruinado. Pela manhã fui ao tribunal. Tinha os lábios e a garganta secos. Não ousava fazer a pergunta fatal, mas eu era conhecido, e o funcionário percebeu o motivo de minha visita. A votação já havia sido feita; todos os votos foram negros, Justine fora condenada.

Não pretendo descrever o que senti então. Já havia experimentado, antes, sensações de horror, e tenho tentado classificá-la adequadamente, mas as palavras não podem dar uma ideia do desespero que então me atormentava o coração. A pessoa a quem me dirigi acrescentou que Justine já tinha confessado sua culpa.

– Num caso tão claro como este, não precisávamos disso, mas estou satisfeito de que assim tenha sido – observou. – Na verdade, nenhum dos nossos juízes gosta de condenar um criminoso pelas provas circunstanciais, por mais evidentes que sejam.

Era uma notícia inesperada e singular. Que significaria? Teriam meus olhos me enganado? E seria eu realmente tão louco quanto o mundo acreditaria que eu fosse se revelasse o objeto de minhas suspeitas? Apressei-me a voltar para casa, onde Elizabeth, impaciente, perguntou pelo resultado.

– Prima – respondi –, está decidido conforme era de esperar; todos os juízes prefeririam liberar um culpado a condenar dez inocentes. Mas ela confessou.

Foi um duro golpe para a pobre Elizabeth, que confiava firmemente na inocência de Justine.

– Ai de mim! – lamentou ela. – Como poderei acreditar na bondade humana? Justine que eu amava e estimava como irmã, como pôde ela demonstrar aqueles sorrisos de inocência, apenas para trair? Com aqueles olhos meigos, quem a diria capaz de qualquer maldade? E, no entanto, ela cometeu um crime.

Logo depois, soubemos que a pobre vítima havia expressado o desejo de ver minha prima. Meu pai não queria que ela fosse, mas disse que ela agisse de acordo com seu próprio critério e seus sentimentos.

– Sim – falou Elizabeth. – Eu irei, embora ela seja culpada. Você, Victor, me acompanhará. Não quero ir sozinha.

Para mim, a perspectiva dessa visita constituía uma tortura, mas não pude recusar.

Entramos na sombria cela da prisão e vimos Justine, que estava sentada sobre um pouco de palha a um dos cantos. Suas mãos estavam algemadas, e a cabeça repousava entre seus joelhos. Ao nos ver entrar, ela se levantou e, quando ficamos sós, ela se atirou aos pés de Elizabeth, chorando amargamente. Minha prima também chorava.

– Justine! – disse ela. – Por que você me privou de meu último consolo? Eu confiava em sua inocência e, embora me sentisse desgraçada, não o era tanto quanto agora.

– E você acredita também que eu seja tão, tão má? Irá você juntar-se também aos meus inimigos para destruir-me, para condenar-me como assassina? – Sua voz era sufocada pelos soluços.

– Levante-se, minha pobre menina – disse Elizabeth. – Por que você se ajoelha, se é inocente? Não sou sua inimiga. Acreditava em sua inocência, não obstante todas as provas, até que ouvi dizer que você se confessara culpada. Diga que isso é falso, e eu lhe asseguro, Justine, que nada poderá abalar minha confiança em você, senão sua própria confissão.

– Confessei, sim, mas confessei uma mentira. Confessei para que pudesse conseguir uma absolvição total; mas agora esta mentira pesa mais no meu coração do que todos os outros pecados. Oh, Deus do céu, perdoai-me! Desde que eu fui condenada que meu confessor não me deixava em paz; ele me ameaçava e tornava a ameaçar, até que eu quase me convenci de que era o monstro que ele dizia. Ameaçou-me com a excomunhão e com o fogo do inferno para sempre se eu continuasse na minha obstinação. Querida senhora, eu não tinha ninguém que me amparasse; todos me olhavam como uma desgraça destinada à ignomínia e à perdição. Que podia eu fazer? Num momento de desespero, agarrei-me a uma mentira; e agora sinto-me mais desgraçada do que nunca.

Ela parou, chorando, e depois continuou:

– Pensei com horror, minha boa senhora, que ia acreditar que a sua Justine, a quem tanto honrara sua abençoada tia e que a senhora amava, fosse capaz de um crime que ninguém, a não ser o próprio demônio, poderia ter cometido. Querido William! Adorada criança! Logo o verei no céu, onde todos seremos felizes; e isso me consola, indo como vou sofrer a morte e o desprezo.

– Oh, Justine! Perdoe-me por haver duvidado um momento de você. Por que você confessou? Mas não chore, querida menina. Não tema. Eu proclamarei, eu provarei a sua inocência. Eu derreterei os corações de pedra de seus inimigos com as minhas lágrimas e as minhas gerações. Você não morrerá! Você, minha companheira de todas as horas, minha irmã, morrer no cadafalso?! Não! Não! Eu jamais poderia sobreviver a uma desgraça tão horrível.

Justine abanou a cabeça tristemente.

– Não tenho medo de morrer – disse ela. – Essa dor já passou. Deus me anima e me dá coragem para suportar o pior. Eu deixo um mundo triste e amargo. E se a senhora se lembrar de mim como alguém que foi injustamente condenada, resigno-me ao destino que me espera. Aprenda comigo, querida senhora, a submeter-se com paciência aos desígnios do céu!

Durante essa entrevista eu me havia retirado para um canto da cela, onde pudesse esconder a angústia que me dominava. Desespero! Quem se atreveria a falar disso? A pobre vítima, que na manhã seguinte iria transpor o horroroso limite que separa a vida da morte, não sentia uma agonia tão grande e desesperada como eu. Eu rilhava e apertava os dentes, emitindo um gemido que veio das profundezas de minha alma. Justine olhou espantada. Quando viu o que era, aproximou-se de mim e falou:

– Caro senhor, foi muito bondoso em vir me visitar; espero que o senhor também não acredite que eu seja culpada.

Eu não pude responder.

– Não, Justine – disse Elizabeth. – Ele está mais convencido de sua inocência do que eu estava, pois, mesmo quando soube que você tinha confessado, não acreditou.

– Agradeço muitíssimo. Nestes últimos momentos, devo gratidão aos que pensam em mim com bondade. Como é doce a afeição dos outros para com uma desgraçada que nem eu! Isso faz desaparecer metade de minha infelicidade. Sinto que posso morrer em paz, agora que vocês, minha cara senhora e seu primo, reconhecem a minha inocência.

Assim, a pobre sofredora procurava consolar os outros e a si própria. Com efeito, conseguiu a resignação que desejava. Porém eu, o verdadeiro criminoso, sentia, sempre vivo, dentro do peito, o verme que não me deixava qualquer esperança ou consolo. Elizabeth também chorava e estava muito infeliz, mas a sua era uma infelicidade inocente que, como uma nuvem que passa pela Lua pode esconder, mas não extinguir-lhe o brilho. Meu coração fora tomado de angústia e desespero. Dentro de mim, sentia um inferno, que nada podia aplacar. Ficamos várias horas com Justine, e foi com grande dificuldade que Elizabeth resolveu-se a sair.

– Quem me dera – chorava ela – que eu pudesse morrer com você; não posso viver neste mundo de misérias.

Justine assumiu um ar animado enquanto disfarçava as lágrimas com dificuldade. Abraçou Elizabeth e disse numa voz meio embargada pela emoção:

– Adeus, senhora, querida Elizabeth, minha única e verdadeira amiga; que Deus em sua bondade não a abandone; que esta seja a última infelicidade que você sofra! Viva, seja feliz e faça os outros felizes!

Na manhã seguinte Justine morreu. A eloquência de Elizabeth não conseguiu abalar a convicção dos juízes na culpabilidade da infeliz. Meus apelos veementes e indignados se perderam. E, quando ouvi as respostas frias e o raciocínio insensível daqueles homens, minha pretendida confissão morreu em meus lábios. Assim eu podia proclamar-me louco, mas não revogar a sentença contra a minha pobre vítima. Ela morreu no cadafalso como se fosse uma assassina!

Das torturas de meu próprio eu, passei a contemplar a dor profunda e muda de Elizabeth. Isso também se devia a mim! E a mágoa de meu pai, e a desolação daquele lar antes tão sorridente – tudo era obra de minhas três vezes malditas mãos! Chorais, ó infelizes, mas essas não serão vossas últimas lágrimas! Mais uma vez entregar-vos-eis ao pranto fúnebre, e o som de vossas lamentações será ouvido mais e mais! Frankenstein, seu filho, seu parente, seu primogênito, amigo querido; ele que deveria dar cada gota de seu sangue em seu benefício, que não pensa ou experimenta qualquer sensação de alegria, exceto quando ela se reflete em seus próprios rostos queridos, que deveria passar a vida servindo a vocês – ele faz com que chorem inúmeras lágrimas.

Assim falava minha alma profética como se, dilacerada pelo remorso, pelo horror e pelo desespero, eu contemplasse aqueles que eu amava se entristecerem em vão ante as sepulturas de William e Justine, as primeiras vítimas de minha obra maldita.

Capítulo 9

Nada é mais doloroso para a mente humana, após serem os sentimentos agitados por uma sucessão rápida de eventos, que a calma mortal da inação e a certeza que se segue e priva a alma tanto da esperança quanto do medo. Justine morrera, repousava, mas eu estava vivo. O sangue fluía livremente em minhas veias, mas eu sentia o coração oprimido pelo peso de um desespero que nada podia remover. O sono abandonou meus olhos; eu errava como um espírito do mal, pois tinha realizado feitos mais que monstruosos, e mais, muito mais (eu estava persuadido) ainda estava por vir. Todavia, meu coração se inundava de bondade e de amor pela virtude. Eu iniciara a vida com boas intenções e ansiava pelo momento em que pudesse pô-las em prática e tornar-me útil para meus semelhantes. Agora, tudo estava destruído. Em vez daquela serenidade de consciência, que me permitiria olhar para trás, para o passado, com íntima satisfação, e dali reunir novas esperanças, eu me achava dominado pelo remorso e pelo sentimento de culpa, que me lançava para um inferno de intensas torturas, que nenhuma palavra seria capaz de descrever.

Esse estado de espírito abalou minha saúde, que talvez jamais se houvesse recuperado inteiramente do primeiro choque que sofrera. Evitava encarar os homens. Tudo o que representava alegria ou complacência era para mim uma tortura. Meu único consolo – a solidão profunda, escura, uma solidão mortal.

Meu pai observava angustiado as alterações que se processavam em mim e tentava, por meio de argumentos tirados de sua consciência serena e de sua vida pura, inspirar-me força e despertar em mim a coragem para afastar a nuvem negra que me envolvia.

– Você acha, Victor – dizia ele –, que eu também não estou sofrendo? Ninguém jamais amou uma criança como eu amei seu irmão. – E as lágrimas inundavam seus olhos enquanto ele falava. – Mas não é dever de todos nós, sobreviventes, refrearmos a nossa infelicidade sem demonstrar uma aparência de dor excessiva? É também o seu dever, pois tristeza em demasia impede o progresso e a alegria, até mesmo a descarga das inutilidades diárias, sem o que nenhum homem está apto para enfrentar a sociedade.

Esse conselho, embora bom, era totalmente inaplicável ao meu caso. Eu teria sido o primeiro a ocultar a minha dor e a consolar meus amigos, se o remorso não tivesse mesclado sua amargura, e o terror, seu alarma juntamente com outras sensações. Agora, nada mais podia fazer senão responder a meu pai com um olhar de desespero e tentar esconder-me de sua vista.

Nesta ocasião havíamo-nos retirado para nossa casa de Belrive. Essa mudança fora particularmente agradável para mim. O fechamento regular das portas da cidade às 10 horas da noite e a impossibilidade de permanecer no lago depois daquela hora haviam tornado nossa moradia dentro dos muros de Genebra muito aborrecida para mim. Agora, eu estava livre. Frequentemente, depois que a família se recolhia à noite, eu tomava o bote e passava muitas horas sobre a água. Às vezes com as velas armadas, eu era carregado pelo vento, outras vezes, depois de remar no meio do lago, deixava o barco por si mesmo e dava livre curso às minhas miseráveis reflexões. Não raro eu era tentado, quando tudo estava em paz à minha volta, e eu era a única coisa que se agitava inquieta num cenário tão belo e celestial – excetuando o voo de algum morcego ou o rude e ininterrupto coaxar dos sapos, que eu ouvia quando me aproximava das margens –, muitas vezes, repito, eu era tentado a mergulhar no lago silencioso para que as águas pudessem se fechar para sempre sobre mim e minha infelicidade. Mas eu era impedido de fazê-lo quando me lembrava da heroica e sofredora Elizabeth, que eu amava ternamente, e cuja existência se achava ligada à minha. Pensava também em meu pai e em meu outro irmão. Poderia eu, desertando, abandoná-los expostos e desprotegidos à crueldade do demônio que havia solto entre eles?

Nesses momentos, eu chorava amargamente e só desejava que a paz retornasse à minha mente para que eu pudesse dar-lhes consolo e felicidade. Mas isso não podia ser. O remorso extinguira toda a esperança. Eu tinha sido autor de males irreparáveis. Vivia no medo constante de que o monstro que eu criara perpetrasse alguma nova maldade. Tinha um longínquo pressentimento de que aquilo não fora tudo, ele ainda cometeria um crime extraordinário que, pela sua enormidade, apagaria a lembrança do anterior. Havia sempre a perspectiva tão temível de que fosse envolvido alguém que eu amava. É impossível descrever o ódio que eu nutria contra aquele demônio. Quando pensava nele, meus dentes se apertavam, meus olhos se inflamavam, e eu ansiava por extinguir aquela vida que tão impensadamente eu havia criado. Quando refletia nos seus crimes e na sua maldade, meu ódio e sentimento de vingança não conheciam limites. Teria feito uma peregrinação ao mais alto pico dos Andes, para que pudesse precipitá-lo do alto até a base. Desejava vê-lo de novo para poder descarregar sobre sua cabeça todo o ódio de que me achava possuído e vingar as mortes de William e Justine.

Nossa casa era a casa da dor. A saúde de meu pai ficara seriamente abalada pelos recentes acontecimentos. Elizabeth vivia triste e acabrunhada, sem experimentar mais prazer algum em suas ocupações diárias, pois isso lhe parecia um sacrilégio perante os mortos. Achava que só com mágoa e dor eternas poderia pagar um justo tributo à destruição daqueles inocentes. Não era mais a criatura feliz que, na adolescência, passeava comigo pelas margens do lago falando com êxtase de nosso futuro. A primeira daquelas tristezas que nos são enviadas para nos afastar da terra e sua depressiva influência tinham extinguido seus sorrisos mais caros.

– Quando penso, primo – dizia ela –, na morte miserável de Justine Moritz, o mundo não me parece mais o mesmo. Antes, eu considerava as histórias de vício e injustiça, que lia nos livros ou sabia pelos outros, como coisas do passado ou males imaginários; afinal, eles eram remotos e mais familiares à razão do que à imaginação. Agora, porém, que a desgraça penetrou em nossa casa, os homens me parecem monstros sedentos do sangue de seus semelhantes. Certamente eu sou injusta. Todos acreditavam que a pobre moça era culpada e, se ela pudesse ter cometido o crime pelo qual pagou, com certeza teria sido o mais depravado dos seres humanos. Assassinar, por causa de algumas joias, o filho do seu benfeitor e amigo, uma criança de quem ela cuidara desde o nascimento, e a quem parecia amar como se fosse seu próprio filho! Eu não admitia que se matasse ninguém, mas sem dúvida alguma eu teria achado que uma criatura assim era indigna de continuar no convívio dos homens. Mas eu sei que ela era inocente, eu sinto isso; você também é da mesma opinião, e isso confirma o que penso. Victor! Quando a mentira pode se parecer tanto com a verdade, como podemos pensar em sermos felizes? Parece que estou caminhando à beira de um precipício, para o qual milhares de pessoas tentam me atirar. William e Justine foram assassinados, e o criminoso escapa, anda pelo mundo, livre e talvez até respeitado. Mas mesmo que fosse eu quem tivesse de pagar no cadafalso por esses crimes que não cometi, não desejaria trocar de lugar com um tal miserável.

Eu ouvia essas palavras cheio de agonia. Eu não cometera esses crimes, mas, na verdade, eu era o verdadeiro criminoso. Elizabeth leu a angústia em meu semblante e, tomando bondosamente a minha mão, disse:

– Agora, amigo, você deve acalmar-se. Só Deus sabe o quanto me afetaram esses acontecimentos, mas não estou tão arrasada quanto você. Seu rosto demonstra às vezes uma tal expressão de desespero e de vingança que me faz tremer. Victor querido, afaste de você esses pensamentos sombrios. Lembre-se dos amigos que o cercam e que depositam todas as suas esperanças em você. Será que perdemos o poder de fazê-lo feliz? Ah! Enquanto nos amarmos, enquanto formos mutuamente leais, aqui nesta terra de paz e de beleza, sua terra natal, poderemos colher todas as bênçãos da tranquilidade. Que será capaz de perturbar nossa paz?

E não seriam essas palavras, proferidas por aquela a quem eu amava acima de tudo, capazes de afastar o demônio que se ocultava em meu coração? Enquanto Elizabeth falava, aproximei-me dela como se, cheio de terror, temesse que naquele momento o destruidor a roubasse de mim.

Assim, nem a ternura e a amizade, nem a beleza da terra e do céu eram capazes de redimir minha alma da mágoa que a acabrunhava; até mesmo as manifestações de amor eram ineficazes. Eu me encontrava envolto por uma nuvem que nenhuma influência benéfica podia penetrar. Verdadeiro animal ferido, arrastando seus membros claudicantes para algum silvado escondido, a fim de contemplar a flecha que o penetrou e morrer, assim estava eu.

Às vezes, podia suportar o desespero que me esmagava, mas em outras ocasiões era impelido a procurar, através de exercício físico e mudança de lugar, algum alívio para minhas intoleráveis sensações. Foi durante um acesso desses que deixei de repente minha casa, dirigindo meus passos para os vales alpinos das cercanias, onde, na magnificência e na eternidade de seus cenários, procurei esquecer-me de mim mesmo e de minhas tristezas humanas. Aquele passeio me levou diretamente para o vale de Chamounix. Na minha juventude, eu o visitava frequentemente. Desde então, haviam se passado seis anos. Eu me transformara numa ruína, mas nada mudara naquelas paisagens agrestes e eternas.

Cumpri a primeira parte de minha viagem a cavalo. Depois, aluguei uma mula, transporte mais apropriado para aqueles caminhos ínvios e agrestes. O tempo mostrava-se ótimo. Estávamos em meados de agosto, quase dois meses após a morte de Justine, aquela época infeliz, marco de toda a minha dor. O peso sobre minha alma se aliviava sensivelmente à medida que eu mergulhava cada vez mais na ravina de Arve. As imensas montanhas e os precipícios que surgiam de todos os lados, o som dos rios abrindo caminho entre as rochas e o ímpeto das cachoeiras falavam de uma força tremenda e onipotente – e eu deixava de sentir medo e de me curvar ante qualquer ser menos poderoso do que o que criara e comandava os elementos, ali dispostos em seu aspecto mais terrível. À medida que eu subia, o vale se apresentava ainda mais magnífico e espantoso. Castelos arruinados pendentes sobre os precipícios de montanhas cheias de pinheiros, o impetuoso Arve, e as casinhas espalhadas por toda a parte, entre as árvores, formavam um cenário de beleza singular. Tudo isso, porém, aumentava e tocava a sublimação ante os Alpes imponentes, cujas pirâmides alvas e brilhantes dominavam tudo como uma grande cúpula que pertencesse a um outro mundo, morada de uma outra raça de seres.

Passei a ponte de Pélissier, onde a ravina que o rio formava se abria diante de mim, e comecei a subir a montanha que se eleva sobre ela. Logo depois, penetrei no vale de Chamounix. Esse vale é maravilhoso, mas não tão lindo e pitoresco quanto o de Servox, que eu acabava de atravessar. Também era demarcado por montanhas cobertas de neve, porém não se viam mais castelos arruinados e os campos férteis. Imensos glaciares se aproximavam da estrada. Eu ouvia o estrondo da queda das avalanchas, que marcavam com uma nuvem a sua passagem. O Mont Blanc, o supremo e magnífico Mont Blanc, elevava-se por sobre as *agulhas* que o cercavam, dominando o vale com sua cúpula imponente.

Muitas vezes, durante esta caminhada, meu corpo foi atravessado por uma sensação de prazer há muito perdida. Uma curva na estrada, algum objeto subitamente percebido e reconhecido lembravam os dias do passado e se associavam com a despreocupada alegria da juventude. Os próprios ventos murmuravam notas suaves e a natureza, como uma mãe, convidava-me a não chorar mais. Então, novamente, aquela bondosa influência cessava – e eu me sentia novamente agitado e entregue à infelicidade de meus pensamentos. Esporeava o animal, lutando por esquecer o mundo, meus temores e, mais que tudo, de mim mesmo – ou então, de maneira mais dramática, eu apeava e lançava-me sobre a grama, esmagado pelo peso do horror e do desespero.

Finalmente, cheguei à aldeia de Chamounix. A fadiga acumulada, do corpo e da alma, que eu suportara, cedeu lugar à exaustão. Por um curto espaço de tempo, fiquei na janela contemplando os pálidos relâmpagos que brincavam sobre o Mont Blanc e ouvindo a corrente do Arve, que prosseguia seu ruidoso caminho lá embaixo. Esses sons calmantes atuavam como uma canção de ninar sobre minhas sensações à flor da pele. Quando coloquei a cabeça sobre o travesseiro, o sono me envolveu. Eu o senti chegar e abençoei-o pelo esquecimento que me proporcionava.

Capítulo 10

Passei o dia seguinte vagando pelo vale. Parei junto às nascentes do Arveiron, que surge de uma geleira, e vagarosamente desce do alto da montanha para guarnecer o vale. Diante de mim elevavam-se as encostas abruptas de vastas montanhas; por sobre mim pendia a parede de gelo. Alguns pinheiros destruídos se espalhavam em volta; e o silêncio solene dessa gloriosa sala de recepção da imperial natureza era apenas quebrado pelo burburinho das ondas ou a queda de algum grande fragmento, o som atroador de uma avalanche ou o estalar do gelo, que ecoava pelas montanhas, através do silencioso trabalho das leis imutáveis, como se fosse uma brincadeira em suas mãos. Esses cenários sublimes e magníficos proporcionavam-me o maior consolo que eu era capaz de receber. Elevavam-me dos pensamentos mesquinhos e, embora não removessem minha dor, de algum modo tranquilizavam-na. Até certo ponto, distraíam também minha mente dos pensamentos em que se ocupara no mês findo. Retirei-me para repousar à noite. Aguardava-me um sono leve, como se fosse dirigido pelo conjunto das grandes formas que eu contemplara durante o dia. Elas se congregavam em torno de mim; o imaculado cume nevado, o pico brilhante, os bosques de pinheiros, a ravina áspera e nua, a águia, pairando entre as nuvens – tudo isso se juntava à minha volta, convidando-me à paz.

Mas para onde foram elas quando me acordei na manhã seguinte? Todas as inspirações do espírito fugiram com o sono, e todos os pensamentos se toldaram por uma negra melancolia. A chuva caía impetuosa. Um espesso nevoeiro escondia os cumes das montanhas, de modo que eu não podia contemplar os rostos daqueles poderosos amigos. Mesmo assim, tentava penetrar o véu do nevoeiro para contemplá-los em seus abrigos entre as nuvens. Que representavam a chuva e a tempestade para mim? Trouxe a mula para a porta e resolvi escalar o cume do Montanvert. Lembro-me do efeito que a vista da imponente geleira, sempre em movimento, produziu em minha mente quando a vi pela primeira vez. Então, eu fora tomado de um êxtase sublime que dava asas ao espírito e permitia que ele se elevasse desse mundo sombrio para a luz e a alegria. A contemplação do terrível e do majestoso na natureza sempre tivera o efeito de tornar minha mente elevada, fazendo com que eu esquecesse as preocupações da vida. Eu tinha decidido prosseguir sem guia, pois conhecia muito bem o caminho, e a presença de outra pessoa destruiria a grandiosidade solitária do cenário.

A ascensão é um verdadeiro precipício, porém o caminho é cortado em contínuos e curtos taludes que lhe permitem vencer a perpendicularidade da montanha. É uma paisagem terrivelmente desoladora. Em mil lugares podem-se perceber os traços da avalancha do inverno, árvores jazem quebradas no chão, algumas, inteiramente destruídas, outras, amparadas pelas saliências das rochas da montanha, e outras ainda, atravessadas sobre as demais árvores. O caminho, à medida que se sobe, é cortado por ravinas de neve, por onde rolam continuamente pedras caídas de cima; uma delas é particularmente perigosa, já que o menor som, inclusive o de se falar em voz alta, provoca uma concussão de ar suficiente para atrair a destruição sobre a cabeça de quem fala. Os pinheiros não são altos ou luxuriantes, antes sombrios, acrescentando um toque de severidade à paisagem. Eu olhava para o vale lá embaixo; extensos nevoeiros se elevavam dos rios, que corriam por ele, subindo em espirais em torno das montanhas opostas, cujos picos se achavam ocultos nas nuvens uniformes, enquanto a chuva, que tombava do céu negro, emprestava um quê de melancolia à impressão que eu recebia dos objetos que me rodeavam. Ah! Por que o homem é dado a essa sensibilidade, ausente nos animais? Isso serve apenas para torná-los mais possessivos. Se nossos impulsos se restringissem a fome, sede e desejo, seríamos quase livres; somos porém movidos por qualquer vento que sopre ou por uma palavra casual e pelas imagens que ela nos comunica.

> "Repousamos – um sonho tem o poder de envenenar o sono.
> Acordamos – um pensamento fugidio conspurca o dia.
> Sentindo, imaginando, ou raciocinando, rindo ou chorando,
> Aceitamos a mágoa, ou repelimos nossas preocupações.
> Mas tudo permanece no mesmo: pois alegre ou triste,
> O caminho da partida ainda fica livre.
> O ontem do homem talvez jamais seja como o seu amanhã:
> Nada perdura, a não ser a instabilidade."

Era quase meio-dia quando atingi o alto da minha escalada. Sentei-me durante algum tempo na rocha que domina o mar de gelo. Uma névoa envolvia aquela e as outras montanhas circunvizinhas. Então uma brisa dissipou a névoa, e eu desci pela geleira. A superfície é muito irregular, elevando-se e baixando como as ondas de um mar agitado, entremeado de fendas muito profundas. O campo de gelo tem quase uma légua de largura, mas gastei cerca de duas horas para atravessá-lo. A montanha, do outro lado, forma uma escarpa perpendicular e nua. Eu estava agora exatamente do lado oposto a Montanvert, à distância de uma légua. Por cima, erguia-se terrivelmente majestoso o Mont Blanc. Eu permanecia num desvão da rocha, contemplando a grandiosidade deste cenário. O mar, ou melhor, o extenso rio de gelo serpeava por entre as montanhas, cujos cumes pendiam sobre suas reentrâncias. Seus picos gelados e brilhantes luziam ao sol, por sobre as nuvens. Meu coração, antes tristonho, enchia-se agora de algo parecido com a alegria; eu exclamei:

– Oh, espíritos errantes, se vós realmente caminhais sem repousardes em vossos estreitos leitos, permiti-me esta pequena felicidade ou levai-me, como vosso companheiro, para longe das alegrias da vida.

Ao dizer isso, avistei, de repente, à distância, a figura de um homem que se encaminhava para mim com velocidade sobre-humana. Ele saltava por sobre as fendas do gelo, entre as quais eu passara com todo o cuidado e, ao se aproximar, sua estrutura parecia também exceder a de um homem. Fiquei perturbado, um véu desceu sobre meus olhos, no entanto, recuperei-me rapidamente com o vento glacial das montanhas. Percebi, à medida que a forma se aproximava (visão tremenda e odiosa!), que era o desgraçado que eu havia criado. Tremi de raiva e horror, resolvido a esperá-lo para então lançar-me sobre ele numa luta de morte. Ele se aproximou; seu semblante denotava uma grande angústia, mesclada ao desdém e à maldade, enquanto sua figura quase sobrenatural o tornava por demais horrível aos olhos humanos. Mas quase não liguei para isso; a raiva e o ódio me haviam privado da fala. Quando me recuperei daquele estupor, foi apenas para esmagá-lo com palavras de desprezo e de intensa abominação.

– Demônio – exclamei –, como ousas aproximar-te de mim? Será que não tens medo da vingança de meu braço sobre tua miserável cabeça? Vai-te! Ou melhor, fica para que eu te reduza a pó. Que ao menos eu possa, acabando com tua existência miserável, reabilitar as vítimas que tão diabolicamente destruíste!

– Eu já esperava por esta recepção – falou o demônio. – Todos os homens odeiam os desgraçados. Como devo então ser odiado, eu que sou mais miserável que todos os seres humanos! Contudo tu, meu criador, me detestas e me abominas, a mim que sou criatura tua, a quem te achas ligado por laços só dissolúveis pelo aniquilamento de um de nós. Pretendes matar-me. Como ousas brincar assim com a vida? Cumpre o teu dever para comigo, e eu cumprirei o meu para contigo e o resto da humanidade. Se aceitares minhas condições, eu os deixarei, e a ti, em paz. Mas, se recusares, eu matarei até ficar satisfeito, até me saciar com o sangue dos amigos que te restam.

– Monstro odioso! Demônio! As torturas do inferno serão um castigo muito suave para os teus crimes. Desgraçado demônio! Reprovas-me por eu te haver criado; vem, então, para que eu possa aniquilar a centelha que tão negligentemente te conferi.

Minha raiva não conhecia limites; saltei sobre ele, impelido por todos os sentimentos capazes de lançar uma criatura contra a existência de outra.

Ele me evitou facilmente e falou:

– Acalma-te! Peço-te que me ouças antes de descarregares teu ódio contra minha cabeça maldita. Já não sofri o bastante, para que procures aumentar ainda mais a minha desgraça? A vida, embora nada mais seja do que um repositório de misérias, me é muito cara, e eu a defenderei. Lembra-te de que me fizeste mais poderoso do que tu; minha estatura é superior à tua, e minhas juntas, mais elásticas. Mas não lutarei contigo. Fui criado por ti, e serei até meigo e dócil para com o meu natural senhor e rei, se tu também desempenhares a tua parte, aquela que tu me deves. Oh! Frankenstein, não sejas justo com todos os outros para só espezinhares a mim, a mim que mais do que ninguém devo merecer a tua justiça e até mesmo a tua clemência e afeição. Lembra-te de que fui criado por ti; eu devia ser o teu Adão, porém sou mais o anjo caído, a quem tiraste a alegria, por algum crime cometido. Por toda parte vejo reinar a alegria da qual estou excluído. Eu era benévolo, bom; a desgraça tornou-me um demônio. Faze-me feliz, e tornarei a ser virtuoso.

– Vai-te! Não quero ouvir-te. Não há qualquer ligação entre nós. Somos inimigos. Afasta-te, ou vamos medir nossas forças numa luta em que um de nós dois deve morrer.

– Como poderei sensibilizar-te? Será que nenhuma súplica faz com que olhes com benevolência para a tua criatura, que implora tua bondade e compreensão? Acredita-me, Frankenstein, eu era bom; minha alma estava cheia de amor pela humanidade; mas não estou só, miseravelmente só? Tu, meu criador, me detestas; que posso, pois, esperar de teus semelhantes, que nada me devem? Eles me desprezam e me odeiam. As montanhas desérticas e as geleiras lúgubres são o meu refúgio. Vagueio por aqui há muito dias; as cavernas geladas, que eu não temo, me servem de abrigo, o único que o homem não me disputa. Eu saúdo esses céus desolados, pois eles são melhores para mim do que os teus semelhantes. Se toda a humanidade soubesse da minha existência, faria como tu, armar-me-ia para a minha destruição. Não devo, pois, odiar aqueles que me detestam? Não terei compaixão para com os meus inimigos. Eu sou um miserável, e eles devem compartilhar da minha desgraça. No entanto, está em tuas mãos recompensar-me e livrá-los de um demônio que poderás fazer tão grande que não somente tu e tua família, mas milhares de muitos outros serão envolvidos no furacão de sua raiva. Sê compassivo e não me desprezes. Escuta a minha história; depois, então, abandona-me, ou tem pena de mim, conforme achares que eu mereço. Escuta-me, porém. Os culpados, por mais sanguinários que sejam, têm, pelas leis humanas, o direito de se defender, antes de serem condenados. Escuta-me, Frankenstein. Tu me acusas de ser um assassino e, no entanto, tu, com a consciência satisfeita, me destruirias, a mim que sou tua criatura. Oh, viva a eterna justiça dos homens! No entanto, eu não te peço para me poupares; escuta-me e, depois, se puderes, ou se quiseres, destrói a obra de tuas mãos.

– Por que insistes em recordar esses fatos – respondi eu – dos quais sou origem e autor, e que só de pensar me dão calafrios? Maldito seja o dia em que viste a luz pela primeira vez! Malditas (embora eu amaldiçoe a mim mesmo) as mãos que te criaram. Tu me desgraçaste além do que se possa imaginar. Não me deixaste o poder de pensar se sou ou não justo. Vai-te! Livra-me da visão de tua forma odiosa.

– Assim eu te livro, meu criador – disse ele colocando as mãos abomináveis sobre meus olhos, o que eu repeli com violência. – Assim eu te impeço de ver algo que abominas. E, no entanto, não podes ouvir-me e conceder-me tua compaixão. Pelas virtudes que uma vez possuí, exijo isso de ti. Escuta minha história; é longa e estranha, e a temperatura deste lugar não é própria para teus delicados sentidos. Vamos para a minha cabana no alto da montanha. O Sol ainda vai alto, e antes que ele se oculte por trás de seus abismos nevados e ilumine um outro mundo, terás ouvido a minha história e poderás decidir. Está em tuas mãos eu deixar para sempre a vizinhança do homem e levar uma vida inofensiva, ou me tornar o flagelo dos teus semelhantes e autor de tua própria e rápida ruína.

Assim falando, ele avançou pelo gelo. Eu o segui. Meu coração batia, e eu não respondi, mas, enquanto o acompanhava, pesei os vários argumentos que ele havia exposto e resolvi-me, por fim, a escutar sua história. Em parte eu era levado pela curiosidade, e a compaixão confirmou minha resolução. Até então, eu achava que ele fora o assassino de meu irmão, e desejava impaciente uma negativa ou afirmação de minha suposição. Também pela primeira vez eu sentia quais os deveres de um criador para com sua criatura, e que devia fazê-la feliz antes de condená-la pela sua maldade. Tudo isso fez com que eu atendesse ao seu pedido. Assim, atravessamos o gelo e subimos para a rocha oposta. O ar estava frio, e a chuva recomeçou a cair. Entramos na cabana, o demônio com um ar de triunfo, eu com o coração e a alma deprimidos. Consenti, porém, em escutá-lo. Sentando-me junto ao fogo que o meu odioso companheiro tinha acendido, ele começou a contar sua história.

Capítulo 11

"Só com muita dificuldade consigo lembrar-me dos primeiros tempos da minha existência. Todos os acontecimentos daquela época me parecem confusos e indistintos. Uma abundante variedade de sensações apoderou-se de mim, e eu via, sentia, ouvia e cheirava ao mesmo tempo. Com efeito, decorreu muito tempo antes que eu aprendesse a distinguir entre o funcionamento dos meus vários sentidos. Pouco a pouco, lembro-me, uma luz mais forte pressionou meus nervos a tal ponto que fui obrigado a fechar os olhos. Então a escuridão me envolveu e senti-me perturbado. Mal havia, porém, experimentado essa sensação quando, abrindo os olhos, segundo agora suponho, a luz me inundou de novo. Andei, e creio que desci, mas senti uma grande mudança em minhas sensações. Antes, eu ficara rodeado de corpos escuros e opacos, impermeáveis à minha visão e que eu não podia tocar; agora, porém, vi que podia vagar em liberdade, sem obstáculos que eu não pudesse transpor ou evitar. A luz tornou-se cada vez mais opressiva e, como eu me sentia fatigado com o calor, à medida que andava, procurei um lugar onde pudesse descansar à sombra. Era a floresta próxima de Ingolstadt. Ali, deitei-me, ao lado de um regato, repousando de minha fadiga, até que fui atormentado pela fome e pela sede. Essas sensações arrancaram-me do meu estado de quase torpor. Comi alguns frutos que pendiam das árvores ou estavam caídos ao chão. Matei minha sede no regato e depois, deitando-me, fui dominado pelo sono.

"Já estava escuro quando acordei; também sentia frio, e me achava meio assustado, por me ver tão só. Antes de deixar seu apartamento, sentindo frio, cobrira-me com algumas roupas, mas elas eram insuficientes para me proteger contra o orvalho da noite. Eu era um miserável desgraçado, infeliz e impotente; eu sabia, mas nada podia distinguir; a dor me invadia por todos os lados. Então, sentei-me e chorei.

"Logo a seguir, uma luz suave filtrou-se do céu e me comunicou uma sensação de prazer. Pus-me de pé e contemplei uma forma radiante que se elevava por entre as árvores. Mirei-a meio maravilhado. Ela se movia lentamente, iluminava o meu caminho, saí de novo à cata de frutos. Eu ainda sentia frio quando encontrei, debaixo de uma das árvores, um grande capote, com o qual me cobri, sentando-me no chão. Não pensava em nada de especial, minhas ideias estavam confusas. Percebia a luz e a escuridão e estava com fome e com sede. Vários sons chegavam aos meus ouvidos, e de todos os lados me vinham diversos odores. O único objeto que eu podia distinguir era a Lua brilhante, e nela fixava, com prazer, o meu olhar.

"Sucederam-se vários dias e noites, quando comecei a distinguir os meus sentidos e sensações, uns dos outros. Pouco a pouco, vi claramente o límpido regato que me fornecia do que beber, e as árvores que me abrigavam com a sua folhagem. Fiquei deliciado quando descobri que um som agradável, que muitas vezes feria os meus ouvidos, provinha das gargantas de pequenos animais alados que frequentemente interceptavam a luz dos meus olhos. Comecei também a observar com maior cuidado as formas que me cercavam, e a perceber os limites da cúpula radiante de luz que me cobria. Às vezes, tentava, sem o conseguir, imitar os sons dos pássaros. Outras, queria exprimir minhas sensações a meu modo, porém os grosseiros sons eu que articulava me assustavam e obrigavam-me a ficar de novo em silêncio.

"A lua desaparecera da noite, e se apresentava cada vez menor, enquanto eu ainda me conservava na floresta. Já então meus sentidos se tinham tornado distintos, e meu cérebro recebia diariamente novas ideias. Meus olhos acostumaram-se à luz e a perceber os objetos em suas formas certas; eu distinguia o inseto da grama e, pouco a pouco, um tipo de grama do outro. Descobri que o pardal não emitia senão notas grosseiras enquanto que as do melro e do tordo eram doces e atraentes.

"Um dia, perseguido pelo frio, achei uma fogueira que havia sido abandonada por alguns vagabundos e fiquei dominado pelo prazer que seu calor me comunicava. Na minha alegria, enfiei as mãos nas brasas acesas, mas retirei-as rapidamente com um grito de dor. Que estranho, pensei eu, que a mesma causa possa produzir efeitos tão opostos! Examinei a fogueira e, para minha alegria, vi que era feita de madeira. Depressa, reuni alguns galhos, mas eles estavam molhados e não arderam. Isso me aborreceu, e fiquei então sentado a contemplar o fogo. Os paus molhados, que eu havia colocado perto da fogueira, secaram e começaram a queimar por sua vez. Refleti sobre o fato e, tocando os vários galhos, descobri a causa. Ocupei-me em juntar uma grande quantidade de madeira, que eu pudesse secar para ter uma boa provisão de fogo. Quando a noite chegou, e com ela o sono, fiquei com muito medo de que o meu fogo se extinguisse. Cobri cuidadosamente a fogueira com madeira seca e folhas, e coloquei vários paus molhados sobre ela; depois, estendendo meu capote, deitei-me sobre ele, no chão, e entreguei-me ao sono.

"Já era manhã, quando acordei, e meu primeiro cuidado foi ver como estava a fogueira. Descobri-a e a brisa, que soprava, rapidamente fez nascerem as chamas. Observei também isso e fiz um abanador com alguns galhos, que avivava as chamas quando as brasas estavam quase extintas. Quando chegou a noite novamente, vi com prazer que o fogo tanto fornecia calor quanto luz, e a descoberta desse elemento foi muito útil para minha comida, pois eu encontrara alguns restos assados que os viajantes tinham deixado, e eles eram muito mais saborosos do que os frutos que eu colhia das árvores. Procurei, pois, preparar o meu alimento do mesmo modo colocando-o sobre as brasas vivas. Vi que os frutos se estragavam com essa operação, e que as nozes e raízes melhoravam muito.

"A comida, no entanto, tornou-se escassa, e muitas vezes eu passava o dia todo buscando em vão bolotas com que mitigar a minha fome. Verificando isso, resolvi abandonar o lugar onde morara até então, e procurar outro onde as simples necessidades que eu experimentava pudessem ser mais facilmente satisfeitas. Durante esta migração, lamentei profundamente a perda do fogo que eu conseguira por acaso e que não sabia com fazer. Dediquei várias horas a pensar nesta dificuldade, mas fui obrigado a abandonar qualquer tentativa para produzi-lo. Então, envolvendo-me em meu capote, avancei pelo bosque em direção ao sol poente. Passei três dias nessa caminhada, até que descobri um descampado. Na noite anterior, ocorrera uma nevada que cobrira todos os campos de branco. A paisagem era desoladora. Eu sentia os pés congelados devido à camada úmida e fria que cobria o solo.

"Eram cerca de sete horas da manhã, eu ansiava por conseguir comida e abrigo. Finalmente, descobri uma pequena cabana sobre uma elevação, sem dúvida construída para o conforto de algum pastor. Constituía uma nova visão para mim, tendo eu examinado a estrutura com grande curiosidade. Achando a porta aberta, entrei. Um velho estava sentado perto da lareira, onde preparava o seu café. Ouvindo o barulho ele se voltou e, ao ver-me, soltou um grito agudo, abandonou a cabana e pôs-se a correr pelo campo com uma velocidade de que não se julgaria capaz o seu corpo debilitado. Seu aspecto diferente de tudo o que eu havia visto até então e sua fuga surpreenderam-me um pouco. Mas fiquei encantado com o aspecto da cabana; aqui não penetravam a chuva ou a neve; o chão estava seco; e ela me pareceu um retiro tão divino e delicioso quanto o Pandemônio para os demônios do inferno depois de sofrerem no lago de fogo. Alegremente devorei os restos da refeição do pastor, que consistia de pão, queijo, leite e vinho. Não gostei deste último. Depois, vencido pela fadiga, deitei-me sobre umas palhas e adormeci.

"Era meio-dia quando acordei e, atraído pelo calor do sol, que brilhava intensamente sobre o chão todo branco, resolvi reiniciar a minha caminhada. Colocando os restos da refeição do pastor numa maleta que encontrei, prossegui através dos campos por várias horas, até que, ao pôr do sol, cheguei a uma aldeia. Como me pareceu maravilhosa! Um verdadeiro milagre! Cabanas, as casinhas muito limpas, e as construções majestosas iam prendendo cada vez mais minha admiração. Os vegetais nos jardins, o leite e o queijo que eu via dispostos nas janelas de algumas dessas casas despertaram o meu apetite. Penetrei numa das melhores, porém mal havia transposto a porta quando as crianças gritaram, e uma mulher desmaiou. Toda a aldeia se levantou; algumas pessoas fugiam, outras me atacavam, até que, seriamente ferido por algumas pedras e outros objetos, fugi para o descampado. Cheio de medo, abriguei-me numa choupana baixa, quase nua, e que comparada aos palácios que eu vira na aldeia me parecia uma ruína. Esta choupana, no entanto, ligava-se a uma casa de campo de aparência muito limpa e agradável. Todavia, depois de minha última experiência, não ousei entrar. Meu refúgio era construído de madeira, mas tão baixo que eu mal conseguia ficar de pé. O chão não era assoalhado mas estava seco e, embora o vento penetrasse por inúmeras frestas, achei que era um refúgio muito agradável contra a chuva e a neve.

"Ali, então, deitei-me, feliz por haver encontrado um abrigo, ainda que miserável, contra a inclemência do tempo e ainda mais contra o barbarismo do homem.

"Assim que amanheceu, esgueirei-me do meu canil, a fim de observar a casa de campo e ver se eu podia permanecer na habitação que tinha achado. Eu estava atrás da casa de campo, ladeado por um cercado de porcos e uma límpida poça d'água. Um dos lados era aberto, por ali eu havia entrado. Agora, porém, eu tinha vedado com paus e pedras todas as fendas, através das quais podia ser percebido, de tal modo que os pudesse retirar quando quisesse sair; toda a luz de que eu desfrutava vinha do chiqueiro, e isso me era suficiente.

"Depois de assim arrumar a minha morada e atapetá-la com palha limpa, escondi-me, pois vi, à distância, o vulto de um homem, e ainda me recordava muito bem do tratamento da noite anterior. Todavia, eu primeiro providenciara a minha alimentação para aquele dia com um pedaço de pão ordinário que eu roubara, e uma xícara para que eu pudesse beber, mais confortavelmente do que usando a concha das mãos, a água que corria através do meu refúgio. O chão era um pouco mais elevado, de modo que eu ficava a seco e, devido a sua localização junto à chaminé da casa de campo, a choupana era toleravelmente quente.

"Assim provido, resolvi morar ali até que algo ocorresse capaz de alterar minha decisão. A choupana era, com efeito, um paraíso, se comparada com a desolada floresta onde antes eu residira, com os galhos pingando água da chuva e a terra molhada. Tomei a primeira refeição com prazer e estava prestes a remover uma tábua para apanhar um pouco d'água, quando ouvi passos. Olhando através de uma estreita abertura, vi passar diante do meu refúgio uma criatura com um balde na cabeça. Era uma moça de aspecto gentil, diferente dos fazendeiros e empregados que eu encontrara até então. Estava pobremente vestida: uma saia azul de tecido grosseiro e um casaquinho de linho. Seu lindo cabelo estava arranjado em tranças, mas sem enfeite algum. Aparentava um ar paciente e, ao mesmo tempo, triste. Perdi-a de vista e, cerca de 15 minutos depois ela retornou carregando o balde que, agora, estava quase cheio de leite. Enquanto caminhava, parecendo sentir o peso de seu fardo, foi ao seu encontro um homem cujo semblante denotava grande abatimento. Articulando alguns sons com acento melancólico, ele apanhou o balde da cabeça da jovem e levou-o para casa. Ela o seguiu, e ambos desapareceram. Vi, então, de novo, o jovem atravessar o campo atrás da casa, com algumas ferramentas na mão. A moça também estava ocupada, ora dentro de casa, ora no quintal.

"Examinando minha habitação verifiquei que uma das janelas da casa de campo ocupara, anteriormente, parte dela, mas as vidraças tinham sido cobertas por tábuas. Numa destas havia uma pequena fresta, quase imperceptível, a que mal se ajustava um olho. Através dessa fenda, podia-se ver uma pequena sala, muito limpa, mas quase vazia de móveis. Em um dos cantos, junto a uma pequena lareira, estava sentado um velho com a cabeça apoiada nas mãos, numa atitude de desolação. A moça arrumara a casa, tirou de uma gaveta algo com que suas mãos passaram a se ocupar e sentou-se ao lado do ancião que, apanhando um instrumento, começou a tocar produzindo sons mais suaves do que a voz do tordo ou do rouxinol. Era uma casa encantadora, até para mim, pobre desgraçado que jamais vira algo tão lindo. Os cabelos prateados e o semblante bondoso do velho conquistaram o meu respeito, enquanto as maneiras delicadas da moça despertaram o meu amor.

Ele tocava uma ária suavemente triste que, percebi, arrancava lágrimas dos olhos de sua amável companheira, a qual o velho não prestou atenção até que ela se pôs a soluçar alto; então, ele pronunciou alguns sons, e a linda criatura, abandonando o trabalho que fazia, ajoelhou-se a seus pés. Ele a ergueu e sorriu com tanta bondade e afeição que experimentei sensações singulares e esmagadoras; eram uma mistura de dor e prazer, que jamais me proporcionaram antes a fome ou o frio, o calor ou a comida. Afastei-me da janela, incapaz de suportar tais emoções.

"Logo depois disso, o rapaz regressou, trazendo nos ombros nus uma carga de lenha. A moça recebeu-o à porta, ajudou-o a livrar-se do seu fardo e, apanhando alguns pedaços de pau, entrou na casa, colocado-os no fogo. Depois, ela e o rapaz retiraram-se para um canto da casa, e ele lhe mostrou um grande pão e um pedaço de queijo. Ela pareceu satisfeita e dirigiu-se para a horta, onde apanhou algumas raízes e plantas que colocou dentro d'água e, depois, sobre o fogo. Então, retomou seu trabalho enquanto o jovem se encaminhava para a horta, parecendo ocupado em cavar e arrancar raízes. Após assim trabalhar cerca de uma hora, a jovem veio fazer-lhe companhia, e juntos entraram na casa.

"Entrementes, o velho, que ficara pensativo, animou-se com a presença de seus companheiros. Sentaram-se todos para comer. A refeição foi rápida. A jovem voltou a ocupar-se com a arrumação da casa e o velho saiu a tomar um pouco de sol, amparado pelo braço do rapaz. Nada podia exceder em beleza o contraste entre esses dois seres. Um era velho, de cabelos prateados, com o semblante cheio de bondade e de amor; o mais jovem era esbelto, gracioso e, embora seu rosto fosse simétrica e belamente modelado, seus olhos e suas atitudes denotavam uma grande tristeza e abatimento. O ancião voltou para casa. O rapaz, carregando ferramentas diferentes das que usara pela manhã, seguiu através dos campos.

"A noite caiu rapidamente, mas, para grande espanto meu, vi que os moradores da casa tinham meios de manter a claridade com lampiões, tendo verificado, com prazer, que o fato de o sol ter-se posto não interrompia a satisfação que eu experimentava em contemplar os meus vizinhos humanos. À noitinha, o rapaz e a moça se entretiveram com vários trabalhos que eu não entendia. O ancião pegou de novo no instrumento que produzia aqueles sons divinos que tanto me haviam encantado pela manhã. Assim que ele terminou, o rapaz começou não a tocar, porém a emitir sons monótonos que nada tinham de parecido com a harmonia do instrumento do velho ou com o canto dos pássaros. Acabei descobrindo que ele lia em voz alta, porém naquela ocasião eu nada sabia da ciência das palavras ou das letras.

"Depois de se ter ocupado assim durante algum tempo, a família apagou a luz e retirou-se, creio, para repousar."

Capítulo 12

"Eu permanecia deitado no meu leito de palha, mas não conseguia dormir. Pensava nos acontecimentos do dia. O que mais me impressionava eram os modos delicados daquela gente, à qual eu queria, mas não ousava juntar-me. Lembrava-me perfeitamente do tratamento que me havia sido dispensado, na noite anterior, pelos bárbaros aldeãos e resolvi que, qualquer que fosse a conduta que eu decidisse adotar mais tarde, por enquanto permaneceria sossegado na minha choupana, observando e tentando descobrir os motivos que presidiam suas ações.

"Os moradores da casa levantaram-se, na manhã seguinte, antes do sol. A moça arrumou a casa e preparou a comida. O rapaz saiu, terminada a primeira refeição.

"Esse dia transcorreu como o anterior. O rapaz estava sempre ocupado fora de casa, e a moça dentro dela. O ancião, que eu logo percebi ser cego, passava suas horas de lazer com seu instrumento, ou entregue à contemplação. Nada podia exceder o amor e o respeito que os jovens camponeses dedicavam ao seu venerável companheiro. Em tudo o que faziam para ele, demonstravam afeição e gentileza, sendo recompensados por seus bondosos sorrisos.

"Eles não eram inteiramente felizes. O jovem e sua companheira, às vezes, se separavam e pareciam chorar. Eu não via razão para sua infelicidade, mas isso muito me afligia. Se criaturas tão encantadoras eram infelizes, não era tanto de estranhar que eu, ser imperfeito e solitário, fosse desgraçado. No entanto, por que seriam infelizes aquelas criaturas? Possuíam uma casa deliciosa (pelo menos assim o era ante meus olhos) e todo o luxo; tinham uma lareira para aquecê-las quando sentiam frio, e ótimos alimentos para quando estavam com fome; usavam roupas excelentes e, mais ainda, desfrutavam da companhia uma da outra, trocando diariamente olhares de afeição e de bondade. Que significariam suas lágrimas? Exprimiriam realmente dor? Primeiro, eu não consegui responder essas perguntas, mas uma contínua observação e o correr do tempo forneceram-me a explicação desses aspectos inicialmente enigmáticos.

"Muito tempo transcorreu antes que eu descobrisse que uma das causas das apreensões desta simpática família era a pobreza, que eles sofriam em alto grau. Seu alimento consistia inteiramente de vegetais do seu quintal e do leite de uma vaca, que dava muito pouco durante o inverno, quando seus donos mal podiam arranjar comida para mantê-la. Acho que, muitas vezes, passavam fome, principalmente os dois jovens, pois não raro colocavam a comida diante do ancião sem nada terem reservado para si mesmos.

"Essa demonstração de bondade me sensibilizou. Eu costumava roubar, durante a noite, parte de suas provisões para o meu sustento, mas, quando descobri que isso os afligia muito, deixei de fazê-lo, passando a satisfazer-me com frutos, nozes, e raízes que colhia num bosque próximo.

"Descobri também outro meio de ajudá-los em seus trabalhos. Vi que o rapaz passava grande parte do dia ocupado em apanhar lenha para a lareira e assim, durante a noite, muitas vezes, eu pegava suas ferramentas, cujo uso eu aprendera rapidamente, e trazia para casa combustível suficiente para vários dias.

"Lembro-me de que, da primeira vez que fiz isso, a moça quando abriu de manhã a porta da casa, pareceu muito espantada ao ver uma grande pilha de lenha do lado de fora. Disse alguma coisa em voz alta, e o rapaz juntou-se a ela, também muito admirado. Verifiquei com prazer que, naquele dia, ele não foi para a floresta, ficando em casa para fazer alguns reparos e tratar da horta.

"Aos poucos, fiz uma descoberta ainda mais importante. Notei que aquela gente possuía um processo de comunicar suas experiências e sentimentos por meio de sons articulados. Percebi que as palavras que falavam causavam prazer ou dor, sorrisos ou tristeza na mente e na expressão dos que as escutavam. Tratava-se, na verdade, de algo divino, e eu desejava ardentemente familiarizar-me com aquilo. No entanto, foram inúteis todas as minhas tentativas para consegui-lo. Eles falavam muito rápido e, como as palavras que pronunciavam não pareciam ter qualquer relação com objetos visíveis, eu não podia descobrir pista alguma que revelasse o mistério de sua significação. Todavia, depois de muito esforço e de permanecer em minha cabana pelo espaço de muitas luas, descobri os nomes que eram dados aos objetos mais familiares da conversação; aprendi e identifiquei palavras como *fogo*, *leite*, *pão* e *lenha*. Aprendi também os nomes dos moradores. O jovem e sua companheira tinham vários nomes, mas o ancião apenas um, que era *pai*. A moça era chamada de *irmã* ou *Ágata*, e o rapaz de *Félix*, *irmão*, ou *filho*. Impossível descrever o prazer que senti quando aprendi as ideias próprias a esses sons e fui capaz de pronunciá-los. Eu distinguia várias outras palavras sem no entanto poder entendê-las ou aplicá-las, tais como *bom*, *querido*, *infeliz*.

"Assim passei o inverno. As maneiras gentis e a beleza dos camponeses daquela casa granjearam a minha afeição. Eu me sentia deprimido quando eles estavam infelizes e partilhava de sua alegria quando eram felizes. Eu via outras criaturas humanas além deles e, se acontecia de alguma delas entrar na casa, suas maneiras rudes e grosseiras só serviam para elevar aos olhos os modos superiores de meus amigos. Percebi que frequentemente o velho procurava encorajar seus filhos, como às vezes eram chamados, a afastarem sua melancolia. Ele falava animadamente, com uma expressão de bondade que infundia confiança até em mim. Ágata ouvia respeitosamente, às vezes com os olhos cheios de lágrimas, que ela procurava disfarçar; mas, em geral, eu via que depois de escutar as exortações do pai, seu tom e disposição ficavam mais animados. O mesmo não se dava com Félix. Era sempre o mais triste do grupo e, até mesmo para os meus sentidos inexperientes, parecia ter sofrido mais profundamente do que seus companheiros. Mas se seu semblante era mais tristonho, sua voz era mais animada do que a da irmã, especialmente quando ele se dirigia ao velho.

"Eu podia mencionar diversos casos que, embora de maneira sutil, marcavam as disposições desses bondosos camponeses. Em meio a toda a pobreza e necessidade, Félix trazia com prazer para sua irmã a primeira florzinha branca que surgia por entre a neve que cobria o chão. Bem cedo de manhã, antes de ela se levantar, ele raspava a neve do caminho que conduzia ao estábulo, tirava água do poço, trazia lenha do depósito onde, para seu eterno espanto, encontrava sempre estoque reabastecido por uma mão invisível. Durante o dia, creio, ele trabalhava às vezes para algum fazendeiro vizinho, pois regressava na hora do jantar e não trazia lenha. Outras vezes trabalhava no quintal, mas como havia pouco o que fazer na estação gelada, lia para o ancião e para Ágata.

"No início, essa leitura muito me intrigou, mas aos poucos descobri que, quando ele lia, articulava muitos dos mesmos sons que quando falava. Concluía, portanto, que ele encontrava no papel sinais correspondentes às palavras, e que ele entendia. Desejei ardentemente compreendê-los também. Como era possível, porém, se eu não entendia nem os sons que eles representavam? Contudo, progredi sensivelmente nesses conhecimentos, não o suficiente, porém, para seguir qualquer tipo de conversação, embora aplicasse toda a minha inteligência nesta tentativa. Com efeito, eu percebia facilmente que, não obstante ansiasse por me revelar aos moradores da casa, não o deveria fazer antes de poder dominar sua linguagem, pois assim eu poderia fazer com que eles esquecessem a deformidade de minha figura cujo contraste com a aparência deles se apresentava claramente aos meus olhos, tornando-me consciente dela.

"Eu admirara as formas perfeitas de meus camponeses – sua graça, sua beleza e seus corpos delicados; mas como eu ficava apavorado quando me via refletido num lago transparente! Primeiro, eu recuara, incapaz de acreditar que era realmente eu quem se refletia no espelho. Quando acabei convencendo-me de que era realmente aquele monstro, experimentei as mais amargas sensações de abatimento e mortificação. Ai de mim! Eu não imaginava totalmente os efeitos fatais dessa miserável deformidade.

"À medida que o sol foi ficando mais quente e os dias mais longos, a neve desapareceu, e eu vi as árvores nuas e a terra negra. A partir de então,

Félix teve mais o que fazer; e os sinais de uma fome iminente desapareceram. Seu alimento, conforme verifiquei mais tarde, era rústico, mas saudável. Eles o buscavam em quantidade suficiente. Surgiram, na horta, várias novas espécies de plantas, que eles cultivavam. Os sinais de conforto aumentavam à medida que a estação avançava.

"O velho, amparado pelo filho, passeava diariamente ao meio-dia, quando não chovia, como eu aprendi que se dizia quando o céu liberava suas águas. Isso acontecia com frequência, mas um vento forte secava rapidamente a terra, e o tempo se tornava muito mais agradável do que antes.

"Minha maneira de viver em minha choupana era sempre a mesma. De manhã, eu observava os movimentos dos donos da casa e, quando se dispersavam, entregues às suas diversas ocupações, eu dormia. O resto do dia eu passava vendo meus amigos. Quando eles se retiravam para descansar, se havia luar ou a noite estava estrelada, eu ia para a floresta e colhia meu alimento e lenha para a casa de campo. Quando regressava, quantas vezes fosse necessário, afastava a neve do caminho, conforme via Félix fazer. Verifiquei, depois, que esses trabalhos realizados por uma mão invisível os tinham espantado grandemente. Uma ou duas vezes, nessas ocasiões, ouvi-os referirem-se a "bom espírito" e "maravilhoso", mas então eu não compreendia o significado desses termos.

"Meus pensamentos eram agora mais ativos, e eu desejava ardentemente descobrir os motivos e sentimentos dessas encantadoras criaturas. Queria saber por que Félix parecia tão infeliz e Ágata, tão triste. Cheguei a pensar (desgraçada loucura!) que estava em meu poder restaurar a felicidade para esses seres que tanto mereciam. Quando eu dormia ou estava ausente, as formas do venerável pai cego, da delicada Ágata e do excelente Félix bailavam ante meus olhos. Eu os considerava como seres superiores que seriam os árbitros do meu destino futuro. Formei em minha imaginação milhares de quadros sobre qual seria a maneira com que me receberiam no dia em que eu me apresentasse a eles. Imaginei que me repeliriam até que eu conseguisse conquistar, primeiro, os seus favores e, depois, o seu amor com seus modos delicados e palavras de conciliação.

"Esses pensamentos me animavam e levavam-me a aplicar-me com maior ardor a adquirir a arte da linguagem. Meus órgãos vocais eram na verdade grosseiros porém macios e, embora minha voz fosse muito diferente da suave musicalidade dos tons emitidos por eles, eu pronunciava certas palavras, tais como as ouvia, com relativa facilidade.

"Era como o jumento e o cão lambedor. Certamente, o jumento, cujas intenções eram as mais cheias de afeição, embora suas maneiras fossem rudes, merecia melhor tratamento do que pancadas e maldição.

"As agradáveis chuvas e o genial calor da primavera alteraram grandemente o aspecto da terra. Homens, que antes pareciam estar escondidos em cavernas, espalhavam-se agora por toda a parte, ocupados com as culturas. Os pássaros com notas mais vibrantes, e as folhas começaram a nascer nas árvores. Feliz, feliz terra! Morada própria dos deuses, que tão pouco tempo antes era desolada, úmida e insalubre. Meu espírito se elevava com o maravilhoso aspecto da natureza. O passado apagara-se de minha lembrança, o presente era tranquilo, e o futuro iluminado por brilhantes raios de esperança e de antecipada alegria."

Capítulo 13

"Chego agora à parte mais emocionante da minha história. Relatarei acontecimentos que me impressionaram com sentimentos que, do que eu era, me transformaram no que sou.

"A primavera avançava rapidamente. O tempo tornou-se belo, os céus sem nuvens. Fiquei surpreso ao ver que o deserto de antes transbordava agora de lindas flores e vegetação. Meus sentidos foram gratificados e revigorados por milhares de odores deliciosos e milhares de visões de intensa beleza.

"Foi num desses dias, quando os meus camponeses repousavam periodicamente de suas fainas – o velho tocava o seu violão, e os filhos o escutavam –, que observei que Félix denotava uma intensa melancolia. Suspirava com frequência e, numa das vezes em que o pai parou de tocar, percebi, pelos seus modos, que interrogava o filho sobre a causa de sua tristeza. Félix replicou animadamente e o velho continuou a tocar, quando bateram na porta.

"Era uma dama a cavalo, acompanhada de um camponês que lhe servia de guia. A dama estava vestida de preto coberta por um espesso véu também negro. Ágata fez uma pergunta, a qual a estrangeira respondeu, apenas pronunciando de maneira suave o nome de Félix. Sua voz era musical, porém diferente da voz dos meus amigos. Ouvindo o seu nome, Félix aproximou-se rapidamente da dama que, ao vê-lo, levantou o véu, deixando aparecer um semblante de rara beleza. Seu cabelo era negro, brilhante e curiosamente trançado; suas feições regulares, a pele muito linda, as faces encantadoramente cor-de-rosa.

"Félix pareceu encantado e deliciado quando a viu, e todos os sinais de tristeza desapareceram de seu rosto. Imediatamente evidenciou uma alegria e um êxtase intensos, do que eu jamais o julgara capaz. Seus olhos brilhavam, e suas faces enrubesciam de prazer. Naquele momento, eu o achei tão belo quanto a estrangeira. Ela parecia agitada por diferentes sentimentos. Deixando correr algumas lágrimas de seus encantadores olhos, estendeu a mão para Félix, que a beijou extasiado chamando-a de, segundo pude distinguir, minha doce árabe. Ela pareceu não entendê-lo, mas sorriu. Ele a ajudou a desmontar e, despedindo o guia, conduziu-a para dentro de casa. O rapaz e o pai conversaram, e a estrangeira, ajoelhando-se aos pés do velho, quis beijar-lhe as mãos. Ele porém fê-la levantar-se e a abraçou afetuosamente.

"Logo percebi que, embora a estrangeira articulasse sons e parecesse ter sua própria linguagem, não entendia o que os outros falavam, nem se fazia entender. Eles usavam muitos sinais que eu não compreendia, mas vi que a presença dela espalhava alegria por toda a casa, dissipando a tristeza como o sol dissipa a névoa matinal. Félix parecia particularmente feliz e, com muitos sorrisos, deu as boas-vindas à sua árabe. Ágata, a sempre gentil Ágata, beijou as mãos da encantadora estrangeira e, apontando para o irmão, fez uma série de sinais que a mim me pareceram significar que ele estivera triste até ela chegar. Assim se passaram algumas horas, enquanto eles, pelos seus semblantes, exprimiam uma alegria cuja causa eu não compreendia. Em breve percebi, pela frequente repetição de alguns sons, que a estrangeira estava tentando aprender a linguagem de meus amigos e, imediatamente, me ocorreu a ideia de que eu podia usar os mesmos ensinamentos com o mesmo fim. Na primeira lição, a estrangeira aprendeu cerca de 20 palavras; a maioria delas, na verdade, eram as que eu já conhecia, porém aproveitei-me das outras.

"Ao chegar a noite, Ágata e a árabe retiraram-se cedo. Ao se separarem, Félix beijou a mão da estrangeira e disse: 'Boa noite, querida Safie'. Depois, ficou muito mais tempo conversando com o pai e, da frequente repetição do nome dela, concluí que a encantadora hóspede era o objeto de sua conversa. Desejei ardentemente entendê-los, tendo para isso empregado todas as minhas faculdades, mas foi totalmente impossível.

"Na manhã seguinte, Félix saiu para trabalhar e, depois que Ágata terminou seu serviço, a árabe sentou-se aos pés do ancião. Pegando seu violão, executou músicas tão arrebatadoramente belas que imediatamente me arrancaram lágrimas de tristeza e de prazer. Ela cantava e sua voz fluía numa rica modulação, subindo e descendo como a do rouxinol dos bosques.

"Quando terminou, entregou o violão a Ágata que, de início, declinou do convite. Ela tocou depois uma música simples, acompanhando-a com uma voz suave, mas muito diferente da maravilhosa melodia da estrangeira. O velho parecia extasiado e disse algumas palavras que Ágata se esforçou por explicar a Safie, tentando dizer-lhe que o ancião ficara deliciado com sua música.

"Os dias agora transcorriam tão pacificamente quanto antes, com a única diferença de que a alegria havia substituído a tristeza no semblante de meus amigos. Safie estava alegre e feliz; ela e eu progredimos tão rapidamente no aprendizado da linguagem que, em dois meses, eu comecei a compreender a maior parte das palavras faladas por meus protetores.

"Enquanto isso, também a terra negra se cobria de grama, os relvados se pontilhavam de diversas flores, doces ao olfato e aos olhos, pálidas estrelas entre bosques de luar; o sol ficou mais quente, as noites, claras e confortadoras. Minhas caminhadas noturnas davam-me um intenso prazer, conquanto tivessem sido muito encurtadas pelo tardio pôr e prematuro nascer do sol, pois eu jamais me aventurava à luz do dia, receoso de receber o mesmo tratamento que sofrera na primeira aldeia em que entrei.

"Passava os dias atento, a fim de que pudesse dominar o mais depressa possível a linguagem. Posso envaidecer-me, pois aprendia mais depressa do que a árabe, que compreendia muito pouco e falava com uma acentuação entrecortada, enquanto eu era capaz de entender e imitar quase todos os sons que eram emitidos.

"Ao mesmo tempo em que progredia na fala, aprendi também a ciência das letras, que era ensinada à estrangeira. Isso me abriu um vasto campo de maravilhas e de prazer.

"O livro com que Félix instruía Safie era *Impérios arruinados*, de Volney. Eu não teria compreendido o significado deste livro se, ao lê-lo, Félix não se tivesse demorado em minuciosas explicações. Escolhera essa obra, disse ele, porque seu estilo declamatório imitava os autores orientais. Através deste livro, obtive um breve conhecimento da História e uma visão dos impérios atualmente existentes no mundo. Consegui compreender os costumes, os governos e as religiões das diferentes nações da Terra. Ouvi falar dos indolentes asiáticos, do gênio estupendo e da atividade mental dos gregos, das guerras e maravilhosas virtudes dos primitivos romanos, de sua subsequente decadência, do declínio daquele poderoso império, da cavalaria, da cristandade e dos reis. Tomei conhecimento do descobrimento do hemisfério americano e chorei, juntamente com Safie, ao saber do desgraçado destino de seus primitivos habitantes.

"Essas maravilhosas narrativas inspiravam-me estranhos sentimentos. Era o homem na verdade, ao mesmo tempo tão poderoso, virtuoso e magnífico, tão vicioso e torpe? Ora parecia ser um simples rebento do princípio do mal, ora tudo o que podia conceber de nobre e divino. Ser um grande homem, um homem virtuoso parecia a mais alta honra capaz de se atribuir a um ser sensitivo; ser vil e mesquinho como tantos têm sido, a mais baixa das degradações, uma condição mais abjeta do que a da toupeira cega ou do verme inofensivo. Durante muito tempo, eu não pude conceber como o homem era capaz de matar o seu semelhante, ou mesmo por que havia leis e governos; mas quando eu tomei conhecimento do vício e dos derramamentos de sangue, meu espanto cessou e afastei-me enjoado e com asco.

"Agora, cada conversa dos moradores da casa abria um mundo de maravilhas para mim. Enquanto eu ouvia as lições que Félix dava à moça árabe, compreendi o estranho sistema da sociedade humana. Tomei conhecimento da divisão da propriedade, das imensas riquezas e da miserável pobreza das classes, da descendência e do sangue nobre.

"As palavras levaram-me a olhar para mim mesmo. Aprendi que os bens mais estimados pelos seus semelhantes eram uma alta e imaculada linhagem, unida à riqueza. Uma só dessas condições era capaz de fazer um homem respeitado, mas sem nenhuma ele era considerado, com raríssimas exceções, um vagabundo e um escravo destinado a gastar suas energias em proveito de uns poucos privilegiados! E que era eu? Tudo ignorava de minha criação e de meu criador, mas sabia que não tinha dinheiro, amigos, ou qualquer espécie de propriedade. Era, além do mais, dotado de um aspecto hediondo, deformado e repelente; eu nem era da mesma natureza que o homem. Era mais ágil do que ele e podia viver sob uma dieta inferior; suportava quase sem danos os extremos de frio e de calor; minha estatura era muito superior à sua. Quando olhava em volta, eu não via ninguém igual a mim. Era eu, então, um monstro, uma nódoa sobre a Terra, de quem todos fugiam e a quem todos renegavam?

"Não posso descrever-lhe a agonia que essas reflexões causavam; eu procurava afastá-la, mas a tristeza apenas crescia com o meu conhecimento. Oh, por que não fiquei para sempre na minha floresta nativa, onde nada conhecia ou sentia além da fome, da sede e do calor!

"Oh, que coisa estranha é o conhecimento! Uma vez que alcançou o cérebro, agarra-se a ele como o líquen numa rocha. Às vezes, queria esquecer tudo e nada mais sentir, mas aprendi que só havia um meio de vencer a sensação da dor – a morte –, um estado que eu temia embora não o compreendesse. Admirava a virtude e os bons sentimentos e amava os modos gentis e as qualidades delicadas dos meus companheiros daquela casa, mas estava impedido de manter quaisquer relações com eles, exceto furtivamente, quando não era visto nem conhecido, o que, em vez de me satisfazer, aumentava o meu desejo de me tornar um dos seus. As amáveis palavras de Ágata e os animados sorrisos da encantadora árabe não eram para mim. As sensatas exortações do ancião e a conversa cheia de vida de Félix não eram para mim. Miserável, infeliz, desgraçado!

"Outras lições que aprendi impressionaram-me ainda mais profundamente – a diferença dos sexos, o nascimento das crianças, como o pai vibrava com os sorrisos do bebê e as travessuras dos filhos mais velhos, como toda a vida e as preocupações da mãe giravam em torno de seu precioso fardo, como se desenvolvia e adquiria conhecimentos o cérebro da criança, o que era um irmão, uma irmã, e todas as relações que unem entre si os seres humanos.

"Mas, onde estavam os meus amigos e meus parentes? Nenhum pai vigiara meus dias de criança, nenhuma mãe me dedicara seus sorrisos e suas carícias; ou, se assim fora, toda a vida era agora um borrão, um vazio em que eu nada distinguia. Até onde eu podia me lembrar, eu sempre fora do tamanho que tinha agora. Jamais vira um ser semelhante a mim, que quisesse relacionar-se comigo. Que era eu? Essa pergunta surgia constantemente, apenas para ser respondida com gemidos.

"Logo explicarei para onde tendiam esses sentimentos, mas vamos voltar aos moradores da casa, cuja vida despertava em mim os mais variados sentimentos de indignação, prazer e espanto, mas que acabavam fazendo com que eu amasse e reverenciasse ainda mais os meus protetores (pois eu os amava, por assim dizer, de um modo meio doloroso e decepcionado)."

Capítulo 14

"Decorreu algum tempo antes que eu aprendesse a história de meus amigos. Eram fatos que não podiam deixar de me impressionar profundamente, revelando uma série de circunstâncias, cada uma mais interessante e maravilhosa para uma criatura totalmente inexperiente como eu.

"O nome do velho era De Lacey. Ele descendia de uma família na França, onde vivera muitos anos na opulência, respeitado por seus superiores e amado por seus iguais. Seu filho foi educado para servir seu país, e Ágata tinha ombreado com damas da mais alta distinção. Poucos meses antes de minha chegada, eles haviam morado numa grande e luxuosa cidade chamada Paris, cercados de amigos e desfrutando de todos os prazeres que a virtude, a inteligência e o gosto refinado acompanhados de moderada fortuna, podem proporcionar.

"O pai de Safie tinha sido a causa de sua ruína. Era um mercador turco e morava em Paris há vários anos, quando, por alguma razão que eu não consegui apreender, tornou-se indesejável para o governo. Foi preso e metido na prisão no mesmo dia em que Safie chegava de Constantinopla para se juntar a ele. Foi julgado e condenado à morte. A injustiça de sua sentença foi por demais flagrante. Toda Paris se indignou. Achava-se que fora a sua religião, mais do que o crime de que era acusado, a causa de sua condenação.

"Félix assistira por acaso ao julgamento. Sua indignação e seu horror não conheceram limites, quando ele soube da decisão do tribunal. Naquele momento, ele jurou solenemente que haveria de libertá-lo e pôs-se à procura de um meio de fazê-lo. Depois de muitas tentativas infrutíferas para entrar na prisão, ele achou uma janela fortemente gradeada numa parte do edifício que não era guardada, e que deixava passar a luz para a cela do infortunado maometano que, acorrentado, esperava desesperado a execução da bárbara sentença. Félix, à noite, foi até as grades e deu ciência ao prisioneiro de suas intenções a seu favor. O turco, ao mesmo tempo espantado e confiante, procurou estimular o seu libertador prometendo recompensá-lo com grandes riquezas. Félix rejeitou suas ofertas com altivez, mas, quando viu a encantadora Safie, que recebera permissão para visitar o pai e que, por seus gestos, exprimia sua gratidão, não pôde deixar de pensar que o prisioneiro possuía com efeito um tesouro capaz de recompensá-lo de sua empresa e dos riscos que corria.

"O turco logo percebeu a impressão que sua filha causara no coração de Félix. Assim procurou prendê-lo mais aos seus interesses, prometendo dá-la em casamento, assim que estivesse em lugar seguro. Félix era nobre demais para aceitar o oferecimento, mas não deixou de entrever o fato como a consumação de sua felicidade.

"Nos dias que se seguiram, enquanto se faziam os preparativos para a fuga do mercador, o zelo de Félix foi estimulado por várias cartas recebidas da encantadora jovem, que encontrou meios de expressar seus sentimentos na língua de seu adorador com o auxílio de um velho criado do pai que sabia francês. Ela agradecia ardentemente o que ele fazia pelo pai e, ao mesmo tempo, lamentava o próprio destino.

"Tenho cópias dessas cartas, pois encontrei meios, durante minha estada na choupana, de arranjar instrumentos para escrever, e as cartas repetidamente estavam nas mãos de Félix ou de Ágata. Antes de partir eu as darei a você. Provarão a veracidade de minha narrativa. Agora, porém, já que o sol há muito declinou, só tenho tempo para repetir-lhe o seu conteúdo.

"Safie contava que sua mãe era uma cristã árabe presa e escravizada pelos turcos. Sua beleza havia conquistado o coração do pai de Safie, que a desposara. A moça falava com entusiasmo de sua mãe que, nascida livre, desdenhava a servidão a que agora estava reduzida. Educou a filha nos princípios de sua religião, ensinando-a a aspirar à maior cultura e à independência de espírito, coisas proibidas às mulheres seguidoras de Maomé. Esta senhora morreu, mas seus ensinamentos ficaram indelevelmente impressos na mente de Safie, que se sentia mal ante a perspectiva de retornar à Ásia para ser confinada entre as paredes de um harém, dedicando-se a ocupações infantis, em nada compatíveis com a têmpera de seu espírito, agora acostumado às grandes ideias e à nobre prática da virtude. A perspectiva de se casar com um cristão e ficar num país onde as mulheres tinham um lugar na sociedade era-lhe encantadora.

"Foi marcado o dia da execução do turco. Na noite anterior, porém, ele deixou a prisão e, antes que amanhecesse, já se achava a muitas léguas de Paris. Félix arranjara passaportes no nome de seu pai, de sua irmã e no seu próprio. Antes, ele havia comunicado o seu plano ao pai que contribuiu para o estratagema, deixando sua casa sob o pretexto de uma viagem e escondendo-se, com a filha, nos arredores de Paris.

"Felix conduziu os fugitivos através da França para Lião. Daí, pelo Monte Cenis, para Leghorn, onde o mercador decidira aguardar uma oportunidade favorável para dirigir-se a alguma região sob domínio turco.

"Safie resolveu permanecer com o pai até o momento de sua partida, quando o turco renovou sua promessa de que ela deveria unir-se ao seu libertador. Félix ficou com eles, na expectativa daquele acontecimento. Enquanto isso, desfrutou do convívio da jovem árabe, que lhe demonstrava a mais simples e terna afeição. Conversavam entre si por meio de um intérprete, e às vezes se entendiam com os olhos. Safie cantava para ele lindas canções de sua terra natal.

"O turco permitia essas intimidades e encorajava as esperanças dos jovens enamorados, embora no fundo de seu coração arquitetasse outros planos. Repugnava-lhe a ideia de que sua filha se unisse a um cristão, mas receava o ressentimento de Félix, se se mostrasse indiferente, pois sabia que ainda estava sob o poder de seu libertador, que poderia entregá-lo ao governo do Estado italiano em que se achavam. Ele imaginava mil planos que lhe permitissem prolongar a farsa até que não fosse mais necessário. Secretamente resolvera levar a filha em sua companhia, quando partisse. Seus planos foram facilitados pelas notícias que chegavam de Paris.

"O governo francês estava muito irritado pela fuga de sua vítima e não poupava esforços para prender e punir o libertador. A conspiração de Félix foi rapidamente descoberta. De Lacey e Ágata foram atirados na prisão. As notícias chegaram até Félix e o arrancaram do seu sonho de prazer. Seu velho pai cego e sua frágil irmã jaziam num infecto calabouço, enquanto ele desfrutava do ar livre e da companhia daquela a quem amava. Esse pensamento torturava-o. Rapidamente, combinou com o turco que, se este último encontrasse uma oportunidade favorável para fugir antes de Félix voltar à Itália,

Safie ficaria como pensionista num convento de Leghorn. Depois, deixando a maravilhosa árabe, correu para Paris e entregou-se à vingança da lei, esperando assim libertar Ágata e De Lacey.

"Não obteve êxito. Todos ficaram presos durante cinco meses antes que tivesse lugar o julgamento, cujo resultado privou-os de sua fortuna e condenou-os ao exílio perpétuo.

"Encontraram um abrigo miserável na casa de campo na Alemanha, onde os descobri. Félix logo soube que o turco traiçoeiro, por quem ele e sua família tinham sofrido todo aquele castigo, descobrindo que o seu libertador fora reduzido à pobreza e à ruína, traíra seus sentimentos de honra e deixara a Itália com a filha. Além disso, insultantemente enviara um punhado de dinheiro para Félix, dizendo que era para ajudá-lo em algum plano futuro.

"Esses eram os acontecimentos que oprimiam o coração de Félix e o faziam, quando o vi pela primeira vez, o mais infeliz da família. Ele podia ter suportado a pobreza e, embora constituísse o prêmio de sua virtude, ele a glorificava; porém, a ingratidão do turco e a perda de sua amada Safie eram infelicidades muito mais amargas e irreparáveis. A chegada da jovem árabe infundia, agora, nova vida em sua alma.

"Quando chegaram a Leghorn as notícias de que Félix tivera confiscadas riquezas e posição, o mercador ordenou à filha que não pensasse mais no namorado, e que se preparasse para voltar à sua terra natal. A generosa natureza de Safie ofendeu-se com esta ordem. Tentou argumentar com o pai, mas ele a abandonou irado, reiterando sua decisão tirânica.

"Poucos dias depois, o turco entrou nos aposentos da filha e disse impetuosamente que tinha toda a razão para crer que sua estada em Leghorn fora descoberta e que logo seria entregue ao governo francês. Por isso tinha alugado um navio que o levaria para Constantinopla, para onde partiria dentro de poucas horas. Pretendia deixar a filha sob os cuidados de uma criada de confiança, que a acompanharia, com a maior parte de seus bens, que ainda não haviam chegado em Leghorn.

"Ao ficar sozinha, decidiu o que devia fazer numa emergência dessas. Viver na Turquia era uma coisa que a horrorizava; sua religião e seus sentimentos não o permitiam. Por alguns papéis de seu pai, que lhe caíram nas mãos, soube do exílio do seu amado e do nome do lugar onde ele então vivia. Hesitou durante algum tempo, mas acabou por tomar uma decisão. Reunindo algumas joias que lhe pertenciam e uma certa quantia em dinheiro, deixou a Itália com uma criada natural de Leghorn, mas que sabia turco, e partiu para a Alemanha.

"Ela chegara sã e salva a uma cidade distante cerca de 20 léguas da casa de De Lacey, quando sua criada caiu gravemente enferma. Safie tratou-a com a mais devotada afeição, mas a pobre moça morreu. A jovem árabe ficou então sozinha, sem conhecer a língua do país, e totalmente ignorante dos costumes do mundo. Caiu, porém, em boas mãos. A italiana mencionara o lugar para onde elas se dirigiam, e, depois de sua morte, a dona da casa onde elas moravam cuidou para que Safie chegasse a salvo à casa de seu amor."

Capítulo 15

"Essa é a história de meus queridos camponeses. Impressionou-me profundamente. Pela vida social que eles levavam, eu aprendi a admirar suas virtudes e a desprezar os vícios da humanidade.

"Como eu ainda encarava o crime como um mal distante, tinha sempre diante de mim a benevolência e a generosidade, sentindo um impulso interior que me impelia a me tornar um ator que desempenhasse um papel no palco agitado onde se apresentavam tantas qualidades admiráveis. Mas, ao apreciar o progresso de minha inteligência, não devo omitir um fato que ocorreu no princípio do mês de agosto daquele mesmo ano.

"Uma noite, durante minhas costumeiras visitas ao bosque vizinho, donde eu colhia meu próprio alimento e lenha para meus protetores, achei no chão uma valise de couro com várias peças de vestuário e alguns livros. Impaciente, recolhi o achado e voltei com ele para minha choupana. Felizmente os livros eram escritos na língua cujos elementos eu havia aprendido na casa de campo; consistiam em *O paraíso perdido*, um volume das *Vidas ilustres*, de Plutarco e *As tristezas de Werter*. A posse desses tesouros me deixou extasiado. Passei a estudar e a exercitar minha mente com aquelas histórias enquanto meus amigos se empregavam em suas ocupações rotineiras.

"Mal posso descrever-lhe os efeitos que esses livros causaram em mim. Ofereceram-me uma infinidade de novas imagens e sentimentos, que algumas vezes me levavam até o êxtase, embora mais frequentemente me lançassem no mais completo abatimento. Em *As tristezas de Werter*, além do interesse da narrativa simples e comovente, são examinadas tantas opiniões e tanta luz foi lançada sobre o que até então foram os meus temas obscuros, que nele eu encontrei uma infindável fonte de especulação e espanto. As maneiras delicadas e domésticas que ele descrevia, combinadas com elevados sentimentos que tinham por objetivo algo fora de si próprio, concordavam plenamente com a minha experiência entre meus protetores e com os desejos que viviam sempre no fundo do meu peito. Mas eu achava que Werter era, em si mesmo, um ser mais divino de quantos eu já vira ou imaginara; seu caráter, sem o pretender, penetrava no fundo de minha alma. Suas dissertações eram calculadas para me maravilhar. Eu não pretendia penetrar no mérito da questão e, no entanto, inclinava-me para as opiniões do herói, cuja morte chorei, embora não compreendesse exatamente.

"À medida que eu ia lendo, considerava minha própria situação e meus sentimentos. Achava-me semelhante e, ao mesmo tempo, estranhamente diferente dos seres sobre quem eu lia e de cuja conversa eu era ouvinte. Compartilhava seus sentimentos e os entendia em parte, mas meu cérebro era imaturo; eu não dependia de ninguém nem estava relacionado com ninguém. *Meu caminho para partir estava livre*, e ninguém havia para lamentar a minha morte. Eu era horroroso e gigantesco. Que significava aquilo? Quem era eu? O que era eu? Donde vinha eu? Qual era o meu destino? Era constantemente assaltado por essas perguntas, mas não conseguia respondê-las.

"O volume que eu possuía das *Vidas ilustres* de Plutarco continha as histórias dos primeiros fundadores das antigas repúblicas. Este livro produziu em mim um efeito muito diverso do causado por *As tristezas de Werter*. Com Werter, aprendi a tristeza e o abatimento, mas Plutarco ensinou-me pensamentos mais sublimes; elevou-me para acima da ruinosa esfera de minhas próprias reflexões, ensinando-me a admirar e a amar os heróis do passado. Muitas coisas eu li que excediam minha compreensão e experiência. Confusamente tomei conhecimento de reinos, de países extensos, de mares infindáveis, de rios caudalosos. Mas as cidades e os grandes aglomerados humanos eram-me completamente estranhos. A casa de campo de meus protetores fora a única escola onde eu estudara a natureza humana, e este livro desenvolvia novas e mais poderosas cenas de ação. Li sobre homens públicos, que governavam ou massacravam sua espécie. Sentia nascer dentro de mim o mais ardente amor pela virtude, e ódio contra o vício, até onde me era dado compreender a significação desses termos que eu ligava apenas às sensações de prazer e de dor. Induzido por esses sentimentos, fui levado a admirar os legisladores pacíficos como Numa, Solon e Licurgo, de preferência a Rômulo e Teseu. As vidas patriarcais de meus protetores tinham feito com que esses sentimentos se arraigassem em meu cérebro. Talvez, se meus primeiros contatos com a humanidade tivessem sido feitos através de um jovem soldado ardente de glória e de sangue, eu ficasse imbuído de sentimentos diferentes.

"Mas *O paraíso perdido* provocou-me sensações ainda mais diversas e profundas. Li-o, como li os outros volumes que me haviam caído às mãos, como se fosse uma história verídica. Ele agitava todos os sentimentos de maravilha e terror que o quadro de um Deus onipotente, guerreando com suas criaturas, seria capaz de despertar. Não raro, eu encarava aquelas situações como semelhantes à minha. Como Adão, aparentemente eu não possuía liame algum com qualquer outra criatura viva; a situação dele, porém, sob todos os outros pontos de vista, era muito diferente da minha. Ele saíra das mãos de um Deus, como criatura perfeita, feliz e próspera, protegida com especial carinho por seu Criador. Podia conversar com seres de uma natureza superior e adquirir conhecimentos deles, mas eu era um desgraçado, impotente, que estava só. Muitas vezes considerei Satanás como o emblema que mais se adaptava à minha situação, pois não raro, como ele, quando eu via a alegria de meus protetores, sentia dentro de mim o gosto amargo da inveja.

"Outros fatos reforçaram e confirmaram esses sentimentos. Logo depois de ter chegado à choupana, descobri alguns papéis num bolso de uma roupa que eu trouxera do seu laboratório. Primeiro, não lhe dei importância, mas agora que eu era capaz de decifrar seus caracteres, comecei a estudá-los com aplicação. Era o seu diário referente aos quatro meses que precederam à minha criação. Nesses papéis, você descrevia minuciosamente todos os passos dados no progresso do seu trabalho; essa história estava misturada com relatos de ocorrência doméstica. Sem dúvida você se lembra desses papéis. Eles estão aqui. Neles está relatado tudo o que se refere à minha origem maldita; todos os detalhes da série de fatos desagradáveis que a produziram aí podem ser vistos. Encontrei minuciosa descrição de minha odiosa figura, numa linguagem que pintava os seus próprios horrores e tornava os meus indeléveis. Eu me sentia mal, à medida que lia. Maldito o dia em que recebi a vida!, exclamei cheio de agonia. Maldito criador! Por que você me fez um monstro tão horroroso que até mesmo você foge de mim repugnado? Deus, em sua piedade, fez o homem belo e atraente, segundo sua própria imagem, mas a minha forma é uma asquerosa contrafação da sua, mais horrível ainda quando comparada com a sua. Satanás tinha seus companheiros, os demônios, para admirá-lo e encorajá-lo, mas eu sou solitário e abominado.

"Essas eram minhas reflexões nas horas de abatimento e solidão. Mas, quando eu contemplava as virtudes dos moradores daquela casa, sua disposição amigável e bondosa persuadia-me de que, quando eles tomassem conhecimento de minha admiração pelas suas boas qualidades, se compadeceriam de mim e ignorariam a minha deformidade pessoal. Seriam eles capazes de expulsar de sua porta alguém que, a despeito de sua monstruosidade, lhes solicitasse compaixão e amizade? Resolvi por fim não desesperar, e fazer todo o possível para entrevistar-me com eles, uma entrevista que decidiria meu destino. Adiei esse encontro por muitos meses, pois a importância de seu sucesso enchia-me de terror ante a perspectiva de um fracasso. Além disso, vi que estava melhorando tanto a minha compreensão das coisas com a experiência do dia a dia, que só desejei empreender essa tarefa depois que mais alguns meses houvessem aumentado a minha sagacidade.

"Enquanto isso, ocorreram várias alterações na casa de campo. A presença de Safie difundia felicidade entre os seus moradores, e percebi também que havia um maior grau de abundância. Félix e Ágata despendiam mais tempo em diversões e conversas e eram ajudados em seus trabalhos por criados. Não pareciam ricos, mas estavam contentes e felizes. Seu estado de espírito parecia sereno e pacífico, enquanto que o meu se tornava cada dia mais tumultuoso. O aumento do saber apenas me fez sentir mais claramente a espécie de desgraçado e renegado que eu era. Nutria esperanças, é verdade, mas elas se desvaneceram depois que vi minha imagem refletida na água ou minha sombra ao luar.

"Procurei dominar esses temores e fortificar-me para o julgamento a que, dentro de poucos meses, me decidira submeter. Às vezes, permitia que meus pensamentos, desligados da razão, divagassem pelos campos do *Paraíso*, e ousava imaginar criaturas agradáveis e encantadoras partilhando dos meus sentimentos e reconfortando a minha tristeza. Suas feições angelicais exibiam sorrisos de consolação. Mas tudo não passava de um sonho. Nenhuma Eva aliviaria minhas tristezas nem partilharia os meus pensamentos. Eu estava só. Eu me lembrava da súplica de Adão ao seu Criador. Mas, onde estava o meu? Ele me abandonara e, no meu coração amargurado, eu o amaldiçoava.

"Assim se passou o outono. Assisti com surpresa e dor ao fenecimento e queda das folhas, a natureza assumindo novamente o aspecto desolador, que eu conhecera, quando vi pela primeira vez os bosques e a lua. No entanto, não me preocupava com a agressividade do tempo; minha conformação era mais adaptada a suportar o frio que o calor. Meus principais prazeres, porém, consistiam na contemplação das flores, dos pássaros e de toda a alegre aparência do verão. Quando tudo isso passou, voltei-me com mais atenção para os moradores da casa de campo. Sua felicidade não diminuíra com o desaparecimento do verão. Eles se amavam e partilhavam entre si os mesmos sentimentos e, como em seus prazeres e alegrias dependiam uns dos outros, nada disso era interrompido pelo que ocorria à sua volta. Quanto mais eu os via, maior era o desejo de invocar-lhes a proteção e a bondade. Meu coração ansiava por ser conhecido dessas adoráveis criaturas e por elas amado. O limite máximo de minha ambição era ter os seus olhares bondosos dirigidos para mim com toda a afeição. Eu não ousava pensar que eles se afastariam de mim com desprezo e horror. Jamais eles repeliam o pobre que implorava à porta. É verdade que eu pedia um tesouro maior que comida ou repouso; eu exigia bondade e simpatia; e não me acreditava totalmente indigno disso.

"O inverno avançava. Uma completa revolução das estações ocorrera, desde que eu despertara para a vida. Toda a minha atenção, agora, concentrava-se no meu plano de apresentar-me na casa de meus protetores. Eu elaborava muitos projetos, mas acabei decidindo-me pelo de entrar na habitação quando o velho cego estivesse sozinho. Eu era bastante inteligente para perceber que a hediondez anormal de minha figura era o principal objeto do horror daqueles que me haviam visto anteriormente. Minha voz, embora rouquenha, nada tinha de terrível. Assim, pensei que, se na ausência dos filhos, eu pudesse conquistar a boa vontade e a mediação de De Lacey, poderia, por seu intermédio, ser tolerado pelos meus jovens protetores.

"Um dia, quando o sol brilhava sobre as folhas vermelhas que juncavam o solo e espargiam alegria, embora lhes faltasse o calor, Safie, Ágata e Félix partiram para uma longa caminhada pelo campo. O ancião, por sua própria vontade, ficou sozinho em casa. Quando os filhos saíram, ele pegou o violão e executou várias peças tristes, mas suaves, as mais suaves que o ouvi tocar. A princípio, seu semblante se iluminou de prazer, mas à medida que prosseguia passou a evidenciar preocupação e tristeza; por fim, pondo de lado o instrumento, ele ficou mergulhado em profundas reflexões.

"Meu coração batia rápido; era a hora e o momento da prova que decidiria a minha esperança, ou concretizaria os meus receios. Os criados tinham saído para uma feira próxima. Em torno da casa tudo era silêncio; a oportunidade era excelente. Todavia, quando me resolvi a executar o meu plano, meus membros tremeram e eu caí no chão. Levantei-me e, reunindo toda a firmeza de que eu era capaz, removi as tábuas que eu colocara diante da minha choupana para ocultar o meu abrigo. Senti-me reanimado ao contato do ar fresco. Com renovado ânimo, aproximei-me da porta da casa. Bati.

"– Quem é? – perguntou o velho. – Entre.

"Entrei, e falei:

"– Desculpe-me a intrusão. Sou um viajante que deseja um pouco de repouso. Ficar-lhe-ia muito grato se o senhor me permitisse que eu me aqueça durante alguns minutos junto à lareira.

"– Entre – disse De Lacey. – Verei como posso servi-lo. Infelizmente meus filhos estão fora e, como sou cego, receio que me seja difícil procurar um pouco de comida para você.

"– Não se incomode, meu bom hospedeiro; eu tenho comida. Só preciso de calor e um pouco de repouso.

"Sentei-me e tudo ficou em silêncio. Eu sabia que cada minuto me era muito precioso e, no entanto, estava irresoluto, sem saber como começar, quando o ancião se dirigiu a mim.

"– Pela sua língua, estrangeiro, suponho que você seja meu compatriota. Você é francês?

"– Não, mas fui educado por uma família francesa. Só conheço essa língua. Pretendo agora pedir a proteção de alguns amigos que amo sinceramente, e de quem espero receber alguns favores.

"– Eles são alemães?

"– Não. São franceses. Mudemos, porém, de assunto. Sou uma criatura infeliz e abandonada. Olho à minha volta e não vejo nem parente algum ou mesmo amigo. Essa gente amiga, para quem me dirijo, jamais me viu, e pouco sabe da minha existência. Estou com medo, pois, se eu falhar, serei para sempre um renegado no mundo.

"– Não se desespere. Não ter amigos é, na verdade, uma infelicidade, mas os corações dos homens, quando não imbuídos de preconceitos por um egoísmo qualquer, são cheios de amor e caridade fraternais. Não perca, portanto, suas esperanças e, se esses amigos são bons, tudo sairá bem.

"– Eles são bons, são as melhores criaturas do mundo, mas, infelizmente, estão prevenidos contra mim. Minhas intenções são boas até aqui, minha vida tem sido inofensiva e, até certo ponto, útil. Mas um preconceito fatal vela seus olhos e, onde eles deveriam ver um amigo bondoso e imbuído de bons sentimentos, veem apenas um monstro detestável.

"– Isso é com efeito uma infelicidade, mas, se você é realmente inocente, por que não lhes abre os olhos?

"– É o que estou para fazer, e é por isso que sinto tanto medo. Amo ternamente esses amigos. Sem que eles o saibam, venho há muitos meses habituando-me a ser bom para eles, mas eles acreditam que quero fazer-lhes mal. E é essa falsa opinião que eu preciso destruir.

"– Onde moram esses amigos?

"– Perto daqui.

"O velho calou-se por instantes e depois continuou:

"– Se você me quiser confiar sem reservas detalhes de seu problema, talvez eu possa ser útil para fazê-los mudar de opinião. Sou cego e não posso vê-lo, mas há qualquer coisa em suas palavras que me dizem que você está sendo sincero. Sou pobre, um exilado, mas terei um imenso prazer em poder ser útil de qualquer modo a uma criatura humana.

"– Bom homem! Eu lhe agradeço e aceito sua generosa oferta. O senhor me levanta do pó pela sua bondade. Confio que, com o seu auxílio, não serei segregado da sociedade e da simpatia dos seus semelhantes.

"– Que os céus não permitam! Mesmo que você fosse realmente um criminoso, pois só isso o levaria ao desespero e não o instigaria à virtude. Eu também sou um infeliz. Eu e minha família, embora inocentes, fomos condenados. Veja, portanto, como posso sentir os seus infortúnios.

"– Como poderei agradecer-lhe, meu melhor e único benfeitor? Foi dos seus lábios que eu, pela primeira vez, ouvi a voz da bondade dirigida para mim. Ser-lhe-ei eternamente grato. Seu sentimento de humanidade assegura-me, desde já, o sucesso junto àqueles amigos que estou prestes a encontrar.

"– Posso saber o nome e a residência desses amigos?

"Eu fiz uma pausa. É agora, pensei, o momento da decisão que me há de roubar ou conceder a felicidade para sempre. Lutei em vão para ter toda a força necessária para responder, mas o esforço destruiu o que me restava; caí sobre a cadeira e comecei a soluçar alto. Naquele momento, ouvi os passos de meus protetores mais jovens. Eu não tinha um momento a perder. Segurando a mão do velho, gritei:

"– É agora! Salve-me e proteja-me! O senhor e sua família são os amigos que procuro. Não me abandone agora, nesta hora de provação!

"– Meu Deus! – exclamou o velho. – Quem é você?

"Naquele momento a porta se abriu. Félix, Ágata e Safie entraram. Quem pode descrever o horror de que foram tomados quando me avistaram? Ágata desmaiou. Safie, incapaz de atender a amiga, correu para fora. Félix avançou e, com uma força sobre-humana, afastou-me do pai a cujos joelhos eu abraçava. Num transporte de fúria, ele me jogou ao chão e bateu-me violentamente com um pau. Eu poderia tê-lo despedaçado, membro por membro, como o leão faz ao antílope. Meu coração, porém, se encheu de amargura, e eu me contive. Vi-o prestes a repetir o golpe quando, dominado pela dor e pela angústia, deixei a casa em meio ao tumulto geral, escapando despercebido para minha choupana."

Capítulo 16

"Maldito, maldito criador! Por que eu vivi? Por que não extingui eu, naquele instante, a centelha de vida que você tão desumanamente me concedeu? Não sei. O desespero ainda não se apoderara de mim. Meus sentimentos eram de raiva e vingança. Eu poderia com prazer ter destruído a casa e seus moradores e ter-me saciado com seus gritos e sua desgraça.

"Quando a noite caiu, deixei o meu abrigo e vaguei pelo bosque. E, agora, não mais contido pelo medo de ser descoberto, dei vazão à minha angústia por meio de horrorosos uivos. Eu me sentia como a fera que houvesse quebrado suas correntes e disparasse pelo bosque, destruindo tudo o que impedisse a minha passagem, com a velocidade de um antílope. Oh! Que noite miserável passei eu! As estrelas frias brilhavam, parecendo zombar de mim, e as árvores nuas acenavam seus galhos sobre minha cabeça. De vez em quando a suave voz de um pássaro fazia-se ouvir em meio ao silêncio do universo. Tudo, menos eu, repousava ou se divertia. Eu, como um arquidemônio, sentia um inferno devorar-me, e desejava despedaçar as árvores, devastar e assolar tudo o que me cercava, para depois sentar-me e contemplar satisfeito a destruição.

"Mas era uma sensação que não podia perdurar. Fatigado pelo excessivo esforço físico, abati-me sobre a grama úmida sob a impotência mórbida do desespero. Ninguém havia, entre as multidões de homens vivos, que se apiedasse de mim ou me ajudasse; e deveria eu ser bom para com meus inimigos? Não! A partir daquele momento, declarei uma guerra sem quartel contra a espécie, e mais do que tudo, contra aquele que me havia criado e me lançara a essa insuportável desgraça.

"O sol nascia. Ouvi vozes humanas. Sabia que me era impossível retornar ao meu abrigo naquele dia. Consequentemente, escondi-me numa moita espessa, resolvido a passar o tempo refletindo sobre a minha situação.

"A agradável luz do sol e o ar puro da manhã restituíram-me um pouco de tranquilidade e, quando considerei o que havia passado na casa de campo, não pude deixar de admitir que tinha sido muito apressado em minhas conclusões. Não havia dúvida de que agira imprudentemente. Era evidente que o meu diálogo fizera o pai interessar-se por mim, e fui um louco em ter exposto minha pessoa ao horror dos filhos. Eu devia ter familiarizado o velho De Lacey comigo, e pouco a pouco descobrir-me ao resto da família, quando ela estivesse preparada para que eu me aproximasse. Achei, no entanto, que meus erros não eram irreparáveis. Depois de muito pensar, decidi retornar à casa de campo, procurar o ancião e convencê-lo a tomar o meu partido.

"Esses pensamentos me acalmaram e, à tarde, caí num sono profundo. Mas a febre que devorava o meu sangue não me permitiu sonhos agradáveis. A horrível cena do dia anterior continuava presente aos meus olhos; as mulheres fugindo, e o irado Félix arrancando-me dos pés de seu pai. Acordei exausto. Vendo que já era noite, esgueirei-me do meu esconderijo, em busca de alimento.

"Depois de saciar minha fome, dirigi-me para o bem conhecido caminho que levava à casa de campo. Tudo ali estava em paz. Meti-me na minha choupana e permaneci em silenciosa expectativa, aguardando a hora em que a família costumava levantar-se. As horas escoaram-se, o sol subiu alto no céu, mas os moradores não apareceram. Eu tremia violentamente, antevendo alguma desgraça terrível. O interior da casa estava às escuras, e eu não percebia qualquer movimento. Impossível descrever a agonia daquela expectativa.

"Passaram dois camponeses que, parando na frente da casa, trocaram algumas palavras, gesticulando violentamente. Não consegui, porém, entender o que diziam, pois eles falavam a língua do país, diferente da de meus protetores. Todavia, logo depois, Félix chegou juntamente com o outro homem. Fiquei surpreso, pois sabia que ele não saíra de casa naquela manhã, e esperava descobrir, pelas suas palavras, a significação desses fatos estranhos.

"– O senhor já pensou – dizia seu companheiro – que será obrigado a pagar três meses de aluguel, além de perder o produto de sua plantação? Não desejo, de forma alguma, aproveitar-me da situação e, portanto, dou-lhe mais alguns dias para reconsiderar a sua decisão.

"– É inútil – replicou Félix. – Jamais poderemos morar em sua casa. A vida de meu pai corre grande perigo, em face das circunstâncias que já lhe relatei. Minha esposa e minha irmã jamais se recuperarão do seu terror. Peço-lhe que não insista mais. Fique com a sua propriedade e deixe-me fugir deste lugar.

"Ao dizer isso, Félix tremia intensamente. Ele e seu companheiro entraram na casa, onde ficaram alguns minutos, e depois foram embora. Nunca mais vi alguém da família de De Lacey.

"Passei o resto do dia em minha cabana, num estado de total desespero. Meus protetores haviam partido e tinham rompido o único laço que me prendia ao mundo. Pela primeira vez, fui invadido pelos sentimentos de vingança e de ódio. Não procurei dominá-los. Antes, deixei-me levar por sua corrente. Comecei a me inclinar para o mal e para a morte. Quando eu pensava em meus amigos, na voz suave de De Lacey, nos meigos olhos de Ágata, e na delicada beleza da jovem árabe, esses pensamentos se desvaneciam e eu era inundado pelas lágrimas. Mas, quando de novo eu refletia que eles me haviam desprezado e me abandonado, a raiva retornava, uma onda de raiva, e eu, impossibilitado de maltratar qualquer ser humano, dirigia minha fúria contra objetos inanimados. À medida que a noite avançava, coloquei uma porção de lenha e material inflamável em torno da casa e, depois de haver destruído toda a plantação do quintal, esperei impaciente pela lua, a fim de começar a minha obra.

"Dos bosques começou a soprar um vento forte, que rapidamente dispersou as nuvens que se tinham acumulado no céu. O vendaval corria como uma avalancha poderosa e produziu uma espécie de loucura em meu espírito que destruiu todos os laços da razão e da reflexão. Acendi um galho seco de uma árvore e pus-me a dançar furiosamente em torno da casa. Meus olhos ainda se fixavam no horizonte oeste, cujo limite a lua quase tocava. Parte de seu disco estava meio oculta; eu brandi o meu archote e ateei fogo na palha, nas urzes e no mato que havia reunido. O vento atiçou o fogo, e a casa foi rapidamente envolvida pelas chamas, que se agarraram a ela e a lamberam com suas línguas destruidoras.

"Assim que me convenci de que nenhum socorro poderia salvar qualquer parte da casa, abandonei o local e procurei refúgio nos bosques.

"E agora, com o mundo diante de mim, para onde dirigir meus passos? Decidi fugir para longe da cena dos meus infortúnios; mas para mim, odiado e desprezado, todas as regiões deviam ser igualmente horríveis. Finalmente, pensei em você. Eu aprendera pelos seus papéis que você era meu pai, meu criador. A que outra pessoa poderia eu recorrer senão a você que me dera a vida? Entre as lições que Félix ministrara a Safie não faltaram as de geografia, através das quais tomei conhecimento das relativas localizações dos diferentes países da Terra. Você mencionara Genebra como sua cidade natal – foi para ali que resolvi encaminhar-me.

"Mas como orientar-me? Sabia que devia seguir na direção sudoeste para atingir meu destino, mas o sol era o meu único guia. Eu não sabia o nome das cidades que devia atravessar, nem podia pedir qualquer informação a um ser humano; porém, não me desesperei. Apenas de você eu poderia esperar socorro, embora nada mais lhe dedicasse senão ódio. Criador insensível e sem coração! Você me dotou de percepção e de paixões, abandonando-me depois como objeto de desdém e horror da humanidade. Mas só a você eu poderia pedir um pouco de piedade e de reparação. Resolvi que de você eu exigiria aquela justiça que em vão implorei aos outros seres humanos.

"Minha caminhada foi longa e intensos os sofrimentos que suportei. Foi no fim do outono que eu deixei a região onde vivera por tanto tempo. Viajava apenas de noite, temendo encontrar um rosto humano. Em volta, a natureza começava a fenecer, e o sol tornava-se frio. Chuva e neve caíam por toda a parte. Rios caudalosos estavam congelados. A superfície da terra, dura e fria, mostrava-se completamente despida de vegetação, e eu não encontrava um abrigo. Oh, terra! Quantas vezes amaldiçoei a razão da minha existência! A brandura de minha natureza tinha desaparecido e, dentro de mim, agitava-se o fel da amargura. Quanto mais eu me aproximava de sua casa, mais sentia o desejo de vingança acender-se em meu coração. A neve caía, as águas estavam endurecidas, mas eu não descansava. Alguns acidentes serviam para me orientar, pois eu possuía um mapa da região. Não raro, porém, desviava-me bastante do meu caminho. A agonia dos meus sentimentos não me dava uma trégua. Nada ocorreu que pudesse mitigar a minha raiva e a minha desgraça, mas um fato que aconteceu quando alcancei os limites da Suíça, quando o sol já recobrara o seu calor e a terra se cobrira novamente de verde, confirmou de maneira particular a amargura e o horror dos meus sentimentos.

"Em geral, eu descansava de dia, só viajando quando a noite me protegia da vista do homem. Todavia, uma manhã, vendo que o caminho me conduzia através de um bosque espesso, aventurei continuar minha viagem depois que o sol havia nascido. O dia, que era um dos primeiros da primavera, reanimava-me com o encanto de sua luminosidade e a fragrância do ar. Sentia reviver dentro de mim sensações de brandura e prazer, que há muito pareciam estar mortas. Meio surpreso pelo reaparecimento dessas sensações, deixei-me levar por elas e, esquecendo minha solidão e minha deformidade, arrisquei ser feliz. Novamente as lágrimas correram por minhas faces, e cheguei mesmo a elevar meus olhos úmidos para o sol, agradecendo a alegria que havia derramado sobre mim.

"Continuei a perambular pelos caminhos do bosque, até que cheguei aos seus limites, que eram marcados por um rio rápido, sobre o qual as árvores curvavam seus galhos, agora florescentes com o advento da primavera. Estava parado ali, sem saber exatamente que caminho tomar, quando ouvi o som de vozes, que me obrigaram a ocultar-me à sombra de uns ciprestes. Mal me escondera, uma garotinha apareceu correndo na direção em que eu estava, rindo, como se estivesse brincando de pegar com alguém. Ela continuou a correr pelas margens íngremes do rio quando, de repente, falseou o pé e caiu na rápida correnteza. Eu saltei do meu esconderijo e, a muito custo, devido à força da corrente, apanhei-a, puxando-a para a margem, Ela estava sem sentidos e tentei o possível para reanimá-la. Neste momento, aproximou-se um camponês, provavelmente a pessoa de quem ela fugira alegremente. Ao ver-me, ele correu para mim, arrancou a menina de meus braços e fugiu para o interior do bosque. Eu o segui apressadamente, mal sabendo por quê. Mas quando o homem me viu aproximar-me dele, apontou-me uma arma, que carregava consigo, e disparou-a contra mim. Caí ao chão, e meu agressor fugiu para a floresta, ainda mais rapidamente.

"Foi essa, então, a recompensa da minha bondade! Eu salvara um ser humano da morte e, como recompensa, contorcia-me agora com a dor miserável de uma ferida que me rasgara a carne e estraçalhara os ossos. Rilhando os dentes, deixei que a mais infernal das raivas substituísse os sentimentos de bondade e meiguice que me haviam dominado por alguns momentos. Espicaçado pela dor, votei ódio e vingança eternos a toda a humanidade. Esmagado, porém, pela dor do meu ferimento, senti o pulso fraquejar e desmaiei.

"Durante algumas semanas, levei uma vida miserável nos bosques, procurando curar a ferida que eu tinha recebido. A bala atingira meu ombro, não sabendo eu se ela ali se alojara ou se o havia atravessado. De qualquer modo, eu não tinha como extraí-la. Meus sofrimentos aumentavam com o opressivo sentimento da injustiça e da ingratidão que eu experimentara. Passei a devotar-me diariamente à vingança – uma vingança mortal, única capaz de compensar os ultrajes e as angústias que eu tinha suportado.

"Depois de algumas semanas, meu ferimento sarou, e continuei minha viagem. As fadigas que suportei não mais seriam aliviadas pelo sol brilhante ou a brisa suave da primavera; toda a alegria não era senão uma zombaria que insultava minha desolada condição e me fazia sentir ainda mais dolorosamente que eu não fora feito para o prazer.

"Meus esforços, porém, estavam chegando ao fim e, daí a dois meses, eu alcançava as cercanias de Genebra.

"Estava anoitecendo quando cheguei. Procurei um lugar para me ocultar nos campos que a circundam, a fim de meditar como faria para procurar você. Estava aniquilado pela fadiga e pela fome, e muito infeliz para gozar da suave brisa da noite ou do espetáculo do pôr do sol por trás das imponentes montanhas do Jura.

"Neste momento, um leve sono, que me aliviou da dor de pensar, foi perturbado pela aproximação de uma linda criança que veio correndo para o esconderijo que eu escolhera, com toda a vivacidade da infância. De repente, ao contemplá-la, fui assaltado pela ideia de que aquela pequena criatura era pura e vivera muito pouco até então para ter-se embebido do horror pela deformidade. Se, portanto, eu pudesse apanhá-la e educá-la como minha companheira e amiga, não estaria condenado a viver sozinho nesta terra tão cheia de gente.

"Movido por este impulso, agarrei o menino quando passou perto de mim. Assim que ele me viu, cobriu os olhos com as mãos e soltou um grito lancinante. Eu afastei suas mãos de seu rosto e disse:

" – Menino, que é isso? Não lhe vou fazer mal algum. Escute-me.

"Ele lutava violentamente.

" – Solte-me – gritou ele. – Monstro! Bicho feio! Você quer me comer e me matar. Você é um bicho. Solte-me ou chamarei meu pai.

" – Menino, você nunca mais verá seu pai. Você ficará comigo.

" – Monstro horroroso! Largue-me. Meu pai é import... ele é o sr. Frankenstein... e há de castigá-lo. Você não ousará me prender.

" – Frankenstein! Então você pertence ao meu inimigo, àquele a quem eu jurei vingança eterna; você será minha primeira vítima.

"A criança continuava a lutar e a lançar-me nomes que aumentavam o desespero que ia em meu coração. Apertei-lhe a garganta para fazê-lo calar-se. Um momento após, ele jazia morto aos meus pés.

"Contemplei minha vítima, e meu coração exultou com uma sensação de triunfo infernal. Batendo palmas, exclamei:

" – Eu também posso criar a desolação; meu inimigo não é invulnerável. Esta morte vai enchê-lo de desespero. Milhares de outros tormentos hão de torturá-lo e destruí-lo.

"Ao olhar para a criança, vi algo que brilhava sobre seu peito. Apanhei a coisa; era o retrato de uma mulher encantadora. A despeito da minha maldade, aquela imagem me enterneceu e me atraiu. Por alguns momentos contemplei com prazer seus olhos negros, emoldurados por longas pestanas, e seus lábios encantadores. Mas logo a ira retornou. Lembrei-me de que eu estava privado para sempre das delícias que essas adoráveis criaturas podiam proporcionar e que aquela, cujo lindo semblante eu contemplava, transformaria, se me visse, aquele ar de bondade numa expressão de horror e desprezo. Pode você se admirar de que esses pensamentos me enchessem de cólera? Eu só me espanto de que não tivesse, naquele momento, em vez de me entregar a imprecações de agonia, corrido para o meio da humanidade, perecendo na tentativa de destruí-la.

"Enquanto me deixava dominar por esses pensamentos, abandonei o local em que havia cometido o crime e, procurando um esconderijo mais seguro, entrei num estábulo que me parecera vazio. Ali, encontrei uma mulher dormindo sobre um monte de palha. Era jovem, não tão linda quanto a do retrato, mas no vigor da juventude e da saúde. Ali está uma, pensei, cujos sorrisos jamais me serão destinados. Curvei-me então sobre ela e murmurei:

"– Acorda, querida, teu amor aqui está. Aquele que daria a vida por um simples olhar de afeição de teus olhos. Acorda, minha amada!

"A adormecida estremeceu; um arrepio de terror me percorreu o corpo. E se ela, ao acordar, me visse, me amaldiçoasse e denunciasse como o criminoso? Com toda a certeza seria assim que ela agiria se abrisse seus olhos escuros e me enxergasse. Uma ideia louca atravessou meu cérebro, despertando o demônio que eu trazia dentro de mim: não eu, porém ela devia sofrer. Ela é que devia expiar o meu crime, já que eu estava para sempre despojado de tudo o que ela me poderia conceder. Ela foi a origem do meu crime; que ela pague por ele! Graças aos ensinamentos de Félix e às sanguinárias leis dos homens, eu aprendera agora como praticar o mal. Inclinei-me sobre ela e coloquei o retrato numa das dobras do seu vestido. Ela se moveu novamente. Eu fugi.

"Durante alguns dias, rondei o local onde tinham ocorrido esses fatos, às vezes desejando ver você, às vezes resolvido a deixar para sempre o mundo e suas misérias. Finalmente, vaguei na direção dessas montanhas, varando seus imensos retiros, consumido por uma ardente paixão que só você pode aplacar. Não nos poderemos separar até que você tenha satisfeito o meu pedido. Estou sozinho e desgraçado. Homem algum se associará a mim. Mas uma criatura tão deformada e horrível quanto eu não se negaria a me acompanhar. Minha companheira deve ser da mesma espécie que eu e ter os mesmos defeitos. Você tem de criar esse ser."

Capítulo 17

Quando parou de falar, o infeliz fixou os olhos em mim, à espera de uma resposta. Mas eu estava assustado, perplexo e incapaz de concatenar minhas ideias para compreender toda a extensão de sua proposta. Ele continuou:

– Você tem de criar uma fêmea para mim, com quem eu possa viver em perfeita consonância com as necessidades do meu ser. Só você pode fazê-lo. Eu o exijo como um direito que você não me podé recusar.

A última parte de sua narrativa novamente despertara a minha ira, que havia desaparecido enquanto ele contara sua vida pacífica entre os moradores da casa de campo, e quando ele falou aquilo não pude mais refrear a cólera que ardia dentro de mim.

– Recuso – falei. – E nenhuma tortura conseguirá arrancar o meu consentimento. Você pode transformar-me no mais desgraçado dos homens, jamais porém conseguirá aviltar-me ante meus próprios olhos. Criar uma outra criatura como você, para que juntos assolem o mundo? Vá embora! Essa é a minha resposta. Mesmo que você me torture, jamais concordarei!

– Você está errado – replicou o demônio. – Em vez de ameaçar, eu estou satisfeito de discutir com você. Sou mau porque sou desgraçado. Não sou eu desprezado e odiado por toda a humanidade? Você, meu criador, seria capaz de me despedaçar em triunfo; lembre-se disso, e diga-me por que deveria eu ter mais compaixão dos homens do que a que eles têm por mim? Se você me precipitasse num desses abismos do gelo e me destruísse, eu, que sou obra de suas mãos, não chamaria a isso um crime. Devo eu respeitar o homem, quando ele me despreza? Se ele fosse bondoso comigo, eu, em vez de maltratá-lo, o cobriria de benefícios, com lágrimas de gratidão por me haver recebido. Mas isso é impossível; os sentidos humanos constituem barreiras intransponíveis para nossa união. No entanto, eu não me submeterei a uma escravidão infame. Vingar-me-ei das injúrias que receber; se não puder inspirar amor, provocarei o medo, particularmente em você que é meu superinimigo. Porque você é meu criador, eu lhe juro um ódio implacável. Acautele-se. Trabalharei pela sua destruição até que esteja tão arruinado, que amaldiçoará a hora em que nasceu.

Ao dizer isso, ele estava possuído de uma raiva demoníaca. Seu rosto crispava-se em contrações por demais horríveis para serem contempladas por olhos humanos. Depois, no entanto, ele se acalmou, e continuou:

– Eu pretendia raciocinar. Este sentimento me é prejudicial, pois *você* não vê que é a causa de meus excessos. Se alguém demonstrasse bondade para comigo, eu retribuiria muito mais. Pelo amor de uma criatura, eu faria a paz com toda a espécie! Mas me estou deixando levar por sonhos felizes, que não podem ser realizados. O que lhe estou pedindo é moderado e razoável: desejo uma criatura do sexo oposto, mas tão horrorosa quanto eu. O prazer é pequeno, mas é tudo quanto eu posso ter, e fico satisfeito. É verdade que seremos monstros, e que ficaremos isolados do resto do mundo, mas por isso mesmo nos sentiremos mais ligados um ao outro. Nossa vida não será feliz, mas ficará livre da desgraça que agora eu sinto. Oh, meu criador, faça-me feliz! Permita-me que eu lhe possa ser grato por este benefício! Faça com que eu desperte a simpatia de algum ser vivo. Não me negue este pedido!

Eu estava comovido. Tremia ao pensar no que poderia acontecer se eu concordasse, mas senti que havia uma certa justiça no seu pedido. Sua história e os sentimentos que agora demonstrava provavam que era uma criatura de fina sensibilidade. E não devia eu, seu criador, proporcionar-lhe um pouco da felicidade que estava em meu poder conceder-lhe? Ele notou a mudança que se operara em mim e continuou:

– Se você concordar, nem você nem mais qualquer outro ser humano nos verão de novo. Irei para as florestas sem fim da América do Sul. Meu alimento não é o do homem; não matarei os carneiros nem os cabritos para saciar minha fome; para me nutrir, serão suficientes raízes e frutos silvestres. Minha companheira será da mesma natureza que eu e ficará satisfeita com a mesma comida. Faremos nossas camas de folhas secas. O sol brilhará sobre nós como sobre os outros homens e amadurecerá nosso alimento. O quadro que lhe estou apresentando é pacífico e humano, e você deve sentir que só poderá negá-lo por um excesso de poder e de crueldade. Por mais impiedoso que você tenha sido para comigo, vejo agora uma certa compaixão em seus olhos; deixe-me aproveitar desse momento para convencê-lo a prometer que fará o que tão ardentemente desejo.

– Você propõe – repliquei – fugir dos lugares habitados pelo homem, para mergulhar nas selvas onde apenas os animais ferozes serão seus companheiros. Como poderá você, que tanto anseia pelo amor e pela simpatia do homem, persistir nesse exílio? Você retornará sempre na tentativa de ser aceito pelos homens, e será de novo recebido com desprezo e abominação; seus maus sentimentos, então, serão de novo inflamados, e você terá uma companheira para lhe ajudar na tarefa de destruir. Não, não pode ser. Não discuta mais, porque eu não concordarei.

– Como você é inconstante! Há apenas um momento você se comoveu com minhas palavras. Por que volta, agora, a resistir aos meus apelos? Juro-lhe pela terra que habito, e por você que me fez, que, com a companheira que você me der, abandonarei a vizinhança do homem e passarei a viver nos lugares mais selvagens. Minhas paixões malditas desaparecerão, pois terei com quem partilhar minha vida! Minha vida decorrerá em calma e, na hora de minha morte, não terei de amaldiçoar o meu criador.

Suas palavras produziram um estranho efeito sobre mim. Fiquei compadecido, a ponto de desejar consolá-lo, mas, quando o contemplei, quando vi aquela massa hedionda que se movia e falava, senti uma angústia no coração e meus sentimentos se transformaram em horror e ódio. Tentei sufocá-los, achando que, pelo fato de não simpatizar com ele, não tinha o direito de privá-lo daquela porção de felicidade que estava em minhas mãos conceder-lhe.

– Você jura – disse eu – que não fará mal algum. Não vê, porém, que toda a maldade que já cometeu me obriga a desconfiar de você? Não pode até ser isso um pretexto para aumentar o seu triunfo, permitindo-lhe maior perspectiva para sua vingança?

– Que é isso? Vamos deixar de brincadeiras. Eu exijo uma resposta. Se eu não tiver a quem me ligar e me afeiçoar, o meu destino será o ódio e o mal. O amor de uma outra criatura fará desaparecer a causa dos meus crimes, e eu me tornarei uma coisa de cuja existência ninguém saberá. Meus vícios são filhos de uma solidão forçada, que abomino, e necessariamente minhas virtudes crescerão quando eu passar a viver em comunhão com um ser igual a mim. Experimentarei a afeição de uma criatura sensível e participarei de uma cadeia de acontecimentos dos quais me acho agora excluído.

Parei durante algum tempo para meditar sobre tudo o que ele havia dito e sobre os vários argumentos por ele expostos. Pensei na promessa das virtudes que ele demonstrara, no início de sua vida, e na frustração que se seguiu de todos os seus bons sentimentos, devido à aversão e ao desprezo que seus protetores lhe haviam evidenciado. Não deixei de incluir em meus cálculos sua força e suas ameaças. Uma criatura capaz de viver nas cavernas das geleiras e de se esconder de seus perseguidores em precipícios inacessíveis era um ser que possuía faculdades com as quais não se podia competir. Depois de muito refletir, concluí que a justiça devida tanto a ele quanto aos meus semelhantes exigia que eu acedesse a seu pedido. Assim, voltando-me para ele, disse:

– Consinto em atendê-lo sob o solene juramento de que você deixará a Europa para sempre, e qualquer lugar na vizinhança do homem, logo que eu lhe entregar uma companheira que o seguirá em seu exílio.

– Juro – gritou ele. – Juro pelo sol, pelo azul do céu, e pelas chamas de amor que consomem meu coração, que se você atender à minha súplica, enquanto eles existirem, você jamais me verá. Parta para sua casa e inicie o seu trabalho, cujo progresso eu seguirei ansioso. E não se perturbe, que só aparecerei quando ele estiver terminado.

Assim falando, ele fugiu rapidamente, temendo talvez que eu mudasse de opinião. Vi-o descendo a montanha com uma velocidade maior que a do voo da águia e rapidamente perdi-o de vista entre as ondulações do mar de gelo.

Sua história durara o dia todo, e o sol já tocava o horizonte, quando ele partiu. Sabia que devia apressar minha descida para o vale, pois dentro em pouco seria envolvido pela escuridão. Meu coração, porém, estava apertado e meus passos eram vagarosos. O trabalho de procurar caminhos entre as montanhas, onde pudesse firmar-me, preocupava-me, perplexo como eu estava devido aos acontecimentos daquele dia. A noite já ia alta, quando consegui alcançar um refúgio junto à fonte. As nuvens que corriam pelo céu deixavam entrever, a espaços, as estrelas que brilhavam; diante de mim elevavam-se os pinheiros, e eu distinguia aqui e ali uma árvore caída. Era um cenário de maravilhosa solenidade, que me despertava estranhas sensações. Chorei amargamente, e torcendo as mãos agoniado, exclamei:

– Ó estrelas, nuvens e ventos, vós estais prestes a zombar de mim; se realmente vos apiedais de mim, esmagai as minhas paixões e a minha memória; reduzi-me ao nada. Se, porém, não é essa a vossa intenção, ide, ide e deixai-me na escuridão.

Esses pensamentos selvagens e desgraçados atravessavam minha mente, mas eu não lhe posso descrever como me acabrunhava o piscar eterno das estrelas, e como as lufadas do vento me pareciam violentas rajadas do siroco, que se encaminhavam para me consumir.

O dia nasceu antes que eu chegasse à aldeia de Chamounix. Não descansei, encaminhando-me imediatamente para Genebra. Nem mesmo em meu coração eu podia expressar minhas sensações – elas me pesavam como uma montanha e esmagavam toda a minha agonia. Assim, voltando para casa, apresentei-me à família. Meu aspecto agitado e macilento foi motivo de grande alarma, mas eu não respondi às perguntas que me fizeram; mal pronunciava uma ou outra palavra. Sentia-me como um proscrito – como se não tivesse o direito de gozar da simpatia deles –, como se nunca mais pudesse desfrutar de sua companhia. Todavia, mesmo assim, eu os amava e, para salvá-los, só por isso, decidi entregar-me ao meu abominável trabalho. A perspectiva daquela ocupação fez com que todos os outros fatos da existência desfilassem diante de mim como num sonho, e toda a realidade da vida, para mim, se concentrava apenas naquela tarefa.

Capítulo 18

Dia após dia, semana após semana foram passando, depois da minha volta a Genebra, e eu não conseguia reunir a coragem para recomeçar meu trabalho. Embora temesse a vingança do demônio decepcionado, não conseguia vencer a repugnância que me inspirava aquela tarefa. Vi que não podia compor uma mulher sem devotar de novo vários meses a profundos estudos e laboriosas pesquisas. Ouvira falar das descobertas de um sábio inglês, que contribuiriam com material para o meu sucesso, e muitas vezes pensei em pedir autorização a meu pai para visitar a Inglaterra com esse objetivo, mas me agarrava a todo e qualquer pretexto para adiar e atrasar o primeiro passo de um empreendimento cuja necessidade começava a me parecer menos absoluta. Com efeito, eu vinha passando por uma transformação. Minha saúde, que até então declinava, melhorou consideravelmente, e meu espírito, quando não perturbado pela lembrança da promessa infeliz que eu tinha feito, se recuperava na mesma proporção. Meu pai via essa alteração com prazer e tudo fazia para imaginar o melhor processo de erradicar os restos de minha depressão, que ressurgia a intervalos, e com uma sombra que ameaçava a luz do sol que se aproximava. Nesses momentos, eu me refugiava na mais completa solidão. Passava dias inteiros sozinho num bote, no lago, contemplando as nuvens e escutando o marulho das ondas, calado e indiferente. Mas o ar fresco e o brilho do sol raramente deixavam de me reanimar. Quando eu regressava, meus amigos me saudavam com um sorriso mais amplo e o coração mais desafogado.

Foi depois de retornar de uma dessas fugas que meu pai, chamando-me de lado, me falou:

– Estou muito satisfeito, meu querido filho, por ver que você voltou aos seus antigos prazeres e está se recuperando. No entanto, você ainda se sente infeliz e ainda evita nossa companhia. Durante algum tempo, fiquei imaginando qual seria a causa disso, mas ontem tive uma intuição e, se ela tiver fundamento, peço-lhe que a confirme. Guardar segredo sobre isso seria não só inútil, como poderia atrair a desgraça sobre todos nós.

Esta introdução fez-me estremecer violentamente. Meu pai continuou:

– Confesso, meu filho, que sempre encarei o seu casamento com a nossa querida Elizabeth como a consolidação de nosso conforto doméstico e a estabilização dos meus últimos anos de vida. Vocês se acham ligados um ao outro desde a mais tenra infância e parecem, no que diz respeito a temperamentos e gostos, inteiramente feitos um para o outro. Mas tão cega é a experiência do homem que o que eu concebi para ser o melhor suporte do meu plano bem pode tê-lo destruído. Talvez você a considere como sua irmã, sem desejo algum de tê-la como esposa. Ou talvez tenha encontrado uma outra mulher que você ame e, achando-se ligado por laços de honra a Elizabeth, se encontre numa luta que possivelmente seja a causa dessa profunda infelicidade que parece sofrer.

– Meu caro pai, pode ficar descansado. Amo minha prima terna e sinceramente. Jamais encontrei outra mulher que tivesse despertado uma admiração e uma afeição tão fortes quanto Elizabeth. Todas as minhas esperanças no futuro repousam na perspectiva de nossa união.

– Meu querido Victor, a maneira por que você expressa seus sentimentos a esse respeito me dá um prazer que há muito tempo não sentia. Se é assim que você pensa, nós seremos felizes, muito embora os atuais acontecimentos tenham feito descer uma sombra de tristeza sobre nós. Mas é justamente essa tristeza, que parece tanto ter-se apegado a sua mente, que eu quero afastar. Diga-me portanto se faz qualquer objeção à imediata realização desse casamento. Temos sido infelizes e os fatos recentes afastaram-nos daquela tranquilidade que deveria embalar meus dias e meus achaques. Você é jovem, mas não creio que, possuindo a fortuna que você possui, um casamento prematuro venha a interferir em quaisquer planos que você tenha traçado para o futuro. Não acredite, porém, que eu queira impor-lhe felicidade ou que uma demora de sua parte me cause qualquer preocupação. Interprete minhas palavras com bondade e responda-me, peço-lhe, com confiança e sinceridade.

Escutei em silêncio e permaneci algum tempo incapaz de dar uma resposta. Os pensamentos tumultuavam meu cérebro, e eu procurava chegar a uma conclusão. Ai de mim! A ideia de uma imediata união com minha Elizabeth enchia-me de horror e desespero. Achava-me ligado a uma promessa solene, que ainda não cumprira e não ousava quebrar, pois, se o fizesse, que desgraças não cairiam sobre minha querida família? Poderia eu participar de uma festa com este peso mortal sobre o meu pescoço, fazendo-me curvar até o chão? Eu tinha de completar a minha tarefa e deixar que o monstro partisse com a sua companheira, antes de me permitir desfrutar de uma união da qual eu esperava a paz.

Lembrei-me também da imperiosa necessidade de viajar para a Inglaterra ou de manter uma longa correspondência com os sábios daquele país, cujo saber e cujas descobertas eram indispensáveis para o meu atual trabalho. Os últimos processos para conseguir o desejado conhecimento eram demorados e insatisfatórios. Além disso, eu tinha uma aversão total à ideia de me entregar à minha odiosa tarefa na casa de meu pai, participando ao mesmo tempo da convivência e dos hábitos daqueles a quem amava. Sabia ainda que poderiam ocorrer milhares de acidentes terríveis, o mais insignificante dos quais revestiria de horror tudo o que dissesse respeito a mim. Tinha certeza também de que muitas vezes haveria de me descontrolar, de perder toda a capacidade de ocultar as fortes sensações que me dominariam durante o progresso de minha inusitada ocupação. Enquanto estivesse dedicado a ela, devia afastar-me de tudo o que eu amava. Uma vez começada, poderia terminá-la rapidamente e restituiria a paz e a felicidade à minha família. Cumprida minha promessa, o monstro partiria para sempre. Ou, quem sabe (assim eu procurava imaginar), não aconteceria algum acidente que o destruísse e pusesse para sempre um fim à minha escravidão?

Esses pensamentos ditaram a resposta que dei a meu pai. Expressei o desejo de visitar a Inglaterra, ocultando porém as verdadeiras razões deste pedido, disfarçando o meu desejo de modo a não despertar suspeitas, embora demonstrando uma tal ansiedade que induziu meu pai facilmente a concordar. Depois de um tão longo período de acabrunhante depressão, que chegava a parecer loucura pela sua intensidade e seus efeitos, ele ficou satisfeito ao ver que eu era capaz de sentir prazer com a ideia desta viagem. Ele achava que a mudança de ambiente e de divertimentos me restaurariam completamente antes do meu regresso.

Eu deveria ficar ausente o tempo que quisesse. Alguns meses ou, no máximo, um ano foi o período que combinamos. Com uma preocupação bondosa e paternal, ele preparou tudo para que eu tivesse companhia. Sem nada me avisar, de combinação com Elizabeth, arranjou as coisas de modo a que Clerval se juntasse a mim em Strassburgo. Isso prejudicaria a solidão que eu desejava para a continuação de minha tarefa. Todavia, no início de minha viagem, a presença de meu amigo de modo algum representava um impedimento. Na verdade, fiquei satisfeito ao ver que assim eu me pouparia muitas horas de isolamento e de pensamentos insanos. Mais ainda, Henry poderia interpor-se entre mim e meu inimigo. Se eu estivesse sozinho, não poderia ele aparecer-me de vez em quando, forçando-me a suportar sua presença hedionda para me lembrar do meu trabalho ou para acompanhar o seu progresso?

Assim, parti para a Inglaterra. Ficou resolvido que eu me uniria a Elizabeth logo após o meu regresso. A idade de meu pai tornava-o contrário a qualquer adiamento. Para mim, o casamento com Elizabeth representava uma recompensa ao meu detestado trabalho, um consolo para os meus inigualáveis sofrimentos, pois a perspectiva do dia em que, libertado de minha escravidão, eu me unisse a ela faria com que eu esquecesse o passado.

Fiz os preparativos para a viagem, mas vivia assaltado por um pressentimento que me enchia de medo e me agitava. Durante minha ausência, eu deixaria meus amigos inconscientes da existência do seu inimigo e desprotegidos dos seus ataques, já que ele poderia irritar-se com a minha partida.

Mas não dissera ele que me seguiria aonde quer que eu fosse e, portanto, à Inglaterra? Este pensamento, embora terrível em si mesmo, era até certo ponto tranquilizador, pois pressupunha a segurança de meus entes queridos. Eu era atormentado pela ideia de que tudo pudesse sair ao contrário. Mas durante todo o tempo em que me achava escravizado à minha criatura, eu me deixava ser governado pelos impulsos do momento; e eu tinha um forte pressentimento de que o demônio me seguiria, deixando minha família livre do perigo de suas maquinações.

Foi no fim de setembro que parti novamente de minha terra natal. A viagem fora sugerida por mim mesmo e, portanto, Elizabeth concordou, mas nem por isso ela deixava de preocupar-se com que eu sofresse alguma infelicidade ou fosse assaltado pela dor, estando longe dela. Fora ela quem cuidara de me arranjar a companhia de Clerval – e no entanto o homem é cego a esses milhares de pequenos detalhes que despertam a atenção à solicitude da mulher. Ela ansiava pela minha volta; agora, milhares de emoções conflitantes emudeceram-na, quando ela, chorando, me dava um adeus silencioso.

Atirei-me na carruagem, pouco me incomodando por onde ia e pelo que se passava em volta. Lembro-me apenas, e com a maior aflição toda vez que penso nisso, de ter ordenado que meus instrumentos e aparelhos químicos deveriam seguir comigo. Cheio de pensamentos sombrios, atravessei paisagens majestosas, mas meu olhar era parado e vago. Só podia concentrar-me no objetivo da minha viagem e no trabalho a que me dedicaria, enquanto ela durasse.

Depois de muitos dias de apática indiferença, durante os quais percorri muitas léguas, cheguei a Strassburgo, onde esperei dois dias por Clerval. Ele veio. Pobre de mim! Como era grande o contraste entre nós dois! Ele vivia cada aspecto da paisagem, alegrava-se ante as belezas do pôr do sol, e ficava ainda mais feliz a cada renascimento de um novo dia. Ele chamava minha atenção para as cores cambiantes do cenário e do céu. "Isso é que é viver!", exclamava ele. Agora, eu desfruto realmente a vida! Mas você, meu caro Frankenstein, continua abatido e triste! Com efeito, eu me achava preocupado com pensamentos lúgubres, e nem reparava na luz que o nascer da estrela vespertina ou do sol dourado refletiam nas águas do Reno. E você, meu amigo, se divertiria muito mais com o diário de Clerval, que contemplava a paisagem com sensibilidade e prazer, do que ouvindo minhas reflexões. Eu, miserável ruína, marcado por uma maldição que me fechava todas as possibilidades de me divertir.

Havíamos concordado em descer o Reno de bote, de Strassburgo a Rotterdã, onde embarcaríamos num vapor para Londres. Durante esta viagem passamos por muitas ilhas ornadas de salgueiros e vimos belas cidades. Permanecemos um dia em Mannheim e, no quinto dia após nossa partida de Strassburgo, chegamos a Mainz. Abaixo dessa cidade, o curso do Reno torna-se muito pitoresco. O rio corre rapidamente, serpeando entre montanhas, não muito altas, mas escarpadas e de lindas formas. Vimos castelos arruinados, debruçados à beira de precipícios, cercados de florestas negras, altos e inacessíveis. Na verdade, essa parte do Reno apresenta uma paisagem singularmente variada. Num local, veem-se montanhas irregulares, castelos arruinados sobre tremendos abismos, com o escuro Reno correndo lá embaixo; e, de repente, ao contornar-se um promontório, desdobram-se florescentes vinhedos sobre as margens verdejantes e inclinadas dos meandros do rio e o cenário se enche de cidades populosas.

Era época das vindimas. À medida que deslizávamos sobre o rio, ouvíamos o canto dos trabalhadores. Até eu, deprimido como estava, e com o espírito agitado por meus sombrios pensamentos, até eu me sentia enlevado. Deitado no fundo do barco, fitando o céu sem nuvens, eu parecia sorver uma tranquilidade que há muito tempo não conhecia. E, se essa era a minha disposição de espírito, qual não seria a de Henry? Ele parecia transportado para um país de fadas, desfrutando de uma felicidade raramente experimentada pelo homem. Ele dizia que já tinha visto as mais belas paisagens de sua terra, os cenários mais lindos; visitado os lagos de Lucerna e de Uri, onde as montanhas cobertas de neve descem quase perpendicularmente sobre a água, lançando sombras negras e impenetráveis que emprestariam um toque de tristeza à paisagem, não fossem as ilhas verdejantes que animam a vista com seu aspecto alegre; já tinha visto este lago revolto pela tempestade, quando o vento agita a água, dando uma ideia de como deve ser o grande oceano; e as ondas lançarem-se furiosas contra a base das montanhas onde o padre e sua amante foram engolfados por uma avalanche, e cujas vozes moribundas, diz-se, ainda podem ser ouvidas durante os momentos em que o vento amaina; já vira as montanhas de La Valais e do Pays de Vaud; mas que esta região agradava a ele muito mais do que todas aquelas maravilhas. As montanhas da Suíça são mais majestosas e estranhas, mas as margens deste rio divino apresentam um encanto como jamais vira.

– Olhe aquele castelo lá longe, sobre o precipício; e também para aquela ilha quase oculta pela folhagem daquelas encantadoras árvores; e para os lavradores que regressam das vinhas; e para aquela aldeia meio escondida entre o recesso da montanha. Oh, certamente o espírito que habita e guarda esta região harmoniza mais com o homem do que aquele que domina geleiras e os abrigos dos picos inacessíveis das montanhas de nossa terra – repetia meu amigo.

Clerval! Idolatrado amigo! Até agora sinto-me reconfortado em relembrar suas palavras e em entregar-me à oração que você tanto merece. Ele era uma criatura formada na *verdadeira poesia da natureza.* Sua imaginação vibrante e cheia de entusiasmo era disciplinada pela sensibilidade de seu coração. Sua alma transbordava de afeições ardentes, e sua amizade era daquele tipo devotado e maravilhoso, que nos ensinam que só existe na imaginação. Mas até mesmo sua simpatia pela humanidade não era suficiente para satisfazer sua mente ávida. Os espetáculos da natureza, que nos outros despertam apenas admiração, ele amava com ardor:

> A catarata ressoante
>
> Assaltava-o como uma paixão: as rochas altaneiras,
> As montanhas, e os bosques profundos e sombrios,
> Com suas cores e suas formas, despertavam nele
> Sensações e um amor que não precisavam de
> Recônditos encantos, nascidos da imaginação,
> Ou de interesses emprestados
> Pelo que a visão lhe podia proporcionar.*

E onde está ele agora? Estará este delicado e querido amigo perdido para sempre? Terá este cérebro, tão cheio de ideias fantásticas e magníficas, que constituíam um mundo, cuja existência dependia da vontade de seu criador – terá este cérebro perecido? Existirá, agora, apenas em minha memória? Não, não é assim. Sua forma tão divinamente modelada, e cheia de beleza, desfez-se, mas seu espírito ainda visita e consola o seu infeliz amigo.

Perdoe-me esse desabafo de tristeza; esse discurso inútil não é senão um tributo à vida exemplar e digna de Henry, mas que também alivia meu coração, transbordando a angústia que sua lembrança me provoca. Continuarei com a minha narrativa:

Além de Colônia, descemos para as planícies da Holanda. Decidimos continuar o resto de nossa viagem pela costa, pois o vento contrário tornava o rio vagaroso demais para que pudéssemos seguir por ele.

Daí por diante, nossa viagem perdeu o interesse, no que se referia aos cenários maravilhosos, mas em poucos dias chegamos a Roterdã, de onde continuamos para a Inglaterra. Foi numa límpida manhã, nos últimos dias de dezembro, que avistei pela primeira vez os alvos rochedos da Inglaterra. As margens do Tâmisa ofereciam uma visão nova; eram planas porém férteis, e quase todas as cidades traziam o estigma de um fato histórico. Vimos Tilbury Forth e nos lembramos da Armada Espanhola, Gravesend, Woolwich e Greenwich – lugares de que ouvira falar até em minha terra.

* Versos do poema "Tintern Abbey" de William Wordsworth (1770-1850). (N.T.)

Finalmente, avistamos as torres das igrejas de Londres, a de St. Paul sobressaindo entre todas, e a Torre de Londres, famosa na história da Inglaterra.

Capítulo 19

Londres era nosso ponto de repouso. Resolvemos ficar vários meses nessa maravilhosa e famosa cidade. Clerval desejava estabelecer relações com os intelectuais que então floresciam ali, mas isso me era secundário. Eu me preocupava principalmente com os meios de obter as informações necessárias para o cumprimento de minha promessa. Logo me vali das cartas de apresentação que tinha trazido comigo, dirigidas aos mais notáveis cientistas.

Se esta viagem houvesse sido realizada durante meus dias de estudo e de felicidade, me teria proporcionado uma indizível satisfação. Mas uma verdadeira maldição se abatera sobre a minha vida, e eu só procurava esses homens com o objetivo de conseguir os conhecimentos que me ajudassem a resolver o problema que tão profunda e terrivelmente me interessava. Sua convivência me entediava. Quando eu estava sozinho, podia dedicar-me a pensar no céu e na terra. A voz de Henry acalmava minha agitação, e eu podia entregar-me a uma paz de espírito transitória. Entre mim e meus semelhantes eu entrevia uma barreira intransponível. Essa barreira estava selada com o sangue de William e de Justine e, só de pensar nos acontecimentos ligados a esses nomes, eu sentia minha alma esmagada pela angústia.

Mas Clerval era a imagem do meu eu anterior. Ele demonstrava curiosidade e ansiedade por obter experiência e saber. As diferenças de costumes que ele observava eram-lhe uma inexaurível fonte de estudo e de distração. Ele também estava em busca de um objetivo que há muito procurava. Sua intenção era visitar a Índia. Admitindo que ele já conhecia seus vários dialetos, precisava avaliar o que ele conhecia de sua sociedade, a fim de auxiliar materialmente o progresso da colonização europeia e do seu comércio. Só na Inglaterra podia ele arquitetar a futura execução de seus planos. Assim, ele estava sempre ocupado, e a única coisa que afetava sua satisfação era a tristeza em que eu estava mergulhado. Eu procurava ocultá-la da melhor maneira possível, a fim de que não empanasse a alegria de quem estava penetrando um novo aspecto da vida, isento de qualquer recordação desagradável. Muitas vezes negava-me a acompanhá-lo, alegando outros compromissos, a fim de que eu pudesse ficar só. Estava também iniciando a colher os materiais necessários à minha nova criação, o que, para mim, era como a tortura de gotas d'água caindo sobre minha cabeça. Tudo o que eu pensava a propósito desse trabalho me enchia de angústia. Cada palavra pronunciada em alusão a ele fazia tremer meus lábios, provocando palpitações em meu coração.

Depois de passarmos alguns meses em Londres, recebemos uma carta de uma pessoa na Escócia, que nos visitara em Genebra. Ela, exaltando as belezas de sua terra, perguntava-nos se não poderíamos estender nossa viagem até Perth, onde residia. Clerval estava impaciente por aceitar este convite e eu, embora preferisse evitar companhias, desejava ver de novo montanhas, regatos e todas as obras maravilhosas com que a natureza adorna os seus lugares eleitos.

Havíamos chegado à Inglaterra no início de outubro, estávamos em fevereiro. Resolvemos, portanto, começar nossa viagem para o Norte no fim do mês seguinte. Não pretendíamos seguir a grande estrada para Edimburgo, mas visitar Windsor, Oxford, Matlock, e os lagos de Cumberland, resolvidos a terminar essa caminhada pelo fim de julho. Acondicionei o equipamento químico e o material que havia reunido, decidido a terminar meu trabalho em algum recanto obscuro nos planaltos ao norte da Escócia.

Deixamos Londres em 27 de março e ficamos alguns dias em Windsor, vagando por sua bela floresta. Para nós, montanheses, era um cenário novo; os majestosos carvalhos, a quantidade de caças, os bandos de corças, tudo era novidade para nós.

Daí seguimos para Oxford. Ao entrarmos nesta cidade, nossos pensamentos se voltaram para os acontecimentos que haviam ocorrido ali, 150 anos antes. Fora ali que Carlos I reunira suas forças. Esta cidade permanecera fiel a ele, depois que toda a nação havia abandonado sua causa para aderir ao estandarte do Parlamento e da liberdade. A lembrança daquele rei infortunado e seus companheiros, o amável Falkland, o insolente Goring, sua rainha e seu filho, emprestava um particular interesse a cada parte da cidade que se supunha terem eles habitado. O espírito do passado ali encontrava morada, e nós nos deliciávamos em traçar seus passos. Mesmo que esses pensamentos não produzissem a satisfação que imaginávamos, o aspecto da cidade tinha, por si mesmo, beleza suficiente para despertar nossa admiração. Os colégios são antigos e pitorescos. As ruas, sempre imponentes; e o encantador Ísis, que corre ao lado dela por entre prados verdejantes, se expande num plácido lençol líquido, que reflete seu suntuoso conjunto de torreões, torres em flecha, cúpulas, no meio de velhas árvores.

Eu apreciava este cenário, embora o meu prazer sofresse a amargura, tanto da memória do passado quanto da antecipação do futuro. Fui formado para gozar de uma felicidade pacífica. Durante minha juventude, jamais fui visitado pelos desgostos e, se acontecia de ser atingido pelo tédio, a contemplação das belezas da natureza ou o estudo de tudo o que o homem faz de excelente e sublime tinham sempre o dom de interessar meu coração e animar o meu espírito. Sou, porém, uma árvore destruída; um dardo atravessou minha alma; e eu então sentia que devia sobreviver para exibir o que logo deixaria de existir – o desgraçado espetáculo de uma humanidade corrompida, mesquinha para os outros e intolerável para mim.

Passamos bastante tempo em Oxford, percorrendo seus arredores e procurando identificar cada lugar com algo relativo à época mais animada da história da Inglaterra. Nossas viagens de exploração eram muitas vezes prolongadas pela sucessão de objetos que se iam apresentando. Visitamos o túmulo do ilustre Hampden e o campo em que aquele patriota tombou. Por um instante, minha alma libertou-se de seus acabrunhantes e miseráveis temores para contemplar as ideias divinas de liberdade e autossacrifício de que esses quadros eram os monumentos evocadores. Por um momento ousei livrar-me de minhas correntes e olhar em volta com o espírito livre e altaneiro, mas o ferro havia penetrado em minha carne, e recolhi-me de novo, trêmulo e impotente, ao meu eu miserável.

Foi com pena que deixamos Oxford e seguimos para Matlock, que era nosso próximo ponto de parada. A região na vizinhança dessa aldeia fazia lembrar muito a paisagem da Suíça, embora tudo em escala menor, com as verdejantes montanhas, mas sem as coroas dos distantes Alpes brancos, sempre presentes nas montanhas cheias de pinheiros de minha terra natal. Visitamos as maravilhosas grutas e os museus de história natural, onde as curiosidades se acham dispostas do mesmo modo que na coleções em Servox e Chamounix. Este último nome me fez tremer quando Henry o pronunciou. Apressei-me em deixar Matlock, com que aquela terrível cena estava associada.

De Derby, ainda viajando para o Norte, passamos dois meses em Cumberland e Westmorland. Agora, eu quase me podia imaginar entre as montanhas da Suíça. As pequenas nesgas de neve que ainda se prendiam ao lado norte, das montanhas, os lados, os opulentos regatos que desciam das rochas, tudo isso me eram visões muito caras. Aqui também fizemos algumas relações que quase me fizeram pensar que eu era feliz. A satisfação de Clerval era proporcionalmente maior do que a minha. Sua mente se expandia, na presença de homens talentosos, e ele descobria em sua própria natureza maiores capacidades e recursos do que pensava possuir quando associado com seus inferiores.

– Eu poderia passar minha vida aqui – disse-me ele. – E entre essas montanhas quase não sentiria falta da Suíça e do Reno.

Mas ficou sabendo que a vida de um viajante é daquelas que, entre muita satisfação, inclui muito sofrimento. Seu pensamento está sempre voltado para o esforço. Quando ele começa a pensar que vai repousar, é obrigado a furtar-se daquele prazer devido a algo novo, que volta a despertar-lhe a atenção, e que ele em seguida abandona por outras novidades.

Mal tínhamos visitado os vários lagos de Cumberland e Westmorland, criado certa afeição por alguns dos habitantes da região, quando se aproximou a ocasião de nos encontrarmos com nosso amigo escocês. Tivemos, portanto, de continuar nossa viagem. Isso não me causava pesar. Há tempos que eu vinha negligenciando o cumprimento de minha promessa. Temia os efeitos de uma decepção causada àquele demônio. Ele podia ter ficado na Suíça e desencadear sua vingança sobre meus parentes. Essa ideia perseguia e atormentava todos os momentos que, de outro modo, eu teria empregado para repousar e ter paz. Era com a impaciência mais febril que eu aguardava minhas cartas; qualquer demora me fazia infeliz, dominado por milhares de receios. Quando chegavam e eu via a letra de Elizabeth ou de meu pai, temia abri-las na expectativa de notícia de alguma desgraça. Às vezes, achava que o demônio me seguia e era capaz de vingar-se de minha negligência, assassinando o meu companheiro. Quando assaltado por esses pensamentos, eu não abandonava Henry por um só momento. Seguia-o como sua sombra, a fim de protegê-lo da suposta cólera de seu destruidor. Sentia-me como se houvesse cometido um grande crime, cuja consciência me assombrava. Eu era inocente, mas, na verdade, havia atraído sobre mim uma terrível maldição, tão mortal quanto a de um crime.

Visitei Edimburgo, tudo vendo com os olhos e a mente cansados. No entanto, aquela cidade era para interessar a mais infeliz das criaturas. Clerval gostou mais de Oxford, pois a antiguidade desta última cidade agradava-lhe muito mais. Mas a beleza e a regularidade da nova cidade de Edimburgo, seu romântico castelo e seus arredores, os mais encantadores do mundo, o Trono de Artur, o Poço de São Bernardo e os Montes Pentland recompensaram-no da mudança, encheram-no de animação. Eu, porém, estava impaciente para chegar ao fim da viagem.

Deixamos Edimburgo numa semana, passando por Coupar, St. Andrew, seguindo pelas margens do Tay até Perth, onde nosso amigo nos aguardava. Todavia eu não me achava com disposição para rir e conversar com estranhos ou partilhar seus sentimentos e planos com o bom humor que era de se esperar de um visitante. Assim, confidenciei a Clerval que desejava fazer a excursão pela Escócia sozinho.

– Divirta-se – disse-lhe eu – e nos encontraremos aqui. Talvez eu me ausente por um ou dois meses. Não interfira, porém, com meus movimentos, peço-lhe. Deixe-me só por algum tempo. Quando eu voltar, espero que venha com o coração mais leve e mais de acordo com seu temperamento.

Henry queria dissuadir-me, mas, vendo-me decidido a realizar este plano, deixou de insistir. Pediu-me que escrevesse sempre.

– Eu preferia estar com você – disse ele – em suas excursões solitárias, a andar com esses escoceses que não conheço. Volte depressa, meu amigo, para que eu possa, de certo modo, sentir-me de novo em casa, o que será impossível na sua ausência.

Tendo deixado meu amigo, resolvi procurar algum lugar remoto na Escócia, e acabar o meu trabalho em completa solidão. Eu não tinha dúvidas de que o monstro me seguia e que se apresentaria a mim, quando eu tivesse terminado, a fim de receber sua companheira.

Assim decidido, atravessei os planaltos do Norte e fixei o meu local de trabalho numa das mais remotas ilhas Orkney. Era um lugar adequado para aquele tipo de trabalho, sendo pouco mais do que um rochedo batido por todos os lados pelas ondas. O solo era árido, mal fornecendo um pouco de pasto para algumas vacas miseráveis, e aveia para seus habitantes, em número de cinco, cujos membros descarnados bem davam uma ideia da pobreza de seu alimento. Quando eles se davam ao luxo de comer pão e vegetais, e mesmo água doce, tinham de buscar na ilha principal, que ficava a cinco milhas de distância.

Em toda a ilha não havia senão três miseráveis cabanas, umas das quais estava vazia quando eu cheguei. Aluguei-a. Tinha somente dois quartos, que apresentavam toda a sordidez da mais completa pobreza. O teto havia caído, as paredes tinham perdido o reboco, e a porta estava fora das dobradiças. Ordenei que a reparassem, adquiri alguns móveis e instalei-me, fato que teria, sem dúvida, causado certa surpresa aos moradores da ilha, não tivessem eles os sentidos embotados pela necessidade e pela pobreza. Assim, eu vivia ignorado, sem ser molestado. E aquela gente mal me agradecia a comida e as roupas que eu lhes dava, a tal ponto o sofrimento anula os mais elementares sentimentos do homem.

Nesse retiro, eu dedicava toda a manhã ao trabalho, mas, ao cair da tarde, encaminhava-me para a praia pedregosa a fim de escutar o ruído das ondas que se espraiavam aos meus pés. Embora monótona, era uma cena sempre agradável. Eu pensava na Suíça; era muito diferente dessa paisagem desolada e aterradora. Suas montanhas são cobertas de vinhedos, e suas casinhas, densamente espalhadas pelas planícies. Seus lindos lagos refletem um céu suave e azul e, quando agitados pelo vento, o tumulto que fazem é uma brincadeira de criança comparado aos rugidos do oceano.

Deste modo eu dividia minhas ocupações quando cheguei, mas, à medida que prosseguia com meu trabalho, este se tornava cada dia mais horrível e aborrecido para mim. Às vezes, passava dias sem poder decidir-me a entrar no laboratório improvisado, outras trabalhava dia e noite a fim de terminar minha tarefa. Afinal de contas, era um processo abjeto em que eu me achava envolvido. Durante a minha primeira experiência, uma espécie de entusiasmo fanático ocultara o horror da minha ocupação. Meu cérebro achava-se intensamente fixado na consumação de minha obra, e meus olhos fechados ao horror do meu trabalho. Agora, porém, eu me lançava a ele de sangue-frio, e meu coração muitas vezes se apertava ante a tarefa que tinha nas mãos.

Isso posto, entregue à mais detestável das empresas, imerso numa solidão onde nada podia, por um instante sequer, desviar a minha atenção do jogo em que me envolvera, meu espírito tornou-se instável. Ficava cada vez mais agitado e nervoso. A cada momento, eu esperava que me aparecesse meu perseguidor. Muitas vezes, sentava-me, com os olhos fixos no chão, temendo levantá-los com receio de ver na minha frente aquela criatura que tanto medo eu tinha de encontrar. Receava afastar-me de meus semelhantes, acreditando que, quando me achasse sozinho, o monstro viria reclamar sua companheira.

Entrementes, continuava a trabalhar e minha tarefa já ia consideravelmente avançada. Encarava o seu término com trêmula e impaciente esperança, a esperança de um resultado que eu não ousava discutir, mas que se mesclava com um mau pressentimento que fazia o coração se comprimir dentro de meu peito.

Capítulo 20

Uma tarde, eu estava sentado em meu laboratório, o sol já se havia posto e a lua começava a levantar-se no mar. A luz não era suficiente para que eu trabalhasse. Parei, ocioso, meditando se devia abandonar o trabalho à noite, ou se devia continuá-lo sem interrupção para apressar seu fim. Ali sentado, ocorreu-me uma série de pensamentos que me levou a meditar sobre os efeitos do que eu estava engendrando. Três anos antes, eu me entregava à tarefa semelhante e criara um demônio cuja maldade sem par tinha destroçado minha alma, enchendo-a para sempre com o mais pesado dos remorsos. Agora eu me achava em vias de formar um outro ser cujo temperamento me era totalmente desconhecido; ela, pois se tratava de uma mulher, podia ser dez mil vezes mais malvada que seu companheiro e, por si mesma, interessada em matar e destruir. Ele jurara que fugiria para longe dos lugares habitados pelo homem e se esconderia nos desertos, mas ela não. E ela, que com toda a probabilidade seria um ser pensante e racional, poderia recusar-se a cumprir um pacto feito antes de sua criação. Podiam até odiar-se; a criatura que já vivia abominava sua própria deformidade e poderia detestá-la ainda mais quando a visse diante de si na forma de uma mulher. Ela, por sua vez, poderia fugir enojada dele, quando contemplasse a beleza dos outros homens; poderia abandoná-lo, e ele tornaria a ficar só, encolerizado pelo fato de ser desprezado por outro ser de sua própria espécie.

Mesmo que eles deixassem a Europa para viver nas regiões desérticas do Novo Mundo, uma das primeiras consequências da vida em comum, pela qual o demônio tanto ansiava, seriam os filhos. Assim, se propagaria pelo mundo uma raça de demônios, que poderia tornar a própria existência da espécie humana precária e cheia de terror. Teria eu o direito de, para me beneficiar, reservar uma tal maldição às futuras gerações? Eu me deixara levar pelos sofismas do ser que eu criara. Suas ameaças diabólicas tinham-me tornado incapaz de raciocinar. Agora, porém, pela primeira vez, explodia diante de mim a iniquidade de minha promessa. Eu tremia ao pensar que o futuro me consideraria um maldito, um indivíduo que não hesitara em comprar sua paz egoisticamente, com o preço talvez de toda a espécie humana.

Arrepiei-me e meu coração desfaleceu, quando, à luz da lua, vi surgir na janela a figura do demônio. Ao me olhar, seus lábios se torciam numa careta hedionda, vendo que eu me dedicava à tarefa que ele me impusera. Sim, ele me seguira em minha peregrinação. Ocultara-se nas florestas, ficara escondido nas cavernas, ou se refugiara nas charnecas desertas. Agora, surgia para certificar-se do progresso do meu trabalho e reclamar o total cumprimento de minha promessa.

Olhei-o, seu semblante se mostrava cheio de maldade e de traição. Meio enlouquecido, pensei na promessa que lhe fizera de criar outro ser igual a ele e, tremendo de ódio, despedacei a coisa em que estava trabalhando. O desgraçado viu-me destruir a criatura da qual dependia sua futura felicidade e, soltando um uivo de desespero e vingança, retirou-se.

Deixei o quarto e, trancando a porta, jurei solenemente jamais reiniciar o meu trabalho. Depois, com passos incertos, fui para meu próprio quarto. Estava sozinho. Não havia ninguém para dissipar a minha depressão nem me livrar das garras dos sonhos mais terríveis.

Assim passei várias horas junto à janela, olhando o mar. Ele estava quase parado, pois os ventos se tinham amainado, toda a natureza repousava sob o olho prateado da plácida lua. Apenas alguns barcos pesqueiros se viam no mar e, de vez em quando, a brisa trazia o som das vozes dos pescadores, chamando-se uns aos outros. Eu sentia o silêncio, embora mal consciente de sua profundidade, quando de repente me chegou aos ouvidos o som de remadas perto da praia, e vi que uma pessoa desembarcava perto de minha casa.

Pouco depois, ouvi minha porta ranger, como se alguém estivesse tentando abri-la de mansinho. Tremi da cabeça aos pés. Tive um pressentimento de quem seria. Deu-me vontade de acordar um dos pescadores que morava numa casinha não longe da minha. Fui, porém, dominado por aquela sensação de impotência, tantas vezes experimentada durante um pesadelo quando se tenta fugir de um perigo iminente e se fica preso ao lugar onde se está.

Depois, ouvi o som de passos no corredor. A porta abriu-se, nela aparecendo a desgraça que eu tanto temia. Fechando a porta, ele se aproximou e falou numa voz abafada:

– Destruíste o trabalho que estavas fazendo. Que é que pretendes? – Depois, com mais firmeza: – Ousas quebrar tua promessa? Suportei fadigas e misérias; contigo deixei a Suíça, caminhei pelas margens do Reno, entre suas ilhas cobertas de salgueiros, e escalei o cume de seus montes. Fiquei meses nas charnecas da Inglaterra e entre os desertos da Escócia. Suportei fadigas incalculáveis, e frio, e fome; e ousas destruir minhas esperanças?

– Vai-te! Quebro a minha promessa. Jamais criarei outro ser igual a ti, disforme e malvado.

– Miserável, procurei argumentar contigo, mas te mostraste indigno de minha indulgência. Lembra-te de que eu tenho poder. Tu te consideras infeliz, mas eu posso fazer-te tão desgraçado que acabarás por odiar a luz do dia. És meu criador, porém eu sou teu senhor. Obedece!

– A hora de minha irresolução já passou. Chegou o momento de tua força. Tuas ameaças não poderão obrigar-me a realizar uma maldade. Servem, isso sim, para reforçar a minha determinação de não criar um ser que te servirá de companheira de crimes. Por que deveria eu soltar no mundo, a sangue-frio, um demônio cujo prazer se resume em matar e destruir? Afasta-te! Serei inflexível e tuas palavras só servirão para aumentar minha cólera.

O monstro leu, estampada em meu rosto, minha decisão, e trincou os dentes numa raiva impotente.

– Todo homem deve – exclamou ele – procurar uma esposa para aquecer seu coração, todo animal deve ter sua companheira, e eu? Devo permanecer sozinho? Eu tinha sentimentos de afeição, e eles foram retribuídos com o ódio e o desprezo. Homem! Tu podes odiar, porém acautela-te! Tuas horas transcorrerão na miséria e na desgraça, e não tardará a cair o raio que te arrebatará para sempre da felicidade. Por que hás de ser feliz enquanto eu terei de me chafurdar na imensidão de minha ruína? Tu podes extinguir minhas outras paixões, mas a vingança permanecerá. Uma vingança que, daqui por diante, me será mais cara que a luz ou o alimento! Eu posso morrer, mas primeiro tu, meu tirano e meu carrasco, haverás de amaldiçoar o sol que vai brilhar sobre a tua ruína. Toma cuidado, pois eu não tenho medo e, portanto, sou poderoso. Hei de espreitar-te com a astúcia de uma serpente, para que possa inocular-te o seu veneno. Homem, hás de te arrepender dos males que causas.

– Chega, demônio! Para de envenenar o ar com tuas palavras cheias de maldade. Já te declarei minha resolução, e não me acovardarei para me curvar às tuas ameaças. Deixa-me! Serei inflexível.

– Muito bem; eu irei. Mas, lembra-te, eu estarei contigo na tua noite de núpcias.

Adiantei-me e exclamei:

– Antes de assinares minha sentença de morte, toma cuidado tu mesmo!

Eu o teria agarrado se ele não se tivesse esquivado e saído precipitadamente da casa. Instantes depois vi-o em seu bote, que cortou as águas com a velocidade de uma flecha para logo desaparecer no meio das ondas.

Tudo recaiu em silêncio, mas suas palavras ecoavam em meus ouvidos. Eu fremia de cólera, ansioso por perseguir o assassino da minha paz e precipitá-lo no oceano. Pus-me a andar pelo quarto, agitado e perturbado, enquanto meu cérebro procurava evitar milhares de imagens que me aguilhoavam e afligiam. Por que não o seguira para lutar com ele até a morte? Eu o tinha deixado partir, e ele se dirigira para a terra. Tremi ao pensar quem poderia ser a próxima vítima de sua vingança insaciável. Então, pensei de novo em suas palavras – "Eu estarei contigo na tua noite de núpcias." Aquele era, então, o período fixado para a realização do meu destino. Naquela hora eu devia morrer e, ao mesmo tempo, satisfazer e extinguir sua maldade. A perspectiva não me amedrontava. No entanto, quando me lembrei de minha adorada Elizabeth, das lágrimas de tristeza que ela derramaria quando visse o seu amado arrancado de junto de si, chorei, pela primeira vez em muitos meses, e decidi que não cairia diante do meu inimigo sem lutar com todas as minhas forças.

A noite passou, amanheceu o dia. Senti-me mais calmo, se é que se pode falar de calma quando a violência da cólera mergulha nas profundezas do desespero. Deixei a casa, o horrível palco do entrevero da noite que passara, e caminhei pela praia do mar, que eu já considerava quase como insuperável barreira entre mim e meus semelhantes. Mais ainda fui assaltado pelo desejo de que isso se tornasse com efeito uma realidade. Eu queria passar minha vida naquele rochedo desolado cheio de tédio, é verdade, mas sem ser assaltado pela desgraça. Se eu voltasse, era para ser sacrificado ou ver aqueles que eu mais amava morrerem sob as garras de um demônio que eu mesmo havia criado.

Caminhei pela ilha como um espectro agitado, separado de tudo o que amava e infeliz por essa separação. Quando chegou o meio-dia, com o sol bem mais alto, deitei-me na grama e fui dominado por um sono profundo. Eu passara toda a noite anterior acordado, meus nervos estavam em trapos, e os olhos, inflamados de contemplarem tanta desgraça. O sono em que mergulhei restaurou-me e, quando acordei, senti-me membro novamente de uma raça de seres humanos iguais a mim. Comecei a meditar no que acontecera com mais tranquilidade. Todavia, as palavras do demônio ainda ressoavam em meus ouvidos como um dobre de finados; pareciam um pesadelo, embora distintas e opressivas como uma realidade.

O sol já havia baixado bastante no horizonte e eu continuava sentado na praia, satisfazendo o meu apetite, que se tornara voraz, comendo um bolo de aveia, quando vi um barco de pesca alcançar a terra, perto de mim, e dele sair um homem que me trazia pacote. Trazia cartas de Genebra, e uma de Clerval pedindo-me que reunisse a ele. Dizia que estava desperdiçando seu tempo onde se achava, e que cartas dos amigos que fizera em Londres queriam que ele regressasse a fim de ultimar as negociações para sua viagem à Índia. Não podia mais adiar sua partida e, como sua viagem a Londres poderia ser seguida, mais cedo do que ele esperava, da outra mais longa, ele me pedia que eu lhe fizesse companhia durante todo o tempo que eu tivesse livre. Apelava, pois, para que eu deixasse a minha ilha solitária e que o encontrasse em Perth, a fim de que fôssemos juntos para o sul. Essa carta me fez voltar à realidade. Resolvi abandonar minha ilha no fim de dois dias.

Antes, porém, de partir, tinha de realizar um trabalho e só de pensar nele eu tremia. Devia empacotar meus instrumentos e, para isso, tinha de entrar no quarto que fora o palco de minha odiosa tarefa, mexeria num equipamento cuja simples vista me fazia doente. No dia seguinte ao, amanhecer, revesti-me de toda a coragem e abri a porta do meu laboratório. Os restos da criatura meio-acabada, que eu havia destruído, jaziam espalhados pelo chão, e eu me senti quase como se tivesse estraçalhado a carne viva de um ser humano. Parei um instante para recobrar meu próprio domínio e então penetrei no aposento. Com as mãos trêmulas retirei os instrumentos do quarto, mas vi que não podia deixar ali os restos do meu trabalho, que excitariam o horror e levantariam suspeitas entre os camponeses. Assim, coloquei tudo num cesto, que enchi de pedras, resolvido a jogá-lo no mar naquela mesma noite. Enquanto isso, sentei-me na praia, limpando e arrumando o meu equipamento.

Nada podia ser mais completo do que a mudança operada em meus sentimentos desde a noite em que aquele demônio me aparecera. Antes, eu havia encarado a minha promessa com um sombrio desespero, como algo que, fossem quais fossem as consequências, tinha de ser cumprido. Agora, porém, eu me sentia como se tivesse arrancado uma venda dos olhos, e estivesse enxergando com clareza pela primeira vez. Nem por um instante me passou pela mente a ideia de reiniciar minha obra. Não pensei sequer na possibilidade de desviar-me voluntariamente desta decisão. Tinha decidido que criar um outro ser igual ao que já fizera seria um ato do mais torpe egoísmo. Afastei de minha mente qualquer ideia que me conduzisse a uma conclusão diferente.

A lua levantou-se entre as duas e três horas da madrugada. Então, colocando o cesto em meu barquinho, velejei até cerca de quatro milhas para longe da praia. Tudo estava na mais completa solidão. Alguns barcos voltavam para a terra, mas passei por entre eles. Tinha a impressão de que estava prestes a cometer um crime horroroso e evitara ansiosamente encontrar-me com meus semelhantes. Houve um momento em que a lua, que brilhava com todo o esplendor, foi coberta por uma nuvem. Aproveitei aquele momento de obscuridade para jogar o cesto ao mar. Escutei o borbulhar que ele fazia ao mergulhar na água e depois afastei-me do local. O céu começou a nublar-se, mas o ar estava puro, embora bastante frio, devido à brisa que principiava a soprar. Aquilo, porém, me reanimou e me encheu de sensações tão agradáveis que resolvi prolongar minha estada sobre a água. Fixando, pois, o leme numa posição certa, estendi-me no fundo do barco. As nuvens esconderam a lua, e tudo ficou escuro. Eu ouvia apenas o ruído que a quilha do barco fazia, cortando as ondas, um murmúrio que me embalava, e em pouco tempo eu dormia profundamente.

Não sei quanto tempo permaneci assim, mas quando acordei, o sol já ia bem alto. O vento soprava forte, e as ondas ameaçavam continuamente a segurança de minha embarcação. Notei que o vento soprava de nordeste e que me devia ter levado para muito longe da costa donde eu saíra. Tentei mudar a direção do meu curso, mas percebi que, se o fizesse, o barco se encheria imediatamente d'água. Assim, só me restava deixar-me levar pelo vento. Confesso que fiquei aterrorizado. Não tinha bússola e conhecia tão pouco a geografia daquela parte do mundo que o sol de pouco me adiantava. Eu podia ser levado para o vasto Atlântico, onde experimentaria todas as torturas de quem iria morrer de fome e sede, ou onde seria tragado pelas enormes ondas que se chocavam contra o barco. Havia já muitas horas que eu me achava ao largo. Sentia uma sede ardente, prelúdio de meus outros sofrimentos. Olhava para o céu coberto de nuvens, que eram tocadas pelo vento, para serem substituídas por outras; olhava para o mar, que seria o meu túmulo.

– Demônio – exclamei. – Tua obra já está realizada!

Pensei em Elizabeth, em meu pai, e em Clerval – todos longe, e contra os quais o monstro podia se lançar para satisfazer suas paixões cruéis e sanguinárias. Este pensamento me trouxe tanto desespero e terror que até agora, quando a vida está prestes a terminar para mim, tremo só de lembrá-lo.

Assim transcorreram algumas horas. Aos poucos, à medida que o sol declinava para o horizonte, o vento transformou-se numa brisa suave, e o mar acalmou-se. Sucederam-se, porém, ondulações que me fizeram enjoar. Fiquei incapaz de dirigir o leme quando, de repente, avistei uma linha de terra no horizonte, na direção do sul.

Esgotado como eu estava pela fadiga e pelo pavor que tinha suportado durante várias horas, aquela súbita certeza de poder tornar à vida inundou meu coração de alegria e as lágrimas me vieram aos olhos.

Como mudam os nossos sentimentos e quão estranho é o amor com que nos agarramos à vida, mesmo no meio das maiores desgraças! Fiz outra vela com parte de minhas roupas e, impaciente, rumei para terra. Ela apresentava um aspecto selvagem, cheia de rochas, mas, quando cheguei mais perto, pude perceber facilmente traços de culturas. Avistei navios perto do cais e vi-me, de repente, transportado de novo para junto da civilização. Observei cuidadosamente os contornos da terra e saudei com prazer um campanário que apareceu por trás de um pequeno promontório. No estado de extrema fraqueza em que me encontrava, resolvi rumar diretamente para a cidade, onde eu poderia achar com mais facilidade um pouco de alimento. Felizmente, trazia dinheiro comigo. Ao dobrar o promontório, percebi uma pequena cidade, muito limpa e com um bom porto, para onde me dirigi com o coração transbordante de alegria pela minha inesperada salvação.

Enquanto me ocupava em amarrar o barco e recolher as velas, várias pessoas se reuniram em torno do local. Todos pareciam muito surpresos com a minha chegada, mas, em vez de me oferecerem qualquer ajuda, cochichavam e faziam gestos que, em outra circunstância, podiam ter-me causado uma sensação de alarme. Notei apenas que falavam inglês e, assim, dirigi-me a eles na sua língua:

– Meus bons amigos, querem ter a bondade de me dizer o nome desta cidade e me informar onde estou?

– Você logo saberá – replicou um homem com voz brusca. – Talvez você tenha chegado a um lugar que não seja muito do seu agrado, mas prometo-lhe que não será consultado quanto às suas preferências.

Fiquei extremamente surpreso ao receber uma resposta tão rude de um estranho e intrigado também ao ver as feições contraídas e agressivas de seus companheiros.

– Por que vocês me respondem com tanta animosidade? – repliquei. – Acho que não é costume dos ingleses receberem os estrangeiros com tão pouca hospitalidade.

– Não sei qual seja o costume dos ingleses – falou o homem. – Mas é assim que os irlandeses costumam receber os patifes.

Enquanto prosseguia esse estranho diálogo, vi que a multidão crescia rapidamente. Seus semblantes exprimiam uma mescla de curiosidade e raiva, que me aborreciam e me alarmavam. Perguntei qual o caminho para a hospedaria, mas ninguém me respondeu. Então avancei, cercado pela multidão que murmurava enquanto me seguia, até que um homem de mau aspecto se aproximou de mim, tocando-me no ombro e dizendo:

– Acompanhe-me até o sr. Kirwin, a fim de prestar declarações.

– Quem é o sr. Kirwin? Por que tenho de prestar declarações? Não é este, por acaso, um país livre?

– Sim, perfeitamente, senhor, livre para gente honesta. O sr. Kirwin é um magistrado, e o senhor terá de prestar declarações sobre o cavalheiro que foi encontrado assassinado ontem à noite.

Embora admirado, essa resposta me reconfortou. Eu estava inocente. Isso poderia ser facilmente provado. Segui, pois, o meu guia, e fui conduzido a uma das melhores casas da cidade. A fadiga e a fome estavam a ponto de me fazer cair, mas, em vista da multidão que me cercava, achei de melhor alvitre reunir todas as minhas forças, a fim de que a fraqueza física não fosse levada à conta de apreensão ou culpa de minha parte. Mal sabia eu da calamidade que em poucos minutos haveria de me esmagar e acabar em horror e desespero com todo o temor da ignomínia e da morte.

Permita-me que eu descanse um pouco, pois preciso de toda a minha força para relembrar os terríveis acontecimentos que lhe vou relatar em todos os seus detalhes.

Capítulo 21

Fui logo introduzido à presença do magistrado, um velho bondoso de modos calmos e suaves. Não obstante, olhou-me com uma certa severidade e depois, voltando-se para os que me haviam trazido, perguntou quem atuaria como testemunha naquele momento.

Cerca de uma dúzia de homens adiantou-se. Um deles, escolhido pelo magistrado, declarou que saíra para pescar, na noite anterior, com seu filho e seu cunhado, Daniel Nugent, quando, cerca das dez horas viram que se aproximava um vento Norte muito violento, pelo que resolveram dirigir-se para o porto. A noite estava muito escura, pois a lua ainda não havia nascido.

Eles não atracaram no porto, mas sim, conforme estavam acostumados, num riacho cerca de duas milhas mais abaixo. Ele saltara primeiro, carregando parte dos apetrechos de pesca, e seus companheiros seguiam-no a alguma distância. Enquanto caminhava pela areia, seu pé esbarrou em algo, tendo ele caído no chão. Seus camaradas vieram ajudá-lo e, à luz da lanterna que traziam, viram que era o corpo de um homem que, segundo tudo indicava, estava morto. Seu primeiro pensamento foi de que se tratava do cadáver de alguém que se tivesse afogado, e houvesse sido atirado na praia pelas ondas. Contudo, ao examinarem as roupas, viram que estavam secas, e que o corpo ainda estava quente. Imediatamente carregaram-no para a casa de uma velha que ficava perto e tentaram, porém em vão, fazê-lo voltar à vida. Parecia ser um belo jovem de mais ou menos 25 anos de idade. Aparentemente fora estrangulado, pois não havia sinal algum de violência, exceto as marcas negras de dedos em volta de seu pescoço.

A primeira parte deste depoimento nada me interessou, mas quando foram mencionadas as marcas dos dedos lembrei-me do assassinato de meu irmão e senti-me extremamente agitado. Estremeci, e uma névoa desceu sobre meus olhos, obrigando-me a apoiar-me numa cadeira. O magistrado observou-me atentamente e, com certeza, concluiu desfavoravelmente sobre minha atitude.

O filho confirmou as declarações do pai, mas, quando Daniel Nugent foi chamado, jurou positivamente que, pouco antes de seu companheiro tropeçar no corpo e cair, viu um barco com um homem a pouca distância da praia e, tanto quanto podia julgar à luz das estrelas, era o mesmo barco em que eu acabava de aportar na cidade.

Uma mulher testemunhou que morava perto da praia e que, quando se achava na porta de sua casa à espera dos pescadores, cerca de uma hora antes de saber que o corpo havia sido encontrado, viu um barco com um homem afastar-se daquela parte da terra onde fora descoberto depois o cadáver.

Outra mulher confirmou o depoimento dos pescadores que haviam trazido o corpo para sua casa, afirmando que ele não estava frio. Tinham-no colocado sobre uma cama, e Daniel partira para a cidade em busca de um boticário, mas a morte já se instalara.

Vários outros homens foram interrogados, sobre a minha chegada, e concordaram que, com o forte vento Norte que soprava durante a noite, era muito provável que eu tivesse sido açoitado durante muitas horas, sendo por fim obrigado a retornar ao mesmo lugar de onde havia partido. Além disso, observaram que parecia que eu trouxera o corpo de outro lugar, e que, provavelmente, como eu não conhecia a costa, me dirigia para o porto, sem saber a que distância ficava a cidade do lugar onde havia colocado o cadáver.

Depois de ouvir essas declarações, o sr. Kirwin quis que eu fosse levado para o aposento onde se achava o corpo aguardando o sepultamento, para que se pudesse observar o efeito que sua vista produziria em mim. Talvez essa ideia lhe tenha sido sugerida pela extrema agitação de que fiquei possuído quando ouvi descrever a maneira pela qual o crime tinha sido cometido. Assim, fui conduzido pelo magistrado e várias outras pessoas para a hospedaria. Eu não podia deixar de me sentir chocado pelas estranhas coincidências ocorridas naquela noite acidentada; mas como eu havia conversado com várias pessoas na ilha onde eu vivera, mais ou menos na ocasião em que o corpo fora encontrado, eu estava perfeitamente tranquilo quanto às consequências daquele caso.

Entrei no quarto onde se achava o cadáver, tendo sido conduzido para junto do caixão. Como poderei descrever o que senti quando o olhei? Ainda me sinto paralisado pelo horror e não posso pensar naquele momento sem experimentar um angustiante calafrio. O interrogatório, a presença do magistrado e das testemunhas, deixaram-me como se fossem a lembrança de um sonho, quando vi o corpo sem vida de Henry Clerval estendido diante de mim. Perdi o fôlego e, atirando-me sobre o corpo, exclamei:

– Também tu, meu querido Henry, foste privado da vida devido às minhas criminosas maquinações? Já destruí dois, e outras vítimas aguardam o mesmo destino. Mas tu, Clerval, meu amigo e meu benfeitor...

Não pude mais suportar aquela agonia, e fui retirado da sala com fortes convulsões.

Depois fui tomado de intensa febre. Permaneci dois meses entre a vida e a morte. Conforme soube depois, meus delírios foram terríveis. Eu me culpei pelo assassinato de William, pela morte de Justine e de Clerval. Às vezes, pedia aos que me assistiam para que me ajudassem a destruir o demônio que me atormentava; outras, sentia os dedos do monstro já em torno do meu pescoço e gritava agoniado e aterrorizado. Felizmente eu falava em minha língua materna. Somente o sr. Kirwin me entendia, mas meus gestos e meus gritos eram o bastante para amedrontar as outras pessoas.

Por que não morri? Mais miserável do que o homem que eu era antes, por que não mergulhei para sempre no esquecimento e no repouso? A morte ceifa tantas crianças saudáveis, únicas esperanças de seus extremosos pais; quantas noivas e jovens amantes vivem um dia transbordantes de saúde e de esperanças, para no outro servirem de pasto aos vermes, no interior de uma sepultura? De que substância era eu feito para assim resistir a tantos choques que, como o girar da roda, renova continuamente a tortura?

Mas eu estava destinado a viver e, dois meses depois, como se houvesse acordado de um sonho, achei-me numa prisão, estendido num catre, cercado de guardas, carcereiros, ferrolhos, e todos os torpes aparelhos de um calabouço. Era de manhã, lembro-me, quando acordei e me dei conta de tudo isso; eu esquecera o que me havia acontecido e tinha a impressão de que uma grande desgraça se abatera sobre mim. Quando, porém, olhei em volta e vi as janelas gradeadas e a sordidez do ambiente onde eu estava, tudo retornou à minha memória, e gemi amargurado.

Isso acordou uma velha que dormitava numa cadeira ao lado do meu leito. Era uma enfermeira contratada, esposa de um dos carcereiros, e suas feições exprimiam todas as más qualidades que caracterizam essa classe de gente. Seu rosto era frio e duro, como o das pessoas que contemplam, insensíveis, a miséria alheia. Seu tom de voz exprimia uma completa indiferença. Ela se dirigiu a mim em inglês, e sua voz me feriu como uma das que eu ouvira durante os meus sofrimentos.

– O senhor já está melhor?

Repliquei debilmente no mesmo idioma:

– Acho que estou, mas se tudo isso é verdade, se não estou sonhando, lamento que ainda esteja vivo para experimentar toda essa desgraça e horror.

– Se o senhor quer referir-se ao cavalheiro que assassinou – replicou a velha – era melhor mesmo que o senhor estivesse morto, pois imagino que as coisas não lhe vão ser nada fáceis! Contudo, isso não é da minha conta; fui mandada para cá a fim de tratar do senhor e recuperá-lo. Tenho a consciência tranquila de que cumpri o meu dever. Ah, se toda gente fizesse o mesmo.

Desviei-me com nojo da mulher que era capaz de falar assim a alguém que acabava de escapar da morte. Porém sentia-me incapaz de refletir sobre tudo o que se passara. Toda minha vida me parecia um sonho. Com efeito, às vezes eu duvidava de que tudo fosse real, pois os fatos jamais surgiam em minha mente com a força da realidade.

À medida que as imagens que desfilavam diante de mim se tornavam mais distintas, minha febre foi aumentando. Sentia-me cercado de trevas. Não tinha junto a mim ninguém que me confortasse com palavras bondosas e de amor. Ninguém me estendia uma mão amiga. Foi chamado um médico que receitou remédios que a velha preparava para mim. No entanto, notava-se uma completa expressão de indiferença, no primeiro, e de hostilidade na segunda. Quem se interessaria pelo destino de um criminoso senão o carrasco, que ia ser pago pelo seu trabalho?

Esses foram os meus primeiros pensamentos, mas logo soube que o sr. Kirwin se tinha mostrado de uma extrema bondade. Fora ele quem ordenara que se preparasse aquela cela para mim, a qual, por pior que fosse, era a melhor da prisão. Fora ele também que providenciara o médico e a enfermeira. É verdade que ele raramente me vinha ver, pois, embora empregasse todos os seus esforços em aliviar o sofrimento dos seres humanos, não desejava presenciar a agonia do infeliz delírio de um assassino. Assim, ele às vezes vinha certificar-se de que eu não estava abandonado, mas suas visitas eram breves e muito espaçadas.

Um dia, enquanto estava convalescendo, sentei-me numa cadeira, com os olhos semicerrados e as faces pálidas como as de um morto. Achava-me abatido por uma profunda tristeza e infelicidade. Muitas vezes, considerava que seria melhor procurar a morte do que viver num mundo tão cheio de maldade. Cheguei mesmo a pensar se não era preferível declarar-me culpado e sofrer as penas da lei, tão inocente quanto o havia sido a pobre Justine. Assim meditava eu, quando se abriu a porta do meu cárcere, e o sr. Kirwin entrou. Suas feições exprimiam simpatia e compaixão. Puxando uma cadeira para perto da minha, ele me falou em francês:

– Acho que este lugar está muito acanhado, posso fazer alguma coisa para torná-lo mais confortável?

– Agradeço-lhe muito, mas isso a que o senhor se refere não me diz respeito. Em todo o mundo, não há conforto para mim.

– Sei que a compaixão de um estranho pouco conforto pode trazer para quem, como o senhor, sofreu uma tão grande infelicidade. Por um acaso surpreendente, o senhor foi atirado para esta costa, tão afamada por sua hospitalidade, e imediatamente preso e acusado de assassinato. A primeira coisa que seus olhos viram foi o corpo de seu amigo, morto de maneira tão estranha e como que, colocado em seu caminho, por um inimigo.

Quando o sr. Kirwin disse isso, não obstante a agitação de que fui tomado ao relembrar meus sofrimentos, fiquei muito surpreso pelo que ele parecia saber a meu respeito. Acho que deixei transparecer o meu espanto, pois Kirwin se apressou em acrescentar:

– Logo depois que o senhor adoeceu, trouxeram-me todos os papéis que se encontravam em seu poder. Eu os examinei a fim de descobrir alguma relação com a sua infelicidade e a sua doença. Encontrei várias cartas e, entre elas, uma que, desde o início, percebi que era de seu pai. Imediatamente escrevi para Genebra. Quase dois meses transcorreram depois que a enviei. Mas o senhor está doente, ainda treme, não está em condições de se comover.

– Esta incerteza é mil vezes pior do que qualquer notícia, por mais terrível que seja. Diga-me quem morreu agora, e qual é o assassinado que eu devo lamentar?

– Sua família está muito bem – falou o sr. Kirwin com bondade. – E alguém, um amigo, veio vê-lo.

Não sei que encadeamento de ideias me fez pensar que o assassino tinha vindo zombar de minha infelicidade e escarnecer da morte de Clerval, como um novo incitamento para que eu realizasse seus desejos demoníacos. Cobri os olhos com as mãos e exclamei angustiado:

– Oh! Mande-o embora! Não quero vê-lo! Pelo amor de Deus, não deixem que ele entre!

O sr. Kirwin olhou-me assustado. Evidentemente, ele não podia deixar de encarar minha exclamação como uma admissão de minha culpa e replicou num tom austero:

– Eu pensei, meu jovem, que a presença de seu pai ser-lhe-ia bem-vinda, em vez de lhe inspirar tanta repugnância.

– Meu pai! – exclamei, relaxando todos os meus músculos e passando da angústia ao prazer. – É realmente meu pai que está aí? Oh, quanta bondade, quanta bondade! Mas, onde está ele que não corre para me ver?

A mudança súbita de meus modos surpreendeu e agradou ao magistrado. Talvez ele pensasse que minha exclamação anterior tivesse sido um momentâneo retorno do meu delírio. Imediatamente reassumiu sua expressão bondosa. Levantou-se e deixou a cela em companhia de minha enfermeira. Logo depois, meu pai entrou.

Naquele momento, nada me poderia causar maior prazer do que a chegada de meu pai. Estendi-lhe a mão e exclamei:

– Então você está bem, e Elizabeth, e Ernest?

Meu pai assegurou-me do bem-estar deles e, insistindo nesse assunto tão caro ao meu coração, procurou levantar o meu moral abatido. Logo, porém, percebeu que uma prisão não é o local adequado para uma conversa reconfortante.

– Que lugar é esse em que você vive, meu filho! – disse ele, olhando tristemente para as janelas de grades e para o miserável ambiente de minha cela. – Você viajou em busca da felicidade, mas parece que a fatalidade o persegue. E o pobre Clerval.

O nome de meu amigo assassinado foi um golpe muito grande para o meu estado de fraqueza. Desfiz-me em lágrimas.

– Ai, meu pai! Sim! Um destino horrível pesa sobre mim, e eu devo viver para cumpri-lo, pois do contrário eu teria morrido sobre o caixão de Henry.

Não nos permitiram conversar por mais tempo, pois o meu precário estado de saúde exigia todas as precauções capazes de me assegurar tranquilidade. O sr. Kirwin chegou e insistiu que me deixassem repousar, a fim de poupar minhas forças. Mas a vinda de meu pai foi como se houvesse chegado o meu anjo da guarda e gradativamente recuperei minha saúde.

Tão logo fiquei bom, fui acometido de uma profunda tristeza que nada era capaz de dissipar. A imagem de Clerval assassinado pairava eternamente diante de mim como um fantasma. Mais de uma vez, a agitação em que me lançavam esses pensamentos fizeram com que meus amigos temessem por uma recaída. Ai! Por que insistiam eles em preservar uma vida tão miserável e detestada? Com certeza era para que eu cumprisse o meu destino, que agora está chegando ao fim. Breve, muito breve a morte extinguirá essas palpitações e me aliviará da pesada carga de angústia que me conduzirá ao pó e, cumprindo a decisão da justiça, eu também deverei mergulhar no repouso eterno. Naquela ocasião, a visão da morte estava distante, embora o desejo de morrer estivesse sempre presente em meus pensamentos. E, não raro, eu permanecia horas imóvel e calado, aguardando que alguma poderosa convulsão pudesse enterrar-me e ao meu destruidor em suas ruínas.

Aproximava-se o período da reunião do tribunal. Há três meses que me achava preso e, embora ainda estivesse fraco e em constante perigo de uma recaída, fui obrigado a viajar cerca de cem milhas até a cidade onde se realizaria o julgamento. O sr. Kirwin encarregara-se com todo o cuidado de reunir as testemunhas e providenciar a minha defesa. Fui poupado da vergonha de ser apresentado publicamente como um criminoso, já que o caso não foi levado diante da corte que decide sobre vida e morte. O grande júri rejeitou a acusação, ante a prova de que eu me encontrava nas Ilhas Orkey na hora em que o corpo de meu amigo fora encontrado. Quinze dias depois de ser removido da prisão, eu fui libertado.

Meu pai ficou encantado pelo fato de me ver livre dos vexames de um processo criminal, e por eu poder respirar de novo o ar puro e ter permissão para retornar ao meu país. Eu não participava de seus sentimentos, pois, para mim, tanto eram odiosas as paredes de um calabouço quanto as de um palácio. O cálice da vida estava envenenado para sempre e embora o sol brilhasse sobre mim, como sobre os que possuíam o coração feliz e alegre, nada via em torno de mim senão uma treva densa e terrível, que nenhuma luz penetrava a não ser o brilho de dois olhos que me fixavam. Às vezes, eram os olhos de Henry, enlanguescidos pela morte, as órbitas negras quase cobertas pelas pálpebras de longos cílios negros; outras vezes eram os olhos vagos, nublados, do monstro, como eu os vira pela primeira vez no meu laboratório de Ingolstadt.

Meu pai procurava despertar-me sentimentos agradáveis. Falava-me de Genebra, que eu logo veria, de Elizabeth e de Ernest. Essas palavras porém, apenas me arrancavam gemidos. Às vezes, com efeito, eu ansiava pela felicidade e pensava com deliciosa saudade em minha adorada prima, e anelava com uma devoradora nostalgia, ver uma vez mais o lago azul e o rápido Reno, que me foram tão caros nos dias da minha infância. Mas o meu estado geral era o de um torpor em que o ambiente de uma prisão era tão bem recebido quanto a mais divina cena da natureza. Só raramente esses acessos eram interrompidos por paroxismos de angústia e desespero. Nesses momentos, muitas vezes pensei em pôr fim a uma existência que eu odiava, e era necessária uma constante vigilância para evitar que eu cometesse algum ato de violência.

Todavia, restava-me a lembrança de um dever, que acabava por triunfar sobre o meu egoístico desespero. Era preciso que eu regressasse sem demora a Genebra, para vigiar as vidas daqueles a quem tanto eu amava e aguardar pelo assassino, a fim de que, se um acaso me conduzisse ao covil onde ele se escondia, ou se ele ousasse fazer-me explodir de novo com a sua presença, eu pudesse, com infalível determinação, acabar com a existência da figura monstruosa que eu havia dotado de uma alma ainda mais monstruosa e zombeteira. Meu pai desejava adiar um pouco mais nossa partida, temeroso de que eu não suportasse as fadigas da viagem, pois eu estava uma ruína, uma sombra de homem. Minhas forças tinham desaparecido. Eu era um mero esqueleto, devorado dia e noite pela febre.

Assim, tão grande foi a minha insistência para que deixássemos logo a Irlanda, que meu pai achou melhor concordar. Tomamos passagem a bordo de um navio que ia para o Havre-de-Grâce e velejamos com vento favorável das costas irlandesas. Era meia-noite. Eu estava deitado no convés, olhando as estrelas e ouvindo o marulho das ondas. Eu saudava a escuridão que ocultava a Irlanda de meus olhos, e meu coração batia com força, quando eu refletia que em breve estaria vendo Genebra. O passado destilava diante de mim como se fora um sonho terrível. Contudo, o navio em que eu estava, o vento que me afastava da detestada costa da Irlanda, e o mar que me cercava me diziam que eu não era vítima de ilusão alguma e que Clerval, meu amigo e companheiro querido, tinha caído morto, por mim e pelo monstro que eu criara. Repassei na memória toda minha vida – minha suave felicidade enquanto eu vivia com minha família em Genebra, a morte de minha mãe e minha partida para Ingolstadt. Lembrava-me, com arrepios, do louco entusiasmo que me levou a apressar a criação de meu hediondo inimigo, e da noite em que ele começou a viver. Eu era incapaz de seguir a torrente de meus pensamentos, milhares de sensações me oprimiam, e eu chorava copiosamente.

Desde que me recuperara da febre, eu tinha o costume de tomar todas as noites uma pequena dose de láudano, pois só assim eu conseguia o repouso necessário para preservar minha vida. Oprimido pela recordação de meus vários revezes, tomei então uma dose dupla e logo adormeci profundamente. Mas o sono não interrompeu meus pensamentos nem aliviou minha miséria; meus sonhos formavam milhares de imagens que me apavoravam. De manhã, fui tomado por uma espécie de pesadelo; sentia as garras do demônio em torno do meu pescoço e não podia livrar-me dele. Gemidos e gritos ecoavam em meus ouvidos. Meu pai, que me observava, percebendo minha agitação, acordou-me. As ondas continuavam a se arremessar contra o navio, lá em cima o céu estava nublado, mas o demônio não se achava ali. Uma sensação de segurança e a impressão de que uma trégua se firmara entre aquele momento e o futuro irresistível e desastroso, conferiram-me uma espécie de suave esquecimento, de que a mente humana é peculiarmente suscetível.

Capítulo 22

A viagem terminou. Desembarcamos e seguimos para Paris. Logo senti que havia superestimado minhas forças, e que devia repousar antes de continuar a caminhada. Meu pai era infatigável em seus cuidados e atenções, mas ele desconhecia a causa de meu sofrimento e procurava remediar minha doença com métodos errôneos. Ele queria que eu me divertisse na sociedade. Mas os homens me aborreciam. Oh! Não deviam me aborrecer. Eram meus irmãos, meus semelhantes, e eu me sentia atraído pelos mais horríveis deles, como se fossem criaturas de natureza angelical. Mas eu achava que não tinha o direito de partilhar sua companhia. Eu havia soltado um inimigo entre eles, cuja alegria devia terminar em gemidos e derramamento de sangue. Como não haveriam eles de me caçar e me expulsar deste mundo, se soubessem dos atos e crimes cuja origem era eu!

Meu pai concordou finalmente com o meu desejo de evitar a vida social e tentou por todos os meios combater o desespero em que eu estava mergulhado. Às vezes, ele pensava que eu ficara ressentido pelo fato de ter tido de responder a uma acusação de homicídio, e procurava demonstrar a futilidade de meu orgulho.

– Ai, meu pai! – replicava eu. -- Como você me conhece pouco. Os seres humanos, seus sentimentos e suas paixões, se degradariam, com efeito, se um trapo humano como eu sentisse orgulho. Justine, a pobre e infeliz Justine, era tão inocente quanto eu, e foi acusada do mesmo delito. Por isso, ela morreu. Eu sou a causa de tudo isso. Fui eu quem a matou. Justine, William e Henry, todos morreram pelas minhas mãos.

Durante o meu encarceramento, meu pai ouvira-me dizer a mesma coisa. Quando eu me acusava, parecia que ele às vezes desejava uma explicação. Outras vezes, ele parecia considerar o fato como o resultado de um delírio e que, durante minha doença, essa ideia tinha de um modo qualquer se fixado em minha mente, lembrança essa que eu conservava em minha convalescença. Eu evitava qualquer explicação e mantinha um contínuo silêncio a respeito do desgraçado ser que eu criara. Eu estava persuadido de que me julgariam louco, e isso era o suficiente para travar, para sempre, minha língua. Mas, além disso, eu não podia revelar um segredo que encheria os meus ouvintes de consternação e de horror. E como eu anelava pela simpatia de todos, calava, quando deveria confiar ao mundo aquele segredo fatal. Todavia, não era impossível que me escapassem, involuntariamente, algumas palavras. Eu não poderia explicá-las, mas em parte elas me aliviariam a pesada carga de minha maldição.

Uma vez, meu pai me falou demonstrando grande espanto:

– Meu caro Victor, que ideia fixa é esta? Meu querido filho, peço-lhe que nunca mais diga isso.

– Eu não estou louco – exclamei impetuoso. – O sol e os céus que me viram trabalhar, podem testemunhar essa verdade. Eu sou um assassino das mais inocentes vítimas. Elas morreram devido às minhas tramas. Mil vezes deveria eu ter derramado meu sangue, gota a gota, para salvá-las. Mas eu não podia, meu pai, na verdade não podia sacrificar toda a humanidade.

Ao ouvir isso, meu pai concluiu que eu estava mentalmente desequilibrado e logo mudou de assunto, procurando desviar o curso de meus pensamentos. Ele tentava, mais do que nunca, fazer-me esquecer das cenas que tinham ocorrido na Irlanda e jamais aludir a elas para que eu não sofresse, ouvindo falar de meus infortúnios.

À medida que o tempo foi passando, fiquei mais calmo. A desgraça se escondera em meu coração, mas nunca mais falei de meus crimes daquela maneira tão incoerente. Bastava-me que eu tivesse consciência deles. Com uma violência sobre-humana dominei a voz imperiosa, que às vezes desejava falar ao mundo, e tornei-me mais calmo e seguro do que tinha sido desde a minha ida ao mar de gelo.

Poucos dias antes de deixarmos Paris a caminho da Suíça, recebi a seguinte carta de Elizabeth:

Caro amigo:

Foi um grande prazer receber carta de meu tio datada de Paris. Agora, você não está tão longe e posso esperar revê-lo em menos de 15 dias. Pobre primo, quanto você deve ter sofrido! Acho que deve estar pior do que quando partiu de Genebra. Este inverno foi um dos mais terríveis, passando-o, como passei, torturada por uma horrível incerteza. Espero que agora você esteja em paz e que seu coração não se ache completamente vazio de conforto e tranquilidade.

No entanto, receio que ainda persistam os mesmos sentimentos que o fizeram tão infeliz há um ano, talvez até aumentados pelo tempo. Não queria importuná-lo agora, quando você se acha abatido por tantos infortúnios, porém uma conversa que tive com meu tio, antes de ele partir para aí, torna necessária uma explicação antes de nos encontrarmos.

Explicação! Talvez você esteja dizendo: que pode ter Elizabeth para explicar? Se você realmente pensar assim, minhas perguntas já estão respondidas e minhas dúvidas esclarecidas. Mas você está longe de mim, e é possível que se perturbe ou se alegre com essa explicação e, no caso de assim ser, não ouso adiar por mais tempo escrever-lhe o que, durante sua ausência, tive muitas vezes vontade de dizer, faltando-me coragem para tanto.

Você sabe muito bem, Victor, que desde nossa infância nossa união constitui a maior vontade de seus pais. Desde adolescentes ouvimos falar nisso e fomos ensinados a encarar o acontecimento como um fato consumado. Quando crianças, afeiçoamo-nos como companheiros de brinquedos, e, à medida que crescíamos, nos tornamos amigos muito queridos. Mas como irmão e irmã muitas vezes mantêm uma vívida afeição sem desejo de uma união mais íntima, não será este o nosso caso? Diga-me, querido Victor. Responda-me, peço-lhe, pelo amor de nossa felicidade, com uma simples verdade: você ama outra mulher?

Você tem viajado, passou vários anos de sua vida em Ingolstadt, e eu lhe confesso, meu amigo, que quando o vi no outono passado, tão infeliz, procurando isolar-se do convívio de todos, não pude deixar de pensar que você lamentava nossa união e se acreditava ligado apenas por um laço de honra para cumprir o desejo de seus pais, embora eles se opusessem às suas novas inclinações. Mas este raciocínio é falso. Confesso-lhe, meu amigo, que o amo e que nos meus sonhos para o futuro você tem sido o meu amigo e companheiro constante. Mas é tanto pela sua felicidade quanto pela minha própria que eu declaro que nosso casamento me faria eternamente infeliz se não fosse ditado por sua livre escolha. Ainda agora, eu choro ao pensar que, afligido como você está pelos mais terríveis reveses, é capaz de abafar, devido à palavra *honra,* toda a esperança de felicidade e aquele amor que poderiam recuperá-lo. Eu, que lhe dedico uma afeição tão desinteressada, posso aumentar sua infelicidade, tornando-me um obstáculo aos seus desejos. Ah! Victor, fique certo de que sua prima e companheira lhe dedica um amor sincero demais para querer sua infelicidade. Seja feliz, meu amigo e, se você me ouvir, tenha a certeza de que nada nesse mundo terá a força de interromper minha tranquilidade.

Não permita que esta carta o perturbe. Não responda amanhã, nem depois, ou até mesmo quando você chegar aqui, se isso lhe for doloroso. Meu tio me enviará notícias de sua saúde, e basta que eu veja um sorriso em seus lábios, quando nos encontrarmos, provocado por esta ou qualquer outra declaração minha, para que eu me considere feliz.

Elizabeth Lavenza

Genebra, 18 de maio de 17...

Esta carta reviveu em minha mente o que eu já havia esquecido: a ameaça do demônio – "Eu estarei contigo na tua noite de núpcias!". Essa era a minha sentença e, naquela noite, o demônio haveria de empregar todas as suas artimanhas para me destruir e romper a menor parcela de felicidade que, parcialmente, me consolaria de meus sofrimentos. Ele tinha determinado que, naquela noite, consumaria seus crimes com a minha morte. Muito bem, que assim fosse. Com certeza haveria uma luta de morte, na qual, se ele saísse vitorioso, eu ficaria em paz, e seu poder sobre mim terminaria. Se ele fosse vencido, eu seria um homem livre. Ai de mim! Que espécie de liberdade seria a minha? A que um camponês desfruta depois que vê sua família massacrada diante de seus olhos, sua casa queimada, suas terras destruídas, deixando-o à deriva, sem lar e sem dinheiro, mas livre. Esta seria a minha liberdade, exceto que com minha Elizabeth eu possuía um tesouro, um tesouro que equilibraria os horrores do remorso e da culpa que me perseguiriam até a morte.

Doce e amada Elizabeth! Li e reli sua carta, e alguns sentimentos suaves introduziram-se em meu coração, ousando murmurar sonhos paradisíacos de amor e de alegria; mas eu já havia provado da maçã, e o braço armado do anjo cortava-me toda a esperança. Contudo, eu morreria para fazê-la feliz. Se o monstro executasse sua ameaça, a morte era inevitável. Todavia, eu continuava a pensar se meu casamento apressaria o meu destino. Na verdade, eu poderia ser destruído alguns meses antes, mas, se o meu carrasco suspeitasse de que eu a estava adiando, influenciado por suas ameaças, com certeza encontraria outros e talvez mais terríveis meios de vingar-se. Ele havia jurado *estar comigo, na noite de minhas núpcias*, mas não se havia imposto a condição de ficar em paz antes do meu casamento, pois, para me mostrar que ainda não estava saciado de sangue, havia assassinado Clerval imediatamente após fazer suas ameaças. Concluí, portanto, que se minha imediata união com minha prima faria a felicidade dela e de meu pai, as disposições de meu adversário contra minha vida não se retardariam de uma hora.

Neste estado de espírito, escrevi a Elizabeth. Minha carta era calma e afetuosa.

"Receio, querida garota", dizia eu, "que pouca felicidade nos resta para aspirar sobre a terra; no entanto, tudo o que um dia poderá me dar prazer encontra-se em você. Afaste seus temores, que não têm cabimento. Somente a você, eu consagro toda a minha vida e minha satisfação. Eu possuo um segredo, Elizabeth, um terrível segredo. Quando eu o revelar a você, você tremerá de horror e, então, em vez de se surpreender e deplorar a minha infelicidade, ficará apenas admirada de que eu tenha sobrevivido a tudo o que tenho suportado. Contarei essa história cheia de miséria e de terror no dia seguinte ao nosso casamento porque, minha querida prima, deve haver uma perfeita confiança entre nós. Mas, até lá, peço-lhe que não toque mais nesse assunto. Este é um pedido solene, e sei que você me atenderá."

Cerca de uma semana após a chegada da carta de Elizabeth, nós voltamos para Genebra. A meiga criança recebeu-me calorosamente, embora as lágrimas lhe viessem aos olhos, quando contemplou minha face abatida e febril. Também a achei mudada. Estava mais magra e tinha perdido muito de sua vivacidade celestial, que tanto me encantara anteriormente; mas seus modos gentis e seu olhar compassivo tornavam-na uma companheira mais do que adequada a uma criatura tão arruinada e desgraçada como eu.

A tranquilidade de que eu agora desfrutava não durou. As lembranças trouxeram consigo o desatino e, quando eu me lembrava do que havia passado, ficava possuído de uma verdadeira insanidade. Às vezes, ficava furioso e ardia de raiva; às vezes, tornava-me abatido e deprimido. Permanecia sem falar com ninguém, sem olhar para ninguém, sentado, imóvel, apavorado pelas desgraças que ainda me ameaçavam.

Só Elizabeth tinha o poder de me arrancar dessas crises. Sua voz suave me acalmava, quando transportado pela paixão, e me inspirava sentimentos humanos, quando abatido pelo torpor. Ela chorava comigo e por mim. Quando a razão voltava, ela me censurava e procurava induzir-me à resignação. Ah! É muito fácil para o infeliz resignar-se, mas para o culpado não existe paz. As agonias do remorso envenenam às vezes o luxo que há em nos entregarmos ao excesso da dor.

Logo após minha chegada, meu pai falou do meu imediato casamento com Elizabeth. Permaneci em silêncio.

– Tem você, então, uma outra ligação?

– Nenhuma na Terra. Amo Elizabeth e encaro nossa união com todo o prazer. Marquemos pois o dia, e hei de me dedicar, na vida e na morte, à felicidade de minha prima.

– Meu caro Victor, não fale assim. Pesados infortúnios desabaram sobre nós, mas prendamo-nos mais aos que ficaram, e transfiramos o nosso amor, pelos que morreram, para os que ficaram vivos. Nosso círculo será pequeno, porém unido pelos laços de mútua afeição e infelicidades. E, quando o tempo aplacar o nosso desespero, terão nascido novos e queridos seres para substituírem aqueles de que fomos tão cruelmente privados.

Essas foram as palavras de meu pai. No entanto, retornava-se a lembrança da ameaça; nem pode você se admirar de que, onipotente como fora até então aquele demônio com seus feitos sanguinários, eu devesse encará-lo quase como invencível e que, quando ele pronunciara a sentença "Eu estarei contigo na tua noite de núpcias", eu tinha de considerar o meu destino como inevitável. Mas a morte não me faria mal algum, se com ela eu pudesse compensar e evitar a perda de Elizabeth. Foi portanto, cheio de animação, que eu concordei com meu pai. Se minha prima consentisse, a cerimônia se realizaria dali a dez dias e, assim, imaginei selar o meu destino.

Bom Deus! Se por um instante sequer, eu tivesse podido imaginar quais seriam as intenções do meu adversário, antes preferia ter-me exilado para sempre de minha terra e fugido para qualquer recanto hostil do mundo do que ter consentido naquele infeliz casamento. Mas, como se possuísse poderes mágicos, o monstro me havia tornado cego às suas verdadeiras intenções. Quando eu pensava que ele preparara apenas a minha morte, sem o saber, estava apressando a morte de uma vítima ainda mais querida.

À medida que se aproximava a data do nosso casamento, fosse por covardia, fosse por uma profética intuição, eu sentia o meu coração apertar-se dentro de mim. Escondia, porém, meus sentimentos, aparentando uma alegria que fazia meu pai sorrir satisfeito, mas que mal conseguia enganar os olhos lindos e sempre perscrutadores de Elizabeth. Ela encarava nossa união com um tranquilo contentamento, não de todo livre de um certo temor de que, devido aos reveses sofridos, o que agora parecia uma felicidade certa e tangível logo se dissiparia como um sonho, não deixando outro traço senão um eterno pesar.

Foram feitos os preparativos para o acontecimento, foram recebidas as visitas para os votos de congratulações, e tudo eram sorrisos. Fechei, tanto quanto pude, dentro de meu coração a angústia que nele penetrara e o devorava, lançando-me com todo o zelo a cumprir os planos de meu pai, embora eles talvez servissem apenas para enfeitar a minha tragédia. Meu pai conseguira, através de diligências junto ao governo austríaco, que parte da herança de Elizabeth fosse restituída a ela. Ela possuía uma pequena propriedade nas margens do lago de Como. Ficou resolvido que logo após nosso casamento iríamos para a Vila Lavenza, e ali passaríamos os primeiros dias de felicidade.

Entrementes, tomei todas as precauções para o caso de o demônio resolver atacar-me abertamente. Trazia constantemente comigo pistolas e um punhal; estava sempre de vigia para evitar uma cilada. Assim, fiquei mais tranquilo. Com efeito, à medida que se aproximava o momento, a ameaça mais parecia um embuste incapaz de perturbar minha paz. E, enquanto a ventura que eu esperava usufruir do meu casamento tomava cada vez mais a forma de certeza ao se avizinhar o dia da solenidade, eu falava dela como algo que nenhum acidente seria capaz de impedir.

Elizabeth parecia feliz. Meus modos tranquilos contribuíram grandemente para acalmá-la. Mas no dia em que eu ia realizar meus desejos e meu destino, ela se mostrou triste, invadida por um mau pressentimento; talvez ela pensasse no terrível segredo que eu lhe prometera revelar no dia seguinte. Meu pai, entusiasmado com os preparativos, levou a tristeza de sua sobrinha à conta da timidez de uma noiva.

Terminada a cerimônia, realizou-se uma grande festa em casa de meu pai, mas ficou combinado que Elizabeth e eu iniciaríamos nossa viagem pelo lago, dormindo naquela noite em Evian, para continuá-la no dia seguinte. O dia estava lindo, o vento favorável, e tudo eram flores em nossa embarcação nupcial.

Aqueles foram os últimos momentos de minha vida durante os quais desfrutei da sensação de felicidade. Viajávamos rapidamente. O sol estava quente, mas nós nos achávamos abrigados de seus raios por uma espécie de pálio, enquanto apreciávamos a beleza de paisagem. Às vezes, num dos lados do lago de onde víamos o Monte Salêve, as agradáveis margens de Montalêgre e, à distância, dominando todo o cenário, o belo Mont Blanc e o conjunto de montanhas cobertas de neve que em vão procuram imitá-lo; outras vezes, costeando as margens opostas, avistávamos o poderoso Jura, oferecendo suas encostas escuras como uma barreira quase intransponível à ambição dos invasores que aspirassem a conquistar o país.

Peguei na mão de Elizabeth.

– Você está triste, meu amor. Ah! Se você soubesse o que tenho sofrido e o que talvez ainda tenha de suportar, deixaria que eu desfrutasse da liberdade e da calma que o dia de hoje me permite gozar.

– Seja feliz, querido Victor – replicou Elizabeth. – Espero que você não tenha motivo algum para se mortificar. Fique certo de que, se meu rosto não exprime alegria, meu coração está radiante. Alguma coisa me diz que não devo esperar muito do futuro que se abre para nós, mas não dou ouvidos a essa voz sinistra. Veja como vamos depressa e as nuvens, que às vezes se ocultam e às vezes se elevam por sobre o Mont Blanc, tornam a paisagem ainda mais interessante. Observe também quantos peixes nadam nas águas límpidas, que nos permitem ver cada pedrinha que está lá no fundo. Que dia divino! Como a natureza parece serena e feliz!

Assim procurava Elizabeth desviar meus pensamentos das coisas tristes. Mas sua própria disposição variava; às vezes seus olhos brilhavam de contentamento, para em seguida tornarem-se vagos e sonhadores.

O sol descia no céu. Passamos pelo rio Drance, vendo-o correr por entre as ravinas dos montes mais altos, e os vales mais embaixo. Aqui, os Alpes se acercavam do lago, e nos aproximávamos do anfiteatro formado pelas montanhas que marcam seus limites orientais. A torre de Evian brilhava entre os bosques que circundavam a cidade e as montanhas que assomavam sobre ela.

O vento, que até então nos impelira com espantosa rapidez, amainou ao pôr do sol, transformando-se em brisa suave que ondulava a água e agitava as árvores próximas da margem, donde vinha o delicioso odor das flores e do feno. Quando desembarcamos, o sol mergulhava no horizonte e, ao pisar a terra, senti que voltavam os temores e as preocupações que em breve se agarrariam a mim e me oprimiriam para sempre.

Capítulo 23

Eram oito horas quando desembarcamos. Caminhamos um pouco pela praia, gozando o resto da luz, e nos retiramos para a hospedaria, donde contemplamos o cenário encantador formado pelas águas, os bosques e as montanhas que, na semiobscuridade, ainda deixavam entrever seus contornos negros.

O vento, que amainara no sul, soprava agora com grande violência no Oeste. A lua havia culminado no céu e estava começando a descer; as nuvens passavam por ela mais rápidas que o voo do abutre e amorteciam seus raios, enquanto que o lago, refletindo o tumulto que ia pelo céu, agitava-se cada vez mais com as ondas que começavam a crescer. De repente, desabou uma violenta tempestade.

Eu estivera calmo durante o dia, mas assim que a noite escureceu a forma dos objetos, fui invadido por mil receios. Agitado e vigilante, eu conservava a mão direita no cabo da pistola que trazia no peito. Qualquer rumor me aterrorizava, mas eu estava resolvido a vender caro minha vida, e a não sair da luta senão depois de acabar com meu inimigo.

Durante algum tempo, Elizabeth observou tímida e silenciosamente minha agitação, mas havia algo em meu olhar que a encheu de horror e, trêmula, ela me perguntou:

– Por que você está tão preocupado, querido Victor? Que é que você teme?

– Oh! Por favor, meu amor. Tenha calma! É só esta noite, e depois tudo estará bem; mas esta noite é terrível, muito terrível!

Assim passou-se uma hora quando, de repente, refleti como seria medonho para minha esposa a luta que a cada momento eu esperava travar. Pedi-lhe, pois, com toda a serenidade, que se retirasse, resolvido a não me juntar a ela senão depois de conhecer a posição do meu inimigo.

Ela deixou-me e eu continuei algum tempo a examinar todas as passagens e recantos da casa que pudessem servir de esconderijo ao meu adversário.

Não descobri, porém, qualquer sinal dele e já estava começando a imaginar que algum feliz acaso impedira-o de executar sua ameaça quando, de súbito, ouvi um grito agudo, horrível. Vinha do quarto para onde se retirara Elizabeth. Ao ouvi-lo, toda a verdade perpassou como um raio pelo meu cérebro. Meus braços penderam, todos os meus nervos e músculos ficaram paralisados. Eu podia sentir o sangue correndo em minhas veias e pulsando na extremidade de meus membros. Isso durou apenas um segundo. O grito se repetiu, corri para o quarto.

Meu Deus! Por que não morri naquele instante? Por que estou aqui para relatar a destruição de minha grande esperança e da mais pura das criaturas deste mundo? Ali estava ela, inanimada, morta, atravessada na cama, com a cabeça pendida e as feições pálidas e distorcidas meio cobertas pelos cabelos. Para onde me voltasse, via sempre a mesma imagem – seus braços exangues e seu corpo flácido jogado pelo assassino dentro do esquife nupcial. Como pude ver isso e continuar vivo? Ai de mim! A vida se prende obstinadamente àquilo que mais odeia. Apenas por um momento, perdi a consciência e caí ao chão, sem sentidos.

Quando acordei vi-me cercado pelo pessoal da hospedaria, que estava mudo de terror. Mas o terror dos outros mais me parecia uma zombaria, pálida sombra que era dos sentimentos que me oprimiam. Fugi daquela gente para o quarto onde jazia o corpo de Elizabeth, meu amor, minha esposa, há pouco cheia de vida, e que me era tão cara e valiosa. Tinham-na mudado da posição em que a vira pela primeira vez. Agora, estava deitada com a cabeça sobre o braço, e um lenço cobrindo-lhe o rosto e o pescoço. Dir-se-ia que estava dormindo. Corri para ela e abracei-a com ardor, mas o mortal langor de seus membros frios mostravam que o que eu agora tinha em meus braços deixara de ser a Elizabeth que eu tanto amara e adorara. Em seu pescoço viam-se as marcas assassinas das garras do demônio, e ela deixara de respirar.

Enquanto me achava agarrado ao seu corpo, na agonia do desespero, levantei o olhar. As janelas do quarto tinham sido escurecidas anteriormente. e senti uma espécie de pânico ao ver a pálida luz da lua iluminar o quarto. As cortinas haviam sido afastadas e, com uma indescritível sensação de horror, avistei, pela janela aberta, aquela figura monstruosa. Seu rosto estava contraído num esgar. Parecia escarnecer de mim quando, com o dedo diabólico, apontava para o cadáver de minha mulher. Corri para a janela e, puxando da pistola, atirei. Ele, porém, esquivou-se e, pulando de onde estava, correu para o lago com a rapidez do relâmpago.

O ruído do tiro atraiu uma multidão para o quarto. Apontei para o lugar por onde ele desaparecera, e seguimos sua pista em barcos. Lançamos redes, fizemos um cerco, mas foi tudo em vão. Depois de várias horas de buscas, voltamos sem nada termos conseguido, achando alguns de meus companheiros que eu havia sido vítima de uma ilusão. Após retornarmos, eles continuaram a procurar pelos arredores, dividindo-se em grupos que partiram em diferentes direções, através dos bosques e vinhedos.

Tentei acompanhá-los. Segui-os até pequena distância da casa, mas minha cabeça girava, meus passos eram incertos como os de um bêbado, e acabei por tombar exausto. Uma névoa cobriu-me os olhos e senti o corpo ardendo em febre. Nesse estado, fui carregado e colocado numa cama, semi-inconsciente do que acontecera; meus olhos corriam pelo quarto como à procura de algo que eu houvesse perdido.

Depois de certo tempo, levantei-me e, como por instinto, encaminhei-me para o quarto onde estava o cadáver de minha amada. Havia várias mulheres chorando. Abracei-me ao corpo e juntei minhas lágrimas às delas. Meus pensamentos eram indistintos, divagavam por vários assuntos, refletindo confusamente meus infortúnios e suas causas. Eu estava assustado, mergulhado numa onda de espanto e de horror. A morte de William, a execução de Justine, o assassinato de Clerval e, por fim, o de minha esposa. Naquele momento, nem mesmo sabia se os amigos que me restavam estavam a salvo da maldade do demônio. Naquele instante, meu pai podia estar se contorcendo em suas mãos, e Ernest talvez estivesse morto a seus pés. Ergui-me e decidi retornar a Genebra o mais rápido possível.

Não havia cavalos disponíveis, e eu tinha de regressar pelo lago. O vento, porém, não estava favorável, e a chuva caía torrencialmente. Todavia, estava amanhecendo e provavelmente eu chegaria lá à noite. Contratei remadores e eu próprio peguei num dos remos, pois o esforço físico sempre me aliviava da tortura mental. Mas a comoção, que eu agora experimentava, e o excesso de agitação de que estava possuído me tornavam incapaz de qualquer trabalho. Jogando longe o remo, apoiei a cabeça nas mãos, entregando-me a todos os pensamentos sombrios que me perseguiam. Se levantava os olhos, via paisagens que me eram familiares, que ainda no dia anterior eu contemplara na companhia daquela que agora nada mais era do que uma sombra e uma recordação. As lágrimas corriam-me pela face. A chuva cessara um momento, e eu via os peixes brincando na água, como o faziam algumas horas antes. Elizabeth também os observara. Nada é tão doloroso à mente humana quanto uma súbita e grande mudança. O sol podia brilhar, as nuvens podiam baixar, porém, para mim, nada seria como no dia anterior. Um demônio me arrebatara toda esperança de um futuro feliz; nenhuma criatura jamais fora tão desgraçada quanto eu; um acontecimento tão pavoroso é único na história do homem.

Mas por que devo insistir nos incidentes que acompanharam este último fato tão acabrunhador? A minha narrativa tem sido uma história de horrores; cheguei ao seu clímax, e o que tenho para contar agora talvez lhe seja tedioso. Saiba que, um por um, meus amigos me foram arrebatados. Fiquei só. Minhas próprias forças se exauriram e devo dizer em poucas palavras o que falta para terminar minha narrativa.

Cheguei a Genebra. Meu pai e Ernest ainda viviam, mas o primeiro sucumbiu ante as notícias que eu trazia. Vejo-o, agora, aquele excelente e venerado ancião! Seu olhar tornou-se vago, pois ele havia perdido todo o encanto e todo o prazer – sua Elizabeth, mais do que uma filha, a quem ele dedicava todo o seu afeto que o homem quando, no declínio da vida, se apega aos que lhe restam. Maldito, maldito seja o demônio que lançou tanta desgraça sobre sua cabeça encanecida, transformando-o num farrapo humano. Ele não pôde suportar os horrores que se acumulavam à sua volta. De repente, afrouxaram-se as molas da vida. Ele não pôde mais deixar o leito. Em poucos dias, morreu nos meus braços.

Que aconteceu então a mim? Não sei. Perdi todo o conhecimento e mergulhei nas trevas. Às vezes, realmente, eu sonhava que vagava em meio a prados floridos e vales agradáveis com os companheiros de minha juventude, mas acordava e encontrava-me numa cela. Seguia-se uma intensa melancolia, mas aos poucos fui tendo uma noção mais clara dos meus infortúnios e de minha situação, e fui, então, solto de minha prisão. Pois haviam-me julgado louco, e, durante muitos meses, conforme soube depois, minha morada tinha sido uma cela solitária.

No entanto, a liberdade de pouca utilidade me teria sido se, ao voltar à razão, eu não houvesse também voltado a pensar na vingança. À proporção que rememorava minhas desgraças, comecei a refletir sobre suas causas – o monstro que eu havia criado, o miserável demônio que havia sido largado no mundo, para me destruir. Quando pensava nele, eu enlouquecia de raiva e desejava ardentemente tê-lo ao meu alcance para descarregar uma terrível vingança sobre sua maldita cabeça.

E meu ódio não se limitava a inúteis conjecturas. Comecei a imaginar os melhores meios para pegá-lo. Com esse objetivo, cerca de um mês após ser solto, procurei um juiz criminal na cidade e disse-lhe que tinha uma acusação a fazer, que sabia quem era o exterminador de minha família, e exigia que ele empregasse toda a sua autoridade para a prisão do assassino.

O magistrado ouviu-me atenta e bondosamente.

– Fique certo, meu senhor – falou ele – que não pouparei esforços para deter o criminoso.

– Agradeço-lhe – repliquei. – Escute, portanto, o depoimento que tenho a fazer. É, na verdade, uma história tão estranha que receio que o senhor não lhe dê crédito, não fora a existência de alguns fatos verídicos e que, embora quase fantásticos, obrigam que seja considerada. A história tem ligação com muitos fatos para que seja um sonho, e não tenho motivo algum para falseá-la.

Assim falava eu, firme porém calmamente. Eu havia decidido, em meu próprio coração, perseguir o meu destruidor até a morte, e esse objetivo acalmava minha agonia e, até certo ponto, me reconciliava com a vida. Narrei, então, a minha história, em breves palavras, porém com firmeza, marcando as datas com toda a precisão, jamais me deixando levar pela paixão descabida.

No princípio, o magistrado pareceu totalmente incrédulo, mas à medida que eu prosseguia tornou-se mais atento e interessado. Várias vezes vi-o estremecer de horror; outras vezes, seu semblante deixava transparecer um misto de surpresa e descrença.

Ao terminar minha narrativa eu disse:

– Esse é o ser que eu acuso e para cuja prisão e castigo peço que empregue toda a sua força. É seu dever como magistrado, e acredito e espero que seus sentimentos como homem não o escusem de realizar tal função neste momento.

Esse discurso provocou considerável alteração na fisionomia do meu ouvinte. Ele escutara minha narrativa com aquela semi-incredulidade com que se ouve uma história de almas do outro mundo, ou de coisas sobrenaturais, mas, quando foi convocado a agir oficialmente, sua incredulidade retornou com toda a intensidade. No entanto, respondeu polidamente:

– Gostaria de lhe dar todo o auxílio neste caso, mas esta criatura de quem o senhor fala parece dotada de poderes que desafiam todos os meus esforços. Quem pode perseguir um animal capaz de atravessar um mar de gelo e viver em cavernas e grutas onde nenhum homem se aventuraria a entrar? Além disso, já transcorreram vários meses depois dos seus crimes e ninguém pode calcular onde ele vagueia ou vive agora.

– Não duvido de que ele ande por perto do local onde moro e, mesmo que se tenha refugiado nos Alpes, pode ser caçado como a camurça e destruído como um animal predador. Mas percebo o que o senhor está pensando; o senhor não acredita na minha narrativa nem pretende perseguir o meu inimigo e castigá-lo como ele merece.

Enquanto eu falava, meus olhos desprendiam chispas de ódio; o magistrado intimidou-se.

– O senhor se engana – disse ele. – Eu agirei e, se estiver à altura de minhas forças prender o monstro, asseguro-lhe que ele será punido de acordo com seus crimes. Receio, porém, pelo que o senhor me disse do que ele é capaz, que isso seja impraticável. Assim, embora se tomem todas as medidas aplicáveis no caso, o senhor deve ir se preparando para uma decepção.

– Isso não acontecerá, mas tudo o que eu digo de pouco lhe importará. Minha vingança não lhe interessa e, embora eu a considere um pecado, confesso que é a única paixão que no momento devora minha alma. Minha cólera é indizível quando penso que o assassino, que está solto no meio da humanidade, ainda vive. O senhor recusa o meu pedido que é justo; só me resta um recurso, e eu me devotarei, na vida e na morte, à destruição do monstro.

Eu dizia isso tremendo de excitação. Havia em meus modos uma agitação e, tenho a certeza, algo parecido com o altivo arrebatamento que, segundo se diz, apresentavam os antigos mártires. Mas para um magistrado genebrino, cuja mente estava ocupada com ideias que nada tinham a ver com a devoção e o heroísmo, esses arroubos mais pareciam uma crise de loucura. Ele tentou acalmar-me como uma babá faz a uma criança e atribuiu minha história aos efeitos de um delírio.

– Homem – exclamei. – Como demonstras ignorância com o orgulho da tua sabedoria! Basta! Tu não sabes o que dizes.

Deixei aquela casa perturbado e irado, retirando-me para pensar num outro meio de ação.

Capítulo 24

Eu me encontrava num estado em que todos os meus pensamentos voluntários se achavam tumultuados e perdidos. Era impelido apenas pela fúria. Apenas a vingança me dava forças e disposição. Orientava meus sentimentos e me permitia períodos de calma, quando então eu podia fazer meus planos. Do contrário, eu teria mergulhado no delírio e na morte.

Minha primeira decisão foi deixar Genebra para sempre. Minha terra, que eu tanto quisera quando feliz e amado, era-me agora odiosa. Muni-me de certa quantia de dinheiro e de algumas joias, que tinham pertencido à minha mãe, e parti.

E teve início a minha caminhada que só cessará com a minha morte. Atravessei uma grande parte da Terra e suportei todas as privações que os exploradores experimentam nos desertos e nos países bárbaros. Nem sei como estou vivo. Muitas vezes, estendia-me sobre uma planície arenosa e implorava a morte. Porém o desejo de vingança me mantinha vivo. Eu não ousava morrer deixando o meu inimigo vivo.

Quando deixei Genebra, minha primeira preocupação foi conseguir alguma pista que me permitisse traçar os passos do meu diabólico adversário. Não tinha, porém, plano algum e vaguei muitas horas nos confins da cidade, sem saber que caminho tomar. Ao se aproximar a noite, encontrei-me na entrada do cemitério onde repousavam William, Elizabeth e meu pai. Entrei e acerquei-me de suas sepulturas. Tudo era silêncio, exceto o murmúrio das folhas das árvores agitadas pelo vento. A noite estava escura, o ambiente era solene, mesmo para um observador desinteressado. As almas dos que haviam partido pareciam flutuar ali, lançando uma sombra que não era vista, porém sentida.

A profunda dor que aquela cena me infligia foi rapidamente substituída por um sentimento de raiva e de desespero. Eles estavam mortos, e eu vivo. Aquele que os matara ainda vivia também, e para destruí-lo eu devia continuar a arrastar minha miserável existência. Ajoelhei-me, beijei a terra, e com os lábios trêmulos exclamei:

– Pela sagrada terra sobre a qual me ajoelho, pelas sombras que pairam à minha volta, pela profunda e eterna dor que eu sinto, eu juro; e juro pela noite, e pelos espíritos que a presidem, perseguir o demônio que causou esta desgraça, até que ele ou eu pereçamos numa luta de morte. Para isso pouparei minha vida. Para executar essa vingança é que eu continuarei a contemplar o sol e a pisar os verdes relvados da terra que, de outro modo, eu baniria para sempre de minha vista. E imploro aos espíritos dos mortos, e aos mensageiros da vingança, que me ajudem a cumprir a minha obra. Que o maldito e diabólico monstro mergulhe na agonia e experimente o desespero que agora me atormenta.

Eu havia feito aquele juramento com uma solenidade e uma reverência que quase davam a certeza de que as almas de meus amigos assassinados tinham aprovado minha decisão, mas assim que o concluí fui tomado de uma cólera e de uma raiva que abalaram minha disposição.

Através da noite, respondeu-me uma diabólica gargalhada. Ela ecoou em meus ouvidos e nas montanhas que me cercavam. Tive a impressão de que todo o inferno me circundava, zombando e rindo. Não há dúvida de que, naquele momento, eu teria sido tomado de pânico e teria destruído minha vida, se não tivesse feito aquele juramento e reservado minha existência para a execução de uma vingança. O riso foi morrendo, quando uma voz odiosa e bem conhecida murmurou junto aos meus ouvidos:

– Agora estou satisfeito, miserável! Você está disposto a continuar a viver, e isso me alegra.

Voltei-me para a direção de onde vinha aquele som, mas o demônio escapou-me. De repente, surgiu o largo disco da lua lançando sua luz sobre aquela figura disforme que fugia com uma rapidez fora do comum.

Saí em sua perseguição e há muitos meses essa tem sido a minha tarefa. Guiado por uma frágil pista, segui-o pelas curvas do Reno, mas em vão. Vi então o azul do Mediterrâneo e, por um estranho acaso, percebi, uma noite, que o demônio entrava e se escondia num navio que partia para o Mar Negro. Tomei uma passagem no mesmo barco, mas ele me escapou, não sei como.

Embora ele continuasse a me fugir, continuei a persegui-lo através das regiões selvagens da Tartária e da Rússia. Às vezes, os aldeãos, apavorados por aquela horrível aparição, informavam-me de sua passagem; às vezes, ele próprio, temendo que, se eu perdesse sua pista me desesperasse e morresse, deixava marcas para guiar-me. A neve caía sobre minha cabeça, e eu via suas enormes pegadas impressas na vasta extensão branca. Como pode você, que agora está entrando na vida e para quem as preocupações são uma coisa nova e a agonia é desconhecida, compreender o que tenho sentido e ainda sinto? O frio, a necessidade e a fadiga eram o mínimo que me estava destinado. Eu fora amaldiçoado por um demônio e trazia comigo um inferno eterno. No entanto, eu ainda tinha um espírito bondoso que me acompanhava, orientava meus passos e, quando as privações me instigavam a blasfemar, me livrava de dificuldades aparentemente intransponíveis. Às vezes, quando, vencido pela fome, eu caía exausto, era preparada para mim, no deserto, uma refeição que restaurava minhas forças. O alimento era frugal, como o dos camponeses, mas não tenho dúvidas de que era arranjado pelos espíritos cujo auxílio eu havia invocado. Não raro, quando tudo estava seco, uma pequena nuvem toldava o céu, derramava algumas gotas d'água, que matavam a minha sede, e desaparecia.

Quando podia, eu seguia o curso dos rios, mas o demônio em geral os evitava, pois era ali que, de hábito, se reunia a gente da região. Em outros lugares, raramente se viam seres humanos e, em geral, eu tirava minha subsistência dos animais selvagens que atravessavam meu caminho. Levava dinheiro comigo e conseguia a amizade dos aldeãos distribuindo-o. Outras vezes, eu repartia parte do alimento que conseguira através da caça, presenteando com ele aqueles que me haviam fornecido fogo e utensílios para cozinhá-lo.

A vida que eu assim levava me era odiosa e somente durante as horas de sono eu desfrutava um pouco de alegria. Oh, bendito sono! Quantas vezes, quando maior era o meu desespero, eu procurava repousar, e meus sonhos me embalavam até o êxtase. Os espíritos que me protegiam haviam reservado esses momentos, ou essas horas de felicidade, a fim de que pudesse manter as forças necessárias para cumprir a minha peregrinação. Privado dessas tréguas, eu teria sucumbido ante minhas privações. Durante o dia eu era mantido e animado pela esperança da noite, pois no sono eu via meus amigos, minha esposa e meu amado país; contemplava de novo o bondoso semblante de meu pai, ouvia a voz argentina de minha Elizabeth, e via Clerval cheio de saúde e juventude. Muitas vezes, extenuado por uma marcha fatigante, eu me persuadia de que estava sonhando até que a noite viesse e eu pudesse, então, gozar a realidade nos braços dos meus queridos amigos. Que amor ardente eu sentia por eles! Como me agarrava às suas imagens quando, às vezes, nas horas de vigília, elas passavam por mim e me convenciam de que ainda estavam vivas! Nesses momentos, a vingança, que me devorava, morria em meu coração, e eu prosseguia a caminhada para a destruição do demônio, mais como um dever imposto pelo céu, como que mecanicamente impelido por uma força que me era desconhecida, do que como o ardente desejo de minha alma.

Ignorava quais eram as intenções daquele que eu perseguia. Com efeito, às vezes, ele deixava sinais de sua passagem escrevendo na casca das árvores, ou gravados em pedras, que me orientavam e exacerbavam minha cólera. "Meu reinado ainda não acabou", lia-se numa dessas inscrições. "Você está vivo, e meu poder é total. Siga-me. Eu busco os eternos gelos do Norte, onde você experimentará o tormento do frio e do gelo, que para mim nada representam. Se você não se atrasar muito, encontrará logo ali adiante uma lebre morta; coma-a e reanime-se. Vamos, inimigo, temos de nos engalfinhar por nossas vidas, mas até chegar esse instante você terá de sofrer muito."

Demônio zombeteiro! Mais uma vez eu juro, miserável criatura, que te levarei à tortura e à morte. Jamais abandonarei minha perseguição até que ele ou eu pereçamos. E será, então, cheio de júbilo que me juntarei à minha Elizabeth e aos companheiros que partiram, e que agora se preparam para me recompensar de minha cansativa e horrível peregrinação!

À medida que eu prosseguia a viagem para o Norte, a neve se acumulava e o frio aumentava até quase ficar insuportável. Os camponeses encerravam-se em suas choças. Apenas uns poucos mais audazes se aventuravam, premidos pela necessidade, a sair de seus abrigos para caçarem os animais que evitariam que eles morressem de fome. Os rios estavam gelados e não se podia pescar. Assim, eu ficava sem a principal fonte de manutenção.

O triunfo de meu inimigo crescia com as dificuldades que eu enfrentava. Uma das inscrições deixadas por ele assim dizia: "Prepara-te! Teus tormentos estão apenas começando; envolve-te em peles e procura teu alimento, pois em breve iniciaremos uma viagem na qual teus sofrimentos servirão para satisfazer o meu ódio eterno."

Minha coragem e perseverança revigoraram-se com essas palavras de escárnio. Decidi que não falharia no meu objetivo e, apelando aos céus para que me apoiassem, continuei com inquebrantável fervor a atravessar imensos desertos, até que apareceu o oceano e tomou todo o limite do horizonte. Oh! Quão diferente era a paisagem das regiões do Sul! Coberto de gelo, ele apenas se diferenciava da terra pelas suas irregularidades maiores e mais agressivas. Os gregos choravam de alegria quando avistavam o Mediterrâneo do alto das montanhas da Ásia, aclamando com júbilo o fim de seus labores. Eu não chorei, mas ajoelhei-me e agradeci ao meu guia espiritual por me haver conduzido em segurança ao lugar onde, a despeito da troça de meu inimigo, eu devia encontrá-lo e me haver com ele.

Algumas semanas antes, eu havia arranjado um trenó e cães. Assim, atravessava as regiões cobertas de neve com incrível rapidez. Eu não sabia se o demônio dispunha da mesma vantagem, mas vi que, enquanto antes eu perdia diariamente terreno para ele, agora estava ganhando, de modo que quando avistei o oceano ele se achava a apenas um dia de distância na minha frente, e eu esperava apanhá-lo antes que ele conseguisse chegar à terra. Assim, com renovada coragem, apressei-me e, dois dias depois, alcancei uma pobre aldeola na costa. Inquiri os habitantes sobre o demônio e obtive informações precisas. Eles diziam que, na noite anterior, havia chegado ali um monstro gigantesco, armado com um rifle e várias pistolas, pondo em fuga os moradores de uma casa de campo, que correram apavorados com seu aspecto terrível. Ele retirara todo o estoque de provisões para o inverno e colocara-as num trenó, reunindo numerosa matilha de cães para puxá-lo. Arreara-os e, naquela mesma noite, para gáudio dos aldeãos tomados de horror, havia continuado sua viagem através do mar, numa direção que não levava a terra alguma, o que os fez imaginar que ele seria rapidamente destruído por alguma fenda, ou congelado pelos gelos eternos.

Ante essa narrativa, sofri uma crise de desespero. Ele me havia escapado. Eu devia encetar uma jornada destruidora através das montanhas de gelo do oceano, enfrentando um frio que poucos moradores daquela região suportariam por muito tempo, e ao qual eu, oriundo de plagas amenas e ensolaradas, não esperava poder sobreviver. Todavia, ao pensar que o demônio devia estar vivo e triunfante, minha raiva e minha ideia de vingança retornaram com a forma de imensa maré, avassalando todos os outros sentimentos. Após um pequeno repouso, durante o qual os espíritos dos mortos flutuavam à minha volta e me instigavam ao trabalho e à vingança, preparei-me para continuar a jornada.

Troquei meu trenó de terra por outro mais adequado às irregularidades do oceano gelado, comprei um bom estoque de provisões, e parti daquele lugar.

Não posso dizer quantos dias se passaram desde então, mas aguentei privações que, não fosse a eterna vontade de fazer justiça que me devorava o coração, teria sido incapaz de suportar. Enormes e escarpadas montanhas de gelo muitas vezes barravam meu caminho, e não raro eu ouvia o rugir do mar que ameaçava destruir-me. Mas novamente caía a neve, a superfície endurecia, e os caminhos ficavam mais seguros.

Pela quantidade de provisões que consumi, acredito que se tenham passado três semanas nesta viagem. O contínuo adiar das minhas esperanças, muitas vezes, fazia-me derramar lágrimas amargas de dor e abatimento. Decididamente eu havia caído nas garras do desespero e não tardaria muito a sucumbir sob esta desgraça. Uma vez, depois que os pobres animais que me puxavam haviam subido com incrível esforço uma encosta gelada, tendo um deles morrido de fadiga, eu contemplava angustiado a imensa superfície gelada que se estendia diante de mim, quando de repente avistei um pontinho negro na planície enevoada. Apurei a vista para descobrir o que poderia ser e soltei um grito de alegria selvagem quando distingui um trenó, dentro do qual ia uma figura disforme bem conhecida. Oh! Com que júbilo senti a esperança renascer em meu coração! De meus olhos corriam lágrimas quentes, que eu prontamente limpei para que não interceptassem a visão que eu tinha daquele demônio. Minha vista porém continuava embaçada pelas lágrimas até que, dando vazão às emoções que me pressionavam, chorei abertamente.

Não havia tempo a perder. Livrei os cães de seu companheiro morto, dei-lhes uma boa ração de comida e, depois de uma hora de repouso, absolutamente necessária, continuei minha viagem. O trenó ainda era visível, e não mais o perdia de vista, a não ser por curtos instantes, quando ele sumia por trás de um rochedo gelado. Com efeito eu ia ganhando terreno sobre ele e, quando após quase dois dias de viagem, vi que meu inimigo não ia a mais do que uma milha distante de mim senti o coração dar saltos dentro de meu peito.

Mas agora, quando tudo indicava que eu tinha o inimigo ao meu alcance, minhas esperanças se extinguiram de repente, e perdi qualquer traço dele, como jamais me acontecera antes. Eu ouvia as ondas do mar rolando e crescendo por baixo de mim, o que tornava cada momento mais terrível e apavorante. Eu aumentava minha velocidade, mas em vão. O vento soprava, o mar rugia e, como se tivesse sido abalado por um tremendo terremoto, fendeu-se e quebrou-se com um enorme ruído. Em breve tudo estava acabado. Em poucos minutos, um mar tumultuoso se agitava entre mim e meu inimigo, e fiquei flutuando sobre um pequeno pedaço de gelo, que diminuía continuamente preparando assim uma horrível morte para mim.

Assim passei várias horas de pavor. Morreram vários dos meus cães, e eu próprio estava a ponto de me abater sob o acúmulo das privações, quando vi seu navio procurando ancorar, o que fez renascer minhas esperanças de socorro e de viver. Não sabia que os navios se aventuravam nessas latitudes tão altas e fiquei espantado de vê-lo. Destruí rapidamente parte do meu trenó para fazer remos e, assim, com muito esforço, consegui movimentar minha jangada de gelo na direção do seu barco. Eu havia decidido que, se você se dirigisse para o Sul, eu preferia entregar-me à mercê dos mares do que abandonar o meu objetivo. Esperava convencê-lo a dar-me um bote no qual eu pudesse perseguir o inimigo. Porém você se dirigia para o Norte. Tomou-me a bordo quando minhas forças estavam esgotadas, e, se não fosse assim, eu teria morrido devido às minhas privações, morte que ainda temo, pois minha missão ainda não está cumprida.

Oh! Quando será que os espíritos que me guiam me levarão até aquele demônio, permitindo-me o repouso pelo qual tanto anseio? Ou terei de morrer, deixando-o vivo? Se isso acontecer, jure-me, Walton, que ele não escapará, que você o buscará e me vingará, matando-o. Mas terei eu o direito de lhe pedir que continue minha peregrinação, para sofrer as privações pelas quais tenho passado? Não. Não sou tão egoísta assim. Contudo, quando eu morrer, se ele aparecer, se os mensageiros da vingança o conduzirem até você, jure que ele não ficará vivo. Jure que ele não tripudiará sobre meus sofrimentos acumulados e que não sobreviverá para aumentar a lista de seus crimes tenebrosos. Ele é eloquente e persuasivo, e tempo houve em que chegou mesmo a dominar meu coração, mas não confie nele. Sua alma é tão diabólica quanto o seu corpo, cheia de traição e de maldade. Não lhe dê ouvidos. Lembre-se dos nomes de William, Justine, Clerval, Elizabeth, meu pai, e deste arruinado Victor, e mergulhe sua espada em seu coração. Eu estarei por perto e orientarei o golpe para que seja certeiro.

O que se segue é descrito por Walton em suas cartas:

26 DE AGOSTO DE 17...

Margaret, você leu essa história estranha e terrível. Não sente o seu sangue congelar de horror, como aconteceu comigo? Às vezes, subitamente agoniado, ele não podia continuar a narrativa. Outras, sua voz se embargava, e era com dificuldade que ele pronunciava as palavras cheias de angústia. Seus belos e encantadores olhos ora brilhavam de indignação ora se embaçavam, empanados por uma tristeza infinita. Às vezes, ele se dominava e conseguia narrar os incidentes mais horríveis com voz tranquila, sem qualquer sinal de agitação; depois, como um vulcão em erupção, seu rosto assumia de repente uma expressão de cólera selvagem, à medida que soltava imprecações contra o seu perseguido.

Sua história tem uma certa coerência e traços de verdade, mas foram as cartas de Félix e de Safie, que ele me mostrou, e o aparecimento do monstro, que vimos aqui do navio, que me convenceram muito mais da veracidade de sua narrativa do que suas afirmações, por mais seguras e conexas. Esse monstro, pois, existe realmente! Não tenho a menor dúvida, e não obstante estou estupefato. Procurei fazer com que Frankenstein me desse detalhes de como fez sua criatura, mas nesse ponto ele foi sempre intransigente.

– Você está louco, meu amigo? – dizia ele. – Para onde quer levá-lo sua insensata curiosidade? Desejaria você também criar, para o mundo e para você próprio, um inimigo diabólico? Saiba dos meus sofrimentos e não procure aumentar os seus.

Frankenstein percebeu que eu tomava notas à medida que ele ia fazendo sua narrativa. Pediu-me para vê-las, corrigindo-as e acrescendo-as em muitos lugares, dando principalmente mais ênfase e vida às conversas que ele manteve com seu inimigo.

– Já que você deseja preservar minha narrativa – disse ele –, eu não gostaria que ela passasse mutilada à posteridade.

Assim transcorreu uma semana, durante a qual ouvi a história mais estranha que poderia ter imaginado. Todos os meus pensamentos e sentidos estavam absorvidos pelo interesse despertado pela narração do meu hóspede e seus modos educados e elevados. Eu queria acalmá-lo, mas poderia eu dar conselhos a alguém tão infinitamente desgraçado, tão destituído da esperança de um consolo para viver? Oh, não! Agora, a única alegria que ele poderá encontrar será quando puder recompor seu espírito despedaçado na calma da morte. Contudo, ele desfruta de um prazer, resultado da solidão e do delírio; ele acredita que, quando em sonhos, conversa com seus amigos que o consolam e o incitam à vingança, eles não são uma criação de sua fantasia, mas que vêm eles mesmos das regiões de um mundo remoto, para visitá-lo. Sua fé em seus sonhos é tão solene, que eles se impõem a mim quase como verídicos.

Nossas conversas não se limitam sempre à sua própria história e a seus infortúnios. No que se refere à literatura em geral, ele demonstra um conhecimento ilimitado e um discernimento rápido e profundo. Sua eloquência é enérgica e tocante. Quando ele relata algum incidente patético ou procura evocar a piedade ou o amor, não posso ouvi-lo sem derramar lágrimas. Que gloriosa criatura não deve ter sido ele nos seus dias de felicidade, para ser assim tão nobre em sua desgraça! Ele parece sentir seu próprio valor e a grandeza de sua queda.

– Quando mais jovem – disse ele –, eu me acreditava destinado a empreender algo de grandioso. Sou muito sensível, mas possuía uma frieza de julgamento que me credenciava para coisas importantes. A sensação do meu valor me sustentava, quando outros talvez se sentissem oprimidos, pois eu considerava um crime jogar fora, como inútil ressentimento, aqueles talentos que podiam ser úteis aos meus semelhantes. Quando eu pensava na obra que havia completado, nada menos do que uma criatura sensível e racional, não podia comparar-me ao rebanho dos planejadores comuns. Mas esse pensamento, que me animava no início de minha carreira, serve agora apenas para me afundar ainda mais no pó. Todas as minhas especulações e esperanças nada são e, como o arcanjo que aspirava à onipotência, acho-me acorrentando a um inferno eterno. Minha imaginação era ardente, e o poder de análise e de aplicação, intensos. Reunindo essas qualidades, concebi a ideia e criei um homem. Até agora, não posso lembrar sem emoção tudo o que eu sonhava enquanto minha obra estava incompleta. Eu menosprezava o céu em meus pensamentos, ora exultando com meus poderes, ora ardendo de entusiasmo com a ideia de seus efeitos. Desde a infância eu me imbuíra de grandes esperanças e de uma elevada ambição; mas como me acho arruinado! Oh! Meu amigo, se você me tivesse conhecido como eu era, não me reconheceria no estado de degradação em que me encontro. Raramente o abatimento penetrava em meu coração; um alto desígnio parecia conduzir-me até que senti que nunca mais, nunca mais me levantaria.

Devo então perder essa criatura admirável? Há muito que busco um amigo; procurei um que pudesse partilhar meus sentimentos e me querer. Veja, nesses mares desertos, achei esta criatura, mas receio que o tenha encontrado apenas para conhecer o seu valor e perdê-lo. Gostaria de reconciliá-lo com a vida, mas ele repele a ideia.

– Agradeço-lhe, Walton – disse ele – por suas boas intenções para com uma criatura tão desgraçada quanto eu, mas quando você fala de novos laços e de novas afeições, acha que eu posso substituir aqueles que se foram? Pode um homem ser para mim o que foi Clerval, ou outra mulher substituir Elizabeth? Mesmo quando as afeições não sejam motivadas por uma qualidade superior, os companheiros de nossa infância sempre possuem um certo poder sobre nossas mentes que dificilmente os amigos que se fazem depois podem conseguir. Eles conhecem nossas tendências infantis que, por mais que se alterem depois, jamais são completamente erradicadas; e podem julgar mais acertadamente nossas ações quanto à integridade de nossos motivos. Uma irmã e um irmão jamais podem, a não ser que os sintomas se evidenciem cedo, suspeitar de que um ou outro tenham intenções falsas ou fraudulentas. O mesmo não acontece com outros amigos, por mais firme que seja a amizade, pois há sempre a possibilidade de ser levantada uma suspeita. Mas eu tive amigos que me foram caros não apenas devido ao hábito da convivência, mas pelos seus próprios méritos; e onde quer que eu esteja, a doce voz de Elizabeth e as conversas de Clerval ainda sussurram aos meus ouvidos. Eles estão mortos, e na solidão em que me encontro apenas um pensamento é capaz de me preservar a vida. Se eu estivesse ocupado em algum empreendimento elevado, cheio de utilidade para os meus semelhantes, então eu podia continuar a viver para levá-lo a cabo. Mas tal não é o meu destino. Devo perseguir e destruir o ser a que dei vida; então terei cumprido minha missão na terra, e posso morrer.

2 DE SETEMBRO...

Minha querida irmã:

Escrevo-lhe, cercado de perigos e sem saber se verei ainda minha cara Inglaterra e os queridos amigos que aí vivem. Estou rodeado por montanhas de gelo que não me permitem sair e ameaçam esmagar, a cada momento, o meu navio. Os bravos camaradas que eu convenci a me acompanharem olham-me implorando auxílio, mas nada posso fazer. Nossa situação tem algo de terrivelmente apavorante, mas minha coragem não me abandona. E não perco as esperanças. No entanto, é terrível pensar que as vidas de todos esses homens se acham em perigo por minha causa. Se nos perdermos, será devido aos meus planos loucos.

E como estará você, Margaret, diante de tudo isso? Não saberá de minha destruição e continuará a esperar ansiosamente pela minha volta. Os anos passarão, você se verá presa do desespero e ainda será torturada pela esperança. Oh! Minha querida irmã, a perspectiva das angústias que você experimentará em seu coração é-me ainda mais terrível do que minha própria morte. Mas você tem um esposo e filhos encantadores; você pode ser feliz. Que os céus a abençoem!

O meu infortunado hóspede olha-me com a mais terna compaixão. Procura infundir-me esperança e fala como se a vida fosse um bem a que ele desse valor. Lembra-me que os mesmos acidentes aconteceram a outros navegantes que se aventuraram nestes mares e, a despeito de mim mesmo, enche-me de animadoras perspectivas. Até os marujos sentem o poder de sua eloquência. Quando ele fala, eles param de se desesperar. Infunde-lhes força, e, quando eles escutam sua voz, acreditam que essas vastas montanhas de gelo são montículos de areia que se desfarão à vontade do homem. Esses sentimentos são passageiros; cada dia de demora enche-os de medo. Quase receio que estoure um motim provocado pelo desespero.

5 de setembro...

Ocorreu algo de um interesse tão excepcional que, embora seja provável que esses papéis jamais lhe cheguem às mãos, não posso deixar de registrar.

Continuamos cercados pelas montanhas de gelo, na iminência de sermos esmagados por elas a qualquer momento. O frio é intenso, e muitos de meus infelizes companheiros já encontram seu túmulo no meio deste cenário desolador. A saúde de Frankenstein vem declinando dia a dia. Um brilho febril ainda anima seus olhos, mas ele está esgotado e, quando se entrega a qualquer esforço, fica de novo aparentemente inanimado.

Em minha última carta falei do receio que tinha de um motim. Esta manhã, quando eu contemplava o semblante lívido de meu amigo – os olhos semicerrados, os membros pendentes, apático –, fui despertado pelo ruído de meia dúzia de tripulantes que pediam para serem admitidos em meu camarote. Entraram e seu líder dirigiu-se a mim. Disse-me que ele e seus companheiros haviam sido escolhidos pelos outros marujos para virem, em comissão, até mim, a fim de me fazerem uma solicitação que, em justiça, eu não poderia recusar. Achávamo-nos emparedados no gelo e talvez jamais escapássemos mas eles temiam que, se o gelo se desfizesse e abrisse uma passagem, eu me apressaria em continuar a viagem conduzindo-os a novos perigos, depois de eles terem, por felicidade, escapado daquele. Insistiam, pois, que eu prometesse solenemente, caso o navio se libertasse, mudar imediatamente meu curso para o Sul.

Aquelas palavras me desconcertaram. Eu ainda não havia perdido as esperanças, nem pensara em voltar, se conseguisse sair dali. No entanto, podia eu, com toda a justiça, recusar esse pedido? Hesitei antes de responder, quando Frankenstein, que permanecera em silêncio e que, com efeito, mal parecia ter forças para ouvir, ergueu-se: seus olhos cintilavam, e suas faces enrubesceram-se com um momentâneo vigor. Voltando-se para os homens ele falou:

– Que significa isso? Que querem vocês do seu capitão? Estão vocês tão impacientes para abandonar o destino que os espera? Acham que esta expedição não é uma empresa grandiosa? E por que é ela gloriosa? Não porque se realize em mares plácidos como os do Sul, mas porque é cheia de perigos e de terrores, porque a cada novo incidente é preciso apelar para a coragem de vocês, e porque, cercados pela morte e pelos perigos, vocês se mostraram valentes e conseguiram superar isso. Eis por que é um empreendimento glorioso e honroso. Vocês se acham aqui para serem louvados como benfeitores de sua espécie, seus nomes serão reverenciados como o de bravos que morreram em benefício da humanidade. E, agora, vejam, ao primeiro pensamento de perigo ou, se vocês preferem, à primeira prova que se exige da sua coragem, vocês se escolhem e preferem ser tratados como homens que não têm valentia o bastante para suportar as privações e o perigo; e assim, pobres criaturas, vocês poderão retornar para um lugar onde possam se acalentar. Vocês não precisavam ter vindo tão longe para assim arrastar o seu capitão à vergonha de uma derrota, apenas para provar a covardia de vocês. Oh! Sejam homens, ou mais do que homens. Sejam firmes nos seus propósitos, firmes como uma rocha. Este gelo não é feito da mesma substância que seus corações; ele é mutável, e não aguentará se vocês disserem que assim deve ser. Não regressem para junto de suas famílias com o estigma da desonra marcado na testa. Voltem como heróis que combateram e venceram, e que não sabem o que é voltar as costas ao inimigo.

Sua voz variava de modulação conforme os sentimentos que ele expressava, e seu olhar era tão cheio de heroísmo que, acredite, aqueles homens se comoveram. Entreolharam-se e foram incapazes de replicar. Eu falei, mandei que se retirassem e que considerassem o que havia sido dito, e que não os levaria mais para o Norte se eles persistissem em desejar o contrário, mas que esperava que da reflexão lhes retornasse a coragem.

Eles saíram. Voltei-me para meu amigo, mas ele havia caído num estado de torpor, quase privado de vida.

Não sei como acabará tudo isso, mas antes eu preferia morrer do que voltar vergonhosamente, sem alcançar o meu objetivo. No entanto, acho que este será o meu destino; meus homens, que não se apoiam em nenhuma ideia de glória ou de honra, jamais poderão continuar a suportar voluntariamente as atuais privações.

7 de setembro...

A sorte está lançada; consenti em regressar, se não formos destruídos. Assim morrem as minhas esperanças, acabadas pela covardia e pela indecisão. Volto sem os conhecimentos que pretendia, e decepcionado. É preciso mais sabedoria do que a que eu possuo para suportar com paciência essa injustiça.

12 DE SETEMBRO...

Tudo acabou. Estou regressando à Inglaterra. Perdi minhas esperanças de ser útil e de alcançar a glória. Perdi meu amigo. Mas tentarei detalhar todas essas amargas circunstâncias para você, querida irmã e, enquanto sou impelido para a Inglaterra e para junto de você, não desanimarei.

No dia 9 de setembro, o gelo começou a se mover, e de longe se ouviam ruídos como os de um trovão, à medida que as ilhas se fendiam e se partiam em todas as direções. O perigo que nos ameaçava era iminente, mas como nada mais podíamos fazer senão contemplar tudo passivamente, dediquei-me principalmente a assistir meu infeliz hóspede, cuja enfermidade chegara a um ponto que o obrigava a ficar totalmente no leito. O gelo quebrava-se atrás de nós e era impelido com força para o Norte; começou a soprar uma brisa de Oeste e, no dia 11, a passagem para o Sul abriu-se livremente. Assim que os marujos a viram, e perceberam que estava assegurada sua volta às suas terras, ecoou por todo o navio um grito de alegria. Frankenstein, que estava cochilando, acordou e perguntou qual era a causa do tumulto.

– Eles estão gritando – disse eu – porque em breve estarão de volta à Inglaterra.

– Então, você vai mesmo voltar?

– Contra a vontade, vou. Não aguento mais ouvir seus pedidos. Não posso obrigá-los a seguir para o perigo; e devo regressar.

– Volte, se quiser. Eu não voltarei. Você pode abandonar o seu objetivo, porém o meu foi-me atribuído pelo céu e eu não ousarei fazê-lo. Sinto-me enfraquecido, mas estou certo de que os espíritos que me têm assistido para que eu realize a minha vingança me darão a força suficiente. – Assim falando, ele procurou levantar-se do leito, mas o esforço foi-lhe demasiado, ele caiu e desmaiou.

Passou-se muito tempo antes que ele retornasse a si, e cheguei a pensar que sua vida se houvesse extinguido completamente. Por fim, ele abriu os olhos; respirava com dificuldade e não podia falar. O médico deu-lhe uma poção e ordenou-nos que não o perturbássemos. Entrementes, disse-me que meu amigo com certeza não teria muitas horas de vida.

"Pronunciado seu prognóstico, não me restava senão lamentar e esperar. Sentei-me junto ao leito, observando o doente. Seus olhos estavam fechados e pensei que estivesse dormindo. Ele porém me chamou com a voz muita fraca e, fazendo sinal para que eu me aproximasse, disse:

– Ai! Acabou-se a força em que eu confiava; sinto que vou morrer, e ele, meu perseguido, ainda pode estar vivo. Não pense, Walton, que nos últimos instantes de minha vida eu experimente o ódio e o sentimento de vingança que sempre expressei; mas sinto-me justificado por desejar a morte de meu adversário. Nesses últimos dias, refleti no que fiz no passado. Acho que a minha conduta não foi censurável. Num rasgo de entusiástica loucura, criei um ser racional e devia assegurar-lhe, tanto quanto me fosse possível, sua felicidade e bem-estar. Essa era a minha obrigação, mas havia outra ainda mais importante. Os meus deveres para com os seres de minha própria espécie exigiam mais a minha atenção porque incluíam maior porção de felicidade ou de misérias. Foi considerando isso que eu recusei, e fiz muito bem em recusar, criar uma companheira para a primeira criatura. Ele demonstrava uma crueldade sem par e um egoísmo diabólico; ele destruiu meus amigos; devotou-se à destruição de seres que possuíam delicados sentimentos, eram felizes e sábios; e nem sei onde terminará sua sede de vingança. Desgraçado ele próprio, para que não cause mais desgraças, de desgraças deve morrer. A mim competia destruí-lo, mas falhei. Impelido por motivos egoístas e rancorosos, eu lhe pedi que terminasse a minha tarefa. Agora, renovo esse pedido, apenas induzido pela razão e pela virtude. No entanto não posso pedir-lhe que renuncie a ver o seu país e seus amigos para realizar essa obra. Agora que você está de volta à Inglaterra, terá muito pouca probabilidade de se encontrar com ele. Mas deixo ao seu critério considerar meus pontos de vista e pesar os seus deveres. Minha razão e meus pensamentos já estão perturbados pela aproximação da morte. Não ouso pedir-lhe que faça o que acho que é direito, pois posso estar ainda iludido pela emoção. Aflige-me pensar que ele possa ficar vivo para ser um instrumento da desgraça. Por outro lado, esta hora, quando espero ficar livre a qualquer instante, é a única feliz que tive durante vários anos. As imagens dos meus amados mortos flutuam diante de mim, e apresso-me a lançar-me em seus braços. Adeus, Walton! Procure a felicidade na tranquilidade e evite a ambição, mesmo que seja apenas aparente, para distingui-lo na ciência ou em alguma descoberta. Contudo, por que digo isso? Eu tive às minhas esperanças destruídas, mas outro pode ser bem-sucedido.

À proporção que ele falava, sua voz foi enfraquecendo e, por fim, esgotado pelo esforço, silenciou. Cerca de meia hora depois, ele tentou falar de novo, mas não conseguiu. Comprimiu fracamente minha mão, e seus olhos fecharam-se para sempre, enquanto de seus lábios irradiava um suave sorriso.

Margaret, que comentários posso tecer sobre a morte inoportuna desse espírito tão glorioso? Que poderei dizer para lhe fazer compreender a extensão de minha tristeza? Tudo o que eu dissesse seria impróprio e ineficaz. Meus olhos choram, minha mente está coberta por uma nuvem de decepção. Talvez encontre consolo na Inglaterra, para onde me estou dirigindo.

Fui interrompido. Que significam esses ruídos? É meia-noite. A brisa sopra ligeira, e o vigia no convés mal se move. De novo um som como o de uma voz humana porém roufenha. Vem do camarote onde jazem ainda os restos de Frankenstein. Devo levantar-me para ver do que se trata. Boa noite, minha irmã.

Meu Deus! Que cena se passou! Ainda fico tonto quando me lembro dela. Nem sei se terei forças para descrevê-la. No entanto, a narrativa que registrei ficaria incompleta sem esta catástrofe final e fantástica.

Entrei no camarote onde se achava o corpo do meu malfadado e admirável companheiro. Sobre ele curvava-se um vulto que não encontro palavras para descrever, gigantesco porém desajeitado e sem proporções. Enquanto pendia sobre o caixão, seu rosto estava oculto por longas mechas de cabelo em desalinho, mas via-se, estendida, uma mão enorme, com a cor e a contextura da de uma múmia. Quando ele me sentiu aproximar, parou de soltar suas exclamações de dor e horror, e saltou na direção da janela. Jamais contemplei coisa tão horrível quanto o seu rosto, tão hedionda e tão apavorante. Fechei os olhos involuntariamente e procurei lembrar-me do que deveria fazer em relação àquele assassino. Ordenei-lhe que ficasse.

Ele parou, olhando-me espantado, e voltou-se de novo para o corpo sem vida do seu criador. Como se esquecesse de minha presença, seu aspecto e seus gestos deixavam transparecer a mais selvagem das cóleras instigada por um sentimento incontrolável.

– Este também foi minha vítima! – exclamou ele. – Com sua morte, meus crimes estão terminados. Minha miserável existência está chegando ao fim! Quem diria que eu agora te peço que me perdoes? Eu que, irreparavelmente, te destruí, exterminando todos os que tu amavas. Ai de mim! Ele está frio e não pode responder-me.

Ele parecia sufocado. Meu primeiro impulso, que foi o de destruí-lo, em atenção ao pedido de meu amigo, na hora de morrer, foi sustado por um misto de curiosidade e compaixão. Aproximei-me daquela enorme criatura. Não ousei levantar os olhos para o seu rosto, tão apavorante era a sua hediondez. Tentei falar, mas as palavras morreram em meus lábios. O monstro continuava em sua autocensura com exclamações incoerentes. Finalmente, tomei a decisão de me dirigir a ele num dos intervalos de sua comoção. Disse-lhe:

– Seu arrependimento, agora, de nada adianta. Se você houvesse escutado a voz da consciência e tivesse ouvido as vozes do remorso antes de levar a sua diabólica vingança a esse extremo, Frankenstein ainda estaria vivo.

– Você está sonhando? – disse o demônio. – Você então acha que era eu quem deveria morrer de angústia e remorso? Ele – continuou, apontando para o cadáver – não sofreu para fazer o que fez. Não sofreu a milésima parte que eu para executar o que me cabia. Enquanto meu coração era envenenado pelo remorso, eu era impelido por um terrível egoísmo. Você acha que os gemidos de Clerval soaram aos meus ouvidos como se fossem música? Meu coração foi feito para o amor e para a simpatia e, quando foi levado para o crime e para o ódio, pela desgraça, não pôde suportar essa mudança sem experimentar um tormento que você jamais poderá imaginar. Depois do assassinato de Clerval, eu retornei à Suíça com o coração partido e abatido. Eu lastimava Frankenstein. Minha piedade chegava ao horror. Tinha ódio de mim mesmo. Mas quando descobri que ele, ao mesmo tempo autor de minha existência e de meus tormentos, se atrevia a esperar a felicidade; que, enquanto me cumulava de desgraças e desespero, procurava desfrutar o prazer com sentimentos e emoções que me estavam proibidas para sempre, eu me enchi de amargura e indignação que me despertaram uma insaciável sede de vingança. Lembrei-me da ameaça que lhe fizera e achei que ela devia ser cumprida. Eu sabia que estava preparando uma tortura mortal para mim, mas eu era o escravo, e não o senhor, de um impulso que, embora detestasse, não podia deixar de obedecer. No entanto, quando ela morreu! Ah! Não me sentia mais desgraçado. Havia afastado todos os meus sentimentos, sepultado toda a angústia, no tumulto do excesso do meu desespero. Daí por diante, o mal tornou-se o meu bem. Chegado a esse extremo, não tive outra alternativa senão adaptar minha natureza a um elemento que eu havia deliberadamente escolhido. Completar o meu diabólico desígnio passou a ser minha única e insaciável paixão. E agora tudo acabou: aí está minha última vítima!

No princípio fiquei comovido pelas expressões de sua desgraça: contudo, quando me lembrei do que Frankenstein me dissera, sobre a sua eloquência e seu poder de persuasão, e quando de novo meus olhos se dirigiram para a forma sem vida de meu amigo, senti renascer dentro de mim a indignação.

– Maldito! – disse eu. – Foi bom que tivesses vindo aqui para te lamuriares sobre a infelicidade que causaste. És daqueles que atira uma tocha sobre um grupo de casas e, quando elas são consumidas pelo fogo, senta-se entre suas ruínas e lamenta sua queda. Demônio hipócrita! Se aquele por quem tu agora choras ainda estivesse vivo, novamente seria ele o objeto de tua maldita vingança. O que tu sentes não é piedade; tu choras apenas porque a vítima de tua maldade foi arrancada do teu poder.

– Oh! Não é assim, não é assim! – interrompeu a criatura. – Todavia essa deve ser a impressão que lhe causaram as minhas ações. Não pense que eu busco um sentimento amigo. Nem pense que eu espero encontrar simpatia. No início, o que eu queria era participar dos sentimentos de amor, de virtude, de felicidade e de afeição, de que todo o meu ser estava inundado. Mas agora que a virtude se tornou uma sombra para mim, e que a felicidade e a afeição se transformaram no mais amargo e odioso desespero, onde devo procurar compaixão? Estou contente de penar sozinho, enquanto durarem os meus sofrimentos. Quando eu morrer, ficarei satisfeito com que a minha memória seja coberta de ódio e opróbrio. Uma vez, em minha fantasia, embalei sonhos de virtude, de fama e de prazer. Uma vez, tive a ilusão de encontrar seres que, perdoando a minha forma exterior, me amassem pelas excelentes qualidades que era capaz de revelar. Fui alimentado com elevados pensamentos de honra e devoção. Mas agora o crime degradou-me a uma condição mais inferior do que o mais ínfimo dos animais. Não existe culpa, maldade, desgraça ou miséria que se possa comparar à minha. Quando revejo a lista dos meus pecados, não posso crer que eu seja a mesma criatura cujos pensamentos um dia se imbuíram das transcendentes visões da beleza, e de majestosa bondade. Mas é sempre assim; o anjo decaído transforma-se num demônio. No entanto, até o inimigo de Deus e do homem tem companheiros na sua solidão; eu estou só. Você, que chama Frankenstein de seu amigo, parece ter conhecimento de meus crimes e de meus infortúnios. Mas nos detalhes que ele lhe forneceu não pôde considerar as horas e meses de miséria que eu despendi em impotentes paixões. Pois embora eu tenha destruído suas esperanças, não consegui satisfazer meus desejos. Eles sempre foram ardentes e pungentes. Embora eu sempre desejasse amor e amizade, fui desdenhado. Não constituirá isso uma injustiça? Devo considerar-me o único criminoso, quando toda a humanidade pecou contra mim? Por que você não odeia Félix, que expulsou de sua porta com desprezo aquele que era seu amigo? Por que você não odeia o aldeão que procurou matar o salvador de seu filho? Não! Esses são os seres virtuosos e puros! Eu, o miserável e o abandonado, eu sou o aborto, que deve ser desprezado, repelido e espezinhado. Até agora, o sangue me ferve, quando me lembro dessas injustiças. É verdade que sou um desgraçado. Assassinei criaturas encantadoras e impotentes. Estrangulei inocentes, apertei suas gargantas para que nunca mais me injuriassem ou a qualquer outro ser vivo. Devotei-me a fazer a infelicidade do meu criador, criatura entre todas digna de ser amada e admirada. Persegui-o até arruiná-lo totalmente. Ali jaz ele, frio e com o palor da morte. Você me odeia, mas seu ódio não pode igualar-se ao que eu próprio dedico a mim. Olho para as mãos que executaram tudo isso, penso no coração onde foram concebidos todos esses planos e anseio pelo momento em que nunca mais as verei nem mais pensarei nele.

– Não receie – continuou – que eu seja o instrumento de males futuros. Minha obra está quase terminada. Não preciso da sua morte nem da de qualquer outro ser humano para completar minha vida, basta a minha. E não pense que me demorarei em realizar esse sacrifício. Vou deixar o seu navio no bloco de gelo que me trouxe até aqui e buscarei o extremo Norte do globo; erigirei minha pira funérea e reduzirei a cinzas este miserável corpo, para que seus restos não despertem a curiosidade de mais um desgraçado e ímpio que deseje criar outro ser igual a mim. Eu devo morrer. Não mais experimentarei as agonias que me consomem agora nem serei presa de desejos insatisfeitos e insaciáveis. Aquele que me deu a vida está morto e, quando eu não mais existir, a própria lembrança de nós dois rapidamente se apagará. Não mais verei o sol, as estrelas, nem sentirei o vento acariciar o meu rosto. Acabar-se-ão a luz e as sensações e, nesse estado, deverei encontrar minha felicidade. Há alguns anos, quando pela primeira vez fui impressionado pelas imagens deste mundo, quando experimentei a cálida alegria do verão e ouvi o farfalhar das folhas e o gorjear dos pássaros, quando tinha tudo isso para mim, teria chorado se soubesse que ia morrer. Agora, a morte é meu único consolo. Manchado pelos crimes, e despedaçado pelo mais amargo dos remorsos, onde posso encontrar paz senão na morte? Adeus! Vou deixá-lo, e você será o último ser humano que meus olhos contemplam. Adeus, Frankenstein! Se ainda estivesses vivo e ainda desejasses consumar tua vingança, ela seria muito pior deixando-me vivo do que me destruindo. Mas assim não foi. Procuraste exterminar-me, para que não pudesse causar maiores desgraças e se, de algum modo que desconheço, não tivesses deixado de pensar e de sentir, não me desejarias um tormento maior do que o que eu sofro. Destruído que estavas, minha agonia ainda era superior à tua, pois o ferrão agudo do remorso não deixará de revolver minhas feridas até que a morte as feche para sempre.

– Mas em breve – exclamou ele com um triste e solene entusiasmo – eu morrerei, e não mais experimentarei o que sinto agora. Em breve, todas essas desgraças terão fim. Subirei triunfante à minha pira mortuária e exultarei com a agonia causada pelas chamas torturantes. Quando se apagar a luz daquela fogueira, minhas cinzas serão lançadas ao mar pelos ventos. Meu espírito dormirá em paz ou, se ainda pensar, não gozará dessa felicidade. Adeus.

Assim falando ele pulou pela janela do camarote para o bloco de gelo que estava perto do navio. Pouco depois era impelido pelas ondas e se perdia nas trevas e na distância.

Robert Louis Stevenson

O médico e o monstro

Tradução de
José Paulo Golob, Maria Angela Aguiar e Roberta Sartori

Coordenação de
Beatriz Viégas-Faria

Robert Louis Stevenson
(1850-1894)

Robert Lewis Balfour Stevenson nasceu em Edimburgo, filho de um próspero engenheiro civil, Thomas Stevenson, e de Margaret Isabella Balfour, de família aristocrática, ambos presbiterianos. Seu pai tinha planos de que ele seguisse sua profissão, mas a saúde debilitada e o pouco interesse na área fizeram com que decidisse pelo Direito, ingressando na Universidade de Edimburgo. Sua revolta contra a "respeitabilidade presbiteriana" de seus pais levou-o a frequentes conflitos com a família, optando por uma vida boêmia e dedicada à escrita.

Na tentativa de aliviar os sintomas da doença respiratória que o acompanharia durante toda a vida, viajou por muitos anos em busca de um clima mais ameno. Numa dessas viagens, enquanto morava na França, conheceu sua futura esposa, Fanny Osbourne, uma mulher dez anos mais velha que ele. Seguiu-a até a Califórnia em uma penosa viagem de navio, casando-se em 1880, depois que o divórcio dela foi concluído. As primeiras obras publicadas de Stevenson, *An Inland Voyage* (1878) e *Travels with a Donkey in the Cévennes* (1879), baseadas em suas próprias viagens, foram seguidas por diversos artigos e ensaios. Em 1883, sua primeira obra de ficção veio a público, o clássico de aventura *A ilha do tesouro*. Uma fase de grave doença seguida por um período de descanso em Bournemouth colocou Stevenson em contato com Henry James, e os dois tornaram-se grandes amigos. O reconhecimento que Stevenson recebera por *A ilha do tesouro* cresceu ainda mais com a publicação de *O médico e o monstro* (*The Strange Case of Dr. Jekyll and Mr. Hyde*) e *Raptado* (*Kidnapped*), em 1886. Em 1888, levou sua família para os mares do sul, mais uma vez em busca de um clima mais condizente com sua condição de saúde, estabelecendo-se em Samoa, onde escreveu *As aventuras de David Balfour*. Stevenson morreu de hemorragia cerebral enquanto escrevia sua obra-prima inacabada, *Weir of Hermiston*, em 1894.

Para Katharine de Mattos

Não é certo afrouxar laços que Deus decretou fossem fortes;
Sempre seremos os filhos das urzes e do vento;
Longe de casa, ainda assim, é por você e é por mim
Que o vento balança a giesta naquelas terras mais ao norte.

A história da porta

O advogado, Mr. Utterson, era um homem de aparência rude, que nunca se iluminava com um sorriso; frio, restrito e embaraçado no falar; retraído nos sentimentos; magro, comprido, aborrecido, melancólico e, apesar de tudo, amável. Em reuniões com amigos, e quando o vinho era de seu gosto, algo de eminentemente humano brotava de seus olhos; algo que nunca se mostrava em sua conversa, mas que se comunicava não só pelos silenciosos símbolos de sua face após o jantar, como, com maior frequência e de forma mais perceptível, por seus atos. Era austero consigo mesmo; bebia gim quando estava só, para controlar seu gosto pelo vinho e, embora apreciasse o teatro, não tinha entrado num nos últimos vinte anos. Mas tinha uma comprovada tolerância pelos outros; às vezes se maravilhava, quase com inveja, pela enorme pressão espiritual envolvida em seus maus atos e, em casos extremos, estava sempre mais inclinado a ajudar do que a reprovar. "Eu me inclino pela heresia de Caim", costumava dizer textualmente, "deixo que meu irmão encontre o Diabo por seus próprios meios." Dessa forma, era frequente que fosse o último amigo de boa reputação, e a última boa influência na vida de homens que decaíam. E sempre que tais homens vinham visitá-lo em seus aposentos, jamais deixou que sequer uma sombra de mudança afetasse seu comportamento.

Sem dúvida que agir dessa forma era fácil para Mr. Utterson, pois ele pouco demonstrava seus sentimentos, e mesmo suas amizades pareciam ser baseadas numa similar tolerância de amável benevolência. Receber seu círculo de amigos, já pronto, das mãos do destino é a marca de um homem modesto; e esse era o caso do advogado. Seus amigos eram aqueles de seu próprio sangue, ou aqueles a quem conhecia há mais tempo; sua afeições, como as heras, eram um desenvolvimento do tempo, não continham nenhuma ação objetiva. Em consequência, assim também eram os laços que o uniam a Mr. Richard Enfield, um parente distante, muito conhecido na cidade. Era motivo de especulação para muitos o que esses dois viam um no outro, ou que assunto podiam ter em comum. Diziam aqueles que os encontravam em seus passeios domingueiros, que eles não diziam nada, pareciam estranhamente enfadados e saudavam com óbvio alívio o encontro de um amigo. Apesar de tudo, ambos davam grande valor a essas excursões, consideravam-nas o ponto alto de cada semana e, além de não trocá-las por outras possibilidades de atividades prazerosas, chegavam a ignorar chamados de negócios para que pudessem apreciá-las sem interrupções.

Numa dessas perambulações, o acaso fez com que seu caminho os levasse a percorrer uma rua secundária, num bairro movimentado de Londres.

A rua era pequena e poderia ser considerada tranquila, embora tivesse um próspero comércio nos dias úteis. Pela aparência, seus habitantes estavam indo muito bem, e com ambições de ir ainda melhor, gastando as sobras de seus rendimentos em sofisticação, de tal sorte que as vitrines das lojas daquela via tinham um ar convidativo, como fileiras de vendedoras. Mesmo aos domingos, quando escondia seus maiores atrativos e se transformava numa passagem relativamente vazia, o brilho da rua contrastava com sua sombria vizinhança, como um fogo na floresta; e, com pintura nova em suas janelas, suas peças de bronze bem polidas, sua limpeza geral e tom de alegria, era agradável ao olhar e instantaneamente chamava a atenção dos passantes.

A duas portas de uma esquina, à esquerda de quem segue no sentido leste, o alinhamento era quebrado pela entrada de um pátio, local em que o bloco sinistro de um certo prédio avançava seu espigão sobre a rua. O prédio tinha dois andares, nenhuma janela aparente, nada além de uma porta no andar de baixo e uma parede cega e descolorida no superior. Ou seja, tinha todas as características que marcam uma suja e prolongada negligência. A porta, que não tinha sineta ou aldrava, estava cheia de bolhas e descolorida. Mendigos entravam naquele recesso e raspavam seus fósforos nos painéis, crianças brincavam nos degraus, um garoto de escola tinha testado seu canivete na moldura da porta e, por quase toda uma geração, ninguém tinha aparecido para afastar esses visitantes esporádicos, ou para consertar os estragos causados por eles.

Mr. Enfield e o advogado estavam do outro lado da rua, mas quando se colocaram na linha da entrada, o primeiro levantou sua bengala e apontou.

– O senhor alguma vez prestou atenção naquela porta? – perguntou e, quando seu companheiro respondeu afirmativamente, completou: – Em minha mente ela está ligada a uma história muito estranha.

– É mesmo? – disse Mr. Utterson, com uma ligeira mudança em sua voz. – E de que se trata?

– Bem, foi assim – respondeu Mr. Enfield. – Eu estava voltando para casa de algum lugar próximo do fim do mundo, por volta das três horas de uma negra madrugada de inverno, e meu caminho passava por uma região da cidade onde não havia literalmente nada para olhar, exceto os lampiões. Rua após rua, e com todo o povo adormecido – rua após rua, todas iluminadas como se fosse para uma procissão, e todas vazias como uma igreja –, até que finalmente entrei naquele estado mental em que se fica ouvindo, ouvindo, até que se começa a desejar ver um policial. De repente, vi dois vultos: o de um homem de pequena estatura que dava fortes e rápidos passos na direção leste, e o de uma menina de oito ou dez anos, correndo tão rápido como podia por uma rua perpendicular. Bem, naturalmente que os dois se abalroaram na esquina. Então veio a parte horrível, pois o homem calmamente pisoteou o corpo da criança e deixou-a no chão, gritando. A cena não parece muito impressionante quando contada, mas foi diabólica de assistir. Não parecia ser um homem; era mais parecido com um jaganata.* Gritei-lhe que parasse, saí em seu encalço, apanhei o homem pelo pescoço e o trouxe de volta para o local onde se encontrava a garota, agora já cercada por em grupo de pessoas. Ele estava perfeitamente frio e não apresentou nenhuma resistência, mas deu-me um tal olhar que fez o suor brotar em mim. As pessoas que tinham aparecido eram familiares da menina, e logo depois o médico, a quem a menina tinha ido chamar, também apareceu. Bem, segundo o médico, a criança não estava mal, apenas assustada, de forma que se poderia supor que fosse o fim da história. Mas havia uma curiosa circunstância. Eu havia detestado o homem à primeira vista. Da mesma forma ocorreu com o pessoal da família, o que era natural. Porém o caso do médico foi o que mais me chamou a atenção. Ele era um prático comum, pragmático, sem idade ou cor definidas, com um forte sotaque de Edimburgo, e tão emotivo como uma gaita de foles. Bem, aconteceu com ele o mesmo que conosco: a cada vez que ele olhava para meu prisioneiro, eu notava que o médico ficava branco e enojado pelo desejo de matá-lo. Eu sabia o que ia por sua mente, assim como ele sabia o que se passava na minha e, uma vez que assassinato estava fora de questão, optamos por fazer o máximo que podíamos. Dissemos ao homem que ali havia matéria para um escândalo, e que era exatamente o que pretendíamos fazer, de tal sorte que seu nome ficaria marcado por toda Londres. Se ele tivesse amigos ou crédito, agiríamos para que os perdesse. E, o tempo todo, enquanto pintávamos a coisa mais e mais feia, tentávamos manter as mulheres afastadas dele, pois elas estavam selvagens como harpias. Nunca vi um círculo de rostos onde o ódio se estampasse daquela maneira. E lá no meio estava o homem, com uma espécie de frieza zombeteira... também tinha medo, eu podia ver isso... mas passava por aquilo tudo, meu senhor, como o próprio Satã. “Se o senhor quiser obter algum capital a partir desse acidente”, disse ele, “fico naturalmente à sua mercê. Evitar uma cena é o desejo de qualquer cavalheiro. Faça sua proposta.” Bem, nós o apertamos até tirar dele cem libras para a família da criança. Bem que ele tentou evitar, mas havia alguma coisa em nossa aparência que prometia confusão e, finalmente, ele concordou. Em seguida, era necessário buscar o dinheiro; e aonde o senhor imagina que ele nos levou, senão àquele local com a porta? Apanhou uma chave, entrou, e voltou rapidamente com dez libras em ouro e um cheque ao portador, sacado contra o banco Coutts, tendo uma assinatura cujo nome não posso revelar – embora seja um dos pontos de minha história – mas posso dizer

* Ídolo da Índia, levado em procissão num carro, sob o qual fanáticos se atiravam. (N.T.)

que era muito conhecido e aparecia frequentemente na imprensa. O valor era salgado, mas a assinatura seria boa para bem mais que aquela quantia, desde que fosse verdadeira. Tomei a liberdade de dizer ao cavalheiro que o negócio todo parecia apócrifo, e que, na vida real, um homem não entra pela porta de um porão às quatro da manhã, para de lá sair com um cheque de quase cem libras de outra pessoa. Mas ele estava bastante à vontade e desdenhoso. "Não se preocupe", disse ele, "ficarei com os senhores até que o banco abra e sacarei o cheque pessoalmente." Assim, saímos todos, o médico, o pai da criança, nosso amigo e eu, e passamos o resto da noite em meus aposentos. No dia seguinte, após o desjejum, fomos juntos até o banco. Eu próprio apresentei o cheque e disse ter boas razões para acreditar que fosse uma falsificação. Nada disso. O cheque era bom.

– Tsc, tsc – fez Mr. Utterson.

– Vejo que compartilhamos o mesmo sentimento – disse Mr. Enfield. – Sim, é uma história feia. Pois o homem que persegui era um tipo com o qual ninguém desejaria se relacionar, uma pessoa realmente condenável; e a pessoa que sacou o cheque é o máximo da propriedade, celebrado e (o que faz a coisa ainda pior) uma daquelas pessoas que praticam aquilo que se costuma chamar de Bem. Extorsão, suponho; um homem honesto pagando um preço exorbitante por algumas farras da juventude. A Casa da Extorsão, é como por consequência chamo o local com aquela porta. Embora mesmo isso, o senhor sabe, estaria longe de explicar o caso todo – aduziu, assumindo um ar meditativo.

Foi abruptamente retirado desse estado por uma pergunta de Mr. Utterson:

– E o senhor não sabe se o homem que assinou o cheque vive ali?

– Um lugar bem apropriado, não é? – respondeu Mr. Enfield. – Mas eu prestei atenção ao endereço, e ele mora numa praça.

– E o senhor nunca se informou acerca do local com a porta? – perguntou Mr. Utterson.

– Não, senhor. Por uma peculiaridade – foi a resposta: – Eu me oponho fortemente a ficar fazendo perguntas. Esse negócio de ficar fazendo perguntas parece muito com o juízo final. Começa-se com uma pergunta, e é como rolar uma pedra. Você se senta tranquilamente no topo de uma colina, e lá se vai a pedra, arrastando outras consigo e, de repente, algum gentil velhote (que você nunca teria pensado estar lá) é atingido na cabeça em seu próprio quintal, e a família tem que mudar de nome. Não, senhor, fiz disso uma regra: quanto mais estranho parece o caso, menos pergunto.

– E parece-me ser uma regra muito boa – disse o advogado.

– Mas estudei o local por conta própria – continuou Mr. Enfield. – Não se parece muito com uma casa. Não existe nenhuma outra porta, e ninguém entra ou sai pela que vimos, exceto, de vez em quando, em intervalos muito espaçados, pelo cavalheiro de minha aventura. No primeiro andar, há três janelas que dão para o pátio, e nenhuma no andar inferior; sempre fechadas, porém limpas. E há uma chaminé, que costuma verter fumaça: portanto, alguém deve viver lá. Mas isso também não é certo, porque as casas são tão espremidas naquele pátio, que é difícil dizer onde começa uma e outra se acaba.

A dupla continuou a andar por algum tempo, em silêncio, até que...

– Enfield – disse Mr. Utterson –, essa sua regra é muito boa.

– Sim, acredito que seja – respondeu Enfield.

– Mesmo assim – continuou o advogado –, eu ainda gostaria de esclarecer um ponto: queria saber o nome do homem que atropelou a menina.

– Bem – disse Mr. Enfield –, não vejo nenhum mal nisso. O nome do homem era Hyde.

– Hmm – fez Mr. Utterson. – Qual a aparência dele?

– Ele não é fácil de descrever. Há algo de errado com sua aparência, alguma coisa desagradável, alguma coisa realmente detestável. Nunca vi nenhum outro homem a quem detestasse tanto, e devo confessar que não saberia dizer por quê. Ele deve ter uma deformidade em algum lugar do corpo, embora não consiga especificar em que ponto. É um homem de aparência extraordinária e, no entanto, não posso apontar nele nada que seja fora do comum. Não, senhor; não tenho pontos de apoio, não consigo descrevê-lo. E não é por uma falta de memória, pois é como se o visse, agora mesmo.

Mr. Utterson voltou a andar por alguns momentos em silêncio, sob o peso óbvio de uma reflexão.

– Tem certeza de que ele se utilizou de uma chave? – perguntou, afinal.

– Meu caro senhor... – começou Enfield, surpreso.

– Sim, eu sei – disse Mr. Utterson. – Sei que parece estranho, mas o fato é que, se não lhe pergunto o outro nome envolvido, é porque já o conheço. Como vê, Richard, sua história se fechou. Caso não tenha sido exato em algum ponto, trate de corrigi-lo.

– Acho que deveria ter me avisado – respondeu o outro, com um toque de irritação na voz. – Mas posso dizer-lhe que fui exato nos mínimos detalhes, como se costuma dizer. O sujeito não só tinha uma chave, como ainda a tem. Eu o vi utilizá-la, há menos de uma semana.

Mr. Utterson suspirou profundamente, mas não disse nenhuma palavra, de forma que o mais jovem logo continuou:

– Esta foi mais uma lição para ficar quieto – disse ele. – Estou envergonhado de minha língua. Façamos um trato para nunca mais tocarmos nesse assunto.

– De todo o coração – disse o advogado –, concordo com isso, Richard.

A procura por Mr. Hyde

Naquela noite, Mr. Utterson retornou para sua casa de celibatário com ânimo sombrio e sentou-se à mesa, sem vontade de jantar. Aos domingos, depois da refeição, tinha o costume de sentar-se próximo ao fogo, com um livro de pura teologia sobre a mesa de leitura, até o sino da igreja da vizinhança soar doze horas quando, comportado e agradecido, ia para a cama. Nessa noite, no entanto, assim que a mesa foi tirada, ele apanhou uma vela e seguiu para seu escritório. Lá, abriu o cofre, tirou da parte mais protegida um envelope marcado como Testamento do Dr. Jekyll, e sentou-se com cenho sério para estudar seu conteúdo. O testamento era manuscrito, pois Mr. Utterson, embora tendo aceitado se responsabilizar pelo documento pronto, recusara-se a prestar qualquer assistência em sua confecção. O documento não apenas estabelecia que, no caso da morte de Henry Jekyll, médico, doutor em Direito Civil, doutor em Leis, membro da Sociedade Real, todas as suas posses deveriam ser passadas para seu "amigo e benfeitor Edward Hyde", e ainda que, no caso do "desaparecimento ou ausência não explicada do Dr. Jekyll por um período superior a três meses", o mencionado Edward Hyde deveria imitir-se na posse dos bens do mencionado Henry Jekyll sem mais delongas, livre de qualquer condição ou obrigação, com exceção do pagamento de algumas pequenas quantias para os membros da casa do doutor. Havia longo tempo que esse documento era uma pedra no sapato do advogado. Ele ofendia não apenas o advogado, mas também o amante dos aspectos sãos e rotineiros da vida, para quem o imaginativo era pouco modesto. Até aquele dia, sua indignação tinha sido amplificada por sua ignorância acerca de quem fosse Mr. Hyde. Agora, por um acaso repentino, tinha esse conhecimento. Já era ruim o bastante quando acreditava que não poderia descobrir nada sobre aquele nome. Ficou pior quando tal nome começou a ser revestido por atributos detestáveis e, da névoa mutante e sem substância que tinha iludido sua visão, aparecia o pressentimento repentino e definido de um inimigo.

– Pensei que fosse loucura – disse ele, ao recolocar o odioso papel no cofre –, porém agora começo a pressentir que seja uma desgraça.

Com isso, apagou a vela, vestiu um casaco e partiu em direção a Cavendish Square, aquela cidadela da medicina, onde seu grande amigo, o dr. Lanyon, residia e recebia sua multidão da pacientes. "Se alguém souber", pensou, "esse alguém será Lanyon".

O solene mordomo já o conhecia e deu-lhe as boas-vindas. Assim, não foi submetido a nenhuma demora, mas conduzido diretamente da porta à sala de jantar, onde o dr. Lanyon bebia seu vinho, sozinho. Era um cavalheiro amável, saudável, asseado, de rosto avermelhado, com uma faixa de cabelos precocemente embranquecidos, e um jeito impetuoso e decidido. Ao ver Mr. Utterson, pulou de sua cadeira e o cumprimentou com as duas mãos. A alegria, que era uma característica daquele homem, parecia algo teatral ao olhar, mas era baseada em sentimentos genuínos. Pois esses eram antigos amigos, velhos companheiros de escola e colégio, ambos respeitadores de si próprios e do outro e, coisa que nem sempre é o caso, apreciavam totalmente a mútua companhia.

Depois de algumas divagações, o advogado tocou no assunto que tinha preocupado sua mente de forma tão desagradável.

– Suponho, Lanyon – disse ele –, que você e eu sejamos os amigos mais velhos de Henry Jekyll, não?

– Gostaria que fôssemos os mais jovens – brincou o dr. Lanyon. – Mas suponho que, sim, somos os mais velhos. E daí? Eu o tenho visto muito pouco ultimamente.

– É mesmo? – disse Utterson. – Pensei que vocês fossem ligados por interesses comuns.

– E fomos – foi sua resposta. – Mas já faz mais de dez anos que Henry Jekyll se tornou demasiado extravagante para mim. Ele começou a ter ideias muito, muito erradas e, embora eu continue a ter um interesse nele, pelos velhos tempos, como se costuma dizer, tenho visto o homem muito pouco. Um palavrório tão pouco científico – continuou o doutor, repentinamente enrubescido – teria afastado Damon de Pythias.*

De certa forma, esse pequeno jorro de mau humor foi um alívio para Mr. Utterson. "Eles apenas não concordaram em algum aspecto científico", pensou e, sendo um homem sem paixões pela ciência (exceto no que se refere ao direito dos bens), chegou a completar: "Não é nada além disso!" Concedeu alguns segundos para que seu amigo recobrasse a compostura e apresentou a questão que era o motivo de sua visita.

– Alguma vez chegou a se encontrar com um protegido dele, um tal de Hyde? – perguntou.

– Hyde? – repetiu Lanyon. – Não. Nunca ouvi falar dele.

Essa foi toda a informação que o advogado levou com ele para sua cama grande e escura, onde rolou de um lado para outro até que a madrugada começou a fazer-se dia. Foi uma noite de pouco descanso para sua mente laboriosa, trabalhando na escuridão e acossada por indagações.

Os sinos da igreja que ficava, de maneira tão conveniente, próxima da residência de Mr. Utterson bateram as seis horas, e ele ainda estava revolvendo aquele problema. Até então, tinha sido tocado apenas pelo

* A forma correta seria Damon e *Phintias*. Presos por Dionísio, impressionaram-no de tal forma com uma demonstração de amizade, que este os libertou e livrou da pena de morte. (N.T.)

aspecto intelectual; mas agora sua imaginação também estava envolvida, ou melhor, escravizada àquele problema, e, enquanto estava deitado rolando na cama, na escuridão da noite e das cortinas de seu quarto, a história de Mr. Enfield passava por sua mente como um rolo de pinturas iluminadas. Ele via o grande campo de lâmpadas da noite de uma cidade, a figura de um homem andando rapidamente, depois a criança voltando correndo da casa do médico. Então eles se abalroando, e aquele jaganata humano atropelando a criança e indo embora, sem se preocupar com seus gritos. Ou então via um quarto numa casa rica, onde seu amigo dormia, sonhando e sorrindo em seus sonhos, e então a porta daquele quarto se abria, as cortinas do leito eram colocadas de lado, aquele que ali dormia era acordado e... pronto! Lá estaria a seu lado a figura a quem o poder tinha sido concedido e, mesmo àquela hora tardia, tinha que levantar-se para atender a seu apelo. A figura dessas duas fases assombrou o advogado durante toda a noite e, se conseguia dar um cochilo, era apenas para vê-lo deslizar mais fantasmagórico por residências adormecidas, ou mover-se mais, e mais depressa, de forma estonteante, por amplos labirintos dos lampiões da cidade para, a cada esquina, esmagar uma criança e deixá-la gritando. E, ainda assim, a figura não tinha nenhuma face pela qual pudesse reconhecê-la. Mesmo em seus sonhos não tinha um rosto, ou seu rosto o iludia e se derretia perante seus olhos. Foi assim que nasceu e cresceu rapidamente na mente do advogado uma curiosidade forte, quase desordenada, de conhecer as reais feições de Mr. Hyde. Acreditava que se pudesse, ainda que por uma só vez, colocar seus olhos nele, o mistério perderia sua força, e talvez acabasse por completo, como é comum acontecer quando examinamos bem as coisas que nos são misteriosas. Ele poderia ver a razão para a estranha preferência ou servidão de seu amigo (chame-a como achar melhor), e mesmo para as espantosas cláusulas de seu testamento. No mínimo, seria uma face digna de ser vista: a face de um homem sem piedade; uma face que apenas precisava ser mostrada para criar, na mente pouco impressionável de Enfield, um sentimento de duradouro ódio.

Daquela hora em diante, Mr. Utterson passou a observar a porta naquela rua lateral de lojas. Pela manhã, antes do horário de expediente; na hora do almoço, quando havia muitos negócios e o tempo era escasso; à noite, sob a face da lua obscurecida pela neblina da cidade, e a todas as horas, solitárias ou movimentadas, o advogado podia ser encontrado no posto que havia elegido.

"Se esse Hyde gosta de brincar de esconde-esconde", pensou, "eu posso contar até cem."

Finalmente, sua paciência foi recompensada. Era uma bela noite de estio, havia geada no ar, as ruas estavam limpas como o piso de um salão de bailes. Os lampiões, sem terem sua chama estremecida por qualquer vento, criavam um padrão definido de luz e sombra. Por volta das dez horas, quando as lojas já estavam fechadas, a rua estava muito solitária e, a despeito do troar surdo de Londres que vinha de todas as direções, bastante silenciosa. Pequenos ruídos viajavam longe, sons domésticos que saíam das casas eram perfeitamente audíveis em ambos os lados da rua, e qualquer passante era longamente precedido pelo ruído que fazia. Mr. Utterson estava há alguns minutos em seu posto, quando notou passos estranhamente leves se aproximando. Durante suas longas patrulhas noturnas, ele tinha se acostumado com o singular efeito pelo qual as passadas de uma única pessoa, enquanto ainda ia longe, repentinamente se destacam do zumbido e do troar da cidade. Sua atenção não tinha ainda sido capturada de forma tão aguda e decisiva. E foi com uma previsão forte e algo supersticiosa do sucesso que ele se escondeu na entrada do pátio.

Os passos se aproximaram rápido e, de repente, cresceram em intensidade quando fizeram a curva no final da rua. O advogado, olhando pela abertura, logo pôde ver a espécie de homem com quem deveria se haver. Ele era pequeno e se vestia de maneira comum, e sua aparência, mesmo avistado de tal distância, de alguma maneira teve um efeito fortemente negativo nos sentimentos de seu observador. Mas ele foi direto para a porta, atravessando a rua em diagonal, para ganhar tempo, e enquanto se aproximava, apanhou uma chave de seu bolso, como alguém que está chegando em casa.

Mr. Utterson saiu de seu posto e tocou-o no ombro quando passava.

– É Mr. Hyde, pois não?

Mr. Hyde assustou-se e seu peito chiou quando ele tentou tomar fôlego. Mas seu medo foi apenas momentâneo e, embora não olhasse o advogado na face, respondeu de forma bastante fria:

– Esse é o meu nome. O que deseja?

– Vejo que está entrando – respondeu o advogado. – Sou um velho amigo do Dr. Jekyll, Mr. Utterson, de Caunt Street. O senhor já deve ter ouvido meu nome. E, já que o encontrei de forma tão conveniente, pensei que o senhor pudesse convidar-me para entrar.

– O senhor não vai encontrar o Dr. Jekyll. Ele não está em casa – respondeu Mr. Hyde, colocando a chave na fechadura. De repente, porém ainda sem levantar a vista, perguntou: – Como o senhor me conhece?

– De sua parte – disse Mr. Utterson –, poderia fazer-me um favor?

– Com prazer – disse o outro. – O que seria?

– Poderia mostrar-me seu rosto? – pediu o advogado.

Mr. Hyde pareceu hesitar, e então, como que após uma rápida reflexão, virou-se com um ar de desafio, de forma que os dois se olharam fixamente por alguns segundos.

– Agora posso reconhecê-lo – disse Mr. Utterson. – Isso pode vir a ser útil.

– Sim – disse Mr. Hyde. – É bom que tenhamos nos encontrado; e, *à propos*, o senhor deveria ter também meu endereço. – E deu-lhe um número de uma rua no Soho.

"Meu Deus" pensou Mr. Utterson, "será que ele também tem pensado no testamento?" Mas guardou seus sentimentos para si próprio e apenas grunhiu ao receber o endereço.

– E agora – disse o outro –, como o senhor me conhece?

– Por sua descrição – foi a resposta.

– E quem lhe deu tal descrição?

– Temos amigos em comum – disse Mr. Utterson.

– Amigos em comum! – ecoou Mr. Hyde, de forma um tanto rouca. – E quem são eles?

– Jekyll, por exemplo – disse o advogado.

– Ele nunca lhe contou – gritou Mr. Hyde, num ataque de ira. – Não esperava que o senhor mentisse.

– Ora, vamos – disse Mr. Utterson –, tal linguajar não é apropriado.

O outro arreganhou os dentes num riso selvagem e, no momento seguinte, com extraordinária rapidez, tinha destrancado a porta e desaparecido casa adentro.

Depois que Mr. Hyde o deixou, o advogado ainda permaneceu ali por mais alguns momentos, mostrando-se a imagem da inquietude. Então começou a subir a rua lentamente, parando a cada um ou dois passos, levando a mão ao cenho como um homem perplexo. O problema que debatia enquanto caminhava era de um tipo que raramente é resolvido. Mr. Hyde era pálido e nanico, dando a impressão de deformidade, porém sem nenhuma má-formação que pudesse ser apontada. Seu sorriso era desagradável, sua postura para com o advogado era um misto de timidez e audácia, e falava com uma voz sussurrante, rouca e algo entrecortada – todos estes pontos eram contrários a ele mas, ainda que fossem todos considerados juntos, não poderiam explicar o desprezo e o medo com que Mr. Utterson o considerava.

– Deve haver algo mais – disse o perplexo cavalheiro. – *Há* algo mais, embora não consiga encontrar uma palavra para exprimi-lo. Deus que me perdoe, mas esse homem não parece ser humano! Um ser troglodítico, talvez? Ou seria a velha história do dr. Fell? Ou a mera radiação de uma alma má que transpira e transfigura o corpo em que está contida? Acredito que esta última hipótese seja a correta. Ah, meu pobre Harry Jekyll, se alguma vez já consegui ler a assinatura do diabo numa face, foi na de seu novo amigo!

Dobrando a esquina daquela rua lateral havia uma praça com casas antigas e bonitas, a maior parte delas atualmente já decaídas da alta posição que um dia gozaram, e alugadas em apartamentos e quartos para homens de todo tipo e condição: cartógrafos, arquitetos, advogados suspeitos e agentes de negócios obscuros. Uma das casas, no entanto, a segunda a partir da esquina, ainda tinha um único ocupante. A casa tinha um ar de riqueza e conforto e estava mergulhada na escuridão, exceto por um único ponto de luz. À sua porta, Mr. Utterson parou e bateu, sendo atendido por um velho e bem-vestido serviçal.

– O Dr. Jekyll está em casa, Poole? – perguntou o advogado.

– Vou verificar, Mr. Utterson – disse Poole, admitindo seu visitante, enquanto falava, num átrio confortável, revestido de lajotas, grande e baixo, aquecido (como se faz numa casa de campo) por uma brilhante lareira aberta, e decorado com ricos armários de carvalho. – O senhor ficará bem aguardando aqui, junto ao fogo? Ou devo oferecer-lhe a sala de jantar?

– Aqui está bem, obrigado – disse o advogado, chegando mais perto e debruçando-se na janela alta. O átrio, onde agora estava só, era uma pequena mania de seu amigo doutor, e Utterson diria ser a sala mais agradável de Londres. Mas nessa noite havia um frio em seu sangue; o rosto de Hyde pesava em sua memória, ele sentia (o que lhe era raro acontecer) uma náusea e falta de apreço pela vida e, na melancolia de seu espírito, parecia ler uma ameaça nos reflexos do fogo nos armários polidos e no difuso começo da sombra no teto. Envergonhou-se de seu alívio, quando Poole voltou para anunciar que o Dr. Jekyll tinha saído.

– Vi Mr. Hyde entrar pela porta da antiga sala de dissecação, Poole – disse ele. – É correto que o faça, quando o Dr. Jekyll não está?

– Perfeitamente, Mr. Utterson – respondeu o criado. – Mr. Hyde tem uma chave.

– Seu patrão parece ter uma grande confiança naquele jovem, Poole – disse o outro, sorridente.

– Sim, senhor, isso lá ele tem – disse Poole. – Todos temos ordens para obedecer-lhe.

– É possível que já tenha me encontrado com Mr. Hyde? – perguntou Utterson.

– Oh, céus, não senhor. Ele nunca *janta* aqui – respondeu o mordomo –; na verdade, nós pouco o vemos deste lado da casa; na maior parte das vezes ele entra e sai pela porta do laboratório.

– Bem, boa noite, Poole.

– Boa noite, Mr. Utterson.

E o advogado tomou o rumo de casa tendo o coração muito pesado. “Pobre Henry Jekyll” pensou, “minha mente me indica que ele está envolvido em grande confusão! Ele foi um tanto selvagem quando jovem, portanto há muito tempo; mas perante a lei de Deus não existe a prescrição. Ah, deve ser isto, o fantasma de algum velho pecado, o câncer de alguma desgraça escondida; o castigo que chega, *pede claudo**, anos depois da falta ter sido esquecida pela memória e perdoada pelo amor-próprio." E o advogado, assustado pelo pensamento, meditou um pouco sobre seu próprio passado, procurando em todos os cantos de sua memória, verificando se não havia por ali uma caixa de surpresas, de onde o esqueleto de alguma antiga iniquidade pudesse vir a saltar para a luz. Seu passado era bastante livre de culpa; poucos homens poderiam ler os pergaminhos de suas vidas com menor apreensão. No entanto, ele se humilhou até o pó pelas muitas coisas erradas que tinha feito e levantou-se novamente numa sóbria e temerosa gratidão pelas muitas outras coisas que, embora tendo chegado tão perto, evitou fazer. E então, voltando ao objeto anterior de seu pensamento, concebeu uma faísca de esperança. "Se esse tal de Mr. Hyde fosse investigado", pensou, "é de se esperar que revelasse muitos segredos. A julgar por sua aparência, segredos negros, comparados aos quais os piores do pobre Jekyll pareceriam claros como a luz do sol. As coisas não podem continuar assim. Fico gelado só em pensar nessa criatura se esgueirando como um ladrão até o quarto de Harry; pobre Harry, que forma de acordar! E o perigo envolvido! Pois se esse Hyde suspeitar da existência do testamento, ele poderá ficar impaciente para receber a herança. Sim, devo pôr minha força a serviço de Jekyll, se ele assim me permitir", continuou, "se Jekyll apenas assim me permitir." Mais uma vez, viu em sua mente, claras como numa transparência, as cláusulas do testamento.

O Dr. Jekyll estava bem tranquilo

Quinze dias depois, quis a sorte que o doutor oferecesse um de seus agradáveis jantares para cinco ou seis velhos camaradas, todos homens inteligentes e de boa reputação, todos juízes de bons vinhos, e Mr. Utterson deixou-se ficar para trás, depois de todos os demais terem partido. Não havia nesse fato nenhuma novidade, pois já tinha ocorrido por diversas outras vezes. Onde Utterson era apreciado, era muito bem apreciado. Aqueles que o convidavam gostavam de fazer o seco advogado permanecer mais um pouco, quando os de coração leve e línguas soltas já tinham o pé na soleira da porta. Eles gostavam de sentar-se por algum tempo em sua não invasiva companhia, praticando para a solidão, clareando suas mentes no rico silêncio daquele homem,

* Com passos trôpegos. (N.T.)

depois do esforço e do cansaço da alegria. O Dr. Jekyll não era uma exceção a essa regra e, agora que estava sentado do lado oposto do fogo – um homem de cinquenta anos, grande, bem proporcionado, com face suave, talvez com um toque de malícia, porém com todas as marcas de capacidade e ternura –, era possível ver que nutria uma afeição sincera por Mr. Utterson.

– Tenho desejado falar com você, Jekyll – começou este último. – Sabe aquele seu testamento?

Um bom observador poderia ter percebido que o tópico não era agradável, mas o doutor continuou jovial.

– Meu pobre Utterson – disse ele –, que infelicidade a sua em ter um cliente como eu. Nunca vi um homem ficar tão preocupado como você ficou com meu testamento; com exceção, talvez, daquele intratável pedante, o Lanyon, com o que ele costumava chamar de minhas heresias científicas. Oh, sei que ele é um bom sujeito, não precisa franzir a testa, um sujeito excelente, e eu sempre procuro encontrar-me com ele mais vezes. Mas um intratável pedante de qualquer forma, um ignorante e espalhafatoso pedante. Ninguém jamais me desapontou tanto quanto Lanyon.

– Você sabe que nunca dei minha aprovação – continuou Utterson, ignorando rudemente o novo tópico.

– Meu testamento? Sim, certamente que sei disso – disse o doutor, um pouco ríspido. – Você me disse isso.

– Bem, vou dizer-lhe novamente – continuou o advogado. – Descobri algumas coisas a respeito do jovem Hyde.

O rosto grande e belo do Dr. Jekyll ficou pálido até os lábios, e seus olhos escureceram.

– Não quero ouvir mais nada – disse ele. – Creio que concordamos em abandonar esse assunto.

– O que ouvi é abominável – disse Utterson.

– Não posso fazer nenhuma alteração. Você não compreende minha posição – respondeu o doutor, com um jeito algo incoerente. – Estou numa posição difícil, Utterson; minha posição é muito, muito estranha. É um daqueles casos que não podem ser resolvidos por palavras.

– Jekyll – disse Utterson –, você me conhece: sou um homem em quem se pode confiar. Você sabe que manterei segredo. Tire esse peso de seu peito, e tenho certeza de que poderei ajudá-lo a livrar-se dele para sempre.

– Meu bom Utterson – disse o doutor –, isso é muito amável de sua parte, é incrivelmente amável de sua parte, e não tenho como achar palavras que me permitam agradecer. Tenho total confiança em você; confiaria em você mais que em qualquer outro homem vivo, inclusive mais que em mim próprio, sim, inclusive mais que em mim próprio, se tivesse essa escolha. Mas na verdade não é o que você imagina, não é assim tão mau e, para dar descanso a seu coração, vou dizer-lhe uma coisa: no momento em que eu assim desejar, posso livrar-me de Mr. Hyde. Dou-lhe minha palavra a respeito e agradeço-lhe novamente, e uma vez mais. Vou adicionar só mais algumas palavras, Utterson, e tenho certeza de que você vai recebê-las sem mágoa: isso é um assunto particular, e peço-lhe que o deixe adormecido.

Utterson refletiu um pouco, olhando para o fogo.

– Tenho certeza de que você está absolutamente correto – disse finalmente, levantando-se.

– Bem, uma vez que você tocou neste assunto, e pela última vez, assim espero – continuou o doutor –, há um ponto que eu gostaria que entendesse. Tenho um interesse muito grande pelo pobre Hyde. Sei que você o viu, assim ele me disse, e receio que ele tenha sido rude. Mas sinceramente tenho um grande interesse, um interesse muito grande naquele jovem e, para o caso de que eu me vá, Utterson, desejo que você prometa que vai ser paciente com ele e dar-lhe o que for de seu direito. Acho que é o que você faria, se soubesse de tudo, e você tiraria um grande peso de minha cabeça se fizesse essa promessa.

– Não posso prometer que venha a gostar dele – disse o advogado.

– Não lhe peço que o faça – implorou Jekyll, pondo sua mão no braço do outro –, peço apenas justiça, peço apenas que o ajude, por mim, quando eu não estiver mais aqui.

Utterson não pôde evitar um suspiro.

– Bem – disse ele –, eu prometo.

O caso do assassinato de Carew

Quase um ano mais tarde, no mês de outubro de 18..., a cidade de Londres foi assombrada por um crime de singular ferocidade, que se tornou ainda mais notável pela alta posição que a vítima ocupava na sociedade. Os detalhes eram poucos e surpreendentes. Uma criada, que vivia sozinha numa casa próxima do rio, subiu para deitar-se aproximadamente às onze horas. Embora uma neblina viesse a tomar a cidade durante a madrugada, a parte inicial da noite foi sem nuvens, e a alameda que se avistava da janela da criada estava iluminada pela brilhante lua cheia. Parece que a moça era um tanto romântica, pois sentou-se em sua cama de armar, localizada bem à janela, e entrou em sonhadora meditação. Nunca (dizia ela, sob uma chuva de lágrimas, quando narrava a experiência), nunca tinha se sentido tão em paz com todos os homens ou tinha pensado com mais bondade a respeito do mundo. E, enquanto ela estava assim sentada, percebeu um cavalheiro de cabelos brancos, bonito e idoso, que se aproximava pela alameda e, avançando a seu encontro, um cavalheiro muito pequeno, a quem ela a princípio deu muito pouca atenção. Quando se aproximaram o suficiente para se ouvirem (o que aconteceu exatamente sob os olhos da criada), o homem mais velho inclinou-se e aproximou-se do outro, mostrando uma bonita forma de polidez. Não parecia que o que perguntava tivesse muita importância. Na verdade, a julgar por seus gestos de apontar, parecia que estava apenas indagando o caminho. Mas a lua iluminou sua face quando ele falou, e a garota ficou feliz de vê-la: parecia respirar uma disposição bondosa, inocente e do velho mundo, ao mesmo tempo algo nobre, como que provindo de justificada bem-aventurança. Logo seu olhar dirigiu-se ao outro, e ela se surpreendeu ao reconhecer nele um certo Mr. Hyde, que tinha visitado seu patrão uma vez, e por quem ela tinha desenvolvido uma certa aversão. Ele levava na mão uma pesada bengala, com que brincava, mas não chegou a responder sequer uma palavra, e parecia ouvir com mal contida impaciência. E, de repente, explodiu numa grande demonstração de raiva, batendo seu pé contra o chão, brandindo sua bengala, e agindo (segundo a criada descreveu) como se estivesse louco. O velho cavalheiro deu um passo para trás, com ar de alguém muito surpreso e um pouco magoado, e então Mr. Hyde perdeu todo o controle, vindo a derrubá-lo com a bengala. No momento seguinte, com uma fúria selvagem, estava pisoteando sua vítima e disparando sobre ela uma saraivada de golpes, sob os quais era possível ouvir ossos se quebrando, e o corpo acabou sendo atirado para a rua. Ante o horror de tal cena e dos sons que ouviu, a criada desmaiou.

Eram duas horas quando ela voltou a si e chamou a polícia. O assassino tinha há muito abandonado o local, porém sua vítima tinha ficado no meio da alameda, incrivelmente dilacerado. A bengala com a qual o crime havia sido cometido, embora feita de alguma madeira rara, muito dura e pesada, tinha-se partido ao meio, sob o estresse daquela insensata crueldade. Um dos pedaços havia rolado para a sarjeta mais próxima – o outro, sem dúvida, tinha sido levado pelo assassino. Uma bolsa e um relógio de ouro foram encontrados com a vítima, mas nada de cartões ou papéis, exceto um envelope fechado e selado, que ele provavelmente estaria levando ao correio, e que tinha o nome e o endereço de Mr. Utterson.

Na manhã seguinte, o envelope foi levado ao advogado, ainda antes que este tivesse saído da cama. Assim que o viu e foi informado das circunstâncias, ele advertiu solenemente:

– Não direi nada enquanto não tiver visto o corpo – disse ele –; isso pode ser muito sério. Tenham a bondade de esperar enquanto eu me visto. –

E, com a mesma fisionomia grave, rapidamente fez seu desjejum e dirigiu-se à estação da polícia, para onde o corpo tinha sido levado. Tão logo entrou na cela, ele acedeu.

– Sim – disse ele –, eu o reconheço. Lamento dizer que este é sir Danvers Carew.

– Meu Deus, senhor! – disse o oficial. – Será possível? – E, em instantes, a ambição profissional fez seu olhos brilharem. – Isso vai causar um bocado de barulho – disse ele –, e talvez o senhor possa nos ajudar a encontrar nosso homem. – E rapidamente narrou o que a criada tinha visto, mostrando a bengala quebrada.

Mr. Utterson já tinha tremido ao ouvir o nome de Hyde, mas, quando o bastão foi colocado a sua frente, não podia ter mais nenhuma dúvida; ainda que quebrada e machucada, ele a reconheceu como a que ele tinha pessoalmente dado de presente a Henry Jekyll.

– Esse tal Mr. Hyde é uma pessoa de pequena estatura? – indagou.

– Particularmente pequeno e de aparência particularmente má, é como a criada o descreve – disse o oficial.

Mr. Utterson pensou um pouco, e então disse, levantando a cabeça:

– Se vocês vierem comigo em meu tílburi, creio que possa levá-los à casa dele.

A tal altura já eram cerca de nove horas da manhã, e havia no ar o primeiro nevoeiro da estação. Uma enorme mortalha com cor de chocolate descia do céu, mas o vento continuamente atacava e punha em fuga aquele exército de vapores, de forma que, à medida que o tílburi se arrastava de rua em rua, Mr. Utterson via uma maravilhosa quantidade de cores e tons crepusculares, pois se aqui estava escuro como no meio da noite, ali havia o brilho de um marrom rico, pálido, como a luz de uma estranha conflagração e, mais adiante, a neblina se abria por completo, e um feixe de raios de sol descia como uma águia por entre aquela coroa recirculante. Aos olhos do advogado, o lúgubre bairro do Soho, com seus caminhos barrentos, seus passantes de aparência negligente, seus lampiões (que não tinham sido nem apagados, nem reavivados para combater aquela triste reinvasão da escuridão), visto através de tal caleidoscópio, parecia um bairro de uma cidade de um pesadelo. Além disso, os pensamentos que tinha em sua mente estavam tingidos de tons melancólicos e, quando olhava seu companheiro de viagem, sentia-se consciente de um toque daquele terror pela lei e por seus oficiais, que por vezes atinge até os mais honestos cidadãos.

Quando o tílburi parou em frente ao endereço indicado, a neblina levantou-se um pouco, mostrando uma rua suja, um bar, um restaurante francês decaído, uma casa vendendo bilhetes de loteria por um pêni e saladas por dois, muitas crianças maltrapilhas amontoadas nas portas, e muitas mulheres de várias nacionalidades saindo, com chaves na mão, para um trago matinal. No momento seguinte, a neblina baixou novamente naquela parte, tão marrom quanto ferrugem, escondendo de sua vista a vizinhança ordinária. Estavam defronte à casa do favorito de Henry Jekyll, um homem que era o herdeiro de um quarto de milhão de libras esterlinas.

A porta foi aberta por uma velha, de rosto branco e cabelos encanecidos. Tinha uma fisionomia má, suavizada pela hipocrisia. Sim, disse ela, aquela era a casa de Mr. Hyde, mas ele não estava; tinha chegado muito tarde na noite anterior e saíra novamente menos de uma hora depois. Não havia nada de estranho nisso, seus hábitos eram muito irregulares, e era frequente que não estivesse em casa. Por exemplo, ficara quase dois meses sem vê-lo, até vir a reencontrá-lo, no dia anterior.

– Muito bem; então, queremos ver seus aposentos – disse o advogado, completando quando a mulher começou a dizer que isso era impossível: – Acho melhor dizer-lhe quem é este senhor. Este é o inspetor Newcomen, da Scotland Yard.

Um brilho de odiosa alegria apareceu no rosto da mulher.

– Ah – disse ela – ele se meteu numa encrenca! O que foi que ele fez?

Mr. Utterson e o inspetor trocaram um olhar.

– Ele não parece ser um tipo muito popular – observou este último. – E agora, minha boa senhora, permita-nos dar uma olhada ao redor.

De toda a casa, que estava vazia exceto pela velha senhora, Mr. Hyde fazia uso de apenas um par de aposentos, mas estes eram mobiliados com luxo e bom gosto. Uma pequena adega estava cheia de vinhos, a baixela era de prata, os guardanapos, elegantes. Um bom quadro pendia da parede, presente recebido (assim supôs Utterson) de Henry Jekyll, que podia ser descrito como um *connaisseur*, e os tapetes eram de muitas camadas e cores agradáveis. Naquele momento, no entanto, os aposentos tinham todas as marcas de terem sido recém-saqueados: roupas estavam pelo chão, com bolsos virados pelo avesso; gavetas com fechaduras estavam abertas, e havia na lareira uma pilha de cinzas, como se muitos papéis tivessem sido queimados. Daquelas cinzas, o inspetor desenterrou o canhoto de um talão de cheques verde, que tinha resistido à ação do fogo. A outra parte da bengala foi encontrada atrás da porta e, como isso confirmava suas suspeitas, o inspetor declarou-se muito satisfeito. Uma visita ao banco, onde se descobriu a existência de vários milhares de libras a crédito do assassino, completou seu contentamento.

– Pode acreditar, senhor – disse ele a Mr. Utterson –, eu o tenho em minhas mãos. Ele deve ter perdido a cabeça, senão jamais teria deixado a bengala aqui ou, acima de tudo, queimado o talão de cheques. Ora, o dinheiro é a vida para esse homem. Nada mais precisamos fazer, senão esperar por ele no banco, e apresentar-lhe o mandado.

Isso, no entanto, não seria tarefa fácil de executar, pois Mr. Hyde não tinha muitos conhecidos – mesmo o patrão da empregada só o tinha visto por duas vezes, sua família não foi encontrada em lugar algum, ele nunca tinha sido fotografado, e aqueles poucos que podiam descrevê-lo diferiam muito em suas descrições, como costuma acontecer com observadores comuns. Havia apenas um ponto em que todos concordavam: o sentimento de uma deformidade não expressa que o fugitivo deixava naqueles que o encontravam.

O incidente da carta

Já era final da tarde, quando Mr. Utterson pôde dirigir-se à casa do Dr. Jekyll, onde foi imediatamente admitido por Poole e guiado para baixo através da cozinha e de uma área que um dia tinha sido um jardim, para uma edificação que era conhecida como o laboratório ou como as salas de dissecação. O doutor comprara a casa dos herdeiros de um cirurgião celebrado e, tendo mais interesse pela química do que pela anatomia, tinha alterado o uso do bloco no fundo do jardim. Era a primeira vez que o advogado era recebido naquela parte da residência de seu amigo, e ele observou aquela estrutura sombria e sem janelas com curiosidade, olhando em redor com um estranho e desagradável sentimento quando passou pelo teatro que, em tempos passados ficava repleto de interessados estudantes e hoje jazia desolado e quieto, com mesas cheias de aparatos químicos, o chão mostrando muitos buracos e coberto de palha, com a luz entrando enfraquecida pela nublada cúpula. Do outro lado, um lance de escadas levava a uma porta revestida por um tecido vermelho, e foi através dessa porta que Mr. Utterson finalmente foi recebido no gabinete do doutor. Era uma sala grande, revestida de armários com portas de vidro, mobiliada – entre outras coisas – com um espelho móvel e uma escrivaninha, tendo vista para o pátio por três janelas empoeiradas, protegidas por barras de ferro. Um fogo queimava na grelha, um lampião aceso repousava no aparador da lareira, pois mesmo dentro das casas a neblina começava a mostrar sua força, e lá, perto do calor, sentava-se o Dr. Jekyll, como quem está mortalmente doente. Ele não se levantou para receber seu visitante, mas estendeu-lhe uma mão fria, dando-lhe as boas-vindas numa voz alterada.

– Então – disse Mr. Utterson, assim que Poole os deixou a sós –, já ouviu as notícias?

O doutor estremeceu.

– Estão gritando as notícias na praça – disse ele –, podia ouvi-los de minha sala de jantar.

– Apenas uma palavra – disse o advogado. – Carew era meu cliente, assim como você também o é, e eu quero saber como devo proceder. Não acha que foi maluco o suficiente em esconder esse sujeito?

– Utterson, eu juro por Deus – gritou o doutor –, eu juro por Deus que nunca mais porei meus olhos nele. Dou-lhe minha palavra de honra de que não quero mais saber dele neste mundo. Está acabado. E, na verdade, ele nem quer a minha ajuda. Você não o conhece tão bem quanto eu, ele está seguro, muito seguro. Escute o que lhe digo: nunca mais se ouvirá falar dele.

O advogado ouviu, soturno, desgostando das maneiras febris de seu amigo.

– Parece que você tem muita certeza do que fala a respeito dele e – disse –, para seu próprio bem, espero que esteja certo. Caso a coisa venha a julgamento, seu nome poderá ser envolvido.

– Tenho muita certeza a respeito do que ele fará – respondeu Jekyll. – Tenho para isso razões que não posso dividir com ninguém. Há, porém, uma coisa sobre a qual você pode me aconselhar. Eu recebi... eu recebi uma carta, e não sei se deveria mostrá-la à polícia. Gostaria de colocá-la em suas mãos, Utterson. Estou certo de que você julgará a questão com sabedoria. Deposito total confiança em você.

– Suponho que você receie que ela possa levar à detenção dele? – perguntou o advogado.

– Não – respondeu o outro. – Não me importa o que venha a acontecer com Hyde; não tenho mais nada com ele. Estava pensando em minha própria reputação, que essa situação odiosa deixou bastante exposta.

Utterson ruminou um pouco os pensamentos: estava surpreso com o egoísmo de seu amigo e, ao mesmo tempo, aliviado por ele.

– Bem – disse ele finalmente –, deixe-me ver a carta.

A carta tinha sido escrita numa estranha caligrafia, de estilo vertical, e assinada: "Edward Hyde". Em resumo, o autor dizia que seu benfeitor, Dr. Jekyll, por cuja generosidade vinha há tempos mostrando-se mal-agradecido, não precisava tomar-se de cuidados por sua segurança, pois ele tinha meios confiáveis para escapar. O advogado gostou muito dessa carta, pois ela colocava a intimidade que havia entre eles numa perspectiva melhor do que esperava, e culpou-se por suas suspeitas anteriores.

– Você tem o envelope? – perguntou.

– Eu o queimei – respondeu Jekyll – antes que pudesse pensar no que estava fazendo. Mas não tinha nenhum selo. A carta foi entregue em mãos.

– Posso conservá-la e pensar sobre ela até amanhã? – perguntou Utterson.

– Quero que julgue inteiramente por mim – foi a resposta. – Perdi a confiança em mim mesmo.

– Bem, vou pensar – respondeu o advogado. – E, agora, mais uma palavra: foi Hyde quem ditou os termos de seu testamento, no que se refere ao desaparecimento?

O doutor pareceu tomado por uma vertigem, apertou fortemente os lábios e acedeu.

– Eu sabia – disse Utterson. – Ele tinha a intenção de matá-lo. Você teve a sorte de escapar por pouco.

– E tive coisa ainda mais importante – respondeu o doutor solenemente. – Tive uma lição, Utterson. Meu Deus, Utterson, que lição eu tive! – E, por um momento, ele cobriu a face com as mãos.

Ao sair, o advogado deteve-se para trocar uma ou duas palavras com Poole.

– Aproveitando a oportunidade – disse ele –, uma carta foi entregue hoje, em mãos. Qual a aparência do mensageiro? – Mas Poole estava certo de que nada havia sido entregue, a não ser pelo correio e, mesmo assim, nada pessoal, apenas circulares.

Com tais notícias o visitante se foi, tendo seus receios ampliados. É claro que a carta tinha entrado pela porta do laboratório. Na verdade, ela possivelmente havia sido escrita no escritório e, se era assim, ela deveria ser julgada de maneira diferente, e tratada com muito mais precaução. Em seu caminho, os garotos jornaleiros gritavam pelas ruas até ficarem roucos: "Edição extra! Chocante assassinato de um M. P."* Essa era a oração funeral de um amigo e cliente, e ele tinha que se preocupar com a possibilidade de que o bom nome de outro pudesse vir a ser tragado pelo turbilhão do escândalo. A decisão que precisava tomar era, para dizer o mínimo, delicada. Em que pese seu hábito de ser um homem autossuficiente, o advogado começou a alimentar um desejo de aconselhar-se. Não poderia receber um conselho diretamente mas, pensou, talvez pudesse tentar obtê-lo por meios indiretos.

Logo depois, sentou-se a um dos lados da lareira de sua casa, tendo ao outro lado Mr. Guest, seu escriturário-chefe. Entre os dois, a uma bem calculada distância do fogo, ficou uma garrafa reservada de um vinho envelhecido, que há tempo residia na penumbra das fundações de sua casa. A neblina ainda dormia sobre a cidade, onde os lampiões brilhavam com cor de granada, e, através do abafamento dessas nuvens baixas, a procissão da vida da cidade ainda prosseguia através das grandes artérias, produzindo o som de um vento forte. Mas a sala estava alegre com a luz do fogo. Na garrafa, os ácidos já há muito tinham se dissolvido; a cor imperial já fora suavizada pelo tempo, tal como fica mais viva a cor dos vitrais, e o rubor das tardes quentes de outono nas vinhas das encostas estava pronto para ser liberado e dispersar as neblinas de Londres. Sem tomar consciência do fato, o advogado foi ficando mais

* Membro do Parlamento. (N.T.)

relaxado. Não havia em Londres ninguém que soubesse mais segredos seus que Mr. Guest, a ponto de às vezes perguntar-se se não lhe confidenciava coisas demais. Guest tinha executado vários trabalhos para o doutor; conhecia Poole; seria difícil imaginar que não tivesse ouvido falar da familiaridade de Mr. Hyde com a casa. Ele podia tirar suas conclusões: então não seria bom que ele visse a carta que resolvia aquele mistério? E, acima de tudo, uma vez que Guest era um grande estudioso e crítico de caligrafias, não consideraria tal passo como natural e pertinente a seu trabalho? O escriturário, além disso, era um homem que gostava de aconselhar; seria difícil que lesse um tal documento sem oferecer nenhuma observação; e Mr. Utterson desenharia o curso de suas ações a partir do que viesse a ouvir.

– Que história terrível, essa de Sir Danvers – disse ele.

– Sim, senhor, deveras. Provocou verdadeira comoção pública – respondeu Guest. – O sujeito, é claro, devia estar louco.

– Gostaria de ouvir sua opinião a respeito do assunto – respondeu Utterson. – Tenho aqui um documento com a caligrafia dele; deve ficar entre nós, pois ainda mal sei o que fazer a respeito; na melhor das hipóteses, é um caso horroroso. Mas aqui está ele, bem à sua mão: o autógrafo de um assassino.

Os olhos de Guest se iluminaram, e ele sentou-se imediatamente a estudar com paixão a assinatura.

– Não, senhor – disse ele –, louco, não. Mas trata-se de uma caligrafia estranha.

– E, com certeza, desenhada por alguém muito estranho – emendou o advogado.

Nesse momento, um criado entrou, trazendo um bilhete.

– É de Mr. Jekyll, senhor? – perguntou o escriturário. – Pensei ter reconhecido sua caligrafia. É algo de pessoal, Mr. Utterson?

– Apenas um convite para jantar. Por quê? Quer dar uma olhada nele?

– Só por um momento. Obrigado, senhor – e o escriturário colocou as duas folhas de papel uma ao lado da outra e comparou com atenção os conteúdos. – Obrigado, senhor – disse, afinal, devolvendo ambas –, é um autógrafo muito interessante.

Houve uma pausa, durante a qual Mr. Utterson travou uma luta interna.

– Por que você as comparou, Guest? – perguntou, de repente.

– Bem, senhor – respondeu o escriturário –, há uma semelhança extraordinária; as duas caligrafias são idênticas em muitos pontos, apenas têm uma inclinação diferente.

– Muito estranho – disse ele.

– É. Como o senhor disse: muito estranho – respondeu Guest.

– Sabe, eu não falaria a respeito dessa nota – disse o superior.

– Não, senhor – disse o escriturário. – Entendo perfeitamente.

Mas, assim que Mr. Utterson viu-se sozinho naquela noite, trancou a nota em seu cofre, onde ela permaneceria dali em diante. "Ora essa", pensou. "Henry Jekyll fazendo um trabalho de falsário para proteger um assassino!" E o sangue correu-lhe frio pelas veias.

O NOTÁVEL INCIDENTE DO DR. LANYON

O TEMPO PASSOU; MILHARES de libras foram oferecidas como recompensa, pois a morte de Sir Denvers foi tomada como uma ofensa pública, mas Mr. Hyde desapareceu das vistas da polícia. Era como se nunca houvesse existido. Muito de seu passado foi desenterrado, é verdade, e tudo era desonroso. Apareceram histórias sobre a crueldade daquele homem, ao mesmo tempo tão empedernido e violento, e sobre sua vida desprezível, suas estranhas companhias, sobre o ódio que parecia envolver sua carreira; mas, a respeito de sua localização atual, nem um sussurro. Desde que tinha deixado sua casa no Soho, na manhã do assassinato, ele tinha simplesmente desaparecido e, de forma gradual, conforme o tempo foi passando, Mr. Utterson começou a recobrar-se de uma forte inquietude, ficando mais em paz consigo mesmo. Por seu ponto de vista, a morte de Sir Danvers tinha sido um preço baixo a pagar pelo desaparecimento de Mr. Hyde. Agora que estava longe de sua má influência, o Dr. Jekyll passou a ter uma nova vida. Saiu de sua reclusão, reatou relações com seus amigos, para os quais voltou a ser um alegre anfitrião; e, assim como fora sempre conhecido por suas obras de caridade, agora era não menos reconhecido por sua religião. Vivia ocupado, frequentemente estava ao ar livre, praticava o bem. Sua face parecia abrir-se e iluminar-se, como se por uma consciência interna de servir e, por mais de dois meses, o doutor esteve em paz.

No dia 8 de janeiro, Mr. Utterson tinha jantado na casa do doutor, juntamente com um pequeno grupo de amigos; Lanyon estivera lá, e o anfitrião olhou para os dois como fazia nos tempos em que formavam um trio inseparável. No dia 12, e outra vez no dia 14, a porta se fechou para o advogado. "O doutor fechou-se em casa", disse Poole, "e não recebeu ninguém." No dia 15, ele voltou a tentar, apenas para ter sua visita recusada novamente. Fazia já dois meses que tinha se acostumado a ver seu amigo quase todos os dias, e sua volta à solidão pesou no espírito do advogado. Na quinta noite, jantou com Mr. Guest e, na sexta, foi visitar o dr. Lanyon.

Lá, pelo menos, permitiram que entrasse; porém, assim que olhou para seu amigo, ficou chocado com a mudança que se operara em sua aparência.

Era como se tivesse sua sentença de morte escrita no rosto. O homem de tez rosada tinha se tornado pálido, seu corpo estava emaciado, havia envelhecido e tornara-se visivelmente mais calvo. No entanto, não foram esses sinais de rápida decadência física que chamaram a atenção do advogado, mas sim sua forma de olhar e um jeito nas maneiras que pareciam atestar a existência de algum terror profundo em seu espírito. Não parecia possível que o doutor temesse a iminência da morte, mas Mr. Utterson sentiu-se tentado por esta hipótese. "Sim", pensou, "ele é um médico; pode reconhecer os próprios sintomas e saber que tem os dias contados, e o peso de tal conhecimento é maior do que ele pode suportar." E, no entanto, quando Utterson comentou sua má aparência, foi com um ar de firmeza que Lanyon declarou-se um homem condenado.

– Tive um choque – disse ele – do qual nunca vou me recuperar. É uma questão de semanas. Bem, minha vida foi agradável, gostei dela; sim, senhor, eu costumava gostar dela. Às vezes penso que, se soubéssemos tudo, ficaríamos mais contentes em partir.

– Jekyll também está doente – observou Utterson. – Você o tem visto?

Porém, a face de Lanyon transformou-se, e ele ergueu uma mão trêmula.

– Espero nunca mais ver nem ouvir falar do Dr. Jekyll – disse ele em voz alta, com pronúncia insegura. – Nada mais tenho a ver com tal pessoa e peço-lhe que me poupe de qualquer alusão a alguém que para mim está morto.

– Tsc, tsc – fez Mr. Utterson; então, depois de uma longa pausa: – Será que não há nada que eu possa fazer? – perguntou. – Somos três velhos amigos, Lanyon. Não viveremos o suficiente para fazer novas amizades.

– Não há nada que possa ser feito – respondeu Lanyon –, pergunte ao próprio Dr. Jekyll.

– Ele não quer me receber – disse o advogado.

– Isso não me surpreende – foi a resposta. – É possível que algum dia, Utterson, depois de minha morte, você venha a saber o que foi certo e o que foi errado nisso tudo. Eu não sei dizer. Enquanto isso, se você quiser sentar-se e conversar comigo acerca de outros assuntos, pelo amor de Deus, faça-o; mas, se não puder ficar longe desse maldito assunto, em nome de Deus eu lhe peço que saia, pois eu não aguentaria.

Assim que chegou em casa, Utterson sentou-se para escrever uma carta a Jekyll, protestando por ter sido excluído de sua casa e perguntando a causa de sua infeliz ruptura com Lanyon. O dia seguinte trouxe-lhe uma longa resposta, muitas vezes vazada com palavras patéticas e, às vezes, misteriosamente obscura. A briga com Lanyon era incurável. "Não culpo nosso velho amigo", escreveu Jekyll, "mas concordo quando ele diz que não devemos encontrar-nos mais. De agora em diante, pretendo levar uma vida de reclusão; não se surpreenda, nem duvide de minha amizade, se minha porta permanecer fechada, mesmo para você. Você deve aceitar que eu siga meu próprio caminho na escuridão. Eu trouxe para mim mesmo um castigo e um perigo que não posso revelar. Se sou o maior dos pecadores, sou também o maior dos sofredores. Nunca imaginei que este mundo pudesse abrigar tão desumanos sofrimentos e terrores; e só há uma coisa que você pode fazer para amenizar este meu destino: respeitar o meu silêncio." Utterson ficou perplexo, pois a negra influência de Hyde fora retirada, e o médico tinha voltado para suas antigas atividades e amizades; havia uma semana, o futuro sorria-lhe com a promessa de uma velhice alegre e honrada. E agora, num instante, a amizade, a paz de espírito e o sentido de sua vida tinham sido destruídos. Uma mudança tão grande e inesperada apontava para a loucura, mas, tendo em vista as palavras e o comportamento de Lanyon, devia existir um motivo mais profundo para aquilo.

Uma semana depois, o dr. Lanyon acamou-se e, em pouco menos de duas semanas, estava morto. Na noite seguinte ao funeral, que lhe trouxera grande tristeza, Utterson trancou a porta de seu escritório e lá, sentado em companhia da melancólica luz de uma vela, apanhou e colocou à sua frente um envelope manuscrito, lacrado com o selo de seu falecido amigo. Vinha enfaticamente marcado: "PARTICULAR: exclusivamente em mãos de J. G. Utterson, devendo ser destruído *sem ser lido* no caso de seu falecimento"; e o advogado receava o que poderia conter. "Enterrei um amigo hoje", pensou. "E se isto me custar mais um?" Então condenou seu medo como deslealdade, e quebrou o selo. Dentro havia outro envelope, também lacrado, onde se lia: "Não deve ser aberto até a morte ou o desaparecimento do Dr. Henry Jekyll". Utterson não podia acreditar no que via. Sim, "desaparecimento"; de novo, como no insano testamento, que devolvera havia muito tempo ao autor, aqui aparecia uma vez mais a ideia de um desaparecimento, e o nome de Henry Jekyll estava envolvido. Todavia, no testamento, tal ideia tinha aparecido por sinistra sugestão de Hyde; fora colocada lá com um objetivo muito claro e horrível. Agora, em algo escrito pela mão de Lanyon, o que poderia significar? Uma grande curiosidade instigou o procurador a ignorar a proibição e mergulhar até o fundo daqueles mistérios, mas a honra profissional e a fé em seu falecido amigo eram fortes obrigações, e o pacote voltou a adormecer no canto mais ao fundo de seu cofre particular.

Refrear a curiosidade é uma coisa; vencê-la é outra. Pode-se colocar em dúvida se, daquele dia em diante, Utterson desejou a companhia do amigo sobrevivente com a mesma ansiedade. Pensava nele com bondade; seus pensamentos, porém, eram inquietos e carregados de temor. Na verdade, chegou a procurá-lo, mas talvez tenha ficado feliz por não ser admitido na casa; talvez, em seu coração, preferisse falar com Poole do umbral da porta, rodeado pelos sons e pelo ar da cidade, a ser admitido naquela casa de voluntária servidão, para sentar-se e conversar com seu inescrutável recluso. Poole não tinha notícias muito agradáveis a dar. Parecia que o doutor agora ficava cada vez mais confinado ao gabinete acima do laboratório, onde às vezes chegava a dormir. Tinha perdido a alegria, mantinha-se silencioso, não lia; parecia ter alguma perturbação na mente. Utterson acabou por ficar tão acostumado ao caráter repetitivo de tais relatórios que foi pouco a pouco reduzindo a frequência de suas visitas.

O incidente à janela

Aconteceu por acaso que no domingo, quando Mr. Utterson fazia seu tradicional passeio com Mr. Enfield, seu caminho novamente os levou até aquela rua lateral e, quando chegaram à frente da porta, ambos pararam para observá-la.

– Bem – disse Enfield –, pelo menos essa história teve um fim. Nunca mais veremos Mr. Hyde.

– Espero que não – disse Utterson. – Alguma vez cheguei a dizer-lhe que eu o encontrei uma vez e tive o mesmo sentimento de repulsa que você mencionou?

– Teria sido impossível que um evento não levasse ao outro – respondeu Enfield. – Por falar nisso, o senhor deve ter me considerado um idiota por eu não saber que esta era a entrada dos fundos da casa de Jekyll! Mas acabei descobrindo, e foi parcialmente por sua causa.

– Então descobriu, não é? – disse Utterson. – Nesse caso, por que não entramos no pátio e damos uma olhada nas janelas? Para dizer a verdade, tenho uma certa preocupação por Jekyll e, mesmo que do lado de fora, sinto que a presença de um amigo poderia fazer-lhe bem.

O pátio estava muito frio e um tanto úmido, mostrando já a luz de um prematuro entardecer, embora o céu acima estivesse ainda brilhante com o pôr do sol. Das três janelas, aquela que ficava no meio estava entreaberta e, sentado próximo dela, com um ar de infinita tristeza, como se ele fosse um prisioneiro desconsolado, Utterson avistou o Dr. Jekyll.

– O quê? Jekyll! – gritou. – Espero que esteja se sentindo melhor.

– Estou muito mal, Utterson – respondeu o doutor, lúgubre –, muito mal. Não deve demorar muito, graças a Deus.

– Você fica muito tempo dentro de casa – disse o advogado. – Você devia estar aqui fora, ativando a circulação, como Enfield e eu. (Este é meu primo. Mr. Enfield, o Dr. Jekyll.) Agora, vamos. Apanhe seu chapéu e venha dar uma voltinha conosco.

– É muito amável de sua parte – suspirou o outro. – Gostaria muito, mas não, não, é impossível, eu não ousaria. Mas fico muito feliz de vê-lo, Utterson; é realmente um grande prazer. Convidaria você e Mr. Enfield para subirem, mas o local não está em condições de receber visitas.

– Ora, então – disse o advogado com bom humor – o melhor a fazer é ficarmos aqui em baixo e conversarmos com você de onde estamos.

– Isto é exatamente o que eu estava por arriscar-me a propor – respondeu o doutor com um sorriso. Mas as palavras mal tinham sido pronunciadas quando o sorriso desapareceu de seu rosto para ser substituído por uma expressão de um desespero e terror tão abjetos que fez gelar o sangue dos dois cavalheiros abaixo. Eles só conseguiram ver tal expressão por um momento, pois a janela foi imediatamente fechada; mas aquela rápida olhada tinha sido suficiente, e eles se voltaram e deixaram o pátio sem dizer uma só palavra. Foi também em silêncio que atravessaram a rua lateral, e foi só quando atingiram uma rua importante da vizinhança, onde mesmo aos domingos havia algum sinal de vida, que Mr. Utterson finalmente voltou-se e encarou seu companheiro. Ambos estavam pálidos, e havia horror em seus olhares.

– Deus que nos perdoe! Deus que nos perdoe! – disse Mr. Utterson.

Mas Mr. Enfield apenas balançou a cabeça de forma muito séria e voltou a andar, novamente em silêncio.

A última noite

Certa noite, após o jantar, Mr. Utterson estava sentado próximo a sua lareira quando foi surpreendido pela visita de Poole.

– Deus nos abençoe, Poole! O que o traz aqui? – exclamou; e então, após um segundo olhar: – O que o aflige? – continuou. – O doutor está doente?

– Mr. Utterson – disse o homem –, algo está errado.

– Sente-se aqui e tome este copo de vinho – disse o advogado. – Agora, não se apresse e diga-me claramente o que deseja.

– O senhor conhece o jeito do doutor e sabe como ele se fecha. Bem, ele se fechou novamente em seu gabinete, e não estou gostando disso, meu senhor. Que eu morra se não for verdade que não estou gostando disso. Mr. Utterson, eu estou com medo.

– Vamos, meu bom homem – disse o advogado –, seja explícito: o que lhe causa medo?

– Tenho estado amedrontado há cerca de uma semana – respondeu Poole, desviando-se da pergunta – e não suporto mais isso.

A aparência do homem corroborava amplamente suas palavras. Suas maneiras tinham mudado para pior e, exceto pelo momento em que ele anunciara seu terror, não tinha nenhuma vez olhado o advogado nos olhos. Mesmo agora, estava sentado com um intocado copo de vinho sobre o joelho, os olhos concentrados em um canto do chão.

– Não suporto mais isso – repetiu.

– Vamos – disse o advogado –, estou vendo que você deve ter uma boa razão para tanto, Poole; estou vendo que alguma coisa está muito errada. Tente me dizer o que é.

– Acho que estamos sendo enganados – disse Poole, rouco.

– Enganados! – gritou o advogado, também bastante temeroso e, em consequência, inclinado a sentir-se irritado. – Enganados, como? O que ele fez?

– Não me arrisco a dizer, senhor – foi a resposta –, mas o senhor não poderia vir comigo e ver por seus próprios olhos?

A resposta de Mr. Utterson foi levantar-se e pegar chapéu e capa; mesmo assim, observou com espanto o grau de alívio que se estampava na face do mordomo, bem como ficou ele próprio aliviado ao ver que o vinho não havia sido sequer provado quando Poole pousou-o na mesa antes de segui-lo.

Era uma noite selvagem, fria, típica de março, com uma lua pálida, deitada no céu, como se o vento a tivesse tirado de sua posição, cercando-a de um manto diáfano, com a textura da cambraia. O vento dificultava a conversa e fazia o sangue rosar suas faces. Além disso, parecia ter varrido das ruas todos os passantes, pois Mr. Utterson não se lembrava de alguma vez ter visto aquela parte de Londres tão deserta. Ele gostaria que não fosse assim; nunca em sua vida tinha se sentido tão consciente de um agudo sentimento de querer estar próximo de seus semelhantes, uma vez que, ainda que lutasse contra isso, crescia de forma avassaladora em sua mente a premonição de uma calamidade. Quando chegaram à praça, esta estava tomada pelo vento e pelo pó, e os finos arbustos do jardim chicoteavam o ar. Poole, que até então tinha liderado a caminhada, estando sempre um ou dois passos à frente, parou no meio da rua e, apesar do vento cortante, tirou o chapéu e enxugou a testa com um lenço vermelho. No entanto, aquelas gotas de suor não se tinham originado no esforço da caminhada, mas sim em alguma umidade proveniente de uma angústia sufocante, pois ele tinha a face pálida, e sua voz, quando falou, soou áspera e irregular.

– Bem, senhor – disse ele –, aqui estamos, e Deus permita que não encontremos nada de errado.

– Amém, Poole – disse o advogado.

Em seguida, o criado bateu suavemente na porta, que foi deschaveada; com o ferrolho ainda engatado na porta, de dentro da casa veio uma voz:

– É você, Poole?

– Está tudo bem – disse Poole. – Abra a porta.

Quando entraram, viram-se num átrio bem iluminado, onde um fogo crepitava forte e, em torno da lareira, todos os criados, homens e mulheres, estavam juntos, reunidos como um rebanho de ovelhas. Ao ver Mr. Utterson, a camareira explodiu em soluços histéricos, e o cozinheiro correu em sua direção, como se fosse tomá-lo em seus braços, gritando:

– Deus seja louvado! É Mr. Utterson!

– Mas o que é isto? Estão todos aqui? – disse o advogado, com irritação. – Muito irregular, muito impróprio; seu patrão não iria gostar nada disso.

– Estão todos com medo – disse Poole.

Seguiu-se o silêncio, e ninguém protestou. Apenas a camareira elevou a voz, agora chorando forte.

– Contenha-se! – disse-lhe Poole, com uma ferocidade e num tom que bem traíam o fato de seus próprios nervos estarem em frangalhos. Na verdade, assim que a garota elevou o volume de suas lamentações, todos se assustaram e voltaram os olhos para a porta interna, em amedrontada expectativa. – E agora – continuou o mordomo, dirigindo-se ao copeiro –, alcance-me uma vela, que vamos entrar em ação. – Então pediu a Mr. Utterson que o acompanhasse, e seguiu em direção ao jardim dos fundos.

– Agora, senhor – disse ele –, venha comigo o mais quieto que puder. É preciso que o senhor ouça, mas que não seja ouvido. E, atenção, senhor: se ele lhe pedir que entre, não o faça.

Os nervos de Mr. Utterson, ante esse inesperado conselho, sofreram uma descarga que quase o tirou de seu equilíbrio, mas ele recobrou a coragem e seguiu o mordomo pelo laboratório e através do teatro cirúrgico, com suas caixas e frascos, até o pé da escada. Ali, Poole fez-lhe sinal para que ficasse escutando, enquanto esperava num dos lados da escada. O próprio Poole, colocando a vela no chão, buscou dentro de si sua reserva de coragem, subiu os degraus e bateu, sem muita convicção, na baeta vermelha da porta do gabinete.

– Mr. Utterson está aqui e pede para vê-lo, senhor – disse ele, ao mesmo tempo sinalizando enfaticamente para que o advogado prestasse atenção.

Do lado de dentro, uma voz respondeu:

– Diga-lhe que não posso ver ninguém – disse, em tom queixoso.

– Obrigado, senhor – disse Poole com uma nota de triunfo em sua voz e, tomando a vela, levou Mr. Utterson de volta, através do jardim, para dentro da grande cozinha, onde o fogo estava apagado, e baratas moviam-se pelo chão.

– Senhor – disse ele, fitando Mr. Utterson no olhos –, aquela era a voz de meu patrão?

– Pareceu-me bastante mudada – respondeu o advogado, muito pálido, mas sustentando o olhar do mordomo.

– Mudada? Bem, sim, acho que pode-se dizer que sim – disse o mordomo. – Será que vivi vinte anos na casa desse homem para me enganar quanto à sua voz? Não, senhor. O patrão sumiu, já não está lá; desapareceu há oito dias, quando eu o ouvi gritar em nome de Deus, e *quem* está lá em seu lugar, e *por que* ele está lá é uma pergunta que clama aos céus, Mr. Utterson!

– Essa história é muito estranha, Poole. É uma história maluca, meu bom homem – disse Mr. Utterson, roendo uma unha. – Supondo que seja como você diz, supondo que o Dr. Jekyll tenha sido... bem, tenha sido assassinado, por que o assassino permaneceria aqui? Essa não é uma boa teoria, ela não faz sentido.

– Bem, Mr. Utterson, o senhor é um homem difícil de convencer, mas ainda vou conseguir – disse Poole. – A semana toda (como o senhor deve saber), ele, aquilo, ou o que quer que seja que está morando naquele gabinete, tem gritado noite e dia por alguma espécie de remédio que não pode encontrar. Era seu costume... do patrão, quero dizer... escrever seus pedidos num papel e jogá-lo na escada. Nada além disso tivemos na semana passada: só papéis, e uma porta fechada, sendo que as refeições também deveriam ser deixadas lá, para serem por ele levadas para dentro quando não houvesse ninguém por perto. Bem, senhor, todo dia, sim, e mesmo duas ou três vezes por dia, recebemos ordens e reclamações, e fui encarregado de ir a todos os atacadistas de produtos químicos da cidade. A cada vez que entregava a encomenda, aparecia um novo papel dizendo que eu deveria levar o produto de volta, porque não era puro, e recebia um novo pedido para outra firma. A tal droga é muito desejada, senhor, seja lá para o que for.

– Você tem algum desses bilhetes? – perguntou Mr. Utterson.

Poole revirou o bolso e entregou um bilhete amassado ao advogado que, aproximando-se de uma vela, examinou-o cuidadosamente. No bilhete lia-se: "O Dr. Jekyll saúda os Mrs. Maw. Ele atesta que sua última amostra era impura e, portanto, inadequada para o fim desejado. No ano de 18..., o Dr. J. adquiriu uma quantidade bastante grande dos Mrs. M. Solicita, agora, que procurem com extremo cuidado e, caso ainda exista algum saldo da mesma qualidade, que lhe seja enviado imediatamente. Dinheiro não é problema. Isso é de suma importância para o Dr. J." A carta fora redigida de forma bastante bem composta, mas, a partir desse ponto, seguindo um repentino borrão da pena, a emoção de quem a escrevia aflorou: "Pelo amor de Deus", continuava, "encontrem um saldo da qualidade anterior".

– É uma nota estranha – disse Mr. Utterson, prosseguindo de forma mais incisiva: – Por que você a abriu?

– O homem da firma Maw ficou muito irritado, senhor, e atirou-a em mim, como se fosse lixo – respondeu o mordomo.

– Não há dúvida de que esta é a caligrafia do doutor, está certo? – falou o advogado.

– Parece-me ser semelhante a ela – disse o criado, com mau humor. Em seguida, com voz diferente: – Mas que diferença pode fazer a caligrafia? Eu o vi!

– Viu? – disse o advogado. – E...?

– Sim! – disse Poole. – Foi assim que aconteceu: eu entrei de repente no anfiteatro, vindo do jardim. Parece que ele tinha saído para procurar a tal droga, ou por algum outro motivo, e a porta do gabinete estava aberta, e ele estava na sala, remexendo nas caixas. Ele olhou para mim quando entrei, deu uma espécie de grito e disparou escada acima para o gabinete. Eu o vi por um momento apenas, mas foi o suficiente para que meus cabelos se eriçassem. Mr. Utterson, se aquele era o meu patrão, por que gritou como um rato e fugiu de mim? Já o sirvo há tanto tempo. E então... – o homem parou de falar e passou a mão pela face.

– São circunstâncias muito estranhas – disse Mr. Utterson –, mas acho que começo a vislumbrar uma luz. Seu patrão, Poole, foi atacado por uma daquelas doenças que torturam e deformam; daí, até onde eu sei, a alteração na sua voz; daí a máscara e sua negativa de ver os amigos; daí sua impaciência em encontrar a droga, através da qual sua pobre alma conserva alguma esperança de cura, Deus permita que ele não se engane! Esta é a minha explicação, e é muito triste, Poole, sim, e assustador de contemplar; mas é comum e natural, tem sentido e nos alivia de sustos exorbitantes.

– Senhor – disse o mordomo, apresentando manchas pálidas no rosto –, aquela coisa não era meu patrão, e essa é a verdade. Meu patrão – aqui ele olhou à sua volta e passou a sussurrar – é um homem alto e bem-feito, e o que vi tinha mais semelhança com um anão. – Utterson tentou protestar, mas Poole gritou: – Ah, Mr. Utterson! O senhor pensa que não conheço meu próprio patrão depois de vinte anos? Pensa que não sei a que altura chega sua cabeça quando passa pela porta do gabinete, onde o vi todas as manhãs de minha vida? Não, senhor, aquela coisa mascarada não poderia jamais ser o Dr. Jekyll; e em meu coração acredito que tenha ocorrido um assassinato.

– Poole – respondeu o advogado –, se você diz isso, será meu dever esclarecer o assunto. Por mais que eu queira preservar os sentimentos de seu patrão, por mais que esteja confundido por esta nota, que parece provar que ele ainda está vivo, considero que seja meu dever ter aquela porta arrombada.

– Ah, Mr. Utterson! Assim é que se fala! – gritou o mordomo.

– E agora vem a segunda questão – prosseguiu Utterson: – Quem vai fazê-lo?

– Ora, nós dois, senhor – foi a desassombrada resposta.

– Está muito bem dito – respondeu o advogado –, e, aconteça o que acontecer, tratarei de garantir que você não saia prejudicado.

– Há um machado no teatro – prosseguiu Poole –, e o senhor poderia ficar com o atiçador da cozinha.

O advogado tomou aquele instrumento rude e pesado em suas mãos e testou seu ponto de equilíbrio.

– Sabe, Poole – disse ele, levantando os olhos –, você e eu estamos por nos lançar numa situação de perigo.

– Pode-se dizer que sim, senhor. Com certeza – respondeu o mordomo.

– Então seria bom que fôssemos francos – disse o outro. – Ambos dissemos menos do que nos passa pela cabeça; vamos abrir o coração. Você chegou a reconhecer a figura mascarada que viu?

– Bem, senhor, foi tudo muito rápido, e a criatura estava tão dobrada sobre si mesma que eu dificilmente poderia jurar – foi a resposta.

– Mas você pensa que possa ter sido Mr. Hyde?

– Ora, sim, acho que era ele mesmo! Veja, tinha mais ou menos o mesmo tamanho, suas passadas eram leves como as dele, e quem mais poderia ter entrado pela porta do laboratório? Não se esqueça, senhor, de que, quando ocorreu o assassinato, ele ainda tinha uma cópia da chave. Mas isso não é tudo. Mr. Utterson, alguma vez o senhor já encontrou esse tal de Mr. Hyde?

– Sim – disse o advogado –, falei com ele uma vez.

– Então o senhor deve saber, assim como todos nós outros, que havia alguma coisa estranha acerca daquele cavalheiro... algo que criava uma perturbação... não sei bem como descrever, senhor, talvez como algo que a pessoa sente na medula dos ossos: uma coisa fria e afiada.

– Sei que senti algo assim como você descreve – disse Mr. Utterson.

– Sim, senhor – respondeu Poole. – Bem, quando aquela coisa mascarada pulou como um macaco do meio dos produtos químicos e correu para o gabinete, senti um frio de gelo na espinha. Ah, eu sei que isso não prova nada, Mr. Utterson, sou suficientemente letrado para tanto, mas um homem tem suas percepções. E dou-lhe minha palavra de honra que era Mr. Hyde!

– Sim, sim – disse o advogado. – Temo estar inclinado a chegar à mesma conclusão. Algo de mau nasceu... era certo que algo de mau apareceria... daquela relação. Sim, na verdade, acredito em você, acredito que o pobre Harry foi assassinado, e acredito que seu algoz (só Deus sabe por quê) está escondido no quarto da vítima. Bem, que nossa missão seja de vingança. Chame Bradshaw.

O mensageiro atendeu ao chamado, muito pálido e nervoso.

– Componha-se, Bradshaw – disse o advogado. – Sei que este suspense está afetando a todos, mas temos a intenção de acabar com ele. Poole e eu vamos forçar nossa entrada no gabinete. Se tudo estiver bem, poderei suportar a culpa em minhas costas largas. No entanto, se alguma coisa estiver errada, ou se algum malfeitor tentar escapar por trás, você e o garoto deverão estar esperando na esquina, armados com um bom par de clavas, e fiquem a postos junto à porta do laboratório. Vamos dar-lhes dez minutos para que estejam a postos.

Quando Bradshaw saiu, o advogado olhou para seu relógio.

– E agora, Poole, vamos para o nosso posto – disse e, tomando o atiçador, seguiu na frente, em direção ao pátio. As nuvens tinham apagado a lua, e estava muito escuro. O vento, que apenas criava algumas baforadas e correntes de ar nesse poço profundo da casa, balançava a luz da vela de lá para cá, sobre seus passos, até que atingiram o final da grade de proteção do anfiteatro, onde sentaram para uma espera silenciosa. O burburinho da cidade de Londres estava lá, mas, naquele local, a calma só era quebrada pelo som de passos no soalho do gabinete.

– Anda assim o dia inteiro, senhor – sussurrou Poole –, e também a maior parte da noite. Só quando chega uma nova amostra do produto químico é que há um intervalo. Ah, tamanho inimigo do descanso só pode ser uma consciência pesada! Ah, senhor, há sangue derramado em cada passo! Mas, escute novamente, um pouco mais de perto... ouça com o coração, Mr. Utterson, e diga: parecem os passos do doutor?

Os passos eram leves e estranhos, com um certo ritmo, embora muito lentos; eram mesmo muito diferentes dos passos pesados de Henry Jekyll. Utterson suspirou.

– Fica sempre assim? – perguntou.

Poole acedeu.

– Uma vez – disse ele –, uma vez eu o ouvi chorando!

– Chorando? Como assim? – perguntou o advogado, tomando consciência de um arrepio de horror.

– Chorando como uma mulher, ou como uma alma penada – disse o mordomo. – Carreguei aquele som em meu coração e quase chorei também.

Os dez minutos tinham se passado. Poole desenterrou o machado de sob um monte de palha, a vela foi colocada sobre a mesa mais próxima, para iluminar o ataque, e foi com a respiração cortada que eles se aproximaram do local onde aqueles pés pacientes ainda iam e vinham na calma da noite.

– Jekyll – gritou Utterson, com voz forte –, eu exijo vê-lo. – Esperou um momento, mas não obteve nenhuma resposta. – Estou lhe dando um aviso: temos nossas suspeitas, e eu preciso, e vou, vê-lo – continuou. – Se não for por bem, será por mal; se não tiver seu consentimento, então será pela força bruta!

– Utterson – gritou a voz –, pelo amor de Deus, tenha piedade!

– Ah, essa não é a voz de Jekyll... é a de Hyde! – gritou Utterson. – Ponha a porta abaixo, Poole!

Poole brandiu o machado acima do ombro; o choque estremeceu a casa, e a porta de baeta vermelha forçou a fechadura e as dobradiças. Um guincho sinistro, como se fosse o grito de um animal aterrorizado, veio do gabinete. O machado subiu novamente, e de novo a folha forçou o batente e voltou. Quatro vezes foi golpeada, mas a porta era forte e os batentes de ótima qualidade, e foi só no quinto golpe que ela explodiu, lançando seus destroços no tapete interno.

Os atacantes, assustados com seu próprio barulho e com o silêncio que se seguiu, afastaram-se um pouco e espiaram para dentro. Tinham à sua frente o gabinete, iluminado pela tranquila luz do lampião, um bom fogo brilhando e crepitando na lareira, a chaleira chiando seu assovio fino, uma ou duas gavetas abertas, papéis bem arrumados na escrivaninha e, mais perto do fogo, o serviço pronto para o chá: a mais tranquila das salas, poder-se-ia dizer; e, exceto pelos armários envidraçados cheios de produtos químicos, absolutamente adequada àquela noite londrina.

Bem no meio estava o corpo contorcido de um homem que ainda se mexia. Eles se aproximaram na ponta dos pés e viram a face de Edward Hyde. Ele estava vestido em roupas grandes demais para sua figura, roupas que serviriam no doutor. Os tendões de sua face ainda se moviam com um arremedo de vida, mas a vida tinha-se ido e, pelo frasco quebrado em sua mão e pelo forte cheiro de amêndoas que havia no ar, Utterson soube que estava olhando para o corpo de um suicida.

– Chegamos muito tarde – disse, sério –, seja para salvar ou para punir. Hyde já seguiu para o acerto de contas que lhe cabe, e só nos resta encontrar o corpo de seu patrão.

A maior parte da construção era ocupada pelo teatro de operações, que tomava quase todo o andar térreo e era iluminado por cima e pelo gabinete, que formava um segundo andar numa das pontas e dava para o pátio. Um corredor ligava o teatro à porta da rua lateral, com a qual o gabinete se comunicava separadamente, por um segundo lance de escadas. Havia também alguns quartos escuros e um porão espaçoso. Todos esses locais foram cuidadosamente examinados. Cada quartinho exigiu apenas uma rápida olhada, pois estavam todos vazios e, a julgar pelo pó que se desprendia de suas portas, há muito tempo fechados. O porão estava cheio de coisas amontoadas, a maior parte ainda da época do cirurgião que havia sido o predecessor de Jekyll. Assim que abriram a porta do porão, perceberam a inutilidade de maiores pesquisas, pela queda de um perfeito lençol de teias-de-aranha que há anos vinha selando aquela entrada. Não havia rastro de Henry Jekyll, em lugar nenhum, nem morto nem vivo.

Poole bateu nas lajes do corredor.

– Ele deve ter sido enterrado aqui – disse ele, prestando atenção ao ruído.

– Ou ele pode ter fugido – disse Utterson. E voltou-se para examinar a porta da rua. Estava trancada e, jogada perto das lajes, encontraram a chave, já marcada pela ferrugem.

– Não me parece que tenha sido muito usada – observou o advogado.

– Usada! – ecoou Poole. – Não vê, senhor, que está quebrada? Como se alguém tivesse pisado em cima.

– Ah – prosseguiu Utterson –, e as fraturas também estão enferrujadas. – Os dois homens entreolharam-se, assustados. – Isso vai além da minha compreensão, Poole – disse o advogado. – Vamos voltar ao gabinete.

Subiram a escada em silêncio e, lançando olhares assustados ao cadáver, puseram-se a observar com mais cuidado o gabinete. Havia traços de elementos químicos numa das mesas, e diversas porções de algum sal branco tinham sido colocadas sobre pires de vidro, como se para algum experimento que o infeliz homem fora impedido de completar.

– É a mesma droga que eu sempre lhe trazia – disse Poole e, enquanto falava, a chaleira ferveu, emitindo um som assustador.

Isso os trouxe para próximo do fogo, onde a poltrona estava comodamente colocada, e o serviço de chá estava posto, à altura do cotovelo de quem lá estivesse sentado, inclusive já com o açúcar na xícara. Havia vários livros na estante; um deles estava aberto ao lado do serviço de chá, e Utterson admirou-se ao verificar que era uma cópia de um trabalho religioso pelo qual Jekyll tinha várias vezes demonstrado grande estima, porém carregado de comentários em sua própria caligrafia, com inesperadas blasfêmias.

A seguir, enquanto reviam o aposento, aproximaram-se do espelho móvel, em cujas profundezas olharam com horror. Mas ele apenas lhes mostrou os tons róseos brincando no forro, o fogo repetindo-se centenas de vezes nas frentes vítreas dos armários, e seus próprios semblantes pálidos e atemorizados que se inclinavam para olhar.

– Este espelho viu muitas coisas estranhas, senhor – sussurrou Poole.

– E certamente nada mais estranho que ele mesmo – ecoou o advogado, no mesmo tom. – Para que Jekyll – ele parou assustado ao pronunciar a palavra, para em seguida vencer sua fraqueza –, para que Jekyll desejaria ter um desses? – disse ele.

– É uma boa pergunta – disse Poole.

Em seguida, dedicaram-se à escrivaninha. Sobre o tampo, repousando em cima de uma bem arrumada pilha de papéis, estava um envelope em que estava escrito, na caligrafia do doutor, o nome de Mr. Utterson. O advogado quebrou o selo, e vários anexos caíram ao chão. O primeiro era um testamento, vazado nos mesmos termos excêntricos daquele que fora devolvido havia seis meses. Em caso de morte, deveria servir como testamento e, em caso de desaparecimento, de documento de doação. Porém, em vez do nome de Edward Hyde, o advogado pôde ler, com enorme perplexidade, o nome de Gabriel John Utterson. Ele olhou para Poole, depois para os papéis e, finalmente, para o malfeitor morto sobre o tapete.

– Minha cabeça está dando voltas – disse. – Isto esteve em sua posse todos esses dias, e ele não tinha nenhum motivo para me apreciar; deve ter sentido raiva ao ver-se preterido e, mesmo assim, não destruiu este documento.

Tomou o documento seguinte. Era uma breve nota grafada pelo doutor, com a data no topo.

– Ah, Poole – gritou o advogado –, ele estava vivo, e neste recinto, ainda hoje. Não é possível que este outro se livrasse dele em tão pouco tempo; ele ainda deve estar vivo, e deve ter fugido! Se é assim, por que fugiu? E como? E, nesse caso, podemos declarar que houve suicídio? Ah, devemos ser cautelosos. Tenho receio de que venhamos a envolver seu patrão em alguma catástrofe.

– Por que o senhor não lê o documento? – perguntou Poole.

– Porque tenho medo – respondeu o advogado, solene. – Deus permita que não haja razão para isso! – E, com tais palavras, trouxe o papel para perto dos olhos e leu o que se segue:

> Meu prezado Utterson
> Quando esta chegar a suas mãos, eu já terei desaparecido. Não posso prever como, mas meu instinto e todas as circunstâncias de minha situação inominável indicam que o fim é certo, e está próximo. Agora vá, e primeiro leia a narrativa que Lanyon avisou-me que poria em suas mãos e, se ainda quiser saber mais, depois leia a confissão de
>
> Seu indigno e infeliz amigo,
> Henry Jekyll

– Havia um terceiro envelope – disse Utterson.

– Aqui, senhor – disse Poole, e depositou nas mãos do advogado um envelope de tamanho considerável, selado em vários pontos.

Utterson colocou-o em seu bolso.

– Eu não diria nada a respeito desse documento. Se seu patrão fugiu ou está morto, podemos ao menos salvar seu bom nome. Agora são dez horas; preciso ir para casa ler estes documentos com calma, mas devo voltar antes da meia-noite, quando então chamaremos a polícia.

Os dois saíram, trancando a porta do anfiteatro atrás deles, e Utterson, deixando os criados reunidos em torno da lareira do átrio, marchou de volta para seu escritório, para ler as duas narrativas com as quais o mistério seria resolvido.

A narrativa do dr. Lanyon

Em 9 de janeiro, quatro dias atrás, recebi pelo correio da tarde uma carta registrada endereçada a mão por meu colega e velho companheiro de escola, Henry Jekyll. Fiquei bastante surpreso, já que não tínhamos o hábito de nos corresponder. De fato, eu o tinha visto, jantado com ele, na noite anterior; e não conseguia imaginar nada em nossa relação que pudesse justificar a formalidade de um registro. O conteúdo aumentou minha curiosidade; pois era assim que discorria a carta:

10 de dezembro de 18...

Caro Lanyon. Você é um dos meus mais velhos amigos e, embora tenhamos discordado algumas vezes sobre questões científicas, não consigo lembrar, ao menos de minha parte, de nenhuma ruptura em nosso afeto. Nunca houve um dia sequer em que, se você me tivesse dito "Jekyll, minha vida, minha honra e minha razão dependem de você", eu não teria sacrificado minha fortuna ou minha mão esquerda para ajudá-lo. Lanyon, minha vida, minha honra, minha razão estão todas a sua mercê; se você me falhar esta noite, estarei perdido. Talvez suponha, depois desse prefácio, que vou pedir-lhe que concorde com algo desonesto. Julgue você mesmo.

Quero que adie todos os seus compromissos para esta noite – sim, mesmo se estivesse convocado a estar na cabeceira de um imperador; tome um tílburi, a menos que sua carruagem esteja de fato disponível à sua porta; e com esta carta na mão, para referência, dirija-se direto para minha casa. Poole, meu mordomo, tem suas ordens; ele estará aguardando sua chegada, acompanhado de um serralheiro. A porta de meu gabinete deve, então, ser forçada; e você deve entrar sozinho; para abrir o armário de vidro pressione (letra E) no lado esquerdo, quebrando o cadeado se estiver fechado; e tire a quarta gaveta de cima para baixo ou (o que vem a ser a mesma coisa) a terceira de baixo para cima, *com todo o seu conteúdo da forma como está disposto.* Na extrema confusão mental em que me encontro tenho um medo mórbido de estar lhe dando instruções erradas; mas, mesmo que eu esteja errado, você poderá identificar a gaveta correta pelo seu conteúdo: alguns tipos de pó, um pequeno frasco e um livro de anotações. Eu lhe imploro que leve, pessoalmente, esta gaveta para Cavendish Square, exatamente como está.

Esta é a primeira parte do serviço; vamos agora para a segunda. Você deverá estar de volta bem antes da meia-noite, se sair logo após o recebimento desta; porém, deixarei essa larga margem de tempo, não apenas por medo de algum desses obstáculos que não podem ser evitados nem previstos, mas por ser uma hora em que seus empregados estarão dormindo, e, assim, melhor para o que deverá ser feito em seguida. À meia-noite, então, peço-lhe que esteja sozinho em seu consultório, para admitir em sua casa, pessoalmente, um homem que irá se apresentar em meu nome, a quem você deverá entregar em mãos a gaveta retirada de meu armário. Assim você terá feito sua parte e ganho minha total gratidão. Cinco minutos depois, se insistir em ter uma explicação, você terá compreendido que essas providências são de capital importância, e que, pela negligência de qualquer uma delas, por mais fantásticas que possam parecer, você poderia sentir-se culpado por minha morte ou pelo naufrágio de minha razão.

Embora sentindo-me confiante de que não menosprezará este apelo, meu coração fica apertado e minha mão treme, ante o simples pensamento de tal possibilidade. Pense em mim nessa hora, em um lugar estranho, batalhando sob uma onda negra de angústia que nenhuma imaginação pode exagerar, e ainda assim bem consciente de que, se você me ajudar pontualmente, minhas preocupações irão se desenrolar como uma história ao ser contada. Ajude-me, meu caro Lanyon e salve

Seu amigo
H. J.

P.S. – Já havia fechado esta carta quando um novo pânico atingiu minha alma. É possível que o correio me falhe, e esta carta não chegue em suas mãos até amanhã pela manhã. Neste caso, caro Lanyon, execute o que lhe pedi durante o dia, quando lhe for mais conveniente; e uma vez mais espere meu mensageiro à meia-noite. Talvez, então, já seja tarde demais; e se aquela noite passar sem evento algum você saberá que viu o fim de Henry Jekyll.

Ao ler essa carta tive a certeza de que meu colega estava louco; porém, até que isso fosse provado sem nenhuma possibilidade de dúvida, senti-me obrigado a fazer o que ele pedia. Quanto menos entendia dessa confusão, menos condições tinha de julgar sua importância; e um apelo escrito de forma tão cuidadosa não poderia ser ignorado sem que eu assumisse sérias responsabilidades. Consequentemente, levantei-me da mesa, entrei em um tílburi e fui direto para a casa de Jekyll. O mordomo estava esperando por mim; ele tinha recebido uma carta de instruções, registrada, pelo mesmo correio que eu, e já havia mandado chamar um serralheiro e um carpinteiro. Os dois chegaram enquanto ainda estávamos conversando; e todos juntos nos dirigimos para o antigo anfiteatro cirúrgico do dr. Denman, por onde se chega (como você sem dúvida sabe), de forma mais conveniente, ao gabinete particular do Dr. Jekyll. A porta era muito forte, a fechadura, excelente; o carpinteiro admitiu que teria dificuldades e que precisaria fazer um grande estrago se tivesse de usar a força, e o serralheiro estava a ponto de desistir da empreitada. Porém, este último era um sujeito muito habilidoso, e, depois de duas horas de trabalho, a porta foi aberta. A fechadura marcada com a letra E não estava trancada; assim, retirei a gaveta e, após enchê-la com palha, amarrei-a num lençol e retornei a Cavendish Square levando-a comigo.

Aqui comecei a examinar seu conteúdo. Os pós tinham sido bem embalados, mas não com o esmero de um farmacêutico; portanto, estava claro que tinham sido manufaturados por Jekyll, e, quando abri um dos invólucros, vi o que me pareceu um simples sal cristalino de cor branca. O pequeno frasco, para o qual em seguida dirigi minha atenção, estava cheio até aproximadamente a metade com uma solução vermelho-sangue, com cheiro fortemente acre e que me parecia conter fósforo e algum éter volátil. Quanto aos outros ingredientes não consegui deduzir quais seriam. O livro era comum e não continha nada além de uma série de datas. Essas cobriam um período de muitos anos, porém pude observar que as anotações acabavam, de forma abrupta, quase um ano atrás. Aqui e ali uma breve observação estava ligada a uma data, normalmente não mais que uma única palavra: "duplo", ocorrendo talvez seis vezes em um total de muitas centenas de registros; e uma vez bem no começo da lista, e seguido de vários pontos de exclamação, "falha total!!!". Tudo isso, embora tenha aguçado minha curiosidade, disse-me muito pouco que fosse definitivo. Aqui estavam um frasco com algum tipo de tintura, um papel com algum sal, e as anotações de uma série de experiências que não tinham levado a nenhum resultado de uso prático (como muitas das investigações de Jekyll). Como poderia a presença desses artigos na minha casa afetar a honra, a sanidade, ou a vida de meu desequilibrado amigo? Se seu mensageiro podia ir a um lugar, porque não poderia ir a algum outro? E mesmo tendo algum impedimento, porque esse cavalheiro teria que ser recebido por mim em segredo? Quanto mais refletia, mais convencido ficava de que estava lidando com um caso de doença cerebral; e, como tinha liberado meus empregados para que se recolhessem, carreguei um velho revólver, porque poderia ser útil em alguma situação de autodefesa.

As badaladas da meia-noite ainda nem bem tinham acabado de soar sobre Londres, quando a aldrava soou levemente na porta. Eu mesmo fui atender e encontrei um pequeno homem entre os pilares do pórtico.

– O senhor vem da parte do Dr. Jekyll? – perguntei.

Ele respondeu que "sim" com um gesto constrangido e, quando o convidei para entrar, não o fez sem antes dar uma olhada para trás, para a escuridão da praça. Havia um policial não muito longe, avançando com a lanterna acesa, e achei que com aquela visão meu visitante assustou-se e apressou-se em entrar.

Esses pormenores, confesso, me intrigaram de forma desagradável; enquanto o seguia até o consultório brilhantemente iluminado, mantive minha mão sobre a arma. Aqui, finalmente, tive chance de vê-lo claramente. Nunca o tinha visto antes, disso eu tinha certeza. Ele era pequeno, como já disse antes; além disso, fiquei impressionado com a expressão chocante de seu rosto, com a notável combinação de grande atividade muscular e aparente debilidade de constituição e – por último, porém não menos importante – com a estranha e subjetiva perturbação causada por sua proximidade. Isso tinha alguma semelhança com um incipiente estado de rigor e trouxe-me o que parecia um calafrio acompanhado por forte queda de pulsação. Naquele momento atribuí essa impressão a uma aversão pessoal, idiossincrática, e simplesmente estranhei a agudeza dos sintomas; mas desde então tive razões para crer que a causa está localizada bem mais fundo na natureza humana, e que se apoia em algum eixo mais nobre que no princípio do ódio.

Essa pessoa (a qual, desde o momento de sua entrada, tinha provocado em mim algo que só posso descrever como uma curiosidade desagradável) estava vestida de uma forma que, em uma pessoa comum, teria sido motivo de deboche: isto é, suas roupas, embora fossem de um tecido bom e sóbrio, eram grandes demais para ele em todas as medidas – as calças balançando em suas pernas e dobradas para não se arrastarem no chão, a cintura do casaco abaixo do quadril, e o colarinho esparramado em seus ombros. É estranho relatar, mas esse ridículo vestuário estava longe de me fazer rir. Ao contrário, como havia algo de anormal e vil na essência da criatura que agora estava na minha frente – algo envolvente, surpreendente e revoltante –, essa nova disparidade parecia adaptar-se e reforçá-la; de forma que a meu interesse na natureza e no caráter daquele homem foi adicionada uma curiosidade quanto a sua origem, sua vida, seu destino e sua posição no mundo.

Essas observações, embora tenham ocupado um espaço tão grande para serem escritas foram, contudo, feitas em alguns segundos. Meu visitante estava mesmo exaltado, com uma excitação lúgubre.

– Você a tem? – disse ele. – Você a tem?

E sua impaciência era tão intensa que até colocou a mão em meu braço e tentou me sacudir.

Eu o repeli, consciente de que seu toque causava uma pontada gelada em meu sangue.

– Venha, meu senhor – falei. – O senhor se esquece de que ainda não tive o prazer de conhecê-lo. Sente-se, por favor.

Dei o exemplo e sentei-me em minha cadeira habitual, reproduzindo, da melhor forma possível, minhas maneiras com meus pacientes, já que o avançado da hora, a natureza de minhas preocupações e o horror que tinha do meu visitante me dificultariam ser natural.

– Minhas desculpas, dr. Lanyon – respondeu ele educadamente. – O que diz tem muito fundamento; minha impaciência foi mais rápida que meus bons modos. Estou aqui a pedido de seu colega, o Dr. Henry Jekyll, para um rápido negócio; e entendi... – fez uma pausa e colocou a mão na garganta, e pude ver que, apesar de sua maneira controlada, ele estava lutando contra acessos de histeria. – Entendi que uma gaveta...

Porém, neste momento, tive pena da expectativa de meu visitante, e um pouco, talvez, de minha crescente curiosidade.

– Ela está aqui, meu caro senhor – falei, apontando para onde estava a gaveta, no chão atrás de uma mesa, e ainda coberta com o pano.

Ele saltou em sua direção e então parou, colocando a mão sobre o coração; eu podia ouvir seus dentes rangerem com o movimento convulsivo das mandíbulas; e seu rosto estava tão lívido que fiquei preocupado por sua vida e sua sanidade.

– Componha-se – falei.

Ele me lançou um sorriso horrível e então, como se movido pelo desespero, arrancou o pano. Ao avistar o conteúdo, emitiu um suspiro de alívio tão intenso que fiquei petrificado. No instante seguinte, em uma voz já então bem sob controle, ele perguntou:

– O senhor tem uma proveta?

Levantei-me com algum esforço e entreguei-lhe o que me havia pedido.

Agradeceu-me com um ar satisfeito e um sorridente aceno de cabeça, mediu algumas gotas da tintura vermelha e adicionou um dos pós. A mistura, que no início era de uma coloração avermelhada, à medida que os cristais iam se derretendo começou a ficar com a cor mais forte, a efervescer de forma audível e a soltar pequenas nuvens de vapor. De repente, e ao mesmo tempo, a ebulição cessou, e o composto mudou para um roxo-escuro, o qual foi desbotando muito lentamente, até um verde aquoso. Meu visitante, que havia assistido a essas metamorfoses com um olhar atento, sorriu, colocou o vidro sobre a mesa e então virou-se e me considerou com um ar inquisidor.

– E agora – disse ele –, vai-se completar o que falta. O senhor saberá ser sensato? Vai se deixar conduzir? Vai permitir que eu tome este vidro em minhas mãos e saia de sua casa sem mais discussão? Ou a curiosidade tem domínio sobre a sua pessoa, meu senhor? Pense, antes de responder, porque será feito o que o senhor decidir. E, ao decidir, o senhor será deixado para encontrar-se onde estava antes, nem mais rico, nem mais sábio, a menos que a consciência de um serviço feito a um homem em uma situação de perigo mortal possa ser vista como um tipo de riqueza da alma. Mas, se preferir, um novo campo do conhecimento, novos caminhos para a fama e o poder serão abertos para o senhor, aqui, nesta sala, neste instante; e sua visão será atingida por um prodígio de abalar a descrença em Satã.

– Meu senhor – falei, mostrando uma frieza que estava longe de verdadeiramente possuir –, o senhor fala em enigmas, e talvez não esteja se dando conta de que eu o estou escutando sem lhe dar muito crédito. Entretanto, já fui muito longe nesses serviços inexplicáveis para parar antes de ver o final.

– Está bem – respondeu o meu visitante. – Lanyon, você se lembra de seu juramento: o que se segue está sob o sigilo de nossa profissão. E, agora, você que durante tanto tempo tem estado preso a pontos de vista materiais e estreitos, você que negou as virtudes da medicina transcendental, você que zombou de seus superiores... veja!

Levou o copo aos lábios e bebeu-lhe o conteúdo de um só gole. Um grito seguiu-se; ele se sacudiu, cambaleou, agarrou-se à mesa, olhando com olhos injetados, arfando com a boca aberta; e eu, enquanto o observava, pensei ter visto uma mudança – ele parecia inchar. Sua face de súbito tornou-se negra, e suas feições pareciam derreter-se e alterar-se – e, no momento seguinte, eu havia levantado de um só golpe e pulado para trás, contra a parede, com meu braço levantado para proteger-me daquele prodígio, tendo minha mente submersa em terror.

– Meu Deus! – gritei. – Meu Deus! – de novo gritei, e ainda outra vez, porque ali, diante dos meus olhos, pálido e tremendo, meio que desmaiado, as mãos tateando à sua frente, como um homem recuperado da morte... ali estava Henry Jekyll!

O que ele me contou durante a hora seguinte não consigo organizar na mente para colocar no papel. Vi o que vi, ouvi o que ouvi, e minha alma ficou doente; e, ainda assim, mesmo agora, quando aquela visão aos poucos já se vai apagando de meus olhos, pergunto-me se acredito no que vi, e não consigo responder. Minha vida estremeceu até as raízes; o sono me abandonou; um medo mortal acompanha-me em todas as horas do dia e da noite; sinto que meus dias estão contados, que devo morrer; e, ainda assim, morrerei incrédulo. Quanto à torpeza moral a mim revelada por aquele homem, mesmo com lágrimas de penitência não consigo, nem em pensamento, demorar-me no assunto sem um arrepio de horror. Digo-lhe apenas uma coisa, Utterson, e isto (se você conseguir acreditar) será mais que suficiente. A criatura que entrou em minha casa naquela noite era, conforme confissão do próprio Jekyll, conhecido pelo nome de Hyde e procurado em cada esquina como o assassino de Carew.

Hastie Lanyon

O RELATO COMPLETO DE HENRY JEKYLL SOBRE O CASO

NASCI NO ANO DE 18..., em berço de ouro, com a boa fortuna de ser dotado de excelentes talentos, inclinado naturalmente para o trabalho, apreciador do respeito à sensatez e à bondade entre meus semelhantes e, assim, como se poderia supor, dispunha de todas as garantias de um futuro íntegro e ilustre. Na verdade, o pior de meus defeitos consistia numa certa jovialidade impaciente no temperamento, do tipo que fazia a felicidade de muitas pessoas, mas a qual eu achava difícil de conciliar com meu desejo imperioso de manter minha cabeça erguida e de exibir em público mais do que uma corriqueira fisionomia sóbria. Em decorrência disso, acabei por sufocar meus prazeres e, depois de anos de reflexão, ao olhar ao meu redor e avaliar meu progresso e minha posição no mundo, percebi-me já comprometido com uma profunda duplicidade de vida. Muitos homens teriam até mesmo se vangloriado das faltas pelas quais eu me sentia culpado, porém, em vista dos altos padrões que eu havia proposto para mim mesmo, eu as observava e escondia com um sentimento quase mórbido de vergonha. Foi antes a natureza exata das minhas aspirações, do que qualquer degradação nas minhas culpas, o que me levou a ser quem eu era e a ter uma vala mais profunda que a maioria dos homens separando, em mim, as regiões do bem e do mal, que dividem e compõem a natureza dual do homem. Nesse caso, fui levado a refletir de forma profunda e inveterada a respeito daquela dura lei da vida que jaz na raiz da religião, e que é uma das mais abundantes fontes de agonia. Embora eu fosse paradoxal, de forma alguma era um hipócrita, minhas duas naturezas eram reais dentro de mim. Eu não era menos eu quando colocava de lado a contenção de minhas emoções e mergulhava na vergonha, do que quando trabalhava, à luz do dia, inspirado pelo conhecimento ou pelo alívio da dor e do sofrimento. E, aconteceu que a direção de meus estudos científicos, a qual era completamente voltada para o místico e o transcendental, reagiu, e iluminou essa consciência da perene guerra entre minhas partes. A cada dia, e de ambos os lados da minha inteligência – o moral e o intelectual –, eu chegava cada vez mais próximo daquela verdade cuja descoberta parcial tinha-me condenado a um terrível fim: o de que homem não é apenas um, mas sim dois. Eu digo dois porque meu conhecimento não vai além desse ponto. Outros vão prosseguir, outros vão ultrapassar-me, trabalhando na mesma linha que eu; e eu arrisco a suposição de que, ao final, o homem será firmemente conhecido como um mero estado multifacetado, incongruente e independente de vários alienígenas que nele fixam residência. Quanto a mim, dada a natureza da minha vida, avancei consistentemente em uma e única direção. Foi a partir de meu lado moral, e em meu próprio ser, que aprendi a reconhecer a completa e primitiva dualidade do homem. Percebi que, das duas naturezas que contendiam no campo da minha consciência, mesmo se eu pudesse ser corretamente reconhecido como uma delas, isso somente seria possível porque eu era radicalmente ambas. E, já cedo, antes mesmo que o rumo de minhas descobertas científicas tivesse sugerido a mais remota possibilidade de tal milagre, eu já me percebia sonhando, prazerosamente, com a separação desses elementos. Se cada um deles pudesse, dizia a mim mesmo, ao menos localizar-se numa identidade diferente, seria possível aliviar a vida de tudo o que era insuportável. O injusto tomaria seu próprio rumo, livre das aspirações e remorsos de seu gêmeo opressor, e o justo poderia andar com firmeza e segurança em seu caminho ascendente, fazendo as coisas boas nas quais encontra seu prazer e não mais se expondo à desgraça e à penitência pelas mãos desse estranho mal. A maldição do gênero humano foi a de que esses ramos incompatíveis ficassem fortemente amarrados um ao outro – que esses gêmeos polares vivessem em luta contínua no angustiado útero da consciência. Como, então, dissociá-los?

Eu me encontrava nesse ponto de minhas reflexões quando, como estava dizendo, da mesa de meu laboratório vi começar a brotar uma luz sobre a questão. Passei a perceber, de forma mais profunda do que até então fora possível, a frágil imaterialidade, a nebulosa transitoriedade desse corpo, aparentemente tão sólido, que nos move. Descobri que certos agentes têm o poder de abalar e arrancar esse invólucro de carne, assim como uma ventania pode tirar as cortinas de um pavilhão. Por duas boas razões, não vou aprofundar-me na parte científica de minha confissão. Primeiro porque fui forçado a aprender que a maldição e o peso da vida estão para sempre amarrados aos ombros do homem, e, quando se tenta retirá-los, eles não apenas retornam sobre nós, mas o fazem com uma força ainda mais desconhecida e terrível. Segundo porque, como meu relato irá deixar claro – assim, ao menos, espero –, minhas descobertas foram incompletas. Basta dizer que reconheci meu corpo natural não só pela simples aura e fulgor de certos poderes que constituíam meu espírito, como também consegui desenvolver uma droga através da qual esses poderes poderiam ser depostos de sua supremacia e substituídos por uma segunda forma e fisionomia, nenhuma delas estranha a mim, porque eram a expressão e traziam a marca dos elementos mais baixos de minha alma.

Hesitei muito antes de colocar em prática essa teoria. Eu sabia da existência de riscos fatais, uma vez que qualquer droga tão potente que pudesse abalar a fortaleza da identidade poderia, mesmo por uma pequeníssima overdose, ou por um pequeno erro no momento de ser administrada, destruir aquele tabernáculo imaterial que eu procurava modificar. Entretanto, a tentação de uma descoberta tão singular e profunda acabou por superar o alerta de perigo. Muito antes de preparar minha tintura, eu havia comprado de uma só vez, numa casa comercial de produtos farmacêuticos que vende por atacado, uma grande quantidade de um sal especial que, a partir dos meus experimentos, eu já sabia ser o último ingrediente necessário. E foi assim que, tarde, numa noite amaldiçoada, reuni os elementos e fiquei a observá-los enquanto fumegavam num vidro e, quando a ebulição diminuiu, tomando muita coragem, bebi toda a poção.

Sucederam-se, então, as mais lancinantes dores: uma trituração nos ossos, náuseas insuportáveis e um horror no espírito que não pode ser suplantado nem na hora do nascimento nem na hora da morte. Foi então que essas agonias de repente começaram a diminuir, e voltei a mim como se recuperado de uma grave doença. Havia algo de estranho em minhas sensações, algo indescritivelmente novo e, dada a sua novidade, inacreditavelmente doce. Senti-me mais jovem, mais leve e fisicamente mais disposto. Em meu interior tornei-me consciente de uma impetuosa imprudência, da presença de um contínuo de imagens sensuais desordenadas, passando como um filme em minha imaginação; estava também ciente de uma diluição nas amarras da responsabilidade, de uma liberdade desconhecida mas, sem dúvida, nada inocente. Já ao primeiro sopro dessa nova vida, percebi-me mais cruel, dez vezes mais cruel – vendido como um escravo a minha maldade original. E, naquele momento, tal pensamento teve o poder de me embriagar como o vinho. Estiquei minhas mãos, exultando no frescor dessas sensações e, ao fazê-lo, percebi subitamente que havia perdido em estatura!

Naquela época não havia espelho em minha sala; aquele que fica ao lado de onde agora escrevo foi trazido para cá mais tarde, e justamente por causa das transformações. A noite, entretanto, já havia se estendido, adentrando a manhã – manhã que, apesar de escura como estava, parecia quase madura para a concepção do dia. Os criados da minha casa estavam ainda presos a um sono profundo, e eu, entusiasmado que estava com esperança e triunfo, decidi aventurar-me em minha nova forma até meu quarto. Atravessei o pátio, no qual as estrelas observavam-me – com curiosidade, pensei, pois era a primeira criatura daquela espécie que a sua vigília lhes tinha revelado –; passei às escondidas pelos corredores, como um estranho em minha própria casa; e, ao chegar ao meu quarto, vi pela primeira vez a aparência de Edward Hyde.

Falo aqui em tese, não sobre o que sei mas sobre aquilo que suponho seja o mais provável. O lado mau de minha natureza, para o qual eu então transferira o poder, era menos robusto e menos desenvolvido do que o lado bom, que eu tinha acabado de depor. Afinal, no decorrer da minha vida, que tem sido nove décimos uma vida de esforço, virtude e controle, meu lado mau tinha sido muito menos exercitado e muito menos exaurido. Daí a razão, creio eu, para Edward Hyde ser muito menor, mais leve, e mais jovem do que Henry Jekyll. Da mesma forma que a bondade estava estampada no rosto de um, o mal estava ampla e claramente inscrito no rosto do outro. O mal (que acredito ser o lado letal do homem) deixou naquele corpo uma marca de deformidade e decadência. E, no entanto, enquanto eu admirava no espelho aquele horrendo ídolo, percebi que sentia uma tendência a saudá-lo como bem-vindo, em vez de me repugnar. Esse também era eu. Parecia natural e humano. Aos meus olhos, ele tinha uma imagem mais viva do espírito, parecia mais direto e honesto do que o semblante imperfeito e dividido que eu, até aquele momento, tinha-me acostumado a chamar de meu. E nisso, sem dúvida alguma, eu estava correto. Observei que, quando usava o semblante de Edward Hyde, ninguém conseguia aproximar-se de mim pela primeira vez sem que uma forma de receio ficasse visível. Isto, assim entendo, acontecia porque todos os seres humanos que encontramos são misturas do que é bom e do que é mau, e somente Edward Hyde, no gênero humano, era maldade pura.

Não demorei muito na frente do espelho: o segundo e conclusivo experimento ainda tinha de ser tentado, faltava ainda verificar se minha identidade havia sido irremediavelmente perdida, obrigando-me a fugir, antes do raiar do dia, de uma casa que não mais era minha. Retornando depressa ao meu gabinete, outra vez preparei o cálice e dele bebi; mais uma vez sofri as dores da dissolução e mais uma vez voltei a mim com o caráter, a estatura e o rosto de Henry Jekyll.

Naquela noite atingi a encruzilhada fatal. Tivesse eu chegado à minha descoberta num momento em que estivesse com um espírito mais nobre, tivesse eu arriscado o experimento por aspirações generosas ou pias, tudo poderia ter sido diferente, e, a partir das agonias de morte e nascimento, eu poderia ter ressurgido como anjo em vez de demônio. A droga não tinha uma ação predeterminada, não era diabólica nem divina; o que fez foi abalar as portas da prisão da minha índole e, como cativos de Phillipi, aquele que estava dentro correu para fora. Naquele tempo minha virtude tornou-se inativa. Minha maldade mantinha-se desperta pela ambição e estava alerta e pronta para aproveitar a oportunidade, e a coisa que se projetou foi Edward Hyde. Por isso, embora eu tivesse agora o caráter dividido em dois, assim como duas aparências, um era completamente malévolo e o outro era ainda o velho Henry Jekyll, aquela combinação incongruente por cujas reformas e melhorias eu já desistira de esperar. Assim, a mudança, gradual, só poderia ser em direção ao pior.

Mesmo naquela época, eu ainda não tinha vencido minha aversão à aridez de uma vida de estudos. Às vezes, eu ainda ficava bem-disposto e muito animado; e, como meus prazeres eram (para dizer o mínimo) vis, e eu era não apenas muito conhecido e altamente considerado, mas também estava envelhecendo, essa incoerência na minha vida tornava-se, a cada dia, menos suportável. Foi esse lado meu que a minha nova força tentou, até que dele eu me tornasse escravo. Precisava tão-somente beber da taça para livrar-me de imediato do corpo do célebre professor e assumir, como uma capa espessa, o de Edward Hyde. Eu sorria frente a uma tal ideia, que então parecia-me engraçada, e foi com muito cuidado que me preparei para viver aquela nova situação. Comprei e mobiliei a casa do Soho, aquela até a qual Hyde foi seguido pela polícia; e coloquei como governanta uma criatura que eu conhecia por ser discreta e inescrupulosa. Além disso, avisei aos meus empregados que Mr. Hyde (a quem descrevi) deveria ter liberdade e poder totais sobre minha casa da praça; e, a fim de evitar problemas, cheguei mesmo a visitar a casa, tornando-me um sujeito familiar sob minha segunda aparência. Depois, rascunhei aquele testamento que você tanto contestou, de tal forma que, se qualquer coisa me acontecesse na pessoa do Dr. Jekyll, eu poderia retornar na de Edward Hyde sem sofrer perdas financeiras. E, então, supondo-me completamente seguro, comecei a beneficiar-me da estranha imunidade de minha posição.

Antigamente, um homem contratava bandidos para executarem seus crimes, protegendo, desse modo, sua própria pessoa e reputação. Fui o primeiro a fazê-lo por puro prazer. Fui o primeiro a poder passear diante dos olhos do público com a carga de uma sociável respeitabilidade e, no momento seguinte, como se fosse um menino, um estudante, despojar-me desse peso emprestado e lançar-me de cabeça no mar da liberdade. Mas para mim, em meu impenetrável manto, a segurança era completa. Imagine... eu nem mesmo existia! Era só passar pela porta de meu laboratório, dar-me um ou dois segundos para misturar e engolir a poção que eu tinha sempre pronta e, fosse lá o que tivesse feito, Edward Hyde desapareceria como a mancha de hálito bafejado num espelho; e, lá no seu canto, quieto em casa, sob a luz que alumia seus estudos na madrugada, o homem que poderia dar-se ao luxo de rir de qualquer suspeita sobre si, esse seria Henry Jekyll.

Os prazeres que sob meu disfarce apressei-me em procurar eram, como já disse, infames; dificilmente poderia usar um termo mais pesado para descrevê-los. Entretanto, nas mãos de Edward Hyde, tais prazeres logo começaram a se tornar monstruosos. Sempre que voltava de minhas excursões, eu era geralmente tomado de assombro ante as depravações que realizava por meio de minha outra pessoa. Esse parente que chamei das entranhas da minha própria alma, e permiti que saísse sozinho para satisfazer seus próprios desejos, era um ser inerentemente maligno e torpe. Cada ato e pensamento seu era centrado nele mesmo. Com bestialidade voraz, sorvia prazer de todo e qualquer grau de tortura que aplicasse a outros; mostrava-se implacável como se fosse um homem de pedra. Às vezes, Henry Jekyll ficava horrorizado frente aos atos de Edward Hyde; mas a situação não estava sujeita às leis comuns, e insidiosamente suavizava o peso na consciência. Afinal de contas, era Hyde, e apenas ele, o culpado. Jekyll não era pior: despertava uma vez mais para suas boas qualidades, parecendo inalterado, e até mesmo apressava-se, sempre que possível, em desfazer o mal praticado por Hyde. E assim sua consciência adormecia.

Não pretendo entrar nos detalhes das infâmias com que eu era conivente (dado que, mesmo agora, mal posso admitir que as tenha cometido). Quero apenas salientar os avisos e os passos sucessivos através dos quais meu castigo chegou. Tive um incidente que, como não trouxe consequências, não farei mais do que mencioná-lo. Um ato de crueldade contra uma criança suscitou contra mim a raiva de um transeunte, a quem eu reconheci outro dia, meu amigo, na pessoa de um seu parente. O médico e a família da criança uniram-se a ele; houve momentos em que temi por minha vida; e, finalmente, a fim de apascentar a justa indignação daquelas pessoas, Edward Hyde foi forçado a levá-los para sua casa e efetuar um pagamento com um cheque em nome de Henry Jekyll. Todavia, o futuro foi facilmente liberado desse perigo através da abertura de uma conta, em outro banco, em nome do próprio Edward Hyde; e quando, inclinando minha letra para trás, muni meu duplo de uma assinatura própria, pensei estar fora do alcance do destino.

Cerca de dois meses antes do assassinato de Mr. Danvers, voltei tarde de uma de minhas aventuras e acordei na cama, no dia seguinte, com umas sensações estranhas. Examinei-me em vão, em vão olhei para a mobília austera e para as altas proporções do meu quarto da casa da praça; inutilmente reconheci o estampado das cortinas da cama e o desenho da armação de mogno, pois algo dentro de mim insistia em dizer que eu não estava onde eu estava, que eu não havia acordado onde eu parecia ter acordado, mas sim no pequeno aposento no Soho, onde eu costumava dormir como Edward Hyde. Sorri e, como era de meu feitio, comecei a examinar preguiçosamente os elementos dessa ilusão, caindo, de quando em quando, em confortável sono matutino. Estava ainda procedendo a tal exame quando, num de meus momentos de maior vigília, meus olhos voltaram-se para minhas mãos. Ora, a mão de Henry Jekyll (como você sempre soube) tinha forma e tamanho normais; era grande, firme, branca e bem-feita. Entretanto, a mão que eu via, com clareza suficiente mesmo à luz amarela de uma manhã londrina, aquela mão estirada, semiaberta, sobre as roupas de cama, era magra, fina, com veias salientes, nodosa, de um tom escuro empalidecido, espessamente coberta por pelos negros. Era a mão de Edward Hyde.

Devo ter ficado quase meia hora olhando fixo para ela, tomado de assombro, antes de surgir o terror no meu peito, tão repentino e assustador como uma batida de címbalos. Pulei da cama e corri para o espelho. À vista daquilo que viram meus olhos, meu sangue transformou-se em algo estranhamente fino e gélido. Sim, fui para a cama como Henry Jekyll e acordei como Edward Hyde. Como explicar isso, perguntei-me; então, em outro arrebatamento de terror, perguntei-me: como remediar? A manhã já ia pela metade, os empregados estavam acordados; todas as minhas drogas estavam no escritório. De onde eu me encontrava, parado, preso pelo horror, era um longo caminho: dois lances escada abaixo, através de uma passagem pelos fundos, cruzando o pátio aberto e atravessando o anfiteatro de anatomia. Até seria possível cobrir meu rosto; mas de que adiantava isso se eu não tinha como esconder a alteração em minha estatura? E então, com uma imensa e doce sensação de alívio, recordei-me que os empregados já estavam acostumados com as idas e vindas de meu segundo eu. Assim que me vesti, tão bem quanto pude, com roupas do meu próprio tamanho, passei pela casa, onde Bradshaw olhou fixo e recuou ao ver Mr. Hyde a tal hora e em tão estranha vestimenta. Dez minutos mais tarde, o Dr. Jekyll retornava à sua própria forma e sentava-se à mesa, semblante sombrio, fazendo de conta que tomava o café da manhã.

Na verdade, eu não estava com muito apetite. Aquele incidente inexplicável, a inversão de minha experiência anterior, começou a me parecer com o dedo no muro da Babilônia, desenhando cada letra do meu julgamento; e comecei a refletir mais seriamente do que antes a respeito das implicações e possibilidades da minha dupla existência. A parte que eu tinha a capacidade de projetar vinha ultimamente sendo tão exercitada e alimentada que me pareceu que, nos últimos tempos, o corpo de Edward Hyde havia crescido em estatura, como se (quando revestia-me eu daquela forma) o sangue me corresse mais forte pelas veias. Comecei, então, a discernir o perigo de, a se prolongar tal estado, o equilíbrio de minha natureza poder vir a ser permanentemente destruído, o controle da mudança voluntária ser-me confiscado, e a pessoa de Edward Hyde tornar-se irrevogavelmente a minha. A potência da droga nem sempre se mostrou igual. Uma vez, logo no início das experiências, chegou a falhar por completo, o que me obrigou várias vezes a dobrar e, uma vez, com infinito risco de morte, a triplicar a quantidade; e essas raras inconsistências lançavam a única sombra sobre minha tranquilidade. No entanto, agora, à luz do incidente daquela manhã, fui levado a perceber que, enquanto no começo a dificuldade era livrar-me do corpo de Jekyll, ultimamente, de forma gradual, tal dificuldade definitivamente invertera-se. Tudo, portanto, parecia apontar para a conclusão de que, pouco a pouco, eu estava perdendo o controle sobre meu original e melhor eu, e tornando-me o segundo e pior.

Eu sentia que agora deveria escolher entre os dois. Minhas duas naturezas tinham uma memória em comum, entretanto todas as outras faculdades eram compartilhadas entre si de forma desigual. Jekyll (que era um composto), às vezes com forte apreensão, outras vezes com um prazer ávido, projetava-se e envolvia-se nos prazeres e nas aventuras de Hyde; mas Hyde era indiferente a Jekyll, ou apenas recordava-se dele como o bandido da montanha lembra da caverna na qual se esconde de perseguições. Jekyll tinha mais do que um interesse de um pai; Hyde tinha mais do que a indiferença de um filho. Apostar minha sorte em Jekyll era morrer para aqueles apetites que eu, por muito tempo e em segredo, me permiti e que posteriormente passara a mimar. Apostar em Hyde seria morrer para centenas de interesses e aspirações e tornar-me, de uma vez e para sempre, um ser desprezado e sem amigos. A barganha pode parecer desigual, mas havia ainda outro fato a considerar, pois, se Jekyll sofreria dolorosamente no fogo da abstinência, Hyde nem sequer estaria consciente de tudo o que tivesse perdido. Estranhas como podiam ser as minhas circunstâncias, os termos desse debate são tão velhos e banais como o homem; sugestões e sinais de alerta semelhantes lançam a sorte para qualquer pecador trêmulo e tentado; aconteceu comigo o que acontece com a maioria dos homens: escolhi a melhor parte e vi-me desprovido de forças para mantê-la.

Sim, dei preferência ao velho e descontente médico, rodeado de amigos e acalentador de honestas esperanças; e dei um resoluto adeus à liberdade, à relativa juventude, ao passo leve, às vibrações irriquietas e aos prazeres secretos de que me aproveitava quando disfarçado de Hyde. Talvez tenha feito essa escolha com uma restrição inconsciente, uma vez que não me desfiz da casa no Soho nem destruí as roupas de Edward Hyde, que ainda se encontram arrumadas em meu armário. Por dois meses, fui fiel à minha determinação; por dois meses, levei uma vida severa como nunca tinha conseguido antes; e usufruí das compensações da aprovação de minha consciência. Mas o tempo encarregou-se de diminuir a força de meus receios, os elogios da consciência começaram a tornar-se uma coisa corriqueira, e comecei a ser torturado por violentos espasmos e desejos, como se Hyde lutasse por sua liberdade. E, por fim, numa hora de fraqueza moral, eu, mais uma vez, preparei e ingeri a droga da transformação.

Creio que quando um bêbado discute consigo mesmo sobre seu vício, nem uma vez em quinhentas ele se deixa afetar pelos perigos que corre por sua bruta insensibilidade física. Da mesma forma, por mais que eu já tivesse considerado minha posição, nunca dei suficiente atenção à completa insensibilidade moral e à insensata presteza para o mal em que consistia o principal caráter de Edward Hyde. Contudo, por isso fui punido. Meu demônio, há muito encarcerado, retornou rugindo. Eu estava consciente, mesmo quando tomei a poção, de uma propensão mais descontrolada e mais furiosa para o mal. Deve ter sido isso, suponho, que agitou em minha alma a tempestade de impaciência com que escutei as civilidades de minha infeliz vítima. Declaro, diante de Deus, que nenhum homem mentalmente saudável poderia ser levado a cometer aquele crime por tão ínfima provocação. Golpeei-o da mesma forma que uma criança aborrecida quebra um brinquedo. Mas eu havia voluntariamente me despido daqueles instintos equilibrados, pelos quais mesmo o pior dos homens continua a caminhar, com algum grau de estabilidade, por entre as tentações. E, no meu caso, ser tentado, mesmo que levemente, significava cair.

Imediatamente, o espírito do inferno despertou em mim e enfureceu-se. Dominado por uma sensação de regozijo, estraçalhei o corpo indefeso, saboreando o deleite de cada golpe. E foi só quando comecei a tomar-me de cansaço, no auge de meu delírio, que meu coração foi, de repente, assaltado por uma fria sensação de terror. Uma névoa dissipou-se; vi minha vida perdendo-se e fugi da cena daquele excesso, ao mesmo tempo glorioso e trêmulo, com meu desejo pelo mal gratificado e estimulado, meu amor pela vida levado às alturas. Corri para minha casa no Soho e (para assegurar-me duplamente) destruí meus documentos, depois do que saí para as ruas já iluminadas pelos lampiões com o mesmo êxtase na consciência: regozijando-me de meu crime, de forma delirante vendo outros no futuro; todavia, ainda apressado e temendo ouvir os passos do vingador. Hyde cantarolava enquanto preparava a poção e, ao bebê-la, brindou ao homem morto. As dores da transformação ainda não tinham terminado quando Henry Jekyll, com lágrimas de gratidão e remorso, ajoelhou-se e elevou as mãos crispadas para Deus. O véu da autocomplacência tinha-se rasgado de alto a baixo, e enxerguei minha vida como um todo. Acompanhei-a desde os dias da minha infância, quando caminhava amparado pelas mãos de meu pai, e através dos penosos sacrifícios de minha vida profissional, para chegar de novo e de novo e sempre, com o mesmo sentimento de irrealidade, aos horrores malditos daquela noite. Eu poderia ter gritado; com lágrimas e orações, procurei acalmar a multitude de imagens e sons odiosos que povoavam minha memória; mas, sempre, entre minha orações, a horrível face de minha iniquidade fitava o interior de minha alma. À medida que a intensidade desse remorso desaparecia, ele ia-se substituindo por uma sensação de alegria. O problema da minha conduta estava resolvido. Independentemente de minha vontade, Hyde era, dali em diante, inviável, e eu estava agora confinado à melhor parte da minha existência; ah, como me alegrei com tal pensamento! Com que pronta humildade abracei mais uma vez as restrições da vida natural! Com que sincera renúncia tranquei a porta que tantas vezes atravessara e quebrei sua chave sob o salto de meu sapato.

O dia seguinte trouxe as notícias de que o assassinato fora testemunhado, que a culpa de Hyde era patente para o mundo, e que a vítima era um homem de alta estima pública. Não tinha sido somente um crime, mas sim uma trágica insensatez. Creio que fiquei feliz em saber de tal fato, creio que fiquei feliz por ter meus melhores impulsos amparados e protegidos pelo temor do patíbulo. Jekyll era agora meu refúgio; bastava deixar que Hyde escapasse por um instante para que todos os homens se levantassem para pegá-lo e matá-lo.

Decidi redimir meu passado com minha conduta futura; e posso dizer com honestidade que minha decisão produziu alguns bons frutos. Você sabe, meu amigo, como nos últimos meses do ano que passou empenhei-me sinceramente em aliviar sofrimentos, você sabe o quanto foi feito em favor dos outros, e que os dias se passaram de forma tranquila, e fui quase feliz. Não poderia dizer que me cansei dessa vida inocente e beneficente; acho, pelo contrário, que a cada dia eu a desfrutava de forma mais completa. Mas ainda era amaldiçoado pela dualidade de minhas intenções e, assim que a primeira parte da minha penitência se cumpriu, a parte mais baixa do meu eu, por tanto tempo indulgenciada e tão recentemente enjaulada, começou a clamar por liberdade. Não que eu sonhasse em ressuscitar Hyde, pelo contrário: a simples ideia me aterrorizava; não, era o meu próprio eu manifestando-se, uma vez mais tentado a brincar com minha consciência; e foi como um secreto, simples pecador que finalmente cedi aos assaltos da tentação.

Todas as coisas têm seu final, mesmo o maior receptáculo acaba por encher-se, e essa breve rendição ao meu mal finalmente destruiu o equilíbrio de minha alma. E, ainda assim, não me alarmei; a queda parecia natural, como um retorno aos velhos tempos, antes de eu ter feito minha descoberta. Era um dia claro e agradável de janeiro, porém sem nuvens, e o chão estava molhado onde a geada tinha-se derretido; o Regent's Park estava repleto de gorjeios de inverno e adoçado pelos odores da primavera. Sentei-me num banco ao sol; o animal dentro de mim lambendo as feridas da memória; o lado espiritual um pouco sonolento, prometendo subsequente penitência, mas ainda não comovido o suficiente para começar. Afinal, pensei, eu era como meus vizinhos; e então sorri, comparando-me a outros homens, comparando minha benevolência ativa à preguiçosa crueldade de suas negligências. E, no exato momento em que entretinha aquele pensamento, um receio, uma náusea horrenda e o tremor mais mortal me sobrevieram. Passaram, e me deixaram tonto. Depois, enquanto a fraqueza diminuía, percebi uma alteração de humor em meus pensamentos: a coragem engrandecida, um desprezo pelo perigo, a dissolução das amarras à responsabilidade. Olhei para baixo. Minhas roupas revestiam meus membros encurtados de maneira disforme; a mão que estava sobre meu joelho tinha saliências e pelos. Eu era, uma vez mais, Edward Hyde. Um momento antes, e eu tinha garantido o respeito de todos os homens; rico e estimado – em casa, uma mesa posta para mim na sala jantar; agora eu era uma presa dos homens, um fugitivo, um sem lar, um assassino conhecido, um condenado à forca.

Abalou-se minha capacidade de raciocinar, mas não me falhou ela por completo. Já pudera observar mais de uma vez que, em meu segundo caráter, minhas faculdades pareciam afiadas ao extremo, e meu intelecto mais elástico. Aconteceu então que, onde Jekyll talvez tivesse sucumbido, Hyde revelou-se à altura da relevância do momento. Minhas drogas estavam em uma das gavetas de meu gabinete: como poderia chegar até elas? Aquele era o problema que eu (apertando a cabeça entre as mãos) tinha de resolver. A porta do laboratório estava fechada. Se eu tentasse entrar pela casa, meus próprios criados iriam entregar-me à forca. Percebi, então, que precisava valer-me da ajuda de outra pessoa, e pensei em Lanyon. Como encontrá-lo? Como persuadi-lo? Supondo que eu escapasse de ser capturado nas ruas, como chegar até ele? E como iria eu, um estranho e desagradável visitante, persuadir o famoso médico a saquear a sala de estudos de seu colega, o Dr. Jekyll? Foi quando me lembrei de meu caráter original; uma parte permanecia em mim: eu podia escrever com minha própria caligrafia, e, uma vez concebida aquela faísca inicial, o caminho a seguir obrigatoriamente tornou-se iluminado do início ao fim.

Logo após, arrumei minhas roupas o melhor que pude e, chamando um tílburi que passava, dirigi-me a um hotel em Portland Street, cujo nome lembrei por acaso. Ante minha aparência (que era, na verdade, bastante cômica, embora trágico pudesse ser o destino encoberto por aquela indumentária), o cocheiro não pôde esconder o riso. Num acesso de fúria demoníaca, rangi os dentes para ele, e o sorriso em seu rosto murchou, felizmente para ele – e ainda mais para mim, pois, se o caso tivesse acontecido em outra hora, com certeza eu o teria arrancado da boleia. Ao entrar no hotel, eu carregava uma fisionomia tão pesada que fiz os empregados tremerem; não trocaram um olhar sequer na minha presença, mas servilmente obedeceram às minhas ordens. Conduziram-me a um quarto e providenciaram material para escrever. Com sua vida em perigo, Hyde era uma criatura nova para mim: agitado por uma raiva desordenada, levado às raias do assassinato, desejando ardentemente infligir dor. Entretanto, a criatura era astuta, dominava sua fúria com uma grande força de vontade. Redigiu duas importantes cartas, uma para Lanyon e outra para Poole. E, para que eles recebessem evidência de que elas tinham sido postadas, mandei-as com instruções de que fossem registradas.

Depois disso, ele passou o dia no seu quarto, sentado perto da lareira, roendo as unhas. Lá jantou, a sós com seus medos, tendo um garçom visivelmente acovardado a sua frente. E, quando a noite já ia alta, postou-se no canto de um carro fechado e rodou, de um lado para o outro, pelas ruas da cidade. Digo ele – não posso dizer eu. Aquele filho do inferno não tinha nada de humano. Quando afinal pensou que o cocheiro pudesse estar começando a ficar desconfiado, dispensou o tílburi e arriscou-se a pé, em suas roupas desajustadas, um objeto pronto para ser observado com curiosidade, em meio aos transeuntes noturnos. Dentro dele enfureciam-se, como uma tempestade, suas duas paixões mais essenciais. Caminhou rápido, assombrado por seus medos, conversando consigo mesmo, esgueirando-se pelas ruas menos movimentadas, contando os minutos que ainda o separavam da meia-noite. Houve uma mulher que se dirigiu a ele, oferecendo-lhe, acho eu, uma caixa de fósforos. Ele a esbofeteou na cara, e ela fugiu.

Quando voltei a mim, na casa de Lanyon, o horror de um velho amigo deve ter-me afetado de alguma maneira: não sei; pelo menos era não mais que uma gota num oceano, em comparação com o ódio e a aversão que eu sentia ao lembrar aquelas horas agora já passadas. Uma mudança acometera-me. Não era mais o medo da forca, era o horror de pensar que Hyde atormentava-me. Fui censurado por Lanyon, o que se deu parcialmente num sonho; foi parcialmente num sonho que voltei, indo para minha própria casa, e tratei de enfiar-me na cama. Dormi, após a prostração do dia, um sono tão severo e profundo que nem mesmo os pesadelos que me oprimiam tiveram força para interrompê-lo. Acordei na manhã do dia seguinte agitado, enfraquecido, mas refeito. Eu ainda detestava e temia pensar no selvagem que dormia dentro de mim e, claro, não havia esquecido os perigos aterradores do dia anterior; mas eu estava, mais uma vez, em casa, na minha própria casa, perto de minhas drogas; e a gratidão por ter escapado luzia tão forte em minha alma que quase competia com o brilho da esperança.

Depois do café da manhã, andando eu descansadamente pelo pátio, com prazer sorvendo o ar gelado, fui mais uma vez atacado por aquelas sensações indescritíveis que anunciavam a transformação. Só tive tempo de abrigar-me em meu gabinete antes de, mais uma vez, arder e gelar com as paixões de Hyde. Nessa ocasião, tomei uma dose dupla a fim de que retornasse eu a mim mesmo; e, ai de mim, seis horas depois, enquanto eu estava sentado, olhando tristemente o fogo da lareira, as dores retornaram, e a droga teve de ser ainda outra vez administrada. Em resumo, daquele dia em diante, apenas com um grande esforço, como o de um atleta, e apenas sob a imediata estimulação da droga, parecia eu ser capaz de portar a fisionomia de Jekyll. A toda hora do dia ou da noite eu era tomado pelos tremores premonitórios;

e, acima de tudo, se eu dormisse, ou se apenas cochilasse em minha cadeira por um momento, era sempre como Hyde que eu acordava. Sob a tensão constante dessa maldição iminente, e pela falta de sono a que agora me condenara, sim, muito além do que eu pensava poder um homem suportar, tornei-me, em minha própria pessoa, uma criatura consumida e esvaziada pela febre, languidamente fraca em corpo e em espírito, e ocupada com um único pensamento: o horror ao meu outro eu. Porém, quando dormia, ou quando o efeito da droga passava, eu passava diretamente (pois as dores da transformação atenuavam-se a cada dia) para um mundo de fantasia, repleto de imagens de terror, uma alma fervendo por ódios sem causa, e um corpo que não parecia forte o suficiente para conter as energias enfurecidas da vida. Os poderes de Hyde pareciam ter aumentado a partir da enfermidade de Jekyll. E, certamente, o ódio que agora os separava era de igual medida em ambos os lados. Para Jekyll, era alguma coisa do instinto vital. Agora ele tinha visto a total deformidade daquela criatura que com ele dividia alguns dos fenômenos da consciência, e com ela era co-herdeiro da morte. Além desses laços de similaridade, que em si próprios eram a parte mais pungente da sua desgraça, ele pensava em Hyde, dada toda a sua energia vital, como algo não apenas infernal mas inorgânico. Foi chocante: descobrir que a lama do abismo parecia proferir choros e vozes; que o pó amorfo gesticulava e pecava; que aquilo que estava morto e não tinha forma pudesse usurpar funções da vida. E mais: que aquele horror rebelde estava grudado nele mais do que se fosse uma esposa, ou mesmo um olho seu; ele morava enjaulado em sua carne, onde podia ouvi-lo murmurar e onde podia senti-lo lutando para nascer; e, a cada momento de fraqueza, ou na entrega do sono, prevalecia contra ele, e destituía-o da vida. O ódio de Hyde por Jekyll era de uma outra ordem. O seu medo da forca com frequência levou-o a cometer um suicídio temporário e retornar à sua condição subordinada de parte em vez de pessoa. Ao mesmo tempo, ele detestava a necessidade, detestava o abatimento no qual Jekyll tinha caído, além de ressentir-se da antipatia com a qual era considerado. Assim se explicam as brincadeiras de mau gosto que Hyde fazia comigo, rabiscando, com minha própria caligrafia, blasfêmias nas páginas dos meus livros, queimando cartas e destruindo o retrato do meu pai. Na verdade, não fosse o medo que sentia da morte, ele já se teria arruinado, há muito tempo, apenas para envolver-me em sua ruína. Mas seu amor à vida é maravilhoso. E digo mais: eu, que adoeço e fico gelado só de pensar nele, quando lembro da baixeza e da paixão desse apego, quando sei o quanto ele teme meu poder de destruí-lo pelo suicídio, consigo em meu coração ter pena dele.

É inútil prolongar esta exposição, além do que o tempo está acabando. Basta dizer que ninguém jamais sofreu os tormentos que sofri; e, no entanto, o hábito trouxe para o que sofro – não, não o alívio – mas um certo amortecimento da alma, uma certa submissão ao desespero; e minha punição poderia ter-se prolongado por anos, não fosse pela última calamidade que me sobreveio, a qual finalmente me desligou da minha própria face e natureza. Meu estoque do sal, que nunca foi renovado desde a data do primeiro experimento, começou a escassear. Mandei buscar novo suprimento e preparei a poção; seguiu-se a ebulição, e a primeira mudança de cor, mas não a segunda. Eu a bebi, ela porém não foi eficaz. Poole irá lhe contar como vasculhei Londres; foi em vão. Agora estou convencido de que meu primeiro lote era impuro, e foi aquela impureza desconhecida que tornou a poção eficiente.

Passou-se aproximadamente uma semana, e estou terminando este relato sob o efeito do último dos velhos pós. Esta é, então, a última vez que, salvo um milagre, Henry Jekyll pode pensar seus próprios pensamentos ou ver no espelho sua própria face (já tão tristemente alterada!). Também não posso me demorar muito para finalizar meu texto, pois, se minha narrativa até aqui escapou de ser destruída, foi por uma combinação de grande prudência e de muito boa sorte. Caso os espasmos da transformação me acometam enquanto escrevo, Hyde rasgará este relato em pedacinhos; mas se algum tempo tiver decorrido depois que eu o tenha terminado, o formidável egoísmo de Hyde e sua preocupação com o tempo presente provavelmente salvarão estes papéis mais uma vez de seus rancores simiescos. Na verdade, a desgraça que se vai aproximando de nós dois já o modificou, já o subjugou. Dentro de meia hora, quando eu reencarnar uma vez mais e para sempre aquela personalidade odiosa, sei que sentarei em minha cadeira tremendo e chorando – ou continuarei a andar de um lado para outro neste quarto (meu último refúgio terreno) com o mais tenso e apavorado êxtase da audição, prestando atenção a todo e qualquer som de ameaça. Será que Hyde morre no cadafalso? Ou será que ele encontra coragem para libertar-se no último momento? Só Deus sabe; para mim, é indiferente: esta é a minha real hora da morte, e o que está por vir diz respeito a um outro que não eu. Agora, ao largar da pena e selar minha confissão, ponho um fim à vida desse infeliz Henry Jekyll.

Bram Stoker

Drácula

Tradução de Theobaldo de Souza

Bram Stoker
(1847-1912)

Abraham "Bram" Stoker (1847-1912) nasceu em Clontarf, subúrbio de Dublin (Irlanda). Era o terceiro dos sete filhos de Abraham Stoker, funcionário público, e Charlotte Mathilda Blake Thornely, escritora e feminista. Bram Stoker passou grande parte da infância em casa, de cama, acometido de uma doença grave, sem um diagnóstico confirmado. Nesse período, ouviu muitas histórias de horror contadas pela mãe. Em 1864, já recuperado, ingressou no Trinity College, em Dublin, para estudar ciências exatas. Ao contrário de qualquer previsão médica, tornou-se um grande atleta durante a faculdade, chegando a ganhar diversos prêmios. Após formar-se com honras em 1870, ingressou no serviço público irlandês, ao mesmo tempo em que começou a trabalhar como jornalista e crítico de teatro para o *The Evening Standard* e o *Dublin Evening Mail*. Em 1875, publicou de forma seriada o romance *The Primrose Path*, que saiu em cinco capítulos na revista *The Shamrock*. Um ano depois, conheceu o então famoso ator Henry Irving, de quem ficou grande amigo. Nessa mesma época, Stoker se apaixonou pela atriz Florence Balcombe e com ela se casou em 1878. Partiram juntos para Londres, onde Stoker passou a trabalhar como assistente pessoal de Irving para depois se tornar o administrador do seu Lyceum Theatre, posto que manteve por cerca de trinta anos. Em 1879, nasceu o único filho do casal, Irving Noel Thornley Stoker, e *The Duties of Clerks of Petty Sessions in Ireland*, livro de não ficção baseado no seu trabalho no serviço público, tornou-se sua primeira obra publicada. Na Inglaterra, Stoker escreveu diversos romances e contos. Seu primeiro livro de ficção, *Under the Sunset*, coletânea de oito contos, foi publicado em 1881, e o primeiro romance, *The Snake's Pass*, em 1890. Nesse mesmo ano, começaria as pesquisas para um novo livro, que levaria sete anos para ser concluído: *Drácula* (1897), o romance que introduziu o mito moderno do vampiro e que foi amplamente adaptado, tanto para o teatro quanto para o cinema. Os livros seguintes não conseguiram repetir seu sucesso. Nos últimos anos de vida Stoker, sofria de diversas doenças, que o levaram a morte aos 64 anos.

I
O diário de Jonathan Harker
(Notas taquigráficas)

3 *de maio*, *Bistritz*. Parti de Munique às 20h35 da noite, chegando a Viena na manhã seguinte. A chegada estava prevista para as 6h45 da manhã. O nosso trem, porém, se atrasara em uma hora. Pelo que pude apreciar ainda do trem, através do clarão de suas luzes, e de uma breve caminhada pelas ruas, Budapeste pareceu-me uma cidade realmente maravilhosa. Não obstante, limitei-me a uma rápida excursão em torno da estação ferroviária, pois, em virtude do atraso, devíamos partir o mais cedo possível. Tive então a impressão de que o Ocidente ficara para trás e que agora entrávamos no Oriente. A mais ocidental das portentosas pontes que cruzam o Danúbio, cujo leito aqui nos impressiona por sua amplitude e profundidade, põe-nos inopinadamente em contato com as tradições do mundo turco.

Deixamos Budapeste com a desejada pontualidade e, já ao anoitecer, atingimos Klausenburgo. Aqui fiz uma pausa e pernoitei no hotel Royale. À guisa de jantar ou, antes, de uma ceia, serviram-me um frango condimentado com uma espécie de pimenta vermelha, prato bastante saboroso, o qual, entretanto, me deixou com muita sede. (Lembrete: obter uma receita para Mina.) Indaguei do garçom e ele me disse que se tratava de *paprika hendl*, preciosidade da culinária nacional que poderia ser saboreada ao longo de toda a rota dos Cárpatos. Começava eu então a avaliar a verdadeira utilidade local dos arremedos de alemão que, às vezes, conseguia articular. E, efetivamente, não saberei jamais como teria prosseguido se não fosse capaz de apelar para semelhante ginástica linguística.

Dispondo de algum tempo livre durante minha permanência em Londres ali frequentei o Museu Britânico, consultando livros e mapas geográficos na biblioteca, a fim de recolher dados sobre a Transilvânia. Eu estava convencido de que um certo conhecimento prévio a respeito daquela região dificilmente deixaria de ser válido para estabelecer mais sólidas relações com um nobre do mesmo país. Verifiquei então que o distrito por ele citado se achava localizado no extremo oriental do território, precisamente na faixa limítrofe de três Estados: Transilvânia, Moldávia e Bukovina, no centro da cadeia dos Cárpatos, um dos mais selvagens e desconhecidos sítios da Europa. Em nenhuma das muitas obras e mapas consultados me foi possível estabelecer a exata localização do Castelo de Drácula, porquanto ainda não existem cartas geográficas da área em causa, comparáveis às que são editadas pelo nosso Serviço Geodésico oficial. Descobri, porém, que Bistritz, a vila postal indicada pelo Conde Drácula, corresponde a uma localidade razoavelmente bem conhecida. Incluirei aqui algumas de minhas anotações, pois as mesmas servirão para ativar minha memória quando relatar esta viagem ao voltar para junto de Mina.

A população da Transilvânia é formada por quatro distintas nacionalidades: os saxões no sul e, de mistura com eles, os valáquios, descendentes dos dacos; no oeste, os magiares; e, finalmente, nos setores norte e leste, os szekes. Meu destino leva-me à região habitada por estes últimos, os quais se dizem descendentes de Átila e dos hunos. Tais pretensões devem ser legítimas, pois quando os magiares conquistaram o país, ainda em pleno século onze, ali encontraram os hunos já fixados. Já li alhures a afirmação de que todas as superstições existentes neste mundo se originam da ferradura dos carpatianos, como se para lá convergissem todos os vórtices das mais férteis imaginações. Mas se assim o é, de fato, minha permanência em tal ambiente se tornará sumamente interessante. (Lembrete: preciso interrogar o Conde no tocante à veracidade desses fatos.)

Embora o meu leito fosse bastante confortável, não consegui dormir tranquilamente, pois meu sono foi perturbado pelos sonhos mais bizarros. Havia sob a minha janela um cão que uivou a noite inteira, o que provavelmente também contribuiu para a minha insônia, ou talvez a *paprika* a tivesse provocado, já que durante a noite fui obrigado a esvaziar todo o conteúdo do meu jarro de água potável, sem contudo saciar a minha sede. Já ao amanhecer, mal eu havia adormecido, fui despertado por sucessivas batidas a minha porta, o que me faz crer que finalmente estivesse dormindo a sono solto. No desjejum tornaram a servir-me uma farta porção de *paprika*, acompanhada de uma espécie de sopa de farinha de milho a que denominam de *mamaliga* e berinjela recheada de carne, delicioso prato conhecido como *impletata*. (Lembrete: obter também esta receita.) Mal pude saborear tal refeição. É que o trem deveria partir antes das oito da manhã. Este propósito, entretanto, não foi além da intenção, pois, a despeito de minha correria para chegar à estação às sete e trinta, fiquei imobilizado em minha poltrona por mais de uma hora diante da plataforma de embarque até soar o sinal de partida. Parece-me aqui que quanto mais avançamos para leste mais aumenta a impontualidade dos comboios ferroviários. Nesta progressão, o que dizer desta pontualidade na China?

Durante o dia inteiro parecíamos rolar através de um país emoldurado das mais fartas e variadas belezas. Por vezes deparávamos com pequenas vilas ou castelos engastados nos cumes de elevações alcantiladas, como os costumamos ver nas litogravuras de missais antigos. Logo adiante, marginávamos rios e torrentes cujas extensas margens, recobertas de volumosas pedras e calhaus desnudos, pareciam estar sujeitas a violentas e periódicas inundações. Somente uma massa d'água realmente portentosa e dotada de uma tremenda força de devastação é capaz de tamanha erosão em tão amplas faixas ribeirinhas. Em cada uma das estações do nosso trajeto notamos a presença de grupos de pessoas, às vezes mesmo pequenas multidões, todos ostentando trajes dos mais variados tipos e aspectos. Alguns deles assemelhavam-se particularmente aos campesinos de nosso país ou mesmo àqueles que encontrei em minhas andanças através da França e da Alemanha, vestindo jaquetas curtas em conjunto com calças de confecção caseira, complementadas por um chapéu redondo. E ainda outros que se destacavam por seu vivo pitoresco. As mulheres em geral eram graciosas, exceto quando observadas de perto. Suas cinturas eram pesadas e muito volumosas. Todas elas portavam blusas com mangas longas e brancas dos mais variados tipos. A maioria usava cintos largos, dos quais pendiam profusas tiras leves e quase flutuantes, semelhantes a uma vestimenta de *ballet*, sob as quais, obviamente, havia uma anágua. As figuras étnicas mais estranhas eram representadas pelos eslovacos, que formavam um aglomerado de aspecto muito mais bárbaro que os demais, com seus enormes chapéus de vaqueiro, amplas calças de lona de um branco cru, camisas de linho branco, cingidas por enormes e pesados cinturões de couro, medindo aproximadamente trinta centímetros de largura e fartamente guarnecidos de cravos de bronze. Calçavam altas botas em cujos canos inseriam as extremidades das pernas de suas calças. Suas cabeleiras eram longas e negras, e seus bigodes também negros eram de tamanho e espessura dos mais avantajados. Quanto ao aspecto eram realmente pitorescos, mas aparentemente nada afáveis. Vistos sobre um palco, seriam imediatamente identificados no papel de um bando de antigos salteadores orientais. No entanto, conforme a seguir vim a saber, trata-se de gente de hábitos acentuadamente pacatos e talvez carente de uma mais natural autoafirmação.

Já o crepúsculo descambava para a noite fechada quando alcançamos Bistritz, que antes de tudo é um sítio antigo dos mais interessantes. Localizando-se praticamente na fronteira – posto que o Passo Borgo conduz diretamente a Bukovina – sua existência pregressa foi das mais atribuladas e, evidentemente, guarda até hoje claros vestígios deste seu passado. Há cinquenta anos, foi assolada por uma sucessão de grandes incêndios, os quais em cinco diferentes oportunidades lhe causaram uma tremenda devastação. Ainda no limiar do século dezessete, Bistritz foi submetida a um assédio que teve a duração de três semanas. Teve então treze mil baixas, sendo a maior parte dessas perdas de guerra causada por doenças e pela fome.

O Conde Drácula recomendara-me ao hotel Coroa de Ouro, o qual, para gáudio meu, ainda adotava em toda a linha os tradicionais métodos da hotelaria antiga, pois na verdade eu precisava por todos os meios assenhorear-me da maneira de ser daquela terra. Eu estava evidentemente sendo esperado, porquanto mal me aproximara do portão quando deparei com uma mulher de meia-idade e aspecto jovial que trajava as costumeiras vestes campesinas – roupas de baixo de cor branca em conjunto com um longo avental duplo, isto é, cobrindo na frente e atrás, de tecido colorido e exageradamente justo para corresponder aos requisitos de uma perfeita discrição. Ao aproximar-me, ela curvou-se levemente e perguntou: "O senhor é o cavalheiro inglês?" – "Sim", disse eu. "Sou Jonathan Harker." Ela sorriu e ao mesmo tempo proferiu uma breve ordem a um senhor de idade em mangas de camisa branca, que a acompanhara até a porta de entrada. Ele afastou-se para em seguida retornar rapidamente com uma carta que me entregou:

"Meu Amigo: seja bem-vindo ao país dos carpatianos. Espero-o com a maior ansiedade. Desejo-lhe um sono bem reparador para esta noite. Amanhã, às três horas, partirá a diligência com destino a Bukovina. Nela há uma vaga reservada para a sua viagem. No Passo Borgo minha viatura estará a sua espera e o trará à minha presença. Meus votos são de que sua viagem a partir de Londres tenha transcorrido a seu gosto e que sua permanência em meu belo país lhe dê muito prazer.

Seu amigo
Drácula"

4 de maio – Descobri que o meu hospedeiro recebera uma carta do Conde, determinando-lhe que reservasse para mim o melhor lugar na carruagem. Quando, porém, comecei a fazer outras indagações a respeito de maiores detalhes, ele se mostrou um tanto reticente, argumentando que não conseguia entender o meu modo de falar alemão. Isso, entretanto, não correspondia à verdade, pois até então havia-me compreendido perfeitamente. Ou pelo menos vinha respondendo a minhas perguntas como se eu lhe falasse com toda a clareza. Ele e sua mulher, a idosa senhora que me recepcionara, agora se entreolhavam de maneira temerosa, como que assustados. Ele balbuciou que o dinheiro fora remetido juntamente com uma carta e que isso era tudo o que sabia. Quando lhe perguntei se ele conhecia o Conde Drácula e se poderia adiantar alguma informação a respeito do seu castelo, ambos – ele e sua mulher – se persignaram e, dizendo que não sabiam absolutamente nada, simplesmente se recusaram a prosseguir no assunto. Faltavam então poucos instantes para a minha partida, de forma que não me restou mais tempo para formular outras perguntas. Nessas circunstâncias, tudo se tornara terrivelmente misterioso, o que para mim de maneira alguma parecia animador.

Precisamente na hora de minha saída, a idosa senhora subiu até meu aposento e, num tom de voz estranhamente histérico, me perguntou:

– O senhor é obrigado a ir? Oh, meu jovem, o senhor é obrigado a ir? – Sua excitação chegara a tais extremos que ela parecia haver perdido o domínio de todo o alemão que sabia, passando a misturá-lo com alguma outra língua que para mim soava como totalmente desconhecida. Eu apenas me senti capaz de poder crivá-la com uma série de perguntas. Ao dizer-lhe finalmente que eu tinha que partir imediatamente e que me achava empenhado na realização de um importante negócio, ela voltou a interpelar-me:

– O senhor sabe em que data estamos?

Respondi-lhe que estávamos a quatro de maio. Balançando a cabeça, ela retrucou-me apressadamente:

– Oh, sim! Eu sei! Disto eu também sei, mas o senhor sabe o significado desta data?

Diante da minha resposta de que não estava entendendo nada, ela prosseguiu:

– Trata-se da véspera do dia de São Jorge. O senhor não sabe que esta noite, quando o relógio soar a última das doze badaladas, todos os males do mundo se desencadearão no auge de sua força? O senhor sabe para onde está-se dirigindo e o que lá irá fazer?

Ao enunciar esta última palavra ela externava tamanho abatimento que eu me senti na obrigação de confortá-la, o que todavia pareceu-me em vão. Ela, por fim, não se conteve e, lançando-se de joelhos a meus pés, implorou-me que não fosse, ou que ao menos aguardasse um dia ou dois antes de partir. Tudo aquilo parecia-me profundamente ridículo, mas na verdade eu não me sentia agora de forma alguma de ânimo confortável. Não obstante, havia uma obrigação a cumprir e eu jamais poderia admitir qualquer interferência que viesse me causar hesitação. Por isso tentei reerguê-la e, com a mais profunda entonação de voz que o momento me permitia, disse-lhe que lhe ficava muito agradecido, mas procurasse compreender que o meu dever era imperativo e que eu tinha que seguir. Ela então levantou-se e, enxugando as lágrimas dos olhos, retirou um crucifixo que trazia no pescoço e estendeu-o em minha direção. De pronto, eu não soube o que fazer, pois como adepto da Igreja Anglicana fora instruído a considerar tais objetos de certa forma como símbolo de um credo da idolatria. Mas, ao mesmo tempo, pareceu-me sumamente deselegante recusar o benévolo oferecimento de uma senhora de idade, que assim traduzia o seu estado de espírito. Segundo suponho, ela teria percebido a expressão desta dúvida estampada em meu rosto, visto como ela própria o cingiu em torno do meu pescoço, dizendo: "Pelo amor de sua mãe", após o que se retirou do quarto. Estou registrando este episódio em meu diário porque continuo esperando a chegada da carruagem, a qual, evidentemente, já se acha atrasada. O crucifixo, entretanto, continua pendendo dos meus ombros. Seja pelo temor da idosa senhora, seja pelas numerosas e impressionantes tradições fantasmagóricas da região, seja ainda por influência do próprio crucifixo, é coisa que não me acho em condições de afirmar. Mas já não me sinto de ânimo tão leve como usualmente acontece. Caso este livro venha a alcançar Mina antes que eu mesmo o possa fazer, seja ele o mensageiro da minha despedida. Aí vem a carruagem!

5 de maio. O Castelo – O lusco-fusco do amanhecer já se dissipou e o sol já galgou bem alto sobre o distante horizonte, que parece recortado, talvez por silhuetas de árvores ou de colinas, imagens para mim muito indistintas, pois devido à enormidade das distâncias os objetos maiores e os menores se misturam. Não sinto sono e como não devo ser chamado enquanto não despertar, prossigo naturalmente escrevendo até que venha a adormecer. Há muitas coisas bizarras a serem anotadas. E como o eventual leitor poderá vir a imaginar que eu jantei demasiadamente bem antes de partir de Bistritz, permita-me que reproduza aqui fielmente o meu cardápio. A minha refeição constou do que lá chamam de "fatia roubada" – isto é, pedaços de toucinho, cebolas e carne de vaca, temperados com pimenta vermelha, tudo enfiado num espeto e assado sobre brasas, segundo o estilo simples do churrasco londrino de carne de gato! O vinho servido foi o Mediasch Dourado, que produz uma estranha sensação picante em contato com a língua. Seu paladar, entretanto, não é desagradável. Tomei alguns copos dele apenas e nada mais.

Ao ocupar o meu lugar na viatura, o cocheiro ainda não se achava em seu assento. Vi-o então conversando com a senhora hoteleira. Falavam evidentemente a meu respeito, posto que vez por outra olhavam em minha direção e algumas das pessoas que se achavam sentadas no banco externo do hotel – e que eles lá chamam de "portadores de recados" – vinham, escutavam e, a seguir, passavam a me olhar com ares piedosos. Pude ainda ouvir uma série de palavras que eram constantemente repetidas, expressões de acento bem bizarro, pois várias nacionalidades se mesclavam entre o povo. Recorrendo discretamente ao meu dicionário poliglota, que se achava em minha pasta, me apressei a consultá-lo. Devo confessar que nenhum dos termos que pude perceber encerravam o menor sentido lisonjeiro para mim. Entre outros, lá estavam *ordog* – satanás, *pokol* – inferno, *stregoica* – bruxa, *vrolok* e *vikolslak* – ambas com a mesma significação, uma de origem eslovaca, a outra do linguajar sérvio, a que simplesmente correspondem lobisomem ou vampiro. (Lembrete: preciso ouvir o Conde a respeito dessas superstições.)

Quando partimos, a multidão que se reunira em frente à porta do hotel e se avolumara consideravelmente fazia espontaneamente o sinal da cruz e ao mesmo tempo apontava para mim com dois dedos em riste. Com alguma dificuldade, encontrei um passageiro vizinho em condições de explicar-me os seus gestos. A princípio ele relutou em responder-me, mas ao notar que eu era de nacionalidade inglesa esclareceu que se tratava de uma espécie de rito ou simpatia para guardá-los do mau-olhado. Sua interpretação já não me proporcionava o menor prazer, visto achar-me no limiar de uma jornada que me conduziria para um lugar desconhecido, onde um personagem também desconhecido me aguardava em circunstâncias das mais singulares. Todos, porém, se mostravam tão benevolentes e piedosos e, além disto, tão simpáticos que eu não pude escapar à comoção. Jamais esquecerei a última cena que se fixou em minha retina quando lancei um olhar final sobre o pátio do hotel e a irrequieta multidão de figuras pitorescas se acotovelando entre si, até formarem um grupo compacto em torno da ampla arcada, tendo por fundo, num segundo plano, a exuberante folhagem dos loureiros rosa e das laranjeiras, com seus tufos verdes no centro do terreno. Mas no mesmo instante o nosso cocheiro, cujas amplíssimas bombachas de linho cobriam toda a frente do assento dianteiro – e às quais denominam de *gotza* – estalou o seu longo relho sobre o dorso dos seus quatro pequenos corséis, que partiram emparelhados. E assim iniciamos a nossa jornada.

A caminho, não tardei a perder de vista e da memória os temores fantasmagóricos, que rapidamente se diluíram na beleza da paisagem. O certo, todavia, é que se possuísse melhores conhecimentos da língua ou, melhor, das línguas que os passageiros mais próximos falavam entre si, não teria de forma alguma me desvencilhado tão facilmente de tais pensamentos. Diante de nós estendia-se uma interminável sucessão de ondulações verdes, de compactos bosques e florestas, intercaladas aqui e ali de íngremes colinas, coroadas de renques de frondosas árvores ou de moradias rurais, com seus alpendres livres confinando com as margens de nossa rodovia. Pendiam das árvores frutíferas, em selvática profusão, flores e botões que mais tarde se transformaram em frutos nas macieiras, ameixeiras, pereiras e cerejeiras. E quando nossa carruagem passava nas proximidades, eu conseguia distinguir o verdor da relva que atapetava o chão sob os pomares vergar debaixo do peso de um dilúvio de pétalas cadentes. Ora insinuando-se entre o labirinto dessas verdes colinas que os seus habitantes chamam de "Mittel Land", ora afastando-se dos seus redutos, avançava a estrada, como que fugindo de si mesma em torno de cada curva verdejante ou se expondo a um brusco bloqueio imposto pela compacta orla das errantes florestas dos pinheirais, as quais pareciam deslizar pelas faldas das colinas abaixo, como línguas e torrentes de um dilúvio verde. O caminho era acidentado, mas nós ainda parecíamos voar sobre os seus atalhos com uma rapidez quase febril. E eu não podia ainda compreender o verdadeiro significado daquele açodamento. O cocheiro, porém, estava evidentemente decidido a não perder um só segundo até haver alcançado Borgo Prund. Informaram-me que durante o verão essa estrada permanece em excelente estado de trânsito. Não fora entretanto ainda restaurada após as nevascas hibernais. Neste aspecto é ela diferente das condições gerais das estradas que atravessam a região carpatiana. Isso porque perdura ainda uma antiga tradição mandando que elas não sejam mantidas numa ordem de conservação perfeita. Já os antigos *hospadars* se omitiam em repará-las a fim de evitar que os turcos supusessem que seus vizinhos se empenhavam na tarefa de levar tropas estrangeiras até suas fronteiras, assim precipitando a deflagração de uma guerra que realmente se achava a ponto de explodir.

Além da faixa caracterizada pelas intumescidas colinas da Mittel Land, erguiam-se os portentosos aclives florestais até atingirem as altaneiras escarpas dos próprios Cárpatos. Alçavam-se estes à nossa direita e à nossa esquerda, com os brilhantes raios solares vespertinos irisando-os com as mais belas e variegadas cores, com o azul-profundo e o púrpura envolvendo seus picos e cabeços rochosos, o verde e o castanho se insinuando nas faixas onde a rocha e a relva se confundem. Como uma perspectiva que se estende até o infinito, os maciços parecem desfilar numa procissão de rochas recortadas e de agudos penhascos, até se desvanecerem nos alvos cumes das neves eternas. Aqui e ali surgiam majestosas fendas nos blocos de montanhas através das quais, sob o sol poente, vez por outra podíamos admirar o branco brilho das cachoeiras distantes. Um dos meus companheiros de viagem tocou em meu braço quando contornávamos a base de uma colina e subitamente deparamos com o altaneiro e nevado pico de uma montanha que, em virtude do caprichoso traçado em serpentina descrito por nosso caminho, parecia postar-se precisamente diante de nós:

– Veja, disse ele, *Isten szek*! O Trono de Deus! – E assim falando, persignou-se reverentemente.

Enquanto girávamos rolando sobre a nossa estrada sem fim e o astro rei mergulhava mais e mais rumo à linha do horizonte, as sombras da noite começaram a se insinuar entre nós. Essa transição foi enfatizada pelo fato de que o nevado pico que tínhamos diante de nós ainda refletia o por do sol, parecendo reverberar ao luzir num tom suavemente avermelhado. Aqui e ali, alternadamente, íamos passando por pequenos grupos de tchecos e eslovacos, todos trajando vestes de vivos coloridos. Notei, porém, que a grande maioria estava infestada pelo bócio. Junto às margens da estrada erguiam-se numerosas pequenas cruzes, e sempre que a nossa carruagem passava por uma delas meus companheiros de jornada faziam o ostensivo sinal da persignação. Amiudadas vezes víamos uma campesina ou um camponês ajoelhados diante de uma sepultura. Tais pessoas nem sequer volviam suas cabeças ou elevavam seus olhos quando nos aproximávamos. Pareciam completamente imersas em seus cultos de devoção, nada mais vendo ou ouvindo, como se estivessem rodeadas por um outro mundo. Havia ali muitas coisas que eram inteiramente inéditas para mim. Por exemplo, montes de feno sobre as árvores e aqui e ali belos renques de salgueiros chorões, com seus delicados ramos esparzindo um característico brilho prateado através do verde tenro de suas longas folhas. E vez por outra ultrapassávamos um *leiterwagen* – a carreta rústica do camponês – com seu longo estrado articulado em forma de serpente, a fim de melhor absorver as saliências e depressões do leito da estrada. Sobre elas se faziam transportar, sentados, grupos de campônios que retornavam para casa. Uns, os tchecos, com suas peles de carneiro de cor branca, ao passo que os eslovacos se distinguiam sempre por uma forte coloração de idênticas peles que vestiam, carregando, além disso, longas vergas lanciformes com um machado na extremidade. Ao cair da noite, a temperatura começou a baixar com extrema rapidez, e a bruxuleante luz crepuscular parecia mergulhar a sombra das árvores numa neblina ainda mais escura, onde se confundiam o carvalho, a faia e o pinheiro. Não obstante, ao longo dos vales que lá no fundo circundavam os sopés das colinas, os pinheiros negros se destacavam nitidamente aqui e ali contra as últimas camadas da neve serôdia, quando alcançamos o Passo lá no alto. Por vezes, quando a pista da estrada era seccionada pela presença das florestas de pinheiros que na escuridão pareciam fechar-se sobre nós, grandes massas cinzentas que aqui e ali pairavam sobre as árvores produziam um efeito mágico e solene muito peculiar que ia reativar os pensamentos e as terríveis fantasias que antes do início da tarde já se haviam insinuado em nosso cérebro. Por isso, quando o progressivo ocaso imprimiu seus estranhos relevos às densas nuvens com aparência de fantasmas, os ventos que varriam as escarpas e os picos dos Cárpatos pareciam lançá-las incessantemente sobre os vales. Por vezes, as subidas eram tão íngremes que, a despeito da pressa do cocheiro, os cavalos apenas se arrastavam. Eu pretendia descer da carruagem e galgar a serra a pé, como costumava fazer em minha terra. O cocheiro, todavia, nem queria tomar conhecimento.

– Não, não – dizia ele. – Aqui você não pode caminhar. Os cães são muito ferozes. – E logo após acrescentava, com um evidente sentido de pilhéria tétrica, pois olhava em redor para receber a aprovação dos demais: – E hoje, antes de adormecer, você ainda vai ter que enfrentar mais do que o suficiente sobre este mesmo assunto.

A única parada que se dispôs a fazer foi para acender seus lampiões. Quando a escuridão se tornou completa, pareceu-me notar uma certa excitação entre os passageiros, que se mantiveram em constante conversa com ele, um após outro, embora simultaneamente o instassem a aumentar a velocidade. Ele passou então a açoitar os cavalos sem dó nem piedade com seu longo relho, enquanto com brados selvagens os estimulava a esforços cada vez maiores. Foi então que através das trevas pude divisar uma espécie de foco de luz acinzentada à nossa frente, como se de repente se estivesse abrindo uma fenda no maciço da colina. O alvoroço dos passageiros tornou-se incontrolável. O nosso coche louco agitava-se sobre suas enormes molas de couro e jogava como se fosse um pequeno bote acossado por uma tormenta em alto-mar. Tive de me segurar. A estrada tornou-se ainda mais íngreme e era como se voássemos. Então as montanhas pareciam avançar sobre nós de ambos os lados para afinal se replissarem sobre nossas cabeças. Estávamos penetrando no Passo Borgo. Um por um, os passageiros me ofereceram prendas, as quais eles me impunham com tal seriedade que de forma alguma admitia a menor recusa. Eram todas certamente da mais bizarra e variada espécie, mas eram dadas na mais simples boa-fé, sempre acompanhadas de uma palavra amável e de uma bênção, além daquela estranha mistura de gestos temerosos que eu já vira no pátio do hotel em Bistritz – o sinal da cruz e o rito de defesa contra o mau-olhado. Nesse instante, enquanto avançávamos a toda a brida, o cocheiro inclinou-se para a frente. E, de ambos os lados, os passageiros esticavam o pescoço para fora do coche, esquadrinhando com avidez cada palmo da escuridão. Algo muito excitante estava evidentemente acontecendo ou era por eles esperado. Mas, ao dirigir-me a cada um dos presentes indagando sobre suas estranhas atitudes, nenhum deles procurou dar-me a menor explicação. Esse estado de excitação se manteve ainda por mais alguns instantes, até quando, finalmente, vimos surgir diante de nossos olhos a garganta do Passo que conduz à vertente oriental. Pairavam ali sobre as nossas cabeças turbilhonantes nuvens negras e a própria atmosfera era pesada e opressiva, prenunciando o iminente ribombar do trovão. Parecia que a cadeia de montanhas havia separado duas atmosferas diferentes e que agora acabávamos de mergulhar nos domínios da tempestade. Comecei então a procurar a nova condução que deveria levar-me à presença do Conde. A todo instante eu esperava divisar o brilho de suas luzes através do negrume da noite. Tudo, porém, era escuridão. A única luz visível era a bruxuleante claridade emitida pelos faroletes do nosso coche, em torno dos quais o vapor que se desprendia do dorso dos cavalos se transformava numa pequena nuvem esbranquiçada. Era-nos agora possível observar o leito arenoso da estrada que se estendia diante nós, onde não havia qualquer traço da passagem de um veículo. Os passageiros nessa altura se recostaram com um suspiro de satisfação que mais parecia uma zombaria ao meu desapontamento. Eu já começava a pensar numa nova opção do que fazer, quando o cocheiro, olhando o seu relógio, murmurou algumas palavras para os demais que eu mal pude perceber, tão fraco e discreto foi o seu tom de voz. Pareceu-me, entretanto, ouvir:

– Uma hora de avanço sobre o horário. – A seguir, voltando-se se para mim, falou-me, num alemão pior do que o meu: "Aqui não há carruagem alguma. O senhor não está sendo mesmo esperado. Assim, fará melhor se prosseguir até Bukovina e retornar amanhã ou no dia seguinte. É melhor que seja no dia seguinte".

Enquanto ele falava, os cavalos começaram a relinchar, resfolegar e debater-se descontroladamente, obrigando o cocheiro a acalmá-los. Então, em meio a um verdadeiro coro de imprecações dos camponeses e de uma frenética e universal persignação dos mesmos, surgiu atrás de nós uma caleça puxada por duas parelhas de cavalos. Alcançou-nos num átimo para, a seguir, estancar a nosso lado. Assim que os quatro cavalos pararam ao alcance da luz das nossas lâmpadas, pude ver sua pelagem de um negro luzidio e também que se tratava de animais de uma esplêndida linhagem. Eles eram conduzidos por um homem de estatura elevada, com uma longa barba castanha, coberto com um amplo chapéu de abas largas, que parecia destinado a ocultar suas feições. Só me foi possível ver o lampejo de dois olhos dotados de um intenso brilho e que, à luz da lâmpada, pareciam vermelhos quando nos fixavam. Falando então ao nosso cocheiro, disse ele:

– Você está adiantado esta noite, meu amigo.

– O *Herr* inglês estava apressado – balbuciou, em resposta, o nosso homem.

– Suponho que é por isso que você queria levá-lo até Bukovina – replicou o estranho. – Você não me engana, meu amigo. Eu sei de tudo e meus cavalos são velozes.

Enquanto falava, ele sorria. E à luz dos faroletes sua boca apresentava um ricto de dureza. Era ela contornada por lábios extremamente sanguíneos e guarnecida de dentes aparentemente muito afiados e de uma brancura ebúrnea. Um dos meus companheiros de viagem escolheu este momento para segredar no ouvido do seu vizinho uma estrofe de Leonor, de Burger:

"Denn die Toten reiten schnell."
("Pois os mortos cavalgam céleres.")

O cocheiro estranho evidentemente ouviu essas palavras, pois ergueu seus olhos e esboçou um sorriso triunfante. O passageiro desviou seu rosto e ao mesmo tempo uniu seus dois dedos e persignou-se.

– Passe-me a bagagem do *Herr* – disse o recém-chegado.

E sob uma inusitada alacridade minhas malas foram transferidas para a caleça. Concluída essa tarefa desci do coche, e, como a outra viatura se achava ao nosso lado e a um passo da nossa, o estranho agarrou-me pelo braço para ajudar-me. Sua mão deu-me a impressão de uma tenaz de aço, e sua energia parecia prodigiosa. Sem articular uma única palavra ele sacudiu as rédeas, os cavalos descreveram um semicírculo e nós nos aprofundamos na escuridão do Passo. Olhando para trás ainda pude vislumbrar entre o vapor que se desprendia dos exaustos cavalos do coche, de mistura com a luz dos faroletes e projetados contra esse fundo vacilante, os vultos dos meus companheiros de há pouco, mais uma vez se persignando. E imediatamente o cocheiro estalou o seu açoite e, fazendo um apelo nominal a seus cavalos, prosseguiu a jornada rumo a Bukovina. Ao desaparecerem entre as trevas, senti um estranho calafrio e uma terrível sensação de solidão se abateu pesadamente sobre mim. Mas um manto foi estendido sobre os meus ombros e um cobertor desdobrado sobre os meus joelhos. A seguir, o cocheiro disse em excelente alemão:

– A noite está fria, *mein Herr*, e meu amo, o Conde, ordenou-me que tomasse todo o cuidado com o senhor. Temos uma garrafa de slivovitz (a aguardente de ameixas do país) por baixo do assento, caso o senhor a deseje.

Não cheguei a me servir da bebida oferecida, mas, de qualquer forma, tivera pelo menos o conforto de saber que ela se achava ali, ao meu alcance. Embora dominado por uma sensação bastante estranha, eu não me sentia assustado. Mas acho que, se ali surgisse qualquer outra alternativa, eu a teria agarrado, ao invés de prosseguir nesta singular jornada noturna. A carruagem avançava a passos rápidos em linha reta. Logo após fizemos uma volta completa e prosseguimos ao longo de outra estrada reta. A mim me parecia agora que estivéssemos rodando sempre e sempre sobre o mesmo trajeto já anteriormente percorrido. Por isso fiz questão de anotar certos pontos de importância em referência e cheguei à conclusão de que a minha suspeita era verdadeira. Eu teria de bom grado perguntado ao cocheiro o que tudo aquilo significava. Receei, porém, que, assim procedendo e dada a situação em que me encontrava, qualquer protesto ou objeção de minha parte não surtiria o menor efeito, caso houvesse realmente uma intenção oculta em toda esta demora. Pouco a pouco, todavia, fui ficando curioso em saber quanto tempo já havia sido gasto. Para isso, risquei um fósforo e, à luz de sua chama, olhei o meu relógio. Faltavam poucos minutos para a meia-noite. Esta simples constatação produziu em mim uma espécie de choque, pois eu suponho que a superstição generalizada que se atribui à meia-noite se achava agora fortemente exacerbada através das minhas mais recentes experiências. Assim, foi numa desagradável sensação de *suspense* que aguardei os próximos instantes.

Então um mastim começou a uivar alhures numa estância rural, bem longe, abaixo de onde corria a nossa estrada. Seu uivo era áspero, longo e lamentoso, como se estivesse repassado de pavor. Seu eco foi recolhido por um outro cão e, a seguir, mais outro e mais outro, até que levada tenuemente pelo vento a crescente sequência dessas tristes vibrações atingiu o Passo, onde finalmente se concentrou a mais selvagem e alucinante cacofonia de uivos, que pareciam convergir de todos os cães que viviam no país, atravessando a quietude da noite, até esgotar toda a capacidade da nossa imaginação. Ao impacto do primeiro uivo já os cavalos começaram a se empinar e retroceder. Mas o cocheiro falou-lhes com um tom de voz acariciante e eles se aquietaram, o que, entretanto, não evitou que fossem atacados de um tremor pânico e ficassem cobertos de suor como se tivessem acabado de concluir uma desabalada fuga, arrasados de pavor. Logo após, como que descendo das distâncias abissais das mais altas montanhas que nos circundavam, começou a baixar cada vez mais forte e angustiante um novo uivo – o uivar dos lobos – o qual por igual e ao mesmo tempo perturbou a mim e aos cavalos. O meu primeiro ímpeto foi saltar da caleça e correr, enquanto os quatro parelheiros tornaram a se acuar e empinar enlouquecidos, obrigando o cocheiro a empregar todo o seu vigor para evitar que disparassem. Dentro de poucos minutos, porém, os meus próprios ouvidos se acostumaram com a insólita onomatopeia e também os cavalos pareceram acomodar-se, a ponto de o cocheiro poder descer do seu assento e postar-se diante deles. Ele os acariciou alisando-os lentamente e ao mesmo tempo sussurrou algo junto a seus ouvidos, como é de hábito entre os domadores de equinos. Tal tratamento produziu efeitos imediatos, visto como depois das carícias todos os quatro voltaram a se mostrar obedientes, embora ainda continuassem visivelmente a tremer. O cocheiro retomou seu assento e, sacudindo as rédeas, partiu a passos largos. Desta feita, depois de tomar o caminho mais afastado do Passo, subitamente desviou-se para uma trilha mais estreita, cujo declive dobrava diretamente para a direita.

Daí a pouco atingíamos sucessivos emaranhados de arvoredos que em certos pontos se fechavam em arco sobre a estreita estrada, os quais atravessávamos como se fossem túnel. E novamente os enormes amontoados rochosos barravam-nos insolitamente ambos os flancos do caminho. Apesar de estarmos abrigados, podíamos ouvir a crescente intensidade do vento, que rugia e sibilava nos ângulos da rocha, e as copas das árvores se chocavam entre si sob o impacto de suas lufadas. Também o frio redobrou de intensidade e uma tênue poeira de neve começava a cair, o que fez com que dentro em pouco nós e tudo o mais que nos cercava ficássemos cobertos por um leve lençol branco. O aguçado vento ainda continuava a nos brindar com os lancinantes uivos dos cães entediados. Seu concerto porém se tornava cada vez mais débil, à medida que nos afastávamos ao longo do caminho. Já o latido dos lobos, entretanto, soava cada vez mais próximo, dando a impressão de que se fechavam em círculo, convergindo diretamente sobre nós. O meu medo crescia agora assustadoramente, e os cavalos pareciam compartilhar do meu pavor. O cocheiro, não obstante, não demonstrava o menor receio. Continuava volvendo sua cabeça para a direita e para a esquerda, enquanto eu, por mais que me esforçasse, nada conseguia ver no compacto manto da escuridão.

Subitamente, à nossa esquerda notei o aparecimento de uma débil e vacilante chama. O cocheiro a vislumbrou no mesmo instante. Ato contínuo refreou os cavalos e, saltando ao chão, desapareceu na escuridão. Eu não sabia o que fazer, ainda mais que o uivar dos lobos se achava agora já bem mais próximo. Porém, enquanto eu raciocinava, o cocheiro repentinamente reapareceu e, ainda sem emitir qualquer palavra, voltou a seu assento e nós prosseguimos a jornada. Suponho que eu tenha adormecido e a seguir sonhado com tal incidente, pois ele me parecera de uma duração interminável, e agora, relembrando o ocorrido, tudo começa a transformar-se num horripilante pesadelo. E mais uma vez a mesma chama se apresentou à beira da estrada chegando agora tão perto que deu para distinguir todos os gestos do cocheiro. Ele tornou a descer rapidamente até onde a pequena chama azul se erguera – sua intensidade pareceu-me muito fraca, pois nem sequer foi suficiente para iluminar toda a área a seu redor – e, apanhando algumas pedras, reuniu-as sob uma determinada forma. Então pela primeira vez pude notar um dos mais estranhos fenômenos de ótica: enquanto ele permanecia entre mim e aquela chama, não obstruía o seu fulgor, pois eu continuava a ver seus fantásticos albores como se ninguém ali se achasse. Isso me fez estremecer, mas como o efeito foi apenas momentâneo eu preferi admitir que meus próprios olhos me tivessem enganado quando quis forçá-los, em plena escuridão. A seguir já não havia mais chamas azuis e nós prosseguíamos imperturbáveis em boa marcha através das trevas, com todos os lobos ao redor de nós, como se nos quisessem manter sob um compacto cerco que se deslocava para nos acompanhar.

Finalmente, chegou uma ocasião em que o cocheiro se afastou do carro muito mais do que até então o fizera. Durante sua ausência os cavalos começaram a tremer mais do que das vezes anteriores e a resfolegar e relinchar, apavorados. Eu não conseguia atinar a causa de tamanha agitação, porquanto o uivar dos lobos já havia cessado. Mas naquele preciso momento a lua, rompendo a pesada barragem de enormes nuvens negras, aparecia por detrás da recortada crista de um saliente rochoso onde medrava um renque de pinheiros. E, agora sob esse luar, eu via em torno de nós uma matilha de lobos, tendo à mostra os seus alvos dentes, em contraste com o vermelho vivo de suas línguas, sempre ávidas de sangue, com seus longos e musculosos membros e pelagem eriçada e áspera. Em seu silêncio ameaçador eles eram agora cem vezes mais terríveis do que antes, quando apenas os ouvíamos uivando. Eu próprio comecei a sentir uma espécie de paralisia, provocada pelo medo. Somente depois de um homem ter estado face a face com semelhante horror é que pode avaliar a sua verdadeira significação.

Como se obedecessem a um impulso secreto, todos os lobos ali presentes estavam agora uivando em uníssono, dando a impressão de que o clarão da lua acabava de exercer um peculiar efeito sobre seu comportamento. Os cavalos mais uma vez se acuaram e saltaram violentamente, olhando a seu redor com uma expressão que fazia pena ver-se. Mas o cerco vivo do terror os ameaçava por todos os lados e, de alguma forma, eles conseguiram manter-se dentro do mesmo. Chamei pelo cocheiro com toda a minha voz, pois pareceu-me que a nossa única possibilidade de escapar resumia-se em romper o círculo das feras, correndo a seu encontro. Assim, eu gritava e ao mesmo tempo batia nas paredes da caleça, na esperança de com o ruído afugentar os lobos postados daquele lado para dar-lhe um recurso capaz de romper a armadilha. Como ele finalmente ali chegou eu não consigo explicar. O fato é que eu o ouvi erguer a voz num tom de comando imperioso e, volvendo-me na direção da fala, vi o cocheiro de pé no meio da estrada. Ao agitar seus longos braços – dando-me a impressão de que se desvencilhava de um obstáculo incorpóreo – os lobos se retraíram e foram recuando cada vez mais. Então, outra pesada nuvem voltou a cobrir a face da lua, devolvendo-nos à plena escuridão.

Quando voltei a enxergar, o cocheiro já estava subindo na caleça, e os lobos haviam desaparecido. Todos esses eventos foram tão estranhos e perigosos que um invencível terror passou a dominar-me e eu simplesmente receava abrir a boca para falar, ou esboçar um movimento. O tempo parecia-me interminável quando reiniciamos nossa jornada, que agora se desenrolava dentro de uma escuridão quase total, pois as nuvens mais espessas voltavam a encobrir a lua. Nosso caminho mantinha-se em ascensão, apenas intercalada de pequenos trajetos em rápidos declives. Fora daí, a estrada subia sempre. Mas, repentinamente, eu ganho plena consciência de que o cocheiro acabara de refrear os cavalos no pátio de um imenso castelo já em ruínas. Das sombrias janelas que se achavam dentro do meu alcance visual nenhum vestígio de luz se fazia notar. De resto, a desmoronada estrutura do castelo apenas ostentava uma acidentada linha de muralhas, tendo por fundo o céu e o luar.

II
O diário de Jonathan Harker
(Continuação)

5 de maio – Devo ter adormecido, pois se me achasse em pleno estado de vigília certamente teria notado a aproximação de um sítio tão extraordinário. Na obscuridade, o pátio do antigo castelo parecia ocupar uma área considerável, e como alguns dos sombrios caminhos que o circundavam passavam sob as abóbadas de robustas arcadas, sua superfície talvez aparentasse uma extensão bem maior do que a real. Na verdade, porém, eu ainda não tivera oportunidade de contemplá-lo à luz do dia.

Assim que a caleça se deteve, o cocheiro desceu para o pátio e estendeu-me a mão, a fim de auxiliar-me a apear. Mais uma vez não pude deixar de admirar sua prodigiosa força muscular. Naquele breve instante sua destra mais me pareceu um torno de aço, que poderia ter esmagado os meus dedos, se assim o desejasse. Então ele apanhou minha bagagem, colocando-a no chão a meu lado. Pude observar que me achava agora diante de uma enorme porta, já muito castigada pelas intempéries e cravejada de pesados pregos enegrecidos. Sua soleira era formada por amplas e maciças lajes, as quais cobriam também toda a extensão do longo corredor. O piso, entretanto, apresentava-se sensivelmente côncavo, tal o desgaste imposto pelo uso e pelo tempo. Mas, enquanto eu permanecia nesta indecisa expectativa, o cocheiro de um salto voltou à boleia do seu carro e sacudiu as rédeas. Os cavalos partiram a toda a brida, ao passo que a bagagem com todos os meus pertences desaparecia através de uma das escuras aberturas ali existentes.

Permaneci em absoluto silêncio onde me encontrava, porquanto não sabia como proceder. Não havia o menor sinal de um sino ou de uma campainha. Não me parecia possível que minha voz pudesse alcançar os ouvidos de alguém através daquelas ásperas paredes ou mesmo das lúgubres aberturas das janelas. O tempo que ali esperei adquiriu uma elasticidade quase infinita e um turbilhão de dúvidas e temores parecia aniquilar-me. A que espécie de lugar tinha eu chegado e que tipo de gente o habitava? Em que medonho sortilégio eu me havia aventurado? Estar-me-ia defrontando com um incidente de caráter meramente rotineiro nas atividades de um agente procurador, enviado com a missão de negociar a venda de um sítio londrino a um estrangeiro? Agente procurador! Mina jamais o aprovaria. Procurador – precisamente ao deixar Londres é que vim a saber que meus testes haviam sido bem-sucedidos e que sou um procurador consumado! Na ocasião tive de esfregar os olhos e de beliscar-me a fim de verificar se estava bem acordado. Tudo parecia transformar-se num terrível pesadelo, do qual ansiava libertar-me despertando subitamente em minha própria casa, com os primeiros albores da aurora emoldurando as janelas, como vez por outra me ocorria, após vencer uma árdua jornada de trabalho. O meu corpo, porém, reagia de imediato à prova da vigília e meus olhos não podiam enganar-me. Achava-me realmente bem desperto e em carne e osso estava agora nos Cárpatos, isolado e só. Tudo que me restava fazer resumia-se em perseverar com toda a paciência e aguardar a claridade da manhã.

No exato instante em que chegava a esta desanimadora conclusão, ouvi uma sucessão de pesados passos aproximarem-se por detrás da espessa porta, ao mesmo tempo em que vislumbrava a claridade de uma luz que filtrava através das frestas. Seguiram-se os ruídos de uma corrente e da remoção de pesadas travas. A chave girou estridentemente numa fechadura em desuso, e a enorme porta por fim se escancarou.

De seus umbrais assomou um ancião de alto talhe, de barba bem escanhoada e um longo bigode branco, trajado de negro da cabeça aos pés, sem qualquer traço ou vestígio de uma outra cor. Portava ele uma antiga lanterna manual de prata, cuja chama ardia ao ar livre, isto é, sem globo ou manga, e formava sombras trêmulas através da porta recém-aberta. Com um cortês aceno de sua mão direita, o ancião indicou-me a entrada, enquanto num excelente inglês, mas com estranha entonação, dizia:

– Seja bem-vindo à minha casa! Entre e ponha-se à vontade!

Notei, porém, que ele não esboçara o menor movimento para vir a meu encontro, permanecendo imóvel como uma estátua, tal como se a breve saudação de boas-vindas o tivesse transformado num monólito. Todavia, no mesmo instante em que eu transpus o limiar de sua sala, ele avançou como se estivesse sendo impelido impulsivamente para a frente e, estendendo sua mão, apertou a minha com tamanha força que me fez retroceder. Tal efeito, entretanto, não foi em nada minorado pelo fato de que seu cumprimento me havia produzido a sensação de um bloco de gelo... muito mais próxima de pegar na mão de um morto do que de uma pessoa ainda com vida. E ele voltou a falar-me:

– Seja bem-vindo à minha casa. Fique à vontade. Sinta-se em segurança. Dê-nos também um pouco da sua felicidade!

O vigor do aperto de mão pareceu-me tão semelhante ao que eu próprio já notara ao encontrar-me com o cocheiro, cujas feições não lograra distinguir, que por um instante julguei tratar-se da mesma pessoa com quem falava agora. Assim, para desfazer esta dúvida, decidi interrogá-lo:

– Estou falando com o Conde Drácula?

Ao que ele, esboçando uma cortês curvatura, respondeu:

– Eu sou Drácula, e apresento-lhes as minhas boas-vindas, sr. Harker; sinta-se à vontade em minha casa. Entre. O ar da noite está muito frio, e o senhor deve estar querendo comer e repousar.

Enquanto assim falava, pendurou a lanterna num gancho metálico que pendia da parede e, adiantando-se, apanhou minha bagagem. Ele a alcançara antes que eu o pudesse impedir. Externei-me num protesto convencional, quando ele voltou a insistir:

– Não, absolutamente. O senhor é meu hóspede. É tarde e os meus criados já se recolheram. Permita-me que eu mesmo cuide do seu bem-estar.

Após essas palavras, ele prosseguiu com meus volumes ao longo do corredor, subindo a seguir os degraus de uma grande escada em caracol, até chegar a um novo e extenso corredor, sobre cujo piso de pedra os nossos passos ressoavam fortemente. Ao final desse trajeto, ele abriu uma porta de madeira maciça, e eu tive então a satisfação de encontrar-me numa sala bem iluminada, em cujo centro havia uma mesa sobre a qual recendia uma farta ceia. Também a temperatura era agora bem mais agradável, pois na lareira crepitavam as chamas de pesados troncos ainda quase intactos.

O Conde deteve-se ali por instantes, enquanto arriava as minhas malas e, após fechar a porta, atravessou a sala e abriu uma outra. Esta conduzia a um pequeno aposento de formato octogonal. Era iluminado por uma lâmpada singela e, aparentemente, não contava com nenhuma janela ou qualquer outra abertura semelhante. Passando através deste cômodo, ele abriu mais uma porta e convidou-me a entrar. A visão do novo quarto foi, de fato, confortável. Como dormitório, dispunha de um amplo leito, de boa luz e, a exemplo da sala, havia ali uma lareira recém-acesa, cuja tiragem produzia um rumor surdo ao longo da chaminé. O próprio Conde ainda levou minha bagagem até ali, dizendo antes de fechar a porta atrás de si:

– Depois de sua longa jornada, o senhor necessitará de um banho de asseio para refrescar-se. Espero que encontre tudo o que desejar. Quando estiver pronto, volte para a sala próxima, onde o aguardará sua ceia, já servida.

A franqueza e o calor da cortês recepção que o Conde me dispensara pareciam ter dissipado todas as minhas dúvidas e os meus temores. Portanto, já refeito e de ânimo normal, pude subitamente descobrir que me sentia semimorto de fome. Isso fez com que abreviasse ao máximo minha tarefa no banheiro, a fim de retornar ao refeitório.

Realmente, encontrei ali a nossa ceia já preparada. O meu anfitrião, que me esperava de pé ao lado da lareira, levemente recostado de encontro a alvenaria, acenou delicadamente com uma das mãos em direção à mesa e disse:

– Rogo-lhe que se sente e que se sirva a seu bel-prazer. Espero desculpar-me por não poder acompanhá-lo à mesa. Na verdade, eu já jantei e não costumo cear.

Aproveitei o ensejo para entregar-lhe a carta lacrada que o sr. Hawkins enviara por meu intermédio. Ele imediatamente a abriu e leu com toda a atenção. A seguir, com um sorriso inegavelmente encantador, estendeu-me a carta e pediu que a lesse. Entre os demais, um dos seus trechos despertou em mim uma irreprimível sensação de prazer.

"Tenho a lamentar que um forte acesso de gota, mal do qual ultimamente venho sofrendo constantes ataques, me impeça de maneira absoluta de qualquer futuro propósito de viajar até aí. Sinto-me porém feliz em poder enviar-lhe um substituto devidamente capacitado e no qual eu deposito a mais ilimitada confiança. Trata-se de um homem jovem, pleno de energia e de especial talento e, além disso, dotado de uma disposição das mais dedicadas. Ele é discreto e circunspecto, e sua maioridade profissional foi adquirida a meu serviço. Ele se mostrará perfeitamente apto a satisfazê-lo enquanto aí permanecer, ficando desde já autorizado a acolher suas instruções em qualquer assunto."

O próprio Conde fez questão de descobrir uma das travessas que se achavam sobre a mesa, fazendo com que eu literalmente me lançasse sobre um excelente frango assado, que mais aguçou o meu apetite. Este prato, um pouco de queijo, salada e uma garrafa do velho e licoroso Tokay, do qual bebi dois copos, proporcionaram-me uma lauta ceia. Enquanto eu satisfazia os mais urgentes problemas do meu estômago, o Conde formulava as mais variadas perguntas a respeito de minha jornada. E, por etapas, eu ia relatando todos os excitantes episódios que havia experimentado.

Neste meio-tempo eu terminara a minha ceia e, satisfazendo o desejo do dono da casa, puxara uma cadeira para o pé do fogo, na qual sentei-me, para fumar um charuto que ele me oferecera, dizendo-me todavia que ele próprio não fumava. Ele agora me dava uma ótima oportunidade para observá-lo e não pude deixar de notar que sua fisionomia ostentava numerosos traços rigidamente estereotipados.

Seu conjunto facial era do tipo fortemente – aliás muito fortemente – aquilino, emprestando um destaque muito característico à arcada nasal, que era bastante fina, em contraste com os orifícios das ventas, peculiarmente arredondados. A testa apresentava uma sensível proeminência, e os cabelos, que eram muito profusos nas demais partes visíveis do seu corpo, mostravam-se particularmente escassos em torno das têmporas. As sobrancelhas formavam um traçado compacto, encobrindo virtualmente a convergência do nariz, e delas sobressaíam muitos fios mais ásperos que pareciam enroscar-se em sua própria profusão. A boca, até onde permanecia visível sob a densidade do bigode, era dura e de aspecto cruel e fazia as vezes de uma moldura forçada a dentes estranhamente brancos e aguçados. Estes pareciam à espreita ao se debruçarem sobre os lábios, o que imprimia uma selvagem rudeza e inusitada vitalidade a um homem de sua idade. Quanto ao resto, suas orelhas eram extremamente descoradas e de formato pontiagudo no lóbulo superior. A mandíbula era larga e forte e a contextura da face mostrava-se firme, mas pouco encorpada. O efeito geral causava a impressão de uma profunda e extraordinária palidez.

Até aqui eu havia também reparado no dorso de suas mãos, as quais repousavam sobre os joelhos, então parcialmente iluminadas pelo clarão da lareira, e elas me pareceram razoavelmente brancas e finas. Vendo-as, porém, agora de bem perto, pude notar seu aspecto pesado e tosco, característica que se prolongava até os dedos, cujas extremidades eram chatas e deformadas. E a mais estranha particularidade é que havia tufos pilosos no centro das palmas das mãos. As unhas, longas e finas, tinham sido aparadas num corte pontiagudo. Quando o Conde se inclinou sobre mim e suas mãos me tocaram, eu não pude conter um calafrio. É possível que tudo fosse provocado pelo seu mau hálito, mas o certo é que uma horrível sensação de náusea se abateu sobre mim de forma tão insólita que, por mais que o desejasse, não teria logrado controlá-la. O Conde, que evidentemente havia notado o meu transtorno, recuou. E esboçando um sorriso contrafeito, que mais ainda deixava à mostra seus caninos salientes, voltou a ocupar o próprio assento junto à lareira. Um pesado silêncio se insinuou por alguns instantes entre nós, e quando lancei um olhar em direção à janela vislumbrei o primeiro e tênue raio de luz que precedia a aurora. O nosso silêncio, já bastante embaraçoso, parecia agora crescer, avolumar-se para aniquilar-nos, transformando-se numa estranha quietude que ameaçava envolver todas as coisas. Mas, perscrutando as distâncias abissais comecei a ouvir o mesmo uivo característico das insones matilhas de lobos que infestavam as profundezas do vale. Os olhos do Conde adquiriam instantaneamente um sinistro brilho quando retomou a palavra:

– Ouça-os... são os guardiães da noite. Que monumental protofonia! – E percebendo, talvez, alguma expressão de desapontamento que transparecia em minha face a ponto de perturbá-lo, acrescentou: – Ah, senhor, vocês habitantes das cidades jamais conseguirão penetrar nos mais íntimos segredos de nós, caçadores. – A seguir, ergueu-se e disse: – Mas o senhor deve estar cansado. Sua cama já esta a sua espera e amanhã o seu sono não será interrompido. O senhor poderá despertar à hora que mais lhe aprouver. Eu, de minha parte, estarei ausente até depois do meio-dia. Portanto, durma bem e tenha belos sonhos! – E com uma flexão de cortesia, ele abriu para mim a porta da saleta octogonal para que eu entrasse no meu dormitório.

Debato-me agora num verdadeiro oceano de espanto e de contradições. Eu duvido, temo, meu pensamento divaga sobre coisas tão estranhas que eu mesmo não me arrisco a confessá-las à minha própria alma. Que Deus me proteja, mesmo que o faça apenas por amor daqueles que me são caros!

7 de maio – Já é novamente alta madrugada, mas finalmente consegui repousar e aproveitar as últimas 24 horas da melhor maneira. Dormi até tarde do dia e só despertei quando me pareceu oportuno. Após trocar de roupa, saí para o refeitório onde havia ceado. Ali encontrei um desjejum bem frio, acompanhado de café bem quente. A mesa estava fartamente servida, bastando-me retirar a cafeteira de junto da lareira, que lá fora deixada a fim de não esfriar. Ao pé da minha xícara achava-se um pequeno cartão contendo algumas linhas manuscritas:

"Fui obrigado a ausentar-me momentaneamente. Não espere por mim. (Assinado) D."

Sentei-me à mesa e saboreei uma deliciosa refeição. Quando terminei, tentei descobrir uma sineta para avisar aos criados de que já estava servido. Entretanto, não a consegui encontrar. Existem evidentemente bizarras deficiências no complexo da casa, se levarmos na devida conta os extraordinários testemunhos de riqueza que a cada instante nos rodeiam. Todo o serviço de mesa é de ouro maciço, e a beleza de sua fina lavra confere-lhe um valor inestimável. As cortinas e o estofamento das cadeiras e sofás, assim como o cortinado de minha cama, são confeccionados com os mais preciosos e lindos tecidos que se possa imaginar e devem ter sido adquiridos por preços fabulosos quando foram feitos, pois, embora já durem alguns séculos, ainda se conservam na mais perfeita ordem. Só me lembro de haver visto algo semelhante em Hampton Court, mas mesmo assim lá os objetos já apresentavam então evidentes sinais de um prolongado uso, além dos estragos deixados pelas traças. Nos vários cômodos por mim já percorridos notei, não obstante, não existir qualquer espelho. Não encontrei nem mesmo sequer na mesa do meu lavatório este precioso instrumento de toucador. Isto me obriga a recorrer ao meu minúsculo espelho de viagem, guardado em minha maleta, todas as vezes em que preciso barbear-me ou escovar o cabelo. Não tive ainda ocasião de avistar um único criado seja onde for. Outrossim, devo afirmar jamais ter ouvido outro som ou ruído nas proximidades do castelo, exceto o uivar dos lobos. Algum tempo depois de haver terminado a minha refeição – a qual não sei precisamente como chamar, se de desjejum ou de jantar, pois já eram quase seis da tarde quando me sentei à mesa – procurei algo que pudesse ler, visto que não me pareceu muito correto perambular pelas dependências do castelo enquanto não obtivesse a devida permissão do Conde para isso. Acontece, porém, que na ampla sala não havia absolutamente nada em matéria de impresso ou escrito, fosse livro, revista ou jornal. Minha busca levou-me a abrir outra porta que dava para a mesma sala, onde deparei com uma espécie de biblioteca. A porta situada em frente à minha, que também tentei abrir, estava fechada a chave.

Para gáudio meu, encontrei na biblioteca uma enorme quantidade de livros ingleses, chegando mesmo a ocupar prateleiras completas, e entre eles também coleções de revistas e jornais. A mesa existente no centro desta sala estava literalmente coberta de revistas e jornais ingleses. Todavia, nenhum deles era de recente data. Os livros versavam sobre os mais variados assuntos: história, geografia, política, economia política, botânica, geologia e legislação. Todos se relacionavam com a Inglaterra e com os métodos de vida, hábitos e costumes dos ingleses. Havia ali diversos volumes dignos de uma referência, como o *Diretório de Londres*, os livros *Azul* e *Vermelho*, o *Almanaque de Whitaker*, os quadros do pessoal do Exército e da Marinha, e algo que alegrou meu coração, o *Código das Leis*.

Enquanto me absorvia em examinar os livros, abriu-se a porta e o Conde entrou. Dirigindo-me uma saudação de cunho cordial, manifestou sua expectativa de que eu tivesse tido um bom proveito do repouso noturno. E, prosseguindo, disse:

– Estou contente em ver que o senhor conseguiu localizar este recinto. Tenho certeza de que nesta sala encontrará muita coisa que o irá interessar. Estes companheiros – acrescentou, ao pôr a mão sobre alguns dos livros – têm sido bons amigos para mim e, há alguns anos, desde que me surgiu a ideia de viajar para Londres, vêm-me proporcionando muitas e muitas horas de prazer. Foi através deles que logrei travar um melhor conhecimento de sua grande Inglaterra. E conhecê-la é o mesmo que amá-la. Anseio por percorrer as populosas ruas de sua portentosa Londres, a fim de sentir-me no centro do vórtice do mais vibrante humanismo, de compartilhar de sua vida, sua evolução e também de sua morte, de tudo que a informa e compõe. Mas, que pena! Até aqui só conheço sua língua pelo que pude recolher dos livros. É ao senhor, meu amigo, que devo recorrer para poder falá-la.

– Perdão, Conde – disse eu –, o senhor conhece e fala a língua inglesa com toda a perfeição!

Ele curvou-se discretamente e redarguiu:

– Confesso-lhe a minha gratidão por seu lisonjeiro conceito. Receio, não obstante, estar apenas palmilhando o limiar de uma longa estrada a percorrer. Efetivamente conheço a gramática e a lexicologia. Falta-me porém ainda saber como articulá-las com toda a correção.

– Não se preocupe – volvi eu –, o senhor fala excelentemente.

– Não é bem assim, ponderou ele. Suponhamos que eu me transferisse para a sua Londres. Está claro que nenhum dos seus conterrâneos deixaria de me tomar por um estrangeiro. E isso não me satisfaz. Aqui eu sou um nobre, sou um *boyar*. A gente do povo me conhece e sou poderoso. Mas um estrangeiro numa terra estranha é, por assim dizer, ninguém. Pessoa alguma me conhecerá, e não me conhecendo também não me dedicará qualquer consideração. Eu já me satisfaço se puder ser igual aos demais, comportando-me de tal maneira que ninguém se detenha ao ver-me, ou interrompa o seu diálogo ao ouvir minhas palavras: "Ha, ha! Um estrangeiro!" Já fui patrão por tanto tempo que prefiro continuar sendo patrão... ou que ao menos ninguém se arvore com poderes de patrão sobre o que eu sou. O senhor veio ter comigo não somente como agente do meu amigo Peter Hawkins, de Exeter, para me trazer apenas informações a respeito do meu novo sítio em Londres. Espero que o senhor possa permanecer por um período bem maior em minha companhia, a fim de que através da nossa conversação eu adquira a correta entonação da língua inglesa. E eu gostaria que o senhor me corrigisse, sem qualquer reserva, os deslizes de linguagem que observar, mesmo os mais insignificantes, em nossas palestras. Lamento ter estado ausente hoje por tanto tempo. Julgo, todavia, merecer o seu perdão, pois existem sempre vários assuntos importantes a exigirem a minha atenção pessoal.

Sem embargo, disse-lhe que procuraria atendê-lo com a maior boa vontade e ao mesmo tempo perguntei-lhe se podia frequentar aquela sala a meu bel-prazer. Sua resposta foi afirmativa e ampla:

– O senhor pode frequentar qualquer dependência do castelo, exceto aquelas cujas portas permanecem trancadas a chave e nas quais, certamente, o senhor não desejará entrar. Há uma razão geral para que todas as coisas sejam o que são. E se o senhor pudesse ver através dos meus olhos e julgar com o meu conhecimento, talvez pudesse compreender melhor.

Tranquilizei-o, afirmando que estava certo de tudo o que ouvira, e ele prosseguiu:

– Nós estamos na Transilvânia, e a Transilvânia não é a Inglaterra. Os nossos caminhos não são iguais aos caminhos de vocês e em seus meandros devem existir muitas coisas que são inteiramente estranhas para a sua mente. Não. Na breve série de experiências recolhidas no decurso de sua jornada, o senhor já tem alguma ideia do que essas estranhas coisas aqui significam.

O nosso tema se converteu numa longa conversação. E como se tornou evidente que ele desejava realmente conversar – talvez simplesmente por amor à conversa –, eu o interpelei a respeito de muitas questões relacionadas com coisas ou eventos que já me haviam sucedido ou dos quais já tivera conhecimento. Por vezes ele fugia do assunto ou torcia nosso diálogo, simulando incompreensão. Em geral, porém, respondia a tudo aquilo que eu perguntava com toda a franqueza. Então, aproveitando o desenvolvimento do próprio tema e já me sentindo também mais corajoso, interroguei-o sobre os estranhos acontecimentos da noite anterior, como, por exemplo, o que motivara as sucessivas descidas do cocheiro para se aproximar dos sítios onde avistara as chamas azuis. Ele então explicou-me sobre a existência de uma crença generalizada de que numa determinada noite do ano – precisamente a noite da véspera – todos os maus espíritos supostamente adquirem um poder e liberdade ilimitados, dando origem àquele foco azulado que aparece em todos os lugares onde algum tesouro tenha sido escondido.

– Que um tesouro foi escondido na região que o senhor atravessou ontem à noite, não nos restam realmente razões para maior dúvida, porquanto foi aquela a área que durante muitos séculos se constituiu na mais acirrada disputa armada entre os valáquios, os saxões e os turcos. E também porque ali dificilmente poderá haver um único metro quadrado de terreno que não tenha sido profusamente regado com o mais heterogêneo sangue humano, vertido por grupos de patriotas ou pelas hordas invasoras. Em dias já remotos houve muitas ocasiões em que os austríacos e os húngaros assolavam essas terras como bandos predadores e os patriotas partiam ao seu encontro, homens, mulheres, velhos e crianças, e os emboscavam nos flancos das montanhas acima dos íngremes e estreitos passos rochosos, de onde os varriam com a morte e destruição deflagrada de roldão com suas irresistíveis avalanchas artificiais. E quando o traiçoeiro invasor, a despeito de tudo, proclamava seu triunfo, quase nada caía em suas mãos, pois tudo que ali ainda existia era enterrado no dadivoso solo.

– Mas como – objetei eu – podem essas riquezas ter permanecido por tão longo tempo no âmago da terra, se existe um indício tão seguro de sua presença e se homens destemidos como o cocheiro arrostam todos os riscos para desvendá-las?

O Conde sorriu. E quando seus lábios se distenderam de encontro às gengivas, os longos e aguçados caninos afloraram agressivamente em sua boca. E explicou:

– Porque nossos campônios são uns covardes e uns imbecis! Essas chamas só aparecem numa determinada noite e acontece que nesta noite homem nenhum dessa terra, se é que ele consegue admitir semelhante ideia, se aventura a dar um passo sequer fora da porta de suas moradias. E mesmo que o fizesse, também jamais saberia como proceder. Isso porque o camponês ao qual o senhor se refere, depois de à noite haver marcado o sítio de aparição da pequena chama, não seria capaz de identificá-lo à luz do dia, mesmo quando ele próprio o pretendesse explorar. E eu ainda ousaria jurar que nem mesmo o senhor estaria seguro de que voltaria a encontrar aqueles lugares novamente.

– Nisto o senhor está absolutamente certo – disse-lhe eu. – Não saberia mais do que os próprios mortos onde procurá-los. – E então nossa palestra derivou para outros assuntos.

– Ora, vamos – disse-me ele finalmente –, fale-me agora sobre Londres e sobre a casa que o senhor obteve para mim.

Desculpando-me por ter de recorrer aos apontamentos, fui até o quarto para apanhar os papéis que trouxera em minha mala. Enquanto os colocava na devida ordem, ouvi um ruído de fina porcelana e de talheres de prata na sala vizinha. Ao retornar pelo mesmo trajeto, notei que a mesa tinha sido desocupada e que a luminária fora acesa, posto que nessa altura todo o castelo já estava imerso na mais densa escuridão. Também no estúdio ou na biblioteca as luzes já brilhavam. O Conde agora estava estendido num sofá e deliciava-se com as mais imprevisíveis leituras do mundo – a edição inglesa do Guia Bradshaw. À minha chegada, ele retirou todos os livros e papéis que se achavam sobre a mesa. A partir daí, ele e eu nos deixamos empolgar por uma infindável série de planos, obras e números de todas as espécies. Ele se mostrava interessado em tudo, formulando-me uma miríade de perguntas acerca do local e dos seus arredores. Ele evidentemente havia-se antecipado no exame de tudo que recebera sobre as áreas limítrofes, pois no fim de nossa tertúlia já demonstrava conhecê-las muito melhor que eu. Quando lhe mencionei este fato, ele respondeu-me:

– Bem, meu amigo, não acha necessário que assim o fizesse? Quando eu chegar lá, estarei sozinho, e meu amigo Harker Jonathan... oh, perdoe-me... estou sempre reincidindo no velho hábito de minha terra, enunciando o seu patronímico em primeiro lugar... meu amigo Jonathan Harker já não estará a meu lado para corrigir-me e ajudar-me. Estará então em Exeter, a quilômetros de distância, provavelmente trabalhando nos papéis da lei, como associado de outro amigo meu, Peter Hawkins. Aí está!

Prosseguimos, portanto, no acurado estudo da compra do sítio de Purfleet. Quando eu já havia concluído minha minuciosa explanação dos fatos, obtido sua assinatura nos documentos necessários e redigido uma carta a fim de levá-los ao correio com destino ao sr. Hawkins, ele começou a me perguntar como eu conseguira descobrir uma propriedade tão completa. Li então para ele as notas e os apontamentos feitos na ocasião, e que aqui transcrevo:

"Em Purfleet, numa estrada secundária, deparei-me oportunamente com um sítio cujo aspecto pareceu-me coincidir com os requisitos desejados, e à frente do qual fora colocado um painel já bastante desfigurado, anunciando que o local estava à venda. A propriedade é protegida por uma alta muralha, de modelo antigo, construída com pesadas pedras, cujas estruturas não foram reparadas já de há muitos anos. Os portões fechados formam um pesado conjunto de ferro e de carvalho antigo e está bastante corroído pela ferrugem.

"O sítio é conhecido pelo nome de Carfax, denominação que sem dúvida corresponde a uma corruptela da vetusta *Quatre Face*, pois a casa representa um quadrilátero cujos ângulos coincidem com os pontos cardeais da bússola. Sua área total corresponde a cerca de vinte acres, e é totalmente circundada pela sólida muralha já mencionada. O terreno é coberto por numerosas árvores, o que o torna bastante sombreado. Mais adiante, há uma profunda depressão pouco ensolarada formando um pequeno lago. Este é evidentemente alimentado por fontes perenes, pois suas águas são claras e fluem através de um regato de regular volume. A casa é muito espaçosa e deve ter sido construída numa época bem remota, talvez mesmo na quadra medieval, pois suas estruturas principais são obras de pedras de enormes espessuras. As poucas janelas existentes são bem altas e guarnecidas com sólidas barras de ferro. Seu conjunto apresenta o aspecto de uma mansão e a seu lado ergue-se uma velha igreja ou capela. Não pude visitá-la porque não dispunha da chave da porta que da casa conduz a sua nave. Colhi porém várias fotos, tomadas de diferentes ângulos com minha Kodak. A casa foi agregada à igreja, porém de forma muito empírica. Por isso não me foi possível determinar com exatidão a área de terreno que ela ocupa. Mas mesmo assim pareceu-me muito grande. Surgiram apenas poucas casas ao redor. A maior delas, que é de construção mais recente, está sendo aproveitada como asilo particular de alienados. Este último prédio, todavia, não é visível para quem olha de dentro do sítio."

Assim que eu terminei, ele falou:

– Alegra-me que a propriedade seja antiga e espaçosa. Eu mesmo descendo de uma família de antiga tradição e se me transferisse para uma moradia nova certamente morreria. Uma casa não pode tornar-se habitável com somente uns poucos dias de existência. E, de mais a mais, bastam apenas na verdade uns poucos dias para que um século se consuma. Agrada-me também a presença desta velha capela de outros tempos. Nós, os nobres transilvanos, não gostamos de que as nossas carcaças sejam sepultadas na vala comum, entre os demais mortais. Não aspiro às delicias da jovialidade, aos devaneios dos sorrisos, nem às ofuscantes voluptuosidades que somente a luz solar e as águas borbulhantes podem oferecer aos jovens e ostentadores. Já não sou mais jovem e meu coração já está exaurido através dos anos de pranteio. E pelas lágrimas derramadas sobre os mortos já não afina com os acordes da alegria. Além do mais, as paredes do meu castelo estão em ruínas, as sombras se multiplicam e o sopro dos ventos glaciais sibila através das ameias e janelas já desmoronadas. Amo a sombra e a penumbra, e assim poderia ficar só com meus pensamentos e a minha solidão.

Algo em suas palavras e em sua fisionomia parecia não compartilhar de seus pensamentos. Fosse o que fosse, o certo é que seu ricto facial imprimiu em sua risada um tom maligno e soturno.

Logo após, com uma breve desculpa, ele me deixou, sugerindo-me que guardasse todos os meus papéis. Sua ausência se prolongou um pouco, e eu aproveitei a ocasião para examinar alguns livros que se achavam a meu alcance. Um deles era um atlas e eu o encontrei aberto por coincidência na página correspondente à Inglaterra, dando-me a impressão de já ter sido muito manuseada. Atentando bem, descobri que certos pontos estavam assinalados por pequenos círculos e que tais marcas cobriam áreas nas proximidades de Londres, pela faixa leste, e mais precisamente onde se localizava o novo sítio. E duas outras haviam sido traçadas em Exeter e Whithy, na costa de Yorkshire.

Quase uma hora já havia transcorrido quando o Conde retornou.

– Ora veja – disse ele –, mais uma vez às voltas com seus livros? Está bem, mas o senhor não deve trabalhar tanto. Venha. Eu sei que a sua ceia já está pronta.

Ele tomou-me pelo braço e ambos fomos até a sala próxima, onde uma excelente ceia nos aguardava já na mesa. O Conde mais uma vez se desculpou, alegando que já havia jantado quando estivera fora de casa. Como na noite anterior, porém, sentou-se diante de mim para palestrar, enquanto eu me servia. Após a ceia, como na noite passada fumei um charuto. O Conde, mais uma vez, me fez companhia, prolongando nossa conversa, horas e mais horas, geralmente formulando perguntas sobre os mais variados assuntos que se possa imaginar. Percebi que a noite já de há muito descambara para a madrugada, mas nada objetei, pois considerava uma virtual obrigação corresponder de todas as formas aos desejos de meu anfitrião. Já não sentia tanto sono, uma vez que o longo repouso da véspera conseguira restaurar as minhas forças. Eu, porém, jamais me livrara daquela impertinente sensação de frio que me perturbava com a aproximação da alvorada, que, de certa forma, se assemelha à vazão da preamar. É crença geral que todo enfermo grave já próximo do desenlace expira ao alvorecer ou com a mudança da maré. E assim todo aquele que esteja fatigado e também tolhido por imposição de um compromisso que o faça sofrer tal influência não pode deixar de acreditar em semelhante crença. Naquele preciso instante ouvimos o harmonioso canto de um galo despertar os nossos tímpanos como um toque quase sobrenatural, por já vir impregnado do dia nascente. Num salto o Conde Drácula se pôs de pé e disse:

– Mas, como!... Aí vem novamente a manhã! Como posso me descuidar a ponto de mantê-lo acordado até agora? O senhor precisa descobrir uma maneira de tornar o nosso diálogo sobre o meu novo e querido país, a

Inglaterra, menos atraente, de sorte que eu não esqueça que também o tempo tem suas leis inexoráveis. – E com um breve cumprimento, ele me deixou e saiu rápido.

Por minha vez, segui para o meu quarto e, aproximando-me da janela, afastei as cortinas. Nada havia, porém, que despertasse a minha atenção. Meu alcance visual terminava no pátio do castelo. Fora disso, somente vislumbrava o morno cinzento do céu que se adensava. Isso me fez cerrar novamente as cortinas, a fim de anotar os acontecimentos do dia.

8 de maio – Ao escrever este diário comecei também a temer que viesse a me tornar demasiadamente prolixo. Agora, porém, alegra-me haver desde o início optado pelo detalhe, pois existe algo de tal forma estranho sobre este lugar e sobre tudo que nele se encontra que já não mais me sinto um só instante à vontade. Como desejaria agora estar fora de tudo isso ou mesmo de jamais haver aqui chegado. É possível que essa estranha tertúlia noturna esteja começando a me abalar. Mas seria só isso realmente tudo? Se houvesse alguém com quem ao menos pudesse confidenciar. O pior, porém, é que não há ninguém. Só conto com o Conde para poder falar. E ele? Meu receio é que também eu, afinal, seja o único ser vivente existente no lugar. Assim, seja eu prosaico em toda a extensão que os próprios fatos o exijam. Será como que um derivativo que me fará superar-me, pois não será a minha imaginação que me irá arruinar.

Mas se isto acontecer, então já estou perdido. Portanto, vou desde já narrar toda a minha melancólica situação... ou pelo menos aquilo que ela me parece ser.

Só por poucas horas conciliei o sono, quando fui para a cama. Sentindo que já não dormiria mais, levantei-me. Eu pendurara meu espelho de barbear junto à janela e agora estava começando a fazer a barba. Então, subitamente senti o contato de uma mão sobre o meu ombro. Ao mesmo tempo, ouvi a voz do Conde dizendo-me "bom dia!". Estremeci, admirado por não haver notado a sua imagem refletida no espelho, cujo ângulo cobria toda a extensão do quarto à minha retaguarda. O estremecimento provocou-me um pequeno corte, mas eu não o percebi de imediato. Após retribuir a saudação, voltei a olhar para o espelho para constatar como me havia enganado. Desta feita já não podia haver qualquer erro, pois o Conde estava bem perto de mim e eu o via distintamente por cima do meu ombro. Mas não havia o menor traço de sua presença refletido no espelho! Tudo o mais que existia no meu dormitório estava nitidamente refletido. Não havia, porém, sinal nenhum de outro homem no quarto, além de mim próprio. O caso tornava-se alarmante, já que culminava com uma longa sequência de estranhos acontecimentos, e vinha agora aumentar a vaga sensação de insegurança que me assalta sempre que me acho na presença do Conde. Todavia, no mesmo instante notei que a leve incisão havia sangrado e que o sangue escorrera sobre a pele do meu queixo. Pus de lado a navalha e virei-me para procurar um hemostático. Mas assim que o Conde viu meu rosto, seus olhos chisparam com lampejos de uma fúria demoníaca e freneticamente estendeu as mãos crispadas, visando a atingir minha garganta. Desviei-me instintivamente e seus dedos apenas tocaram nas contas do rosário, de onde pendia o crucifixo. O toque operou nele uma transformação instantânea, e sua fúria desapareceu com tamanha rapidez que eu mal posso acreditar no que se passou.

– Tome cuidado – disse ele –, tome muito cuidado para não se cortar assim. Nessa terra esses acidentes são muito mais perigosos do que o senhor pode imaginar. – E apoderando-se do meu espelho de barbear, prosseguiu: – E este foi o amaldiçoado objeto que causou todo esse transtorno. Isto é um abominável brinquedo explorado pela vaidade humana. Fora com ele! – E abrindo a pesada janela com uma simples torção de sua terrível mão, jogou fora o espelho, que se foi espatifar em milhares de fragmentos de encontro às lajes do pátio lá embaixo. Depois disso, ele se retirou sem pronunciar qualquer palavra. Tudo isso é tremendamente aborrecido, porquanto já não atino como possa agora barbear-me, a menos que me sirva da caixa do meu relógio de algibeira ou do fundo do meu espumador, que felizmente também é de metal.

Mais tarde, quando cheguei à sala de jantar, o meu desjejum já estava pronto. Eu, porém, não vi o Conde em lugar algum. Tomei, portanto, o meu café sozinho. Intriga-me o fato de ainda não ter visto o Conde comer ou beber. Ele deve ser uma criatura de natureza muito esquisita! Terminada a refeição, decidi fazer uma breve exploração pelo castelo. Saindo pela escada, descobri uma sala cuja vista dava para o sul. O cenário era magnífico e de onde eu me achava a visão era total. O castelo estava situado à beira de um tremendo precipício. Uma pedra lançada da janela teria uma queda livre de trezentos metros, antes de tocar em qualquer coisa! Até onde a vista pode alcançar, distingue-se um lago rodeado de picos verdejantes, tendo num dos flancos uma profunda fenda que termina num abismo. Aqui e ali, aparecem fios prateados assinalando as curvas das torrentes, que se precipitam pelas gargantas abertas na floresta.

Mas agora não sinto a menor inspiração para descrever tanta beleza. Por isso, prossegui sem parar na minha exploração. Portas, portas e mais portas, espalhadas para todos os lados, mas todas fechadas e trancadas. Em lugar algum, salvo através das janelas externas do castelo, pode haver uma possibilidade de escapar.

Em outras palavras: o castelo é uma verdadeira prisão, e eu sou agora o seu prisioneiro!

III
O diário de Jonathan Harker
(Continuação)

Quando descobri que estava condenado a levar uma vida de prisioneiro, uma espécie de selvagem sensação se apoderou de mim. Passei a percorrer as escadarias para cima e para baixo e a experimentar os fechos de cada nova porta com que me deparava, além de perscrutar demoradamente as redondezas sempre que chegava junto a uma janela. Mas, logo após, a convicção da mais completa inocuidade dos meus esforços superou todas as minhas decisões. E quando mentalmente reconstituí os fatos de apenas algumas horas antes, chego a pensar que houvesse enlouquecido, pois me comportara tal qual um camundongo apanhado numa ratoeira. Entretanto, quando me convenci de que estava indefeso, voltei a sentar-me calmamente – tão calmamente como em tudo o mais que fiz em minha vida – e parti então para raciocinar em torno daquilo que melhor pudesse fazer. E continuo pensando, embora reconheça que até o presente momento ainda não consegui chegar a nenhuma conclusão definitiva. De uma coisa, porém, já estou certo: de forma alguma devo permitir que o Conde tome conhecimento das minhas ideias. Ele sabe obviamente que eu me acho confinado. Como foi ele próprio que me impôs este castigo e como certamente também se estribou em motivos próprios para proceder assim, somente iria enganar-me se eu ingenuamente lhe expusesse os fatos. Até onde consigo alcançar, o meu único plano terá de limitar-se a reservar para mim mesmo, com toda a discrição, tudo o que sei e todos os meus temores, e manter os meus olhos bem abertos. Eu sei, por exemplo, que não estou sendo ludibriado infantilmente por meus próprios receios e tampouco estou diante de um dilema do desespero e, se finalmente esta última hipótese vier a acontecer, preciso e precisarei do meu juízo mais perfeito para enfrentá-la.

Mal chegara a semelhante conclusão quando ouvi fechar-se o grande portão inferior, o que me fez saber que o Conde já voltara. Desta feita, ele não veio a meu encontro na biblioteca. Então, saí discretamente em direção a meu próprio quarto e lá chegando encontrei-o arrumando a cama. Isto era óbvio mas, por outro lado, confirmava o que eu de há muito vinha pensando, isto é, que não havia criados no castelo. Quando um pouco mais tarde, olhando através da fresta dos gonzos de minha porta, o vi servindo a mesa do jantar, então me assegurei desta verdade. Daí concluí também que, se ele próprio desempenhava pessoalmente essas pequenas obrigações domésticas, provando não haver outras pessoas no castelo, não podia ter sido senão ele, o Conde, a pessoa que, disfarçada de cocheiro, me trouxera até a sua casa. Este raciocínio, tão simples e tão lógico, não deixa de revelar um terrível mistério. Porque assim sendo, isto significava que ele dispunha de poderes capazes de controlar os lobos, como aliás o fizera, bastando para tanto erguer uma das mãos silenciosamente. Por que todo o povo de Bistritz, inclusive aqueles que viajavam na carruagem, se mostravam tão assustados diante de mim? O que significava a virtual imposição do crucifixo, o estranho uso do dente de alho, da rosa silvestre e das cinzas recolhidas na montanha? Que Deus abençoe aquela boa, boníssima mulher que pendurou o crucifixo sobre o meu pescoço, pois sua simples presença material já é para mim um consolo e um refúgio de segurança, sempre que vou em sua busca para tocá-lo! É extremamente singular que um objeto que me ensinaram a repudiar por questões de idolatria viesse agora a tornar-se de grande valia nesta minha terrível luta contra a solidão e a aflição. Será que existe realmente algo em sua essência, ou será ele um elo intermediário, sempre pronto a converter-se num apoio tangível, num polo de convergência de pensamentos de simpatia e de conforto? Numa outra ocasião, se ainda for possível, estudarei este assunto e formarei minha opinião a tal respeito. Neste meio-tempo, preciso descobrir tudo que estiver a meu alcance no que concerne à vida do Conde Drácula, já que tais elementos muito me ajudarão. Esta noite ele deverá falar sobre si mesmo, se eu conduzir nossa conversação neste sentido. Preciso, contudo, tomar certos cuidados, a fim de não despertar suas suspeitas.

Meia-noite – Mantive uma longa palestra com o Conde. Formulei-lhe várias perguntas relacionadas à história da Transilvânia, e ele discorreu sobre as mesmas de maneira admirável. Referindo-se a acontecimentos e a seu povo e, mais especialmente, a batalhas, ele falou com tal segurança que me deixou a impressão de estar ouvindo uma testemunha ocular. Isso ele a seguir esclareceu dizendo que para um *boyar* o orgulho de sua casa é o seu próprio orgulho, que sua glória era também sua e que o destino dela seria sempre o seu. Todas as ocasiões em que se reportava a sua casa, empregava sempre o pronome "nós", falando sempre no plural, no estilo de uma arenga real. Eu, gostaria de transcrever aqui tudo exatamente como ele o enunciou, visto como sua retórica me deixou deveras fascinado. Sua dissertação pareceu-me abranger toda a história do país. No decurso de sua fala, modulou a voz em crescente excitação, dando largas passadas através da sala e cofiando os alvos fios do amplo bigode, enquanto ao gesticular com as mãos parecia agarrar algo no ar que tentava esmagar com incrível força. Vou procurar reproduzir com a maior fidelidade possível um breve período de suas tiradas. É aquele que se refere à história de sua raça.

– Nós, os *szekes*, temos toda razão de ser orgulhosos, pois em nossas veias corre o sangue de muitas raças bravas, que souberam lutar com uma fúria de leões na conquista da autoridade. Aqui, no torvelinho das raças europeias, a tribo dos ugros trouxe consigo da Islândia o espírito guerreiro que lhe foi legado por Thor e Wodin, o qual os *bersekers*, guerreiros nórdicos, tão ferozmente representaram nas costas da Europa e, para castigo, também na Ásia e na África, até que os aborígines, horrorizados, se julgassem assolados por bandos de lobisomens. Aqui também, quando chegaram, tiveram de enfrentar os hunos, cuja fúria guerreira varreu a terra como um açoite de fogo, até que os povos sacrificados se lembraram de que em suas veias ainda corria o sangue das velhas bruxas que, expulsas dos esconderijos da Cítia, foram desafiar os demônios no deserto. Os espíritos incautos! Qual demônio ou qual bruxa podia igualar-se a Átila, cujo sangue flui em minhas veias? – E ao enunciar esta frase, ergueu ambos os braços. – É maravilhoso termos sido uma raça de conquistadores e que soubéssemos ostentar todo o nosso orgulho. Não é fantástico termos rechaçado de volta a suas origens os magiares, os lombardos, os avares e os turcos, quando, em levas de milhares, invadiram nossas fronteiras? Não é estranho que Arpad e suas legiões, após devastar todo o solo húngaro e alcançar nossa linha fronteiriça, nos encontrassem aqui e que o Honfoglalas se consumasse ali? E quando a avalancha húngara distendeu seus tentáculos para o oriente, os *szekes* não foram proclamados aliados dos vitoriosos magiares, e não foi a eles que foi confiada a guarda da fronteira com a Turquia? E, mais ainda, não foram eles que mantiveram a perpétua incolumidade de nossos postos avançados, a ponto de merecerem dos próprios turcos a legenda que tanto nos enaltece de que "as águas adormecem, mas o inimigo está sempre vigilante"? Quem dentre as Quatro Nações acorreu mais pressurosamente do que nós ao chamamento do "Gládio Sangrento" ou se coligou mais rápido sob o estandarte do rei, noutros apelos das armas? E como e quando nos redimimos e desagravamos da grande vergonha de minha nação, a ignomínia de Cassova, quando os pavilhões dos valáquios e dos magiares tiveram de se curvar diante do crescente? Quem foi o vingador senão Voivode, de minha altiva raça, que cruzou o Danúbio para bater o turco em sua própria terra? Este foi um Drácula legítimo! Triste foi quando seu próprio e desfibrado irmão, após a sua morte, vendeu seu povo ao turco insidioso, esmagando-o com o estigma da escravatura! Não foi, na verdade, o seu Drácula quem inspirou aquele outro de sua alta estirpe que mais tarde, de tempos em tempos, conduziu suas tropas através do grande rio, para lançá-las contra a Turquia? E quem foi aquele que, batido no entrechoque dos combates, voltou e tornou a voltar, mesmo quando foi constrangido a voltar só, ao campo de batalha ensanguentado onde suas tropas tombaram para sempre, pois sabia que somente ele podia ainda conquistar o triunfo definitivo? Acusaram-no de somente pensar em si mesmo. Ora, o que valem os peões sem o seu rei? Aonde poderá conduzir uma guerra se não houver um cérebro e um coração a orientá-la? E mais uma vez quando, após a batalha de Mohacs, nós nos libertamos do jugo imposto pelos húngaros, nós, os da estirpe dos Dráculas, formávamos entre os líderes, porquanto o nosso espírito jamais suportaria que nos tolhessem a nossa liberdade. Ah, jovem senhor, os szekes... e principalmente os Dráculas, como o sangue que pulsa em seu coração, seu próprio cérebro e a lâmina de suas espadas... podem ostentar uma folha de serviços que jamais será igualada pela dos Habsburgos ou dos Romanoffs. Mas a época das guerras já passou. O sangue do guerreiro é um bem demasiadamente nobre para ser vertido em nossos dias, em que a paz é tantas vezes desonrada. E as glórias das grandes raças permanecem vivas através de suas lendas, que nos são narradas.

Nessa altura já a aurora se anunciava e nós nos recolhemos aos nossos quartos. (Lembrete: Este diário assemelha-se horrivelmente ao texto inicial das *Mil e uma noites*, pois tudo termina ao cantar do galo, ou com a aparição da alma do genitor de Hamlet.)

12 de maio – Hoje permita-me o leitor começar com fatos, simples e despretensiosos fatos, comprovados com o testemunho dos livros e dos algarismos, e sobre os quais não pode pairar a menor dúvida. Não pretendo confundi-los com certas experiências que se apoiarão em minha própria observação ou em dados de memória. Na noite passada, ao chegar de seu quarto, o Conde começou a me interrogar a respeito de questões ligadas à esfera legal e bem assim sobre a realização de certos tipos de negócios. Aproveitei as horas do dia em constantes leituras de livros e, apenas para manter minha mente em atividade, repassei uma parte das matérias que constaram do meu exame em Lincoln's Inn. Havia um determinado método nas perguntas do Conde. Assim, tentarei reproduzi-las na sequência em que foram feitas. Um confronto desta particularidade poderá de alguma forma e talvez dentro de algum tempo ser de utilidade para mim.

Em primeiro lugar ele me perguntou se na Inglaterra é lícito a qualquer pessoa dispor de dois procuradores ou mais. Disse-lhe que podia ter uma dúzia ou mais, se assim o desejasse. Adverti-o, entretanto, de que seria de bom alvitre não manter mais de um procurador para tratar de uma transação, porquanto somente um de cada vez poderia intervir no assunto e que qualquer substituição poderia acarretar problemas contra os seus próprios interesses. Ele pareceu compreender bem claramente, mas prosseguiu indagando se haveria alguma dificuldade de ordem prática em designar alguém, digamos, para o setor bancário, e um segundo para controlar embarques, caso tal ajuda fosse necessária em local afastado do domicílio do procurador encarregado dos bancos. Pedi então que me fornecesse melhores esclarecimentos, a fim de evitar que por tal motivo não me arriscasse a dar-lhe um informe errado. Diante disso, ele acrescentou:

– Deixe-me ilustrar. O nosso amigo comum, o sr. Peter Hawkins, morando praticamente à sombra de sua bela catedral em Exeter, portanto bem distante de Londres, compra através dos seus bons ofícios o sítio para mim em Londres. Bem! E agora falemos com toda a franqueza. A menos que o senhor viesse a estranhar o fato de eu haver contratado os serviços de alguém tão distante de Londres ao invés de um outro que morasse lá, é evidente que o meu propósito consistia em não levar em conta qualquer outro interesse local além do meu próprio, com exclusividade. E como aquele que residisse em Londres talvez tivesse, por sua vez, algum interesse próprio ou de algum amigo a servir, então eu preferiria um que residisse numa outra cidade, porquanto seu trabalho teria de reverter apenas em meu benefício. Agora suponhamos que eu, que trato de tantos negócios, deseje embarcar mercadorias, digamos, com destino a Newcastle, Durham, Harwich ou Dover. Não lhe parece que tal embarque poderia ser mais facilmente desembaraçado se fosse consignado a alguém que já estivesse nesses portos?

Respondi-lhe que semelhante procedimento traria uma grande simplificação, mas ponderei que nós, procuradores, mantínhamos um intercâmbio das agências com as demais, de maneira que o serviço local podia ser executado em conformidade com as instruções de qualquer outro procurador. Destarte, embora o cliente se vinculasse apenas com um deles, em qualquer outra localidade o serviço seria concluído sem qualquer tropeço.

– Não obstante – atalhou ele – eu teria também plena liberdade de executar tais serviços pessoalmente, não é verdade?

– Naturalmente – respondi. – E isto é frequentemente feito por homens de negócios que não gostam que o vulto de suas transações chegue ao conhecimento de qualquer outra pessoa.

– Exato – disse ele. A seguir, prosseguiu indagando a respeito das maneiras de estabelecer um contrato de consignações, como executá-lo, e também quanto aos diversos tipos de dificuldades que poderiam surgir, as quais assim expostas seriam mais facilmente evitáveis. Expliquei-lhe todos estes aspectos do problema dentro das melhores noções do meu próprio conhecimento, e ele certamente levou de mim a impressão de que havia adquirido um admirável procurador, pois nada havia que não estivesse ao alcance das minhas habilidades profissionais e que, portanto, não houvesse sido previsto. Para um homem que jamais estivera em meu país e que evidentemente também não era muito versado nos meandros dos negócios, seus conhecimentos e acuidade setorial eram realmente extraordinários. Depois que ele se mostrou satisfeito com as explanações de todos os itens sobre os quais dissertamos, e eu, de minha parte, conferi meus conceitos da melhor maneira com o texto das obras disponíveis, ele subitamente levantou-se e disse:

– O senhor já escreveu alguma outra carta endereçada ao nosso amigo, sr. Peter Hawkins, ou a alguém mais, depois da primeira que lhe enviou?

Foi com bastante amargura no coração que lhe respondi que não, posto que até então não tivera oportunidade alguma de expedir cartas para ninguém.

– Então escreva já, meu jovem amigo – disse ele, pondo sua pesada mão sobre o meu ombro. Escreva para nosso amigo e para qualquer outro, e diga, se lhe agradar, que o senhor ficará comigo ainda durante um mês, a partir de hoje.

– O senhor vai precisar de mim todo esse tempo? – perguntei-lhe incontinente, premido por um arrepio de frio que parecia travar meu coração, só em pensar no que ouvira.

– Vou precisar muito, e não aceitarei qualquer recusa. Quando seu patrão, empregador ou seja o que for concordou em enviar-me alguém de sua parte, ficou entendido que somente minhas conveniências seriam consultadas. Fiz questão de que não houvesse a menor limitação. Não é mesmo assim?

Que poderia eu fazer, senão curvar-me ao combinado? Tratava-se agora de cuidar dos interesses do sr. Hawkins e não dos meus, e eu tinha que pensar a seu respeito e pôr de lado minhas conveniências pessoais. E além do mais, enquanto o Conde Drácula instava pelo prolongamento de minha permanência, algo em seus olhos e em sua atitude parecia advertir-me de que eu era seu prisioneiro, e mesmo que pretendesse contrariá-lo, não alcançaria o menor êxito. O Conde ratificou sua vitória em minha resignada curvatura, e sua ascendência na perturbação refletida em meu rosto, o que de imediato passou a explorar, fazendo-o, todavia, a sua maneira insinuante e irresistível.

– Rogo-lhe, entretanto, meu bom e jovem amigo, que em suas cartas não aborde qualquer outro assunto fora dos nossos negócios. É claro que o senhor irá agradar a expectativa dos seus amigos dizendo-lhes que está passando bem e que dentro em breve espera estar de volta e na companhia deles. Está certo assim? – Arrematando suas recomendações, ele me estendeu três folhas de papel de carta e três envelopes. Eram todos do mais fino papel postal internacional. Observando esta particularidade e analisando ao mesmo tempo seu sorriso triunfante e sempre agressivo pela insólita presença dos dois caninos aduncos, que pareciam rasgar o seu lábio inferior, compreendi tacitamente que deveria usar da máxima discrição, pois ele iria reler o que eu escrevesse. Assim decidi empregar frases meramente formais em sua presença, usando porém de linguagem clara somente para o sr. Hawkins, ao passo que para Mina eu rabiscaria toda a carta em caracteres taquigráficos, o que certamente confundiria o Conde, quando a fosse ler. Após escrever as duas cartas, continuei tranquilamente sentado, lendo um livro, enquanto o Conde preenchia outras laudas, fazendo intermitentes consultas em alguns livros que se achavam sobre a mesa, para redigi-las. Após concluir as suas cartas, ele apanhou as minhas e deixou-as juntas sobre a mesa e saiu. Logo que a porta se fechou após sua passagem, inclinei-me e lancei um olhar sobre as mesmas. Estavam todas emborcadas. Eu, porém, não hesitei em lê-las, visto como as circunstâncias em que me encontrava justificavam plenamente qualquer atitude capaz de proteger-me.

Uma delas estava endereçada a Samuel F. Billington, Nº 7, The Crescent, Whitby; uma outra destinava-se a Herr Leutner Varna; uma terceira estava sobrescritada para Coutts & Billreuth, banqueiros, Budapeste. As segunda e quarta estavam abertas. Eu já ia começar a examiná-las, quando a maçaneta da porta começou a girar. Deixei-me cair sobre o assento da minha cadeira, tendo tido antes o preciso tempo para repor as cartas na posição original e agora retomar a leitura do livro, antes que o Conde, com mais uma carta na mão, entrasse na sala. Ele recolheu as cartas da mesa, selou-as cuidadosamente e então, voltando-se para mim, disse:

– Peço-lhe que me perdoe, tenho porém muito o que fazer esta noite, em caráter particular. Espero que o senhor encontre tudo o que deseja. – Chegando à porta, voltou-se mais uma vez, e após um instante de reflexão, falou: – Chegou a hora de alertá-lo, meu caro amigo, não, não só de alertá-lo, mas de adverti-lo com toda a seriedade: se o senhor transpuser as soleiras destes aposentos, não terá a menor possibilidade de dormir em qualquer outra parte do castelo. Como pode ver, sua existência reporta-se a outras eras, suas paredes encerram muitas lembranças e há um séquito de sinistros pesadelos à espreita daquele que adormecer ao acaso! Se o sono o assediar agora ou logo mais ou simplesmente prenunciar-se, então corra para o seu próprio quarto ou para a sala ao lado, a fim de poder repousar em segurança. Se, não obstante o senhor não quiser seguir à risca o que lhe digo, então...

E, assim, deixando o resto de sua frase no ar, sublinhou-a com um tom de displicente ferocidade, enquanto fazia o expressivo gesto de quem lava as mãos. Está claro que eu compreendi! Minha única dúvida consistia apenas em saber se algum pesadelo podia tornar-se ainda mais terrível do que a sinistra e antinatural cadeia de sombras e mistérios que ameaçava fechar-se em torno de mim.

Mais tarde – Endosso totalmente as últimas palavras por mim escritas; desta feita, porém, não subsiste qualquer dúvida. Não recearei dormir em outro lugar qualquer, desde que ele não se ache presente. Pendurei o crucifixo sobre a cabeceira de minha cama... assim creio que meu descanso ficará livre de pesadelos. É lá que ele deve ficar.

Quando ele saiu, fui para o meu quarto. Passados alguns instantes, não ouvindo nenhum ruído, tornei a sair e galguei a escada de pedra, do alto da qual me era possível colher uma ampla vista em direção ao sul. Ali havia ao menos uma razoável sensação de liberdade que convergia da vastidão do espaço, mesmo com sua amplidão permanecendo inacessível para mim, quando comparada com a acanhada estreiteza do pátio, mais abaixo. Contemplando o conjunto desse quadro mais ainda me convenci de que estava irremediavelmente preso e senti premente necessidade de sorver um pouco de ar fresco, embora agora a noite já atingisse sua plenitude. E, curiosamente, comecei também a sentir a indefinível influência da noite abater-se sobre mim. Tal sensação arrasa com meus nervos. Estremeço à vista de minha própria sombra, e estou crivado de todos os tipos das mais horríveis imaginações. Deus é testemunha dos terríveis temores que venho suportando neste lugar amaldiçoado! Lancei então um olhar sobre a magnificência da amplidão, agora banhada por um suave e amarelado luar, o qual aos poucos se converteu numa claridade quase solar. Sob a luz difusa, as colinas distantes pareciam interpenetrar-se, ao passo que as sombras que se desenhavam ao longo das ravinas e dos vales se assemelhavam a um manto negro de veludo. A beleza natural do ambiente parecia fascinar-me. Havia paz e quietude em cada sorvo de ar que eu respirava. Estava recostado a uma janela quando notei que alguma coisa se movia no andar imediatamente abaixo do meu e ligeiramente à minha esquerda, onde, pela ordem dos quartos, deviam coincidir as janelas externas do dormitório do próprio Conde. A janela junto à qual eu estava era alta e funda, tinha um peitoril de pedra e, embora muito castigada pelas intempéries, achava-se ainda num estado razoável. Era todavia evidente que o respectivo caixilho já de há muito deixara de existir. Retraí-me para trás do parapeito e olhei cautelosamente para baixo.

O que vi era a cabeça do Conde saindo pela abertura da janela. Não dava para ver seu rosto. Reconheci-o, porém, pelo talhe do pescoço e também pelo movimento de suas costas e braços. De qualquer maneira, eu não podia confundir-me com suas mãos, cujas características já estudara tantas vezes. O que é surpreendente é que agora sentia-me interessado e como que atraído por um prazer mórbido, o que somente consigo explicar diante da estranha desproporção em que um homem obrigado a viver numa prisão passa a encarar semelhante assunto. Tais sensações não tardaram, entretanto, em se converter num pavoroso impacto de repulsa e de terror quando eu vi o homem todo emergir de dentro da janela e deslizar parede abaixo por fora do castelo, pendendo de cabeça para baixo sobre o vertiginoso abismo e com o manto a flutuar em torno do seu corpo, como se fosse uma espessa asa negra. De pronto, eu não acreditei no que se retratava na retina dos meus olhos. Pareceu-me estar diante de uma insólita distorção visual causada pelo luar ou alguma fantástica ilusão causada pela sombra. Mas eu firmei a vista e já não podia existir tal erro. Eu via agora os dedos e os artelhos se firmarem nos ângulos das pedras, ali postos a descoberto pela erosão dos ventos e das chuvas. E, aproveitando assim cada fresta e cada ápice ou leve saliência, seu corpo deslizava para baixo, deslocando-se numa velocidade incrível, tal qual um pequeno sáurio quando anda nas paredes.

Que espécie de homem será esse, ou que tipo de criatura ou simples fera está ali oculta sob as feições de um homem? Sinto o terror deste demoníaco lugar aniquilar-me. Estou em pânico – em pânico mortal – e não há uma saída para mim. Estou imobilizado por uma rede de terror sobre a qual o meu cérebro se nega a raciocinar.

15 de maio – Vi outra vez o Conde saindo transformado em lagarto. Desta feita tomou a direção de uma parede lateral, cerca de trinta metros abaixo, desviando-se francamente para a esquerda. Minha vista o acompanhou até ele sumir em alguma abertura de janela. Assim que sua cabeça desapareceu, inclinei-me para fora, tentando observar mais alguma coisa. Isso, no entanto, não foi possível – a distância era demasiadamente grande para permitir um ângulo mínimo de visão. Eu sabia que agora ele havia saído do castelo e pensei em usar a oportunidade para levar minha exploração do local além do que já ousara alcançar. Voltei para meu quarto para apanhar uma lanterna e depois comecei a experimentar todas as portas. Estavam todas trancadas, como, aliás, já esperava, e suas fechaduras eram relativamente novas. Mas então resolvi descer pela escada de pedra, até alcançar o saguão por onde eu havia entrado ao chegar. Verifiquei, então, que podia remover as cavilhas com certa facilidade e destravar também as pesadas correntes. Mas logo esbarrei no portão, cuja chave fora retirada! A chave deve estar guardada no quarto do Conde, pensei. Preciso verificar se sua porta não está trancada, para apanhar esta chave e escapar daqui. Prossegui examinando atentamente nas várias escadas e passagens e também as demais portas que davam no seu dormitório. Uma ou duas pequenas dependências próximas do saguão estavam realmente abertas. Nelas, todavia, nada mais encontrei além dos velhos móveis e guarnições empoeirados e roídos de traça. Finalmente encontrei uma porta junto ao patamar da escada, a qual, embora parecendo estar trancada, cedeu um pouco quando a empurrei. A um esforço maior, notei que efetivamente não fora trancada, emperrando apenas porque seus gonzos estavam frouxos e seu peso a fazia arrastar-se pelo soalho. Ali estava uma oportunidade que provavelmente jamais voltaria a ter. Diante deste novo estímulo, redobrei os meus esforços e assim logrei afastá-la o suficiente para entrar. Achava-me agora em uma ala do castelo situada à direita da parte que eu conhecia e num pavimento abaixo. Dali podia ver que uma série de quartos se enfileirava ao longo do flanco sul do castelo e que as janelas do quarto situado na extremidade externa ofereciam vistas para o sul e para o oeste. O flanco mais próximo, como o anterior, beirava um profundo precipício. O castelo fora construído sobre um ângulo de uma grande rocha, de maneira que por três dos seus flancos era totalmente inacessível e inexpugnável. Suas enormes janelas se achavam situadas fora do alcance de qualquer tipo de projétil lançado por meio de funda, arco ou colubrina. Luz e conforto ficavam assim de antemão assegurados, o que não ocorreria se tal posição exigisse a presença de uma guarnição. Pelo quadrante oeste estendia-se um amplo vale que a grande distância era limitado por grandes montanhas, abruptas e recortadas, interligadas de cume a cume. Suas rochas desnudas e vergastadas estavam aqui e ali salpicadas de freixos e espinheiros, cujas raízes se crispavam entre as gretas, as falhas e as fendas. Era esta evidentemente a parte do castelo que em dias idos era ocupada pelas damas de fino trato, pois a mobília ali era bem mais confortável que todas as demais que eu havia visto. As janelas não tinham, porém, cortinas. O luar prateado, filtrando-se através dos losangos das vidraças, possibilitava inclusive distinguir as cores de cada objeto, enquanto suavizava os efeitos da camada de pó que encobria toda aquela riqueza e de certa forma disfarçava também os malefícios causados pelo tempo e pelas traças. Minha lâmpada parecia virtualmente superada pelo brilho do luar, mas para mim o seu débil foco fulgia como se fosse numa estrela de primeira grandeza. A solidão ali me esmagava, paralisando meu coração e estraçalhando meus nervos. Todavia, ainda assim tal provação parecia-me preferível a ter que permanecer sozinho em meus aposentos, os quais eu já odiava devido à constante presença do Conde. Agora, depois de conseguir disciplinar meus nervos, senti-me recompensado por uma mansa quietude que se derramava sobre mim. Aqui, sentado diante de uma pequena mesa de carvalho onde, provavelmente, noutras épocas, entre rubores e inspirações românticas, muitas damas apaixonadas escreveram suas cartas mais sofridas, estou taquigrafando em meu diário tudo o que aconteceu desde que o fechei pela última vez. Hoje estamos no século dezenove e clamamos por vingança. Mas ainda assim, salvo se meus sentidos me traírem, os vetustos séculos já de há muito consumados possuíam e prosseguem possuindo suas próprias potestades punitivas, as quais o nosso pretensioso "modernismo" não pode abater.

Mais tarde: manhã de 16 de maio – Que Deus resguarde a minha sanidade mental, pois é a este ponto que cheguei. Segurança e garantia de segurança são coisas do passado. Enquanto minha vida aqui prossegue, resta apenas ainda uma esperança na qual me apego, que é a de não enlouquecer, se na verdade ainda não o estou. Se ainda estou de posse de minhas faculdades mentais, então é obviamente uma loucura pensar que entre todos os abomináveis fatos que me espreitam neste lugar odiado o Conde seja o fator menos temível, e que somente a ele eu possa recorrer em busca de segurança, mesmo sabendo que o faço apenas para servir a seus propósitos. Deus Infinito, Deus Misericordioso! Preserva a minha calma, porquanto sem tua ajuda serei presa da loucura! Apesar de tudo, estou começando a vislumbrar certas coisas que me confundiam. Na verdade, somente agora consigo alcançar o pleno significado dessas palavras que Shakespeare pôs na atribulada boca de Hamlet:

"Minhas tábuas, rápido, minhas tábuas!
Encontre-as logo, pois quero escrever!"

porque sentindo-me como se meu cérebro se desmoronasse ou como se recebesse o impacto final de sua própria ruína, é ao meu diário que recorro em busca de um alívio. O hábito de nele inscrever minuciosamente tudo o que acontece deve livrar-me desta aflição.

Era a misteriosa advertência do Conde que agora me assustava. Ela me sobressalta principalmente quando passo a pensar que em futuro próximo ele exercerá mais esse temível domínio sobre mim. Já temo até a própria dúvida do que ele me irá dizer! Após concluir as anotações do meu diário e de guardá-lo devidamente junto com a caneta em minha algibeira, fui vencido pelo sono. A advertência do Conde ainda perpassou em minha mente, mas agora eu experimentava um indizível prazer em desobedecê-la. Uma vaga indefinição fez-se adormecer e logo após o sono me arrebatou com seu poder obstinado, libertando-me das minhas tristes preocupações. A suavidade do luar adquiriu matizes acariciantes, e a tranquila vastidão exterior trouxe-me uma nova sensação de liberdade e refrigério. Esta noite eu decidira não retornar aos meus sombrios aposentos. Dormiria aqui onde, noutros tempos, sedutoras damas reclinadas nestas ricas poltronas entonavam canções, fruindo uma vida de encantos, enquanto seus mimosos seios arfavam pelo regresso dos seus amados, quase sempre empenhados em inexoráveis guerras. Então arrastei um grande sofá que se achava num dos cantos da sala para um lugar de onde, deitado, pudesse contemplar a deleitável paisagem do leste e do sul e, sem preocupar-me com a poeira, estendi meu corpo, pronto para dormir. Agora suponho ter logo adormecido. Assim o presumo. Como tudo, porém, se desenrolou de forma tão real, tão real que sentado aqui agora, ao ar livre e sob a luz do sol da manhã, em absoluto não posso acreditar que na ocasião efetivamente estivesse dormindo.

Eu já não me achava só. A sala era a mesma, pois seu interior ainda apresentava o mesmo aspecto inalterado desde o instante em que nela entrei. Sob a brilhante luz da lua, eu podia divisar nitidamente minhas próprias pegadas, cujas marcas ficaram impressas na espessa camada de pó longamente acumulada. De pé, diante de mim e literalmente banhadas pelo luar, estavam três jovens mulheres, as quais, por suas atitudes e atavios, se comportavam como damas do mais fino trato. Ao vê-las ali, tão perto de mim, julguei estar sonhando, pois, não obstante a forte incidência do luar, nenhuma das três projetava a menor sombra sobre o chão. Elas se aproximaram ainda mais de onde eu estava e, depois de me olharem por alguns instantes, sussurraram alguma coisa entre si. Duas delas tinham uma tez escura, narizes aquilinos, à maneira do Conde, olhos grandes e penetrantes, os quais me pareceram matizados de vermelho, quando em contraste com o clarão do luar. A terceira era dotada de rara beleza – o que de mais belo se possa imaginar – e suas fartas ondas de cabelos longos e dourados emprestavam um realce especial a seus lindos olhos, num tom de safira. Parecia-me de alguma forma já ter visto seu rosto e de conhecê-lo através de sua aparição num sonho tenebroso, do qual na hora não me foi possível relembrar. Todas três possuíam dentes de um branco fulgurante, cuja pureza os assemelhava a pérolas, quando em contraste com os seus lábios, fortes e voluptuosos. Embora bastante desejável, sua presença por alguma razão não me deixara ainda totalmente à vontade. Ao contrário, aos poucos, sentia invadir-me agora um temor mortal. Mas ao mesmo tempo, como que zombando de tanto sofrimento, o meu coração deixava-se arrastar por uma ânsia mórbida e aniquilante, obrigando-me compulsoriamente a implorar os beijos que seus rubros lábios me ofereciam. É uma rematada imprudência transcrever aqui este penoso colóquio, visto como algum dia estas linhas fatalmente cairão sob os olhos de Mina e a desgostarão. Mas esta é a pura verdade. As três prosseguiram com seus segredos e de repente todas elas desataram a rir, uma risada de clareza argentina e musical, todavia empostada num diapasão tão tenso que suas vibrações jamais poderiam provir da fragilidade de um lábio humano. O seu timbre de sonoridade assemelhava-se à intolerável percussão numa série de copos vazios, quando tocados por mãos capacitadas. A beldade loura sacudiu a cabeça com visível garridice, enquanto as outras duas a instigavam. Uma delas disse:

– Vamos! Você é a primeira; nós iremos depois. O direito de começar é seu.

E logo a outra acrescentou:

– Ele é forte e jovem. Seus beijos chegarão para nós todas.

Permanecia quieto, contemplando-as por baixo de minhas lentes, vibrando em tensa e deliciosa antecipação. A bela mulher, dando dois passos em minha direção, curvou-se sobre mim até eu sentir sua ofegante respiração inundar meu rosto. Num certo sentido, seu hálito era doce e cálido – uma doçura que recendia a mel – e que impregnava e transmitia aos nervos a mesma percussão que eu ouvira em sua voz, mas que ressumava num sabor amargo, um gosto acre, tresandando sangue.

Tive receio de abrir os olhos. Arrisquei porém um rápido olhar que pude lançar sob os seus cabelos. A moça estava ajoelhada a meu lado e nesta postura se mantinha ainda curvada sobre mim, apenas me olhando fixamente, como num êxtase de enternecimento. Brilhava em seus olhos uma desvairada voluptuosidade, ao mesmo tempo repulsiva e arrebatadora, e quando voltou a curvar o pescoço, lambia os lábios trêmulos num instinto de animal. Sob a claridade do luar pude ainda observar a farta saliva que inundava sua boca aflorar no friso esclarlate dos seus lábios e intensificar o rubor de sua língua ao se desdobrar sobre as arcadas dos seus dentes aguçados. E mais e mais foi baixando sua cabeça. Seus lábios pouco demoraram sobre a minha boca. E deslizando ainda um pouco mais, acompanharam a curva do meu queixo e, finalmente, pareceram deter-se ao atingirem minha garganta. Realmente: ela ali fez uma pausa, durante a qual eu comecei a ouvir rápidos e sucessivos estalidos de sua língua, dando-me a impressão de estar lambendo seus próprios dentes e seus próprios lábios. No mesmo instante senti o calor úmido de sua respiração abater-se em torno do meu pescoço, num paroxismo enlouquecedor. E agora a epiderme de minha garganta começou a estremecer, como sói acontecer quando as experientes mãos de um massagista profissional iniciam sua atividade especializada, golpeando com seus dedos cada vez mais próximo. Senti então o trêmulo e macio toque dos lábios molhados sobre a supersensível pele de minha garganta, de mistura com as cortantes serrilhas de seus fortes dentes, que agora pareciam repousar ali. Cerrei então meus olhos no excitado e langoroso êxtase que precedia agora a definitiva espera, enquanto o meu coração batia descontroladamente.

Eis porém que, com a rapidez do raio, uma outra e terrível sensação se apoderou de mim. Tive pronta e imediata consciência da presença do Conde e de sua explosão de raiva, como se tivesse viajado nas asas do furacão de todas as fúrias. Ao abrir meus olhos involuntariamente, vi sua possante mão agarrar a bela mulher pelo pescoço e com inaudita violência arrastá-la para trás. Seus olhos azuis expediam chispas de ódio, os dentes rilhavam e seu rosto agora estava rubro de paixão. Aquilo era o Conde?! Eu nunca podia imaginar tal explosão de ódio e de fúria, mesmo entre os demônios do inferno. Seus olhos estavam literalmente incendiados. Seus lampejos sanguíneos eram realmente sinistros, dando a impressão de que todas as chamas do mais profundo inferno tinham-se concentrado ali. Agora seu rosto mostrava-se mortalmente pálido e suas feições adquiriam por isso uma rigidez quase metálica. As espessas sobrancelhas que mais se adensavam no alto do nariz pareciam formar um arco. Com um violento empurrão desferido por seu braço, arremessou a mulher para longe de si, e então investiu sobre as outras duas, como se as enxotasse para trás. Era aquele o mesmo e imperioso gesto que eu o vira empregar quando afugentou os lobos. E usando um tom de voz que, embora baixo e quase não passando de um cicio, parecia fender o denso ar da sala, disse:

– Como ousam vocês, qualquer uma de vocês, tocá-lo? Como é que vocês se arriscam simplesmente a vê-lo, se eu o proibi? Para trás, eu lhes ordeno! Este homem me pertence! Livrem-se de se misturarem com ele, do contrário terão de se haver comigo.

Em réplica, a bela mulher deu uma longa gargalhada, e com lasciva galanteria respondeu-lhe:

– Você mesmo nunca amou; você jamais amará! – No que as outras duas a apoiaram e todas três em uníssono explodiram numa nova, melancólica e desalmada gargalhada que ecoou na sala de tal forma que por pouco não me causa um desmaio, parecendo-me antes uma imprecação de mil demônios. Depois disso o Conde voltou-se e, olhando firmemente em meus olhos, tornou a falar no mesmo tom sussurrado:

– Sim, eu também posso amar. Vocês mesmas o podem testemunhar com seus passados. Não é isto? Bem, agora prometo-lhes que, depois de ele o haver decidido comigo, vocês poderão beijá-lo à vontade. Agora basta! Vão-se embora! Eu tenho que despertá-lo, pois há muito o que fazer.

– E nós não teremos nada esta noite? – perguntou ainda uma delas, com uma breve risada, e ao mesmo tempo apontando para um saco que fora lançado sobre o soalho e dentro do qual algo se debatia, como se nele se ocultasse alguma coisa viva. À guisa de resposta ele acenou com a cabeça. Uma das mulheres se adiantou e abriu o pequeno fardo. Se meus ouvidos não me enganam, percebi vindo de lá um débil suspiro, acompanhado de um gemido, como se tratasse de uma criança semiasfixiada. Num instante, as três mulheres formaram uma roda, enquanto eu estremecia de horror. Mas, quando voltei a olhar, elas já haviam desaparecido com o espantoso fardo.

Na verdade, não havia sequer vestígio de porta em torno delas e tampouco podiam ter passado por mim sem que eu as visse. As três simplesmente se desvaneceram entre os raios do luar e já sob essa esquisita metamorfose franquearam o vão da janela, pois eu ainda as entrevi deslizando como um fluido evanescente, um segundo antes de se confundirem com o próprio ar.

A seguir, fui convulsionado por uma crise de horror e tombei inconsciente.

IV
O diário de Jonathan Harker
(Continuação)

Despertei em minha própria cama. Se não estive sonhando, foi o Conde quem me carregou até lá. Ainda tentei obter o pleno esclarecimento desta dúvida, mas não logrei alcançar qualquer resposta conclusiva. Para ser mais preciso, existiam, inclusive, algumas pequenas evidências que favorecem a segunda hipótese, como, por exemplo, o fato de minha roupa se achar dobrada e guardada de uma forma que não é de meu hábito, de não ter dado corda no meu relógio, o que faço rigorosamente como última obrigação antes de ir para a cama, além de outros pormenores desse tipo. Esses indícios, entretanto, não constituem por si só uma prova, pois poderiam ser considerados como outras tantas evidências de que a minha mente, por algum motivo, não se achasse em seu estado normal, inclusive devido a minha perturbação. Prefiro aguardar uma evidência. Há um fato que me tranquiliza: se realmente o Conde me trouxe até aqui e mudou a minha roupa, deve ter cumprido essa tarefa com muita pressa, visto como os meus bolsos foram deixados intactos. Tenho certeza de que esse diário se iria converter num mistério que ele jamais toleraria. E ele o teria levado ou destruído. Agora, ao olhar ao redor de meu quarto, vejo que, embora para mim sempre tenha estado repleto de temores, ele se transforma numa espécie de santuário, porquanto nada pode ser mais pavoroso do que aquelas três terríveis mulheres que estavam – aliás, *que estão* – esperando poder sugar meu sangue.

18 de maio – Fui ter novamente lá embaixo, naquela sala. Agora, porém, o fiz à luz do dia, pois *preciso* conhecer a verdade. Quando cheguei junto da porta do corredor de acesso, no alto da escadaria, encontrei-a fechada. Ela fora forçada com tal violência de encontro ao portal que uma parte do mesmo havia rachado. Percebi que o ferrolho não estava corrido, contudo a porta se achava travada pelo lado de dentro. Receio que o que vejo não seja um mero sonho e é em torno desta suposição que passarei a agir.

19 de maio – Nessa altura já estou definitivamente enredado. Na noite passada, exprimindo-se num tom excepcionalmente brando, o Conde pediu-me que escrevesse três cartas: a primeira, dizendo que minha tarefa aqui estava virtualmente concluída, e que eu partiria dentro de alguns dias; a segunda, afirmando que eu viajaria no dia imediato ao da expedição da carta; e a restante, informando que eu já havia deixado o castelo e chegado a Bistritz. Por vontade própria, eu me teria rebelado. Senti, todavia, que no presente estado das coisas seria uma loucura lutar abertamente contra o Conde, posto que me acho inteiramente à mercê do seu poder. Uma recusa agora seria o mesmo que excitar sua suspeita e incrementar sua cólera.

Ele compreende que eu sei demais e que não devo permanecer com vida, pois sou demasiado perigoso para si. Minha única possibilidade está em prolongar minha estada para obter novas oportunidades. Alguma coisa deverá ocorrer que venha a criar uma oportunidade para eu escapar. Ao falar-me, notei em seus olhos aquela mesma expressão de um ódio concentrado que apresentou quando empurrou a bela mulher para longe de si. Justificou-se dizendo que o serviço postal, além de lutar com a escassez de mensageiros, estava sendo muito irregular, e que minhas cartas redigidas agora iriam tranquilizar os meus amigos. E me assegurou ainda com tal insistência que expediria pontualmente ou reteria as cartas posteriores destinadas a Bistritz, se por qualquer motivo eu fosse obrigado a prolongar a minha estada; e a menor objeção certamente despertaria uma nova suspeita. Consequentemente, acedi a seu pedido e perguntei-lhe quais as datas que eu deveria pôr nas cartas. Após um breve cálculo, respondeu-me:

– A primeira, doze de junho; a segunda, dezenove; e a terceira, 29, tudo do mês de junho.

Agora já estou a par de quantos dias me restam de vida. Deus me ajude!

28 de maio – Entrevejo uma oportunidade de escapar ou de, pelo menos, enviar notícias para casa. Um bando de *szgany* chegou ao castelo e está acampado no pátio. *Szgany* é o nome que aqui dão aos ciganos. Disponho de algumas notas escritas sobre eles em meu livro. Trata-se de um grupo peculiar a esta região, embora mantenha aliança com os demais ciganos espalhados pelo resto do mundo. Existem milhares deles entre os habitantes nativos da Hungria e da Transilvânia, os quais em sua maior parte são considerados fora da lei. É costume entre eles filiarem-se a algum grande nobre, ou *boyar*, passando então a adotar seu nome. São destemidos e infensos à prática religiosa. São, porém, supersticiosos e falam apenas seus próprios dialetos do romaico.

Estou disposto a escrever algumas cartas para casa, as quais tentarei fazer chegar a seu destino por intermédio de alguns deles. Já consegui estabelecer um entendimento preliminar com eles a distância, através da minha janela, para início de uma aproximação maior. Eles se descobriram cortesmente, mostraram-se obedientes e fizeram muitos acenos, cuja significação, todavia, não logrei entender melhor que sua própria linguagem...

As cartas já estão escritas. A de Mina mais uma vez em caracteres taquigráficos, ao passo que na que enderecei ao sr. Hawkins peço simplesmente que ele se comunique com ela. Para Mina eu expus toda a minha situação, sem contudo mencionar os transes de horror, sobre os quais basta que eu esteja informado. Chocá-la-ia e lhe causaria um susto mortal se agora abrisse o meu coração para ela. Assim, na hipótese de essas duas cartas não serem despachadas, também o Conde prosseguirá alheio ao meu segredo e à extensão das coisas que já sei...

Hoje consegui passar as cartas. Lancei-as através das barras que guarnecem minha janela, juntamente com uma moeda de ouro, enquanto fazia e repetia todos os gestos humanamente imagináveis, capazes de obrigar alguém a entender que ambas as cartas deviam ser postas no correio. O homem que as recolheu apertou-as contra o coração, fez uma breve reverência e, a seguir, guardou-as no bolso. Mais eu não podia fazer. Esgueirei-me de volta à biblioteca e comecei a ler. Vendo que o Conde ainda não havia chegado, passei a escrever...

O Conde acaba de chegar. Sentou-se a meu lado e, pondo nas palavras a sintomática suavidade dos seus acessos de raiva, abriu as duas cartas:

– O *szgany* me deu essas duas cartas, cuja origem é para mim desconhecida. Vou, porém, tentar descobri-la. Veja! – Manuseou-a por um instante. – Uma procede do senhor e destina-se ao meu amigo Peter Hawkins; a outra – aqui, deparando-se com os estranhos símbolos que surgiram logo que abriu o envelope, seu rosto se tornou sombrio e seus olhos fuzilaram numa chispa maligna – a outra é uma vil maquinação, um ultraje contra a amizade e a hospitalidade! E, veja, nem sequer está assinada! Bem, assim ela não nos diz respeito.

E então calmamente estendeu a carta e o envelope sobre a chama da lâmpada até vê-la totalmente consumida. E retomando a palavra, prosseguiu:

– A carta endereçada ao sr. Hawkins, é claro que a enviarei a seu destinatário, pois ela é de sua autoria. Suas cartas são sagradas para mim. Peço-lhe perdão, meu amigo, por ter precipitadamente rompido o selo que a lacrava. O senhor não gostaria de preparar um novo sobrescrito?

Após passar-me a carta, fez uma cortês reverência e me ofereceu um envelope em branco. Nada mais me restava senão reendereçar a carta e devolver-lhe em silêncio. Saindo da sala com a missiva, ainda pude ouvir quando ele girou vagarosamente a chave no orifício da fechadura. Um minuto após, levantei-me para verificar. A porta estava realmente trancada.

Passadas uma hora ou duas, o Conde voltou tranquilamente à sala. Sua presença foi suficiente para despertar-me. Eu adormecera, deitado no sofá. Ei-lo novamente cortês e aparentando uma atitude jovial. Notando que eu estivera dormindo, disse:

– Oh, meu amigo, o senhor está cansado? Vá para a cama. É lá que está o repouso mais seguro. Não poderei ter o prazer de conversar com o senhor esta noite em virtude de acúmulo de afazeres. Porém, rogo-lhe que durma.

Passei para o meu quarto e fui para a cama. E, o que é mais estranho: dormi a sono solto, pois não me lembro, sequer, de haver sonhado. O desespero sabe engendrar suas calmarias.

31 de maio – Esta manhã, ao despertar, ocorreu-me a ideia de munir-me de papel e alguns envelopes. Fui procurá-los na mala para tê-los no bolso, porque a qualquer momento poderia querer escrever, para aproveitar uma eventual oportunidade. Eis, porém, nova surpresa e um novo choque!

Tudo quanto era vestígio de papel desaparecera, inclusive minhas notas, meus memorandos sobre estradas de ferro e viagens, minha carta de crédito, em suma, tudo que me pudesse ser útil fora do castelo. Sentei-me na cama para refletir um pouco. Um alarmante pensamento me assaltava agora, e procedi uma busca no porta-casaca e no guarda-roupa, onde se achavam todas as minhas vestimentas.

O costume que usara na viagem desaparecera, o mesmo acontecendo com a capa e o cobertor de viagem. Não me foi possível encontrar o menor traço de toda essa roupa que me desse uma ideia do destino que tomara. Parecia achar-me diante de um novo ardil de vilania...

17 de junho – Esta manhã estava eu sentado na beira da cama e espremendo os meus miolos, quando ouvi estalidos de relhos e ruído de patas de cavalos lá fora, no corredor de pedra que dá acesso ao pátio. Exultando de alegria vi chegarem ao pátio dois grandes veículos rústicos – *leiterwagen* – puxados por oito robustos cavalos, tendo à frente de cada parelha um eslovaco, com seus amplos chapéus, seus cinturões guarnecidos de volumosos cravos metálicos, suas peles de carneiro encardidas e botas de cano alto. Em suas mãos carregavam eles longas vergas. Corri em direção ao portão, com a intenção de descer e encontrar-me com eles no saguão principal, pois julguei que aquela entrada fosse aberta para eles. Mas sofri uma nova decepção: a minha porta estava trancada por fora.

Lancei-me então em direção à janela e gritei para que me ouvissem. Olharam para cima e, com uma expressão de estupidez, apontaram seus indicadores para mim. Nesse preciso instante, porém, o meu delator cigano, vendo-os apontar em direção à minha janela, aproximou-se e disse-lhes algo que os fez rir. Daí em diante nenhum esforço meu, nenhum rogo de piedade, nenhum apelo de agonia os faria mais olhar para mim. Eles viravam-me as costas decidida e sistematicamente. Os *leiterwagem* continham grandes caixas quadradas, providas de fortes alças de corda. Estavam todas evidentemente vazias, dada a facilidade com que os eslovacos as manejavam e pela sua ressonância, quando eram atiradas de um lado para outro. Quando todas as caixas estavam descarregadas e amontoadas numa grande pilha num dos cantos do pátio, os eslovacos receberam o pagamento das mãos dos ciganos e, cuspinhando sobre as moedas para atrair sorte, cada um deles dirigiu-se a sua parelha. Logo após, ouvi o estalar característico dos seus relhos desaparecer nas distantes encostas da montanha.

24 de junho – Na noite passada, o Conde me deixou mais cedo, tendo-se trancado no seu próprio quarto. Assim que tive ânimo para tanto, galguei a escada-caracol e pus-me a olhar através da janela existente na fachada sul. Pensei que fosse poder ver o Conde, ao perceber que lá em baixo alguma coisa estava sendo feita. Os ciganos tinham sido alojados em alguma parte do castelo para executar um determinado trabalho. Estou convencido disso porque, de quando em quando, ouço um ruído abafado e distante, como proveniente de uma escavação a pá e picareta. Independentemente, porém, do que realmente se prepara, tenho certeza de que se trata de mais uma peça do infatigável celerado.

Eu tinha estado menos de meia hora à janela, quando vi um vulto surgindo da janela do Conde. Retrai-me cuidadosamente e, apurando a vista, vi todo o seu corpo emergir do quarto. A visão causou-me um espanto ainda maior, quando, comprovando tratar-se do próprio Conde, reparei que vestia a minha roupa de viagem e carregava sobre os ombros o terrível fardo que as três mulheres haviam levado consigo. Não podia haver qualquer dúvida a respeito do que carregava e tampouco quanto ao meu costume de viagem. Aí está então a sua nova trama sinistra. Ele fará com que outros julguem ter me visto, criando destarte uma falsa evidência de que eu estive na aldeia pondo minhas cartas no correio e que qualquer mal que ele assim venha a praticar o povo local atribuirá a minha autoria.

A possibilidade de ser este plano levado a cabo sem o menor tropeço deixa-me furioso. Sou obrigado, como um verdadeiro sentenciado, a permanecer aqui confinado, sem, contudo, dispor da proteção legal a que tem direito mesmo o pior criminoso, o que já em si traria um grande consolo.

Pensei em vigiar a volta do Conde e para isso fiquei sentado por longo tempo junto da janela, à espreita como um cão raivoso. Não tardou muito, porém, que eu notasse algumas pequenas manchas flutuando entre os raios do luar. Elas se assemelhavam às mais ínfimas partículas de poeira, e aos poucos iam adquirindo um movimento em espiral e ganhando corpo como forma nebulosa. Observava o inusitado fenômeno sob a impressão de um presságio, mas, ao mesmo tempo, senti-me inebriado por uma calma inexplicável. Recostei-me então no vão da janela, procurando uma posição mais confortável, de maneira a poder acompanhar melhor as caprichosas contorções dos diversos redemoinhos aéreos.

Mas nesse instante o plangente uivo de alguns cães distantes alteou-se do vale e interrompeu o meu quase devaneio. E à medida que tais uivos mais repercutiam através do silêncio da noite, os flutuantes fragmentos de pó assumiam novas formas, como se estivessem dançando um fantástico bailado ao ritmo dos uivos cada vez mais lamentosos dos cães enfeitiçados pelo luar. Eu próprio ainda me surpreendi reprimindo um impulso subconsciente que parecia despertar os meus instintos. Não, já era a minha própria alma que lutava e também as mais primitivas fibras do meu ser que me arrastavam para responder àquele irresistível apelo. Eu estava sendo hipnotizado! A velocidade dos estranhos torvelinhos era agora vertiginosa e já ultrapassava os limites naturais. O próprio luar pareceu estremecer, quando subitamente todos se alçaram, alcançando num átimo o nível da janela em que eu estava, deixando a massa nevoenta para trás. Mais e mais foram-se condensando, até adquirir a vaga imagem de um fantasma. Foi então que, perfeitamente lúcido e em plena posse dos meus sentidos, tive um sobressalto e precipitadamente abandonei o meu lugar, vociferando a plenos pulmões. As formas fantásticas que agora passavam por uma progressiva materialização sob o luar eram as três mulheres-duendes, a cuja perseguição eu fora condenado. E assim fugi desesperadamente, até conseguir chegar a meu quarto. Ali senti-me um pouco mais seguro, pois já não havia luar, mas apenas o lampião, com sua luz brilhante.

Passadas já algumas horas, ouvi um certo alvoroço no quarto do Conde, entrecortado por um gemido agudo, mas de curta duração. Depois fez-se silêncio, um profundo e tenebroso silêncio, que para mim se transformou num calafrio. Com o coração aos saltos, avancei em direção da porta. Minha tentativa foi inútil. Estava trancado em minha própria alcova e nada pude fazer. Então sentei-me e dei livre curso às lágrimas.

Estava eu ainda procurando reanimar-me quando novo clamor me fez estremecer. Este vinha agora do pátio, lá de baixo, e era um grito de agonia de mulher. Corri para junto da janela e, escancarando-a, através das barras, tentei localizar o que estava acontecendo. E, realmente, vi uma mulher de cabelos desgrenhados, com ambas as mãos cerradas apertadas contra o coração, como se procurasse arrancar do peito a lâmina que a apunhalara. Ela se apoiava de encontro a um dos ângulos do corredor. Quando deparou com o meu rosto na janela, arremessou-se num gemido para a frente e com voz estentórea e sibilante de ameaça, gritou:

– Monstro, dá-me minha criança!

A seguir, ela caía de joelhos e, erguendo ambas as mãos, passou a articular uma série de palavras ininteligíveis, que dilaceraram o meu coração. E sem conter seu grande desespero, ela arrancava seus próprios cabelos, golpeava desvairadamente seu corpo, expondo-se obstinadamente a toda sorte de extravagâncias e violências. Finalmente, atirou-se ao chão. E embora não mais pudesse vê-la, continuei ouvindo os infindáveis golpes que suas mãos desferiam contra o solo.

Baixando de algum lugar bem acima de onde me encontrava, provavelmente do alto da torre, onde se postara, ouvi agora a voz do Conde enunciar uma espécie de rude chamamento, que ecoou metalicamente num sussurro animalizado. Seu apelo pareceu-me ser respondido à distância e em torno por várias matilhas de lobos uivantes. E, ao cabo de alguns minutos, uma porção deles irrompeu da orla da floresta como a avalancha que rompe uma represa. E ei-los já invadindo o pátio, através da ampla entrada do castelo.

Não consegui ouvir um único grito da mulher. O rosnado dos lobos também foi muito breve. Passado um instante e ainda lambendo os beiços ensanguentados, foram saindo um por um, e deixando o pátio.

Eu já não podia sequer lastimá-la. Infelizmente eu sabia o destino que fora dado a seu filho. Seu sofrimento a faria mais triste que a própria morte. O que devo fazer? O que poderei fazer? Como poderei escapar deste pavoroso cerco de trevas, de sombras e temores?

25 de junho, parte da manhã – Sem que tenha sido vergastado por todos os terríveis sofrimentos que a noite nos inflige, ninguém pode avaliar com exatidão como são doces e sutis para o nosso coração e caros para nossos olhos os primeiros clarões da alvorada. Quando nesta manhã o sol se ergueu a ponto de iluminar o grande corredor defronte da minha janela, toda a área acima parecia-me ter servido de pouso à simbólica pomba enviada pela Arca de Noé. Todos os meus temores me abandonaram, como se estivessem em mim representados por etérea vestimenta incorpórea que o próprio calor solar consegue dissolver. Devo agir de alguma maneira, enquanto esta coragem que o dia me infunde está comigo. Ontem à noite, uma das minhas cartas pós-datadas foi posta no correio. Ele é o primeiro dobre fatal que com outras duas apagará os traços que a minha existência hoje ainda deixa sobre a terra.

Vamos pensar neste caso! Vamos agir!

É sempre durante a noite que eu venho sendo molestado ou intimidado e, de uma forma ou de outra, fico exposto ao perigo e ao terror. Ainda não me foi possível uma só vez ver o Conde à luz do dia. Será porque ele dorme enquanto os outros estão acordados, e se mantém em vigília quando os outros dormem? Se ao menos eu pudesse entrar em seu quarto! Não vejo, porém, a menor possibilidade de consegui-lo. A porta está sempre trancada, barrando-me o caminho.

Espere! Sim, o caminho existe, desde que alguém ouse tentá-lo! Por onde seu corpanzil se arrastou, qualquer outro corpo não poderá fazer o mesmo? Eu próprio o vi deslizar de sua janela. Por que também eu não o imitaria para, da mesma maneira, me insinuar por sua janela? As possibilidades são desesperadamente mínimas, mas o desespero a que estou chegando é maior ainda. Correrei o risco. Na pior das hipóteses aventuro a morte. Mas é a morte de um homem e não de um bezerro, e as terríveis portas do porvir talvez assim se abram para mim. Que Deus me ajude no que vou fazer! Adeus, Mina, se eu falhar; adeus, meu fiel amigo, meu segundo pai; adeus a todos e, finalmente, adeus, minha querida Mina!

Alguns dias depois – Num supremo esforço executei meu plano e, com a ajuda de Deus, voltei são e salvo a meu quarto. Agora é a vez de colocar detalhe por detalhe na devida ordem. Aproveitando toda a minha coragem, segui direto até a janela que se abre sobre o flanco sul e imediatamente ganhei a parede externa desse lado. As pedras são todas grandes e suas arestas são grosseiras. Sofrendo a prolongada ação do tempo, a caliça que compõe os interstícios foi destruída pelo sol, pelo vento e pela chuva. Descalcei minhas botas e iniciei minha aventura pela trilha do desespero. Ainda olhei antes para baixo, para assegurar-me se algum súbito clarão provindo das sinistras profundezas não me viria alcançar. Depois, porém, tratei de me abster de voltar a olhar. Conhecendo perfeitamente a distância e a direção em que fica situada a janela do Conde, fui vencendo uma a uma as dificuldades do trajeto, buscando sempre aproveitar todas as possibilidades que encontrava. Não senti o menor sintoma de tonteira – presumo que tenha estado terrivelmente excitado – e o tempo já me parecia irrisoriamente curto quando pus os pés sobre o parapeito da janela e finalmente a pude deslocar do seu caixilho. A minha excitação, porém, chegou ao auge no instante em que pude me curvar e estiquei a perna para pisar sobre o soalho. Olhei então em torno, à procura do Conde. E com surpresa e incontida satisfação, fiz uma descoberta: o quarto estava vazio! Era sobriamente mobiliado com peças essenciais, as quais, entretanto, pareciam jamais ter sido usadas. Os utensílios e guarnições apresentavam mais ou menos o mesmo estilo dos demais, existentes na ala sul, e estavam cobertos de pó. Procurei a chave da porta, pois não se achava na fechadura. Não me foi, todavia, possível encontrá-la em lugar algum. A única coisa que despertou minha atenção foi uma grande quantidade de ouro, amontoada num dos cantos do quarto – ouro das mais variadas espécies e procedências: romano, britânico, austríaco, húngaro, grego e turco, amoedado e encoberto por espessa camada de pó, como se ali já se achasse há muito tempo. Segundo observei, nenhuma dessas moedas tinha menos de três séculos de existência.

Entre elas havia também uma porção de correntes e adornos, inclusive algumas joias. Tudo, porém, já muito velho e enegrecido.

Num outro canto do quarto havia também uma porta. Esta, contudo, era muito mais pesada. Também a experimentei, visto não ter encontrado a chave do quarto, e tampouco a da porta de fora, que mais me interessava. Por isso eu era obrigado a insistir em minha busca, do contrário todo o meu esforço estaria baldado. Mas esta estava aberta e conduzia a um corredor calçado com pedras. Dali alcançava-se uma escada circular, que descia abruptamente. Prossegui por ela. Mas redobrei minha atenção para ver por onde passava, pois a escada era muito escura, e só aqui e ali recebia alguma claridade através de pequenas seteiras abertas na alvenaria. Ao chegar ao fundo, deparei-me com um corredor em forma de túnel e ainda mais escuro, através do qual escapava um odor letal e doentio, um cheiro de terra podre, recém-revolvida.

À medida que eu avançava ao longo deste corredor, tal odor se tornava mais forte e mais pesado. Finalmente tive de empurrar uma espessa porta que se achava entreaberta e encontrei-me diante de uma velha e arruinada capela, que evidentemente tinha sido usada como cemitério. O piso estava quebrado e em dois lugares havia rastros em direção às catacumbas. O chão, porém, tinha sido recentemente escavado e toda a terra se achava depositada em grandes caixas de madeira, precisamente aquelas que eu vira serem trazidas pelos eslovacos. Não havia vivalma a meu redor, mas nem por isso deixei de esquadrinhar cada polegada de terreno, para que nada me escapasse. Decidi então explorar as catacumbas, embora estivesse experimentando o mais tétrico pavor de minha alma. Inspecionei como pude duas delas e nada descobri, além de pequenos fragmentos de ataúdes já desmantelados e de alguns montículos de pó. Na terceira, porém, meu corpo estremeceu.

Ali, a um passo, diante dos meus pés, dentro de uma das caixas, entre outras cinquenta, sobre um canteiro de terra ainda bem fresca, estava estendido o Conde! Ele nem dormia, nem estava morto. Eu, entretanto, não sei dizer o que se passava, pois seus olhos, embora arregalados, pareciam duros como pedra, mas, ainda assim, não estavam vidrados, como os de um morto, e as maçãs do seu rosto continuavam irradiando calor, apesar de toda a sua palidez, e seus lábios permaneciam vermelhos, como sempre. Não havia nele, porém, o menor sinal de movimento. Ausência total de pulso, respiração e batimentos do coração. Intrigado com tudo o que via, inclinei-me sobre ele, tentando localizar algum indício de vida, mas em vão. Ele não podia estar ali por muito tempo, porquanto o odor que ainda se desprendia da terra abaixo de seu corpo não teria levado mais que poucas horas para dissipar-se. Ao lado do seu caixão estava também a tampa, a qual apresentava vários orifícios, abertos aqui e ali. Lembrei-me naquele instante que deviam estar ali, em seu poder, as chaves que eu tanto procurara. Mas quando pensei em apanhá-las deparei com seus olhos mortiços e, a despeito de se manterem imóveis e inconscientes de minha presença, ainda pude surpreender em suas órbitas aquele mesmo olhar de profundo ódio. Isso bastou para me pôr em fuga. Corri então desabaladamente e, após deixar o quarto do Conde pela mesma janela por onde havia entrado, saí novamente me arrastando pelas saliências da parede do castelo. Ao chegar finalmente a meu quarto, arremessei-me ofegante sobre a cama, para tentar recolocar minhas ideias no lugar...

29 de junho – Hoje é chegada a data da expedição da minha última carta, e o Conde já tomou todas as providências para provar que ela é verdadeira, pois o vi novamente deixar o castelo pela janela de costume e mais uma vez trajando minhas roupas. Quando ele descia pela parede, em suas acrobacias de lagarto, eu gostaria de dispor de uma espingarda ou de qualquer outra arma letal com a qual pudesse destruí-lo. Assaltava-me todavia o receio de que nenhuma arma apenas confeccionada pelo engenho humano seja capaz sequer de afetá-lo. Eu não ousaria jamais defrontá-lo em sua volta, pois temeria tornar a ver as três irmãs malignas. Retomei, por isso, meu caminho e voltei à biblioteca, onde fiquei lendo até adormecer.

Mais tarde fui despertado pelo Conde, o qual, lançando sobre mim o mais sardônico olhar de que um homem é capaz, disse:

– Amanhã, meu amigo, partiremos. O senhor voltará para a sua bela Inglaterra e eu me dedicarei a um outro tipo qualquer de trabalho cujos objetivos jamais permitirão que nos tornemos a encontrar. Sua carta endereçada para os seus já foi despachada. Amanhã eu não estarei aqui, mas tudo estará pronto para a sua jornada. Pela manhã chegarão os ciganos, que têm algumas tarefas a cumprir aqui, e também alguns eslovacos. Após a saída desses dois grupos, minha viatura estará à sua disposição e o transportará até o Passo Borgo, onde se encontrará com a diligência que cobre o trajeto entre a Bukovina e Bistritz. Mas eu ainda espero vê-lo no Castelo Drácula.

Suas últimas palavras despertaram em mim uma nova suspeita e eu resolvi testar sua sinceridade. Sinceridade? A simples menção desta palavra soa à profanação, quando pronunciada em conexão com semelhante monstro. E então perguntei-lhe à queima-roupa:

– Por que não partimos esta noite?

– Porque, prezado senhor, meu cocheiro e meus cavalos se acham fora, em serviço.

– Mas caminharei com todo o prazer. Quero sair agora.

Ele esboçou um sorriso, um arrastado, macio e diabólico sorriso por trás do qual eu sabia esconder-se alguma trama, e perguntou:

– E sua bagagem?

– Isto já não me preocupa. Eu a poderei mandar apanhar numa outra ocasião.

O Conde ergueu-se e, num tom de doce cortesia que me fez esfregar os próprios olhos, tal seu aparente realismo, disse:

– Vocês ingleses empregam um aforismo que fala diretamente a meu coração, pois o fino espírito do mesmo se converteu numa regra entre nós, *boyars*: "Bem-vindo é o que chega; para partir, nós o apressamos". Venha comigo, meu jovem e caro amigo. Nem uma hora mais, sequer, o senhor permanecerá em minha casa contra a sua vontade, embora lamente sua saída, e ainda mais por torná-la tão súbita. Venha!

E com uma imponente gravidade, apanhou uma lanterna e me precedeu, enquanto descíamos os degraus da escada e atingíamos o saguão. Repentinamente, parou.

– Ouça!

Não havia dúvida! Dali, como se estivesse ao alcance de sua mão, provinha o inesperado uivar dos lobos. Era como se ganhasse vida a cada gesto seu, tal como os acordes de uma grande orquestra, quando obedecem a cada aceno mágico da batuta que é empunhada pelo seu maestro. E depois de um instante de intervalo, ele prosseguiu com a mesma imponência em seu caminho até o portão, removeu seus grossos ferrolhos, libertou-o das pesadas correntes e começou a abri-lo, de par em par.

Para surpresa minha, ele não estava trancado a chave. Desconfiado, olhei em torno. Não havia, porém, chave de qualquer espécie que pudesse ser vista.

Assim que o portão começou a ser aberto, os uivos dos lobos lá fora tornaram-se mais fortes e mais furiosos. Suas mandíbulas vermelhas e suas ágeis e robustas pernas pareciam querer inundar o saguão quando eles ameaçaram avançar através do portão recém-aberto. Logo percebi que qualquer imposição que neste momento eu fizesse ao Conde seria completamente inútil. Contra tais aliados, ávidos à mais simples ordem do seu comando, eu nada podia fazer. O portão, porém, abria-se lentamente, e somente o corpo do Conde barrava ainda a sua abertura. Num átimo, ocorreu-me a reação: o próximo instante seria o passo final de minha condenação. Eu iria ser lançado à sanha dos lobos assassinos e, ainda pior, por minha própria instigação. Havia uma diabólica malignidade em toda aquela ideia, que tão bem se ajustava a sua crueldade. E, no instante decisivo, eu gritei:

– Feche o portão! Esperarei até amanhã! – E ao mesmo tempo eu cobria as lágrimas que rolavam de meu rosto, para ocultar meu desapontamento. Com um simples repelão do seu vigoroso braço, o Conde tornou a fechar o enorme portão, e as grandes barras dos ferrolhos rangeram e ecoaram através do saguão, ao serem reinseridas nos respectivos caixilhos.

Silenciosamente, voltamos à biblioteca e depois de um minuto ou dois voltei para o meu próprio quarto. O último gesto que minha retina guardou do Conde Drácula foi o de beijar sua própria mão diante de mim. Para melhor realçar o sinistro beijo, um torvo lampejo de triunfo faiscou em seus olhos, e seu sorriso de Judas parecia zombar das entranhas do inferno.

Eu já estava em meu quarto e pronto para deitar-me, quando ouvi uma voz sussurrante à minha porta. Aproximei-me cautelosamente para escutar. A menos que meus ouvidos me estivessem traindo, eu estava ouvindo a voz do Conde, que dizia:

– Volte, volte para o seu lugar! Sua vez ainda não chegou. Espere, tenha paciência! Hoje a noite é minha. Amanhã ela será sua!

Seguiu-se um suave e murmurado acesso de riso. Furioso, abri a minha porta e vi ainda diante dela as três terríveis mulheres lambendo sofregamente os respectivos lábios. Logo que me viram deram uma horrível gargalhada e desapareceram. Retornei a meu quarto e ajoelhei-me. Estarei assim tão perto do meu fim? Amanhã! Amanhã! Meu Senhor ajude-me, e também aqueles que me são tão caros!

30 de junho, parte da manhã – Estas talvez sejam as minhas últimas palavras que poderão ser lidas neste diário. Dormi até o raiar da aurora e assim que despertei pus-me imediatamente de joelhos. Se a Parca da Morte vier hoje me buscar, quero que me encontre devidamente preparado.

Finalmente percebi a sutil transformação que se operou no ar e tive a certeza de que a manhã chegara. Logo a seguir ouvi o bem-vindo canto do galo e senti que estava salvo. De coração alegre, abri a minha porta e corri escada abaixo até o amplo saguão. Eu vira na véspera que o portão não estava trancado a chave, e agora tinha a libertação a meu alcance. Com as mãos trêmulas de impaciência, desmontei as correntes e destravei os grossos ferrolhos.

O portão, não obstante, não se arredou do lugar. O desânimo começou a se apoderar de mim. Puxei, empurrei e sacudi o portão, até que pela própria inércia o ouvi ranger de encontro a um dos umbrais. Olhei então para o encaixe do ferrolho. O Conde o trancara a chave depois que me deixara.

No instante imediato senti-me dominado pelo selvagem e obstinado desejo de obter a chave a qualquer risco, e parti com a firme determinação de voltar a escalar a parede e descer até o subsolo, onde eu sabia que encontraria o Conde. Ele podia matar-me. Mas nessa altura a minha morte já me acenava como a mais feliz solução para meus males. Num só fôlego cheguei à ala leste, saltei a janela e desci ao longo da parede, como já o fizera, e entrei no quarto do Conde. Estava vazio, como esperava. Da chave não havia o menor sinal, apenas o enorme monte de ouro continuava em seu lugar. Passei pela porta de um dos cantos, desci pela escada circular e, através do estreito e escuro corredor, atingi a velha capela. Eu sabia agora, sem risco de errar, onde encontrar o monstro que procurava.

O grande caixão achava-se no lugar onde ficara, bem encostado à parede, mas a tampa estava posta sobre ele. E embora ainda não estivesse pregada em seu lugar, todos os pregos já se achavam apontados e prontos para receber as últimas marteladas. Eu sabia que tinha de remexer seu corpo para apanhar a chave. E não hesitei. Levantei a tampa e encostei-a na parede. Fui então surpreendido com uma visão que me fez gelar de horror. Lá estava realmente o Conde. Mas seu aspecto geral mostrava-o semirrejuvenescido, pois seus cabelos brancos, assim como também o seu bigode, tinham adquirido uma nova coloração de um escuro cinza-ferro. As maçãs do seu rosto se mostravam bem mais cheias e a alvura de sua pele deixava transparecer um tom avermelhado. Sua boca estava mais corada do que nunca, pois sobre seus lábios afloravam grossos pingos de sangue ainda fresco, os quais gotejavam das comissuras labiais e escorriam pelo queixo e ao longo do pescoço. Até seus fundos e congestionados olhos pareciam repousar em órbitas mais carnudas, pois as pálpebras e a conjuntiva estavam ligeiramente intumescidas. Parecia que todo o corpo da asquerosa criatura estava embebido em sangue. Ele jazia como uma repulsiva sanguessuga, exausto e entorpecido por sua própria repleção. Estremeci por ter que tocá-lo e agora podia sentir que cada fibra do meu corpo se crispava, numa insopitável revolta, na iminência de tão repugnante contato. Mas eu tinha que revistá-lo! Ou eu encontrava a chave ou então estaria perdido! Sobrevindo a noite, seria o meu próprio corpo lugubremente banqueteado, num festim bem semelhante, pelas três fúrias, também ávidas de sangue. Lancei-me então sobre o corpo horrendo. Mas, apesar de todos meus esforços, não percebi o menor sinal da chave que tanto procurava. Fiz então uma pausa e olhei friamente para o Conde. Transparecia um zombeteiro sorriso de sua face congestionada e isto parecia levar-me à loucura. Ali estava o ser mais abjeto que a natureza já concebera, o ser que eu devia ajudar a se mudar para Londres, onde talvez ainda durante séculos e às custas dos seus milhões amontoados fosse saciar sua monstruosa sede de sangue e engendrar um crescente círculo demoníaco, pronto a cevar-se com os indefesos. Este angustiante pensamento me enlouqueceu. Senti um terrível desejo de livrar o mundo de tamanho monstro. Eu, porém, não dispunha de arma de espécie alguma. O único objeto ali existente que podia servir a meus propósitos era uma pá que fora utilizada para encher os caixões de terra e que os trabalhadores haviam deixado no chão, junto à parede. Apanhei-a, ergui-a bem alto e, visando o execrável rosto, desferi um tremendo golpe. Antes, porém, que a lâmina da pá a atingisse, sua cabeça deslocou-se lateralmente e seus olhos escancarados se fixaram em mim com toda a sua fúria sobrenatural. Senti-me como que paralisado. O cabo da pá girou em minha mão. A lâmina apenas roçou de leve sobre a face. O único vestígio deixado pelo golpe foi uma profunda cicatriz no alto da testa. A pá caiu de minhas mãos e ficou atravessada sobre o caixão, e quando a puxei em minha direção para jogá-la fora, a lâmina arrastou consigo a tampa do caixão, que tombou sobre o mesmo, fechando-o, ocultando portanto de minha vista o seu tétrico conteúdo. A última visão que guardei do seu corpo concentrou-se em sua face intumescida, embebida de sangue e estereotipada numa careta maligna e zombeteira, digna de figurar como obra-prima na mais profunda galeria dos infernos.

Meditei e tornei a meditar sobre qual deveria ser o próximo lance. Mas o meu cérebro parecia arder em chamas e por isso decidi estabelecer um compasso de espera, já que um crescente desespero ameaçava aniquilar-me. Enquanto esperava, comecei a ouvir uma distante canção cigana, entoada por vozes joviais. O alegre grupo agora já vinha mais próximo, e eu pude perceber também o ruído de pesadas rodas em movimento e estalidos de relho. Os *szgany* e os eslovacos a que o Conde se referira estavam chegando. Lançando um último olhar em torno do sombrio recinto e sobre o caixão que guardava o corpo, atravessei o corredor e disparei escada acima, até chegar no quarto do Conde. Ali, eu aguardaria o momento em que abrissem o portão para empreender a minha almejada fuga. Com os meus ouvidos tensos à espreita do que viesse lá de baixo, ouvi o ranger da chave na grande fechadura e o ruído do portão que se abria. Devia haver outras maneiras de entrar ou alguém estava de posse da chave de uma das portas que estavam fechadas. A seguir ouvi o tropel de numerosas passadas, que logo se distanciou ao internar-se num dos vários corredores. Agora distinguia-se apenas um eco muito frágil. Este imprevisto obrigou-me a refazer o caminho de volta às catacumbas, de onde talvez pudesse alcançar a nova entrada. Acontece porém que no preciso instante em que ia iniciar a descida, soprou uma forte rajada de vento, batendo a porta com tal violência que derrubou todo o pó que pousara no dintel, espalhando-o diante dos meus olhos. Quando corri para abri-la já era tarde. Estava irremediavelmente trancada. Eu voltava a ser um inerme prisioneiro e as malhas da rede de minha condenação estavam-se tornando cada vez mais estreitas e mortais.

Enquanto escrevo, ouço no corredor de baixo um forte rumor de passos e da descarga de pesados volumes, certamente os caixões, com seu conteúdo de terra.

Agora ouço uma série de marteladas: é o caixão que está sendo fechado. E escuto novamente um forte rumor de passos cruzando o amplo saguão, secundado por um ruído menor, de passos mais leves, que o segue.

O portão foi fechado. As correntes ainda tilintam. Agora é a chave que range na fechadura. Logo após, ouço a mesma ser retirada. A outra porta também está sendo aberta e a seguir fechada. Além do ranger da fechadura, percebo o ruído do ferrolho.

Ouça! Através do pátio do castelo e ao longo da estrada pedregosa ressoam os aros das pesadas rodas, os estalidos dos relhos e o coro dos ciganos. Mas suas vozes também já se confundem e se perdem nas quebradas distantes.

Estou sozinho no castelo com as horripilantes mulheres, as nojentas. Mina é uma mulher. Mas nada tem em comum com elas. São as Parcas dos Abismos do Inferno!

Não ficarei sozinho com elas. Se for preciso, escalarei todas as paredes do castelo até uma altura que jamais foi atingida. Carregarei comigo algumas moedas de ouro para prevenir qualquer eventualidade. Hei de encontrar uma saída deste antro pavoroso.

Uma vez livre, vou diretamente para casa! Tomarei o mais rápido e mais próximo trem! Fora com este maldito lugar, com este abominável país, onde o demônio e todos os seus filhos ainda passeiam sobre pés humanos!

Na pior hipótese, a misericórdia divina me trará melhor consolo que a desses monstros, e o precipício é íngreme e profundo. E nas profundezas desse abismo um homem poderá dormir tranquilamente, como um verdadeiro homem. Adeus a todos! Adeus, Mina!

V

Carta da srta. Mina Murray à srta. Lucy Westenra

9 de maio

Queridíssima Lucy:

Perdoe-me a longa demora em escrever-lhe, mas é que tenho estado terrivelmente assoberbada de trabalho. A vida de uma professora-adjunta torna-se por vezes penosa e fatigante. Bem que gostaria de estar agora a seu lado, diante do mar, onde juntas poderíamos conversar e construir nossos castelos de areia. Ultimamente venho trabalhando muito porque preciso acompanhar de perto as matérias estudadas por Jonathan, e por isso estou praticando estenografia com todo o empenho. Quando estivermos casados pretendo assim ser útil a Jonathan. Se alcançar um bom desenvolvimento prático na especialidade, poderei resumir os seus ditados e datilografá-los, outro curso que também estou frequentando sem descanso. Ele e eu nos correspondemos algumas vezes em caracteres estenográficos. Ele escreve também um diário nessa mesma grafia, no qual resume as principais ocorrências durante suas viagens no exterior. Quando eu estiver com você redigirei um diário nas mesmas condições. Não me estou referindo a esses diários rotineiros de duas páginas semanais e uma breve anotação dominical, num canto de página. Pretendo ter um diário no qual eu possa escrever a qualquer momento, desde que sinta vontade. Presumo que suas matérias não encerrarão nada de maior interesse para outras pessoas, precisamente porque não será a elas que ele irá referir-se. É ideia minha mostrá-lo algum dia a Jonathan, se é que suas notas o venham merecer, porquanto na realidade não passará de um livro de exercícios. Tentarei fazer o que vejo as moças jornalistas desempenharem: anotar entrevistas e recordar o teor de conversações. Afirmaram-me que, mediante uma breve prática, é possível memorizar tudo o que acontece ou que se ouve durante um dia inteiro. Veremos, contudo. Porei você a par dos meus pequenos planos, quando nos encontrarmos. Acabo de receber algumas linhas, que Jonathan me escreveu da Transilvânia. Ele está bem e deverá estar de volta dentro de uma semana. Estou ansiosa em ouvir todas as suas novidades. Deve ser realmente maravilhoso conhecer outros países. Seria simplesmente sensacional se nós dois – refiro-me a Jonathan e eu – pudéssemos algum dia percorrê-los juntos. Oh! O relógio está soando. São dez horas. Até breve.

A amiga que a estima,

Mina.

P.S. – Conte-me todas as novidades, quando me escrever. Já há muito tempo que você nada me diz. Mas eu tenho ouvido alguns murmúrios, especialmente a respeito de um belo homem, esbelto e de cabelos ondulados. É verdade?

Carta de Lucy Westenra para Mina Murray

Chatham Street, 17

Quinta-feira.

Caríssima Mina:

Não posso silenciar *minha queixa* ao ver-me tachada de ser uma má correspondente, mormente se tal juízo parte de você. Escrevi-lhe *duas* vezes desde a nossa partida, e a sua última carta era apenas a *segunda*. Além do mais, nada tenho a contar-lhe. Acontece que neste preciso momento nada existe que possa interessá-la. A cidade atravessa agora uma temporada das mais agradáveis, e nós temos saído constantemente para visitar galerias de pinturas ou a passeio, a pé ou usando outros meios de locomoção. Quanto ao homem alto e de cabelos ondulados, creio tratar-se do cavalheiro que me acompanhou ao último concerto popular. Alguém deve ter andado inventando histórias. O misterioso personagem chama-se sr. Holmwood. Frequentemente nos visita, e ele e mamãe se entendem maravilhosamente bem. Ambos têm muitos assuntos a discutir em comum. Há algum tempo conhecemos um homem que se ajustaria perfeitamente *para* você, caso ainda não fosse noiva de Jonathan. Ele é um excelente *partido*. É bastante belo, de muito boa aparência e de excelente origem. É médico conceituado e realmente inteligente. E agora imagine! É jovem – 28 anos – e dono de um imenso asilo de alienados, que se acha sob sua própria e exclusiva responsabilidade. Foi o sr. Holmwood quem o apresentou a nós. Na ocasião, esteve rapidamente conosco e depois passou a visitar-nos com frequência. Acho-o um dos mais resolutos homens que já conheci e, ao mesmo tempo, um dos mais calmos. Parece ser absolutamente imperturbável. Só fico imaginando o extraordinário poder de persuasão que deve ter sobre seus pacientes. Ele tem o curioso hábito de olhar-nos frontalmente, face a face, como se tentasse ler os nossos pensamentos. Noto que vem tentando muito amiúde fazer isso comigo. Posso, não obstante, gabar-me de que por este lado ele encontrará um empedernido parafuso a desatarraxar. Isso eu sei através do meu espelho. Você já tentou algum dia ler o seu próprio rosto? Eu já. E posso afiançar que não se trata de um mau estudo e trará certamente mais surpresas do que possa à primeira vista imaginar, se jamais o tiver tentado. Ele afirma que lhe proporciono um curioso estudo psicológico, e eu humildemente acho que é verdade. Quanto às modas, como você sabe, não tomo suficiente interesse em matéria de vestidos, que me capacite a descrever as mais novas tendências. Vestir é um *buraco*. Aí vai mais uma gíria, mas não há de ser nada! Arthur faz uso delas a todo instante. Isso é tudo. Mina: desde que somos *crianças* confiamos todos os nossos segredos uma à outra. Dormimos juntas, comemos juntas e rimos e choramos juntas. E, agora, embora já tenha falado tanto, eu gostaria de dizer ainda muito mais. Oh, Mina, será que você ainda não desconfiou? Eu o amo! Coro em ter que dizer, mas a verdade é que, apesar de eu *pensar* que ele também me ama, ainda não ouvi de sua parte uma só palavra que o confirme. Mas, oh, Mina, eu o amo; amo-o! Como isso me faz bem! Como gostaria de estar agora com você, minha querida, para, despidas, sentarmos ao pé do fogo, como tantas vezes o fizemos. Aí então eu contaria a você tudo o que sinto. Nem sei como estou escrevendo tudo isso. Se por um lado estou receosa de parar, por outro sinto ímpetos de rasgar esta carta. Mas eu jamais deixaria de escrevê-la, pois eu preciso *demais* contar tudo a você. Dê-me notícias suas *imediatamente* e diga-me tudo que você pensa a respeito do assunto. Mina, tenho que parar. Boa noite. Abençoe-me em suas preces e rogue por minha felicidade.

Lucy.

P.S. – Não preciso alertá-la de que se trata de um segredo. Boa noite, novamente.

L

Carta de Lucy Westenra para Mina Murray

24 de maio.

Obrigada, obrigada e mais uma vez obrigada por sua doce carta. Foi tão lindo poder contar tudo a você e depois merecer a sua simpatia. Minha querida – chuva só é fina quando cai no chão. Como são sábios os antigos provérbios. Aqui estou eu às vésperas de completar meus vinte anos, o que realmente ocorrerá em setembro, sem que até hoje tivesse recebido uma proposta, uma verdadeira proposta, e hoje, de repente, recebo três. Imagine só! Três propostas num só dia! Não é realmente fantástico? Estou pesarosa, sinceramente pesarosa, por dois dos pretendentes. Oh, Mina, sinto-me tão feliz que nem sei o que fazer de mim mesma. Veja, três propostas! Mas, por amor de Deus, nada diga a qualquer das mocinhas, pois tal notícia despertaria nelas toda a sorte de ideias extravagantes, fazendo-as, inclusive, imaginarem-se humilhadas e desprezadas, se logo no primeiro dia que passassem em casa não recebessem pelo menos seis. Algumas delas são tão fúteis! Você e eu, minha querida Mina, que estamos empregadas e que breve deveremos estar sobriamente transformadas em respeitáveis senhoras casadas, podemos desprezar a vaidade. Bem, agora quero contar-lhe alguma coisa sobre os três, mas com a condição, querida, de que seja guardado o mais estrito segredo *para quem quer que seja*, exceto, naturalmente, Jonathan. Você contará para ele, assim como eu o faria se estivesse em seu lugar com relação a Arthur. A mulher deve contar tudo a seu marido – não acha, minha querida? – e eu devo ser fiel. Os homens gostam de mulheres, isto é, de esposas que se conduzam com a mesma correção que eles lhes oferecem. Mas as mulheres, lamentavelmente, nem sempre se mostram tão corretas como deviam ser. Bem, minha cara amiga, o número um chegou antes da hora do lanche. Já falei a você a seu respeito. Trata-se do dr. John Seward, o homem do asilo de alienados, com seu queixo proeminente e ampla testa. Exteriormente ele queria mostrar-se frio e tranquilo, mas, nem assim, deixou de estar nervoso. Certamente estava-se submetendo a mais um exercício de autodisciplina, com toda sorte de pequenos ingredientes, os quais procurou não esquecer. Mas acabou quase sentando sobre o próprio chapéu de pelúcia de seda, coisa que geralmente um homem não faz quando se acha com pleno domínio de seus nervos. E, logo após, quando quis recompor-se, começou a brincar com um bisturi de maneira tão desastrada que quase me obriga a dar um grito. Ao falar-me, Mina, ele foi direto aos fatos. Disse-me o quanto eu lhe era cara, embora me conhecesse ainda tão pouco, e enalteceu cada momento futuro de sua vida quando tivesse o encanto e a ventura de eu estar sempre a seu lado para consolá-lo. Ele já começava a dizer-me como se sentiria infeliz se eu viesse a recusar sua proposta. Mas ao ver que eu mal sopitara um grito de horror, admitiu que não passava de um bruto e que não pretendia aumentar minha aflição. Então fez uma pausa e perguntou-me se eu podia retribuir-lhe o seu amor. Quando meneei a cabeça, suas mãos tremeram. Então, com visível hesitação, perguntou se eu já cogitara de alguém antes. Ao falar, deixou-me todavia muito à vontade, alegando que não pretendia arrancar-me esta confidência, mas apenas tomar conhecimento, porque, enquanto o coração de uma mulher é livre, o homem pode ter sempre esperança. Então, querida Mina, eu senti o meu dever de contar-lhe que já houvera algum. Foi tudo o que lhe disse. Ele então levantou-se e, olhando-me séria e firmemente, tomou minhas duas mãos entre as suas e disse que me queria ver feliz e que, se algum dia precisasse recorrer a um amigo, o considerasse sempre como o melhor. Oh, Mina querida, não posso evitar o pranto. Peço-lhe que desculpe os borrões que minhas lágrimas deixaram no papel. Receber uma proposta de casamento é realmente sensacional e uma porção de coisas mais. Todavia, não é nada confortável você ter que ver um pobre rapaz, o qual você sabe que a ama sinceramente, ir embora desiludido, com o coração despedaçado, ainda mais quando você tem certeza de que, esteja ele dizendo o que disser naquele instante, você o está descartando pelo resto de sua vida. Minha querida: sou obrigada a parar de escrever. Embora esteja tão feliz, sinto-me tão miserável.

Parte da tarde

Arthur acaba de sair e eu me sinto já com melhor disposição de espírito. Agora posso, portanto, prosseguir minha narrativa sobre os demais fatos do dia. Bem, minha cara, o número dois apareceu depois do lanche. Ele é inegavelmente um belo rapaz. Trata-se de um americano do Texas e aparenta ser tão jovem e tão garrido que parece quase impossível que já tenha viajado por tantos lugares e tenha tido tantas aventuras. Dedico uma profunda simpatia a pobre Desdêmona por haver ouvido resignadamente tão cruel e comovedora torrente de palavras, mesmo sendo pronunciadas por um negro. Presumo que nós mulheres somos tão covardes que pensamos que um homem nos livrará de todos os nossos temores, e por isso casamos com ele. Agora já sei o que faria, se eu fosse um homem e quisesse ser amado por uma moça. Oh, não, já não sei mais nada, porque se, de um lado, o sr. Morris nos contava suas histórias, de outro, Arthur jamais abriu a boca para nos contar uma, e no entanto... Minha querida, eu já me ia antecipando. O sr. Quincey P. Morris encontrou-me só. Parece-me que um homem sempre consegue encontrar uma moça sozinha. Ele, porém, não, pois Arthur colaborou duas vezes no sentido de *propiciar-lhe* uma oportunidade, inclusive eu lhe dando toda a ajuda. Não me sinto envergonhada de confessá-lo agora. Devo dizer a você de antemão que o sr. Morris nem sempre se exprime em gíria, isto é, ele jamais a emprega falando com estranhos ou diante deles, pois é realmente bem-educado e tem um comportamento esquisito. Mas descobriu que eu gostava de ouvi-lo falando o *slang* americano, e sempre que eu estava presente e não havia mais ninguém capaz de se mostrar chocado, ele dizia coisas muito engraçadas. Desconfio, minha querida, de que ele as inventava na ocasião, pois cada uma delas se adaptava perfeitamente ao que tinha que dizer. Mas isto é um recurso da própria gíria. Eu mesma não sei se jamais virei a utilizar palavras de gíria. Não sei se Arthur o aprovaria. Bem, o sr. Morris sentou-se a meu lado e aparentava a maior felicidade e jovialidade possível. Mas mesmo assim não me passou despercebido o seu estado de nervos, que era tenso. Colocando as minhas mãos entre as suas, disse-me no seu mais doce tom:

– Srta. Lucy, sei que não tenho qualidades nem mesmo para desatar os cordéis dos seus sapatinhos. Mas acho que, se você quiser encontrar um que esteja apto para tanto, você terá que se juntar a outras sete, para contar as *latas* quando desistir. Você não quer *enroscar-se* em mim, para juntos percorremos a nossa ampla estrada, rodando em *arreios duplos*?

Bem, ele pareceu-me tão alegre e bem-humorado que não me custou nem cinquenta por cento do sacrifício que sentira ao desenganar o sr.

Seward, quando lhe disse que não o queria. Com o máximo de naturalidade que o momento permitia, declarei que nada sabia de enroscar-me e também que ainda não me sentia disposta a atrelar-me em *arreios duplos* com ninguém. Então ele disse que havia realmente falado de forma leviana, e que esperava que, se havia cometido um erro por subestimar um fato tão grave e momentoso para ele, eu o perdoasse. Efetivamente, agora ele me olhava sério e não pude evitar de encará-lo assim, também um tanto seriamente... eu sei, Mina, que você me estará julgando como uma incorrigível flertadeira, não obstante, porém, não me pude furtar a uma espécie de exultação por ser ele o número dois do mesmo dia. E a seguir, minha querida, antes que eu pudesse articular qualquer palavra, ele começou a despejar uma perfeita torrente de madrigais, pondo sua alma e seu coração diante dos meus pés. E o fez com tal seriedade que jamais arriscarei pensar que um homem deva sempre estar gracejando e nunca levar nada a sério pelo simples fato de por vezes mostrar-se divertido. Acho que ele talvez tenha descoberto algo em meu rosto que o desacorçoasse, pois parou subitamente e, imprimindo à voz um certo acento másculo, disse-me que eu o poderia ter amado se na verdade estivesse livre:

– Lucy, você é dona de um generoso coração. Não estaria aqui agora falando com você desta maneira se não acreditasse na firmeza do seu caráter e na pureza de sua grande alma. Diga-me com franqueza, de um amigo para outro, existe entre nós alguém que a preocupe? E se realmente houver, não voltarei jamais a perturbá-la, nem mesmo o seu menor fio de cabelo. Se entretanto assim o desejar, passarei doravante a ser um dos seus mais fiéis amigos.

Minha cara Mina, por que os homens são tão nobres e nós mulheres nos mostramos tão indignas desta nobreza? Veja que aqui eu já ia começando a pilheriar sobre este generoso e verdadeiro gentil-homem. Desabei em lágrimas... agora começo a recear, minha querida, que você ache a minha carta maçantemente prolixa, mas, de fato, experimentei uma sensação muito desagradável. Por que não se permite que uma só moça se case com três homens, ou com quantos a queiram, acabando assim com todo esse problema? Mas isto é uma heresia e eu nem o devia ter falado. Apesar de tudo, alegra-me dizer que, embora chorando, ainda fui capaz de olhar firme nos bravos olhos do sr. Morris e dizer-lhe, sem rodeios:

– Sim, existe alguém a quem amo. Mas, na verdade, esse alguém ainda não se dignou confessar-me que também me ama.

Eu tinha razão em falar-lhe com toda essa franqueza, pois minha última frase iluminou seu rosto. Vi-o então erguer ambas as mãos e envolver as minhas... acho que eu mesma as pus por entre a suas... para dizer num tom bem cordial:

– É assim que se fala, minha brava menina. É melhor chegar atrasado num sorteio em que o prêmio seria você que chegar a tempo de disputar uma outra menina qualquer deste mundo. Não chore, minha querida. Se é por mim, sou um sujeito duro de vergar, e mesmo tombando sempre caio de pé. Se esse outro felizardo não souber avaliar o tesouro que tem a seu alcance, é bom despertar o quanto antes, pois do contrário muito terá que se haver comigo. Minha menininha, sua coragem e sua honestidade fizeram de mim um amigo seu, e isto hoje significa uma conquista mais rara que a de um amante. De qualquer maneira, é menos egoísta. Minha querida, vou dar um lindo e solitário passeio daqui até Kingdom Come. Você se disporia a dar-me um beijo? Ficará como uma lembrança desta provação, que voltará de vez em quando. Se assim o desejar, você poderá fazê-lo, porquanto o outro afortunado... e ele deve ser um moço muito bom, minha querida, um ótimo rapaz, para merecer o seu amor... O outro, dizia eu, ainda não falou.

Mina, sua altiva generosidade me acabou convencendo. Tudo o que ele dissera ao formular seu pedido *estava* impregnado de sua terna e indomável personalidade e ainda de uma forte dose de nobreza para com o seu rival – não é verdade? – ao passo que ele próprio se sentia pesaroso. Isso fez com que me inclinasse sobre seu rosto, para dar-lhe o beijo que pedira. Levantou-se com minhas mãos entre as suas. E olhando do alto dentro dos meus olhos... receio que um intenso rubor tenha-me traído... falou mais uma vez:

– Minha querida menininha: tenho agora suas mãos entre as minhas e acabo de ganhar um beijo seu. Se esses dois maravilhosos símbolos não nos tiverem transformado em bons amigos, nada mais neste mundo o fará. Muito obrigado por sua sinceridade para comigo, e adeus.

Ele apertou minhas mãos e, apanhando seu chapéu, saiu da sala a largos passos sem olhar para trás, sem derramar uma lágrima ou estremecer por um instante. Eu, entretanto, choro como uma criança. Oh, por que um homem como este é castigado com tanta desventura, enquanto existem mocinhas aos montes por aí que estariam loucas por abençoar o chão em que ele pisa? Tenho certeza de que o faria caso fosse livre, apenas não preciso ser livre. Minha querida, estou literalmente arrasada e sinto que, por ora, após lhe haver narrado tudo, nada consigo escrever sobre a felicidade. Também nada pretendo dizer-lhe sobre o número três até que a bênção da felicidade se haja derramado.

Com todo o amor de sempre,
Lucy.

P.S. – Oh, sobre o número três... eu não precisaria escrever-lhe sobre o número três, não é verdade? Além do mais, foi tudo tão confuso. Toda a história se resume à sua chegada. Logo que entrou na sala, abraçou-me e me cobriu toda de beijos. Estou muito, muitíssimo feliz e até agora não sei o que fiz para merecer tanto. No futuro apenas procurarei mostrar que não serei ingrata a Deus por toda a sua bondade, por me haver enviado tal amante, tão bom marido e semelhante amigo.

Adeus.

O diário do dr. Seward
(Apanhado através do gravador)

25 de maio – Maré vazante no meu apetite. Não posso comer, não posso repousar, então o diário é meu derivativo. Desde a minha rejeição de ontem, venho experimentando uma espécie de vazio. Nada neste mundo parece mais ter suficiente importância para que mereça ser feito... Quando eu soube que a única terapêutica capaz de curar-me deste mal era o trabalho, logo me insinuei entre os pacientes. Selecionei um dentre eles que me proporcionou um estudo do maior interesse. É um caso de tal forma bizarro que estou determinado a compreendê-lo o melhor que puder. Hoje pareceu-me estar mais próximo do que nunca do cerne do seu enigma.

Interroguei-o mais exaustivamente do que jamais o fizera, com vistas a assenhorear-me da veracidade dos fatos relacionados com sua alucinação. Em minha maneira de ver as coisas, percebo agora algo que transcende a crueldade. Estava disposto a conduzi-lo ao paroxismo de sua loucura... uma prática que eu evito de impor a meus pacientes, como se fugisse das portas do inferno.

(N.B. – Em que circunstâncias eu acederia em *não* evitar os abismos do inferno? *Omnia Romae venalia sunt.* O inferno também tem seu preço! (*verb. sap.*). Se realmente existe alguma coisa por trás desse instinto, seria de suma valia tipificar o seu caráter logo após acuradamente. Acho por isso que o melhor seria começar a tarefa desde já. Portanto...

R. M. Renfield, idade 59 – temperamento sanguíneo; grande força física; morbidamente excitável; períodos de obscurecimento, terminando em alguma ideia fixa que não consigo determinar. Presumo que o próprio temperamento sanguíneo e a influência perturbadora conduzam a um quadro final mentalmente consumado; um homem possivelmente perigoso, provavelmente de periculosidade potencial se destituído de egoísmo. Em homens dotados de sentido egoístico, a cautela se constitui num escudo tão seguro contra seus inimigos como para si mesmos. O que penso sobre esse ponto é que, quando o ego se converte em ponto fixo, a força centrípeta se equipara e equilibra com a centrífuga; quando as sanções do dever individual ou uma outra causa semelhante se constitui no ponto fixo, a última das citadas forças impõe sua supremacia, e somente um acidente ou uma série de acidentes pode restabelecer o equilíbrio.

Carta de Quincey P. Morris para o honrado Arthur Holmwood

25 de maio

Meu prezado Art.

Estivemos urdindo nossas fiadas junto às fogueiras campestres nas pradarias; e pensando num e noutro, entre nós dois, nossas feridas resultantes de uma tentativa de aterragem nas ilhas Marquesas; e também bebendo à nossa saúde às margens do lago Titicaca. Há outras fiadas a urdir e outros ferimentos a cuidar e ainda mais brindes a beber. Não poderíamos promover a reunião de amanhã à noite na minha fogueira campestre? Não hesito em formular-lhe esta pergunta porque sei que uma determinada senhora está comprometida a comparecer a um certo jantar e que você está livre. Lá teremos a presença de apenas mais um, o nosso velho companheiro da Coreia, Jack Seward. Ele virá também e nós dois precisamos misturar as lágrimas do nosso pranto com o néctar das nossas taças, e beber à saúde do homem mais feliz deste nosso imenso mundo com a mais entusiástica cordialidade, pois o nosso homenageado conquistou o mais nobre coração que a graça de Deus pôs sobre a terra, e que mais bem dotou. Nós lhe prometemos cordiais boas-vindas, amáveis cumprimentos e um passadio tão bem cuidado como se o fora por sua própria mão. Nós ambos juramos levá-lo à sua própria casa, se você aprofundar demais no copo, para nele afogar a magia de uns certos olhos. Venha!

O seu, de sempre e de todos os instantes
Quincey P. Morris.

Telegrama de Arthur Holmwood para Quincey P. Morris

26 de maio

Contem sempre comigo. Levarei comigo algumas novidades que farão suas orelhas vibrarem. Art.

VI
O diário de Mina Murray

24 de julho. Whitby – Lucy me esperou na estação. Apresentou-se mais amável e jovial do que nunca, e nós nos utilizamos de uma carruagem para chegar à Via do Crescente, onde ela mora. O sítio é dos mais aprazíveis. Um pequeno rio, o Esk, atravessa ali um profundo vale, que progressivamente se alarga à medida que se aproxima do porto. Ele é cruzado por um extenso viaduto, que se ergue sobre altas colunas, através das quais a paisagem nos parece maior do que na realidade o é. O vale assemelha-se a um enorme e belíssimo tapete verde, formando uma planície num desnível tão profundo que, ao olhar do alto para o outro flanco da encosta, você não a percebe enquanto não estiver bem próximo. Os prédios da cidade velha – na margem oposta à nossa – têm todos telhados vermelhos e parecem empilhados uns sobre os outros, de qualquer maneira, lembrando-nos as pinturas que representam Nuremberg. Logo acima da cidade acham-se as ruínas da Abadia de Whitby, que foi saqueada pelos dinamarqueses. Uma reprodução delas é parte do cenário da peça *Marmion*, na qual a heroína é emparedada em suas muralhas. Trata-se de ruínas realmente imponentes. Cobrem uma grande área e estão repletas de belos e românticos fragmentos episódicos. Existe, inclusive, uma lenda segundo a qual uma linda jovem vestida de branco pode ser vista em uma de suas janelas. A meio caminho da cidade, partindo de suas muralhas, ergue-se outra igreja, sede da paróquia, em torno da qual estende-se um grande cemitério, repleto de antigas lápides. Esta é para mim a mais linda área de Whitby, devido a situar-se numa altura da qual se domina visualmente não só o porto como também as águas da baía, que por um dos lados são limitadas pelo promontório de Kettleness, que ali avança mar adentro. O trecho do cemitério mais próximo do porto ocupa um declive tão acentuado que parte da encosta já desmoronou e algumas sepulturas já foram. Num determinado ponto, a alvenaria dos jazigos ergue-se diretamente acima de uma estreita passagem arenosa que é vista lá em baixo. O pátio da igreja é cortado por numerosas aleias providas de bancos laterais. São numerosas as pessoas que passam o dia inteiro ali sentadas, apreciando a beleza panorâmica e ao mesmo tempo deliciando-se das suaves brisas que sobem do mar. Eu mesma voltarei ainda muitas vezes para sentar-me aqui e trabalhar. Estou escrevendo neste justo instante em que apoio o caderno sobre os meus joelhos e presto atenção à conversação de três anciães que se sentaram a meu lado. Dão-me a impressão de nada mais fazerem o dia todo, além de ali ficarem sentados e conversarem.

Tenho o porto virtualmente sob os meus pés. Sua orla mais distante é formada por um extenso paredão de granito que se ergue abruptamente do mar, desenhando uma curva junto a sua extremidade, no meio da qual existe um farol. Um maciço arrecife o rodeia. No trecho mais próximo esta proteção rochosa assume a forma de um cotovelo invertido e neste local há um outro farol. Entre as torres desses dois faróis fica um estreito canal que dá acesso ao porto, o qual subitamente se amplia.

Na preamar oferece-nos um belo aspecto. Quando, porém, a maré baixa, suas águas ficam reduzidas a quase nada, correndo ali praticamente apenas a escassa torrente do Esk e, mesmo assim, interrompida por todos os lados por bancos de areia e ásperos rochedos. Fora do molhe, nesta mesma direção, numa extensão de cerca de oitocentos metros, vemos ainda emergir a mesma formação rochosa, mas já em tamanho bem mais avantajado, partindo sua ponta de um saliente que se projeta por detrás do farol da orla sul. Em sua outra extremidade existe uma boia de sino, a qual badala quando açoitada por mau tempo. Nessas ocasiões pode-se ouvir o lúgubre dobre que emite e que é trazido pelo vento. Existe uma lenda em voga entre os marujos dando conta de que onde há um navio perdido, seus dobres são ouvidos em pleno mar. Preciso ouvir um velho lobo do mar sobre esses assuntos. Por coincidência, parece-me que vejo um deles se aproximando...

Ele é um tipo dos mais divertidos. Deve ser espantosamente velho, pois todo o seu rosto está sulcado e cheio de pregas como se fosse a casca de um vetusto tronco. Diz-me andar já perto dos cem e que já era marinheiro da frota pesqueira da Groenlândia quando foi travada a batalha naval de Waterloo. Parece-me, entretanto, um sujeito dos mais céticos, pois, à minha pergunta a respeito de ouvir o toque de sinos em alto-mar e sobre a moça de branco da abadia, respondeu-me bruscamente:

– Histórias dessa natureza não passam por minha cabeça, senhorita. Isso são crendices do passado. Ouça bem, eu não quero dizer que tais aparições nunca tenham existido. Afirmo-lhe, porém, que não se trata de coisas do meu tempo. Tais versões soam bem quando ditas a viajantes ou forasteiros, ou coisa semelhante. Não, todavia, diante de uma linda e jovem moça como a senhorita. Duvido de que para os peões de York e Leeds, que andam por aí comendo arenques defumados, bebendo chá e pechinchando quinquilharias, isso significasse alguma coisa. Eu me espantaria, senhorita, se visse alguém querendo impingir-lhes alguma mentira... mesmo os nossos jornais, que andam cheios de assuntos fantasiosos.

Então, julguei-o perfeitamente capaz de contar-me outras coisas interessantes e instrutivas, como, por exemplo, a caça à baleia nos dias de outrora. Ele já se dispunha a discorrer sobre este palpitante assunto quando o relógio do campanário deu seis horas.

Erguendo-se então morosamente, disse-me:

– Agora, senhorita, tenho novamente de ir para casa. Minha neta não gosta de esperar quando o chá está pronto, e levo muito tempo para descer do alto dessa escadaria. Como naturalmente sabe, há muitos degraus, senhorita, e eu preciso alimentar-me rigorosamente no horário.

Saiu coxeando e eu ainda pude vê-lo procurando estugar os passos, escada abaixo. Os degraus se constituem num fator essencial de atração para a localidade. Eles conduzem da cidade à igreja. Calculo ascenderem às centenas... eu não saberia citar seu número certo... e descrevem uma suave curvatura. O declive, por sua vez, é tão fraco e bem distribuído que até um cavalo poderia facilmente percorrê-los, ladeira acima ou abaixo. Creio que originalmente eles mantinham conexão com a abadia. Também vou para casa. Lucy, em companhia de sua mãe, saiu para fazer algumas visitas. Como se tratava de obrigações meramente formais, não saí com elas. Nessa altura é bem provável que já tenham voltado.

1º de agosto – Faz uma hora que estou aqui juntamente com Lucy e já mantivemos uma interessantíssima palestra com um meu amigo e mais outros dois que sempre o acompanham. Trata-se evidentemente do Oráculo dos mesmos, parecendo-me até que nesta ocasião ele estava assumindo ares ditatoriais. Ele não transige em nada e exige que todos se curvem diante dele. Se não os pode vencer pelos argumentos parte diretamente para a ameaça e considera seu silêncio como uma tácita aceitação de seus pontos de vista. Lucy estava uma ternura de beleza em seu vestido de cambraia branca. Sua tez ganhou uma linda cor depois que ela aqui chegou. Notei que os idosos senhores não perderam uma única oportunidade de se apresentarem e sentarem a seu lado, sempre que nós procurávamos um assento. Ela é realmente muito delicada com pessoas de idade. Acho que todos os três se sentiram apaixonados por ela à primeira vista. Até mesmo o meu velho amigo sucumbiu diante dos seus encantos, jamais ousando opor-lhe a mais leve objeção. Deu-me também, por isso, uma redobrada atenção. Consultei-o a respeito das lendas, e ele se inflamou imediatamente, dirigindo-me uma espécie de sermão. Vou tentar lembrar-me de tudo o que disse, para que fique reproduzido aqui:

– É tudo invenção, tudo, do começo ao fim. Isto é o que é, e nada mais. Essas histórias de anátemas, de fenômenos de levitação, de fantasmas, de espectros e mal-assombrados interessam apenas a crianças tímidas e influenciadas ou a insanas feiticeiras. Não passam de frágeis bolhas de sabão. Todo este séquito de horrores, maldições e vaticínios é invenção destinada a sugestionar espíritos doentios e malformados, espias de trem pagos para afugentar garotos vadios ou obrigar o povo a fazer algo que de outra maneira jamais concordaria em fazer. Isso me torna furioso só em pensar em tipos como esses. Por que essa gente não se contenta em impingir suas mentiras já impressas no papel e ainda faz questão de pregá-las do alto dos seus púlpitos? Elas deveriam mais é ser gravadas em seus epitáfios. Olhe aqui mesmo em torno de você e escolha um ponto qualquer na rosa dos ventos. Todos eles, como que petrificados, empertigam suas cabeças saturadas de orgulho e, quando menos esperam, ei-los rolando pelo chão sob o peso das imposturas que os esmagam. "Aqui jaz o defunto" ou "Consagrado à memória" é o epitáfio que merecem. E o que é mais certo é que cinquenta por cento dentre eles nem sequer possuem um corpo de consistência palpável. Suas memórias, por sua vez, merecem simplesmente uma alentada pitada de rapé, ao invés da trivial consagração. Mentiras propaladas por todos eles, nada mais que mentiras, desta ou daquela espécie! Minha vingança, porém, será a sua total decepção no Dia do Juízo Final, quando chegarem tropeçando em sua própria mortalha num informe amontoado, tentando arrastar consigo suas lápides para provarem os bonzinhos que eram, com alguns deles tremendo em sua perplexidade, deslizando letargicamente de mãos atadas para o fundo do mar, já que não conseguem livrar-se das mentiras que sobre o mesmo propalam.

Nessa ocasião, percebi um traço de autossatisfação na maneira pela qual olhava em torno, em busca da aprovação dos seus dois incondicionais caudatários. Vendo-o na iminência de encerrar o espetáculo, apressei-me a dizer-lhe uma palavra de estímulo, para fazê-lo prosseguir:

– Oh, sr. Swales, certamente não está falando sério. Não é possível que todas essas lápides estejam tão erradas!

– Com mil demônios! Talvez umas poucas não estejam totalmente erradas, desde que não exagerem na bondade desta gente. Pois entre eles muitos pensam que um alguidar de bálsamo já é o alto-mar, uma vez que o possam considerar propriedade sua. Tudo é mentira do começo ao fim. Vejamos seu caso, por exemplo. Você chega aqui como forasteira e vê o adro desta igreja. – Achei melhor assentir, o que fiz mediante leve meneio de cabeça, embora nada estivesse entendendo do seu complicado dialeto. Sabia, todavia, que sua arenga tinha algo que ver com a igreja. E ele prosseguiu: – E você logo julga que todas as lápides que lá estão pertencem a pessoas que sempre viveram aqui, belas e formosas? – Eu voltei a concordar. – É precisamente aí que entra toda a mentira. Porque estes jazigos, em grande parte, estão tão vazios quanto o cornimboque do velho Dun em noite de sexta-feira. – Aqui ele tocou com o cotovelo um dos companheiros, o que bastou para que todos rissem. – E, pelo chão em que pisamos, como podia ser diferente? Veja este aí, o último nesta fileira de jazigos: leia-o!

Fui até lá e li: "Edward Spencelagh, mestre-marinheiro, assassinado por piratas na costa de Andres, abril, 1854, idade 30." Quando voltei, o sr. Swales continuou:

– Quem o trouxe para casa, para espanto meu, a fim de enterrá-lo aqui? Assassinado na costa de Andres, e você afirma que seu corpo esteja realmente aqui dentro? Bem, eu poderia citar já uma dúzia deles cujas carcaças se acham espalhadas nas profundezas dos mares da Groenlândia, lá no extremo norte – e ao mesmo tempo apontava com o indicador – ou no lugar para onde as correntes marítimas as levaram. Aí estão as lápides em torno de você. Com os seus jovens olhos, você pode ler as inscrições miúdas que nelas estão gravadas daqui mesmo. Digamos este: Braithwaite Lowrey. Conheci seu pai, desaparecido com o *Lively* ao largo da Groenlândia na década dos vinte; ou Andrew Woodhouse, morto por afogamento nas mesmas águas em 1777; ou John Paxton, também afogamento ao largo do Cabo Farewell, um ano após; ou, ainda, o velho John Rawlings, cujo avô velejou comigo, afogado no Golfo da Finlândia, na década dos cinquenta. Você acha que todos esses homens têm de vir correndo até Whitby, quando as trombetas soarem? Tenho minhas dúvidas de que isso venha a acontecer! Digo-lhe que ao chegarem aqui eles se estariam atropelando e acotovelando entre si como se travassem uma daquelas batalhas sobre o gelo, dos velhos tempos, quando nos encostaríamos uns aos outros desde o raiar do dia até escurecer, tentando pensar nossos ferimentos sob a luz difusa das auroras boreais.

Esta última tirada era evidentemente um gracejo regional, pois os velhotes cochicharam sobre ela e seus amigos incondicionais o acompanharam com entusiasmo.

– Mas – disse eu – parece-me que seus argumentos não são tão corretos assim, porquanto o senhor parte do pressuposto de que esta pobre gente, ou os seus espíritos, têm que levar consigo as suas lápides no Dia do Julgamento Final. O senhor acha que isso é realmente necessário?

– Bem, para que servem então as lápides? Responda-me, senhorita?

– Para agradar seus parentes, suponho eu.

– Supõe que seja para agradar seus parentes! – Esta frase ele a pronunciou com visível desdém. – Como poderá agradar seus parentes saber que é uma mentira o que está gravado sobre eles, e que todo mundo do lugar sabe que tudo não passa de uma mentira? – Dizendo isso, ele apontou para uma lápide que se achava sob os nossos pés, e que ali servia de laje e de base sobre a qual o banco se apoiava, junto à orla do despenhadeiro. – Leia as mentiras desta pedra que está servindo de calço – disse ele. As letras estavam de cabeça para baixo em relação ao lugar que eu ocupava. Mas Lucy achava-se em posição mais favorável e, inclinando-se, leu:

"Dedicado à memória de George Canon, falecido, na esperança de uma gloriosa ressurreição, no mês de julho, dia 29, no ano de 1873, em consequência de uma queda do alto dos rochedos de Kettleness. Esse túmulo foi erigido por sua consternada mãe para o seu adorado filho. Ele era filho único, e sua mãe era viúva."

– Realmente, sr. Swales, não vejo nada de jocoso nisto! – Este seu comentário foi proferido em tom sério e repassado de severidade.

– Você não vê nada de jocoso! Ha, ha, ha! Mas isso é porque você não desconfia de que a consternada mãe era uma serpente do inferno que o odiava devido a sua mutilação... ele foi oficialmente reconhecido como coxo... e ele lhe retribuíra todo esse ódio suicidando-se para que ela não recebesse o prêmio do seguro que ela fizera sobre a vida dele. Ele subiu ao alto do rochedo para estourar os miolos com um velho mosquete que eles possuíam para afugentar as gralhas. Destinada a assustar as gralhas, a arma acabou enchendo-o de chumbo. Foi assim que ele tombou do rochedo. E quanto a suas esperanças de uma gloriosa ressurreição, eu próprio, senhorita, o ouvi várias vezes dizer que preferia dez vezes ir direto para o inferno, já que sua mãe era tão piedosa que ganhara a convicção de ir parar no céu, e ele não queria tê-la um instante sequer em sua companhia. E agora, tudo o que está escrito nessa pedra não lhe parece de qualquer maneira – e sublinhando suas palavras com uma série de pancadas com a ponta de sua bengala – um amontoado de mentiras? E toda essa farsa não fará Gabriel dar boas gargalhadas quando vir o pobre Geordie resfolegando degraus acima arrastando a pesada lápide sobre sua corcunda, para a qual implora toda a atenção!

Eu mesma não sabia o que dizer. Lucy, porém, retomou o fio da conversa enquanto se erguia, externando seu desapontamento:

– Oh, por que o senhor não nos alertou sobre isso? Este é o meu banco favorito, e eu não gostaria de deixá-lo. Daqui por diante saberei que estou sentada sobre o túmulo de um suicida.

– Isto não lhe trará mal algum, minha beleza. Ao contrário, sua presença aqui só poderá alegrar o pobre Geordie, que certamente vibrará vendo tão encantadora moça sentada sobre sua sepultura. Nenhum constrangimento deve afligi-la. Eu próprio estive sentado desde cerca de vinte anos passados neste mesmo lugar, o que jamais me causou o menor transtorno. Não se aborreça por quem está sob seus pés ou, melhor, por quem talvez mesmo aí não esteja! Chegará a ocasião em que você se livrará desses preconceitos, vendo todos os jazigos desaparecerem para dar lugar a um liso e verdejante gramado. Vejam o relógio! Eu tenho de partir! Sempre às ordens, senhoritas! E assim saiu, um tanto claudicante.

Lucy e eu permanecemos ainda sentadas por algum tempo. E a beleza do cenário natural que dali descortináva-mos enterneceu-nos de tal maneira que, mesmo sentadas como estávamos, nos demos as mãos. Ela então tornou a contar-me seu último encontro com Arthur e também discorreu sobre seu próximo casamento. Este último comentário deixou-me de coração um tanto pesaroso, pois já transcorrera mais de um mês sem que eu recebesse qualquer noticia de Jonathan.

Na mesma data – Subi até aqui sozinha, pois sinto-me hoje muito triste. Não há carta para mim. Espero que nada de anormal esteja acontecendo com Jonathan. O relógio acaba de bater nove horas da noite. Daqui vejo toda a cidade salpicada de luzes. Em certos trechos seus focos se alinham em filas paralelas, correspondendo aos traçados das ruas, enquanto noutros se apresentam isoladamente. Elas acompanham toda a sinuosidade do Esk, indo perder-se na curva do vale. À minha esquerda, a vista é interrompida pela negra silhueta do telhado de uma casa antiga, que se ergue nas proximidades da abadia. Agora eu ouvia distintamente o balido das ovelhas vindo das distantes campinas que se desdobram à minha retaguarda. Ouço também o cadenciado ruído dos cascos de burros, em seu trote característico sobre o calçamento da estrada mais abaixo. Uma banda de música instalada no coreto do cais executa uma valsa um tanto áspera, mas em bom ritmo. Mais além, próximo do ancoradouro, um grupo do Exército da Salvação promove uma reunião numa rua secundária. Nenhuma das bandas se ouvem entre si. Daqui de cima, todavia, ouço a música de ambas. Eu gostaria de saber onde está Jonathan e de poder adivinhar se ele está pensando em mim! Como desejaria que ele estivesse aqui a meu lado!

O DIÁRIO DO DR. SEWARD

5 de junho – O caso de Renfield torna-se cada vez mais interessante à medida que consigo entender o homem. Ele apresenta certas faculdades muito bem desenvolvidas: egoísmo, discrição e firmeza de propósito. Eu gostaria de esclarecer qual o objeto focalizado pela última das três. Ele parece ter estabelecido um esquema próprio, mas não sei ainda o que possa ser. A virtude que o redime manifesta-se num grande apego a animais. Mas mesmo nisso ele apresenta tão curiosas alternativas que chego às vezes a imaginar que ele seja anormalmente cruel. Agora, por exemplo, seu passatempo consiste em apanhar moscas. Presentemente, reuniu tamanha quantidade delas que fui obrigado a repreendê-lo. Para surpresa minha, não se mostrou furioso, como eu esperava. Limitou-se a acatar minha interferência com seriedade. Após refletir por um instante, perguntou-me: "Quer-me dar três dias? Até lá me desfarei delas." Naturalmente, disse-lhe que isso me satisfaria. Preciso vigiá-lo.

18 de junho – Ele agora volveu sua atenção para as aranhas e já tem algumas delas bem grandes guardadas numa caixa. Ele as alimenta com suas moscas. Todavia, a quantidade dessas já diminuiu sensivelmente, embora ele esteja utilizando a metade do seu próprio alimento para atrair novas moscas para dentro do seu quarto.

1º de julho – Suas aranhas convertem-se agora num inconveniente tão grande quanto o de suas moscas. Hoje disse-lhe que ele precisa livrar-se de ambas. Isso o deixou entristecido. Permiti então que, de qualquer maneira, ele se desfizesse parcialmente delas. Aquiesceu alegremente, e eu lhe marquei o mesmo prazo anterior para que as reduzisse. O que me deixou mais desgostoso foi vê-lo em minha presença capturar uma nauseante mosca varejeira carregada de carniça, que zumbia através do quarto em todas as direções, contemplá-la exultante entre os dedos e, antes que eu pudesse perceber suas intenções, levou-a à boca e engoliu-a. Repreendi-o pelo que fez. Ele, porém, argumentou tranquilamente que aquilo era bom e muito saudável, que era vida, vida forte e que transmitia vitalidade para ele. Isso me deu uma ideia ou, ao menos, um rudimento de algo semelhante. Preciso observar como ele se desfaz de suas aranhas. Ele evidentemente carrega algum sério problema em sua mente, pois mantém sempre consigo um caderninho de notas no qual está constantemente rabiscando alguma coisa. Páginas inteiras estão cheias de uma série de símbolos somando vários conjuntos, passando estes a constituir novas parcelas em outras adições, formando outros tantos conjuntos, como se estivessem focalizando alguma conta ou cálculo particular, segundo métodos de auditoria.

8 de julho – Existe um método em sua insanidade, e a ideia rudimentar que surgiu em minha mente está em pleno desenvolvimento. Dentro em breve todo o processo a transformará numa ideia clara e perfeita. Quando isso acontecer – oh, cerebração inconsciente –, você terá que passar o quadro a seu irmão de raciocínio consciente. Deliberadamente interrompi por alguns dias o convívio com o meu amigo, a fim de melhor poder observar qualquer eventual alteração. Tudo, porém, permaneceu como dantes, exceto no tocante a seus bichos, alguns dos quais largou, para adquirir outros novos. Ele conseguiu apanhar um pardal, o qual já amansou parcialmente. Seus processos de domesticação são simples, pois a quantidade de aranhas está diminuindo. As sobreviventes, todavia, são bem alimentadas com as moscas que ele continua capturando com seus restos de comida.

19 de julho – Estamos progredindo. Meu amigo possui agora uma verdadeira colônia de pardais, e suas moscas e aranhas estão virtualmente desaparecendo. Quando cheguei, ele correu a meu encontro para dizer-me que precisava pedir um grande favor – um muito, muito grande favor. E, enquanto falava, adulava-me como um cão de estimação. Perguntei-lhe o que queria, e, num tom de voz entusiástico e impaciente, disse:

– Um gatinho, um lindo, pequeno, lustroso e dócil gatinho, com o qual eu possa brincar. Quero também educá-lo e alimentá-lo, alimentá-lo, alimentá-lo!

Eu já não estava totalmente despreparado para esse seu pedido, pois já notara como seus bichos progrediam sensivelmente em tamanho e vivacidade. Não havia, contudo, imaginado como a sua bela família de pardais acabaria sendo devorada da mesma forma como já o haviam sido suas moscas e aranhas. Disse-lhe então que ia cuidar do assunto e, simultaneamente, perguntei-lhe se não preferiria um gato já adulto a um gatinho. Sua avidez mais uma vez o traiu, quando me respondeu:

– Oh, sim, eu preferiria um gato! Somente pedi-lhe um gatinho por achar que o senhor se recusaria a trazer-me um gato já crescido. Ninguém me iria recusar um gatinho, não é verdade? – Balancei a cabeça e disse-lhe que receava que no momento isso não me fosse possível, mas que em todo caso ia ver o que fazer. Sua fisionomia tornou-se sombria e logo pude notar em seus traços a iminência de um perigo, pois em seu olhar oblíquo brilhou uma chispa de ferocidade que precede o impulso de matar. O homem acabava de se revelar um maníaco homicida ainda em fase latente. Agora testarei a fundo sua presente exigência para ver até onde as coisas vão chegar. Depois saberei do resto.

Dez horas da noite – Voltei a visitá-lo. Encontrei-o sentado num canto, muito pensativo. Assim que cheguei ele se ajoelhou diante de mim e implorou-me que lhe trouxesse o gato. Afirmou-me que sua salvação estava dependendo disso. Eu, entretanto, mantive-me firme e disse-lhe que o gato ele não podia ter. Ao ouvir minha resposta, afastou-se e, sem dizer palavra, sentou-se novamente no mesmo canto onde o encontrara e começou a roer as unhas. Vê-lo-ei amanhã bem cedo.

20 de julho – Visitei Renfield muito cedo, antes da passagem do servente. Encontrei-o de pé e modulando um trecho musical. Estava espalhando o açúcar que separara sobre o parapeito da janela e estava claramente começando sua caçada às moscas. Mostrava-se desinibido e de bom humor. Procurei ver os pássaros e, não os encontrando, perguntei-lhe pelo seu paradeiro. Sem se voltar para mim, disse-me que todos tinham ido embora. Havia algumas penas espalhadas pelo chão e sobre seu travesseiro a mancha produzida por uma gota de sangue. Eu nada disse. Fui, porém, ter com o zelador e pedi-lhe que me relatasse qualquer ocorrência estranha que notasse em relação a ele durante o dia.

Onze horas da manhã – O servente acaba de estar comigo para dizer-me que Renfield tinha estado muito enjoado e havia estrangulado uma porção de pássaros.

– Minha impressão, doutor – disse ele –, é que houvesse comido os seus passarinhos e que, além disto, os devorou crus!

Onze horas da noite – Prescrevi para Renfield uma alentada dose de ópio, suficiente para fazê-lo dormir profundamente. Depois disso fui lá e retirei seu livro de notas a fim de examiná-lo. O pensamento que estivera martelando o meu cérebro ultimamente estava perfeito e toda a teoria, plenamente comprovada. Meu maníaco homicida pertencia a uma espécie muito peculiar. Terei de criar uma nova classificação para ele, e denominá-lo um zoófago-maníaco (devorador de animais vivos). Sua preocupação consiste em absorver tantas vidas quantas puder, e ele planejou um esquema capaz de satisfazê-lo cumulativamente. Ele alimentava uma aranha com numerosas moscas; depois dava muitas aranhas ao pássaro, que as comia; e, finalmente, precisava de um gato a fim de devorar todos os pássaros.

Quais teriam sido os seus próximos passos? Quase valia a pena completar a experiência. Ela poderia ser feita se houvesse uma causa legítima que a justificasse. O homem zomba da vivissecção, mas ainda recorre a seus resultados hoje em dia! Por que não abrir caminho à ciência em seu mais difícil e vital aspecto – o conhecimento do cérebro? Possuísse eu ao menos o segredo de uma mente desse tipo e teria em minhas mãos a chave das fantasias deste cérebro lunático, podendo então avançar o meu próprio ramo científico até um grau comparável com o qual a Fisiologia de Burdon-Sanderson ou os conhecimentos psiquiátricos de Ferrier nada mais significariam. Se ao menos houvesse um motivo capaz de justificá-la! Acho que não devo aprofundar demasiadamente este raciocínio, porque do contrário acabarei sendo tentado. Uma causa legítima poderia inclinar a balança em meu favor, pois não seria também lícito atribuir-me a mim mesmo um cérebro congênito de capacidade excepcional?

O homem raciocinou perfeitamente. Os lunáticos sempre o fazem dentro dos limites de seus próprios objetivos. Admirar-me-ia saber em quantas vidas irracionais ele cota uma existência humana ou mesmo mais de uma. Ele encerrou suas contas dentro do mais rigoroso método matemático, e hoje dava início a um registro novo. Quantos de nós mesmos damos partida a um novo registro a cada dia de nossas próprias vidas?

Para mim é como se fosse ainda apenas ontem que toda a minha vida houvesse terminado com minha nova esperança e que realmente houvesse começado um novo registro. E assim será até que o Grande Registro conclua as somas de minhas parcelas e encerre a minha conta no Livro Razão com um balanço que tanto pode acusar um ganho ou um prejuízo. Oh, Lucy, já não me posso insurgir contra você e tampouco me agastar com o meu amigo, cuja felicidade é toda sua, mas sim cumprir com o meu dever e apenas esperar onde já não há esperança, e trabalhar. Trabalhar! Trabalhar!

Se eu apenas lograsse descobrir uma causa tão plausível como a de meu pobre e insano amigo, uma boa e altruística causa que me obrigasse a trabalhar, isto para mim já seria a verdadeira felicidade.

O diário de Mina Murray

26 de julho – Ardo em ansiedade e meu alívio imediato está em dizer aqui tudo o que sinto. Sei que é o mesmo que o indivíduo ciciar algo diante de si e querer ouvir ao mesmo tempo o que está murmurando. Há também algo diferente nos próprios símbolos taquigráficos que nos apresentam uma imagem como que distorcida daquilo que escrevemos. Mas estou consternada a respeito de Lucy e de Jonathan. Já faz algum tempo que nada estou sabendo do que se passa com ele, e isto me deixava aflita. Mas ontem o distinto sr. Hawkins, sempre tão amável, enviou-me uma carta que recebera dele. Antes, já lhe endereçara uma carta perguntando se tivera notícias suas, e ele respondeu-me que a que se achava anexa havia sido recebida naquele preciso instante. Trata-se de uma única linha, datada do Castelo Drácula, e dizendo que ele está acabando de partir no rumo de casa. Isto não é a maneira de Jonathan escrever. Não o consigo compreender e por isso sinto-me literalmente arrasada. E então há o caso de Lucy. Embora eu saiba que ela está bem, ultimamente vem voltando a seu antigo hábito de noctambulismo. Sua mãe falou-me a esse respeito, e eu tomei a precaução de passar a chave todas as noites na porta do nosso quarto. A sra. Westenra alertou-me a respeito da tendência dos sonâmbulos de caminharem nesse estado sobre a coberta das casas e ao longo do alto de precipícios, e, de repente, despertam, desequilibram-se e tombam no abismo, lançando um grito de pavor. Pobre senhora! Ela está naturalmente ansiosa para ajudar Lucy e conta-me que seu marido, pai de Lucy, também tem os mesmos hábitos, isto é, que ele costuma levantar-se no meio da noite, vestir-se e sair, se ninguém o impedir. Lucy vai casar-se no outono, já está preparando seu enxoval e providenciando os arranjos de sua futura casa. Simpatizo com ela, porquanto vou fazer o mesmo, apenas Jonathan e eu vamos iniciar nossa vida de maneira bem simples, tentando fazer com que as nossas disponibilidades se harmonizem e se completem. O sr. Holmwood – ele é o honrado sr. Arthur Holmwood, filho único de Lorde Godalming – deverá chegar aqui muito breve, tão logo possa deixar a cidade, porque seu pai não está passando bem, e eu acho que Lucy está contando os minutos que faltam para ele estar aqui. Ela quer levá-lo ao alto do adro da igreja para, do seu banco predileto, mostrar-lhe o belo panorama de Whitby. Arrisco-me a dizer que sua incontida expectativa seja a principal causa de seus distúrbios e que tudo desaparecerá após a tão desejada chegada.

27 de julho – Nenhuma notícia de Jonathan. Minha inquietação quanto a seu silêncio já se torna insuportável, embora eu continue ignorando por completo o que o provoca. Mesmo assim, gostaria que voltasse a escrever-me uma simples linha. Lucy prossegue em seus cada vez mais frequentes devaneios noturnos. Todas as noites eu desperto ao ruído dos seus passos através do quarto. Felizmente a temperatura ambiente tem estado bem alta, o que a poupa de apanhar um resfriado. Ainda assim, toda essa ansiedade e as constantes interrupções do sono estão começando a mortificar-me. Eu própria já me sinto nervosa e insone. Graças a Deus, a saúde de Lucy está refeita. O sr. Holmwood foi subitamente chamado a Ring para ver seu pai, cuja doença se agravou muito. Lucy lamenta que o adiamento protele o instante de revê-lo, mas a pequena demora já não lhe rouba as belas cores. É uma brava e mimosa pequena. As maçãs do seu aveludado rosto resplendem num acariciante tom rosa-juvenil. Seu aspecto anêmico desapareceu. Rezo para que sua saúde não a abandone.

3 de agosto – Mais uma semana que se escoa sem a menor notícia de Jonathan nem mesmo através do sr. Hawkins, com quem me correspondi. Oh, espero que não esteja doente, porque se assim fosse ele certamente me escreveria. Sempre que releio sua última carta, sinto um abalo estranho que não me satisfaz. Embora escrita por seu próprio punho, não traz a autenticidade de sua pessoa. Quanto a isso não resta a menor dúvida. Lucy não vagou muito nas noites da semana passada. Todavia, observo que ela se preocupa comigo de forma muito singular. Mesmo de olhos cerrados parece vigiar-me. Experimenta a fechadura e, encontrando-a trancada, revista o quarto todo, à procura da chave.

6 de agosto – Mais três dias sem notícias. Este suplício está se tornando terrível. Se ao menos soubesse para onde escrever ou aonde ir, eu me sentiria mais à vontade. Acontece, porém, que ninguém ouviu uma única palavra de Jonathan desde sua última carta. Somente imploro a Deus que me dê paciência e resignação. Lucy mostra-se mais excitada do que nunca; no mais, contudo, vai bem. A última noite pareceu-me muito ameaçadora, tendo os pescadores previsto a iminente irrupção de forte tempestade. Preciso observar o firmamento e aprender a decifrar os indícios meteorológicos. Hoje faz um dia cinzento e, enquanto escrevo, o sol se oculta por trás de espessos cúmulos-nimbos, bem acima de Kettleness. Tudo se acha impregnado do mesmo tom cinzento, exceto a relva verdejante, que mais parece uma gigantesca esmeralda. Um cinza-terroso envolve os rochedos; cinza são as nuvens, ainda aureoladas pelos raios solares, que se mantêm suspensas sobre as vagas de um mar também cinzento e que, por sua vez, vai-se confundir com os cinzentos recortes arenosos das pontas litorâneas. As ondas rolam incessantemente sobre os baixios e parcéis com estrondoso fragor, para a seguir se internarem nos meandros e canais, sob a neblina que vem do quebra-mar. Agora é todo o longínquo horizonte que mergulha neste cinzento e absorvente nevoeiro. Tudo é vago e diluído, exceto as densas nuvens empilhadas como blocos de rocha gigantescos. E bem no centro geométrico desse imenso turbilhão, lá no ápice acima do oceano, ferve e espouca um caldeirão que parece pressagiar uma jornada de Juízo Final. Contornos sombrios assomam aqui e ali ao longo da praia, todos semiocultos pela névoa, como se fossem "aparições humanas numa simbiose arbórea". Os barcos de pesca voltam apressadamente em busca de um refúgio, corcoveando como loucos sobre a crista espumante dos vagalhões, que finalmente os arremessam sobre as boias dos seus molhes, com a quilha à mostra. Aí vem o velho sr. Swales. Vem diretamente em minha direção e, pelos meneios do seu chapéu, vejo que quer falar comigo... Fui quase enganada pela transformação que se operou no aspecto do pobre velho. Ao sentar-se a meu lado, falou num tom dos mais gentis:

– Preciso dizer-lhe algo, senhorita. – Logo pude notar que ele se sentia perturbado. Tomei suas encarquilhadas mãos e, pondo-as entre as minhas, pedi-lhe que dissesse logo e sem rodeios o que pretendia: – Receio minha querida, tê-la chocado com as terríveis coisas que lhe estive contando sobre os mortos e outros casos semelhantes, há algumas semanas. Não era porém essa a minha intenção e isso eu queria dizer-lhe ao ir embora. Sabemos que o povo gosta de ser ludibriado e, mesmo com um pé já dentro do último buraco, não se dá ao trabalho de pensar nisto. Nós, porém, não nos devemos preocupar. É por isso que eu quis esclarecer toda a questão, de forma a alegrar um pouco o meu próprio coração. Mas, que Deus a tenha em suas boas graças, senhorita, eu não tenho receio, o mínimo receio de morrer. Apenas pretendo não morrer enquanto o puder evitar. Minha hora já deve andar bem próxima. Já sou velho e a duração de um século implica numa expectativa exagerada para qualquer um. Meus vacilantes passos estão-me deixando ao alcance da Megera e sua Foice Inexorável. Como vê, não consigo libertar-me do hábito de resmungar sobre tudo isso assim, de repente. Minhas mandíbulas não me darão sossego, como as da própria Parca. Numa dessas madrugadas o Arcanjo da Morte fará soar sua trombeta para mim. Mas não se lamentem e tampouco exultem diante dessa minha aflição, julgando que eu tenha chorado, pois, se ela chegasse ainda esta noite, eu não deixaria de responder a seu chamado. Porque, na verdade, nossa vida nada mais é que uma constante expectativa em torno daquilo que estamos fazendo, e a morte é a única coisa de que sabemos que não logramos escapar. Estou porém contente, minha querida, por vê-la aproximar-se, chegando a passos rápidos. Pode até estar vindo enquanto aqui olhamos e nos deslumbramos. Talvez ela esteja nessa tempestade que ruge sobre o mar, trazendo em seu bojo um séquito de perdas e de destruição, de irremediáveis tristezas e de corações despedaçados. Olhe, ouça! – gritou ele de repente. – Há alguma coisa no sibilar deste vento e no ribombar dos trovões que lembra, cheira e parece um festim funéreo. Sinto-o em cada molécula do ar, sinto que está vindo. Deus! Faz com que eu responda alegremente ao meu chamado!

A seguir, ergueu os dois braços em atitude contrita e tirou o chapéu. Seus lábios vibravam, como se orassem. Após alguns minutos de silêncio, ele se levantou, apertou a minha mão, abençoou-me, despediu-se e partiu, coxeando. Suas palavras e sua presença me comoveram profundamente, deixando-me realmente pesarosa.

Senti-me novamente um pouco reconfortada quando notei a aproximação do guarda costeiro, com o óculo de marinhar sob o braço. Ao chegar junto de mim, deteve-se, como de costume, sem contudo desviar seus olhos de um estranho navio, apenas visível e ainda em alto-mar.

– Não consigo identificá-lo – disse ele. – Pelo seu tipo, parece-me ser russo. Noto, porém, que está derivando no pior dos rumos. Não demonstra conhecer nem um pouco sua rota. Parece estar preocupado com a tormenta já bem próxima, mas não se decide se irá fazer-se ao largo pelo quadrante norte ou se aproará para cá, a fim de se abrigar aqui. Veja novamente! Agora está girando ainda mais, como se a roda do leme estivesse abandonada. Muda de curso ao sabor do vento. Amanhã, por essas horas, saberemos mais alguma coisa a seu respeito.

VII
Extraído do *Daily Telegraph*, de 8 de agosto

(Anexado ao diário de Mina)

De um correspondente

Uma das maiores e mais súbitas tempestades de que se tem memória registrou-se aqui, trazendo como resultado uma série de ocorrências das mais estranhas e singulares. Fazia um calor um tanto opressivo, mas tais circunstâncias não são de forma alguma incomuns durante o mês de agosto. A noite de sábado foi aprazível, como tantas outras, e grandes grupos de apreciadores dos fins de semana excursionaram ontem, para visitar Mulgrave Woods, a Baía de Robin Hood, Rig Mill, Runswick, Staithes e vários outros recantos turísticos das vizinhanças de Whitby. Os navios de turismo Emma e Scarboroug fizeram várias viagens de ida e volta ao longo da costa, podendo-se notar uma inusitada afluência de viajantes, que chegavam e saíam de Whitby. O tempo prosseguiu firme durante a tarde, quando alguns dos habituais frequentadores do Mirante Leste do adro da igreja – uma meia escarpa que comanda a vista panorâmica de norte a leste, até o alto-mar – notaram a súbita aparição de um grande desfile de longas estilhas de nuvens, denominadas vulgarmente "rabos de galo", nas mais altas camadas da atmosfera, na direção noroeste. Ao nível do mar, o vento soprava então moderadamente de sudoeste, o que na linguagem barométrica o enquadra na categoria dois, ou seja, "brisa leve". O guarda costeiro então de quarto expediu imediatamente o seu relato, enquanto um velho pescador, que por mais de meio século interpretava os indícios meteorológicos e distribuía os respectivos boletins em East Cliff, anunciou, com toda a sua ênfase, a iminência de violenta e súbita tempestade. A aproximação do por do sol – o arrebol – estava-se convertendo agora num espetáculo de tão rara beleza em torno das nuvens que a interminável mutação dos seus esplêndidos matizes estava atraindo uma verdadeira multidão para aquele privilegiado ponto do pátio da igreja, para não perder um único detalhe do maravilhoso fenômeno da natureza. Antes de desaparecer entre os negros picos rochosos de Kettleness, como que equilibrando-se aqui e ali, antes do mergulho final, o sol esparzia as mais ardentes e variadas cores, desde o rubro-labareda até o violeta, passando pelo púrpura, rosa e verde-azulado, além de todas as tonalidades do amarelo-ouro. E aquém e além, amontoavam-se as massas de nuvens. Embora aparentemente não muito grandes, em suas caprichosas formas e colossais silhuetas, todas tinham uma característica em comum: um impenetrável negrume de brilho metálico. O raro conjunto crepuscular não passou despercebido aos artistas do pincel. É muito provável que famosas telas fixem para sempre o grande quadro panteístico e que sob a epígrafe *O prelúdio da grande tempestade*, no próximo mês de maio, talvez já estejam enriquecendo as galerias da Academia Real. Mais de um capitão, aqui e ali, teve de mudar de ideia, retendo no ancoradouro sua "mula" ou "banca de sapateiro", como é de hábito na terra chamar os diversos tipos de embarcações, até ver a tempestade passar. O vento amainou completamente ao anoitecer e, à meia-noite, pairava uma calmaria mortal, um calor sufocante, que ia aumentando de intensidade à medida que a tempestade se aproximava, afetando as pessoas de natureza mais sensível. Havia apenas umas poucas luzes visíveis sobre o mar, porque até mesmo os navios de cabotagem, que normalmente costumam navegar bem junto à costa, tinham escolhido um roteiro ao largo. Poucos, também, eram os barcos pesqueiros que agora se avistavam. O único veleiro ainda acima da linha do horizonte era uma escuna estrangeira a todo pano, que seguia no rumo oeste. A obstinação ou ignorância de sua oficialidade transformou-se no assunto obrigatório enquanto ainda pôde ser vista. Usou-se também de todos os recursos semafóricos, sinalizando-lhe para que reduzisse seu velame em face do perigo. Antes de anoitecer por completo, via-se a desditosa escuna rolar desarvorada sobre o mar revolto, totalmente à deriva, com suas velas drapejando ao vento e já reduzidas a tiras.

"Desarvorada, qual navio fantasma, rolando sobre um mar quimérico."

Pouco antes das dez, a imobilidade do ar tornou-se tão opressiva e o silêncio tão esmagador que o balir de uma ovelha na campina ou o ladrar de um cão na cidade podiam ser ouvidos distintamente e as dissonantes notas que marcavam a presença da banda de música na pracinha do porto, com seu ritmo gaulês, assumiam um tom de agressiva imprecação em meio ao pesado silêncio, imposto pelas forças da natureza. Alguns minutos depois da meia-noite, ouviu-se um estranho rugido vindo do mar, enquanto bem do alto, acima de nossas cabeças, o ar arrastava para baixo um terrível, surdo e atordoante ribombo.

Então, sem qualquer outra advertência, irrompeu a tempestade. Com uma rapidez que na ocasião pareceu incrível e que depois a todos se afigurou impossível, toda a natureza entrou em tremenda convulsão. Num átimo, as enormes vagas se transformaram em terríveis fúrias, cada qual superando sua antecedente em volume, velocidade e violência, numa sucessão alucinante, de forma que em breves minutos o mar, antes virtualmente espelhado, se transformou num monstro tonitruante e apocalíptico. Encrostadas de um branco esvoaçante as velozes ondas investiam como que enlouquecidas sobre a orla de areia, para logo galgarem as íngremes escarpas, com enorme estrondo.

Outras estrugiam por sobre os molhes e, sibilantes e brandindo seus penachos, projetavam-se para o alto até atingir os focos luminosos dos faróis existentes nas extremidades dos dois piers, que delimitam o porto de Whitby. O vento rugia como um trovão, pois soprava com tamanha violência que até os homens mais vigorosos tinham dificuldade em se manter de pé ou mesmo agarrados às espontilhas de ferro ao longo do cais. Tornou-se necessário evacuar toda a multidão de curiosos que acorrera ao porto. Do contrário, o número de vítimas registrado no decorrer da noite teria certamente duplicado. Para aumentar os perigos e as dificuldades, uma compacta massa de turbilhonante nevoeiro invadiu toda a cidade – verdadeiras nuvens de um branco gelado e pegajoso que passaram então a desfilar, tão úmidas e geladas que mesmo sem um grande esforço poder-se-ia imaginar que toda a coorte de espíritos dos náufragos e extraviados por aqueles mares tinha vindo abraçar seus confrades ainda vivos com as viscosas mãos da morte. Sob a terrível tensão, muitos estremeceram ao sentir o lúgubre contato dos torvelinhos da bruma. Havia ocasiões em que o nevoeiro cedia um pouco, favorecendo a visão do mar à distância, nos breves intervalos, sob o clarão dos relâmpagos Estes agora eram fortíssimos e quase contínuos. O ribombo dos trovões que os acompanhavam fazia estremecer toda a abóbada celeste, vindo, a seguir, repercutir sob nossos pés.

Algumas cenas então fixadas, de arrebatadora e terrível beleza, umas; e de imensurável dimensionamento e absorvente interesse, outras, não poderiam ser deixadas em silêncio. No mar, as velocíssimas vagas, que mais pareciam montanhas, arremessavam para o alto suas imensas massas espumejantes, que eram aparentemente tragadas pelos raivosos torvelinhos da tempestade. Aqui e ali, mais um pescador retardatário, ainda impelido pelos dilacerados restos de suas frágeis velas, dava a impressão de voar sobre as águas revoltas, à procura do abrigo mais próximo, que o livrasse do pior. E não muito acima, assustados bandos de aves marinhas disparavam como flechas em demanda das grutas dos rochedos. No ápice do penhasco da Ponta Leste, novos focos exploratórios do farol já estavam montados, mas ainda não tinham sido experimentados. Sua guarnição os colocou em imediato funcionamento e, durante os intervalos em que o nevoeiro o permitiu, suas luzes varreram toda a superfície do mar circunjacente Em duas ocasiões, tal expediente foi providencial. Fora da barra, dois barcos lutavam desesperadamente com a água varrendo seus conveses. Com o auxílio e orientação de suas luzes livraram-se não somente de se esfacelarem sobre as pedras, como ainda arribaram ao porto, sãos e salvos. Assim que as duas embarcações foram postas fora de perigo, uma exclamação de júbilo se fez ouvir na multidão que a tudo assistira. Seu eco pareceu por um instante dominar a tempestade.

Tal ilusão, porém, não durou mais que um breve instante. E a tormenta prosseguiu com toda a fúria.

Bem antes já, as mesmas luzes, a alguma distância, haviam focalizado uma escuna de velas completamente enfunadas, dando a impressão de que se tratava da mesma embarcação que já fora vista por volta do anoitecer. O vento agora rodara para leste, e toda a guarnição do farol foi simultaneamente sacudida por um estremecimento. Todos pressentiram o terrível perigo a que precisamente ali a embarcação se expunha. Entre ela e o porto interpunham-se os extensos e rasos arrecifes, sobre cujos escolhos numerosos e sólidos navios haviam naufragado. E com o vento soprando daquele quadrante tornava-se virtualmente impraticável alcançar a entrada da barra do porto. Era aproximadamente hora de preamar. As vagas, porém, apresentavam tal volume que seus cavados punham à mostra quase todos os baixios e parcéis da costa. A escuna, por sua vez, avançava com tal velocidade que, segundo as palavras de um velho marinheiro, "navegando daquele jeito só irá parar quando chegar ao inferno". Sobreveio entre uma segunda massa de nevoeiro – muito mais espessa que a anterior –, uma nuvem da qual pingava água e que no mesmo instante suprimiu todo o universo aparente, deixando válidos apenas o tato, o olfato e a audição, pois o rugir da tempestade e o ribombar dos trovões, juntamente com o estrondar das ondas ao atravessar a muralha acinzentada, repercutiam agora mais forte do que nunca. Os poderosos focos do holofote convergiam agora fixamente sobre o canal da barra do porto, junto ao molhe de leste, onde o choque era esperado e toda a guarnição se mantinha numa expectativa que parecia beirar a eternidade. O vento mais uma vez rodou, virando agora para nordeste, fazendo com que o dossel cinzento se dissipasse com a própria ventania. E então, milagre dos milagres, entre os dois molhes e saltando de vaga em vaga, ao embalo das rajadas, surgiu a ansiada escuna, de proa e corpo inteiro, na ponta do vento ainda com suas velas enfunadas, e finalmente ganhou o interior do porto, onde parecia aliviada. Também a ela os focos dos holofotes acompanharam. Mas logo a seguir era um grito de horror que cortava os ares: amarrado ao leme, via-se um cadáver. Sua cabeça pendia inanimada e todo o seu corpo girava sinistramente a cada novo balanço do navio. Nenhuma outra forma humana era visível sobre o tombadilho. Um indizível terror se apoderou de todos quando se verificou que, como por milagre, a embarcação, totalmente desgovernada e apenas pelas mãos de um cadáver, aproara para o porto e agora se achava ali diante das vistas de todos! Tudo, entretanto, aconteceu mais rápido do que é possível descrever. A escuna, todavia, não parou. Na mesma velocidade com que surgiu, cruzou toda a extensão do porto e finalmente foi chocar-se de encontro à orla de areia e cascalho formada por tantas outras marés e tempestades no saliente sudeste do molhe, junto aos rochedos de leste, que os locais denominam de Tate Hill Pier.

Houve, naturalmente, um violento impacto quando o navio esbarrou de encontro à areia. Toda a mastreação, cabos e estais ficaram abalados, e certas partes chegaram mesmo a desabar. O que porém é mais estranho é que no preciso momento em que a escuna tocou em terra um enorme cão saltou sobre o tombadilho como se tivesse sido expelido por força do próprio choque. E, prosseguindo em sua carreira, pulou do barco para a areia. Também ali não se deteve. Tomando a direção da alta escarpa que margina o cemitério ao longo do molhe de leste, e cujo aclive é tão acentuado que algumas das covas rasas se projetam acima do nível das pedras de arrimo, o animal desapareceu na escuridão, que naquele sítio parecia mais densa, talvez devido a estar bem próximo da área batida pelos holofotes.

No momento do encalhe não havia ninguém por ali, em Tate Hill Pier, uma vez que todos aqueles cujas casas ficam nas proximidades ou já se haviam recolhido à cama ou tinham ido para o alto do mirante. Daí ter sido o agente da guarda costeira, que se achava de quarto na ala leste do porto, a primeira pessoa que correu para junto do pequeno molhe e a subir a bordo. Após vasculharem cuidadosamente a entrada do porto, onde já não havia qualquer embarcação, os faroleiros assestaram os holofotes sobre o navio já encalhado e os mantiveram ali. O guarda costeiro foi até a popa da escuna e, ao chegar junto à roda do leme, inclinou-se para examiná-la. Uma súbita emoção o fez, porém, retroceder. Sua atitude despertou a curiosidade de todos, e logo um grupo se destacou dos demais e correu em direção à escuna imobilizada. Há um razoável trajeto a percorrer desde Drawbridge, ao pé da Escarpa Oeste, até Tate Hill Pier. Seu correspondente, não obstante, ainda tem bom fôlego, conseguindo chegar à frente dos demais corredores. Lá, porém, fui encontrar outra pequena multidão reunida junto ao molhe, à qual, entretanto, o guarda costeiro e o policiamento proibiram de subir a bordo. Por especial deferência do chefe da turma ali presente, eu, na qualidade de correspondente, tive permissão de subir ao tombadilho da escuna, sendo assim um dos componentes do pequeno grupo que viu o corpo do marujo ainda atado à roda do leme. Para aqueles que agora o olhavam bem de perto, já não causavam espanto a surpresa e o terror que teriam feito o guarda costeiro dar um passo atrás, pois só muito raramente alguém terá visto coisa semelhante. O homem simplesmente tivera as duas mãos amarradas bem firmes a um dos raios da roda em posição sobreposta. Entre uma das mãos e o raio da roda via-se um crucifixo, cujo rosário estava passado em torno dos dois pulsos e da madeira, e tudo firmemente amarrado com um sólido cordel. O pobre homem deve ter estado sentado durante certo tempo, mas o drapejar e as viradas das velas atuando sobre a roda do leme fê-lo girar de um lado para outro, até que os fios do cordel cortaram a carne dos seus pulsos, deixando à vista os ossos. Foi feito um rigoroso levantamento do estado geral do morto, e um médico de nome J.M. Caffyn, East Elliot Place, 33, imediatamente chamado, afirmou que o homem morrera há dois dias. Num dos seus bolsos foi encontrada uma pequena garrafa cuidadosamente arrolhada e contendo apenas uma folha de papel, a qual se destinava a receber novas anotações a serem transcritas no diário de bordo. O guarda costeiro chegou à conclusão de que o homem havia atado suas próprias mãos, fazendo os nós com o auxílio dos seus dentes. O fato de um guarda costeiro ter sido a primeira pessoa a subir a bordo pode acarretar certas complicações futuras à Corte do Almirantado. Isto porque os guardas costeiros não podem legalmente reivindicar o ato de salvamento, direito que assiste ao primeiro cidadão civil que subir a bordo de um navio abandonado. Contudo, os círculos forenses já se manifestam, e um jovem estudante de direito declara com toda a veemência que os direitos do proprietário já se acham completamente elididos, uma vez que sua propriedade incorreu numa contravenção dos estatutos da "mão morta", e que alguém, mesmo amarrado ao leme, como símbolo, se não constitui prova da posse delegada, deve ser considerado como bem sujeito às regras da "mão morta". É desnecessário dizer que o piloto morto foi reverentemente removido do trágico lugar onde cumpriu o seu honroso quarto, prolongando-o até exalar seu último suspiro – uma firmeza tão nobre e obstinada como a do jovem Casablanca –, sendo levado para o necrotério, a fim de aguardar novas pesquisas.

Agora a tempestade já está amainando, e sua ferocidade entrou em franco declínio. Todos retornam a seus lares, e o céu volta a ostentar um leve tom rosado sobre as campinas de Yorkshire. Para a próxima edição enviarei maiores detalhes sobre a escuna abandonada que tão miraculosamente abriu seu próprio caminho até o porto, através da tempestade.

9 de agosto – A sequência de fatos ligados à estranha chegada do navio abandonado na noite passada, em plena tempestade, é mais surpreendente do que o acontecimento em si. Descobriu-se que a escuna navega sob bandeira russa, está registrada no porto de Varna e que seu nome é *Demeter*. O lastro existente em seus porões é formado quase totalmente por areia fina. Transportava apenas uma pequena carga – um certo número de grandes caixas de madeira contendo argila refratária, própria para moldagem. Esta carga estava consignada para um solicitador de Whitby, de nome S.F. Billington, sediado em The Crescent, nº 7, o qual esta manhã esteve a bordo, onde formalmente tomou posse da mercadoria que lhe fora consignada. Também o cônsul russo, por sua vez, representando o armador-proprietário, tomou posse formal do navio, pagando todas as taxas portuárias e demais despesas. Nada mais vem sendo comentado, salvo uma estranha coincidência. Os funcionários do Ministério do Comércio procederam a rigorosa inspeção, a fim de verificar se todas obrigações e formalidades haviam sido cumpridas de acordo com as leis e regulamentação em vigor. Como na anedota do número sete, não será nenhuma surpresa que tudo se solucionará por uma simples evidência, a qual não deverá deixar motivo para qualquer outra reivindicação. Outro aspecto que também despertou grande interesse entre o povo diz respeito ao cão que saltou em terra assim que o navio encalhou, e vários membros da Sociedade Protetora dos Animais, que em Whitby são bastante numerosos, tentaram atraí-lo. O desapontamento, porém, foi geral, porque jamais voltou a ser visto ou notado. Parece ter desaparecido definitivamente da cidade. É possível que, na ocasião, estivesse muito assustado e por isso tenha tomado o rumo das charnecas, onde talvez ainda se encontre, aterrorizado e recolhido em algum esconderijo. Algumas pessoas já manifestam seu temor diante desta possibilidade, porquanto em tal hipótese o animal poder-se-ia converter num real perigo, dados seus evidentes traços de ferocidade. E acontece que já nesta madrugada um grande cão, robusto cruzamento com um mastim, pertencente a um negociante de carvão que mora nas proximidades de Tate Hill Pier, foi encontrado morto no leito da estrada que passa em frente ao terreiro do seu dono. Ele estivera lutando contra uma fera furiosa, pois sua garganta tinha sido arrancada e seus intestinos estavam espalhados pelo chão, como se houvessem sido golpeados por garras aduncas e selvagens.

Mais tarde – Por deferência do inspetor do Ministério do Comércio, tive permissão para examinar o texto do diário de bordo do *Demeter*, cujos lançamentos estavam devidamente preenchidos até três dias atrás, nada contendo de especial interesse, exceto quanto ao registro relativo às perdas de equipagem. O interesse maior, todavia, gira em torno da folha de papel encontrada na garrafa e que foi hoje exibida no inquérito. Na verdade, jamais testemunhei um relato mais estranho que aquele que foi prestado pelos dois agentes que a retiraram da garrafa. Como não há nenhuma proibição imposta por sigilo, também eu tive acesso à mesma. Do que achei conveniente anotar, envio-lhe aqui uma transcrição, da qual omiti apenas certas particularidades de caráter técnico, relativas a marinharia e sobrecarga.

O que transparece à primeira vista é que o capitão do barco estivesse dominado por alguma mania antes de alcançar as águas azuis do alto-mar, e que depois tal distúrbio tenha ainda se desenvolvido persistentemente durante toda a viagem. Meu relato, naturalmente, deve ser interpretado *cum grano salis*, isto é, não literalmente, posto que escrevo um texto ditado por um agente do consulado russo que, não obstante a escassez de tempo, gentilmente o traduziu para mim:

Diário de Bordo do *Demeter*

De Varna para Whitby

Escrito em 18 de julho – Estão acontecendo coisas tão estranhas que passarei a anotar tudo minuciosamente até chegarmos ao porto de destino.

No dia 6 de julho concluímos as operações de carga. Areia fina e caixas contendo terra. Içamos velas ao meio-dia. Vento leste, fresco. Equipagem: cinco marinheiros, dois imediatos, cozinheiro e eu, capitão.

A 11 de julho entramos no Bósforo. Recebemos a visita de funcionários aduaneiros da Turquia. Revista. Tudo correto. Retomamos viagem às quatro da tarde.

A 12 de julho atravessamos os Dardanelos. Mais agentes aduaneiros e o capitania da esquadrilha de guarda-costas. Nova revista. A inspeção foi completa, mas bem rápida. É preciso que partamos cedo. Passamos pelo Arquipélago ao anoitecer.

No dia 13 de julho franqueamos o cabo Matapan. A equipagem se mostra descontente por alguma razão. Parece atemorizada mas não quer falar.

No dia 14 de julho já me sinto ansioso a respeito do que vem afligindo a equipagem. Trata-se de homens leais, e todos eles já navegaram comigo noutras viagens. Um dos imediatos disse-me que não conseguira esclarecer o problema. Quando se dirigia a alguns dos seus subordinados eles apenas respondiam que havia alguma coisa errada e, ao mesmo tempo, se persignavam. O imediato perdeu a paciência com um deles neste dia e o espancou. Há uma expectativa de feroz desentendimento. A calma, porém, ainda prevalece.

A 16 de julho o imediato relatou-me que um membro da tripulação, de nome Petrofsky, desaparecera. Não pôde encontrar uma explicação para o acontecido. Permaneci de quarto durante oito toques horários na noite passada. Fui substituído por Abramoff, mas não entrei em meu camarote. Os homens se mostram mais abatidos do que nunca. Todos continuam dizendo invariavelmente que aguardam algo de mau, mas não se arriscam a acrescentar uma palavra em relação ao que suspeitam. O imediato torna-se cada vez mais intolerante para com eles. Teme agora também que algo sobrevenha.

No dia 17 de julho, ontem transcorrido, um dos homens, o marinheiro Olgaren, veio à minha cabina e, num tom de incontido terror, segredou-me que lhe parecera haver descoberto um estranho indivíduo a bordo. Asseverou-me que durante seu quarto de serviço se abrigara por trás do alojamento do convés, fugindo da forte chuva que caía, quando viu um homem alto e esguio, totalmente diferente dos membros da tripulação, assomar no corredor do tombadilho, prosseguir ao longo do convés e desaparecer. Ele ainda o seguiu cautelosamente, mas ao chegar à proa não viu mais ninguém, embora todas as escotilhas estivessem fechadas. Deixo aqui neste registro a minha confirmação de que, ao falar-me, Olgaren demonstrava estar dominado por um supersticioso pânico, e eu receio que tal pânico se alastre. A fim de conjurá-lo, hoje mesmo darei uma rigorosa busca em cada palmo do navio, da popa à proa.

No mesmo dia, um pouco mais tarde, reuni todos os tripulantes e disse-lhes que, como evidentemente julgavam que havia mais alguém no navio, nós iríamos dar uma minuciosa batida de vante à ré, em cada uma das dependências do barco. O imediato logo manifestou seu desagrado. Disse que tudo não passava de uma insensatez e persistir em semelhante disparate seria o mesmo que desmoralizar toda a equipagem. Acrescentou ainda que os manteria livres de qualquer transtorno, fazendo um bom uso da alavanca. Quando parou de falar, entreguei-lhe a roda do leme, enquanto todos os demais davam início à apurada busca, de lanterna nas mãos e respiração suspensa. Não deixamos um único recanto que não fosse devidamente vasculhado. Como no compartimento de carga nada mais havia além das grandes caixas de madeira, também ali não nos escapou o menor ângulo no qual um homem pudesse ocultar-se. Ao cabo da demorada busca, todo o pessoal se mostrou aliviado, retomando cada um o seu trabalho com uma nova animação. O imediato olhou-me de cara fechada, mas nada disse quando retornei.

22 de julho – Tempo péssimo nos três últimos dias, e todos os marujos em atividade com as velas. Não lhes restou a menor trégua, durante a qual pudessem assustar-se. Os homens parecem ter esquecido o seu terror. O próprio imediato voltou a mostrar-se alegre e comunicativo. Elogiei toda a tripulação pelo bom desempenho durante o mau tempo. Passamos por Gibraltar e já estamos livres do estreito. Tudo bem.

24 de julho – Parece pairar uma maldição sobre este navio. Já havíamos perdido um homem. Ao alcançarmos a Baía de Biscaia sob uma nova e furiosa tempestade que se desencadeia contra nós, perdemos outro... desaparecido. Como o primeiro, havia precisamente concluído o seu quarto de serviço e não mais voltou a ser visto. Todos novamente sob terrível tensão pânica. Através do tubo de intercomunicação, perguntei se gostariam de cobrir seus quartos de serviço a dois, por temerem ficar sós. O imediato discordou, aborrecendo-se. Receio que venha a surgir um confronto violento, pois ele ou os marinheiros são capazes de recorrer à força.

28 de julho – Há quatro dias rolamos no inferno, debatendo-nos numa espécie de caldeirão das Sete Fúrias, tendo de quebra ventos e tempestades. Ninguém pode dormir um só instante a bordo. Todos os homens estão esgotados. Tenho dificuldade em estabelecer a próxima escala de serviço porque sei que ninguém está em condições de cumpri-la. O segundo mestre ofereceu-se voluntariamente para pilotar e comandar o navio, enquanto os demais poderiam recolher-se, para dormir algumas horas. O vento está amainando. O mar, porém, continua aterrador. Todavia, já não nos castiga tanto pois o navio já se mostra mais estável.

29 de julho – Outra tragédia. Esta noite os quartos foram dados individualmente, visto a tripulação achar-se demasiadamente fatigada para dobrar os postos. Quando chegou a hora do quarto da manhã, ao subir ao tombadilho não encontrei ninguém, com exceção do timoneiro. Convoquei imediatamente uma reunião, e todos se agruparam no convés. Procedi à chamada nominal dos homens, e um deles não me respondeu. Agora não tenho mais meu segundo imediato, e toda a equipagem entrava realmente em ostensivo pânico. O imediato e eu concordamos em passar a andar armados daí em diante e assim esperarmos qualquer novo indício do que ainda pudesse acontecer.

30 de julho – Noite passada. Alegra-me estarmo-nos aproximando da Inglaterra. Tempo magnífico, todas as velas içadas. Retirei-me completamente exausto. Dormi profundamente. Fui despertado pelo imediato, que me avisou que o homem de quarto e o timoneiro haviam desaparecido. Restávamos eu próprio, o imediato e apenas dois marinheiros para manobrar todo o navio.

1º de agosto – Dois dias de nevoeiro e nenhum veleiro à vista. Esperava que ao navegar no Canal da Mancha conseguisse sinalizar um pedido de socorro ou aportar num lugar qualquer. Não tendo mais braços suficientes para manejar as velas, sou obrigado a velejar de empoada. Já não ouso arriar panos porque jamais os conseguiria içar novamente. Parece que estamos flutuando à deriva no rumo de um terrível castigo. O imediato está agora mais desmoralizado do que qualquer outro homem. As mais rijas fibras de sua natureza parecem ter trabalhado internamente contra ele próprio. Os dois marinheiros já ultrapassaram as últimas fronteiras do terror e trabalham obstinada e pacientemente com seus pensamentos ligados ao pior. Eles são russos. O outro é romeno.

2 de agosto, meia-noite – Interrompi o meu sono de apenas poucos minutos ao ser despertado por um grito que parecia ter vindo da frente de minha porta. Nada pude ver devido ao denso nevoeiro. Corri para o tombadilho, em procura do imediato. Este me diz ter também ouvido o grito, mas depois disso nem sinal do homem que estava de quarto. Mais outro que desaparecia. Que Deus nos ajude! O imediato me diz que nós já devemos ter ultrapassado o Estreito de Dover, pois, através de uma breve clareira do nevoeiro, ele vislumbrou a costa de North Foreland. Isto ocorreu no preciso instante em que ouviu o grito. Se sua observação foi correta, estamos agora já bem ao largo do Mar do Norte e somente Deus nos poderá guiar dentro desse nevoeiro, que parece deslocar-se junto conosco. E, ao que tudo indica, Deus nos abandonou.

3 de agosto – À meia-noite fui substituir o homem que estava de quarto na roda do leme. Mas quando lá cheguei não encontrei ninguém. O vento soprava firme e constante e como navegávamos agora sempre de empopada, nossa proa se mantinha também num rumo uniforme. Eu não ousava abandonar a roda do leme, o que me fez chamar o imediato pelo nome a plenos pulmões. Após alguns segundos ele galgou o tombadilho, já esbaforido em suas roupas de flanela. Seus olhos adquiriram um brilho selvagem e desvairado, e eu sinceramente receio que sua razão já o tenha abandonado. Ele se aproximou ainda mais de mim e, num cicio rouco de sua boca quase colada a meu ouvido, como se temesse uma indiscrição do próprio ar, disse-me:

– A coisa está aqui. Agora eu sei! No meu quarto de serviço, na noite passada eu a vi. Assemelha-se a um homem, alto e esguio e fantasmagoricamente pálido. A coisa estava numa escotilha, olhando para fora. Arrastei-me atrás dela e a acutilei com minha faca. Mas esta a atravessou, como se ali nada existisse, além do próprio ar. – E, enquanto assim falava, empunhou sua faca e, com fúria selvagem, golpeou repetidamente o espaço em torno. Depois prosseguiu: – Mas a coisa está aqui e eu a encontrarei. Está no porão, talvez em uma daquelas caixas. Eu desaparafusarei ou despregarei uma após outra, até vê-la. Você se mantenha ao leme. – E com um olhar de advertência e mantendo o indicador sobre seus lábios, ele desceu.

Logo a seguir senti subir uma brusca rajada de vento e ao mesmo tempo percebi que não podia largar a roda do leme. Vi-o então assomar novamente ao tombadilho com um estojo de ferramentas e uma lanterna e descer em direção ao corredor da proa. Ele está insano, rígido e desvairado, e eu já não me sinto em condições de tentar detê-lo. Ele jamais conseguirá vulnerar aquelas enormes caixas: segundo consta da fatura consular, seu conteúdo é argila. Desmontá-las seria totalmente inócuo, e pouco adianta que ele o faça. Por isso permanecerei aqui cuidando do leme e escrevendo estas notas. Só posso confiar em Deus e aguardar que o nevoeiro se dissipe. Então, se não puder aproar para um porto qualquer, favorecido pelo vento, cortarei as adriças e, de mastros nus, ficarei à deriva e sinalizarei, pedindo auxílio...

Tudo parece já haver passado. Precisamente quando eu começava a imaginar que o imediato retornasse bem mais calmo – porquanto o ouvira martelando firme no porão, e qualquer trabalho somente lhe iria fazer bem –, subitamente estrugiu pelo corredor acima um pavoroso grito de horror que fez o sangue gelar em minhas veias. E logo a seguir vejo o meu imediato assomar no tombadilho como se estivesse saindo da boca de uma arma. Era a imagem da própria loucura desencadeada, no paroxismo de sua violência. Seus olhos rolavam desvairadamente, como se quisessem escapar das órbitas, e seu rosto era a mais perfeita máscara do terror.

– Salve-me, salve-me! – gritava ele, e ao mesmo tempo seus olhos pareciam querer devassar a impenetrável cortina do nevoeiro. Seu horror agora transformava-se num delírio de desespero, e numa interminável sequência de gemidos e soluços dizia-me: – Venha comigo, capitão! É o melhor que tem a fazer! Venha, antes que seja tarde demais. *Ele* está lá! Agora já conheço o seu segredo. O mar me protegerá contra *ele*. É só o que me resta!

E antes que eu pudesse pronunciar uma palavra ou esboçar um gesto para agarrá-lo, precipitou-se sobre o portaló e deliberadamente mergulhou no mar. Agora também acho que já sei todo o segredo. Foi este o único louco que deu sumiço aos homens, um por um, e que acabou por se eliminar da mesma forma. Que Deus me ajude! Como poderei dar conta de tantos infortúnios ao pôr meus pés em terra? Se é que ainda chegarei a algum porto! Será que chegarei?

4 de agosto – Ainda o mesmo nevoeiro sem fim, que a própria aurora não consegue superar. Sei que o sol já vem nascendo porque sou um experimentado marinheiro. Além do meu instinto, nada o denuncia. Já não ouso descer, e tampouco abandonar a roda do leme. Assim, foi aqui que passei toda esta noite. E foi daqui, em plena escuridão dessa triste noite enevoada que eu vi a *Coisa*, que eu ouvi! Deus me perdoe, mas o imediato teve toda razão ao mergulhar no mar. Foi mil vezes melhor ter preferido morrer como um homem, pois ninguém pode objetar com uma só palavra tal gesto de um marujo que ficará morando para sempre no azul das águas do seu alto-mar. Eu, porém, sou o capitão, e como tal não devo abandonar o meu navio. Não obstante, quero frustrar os torvos desígnios desse monstro ou demônio. Quando eu notar que minhas forças estão começando a me abandonar, amarrarei minhas mãos a esta roda e juntamente com elas algo que possuo e de que jamais me separo e em que ele – a *Coisa* – nunca tocará. E depois disso, soprem ventos bons ou maus, terei salvo a minha alma e minha honra de capitão. Sinto-me cada vez mais enfraquecido, e a noite se aproxima. Se a *Coisa* logo mais voltar a encarar-me, não terei tempo para agir. Se nós naufragarmos, talvez esta garrafa venha a ser encontrada. Aqueles que a recolherem terão ao menos estas linhas para julgar-me e tentar compreender o que aconteceu. Do contrário... Bem, do contrário, todos saberão que eu permaneci fiel a meu posto até no sacrifício. Deus e a Abençoada Virgem e todos os seus santos deem seu amparo a esta pobre e ingênua alma que está tentando cumprir o seu dever até o fim...

O veredicto em sua última instância permanece naturalmente em campo aberto. Não há a menor evidência a acrescentar. E quanto ao dilema de afirmar se foi ou não o próprio homem que cometeu os crimes de homicídio, ninguém tem condição de acusá-lo ou absolvê-lo. Todo o povo daqui, universalmente, por assim dizer, proclama o capitão simplesmente como herói e por isso concedeu-lhe as honras de um funeral de caráter público. Ficou determinado que o corpo desfilará até o Esk à frente de uma procissão marítima. Dali o cortejo retornará pelo mesmo caminho a Tate Hill Pier e, a seguir, galgará as escadas da abadia. Seu túmulo estará localizado na ala do cemitério que fica sobre a escarpa. Os armadores e proprietários de mais de uma centena de embarcações já aderiram ao séquito, a fim de acompanhá-lo até sua derradeira morada.

Quanto ao enorme cão, nenhum vestígio. No entanto, não cessam as conjecturas em torno do animal, pois em seu presente estado de espírito é de presumir-se que o povo de Whitby o fizesse adotar pela cidade, incorporando-o a seu patrimônio público. Amanhã estarei presente aos funerais. E assim se encerrará mais um intricado capítulo dos indevassáveis "mistérios do mar".

O diário de Mina Murray

8 de agosto – Lucy permaneceu insone durante a noite inteira. Eu também não pude dormir. O temporal foi simplesmente medonho, e enquanto rugiu e estrondou raivoso em torno das altas chaminés me fez tremer incontrolavelmente. Cada descarga elétrica que estalava sobre nossas cabeças dava a impressão do impacto mortal de uma monstruosa peça. O que é bastante estranho é que Lucy não parecia desperta. Contudo, levantou-se duas vezes e mudou de roupa. Felizmente em ambas as ocasiões eu a percebi a tempo e tratei de despi-la sem a acordar, para fazê-la voltar à cama. Este é um distúrbio dos mais singulares, pois logo que sua vontade é contrariada por algum estímulo de ordem física, sua intenção, se realmente existia, desaparece de imediato e ela própria volta a obedecer normalmente à rotina de sua vida.

Levantamo-nos de manhã bem cedo e descemos até o porto para verificar se algo acontecera durante a noite. Lá encontramos apenas pouca gente, e embora o sol brilhasse em pleno fulgor e a atmosfera se mostrasse fresca e transparente, as pesadas e medonhas ondas, agora aparentemente mais escuras devido à crista de espuma branca que as precedia, comprimiam-se através do estreito canal de acesso ao porto como um touro enfurecido quando atravessa um chavascal. A fúria das ondas, de alguma forma, trazia-me o consolo de saber que Jonathan não estivera ameaçado por aquele mar na noite anterior, pois certamente se encontrava em terra firme. Mas como posso agora afirmá-lo? Estará ele em terra ou no mar? Onde estará ele, e como? A verdade é que me sinto cada vez mais ansiosa e desesperada quanto a seu destino. Se ao menos soubesse o que fazer e que, finalmente, o fizesse!

10 de agosto – O funeral do pobre capitão marujo, hoje realizado, foi realmente tocante. Todas as embarcações dos arredores pareciam ter-se reunido ali, e o ataúde foi carregado pelos capitães durante todo o trajeto, desde Tate Hill Pier até o cemitério. Lucy e eu fomos cedo à procura do nosso banco predileto, no alto da escarpa, enquanto lá embaixo o cortejo formado por todos os tipos de barcos fez uma volta completa ao longo do rio, isto é, de ida e volta, entre a foz e o viaduto. De lá de cima colhemos do cortejo uma maravilhosa vista panorâmica, abrangendo quase todo seu percurso. O malsinado capitão foi sepultado perto do nosso banco, de forma que ficamos numa posição privilegiada para assistir a toda a cerimônia final. Pobre Lucy, parecia estar tão transtornada. Mostrou-se inquieta e contrafeita o tempo todo, e eu só posso atribuir tal desacerto aos sucessivos sonhos que a perturbam durante a noite. Ela permanece irredutível em seu ponto de vista: não admite que haja uma causa específica para a sua inquietude, ou se alguma houver, ela própria não consegue compreendê-la. Outra causa adicional de tais distúrbios origina-se na morte do pobre e idoso sr. Swales, que quebrou o pescoço, e cujo corpo foi encontrado junto ao nosso banco. Como nos disse o médico, ele evidentemente teria sofrido uma queda para trás provocada por um provável susto, pois em seu rosto ficara estampada uma inconfundível máscara de pavor, que provocava arrepios naqueles que o viram. Pobre e querido velhinho! Talvez tivesse entrevisto a própria morte com seus olhos mortiços! Lucy é tão terna e sensível que sofre muito mais influências externas que a maioria de todos nós. Agora mesmo ela deu provas disso, diante de uma ocorrência que não chegou a despertar maior atenção de minha parte, embora eu mesma goste muito de animais. Um dos homens que sempre costuma vir aqui ao alto para olhar o movimento dos navios veio acompanhado por seu cão. O animal está sempre a seu lado. As duas criaturas são de boa paz. Nunca vi o homem aborrecido nem ouvi o cão latir. Durante o tempo dos serviços o animal ficou a uma certa distância de seu dono, latindo e uivando. Este, porém, continuou sentado junto de nós. Seu dono começou a admoestá-lo brandamente, depois com energia e finalmente com visível raiva. O animal, todavia, recusava-se a ouvi-lo, pois além de não se acercar dele, não cessava de latir e uivar. Tal persistência, entretanto, era secundada por uma espécie de fúria. Seus olhos emitiam um brilho selvagem e todo o seu pelo estava eriçado como as cerdas de um javali acuado. Finalmente o homem não se conteve. Pulou para baixo, onde estava o seu cão, açoitou-o e depois agarrou-o pela coleira e, arrastando e ao mesmo tempo suspendendo o animal, arremessou-o de encontro à pedra que serve de base ao nosso banco. No instante do impacto com a laje, o pobre cão caiu inanimado e em seguida começou a tremer convulsivamente. Não esboçou sequer a intenção de correr para proteger-se. Apenas ficou arrastando-se no chão, gemendo e uivando simultaneamente, e refletindo um estado de terror tão lastimável que, mesmo quando o procurei reanimar, ele pareceu-me estar completamente indiferente. Lucy também se condoeu muito. Ela, porém, não tentou aproximar-se do cão. Apenas o olhava com uma profunda expressão de angústia. Receio que ela pertença àquele tipo de temperamento supersensível que tantos dissabores acarretam à sua própria existência, face às amargas vicissitudes deste mundo! Mais um triste sonho a afligi-la esta noite, estou certa. Toda essa convergência de eventos singulares – o navio que chega ao nosso porto pilotado por um homem morto; sua estranha postura, atado à roda do leme com um rosário e um crucifixo; seu tocante funeral; e, finalmente, o cão – ora furioso, ora aterrorizado –, tudo isso se constituirá inevitavelmente na origem material dos seus inquietantes sonhos.

Acho que para ela será melhor recolher-se ao leito para restaurar energias gastas num esforço físico. Isto me sugere convidá-la para um longo passeio em torno dos rochedos da Baía de Robin Hood, num percurso de ida e volta. Depois disso acredito que ela já não se sentirá tão inclinada a persistir em suas excursões noturnas.

VIII

O diário de Mina Murray

Dia indeterminado. Onze horas da noite – Oh, como estou fatigada! Se eu não houvesse erigido as anotações rotineiras em meu diário numa obrigação, jamais abriria meu caderno esta noite. Nós fizemos um belíssimo passeio. Logo após nossa saída, Lucy revelou uma ótima disposição de espírito, talvez devido à presença de algumas reses de uma pastagem próxima ao farol que, bufando, investiram sobre nós, pregando-nos um terrível susto e quase botando o nosso passeio a perder. Creio que na ocasião esquecemos tudo mais, menos, naturalmente, o medo consequente do nosso instinto de conservação. Depois desse pequeno incidente, parece ter soado o aviso de "pista limpa", e prosseguimos com um novo ânimo. Tomamos um chá bem forte e farto numa aprazível e sossegada taverna na Baía de Robin Hood, de cuja janela em arco se descortina uma portentosa vista sobre os rochedos da praia, que ali são cobertos de densa vegetação. Acho que nós escandalizaríamos a revista *Mulheres Modernas* com o nosso desmedido apetite. Os homens são sempre mais discretos e tolerantes. Deus os abençoe! Em seguida, iniciamos a caminhada de volta. Durante esse trajeto fizemos algumas, aliás muitas paradas para descanso e, principalmente, para superarmos o constante receio de uma nova aparição das vacas que nos ameaçaram. Notei que Lucy ficara realmente fatigada, e nossa maior preocupação agora era irmos para a cama o mais cedo possível. O jovem vigário porém nos visitou esta noite e a srta. Westenra pediu-lhe que ficasse para cear conosco. Lucy e eu travamos uma acalorada polêmica sobre isso. Eu sei que lancei mão de todos os argumentos, inclusive dos mais heroicos. Acho que algum dia os bispos terão de promover um concílio a fim de criar uma nova categoria de vigários que não possam cear, e não terão com eles a menor contemplação, principalmente quando suas anfitrioas estão mortas de cansadas. Lucy finalmente adormeceu e ressona suavemente. Suas faces estão mais coradas que usualmente e sua expressão é tão terna! Se o sr. Holmwood se apaixonou por ela ao vê-la apenas num salão de recepção, nem consigo imaginar o que diria caso tivesse a ventura de olhar para ela neste instante. Alguns dos editores de *Mulheres Modernas* precisam brevemente lançar a ideia de que às moças e aos rapazes fosse permitido reciprocamente se verem um ao outro quando estivessem adormecidos antes de serem propostos ou aceitos como noivos. Presumo, entretanto, que a conceituada revista não venha a dar seu assentimento no futuro. Ela própria irá propor isso. E tenho também certeza de que o fará com a elegância que lhe é peculiar! Nisso já vai um princípio de consolo. Esta noite sinto-me realmente feliz porque Lucy já parece estar bem melhor. Acredito piamente que ela tenha superado a fase crítica, e que não mais tenhamos problemas com seus sonhos. E eu completaria toda a minha felicidade se soubesse se Jonathan... Deus o guarde e abençoe.

11 de agosto. Três horas da manhã – Novamente o diário. Decididamente não consigo dormir, por isso acho que o melhor é escrever. Sinto-me demasiadamente agitada para dormir. Vivemos uma aventura, uma terrível aventura. Adormeci assim que fechei o meu diário... Eis porém que subitamente despertei em um sobressalto e sentei-me sob uma horrível sensação de terror e, ao mesmo tempo, a impressão de achar-me no centro de um imenso vazio. O quarto estava totalmente às escuras, o que me impediu de avistar a cama de Lucy. Eisgueirei-me através do nosso dormitório e procurei localizá-la sob a colcha. A cama, porém, estava vazia. Risquei um fósforo e verifiquei que ela já não se achava mais no quarto. A porta não estava fechada a chave, como eu a deixara, mas apenas no trinco. Receei despertar sua mãe, ultimamente muito adoentada. Apanhei então rapidamente algumas peças de roupa e me dispus a procurá-la. Já ia deixando o quarto quando tive a ideia de que as vestes que ela estivesse usando poderiam agora orientar-me a respeito de suas intenções sob a influência do sonambulismo. Roupão limitaria seus passos às dependências internas da casa; vestido, significaria estar fora de casa. Acontece, porém, que tanto um quanto outro estavam em seus devidos lugares. "Graças a Deus", murmurei eu, "assim ela não poderá ter ido longe, pois conta apenas com o agasalho de sua roupa de dormir". Desci então para o pavimento inferior e procurei-a na sala de estar. Também ali não estava! Prossegui na busca por todas as outras dependências da casa que ofereciam livre acesso, com um crescente temor angustiando meu coração. Finalmente, alcancei o saguão e notei que a porta de entrada estava aberta. Não propriamente escancarada, mas o respectivo trinco estava desencaixado. Os moradores da casa são sempre cuidadosos em trancar a porta todas as noites. Assim, temo que Lucy tenha saído tal como se encontrava. Não havia tempo a perder em conjecturas sobre o que estava para acontecer. Um vago e acabrunhante medo obscurecia todos os demais detalhes. Enrolei-me então com um amplo e pesado xale e corri para a rua. O relógio estava batendo uma da manhã quando cheguei à rua Crescente, e lá não havia vivalma à vista. Corri ao longo do Terraço do Norte mas não encontrei o menor sinal da branca silhueta que tanto desejava encontrar. Na extremidade da Escarpa do Oeste, acima do *pier*, estendi o olhar através do porto até alcançar a Escarpa Leste, na esperança ou no temor – eu mesma já não sei o que pensar – de ver Lucy sentada no nosso banco favorito. Fazia um resplendente luar de plenilúnio, de quando em quando entrecortado por pesadas e negras nuvens migratórias, que transformavam todo o cenário num vasto diorama itinerante de luz e sombra, enquanto desfilavam pela imensa abóbada do firmamento. Por um minuto ou dois eu nada distinguia, pois a sombra de uma nova nuvem encobriu a Igreja de Santa Maria e tudo o que a rodeava. Mas logo que a nuvem passou, pude ver as ruínas da abadia com toda a nitidez. E à medida que a estreita fímbria de luz avançava como a afiada lâmina de uma cimitarra, a igreja e todo o cemitério se tornaram gradualmente visíveis. Sem embargo de minha ansiosa expectativa, meu desapontamento já não me oprimia tanto, pois lá, no nosso banco favorito, a argêntea luz do luar banhava por inteiro sua delicada silhueta semirreclinada, que irradiava um brancor opalino. Mas a interferência de outra nuvem veio tão rapidamente que não me proporcionou uma visão mais apurada, e tudo voltou a mergulhar na sombra quase instantaneamente. Pareceu-me, não obstante, que um vulto negro se postara de pé por trás do banco onde eu julgava ter reconhecido Lucy, toda vestida de branco, dando-me a impressão de que se curvava sobre ela. O que tal vulto realmente era eu jamais saberia dizer, pois dadas as circunstâncias tanto poderia ser um homem quanto um animal. Bastou essa terrível dúvida para que eu desistisse de voltar a vê-lo. Desci então espavorida os degraus que conduzem ao cais e prossegui num só fôlego, passando à frente de todo o mercado de peixe, até a ponte, único trajeto possível para alcançar a Escarpa Leste. A cidade pareceu-me àquela hora inteiramente morta, pois não encontrei vivalma em toda a minha desabalada fuga. Isso em parte me deixou um tanto aliviada, já que não desejava que alguém viesse a testemunhar o infortúnio de Lucy. O tempo e a distância me pareciam agora mais que nunca estarem-se confundindo com a eternidade e o infinito. Meus joelhos tremiam e minha respiração se convertera num mortificante martírio, quando, já completamente trôpega, galguei os intermináveis degraus que levam à abadia. Devo ter sido bastante rápida. Mas mesmo assim os meus pés pesavam como se estivessem atados a duas bolas de chumbo, enquanto todas as articulações do meu corpo simplesmente já não me obedeciam. Quando cheguei ao alto, tornei a ver a silhueta branca, pois agora encontrava-me suficientemente próxima para distingui-la, mesmo nos curtos intervalos de luar, entre uma nuvem e outra. Ali estava, indubitavelmente, algo alto e negro que ainda se mantinha curvado sobre a silhueta branca semirreclinada. Então já não me pude conter e, horrorizada, gritei duas vezes: "Lucy! Lucy!" Ato contínuo, daquele "algo" ergueu-se uma cabeça, e de onde me encontrava consegui ver um rosto branco e dois terríveis olhos que expeliam um fulgor rubro e selvagem. Lucy não me respondeu. Eu, porém, ainda encontrei forças para correr até a entrada do cemitério. Ao entrar, a igreja se interpunha a meio caminho para que alcançasse o banco, e isto fez com que por um escasso minuto a perdesse de vista. Quando tornei a avistá-la, a sombra já passara e o luar voltara a inundá-la de tanta claridade que logo distingui todos os seus traços: Lucy permanecia na sua postura inalterável – semirreclinada, com sua cabeça suavemente apoiada sobre o encosto do banco. Estava agora inteiramente só, não havendo mesmo o menor sinal da presença de qualquer coisa viva a seu redor.

O primeiro fato que pude comprovar é que ela continuava adormecida. Seus lábios estavam entreabertos e sua respiração era aparentemente normal – não tão silenciosa como o faz usualmente, mas em longos haustos, como que se esmerando para aproveitar toda a capacidade torácica a cada inspiração. Quando cheguei bem perto, ela pôs a mão na fronte e, ao mesmo tempo, procurou ajustar a gola do seu atavio, demonstrando estar sentindo frio. Enrolei-a então com o espesso xale e juntei as pontas bem justo em torno de seu pescoço, pois eu temia que ela viesse a resfriar-se gravemente em contato direto com o frio ar da noite, ao qual se achava quase totalmente exposta. Tive, porém, receio de acordá-la de repente. Assim, para que dispusesse de minhas duas mãos livres para ajudá-la, preguei um alfinete de segurança para que o agasalho ficasse firme em seu pescoço. Entretanto, em minha ansiedade, devo ter sido muito desajeitada, arranhando-a ou mesmo espetando-a levemente, pois, pouco a pouco, à medida que sua respiração se tornava mais tranquila, ela levou novamente a mão à altura da garganta, enquanto esboçava um leve gemido. Após a haver cuidadosamente agasalhado, pus os meus sapatos sobre seus pés e então comecei a despertá-la aos poucos. De início, ela não demonstrou a menor reação. Mas progressivamente foi ganhando consciência e ao mesmo tempo gemendo baixinho e suspirando. Finalmente, como o tempo parecia-me passar muito depressa e, por outros motivos, eu também esperava poder levá-la logo para casa, passei a sacudi-la um pouco mais vigorosamente e, felizmente, ela abriu seus olhos e despertou. Assim de pronto, não se mostrou surpresa por me estar vendo porque, naturalmente, também não tinha plena noção de onde se encontrava. Lucy sempre desperta de ótimo humor e assim também o fez naquela contingência, em que todo o seu corpo deve ter ficado virtualmente enregelado e quando sua mente lhe trouxera por certo ainda uma certa confusão, por estar despertando com tão sumárias vestes num cemitério à noite. Mesmo assim, porém, nada perdeu de sua graça natural. Seu corpo esboçou um breve tremor e ela se abraçou a mim. Quando lhe disse que me acompanhasse para casa, ergueu-se sem articular uma só palavra, obedecendo-me como uma criança. Enquanto caminhávamos, o cascalho machucou meus pés, e Lucy observou a contração de dor que se estampara em meu rosto. Parou de andar e imediatamente começou a insistir que eu calçasse os meus sapatos, que eu pusera em seus pés. Porém os recusei. Quando, todavia, ganhamos o atalho externo junto ao cemitério, onde ainda havia uma poça d'água deixada pela tempestade, mergulhei meus dois pés, um após outro, bem fundo na lama para que, ao chegarmos em casa, ninguém, vendo-nos de relance, pudesse notar que eu estava descalça.

A sorte nos ajudou e ambas entramos em casa sem ter visto ou sido avistadas por pessoa alguma. Somente ao longe vislumbramos um homem que por suas atitudes já não estava sóbrio, caminhando numa rua defronte à nossa. Entretanto, ocultamo-nos por trás de uma porta até ele ganhar uma íngreme viela, ou *wynds*, como as chamam os naturais da Escócia. Meu coração batia tão violentamente que em várias oportunidades pensei que fosse desmaiar. Estava terrivelmente aflita pela sorte de Lucy, não somente por sua saúde, uma vez que ela certamente sofreria as consequências da demorada permanência sob os rigores da friagem noturna, mas também por sua reputação, caso o ocorrido transpirasse para o conhecimento de alguém. Depois de entrarmos em casa, termos lavado nossos pés e feito uma prece de agradecimento juntas, fiz questão de levá-la até a cama. Antes de adormecer ela me pediu – ou melhor, implorou-me – que nada dissesse a ninguém, nem mesmo a sua mãe, a respeito desta sua aventura de sonambulismo. Inicialmente eu ainda hesitei em prometer-lhe. Mas, pensando melhor, e sabendo do precário estado de saúde de sua mãe e ainda levando em conta o abalo que ela sofreria ao ter conhecimento de semelhante fato, além de imaginar como tal história seria provavelmente – aliás provavelmente não, infalivelmente adulterada – caso realmente viesse a transparecer, julguei mais acertado concordar com ela. Espero ter agido bem. Eu mesma tranquei a porta e depois amarrei a chave firmemente em meu pulso. Destarte, talvez não volte a ser surpreendida. Lucy dorme agora profundamente. Os primeiros reflexos rosados da aurora ainda se elevam bem alto sobre o calmo espelho do mar...

Data não especificada. Meio-dia – Tudo vai perfeitamente bem. Lucy dormiu até que eu a despertasse e parece mesmo não ter sequer mudado de posição durante o sono. A longa aventura noturna, pelo que vejo, não a deve ter abalado. Ao contrário. Tem-se a impressão de que lhe fez bem, pois, nesta manhã seu aspecto geral é visivelmente melhor do que aquele que vem apresentando já há algumas semanas. Sinto-me pesarosa por tê-la machucado com a ponta do meu desastrado alfinete. E realmente a pequena lesão poderia tornar-se bem mais séria, porquanto a epiderme de sua garganta estava ferida. Devo ter atingido uma pequena porção de pele flutuante e a transfixiado, visto aparecerem ali dois minúsculos pontos vermelhos, semelhantes a picadas de alfinete, e a roupa que ela usava está manchada por uma gota de sangue. Quando me desculpei, explicando o fato, ela riu e acariciou-me, dizendo que nem sequer o havia sentido. Felizmente não deixará nenhuma cicatriz, dada a sua reduzida penetração.

Data não especificada. À noite – Tivemos hoje um dia dos mais felizes. Até a atmosfera mostrava-se transparente, e o sol, embora forte e brilhante, era atenuado por uma fresca brisa. Lanchamos em Mulgrave Woods. A sra. Westenra serviu-se de uma carruagem que a conduziu ao longo da estrada, ao passo que

Lucy e eu fomos a pé pelo atalho da escarpa. Ao chegarmos, reunimo-nos, as três, junto ao portão. Eu mesma sentia-me um pouco deprimida. Na verdade, não podia sentir-me perfeitamente feliz sem a desejada presença de Jonathan. Porém, vamos ter mais um pouquinho de calma. Preciso ser mais paciente. À noite, estendemos o nosso passeio ao Cassino do Terraço, onde ouvimos boa música, apresentada por Spohr e Mackenzie. A seguir, nos recolhemos bem cedo. Lucy parece mais tranquila do que se vinha conduzindo ultimamente. Trancarei a porta e conservarei a chave comigo como já o fizera anteriormente. Mesmo assim, não espero ter problema algum esta noite.

12 de agosto – Minha otimista expectativa estava errada. Fui despertada duas vezes durante a noite por outras tantas tentativas de Lucy, procurando um meio de escapar. Mesmo em pleno sono, ela parecia um tanto impaciente ao verificar que a porta estava trancada e sem a respectiva chave na fechadura, pois voltava à cama demonstrando amuamento. Despertei ao romper da aurora, ao ouvir os primeiros chilreios dos pássaros junto a minha janela. Lucy também acordou e eu mais uma vez tive a satisfação de vê-la mais bem-disposta que na manhã anterior. Toda a sua antiga jovialidade parecia haver retornado. Foi com esse estado de espírito que ela se ergueu e veio estender-se a meu lado para falar-me a respeito de Arthur. Também lhe confiei toda a minha aflição a respeito de Jonathan. Depois de ouvir-me atenciosamente, procurou consolar-me. E foi bem-sucedida, pois, embora a simpatia não possa inverter a ordem dos fatos, sempre ajuda a torná-los mais toleráveis.

13 de agosto – Outro dia tranquilo e sempre levando a chave pendurada em meu pulso para a cama, como habitualmente. Acordei no meio da noite e deparei com Lucy sentada na beira da própria cama, ainda dormindo e apontando para a janela. Pus-me de pé silenciosamente e, afastando a persiana, olhei para fora. Fazia um soberbo luar e o suave efeito da claridade refletida pelo cristalino espelho do mar impregnava o céu de um azul-esmeraldino, mergulhando todo o silêncio noturno num profundo mistério. A beleza daquele cenário ultrapassava o alcance das palavras. Entre mim e o luar mais próximo esvoaçava um enorme morcego do tipo vampiro, indo e vindo e descrevendo grandes círculos concêntricos. Uma ou duas vezes o intruso aproximou-se tanto das vidraças que parecia querer tocá-las. Mas, ao que parece, assustado por ver-me a sua frente fez meia-volta e desapareceu através do porto, tomando a direção da abadia. Quando tornei a afastar-me da janela, Lucy já se deitara novamente e dormia na mais perfeita paz. Ela não voltou a agitar-se durante todo o restante da noite depois disso.

14 de agosto – Estive o dia inteiro lendo e escrevendo na Escarpa Leste. Lucy parece estar gostando do lugar tanto quanto eu e é realmente difícil afastá-la dali quando está na hora de ir para casa a fim de lanchar, tomar chá ou jantar. Esta tarde ela fez uma esquisita observação. Estávamos indo para casa a fim de jantar. Ao percorrermos o trajeto, como habitualmente o fazemos, paramos por uns instantes para apreciar a maravilhosa vista. O sol poente já descera abaixo da linha do horizonte, descambando precisamente por trás das elevações de Kettleness. Seus raios avermelhados projetavam-se feericamente por sobre a Escarpa Leste, emoldurando inclusive a velha abadia e tudo mais que a cercava de um suave fulgor de rosa-pálido. Embevecidas com o grandioso festim do entardecer, mantivemo-nos silenciosas por alguns segundos. Lucy então falou, como se monologasse consigo mesma:

– Novamente seus olhos vermelhos! Seu aspecto é sempre o mesmo.

Suas duas frases soavam tão estranhamente, surgidas assim subitamente e sem qualquer propósito, que eu cheguei a estremecer. Dei uns dois ou três passos em redor dela, buscando disfarçar minha emoção e ao mesmo tempo tentando postar-me num determinado ângulo de onde pudesse observá-la atentamente sem todavia demonstrá-lo. Notei então que ela se achava num estado semiletárgico e que sua expressão facial adquirira um ricto de tal forma singular que eu mesma não consigo explicar. Diante disso nada falei, limitando-me a observar a cambiante gama dos seus olhos. Ela parecia olhar em direção a nosso banco favorito, onde efetivamente pude notar a presença distante de um vulto escuro, ali sentado solitariamente. Eu própria fiquei bastante surpresa, pois, por um breve instante, pareceu-me que, mesmo àquela distância, o estranho vulto mostrara ser dotado de uns olhos enormes, de cujas órbitas dardejavam chamas. Mas, ao olhar atentamente mais uma vez, cheguei à conclusão de que tudo não passara de uma fugaz ilusão. Os rosados tons da luz solar atingiam agora em cheio os vitrais da Igreja de Santa Maria, cuja posição a situava bem por trás do nosso banco favorito. E dado o amplo ângulo desta incidência, a rápida progressão do ocaso fez com que a refração e a reflexão dos raios solares nos dessem uma precisa ideia do seu movimento. Tal efeito serviu-me de pretexto para que chamasse a atenção de Lucy sobre ele. Isso realmente a fez voltar novamente a si. Sua fisionomia, entretanto, não deixou de manifestar-se contrafeita! É bem possível que ela estivesse então recordando os terríveis momentos ali vividos naquela noite atribulada. Nós, porém, jamais tornamos a mencioná-la entre nós. Por isso, mantive-me em silêncio e assim prosseguimos no caminho de casa, pois já era hora do jantar. Lucy queixou-se de dor de cabeça e foi cedo para a cama. Via-a adormecida e resolvi sair um pouco a sós. Meu passeio levou-me até a orla dos rochedos, na ala oeste, e a solidão acabou convertendo-se numa indizível tristeza, pois todos os meus pensamentos se dirigiam para Jonathan. Ao chegar em casa, ainda sob o esplendor do luar – tão intenso que, embora uma tênue nuvem encobrisse parcialmente o quarto-crescente, toda a redondeza estava bem visível –, lancei um olhar a nossa janela e vi Lucy ali debruçada. Julgando que estivesse esperando por minha chegada, desdobrei meu lenço e acenei para ela. Lucy, porém, nada notou ou, pelo menos, nem sequer fez menção de responder a meu aceno. Neste preciso instante o luar voltou a incidir sobre a casa toda, clareando inclusive a janela. E ali estava Lucy inconfundivelmente imóvel, de olhos fechados, e com a cabeça recostada de encontro à esquadria da janela. Ela dormia profundamente e, junto dela, aparentemente pousado sobre o parapeito havia algo parecido com uma enorme ave. Fiquei preocupada com a possibilidade de que ela apanhasse um resfriado e corri a seu encontro, escada acima. Todavia, ao entrar no quarto, encontrei-a já dirigindo-se para a cama, ainda adormecida e visivelmente ofegante. Mantinha uma das mãos sobre a garganta, como a protegê-la da friagem.

Eu não a despertei, apenas a agasalhei com todo o cuidado. A seguir fui até a porta e deixei-a bem fechada, o mesmo fazendo em relação à janela. Agora volto-me, para contemplar mais uma vez o seu terno semblante quando dorme. Noto, porém, que suas faces estão bem mais pálidas que de costume e não consigo reprimir um estremecimento ao perceber em suas feições o ríspido traço de um desvario que em absoluto não me agrada. Receio que se sinta atormentada por alguma coisa e daria tudo para saber do que se trata.

15 de agosto – Despertei hoje mais tarde que de costume. Lucy está lânguida e fatigada e continuou dormindo após termos sido chamadas. Tivemos uma boa notícia à mesa do café. O pai de Arthur melhorou e quer que o casamento seja marcado para breve. Lucy está transbordante de alegria, e sua mãe mostra-se a um só tempo jubilosa e triste. Horas depois me contou a causa. Ela está aflita por perder o convívio de Lucy como se tratasse de sua própria vida, mas, ao mesmo tempo, sente-se feliz por saber que dentro em pouco terá um novo protetor. Pobre, querida e simpática senhora! Ela me confidenciou que tem apenas poucos dias de vida. Lucy ainda não sabe disso, e ela me fez prometer que manteria o mais absoluto segredo a respeito. Seu médico disse-lhe que no máximo poderá durar ainda alguns meses. Sua morte é inevitável porque seu coração enfraquece a cada dia que passa. A qualquer momento, mesmo agora, um choque inesperado poderia ser bastante para fulminá-la. Ah, como fomos prudentes por não tê-la posto a par da terrível excursão noturna de Lucy sonâmbula.

17 de agosto – Não houve diário nos dois últimos dias. Faltou-me ânimo para escrever. Algo assim como uma sombra sinistra parece pairar sobre nossos anseios de felicidade. Nenhuma notícia de Jonathan, e Lucy torna-se cada vez mais fraca, ao passo que a hora extrema de sua mãe também não parece tardar. Não consigo entender a inexplicável decadência física de Lucy, mormente a rapidez com que ela definha. Alimenta-se bem, dorme à vontade e tem bastante ar puro para respirar. Mas o rosado de suas faces está desaparecendo, e dia após dia ela se torna mais fraca e desvitalizada. Durante a noite ouço-a ofegar, como se não conseguisse respirar. Continuo conservando a chave da porta presa a meu pulso. Ela, porém, insiste em caminhar indefinidamente pelo quarto e sentar-se junto à janela aberta. À noite passada, encontrei-a debruçada ali e quando tentei despertá-la não o consegui, porque estava desfalecida. Ao reanimá-la, fiquei alarmada porque seus membros simplesmente não reagiam e mal se pôde equilibrar, enquanto chorava baixinho entre penosos espasmos, num terrível esforço para respirar. Quando perguntei o que fazia na janela, limitou-se a balançar a cabeça e virar-me as costas. Queira Deus que todo esse mal-estar não seja uma consequência da desastrada incisão do meu alfinete. Examinando atentamente sua garganta enquanto ela dormia, notei que os dois minúsculos ferimentos ainda não sararam. Ao contrário, ainda estão abertos, e minha impressão é que cresceram e que suas bordas se apresentam lividamente esbranquiçadas. Parecem duas circunferências brancas com um centro bem vermelho. A menos que venham a sarar dentro de um dia ou dois, farei questão de que o médico os veja e dê sua opinião.

Carta de Samuel F. Billington & Son, Solicitadores, Whitby, para Carter, Paterson & Cia., Londres.

17 de agosto

Prezados Senhores:

Segue em anexo a fatura das mercadorias transportadas pela Great Northern Railway. Uma parte das mesmas deve ser entregue em Carfax, distrito de Purfleet, imediatamente após seu recebimento na estação de King's Cross. A casa do destinatário encontra-se presentemente vazia. Junto a esta, porém, segue um molho de chaves, todas elas providas de etiquetas.

Solicitamos aos senhores que depositem as caixas, em número de cinquenta, conforme conhecimento, no prédio parcialmente em ruínas que corresponde à dependência do edifício marcada com a letra "A" da planta-esboço aqui anexa. Seu agente reconhecerá facilmente o local, porquanto se trata da antiga capela da mansão. Os volumes seguirão hoje, pelo comboio das nove e trinta da noite, devendo chegar a King's Cross amanhã, às quatro e trinta da tarde. Como o nosso cliente deseja que a entrega seja feita o mais rapidamente possível, somos obrigados a pedir-lhes que mantenham seu pessoal devidamente preparado em King's Cross na hora já indicada, para logo após transportar toda a carga a seu destino. A fim de evitar possíveis demoras decorrentes de rotineiros processamentos de pagamento em seus escritórios, juntamos a esta um cheque bancário na importância de dez libras esterlinas, cujo recebimento solicitamos confirmar. Caso as tarifas não ascendam o total dessa quantia, pedimos restituir-nos o respectivo saldo. E se, ao contrário, as despesas forem além desse valor, remeteremos imediatamente um novo cheque, logo tenhamos sido informados da diferença. As chaves devem ser deixadas no saguão principal da casa, logo que a descarga esteja concluída. O proprietário as encontrará ali, usando para isso as chaves duplicatas.

Rogamo-lhes não nos incriminar como transgressores das boas normas da cortesia comercial pelo fato de lhes fazermos repetidas recomendações no sentido de abreviar a conclusão deste nosso despacho.

Aguardando suas prezadas ordens, subscrevemo-nos,

Atenciosamente,
Samuel, F. Billington & Son.

Carta de Garter, Paterson & Cia., Londres, para Billington & Son, Whitby

21 de agosto

Prezados Senhores:

Acusamos o recebimento de sua remessa de dez libras esterlinas e, junto, enviamos-lhes um cheque na importância de uma libra, dezessete xelins e nove pences, saldo de sua remessa, em conformidade com o extrato de conta-corrente em anexo. As caixas foram entregues segundo suas instruções, e as chaves foram colocadas num envelope, no saguão principal, como indicado.

Atenciosamente,
Por proc., Carter, Paterson & Cia.

O diário de Mina Murray

18 de agosto – Sinto-me bastante feliz hoje. Estou escrevendo sentada no banco do cemitério. Lucy vem melhorando consideravelmente. Na noite passada, dormiu a sono solto até amanhecer, sem me perturbar uma vez sequer. O seu rosado natural voltava a aflorar em suas faces, embora ainda se mantenha pálida e conserve os indícios da mesma lividez. Se ela sofresse de algum tipo de anemia, eu ainda o poderia admitir. Não é este, entretanto, o seu caso. Ela demonstra o mesmo espírito alegre e folgazão, sempre estuante de vida e de coragem. Todos os vestígios de morbidez física desapareceram e ela chegou a recordar-me, como se aquilo precisasse ser lembrado, *daquela* noite, e de que tudo acontecera ali, naquele mesmo banco, onde fui encontrá-la adormecida. Ao citar tais fatos, bateu jocosamente com os calcanhares sobre a laje e disse:

– Os meus pobres pezinhos não chegaram nem a fazer barulho na ocasião! Ouso até dizer que o pobre e velho sr. Swales explicaria tudo afirmando que eu me contivera a fim de não importunar o eterno repouso de Geordie.

Vendo-a assim tão comunicativa, perguntei-lhe se não tivera nenhum sonho naquela noite. Antes mesmo de responder, aquela doce, embaraçosa e tímida expressão aflorou em seus olhos e toldou sua testa, expressão que Arthur sempre diz que adora – trato-o desta forma em atenção a pedido dela – e, na verdade, não vejo como contestá-lo naquilo que ele diz. E então ela prosseguiu num tom semissonhador, como se pretendesse recapitular tudo para si mesma:

– Não cheguei a sonhar. Tudo, não obstante, pareceu-me extraordinariamente real. Eu simplesmente tinha que estar aqui neste lugar... não me pergunte por que, pois eu própria não sei, apenas sentia medo de alguma coisa, que também não sei o que era. A despeito de supor estar então adormecida, recordo-me ter passado pelas diversas ruas e cruzado a ponte. Um peixe saltou fora d'água quando eu passava e eu ainda me inclinei na esperança de tornar a vê-lo. Logo após comecei a ouvir uma porção de cães uivando... toda a cidade naquele instante pareceu-me infestada de cães que uivavam ao mesmo tempo... e foi assim que galguei os degraus da escadaria. A seguir veio-me a vaga impressão da presença de alguma coisa viva, de forma alongada com olhos vermelhos, igual à que vimos quando voltamos para casa ao por do sol. Nessa mesma ocasião, senti-me mergulhar repentinamente numa estranha sensação doce e, ao mesmo tempo, amarga. Depois, fui dominada por um entorpecimento comparável ao que se sentiria ao imergir profundamente num oceano de águas espessamente verdes, causando-me uma música atordoante nos ouvidos, como já me disseram que acontece com aqueles que morrem afogados. Tudo, então, apagou-se e desapareceu diante de mim e minha alma pareceu evadir-se do corpo, passando a flutuar livremente, em pleno ar. Creio recordar-me de que em determinado momento vi o farol do oeste passar sob o meu corpo, deixando-me numa terrível sensação de agonia, como se eu pairasse por sobre um terremoto. Foi aí que voltei e encontrei você sacudindo o meu próprio corpo. Na verdade, vi você bem antes de poder sentir que estava sendo sacudida.

Sua última palavra foi acompanhada por uma risada forte e nervosa. Tudo pareceu-me tão fantástico e tão desagradável que, por alguns instantes, fiquei olhando para ela sem conseguir nem mesmo respirar. Fiquei profundamente chocada e achei preferível não mais fazê-la pensar no assunto. Desviamos então a conversa para temas mais amenos, e logo vi que Lucy voltava a ser a mesma de sempre. Quando resolvemos retornar para casa, a fresca brisa já a havia reanimado e a palidez das maçãs de seu rosto já cedia lugar a um tom de rosa-aveludado. Sua mãe se alegrou ao revê-la com tal disposição, e nós três juntas pudemos fruir de uma bela e feliz noite.

19 de agosto – Alegria, alegria, muita alegria, embora nem tudo corresponda ainda à alegria maior que eu espero. Finalmente recebo notícias de Jonathan! O meu estimado rapaz esteve doente. Foi por isso que não me escrevia. Já não me aflige tanto dizê-lo nem assim pensar, porque agora estou plenamente a par do acontecido. Foi o sr. Hawkins quem me reexpediu a carta, juntamente com outra sua. Oh, como isso me fez bem! Pretendo partir já pela manhã ao encontro de Jonathan, a fim de dar-lhe toda a assistência necessária e trazê-lo para casa. O sr. Hawkins diz que uma grande ideia seria celebrarmos lá o nosso casamento. Derramei tantas lágrimas de alegria sobre o manuscrito da boa irmã de caridade que acabei encharcando-o totalmente entre os meus seios, onde o coloquei. Foi Jonathan quem pediu para ela escrever a carta e por isso tem um lugar privilegiado junto a meu coração, pois na verdade ele está em meu coração. O roteiro de minha jornada já está todo traçado, e minha bagagem também já está arrumada. Levo somente uma muda de roupa. Lucy levará minha mala até Londres, onde a conservará sob sua guarda até que eu a mande buscá-la, o que terei de fazer na hipótese de... Bem, isso não será revelado aqui agora. É um segredo que somente direi a Jonathan, meu marido. A carta que ele teve sob seus olhos e que foi por ele tocada será meu consolo até nos encontrarmos.

Carta da Irmã Agatha, do Hospital São José e Santa Maria, de Budapeste, para a srta. Wilhelmina Murray

12 de agosto

Prezada Senhora:

Escrevo esta a pedido do sr. Jonathan Harker, que pessoalmente ainda não está em condições de redigi-la, embora esteja em franca recuperação, graças a Deus e à proteção dos santos inspiradores desta fundação: São José e Santa Maria. Ele se encontra sob nossos cuidados há cerca de seis semanas, atacado por violenta febre cerebral. Pede-me que transmita todo o seu amor e também que lhe avise que pelo mesmo correio está enviando uma carta ao sr. Peter Hankins, em Exeter, na qual, com o devido respeito, lamenta o seu atraso e ao mesmo tempo comunica ter concluído o seu trabalho. Ele ainda precisará de um repouso de algumas semanas em nosso sanatório nas montanhas, mas logo após estará de volta. Informa também o sr. Jonathan não ter trazido dinheiro suficiente em seu poder. Ele próprio, todavia, pretende pagar sua estada aqui, a fim de evitar que tantos outros necessitados do mesmo tratamento não fiquem impossibilitados de fazê-lo.

Creia-me sempre sua, com muita simpatia e todas as bênçãos,

Irmã Agatha.

P.S. – O paciente adormeceu, e eu aproveito para reabrir o assunto e dizer-lhe mais alguma coisa. Ele me contou tudo a respeito do seu noivado e disse-me que ambos brevemente serão marido e mulher. Que todas as bênçãos divinas os façam felizes! Sofreu um terrível abalo psíquico, segundo diagnóstico do nosso médico, e em seus constantes delírios se debate numa fúria aterradora. Suas frases e seus gritos têm sempre algo a ver com lobos, veneno e sangue; com fantasmas e demônios e com outras coisas arrepiantes que nem mesmo ouso citar. Mantenha-se sempre atenta a fim de evitar que alguma coisa deste gênero daqui por diante venha a excitá-lo durante um longo período. As distorções mentais de uma doença do tipo que o aflige não são facilmente eliminadas. Já teríamos escrito há mais tempo. Mas nada sabíamos a respeito de seus amigos, e ele, por sua vez, nada apresentava que nos pudesse orientar nesse sentido. Ele chegou aqui viajando por trem procedente de Klausenburg. O chefe da estação informou ao guarda que logo que ele apareceu na bilheteria foi pedindo uma passagem para casa. Sua maneira brusca de comportar-se levou-o a identificá-lo como de nacionalidade inglesa. Foi-lhe então fornecido um bilhete cobrindo o percurso até a estação mais próxima do seu país de origem alcançada pelo mesmo trem.

Esteja certa de que ele está sendo bem cuidado. Sua afabilidade e distinção já conquistaram a amizade de todos. Ele realmente está-se recuperando com bastante rapidez, e não tenho dúvida em afirmar que dentro de algumas semanas mais ele voltará novamente a ser o mesmo homem que era antes. Seja porém extremamente cuidadosa com ele para seu próprio bem. Rogo a Deus e a São José e Santa Maria que lhes concedam, a ambos, ainda muitos anos repletos da maior felicidade.

O diário do sr. Seward

19 de agosto – Estranha e súbita mudança ocorreu com Renfield na noite passada. Por volta das oito horas, demonstrou achar-se sob forte excitação, como se fosse um cão, farejando e parando de repente, quando enquadra a caça. O enfermeiro ficou surpreso diante de sua atitude e sabendo do meu interesse sobre o seu caso dirigiu-lhe a palavra, visando a entabular um diálogo através do qual pudesse recolher alguma informação. Ele normalmente se mostra respeitoso para com o enfermeiro, chegando às vezes mesmo a ser servil. Nesta última noite, entretanto, segundo me disse o empregado, ele se conduziu de forma arrogante. Não quis, sequer, condescender em conversar com ele. Tudo o que dizia era apenas:

– Não preciso mais falar com você: sua pessoa já não me interessa. Agora eu quero é o patrão.

O enfermeiro julga tratar-se de uma nova e súbita forma de mania religiosa que passou a dominá-lo. Se tal vaticínio se confirmar, devemos prevenir-nos contra um possível desvario, pois um homem com a sua força, simultaneamente atacado de manias homicidas e religiosas, pode tornar-se perigoso. Tais manifestações combinadas poderiam atingir um nível dos mais temíveis. Às nove da noite, eu próprio o visitei. Sua atitude para comigo foi a mesma observada pelo enfermeiro. Em seu discernimento subliminar, a diferença existente entre mim próprio e o enfermeiro nada mais significava. Parece, realmente, configurar um sintoma de mania religiosa e, assim, ele não tardará a julgar-se um deus. Essas distinções infinitesimais que se convencionam estabelecer de uma pessoa para outra não passam de reles insignificâncias para um Ser Onipotente. Como esses pobres loucos se lançam à destruição! O verdadeiro Deus estende seu infinito conhecimento até a queda de um ínfimo pardal. Já o deus criado pela vaidade humana não é capaz sequer de distinguir entre uma águia e um estorninho. Oh, se a nossa espécie humana apenas o soubesse!

Por cerca de uma hora ou mais, Renfield foi dando sinais de excitação num grau cada vez mais progressivo. Não era minha intenção vigiá-lo permanentemente, mas mesmo assim não podia agora deixar de observá-lo. De repente brilhou-lhe nos olhos aquela chispa de dissimulada astúcia que nos revela quando esse tipo de psicopata se aferra a uma nova ideia, acompanhada daquele esquivo meneio de cabeça e de dorso que os atendentes e enfermeiros dos hospícios tão bem conhecem. Por um instante, ele permaneceu completamente imóvel. A seguir, deu três passos e, resignadamente, sentou-se na beira da cama. Agora, seus olhos já totalmente apagados e inexpressivos, apenas fixavam o vazio do espaço. Pensei então em decifrar se sua apatia era real ou simplesmente fingida e tentei fazer com que ele falasse a respeito dos seus bichos, um tema que jamais falhara em excitar sua atenção. Inicialmente, não mostrou o menor desejo de responder-me. Mas daí a pouco, disse-me, textualmente:

– Abomino-os a todos! Não me preocupo nem um pouco a respeito deles.

– O quê? – retruquei eu. – Não me queira dizer que não se interessa por aranhas? – (As aranhas constituem agora seu passatempo predileto, e seu caderno de notas está cheio de pequenos desenhos desses insetos.) A essa contestação ele limitou-se a responder enigmaticamente:

– As damas de honra alegram seus olhos com a aparição da noiva. Mas quando a noiva está a seu alcance, as damas já não mostram mais qualquer interesse, pois seus olhos já estão saciados com o que já viram. – Depois disso, ele se fechou num obstinado mutismo, permanecendo sentado em sua cama durante todo o tempo em que estive com ele.

Nesta noite sinto-me exausto e absolutamente sem ânimo para mais nada. Meus pensamentos convergem invariavelmente para o futuro de Lucy e imagino como todos esses acontecimentos poderiam ter tomado um rumo diferente. E como também não consigo dormir de maneira alguma, recorro a uma forte dose de cloral, o Morfeu moderno, cujos símbolos químicos são realmente impressionantes:... $C_2HCl_3O.H_2O$! Devo, todavia, prevenir-me para que tal terapêutica não se converta em hábito. Não, não tomarei nada hoje à noite! Pensei em Lucy e agora não desejo desfigurar sua lembrança, misturando sua terna imagem com uma droga que entorpece. E, se assim tiver de ser, esta será a minha noite de vigília...

Mais tarde – Ainda bem que optei por esta resolução e ainda melhor que me mantive firme em tal propósito. Depois de ter estado revirando-me na cama, ouvi o relógio soar apenas duas vezes quando o vigia noturno bateu à minha porta, a pedido do zelador do asilo, avisando que Renfield havia fugido. Vesti-me rapidamente e segui para lá. O meu paciente é por demais perigoso para ficar perambulando por aí. Suas ideias de domínio podem converter-se numa séria ameaça contra estranhos. O enfermeiro estava à minha espera. Disse-me que o vira há dez minutos mais ou menos. Naquela ocasião ele aparentemente dormia em sua cama, tendo sido visto através da vigia de inspeção existente na porta do seu quarto. O que despertou sua atenção foi o ruído proveniente da janela, quando esta fora por ele arrombada. Ao voltar-se, ainda viu seus pés desaparecerem pela janela escancarada, tendo ato contínuo mandado o aviso sobre a fuga. Ele trajava suas roupas de dormir e ainda não podia ter ido muito longe. O enfermeiro julgou mais acertado ver primeiro o rumo que ele tomaria, para depois segui-lo, pois se o perdesse de vista podia tranquilamente deixar a casa pelo portão de entrada. Ele é um homem robusto e com todo o seu físico não podia normalmente ter escapado pela janela. Tentei fazer o mesmo e, embora seja bem mais esguio, só o consegui passando primeiramente os pés. Quando estava a alguns pés de altura do chão, soltei meu corpo e caí de pé, sem machucar-me. O enfermeiro indicou-me o caminho que o meu paciente tomara pela esquerda e que, a seguir, avançara em linha reta. Procurando alcançá-lo, corri o mais depressa que podia. Atravessei um compacto renque de árvores, quando vi um vulto branco escalar a alta muralha que separa nossos terrenos da vizinha área da casa deserta.

Voltei imediatamente e dei instruções ao guarda para que obtivesse prontamente um reforço de três ou quatro homens e com eles me acompanhasse na inspeção que ia fazer no sítio de Carfax. Julguei conveniente tomar esta precaução para poder enfrentar uma eventual resistência por parte do fugitivo. Eu mesmo providenciei uma escada e do alto do muro saltei para o outro lado. Naquele preciso instante, ainda pude divisar quando Renfield desaparecia por trás do ângulo da casa e corri novamente em seu encalço. No outro extremo da antiga construção, fui encontrá-lo acuado de encontro ao velho portão da capela, que era todo trabalhado em carvalho, com guarnições de ferro. Ele aparentemente conversava com alguém. Eu, porém, tive medo de me aproximar para ouvir o que dizia, porquanto podia com isso assustá-lo e fazer com que prosseguisse em sua fuga. Caçar um enxame de abelhas errantes é uma brincadeira de criança diante das peripécias de quem sai em perseguição a um lunático, quando ele está convencido de que tem de escapar! Mas, após alguns instantes, pude notar que ele não tomava o menor conhecimento do que se passava a seu redor. E, assim, aventurei-me a chegar mais perto, ainda mais agora que sabia que os homens de reforço já haviam transposto o muro e o mantinham virtualmente cercado. Então eu o ouvi dizer:

– Estou aqui para cumprir suas ordens, patrão. Sou seu escravo e quero ser recompensado, pois sempre lhe serei fiel. Adoro-o desde longe e de há muito. Agora que o tenho perto de mim, espero sua voz de comando. Espero desta feita não ser esquecido, meu caro patrão, e quero ser lembrado quando chegar a hora da distribuição das coisas boas, não é assim?

De qualquer forma ele se revela o mesmo velho e egoísta pedinchão. Não deixa de pensar nas broas e nos peixes mesmo quando acredita achar-se diante da Real Presença. Suas manias o levam a uma estonteante combinação. Quando percebeu que estava cercado por nós todos, lutou como um leão. É terrivelmente forte, assemelhando-se neste sentido muito mais a um animal selvagem do que a uma criatura humana. Jamais vi um lunático atingir tal paroxismo de raiva e espero também nunca mais voltar a ver. Foi um milagre termo-nos prevenido contra sua força e periculosidade ainda a tempo. Com toda a sua força e obstinação ele teria promovido um tremendo estrago antes de poder ser recapturado. Agora ele está seguramente bem guardado. O próprio Jack Sheppard não conseguiria libertar-se da camisa de força que o imobiliza e, além disto, mandei acorrentá-lo à parede do seu quarto, que está todo acolchoado. Seus gritos tornam-se às vezes assustadores. Entretanto, os longos silêncios que os sucedem são ainda muito mais mortais, pois significam nada menos que morte em cada gesto ou movimento.

Agora mesmo ele voltou a pronunciar algumas palavras coerentes pela primeira vez:

– Serei paciente, patrão. Sei que já está vindo... vindo... vindo!

Após ouvir estas suas duas frases, também eu procurei acalmar-me. Estava demasiadamente atribulado para conciliar o sono. Esse diário, entretanto, tranquilizou-me. E agora sinto que poderei dormir um pouco esta noite.

IX
Carta de Mina Harker para Lucy Westenra

Budapeste, 24 de agosto.

Minha prezada Lucy:

Sei que você está ansiosa para saber tudo o que aconteceu desde que parti da estação ferroviária de Whitby. Bem, querida, a viagem até Hull transcorreu normalmente. Lá embarquei para Hamburgo e deste porto marítimo prossegui por via férrea até aqui. Acho que pouca coisa posso recordar desta jornada, além do meu desejo fixo de ver-me ao lado de Jonathan o mais cedo possível. Sabendo de antemão que teria também de dedicar-lhe alguns cuidados pessoais, tratei de dormir sempre que se oferecia uma oportunidade para isso... Encontrei o meu querido, creia-me, num estado deplorável. Oh, como estava magro, pálido e enfraquecido! Toda aquela firme resolução que brilhava em seus ternos olhos havia desaparecido e com ela também aquela sua tranquila dignidade sempre impressa em seu rosto, de que tantas e tantas vezes lhe falei. Ele é agora apenas uma ruína de si mesmo e de maneira alguma se recorda do que lhe vem acontecendo desde há muito tempo. Pelo menos é assim que ele quer que eu pense e acredite e também jamais volte a perguntar-lhe. Sofreu um terrível choque, e receio que algo por mínimo que fosse que lhe removesse tais recordações poderia afetar seu pobre cérebro. A Irmã Agatha, que é dotada de um generoso coração e que nasceu para dedicar-se à enfermagem, disse-me que ele padeceu sob os mais trágicos delírios enquanto permaneceu num estado de semi-inconsciência. Insisti com ela demoradamente para que me contasse tudo o que ouvira.

Ela, porém, somente se persignava e respondeu-me que jamais me diria uma só palavra, alegando apenas que as incoerências e irracionalidades por ele proferidas eram um segredo que pertencia a Deus e que, se outra enfermeira vocacional as houvesse ouvido, ela se limitaria a respeitar o seu silêncio. Ela é realmente uma alma cheia de ternura, e no dia imediato, ao perceber meu desapontamento, retomou o fio de nossa conversa da véspera e depois de dizer que nunca mais iria referir-se ao que o meu pobre amado então falara, acrescentou:

– Tudo o que lhe posso assegurar, minha querida jovem, é que nada daquilo que o faz sofrer tanto tenha acontecido por culpa dele ou que ele o tenha provocado e que, por outro lado, no seu papel de mulher, a sua pessoa jamais esteve relacionada com tais ocorrências, nem mesmo no que diz respeito a sua vida futura a seu lado. Ele não esqueceu você e tampouco tudo aquilo que se refere a você. Seu irreprimível e incontido pavor resultou de monstruosas e terríveis coisas contra as quais nada pode fazer um simples mortal.

Não posso deixar de acreditar nas palavras desta santa criatura, embora ela talvez julgasse que eu estivesse enciumada por pensar que meu querido Jonathan se tivesse apaixonado por alguma outra moça. Ora, que ideia esta, de julgar-me enciumada! E, contudo, minha cara, deixe-me sussurrar: vibrei de alegria quando soube que não havia nenhuma outra mulher em meio ao impenetrável mistério que lhe causara tanto mal. Estou agora sentada ao lado de sua cama, a fim de contemplar o semblante de seu rosto adormecido. Oh, ele está despertando!...

Logo que acordou, pediu-me que lhe desse o seu casaco, pois precisava apanhar um objeto que se achava em um dos bolsos. Chamei a Irmã Agatha e ela trouxe-me todas as suas coisas. Reparei que entre seus objetos estava o seu diário. Já me dispunha a pedir a Jonathan que o deixasse comigo, para que eu o examinasse, porquanto sabia que ali iria encontrar alguma explicação para os seus problemas. Suponho, porém, que tenha adivinhado o meu propósito ao fitar-me nos olhos, pois acenou-me para que fosse até a janela, desculpando-se dizendo que precisava estar só, por um momento. Logo após chamou-me novamente para junto de si, dizendo-me em tom solene:

– Wilhelmina – chamando-me desta maneira pude logo compreender que ele me falava num tom da mais absoluta seriedade, visto como jamais voltara a se dirigir a mim tão formalmente desde quando me pediu em casamento –, você conhece, minha querida, minhas ideias a respeito da confiança que deve existir entre marido e mulher: entre os dois não deve haver segredo nem simulação. Tive um grande choque. E quando tento refletir sobre o que aconteceu, sinto minha cabeça rodar num torvelinho louco. E eu nem sequer estou em condições de afirmar se tudo foi real ou apenas fruto da imaginação de um cérebro insano. Fui atacado de meningite e daí para a loucura é um passo. Todo o segredo está nestas páginas e eu próprio já não quero reler seu conteúdo. É meu propósito reiniciar minha vida aqui, a partir de hoje, com a celebração do nosso casamento.

Na verdade, minha querida Lucy, nós lá havíamos decidido casar-nos assim que as formalidades legais estiverem cumpridas.

– Você concorda, Wilhelmina, em compartilhar de minha ignorância? Aqui está o livro. Apanhe-o e guarde-o. Se o desejar, leia-o, mas jamais permita que eu venha a sabê-lo, salvo, naturalmente, se por uma solene obrigação eu for constrangido a reviver todos esses angustiosos momentos aqui registrados, seja em pleno sono ou em estado de vigília, em sã consciência ou sob a mais completa alienação.

Concluída a frase, sua cabeça pendeu, exausta. Consternada, coloquei o livro sob o seu travesseiro e dei-lhe um beijo. A seguir, pedi à Irmã Agatha que obtivesse da Irmã Superiora autorização para que nos casássemos nesta mesma tarde, prevenindo-a de que ficaria esperando sua resposta...

Daí a instantes estava ela de volta. O capelão da Igreja da Missão Inglesa viria logo após, para a realização da cerimônia. O casamento será celebrado dentro de uma hora, ou logo que Jonathan despertar...

Lucy: o supremo instante não somente soou, como também teve um clímax e uma consumação. Devo dizer-lhe que me sinto algo solene. Mas, antes de tudo, agora estou feliz, muito feliz mesmo. Jonathan despertou logo após a hora inicialmente marcada. Já encontrou tudo preparado e logo pediu alguns travesseiros nos quais se amparasse para poder ficar sentado na cama. Ele respondeu à pergunta final com um "Aceito" em voz forte, firme e ternamente modulada. Meu coração pulsava num ritmo tão acelerado que mesmo esta palavra sacramental me fez estremecer. As irmãs se desdobraram em bondade. Que Deus as abençoe. Eu nunca, jamais as esquecerei, como também as graves e ternas responsabilidades que tomei sobre o meu presente nupcial. Logo que as irmãs e o capelão me deixaram sozinha com meu marido – oh, Lucy, é esta a primeira vez que escrevo as palavras "meu marido" –, deixaram-me sozinha com *meu marido*, apanhei o diário que ainda se encontrava sob o seu travesseiro, embrulhei-o num papel branco, amarrei-o firmemente com uma fitinha de seda azul-claro que costumava trazer em torno do pescoço e selei o nó com lacre. E para dar-lhe o requisito final de inviolabilidade, imprimi sobre o fecho de lacre o decalque de minha aliança de casamento, à guisa de sinete. Isto feito, beijei o pequeno volume inviolável e mostrei-o a meu marido, dizendo-lhe que era assim que eu o guardaria pelo resto dos nossos dias e que o pequeno livro a partir daquele momento se converteria no símbolo tangível de que por toda a nossa vida esta confiança jamais seria ameaçada. E ainda que o nosso livro-talismã jamais seria aberto, exceto na forma em que ele próprio o estabelecera, isto é, quando em benefício do seu exclusivo bem, ou em consonância com alguma obrigação irremissível. Então, ele pôs minhas mãos entre as suas e, oh Lucy, pela primeira vez ele tomou as mãos de *sua mulher* entre as suas, dizendo-me que elas eram para ele o mais precioso tesouro deste mundo e que ele não trepidaria em ressuscitar todo o seu passado para poder ganhá-las nesse instante. O meu pobre apaixonado naturalmente se referia a uma certa parte do seu passado. Ele, entretanto, ainda não se acha em condições de raciocinar em torno de épocas ou tempestividades, e eu não me surpreenderia se sua confusão fosse além não somente dos meses, mas também dos anos.

Bem, minha querida, que podia eu dizer-lhe? Somente podia reafirmar-lhe que era a mais feliz e venturosa mulher existente neste mundo e que nada mais tinha para dar-lhe que a mim mesma, minha própria vida e toda a minha confiança, e com elas todo o meu imenso amor e um extremo compromisso para com o dever e a dedicação, para cada instante que venha a pontilhar nossas vidas. E, minha caríssima, quando ele me beijou e comprimiu-me de encontro ao peito com seus débeis braços, pareceu-me estarmos selando um solene juramento entre nós dois...

Cara Lucy: sabe por que fiz questão de contar a você todos estes pequenos detalhes? Não é somente porque sinto uma inefável doçura em tudo que me cerca, mas principalmente porque para mim você é e sempre foi a mais adorada. Para mim a sua amizade se constituiu sempre num grande privilégio. Mais do que uma simples amiga, você permitiu que eu me convertesse numa espécie de guia, preparando-a para enfrentar os relacionamentos mundanos, logo que deixou os bancos escolares. Quero que você veja agora, com seus próprios olhos de mulher muito feliz, até onde a noção do dever me conduziu. Espero que em sua próxima vida de casada você venha a se tornar tão feliz quanto eu mesma o estou sendo. Minha prezada, permita Deus Onipotente que sua vida conjugal lhe proporcione tudo aquilo que ora lhe promete: uma longa e radiosa jornada ensolarada, a salvo do sopro dos ventos hostis, das omissões dos deveres, da desconfiança e da desilusão. Não desejo almejar-lhe nada sobre uma simples mitigação de sofrimentos, porque estes jamais a afligirão. Espero, porém, de todo o meu coração, que você seja sempre tão feliz como eu me sinto agora. Até breve, minha querida. Pretendo despachar esta carta imediatamente, mas é muito provável que volte a escrever-lhe dentro em pouco. Vou parar, pois Jonathan está despertando... preciso cuidar do meu marido!

De sua amiga que muito a estima,
Mina Harker.

Carta de Lucy Westenra para Mina Harker

Whitby, 30 de agosto.

Minha prezadíssima Mina:

Um oceano de amores e um milhão de beijos e que você em breve esteja em sua própria casa com seu marido são os meus primeiros votos. Desejo também que vocês não tardem muito a aparecer por aqui para podermos estar todos juntos por uns bons tempos. Nosso clima e o ar puro fariam um bem extraordinário à recuperação de Jonathan. Digo isso porque eu própria me restabeleci muito bem após ter vindo para a nossa pequena cidade. Estou comendo mais que um glutão, sinto-me cheia de vida e durmo tranquilamente. Sei que se irá alegrar muito, sabendo que praticamente já estou livre do estorvo das minhas migrações noturnas. Acho que já faz uma semana que não venho abandonando a cama anormalmente, não mais me levantando ao deitar à noite. Arthur acha que estou engordando. A propósito, ia-me esquecendo de dizer-lhe que Arthur se encontra aqui conosco. Temos passeado bastante a pé e de carro. Além disso, remamos, montamos a cavalo, pescamos e jogamos algumas partidas de tênis sempre juntos. Realmente, amo-o cada vez mais apaixonadamente. E, embora ele me diga que me ama muito mais, tenho minhas dúvidas, pois há algum tempo me afirmou com toda a convicção que nunca poderia amar-me mais que no preciso instante em que me falava. Sei, porém, que é apenas mais uma infantilidade de minha parte. Lá está ele, chamando-me, para que vá logo a seu encontro. Nada mais tendo a dizer a você no momento,

sua dedicada Lucy.

P.S. – Mamãe reafirma-lhe todo o seu carinho. Ela parece estar bem melhor. Pobre mãezinha!

P.P.S. – Nós nos casaremos no dia 28 de setembro.

O diário do dr. Seward

20 de agosto – O quadro do Caso Renfield continua crescendo de interesse. Agora ele se mostra tão tranquilo que chega a provocar prolongados hiatos em sua mórbida paixão. Esta é a primeira semana em que se apresenta invariavelmente violento depois de seu ataque. Mas, numa determinada noite, coincidentemente ao nascer da lua, ele acalmou-se e começou a murmurar de si para si:

– Agora eu posso esperar, agora eu posso esperar!

O enfermeiro informou-me logo sobre sua nova atitude e eu fui lá correndo vê-lo. Ele se mantinha ainda manietado na camisa de força e ocupando o seu quarto especialmente forrado de acolchoados. Mas aquele último olhar dissimulado havia desaparecido e em seus olhos voltara a insinuar-se a velha súplica – eu diria melhor, a antiga "servilidade bajulatória" – que os tornava tão dóceis. Fiquei satisfeito ao comprovar seu aspecto e estado geral. Ordenei então que o seu tratamento fosse imediatamente abrandado. Os auxiliares inicialmente ainda se mostraram hesitantes, mas finalmente obedeceram sem esboçar qualquer protesto. A verdade é que o meu paciente ainda reservou uma boa parcela de humor. Após observar a frustração do pessoal interno, aproximou-se de mim, e sem desviar dos atendentes o seu característico olhar furtivo, disse-me num sussurro:

– Eles pensam que eu iria agredi-lo! Imagine! Eu o agredindo! São uns tolos!

Para mim foi, de qualquer forma, bastante lisonjeiro sentir que, mesmo na mente deste pobre maníaco, havia ainda suficiente luz para dissociar-me do nível dos demais. Devo, todavia, esclarecer que não me deixo empolgar por semelhantes pensamentos. É-me lícito admitir que efetivamente tenha algo em comum com ele, a fim de que possamos agir solidariamente, como o fizemos, ou deve ele ater-se unicamente à esperança de ganhar de mim um bem qualquer tão estupendo que, erigindo-me em ser-reservatório, passe a considerar-me indispensável para si? Eis uma questão que terei de estudar mais tarde. Hoje à noite ele não quererá falar. Até mesmo o oferecimento de um filhote de bichano ou de um gato adulto certamente não o tentará. Ele provavelmente dirá: "Não coleciono gatos. Tenho mais em que pensar agora, e posso esperar. Sim, posso esperar."

Após um instante, deixei-o. Os enfermeiros disseram-me que ele se manteve tranquilo até o raiar da aurora. A seguir, começou a demonstrar uma certa ansiedade e, finalmente, deu asas à violência, até atingir uma verdadeira explosão paroxística. O acesso o exauriu tanto que ele teve uma síncope e acabou em estado de coma.

...Há três noites que o fato se repete: – violento durante o dia inteiro e, a seguir, tranquilo, desde o nascer da lua até o nascer do sol. Gostaria de dispor de um indício capaz de me apontar a causa. Ao que me parece, existe uma influência qualquer que vai e vem. Aí temos um pensamento dos mais felizes! Esta noite vamos partir para um jogo em que se defrontarão a lúcida sagacidade, de um lado, e a solércia de um alienado, do outro. Antes, ele conseguira evadir-se por conta própria. Esta noite ele escapara novamente. Mas, desta feita, ele contará com toda a nossa colaboração. Dar-lhe-emos uma oportunidade, e ao mesmo tempo manteremos nossos homens de sobreaviso, a fim de acompanhá-lo, caso seja necessário...

23 de agosto – "O inesperado sempre acontece." Como o grande Disraeli conhecia a vida! O nosso pássaro, vendo a gaiola aberta, simplesmente não fugiu, inutilizando todos os planos por nós elaborados. De qualquer forma conseguimos provar que os intervalos de quietude se prolongam por tempo bem razoável. Futuramente, prepararemos as coisas de tal maneira que lhe daremos diariamente algumas horas de relativa liberdade. Ordenei ao atendente noturno que o recolhesse ao quarto acolchoado apenas enquanto ele se mantivesse sereno, isto é, até uma hora antes do nascer do sol. Seu pobre corpo sentirá perfeitamente tal conforto, mesmo que sua mente não o reconheça. Espere! Eis outra vez o inesperado! Estou sendo chamado: o meu paciente voltou a fugir.

Mais tarde – Outra aventura noturna. Renfield aguardou astuciosamente o momento em que o empregado estava entrando em seu quarto para inspecioná-lo. Então, ele arremeteu através da porta e fugiu corredor afora. Mandei meus auxiliares persegui-lo. Ele partiu diretamente rumo ao terreno ocupado pela casa deserta, onde fomos encontrá-lo no mesmo lugar e ainda com suas espáduas não apenas recostadas, mas como que escorando a porta da velha capela. Assim que notou minha presença, tornou-se furioso. E se os atendentes não o segurassem, ele teria tentado matar-me. Enquanto o mantínhamos imobilizado, presenciamos um fato muito estranho. Ele subitamente redobrou seus esforços visando a libertar-se e, também repentinamente, mostrou-se calmo. Instintivamente, olhei em torno, mas nada logrei ver. Notei, entretanto, que o olhar do meu paciente se mantinha fixo num determinado ponto. Focalizei então minha vista ao longo de sua trajetória e novamente nada pude distinguir, pois a mesma parecia perder-se dentro da noite enluarada, salvo quanto a um alentado e solitário morcego, que, agitando suas silenciosas asas, como uma visão fantástica, desaparecia numa desabalada fuga no rumo do oeste. Morcegos normalmente se esmeram em descrever voos caprichosamente irregulares – curvas inesperadas e imprevisíveis e vertiginosas fintas – mas o voo daquele que estivera ali pareceu-me mais reto que a trajetória de um foguete, como se conhecesse de antemão o distante esconderijo a que agora demandava, e que de alguma forma ocupava como seu. Meu paciente foi tornando-se cada vez mais calmo e, finalmente, falou:

– O senhor não precisa amarrar-me. Voltarei tranquilamente!

Iniciamos, então, a caminhada de volta, que efetivamente transcorreu totalmente livre de atropelos. Sinto, entretanto, que existe algo sinistro nesta sua calma, e estarei atento logo mais à noite...

O diário de Lucy Westenra

Hillingham, 24 de agosto – Vou imitar Mina, e lançar neste livro as coisas que se passam comigo e a meu redor. Com base nestas anotações, poderemos então manter longas conversações durante os nossos encontros. Gostaria de saber quando isso irá acontecer. Como desejaria que ela estivesse comigo aqui agora, pois sinto-me um tanto desacorçoada. Na noite passada pareceu-me estar voltando a ter o mesmo tipo de sonhos que tanto me martirizaram em Whitby. Talvez tudo seja provocado pela simples mudança de clima ou porque eu esteja cogitando de retornar para casa. Tudo parece-me mergulhar nas mais profundas trevas: estou terrivelmente assustada, pois já não consigo lembrar-me de coisa alguma. Não obstante, sinto-me como se estivesse sendo esmagada por um vago terror, e todo o meu corpo dá-me a estranha sensação de fraqueza e de exaustão. Quando Arthur chegou para lanchar não pôde reprimir um ar de apreensão ao ver-me mais de perto, e eu mesma não tive a menor disposição para tentar tornar-me carinhosa. Acho que esta noite somente conseguiria dormir serenamente no quarto de minha mãe. Vou arranjar uma desculpa para isso.

25 de agosto – Outra noite péssima. Mamãe pareceu não dar a mínima importância a minha proposta. Ela mesma talvez não esteja sentindo-se muito bem e por isso receie aborrecer-me. Tentei manter-me acordada e realmente o consegui por algum tempo. Mas quando o relógio deu as doze badaladas fez-me despertar de um cochilo. Devo, portanto, ter adormecido. Ouvi então algo assim como se a vidraça da minha janela estivesse sendo arranhada, juntamente com um ruído surdo de bater de asas. Não dei maior importância ao fato e como também de mais nada me recordo, suponho que tenha adormecido definitivamente logo após. Outros maus sonhos. Daria tudo para lembrar-me do que sonhei. Nesta manhã senti-me estranhamente enfraquecida. Minhas faces estão lividamente pálidas e minha garganta está dolorida. Deve haver algum problema com os meus pulmões, já que não consigo respirar direito. Vou-me esforçar para parecer um pouco mais alegre quando Arthur chegar. Do contrário, tenho certeza de que se sentirá alarmado pelo meu aspecto.

Carta de Arthur Holmwood para o dr. Seward

Hotel Albermale, 31 de agosto.

Meu caro Jack:

Necessito de um favor seu: Lucy está doente. Explico-me melhor, ela não apresenta sintomas específicos de qualquer moléstia, mas fisicamente seu aspecto infunde sérios cuidados e está se agravando a cada dia que passa.

Já lhe perguntei se ela conhecia alguma possível causa. Não ouso fazer perguntas a sua mãe porque qualquer abalo que a pobre senhora viesse a sofrer a respeito da filha ser-lhe-ia fatal, dado seu precário estado de saúde. A sra. Westenra confidenciou-me que sua sentença já foi proferida – distúrbio cardíaco. A pobre Lucy, não obstante, de nada sabe. Tenho certeza de que paira uma terrível ameaça sobre a mente de minha querida amada. Sinto-me terrivelmente atormentado só em pensar no seu sofrimento, e vê-la agora face a face é para mim uma terrível agonia. Quando lhe disse que ia consultá-lo e pedir-lhe que viesse examiná-la, ela inicialmente hesitou – e eu sei por que, meu bom amigo –, mas terminou concordando. Sei que será uma penosa tarefa para você, velho amigo, mas é para o bem dela, e eu não devo hesitar em pedir nem você em agir. Peço-lhe que venha lanchar conosco amanhã, às duas horas, em Hillingham, a fim de não despertar suspeitas da parte da sra. Westenra. Logo após o lanche, Lucy procurará um pretexto para ficar a sós com você. Estarei em casa à hora do chá, para, a seguir, sairmos juntos. Estou ansiosíssimo e pretendo ouvir sua opinião, também a sós com você, assim que isto se torne possível. Por favor, não deixe de vir!

Arthur.

Telegrama de Arthur Holmwood para o dr. Seward

Tenho inadiável compromisso para ver meu pai, que está pior. Segue carta. Escreva-me detalhadamente para Ring. Telegrafe-me, caso necessário.

Carta do dr. Seward para Arthur Holmwood

2 de setembro.

Meu caro e velho companheiro:

A respeito do estado de saúde da srta. Westenra antecipo-lhe que, na minha opinião, não se trata de nenhum distúrbio funcional ou de moléstia de que eu tenha conhecimento. Devo-lhe porém dizer que, ao mesmo tempo, não estou de forma alguma satisfeito com seu aspecto geral. Ela está deploravelmente diferente do que era quando a vi pela última vez. Você, naturalmente, terá que levar em conta que eu não tive a necessária tranquilidade para examiná-la, como o desejava. Nossa grande amizade cria-me certas dificuldades que mesmo a ciência médica ou os nossos hábitos não conseguem superar. É melhor narrar-lhe fielmente o que aconteceu, deixando-o assim à vontade para, na medida do possível, tirar suas próprias conclusões. Vou dizer-lhe o que fiz e também o que ainda pretendo fazer.

Encontrei a srta. Westenra com uma aparentemente boa disposição de espírito. A mãe dela achava-se presente e em poucos instantes percebi que ela tentava tudo para desviar a atenção de sua genitora e evitar que ficasse também preocupada. Não tenho a menor dúvida de que, se ela ainda não sabe precisamente, ao menos demonstra presumir o motivo dos cuidados e precauções a observar. Nós três lanchamos a sós e, como os dois havíamos previamente combinado mostrarmo-nos alegres, terminamos efetivamente contagiados por nosso próprio otimismo, talvez como prêmio pelos nossos escrúpulos sentimentais. A seguir, a sra. Westenra foi deitar-se, ficando Lucy e eu na sala. Fomos ambos então para o seu dormitório e, enquanto estivemos assim, sua alacridade se manteve no mesmo nível, pois os empregados entravam e saíam a todo instante. Mas logo que fechei a porta, sua risonha máscara a abandonou e ela se abateu pesadamente sobre uma cadeira com um suspiro, enquanto ocultava seus olhos com ambas as mãos. Ao notar que sua euforia a abandonara, tratei de aproveitar tal reação para logo estabelecer o diagnóstico. Ela então me falou num tom de terna súplica:

– Não tenho palavras para dizer-lhe como detesto falar acerca de mim mesma.

Fiz-lhe então ver que a confiança no sigilo de um médico é sagrada, mas que isso não me impedia de fazê-la saber que você estava terrivelmente preocupado nesse sentido a seu respeito. Ela percebeu de imediato o significado de minhas palavras e resumiu toda a sua resposta em três breves frases:

– Diga a Arthur tudo o que o senhor achar necessário. Não me preocupo propriamente por mim, mas somente por ele! Estou, portanto, inteiramente em suas mãos!

Não tive dificuldade em verificar que ela se achava um tanto anêmica, mas ao mesmo tempo reparei no fato de não apresentar nenhum dos habituais sintomas dessa deficiência. Isso eu pude logo comprovar, pois em virtude de uma leve incisão num dos seus dedos, provocada na ocasião pelo vidro de uma janela emperrada, recolhi algumas gotas de sangue e fiz e o teste ali mesmo. A análise quantitativa forneceu um resultado perfeitamente normal e, segundo pude constatar, apresenta por si só um vigoroso estado de saúde. Também quanto a outros índices de sanidade física dei-os por plenamente satisfatórios, nada existindo que possa ser questionado. No entanto, como não pode deixar de haver alguma causa, cheguei à conclusão de que o seu caso deve configurar-se em um problema de natureza psíquica. Queixa-se de certas dificuldades respiratórias de caráter intermitente e de um sono pesado e letárgico, acompanhado de sonhos que a apavoram, dos quais, entretanto, não consegue recordar-se. Disse-me também que, quando criança, sofria de sonambulismo e que, ao mudar-se para Whitby, teve uma recidiva de tais hábitos. Ali, certa noite, ela saiu de casa em pleno sono e caminhou sozinha até a Escarpa Leste, onde finalmente a srta. Murray foi encontrá-la. Assegura-me, todavia, que ultimamente não mais vem sofrendo tais distúrbios. Isso me deixou na dúvida, fazendo-me optar pelo que achei mais indicado: escrevi para o meu velho amigo e mestre, Professor Van Helsing, de Amsterdã, que a respeito de doenças de origens obscuras sabe mais que qualquer outro neste mundo. Pedi-lhe que viesse ter conosco. Nas condições expostas por você, de que todas as despesas correriam por sua conta, dei-lhe as necessárias informações a seu respeito, inclusive quanto a seu grau de relações com a srta. Westenra. Faço isso, caro companheiro, em estrita obediência a seus desejos, porque de minha parte devo afiançar-lhe que me sinto não somente orgulhoso como também muito feliz por fazer tudo o que estiver a meu alcance em benefício dela. Van Helsing, por sua vez, devo desde já adiantar-lhe, também irá dar o melhor para servir-me por certas razões de ordem puramente pessoal. Portanto, sem embargo dos motivos que o trarão até aqui, só teremos bons pretextos para acolher sua presença. Devo alertá-lo a respeito de seus modos um tanto arbitrários. Mas isto é apenas um reflexo de suas convicções, visto tratar-se de uma autoridade que sabe melhor que ninguém aquilo que precisa ser dito. Ele é um filósofo filiado à metafísica e constitui-se em um dos mais avançados cientistas da atualidade. E possui, além disto, segundo creio, uma cerebração mental totalmente aberta. A isso podemos acrescentar nervos de aço, uma têmpera de gelo, conjugada com uma resolução indomável, perfeita autodeterminação, altos predicados de tolerância, cultivados e estimulados por abençoadas virtudes, e o mais terno e genuíno coração que pode pulsar num peito humano – tudo isto se aglutina num só homem para compor o templo de sua nobre obra, toda ela dedicada ao bem-estar da espécie humana, obra que tão bem desempenha no campo da prática como nos páramos da teoria, pois sua visão é tão ampla como sua envolvente simpatia. Cito-lhe todos esses fatos para que você possa melhor compreender as razões da inabalável confiança que deposito neste homem. Pedi para que viajasse imediatamente. De minha parte, voltarei ainda amanhã cedo a ver a srta. Westenra. Ela se encontrará comigo no Grande Empório, a fim de que a rápida repetição de minha visita não suscite um alarma em sua mãe.

O sempre seu, John Seward.

Carta de Abraham Van Helsing, M.D., D.Ph., D.Lit., etc., etc., para o dr. Seward

2 de setembro.

Meu prezado amigo:

Recebida sua carta, já estou viajando a seu encontro. Por feliz coincidência, posso partir imediatamente, livre de decepcionar qualquer daqueles que me confiaram sua sorte. Fossem outras as circunstâncias, teria sido evidentemente desastroso para os que estivessem momentaneamente dependendo de mim, pois para atender a um apelo do meu amigo em benefício de alguém que lhe é caro, jamais deixaria de seguir. Diga a seu amigo que daquela vez em que você tão pressurosamente sugou do meu ferimento o germe da gangrena da lâmina letal que o outro nosso amigo, por excesso de nervosismo, deixara escapulir, o fez muito mais por ele que agora necessita de minha ajuda e que o seu chamado é realmente muito mais precioso do que tudo aquilo que suas grandes posses lhe poderiam assegurar. Mas agora se trata de uma satisfação pessoal, através do benefício que prestarei a seu amigo. É, porém, para você que faço esta viagem. Esteja preparado e providencie tudo de forma que amanhã possamos examinar a jovem senhora logo às primeiras horas, pois é muito provável que eu deva retornar para cá ainda no mesmo dia à noite. Mas, se for realmente necessário, poderei voltar a vê-la aí dentro de três dias, quando também será possível demorar um pouco mais. Até lá, então, meu bom amigo John.

Van Helsing.

Carta do dr. Seward para o honrado sr. Arthur Holmwood

3 de setembro.

Prezado Arthur:

Van Helsing esteve aqui e já partiu. Acompanhei-o a Hillingham. Lá, ficamos sabendo que, por iniciativa de Lucy, sua mãe fora lanchar fora. Isso fez com que ficássemos a sós com ela. Van Helsing submeteu a paciente a um exame exaustivo e completo. Ele vai remeter-me o resultado. Assim que seu diagnóstico chegar, avisá-lo-ei, posto que não assisti a todas as fases da consulta. Receio que tenha muito a revelar. Limitou-se, porém, a dizer-me que precisava de algum tempo para pensar. Quando o pus a par da nossa amizade e da grande confiança que você deposita em mim, ele disse:

– Você deve expor-lhe tudo o que pensa. Diga-lhe também o que eu penso, se o puder conjecturar e caso o deseje. Não. Não estou gracejando. Nós não estamos diante de embuste, mas sim de um caso de vida e morte ou, talvez, coisa pior.

Perguntei-lhe o que ele queria dizer com isso, já que imprimia a cada uma de suas palavras um tom da mais absoluta seriedade. Isso ocorreu quando chegávamos de volta à cidade e ele tomava uma xícara de chá antes de iniciar sua viagem de retorno a Amsterdã. Ele preferiu não me fornecer maiores explicações. Arthur, não se zangue comigo. As reticências de sua atitude significam que cada uma das privilegiadas células do seu cérebro estão trabalhando em benefício dela. Ele nos falará com toda a clareza quando estiver senhor de todos os dados. Disso estou certo. Disse-lhe então que escreveria um simples relato de nossa visita, tal como redigiria um artigo descritivo especial a ser publicado nas colunas médicas do *Daily Telegraph*. Momentaneamente pareceu não perceber o que eu falara. Mas, a seguir, observou que agora em Londres as obscenidades já não são tão frequentes e grosseiras como costumavam ser na época em que viveu lá como estudante. Devo receber seu diagnóstico amanhã, se houver tempo disponível para que ele o prepare. De qualquer forma, entretanto, devo receber carta dele.

Bem, durante a visita, Lucy se mostrou mais jovial que no dia em que a vi pela primeira vez e, aparentemente, estava bem melhor. Notei que ela perdera boa parte daquele olhar assustador que tanto o atormentou e que sua respiração se processava normalmente. Mostrou-se muito amável em relação ao Professor (como aliás sempre o é) e fez todo o possível para deixá-lo à vontade. Eu, todavia, percebi que a pobre moça estava travando uma árdua luta para consegui-lo.

Creio que Van Helsing o notou também, o que pareceu demonstrar através de um súbito e furtivo olhar que me lançou sob suas espessas sobrancelhas, como o fazia já nos velhos tempos. Depois disso, começou a discorrer sobre tudo mais, menos, naturalmente, a nosso respeito e no tocante a doenças. Fê-lo realmente de modo tão genial que eu mesmo pude ver a pobre Lucy superar o grande esforço em que se empenhava, brindando-nos com uma jovialidade bem mais espontânea. E com a mesma arte, no momento oportuno, ele gentilmente orientou a conversa para o objetivo de sua visita, dizendo carinhosamente:

– Minha querida e jovem senhorita: o meu prazer é ainda maior por sabê-la assim tão bem amada. Isso significa muito para mim, minha querida, embora se trate de mais um sublime atavio que meus olhos não conseguem ver. Meus amigos me disseram que você vem se sentindo muito desanimada e que, além disto, tem estado impressionantemente pálida. Para eles eu disse apenas... Bah! – E, depois de estalar o polegar sobre o dedo médio para que ela o ouvisse, prosseguiu: – Mas você e eu vamos mostrar a eles como estão errados. Como pode ele – e, assim falando, apontou para mim com o mesmo olhar e o antigo gesto com que me expulsava de sua sala de aula ou quando me repreendia, já bem depois, em circunstâncias muito particulares, das quais nunca cessa de recordar-me –, como pode ele saber alguma coisa a respeito de jovens senhoras? Já lhe bastam os loucos com que lida, restituindo-os a uma existência normal e feliz e ao doce convívio dos seus entes queridos. Isso dá realmente muito trabalho, mas traz também boas recompensas, que acabam convertendo-se em novas felicidades. E as jovens senhoras? Ele não tem mulher nem filha, e na verdade as nossas jovens não demonstram o menor interesse por outros jovens, mas sim por pessoas bem mais velhas, como eu, que já experimentaram muito desencantos, inclusive as próprias causas dos mesmos. Por isso, minha querida, nós o mandaremos embora para fumar seu cigarro no jardim, enquanto você e eu teremos uma breve conversa apenas entre nós.

Acatei de bom grado a sugestão e saí para dar umas voltas em torno. Depois de algum tempo, o Professor apareceu junto à janela e me fez entrar. Sua expressão facial tornou-se séria quando me disse:

– Fiz um exame cuidadoso. Não existe causa funcional. Concordo com a sua observação sobre a farta perda de sangue. Isso já foi e agora já não é. Suas condições orgânicas, entretanto, não a caracterizam de forma alguma como de natureza anêmica. Pedi-lhe que me apresentasse sua dama de companhia para que lhe fizesse um ou duas perguntas, a fim de que nada me escape. Posso dizer de antemão o que ela me responderá. Mas ainda assim existe uma causa. Há sempre uma causa para cada coisa que acontece. Preciso voltar para casa e pensar. Você vai ter que me mandar um telegrama todos os dias. E se houver necessidade, volto imediatamente. A moléstia, porquanto tudo que importa num mal-estar pode ser chamado de moléstia, interessa-me, e a nossa pobre jovem, ela própria, também merece toda a minha atenção. Ela é encantadora, e por ela, se já não for por você ou pela moléstia, eu voltarei.

Como já lhe disse, depois disso ele não articulou uma só palavra, mesmo quando ficamos ambos a sós. E assim, Art, você está a par de tudo quanto eu próprio sei. Manterei a mais estrita vigilância. Espero que seu bom pai esteja de fato se recuperando. Avalio como tudo isso deve ser terrível para você, meu bom e velho companheiro, achar-se fustigado simultaneamente por uma dupla crise que afeta tão decisivamente dois dos entes que você mais quer e venera. Imagino perfeitamente até que extremos você conduz a plena noção dos seus deveres filiais para com seu genitor, e dou-lhe inteira razão no seu modo de pensar. Mas mesmo assim, caso isto se torne necessário, pedirei sua presença imediata aqui, ao lado de Lucy. Peço-lhe também não exagerar em tais cuidados, enquanto não receber notícias minhas.

O sempre seu, John Seward.

O diário do dr. Seward

4 de setembro – O meu paciente zoófago consegue ainda atrair todo o meu interesse sobre si. Ele voltou apenas a apresentar outra crise furiosa, e o fato ocorreu ontem, numa hora incomum. Precisamente no instante em que ia soar a primeira badalada do meio-dia, ele começou a manifestar sua típica inquietação. O atendente, já a par de seus sintomas, imediatamente pediu a ajuda de outros colegas. Felizmente os homens chegaram correndo e no instante crucial, pois precisamente ao meio-dia em ponto ele se tornou tão agressivo e violento que só à custa de ingentes esforços o conseguiram subjugar. A crise, todavia, foi de breve duração, pois ao cabo de uns cinco minutos ele foi aos poucos recuperando a calma, para finalmente mergulhar numa espécie de profunda apatia. E nesse estado ele se encontra ainda agora. O atendente disse-me que no auge do seu paroxismo os urros que ele soltou foram realmente aterradores. Isso fez com que logo a seguir eu já não tivesse mãos a medir na exaustiva tarefa de atender muitos outros pacientes que ainda se achavam sobressaltados com sua gritaria. Com efeito, compreendo perfeitamente toda essa aflição, porquanto até eu, que me achava bem mais afastado, não pude evitar igual distúrbio. Agora já estamos além da hora do jantar em nosso asilo, e meu paciente continua na mesma atitude meditativa, sentado num canto do seu quarto, com uma estúpida, fria e obstinada expressão estampada em sua face, cujos traços mais demonstram algum instinto oculto do que propriamente sugerem uma livre pretensão. Confesso que não a consigo interpretar.

Mais tarde – Outra mudança no comportamento de meu paciente. Às cinco horas fui inspecioná-lo e encontrei-o aparentemente tão feliz e tão contente como em suas melhores ocasiões. Estava atarefado em capturar moscas e comê-las. Ao mesmo tempo, registrava uma a uma suas presas com um risco da unha do seu polegar na beira da porta entre duas saliências do acolchoado. Quando me avistou, aproximou-se da porta e pediu desculpas por sua má conduta e, em tom humilde e bajulatório, perguntou-me se podia voltar ao quarto que anteriormente ocupava e se poderia ter de volta o seu caderno de notas. Julguei sua sugestão propícia para melhorar sua disposição de espírito e consenti que retornasse a seu aposento antigo e, além disso, autorizei que sua janela permanecesse aberta. Ele logo reservou o açúcar destinado a adoçar seu chá e o espalhou sobre o parapeito da janela, e agora repete sua caçada às moscas. Noto, contudo, que já não as utiliza como alimento. Volta a recolhê-las numa pequena caixa, como antigamente, e a seguir sai pelos cantos do quarto à procura das aranhas. Ainda tentei atraí-lo para um diálogo a respeito das ocorrências dos últimos dias, visto como qualquer indício filtrado através dos seus pensamentos seria para mim de um valor inestimável. Ele, porém, fechou-se em seu mutismo. Por uma ou duas vezes, mostrou-se bastante entristecido, para depois murmurar num tom de voz distante, como se monologasse consigo próprio, abstraindo-se de minha presença ali:

– Tudo acabado! Tudo! Ele me abandonou! Agora já não existe a menor esperança, a menos que eu o faça por mim mesmo! – E voltando-se repentinamente para mim, interpelou-me resolutamente: – Doutor, o senhor quer ter a bondade de me fornecer mais um pouco de açúcar? Acho que isso me fará bem.

– E as moscas? – perguntei eu.

– Oh, sim! As moscas também gostam dele, e eu gosto das moscas. Consequentemente, gosto de açúcar.

E ainda existe gente tão ingênua ou iletrada que pensa que os loucos não sabem argumentar. Diante de mais essa prova, mandei dar-lhe uma dupla ração. E bastou isso para que ele, ao que suponho, se considerasse o homem mais feliz do mundo. Como eu gostaria de mergulhar nos desvãos de sua mente.

Meia-noite – Mais outra mudança. Eu tinha estado visitando a srta. Westenra, que me pareceu hoje estar bem melhor. Após meu retorno, quando parei um instante diante da porta de minha casa para contemplar o por do sol, fui novamente alertado por seus brados. Como o seu quarto está situado nesta ala do prédio, eu o pude ouvir melhor que na parte da manhã. Só relutantemente desisti de admirar o maravilhoso e garoento espetáculo de beleza que numa tarde como esta nos proporciona o ocaso do astro rei sobre a imensidão de Londres, aqui e ali retocado de luzes e de sombras, sempre emoldurado por caprichosos contornos de aglomerações de nuvens, o que naturalmente fazemos com plena abstração das impurezas do ar que nos circunda, da poluição das águas que rolam a nossos pés e da rude austeridade das paredes de alvenaria da minha própria casa, com todas as suas palpitantes histórias de misérias e do meu próprio e desolado coração, que ainda assim as consegue suportar. Ainda cheguei junto de meu paciente antes que o sol se escondesse por completo e de lá de sua janela vi quando seu disco vermelho desapareceu. Na exata proporção em que o belo fenômeno natural foi-se consumando seu desvario também foi cedendo. E na última fração de segundo deste acidentado ocaso, suas mãos deslizaram ao longo das grades nas quais se sustentava e, como uma massa inerte, caiu ao solo. É, todavia, extraordinário o poder de recuperação das atividades mentais que possuem esses lunáticos, pois dentro de uns breves minutos estava ele ali novamente de pé, olhando calmamente ao redor de si. Acenei então aos atendentes para que não o segurassem. Agora era eu que queria observar o que ele pretendia fazer. Meu paciente dirigiu-se diretamente para a janela, de cujo parapeito varreu todo o açúcar. A seguir, sem dizer uma palavra, apanhou sua caixinha de moscas, esvaziou-a e jogou-a fora. E, na mesma sequência, fechou a janela, atravessou o quarto e sentou-se sobre a cama. Sem ocultar-lhe minha surpresa, perguntei-lhe:

– Você não vai mais querer guardar as moscas?

– Não – disse-me ele –, já estou enjoado de todo esse lixo!

Inegavelmente ele se constitui numa das mais inesgotáveis fontes de estudos. Não posso libertar-me da ideia de apoderar-me dos segredos que ele guarda em sua mente ou da causa de sua súbita paixão. Espere: afinal deve existir aí algum indício capaz de nos esclarecer por que hoje os seus paroxismos coincidiram precisamente com o meio-dia e com o por do sol. Existirá alguma influência maligna proveniente do sol em períodos que afetam certas criaturas, como por vezes ocorre com a lua em relação a outras? É isto que teremos de esclarecer.

Telegrama de Seward, Londres, para Helsing, Amsterdã

4 de setembro – Paciente continua melhorando hoje.

Telegrama de Seward, Londres, para Helsing, Amsterdã

5 *de setembro* – Acentuadas melhoras paciente. Apetite bom, sono normal, excelente disposição. Cores voltando.

Telegrama de Seward, Londres, para Helsing, Amsterdã

6 *de setembro* – Terrível mudança para pior. Venha imediatamente, sem perda de um minuto. Reterei telegrama Holmwood até sua chegada aqui.

X

Carta do dr. Seward para o honrado sr. Arthur Holmwood

6 de setembro

Meu caro Arthur:

Minhas notícias hoje já não são tão boas. Esta manhã a srta. Lucy apresentou uma pequena recaída. Surgiu, entretanto, um fator positivo em meio a seu desânimo. A sra. Westenra mostrava-se ansiosamente curiosa em torno de Lucy, ouvindo-me em caráter profissional a seu respeito. Aproveitei-me do ensejo para dizer-lhe que meu antigo mestre, Van Helsing, o grande especialista, estava para chegar e passar por minha casa, e que assim o levaria comigo para juntos, atendermos a seu chamado. Assim, doravante poderemos chegar e sair à vontade, sem o risco de alarmar ninguém, pois um choque desse tipo para ela poderia tornar-se fatal, o que certamente também traria as mais sérias consequências para a própria Lucy, dado o seu extremo estado de fraqueza. Sinto que nessa altura, prezado companheiro, estamos todos nós cercados de grandes dificuldades. Deus, porém, estou certo, nos ajudará a superá-las de vencida. Se houver alguma outra necessidade, não hesitarei em escrever-lhe. De forma que, se passar uns dias sem receber carta minha, atribua-o simplesmente ao fato de que estou esperando notícias suas. Desculpe minha pressa.

Seu sempre,
John Seward.

O diário do dr. Seward

7 de setembro – A primeira pergunta que Van Helsing me fez quando nos avistamos na rua Liverpool foi:

– Você já disse alguma coisa ao nosso jovem amigo, noivo da moça?

– Não – disse eu. – Preferi primeiramente examinar tal conveniência com você, como aliás consta de meu telegrama. Enviei-lhe apenas uma carta informando que você viria, em virtude de o estado de saúde da srta. Westenra ainda não se achar normalizado e que, se houvesse necessidade, voltaria a me comunicar com ele.

– Certo, meu amigo – disse ele –, está certo! É melhor que ele nada saiba por enquanto. Talvez não o deva saber jamais. Faço votos que assim seja. Mas, se houver imperiosa necessidade, ele então saberá de tudo. E você, meu pobre amigo John, deixe-me preveni-lo. Está habituado a lidar com loucos. Todos nós temos dentro de nós mesmos, de uma ou outra forma, algo de louco em potencial. E numa relativa proporção em que você discretamente se relaciona com seus pacientes desmiolados, assim também toda a restante humanidade tem que conviver com esses tantos outros insanos espalhados por esse nosso mundo de Deus. Você não diz a seus alienados o que você faz nem por que o faz. Tampouco lhes diz o que você pensa. Desta maneira, mantém a ciência e o conhecimento onde precisamente devem permanecer, onde irão aglutinando novos postulados do saber especializado, para galgar degraus mais seguros e mais amplos nos domínios da arte de curar e de salvar doentes. Você e eu vamos continuar, como até agora, guardando somente aqui, dentro de nós o que sabemos sobre as singularidades deste caso. – Ao concluir a última frase, ele pousou sua mão direita sobre meu coração e minha testa, e a seguir repetiu o mesmo gesto com sua pessoa. – Já tenho os meus próprios pensamentos. Mais tarde os revelarei a você.

– Por que não agora? – perguntei eu. – Isso poderá trazer-nos alguma vantagem, levando-nos talvez a uma decisão inicial.

Ele fixou seus olhos em mim e disse-me:

– Meu amigo John, quando o grão já está desenvolvido, mesmo antes de amadurecer, enquanto a rica seiva da terra nutriz ainda intumesce suas espigas e os raios solares ainda não o douraram com seu calor, o lavrador experiente retira-o da palha, esfrega-o na palma de suas rudes mãos e, após soprar os farelinhos que o envolvem, diz: "Veja, é um belo grão. Irá dar uma boa colheita quando chegar a época da safra."

Mesmo assim não percebi plenamente o alcance de sua parábola, e apressei-me a confessá-lo. À guisa de resposta, ele se debruçou sobre mim e puxou minha orelha jocosamente, como o fazia nos bons e velhos tempos de nossas aulas, e disse:

– O bom lavrador assim procede porque sabe o que tem nas mãos. Entretanto, nunca nos diz quando. Mas você jamais verá o bom lavrador empenhar-se na monda de sua plantação, a fim de ver se o grão já está crescido. Essa tarefa ele transfere aos jovens aprendizes das searas, mister que não deixe de forma alguma absorver os esforços do artífice que faz do plantio a atividade essencial de sua vida. Está mais claro agora, meu caro John? Semeei o grão e agora cabe à Mãe Natureza prestar sua valiosa colaboração para que ele possa medrar. Se ele germinar, sabemos que encerra alguma promessa. Neste caso, devo esperar que a espiga ganhe corpo. – Nessa altura, ele próprio se interrompeu, pois evidentemente notara que eu já o compreendera. Depois, prosseguiu num tom bem sério: – Você sempre foi um estudante aplicado, e seu caderno de apontamentos continha sempre mais matéria que o dos demais. Naquela época você era um simples estudante. Agora, porém, você é um mestre. E espero que os seus melhores hábitos não o tenham abandonado. Lembre-se, meu amigo, o conhecimento está sempre acima da memória, e por isso não devemos confiar nesta sem primeiro recorrer àquele. Mesmo que não tenha acumulado uma prática brilhante, preciso dizer-lhe que este caso de nossa querida senhorita é de tal natureza que talvez, lembre-se de que lhe disse *talvez*, venha a assumir tal interesse para nós e para todos os demais que o restante não valha nem "um pontapé nos cornos", como sua gente costuma dizer. Agora, preste toda a atenção: para nós não existe pequeno detalhe. Aconselho-o a, inclusive, anotar suas próprias dúvidas e suspeitas. Mais adiante você próprio estará interessado em verificar como suas suposições se tornam verossímeis. É nos fracassos que aprendemos e não no delírio do sucesso!

Depois de lhe haver descrito os sintomas de Lucy, os mesmos que já nos haviam surpreendido anteriormente e que agora se acentuavam, ele mostrou-se seriamente preocupado, mas, como de costume, nada disse. Ele conduzia consigo uma sacola que continha drogas e uma porção de instrumentos. "A fantástica parafernália de nossa indústria de benfeitores", como numa de suas aulas a denominou, e que constitui o equipamento de um professor dedicado à arte de curar. À nossa chegada, fomos recepcionados pela sra. Westenra. Ela mostrou-se um tanto alarmada, não, porém, na proporção em que eu esperava encontrá-la. A sábia Natureza, jogando com seus próprios benefícios, estabelece suas válvulas e antídotos até mesmo contra o terror da morte em sua forma extrema. Aqui, num evento em que qualquer choque viria a ser fatal, as coisas estão dispostas de tal ordem, por esta ou aquela causa, que os fatos impessoais – mesmo a terrível transformação sofrida por sua filha, à qual se acha tão intimamente ligada – não a parecem atingir. É algo assim semelhante ao processo empregado pela Dona Natureza quando faz encapsular totalmente num tecido insensitivo e neutro um corpo estranho que se insinua em nosso organismo, isolando-o e protegendo-o contra os males que o contato direto causaria. Se se trata de um egoísmo ordenado e inconsciente, então nos devemos deter antes de condenarmos alguém por tal egocentrismo; admitindo, ao invés, a existência de um motivo de raízes mais profundas que aquelas de que estamos cientes.

Fiz uso dos meus conhecimentos desta fase da patologia psíquica, expondo uma regra segundo a qual ela não devia estar presente, acompanhando os passos de Lucy, e tampouco preocupar-se com sua moléstia além do absolutamente inevitável. Ela assentiu prontamente, diante de minhas ponderações, concordando com tal rapidez e boa vontade que eu mais uma vez tive de reconhecer a intervenção da mão da Natureza em sua luta pela sobrevivência. Então Van Helsing e eu fomos conduzido ao quarto de Lucy. Eu, que ontem já ficara chocado ao vê-la, hoje senti-me literalmente aterrado. Sua palidez quase cadavérica parecia transformá-la num fantasma. Os últimos vestígios do seu sangue pareciam ter desaparecido, inclusive de seus lábios e gengivas; e as arcadas ósseas de suas faces imprimiam agora em seu rosto uma nova fisionomia angulosa e decadente. Seu ritmo respiratório tornara-se ofegante, causando pena a quem quer que o visse. O rosto de Van Helsing adquiriu então a rigidez do mármore, e suas sobrancelhas – denotando sua profunda apreensão – não pareciam formar mais que um contínuo e espesso arco. Lucy jazia completamente inerte e parecia não dispor de forças sequer para falar. Isso fez com que todos nós três permanecêssemos por alguns instantes em silêncio. Então, Van Helsing fez-me um breve sinal, e nós saímos discretamente do quarto. Logo que acabou de fechar a porta, em rápidas passadas percorreu o curto corredor, até alcançar a porta mais próxima, que estava aberta. E com um gesto quase instintivo, puxou-me através da porta e depois fechou-a.

– Meu Deus! – disse ele. – Isso é terrível. Não podemos perder um só segundo. Ela morrerá por absoluta falta de sangue capaz de manter o estímulo cardíaco, a fim de que o órgão possa, ao menos, cumprir o seu trabalho. Temos que providenciar imediatamente uma transfusão de sangue. Quem será o doador, você ou eu?

– Estou mais jovem e mais forte, Professor. Darei o sangue.

– Então, trate de se preparar agora mesmo. Vou buscar minha sacola. Eu vim prevenido.

Desci o lance de escadas com ele, quando, ainda a meio caminho, soaram algumas batidas no portão de entrada. Ao atingirmos o saguão, a criada acabava de abrir o portão. Era Arthur que chegava ainda em atitude impaciente. Avançou em minha direção, enquanto simultaneamente balbuciava algumas palavras breves e nervosas:

– Jack, não consegui vencer minha ansiedade. O que li nas entrelinhas de sua carta deixou-me numa angústia insuportável. Papai melhorou. Então resolvi vir pessoalmente para ver com meus próprios olhos o que está acontecendo. Este cavalheiro não é o dr. Van Helsing? Fico-lhe imensamente grato por ter vindo.

Logo que o Professor ergueu os olhos para ver o recém-chegado, notei que uma fugaz e inamistosa expressão lhe toldara o rosto, ao ver-se interrompido num instante de tanta tensão. Mas, logo a seguir, assim que pôde avaliar a sólida estrutura orgânica e o estuante vigor jovem que dele emanava, seus olhos brilharam. E sem solução de continuidade, estendeu-lhe a mão e foi dizendo sem rodeios:

– Meu senhor, sua chegada foi providencial. O senhor é ente adorado de nossa querida paciente. Ela está mal, muito mal. Não, meu jovem, não se porte desta maneira. – Percebendo a palidez invadir o rosto de Arthur, que buscava uma cadeira onde se amparar, pois suas pernas vacilavam, prosseguiu: – Você mesmo vai ajudá-la. Pode fazer por ela mais que qualquer outro ser vivente, e sua coragem será ainda seu melhor remédio.

– Que posso fazer? – perguntou Arthur, num tom um tanto embargado pela emoção. – Diga-me o que é, que tudo farei. Minha vida é exclusivamente sua, e eu daria até a última gota do meu sangue para salvá-la.

O Professor sempre foi dotado de uma forte veia humorística, e eu já sabia de antemão como decifrar a espontânea originalidade de sua resposta:

– Meu jovem senhor, não vou realmente querer tanto assim... mas também não irei pedir pouco!

– Diga, então, o que é que eu faço? – Havia fogo em seus olhos e as asas de suas narinas vibravam de incontida impaciência. Van Helsing passou-lhe um braço sobre os ombros e disse-lhe, com voz resoluta:

– Venha! Você é um homem, e é de um homem que nós precisamos. Você é melhor que eu e também melhor do que meu amigo John. – Arthur agora parecia mais uma fera acuada. O Professor, contudo, passou a dar-lhe uma explicação num tom bem mais amável: – Meu jovem, a senhorita vai mal, bem mal. Ela precisa de sangue. Ou lhe damos sangue, ou ela morrerá. Meu amigo John e eu já havíamos, inclusive, trocado algumas ideias a respeito. O que iremos fazer chama-se transfusão de sangue, o que significa transferir o sangue das veias bem aquinhoadas de alguém para a veia de um paciente que, como a srta. Lucy, se encontre sob alguma crise de carência. Já estava decidido que John seria o doador, porquanto ele é mais jovem e mais forte do que eu – nessa altura, Arthur pegou minha mão e apertou com sofreguidão, mas em silêncio –, mas agora você está aqui e é bem melhor do que qualquer um de nós, velho ou jovem, o que, aliás, pesa muito em se tratando dos domínios psíquicos. Os nervos de nós outros já não são tão calmos, e o nosso sangue não possui a mesma vitalidade do seu!

– Como gostaria de que o senhor soubesse com que satisfação eu daria a minha vida pela dela – disse Arthur, virando-se para ele. – Porque então o senhor compreenderia... – E então uma espécie de espasmo emocional bloqueou sua voz, impedindo-a de que saísse da garganta.

– Bem, meu jovem! – disse Van Helsing. – Em época muito próxima você irá sentir-se feliz por haver feito tudo por sua bem-amada. Agora venha e mantenha-se calado. Pode beijá-la ainda uma vez antes da transfusão. Depois terá de partir, despedindo-se a um simples gesto meu. Não diga uma só palavra à sra. Westenra. O senhor já sabe qual o seu estado de saúde! Ela não pode sofrer o menor choque, e qualquer ideia do que está acontecendo seria mais do que suficiente. Venha!

Os três subimos juntos para o quarto de Lucy. Em obediência à recomendação do Professor, Arthur permaneceu à espera no corredor. Lucy volveu a cabeça e olhou para nós e, como já o fizera, manteve-se silente. Ela estava desperta, mas simplesmente achava-se demasiadamente enfraquecida para realizar qualquer esforço. Mas seus olhos falavam por ela, e isso era tudo. Van Helsing retirou alguns utensílios do interior de sua sacola e os arrumou sobre uma mesinha, fora do campo visual da paciente. A seguir, preparou uma composição anestésica e, inclinando-se por sobre a cama, disse em tom carinhoso:

– Minha menina, aqui está agora o seu remédio. Beba-o todo, como uma criança bem obediente. Veja, eu mesmo a ergo um pouco, para que possa mais facilmente ingerir a poção que lhe estou dando. Sim? – E seu esforço foi efetivamente bem-sucedido.

Surpreendeu-me o tempo que transcorreu até que a droga começasse a produzir efeito. Toda essa longa demora era mais um sintoma da extensão de sua fraqueza. O tempo continuava a rolar sem fim e nada surgia nos seus olhos que fornecesse um indício dos primeiros sinais. Finalmente, o anestésico começou a manifestar sua potência e, dentro de mais uns breves instantes, ei-la dormindo profundamente. Logo que o Professor julgou oportuno, fez Arthur entrar no quarto e pediu-lhe que despisse seu paletó. E prosseguindo, acrescentou:

– Pode agora beijá-la levemente, enquanto eu desloco a mesa para cá. Amigo John, ajude-me!

Na ocasião, portanto, nenhum de nós dois o olhou quando ele se reclinou sobre ela. Virando-se para mim, Van Helsing disse-me:

– Ele é tão jovem e forte e é portador de um sangue tão puro que nós nem precisamos desfibriná-lo.

Então, com rapidez mas com método absolutamente seguro, Van Helsing executou a operação. À medida que a transfusão progredia algo como um novo matiz de vida aflorava suavemente às descoradas faces da pobre Lucy. Enquanto isso, através da crescente palidez do rosto de Arthur, um irreprimível júbilo brilhava em seus olhos. Daí a pouco eu é que comecei a ficar preocupado, porquanto a perda de sangue já se fazia visível no estado geral de Arthur, não obstante tratar-se de um homem realmente robusto e jovem. Isso me deu uma ideia mais precisa a respeito da exaustão a que o organismo de Lucy fora submetido até ali, a ponto de absorver considerável parcela do sangue que corria nas veias de Arthur para obter apenas uma parcial restauração sua. Mas o rosto do Professor continuava como que encarnando a máscara da própria determinação. E ei-lo ali de pé, relógio em punho, vendo-se seus olhos ora se fixarem no rosto da paciente, ora na transição fisionômica de Arthur. Minha tensão chegara a tal extremo que eu já ouvia as batidas do meu próprio coração. Foi então que o ouvi dizer, com voz pausada e firme:

– Não se mexa por um instante. Basta. Você cuide dele, que eu tratarei dela.

Quando tudo já havia passado é que pude finalmente avaliar o quanto Arthur se debilitara. Pensei sua incisão e ofereci-lhe o apoio do meu braço enquanto íamos para fora. Foi nesta ocasião que Van Helsing, como se tivesse olhos na nuca, surpreendeu-me falando, sem se voltar:

– O nosso bravo bem-amado merece o prêmio de um segundo beijo. E este poderá ser dado agora.

E tendo concluído seu trabalho, ele próprio arrumou melhor o travesseiro sob a cabeça de sua paciente. Enquanto assim procedia, a estreita fita de veludo negro que Lucy parece trazer sempre em torno do pescoço, da qual pendia um camafeu de diamante, presente de seu noivo, se deslocara um pouco para cima, deixando à vista uma marca rubra sobre sua garganta. Arthur não chegou a notá-la. Entretanto, ouvi distintamente a profunda inspiração que sibilou nos lábios de Van Helsing, que é uma das mais características maneiras de que faz uso para externar suas mais fortes emoções. No momento, ele nada disse. Mas voltando-se para mim, recomendou-me:

– Agora leve o nosso bravo bem-amado para baixo, dê-lhe um bom trago de vinho do Porto, depois indique-lhe uma cama e faça-o deitar-se por alguns momentos. Logo após ele deverá voltar para casa, a fim de repousar, dormir muito e comer bem, para que possa ficar à nossa disposição para um novo chamado, se vier a ser necessário para socorrer sua amada. Ele não pode permanecer aqui. Espere ainda um instante. Creio que também você, meu caro Arthur, esteja ansioso para saber do resultado. Guarde-o para sua satisfação: nossa operação foi coroada de total êxito em todos os sentidos. Desta feita, você salvou-lhe a vida. Agora pode ir tranquilamente para casa e descansar sem qualquer preocupação, pois tudo o que humanamente e dentro dos domínios da ciência for preciso será feito. Prazerosamente lhe contarei tudo assim que ela esteja em condições de ouvir-me. Garanto-lhe que ela não deixará de amá-lo em retribuição ao que você fez. Até a vista.

Após a partida de Arthur, retornei ao quarto. Lucy ainda dormia docemente, mas sua respiração já estava bem mais forte. Percebia-se agora nitidamente o movimento da colcha acompanhando o arfar do seu peito. Ao lado do leito, e olhando-a atentamente, sentara-se Van Helsing. A fitinha negra voltara a encobrir a marca rubra. Quase num cicio, perguntei ao Professor:

– O que é que você acha a respeito desta marca que existe sobre sua garganta?

Ele porém preferiu, antes de responder, formular-me idêntica pergunta:

– E você, o que pensa sobre ela?

– Ainda não a examinei – respondi-lhe, ao mesmo tempo em que, pouco a pouco, ia procurando afrouxar a fita. Precisamente no trajeto da veia jugular externa viam-se duas incisões. Não eram grandes, mas seu aspecto nada tinha de saudável. Não havia qualquer sinal de uma infecção ativa, mas os bordos de ambos os pequenos orifícios estavam esbranquiçados e visivelmente dilacerados, como se houvessem sido submetidos a uma trituração superficial. Logo me ocorreu a ideia de que nesta lesão, ou não importa como se o pudesse qualificar, estaria a origem de sua manifesta perda de sangue. Mas logo a seguir abandonei tal suposição, pois semelhante coisa não podia estar acontecendo.

Toda a roupa de cama teria de estar encharcada do sangue perdido pela moça, para provocar-lhe toda a palidez e exigir a imediata transfusão.

– E então? – perguntou Van Helsing.

– Bem – disse eu –, nada posso deduzir daí.

– Eu tenho que retornar ainda esta noite para Amsterdã – disse ele, erguendo-se. – Lá existem livros e outros recursos de que estou necessitando. Você precisa passar a noite a seu lado e não perder um de seus gestos.

– Não seria conveniente contratarmos uma acompanhante? – perguntei-lhe.

– Somos os melhores acompanhantes, nós, você e eu. Mantenha-se alerta a noite inteira. Providencie para que ela seja bem alimentada e que nada a perturbe. Não durma. Fique velando a noite toda. Depois, poderemos dormir, você e eu. Estarei de volta o mais cedo possível. Então começaremos.

– Então começaremos? – perguntei eu. – O que quer dizer com isso?

– Isto é o que vamos ver! – retorquiu o Professor, ao sair apressadamente. Um momento depois, ele voltou. Vi-o então apenas de dedo em riste e sua cabeça assomando junto ao portal, para fazer-me a recomendação final: – Lembre-se: ela fica sob sua responsabilidade. Se você a abandonar e ela piorar, não lhe darei mais sossego e você jamais poderá dormir tranquilamente!

O diário do dr. Seward
(continuação)

8 de setembro – Permaneci sentado ao lado de Lucy a noite toda. O anestésico começou a ceder por volta do alvorecer, e ela despertou naturalmente. Agora eu parecia estar diante de um ser completamente diferente daquele que havíamos tratado antes da operação. Seu estado de espírito era também dos melhores. Ela se mostrava estuante de sadia vivacidade, embora nem todas as evidências da brutal prostração que a assolara houvessem desaparecido. Quando procurei a sra. Westenra e disse-lhe que o dr. Van Helsing determinara que eu desse a sua filha minha assistência pessoal permanente, considerou tal ideia um exagero. Pretendendo justificar seu pensamento, apontou para sua filha que, realmente, aparentava um renovado vigor e excelente disposição de ânimo. Eu, porém, mantive-me firme e dei início aos preparativos para a minha próxima longa vigília. Logo que sua aia a preparou para passar a noite, eu, depois de cear convenientemente, subi para seu quarto e retomei meu lugar da véspera, sentando-me ao pé de sua cama. Ela não demonstrou a menor objeção. Ao contrário, seu olhar refletia invariavelmente uma expressão de espontânea gratidão todas as vezes que nossos olhos se cruzavam. Finalmente, após um longo suspiro, ela pareceu adormecer.

Sua calma, entretanto, foi apenas transitória, e logo após vi-a estremecer bruscamente e relutar contra o sono, quando este ameaçava dominá-la. Assim, entremeados por intervalos cada vez mais curtos, notei que tais espasmos nervosos se tornavam cada vez mais fortes à medida que o tempo ia passando. Tornava-se óbvio que ela não queria dormir, e eu tratei logo de fazê-la esclarecer tal atitude:

– Você agora não está querendo mais dormir?

– Não, tenho medo.

– Medo de dormir! Mas por quê? O sono é uma dádiva que todos desejamos poder aproveitar.

– Oh! Mas não se o senhor fosse igual a mim, isto é, se o sono para o senhor nada mais fosse que um presságio de horror!

– Um presságio de horror! Mas, seja clara, por favor; o que é que a senhorita quer dizer com isso?

– Não sei. Oh, não sei. E é precisamente isso que é tão terrível. Todo este meu abatimento resulta das horas durante as quais permaneço dormindo. Na verdade, já tremo por apenas ter que pensar nisso.

– Sim, minha prezada senhorita; mas esta noite asseguro-lhe de que poderá dormir à vontade. Ficarei aqui com a obrigação de vigiá-la e prometo-lhe que nada lhe acontecerá.

– Oh, agora sei que posso confiar no senhor!

E eu mais uma vez aproveitei a oportunidade e disse-lhe:

– Prometo-lhe que, se vir alguma evidência de um mau sonho, a acordarei imediatamente.

– O senhor me despertará? Promete mesmo? Oh, como o senhor é bondoso para mim. Assim, eu dormirei! – E mal acabou de pronunciar a palavra final, emitiu novo e profundo suspiro, recostou-se e adormeceu.

Durante toda a noite eu a vigiei sem perda de um segundo. Depois disso, ela nem sequer se mexeu. Continuou dormindo. Seu sono agora era tranquilo, profundo, natural e obviamente reparador. Seus lábios se mantinham suavemente entreabertos e seu peito arfava mansamente com a regularidade de um pêndulo. Um terno sorriso parecia adejar em sua face, o que tornava mais que evidente que nenhum mau sonho podia estar perturbando a doce paz de sua mente.

De manhã bem cedo chegou sua aia. A partir daí passei a ela minha tarefa e saí em demanda de casa, pois nessa altura já estava ansioso para tomar algumas providências. Minha primeira tarefa consistiu em expedir dois telegramas bem lacônicos, um para Van Helsing e outro para Arthur, comunicando a ambos o excelente resultado da operação. Quanto ao meu próprio trabalho e seu enorme atraso acumulado, tomou-me o dia inteiro para que o pudesse pôr em ordem. Já era noite quando finalmente consegui indagar a respeito do meu paciente zoófago. O relatório era dos melhores. Ele tinha estado em mais perfeita tranquilidade durante o dia e a noite passados. Enquanto jantava, recebi um telegrama de Van Helsing datado de Amsterdã, sugerindo que eu estivesse em Hillingham esta noite, ficando ali à mão, e informando que partiria ainda hoje à noite, para encontrar-se comigo de manhã bem cedo.

9 de setembro – Já me achava completamente exausto e fatigado quando parti para Hillingham. Durante duas noites eu mal tivera oportunidade para um cochilo, e meu cérebro começava a sentir o característico entorpecimento que assinala a desanimadora exaustão cerebral. Lucy já estava de pé e se apresentava em ótima disposição de espírito. Ao apertar-me a mão, olhou-me firmemente de frente e disse:

– Hoje à noite não haverá vigília. O senhor está terrivelmente desgastado, ao passo que eu me sinto novamente em excelentes condições; sim, estou-me sentindo otimamente bem. E se alguém tiver de passar a noite em claro ao lado da cama, serei eu que cuidarei do senhor.

Simplesmente não quis insistir no assunto, mas tratei logo de mandar servir a minha ceia. Lucy acompanhou-me, reanimando-me com sua presença encantadora. A refeição me deixou plenamente satisfeito, tendo inclusive degustado alguns copos do maravilhoso vinho do Porto. Então a própria Lucy me conduziu ao pavimento superior e lá mostrou-me um quarto vizinho ao seu, onde uma confortável lareira já se achava acesa.

– Agora – disse ela – o senhor terá que ficar aqui. Deixarei a minha porta aberta e esta aqui também. Poderá deitar-se no sofá porquanto sei perfeitamente que nada induziria a qualquer dos senhores médicos a utilizar uma cama enquanto existir um paciente na face da terra. Se eu vier a precisar de alguma coisa, chamá-lo-ei, e o senhor poderá entrar imediatamente.

Não pude deixar de aquiescer, pois estava "morto de cansaço" e não teria mesmo conseguido ficar sentado, se o tentasse. Assim, ao ouvir sua reiterada promessa de chamar-me se precisasse de alguma coisa, estendi-me no sofá e esqueci de tudo mais que me cercava.

O diário de Lucy Westenra

9 de setembro – Sinto-me extraordinariamente bem-disposta esta noite. Cheguei a enfraquecer tão assustadoramente que o simples fato de raciocinar ou de movimentar-me livremente acaba adquirindo o relevo da inefável imagem de um cálido e transparente dia de sol após interminável e tempestuosa sequência de ríspidos e frígidos vendavais de leste. De alguma forma, a sensibilidade natural de Arthur tem muita coisa a ver com minha pessoa. Parece-me por isso que o calor de sua presença é para mim uma constante fonte de energia. Suponho que a moléstia e a fraqueza são deficiências geradas pelo egoísmo, pois fazem nossos órgãos da visão interna e de nossa simpatia convergirem apenas sobre nós mesmos, ao passo que a saúde e o vigor são mensageiros do Amor. E em sensibilidade e pensamento ele está apto a satisfazer todas as caprichosas peregrinações do seu desejo. Sei muito bem onde estão agora os meus pensamentos. Oh, se Arthur ao menos o soubesse! Meu querido, oh meu querido, suas orelhas vão arder muito durante o seu tranquilo sono, enquanto aqui estiver acordada. Oh, o abençoado repouso da noite passada! Como dormi, tendo incansavelmente a meu lado, vigiando-me, meu caro e bondoso dr. Seward. Hoje à noite dormirei sem qualquer temor, já que ele estará bem perto e ao alcance direto de minha voz. Obrigada a todos por serem tão bons para comigo! Obrigada, Senhor Misericordioso! Boa noite, Arthur.

O diário do dr. Seward

10 de setembro – Tive plena consciência da presença do Professor e de sua mão sobre minha cabeça, e despertei imediatamente. Isto é uma das coisas que logo aprendemos num asilo de alienados, visando a prevenir qualquer emergência.

– Como está a nossa paciente?

– Bem, quando a deixei ou, melhor, quando ela me deixou... – respondi.

– Venha, vamos vê-la – disse ele. E ambos entramos no seu quarto.

A veneziana estava arriada e eu atravessei o quarto e a suspendi vagarosamente, enquanto Van Helsing, com suas passadas de maciez felina, encaminhou-se para a cama.

Assim que terminei de erguer a veneziana e a claridade do sol iluminou o quarto, ouvi o suave e característico sibilo na respiração do Professor. Conhecendo de antemão suas raras ocorrências e também sua significação, senti um tremor mortal percorrer meu coração. Quando me aproximei, vi-o dar um passo para trás. E sua exclamação de horror – "Gott im Himmel!" (Deus do Céu) – já dispensou qualquer outro argumento, além da angústia que se estampara em seu rosto. Ergueu a mão e apontou para a cama. Sua face assumira a rigidez do aço, e sua coloração adquiriu um tom cinzento-pálido. Senti então meus joelhos tremerem e dobrarem.

Na cama, completamente inerte diante de nós e aparentando um prolongado desmaio, jazia a pobre Lucy. Seu súbito e estranho processo anêmico voltara a deixá-la horrivelmente pálida e mais lívida do que nunca. Inclusive seus lábios estavam brancos e descorados e as gengivas pareciam retrair-se, deixando o colo dos dentes descarnado, como frequentemente vemos num cadáver de uma pessoa que tenha sucumbido à prolongada enfermidade. Van Helsing ergueu o pé com o intuito de descarregar toda a sua raiva no soalho. Mas seu instinto de conservação e todos os seus anos consumidos a serviço da medicina refrearam seu primeiro ímpeto e baixou o pé silenciosamente.

– Rápido – disse ele –, traga a aguardente.

Disparei em direção ao aparador na sala de jantar e voltei com a garrafa. Ele umedeceu os lábios descorados com um pouco da bebida e pediu-me que juntamente com ele friccionássemos seus pulsos, as palmas de suas mãos e a região cardíaca. Auscultou-lhe o coração e, após alguns instantes de ansiosa expectativa, disse:

– Felizmente ainda não é demasiado tarde. Embora muito fraco, ouço-o bater. Todo o nosso trabalho está desfeito. Vamos começar tudo de novo. Acontece que já não dispomos aqui de um jovem chamado Arthur. Agora é sua vez, meu bom amigo John: você vai substituí-lo. E, enquanto falava, mergulhou a mão na sacola e dela foi tirando seus instrumentos para a transfusão.

Nesse ínterim, eu já me desfizera do paletó e arregaçara uma das mangas de minha camisa. Não havia agora a menor possibilidade de recorrer à anestesia, e na verdade nem era mesmo necessária. Assim, sem perda de tempo, demos início à operação. Depois de um certo tempo, período este que, aliás, não me pareceu tão curto assim, pois a evasão do nosso líquido vital, por mais espontânea que seja, se converte numa das mais terríveis provações, Van Helsing ergueu seu indicador, fazendo-me a salvadora advertência.

– Não se mexa – disse ele –, o que eu temo é que com a rápida restauração de suas forças ela desperte agora de um momento para outro. E isso poderia trazer perigo, aliás, um grande perigo. Mas tomarei as necessárias precauções. Vou aplicar-lhe uma injeção hipodérmica de morfina.

E assim o fez, com a habitual rapidez e destreza, a fim de mantê-la ainda adormecida. A reação produzida no organismo de Lucy foi plenamente satisfatória, pois seu desmaio aos poucos se converteu numa espécie de narcose. Foi com verdadeira sensação de orgulho pessoal que pude observar um débil tom rosado aflorar nas pálidas maçãs do seu rosto e nos seus lábios. Até que o próprio o venha experimentar, homem algum sabe o que significa sentir que a vitalidade do seu sangue está fluindo vitoriosamente nas veias e artérias da mulher amada. O Professor encarou-me com um olhar de evidente crítica.

– Isto chega – disse ele.

– Já? – retruquei. – Você retirou uma quantidade bem maior de Arthur.

Com um sorriso um tanto contrafeito, replicou Van Helsing:

– Ele é o bem-amado dela, seu noivo. E, além disso, você tem trabalho, muito trabalho, a cumprir, não somente para ela, como também para muitos outros; o que foi feito é suficiente nessas circunstâncias.

Assim que concluímos a operação, ele voltou a cuidar de Lucy, ao passo que eu, durante algum tempo, tive de manter meu dedo sobre a incisão no meu braço, a fim de evitar que sangrasse. A seguir estendi-me no sofá, enquanto esperei que o Professor completasse o tratamento de Lucy para depois atender-me, pois estava me sentindo um pouco tonto e enjoado. Com vagar, ele colocou uma bandagem em torno do meu braço e me fez descer para que tomasse um copo de vinho. Ao sair do quarto, ele me alcançou e, em voz baixa, recomendou:

– Preste atenção, nada do que foi feito deve transpirar. Se o jovem amado inesperadamente aparecer por aqui, como anteriormente, nem uma palavra a esse respeito. Isto somente serviria para assustá-lo e deixá-lo enciumado. Nada, portanto, será dito. Está bem?

Quando voltei, ele me olhou com toda atenção e disse:

– Você não é dos piores. Vá para o quarto, deite-se no sofá e descanse um pouco. A seguir, tome o seu café e venha para cá.

Segui fielmente suas instruções, mormente sabendo que elas eram corretas e oportunas. Já dera minha contribuição e agora cabia-me cuidar da restauração de minhas forças. Sentia-me agora muito debilitado, e a fraqueza parecia haver toldado minhas ideias, a ponto de suprimir parte da surpresa que normalmente teria de causar-me o que ocorrera. Adormeci rapidamente ao estender-me no sofá. Isso, todavia, não impediu que reiteradamente me sentisse intrigado com o que teria motivado um tão brusco retrocesso no estado físico geral de Lucy, e principalmente quanto ao fato da insólita drenagem de tamanha quantidade de sangue do seu corpo, sem que tivesse deixado o menor vestígio de como o fora feito. Acho que a mesma preocupação predominou em meus sonhos, pois, indiferentemente dormindo ou em estado de vigília, os meus pensamentos como que estimulados pelo próprio instinto retroagiam invariavelmente sobre as duas minúsculas incisões que eu notara em sua garganta e, acima de tudo, no aspecto lívido e intumescido apresentado por seus bordos.

Lucy dormiu bem até tarde da manhã, e quando despertou estava novamente forte e bem-disposta, embora não com o mesmo vigor do dia anterior. Logo após, ao vê-la de pé, Van Helsing saiu para uma breve caminhada, deixou-me encarregado de olhar por ela, com rigorosas ordens de não me afastar um só instante. Nessa ocasião, pude ainda ouvi-lo perguntando qual o trajeto mais curto até a agência telegráfica.

Lucy palestrou comigo despreocupadamente, parecendo achar-se totalmente alheia a tudo que acabara de acontecer. Eu, por outro lado, procurava mantê-la alegre e interessada. Quando sua mãe apareceu para se avistar com ela, aparentemente também não notou qualquer mudança em seu aspecto, limitando-se apenas a dizer-me à guisa de reconhecimento:

– Já lhe somos tão gratas, dr. Seward, por tudo que o senhor fez, que não podemos agora deixar de alertá-lo para que também não se acabe sobrecarregando a si próprio. O senhor hoje está-me parecendo muito pálido. Creio que está precisando urgentemente de uma mulher para cuidar e olhar um pouco no que toca à sua pessoa. É bom o senhor tratar disso!

Ao ouvir as recomendações de sua mãe, Lucy enrubesceu. O rubor, entretanto, foi apenas fugaz, pois seu sistema circulatório ainda não se achava suficientemente fortalecido para sustentar um mais demorado afluxo cerebral. A reação traduziu-se numa excessiva palidez, obrigando-a a lançar um olhar de súplica para mim. Limitei-me a sorrir discretamente, cruzar meu indicador sobre meus lábios e, ao ouvi-la emitir um breve suspiro, ajudei-a a acomodar-se novamente entre suas macias almofadas.

Van Helsing voltou daí a algumas horas e logo ao chegar foi-me dizendo:

– Agora você vai para casa. Coma e beba bastante. Trate de fortalecer-se. Esta noite eu velarei. Ficarei sentado aqui ao lado da cama da senhorita, e não arredarei pé. Teremos de vigiar este caso de maneira que mais ninguém dele tenha conhecimento. Tenho para isso as mais sérias razões. Não, por enquanto nada me pergunte. Pense o que quiser e tire suas próprias conclusões. Não receie mesmo de cogitar do que lhe possa parecer menos provável. Boa noite!

Ao alcançar o saguão, duas das aias de nossa paciente vieram a meu encontro e pediram-me que deixasse que pelo menos uma delas passasse a noite com a srta. Lucy. Chegaram mesmo a implorar que o permitisse. Disse-lhes, então, que havia uma determinação do Professor Van Helsing de que somente eu ou ele lhe déssemos assistência noturna. Diante de minha explicação, instaram mais uma vez, e em tom bem mais pungente, que eu intercedesse junto ao "cavalheiro estrangeiro" para que acolhesse o seu pedido. Senti-me profundamente comovido em face de tão sincera prova de dedicação. Talvez o fosse por achar-me tão enfraquecido no momento ou quiçá por evidenciar a grande amizade que tributavam a Lucy, o fato é que tínhamos aí uma prova de admirável devoção. Não somente nesta oportunidade, como ainda em muitas outras, pude testemunhar novos e edificantes exemplos da bondade feminina. Somente voltei à casa da srta. Westenra bem mais tarde, já à hora do jantar. Nesse intervalo, fiz a costumeira visita a meus outros numerosos pacientes. Felizmente, tudo em ordem. Agora, só falta recolher-me e esperar pelo sono. Ele já está chegando...

11 de setembro – Hoje à tarde fui a Hillingham. Encontrei Van Helsing em excelente estado de ânimo. Lucy, por sua vez, também fazia evidentes progressos em sua recuperação. Pouco depois de minha chegada, o Professor recebeu uma volumosa encomenda postal, com carimbo do exterior. Ele a abriu com inusitada sofreguidão – deliberada, naturalmente –, dela retirando um viçoso e enorme apanhado de lindas e brancas flores.

– Estas são suas, srta. Lucy – disse ele.

– Para mim? Oh, dr. Van Helsing!

– Sim, minha querida. Apenas não terão o destino das demais. Estas flores possuem um inestimável valor medicinal. – Ao ouvir estas palavras, Lucy externou sua decepção franzindo o nariz. O Professor, entretanto, aduziu: – Não. Elas, porém, não serão transformadas numa repugnante infusão e tampouco numa simples beberagem. Pode, portanto, desde já ir dando sossego a seu encantador narizinho. Do contrário, denunciarei a meu amigo Arthur a desilusão que terá de suportar, quando vir sua encantadora beldade, a quem tanto ama, assim desperdiçar-se com esta careta. Ah! minha linda menina! Isso parece o suficiente para que seu atraente nariz readquira toda a dignidade que lhe é própria. Estas flores realmente são dotadas de um alto teor medicinal, mas a senhorita nem sequer desconfia como atuarão. Coloco-as em sua janela, tranço com elas um leve colar e o ponho em torno do seu pescoço, para que a senhorita possa dormir sem sobressalto. Oh, sim! Elas se assemelham bastante com as flores de lótus. Serão elas que a farão esquecer os seus tormentos. Elas nos impregnam com seu suave odor das águas de Lethe, odor este haurido das cristalinas e eternas fontes da juventude que os audazes conquistadores tanto procuraram descobrir nas inexploradas terras da Flórida e só tão tarde localizaram.

Enquanto ele falava, Lucy se dispôs a examinar e cheirar as flores. E, num gesto de graciosa rebeldia, as afastou de si, dizendo, ainda num tom em que se entremeavam inflexões de sagacidade e desapontamento:

– Oh, Professor, creio que o senhor está é querendo zombar de mim. Veja, estas flores nada mais são que vulgares e comuns dentes de alho.

Para minha surpresa, Van Helsing ergueu-se e com toda a sisudez e seriedade e, como que fazendo ressaltar ainda mais seu já proeminente e voluntarioso queixo e cruzando suas espessas sobrancelhas, disse:

– Não admito frivolidades comigo! Jamais gracejo! Há um tremendo propósito no que estou fazendo, e eu a advirto a não contrariar-me. Preste atenção às minhas palavras em benefício dos demais, se não quiser utilizá-las para si mesma. – Notando então que a pobre Lucy já se mostrava visivelmente apavorada, como aliás não poderia deixar de estar, ele prosseguiu numa linguagem mais branda: – Oh, jovem senhorita, minha tão querida: não tenha medo de mim. Tudo o que faço, faço-o apenas em seu próprio bem. Mas, na verdade, é nestas florezinhas tão comuns que se concentram todas as benesses de que a senhorita agora necessita. Veja. Sou eu mesmo quem as traz para o seu quarto, e eu próprio estou trançando agora o original colar que irá usar em torno do seu pescoço. Calada, porém! Nada de revelar a quem quer que seja isso que aqui fazemos, por mais inquisitivos que se tornem os curiosos. Temos que obedecer, e o silêncio é um dos primeiros requisitos da obediência. E minha obediência visa a restituir-lhe toda a sua preciosa vitalidade, inclusive para que a possa usar quando os adorados braços do seu amado a enlaçarem. Agora, mantenha-se quieta e sentada ainda um pouco. Venha comigo, amigo John, venha ajudar-me a cobrir todo esse quarto com este meu abençoado alho, este alho muito especial, que mandei vir do Haarlem, onde meu prezado Vanderpool o cultiva em estufas de vidro apropriadas, durante todas as estações do ano. Tive de pedi-lo ontem, por via telegráfica. Do contrário, não o teria aqui agora.

Nós dois entramos no quarto, cada qual saiu de lá com uma braçada de flores de alho debaixo do braço. O procedimento do Professor era obviamente singular e inédito, e eu, como médico, posso afirmar tranquilamente que tal prática não será mesmo encontrada atualmente em qualquer tratado de farmacopeia de que já tenha ao menos ouvido falar. Primeiramente, firmou bem as folhas das janelas e a seguir as aferrolhou com toda a segurança. Depois, apanhando um punhado de flores as esfregou sobre os respectivos caixilhos pela face externa, de forma que qualquer sopro de ar que penetrasse no aposento ficasse impregnado com o odor do alho. Então, com os pedúnculos restantes ele passou a friccionar os umbrais da porta, por cima, dos lados e também a soleira, o mesmo fazendo em torno da lareira. Confesso que tudo aquilo me parecia extremamente grotesco e, à guisa de desabafo, acabei falando:

– Bem, Professor, sei perfeitamente que o senhor sempre tem uma razão própria para o que faz. Desta feita, porém, sou obrigado a dizer-lhe que estou confuso. É certo que não contamos com a presença de nenhum crítico de intransigente cepticismo aqui conosco. Porque do contrário ele seria o primeiro a afirmar que o senhor estaria agora tentando exorcizar um espírito do mal.

– E talvez esteja! – disse ele, enquanto imperturbavelmente começa a trançar o colar que Lucy iria usar em torno do pescoço.

Ambos esperamos então que Lucy concluísse seus preparativos para passar a noite, e, quando ela acabou de se estender na cama, ele próprio colocou-lhe o colar recém-trançado ao colo. As palavras finais que ele lhe disse foram as seguintes:

– Preste atenção para não se desfazer deste colar. Mesmo que o quarto lhe pareça abafado, esta noite não abra nem a janela nem a porta.

– Prometo – disse Lucy. – E quero ainda agradecer a ambos um milhão de vezes por toda esta amabilidade com que estou sendo tratada. Oh, o que já fiz de bom para receber tantas bênçãos de amigos tão distintos?

Ao deixarmos a casa em minha carruagem, que já nos esperava, Van Helsing disse-me:

– Esta noite vou poder dormir em paz e, para começar, é disto que preciso agora. Há duas noites que viajo e há dois intermináveis dias que não faço outra coisa, além de ler e estudar. Isso traz-nos demasiada ansiedade para o dia seguinte, quando ainda somos obrigados a velar a noite inteira imediata, sem pestanejar. Amanhã, bem cedo, venha procurar-me para que, juntos, possamos ver nossa linda senhorita bem mais fortalecida pelo inédito "sortilégio" que engendrei. Ha, ha!

Ele aparentava tamanha confiança que eu, recordando minha própria confiança de há duas noites atrás, com tão funestos resultados, comecei a sentir um vago e irreprimível terror. Suponho que tenha sido a minha própria fraqueza que me fez hesitar em relatar o acontecido a meu amigo. Não obstante, agora estava-me penitenciando sob o impacto de um remorso bem maior, impacto este que se desfez em lágrimas.

XI
O diário de Lucy Westenra

12 de setembro – Como ambos são bondosos para comigo! Quase ousaria dizer que amo este querido dr. Van Helsing. O que ainda me intriga é o motivo que o levou a tornar-se tão intransigente a respeito dessas flores. Ele chegou positivamente a assustar-me quando se exaltou. E ainda assim toda a razão deve ter estado do seu lado, porquanto desde então meu conforto e tranquilidade têm sido constantes. De qualquer maneira, a verdade é que já não receio ficar completamente só esta noite, e assim irei recolher-me para dormir em meu quarto sem o menor temor. Já não me preocupa aquele aterrador bater de asas de encontro à minha janela. Oh, a terrível luta que tão frequentemente vinha travando nos últimos tempos contra o próprio sono. O sofrimento causado pela insônia assim provocada, ou seja, a aflição produzida pelo meu horror ao sono, e todo misterioso séquito de insidiosos males que me perseguiam! Que suprema dádiva recebem todos aqueles cujas vidas transcorrem sem temores ou ameaças! Como são ditosos aqueles que, após um dia fecundo, anseiam pelo silêncio da noite para que possam revivê-lo em alcandorados sonhos! Bem, aqui estou eu, ansiosa pela triunfal chegada de Morfeu, e, como Ofélia, que no excelso drama se estende com todos seus "virginais encantos e caprichos de menina", eu que jamais fui entusiasta dos odores de alho, hoje à noite eles me deliciam! Há uma doce paz em sua fragrância. O sono já vem chegando. Boa noite a todos vocês.

O diário do dr. Seward

13 de setembro – Fui a Berkeley e, como habitualmente, lá encontrei o pontual Van Helsing. – A viatura encomendada pelo hotel nos esperava. O Professor embarcou com sua sacola, que já não deixa de trazer consigo.

Agora vou historiar tudo minuciosamente. Van Helsing e eu chegamos a Hillingham precisamente às oito horas. A manhã estava portentosamente linda. O brilho do sol e a fresca e suave brisa outonal, embora um tanto intempestiva, pareciam já querer complementar a obra anual da Natureza. O verdor das folhas adquiria uma variegada cambiante das mais surpreendentes cores. O chão, porém, mantinha-se ainda livre delas, pois não chegara ainda a época da queda. Ao entrarmos, avistamo-nos logo com a sra. Westenra, que acabava de deixar seu quarto. Ela, aliás, sempre foi uma grande madrugadora. Reconhecendo-nos, cumprimentou-nos efusivamente e disse:

– O senhor agora terá o prazer de saber que Lucy está muito melhor. A pobre menina ainda está dormindo. Fui lá dar uma rápida olhada no quarto dela e a vi. Não entrei, todavia, receando molestá-la.

O Professor sorriu, vendo-se que o júbilo se estampava em seu rosto. Esfregou uma mão na outra e falou:

– Ah! Acho que diagnostiquei o seu caso. Meu tratamento está começando a apresentar os primeiros resultados.

Ela, porém, ponderou:

– Não lance tudo a seu crédito exclusivo, meu caro doutor. O estado de saúde de Lucy esta manhã pode ser parcialmente reivindicado também por mim.

– Como assim, minha senhora? – perguntou o Professor.

– Bem, eu estava impaciente em saber como passava minha querida filha durante a noite, e fui até seu quarto. Ela realmente dormia a sono solto. Seu sono era tão profundo que nem mesmo minha presença a fez despertar. O quarto, porém, estava terrivelmente abafado. Havia lá uma grande quantidade de umas flores horríveis espalhadas por toda a parte. Destas mesmas flores cujo odor é de um acre insuportável fora também feito um tosco colar que pendia do seu pescoço. Temi que o pesado odor fosse prejudicial à querida menina em tal estado de fraqueza, e por isso retirei tudo e abri um pouco sua janela, para que ela pudesse respirar um hausto de ar puro. O senhor terá gosto em vê-la, estou certa.

Após sua longa explanação, ela se recolheu a seu toucador, onde às primeiras horas da manhã costuma tomar o seu café. Assim que ela terminou de falar, olhei para o semblante do Professor e vi que seu enérgico rosto se transformara numa máscara cinza-pálido. Conseguira dominar sua raiva enquanto a pobre senhora estivera presente. Isso porque ele estava a par de sua precária saúde e do risco de vida que correria se a expusesse a um choque. Foi ainda ele quem lhe abriu a porta para que ela passasse para seu toucador. Mas no instante em que ela desapareceu de sua vista, ele me agarrou e sem mais delongas me arrastou ríspida e descontroladamente para dentro da sala de jantar e imediatamente trancou a porta atrás de si.

Então, pela primeira vez em minha vida, vi Van Helsing desmoronar. Ergueu os dois braços por sobre a própria cabeça, numa espécie de tácito desespero e, em seguida, bateu várias vezes as mãos, espalmadas, uma contra a outra, num estertor de desolação. Finalmente, deixou-se tombar sobre uma cadeira e, apoiando o rosto entre as mãos, começou a soluçar. Eram soluços cortantes, áridos e amargurados, que mais pareciam estar estraçalhando fibra por fibra do seu coração. E, então, voltou a erguer ambos os braços, como que abrindo-os para a amplidão, num apelo patético dirigido à infinita comunhão universal.

– Deus! Deus! Deus! – exclamou ele. – O que foi que nós fizemos, qual o pecado cometido por nossa pobre e indefesa criatura, para merecermos tão terrível castigo? Ou será que o Destino se insurge contra nós, baixando dos antigos tempos do mundo pagão, para que tais desditas se abatam sobre nós, dessa trágica maneira? E esta pobre mãe, em sua santa inocência e inspirada nos mais cândidos pensamentos, julgando levar à filha dileta um alívio e um refrigério, apenas consegue precipitar-lhe a deterioração do corpo e a perdição da alma. E nós nem sequer temos o direito de esclarecê-la ou adverti-la, porquanto assim a estaríamos condenando a uma morte iníqua, e não somente a ela, mas também a sua desditosa filha. Que sinistra maldição é esta que nos persegue? Como podem todas as potências demoníacas do inferno concentrarem-se destarte contra nós? – Aplacado este seu primeiro acesso de furor, ele, de repente, se põe de pé. – Venha – disse com sua voz enérgica –, precisamos vê-la e agir com a máxima rapidez. Sejam eles diabos ou demônios, ou toda a infernália de uma vez, isto é coisa que não nos deterá. Nós os liquidaremos da mesma maneira. – E, depois de haver apanhado sua sacola de instrumentos, subimos ambos para o quarto de Lucy.

Mais uma vez suspendi a persiana, para clarear melhor o aposento, enquanto Van Helsing se aproximou da cama. Desta feita ele não se surpreendeu ao contemplar o rosto exangue, com toda a sua aterradora palidez de cera, como dantes. Apenas lançou-lhe um olhar de profunda tristeza e da mais comovente piedade.

– Como eu esperava – foram as únicas palavras que murmurou entre os dentes, acompanhando-as, como habitualmente, com sua sibilante tomada de fôlego, de trágica conotação.

Encerrado em seu desesperado mutismo, foi até a porta e trancou-a. Somente depois disso começou a dispor seus instrumentos sobre a mesa, pois era urgentemente indispensável efetuar uma terceira transfusão de sangue. Eu, ao entrar no quarto, já o percebera e, assim, fui logo despindo o paletó. Ele, porém, fez-me um aceno de advertência.

– Não – disse ele. – Hoje quem opera é você. Serei o doador. Você ainda está muito enfraquecido. – E, por sua vez, enquanto falava, desembaraçou-se do casaco e arregaçou a manga da camisa.

E, cronologicamente, vimos repetirem-se as mesmas fases da operação: a anestesia, a cuidadosa transfusão, a volta progressiva das cores vitais a suas faces e, finalmente, uma respiração em ritmo saudável e o sono reparador. Coube-me agora dar-lhe toda a assistência pós-operatória, enquanto Van Helsing foi cuidar da sua incisão e repousar.

Na ocasião, ele aproveitou o ensejo para dizer à sra. Westenra que não retirasse nada do quarto de Lucy sem previamente consultá-lo. Explicou-lhe também que as flores que lá estavam eram de grande valor medicinal, e que respirar seguidamente o seu odor fazia parte do tratamento. Então ele próprio se encarregou de velar pela paciente nesta e na noite seguinte, determinando que mandaria avisar-me, quando minha presença se tornasse necessária.

Daí a uma hora, Lucy estava livre de toda a sonolência. alegre e viçosa, e aparentemente ainda em condições bem satisfatórias após ter superado mais esta rude prova.

E, finalmente, o que é que tudo isso quer significar? Estou começando a desconfiar de que meu prolongado hábito de viver entre seres insanos já está cobrando seus tributos do meu cérebro.

O diário de Lucy Westenra

17 de setembro – Quatro dias e quatro noites de completa paz. Volto a olhar-me tão fortalecida que quase sou levada a estranhar-me a mim mesma. Tenho a impressão de haver vivido um interminável pesadelo, e agora despertar para contemplar o esplendor de uma manhã ensolarada e sentir a sutil fragrância matinal inebriar-me. Parece-me guardar ainda uma vaga e tênue memória de longas e ominosas jornadas, durante as quais cada nova expectativa se transformava num terrível e ameaçador pavor. Tenebrosas jornadas que sequer acenavam com um distante consolo de esperanças, o que tornava o meu triste sofrimento ainda mais atroz. E depois vinham os profundos vácuos de esquecimento, obrigando-nos a remontar às obscuras origens de nossa existência, como se fôssemos um mergulhador em busca da superfície que penosamente vai rompendo a tremenda compressão da massa líquida. Todavia, desde que o dr. Van Helsing passou a me dar sua assistência profissional, todos os meus maus sonhos, segundo parece, ter-se-iam desvanecido. Assim também ocorreu com os ruídos noturnos, os quais me deixavam literalmente aterrorizada, o adejar de insidiosas asas que se chocavam de encontro às vidraças, as vozes distantes que pareciam soar a meu lado, as ásperas ordens vindas de origens desconhecidas, que me mandavam fazer não sei o quê... tudo cessou. Agora vou para a cama sem o menor temor do sono natural. Nem mesmo procuro manter-me desperta. Consegui, inclusive, tornar-me uma apreciadora das flores de alho, e diariamente recebo uma caixa das mesmas, que me é remetida diretamente do Haarlem. Hoje à noite, o dr. Van Helsing viajará, a fim de passar um dia em Amsterdã. Porém, já não necessito de assistência noturna. Já me acho em condições de ser deixada só. Graças a Deus e por amor a mamãe e a meu querido Arthur e também graças a todos os nossos amigos, que foram tão bondosos! Não sentirei a menor diferença, pois na noite passada o dr. Van Helsing esteve dormindo por bastante tempo em sua cadeira. Nas duas vezes que despertei durante meu sono, o vi dormindo. E nem assim senti medo de voltar a adormecer, embora os galhos do arvoredo, os morcegos ou outra coisa qualquer tivessem fustigado violentamente as vidraças de minha janela.

The Pall Mall Gazette, 18 de Setembro
A Fuga do Lobo
Perigosa aventura do nosso repórter
Entrevista com o guardião do Jardim Zoológico

Depois de numerosas indagações e de outras tantas recusas, não obstante me apresentasse sempre sob a égide da *Pall Mall Gazette* à guisa de talismã, finalmente logrei localizar o guardião da seção do Jardim Zoológico à qual se acha subordinado o setor das jaulas dos lobos. Thomas Bilder mora em uma das cabanas anexas ao galpão dos elefantes, e quando o avistei ele acabara de sentar-se à mesa para tomar sua costumeira chávena de chá. Thomas e sua mulher compõem um casal hospitaleiro. São já bastante idosos e não têm filhos. Se o ambiente de que pude desfrutar graças a sua hospitalidade representa um padrão médio, então sua maneira de viver pode ser considerada assaz satisfatória. O guardião inicialmente recusou-se a abordar o que qualificou de "negócio" enquanto a ceia não houvesse terminado, e todos nós nos declarássemos plenamente satisfeitos. Depois da mesa limpa e de haver acendido seu cachimbo, ele me dirigiu estas palavras:

– Agora, meu senhor, dou-lhe inteira liberdade. Pode perguntar-me o que quiser. O senhor terá de desculpar-me de minha recusa em falarmos sobre assuntos profissionais durante a refeição. Aos lobos, chacais e hienas existentes em meu setor, costumo servir o respectivo "chá", que pontualmente esperam, antes de iniciar com eles qualquer inquirição.

– O que é que o senhor quer dizer com a frase "iniciar com eles qualquer inquirição"? – perguntei eu, por minha vez, tentando predispô-lo a enveredar por um diálogo repassado de humor.

– Baixando o pau na cabeça deles para afugentá-los, seria uma das alternativas; uma outra seria coçar suas orelhas, quando algum dos visitantes deseja assistir a esse gênero de demonstração, que quase sempre os empolga. Já não me refiro tanto à tina, ou a misturar pancada com os frangos que devoram no jantar, mas espero ao menos que tenham saboreado seu licor de cerejas e seu café, por assim dizer, antes de ousar tentar coçar suas orelhas. Imagine o senhor – acrescentou ainda filosoficamente – que, no íntimo de cada um de nós, ainda exista uma boa parcela desta mesma natureza, que sabemos exteriorizar o temperamento destes irracionais. Aqui temos o senhor recém-chegado e formulando-me perguntas a respeito de minha profissão, e imagine agora que eu fosse um desses animais de má índole e que em troca do seu perfumado fumo de mascar o senhor me baixasse o pau antes que lhe respondesse. Nem mesmo com todo o seu sarcasmo de perguntar-me se seria necessário pedir ao superintendente para entrevistar-me eu o teria atendido. Sem outra maior ofensa, teria eu mandado todos para o inferno?

– Acho que sim.

– E quando o senhor me disse que daria parte de mim pelo uso de linguagem obscena foi o mesmo que uma paulada na cabeça. Mas graças a seu fumo de mascar, tudo foi recolocado nos devidos lugares. Eu não estava disposto a brigar, por isso preferi aguardar a refeição e assim reservei à minha "ave" o mesmo tratamento que lhe teriam dado os lobos, os tigres e os leões. Mas agora... que Deus proteja seu coração... agora, dizia eu, que a minha velha já me recheou com uma boa fatia de bolo caseiro e mitigou minha sede com seu chá bem quente, servido no velho bule florido, já folguei as rédeas e o senhor pode começar a afagar minhas orelhas, pois acho que bem o merece e eu não lhe farei a menor oposição. Vamos, faça as suas perguntas: sei que o que o traz aqui é história da evasão do lobo.

– Exatamente. Preciso que o senhor me dê sua versão do fato. Conte-me como tudo aconteceu. E, depois que eu estiver a par da ocorrência, vou ainda pedir-lhe que me diga quais, na sua opinião, foram as causas da fuga e como o senhor acha que toda essa história irá terminar.

– Bem, meu patrão. Para começar, a história vem de longe. Este lobo fora por nós batizado com o nome de Bersicker. Era um dos três que recebemos da Noruega através de Jamarach, e foi comprado há cerca de quatro anos. Tratava-se de um belo exemplar, muito bem-comportado e que jamais nos trouxe qualquer problema. O que mais me surpreende é como este animal quis e conseguiu escapar sozinho, sem que os outros seus companheiros abandonassem o lugar. Mas, na verdade, nunca devemos confiar nos lobos, tampouco nas mulheres.

– Não ligue para o que ele diz, meu senhor! – interrompeu a sra. Bilder, com uma jovial gargalhada. – Já vive há tanto tempo no meio desses animais que só por um milagre ele próprio ainda não se transformou num lobo! Ele, porém, seria um lobo manso e inofensivo.

– Bem, meu patrão, tudo começou ontem cerca de duas horas após ter distribuído a ração dos animais. Foi nessa ocasião que ouvi o primeiro sinal de anormalidade. Estava preparada uma padiola na gaiola dos macacos a fim de remover um puma, que se acha enfermo. Mas assim que ouvi os primeiros uivos e ganidos interrompi o que fazia e fui diretamente para ver o que estava acontecendo. E lá estava Bersicker investindo alucinadamente contra as grades, como se de repente quisesse libertar-se. No momento não havia muita gente ali por perto. Junto da jaula só havia um homem, de compleição alta e esguia, nariz adunco e barba pontuda, mas bastante rala, apresentando apenas esparsos fios brancos. Seu olhar era duro e frio. Notei, porém, que seus olhos tinham uma forte coloração vermelha. Esse detalhe já me deixou uma impressão das mais desagradáveis, e esta ainda mais se acentuou quando me pareceu que toda irritação de Bersicker era provocada por sua presença. Ele calçava luvas brancas de pelica. E, assim mesmo, com uma das mãos enluvadas apontou para os animais e disse:

"– Zelador, estes lobos demonstram estar aborrecidos com alguma coisa."

"– É provável que seja precisamente com o senhor."

– Respondi dessa forma, pois já não estava gostando da atitude que ele tomara. O homem, todavia, não se mostrou agastado, como eu esperava, limitando-se apenas a esboçar uma espécie de sorriso insolente, durante o qual deixou à mostra duas fortes arcadas de brancos e afiados dentes. E, logo após, acrescentou:

"– Oh, não, eles não gostariam de mim."

" – Oh, sim, eles gostariam – disse eu, imitando sua maneira de falar. – Eles sempre gostam de ter um osso ou dois para limpar seus dentes na hora do chá, e o senhor deve dar um saco cheio."

– Bem, tudo isso não passava de simples conversa, mas logo que os animais nos viram trocando ideias foram-se deitar. Então aproximei-me de Bersicker, que tranquilamente me deixou acariciar suas orelhas, como sempre o fez. Mas aí também o estranho se acercou dos lobos e eu já me dispunha a implorar-lhe que não tentasse de forma alguma passar também suas mãos na cabeça de Bersicker.

"– Cuidado, senhor, Bersicker é muito rápido!"

"– Não se preocupe – disse –, eu sei lidar com eles!"

"– O senhor também participa pessoalmente deste negócio? – perguntei eu, tirando o meu chapéu à guisa de saudação, já que todo aquele que comercia com lobos é, tradicionalmente, um bom amigo dos guardiões."

"– Não – disse ele –, eu não exploro propriamente este negócio, mas converti muitos deles em animais domésticos."

– E, assim dizendo, também ele ergue o seu chapéu com a dignidade de um lorde, para, a seguir, retirar-se. O velho Bersicker ficou olhando o homem afastar-se até perdê-lo de vista. Depois, recolheu-se, indo deitar-se num canto da jaula, de onde não mais saiu durante a tarde toda. Bem, na noite passada, logo ao sair da lua, todos os lobos daqui começaram a uivar. Entretanto, nada havia de especial para que assim procedessem. Não havia por perto nenhum outro espécime de sua estirpe, salvo algum cão vadio que também passou a uivar para os lados do jardim em Park Road. Ainda saí uma ou duas vezes para verificar se tudo estava em ordem, e realmente estava. Foi nesta ocasião que os uivos repentinamente cessaram. Precisamente instantes antes de soar meia-noite fui fazer mais uma ronda antes de voltar para casa. Acontece, porém, que ao chegar diante da jaula do velho Bersicker vi que as barras estavam quebradas e retorcidas e o interior da mesma se achava vazio. E isso é tudo o que sei a respeito desse caso.

– Sabe dizer-me se alguém mais viu alguma coisa?

– Sim, um dos nossos jardineiros estava voltando para casa naquela hora sossegada, quando viu um enorme cão cinzento irromper da orla do jardim. É isso o que ele diz. Entretanto, não lhe dou maior crédito, porquanto em casa ele nada dissera à sua mulher, e somente depois da divulgação da fuga do lobo, quando todos nós estivemos empenhados numa verdadeira caçada noturna para a recaptura de Bersicker, por todo o parque, é que ele achou de se lembrar de ter visto o cão. O que é provável é que o excesso de sossego tenha afetado sua cabeça.

– Agora, sr. Bilder, diga-me se na sua opinião existe uma explicação qualquer para a evasão deste lobo.

– Bem, meu patrão – disse ele, num tom de duvidosa moléstia –, acho que sim. Mas não posso garantir que o senhor se satisfaça com a minha teoria.

– Mas é evidente que sim. Se um homem como o senhor, que conhece esses animais por experiência própria, não puder formular uma boa hipótese para o caso, quem mais o tentaria fazer?

– Bem, companheiro, a minha explicação é das mais simples e intuitiva. Ouça-me e veja se não é: o nosso lobo escapou apenas porque precisava sair.

Pela maneira jocosa com que ambos, Thomas e sua mulher, riram a respeito de sua tirada, logo percebi que a mesma já vinha de segunda mão, e que toda a explanação não passara de um grande engodo. Está claro que nessa altura eu já não tinha armas para competir com a zombaria do astuto Thomas. Todavia, julguei oportuno enveredar por um processo mais percuciente, e disse-lhe:

– Bem, sr. Bilder, agora já podemos considerar como meritoriamente ganha a sua meia libra esterlina. A outra metade da moeda porém ficará em poder deste seu amigo, a fim de ser reclamada quando você me contar tudo o que pensa que vai acontecer.

– Está bem, senhor – redarguiu ele em tom brusco. – O senhor vai me perdoar, por certo, tê-lo embaído desta forma. Acontece, entretanto, que a minha velha achou de piscar para mim, e isto incitou-me a prosseguir na história que lhe arrumei.

– Quem, eu? Nunca – disse a idosa senhora.

– Minha opinião é a seguinte: o nosso velho lobo está por aí, em algum lugar. O jardineiro, que inicialmente de nada sabia, afirmou que o viu galopar no rumo do norte, correndo mais ligeiro que o mais veloz corcel. Devo-lhe dizer, porém, meu prezado senhor, que os lobos não galopam além daquilo que um robusto cão doméstico consegue render. Isso, porque eles não possuem uma estrutura óssea capaz disso. O lobo é um belo espécime da natureza, digno mesmo de figurar no mais requintado livro de aventuras, e ouso afirmar que, quando se reúnem em alcateia para caçar alguma presa tresmalhada, o diabólico barulho que causam é muito mais aterrador que a própria fama de estraçalharem tudo o que encontram. Mas, Deus seja louvado, na vida real o nosso lobo não passa de uma humilde criatura, que não possui nem a metade da inteligência e do atrevimento de um bom cachorro, assim como também seu potencial combatente não chega mesmo à quarta parte do seu valente primo-irmão doméstico. Este que fugiu, então, nem sabe lutar e tampouco prover sua própria subsistência. Na pior hipótese, ele se escondeu aqui, por perto do próprio parque, e está tentando caçar alguma coisa, talvez surpreso diante do inesperado problema de obter um desjejum que ainda não sabe de onde virá. Pode ser, também, que se tenha afastado um pouco mais, e haja invadido algum depósito de carvão. Meus olhos pagariam para ver o espanto que uma de nossas vizinhas cozinheiras teria ao deparar com o reflexo esverdeado de seus penetrantes olhos, postos a seu alcance em plena escuridão! Se de outra forma não conseguir alimentar-se, acabará como um intruso dentro de um açougue, a tempo de não morrer de inanição. Se, porém, nada disso ocorrer, e alguma ama-seca sair a passeio com o seu soldado e esquecer-se do carrinho com a criança na calçada, bem... então eu não me admiraria se amanhã o nosso censo tivesse de registrar um estranho óbito na faixa infantil. Isso é tudo que tenho a lhe dizer.

Eu já estendia a mão para entregar-lhe o meio-soberano, quando algo parecia estar galgando o parapeito da janela. Vi então o rosto do sr. Bilder sofrer uma total transformação... seu queixo ameaçava desabar de tanta surpresa!

– Que Deus seja louvado! – ouvi-o exclamar. – Se isto não é o próprio Bersieker, então não sei de mais nada!

Ele ergueu-se e caminhou em direção à porta para abri-la. Para mim tal requinte pareceu totalmente supérfluo. Sempre pensei que um animal selvagem jamais se comportará mais inofensivamente diante de nós do que quando percebe que ainda existe um obstáculo comprovadamente difícil entre ele e a nossa pessoa. Minha experiência individual antes fez corroborar que desmentir essa minha velha teoria.

Ao cabo de tudo, todavia, devemos confessar que nada fala mais alto que o hábito, pois, a partir daquele instante, nem Bilder nem sua mulher se mostraram mais inclinados a contrariar-me, recepcionando ali seu velho lobo com todas as honrarias de um bom cachorro. Não obstante, o pródigo Bersicker estava-se apresentando com uma atitude tão pacífica e bem comportada como se fosse o próprio genitor de todos os mais lindos lobos das nossas gravuras... o outrora mais tradicional amigo de nosso bravo "Hood, o Cavaleiro Vermelho", ao conduzir seus fiéis escudeiros mascarados.

Toda a cena adquiriu então um indizível misto de comédia e das mais desencontradas emoções. O sinistro lobo que por mais de meio dia paralisara Londres, deixando todas as crianças da cidade trêmulas de medo dos seus próprios sapatos, achava-se em carne e osso ali, timidamente imobilizado, como se quisesse cumprir uma triste penitência, e, logo a seguir, é recebido e mimado, como se não passasse de um arrependido filho pródigo da espécie lupina. O velho Bilder examinou-o cuidadosamente e com a maior solicitude e, ao terminar sua inspeção, disse:

– Vejam: eu sabia que meu fiel companheiro acabaria sendo molestado por algum problema. Não lhes tinha dito? Aqui está sua cabeça, ainda sangrando, toda retalhada por cacos de vidro. Deve ter saltado sobre algum muro, ou coisa parecida. É realmente vergonhoso que todo mundo tenha permissão para encher a crista dos seus muros com cacos de vidros e garrafas quebradas. É isto que acontece. Venha comigo, Bersicker.

Ele saiu com o lobo e trancafiou-o numa outra jaula, e ao mesmo tempo deu-lhe um alentado naco de apetitosa carne, satisfazendo, assim, na pior das hipóteses, ao menos quantitativamente, seus mais elementares instintos de conservação. Depois disso, partiu célere para a administração do parque, a fim de divulgar a aliviadora notícia.

Eu também, de minha parte, segui rumo à minha redação, levando no bolso o meu furo exclusivo daquele dia, a respeito da estranha evasão do nosso zoológico.

O diário do dr. Seward

17 de setembro – Depois do jantar, estive hoje ocupado no meu gabinete pondo em dia os livros de registro, os quais, em virtude de vários assuntos mais urgentes, trabalhos prioritários e as reiteradas visitas a Lucy, haviam ficado em lamentável atraso. Estava eu absorvido nesse serviço quando subitamente a porta é escancarada e meu paciente entra correndo, com as feições transtornadas por sua incontrolável paixão. Senti-me como que fulminado, pois a aparição de um paciente de um asilo de alienados no gabinete do superintendente do estabelecimento por conta própria é uma aberração virtualmente desconhecida. Sem se deter por um segundo sequer, avançou diretamente em minha direção. Empunhava uma faca de mesa, e também por seu aspecto geral logo notei que se achava numa fase perigosa. Por isso, tratei de ao menos manter uma mesa à guisa de obstáculo entre nós dois. Ainda assim, ele era demasiado ágil e forte para um confronto físico, porquanto logo na primeira investida logrou atingir-me no pulso esquerdo, golpeando-o de forma relativamente séria. Antes, porém, que pudesse desfechar-me novo golpe, apanhei-o com a direita e ele se abateu de costas sobre o piso. Meu pulso sangrava abundante e dentro em pouco havia formado uma poça de sangue sobre o tapete. Notei então que meu amigo já não tinha condição de realizar um novo esforço, e aproveitei a trégua para, com uma bandagem, sustar a forte hemorragia, sem contudo desviar os olhos do meu agressor, que continuava estirado no soalho. Logo que os atendentes entraram em meu gabinete e concentramos nossa atenção no seu estado, o que o vi fazendo me deixou positivamente alarmado. Deitado em decúbito ventral, como um cão faminto, ele lambia sequiosamente o sangue que escorrera do corte do meu pulso. Foi facilmente subjugado e, para surpresa minha, voltou placidamente para seu quarto levado pelos serventes, apenas repetindo incansável e monotonamente:

– Sangue é vida! Sangue é vida!

No momento, meu organismo não está em condições de sofrer nova perda de sangue. Isso devido não somente à recente transfusão na qual fui doador para restaurar Lucy, como ainda pelas sucessivas vigílias a que fui obrigado para melhor assisti-la na fase mais grave do seu tratamento, e que tanto me debilitaram. Sinto-me superexcitado e terrivelmente desgastado, e o que mais preciso é de repousar, repousar e repousar. Felizmente, Van Helsing não voltou a convocar-me, assim não serei obrigado a reduzir minhas horas de sono. Esta noite, entretanto, não me foi possível cumprir satisfatoriamente este programa.

Telegrama de Van Helsing, Antuérpia, para Seward, Carfax

(Enviado para Carfax, Sussex, por falta de indicação do respectivo condado. Entregue com atraso de 22 horas)

17 *de setembro* – Não deixe de estar presente em Hillingham hoje à noite. Se não estiver velando ininterruptamente, faça frequentes visitas e verifique que as flores estejam nos devidos lugares. Importantíssimo: não falhe. Estarei a seu lado o mais cedo possível, após minha chegada.

O diário do dr. Seward

18 de setembro – Acabo de partir por trem para Londres. A chegada do telegrama de Van Helsing encheu-me de consternação. Toda uma noite perdida, e eu sei através da mais amarga experiência o que pode acontecer durante uma noite. Naturalmente é até possível que tudo se desenvolva a contento, mas o que terá acontecido? Certamente temos mais uma terrível conjura pendendo sobre nossas cabeças, porquanto todo eventual acidente será o suficiente para transtornar todo o laborioso esquema que vimos cumprindo. Estou levando comigo este rolo de cera virgem, a fim de que possamos completar nossos registros no fonógrafo-gravador de Lucy.

Memorando deixado por Lucy Westenra

17 de setembro. À noite – Estou escrevendo estas linhas e deixando-as aqui para que sejam vistas e lidas. Faço-o para que ninguém venha a incorrer numa futura decepção por omissão minha. Sinto-me na iminência de morrer de fraqueza, e mal consigo reunir algumas forças para empunhar uma pena e escrever estas palavras. Isto, não obstante, terá de ser feito agora, mesmo que venha a custar-me a vida.

Recolhi-me à minha cama como o faço habitualmente, após haver cuidado de que as flores ficassem dispostas rigorosamente como o dr. Van Helsing determinara, e a seguir adormeci.

O que me despertou foi aquela mesma repetida e intolerável batida de asas contra as vidraças de minha janela, cujo começo remonta às noites posteriores à minha excursão sonâmbula à escarpa de Whitby, quando fui salva por minha amiga Mina, e cuja amizade agora tanto prezo. Não me sentia atemorizada, mas teria preferido que o dr. Seward se mantivesse no quarto vizinho – como aliás o dr. Van Helsing me afirmara que seria feito – a fim de que a qualquer momento o pudesse chamar. Tentei tudo o que é possível para adormecer, no entanto meu empenho resultou inútil. Isso fez com que meu antigo temor contra o sono me assaltasse, e decidi então manter-me desperta. Como que perversamente o sono somente me assolava quando eu já não o desejava. Por isso, temendo permanecer sozinha, abri a minha porta e chamei, bem alto: "Tem alguém aí?" Na verdade, não houve qualquer resposta. Receando acordar mamãe, tornei a fechar a porta. Então, vindo de fora, de entre a macega, ouvi uma espécie de uivo semelhante ao de um cão, porém bem mais selvagem e profundo. Fui até a janela e olhei para fora, mas nada vi, exceto um enorme morcego, o qual evidentemente ali estivera debatendo-se de encontro à vidraça. Já me sentindo bastante intrigada, voltei novamente para a cama, mas desta feita terminantemente determinada a não me deixar vencer pelo crescente sono. Nesta ocasião vejo abrir-se a porta e mamãe olhar para mim. Notando, por minha inquietação, que eu não estava dormindo, entrou e sentou-se a meu lado. E a seguir falou-me num tom ainda mais doce e terno do que habitualmente o faz:

– Fiquei preocupada a seu respeito, minha querida, e resolvi subir para ver se tudo está em ordem.

Agora preocupava-me a possibilidade de que ela se resfriasse se prosseguisse ali sentada, e sugeri que entrasse e ficasse para dormir comigo, na minha própria cama. Ela não se desfizera de suas roupas caseiras, afirmando que pretendia ficar comigo por pouco tempo, para logo após voltar a sua cama. Enquanto nós duas permanecemos deitadas e abraçadas em completo silêncio, o forte bater de asas voltou a açoitar os vidros da janela. Ela não tardou a estremecer e, já um tanto assustada, gritou para mim: "O que é isto?". Procurei tranquilizá-la, o que finalmente consegui. Ela, então, ficou quieta. Não obstante, continuei ouvindo o seu coração bater forte e descompassadamente. Daí a instantes voltei a ouvir o lúgubre uivo vindo da macega mais próxima e, logo a seguir, estrugiu o fragor de um vidro estilhaçado, com seus fragmentos espalhados pelo chão. A persiana que ficara arriada também foi arremessada para trás pela forte rajada de vento que a impulsionou, e pela abertura da lâmina partida assomou a cabeça de um enorme e descarnado lobo cinzento. A pobre mamãe emitiu um grito pavoroso e, ao mesmo tempo, procurava uma maneira de conseguir sentar-se, agitando desordenadamente os braços em busca de um ponto de apoio. Entre outras coisas, ela agarrou o colar de flores que o dr. Van Helsing tanto me recomendara que usasse em torno do pescoço e o atirou longe. Durante um segundo ou dois, ela permaneceu sentada apontando para o lobo. Neste breve interlúdio de terror, sua garganta emitia a mais estranha e horrível algaravia de soluços, sussurros e gemidos. E então ela tombou como se tivesse sido fulminada, e sua cabeça chocou-se contra a minha fronte, deixando-me tonta por alguns instantes. O quarto e tudo que nele se continha parecia girar vertiginosamente em torno de mim. Eu, porém, mantinha meus olhos fixos na janela. O feroz intruso, entretanto, retirou sua hedionda cabeça, e miríades de pequeninos fragmentos, ou melhor, uma verdadeira chuva deles, invadiu todo o meu quarto, num violento turbilhão, através da abertura da janela, girando e torvelinhando como se fora a própria coluna de poeira que os viajantes sempre descrevem e que tanto temem, quando açoitados pelo simum, em pleno deserto. Ainda tentei mover-me. Parece-me, contudo, que pesava sobre mim uma espécie de sortilégio e, além disso, eu estava também suportando todo o peso do corpo inerte de mamãe, cujo contato passou a dar-me um tremendo calafrio, já que aos poucos o calor vital se exauria de seu corpo. Lamento tristemente ter de constatar que seu pobre e frágil coração também já cessara de bater. Depois disso, perdi momentaneamente a consciência.

O tempo transcorrido, por estranho que pareça, não se me afigurou demasiadamente longo, até que voltasse à lucidez. Não sei onde, num sítio bem próximo, eu ouvia agora um repicar de sinos. Todos os cães da redondeza começaram a uivar. E na mesma sinistra macega que tanto me atormentara cantava agora um rouxinol. Sentia-me literalmente confusa e estupidificada e simultaneamente mergulhada num infindável abismo de terror e inanição. Mas, ainda assim, o mavioso canto do rouxinol parecia corresponder à terna voz de minha mãe, que agora retornava para consolar-me. Os ruídos davam-me a impressão de haver despertado também as minhas aias, pois eu ouvia agora claramente o impacto dos seus pés descalços diante da porta do meu quarto. Chamei-as e todas elas entraram. Mas quando viram o que acontecera e atentaram para o inerte corpo que jazia sobre mim saíram correndo horrorizadas. Outra forte rajada de vento bateu-se sobre a janela do meu quarto, precipitando-se por sua abertura e fechando novamente a porta, com tremendo estrépito. Mais tarde, minhas aias retiraram o corpo de minha mãe da cama, depois que eu me levantei. Estavam todas tão nervosas e assustadas que eu tive de mandá-las tomar um copo de vinho para ver se se acalmavam. A porta do meu quarto abriu-se por um instante e tornou a fechar-se. As empregadas lamentavam-se em altos brados e assim foram juntas para sala. Enquanto isso, recobri de flores o busto de minha querida mãe. Nesse mesmo instante lembrei-me do que o dr. Van Helsing me dissera. Eu, porém, não pretendia tirá-las dali agora, e além disso iria pedir para algumas empregadas me fazerem companhia. Fiquei, entretanto, surpreendida porque nenhuma delas havia voltado. Chamei-as e também não tive nenhuma resposta. Isso me fez descer até a sala para procurá-las.

Meu coração ficou paralisado quando vi o que acontecera. Todas elas jaziam no soalho, a meus pés, mal podendo respirar. A garrafa de licor de cerejas ainda se achava sobre a mesa, com seu conteúdo pela metade. Notei, porém, que o ambiente estava impregnado de um odor muito acre e esquisito. Desconfiei do licor, e quando o examinei senti um forte cheiro de láudano. Fui então até o aparador e lá verifiquei que o vidro que continha este medicamento, destinado ao tratamento de mamãe, estava totalmente vazio. O que vou fazer agora? Oh, meu Deus, o que devo fazer? Estou novamente no meu quarto, ao lado do corpo de minha mãe. Não o posso deixar só, mas estou sozinha, salvo pelas empregadas, que estão desacordadas, sob o efeito da droga, que não sei como ingeriram. Agora estou realmente solitária, solitária ao lado de minha mãe morta! Não tenho coragem para sair, pois ainda ouço o contínuo uivar do lobo, que chega até meus ouvidos através da janela estilhaçada.

Tenho a impressão de que o ar continua infestado pelos mesmos misteriosos fragmentos, que o invadiram logo após a janela ser quebrada. Vejo-os flutuando e girando em círculos, fazendo com que a luz me pareça mortiça e azulada. O que vou fazer? Que o Bom Deus me proteja dos males desta noite! Vou ocultar este papel no meu seio. É assim que ele será encontrado, quando vierem procurar-me. Minha pobre e adorada mãe já não existe! Já é tempo que eu também parta, que eu a acompanhe. Adeus, meu querido Arthur, adeus, se eu não sobreviver aos horrores desta noite! Que Deus o conserve, meu querido!... E, a mim, me guarde!

XII
O diário do dr. Seward

18 de setembro – Segui imediatamente para Hillingham, onde cheguei no tempo previsto. Depois de estacionar minha carruagem junto ao grande pórtico, fiz o resto do trajeto a pé, ao longo da avenida. Toquei a campainha e bati à porta o mais suavemente possível, pois receava perturbar o repouso de Lucy ou de sua mãe, esperando ser atendido apenas por um dos criados da casa. Após um breve intervalo, como não tinha obtido qualquer resposta, voltei a bater à porta e soar a campainha. E também desta feita o silêncio foi total. Eu então maldisse a inoperância da criadagem, pois, já havendo soado às dez da manhã, os serviçais deviam, neste caso, ter abandonado a cama há muito tempo, o que, todavia, não estava acontecendo. Embora já um tanto impaciente, resignei-me a repetir o que já fizera, para obter o mesmo resultado negativo. Até ali eu havia culpado apenas a criadagem, mas de repente uma terrível suspeita insinuou-se em meu pensamento. Não seria esta obsessiva e impenetrável desolação um novo elo desencadeado na corrente de infortúnios que pareciam estar-se estreitando cada vez mais sobre todos nós? Não estaria eu ali agora diante da morada da própria Morte, contra cujo desenlace minha presença já se tornara inócua e serôdia? Sei muito bem que alguns minutos, ou mesmo segundos, podiam estar-se convertendo numa eternidade de perigos para Lucy, desde que tivesse sofrido uma das suas aterradoras recaídas. Assim, decidi-me a rodear a casa a fim de tentar uma maneira qualquer de penetrar em seu interior.

Acontece, porém, que minha aflita tentativa foi frustrada. Todas as portas e janelas estavam fechadas e trancadas. Já me achava terrivelmente confuso, quando retornei à entrada da varanda. Mal chegando ali, ouvi uma rápida sucessão de impactos de patas de cavalo. Uma viatura parou em frente ao portão principal e dela desceu Van Helsing, o qual, a passos céleres, subiu a avenida. Assim que me viu, foi logo perguntando:

– Era então você, que chegou há pouco? Como está ela? Ou chegamos demasiadamente tarde? Você não recebeu meu telegrama?

Tão rápida e coerentemente quanto possível, respondi-lhe que recebera seu telegrama somente de manhã bem cedo, que não perdera um segundo para satisfazer o que ali pedira e também que até aquele instante ainda não me havia logrado fazer notado por quem quer que seja de dentro de casa. Após uma breve pausa, ele tirou o chapéu e num tom grave e sentencioso disse:

– Receio, então, que nossa chegada já seja demasiadamente tardia. Que se cumpra a vontade de Deus! – Mas, recuperando de imediato seu autodomínio, prosseguiu: – Venha. Se não houver outra forma de penetrarmos nesta infeliz mansão, abriremos caminho com nossas próprias mãos. Cada segundo que conseguirmos ganhar é o único fator com o qual ainda poderemos contar.

Dirigimo-nos então para a parte posterior da casa, onde localizamos uma janela que dava na cozinha. O Professor retirou do estojo que levava uma pequena serra cirúrgica e, passando-a a minhas mãos, apontou em direção as barras de ferro que protegiam a janela. Imediatamente, pus-me em ação e daí a pouco já havia removido três varetas. A seguir, com o auxílio de uma longa e fina faca conseguimos destravar o ferrolho inserido no caixilho, e finalmente abrimos a janela. Primeiramente ajudei o Professor a transpô-la, e logo após eu mesmo me esgueirei pela pequena abertura. Não encontramos ninguém, nem na cozinha, e tampouco nos dormitórios dos empregados, que eram os cômodos mais próximos. Fomos examinando uma por uma as diversas dependências da casa por onde passávamos. Ao chegarmos à sala de jantar, ainda tenuemente iluminada através das persianas arriadas, deparamos com quatro criadas estendidas no soalho. Entre as quatro não havia a menor suspeita de morte, porquanto sua respiração estentórea e o acre odor de láudano que impregnava todo o ambiente não nos deixavam qualquer dúvida quanto a suas condições. Van Helsing e eu apenas nos entreolhamos. E, quando já nos afastávamos, ele disse:

– Estas podemos deixar para atender depois.

Então, subimos para o quarto de Lucy. Por um segundo ou dois, ainda permanecemos parados diante da porta, tentando ouvir alguma coisa. O silêncio, entretanto, era completo. Já com mãos trêmulas e rostos descorados, abrimos lentamente a porta e entramos no quarto.

Como posso descrever o lúgubre quadro com que nos deparamos? Numa mesma cama jaziam as duas mulheres, Lucy e sua mãe. Esta, um pouco mais afastada, achava-se coberta por um lençol branco, cuja uma das pontas fora como que sugada através da abertura existente na vidraça da janela, deixando exposto um rosto contraído e lívido, encimado por um olhar fixo e esgazeado, denotando todo o tremendo terror que o imobilizara. A seu lado estava Lucy. Seu semblante, além da mesma acentuada palidez, apresentava um ricto ainda mais terrível que o de sua mãe. As flores que compunham seu colar achavam-se espalhadas sobre o busto de sua mãe. E sua garganta, agora descoberta, ostentava claramente as duas minúsculas incisões as quais já havíamos observado antes. Suas orlas, porém, estavam desta feita horrendamente esbranquiçadas e evidentemente mutiladas. Sem emitir qualquer palavra, o Professor inclinou-se sobre a cama, fazendo com que sua cabeça quase tocasse no busto da pobre Lucy. Então, apurando melhor o ouvido para auscultá-la, deu um salto para trás e exclamou num tom vitorioso:

– Ainda não é demasiado tarde! Rápido, rápido! Traga a aguardente!

Desci a escadaria quase que voando e num instante estava de volta com a garrafa de bebida. No caminho, cuidei de provar e cheirar o conteúdo da mesma, já que podia estar também misturado com o mesmo láudano que fora adicionado ao licor de cereja que ficara sobre a mesa. As criadas agora já respiravam num ritmo bem mais compassado, deixando-me a impressão de que o narcótico aos poucos ia perdendo seus efeitos. Nada disso, todavia, me deteve, e eu já me achava novamente diante de Van Helsing. Como já o fizera anteriormente, tomou uma pequena quantidade da bebida e com ela friccionou seus lábios, pulsos e gengivas, e ainda as palmas das mãos. E então disse-me:

– É o que posso fazer no momento. Agora você vá lá embaixo e reanime as moças. É preciso friccionar o rosto de cada uma delas com uma toalha molhada, mas faça-o com força. Depois mande-as acender o aquecedor e faça-as preparar um banho quente. A nossa pobre paciente está quase tão gelada quanto o corpo de sua mãe que se acha junto dela. Precisa ser aquecida com a maior urgência antes que lhe proporcionemos qualquer outro tratamento.

Desci incontinenti e realmente não encontrei maiores dificuldades em recuperar três delas. A quarta, a mais jovem dentre todas, tinha sido mais fortemente afetada pelo narcótico. Isso obrigou-me a colocá-la sobre o sofá e deixá-la dormir ainda um pouco. As demais mostraram-se inicialmente um tanto tontas, mas, assim que iam readquirindo plena lucidez, gritavam e suspiravam como histéricas. Porém, mostrei-me inflexível com elas e não permiti de forma alguma que ficassem conversando. Disse-lhes sumariamente que a perda de uma vida já era mais que suficiente, e que se demorassem sacrificariam também a vida da srta. Lucy. Destarte, chorando e suspirando, cumpriu cada uma sua missão, semivestidas como estavam, e acenderam o fogo e aqueceram água. Felizmente os fogões da cozinha e do aquecedor central estavam ainda acesos, e logo se obteve água para um banho quente. Preparamos uma banheira bem aquecida e levamos Lucy como se encontrava a um prolongado banho de imersão. Enquanto nos empenhávamos em friccionar seus membros, ouvimos alguém bater à porta do saguão. Uma das criadas correu até seu quarto para recompor suas sumárias vestes e, a seguir, foi atender a quem batia. Ao voltar, murmurou-nos que o recém-chegado era um cavalheiro que se dizia portador de um recado do sr. Holmwood. Disse-lhe simplesmente que ele teria de esperar, pois no momento não podíamos atender ninguém. Ela desceu com a nossa resposta e, depois disso, absorvidos como estávamos com o nosso trabalho, inadvertidamente esqueci-me por completo da presença do visitante.

Jamais havia visto, em todos os meus anos de convívio com o Professor, o mesmo trabalhar com tão obstinada determinação. Sabia – como também ele, e com maior razão – que se tratava de uma luta frontal e decisiva com a própria Morte, e logo que tive uma oportunidade lhe expus esta minha opinião. Respondeu-me de uma maneira que não consegui compreender, mas seus olhos incutiam em cada palavra que enunciava o mais profundo cunho de seriedade. Eis sua resposta:

– Se isso fosse tudo, eu pararia agora mesmo onde nós estamos e deixaria que ela se esvaísse em paz, pois não consigo ainda vislumbrar o menor lampejo luminoso no conturbado horizonte de sua jovem vida.

Após estas breves palavras, prosseguiu em sua infatigável tarefa, na qual, se fosse possível, parecia agora empenhar-se com um novo e redobrado vigor. E dentro em pouco começamos a perceber que o calor do banho de imersão dava os primeiros sinais de seu benéfico efeito. O ritmo cardíaco de Lucy tornara-se agora já bem mais audível através do estetoscópio, e seus pulmões voltavam também progressivamente a um arfar bastante acentuado. O rosto de Van Helsing parecia agora abrir-se num sorriso iluminado. E assim que nós a retiramos da banheira e a envolvemos numa toalha bem seca e pré-aquecida para enxugá-la, ele falou:

– A primeira vitória é nossa! Xeque ao Rei!

Removemos Lucy para outro quarto, que já fora convenientemente preparado, a deitamos na cama e derramamos algumas gotas de aguardente em sua boca. Notei que Van Helsing atou um macio lenço de seda em torno do seu pescoço. Ela, não obstante, permanecia ainda inconsciente, e seu estado geral mostrava-se mesmo assim tão ou mais precário que em qualquer outra ocasião anterior.

Então, Van Helsing chamou uma das empregadas e mandou que ficasse a seu lado, sem arredar seus olhos dela um só instante até estarmos ali de volta, e fez-me um sinal para que o acompanhasse.

– Vamos realizar uma breve conferência para estabelecermos nosso plano de ação – disse ele, enquanto descíamos a escadaria.

Ao chegarmos ao saguão, ele abriu a porta da sala de jantar e, após entrarmos, voltou-se, fechando-a cuidadosamente atrás de si. Os postigos se achavam abertos; as persianas, porém, continuavam arriadas, em conformidade com a etiqueta fúnebre que ainda é fielmente observada pelas mulheres britânicas das classes mais humildes. Portando toda a sala se achava imersa numa meia-luz. Para a finalidade da nossa reunião, todavia, sua fraca luminosidade era perfeitamente satisfatória. Assim pude ainda observar que a seriedade fisionômica de Van Helsing se atenuara de certo modo, transformando-se, porém, visivelmente numa indisfarçável atitude de perplexidade.

Ele evidentemente mantinha sua mente sob constante tortura a respeito de alguma dúvida. Por isso, mantive-me na expectativa, até que ele falou:

– O que vamos fazer agora? De quem lançaremos mão para ajudar-nos? Precisamos providenciar com toda urgência uma nova transfusão de sangue, do contrário a vida da pobre moça poderá extinguir-se talvez dentro de uma hora. Você já está depauperado e eu também. Receio confiar numa destas mulheres mesmo, se alguma delas se mostrasse disposta a colaborar como doadora. Onde poderíamos conseguir alguém em condições de abrir suas próprias veias a fim de que a salvemos?

– Digam-me, por favor, o que há de mau em relação a mim? Posso saber?

Esta nova voz chegava-nos do sofá situado no outro extremo da sala, e seu tom trouxe-me alegria e um grande alívio a meu coração, pois eu já a identificara. Por sua inconfundível inflexão somente podia ser de Quincey Morris. A princípio, Van Helsing pareceu-me irritado. Suas feições, entretanto, descontraíram-se e um súbito sorriso aflorou em seus lábios, quando me ouviu exclamar:

– Quincey Morris! – Ao mesmo tempo, dirigi-me a seu encontro, de braços estendidos. – O que o trouxe aqui? – perguntei-lhe, assim que nossas mãos se tocaram.

– Presumo que Arthur seja o motivo.

E assim dizendo, passou-me o telegrama que trouxera:

"Há três dias não recebo qualquer notícia de Seward. Estou terrivelmente impaciente. Não posso ausentar-me agora. Papai ainda nas mesmas condições. Diga-me como vai Lucy. Favor não demorar. Holmwood."

– Julgo ter chegado no momento culminante. Não será preciso dizer-lhes que basta os senhores darem suas ordens para que eu as cumpra com a maior satisfação.

Van Helsing deu um passo à frente e apertou sua mão. Olhando-o firmemente nos olhos, disse-lhe:

– O sangue de um bravo varão é a melhor dádiva que uma mulher pode receber quando sua vida se acha em perigo. O senhor é um homem de verdade. Bem, o demônio pode conspirar contra nós segundo suas astúcias, mas Deus sempre nos presenteia com um bom homem no momento em que dele necessitamos.

E lá estávamos mais uma vez executando a nossa mesma e penosa operação. Lucy teve que sobrepujar um tremendo choque, que a deixou muito mais abalada que das outras vezes. Isso porque, embora quantitativamente o sangue agora jorrasse abundantemente em seu coração, seu organismo já não reagiu ao tratamento heroico com a mesma presteza e eficiência com que o fizera antes. Sua convulsiva porfia até que aportasse novamente de volta às longínquas plagas da Vida constituiu-se numa verdadeira provação, não somente para ela, mas também para quem teve a desditosa obrigação de, penalizado e já virtualmente desarmado, assistir a tudo e também tudo ouvir. Não obstante, ainda assim, aos poucos seus pulmões e seu coração foram-se fortalecendo. Esta ligeira melhora permitiu que o Professor lhe aplicasse uma injeção de morfina por via subcutânea, como também já lhe dera nas outras ocasiões, aliviando-lhe em boa hora dos seus sofrimentos. Agora, seu desmaio evoluíra para uma profunda modorra. Van Helsing passou a dar-lhe permanente assistência, enquanto Morris e eu descemos para pagar o preço da corrida ao cocheiro, que ficara esperando em sua carruagem. Fiz então o novo doador ingerir um alentado copo de vinho e estender-se confortavelmente numa cama que já o esperava. Em seguida, ordenei ao cozinheiro que preparasse um farto e nutritivo desjejum. Nesse preciso instante, um inesperado pensamento pareceu alertar-me, e eu decidi voltar ao quarto onde Lucy agora se encontrava. Ao entrar silenciosamente, encontrei Van Helsing manuseando atenciosamente um manuscrito constante de duas amplas laudas de papel. Ele evidentemente já o havia lido e refletia agora sobre o seu conteúdo, o que deduzi de sua atitude, pois mantinha-se sentado e meditativo, com a fronte apoiada numa das mãos. Um acento de sardônica satisfação transparecia através de sua face, como que anunciando que uma grande dúvida acabava de ser esclarecida. Passou-me as duas folhas dizendo apenas:

– Caiu do seio de Lucy, quando a levávamos, para o banho.

Após haver concluído a leitura, fiquei como que estupefato, imobilizado e de olhos fixos no professor. Passado algum tempo, cuja duração eu mesmo não poderia definir, perguntei-lhe:

– Pelo amor de Deus! O que é que tudo isso quer dizer? Estava, ou está ela ainda louca? Ou então que espécie de atroz perigo é este que a persegue?

A verdade é que fiquei tão desnorteado que já não atinava com o que dizer. Van Helsing estendeu a mão e recolheu o papel dizendo:

– Não se preocupe com isso agora. Esqueça-o, por enquanto. Você saberá e compreenderá tudo oportunamente. Mas somente mais tarde. Agora, diga-me, o que tinha para falar-me?

Sua pergunta restituiu-me à realidade dos fatos. E eu sentia que voltava a ser eu mesmo.

– Quero falar-lhe sobre o certificado de óbito. Se não o redigirmos lacônica e apropriadamente, poderá suscitar um interrogatório, e neste caso o teor deste papel terá que ser revelado. Espero que não sejamos molestados, pois do contrário semelhante escândalo bastaria para causar a morte da desventurada Lucy, caso não venha a sucumbir antes. Eu sei, você sabe e vários outros médicos com os quais já se tratou sabem que a sra. Westenra sofria do coração. Podemos, portanto, atestar que esta foi a sua *causa mortis*. Preenchamos já o certificado, para que eu o leve ao Registro das Pessoas Físicas e tome as demais providências necessárias.

– Muito bem, meu prezado John! Muito bem pensado! Cara srta. Lucy: se por um lado se martiriza pelos monstros que a perseguem, por outro deve sentir-se recompensada e dar graças a Deus pelos bons e fiéis amigos que a protegem. Um, dois, três, um após outro, todos abrimos as nossas veias para salvá-la, inclusive este ancião. Oh, sim! Eu o conheço, meu bom amigo John! Não sou cego! Admiro-o ainda mais por isso! Agora, vá!

Ainda no saguão, encontrei-me com Quincey Morris. Acabara de redigir um telegrama endereçado a Arthur, comunicando o óbito da sra. Westenra, informando que Lucy também estivera mal, mas que agora já se achava bem melhor, e que Van Helsing e eu nos achávamos com ela. Disse-lhe, então aonde ia, e ele tratou logo de deixar-me livre. Quando eu transpunha a porta, apenas pediu-me:

– Quando você voltar, Jack, posso dizer-lhes duas palavras, a vocês dois, a respeito de todos nós?

Assenti prontamente, com um aceno de cabeça e pus-me a caminho. Como já esperava, não tive qualquer dificuldade na repartição. De passagem, entrei no escritório da empresa funerária local. Pedi que um representante da mesma nos procurasse à noite, a fim de tomar as medidas do ataúde e providenciar o que fosse necessário.

Ao retornar, encontrei Quincey já à minha espera. Disse-lhe que desceria para vê-lo logo que soubesse a respeito do estado de Lucy, e subi para o quarto onde ela repousava. Estava ainda adormecida, enquanto o Professor aparentemente nem sequer se deslocara na cadeira que ocupava a seu lado. Do seu gesto de cruzar o indicador sobre os lábios, deduzi que ele esperava vê-la despertar a qualquer instante, preferindo, porém, que acordasse naturalmente. Diante disso, desci ao encontro de Quincey e, juntos, passamos à sala de refeições, onde persianas não tinham sido arriadas, e que me parecera algo mais acolhedora ou menos desconfortável que as demais dependências vizinhas. Após nos acomodarmos, ele disse:

– Jack Seward, não pretendo intrometer-me em nada daquilo que não me diz respeito. Esta, todavia, não é uma situação trivial. Você sabe que eu amei esta moça e a quis desposar. Mas, embora tudo isso já tenha passado, não posso evitar minha ansiedade quanto ao seu lamentável estado. Afinal de contas, o que é que há de errado com ela? O holandês, que aliás é um excelente sujeito, e eu estou convencido disto, dizia, quando vocês dois vieram para baixo, que você ia passar por mais uma transfusão de sangue, e que ambos vocês já se achavam depauperados. Agora devo também confessar saber perfeitamente que vocês, médicos, se comunicam sob a égide do segredo profissional, e que ninguém deve ter acesso a suas conferências, que habitualmente se processam em caráter estritamente confidencial. Mas, volto a insistir, nós não nos encontramos diante de um caso corriqueiro. E seja qual for a sua natureza, é incontestável que eu também nele tive de cumprir a minha parte. Não estou com razão?

– Isto é verdade – disse eu. E ele prosseguiu:

– Presumo que ambos já tenham feito o mesmo que eu hoje fui chamado a cumprir. Não é isso mesmo?

– Sim, tem razão.

– E creio que Arthur também já prestou sua colaboração pessoal neste sentido, pois, quando há cerca de quatro dias atrás o vi em seu escritório, sua aparência era deveras esquisita. Jamais vi algo assim que abatesse tão rapidamente uma criatura, desde que estive no Sul, na região dos pampas argentinos, onde possuía uma égua que se tresmalhara durante a noite. Um daqueles morcegos gigantescos, que ali chamam de vampiros, a atacara em plena escuridão, e a quantidade de sangue que o meu animal perdeu, através da incisão deixada em sua veia jugular, foi tão estarrecedora que não mais teve força suficiente para levantar-se. Sua fraqueza obrigou-me a sacrificá-la ali mesmo, com um tiro na cabeça. Jack, se você quiser revelar-me a verdade sem receio de se ver traindo a confiança, diga-me: Arthur foi o primeiro, não é verdade?

Ao falar-me nesse tom patético, o pobre homem me demonstrava todo o seu angustiante estado de espírito. Eu sabia agora até onde chegava a terrível dúvida que o torturava com relação à mulher que ainda amava. E sua total ignorância do tremendo mistério que a esmagava somente contribuía para intensificar o seu sofrimento. Eu podia sentir que seu próprio coração também sangrava, e sua provação acabara de despojá-lo virtualmente de toda a sua pujante virilidade, e ele bem que podia orgulhar-se dela, deixando-o a um simples passo do desmoronamento. Ainda me contive antes de responder-lhe, pois não devia trair nada daquilo que o Professor decidira manter em segredo. Mas, ao mesmo tempo, concluí que, sabendo tanto quanto ele já sabia, deixara também de existir aquela razão que me impedia de responder-lhe. Isso fez com que lhe revelasse tudo numa simples frase:

– Sim, é isso mesmo.

– E a partir de quando é que isso vem acontecendo?

– Desde cerca de dez dias.

– Dez dias! Então, meu caro Jack Seward, pelo que estou sabendo, esta pobre e linda criatura de quem todos nós tanto gostamos absorveu em seu organismo nestes dez dias quase todo o sangue de quatro homens fortes.

Mas, meu Deus do Céu, nem mesmo todo o seu delicado corpo teria capacidade para tanto. – E aproximando-se de mim o mais que pôde, sussurrou-me num tom semifurioso: – E o que foi que a deixou assim?

– Aí é que está o mistério – disse eu, sacudindo a cabeça desanimadamente. – Van Helsing mostra-se furiosamente frenético pala descobri-lo e, quanto a mim, confesso-lhe que minha capacidade de raciocinar já se acha virtualmente esgotada. Não consigo nem mesmo engendrar uma causa plausível. Também uma estranha série de circunstâncias vieram-se sucedendo, as quais acabaram pondo por terra todos os nossos planos para que Lucy pudesse estar sob uma vigilância apropriada. Isso, entretanto, não mais se repetirá. Aqui permaneceremos até que tudo esteja bem... ou definitivamente mal.

Nesse mesmo instante Quincey estendeu-me sua destra.

– Conte comigo também – disse ele. – Quero que você e o holandês me digam o que tenho a fazer, e o que disserem será feito.

Ao despertar já quase ao fim da tarde, o primeiro gesto de Lucy foi levar sua mão ao próprio seio e, para surpresa minha, mostrou-nos logo o papel que Van Helsing me dera para ler. O zeloso Professor o recolocara no devido sítio de onde caíra, prevendo que, ao acordar, ela viesse a sobressaltar-se se notasse sua falta. Seus olhos então se dirigiram a Van Helsing e a mim e se tranquilizaram. Mas, como que instintivamente, ela passou a olhar em torno do novo quarto em que se achava, e logo percebemos seu estremecimento. Seu susto foi imediatamente seguido de um agudo grito e a vimos consternadamente esconder suas pálidas faces, numa comovedora crise nervosa. Nós dois compreendemos logo o que ela agora tinha em mente: a plena convicção da morte de sua mãe. Apressamo-nos por isso a apoiá-la e dar-lhe todo o consolo. Esta prova de solidariedade e simpatia a aliviou bastante, mas mesmo assim percebia-se ainda que ela não se libertara de toda essa terrível depressão de espírito. E assim ficamos todos compungidos ao vê-la mergulhar num longo pranto, silencioso e amargurado. Para reanimá-la um pouco, dissemos a ela que, de agora em diante, um de nós, ou mesmo ambos, não mais arredaríamos pé de seu lado por um só segundo. E isso, finalmente, parece havê-la influenciado positivamente. Pouco antes do anoitecer, Lucy se rendeu a uma leve sonolência. Observamos, então um curioso evento. Ainda sob o efeito da modorra, ela retirou o papel que voltara a guardar entre seus seios e o rasgou em dois pedaços. Van Helsing aproximou-se da cama e recolheu as duas partes já dilaceradas. Indiferente a isso, ela prosseguiu fazendo todos os movimentos característicos de ágeis dedos que se empenham em rasgar papéis e finalmente ergueu ambas as mãos e sacudiu-as, como se realmente quisesse desvencilhar-se do que escrevera, espalhando pelo chão seus fragmentos. Van Helsing não conteve seu gesto de surpresa e suas densas sobrancelhas arquearam-se significativamente para melhor concentrar seu pensamento. Permaneceu, porém, silencioso.

19 de setembro – Durante toda a noite passada ela dormiu satisfatoriamente, embora se mostrasse um tanto assustada e relutante em adormecer. Ao despertar, notamos que ela se mostrava mais enfraquecida. O Professor e eu nos revezamos nos períodos de vigilância e em nenhum instante deixamos de atendê-la, sempre que necessitou. Quincey Morris não voltou a exteriorizar sua intenção. Eu, porém, sabia que passara a noite toda inspecionando cuidadosamente os arredores da casa.

Ao raiar do dia, já seus primeiros albores nos deram uma precisa ideia da devastação que se abatera sobre as já débeis forças da pobre Lucy. Ela mal conseguia girar sua cabeça sobre o travesseiro, e a insignificante porção de alimento que ingerira não lhe parecia estar fazendo bem. A breves intervalos, quando adormecia, Van Helsing e eu notamos a profunda diferença fisionômica que lhe advinha da placidez do sono e quando em estado de vigília. Em pleno repouso ela dava-nos a impressão de sentir-se mais forte, embora assustadiça, e seu ritmo respiratório mantinha-se num compasso mais suave.

É verdade que seus lábios entreabertos deixavam a descoberto as pálidas gengivas e seus alvos dentes, agora já acentuadamente descarnados, o que os fazia parecerem mais longos e afiados que de costume. Acordada, porém, a suavidade dos seus olhos evidentemente adquiriam uma insólita expressão, como se eles estivessem olhando para dentro de si mesmos, na contemplação do próprio fim. Já às primeiras horas da tarde, ela perguntou pelo seu querido Arthur, e nós imediatamente telegrafamos para ele. Quincey encarregou-se de esperá-lo na estação.

Quando chegou já eram quase seis horas, e o sol se despedia de mais uma dessas tardes radiosas e seus róseos raios se insinuavam calidamente através da janela, imprimindo à fria lividez de suas faces um novo e efêmero matiz de vitalidade. Ao avistá-la, Arthur não conseguiu superar um violento impacto emocional, que nós três malogramos evitar de secundar. Na vertiginosa sucessão das horas, os percalços da vigília interminável pareciam agora amiudar mais os implacáveis sintomas de um coma inevitável, tornando-os mais e mais frequentes, de tal forma que as breves pausas durante as quais alguma conversação era possível foram ficando cada vez mais curtas. Não obstante, a presença de Arthur parecia ainda atuar como um miraculoso estimulante. Ela apresentou um lampejo de melhora, conseguindo conversar com ele bem mais claramente do que o fizera desde a nossa chegada. Ele também se controlou ao máximo, falando-lhe tão terna e animadamente quanto humanamente possível, de maneira que, ainda assim, tudo correu da melhor forma em tais circunstâncias.

Dentro em pouco nossos relógios vão soar a uma hora, e ele e Van Helsing estão sentados a seu lado. Eu os substituirei dentro de um quarto de hora. Os dois disporão do período que vai até as seis horas para tentar conciliar o sono. Receio que amanhã nossa vigília já tenha terminado, pois o choque que se abateu sobre ela foi demasiadamente violento. A pobre criança já não dispõe de qualquer reserva que a faça resistir. Que o bom Deus Onipotente nos ajude a todos!

Carta de Mina Harker para Lucy Westenra
(Ainda não recebida)

17 de setembro

Caríssima Lucy:

Parece-me que já faz um século que não recebo notícias suas, o que aliás acontece desde que lhe enviei minha última carta. Você certamente me perdoará de todas as minhas faltas assim que começar a ler o meu longo rol de novidades que aqui transmito. Bem, em primeiro lugar devo dizer-lhe que tive a grande felicidade de recuperar a saúde de meu marido, que agora está são e salvo. Ao chegarmos em Exeter, havia já uma carruagem à nossa espera. Dentro dela, em pessoa, apesar dos seus incômodos ataques de gota, aguardava-nos o dr. Hawkins. Ele nos conduziu para sua casa, onde reservara vários ótimos e confortáveis aposentos para nós, fazendo-nos ainda jantar em sua companhia. Após o jantar o sr. Hawkins disse-nos:

– Meus caros, quero brindar à sua saúde e prosperidade. E que todas as bênçãos do céu façam dos seus dias futuros uma perpétua fonte de felicidades. Conheço-os desde a mais tenra infância e foi com muito orgulho e carinho que os vi crescer. Agora quero que vocês dois façam de minha casa a sua casa para morarem aqui comigo. Como sabem, vivo solitariamente, pois não tenho um criança que seja meu herdeiro, nem sequer um animalzinho de estimação. Todos se foram e, por minha livre e espontânea vontade, deixei para vocês dois tudo quanto me pertence.

Não pude reprimir um jorro de lágrimas, minha querida Lucy, quando vi Jonathan e o nosso bom velho selarem essa nova aliança com um sincero e prolongado aperto de mão. A noite foi realmente de uma felicidade infinita e incomparável.

Assim, estamos os dois aqui instalados nesta antiga e belíssima casa, de onde, através das janelas do dormitório e do quarto de vestir, posso contemplar os majestosos olmos que circundam a catedral, com suas longas e escuras hastes apontadas contra as velhas e amarelas pedra do templo. Daqui posso até mesmo ouvir o ranger das numerosas hastes lá do alto, quando, açoitadas pelo vento, roçam e roçam, gemem e gemem, e por vezes parecem gargalhar, naquele tom característico que só os vegetais e minerais conhecem – para nós humanos os interpretarmos – ao se atritarem de encontro aos polidos paredões da grande catedral. Não será preciso dizer que tenho muito em que me ocupar, arranjando as coisas e cuidando da casa. Jonathan e o sr. Hawkins, por sua vez, também trabalham o dia inteiro, pois, agora que meu marido passou à categoria de sócio, nosso anfitrião deseja dar-lhe pleno conhecimento da situação de cada um dos clientes.

Como vai passando sua querida mãe? Desejaria muito fazer-lhes uma rápida visita de um dia ou dois, minha prezada. Não me sinto, porém, ainda à vontade para tanto, em virtude da grande responsabilidade que acabo de assumir. E também Jonathan continua carecendo de minha constante assistência. Felizmente, já posso vê-lo aos poucos ir recuperando alguma carne sobre seus ossos. A verdade, porém, é que ele ficou barbaramente debilitado pela prolongada moléstia que tanto o castigou. Ainda agora, vez por outra, ele desperta subitamente no meio da noite completamente trêmulo, até que eu o acalme e acalente, e assim lhe restitua à sua costumeira placidez. Mas, graças a Deus, tais acessos vão-se tornando menos frequentes a cada dia que passa, e assim espero que venham a cessar completamente dentro de algum tempo. Com isso, já lhe contei as minhas novidades. Agora, quero saber das suas. Quando é que você vai se casar e onde? E quem você escolheu para celebrar a cerimônia? Como será o seu vestido? Seu casamento será realizado numa festa pública ou terá o caráter de uma reunião particular? Diga-me alguma coisa a respeito disso tudo, minha querida. Conte-me tudo o que souber, pois, como sabe, não existe nada que possa interessá-la que, de alguma forma, não me diga respeito. Jonathan pede-me que lhe ofereça seus "respeitosos préstimos". Entretanto, acho que isto não é o suficiente quando se trata apenas do sócio calouro de uma importante firma como é a nossa antiga Hawkins & Harker. Assim sendo, como você me ama e ele ama a mim, e eu a adoro em todos os tempos, modos e pessoas deste verbo universal, transmito-lhe também apenas e simplesmente a sua "sincera adoração". Até a vista, queridíssima Lucy, e que Deus a cumule com todas as suas bênçãos.

Sua
Mina Harker

Relatório apresentado por Patrick Hennessey, M. D., M. R. C. S. L. K. Q.C P.I., etc., etc., a John Seward, M.D.

20 de setembro

Meu Caro Senhor:

Em conformidade com suas instruções, remeto-lhe junto um relatório sobre a situação geral de todos os encargos que me foram confiados A respeito do paciente Renfield temos inicialmente algo a dizer. Ainda uma vez teve ele um dos seus perigosos acessos de fúria que, por pouco, ia-nos acarretando as mais terríveis consequências. Mas, felizmente, isto pôde ser contornado e assim também os piores resultados. Esta tarde, uma viatura de carga conduzida por dois homens esteve na casa vazia cujo terreno se limita com o nosso – aquela mesma casa antiga para a qual, por duas vezes, como se recordará, o nosso paciente havia fugido antes. Os dois homens pararam diante de nosso portão, a fim de perguntar ao nosso porteiro qual o itinerário a tomar para lá chegarem, pois se tratava de gente estranha. Na ocasião, eu mesmo chegara à janela para fumar um pouco após o meu jantar, e vi um deles se aproximar da portaria. Ao passar diante da janela do quarto de Renfield, este começou a decompô-lo, insultando-o com toda a vasta escala de impropérios de que seu repertório era capaz. O estranho, que aparentemente era um sujeito decente, limitou-se a responder-lhe que "se calasse, pois não passava de um mendigo de boca suja". Renfield, porém, prosseguiu vociferando, e agora acusava o homem de o haver roubado e que estava ali para assassiná-lo, advertindo-o, além disso, de que, se estivesse em liberdade, o impediria de andar ali. Abri minha janela e acenei para o estranho, dando-lhe a entender que não levasse em consideração nada do que havia ouvido. Com isso ele se deu por satisfeito, depois de lançar um amplo olhar a seu redor, como se estivesse analisando o lugar onde parara, dizendo:

– Deus me livre, meu senhor! Jamais acreditaria no que sempre ouvi dizer a respeito desses floridos asilos de alienados. Tenho pena do senhor, que, no cumprimento de suas funções, é obrigado a viver numa casa desta, tendo o tempo todo a seu lado um animal selvagem que carrega tanto ódio.

A seguir, ele delicadamente indagou a respeito do caminho, e eu o informei como atingiria o portão da casa abandonada. Depois disso, o estranho se retirou, sempre ferreteado pelas invectivas e terríveis ameaças do nosso enfurecido paciente. Então desci para tentar descobrir se havia algum motivo especial para semelhante fúria, pois habitualmente é um doente bem-comportado. E, com exceção dos seus eventuais acessos de violência, nada dessa natureza ocorrera ainda desde que se achava internado. Para meu assombro, fui encontrá-lo bem-composto e por assim dizer quase afável em suas atitudes. Ainda tentei entabular uma palestra sobre o incidente, mas ele delicadamente me fez outras perguntas, fingindo-se de desentendido, e levando-me a acreditar que já houvesse esquecido tudo a respeito do que acontecera. Na verdade, porém, lamento dizê-lo, sua recusa nada mais era do que mais uma de suas astúcias, pois daí a meia hora voltei a ter o mesmo problema com ele. Desta feita, ele forçara passagem pela janela de seu quarto e agora corria desabaladamente avenida abaixo. Reuni os atendentes mais próximos, mandei que me acompanhassem e saí correndo em seu encalço, pois suspeitava de que ele estivesse na iminência de executar algum plano sinistro. Meu temor se confirmou, ao deparar-me com a mesma viatura que vira pouco antes, e que agora se aproximava ao longo da mesma avenida, já carregada com alguns grandes caixões feitos de madeira. Os homens da carruagem ainda estavam enxugando suas testas cobertas de suor, e seus rostos pareciam realmente afogueados, denotando um intenso esforço físico despendido. Antes que o pudesse alcançar, meu paciente se atracou com um deles e, depois de derrubá-lo de cima da carruagem, começou a bater com sua cabeça de encontro ao solo. Se neste preciso instante eu não o tivesse agarrado, acredito que teria matado a vítima ali mesmo, diante de todos nós. Nesse ínterim, o seu companheiro saltou da boleia e golpeou, por sua vez, a cabeça do agressor com a extremidade mais pesada do seu relho de cocheiro. O impacto foi fortíssimo. Ele, entretanto, nem pareceu tomar conhecimento; fê-lo, todavia, largar o primeiro e investir contra o segundo. Agora era ele só. Lutando contra três, os dois da carruagem e eu. Mas, para ser franco, apesar de nossa superioridade numérica, era como se fôssemos meros joguetes em suas terríveis mãos. Você sabe que sou bastante corpulento. Os outros dois também não eram menos robustos. De início, lutou em silêncio. Mas logo que sentiu que estava sendo dominado, e que os atendentes o encerravam numa camisa de força, começou a esbravejar:

– Eu os frustrarei! Não permitirei que me roubem! Eles não me irão assassinar aos poucos! De qualquer maneira, lutarei por meu Amo e Senhor!

E neste estranho diapasão prosseguiu ainda numa verdadeira rajada de incoerentes imprecações e ameaças. Somente com muita dificuldade foi possível reconduzi-lo de volta a seu quarto almofadado. Um dos atendentes – o Hards, coitado – teve uma falange fraturada. Não obstante esse imprevisto, venho mantendo tudo em ordem. Também ele agora voltou a melhorar.

Os dois carregadores mostraram-se inicialmente irredutíveis em reivindicar seus direitos, inclusive em mover-nos uma ação de perdas e danos, além das demais sanções previstas em lei. Suas ameaças, entretanto foram de alguma forma, atenuadas por uma espécie de desculpa diante de sua dupla derrota para um pobre débil mental. Chegaram a afirmar que, se não estivessem tão extenuados pela labuta de remover e carregar os pesados caixões na carruagem, eles dois teriam dado o mais sumário destino a nosso paciente. Outro motivo que apresentaram como desculpa de sua momentânea inferioridade teria resultado do violento estado de desidratação a que foram submetidos, devido ao seco e pulverulento conteúdo dos enormes volumes que haviam acabado de manusear e ao insólito ermo do sítio abandonado em que tiveram de trabalhar, num completo isolamento do mundo exterior.

Concordei plenamente com suas justas observações e, após oferecer-lhes um bom trago de reconciliação, pus nas mãos de cada um deles um luzente soberano. Depois disso, eles se mostraram bem menos hostis e juraram que numa outra ocasião teriam de encontrar pela frente outro louco ainda mais feroz, para terem o prazer de mandá-lo de volta para a "mansão florida" em condições bem diferentes das que foram testemunhadas por este seu correspondente. Mesmo assim, fiz questão de anotar seus respectivos nomes e endereços, na eventual hipótese de se tornarem necessários. Ei-los: Jack Smollet, Dudding's Rents, King George's Road, Great Walworth; e Thomas Snelling, Peter Farley's Row, Guide Court, Bethnal Green. Ambos pertencem à equipe de Harris & Sons, Companhia de Embarques e Mudanças, Orange Master's Yard, Soho.

Relatar-lhe-ei toda e qualquer ocorrência que ainda venha a verificar-se e, se o caso for de grande urgência, telegrafarei imediatamente.

Respeitosamente, seu fiel e obrigado,
Patrick Hennessey.

Carta de Mina Harker para Lucy Westenra
(Ainda não recebida)

18 de setembro

Imagine o terrível golpe que acaba de nos contristar: o sr. Hawkins faleceu quando menos esperávamos. Alguém pode pensar que sua morte não nos traga tanto desgosto, mas a verdade é que o estimávamos tanto que agora nosso sofrimento só encontraria paralelo na perda do nosso verdadeiro pai. Como sabe, jamais vim a conhecer meus pais. Isso fez com que o súbito falecimento deste distinto senhor, tão humano e tão querido, se constitua para mim agora numa rude e dolorosa provação. Jonathan também está profundamente desolado. Não se trata, na verdade, apenas de uma tristeza provocada por sua ausência do nosso convívio diário, mas de um sentimento bem mais transcendente, pois o bom e querido homem, que durante a vida inteira foi sempre seu amigo e que agora, já quase no fim de sua existência, o tratava como um filho do seu próprio sangue, deixou-lhe, além disso, uma fortuna que, para nós, de modestas posses, se converte numa espécie de bem capaz de por si só superar todos os nossos sonhos de avareza. Mas eu sei perfeitamente que os sentimentos que Jonathan lhe dedicava e agora mais que nunca continua dedicando são de um outro tipo, e somente em parte estão ligados a toda essa profunda e constante veneração. Trata-se do enorme zelo que agora se sente na obrigação de dedicar, diante do grande acervo de responsabilidades que o bom nome do seu antecessor de repente faz cair em suas mãos, e que o vem deixando tão nervoso. O que sinto é que ele começa a duvidar de si próprio. Faço tudo que está a meu alcance para estimulá-lo, porquanto sei que minha confiança nele o ajudará a recobrar toda segurança em suas próprias potencialidades. Mas é precisamente aqui que o grave choque que sofreu há pouco mais o influencia. Oh!, como é terrível que uma terna, nobre e pujante natureza como a sua – aquela mesma natureza e personalidade que em apenas tão poucos anos passados ao lado do nosso bom, querido e já finado amigo o fizeram ascender vertiginosamente de humilde preposto a sócio igualitário – seja de tal forma castigada e combalida que a própria essência de todo o seu jovem vigor já se estiolou. Perdoe-me, querida, por aborrecê-la com as minhas aflições em meio a seu próprio e pleno surto de felicidade. Mas, Lucy querida, não posso deixar de compartilhar este meu martírio com alguém, já que o ingente esforço de manter uma corajosa e alegre aparência diante de Jonathan acaba-me esgotando, e eu simplesmente não conto com mais ninguém a quem possa fazer de minha confidente. Tremo diante de nossa obrigação de irmos a Londres, o que terá de acontecer já depois de amanhã. Nossa ida é de fato incontornável, pois o pobre sr. Hawkins estabeleceu em seu testamento que terá de ser sepultado no mesmo jazigo onde já repousam os restos mortais de seu bondoso pai. Como lá não dispomos de qualquer conhecimento pessoal, Jonathan terá de desempenhar o papel de primeiro parente do morto. Tentarei aproveitar a oportunidade para fazer-lhe uma visita, minha querida, mesmo que seja apenas por alguns minutos. Perdoe-me por molestá-la. Com todos os votos de felicidade,

a amiga que a adora,
Mina Harker.

O diário do dr. Seward

20 de setembro – Somente o hábito e uma obstinada resolução levam-me esta noite a fazer estes registros. Sinto-me demasiadamente miserável, demasiadamente deprimido e excessivamente molestado diante do mundo e de tudo quanto nele existe, inclusive a própria vida. Isso me faz crer que nem sequer estremeceria se, neste preciso instante, ouvisse o bater das asas do Anjo da Morte. Na verdade, ele já adejara suas sombrias asas com seu propósito já tristemente consumado – aí estão suas duas vítimas: a mãe de Lucy e o pai de Arthur – e agora, bem... deixe-me prosseguir com minha árdua tarefa.

Resignadamente fui substituir Van Helsing na vigília à beira do leito de Lucy. Era preciso fazer com que Arthur também concordasse em repousar. Ele, entretanto, começou recusando. Somente quando lhe fiz ver que iríamos necessitar de sua ajuda durante o dia e que precisávamos evitar que todos a um só tempo nos esgotássemos pela exaustão, ou que assim expuséssemos Lucy a novo sofrimento, é que finalmente aquiesceu em recolher-se. Van Helsing mostrou-se muito amável e compreensivo para com ele.

– Venha, meu jovem – disse ele –, venha comigo. Você está doente e esfalfado. Já lhe basta o abatimento proveniente do grande choque mental sofrido, além do desgaste orgânico que nós mesmos fomos obrigados a lhe infligir. Você não deve estar só, pois isolar-se nessas circunstâncias significaria acumular temores e alarmas. Venha comigo para a sala de estar, onde há uma grande lareira e dois confortáveis sofás. Você ocupará um deles e eu o outro. Assim, nossa própria simpatia servirá de consolo recíproco para cada um de nós, mesmo que permaneçamos silenciosos e até mesmo dormindo.

Arthur desceu com ele, não antes de lançar um terno e saudoso olhar sobre o rosto de Lucy, agora recostada sobre seu macio travesseiro, que parecia mais aconchegante que o mais tenro e sedoso relvado. Ela mantinha-se absolutamente tranquila, e eu logo tratei de ver se tudo a meu redor permanecia em seu devido lugar. Então notei que também neste novo quarto o Professor fazia questão de prosseguir no profuso emprego das flores de alho. O caixilho da janela estava literalmente impregnado com o seu odor e, em torno do pescoço de Lucy, sobre o lenço de seda que Van Helsing lhe amarrara na garganta, destacava-se um rústico apanhado das mesmas flores odoríferas. A respiração de Lucy ressoava agora um tanto estertoradamente, e sua face oferecia um aspecto realmente impressionante, pois, por entre seus lábios, duas arcadas de gengivas descoradas ficavam quase totalmente à mostra. Sob a bruxuleante claridade do ambiente, seus frágeis dentes pareciam ainda mais longos e cortantes do que me parecerem pela manhã. E particularmente, talvez devido a algum caprichosa refração da luz, seus caninos atraíram ainda mais minha atenção, dado o seu tamanho, algo desproporcional, em relação aos outros dentes. Sentei-me a seu lado e logo percebi que ela se agitava de maneira estranha. Neste exato momento, ouvi um ruído intermitente, que me pareceu um súbito adejar ou bater de asas pesadas de encontro à vidraça da janela. Levantei-me cautelosamente e, pé ante pé, fui-me ocultar num dos lados da veneziana. Fazia então um luar esplendoroso, e eu pude verificar que aquele reiterado farfalhar de asas era produzido por um gigantesco morcego, que voava em círculos à frente da janela, o qual, provavelmente atraído pela luz do quarto, embora fosse ali bastante tênue, vez por outra se adiantava a ponto de golpear a janela com suas longas asas. Quando retornei para minha cadeira, notei que Lucy esboçara um breve movimento, e que havia retirado as flores de alho que cobriam sua garganta. Eu, porém, as repus da melhor maneira possível no devido lugar e prossegui vigiando-a imperturbavelmente.

Ela estava despertando, e eu aproveitei a ocasião para fazê-la alimentar-se, conforme Van Helsing havia determinado. Ela, entretanto, pouco comeu e ainda assim o fez displicentemente. Já não percebi nela aquela mesma batalha instintiva e inconsciente que até então vinha travando pela vida, e que tanto caracterizara sua doença até o momento presente. Outra particularidade que me deixou curioso foi o fato de que sempre que ganhava plena consciência, ela procurava aconchegar o melhor possível as flores de alho sobre seu próprio corpo. Pareceu-me realmente singular que, ao contrário, quando mergulhava num estado de semiletargia, quando sua respiração também se tornava ofegante, ela invariavelmente afastava as mesmas flores para bem longe de si. Tais alternativas não se processavam por acaso, pois, logo que despertava, imediatamente apanhava o pequeno ramalhete e o trazia para junto da garganta. Como disse, não restava a menor possibilidade de erro a respeito dessa observação, posto que, durante as longas horas que se sucediam, ela intercalava vários períodos de sono e de vigília, e tal sintoma se repetia com a mais absoluta regularidade.

Ao soarem as seis horas da manhã, Van Helsing subiu pontualmente para me substituir. Arthur, por sua vez, fora vencido pelo sono, e o meu bom Professor prazerosamente o deixou ficar dormindo.

Assim que ele deparou com a fisionomia de Lucy, logo percebi seu costumeiro sibilar por entre os lábios. E, voltando-se pala mim, disse em incisivo sussurro:

– Levante a persiana; preciso de luz!

Ato contínuo, curvou-se sobre o busto de Lucy e, com seu rosto quase tocando o corpo da paciente, examinou-a com extrema atenção. A seguir, sem nada dizer, retirou as flores e desatou o lenço de seda que ele próprio colocara em torno do seu pescoço. Ao fazê-lo, vi quando quase deu um salto para trás, e exclamou: "*Mein Gott*!" ("Meu Deus!"), como se a própria voz estivesse sendo estrangulada na garganta. Eu, já agora impulsionado por irresistível curiosidade, fui olhar o que ele vira, e senti um esquisito calafrio percorrer-me toda espinha.

As duas horríveis lesões que tanto teimavam em desfigurar sua frágil garganta haviam desaparecido, sem deixar o menor vestígio.

Durante nada menos que cinco longos minutos, Van Helsing ficou ali de pé, a olhá-la, enquanto sobre toda a palidez do seu rosto se desenhava a mais desalentadora seriedade. A seguir, como num invencível voto de dolorosa renúncia, ele me disse, com imperturbável calma:

– Ela está morrendo. Não durará muito. Preste bem atenção: a aparentemente indiferente alternativa de morrer consciente ou inconscientemente trará as mais graves consequências para ela. Desperte o seu pobre noivo. Diga-lhe para vir vê-la ainda em vida pela última vez. Ele confia em nós, e não podemos falhar naquilo que prometemos.

Desci então até a sala de jantar e despertei-o. Por alguns instantes ele ainda estremunhou. Mas logo que viu o brilho da luz do sol, que penetrava pelas frestas dos postigos, pensou que estivesse atrasado, e ficou apreensivo. Eu, porém, assegurei-lhe que Lucy ainda não havia despertado e, em complemento de minha amarga missão, disse-lhe da forma menos chocante possível que nós dois, Van Helsing e eu, temíamos que seu fim se achasse próximo. Arthur cobriu o rosto com ambas as mãos e deixou-se cair sobre seus joelhos, junto ao sofá.

Talvez tenha permanecido assim genuflexo, como num contrito êxtase, durante um minuto. Nesse completo e arrebatado isolamento, de cabeça abatida e sacudido por fortes e incontidos soluços, ele murmurou uma comovente prece. Quando já terminava, segurei-o pela mão e tirei-o daquela acabrunhante postura.

– Venha! – disse-lhe eu. – Venha e reúna todas as suas forças. Sua presença será o mais precioso lenitivo para que ela possa superar o seu passo extremo.

Ao entrarmos no quarto de Lucy, notei que Van Helsing, com sua habitual previdência, tinha posto tudo nos devidos lugares, imprimindo ao ambiente o melhor aspecto possível. Ele se esmerou desta feita ao ponto de escovar o cabelo de Lucy, dispondo-o de tal maneira sobre o travesseiro que suas luzidas mechas formassem uma dourada moldura em torno do seu rosto. Ao aproximarmo-nos, ela abriu seus olhos e, vendo que era ele, murmurou-lhe com ternura:

– Arthur! Oh, meu amor! Como me sinto feliz por poder vê-lo daqui tão pertinho de mim!

Vencendo a custo sua tensa comoção, Arthur já se inclinava sobre ela, para beijá-la, quando Van Helsing o deteve a meio caminho.

– Não – murmurou ele – ainda não! Tome suas mãos entre as suas. Isso a fará muito mais feliz.

Arthur então acariciou suas mãos com devota ternura. E deixando seu corpo deslizar aos poucos rente à cama e voltando a ajoelhar-se, contemplou-a demoradamente, sem perder um só dos seus delicados traços, que ainda mais realçavam a beleza dos seus olhos, apesar de já estar definhando assustadoramente, a cada instante que passava. Depois desse breve colóquio, suas pálpebras se fecharam lentamente, e ela tornou a adormecer. Por alguns instantes, seu busto ainda arfou suavemente, e sua respiração entrou num ritmo bastante irregular, como acontece com uma criança completamente esbaforida.

E então, insensivelmente, voltou a repetir-se a estranha mutação que eu já observara durante a minha vigília. Sua respiração tornou-se estertorante, a boca abriu-se, como num esgar, e a insólita retração das pálidas gengivas parecia abandonar sua estranha e animalizada dentadura. Numa espécie de vaga e letárgica sonolência, e portanto semi-inconsciente, ela abriu seus olhos, cujas pupilas pareciam a um só tempo duras e inexpressivas. E num tom de voz sumido e voluptuoso, como eu jamais ouvira fluir dos seus frios lábios, murmurou:

– Arthur! Oh, meu doce amor! Como estou feliz por ter vindo! Beije-me, meu amor!

Arthur curvou-se impetuosamente para satisfazer o seu derradeiro pedido. Mas ainda Van Helsing, que, como eu, estremecera diante do seu tom de voz, mais uma vez se arremessou sobre ele e, agarrando-o com suas duas mãos, arrastou-o para trás com tamanha força que quase o arremessa através da porta do quarto, numa fúria como eu jamais poderia imaginar.

– Não! Não o faça, por amor à sua vida! – disse ele. – Não o faça para salvação da sua e da alma dela! – E, assim dizendo, lá ficou ele de pé no meio do quarto, rígido e impenetrável, mais parecendo um leão raivoso ao espreitar a sua presa.

Arthur sentiu-se de tal forma surpreso e embaraçado que por um momento não conseguiu atinar com o que fazer ou o que falar. E antes que um mais forte impulso de revide o empolgasse, curvou-se diante dos fatos e das circunstâncias e deixou-se quedar numa angustiante e silenciosa expectativa.

Continuei olhando fixamente para cada movimento de Lucy, o mesmo acontecendo com Van Helsing. Repentinamente percebemos como que um espasmo de furor anuviar todo o seu rosto. Seus afiados dentes se entrechocaram com estrépito. A seguir, suas fatigadas pálpebras se abateram e, por alguns trágicos instantes, a vimos arquejar penosamente.

Mas, logo após, voltou a abrir os olhos com toda aquela doce ternura de outrora. E desembaraçando aos poucos sua pobre, frágil e descorada mão, estendeu-a ao encontro da morena destra de Van Helsing. Este tomou-a entre seus robustos dedos, acariciou-a e beijou-a, na mais comovente das sublimações.

– Meu fiel amigo – disse ela, com uma voz quase inaudível mas de indescritível comoção. – Meu e nosso verdadeiro amigo! Meu e dele, sim, meu e dele! Oh!, sim, proteja-o e preserve toda a minha paz!

– Eu o juro! – disse ele solenemente, ajoelhando-se ao pé dela e erguendo a própria mão, como alguém que presta um eterno juramento. Depois, voltando-se para Arthur, disse-lhe: – Agora venha, meu caro jovem! Ponha as suas mãos nas suas e despeça se dela com um ósculo na fronte. Um único, e na fronte!

Apenas seus olhos se cruzaram, ao invés dos lábios. E assim os dois partiram por caminhos opostos. Os olhos de Lucy voltaram a fechar-se, e desta vez definitivamente. Van Helsing, que acompanhara atentamente o seu triste desenlace, tomou Arthur amavelmente pelo braço e o afastou. Logo depois, Lucy voltou a arquejar estertorosamente e, de forma súbita, tudo terminou.

– Está tudo acabado! – disse Van Helsing. – Ela está morta!

Agora, tocou a mim pegar Arthur por um dos braços e acompanhá-lo até a sala de estar. Mal chegamos, ele se deixou cair sobre uma das cadeiras, cobriu o rosto com as duas mãos e desatou a soluçar com tanta dor e desespero que pouco faltou para despedaçar meu coração.

Voltei então para a parte de cima da casa, onde encontrei Van Helsing ainda contemplando a pobre Lucy. Seu rosto pareceu-me agora mais grave do que nunca. Alguma coisa tinha sido mudada em seu corpo já inanimado. A morte, caprichosamente, restituíra-lhe parte de sua beleza natural, pois sua face e suas sobrancelhas haviam recuperado seus suaves traços de graciosa simpatia. Até mesmo seus lábios tinham perdido sua agressiva lividez anterior. Pareceu-nos que seu sangue, não mais sendo necessário ao coração, incumbira-se de eliminar as derradeiras asperezas da Morte, por menos rudes que tivessem sido.

"Julgamos vê-la morta, enquanto adormecida,
E sob o manto de Morfeu, quando já mortal!"

Postei-me ao lado de Van Helsing e disse-lhe:

– Agora sim, pobre menina. Agora, finalmente, ela terá a verdadeira paz. Isso é o fim de tudo!

E ele, volvendo-se para mim, respondeu em tom solene:

– Puro engano, meu caro! Não é bem assim. Isso é apenas o princípio!

Quando voltei a perguntar-lhe o que queria dizer com tais palavras, ele sacudiu a cabeça e, laconicamente, respondeu-me:

– Nada podemos fazer por enquanto. Espere algum tempo e veja o que irá acontecer.

XIII
O Diário do dr. Seward

(Continuação)

Os funerais foram marcados para daí a dois dias, de tal forma que Lucy e sua mãe pudessem ser sepultadas na mesma ocasião. Encarreguei-me de preencher todas as formalidades de cortesia. Observei, então, que todo o pessoal da empresa funerária que, sob o aspecto comercial, fazia um bom negócio, por outro lado se mostrava realmente pesaroso em face dos dois falecimentos quase simultâneos, obsequiando-me sempre que possível. Até mesmo a senhora que prestou seus últimos cuidados profissionais aos dois cadáveres veio comentar comigo confidencialmente, numa espécie de conversa entre irmãos do mesmo ofício, ao sair da câmara mortuária:

– Uma delas ficou realmente linda, em seu rico ataúde. Para mim foi um raro privilégio preparar a eça de uma criatura tão bem dotada. Acho mesmo que não será exagerado dizer que sua aparência desperta tanta admiração e simpatia que seu enterro se converterá num sucesso para o nosso estabelecimento!

Notei que Van Helsing se mantinha sempre ali por perto. Isto lhe foi possível devido à superveniente desordem na administração caseira. Aconteceu que nenhum dos prováveis parentes da família se apresentou. E como Arthur fora obrigado a retornar já no dia seguinte, a fim de providenciar os funerais de seu pai, nós dois não pudemos dispor dos necessários recursos para notificar quem quer que fosse que estivesse interessado. Nestas circunstâncias, Van Helsing e eu tomamos a iniciativa de examinar toda a documentação pertinente, passando, simultaneamente, a tomar as demais providências. Ele, de sua parte, insistiu em manusear os papéis deixados por Lucy.

Perguntei-lhe qual o motivo dessa preferência, porquanto, sendo ele um estrangeiro, eu receava que não estivesse bem a par das particularidades forenses na Inglaterra, o que finalmente poderia induzi-lo a errar desnecessariamente. Ele, porém, ponderou:

– Compreendo, compreendo. Acontece, entretanto, que você está esquecido de que, além de médico, sou também advogado. O que estou fazendo, porém, não visa apenas ao cumprimento da lei. Você já o deve ter percebido, tanto que soube evitar a presença do oficial de justiça. Eu, todavia, tenho ainda muitas outras coisas a evitar, além dele. É possível que existam outros papéis importantes... como este aqui, por exemplo.

Ao enunciar estas palavras, tirou de dentro do seu caderninho as duas folhas que recolhera do busto de Lucy, por ela deixadas cair enquanto dormia.

– Se você encontrar a designação de qualquer procurador em relação à finada sra. Westenra, sele todos os seus documentos e escreva-lhe ainda hoje à noite. De minha parte, prosseguirei em minha vigília neste aposento e no antigo quarto de Lucy durante a noite inteira. Eu mesmo quero certificar-me do que possa ocorrer. E, além do mais, não seria justo que seus pensamentos mais íntimos fossem cair em mãos estranhas.

Por meu turno, continuei executando a minha parte nesta nova e delicada tarefa, e já dentro de mais ou menos meia hora havia localizado o nome e endereço do procurador da sra. Westenra e redigido a carta que enviaríamos para ele. Todos os documentos da desditosa senhora estavam em ordem, inclusive eram dadas as mais explícitas instruções a respeito do local onde deveria ser sepultada. Mal eu havia selado a carta, quando, para surpresa minha, Van Helsing entrou na sala dizendo:

– Precisa de minha ajuda, meu caro John? Já estou completamente livre e, se for este o caso, estou aqui para ajudá-lo.

– Você já conseguiu o que tanto procurava? – perguntei-lhe. Ao que me respondeu:

– Eu não estava à procura de algo pré-especificado. Apenas esperava encontrar, e realmente encontrei tudo o que lá havia, e que nada mais é que algumas cartas, umas tantas notas avulsas, e um diário recentemente iniciado. Mas conservá-los-ei em meu poder, e nós nada revelaremos por enquanto no tocante a sua existência. Amanhã, pretendo avistar-me, à noite, com o nosso enlutado rapaz. Nesta ocasião, pedir-lhe-ei autorização para fazer uso de uma certa parte do que recolhi.

Ao terminarmos o que estava sendo feito, ele falou:

– E, agora, amigo John, acho que devemos ir para as nossas camas, pois estamos precisando muito dormir, tanto você quanto eu. Necessitamos de um bom repouso para nos recuperar. Amanhã, teremos novamente muito o que fazer, mas por esta noite ninguém mais vai precisar de nós. Boa noite!

Antes de nos recolhermos, fomos ambos dar uma rápida olhada no corpo da pobre Lucy. O agente funerário realmente havia desempenhado suas funções de forma primorosa, pois toda aquela dependência da casa estava agora transformada numa câmara ardente. Pudemos então contemplar uma verdadeira profusão de flores, todas de imaculada brancura. Destarte, o próprio espectro da morte parecia tornar-se menos aterrador. Uma das extremidades da mortalha fora estendida sobre a delicada face da morta. Quando o Professor se inclinou sobre a urna mortuária e afastou cuidadosamente a venda que ocultava o seu rosto, ambos estremecemos diante da plácida beleza que se descortinara diante dos nossos olhos. Até mesmo à tênue luz das velas, o seu candor tinha um quê de angelical. Todos os seus mais ternos e afáveis traços pessoais pareciam estar sendo restituídos por sua morte. E as últimas angustiosas horas, ao invés de lhe imprimirem os indeléveis estigmas das Parcas Descarnadas, tinham agora restaurado a sedutora beleza que só a vida pode dar. Sua suavidade fisionômica me deixou de tal forma impressionado que mal podia admitir achar-me apenas diante de um cadáver.

O Professor, entretanto, completamente alheio a meu devaneio, tinha o sobrecenho carregado. É que ele jamais a amara como eu a amei. Por isso, minhas lágrimas de forma alguma podiam estar agora rolando dos seus olhos. Assim, sem manifestar a menor comoção no seu tom de voz, disse-me:

– Fique aqui até que eu esteja de volta. – E deixou a sala. Sua demora foi breve. Ao voltar, trazia consigo um punhado de flores de alho silvestre, que apanhara numa caixa ainda intacta, deixada no saguão e que não havia sido utilizada no quarto de Lucy. Depois de aproximar-se da urna, retirou da parte interna da gola de seu casaco um pequeno crucifixo de ouro que usava no pescoço e colocou-o sobre a boca da morta. A seguir, depois de recobrir o rosto dela distribuiu meticulosamente as flores que trouxera entre as demais e em torno do esquife. Concluída esta pequena tarefa, fomos para nossos dormitórios. Já me estava despindo em meu quarto, quando, após um leve toque de advertência, ele abriu a porta e entrou:

– Amanhã, antes do anoitecer, quero que me traga um jogo de lâminas *post-mortem*.

– Vamos, então, fazer uma necropsia? – perguntei-lhe.

– Sim e não. Preciso operar, mas não da maneira que você está imaginando. Vou dar-lhe agora uma explicação. Mas nem sequer uma só palavra pode transpirar do que lhe vou dizer. Vou ter que decapitá-la e também retirar seu coração. Ora! Você não é um cirurgião? Como é que se mostra tão chocado?! Precisamente você, que jamais vi tremer, sempre firme de mão e coração... e cujas intervenções, no limiar da vida e da morte, já fizeram tantos outros estremecerem! Sim, mas existe algo que, de forma alguma, posso esquecer, meu caro amigo John: você já a amou! E, para mostrar-lhe como estou prevenido, devo dizer-lhe que quem irá operá-la sou eu, somente eu. Não permitirei nem mesmo que você me auxilie. Preferiria fazê-lo já esta noite, mas em consideração a nosso amigo Arthur tenho que deixar para amanhã. Ele estará livre amanhã, após o funeral do seu genitor, e certamente quererá vê-la ou, melhor, ver o que restar dela. Depois disso, quando o corpo estiver pronto para a cerimônia do sepultamento, no dia seguinte, você e eu desceremos, quando todos já estiverem dormindo. Então, desaparafusaremos a tampa da urna e efetuaremos a nossa operação. Concluída a tarefa, recolocaremos tudo em seu devido lugar, de tal forma que ninguém jamais o venha a saber, além de nós dois.

– Mas para que faremos tudo isso? A moça já está morta. Por que mutilar desnecessariamente o seu pobre corpo? E não havendo necessidade de uma intervenção *post-mortem*, e também nada a ser recuperado... nada em seu próprio benefício, em proveito nosso, da ciência, ou dos conhecimentos humanos... para que fazê-lo? Afora tais condições bem definidas, essa intervenção se converte numa hedionda monstruosidade!

Em resposta, ele colocou sua mão sobre o meu ombro e, num tom repassado de ternura, disse:

– Meu bom amigo John, apiedo-me sinceramente por ver seu coração sangrando desta maneira. E não nego que minha admiração por você vem crescendo na mesma proporção de todo este seu sofrimento atroz. Se o pudesse, eu próprio tomaria sobre os meus ombros o doloroso fardo que você carrega. Mas existem certas coisas que você desconhece, e que irá conhecer. Abençoe-me por ter conhecimento delas, embora tais coisas não sejam nada agradáveis. Meu jovem John, tem sido meu amigo desde há muitos anos, e jamais me viu fazer alguma coisa que não fosse inspirada numa boa causa. Ouça-me, posso errar, pois sou humano. Mas uma coisa é certa: acredito em tudo aquilo que faço. Não foi realmente por tais causas que você mandou buscar-me, quando o grande tormento se abateu sobre esta casa? Sim! Não foi também você quem se mostrou surpreso, aliás horrorizado, quando impedi que Arthur beijasse sua amada... mesmo diante da evidência de sua iminente morte... arrastando-o para longe dela, usando para isso de todas as minhas energias? Sim! E, ainda assim, você pôde testemunhar como Lucy me agradeceu, pondo neste gesto extremo não somente o fugidio lampejo de seus olhos mortiços e de sua voz quase inaudível, mas também beijando esta áspera mão, para abençoar-me? Sim! E você não concorda também em ter presenciado quando eu, contritamente ajoelhado diante dela, prometi-lhe num solene juramento beneficiá-la em tudo aquilo que estivesse a meu alcance? E que, depois disso, ela cerrou seus olhos, como que guardando para a Eternidade sua última expressão de gratidão? Sim! Bem, possuo uma boa razão para agora levar a termo o que pretendo. Durante todos esses longos anos você tem confiado em mim. Demonstrou ainda acreditar em mim há apenas algumas semanas, quando a própria singularidade dos fatos já começava a fazê-lo vacilar. Acredite ainda um pouco mais neste seu amigo, meu caro John. Se você já deixou de acreditar, vai-me obrigar a dizer-lhe o que penso a seu respeito. E isso certamente não lhe iria agradar. E se me lançar a esta obra, e é decididamente o que farei, com ou sem o respaldo de qualquer confiança, mas, na verdade, sem contar com o apoio do meu amigo, terei de trabalhar de coração amargurado, e nesta hipótese irei sentir-me o mais solitário dos mortais, justamente numa ocasião em que preciso apelar para toda a ajuda e coragem deste mundo! – E, após uma breve pausa, ele prosseguiu doutrinariamente: – Meu bom amigo John, estranhos e terríveis dias nos espreitam. Deixemos de ser dois para sermos um só, pois assim obteremos um feliz êxito. Será que desta feita a sua fé me faltará?

Estendi-lhe minha mão, para prometer-lhe o que pedia. Mantive minha porta aberta enquanto ele saía. E, com os olhos, acompanhei seus passos até que o vi entrar em seu quarto e fechar a porta. E então fiquei ali de pé, imóvel, como que petrificado. Uma das aias passou por mim ao longo do corredor, eu a vi de costas, e ela não me viu, e se dirigiu ao quarto onde fora armada a câmara ardente. Sua atitude me emocionou. A fiel dedicação é um predicado tão raro que não podermos deixar de ser gratos diante daqueles que espontaneamente o tributam ao ente que amamos. Ali estava uma humilde moça superando todos os naturais terrores que a morte nos inspira, cumprindo o seu velório solitário diante do catafalco da jovem senhora que tanto adorara, de sorte que a inerte argila não partisse tão abandonada em demanda do repouso eterno...

Devo ter dormido profunda e demoradamente, pois o sol já estava bem acima do horizonte quando Van Helsing me despertou, ao entrar em meu quarto. Aproximando-se de minha cama, disse:

– Não se preocupe mais quanto ao jogo de lâminas que lhe pedi. Já não faremos o que lhe falei.

– Por que não? – perguntei eu, pois sua convincente catequese da noite anterior me causara a mais profunda impressão.

– Porque – disse ele seriamente – agora já é demasiado tarde ou talvez demasiado cedo. Veja! – exclamou ele, enquanto me exibia o crucifixo de ouro: – Isto foi furtado esta noite.

– Como furtado – perguntei-lhe, admirado –, se o objeto está aqui em suas mãos?

– Está aqui porque o recuperei das mãos da mísera infeliz que o furtou, daquela megera que rouba os mortos e os vivos. O seu castigo não deverá tardar. Mas serei eu quem o imporá. É certo que ela ignorava as consequências do que fazia, e assim a sua falta é menos grave. Mas agora nós teremos de esperar. – E assim se retirou, sem nada acrescentar, deixando-me às voltas com um novo mistério, um novo quebra-cabeça para decifrar.

As horas da manhã transcorreram num ritmo sombrio, mas ao meio-dia o procurador chegou. Chama-se Marquand, e representa a firma Wholeman, Sons, Marquand & Lidderdale. Mostrou-se muito benevolente e compreensivo para tudo o que fizemos e desobrigou-nos de todos os demais pormenores. À mesa do lanche, narrou-nos que a sra. Westenra, já desde algum tempo, vivia na constante expectativa de uma morte súbita, provocada pela doença do seu coração, e que talvez por isso tivesse posto todos os papéis e compromissos na mais absoluta ordem. Informou-nos ainda, nesta mesma ocasião, que, com exceção de uma determinada propriedade anteriormente pertencente ao pai de Lucy e que, agora, por vício de intitulação direta, ficou vinculada a um afastado ramo da mesma família, todas as posses, tanto os bens de raiz quanto os direitos pessoais, foram todos eles legados universalmente a Arthur Holmwood. Depois de já nos ter fornecido todos esses dados, ele prosseguiu:

– Para lhes sermos francos, esforçamo-nos ao máximo a fim de evitar a inserção desta disposição, apontando, inclusive, determinadas contingências que poderiam deixar sua filha sem o menor recurso pecuniário ou, pelo menos, para que oportunamente pudesse estabelecer as condições, relativas à posse legal dos bens, a prevalecerem na futura sociedade conjugal. Na verdade, pressionamos a sra. Westenra de tal forma no tocante a este assunto que quase provocamos um rompimento, pois ela chegou a perguntar-nos se estávamos ou não preparados para satisfazer seus desejos e suas condições. E, obviamente, não nos restou outra alternativa senão dar-lhe a nossa concordância. Em princípio, a razão estava do nosso lado, e em 99 casos contra apenas um, em cem, seria fácil provar-lhe, pela lógica dos fatos, a exatidão do nosso julgamento. Contudo, falando francamente, devo admitir que neste caso qualquer outra forma de disposição teria tornado impossível o fiel cumprimento de sua vontade. Isso porque, pelo direito de sucessão, posteriormente sua filha entraria na posse da propriedade, mesmo que tivesse sobrevivido apenas alguns minutos a sua mãe. E a mesma propriedade, caso não houvesse a declaração de última vontade, por morte da titular, estaria enquadrada no regime dos bens intestados. Nessa hipótese, qualquer declaração em contrário seria nula de pleno direito, e o nosso Lorde Godalming, a despeito de toda a sua fiel amizade, nada teria a reivindicar dentre a universalidade de tais bens. E os demais herdeiros, mesmo os mais remotos, não seriam despojados de seus legítimos direitos, o que os resguardaria contra tais arroubos sentimentais, que agora vão beneficiar uma pessoa inteiramente estranha à família. Por isso, meus caros senhores, quero assegurar-lhes de que só temos que nos rejubilar com a perfeição desses resultados, porquanto tudo quanto nossa constituinte almejava foi integralmente alcançado.

Tratava-se, inquestionavelmente, de um bom sujeito. Mas seu proclamado júbilo quanto à eficácia de uma insignificante filigrana jurídica, na qual estava pessoalmente interessado e que agora vinha exacerbar ainda mais uma situação já por si tão trágica, ficou valendo para mim como objeto de mais uma lição no que concerne às limitações humanas em matéria de sensibilidade e simpatia.

Não demorou muito entre nós, pois daí a pouco alegou que neste mesmo dia iria mais tarde avistar-se com Lorde Godalming. Sua presença, todavia, trouxe-nos uma certa tranquilidade, posto que deixou de antemão assegurado não haver motivo para recearmos qualquer crítica hostil contra as providências já tomadas. Arthur estava sendo esperado às cinco horas. Isso permitiu que, um pouco antes, fizéssemos uma breve visita à câmara mortuária. Agora o cenário se completara, pois a mãe e filha estavam expostas, lado a lado. O agente funerário, cônscio de sua missão, dispusera tudo da melhor forma possível. Sua contrita sensibilidade estética parecia impregnar todo o ambiente de uma indefinível sublimação, fazendo com que o nosso espírito se enternecesse em devota comunhão. Todavia, Van Helsing, sabendo que Lorde Godalming chegaria dentro em pouco, determinou ainda certas correções que julgou convenientes, visando a atenuar o choque que ele certamente sofreria ao contemplar o inanimado corpo de sua noiva, tão solitário em sua urna mortuária. O agente, embora um tanto contrariado, procurou restaurar o arranjo que nós havíamos feito na noite anterior. E, de fato, a impressão que tivemos é que Arthur se mostrou bem conformado.

Pobre homem! Sua aparência era a própria imagem da tristeza e do desespero. Até mesmo o seu viril e majestoso porte parecia havê-lo parcialmente abandonado sob a pressão de suas reiteradas e sofridas emoções. Segundo sei, ele era inteira e genuinamente devotado a seu pai. E perdê-lo nesta ocasião, e nestas circunstâncias, fora para ele um amargo golpe. Em seu trato para comigo ele se mostrou franco e amável, como sempre. E, em relação a Van Helsing, manteve sua delicada cortesia. Não me passou, todavia, despercebido que sua atitude ocultava um certo constrangimento. E isso o Professor também notou, a ponto de pedir-me que o levasse lá para cima. Assim o fiz, deixando-o à porta da câmara ardente, pois senti que ele desejava estar absolutamente só na presença dela. Ele, porém, tomou-me pelo braço e levou-me consigo. E com um certo tom de aspereza em sua voz, disse-me:

– Você também a amou, meu velho companheiro. Ela me contou tudo acerca deste caso, e sei que não existia em seu coração outra amizade mais íntima que a sua. Não sei como agradecer por tudo quanto você fez por ela. E eu nem consigo ainda acreditar...

E então a emoção o aniquilou. Abraçando-se a mim, como se fora um pobre náufrago, reclinou sua cabeça sobre o meu peito e, dando vazão a todo o seu desespero, chorou desvairadamente:

– Oh, Jack! Jack! O que vou fazer! Toda a razão da minha própria vida parece abandonar-me de uma vez, e eu nada mais vejo no vazio imenso deste mundo que ainda desperte em mim o meu amor à vida!...

Tratei de consolá-lo da melhor maneira possível. Diante de situações como esta, as palavras de um homem quase nada exprimem quando dirigidas a um outro homem. Um sincero aperto de mão, um braço carinhosamente estendido sobre os ombros daquele que vem em busca de um apoio ou um soluço em uníssimo são as mais gratas expressões de solidariedade e simpatia que ainda soem amenizar a pungente dor de um coração amigo. Por isso, permaneci em silêncio até que seus soluços se aplacaram, e então falei-lhe, consternado:

– Venha e olhe para ela.

E assim caminhamos juntos até chegarmos ao pé do catafalco. E, cuidadosamente, ergui a ponta da mortalha que encobria a sua face. Mas, meu

Deus! Como estava linda! Cada hora que passava e que eu voltava a vê-la mais e mais realçava a magia do seu fascínio. O estranho fenômeno já começava a me intrigar. E quanto ao pobre Arthur, vi-o simplesmente ser sacudido por uma espécie de tremor convulso que só dificilmente conseguia conter, como se, de repente, fosse assolado por violento acesso de malária. Finalmente, após um longo período de silêncio, conseguiu balbuciar estas palavras:

– Jack, você tem certeza de que ela está morta?

Confirmei-lhe tristemente que assim era, mediante um tácito meneio de cabeça, e de alguma forma tentei explicar, talvez mais para mim mesmo do que a ele, aquela terrível dúvida que agora parecia eternizar-se, dizendo-lhe acontecer frequentemente que, após a morte, o rosto da pessoa pode em certas circunstâncias readquirir o seu viço, juntamente com a imortal beleza de sua juventude. E disse-lhe, ainda, que tais ocorrências podiam ser principalmente assinaladas quando o decesso era precedido por algum sofrimento agudo ou prolongado. Achava que devia libertar-me também dessa mesma dúvida que começava a me preocupar. Já ele, depois de ajoelhar-se por alguns minutos ao lado de Lucy, contemplando-a terna e contritamente, reergueu-se e afastou-se. Aproveitei então a ocasião para preveni-lo de que esta era a sua despedida, pois a urna tinha que ser preparada.

Alertado por minhas palavras, retornou. E, tomando sua mão inanimada entre as suas, beijou-a e em seguida beijou também a sua testa.

Depois de concluir este derradeiro ritual, e dando livre curso às grossas lágrimas que rolavam de seus olhos, começou a recuar a passos lentos, sem despregar o olhar de sua amada.

Deixei-o então na sala de estar e avisei a Van Helsing de que ele já se havia despedido. Encerrada a visita de Arthur, o Professor dirigiu-se à cozinha, onde se encontrava o agente da empresa funerária, e disse-lhe que prosseguisse com sua tarefa e, inclusive, lacrasse a urna. Quando ele voltava, informei-o acerca da pergunta de Arthur. Eis a sua resposta:

– Esta pergunta não me surpreende. Agora mesmo, fui assaltado pela mesma dúvida!

Nós três jantamos juntos, e durante todo o tempo em que permanecemos à mesa pude observar o penoso esforço do desditoso Arthur no sentido de dissimular seu desespero. Van Helsing mantivera-se em silêncio desde o instante em que se sentou à mesa. Quando, porém, estávamos acendendo nossos charutos, ele se dispôs a falar:

– Lorde...

Arthur, entretanto, atalhou-o:

– Não, não, não quero que me dê esse tratamento, por amor de Deus! De qualquer maneira, por favor não me trate assim agora. Perdoe-me, senhor: não veja neste meu gesto uma intenção inamistosa. Atribua-o, antes, ao meu inconformismo diante da irremediabilidade de minha recente e dolorosa perda.

O professor, após ouvi-lo atenciosamente, retomou a palavra, dizendo-lhe, em tom aquiescente:

– Somente usei esse título porque fiquei em dúvida. Já não o devo tratar como senhor e, ao mesmo tempo, habituei-me a estimá-lo... sim, meu caro jovem, a estimá-lo... através do despretensioso e simpático nome de Arthur.

Arthur estendeu sua mão e apertou a destra do Professor com visível efusão.

– Chame-me como melhor lhe aprouver – disse ele. – Apenas farei questão, sempre, é de merecer o título de amigo. Permita-me também dizer-lhe que nesse instante sinto faltarem-me as palavras mais justas e mais próprias para agradecer-lhe toda a bondade e dedicação que demonstrou durante o extenuante tratamento que proporcionou a minha querida noiva. – E após uma breve pausa, prosseguiu: – Sei que ela pôde avaliar bem melhor a sua imensa bondade do que eu. E se cheguei a ser rude ou de qualquer forma incompreensivo diante de seu método de ação, como o senhor ainda se recorda – ao que o Professor assentiu, com um leve meneio de cabeça –, peço-lhe encarecidamente que me perdoe.

O Professor respondeu-lhe em tom sério, mas amável:

– Sei perfeitamente como lhe deve ter sido difícil e penoso atender-me e confiar no que lhe impus, porque isto não se consegue sem uma forte margem de compreensão. Presumo, por isso mesmo, que o senhor ainda não o faça livremente, ou melhor, não possa ainda agora confiar em mim inteiramente, pelo simples fato de não haver ainda alcançado uma completa compreensão. E haverá ainda provavelmente outras várias ocasiões em que precisarei contar com esta mesma confiança e, por igual, o senhor volte a continuar achando que não me pode oferecê-la... e efetivamente não me dê... ainda tendo de permanecer na incompreensão. Dia virá, todavia, em que sua confiança em mim será total e absoluta, e então o senhor estará em condições de compreender tudo, como se a mais brilhante luz do sol o estivesse iluminando. Nesta futura oportunidade o senhor me irá abençoar desde o primeiro ao último dos meus atos, e o fará para o seu próprio bem e também de todos os demais e, principalmente, em benefício de sua bem-amada, cuja causa aqui juro proteger.

– Sim, na verdade, asseguro-lhe, senhor, dou-lhe minha palavra que, de qualquer forma, confiarei em tudo que fizer. Sei e acredito que o senhor é dotado de um nobre coração. Além disto, é amigo de Jack, assim como também o foi da minha querida Lucy. É livre para proceder como quiser.

O Professor pigarreou, como ensaiando uma frase e, finalmente, disse:

– Posso agora fazer-lhe uma pergunta?

– Perfeitamente.

– O senhor já sabe que a sra. Westenra lhe legou todos os bens de sua propriedade?

– Não, oh, pobre coitada; nunca poderia imaginar.

– E como tudo agora é seu, o senhor tem o direito de dispor de todo este acervo à sua discrição. Peço-lhe permissão para proceder à leitura de todas as cartas e outros escritos deixados por Lucy.

"– Creia-me, senhor, não se trata de mera curiosidade. Tenho para isso um motivo relevante, o qual, estou certo, mereceria sua inteira aprovação. Tenho-os todos aqui. Recolhi-os antes de ter conhecimento do teor do testamento, visando a evitar que mãos estranhas os tocassem... e que olhos inescrupulosos profanassem pensamentos que retratam sua alma. Pretendo conservá-los, se isto me for concedido e, além disto, seria agora necessário que o senhor, por enquanto, ainda se abstivesse de vê-los. Prometo guardá-los na mais absoluta segurança. Nem uma só palavra do que neles se contém será perdida, e no devido tempo os passarei às suas mãos. Sei tratar-se de mais uma difícil renúncia que estou a exigir-lhe. Creio, todavia, que não me faltará com a sua indispensável anuência, a bem de sua amada Lucy, não é verdade?"

Arthur respondeu-lhe no mesmo tom de cordialidade do seu venerável interlocutor:

– Dr. Van Helsing, está autorizado a usar toda a papelada como melhor lhe aprouver. Estou certo de que assim procedendo nada mais faço do que seguir as normas às quais ela daria sua inteira aprovação. Não o importunarei a respeito deste assunto, enquanto não chegarmos à ocasião propícia.

O velho ergueu-se da cadeira para dizer-lhe, em tom solene:

– E o senhor tem toda razão. Ainda haverá muito sofrimento para todos nós. Mas nem tudo nos trará infortúnios, assim como também esta provação ainda não será a derradeira. Nós, e o senhor também... o senhor mais que ninguém, meu caro rapaz... teremos ainda de curtir as mais atrozes amarguras antes de alcançar a bem-aventurança. Precisamos, porém, contar com toda a bravura dos nossos corações e eliminar qualquer resquício de árido egoísmo. Assim, nosso dever estará cumprido, e juntos alcançaremos um bom êxito.

Nesta noite, contentei-me em dormir num sofá, no quarto de Arthur. Van Helsing nem sequer se recolheu. Não parou de andar um só instante, como se estivesse rondando a casa, e jamais ficou fora das vistas da sala onde a urna de Lucy ficara exposta, agora recoberta de flores de alho silvestre, cujo forte odor, mesclado ao suave perfume dos lírios e das rosas, inundava o silêncio da noite com sua fragrância.

O diário de Mina Harker

22 de setembro – Num vagão ferroviário, com destino a Exeter. Escrito enquanto Jonathan dorme, a meu lado.

Parece-me ter sido ontem quando fiz nesta página o meu último registro. E, no entanto, quanta coisa já aconteceu depois disso, não somente em Whitby, mas também por todo esse mundo afora, e em torno de mim. Inicialmente, a inexplicável ausência e o enigmático silêncio de Jonathan, e agora já casada com ele, e o meu bom esposo, de simples solicitador, ascende à categoria de sócio, rico, dono de seus próprios negócios, o sr. Hawkins morto e sepultado, e o meu doce Jonathan padecendo sob um novo ataque, que talvez o prejudique seriamente. Algum dia ele me interpelará sobre o que escrevo. Tudo está sujeito a decair. Sinto-me emperrada ao querer taquigrafar – veja os percalços que uma inesperada prosperidade pode nos impor –, por isso acho de toda a conveniência refrescar os meus estudos com alguns exercícios.

A cerimônia fúnebre foi realmente solene, e se revestiu de uma grande sobriedade. Entre os presentes, estávamos apenas nós mesmos e os empregados, um ou dois velhos amigos de Exeter, seu agente de Londres, e ainda um certo cavalheiro, representando sir John Paxton, presidente da Corporação Jurídica Associada. Jonathan e eu permanecemos todo o tempo de pé e de mãos dadas, e mais uma vez tivemos de nos conformar diante da fatalidade de que o nosso melhor e mais estimado amigo nos havia deixado para sempre...

Ao sairmos da igreja, tomamos um ônibus para Hyde Park Corner e voltamos tranquilamente para a cidade. Com a intenção de proporcionar-me algum prazer, Jonathan quis que déssemos um breve passeio pela alameda, onde nos sentamos. Mas, na verdade, havia muito pouca gente ali. O ambiente, porém, pareceu-nos algo tristonho e solitário, principalmente devido à grande quantidade de cadeiras então desocupadas. Por coincidente analogia, esta desoladora solidão nos fez lembrar uma cadeira vazia que deixáramos em casa. Dali seguimos a pé até Piccadilly. Jonathan segurava-me pelo braço, da mesma maneira como me conduzia nos já distantes dias em que, juntos, caminhávamos para a escola. Eu agora achava aquilo um tanto impróprio, porquanto não se pode passar anos e anos dando aulas de etiqueta e decoro a outras moças sem incorrer no pedantismo e sem se imbuir também um pouco do que prega. Mas acontece que ele é meu marido e nós não conhecíamos ninguém entre aquela gente que nos via, e nem mesmo cogitávamos de saber sequer se nos haviam visto. Assim, prosseguimos imperturbáveis no nosso caminho. Eu estava contemplando uma menina realmente linda, com um chapéu de abas exageradamente largas, sentada numa carruagem do tipo "Vitória", estacionada diante do Magazin Guiliano's, quando repentinamente senti Jonathan apertar meu braço com tamanha força que chegou a machucar-me. E, no mesmo instante, ouvi-o exclamar: "Meu Deus!". Como vivo sempre sob uma constante expectativa no tocante às reações de Jonathan, por temer que algum choque nervoso lhe provoque uma nova recaída, detive-me imediatamente e perguntei-lhe o que o havia perturbado.

Tornara-se terrivelmente pálido, e seus olhos pareciam querer saltar de suas órbitas. Meio surpreso e meio aterrorizado, ele tinha os olhos fixos num homem alto e esguio, de nariz adunco, bigode negro e barba apontada, que também observava a menina encantadora. Seu olhar era tão duro e tão penetrante que nem sequer se apercebeu da presença de nós dois, o que me permitiu recolher dele uma perfeita imagem visual. Seu rosto ostentava um ricto de inconfundível malignidade. Seus traços fisionômicos eram duros, cruéis e sensuais; e seus enormes e alvíssimos dentes – ainda mais brancos diante do forte contraste dos seus lábios, de um vermelho escarlate – eram aguçados, como os de um animal feroz. Jonathan, como que hipnotizado, mantinha seus olhos cravados no homem, deixando-me temerosa de que ele o notasse. Eu agora receava que, de um momento para outro, o estranho nos visse e levasse Jonathan a mal, tão feroz e hostil era seu aspecto. Então voltei a insistir com meu marido, para que me dissesse o que tanto o molestava, e, evidentemente, imaginando que eu já soubesse tanto quanto ele sobre aquele abjeto indivíduo, respondeu-me com nova pergunta:

– Vê você o que aquilo é?

– Não, meu querido – disse eu –, nada sei a seu respeito. Quem é ele?

Sua resposta causou-me um impacto semelhante a um calafrio, pois me foi dita num tom como se ele já não estivesse sabendo que era a mim, sua mulher Mina, a quem estava falando:

– Isto aí é o próprio homem, em pessoa!

O pobre Jonathan estava evidentemente aterrorizado por algum motivo, aliás terrivelmente aterrorizado. Creio que se no momento eu não me encontrasse a seu lado para ampará-lo, ter-se-ia estatelado na calçada. Seus olhos continuavam imobilizados. Um homem surgiu de dentro da loja com pequeno volume na mão e entregou-o à bela mocinha, que então partiu em sua carruagem. O vulto sinistro ainda a seguiu de longe com os olhos, e assim que a viatura atingiu a Praça Piccadilly ele tomou a mesma direção, depois de alugar um tílburi de praça. Jonathan ainda assim manteve seu olhar firme sobre ele e, dando-me a impressão de que monologasse consigo mesmo, disse:

– Creio que é o Conde; ele, entretanto, está remoçado. Meu Deus, e se isso for verdade! Oh, meu Deus! Meu Deus! Se eu ao menos soubesse! Se, ao menos, soubesse!

Ele agora estava-se mortificando tanto que achei mais acertado desistir de fazer perguntas, para ver se assim conseguiria tirar-lhe esta ideia da cabeça.

Optei assim pelo silêncio. E vagarosamente nos afastamos dali. E ele, que ainda me sustentava pelo braço, não relutou em acompanhar-me. Caminhamos ainda por algum tempo, e mais adiante sentamo-nos por instantes no Green Park. Fazia uma cálida tarde de outono. Não tivemos dificuldade em encontrar um banco sob uma árvore frondosa e acolhedora. Após alguns minutos fazendo seus olhos vagarem pelo espaço, suas pálpebras se fecharam e ele logo adormeceu. Sua cabeça ficara recostada no meu ombro. Achei que esta era agora a melhor maneira de aliviar sua tremenda tensão e deixei-o dormir. Transcorridos cerca de vinte minutos, despertou e disse-me, alegremente:

– Oh, Mina! Por que fui adormecer! Oh, perdoe-me por ter cometido tamanha grosseria. Venha! Vamos tomar uma xícara de chá em algum lugar.

Ele, evidentemente, já esquecera tudo acerca do sinistro estranho, como também já o fizera em relação aos fatos que o inesperado encontro veio relembrar. Não me estão agradando nada estes seus estranhos lapsos de memória. Sei que tais esquecimentos podem estar revelando, ou mesmo produzindo ou agravando, sérios comprometimentos em seu cérebro. Acontece, porém, que nada devo perguntar-lhe, posto que assim talvez venha a lhe fazer mais mal que bem. Porém, de alguma maneira, preciso tomar conhecimento dos fatos ligados a sua enigmática jornada no exterior. Segundo receio, parece-me chegado o momento em que serei obrigada a abrir os seus papéis, para ler o que neles está escrito. Oh, meu pobre e querido Jonathan, sei que você me perdoará se eu estiver errada. Tal risco é, porém, nessa altura, incontornável. Trata-se agora de tentar sua própria salvação.

Mais tarde – O nosso retorno para casa foi um dos mais tristes, em todos os sentidos: a casa continuava vazia e solitária da mais terna alma, a quem tanto estimávamos; Jonathan, ainda pálido e atordoado, estava seriamente ameaçado de uma recidiva do seu recente mal. E, como que para culminar com a interminável série de desditas, chegou um lacônico telegrama assinado por um tal de Van Helsing, que não sei quem seja:

"Cumpro o infausto dever de comunicar-lhe que a sra. Westenra está morta há cinco dias e, outrossim, que sua filha Lucy faleceu na manhã de anteontem. Ambas foram hoje sepultadas."

Oh, quanto requinte de infortúnios em tão breves palavras! – Pobre sra. Westenra! Pobre Lucy! Partiram, partiram para nunca mais nos vermos! E o pobre, o coitado do Arthur, perder o mais terno e amoroso anjo de sua vida! Que Deus nos ajude a suportar tantas desgraças!

O diário do dr. Seward

22 de setembro – Tudo terminado. Arthur retomou à sua mansão em Ring, levando Quincey Morris em sua companhia. Que sujeito admirável é esse Quincey! Do âmago do meu coração, estou convencido de que ele sofreu mais com a perda de Lucy do que qualquer um outro de nós todos. Soube, não obstante, superar e sublimar a sua dor como o mais estoico e valente viking. Se o continente americano continuar a produzir homens de sua têmpera, seu poderio dentro em breve irá avassalar o mundo. Van Helsing está finalmente estendido em sua cama, fruindo de um breve descanso para encetar sua jornada de volta. Ele segue esta noite para Amsterdã. Disse-me, porém, que estará novamente aqui amanhã, à noite. Alegou que precisa tomar algumas providências que somente poderão ser concluídas pessoalmente. Após sua chegada deverá liberar-me, se o puder. Disse-me ainda que tem certas tarefas a cumprir em Londres, as quais lhe tomarão algum tempo. Pobre e venerando companheiro! Receio que o tremendo esforço que teve de desenvolver durante a semana passada acabou por combalir até mesmo a sua férrea fortaleza. Durante todo o cerimonial do enterro, ele não parou de assumir novos encargos de laboriosa execução. Quando tudo terminou, nós dois estávamos de pé, ao lado de Arthur. Este, coitado, cada vez mais desolado, referia-se então a sua participação pessoal no caso, mencionando a delicada operação de transfusão do seu próprio sangue para as veias de Lucy. E vi quando, no mesmo instante, o rosto de Van Helsing se tornou alternadamente pálido e rubro. Disse então Arthur que a partir daquele momento passou a sentir uma sensação como se ambos estivessem realmente casados, e que ela se tornara sua esposa sob as bênçãos de Deus. Nenhum de nós deixou escapar uma só palavra a respeito das outras transfusões, e nenhum de nós jamais se atreverá a dizê-lo. Arthur e Quincey já partiram juntos da necrópole, com destino à estação, ao passo que Van Helsing e eu viemos para cá. A partir do momento em que ficamos sós na carruagem, o Professor teve um verdadeiro acesso de histerismo. Ele, entretanto, negou-se terminantemente a admitir que se tratasse de histerismo, insistindo que tudo não passara do seu peculiar senso de humor, como forma de comportamento sob as mais críticas e severas pressões de suas obrigações. Ele riu com tanta intensidade e continuidade que suas gargalhadas acabaram-se transformando num incontido pranto, constrangendo-me a arriar as cortinas de nossa viatura para que ninguém nos tomasse por dois desvairados e perigosos insanos. Ele, porém, prosseguiu chorando até voltar a rir, repetindo esta intermitência várias vezes, tal como o fazem as mulheres. Ainda tentei ser rude para com ele, como sob tais circunstâncias procedemos para aplacar as crises femininas. Nada, entretanto, adiantou. Como diferem entre si as mesmas manifestações nervosas ou de um colapso de fraqueza entre os sexos masculino e feminino! Logo que suas feições readquiriram a natural sisudez, perguntei-lhe qual o motivo de tanta hilaridade e por que precisamente naquele ocasião. Sua resposta foi formulada de certa forma segundo suas próprias características, pois era, a um só tempo, lógica, forçada e enigmática. Eis suas palavras:

– Ah, você de nada se apercebe, meu caro amigo John. Não pense que não estou triste pelo fato de estar rindo. Veja: assim que o riso me chocou, comecei a chorar. Mas também não deduza daí que estou triste quando choro, pois o riso pode resultar das mesmas causas. Guarde-o sempre em sua mente: o riso que bater à sua porta perguntando: "Posso entrar?", jamais será um riso genuíno e espontâneo. Não! Saiba que ele é e age como se fora um rei... vai e volta segundo sua própria vontade. Ele não nos consulta, nem a nós nem a ninguém; não escolhe hora nem oportunidade. Ele apenas diz: "Estou aqui!". Observe: como exemplo, atormento o meu coração pelo sofrimento desta adorável jovem, e chego a doar-lhe meu próprio sangue, não obstante minha idade já avançada e meu desgaste físico; dedico-lhe todo o meu tempo, meu sono e meu saber; esqueço todos os outros clientes, a fim de que ela receba todos os meus cuidados. E ainda assim posso rir de sua própria sepultura, rir quando os primeiros torrões de argila tombam da pá do coveiro sobre o seu caixão, para que eu diga "bate", "bate", para meu coração, até que sinta o sangue refluir às maçãs do meu rosto. Meu coração sangrou por este pobre rapaz... este maravilhoso rapaz, agora na idade com que estaria meu próprio filho, se eu merecesse a ventura de tê-lo ainda vivo, a meu lado, ambos tão semelhantes, inclusive na cor dos olhos e dos cabelos. Aí tem você o principal motivo por que tanto o admiro e estimo. E ainda assim, quando ele diz coisas que atingem meu coração de esposo, mesmo superficialmente, ou que atingem minha sensibilidade de pai, reporto-me a ele mais do que a nenhum outro homem... mesmo você, meu prezado amigo John, porquanto devemo-nos considerar antes como distintos estágios de uma grande experiência, que propriamente pai e filho... ainda assim, nestes momentos, o Riso Soberano me cerca e me avassala, sussurrando baixinho a meu ouvido: "Aqui estou eu! Aqui estou eu!", até que a vitalidade do meu sangue retome todo o seu vigor e traga com ele um pouco deste calor solar até minhas faces descoradas. Oh, meu bom amigo John, vivemos num mundo muito estranho, repleto de tristezas e lamúrias, num mundo prenhe de negras misérias, de dores, de desgraças e infortúnios E, ainda assim, quando o Riso Soberano nos empolga faz com que todo este infindável séquito de males e castigos dance a seu ritmo e no seu diapasão. Corações sangrentos e áridas carcaças que a usura da Morte já fez escoar através da ampulheta dos tempos, para juncar seus frios cemitérios, assim como as ardentes lágrimas com que regamos nossos campos santos... tudo, enfim, compartilha desta macabra dança, cuja marcação nada mais é que a eterna música do Soberano Riso. E creia-me, amigo John, que sua presença é sempre cordial e benfajeza. E que nós, homens e mulheres, não passamos de débeis cordéis de uma tensa e ampla trama, e que por isso jamais poderemos escapar ao impulso das nossas lançadeiras. E então chegam as lágrimas. E como uma chuva serôdia e malsã, precipitam suas torrentes sobre os cordéis, já tão frágeis e tão tensos. Estes nos envolvem e nos embaraçam; e quando sua tensão atinge o ponto crítico, nós desmoronamos. Mas é aí que surge o Riso Soberano e, como um raio de sol, travesso e brincalhão, alivia-nos de todas as tensões e nos deixa aptos e sôfregos para prosseguirmos impávidos na trilha dos nossos rudes labores, sejam eles quais forem.

Não quis magoá-lo, simulando não apreender o próprio objetivo de suas ideias. Mas como realmente ainda não conseguira atinar com a causa de suas gargalhadas, formulei-lhe nova pergunta. Quando ia-me responder, sua fisionomia adquiriu uma expressão bem grave. E ele então falou-me num tom totalmente diferente.

– Oh! Tudo realmente se converteu numa sardônica ironia... nossa adorável senhorita, engrinaldada de flores tão belas e palpitantes como a própria vida, fez com que nós todos, um por um, duvidássemos de que ela estivesse realmente morta. E lá está ela encerrada em sua preciosa morada de mármore, junto a outras tantas daquele solitário cemitério. É também lá que encontramos os demais ancestrais de sua estirpe, juntamente com sua mãe, que tanto a adorava e a quem ela tanto venerava. E é de lá que nos chega o som de seus sagrados sinos, com sua metálica voz de monocórdio: "blam, blam, blam...", tão morosa e tão tristonha. E é ainda lá que estão aqueles santos homens, cobertos de brancas vestes, como se fossem anjos, simulando estar atentos à leitura dos seus códices, sem jamais dirigirem seus olhares para as páginas que ao acaso sempre estão escancaradas. E ao cabo de todo esse aparato, é lá que vamos para curvar nossas cervizes. E para que tudo isso? Ela está lá, ela está morta! Não é verdade que ela está morta?

– Bem, no que diz respeito à minha própria vida, Professor – disse eu –, nada consigo vislumbrar que seja tão risível. Isto porque sua explanação me deixou diante de um quebra-cabeça, ainda maior que o inicial. Mas mesmo que certos pormenores na execução dos trabalhos do sepultamento tenham apresentado alguma ponta de comicidade, o que dizer a respeito de Arthur e de toda a sua desdita? Por que, se seu coração já se achava totalmente dilacerado...

– Precisamente por isso. Não foi ele quem afirmou que a transfusão de seu sangue em suas veias fizera dela sua legítima esposa?

– Sim. E o que nos disse não deixou de ser uma doce e confortável ideia para ele.

– Concordo. Mas há ainda uma questão a esclarecer, meu amigo John. Se assim fosse, o que dizer quanto aos demais doadores? Ha, ha! Então, de repente, a nossa adorável criatura se converte numa improvisada poliandra; e eu, com minha pobre mulher já morta para mim, mas ainda viva perante as leis da Igreja, sim, eu, que embora sem qualquer testemunha, pois todas já partiram... mesmo eu, que sou um fiel marido para esta "esposa-ficção", estou transformado em bígamo.

– Ainda assim não vejo qualquer pretexto para gracejos ou chacotas! – disse eu. E realmente já não me sentia muito à vontade diante dele, depois de ouvi-lo dizer coisas deste quilate. Ele pôs sua mão sobre meu braço e explicou-se:

– Meu amigo John, perdoe-me se assim o molestei. Não demonstrei minha maneira de pensar para os demais, quando os podia magoar. Fi-lo somente diante de você, meu velho amigo, em quem posso confiar. Se você pudesse penetrar no íntimo do meu coração quando eu já estava na iminência de rir; se você ainda o lograsse fazer quando o riso já se declarara; e se, finalmente, você o conseguisse agora, quando o Riso Soberano já empacotou sua coroa e tudo mais que lhe pertence, pois ele já vai longe, bem longe de mim e há bastante tempo me deixou, você provavelmente teria muito mais pena de mim do que outra coisa qualquer.

A afabilidade do seu tom de voz efetivamente me comoveu, e eu, um tanto embaraçado, perguntei-lhe por quê.

– Porque eu sei!

E agora estamos todos dispersos. E por vários e longos dias solitários ficaremos acocorados sobre nossos telhados, de asas arriadas, como aves agoureiras. Lucy repousa no jazigo dos seus antepassados, um suntuoso mausoléu numa solitária necrópole, afastada da superlotada Londres. Lá, as brisas sopram frescas e fagueiras e o astro rei se ergue sobranceiro acima de Hampstead Hill, lançando sua luz cálida e dourada sobre as despretensiosas florezinhas silvestres que emolduram as aleias.

Destarte, vou encerrar por hoje esse diário. Agora só Deus sabe se o tornarei a abrir. Entretanto, se isso vier a acontecer, acho que só o farei se for para lidar com gente diferente e temas também de outra natureza. Ao terminar este fugaz relato, no qual narrei alguns episódios do romance de minha própria existência, antes de voltar para retomar o fio da obra de minha vida, quero dizer aqui, triste e desesperançado,

Finis

The Westminster Gazette,

25 de setembro

Os arredores de Hampstead estão sendo presentemente abalados por uma série de ocorrências que parecem rivalizar com as impressionantes histórias que os seus autores divulgaram em manchetes na nossa imprensa, e conhecidas como *O horror de Kensington*, *A mulher esfaqueadora* ou *A mulher de negro*. Há cerca de dois ou três dias, verificaram-se vários casos de crianças que se extraviaram de casa ou por algum outro motivo deixaram de retornar para seus lares, após seus jogos recreativos em Heath. Em todos esses desaparecimentos, as idades dessas crianças eram demasiadamente tenras para que pudessem dar uma explicação plausível e inteligível do que lhes acontecera. Mas segundo se consegue deduzir de suas desculpas, eles tinham-se defrontado com a "dama dos ardis". Foi sempre algumas horas depois do anoitecer que as crianças desapareceram e, em duas ocasiões, somente foram encontradas às primeiras horas da manhã seguinte. Nas circunvizinhanças, supõe-se que, como a primeira criança extraviada afirmou que fora atraída por uma "dama sopradeira", todas as outras, em diferentes oportunidades, passaram a atribuir àquela pseudo-entidade o sumiço dos meninos. Tal sutileza é, aliás, muito natural, porquanto o jogo favorito dos petizes que frequentam aquele parque atualmente consiste em brincar de chamariz, onde o ganhador tem que usar de muita astúcia. Um dos nossos correspondentes escreve que a simples tarefa de avistar-se com alguns dos heróis infantis que já se intitulam de "dama ardilosa" é extremamente divertida. Diz ele que os nossos melhores caricaturistas têm agora uma oportunidade de avaliar toda a ironia do grotesco, se se dispuserem a comparar a realidade com o figurado. Somente em perfeita conformidade com os princípios gerais da natureza humana é que a "dama dos ardis" poderia ter seu popular papel transposto para um quadro de "afresco". Diz o nosso correspondente ainda mais ingenuamente que até a maravilhosa Ellen Terry não teria suficientes predicados para superar os convincentes engodos que alguns dentre esses ingênuos garotos fingem, ou mesmo imaginam, ter ou representar.

Não podemos, contudo, negar que todo esse prosaico e controvertido quebra-cabeça tenha também um aspecto bastante grave ou, quiçá, mesmo trágico, pois algumas ou talvez todas essas crianças se extraviaram durante a noite e, além disso, todas, invariavelmente, apresentavam duas estranhas e características incisões em suas gargantas. As minúsculas lesões aparentavam haver sido produzidas pelos afiados incisivos de uma ratazana ou de um pequeno cão, e embora não se possa prontamente afirmar que individualmente se revistam de grande importância, elas nos mostram evidentemente que o animal que as inflige emprega um processo dos mais peculiares. Toda a corporação policial local recebeu ordens de exercer severa vigilância sobre as crianças que se afastarem de seus lares no bairro de Hampstead Heath e suas redondezas, principalmente as de mais tenra idade, assim como sobre eventuais cães vadios, que perambulem pelas ruas.

The Westminster Gazette,

25 de setembro

O Monstro de Hampstead
Outra Criança Lesionada
"A Dama dos Ardis"

Acabamos de receber a comunicação de que uma outra criança desapareceu ontem à noite, sendo encontrada somente hoje pela manhã, sob uma touceira de giesta-espinheiro, numa das encostas de Shooter's Hill, em Hampstead Heath. Este local é aparentemente menos frequentado que os anteriores. Mais uma vez foi diagnosticada a minúscula e dupla incisão na garganta da pequena vítima, já observada em todos os casos divulgados. Do ponto de vista clínico, a criança foi declarada como gravemente enfraquecida e seu teor sanguíneo foi considerado ameaçadoramente baixo. Depois de parcialmente recuperado, o garoto repetiu a mesma história, dizendo que fora atraído por uma cilada da "dama ardilosa".

XIV
O diário de Mina Harker

23 de setembro – Jonathan está agora bem melhor, depois de haver passada uma noite má. Alegra-me saber que ele tem árduas tarefas a cumprir, pois durante o trabalho sua mente permanecerá livre dos seus terríveis pensamentos. Oh, mas bem maior é a minha satisfação pelo fato de que ele agora já não se mostra abatido pela grande responsabilidade de seu novo posto. Sabia que ele acabaria confiando em si mesmo. Como me orgulho de ver o meu Jonathan ascender às culminâncias do seu novo status e ao mesmo tempo dar cabal desempenho a todas as árduas atribuições que ora recaem sobre ele. Ele passará hoje o dia todo fora de casa, pois me disse que não viria lanchar comigo. Minhas obrigações caseiras já estão concluídas. Agora, vou apanhar o diário que ele trouxe do estrangeiro. E, em seguida, trancar-me-ei no meu quarto para lê-lo...

24 de setembro – Não tive forças para escrever na noite passada, tal a violência do impacto que recebi da leitura do terrível registro de Jonathan. Pobre homem! Como deve ter sido atroz seu sofrimento, não importando se real ou mesmo imaginário. Ainda tenho minhas dúvidas sobre se, no que ali foi narrado, existe algum fundo de verdade. Ou teriam sido apenas suas meninges, já afetadas, que o levaram a escrever aquelas coisas terríveis, ou seriam estas o resultado de algum fator estranho? Agora, acho que jamais o saberei, porquanto não pretendo arriscar-me a falar com ele sobre este assunto...

Mas, por outro lado, preocupa-me aquele indivíduo que vimos ontem! Jonathan pareceu-me perfeitamente seguro quanto a sua identidade... Pobre querido! Talvez tenham sido as cerimônias fúnebres que o perturbaram, a ponto de fazerem-no retroagir mentalmente, reavivando algumas de suas provações mais infelizes... Confiou tudo a si mesmo. Lembro-me muito bem quando, no dia do nosso casamento, ele disse: "A menos que algum incontornável dever me faça retroceder, desperto ou adormecido, em meu perfeito juízo ou em estado de insanidade mental, àqueles dias de amargura". Isto me faz pensar que em tudo isso há uma certa trama de continuidade... O temível Conde deve ter vindo para Londres... Se isso é verdadeiro, e ele realmente veio para o nosso país, com todos os seus avassalantes e malditos milhões... Aí está o dever incontornável. E se ele se apresenta como tal, não temos o direito de recuar diante dele... Estarei bem prevenida. Agora mesmo vou sentar-me diante da máquina datilográfica e transcrever tudo. Depois disso, ambos estaremos preparados para enfrentar as ameaças alheias, se tanto vier a ser necessário. E, se assim acontecer, então talvez, estando eu já capacitada, pobre Jonathan não precisará ser molestado. Agirei então por ele, para jamais permitir que ele venha a ser novamente perturbado ou aborrecido num transe tão maligno. Se Jonathan conseguir libertar-se por completo do seu atual estado de nervos, provavelmente quererá contar-me tudo. Então, poderei interrogá-lo e fazer certas descobertas e, ao mesmo tempo, procurar a melhor forma de tranquilizá-lo.

Carta de Van Helsing para a sra. Harker

24 de setembro
(Confidencial)

Prezada senhora:

Peço-lhe perdoar haver-lhe escrito sem qualquer relação prévia, participando-a triste notícia do falecimento da srta. Lucy Westenra. Por especial deferência de Lorde Godalming fui autorizado a ler as cartas e outros papéis pertencentes à jovem finada, pois estou empenhado e profundamente interessado em esclarecer determinados assuntos da mais vital importância, com ela relacionados. Entre seus documentos, encontrei algumas cartas de sua autoria, as quais demonstram toda a imensa estima que ambas, como amigas inseparáveis, já haviam consolidado. Oh, prezada sra. Mina, para o bem desta imorredoura amizade, quero implorar agora a sua ajuda. Creia-me, é mais pelo bem dos outros, por um pouco de altruísmo, que lhe formulo este pedido – para reparar um terrível mal e evitar outros tantos infortúnios – talvez bem maiores do que tudo que a senhora possa saber, ou mesmo imaginar. Concordaria em receber-me? Rogo-lhe confiar em mim. Sou amigo do dr. John Seward e também de Lorde Godalming, a quem a senhora conhece simplesmente como o Arthur de nossa pranteada srta. Lucy. Por enquanto, sou obrigado a manter todo este caso sob o mais absoluto sigilo. Viajarei até Exeter imediatamente, a fim de nos avistarmos caso possa contar com este seu valiosíssimo beneplácito, bastando apenas dizer-me quando e onde. Peço-lhe mais uma vez perdoar-me, minha distinta senhora. Li todas as suas cartas endereçadas à pobre Lucy, e através delas fiquei conhecendo sua infinita bondade, e também o quanto sofre o seu marido. Rogo-lhe, por isso, caso assim possa ser feito, que de nada lhe participe, pois isto poderia prejudicá-lo.

Mais uma vez, peço-lhe perdão. Com as desculpas de

Van Helsing.

TELEGRAMA DA SRA. HARKER PARA VAN HELSING

25 de setembro – Venha hoje pelo trem das 10h45, caso ainda o possa alcançar. Estou pronta para vê-lo sempre que necessitar.

Wilhelmina Harker.

O DIÁRIO DE MINA HARKER

25 de setembro – À medida que se aproxima a hora da chegada do dr. Van Helsing já não consigo conter a minha excitação, pois estou certa de que este nosso encontro lançará alguma luz sobre as tristes vicissitudes experimentadas pelo meu querido Jonathan. Outra circunstância que também desperta em mim uma forte ansiedade é o fato de ter sido ele quem deu toda a assistência médica a Lucy no decorrer de sua fatal enfermidade, o que o capacita para contar-me sobre ela tudo o que preciso ouvir. Daí a razão de sua vinda. Ele quer colher novos dados a respeito do sonambulismo de Lucy, e não sobre os problemas de Jonathan. Assim sendo, jamais saberei a verdade real sobre o que aconteceu! Como sou estúpida! Aquele jornal nojento e sensacionalista vem empolgar minha imaginação e passa a pintar tudo com suas próprias e falsas cores. Por certo que tudo é apenas sobre Lucy. O triste hábito voltou a manifestar-se recentemente na pobre moça, e aquela aterradora noite que passamos na escarpa deve ter-lhe causado a doença. Na verdade, preocupada com os meus próprios afazeres, eu virtualmente esquecera a terrível enfermidade que passou a assolá-la depois disso. Ela deve ter-lhe falado sobre a lamentável aventura de sonambulismo que a levou sozinha até o alto da escarpa, e também que estou a par de tudo. E agora ele vem a meu encontro para que lhe conte o que sei, para que possa, em seguida, formar seu juízo. Espero ter tido razão quando decidi nada revelar do ocorrido à sra. Westenra, isto porque eu jamais me perdoaria se algum dos meus atos ou de minhas omissões pudessem ter acarretado qualquer mal à minha cara Lucy. Espero também que o dr. Van Helsing não venha até aqui para me recriminar. Nestes últimos dias, já passei por tanta ansiedade e desgostos que nada mais me sinto capaz de suportar.

Presumo que um bom pranto – livre e espontâneo – serve para clarificar o espírito, como uma refrescante e copiosa chuva logo ameniza um tensa e opressiva atmosfera. Talvez tenha sido a leitura do diário, ontem, o que mais me está afligindo. E, depois disso, não devo também esquecer que Jonathan saiu de casa esta manhã por um dia inteiro e mais uma noite, o que acontece pela primeira vez, desde que nos casamos. Fico rezando para que ele saiba cuidar de si mesmo, e que nada de mal o aborreça. Já são duas horas, e o doutor não tardará a aparecer. Nada direi a respeito do diário de Jonathan, salvo, naturalmente, se me perguntar. Sinto-me feliz por haver datilografado o meu próprio diário. Assim, se precisar de dados sobre Lucy, e o desejar, eu o posso entregar-lhe. O que lá se acha escrito pode responder a muitas perguntas.

Mais tarde – Ele já esteve comigo e já partiu. Oh, meu Deus! Que encontro estranho. Minha cabeça parece estar ainda no centro de um vertiginoso torvelinho! Sinto-me agora como se estivesse despertando de um sonho muito complicado. Pode tudo isso ser possível ou, digamos, mesmo uma pequena parcela de tudo o que ouvi? Se antes não tivesse lido o diário que Jonathan escreveu, jamais teria acreditado nem mesmo admitido a menor possibilidade de quanto me foi dito. Meu pobre, coitado e querido Jonathan! Como deve ter sofrido! Que Deus o conserve em sua graça, para que nada do que tanto o martirizou venha a afligi-lo novamente. Farei tudo para livrá-lo de tamanho castigo, pois, além de tudo, para ele será sempre um consolo por mais horríveis e aterradoras que sejam as consequências – o simples fato de saber que seus olhos e ouvidos não o enganaram, e que tudo o que o fez sofrer é verdadeiro. É mesmo possível que seja a sua dúvida a maior fonte de tudo o que o persegue, e que uma vez removida esta incerteza e também sem a prejulgar – seja em plena vigília, seja em pesadelo – possa comprovar a veracidade dos fatos, e deixá-lo mais satisfeito e mais apto a absorver as consequências deste impacto. O dr. Van Helsing, privando da amizade simultânea de Arthur e do dr. Seward, e tendo sido trazido da distante Holanda para tratar de Lucy, não pode deixar de ser, a um só tempo, um homem muito bondoso e de extraordinária capacidade profissional. Agora, já o considero como uma personalidade dotada de uma privilegiada e nobre natureza, repleta de bondade e simpatia. Se amanhã ele retornar, vou consultá-lo a respeito de Jonathan. E então, pela graça de Deus, toda essa angústia e ansiedade encontrará o seu justo fim. Costumava pensar em adquirir a prática de entrevistar. Um amigo de Jonathan que trabalha no *Exeter News* disse-lhe, certa vez, que o fator memória representava quase tudo nesse tipo de tarefa, isto é, que você deve ser capaz de reproduzir no papel, o mais exatamente possível, cada uma das palavras enunciadas, mesmo que tenha de burilar algumas delas. E, na verdade, eu fizera uma rara entrevista. Agora, tentarei deixá-la aqui registrada, *verbum ad verbum*:

Já passavam trinta minutos das duas da tarde, quando ouvi a primeira batida soar em minha porta. Enchi-me de coragem, cruzei nervosamente os dedos de minhas mãos e esperei. Dentro de alguns segundos, Mary abriu a porta e anunciou a presença do "dr. Van Helsing".

Ergui-me e esbocei uma breve reverência, enquanto ele caminhava a meu encontro. Seu tipo é o de um homem de peso médio, de compleição robusta, de ombros bem abertos e implantados sobre um peito amplo e profundo, encimados por uma cabeça bem-proporcionada. Seu pescoço, forte e aprumado, empresta-lhe um ar de contagiante confiança. O perfeito equilíbrio de sua cabeça pareceu-me traduzir uma portentosa concentração de autoridade e pensamento. Sua testa é ampla e nobre, alargando-se, nitidamente, a partir das frontes. Seu rosto, bem escanhoado, ostenta um queixo anguloso e sólido, sua boca é sensível e bem desenvolvida. O nariz é aquilino e de boas proporções, tendo a ladeá-lo duas narinas delicadas e vibráteis, parecendo expandir-se sempre que suas espessas e cerradas sobrancelhas se abatem e seus lábios se contraem. O frontal é fino e largo. Ergue-se inicialmente quase em ângulo reto, para depois se abaular suavemente para trás, transpondo a linha de duas sólidas e distantes saliências, formando este conjunto uma área que já não é emoldurada por seus cabelos avermelhados, que dali se lançam suavemente para trás e para os lados. Dois olhos de um azul intenso e profundo imprimem a todo o seu rosto um ágil tom de ternura e seriedade, como a mais marcante característica de sua imponente personalidade. E ele, então, dirigiu-me a palavra.

– É com a sra. Harker que tenho a honra de falar?

Ao que assenti com nova reverência.

– A senhora então se assinava como srta. Mina Murray? – E eu o confirmei, mais uma vez. – É a srta. Mina Murray que eu venho visitar, aquela que era amiga da pobre e adorável jovem Lucy Westenra. Sra. Mina, é em missão da jovem morta que estou aqui.

– Meu senhor – disse-lhe eu –, asseguro-lhe de que nenhuma recomendação o credenciaria melhor diante de mim do que a do senhor ter tratado e dado todos os seus cuidados profissionais a minha amiga Lucy Westenra. – E, assim dizendo, estendi-lhe minha mão. Ele a acolheu delicadamente e disse-me, num tom de repassada ternura:

– Oh, sra. Mina, sei que a amiga daquela moça pura e carinhosa é a própria imagem da bondade. Porém, ainda precisava conhecê-la.

E ele encerrou sua frase com breve e respeitoso cumprimento. Perguntei-lhe, então, o que desejava de mim, para ter vindo a minha presença com tanta rapidez. E logo se dispôs a explicar:

– Li as cartas que a senhora endereçou à srta. Lucy. Queira perdoar-me. Eu tinha que começar a pesquisar de alguma forma e por lá não encontrei ninguém a quem fazer perguntas. Sei que a senhora passou uns tempos com ela em Whitby. E ultimamente ela se deu ao trabalho de escrever um diário... não se surpreenda, sra. Mina. Suas anotações tiveram início após sua partida, e foram feitas com a intenção de secundar um hábito que ela sabia ser seu. Pois bem, nesse diário ela alude, através de frequentes inferências, a certos detalhes de uma excursão noturna em estado de sonambulismo, nos quais assevera ter sido a senhora quem a salvou naquelas circunstâncias. A fim de superar a constante perplexidade que daí me advém, cheguei à sua presença. Agora, pretendo pedir-lhe encarecidamente que me relate este caso, com todos os fatos e pormenores de que possa recordar-se.

– Creio que estou apta, dr. Van Helsing, a narrar-lhe realmente tudo o que então aconteceu.

– Ah, então a senhora tem excelente memória para gravar qualquer fato e mesmo suas minúcias? Essa não é uma virtude das mais constantes entre as jovens senhoras.

– Não, doutor. Em princípio, concordo com sua afirmação. Mas, neste caso, registrei-o totalmente, por escrito, na própria oportunidade em que tal ocorrência se verificou. Posso, inclusive, mostrar-lhe para que o senhor o veja, se assim o desejar.

– Oh, sra. Mina, já não tenho palavras para agradecer-lhe. Faça-me, então, o especial favor.

Mas, neste preciso instante, não pude resistir à tentação de mistificá-lo em certo aspecto não essencial, talvez cedendo a um atávico apelo com certo sabor da simbólica maçã edênica que ainda recende em nossos lábios. E, sem mais delongas, entreguei-lhe o meu diário original, inteiramente escrito em caracteres estenográficos. Ele o recebeu com uma grata reverência, perguntando-me:

– Permite que o leia?

– Se assim o desejar... – disse-lhe no tom mais natural possível. Ele o abriu e, por um breve instante, vi toda a sua fisionomia anuviar-se. Mas, sem demonstrar maior embaraço, ergueu-se e, após uma curvatura quase imperceptível, falou: – Sim senhora! Meus parabéns! Que mulher instruída e eficiente! Já de há muito estou sabendo que o sr. Jonathan é um homem intelectualmente muito bem dotado. Mas agora, vejo que sua mulher nada lhe fica a dever. A senhora quer dar-me então a honra de traduzir esse texto cifrado para mim? Que pena eu não ter aprendido estenografia!

Nessa altura, o meu breve gracejo já terminara e eu me sentia ligeiramente envergonhada. Apanhei, portanto, a cópia datilografada que se achava em minha cesta de costura, e a entreguei a ele.

– Perdoe-me – disse eu. – Não o fiz por mal. Já a deixei pronta pensando exatamente que o senhor faria suas perguntas em torno do caso da pobre Lucy e, assim sendo, talvez não dispusesse de tempo para esperar... não, naturalmente, no que me diz respeito, mas sim porque, como o sei, cada minuto lhe é muito precioso. Por isso, antecipei-me e datilografei estas notas para o senhor.

Enquanto ele as recebia de minhas mãos, seus olhos brilharam.

– A senhora é realmente muito bondosa – disse ele. – Posso ler esta cópia aqui agora? Talvez precise perguntar-lhe alguma coisa depois de concluir a leitura.

– Claro que pode – disse-lhe. – Enquanto o senhor lê a cópia, vou lá dentro e mando preparar o lanche. E, durante o nosso ligeiro repasto, o senhor me formulará as questões que julgar necessárias.

Ele inclinou-se cortesmente e acomodou-se em uma cadeira de costas para a luz da tarde, que entrava pela janela, e deixou-se literalmente absorver na atenta leitura das diversas laudas datilografadas, ao passo que eu saí não somente para instruir a copeira no tocante à mesa, mas também porque não queria agora importuná-lo. Ao voltar à sala, encontrei-o já impaciente, cruzando-a para lá e para cá, em toda a extensão, e de face afogueada pela excitação. Assim que meu viu, correu a meu encontro e, tomando-me por ambas as mãos, exclamou:

– Oh, sra. Mina! Como posso agora avaliar o quanto lhe devo? Estas notas são mais claras que o sol que nos ilumina. Cada frase contida nesse texto é mais uma chave mágica a abrir novos caminhos para mim. Estou deslumbrado e maravilhado por tão intensa luz e, ainda assim, sou obrigado a dizer-lhe que nem todas as nuvens se afastaram das íngremes trilhas que terei de percorrer. Isto, porém, já não dependerá da senhora, isto é, não deverá depender, compreenda, por favor. Oh, como sou grato à senhora, que é mulher tão sábia! – E, com uma entonação ainda mais solene, prosseguiu: – Se aqui e agora, ou em qualquer outro lugar ou ocasião, nesse instante e sempre, eu, Abraham Van Helsing, puder fazer alguma coisa pela senhora ou por um dos seus, espero ser honrado com a sua lembrança. Pois para mim esta oportunidade só me trará prazer e deleite, e assim a servirei com a fidelidade de um sincero amigo. Sim, como um sincero amigo! E toda a minha energia e todo o meu saber ficarão a sua disposição, não só pessoalmente, mas também daqueles que lhe são caros e bem-vindos. Ao longo da imensa estrada de nossa existência nos deparamos ora com ídolos negros e sombrios, ora com anjos e espíritos iluminados. A senhora é uma das expoentes da falange iluminada. Ainda irá fruir os mais felizes dias de sua longa vida, e seu marido receberá suas mais santas bênçãos através da generosidade do seu grande coração.

– Mas, Doutor, insiste em me elogiar tanto e, contudo, ainda não me conhece.

– Como ousa dizer que ainda não a conheço... eu, um ancião que passei minha vida inteira estudando os mais recônditos impulsos da criatura humana, homens e mulheres; eu que me debrucei especial e obstinadamente sobre os mais modernos e eruditos tratados que versam sobre a nossa mente, isto é, toda a nossa atividade cerebral e os estímulos que a condicionam! E, além do mais, acabo de ler o seu diário íntimo, que a senhora copiou especialmente para mim, e de cujas linhas desponta a verdade em cada palavra. Eu, que li a sua terna carta endereçada à pobre Lucy, comunicando-lhe o seu noivado e o seu casamento, não a conhecer! Oh, sra. Mina, a boa mulher narra-nos tudo sobre sua vida. E dia após dia, hora após hora, minuto após minuto, grava cada passo seu numa linguagem que até o mais cândido anjo tem prazer em ler. O seu marido é a personificação da própria nobreza, e a senhora também está integrada nesta nobreza, pois sabe confiar, e só confia aquele que é dotado de um espírito justo e esclarecido. Agora, diga-me como está seu marido, conte-me algo a seu respeito. Ele está bem? Já está livre da febre que o assolou? Já está forte e bem-disposto?

Pressenti aqui uma oportunidade de perguntar-lhe algo sobre Jonathan, dizendo-lhe:

– Ele já se achava virtualmente recuperado. Sofreu, porém, um forte abalo com a morte do sr. Hawkins.

O Doutor, neste ponto, interrompeu-me com uma rápida observação:

– Oh, sim, eu sei, eu sei. Li as suas duas últimas cartas.

– Creio que a morte do seu grande amigo o deixou realmente transtornado – prossegui – porquanto, quando fomos à cidade na quinta-feira passada, ele sofreu uma espécie de choque emocional.

– Um choque, logo depois de ter convalescido de um sério acesso de meningite! Isso não me está parecendo nada bom. A senhora poderia descrever-me que tipo de choque foi esse?

– Ele pensou ter reconhecido alguém que lhe recorda de algo terrivelmente tétrico, precisamente o que lhe teria causado o acesso de meningite.

Chegando a esse ponto, toda essa trágica história pareceu fulminar-me, como se estivesse na iminência de um colapso. Toda a comiseração que vinha sentindo por Jonathan, os horrores por ele sofridos, o aterrador enigma narrado em seu diário e o invencível temor que se apoderara de mim, tudo isso me constringia o coração, ameaçando aniquilar-me. Suponho estar sob a influência de um irresistível pavor-pânico, uma espécie de histerismo letal, pois sem mais me dar conta daquilo que fazia, arremessei-me de joelhos ao chão, ergui ambas as mãos em direção ao Professor e, sob um turbilhão de lágrimas, implorei-lhe que, por amor de Deus, restaurasse a saúde de meu marido. Ele segurou minhas mãos, levantou-me e, sentando-se no sofá, fez-me sentar a seu lado. Ainda sustendo minhas mãos nas suas, disse-me com doce e infinita ternura:

– Levo uma vida fechada e solitária e tão absorvida pelo trabalho que já não me resta sequer o tempo indispensável para cultivar minhas amizades. Mas desde que, atendendo ao apelo do meu amigo John, cheguei a esse país, já travei conhecimento com tanta gente bondosa e presenciei tantos atos de nobreza humana que começo a sentir agora mais que nunca, talvez também devido à minha idade já bem avançada, a terrível solidão de minha vida. Creia-me que cheguei aqui à sua casa dentro do mais profundo respeito, e a senhora espontaneamente me cumula de esperança... sim, esperança, não esperança naquilo que procuro, mas a esperança de que ainda existem mulheres capazes de tornar a vida neste nosso mundo algo mais digno e melhor... santas mulheres, cujas vidas e verdades irão servir de lição e de exemplo às nossas crianças de amanhã. Oh, como me sinto feliz, alegremente feliz, em poder também ser-lhe útil. Digo-lhe isto porque o mal de que seu marido sofre se enquadra perfeitamente dentro da alçada dos meus estudos especializados e de minha longa experiência. Prometo-lhe que, com o maior prazer, farei por ele tudo o que estiver a meu alcance... tudo que o possa fazer forte e vigoroso e que também a senhora possa participar merecidamente do novo bem-estar do seu esposo. Agora a senhora deve alimentar-se. Deve estar sendo submetida a um tremendo desgaste, além de sentir-se superexcitada. Seu marido, Jonathan, certamente não gostará de vê-la assim tão pálida. E tudo aquilo de que ele não gostar na sua bem-amada, pode acreditar que não lhe fará bem. Portanto, pelo bem de seu marido, coma e volte a sorrir. A senhora já me contou muita coisa a respeito de Lucy. Mudemos, por isso, de assunto, e evitemos novas tristezas. Esta noite, ficarei em Exeter, dado que tenho muito o que pensar sobre o que a senhora me falou. Somente depois disso lhe farei certas perguntas, caso as julgue necessárias. Então, nessa ocasião, a senhora vai-me dizer tudo o que soube sobre os distúrbios que ainda molestam seu esposo. Não faremos nada disso ainda. A senhora vai sentar-se à mesa e lanchar. Noutra oportunidade me contará tudo.

Após o lanche, ao voltarmos para a sala de estar, ele inesperadamente voltou-se para mim e disse:

– Bem, agora fale-me sobre ele.

Ao ter que prestar um extenso relato verbal a um homem tão instruído e tão sábio, confesso que receei que ele me julgasse uma pobre insensata, e meu Jonathan, um louco varrido, visto como quase tudo que consta do diário é uma interminável sucessão de absurdos e mistérios, o que inicialmente me deixou algo hesitante. Ele, porém, mais uma vez me pareceu tão amável e compreensivo que, diante de sua promessa de que me ajudaria e da confiança que já me inspirava, falei:

– Dr. Van Helsing: o que tenho a dizer-lhe é tão bizarro, tão esquisito, que desde já lhe peço que não ria de mim e tampouco do meu marido. Até o dia de ontem, permaneci sob uma espécie de dúvida febril. Seja benévolo para comigo e não me julgue tão tola a ponto de acreditar na metade que seja de todas essas estranhas coisas que se acham ali citadas.

Ele, todavia, encorajou-me, não somente por gestos mas também por animadoras palavras quando disse:

– Oh, minha prezada senhora, se ao menos suspeitasse como são singulares os fatos que me trazem aqui, não mais seria eu mas a senhora que teria justificáveis motivos para rir. Aprendi a jamais desdenhar da crença de ninguém, por mais estranha que seja. Tenho tentado, ao contrário, manter sempre a minha mente aberta. E não seriam agora as coisas mais triviais da vida que a iriam fechar. Para lhe ser franco, isso só poderia advir através das coisas e fatos mais extraordinários e aparentemente inverossímeis, isto é, aquelas coisas e fatos que, por vezes, nos situam diante da mais atroz das dúvidas: será que já estou louco, ou meu raciocínio continua válido e perfeito?

– Obrigada, um milhão de vezes obrigada! O senhor acaba de tirar-me um enorme peso de minha consciência. Se o senhor o permitir, entrego-lhe esses outros papéis para que o senhor também os leia. A matéria é bastante extensa. Está, porém, datilografada, como esta que lhe dei. Seu texto lhe revelará todos os problemas que ambos estamos tendo, Jonathan e eu. É uma cópia fiel do diário por ele escrito durante o tempo que passou no exterior, com o histórico de tudo que então lhe aconteceu. Nem sequer ouso adiantar-lhe nada do que nele está escrito, porque assim o senhor ficará em melhores condições de firmar seu julgamento, depois de o haver lido. A seguir, quando voltarmos a nos avistar, o senhor já poderá, talvez, obsequiosamente, dizer-me o que pensa a respeito.

Ao entregar-lhe os papéis, ele me disse:

– Prometo-lhe que amanhã de manhã, o mais cedo possível, virei até aqui a fim de falar-lhe e também a seu marido, se estiver de acordo.

– Jonathan deve chegar às onze e trinta da manhã. Assim, convido-o a vir lanchar conosco e ao mesmo tempo conhecê-lo. O senhor poderá viajar no expresso das 15h34, que o deixará em Paddington antes das oito.

O Professor não ocultou sua surpresa diante dos meus perfeitos conhecimentos dos horários dos trens. Ele, entretanto, não sabia que eu decorara todo o movimento diário dos comboios de passageiros no percurso de nossa estação até Exeter a fim de ajudar Jonathan, na emergência de um trabalho urgente.

Após guardar todos os papéis em sua maleta e despedir-se, o Professor partiu. Outra vez imersa em meus pensamentos, permaneci sentada. E continuei pensando. Mas, nessa altura, já não sei em quê.

Carta manuscrita de Van Helsing para a sra. Harker

25 de setembro, seis horas

Prezada sra. Mina:

Já li todo o maravilhoso diário escrito pelo seu marido. A senhora já pode dormir tranquila e esquecer suas dúvidas. Estranho e bizarro como mais o possa ser, tudo o que nele se encontra é *a mais pura verdade*! Se necessário, apostaria a minha própria vida pela veracidade do que acabo de afirmar-lhe. Daqui por diante a situação talvez venha a se agravar para muitos outros. Ele e a senhora, todavia, nada mais têm a temer. Ele é um homem extraordinário. E voltando a falar-lhe sobre minha profunda experiência sobre a personalidade masculina, alguém que, como ele, se arriscou a arrastar-se pelos paredões do castelo abaixo para alcançar aquela saleta inacessível... sim, e voltando lá uma segunda vez... não pode ficar permanentemente ameaçado por um simples choque. Seu cérebro e seu coração estão perfeitos. Quanto a isso, jurarei, se preciso for, mesmo antes de o ter visto. Fique, portanto, descansada. Já me estou considerando um verdadeiro bem-aventurado em poder voltar a sua presença, porquanto o acervo de preciosos conhecimentos que adquiri através dos registros que me forneceu é tão grande e tão rico que mais uma vez me sinto deslumbrado, sim, mais deslumbrado do que nunca, e agora preciso pensar.

Respeitosamente,
Abraham Van Helsing

CARTA DA SRA. HARKER PARA VAN HELSING

25 de setembro, seis e trinta da tarde

Prezado dr. Van Helsing:

Um milhão de agradecimentos pela carta que o senhor me escreveu, a qual trouxe um imenso alívio à minha mente. No entanto, mesmo admitindo que tudo seja verdade, quantas coisas aterradoras existem ainda pelo mundo. E que indivíduo abjeto e perigoso se oculta sob a aparência daquele homem, aliás, daquele monstro que realmente se encontra em Londres! Creia-me que chego a ficar apavorada somente em pensar em tal presença. Neste exato momento em que escrevo, estou recebendo um telegrama de Jonathan. Diz-me ele que partirá de Launceston às 18h25 da tarde de hoje, de modo que deverá estar aqui de volta às 22h18. Assim, já fico livre do receio de passar a noite sozinha. Em virtude desta mudança de horários, gostaria de pedir-lhe que, ao invés de vir lanchar conosco, estivesse em nossa casa às oito horas. Destar-te, tomaríamos juntos o café matinal. Isso, naturalmente, se essa alteração não lhe parecer demasiadamente cedo. Se o senhor não dispuser de mais tempo, poderá fazer a viagem de volta no trem das dez e trinta, que chega em Paddington cerca das 14h35. Rogo-lhe não expedir qualquer resposta à presente. Bastará o seu silêncio para que o esperemos para o café da manhã.

Sua fiel e grata amiga,
Mina Harker.

O DIÁRIO DE JONATHAN HARKER

26 de setembro – Pensara jamais voltar a escrever neste diário. Acontece, porém, que a nova ocasião especial por nós prevista já se apresentou. Ao chegar em casa, ontem à noite, Mina já havia preparado a nossa ceia e após a refeição pôs-me a par da visita de Van Helsing e, além disto, de lhe haver entregue a cópia dos dois diários. Contou-me também a terrível ansiedade por que passara, assustada com o meu estado de saúde. A seguir, mostrou-me a carta do Professor, na qual este afirma que tudo o que descrevi nada mais é que a pura expressão da verdade. Dita por quem foi, esta breve asserção, aparentemente tão simples, fez de mim um novo homem. Percebi, então, que fora a minha atroz e irremissível dúvida que me havia reduzido a um fantasma. Sentia-me como a mais impotente criatura a tatear na escuridão, como o mais desiludido dos seres humanos. Agora, porém, que já sei de tudo, não sinto o menor temor nem mesmo do asqueroso Conde. Pelo que pude ver, conseguiu efetivamente satisfazer seus desígnios de transferir-se para Londres. E foi ele e ninguém mais que eu vi. Agora se apresenta rejuvenescido. Mas, como? Van Helsing é o homem que nasceu para caçá-lo e desmascará-lo, se realmente é tudo aquilo o que Mina diz. Tivemos um longo serão e discutimos o assunto minuciosamente. Mina está mudando de roupa. Iremos até o hotel dentro de poucos minutos, a fim de trazê-lo para nossa casa...

Parece-me que ele ficou surpreso ao avistar-me. Quando entrei no aposento em que se instalara, apresentando-me por conta própria, passou-me o seu braço sobre os meus ombros e, expondo meu rosto à luz que entrava pela janela, após um percuciente exame visual, disse-me:

– Mas a sra. Mina me havia dito que o senhor estava doente, e que tinha sofrido um forte choque.

Soou-me tão divertidamente ouvir minha mulher ser chamada de "sra. Mina" por este extraordinário ancião de rosto forte e amável que, ainda sorridente, respondi-lhe.

– Estava doente e realmente experimentei um terrível choque. O senhor, porém, já me curou.

– Curado? Como, porém?

– A carta que o senhor escreveu para Mina, ontem à noite. Vivi estes últimos meses à mercê de uma dúvida incontornável. Isso fazia com que para mim todas as coisas adquirissem um cunho de total irrealismo. Nesse estado, eu já não sabia em que ou em quem confiar, nem mesmo diante da evidência revelada através dos meus sentidos. Não sabendo em que confiar, também não tinha a menor ideia sobre o que devia fazer. Destarte, limitava-me a trabalhar naquilo que até então havia sido o escopo de minha vida. Este antigo escopo pareceu-me aviltante, e perdi toda a confiança em mim mesmo. Doutor, não imagina o que é duvidar de tudo o que o cerca, inclusive de si próprio. Não, o senhor não sabe. Se o soubesse não estaria arqueando suas sobrancelhas como ora o faz.

Ele parecia satisfeito. E, em tom risonho e jovial, disse:

– Muito bem! O senhor também é fisionomista! Adquiro novos conhecimentos a cada hora que passa. É com o máximo prazer que irei tomar café em sua companhia. E agora o senhor vai perdoar os cálidos louvores de um velho homem: o senhor já está abençoado por haver-se casado com uma mulher tão santa.

Por mim, ouvi-lo-ia tecer seus louvores a Mina por todo o resto do dia. Mantive-me, assim, silencioso, aprovando tudo o que dizia com um simples meneio de cabeça.

– Ela é uma mulher eleita por Deus, modelada por suas próprias e milagrosas mãos para mostrar a nós homens e às demais mulheres que ainda existe um céu no qual podemos entrar, e que sua abençoada luz também pode-nos guiar na nossa Terra. Tão fiel, tão terna, tão nobre e tão generosa e, permita-me que o diga, tantos predicados numa só pessoa é realmente demais para as ambições e o cepticismo da época em que vivemos. E agora quero falar a seu respeito. Li todas as cartas endereçadas à pobre srta. Lucy, e algumas dentre elas se referem ao senhor. Portanto, posso dizer-lhe que já o conheço desde algum tempo através do conhecimento de outros. Porém, pude comprovar sua autenticidade e coragem pessoais na noite passada. Podemos selar este nosso primeiro encontro com um forte aperto de mão? Daqui em diante seremos amigos até o fim dos nossos dias.

E ambos trocamos um enérgico aperto de mão. Seu rosto resplandeceu, grave e ao mesmo tempo amável. Confesso que sua surpreendente franqueza me deixou um tanto encabulado.

– E agora – disse ele – posso recorrer a sua ajuda? Tenho uma grande tarefa pela frente, e para começar preciso colher algumas informações. É aí que o senhor me poderá ser muito útil. Por exemplo, poderá contar-me o que aconteceu antes de o senhor partir para a Transilvânia? Mais tarde, pretendo fazer-lhe outros pedidos, de tipo diferente. Por enquanto, este será suficiente.

– Diga-me uma coisa, senhor – perguntei –, sua pesquisa tem algo a ver com o Conde?

– Exatamente – disse ele, em tom solene.

– Então seremos como unha e carne. Pode contar comigo desde já. Como o senhor vai voltar pelo trem das dez e trinta, acho que não terá tempo suficiente para ler tudo o que vou entregar. Porém, vou apanhar o maço de notas que escrevi. O senhor o levará para ler durante a viagem de trem.

Depois do café, levei-o até a estação. A saída do trem, ele disse:

– Talvez o senhor tenha de ir até a cidade quando eu lhe pedir. Ao viajar para lá, leve a sra. Mina em sua companhia.

– Iremos ambos assim que o senhor quiser – afirmei-lhe.

Dera-lhe também os jornais matutinos locais e alguns vespertinos londrinos do dia anterior. Enquanto ainda conversámos junto à janela do vagão já ocupado, à espera do sinal da partida do trem, ele ia folheando um por um. Subitamente, seus olhos se detiveram sobre um deles... era a *Westminster Gazette* e eu o identifiquei de imediato pela coloração do papel em que era impresso, e o semblante do Professor se tornou assustadoramente pálido. Lia algo com inusitada atenção, enquanto prosseguia resmungando para si mesmo:

– *Mein Gott! Mein Gott*! (Meu Deus! Meu Deus!) Tão cedo! Tão cedo!

Acho que naquele momento ele nem se lembrou mais de mim. Logo após, soou o apito, e o trem partiu. Isso o trouxe de volta à realidade. Debruçou-se sobre o peitoril da janela e acenou-nos com a mão, exclamando:

– Meus respeitos para a senhora. Escreverei logo que puder.

O diário do dr. Seward

26 de setembro – Na verdade nada existe que possa ser qualificado de absoluto ou definitivo, inclusive aquilo que supomos ser o fim de alguma coisa. Ainda não faz uma semana que lavrei uma sentença, rotulando-a de *Finis*, e aqui estou eu recomeçando tudo de novo, ou, o que é ainda mais sintomático, dando prosseguimento ao mesmo registro. Até o cair da tarde de hoje eu não dispunha da menor base para avaliar as origens do que acontecera. Antecipando-se a todas as nossas previsões, Renfield voltou à plena normalidade de suas faculdades mentais, como sempre o fora. Ele já havia alcançado um sensível progresso com sua criação de moscas, o mesmo logrando em relação a sua grande variedade de aranhas. Esta sua intensa atividade o absorveu de tal maneira que, ultimamente, já não me vinha dando o menor trabalho. Entrementes, recebi uma carta de Arthur, escrita no domingo passado, e por intermédio dela fiquei sabendo que ele vem-se refazendo muito bem. Quincey Morris ficou com ele todos esses dias, e sua companhia teve para ele um valor inestimável, pois sua simples presença já é uma inesgotável fonte de tiradas de espírito e de fino humor. Aliás, Quincey também me endereçou algumas linhas, dizendo-me que Arthur está recomeçando a exibir sua antiga animação. Diante de tão boas notícias, cessam também minhas preocupações com os dois. Quanto a mim, procurei dedicar-me a meu trabalho com todo aquele habitual entusiasmo que sempre me empolgou, o que efetivamente se converteu num eficiente lenitivo para atenuar o terrível golpe da morte de Lucy. Posso nessa altura também afirmar que, sentimentalmente, minha convalescença entrou em sua fase final, e dentro de mais uns poucos dias me proporcionará uma alta total. Entretanto, quanto às origens do caso em si, tudo parece recomeçar de novo. E qual o destino final de toda esta intrincada trama, só Deus sabe. Desconfio de que Van Helsing também já descobriu a chave do mistério. Ele, porém, só a revelará aos pedacinhos, a fim de melhor estimular a nossa curiosidade. Ontem, ele viajou até Exeter e lá passou a noite. Hoje, voltou e isolou-se em seu quarto até as cinco e meia, quando me entregou um exemplar da edição vespertina da *Westminster Gazette*.

– O que você me diz a respeito disso? – perguntou, enquanto me observava e cruzava os braços.

Meus olhos percorreram toda a primeira página, já que eu não tinha a menor ideia sobre a que se referia. Ele, porém, retomou-o de minhas mãos e apontou para um determinado artigo relacionado com o desaparecimento de várias crianças, ocorrido em Hampstead. O assunto pareceu-me não despertar maior interesse, até eu deparar com um tópico no qual se aludia à existência de minúsculas incisões que vinham sendo encontradas nas gargantas das pequenas vitimas. Uma súbita suspeita me assaltou, e ergui meus olhos do texto que acabara de ler.

– Então? – disse ele.

– É semelhante ao caso de Lucy.

– E o que é que você conclui daí?

– Simplesmente que deve existir uma causa em comum para ambos os casos. O que quer que a tenha atacado, atacou também essas crianças.

Não alcancei bem o sentido de sua resposta:

– Que tais sintomas constituem uma prova indireta. Não porém uma evidência direta...

– O que quer dizer, Professor? – perguntei.

Na verdade, sentia-me inclinado a subestimar suas afirmações, de vez que, evidentemente, um descanso e uma liberdade de quatro dias, após uma devastadora e aniquilante ansiedade, já são naturalmente suficientes para nos restituir um pouco de nossa veia humorística, mas quando observei a transformação que se operara em seu rosto, refreei meu impulso. Nunca, nem mesmo nos piores instantes de nossa árdua luta para salvar a vida de Lucy, ele me olhara deste modo.

– Explique-me, por favor! – disse eu. – Não consigo formular uma opinião. Não sei o que pensar, e não disponho de outros dados nos quais pudesse estabelecer um raciocínio conjectural.

– Será, meu caro amigo John, que você quer-me convencer de que ainda não está suspeitando realmente sobre o que teria causado a morte de nossa pobre Lucy? Nem mesmo depois de ter em mãos todos esses indícios vivos, e não mais simples eventos, mas afirmações que eu próprio lhe confio?

– Suponho tratar-se de prostração nervosa, subsequente a uma grande perda ou dissipação de sangue.

– E como este sangue teria sido perdido ou dissipado?

Limitei-me a menear a cabeça, negativamente. Ele aproximou-se, sentou-se a meu lado e prosseguiu:

– Você é um homem sagaz, meu caro John. Sempre raciocinou com clareza, e a sua mente é obstinada. Mas costuma frequentemente prejulgar as coisas. Não espera que seus olhos vejam e seus ouvidos ouçam, e tudo aquilo que diuturnamente acontece ao redor de sua própria vida parece não lhe despertar o mínimo interesse. Não consegue admitir que ainda existem muitas coisas que sua percepção não compreende, e todavia elas estão aí. Assim como também não pode acreditar que convivemos com certas pessoas capazes de ver coisas que nós outros, simples mortais, nem poderemos imaginar. Existem, entretanto, coisas novas e antigas que não devem ser contempladas por olhos humanos, simplesmente porque sabem... ou pensam que sabem... determinadas coisas que vêm sendo segredadas a outros seres igualmente iniciados. Ah! Essa é a grande lacuna da nossa ciência positiva, que continua eximindo-se e recusando-se a esclarecer todos esses inexplorados ângulos do saber. Ou então, quando pensa que os aborda, limita-se a dizer-nos que nada tem a explicar. Apesar disso, vemos todos os dias tais crenças se multiplicarem e se desenvolverem sempre sob a convicção de que todas elas são realmente novas. Em sua maioria, porém, não passam de rituais primitivos que se fingem de criações recentes, como as nossas primas-donas dos teatros de ópera. Suponho nesta altura, inclusive, que você não acredita na transmigração dos corpos. Não é verdade? Nem nos fenômenos de materialização. Não? Nem na existência de corpos astrais, não? Nem na possibilidade da leitura do pensamento, não? E tampouco no hipnotismo...

– Neste sim – disse eu –, Charcot o comprovou satisfatoriamente.

Ele ensaiou um breve sorriso e prosseguiu:

– Isto, então, já é o bastante para satisfazê-lo. Mas, neste caso, você ao menos já compreendeu a maneira como tal força atua, e está em condições de acompanhar o raciocínio do notável Charcot, que pena que não mais exista!, para conseguir que sua mensagem mental se insinue no íntimo da alma do paciente, influenciando-a. Não? Assim, meu caro amigo John, sou obrigado a concluir que você se limita apenas a aceitar os simples fatos e se obstina em fazer tábua rasa de todos os fenômenos intermediários que numa pesquisa se apresentam entre os dados de uma premissa e suas conclusões. Que me diz a isto? Explique-me, então, pois eu sou um estudioso do cérebro, como consegue você aceitar a prática do hipnotismo e rejeitar a leitura do pensamento. Vou então dizer-lhe, meu amigo, que em nossos dias a ciência e tecnologia eletrônicas realizam práticas e experiências que teriam sido consideradas ímpias e heréticas pelo próprio descobridor da eletricidade, práticas essas que até bem pouco tempo ainda teriam levado seus autores a serem declarados bruxos-feiticeiros, para, a seguir, serem incinerados vivos, nas piras da inquisição. Não se esqueça de que a própria vida é um vasto repositório de profundos mistérios. Por que Matusalém teria vivido novecentos anos, e o nosso "Old Parr", 169, ao passo que a nossa pobre Lucy, mesmo carregando em suas artérias o sangue de quatro homens saudáveis, não sobreviveu sequer um só dia? Porque se tivesse sobrevivido mais aquele único dia, nós a teríamos salvo. Você está a par de todos os mistérios da vida e da morte? Você conhece os segredos da anatomia comparada e, baseado em seus princípios, acha-se em condições de explicar por que certos instintos dos brutos ou irracionais são encontradiços no temperamento de determinados homens e não nos demais? Você seria capaz de me esclarecer quais os motivos que fizeram com que uma famosa aranha, que durante séculos viveu na torre de uma antiga igreja na Espanha, crescesse e crescesse até o ponto de sorver todo o óleo combustível destinado à iluminação da imensa igreja, sempre que descia do seu esconderijo?

Poderá também me explicar por que nos pampas argentinos, aqui e ali, aparecem grandes morcegos que, durante a noite, abrem as veias das reses e dos cavalos para sugar-lhes o sangue, até suas vítimas morreram de inanição; e ainda o fato tradicionalmente conhecido nos meios marítimos, de que em algumas ilhas dos mares ocidentais vive uma determinada espécie desses morcegos, que passam o dia inteiro dependurados de cabeça para baixo, dormindo nos ramos das árvores, e quem já os viu, descreve-os nesta posição como se fossem gigantescos ouriços de castanhas ou casulos pendentes, e dizem que quando os marinheiros, nas noites calmosas, se aventuram a adormecer sobre o convés dos seus navios, descem sobre eles. E na manhã seguinte seus cadáveres são encontrados juncando o tombadilho, lívidos e exangues, com os mesmos estigmas de nossa pranteada Lucy?

– Por Deus do Céu, Professor! – exclamei, surpreso. – O senhor quer dizer que Lucy foi vitimada por um morcego desta espécie, e que semelhante aberração da natureza se encontra aqui, na cidade de Londres, em pleno século dezenove?

Ele ergueu sua mão, pedindo silêncio, e prosseguiu em sua impressionante exposição:

– Você saberá dizer-me por que a tartaruga vive mais tempo que a soma de várias gerações humanas; e por que o imenso elefante consegue durar e perdurar por prolongadas e sucessivas dinastias e também por que o papagaio somente morre quando é atacado por um gato, um cachorro ou outro animal carnívoro? Quer-me dizer por que em todos os tempos e em todas as partes da Terra existem pessoas que acreditam na perpétua sobrevivência de alguns dos seus semelhantes, se nenhum fator externo os eliminar? E que também existem homens e mulheres que, de uma forma ou de outra, não podem morrer? Todos nós sabemos, porque a ciência nos afiança a veracidade de tal fato, que desde alguns milênios ainda existem sapos que foram encerrados em minúsculos cubículos abertos na própria rocha, ainda nos albores da espécie humana, tão estreitos e exíguos que o pobre animal nunca mais conseguiu mexer-se. E qual a explicação que você me dá sobre o faquir indiano que se submete voluntariamente à morte, faz-se sepultar, para que depois seja semeado o trigo sobre sua sepultura, hermeticamente selada, e que esse mesmo trigo, depois de ceifado e colhido, seja novamente semeado, ceifado e colhido, e que só então, ele, o ocupante do túmulo, saia de dentro dele, depois de removido o selo ainda intacto, não morto, ou apenas ileso, mas vivo, lúcido e caminhando, como sempre o fizera?

Com este exemplo, perdi a paciência e o interrompi, porquanto já começava a sentir-me aturdido. É que ele já havia saturado de tal forma minha mente com sua interminável citação de excentricidades da natureza e das "possíveis impossibilidades" que minha capacidade imaginativa já ameaçava explodir. Restava-me de tudo a tênue ideia de que me ministrava uma de suas exaustivas lições, como nos bons tempos ele costumava fazer em seu anfiteatro de Amsterdã. Mas, lá, atinha-se apenas à explanação em torno de um determinado ponto, visando a incutir-me de tal forma a ideia que eu a pudesse guardar na memória pelo resto dos meus dias. Mas aqui, agora, eu já não dispunha de quaisquer outros dados e para, de qualquer maneira, acompanhar a linha do seu pensamento, disse-lhe:

– Professor, permita que volte a ser aquele desavisado estudante de outrora. Desenvolva e defenda a sua tese, para que eu possa ir assimilando os seus conhecimentos enquanto o senhor a expuser. Confesso-lhe que, nessa altura, minha mente apenas consegue saltar de um ponto para outro no encalço de uma ideia, tal como se eu próprio fosse enlouquecer. Sinto-me como um bisonho calouro se arrastando para sair de um pantanal, apenas pulando de uma touceira de juncos para outra, no inútil esforço de esboçar mais um movimento, porém sem saber para onde vou.

– Aí temos uma boa imagem – disse ele. – Bem, vou satisfazê-lo. Minha tese é simples: quero que acredite no que estou dizendo.

– Sim, Professor! Mas acreditar em quê?

– Apenas que acredite em coisas que normalmente não admite. Ouça-me. Vou-lhe dar uma ilustração. Uma ocasião ouvi isto de um americano à guisa de uma definição do que vem a ser Fé: "Aquela faculdade que nos capacita para acreditar em coisas que sabemos serem irreais". De uma certa forma, sigo o silogismo proposto por este homem. Ele quis dizer com isso que nós devemos manter a nossa mente aberta, e não permitir que uma pequena verdade tolha a penetração de uma verdade maior, como por vezes acontece em nossa vida prática, ao vermos o imenso mal que um despretensioso calhau abandonado numa via férrea pode causar a um veloz comboio que já se aproxima. É claro que a pequena verdade já é coisa nossa. Bem! Conservemo-la conosco e avaliemos todo o seu teor. Mas, por favor, não será somente por isso que a devemos transformar em crivo de aferição de todas as verdades do Universo.

– Então o senhor quer que eu evite que minhas convicções já arraigadas venham a obstar a receptividade de minha mente em relação a certos aspectos que divergem das leis naturais, tal como as conhecemos. Teria eu, destarte, conseguido assimilar sua lição satisfatoriamente?

– Oh! Finalmente vejo que você continua sendo o meu discípulo favorito. Assim vale a pena doutriná-lo. Agora que você se mostra predisposto à compreensão, posso afirmar-lhe que já venceu a primeira etapa no sentido de alcançar o objetivo do que nos propusemos. Você acha que as pequenas incisões encontradas nas gargantas das crianças foram produzidas pelo mesmo processo e pela mesma coisa que aqueles que mataram a srta. Lucy?

– Assim o presumo.

Ele, então, levantou-se e, em tom solene, sentenciou:

– Então você está errado! Oh, quem dera que fosse tudo a mesma coisa! Mas, infelizmente, não é o que está acontecendo. Não! É coisa pior, muito pior!

– Pelo amor de Deus, Professor Van Helsing, o que é que o senhor está querendo insinuar! – exclamei eu.

Num movimento brusco e desesperado, ele se deixou cair numa das cadeiras. E, apoiando ambos os cotovelos sobre a mesa, escondeu seu rosto com as mãos e disse:

– Não, John, infelizmente não! Elas foram feitas pela srta. Lucy!

XV
O DIÁRIO DO DR. SEWARD
(Continuação)

POR ALGUNS INSTANTES um verdadeiro furor se apoderou de mim. A impressão que tive naquele momento foi como se o Professor tivesse levado a vida inteira esbofeteando o rosto de Lucy. Esmurrei a mesa com todo o vigor e, erguendo-me para melhor demonstrar minha revolta, vociferei:

– Dr. Van Helsing, o senhor está louco?

Ele ergueu a cabeça e encarou-me firmemente. Mas, de alguma forma, a ternura que se estampara em sua face foi bastante para que eu recuperasse a calma.

– Quisera Deus que eu estivesse! – disse ele. – Semelhante loucura seria perfeitamente negligenciável diante de uma verdade como esta. Oh, meu bom amigo! Por que motivo pensa você que eu faria todo aquele rodeio, gastando tanto tempo para dizer-lhe uma coisa tão simples? Acha que foi porque o odiasse agora, ou já o tivesse odiado em qualquer outra ocasião de minha vida? Teria sido realmente com o intuito de lhe causar tanto embaraço? Estaria eu agora, já em tão avançada idade, disposto a vingar-me de sua altruística dedicação, por me haver salvo a vida e, ainda mais, por ter-me poupado de uma morte horrível? Oh, não!

– Perdoe-me – disse eu. E ele prosseguiu:

– Meu amigo: fiz tudo aquilo porque desejava assumir a atitude mais gentil e compreensiva possível antes de causar-lhe esse trauma, pois sei o quanto você amou aquela maravilhosa moça. Mas mesmo agora ainda não espero que você acredite em mim. É tão chocante aceitarmos assim de chofre uma verdade abstrata, que nós continuamos duvidando desta possibilidade, se sempre acreditamos em um empedernido "não" que se contrapõe ao nosso raciocínio. Ainda mais duro é aceitarmos uma verdade concreta pior que a própria tristeza, e principalmente quando se trata de uma verdade chamada srta. Lucy. Esta noite vou comprová-lo. Você estaria disposto a acompanhar-me?

Seu desafio deixou-me hesitante. Um homem como eu não gosta de apurar tais verdades. Pelo menos o nosso poeta Byron era uma zelosa exceção a tal categoria:

"... E detestava pôr à prova a própria verdade."

Ele percebeu minha indecisão e prosseguiu:

– A lógica é simples. E desta feita não se trata da astúcia de um calouro insano, pulando de uma touceira para outra, no meio de um pantanal enevoado. Se o que afirmo não corresponde à verdade, então a prova o revelará. Mesmo na pior hipótese, o que vamos fazer não acarretará nenhum mal. Mas se for verdade! Então, enfrentaremos todo o terror, embora o mesmo venha em apoio de minha causa, pois será nele que vamos buscar a chave da nossa revelação. Venha; explicar-lhe-ei o que pretendo: primeiramente, vamos até o hospital, visitar a criança que lá está internada. Isso faremos agora. O dr. Vincent, do Hospital do Norte, citado pelos jornais, é amigo meu, e penso que também seu, de vez que naquela ocasião você frequentava a faculdade, em Amsterdã. Se não quiser franquear seu caso a dois amigos, certamente não irá negá-lo a dois cientistas. Nós nada lhe revelaremos a respeito dos nossos planos. Diremos, apenas, que estamos iniciando um aprendizado. E, depois...

– E, depois?

Ele retirou uma chave de sua algibeira e mostrou-ma.

– E, com isto, você e eu passaremos a noite no cemitério, ao lado do túmulo no qual Lucy foi sepultada. Esta é a chave que dá acesso ao interior do seu jazigo. Apanhei-a com o coveiro, a fim de entregá-la a Arthur.

Meu coração entrou em pânico dentro do peito. Agora, sabia que nós dois iríamos enfrentar uma horrível prova. Nessa altura, contudo, já não podia recuar. Assim, tratei de mobilizar até os meus mais ínfimos resquícios de coragem e, virando-me para ele, disse simplesmente que o melhor que teríamos a fazer era apressar-nos o mais possível, pois daí a pouco o sol se despediria.

Encontramos a criança acordada e em boa disposição de espírito. Despertara pouco antes, fizera uma leve refeição e seu estado geral era bem satisfatório. O dr. Vincent removeu a bandagem que envolvia sua garganta e mostrou-nos as duas pequenas incisões. Já não tínhamos a menor dúvida quanto à semelhança das mesmas com as que tinham sido feitas na garganta de Lucy. Apenas eram ligeiramente menores e de feitura mais recente. E isso foi tudo o que vimos. Perguntamos ao dr. Vincent a que ele as atribuía, e ele respondeu-nos que devia tratar-se de uma pequena lesão produzida pelos dentes de algum animal, talvez um rato. Mas sua opinião pessoal parecia indicar-lhe um ataque de morcegos, espécie bem numerosa nas escarpas situadas ao norte de Londres.

– Entre outros tantos animaizinhos inofensivos – disse ele – pode existir algum espécimen selvagem, emigrado do sul e do tipo maligno. Talvez algum marinheiro inadvertidamente tenha sido o portador de algum deles e que este, depois, lhe tenha escapado. Ou quem sabe, pode tratar-se também de algum filhote que tenha fugido do Jardim Zoológico, possivelmente de uma ninhada de vampiros. Essas coisas podem acontecer, como o senhor sabe. Há cerca de dez dias, um lobo conseguiu escapar da jaula e, se não me engano, foi também localizado nestas redondezas. E faz agora aproximadamente uma semana que as crianças brincavam de "Hood, o Cavaleiro Vermelho" no bairro de Heath ao longo das várias aleias, até que apareceu a tal "dama dos ardis". E, desde então, os garotos se divertiam ali a valer. Mesmo esse pobre menino, logo que acordou, pediu à enfermeira para sair. Quando esta lhe perguntou aonde queria ir, ele simplesmente respondeu que queria brincar com a "dama dos ardis".

– Quando o senhor mandar o menino de volta para casa – disse Van Helsing –, aconselho-o a recomendar a seus parentes manter a mais rigorosa vigilância sobre seus passos. Todas essas propaladas fantasias que são tecidas em torno de semelhantes extravios de crianças são extremamente perigosas. E se esta criança ficar exposta a um segundo ataque, isto provavelmente lhe seria fatal. Mas, em qualquer hipótese, suponho que o senhor não lhe dará alta antes de transcorridos alguns dias, não é verdade?

– Certamente. Ele ficará aqui no mínimo durante uma semana. E talvez mais, se as duas pequenas incisões ainda não estiverem cicatrizadas.

A nossa visita ao hospital demorou muito mais do que o previsto, e, ao sairmos, notamos que o sol já descera abaixo do horizonte. Logo que Van Helsing viu que começava a escurecer, disse-me:

– Nós não temos pressa. Realmente é um pouco mais tarde do que eu pensava. Venha; primeiramente procuremos algo para comer. Depois, então, retomaremos nosso caminho.

Jantamos no restaurante Jack Straw's Castle. Noutras mesas, ao redor de nós, instalou-se uma pequena multidão de ciclistas e outros tipos diferentes, todos fazendo um ruído avassalador. Cerca das dez horas, deixamos o restaurante. A escuridão então era completa. E a iluminação da rua, colocada com intervalos muito grandes, parecia tornar as trevas ainda mais densas, sempre que saíamos do seu raio de alcance. O Professor evidentemente identificara o caminho que estávamos percorrendo, pois seus passos nada tinham de hesitantes. Já eu, todavia, sentia-me completamente confuso quanto à minha orientação. À medida que avançávamos, íamos encontrando cada vez maior número de pessoas, até que finalmente ficamos um tanto surpresos por encontrarmos a patrulha montada da polícia, que fazia a sua habitual ronda suburbana. Logo após, entretanto, alcançamos a muralha do cemitério, a qual transpusemos sem dificuldade. A seguir, todavia, devido à indevassável escuridão, nem tudo nos pareceu tão fácil. Porém, com mais algum esforço – já que todo o sítio se nos afigurava àquela hora tão estranho – localizamos o jazigo da família Westenra. O Professor, fazendo uso de sua chave, abriu a porta, que rangeu ruidosamente sobre os gonzos. Depois, retrocedendo um pouco, em atitude calma e polida e, eu diria ainda, quase maquinal, fez um gesto para que eu o precedesse. Não pude também deixar de experimentar a intempestiva ironia que o Professor pusera neste oferecimento, isto é, na cortesia de conceder-me a precedência em circunstâncias tão pouco invejáveis. O meu companheiro, por sorte, não tardou a entrar também, tendo ainda o cuidado de puxar a porta atrás de si, depois de cautelosamente verificar se o trinco da mesma era apenas de encaixe ou de mola. Isso porque nessa última hipótese nós agora estaríamos irremediavelmente trancafiados, isto é, sepultados vivos. Depois disso, agindo sempre imperturbavelmente, ouvi-o tatear no fundo de sua sacola, de onde retirou uma caixa de fósforos e um coto de vela, o qual ele acendeu. O aspecto interno do jazigo na plena luz do dia e repleto de flores ainda rescendentes e viçosas já nos dava uma impressão suficientemente tétrica e aterradora. Mas, agora, transcorridos já vários dias, vendo-se todas as flores já murchas e mortas e suas alvas pétalas mais parecendo traços de ferrugem, que já não se distinguem dos caules e das folhas, totalmente enegrecidos; quando as insidiosas aranhas e os obstinados escaravelhos reassumem seus papéis predominantes; quando atentamos para as pedras descoradas pela ação do tempo e da caliça, impregnadas de poeira; na completa desfiguração dos metais: o ferro, oxidado em grossas crostas, o bronze, oculto pelo azinhavre, e até as outrora ricas guarnições de prata, que a débil luz da vela ainda faz mais foscas. Todos esses lúgubres efeitos somados e sofridos tornavam o funéreo recinto ainda mais sórdido e miserável que qualquer exagero da imaginação. Toda essa irreversível solidão incute-nos de forma irresistível a ideia de que a efêmera vida animal jamais poderia ser considerada como a única dádiva transitória neste mundo.

Van Helsing prosseguia sistematicamente na execução do seu plano. Aproximando o pavio aceso de sua vela das placas dos diversos compartimentos internos até conseguir ler os respectivos nomes ali gravados, a ponto de alguns pingos de cera se solidificarem sobre as lâminas metálicas, ele não tardou a localizar a urna que continha o corpo de Lucy. Outra breve busca em sua sacola de instrumentos e ei-lo já empunhando uma robusta chave de fenda.

– O que vai fazer? – perguntei-lhe.

– Vou abrir a urna. Agora se convencerá.

Imediatamente, começou a remover os parafusos e, a seguir, suspendeu a tampa, deixando à mostra o invólucro de estanho. Esta fria e mecânica violação de um túmulo já me parecia ultrapassar o tolerável. Para mim, o ato se constituía numa afronta à morta, como se a estivéssemos despojando de suas vestes mais íntimas em pleno sono, quando ainda vivia. Impulsionado por incontido escrúpulo, segurei-o pelo braço, numa última tentativa de contê-lo. Ele, não obstante, limitou-se a dizer:

– Você vai ver.

E voltando a remexer seus utensílios, apanhou uma pequena serra de ponta. Golpeando a cápsula de estanho cuidadosamente com a ponta da chave de parafuso, abriu um pequeno orifício, mas de tamanho suficiente para comportar a entrada da ponta da serrinha. Minha forte tensão aumentou a expectativa de um agudo silvo, provocado pelo brusco escapamento dos gases do cadáver, que ali estava há já uma semana. Nós, médicos, que também devemos ter perfeita noção dos perigos a que estamos expostos, acabamonos acostumando com essas coisas, e isto me fez recuar dois passos em direção à porta. Alheio a meus temores, o Professor não se deteve um segundo sequer. Serrou o invólucro interno lateralmente, na extensão de alguns centímetros, fez outro corte transversalmente, e depois abriu-o pelo lado oposto. Então, segurando pela extremidade da parte livre, forçou-a para trás, como se fosse uma janela. A seguir, erguendo a vela para clarear melhor a abertura, chamou-me para olhar.

E eu me aproximei e olhei: a urna estava vazia.

É desnecessário dizer que tal fato se constituiu numa devastadora surpresa para mim. O choque que senti fez minhas pernas tremerem. Van Helsing mantinha-se aparentemente indiferente. Ele agora devia estar mais certo do que nunca a respeito de suas convicções, e por isso mesmo mais que encorajado a prosseguir em suas pesquisas.

– Está satisfeito agora, amigo John? – perguntou.

O tom de sua pergunta pareceu despertar em mim o mais obstinado furor de argumentação:

– Sim – disse eu. – Estou convencido de que o corpo de Lucy não se encontra em sua urna. Isto, porém, só prova uma coisa.

– E qual é a coisa, meu caro amigo John?

– Que ela não está lá, naturalmente.

– Aí temos uma boa lógica – disse ele. – Até onde alcança o seu argumento, é claro. Mas qual é a explicação, ou melhor, como pode você explicar a sua ausência de lá?

– Talvez se trate de um violador de túmulos – sugeri. – Algum dos empregados da empresa funerária pode ter roubado o corpo.

Eu sabia que nessa altura já não dizia coisa com coisa. Essa, porém, era a única saída válida para que ainda pudesse contestá-lo. O Professor encarou-me com um certo ar de desolação e suspirou. Mas, longe de desanimar, disse:

– Bem; temos que reunir mais outras provas. Acompanhe-me.

Em poucos instantes ele tornou a fechar a tampa da urna, reuniu todos os seus objetos, colocou-os na sacola, apagou a vela e guardou-a. Abrimos então a porta e saímos. Ele girou a chave na fechadura e, depois de retirá-la, fez menção de ma entregar, dizendo:

– Quer guardá-la? Assim, ao menos, poderá estar certo do que faz.

Apenas sorri; um sorriso um tanto forçado, é claro, visando somente a desembaraçar-me de sua insinuação.

– Uma chave nada representa – disse eu –, pois pode haver outras cópias. E, além disso, não há o menor problema em fazer um molde pela fechadura.

Diante de minha recusa, recolocou a chave em seu bolso e não insistiu mais no assunto. A seguir, pediu-me que vigiasse atentamente um dos lados do cemitério, enquanto ele faria o mesmo em relação ao outro. Instalei-me da melhor forma possível junto ao tronco de um velho teixo, enquanto via seu vulto escuro esgueirar-se por entre as catacumbas, até que estas e as frondosas árvores o ocultaram de minha vista.

Nossa vigília foi das mais solitárias. No preciso instante em que ocupei meu posto, ouvi ao longe o relógio do campanário soar meia-noite. Nas mesmas circunstâncias, o relógio bateu uma e duas horas. Sentia-me enregelado, nervoso e aborrecido com o Professor por me obrigar a participar pessoalmente de mais essa estranha espreita. Nessa altura, o frio e o sono já não permitiam que eu cumprisse a minha missão de vigilância com toda a desejável eficiência. Mas também ainda não havia renunciado a provar-lhe que neste ponto sua suspeita era infundada. Por isso, sujeitei-me estoicamente a enfrentar todas as incongruências daquela noitada miserável. Mas, súbita e inesperadamente, ao virar-me, pareceu-me vislumbrar algo esbranquiçado mover-se entre dois copados e sombrios teixos na direção da orla do cemitério mais afastada do jazigo. Simultaneamente, vi um vulto escuro deslocar-se sobre o terreno contíguo ao posto de observação do Professor, avançando rapidamente em sua direção. Então, também abandonei o meu lugar e aproximei-me, para ver melhor o que estava acontecendo. Tive porém de contornar uma série de sepulturas, algumas das quais cercadas de grades. O céu estava encoberto e de um lugar qualquer, perdido na distância, chegava a meus ouvidos o cantar de um galo. Por um estreito atalho, além de uma aleia de esparsos zimbros, que assinalava o caminho de acesso à igreja, um vulto de aspecto indefinido, de um branco opaco, corria em direção ao jazigo. Como aquela área também estava encoberta por frondosas árvores, não me foi possível ver com precisão onde o vulto em fuga desapareceu. Ouvia agora porém, distintamente, um farfalhar de folhas no caminho já percorrido pelo vulto branco. Chegando lá, deparei-me com o Professor já segurando em seus braços uma criancinha. Ao ver-me, ergueu-a em minha direção e exclamou:

– Está satisfeito agora?

– Não! – respondi, num tom de ostensiva agressividade.

– Então não vê a criança?

– Sim, sei que é uma criança! Mas, quem a trouxe aqui? E já viu se ela está ferida? – perguntei.

– É o que agora veremos – disse o Professor.

E no mesmo instante abandonamos o cemitério, levando ele a criança, que estava adormecida. Depois de caminharmos uma certa distância, paramos junto a um renque de árvores. O Professor riscou um fósforo e nós examinamos a garganta da criança. Estava intacta, sem o menor vestígio de lesão ou arranhão.

– Eu não estava com a razão? – perguntei eu, em tom triunfante.

– Nós chegamos na hora – retorquiu o Professor, com uma inflexão de sóbrio reconhecimento.

Nosso problema agora consistia em decidir qual o destino a dar à criança, e para isto trocamos algumas opiniões. Se a levássemos ao posto policial, teríamos, obviamente, de prestar contas de nossa estranha peregrinação noturna. No mínimo, seriamos obrigados a fornecer um relato de como havíamos achado a criança. Finalmente, optamos por levá-la até o parque de Heath e, uma vez lá, ao pressentirmos a aproximação de algum policial, deixá-la num lugar bem visível, onde ele não pudesse deixar de encontrá-la. Nós, então, afastar-nos-íamos do local o mais rapidamente possível. Tudo aconteceu como previsto. Numa das orlas do parque, ouvimos os pesados passos de um agente policial vindo em nossa direção. Depositamos a criança ainda adormecida sobre a calçada e esperamos, pressurosos, até vê-lo focalizar sobre ela sua poderosa lanterna de serviço. Ainda logramos ouvir sua exclamação de surpresa, e depois nos retiramos discretamente. Por coincidência, ainda alcançamos um coche nas proximidades do Spaniards, o qual acabou-nos deixando na cidade.

Como não consigo de forma alguma conciliar o sono, prossigo nestas minhas anotações. Acho, todavia, que preciso dormir ainda algumas horas, já que Van Helsing se recusa a desistir de minha colaboração e virá procurar-me ao meio-dia. Ele faz questão de que eu participe de sua próxima expedição em busca da chave do enigma.

27 de setembro – Já haviam soado as duas horas quando finalmente tivemos a esperada oportunidade para realizar o nosso intento. O enterro que tivera início ao meio-dia acabara de ser concluído e as últimas carpideiras isoladas tinham-se retirado vagarosamente, quando, espreitando através de um pequeno renque de choupos, vimos o coveiro fechar o portão do cemitério atrás de si. Sabíamos que daí em diante teríamos plena liberdade de ação até o amanhecer, se assim o desejássemos. O Professor, porém, já me afirmara que desta feita não gastaríamos mais de uma hora. E mais uma vez comecei a sentir a mesma opressão do inelutável realismo dos fatos, quando qualquer esforço de nossa imaginação se transforma em letra morta. E agora eu tinha plena consciência dos rigores da lei a que nos expúnhamos com as nossas heréticas incursões. E, além disso, eu continuava firmemente a negar-lhe toda e qualquer utilidade. Por mais ultrajante que tivesse sido abrir o invólucro de estanho de uma urna para verificar se uma mulher que falecera há uma semana estava realmente lá, agora me parecia o cúmulo da insanidade insistir em abri-lo novamente, se já sabíamos pela própria evidência que a discutida urna se achava vazia. No entanto, sacudi os ombros e nada mais disse, pois Van Helsing tinha métodos próprios quando saía em busca de seus objetivos, fazendo tábua rasa de qualquer objeção. Como anteriormente, tirou a chave do bolso, abriu a porta do jazigo e, com a mesma cortesia, fez-me entrar em primeiro lugar. Na verdade, o exíguo recinto já não me parecia tão lúgubre como na noite passada. Mas, de qualquer forma, continuava impregnado de um indizível hálito maligno, mesmo depois que uma débil réstia de sol o iluminou. Van Helsing dirigiu-se ao compartimento onde se achava a urna de Lucy, e eu acompanhei seus passos. Ele inclinou-se então sobre a parte semissolta do invólucro e puxou-a para trás. E um novo choque de espanto e de surpresa percorreu todo o meu ser.

Ali estava Lucy, aparentemente igual a quando a vimos na noite anterior a seus funerais. E, se possível, sua beleza parecia agora bem mais fascinante do que nunca. Confesso que naquele momento eu já não acreditava que ela realmente estivesse morta. Seus lábios estavam mais corados que na fatídica noite, e as maçãs de seu rosto floresciam delicadamente, como se fossem duas rosas.

– Isto é uma escamoteação! – exclamei, tentando livrar-me do meu aturdimento.

– Está convencido agora? – disse o Professor. E enquanto falava, estirou o braço e, num repelão que me fez estremecer, arregaçou os lábios do corpo inanimado, e pôs à mostra seus alvos dentes. – Veja – prosseguiu ele – estão mais aguçados do que nunca. E com este e este – e apontava-me os caninos superiores e inferiores – as inocentes criancinhas podem ter sido mordidas. E agora você quer acreditar, amigo John?

E mais uma vez a mesma hostilidade contestatória me empolgou. Simplesmente não podia aceitar assim de chofre uma ideia de tal teor esmagador, como ele se extremava em sugerir-me. Por isso, repetindo minhas constantes tentativas de prosseguir argumentando, respondi-lhe com uma esfarrapada evasiva, da qual eu mesmo já me envergonhava:

– Ela pode ter sido recolocada aqui depois que nós saímos, ontem à noite.

– Realmente? Se assim é, quem o teria feito?

– Eu mesmo não sei. Mas alguém o fez.

– Mas não se esqueça de que ela já morreu há uma semana. Normalmente, ninguém conservaria semelhante aspecto durante todo esse tempo.

Diante desta asserção, não achei resposta; limitei-me, por isso, a silenciar. Van Helsing não pareceu notar meu embaraço. De qualquer forma não demonstrou júbilo, e tampouco tristeza. Longe de cogitar dos motivos que levaram seu amigo a silenciar, ele se aprofundava em examinar a face da mulher morta, afastando suas pálpebras para ver seus olhos e retraindo seus lábios para observar os dentes. Depois de tudo, virou-se para mim e disse:

– Agora descobri. Aqui está a única particularidade que diferencia este caso de todos os demais já registrados. Estamos diante da ocorrência de uma dupla vida, o que faz com que suas características divirjam dos tipos comuns. Ela foi vulnerada pelo vampiro quando se achava em estado de transe, ou sonambulismo... sim você está começando a perceber; ainda não está a par do que lhe digo, amigo John, porém daqui para a frente saberá de tudo... e nesse estado de transe se achava em condições mais propícias para receber as diversas transfusões de sangue. E ainda nesse transe ela morreu e nesse transe ela é também uma morta-viva. Aí está a diferença do seu complexo para todos os outros. Normalmente, quando os mortos-vivos dormem em seu próprio habitat – e enquanto falava seus braços esboçavam o contorno de uma imensa abóbada, local em cujos desvãos os vampiros se recolhem – suas faces peculiares nos mostram evidentemente o que eles são; mas essa nossa criatura, sempre tão terna como já o era antes, quando se metamorfoseia em morta-viva, retorna sempre ao Nada do nosso mundo dos Mortos. Veja: nada de maligno se observa nela. E é isso que me causa uma certa pena ter que *matá-la* assim, enquanto se conserva adormecida.

Sua chocante conclusão me abalou de tal maneira que tive a nítida impressão de que o sangue gelara em minhas veias. E somente agora é que eu realmente começava a me dar conta de que já aceitava as tétricas teorias de Van Helsing. Com efeito, se ela estava inquestionavelmente morta, por que tanto terror diante da ideia de *matá-la*? Ele ergueu os olhos para mim e, evidentemente, notou esta mudança estampada em meu rosto, pois num certo tom de otimismo, disse:

– Então, acredita agora?

E, ainda a contragosto, respondi:

– Por favor, não me pressione tanto assim de uma só vez. Agora, estou mais inclinado a acreditar. Como vai desincumbir-se desta sacrílega tarefa?

– Terei que decepar sua cabeça e encher sua boca com um punhado de flores de alho silvestre. Depois disso, transpassarei todo o seu corpo com um bastão bem forte e pontiagudo.

Estremeci só em pensar na mutilação do delicado corpo daquela mulher, a qual tanto amara. Mas, estranhamente, minha revolta íntima já não se manifestava com a mesma intensidade anterior. Na verdade, eu começava a tremer diante da presença deste bizarro ser, desta "viva-morta", como Van Helsing a qualificara. Ela me repugnava. Será possível que aquele inefável sentimento que chamamos de amor seja assim tão subjetivo, ou, quem sabe, totalmente objetivo?

Dispus-me, então, a aguardar que Van Helsing executasse de uma só vez o que tinha em mente. Escoou-se, porém, bastante tempo, e ele permanecia ainda imóvel, como que tolhido por profundos pensamentos. O silêncio, entretanto, foi quebrado pelo estalido da tranca de sua sacola, que ele acabava de fechar, dizendo-me:

– Estive pensando, e achei melhor procedermos de outra maneira. Se eu quisesse apenas satisfazer o meu desejo, já teria, nessa altura, feito tudo o que era necessário. Há, todavia, ainda outros aspectos da questão a considerar, e coisas que são mil vezes mais difíceis a executar, e cujas soluções não dependem só de nós dois. É tudo muito simples. Ela ainda não causou nenhuma vítima fatal, embora já se ache em condições de provocá-la. Se nós a eliminarmos agora, realmente estaremos afastando todas as futuras hipóteses desse perigo. Mas então teremos que contar com Arthur, e como poderíamos pô-lo a par de tudo isso? Raciocinemos: se você, que, como médico, viu as incisões na garganta de Lucy, e depois diagnosticou a similaridade das mesmas com as que encontramos na criança recolhida ao hospital; se você, que testemunhou que a urna mortuária na noite passada estava vazia e que esta mesma urna hoje estava ocupada por um corpo de mulher que, após o transcurso de toda uma semana de sua morte, se apresenta fisionomicamente mais rosado e belo do que no momento do seu falecimento; se você, que está a par de tudo isso e também assistiu à chegada do vulto branco ao cemitério na mesma noite passada, carregando a criancinha até lá e, ainda assim, e apesar de tudo que os seus próprios sentidos registraram, insiste em relutar e não acreditar, como posso eu agora esperar que Arthur, que nada sabe a respeito desses fatos, acredite em mim? Como, se ele já desconfiou de mim quando o impedi de beijá-la na ocasião de sua morte? Sei que ele me perdoou apenas porque acha que o fiz em consequência de um lamentável engano, obstando-o, por isso, de despedir-se em conformidade com os seus desejos. E nessa sequência de ideias, ele poderá vir a pensar que esta mulher foi sepultada viva; e ainda que, para cúmulo dos nossos inúmeros erros, agora a teríamos assassinado. Então ele poderá argumentar contra nós... que vivemos num eterno engano, que a sacrificamos para justificar nossas próprias e falsas ideias. E isso certamente o faria infeliz pelo resto dos seus dias. E digo mais: ele jamais teria a mínima possibilidade de obter uma certeza absoluta, e isso seria ainda pior. E o simples fato de imaginar que a mulher que ele amou fora enterrada viva iria daí em diante constituir-se na mais terrível imagem fixa dos seus sonhos, aliás dos seus pesadelos, que se transformariam, então, num insuportável desfile de tormentos. Por outro lado, não seria também impossível que nos desse toda a razão e compreendesse que sua amada, em última análise, se teria transformado em uma enigmática morta-viva. Não! Certa vez eu já lhe disse algo a respeito e depois de então aprendi muito. Agora, que estou mais que convencido de que tudo é verdade, sinto-me cem mil vezes mais na obrigação de fazê-lo sorver as águas amargas, antes de atingir a fonte pura. Ele, pobre coitado, vai ver chegar a hora em que terá de encarar de frente todo um imenso horizonte enegrecido. Somente depois de tudo isso, isto é, depois de lhe propiciar mais este doloroso benefício é que poderemos assegurar-lhe a Paz. Minha decisão está tomada. Vamos embora. Você volta para casa, para seu asilo, para certificar-se se tudo lá está indo bem. Quanto a mim, ainda vou passar esta noite aqui no cemitério para resolver umas tantas coisas. Amanhã à noite, você poderá procurar-me no hotel Berkeley, às dez horas. Pedirei a Arthur que esteja lá também, juntamente com aquele excelente jovem americano que doou seu sangue. Depois disso, todos nós quatro teremos bastante o que fazer. Agora, vou com você até Piccadilly, e lá jantarei. Depois disso, tenho que estar aqui de volta antes do por do sol.

Fechamos então a porta do jazigo e nos retiramos. Logo adiante, tivemos de saltar o muro do cemitério, proeza, aliás, que já se estava tornando rotineira. Logo abaixo, alugamos um coche e rumamos para Piccadilly.

Nota deixada no interior do porta-casaca de Van Helsing, hotel Berkeley, endereçada a John Seward, M. D.

27 de setembro

Amigo John:

Escrevo-lhe estas linhas à guisa de precaução, caso alguma coisa venha a me acontecer. Vou completamente só, ocupar meu posto de vigilância no cemitério. Ficarei muito satisfeito se a nossa morta-viva, isto é, a srta. Lucy, não sair hoje para a sua peregrinação noturna, de vez que assim, amanhã à noite, ela estará bem mais ávida daquilo que costuma procurar. Para isso estou levando comigo uma boa quantidade de material repelente – flores de alho silvestre e um crucifixo. Com ele selarei cuidadosamente a porta do seu jazigo. Como morta-viva, é ela ainda jovem e neófita e se submeterá, portanto, a meus propósitos. Além do mais, o que vou fazer somente servirá para evitar sua saída, não impedindo jamais a sua volta, quando necessária. Pois nessa última hipótese, a morta-viva estaria desesperada e insistiria até encontrar uma linha de menor resistência, não importando onde estivesse. Estarei lá durante a noite inteira, desde o por do sol até o nascer do astro rei. Se algo ainda houver que possa ser aprendido, eu o aprenderei. Pois da srta. Lucy e de tudo quanto dela possa resultar, não tenho o menor receio. Mas, quanto à outra entidade que a transformou numa morta-viva, por enquanto dispomos apenas de meios para sair em busca do seu túmulo e depois achar o seu refúgio. Ele é bastante sagaz, conforme soube através do sr. Jonathan e também por nossa própria experiência, quando desafiou a todos nós, empenhados na salvação da vida de Lucy, e nós perdemos. E também sob outros aspectos os mortos-vivos possuem suas vantagens. Em tais condições, um simples indivíduo tem em seus punhos a força de vinte homens. Mesmo nós, que pensávamos estar transferindo todo o nosso vigor para Lucy, nada mais fazíamos que fortalecê-lo. Além disso, pode ele ainda convocar a presença do seu lobo e talvez até mais alguma coisa, que eu ainda ignoro. Portanto, se ele aparecer por lá durante a noite, fatalmente me encontrará, e só a mim, enquanto não for demasiadamente tarde. Mas é bem provável que ele não vá agora percorrer aquelas bandas. Na verdade, não existe uma razão mais forte para que assim proceda. Sua área de caça é bem mais farta de presas que a solitária necrópole, onde apenas uma morta-viva dorme e um resoluto ancião exerce cerrada vigilância.

Portanto, sabendo por que lhe deixo este escrito, reúna todos os papéis que aqui estão – os diários dos Harkers e tudo o mais –, leia-os e depois vá até onde se encontra a nossa morta-viva, decepe-lhe a cabeça e incinere seu coração, ou enfie-lhe um rijo bastão através do seu corpo, a fim de que o mundo possa livrar-se dos seus martírios.

Espero que tudo lhe corra bem.

Van Helsing.

O DIÁRIO DO DR. SEWARD

28 de setembro – É realmente maravilhoso o benefício que uma única noite bem dormida nos proporciona. Ontem, já me dispunha virtualmente a aceitar as monstruosas ideias de Van Helsing. Agora, porém, seus propósitos assumem para mim o nítido caráter de um sinistro ultraje desfechado sobre tudo o que chamamos de senso comum. Não tenho a menor dúvida de que ele acredita piamente no que diz e no que faz. Surpreende-me que tal ordem de ideias ainda não tenha afetado sua mente. Certamente, existe alguma explicação racional para todas essas coisas misteriosas. Não seria possível admitirmos que o próprio Professor tivesse feito tudo isso? Seu nível mental é realmente tão elevado que, mesmo enveredando por um caminho tortuoso, ele sempre seria capaz de dar à sua ideia fixa um destino aparentemente brilhante. Repugna-me evidentemente pensar em semelhante possibilidade. Entretanto, se comprovado, tal fato se converteria numa surpresa tão enorme como, por exemplo, seria a repercussão de eu querer publicamente diagnosticar que Van Helsing estivesse louco. Mas, de qualquer forma, estou disposto a vigiá-lo atentamente. Tenho que lançar alguma luz sobre este denso e obstinado mistério.

29 de setembro, período da manhã – ...Na noite passada, pouco antes das dez horas, Arthur e Quincey se apresentaram nos aposentos ocupados por Van Helsing. Ele nos pôs a par de tudo aquilo que cada um de nós devia fazer, dirigindo-se, todavia especialmente a Arthur, como se todas as nossas vontades dependessem unicamente da dele. Começou dizendo desejar que todos fôssemos com ele também, pois, disse ele, lá havia um grave compromisso a ser honrado.

– O senhor certamente ficou surpreso ao receber minha carta, não é verdade? – A pergunta foi formulada diretamente a Lorde Godalming.

– Realmente. Seus termos me causaram um certo constrangimento. Tem acontecido tanta coisa estranha ao redor de minha casa ultimamente, que eu já não o podia suportar. Aliás, tenho estado bastante curioso em ouvir a respeito também sua opinião. Quincey e eu já o discutimos exaustivamente. Mas, na verdade quanto mais analisávamos a situação, mais embaraçosa ela nos parecia estar. Agora já posso falar como o caçador, que depois de subir na árvore mais alta disse que precisava isolar-se do que pudesse acontecer ao tronco dela.

– E eu também me sinto nas mesmas condições – disse Quincey Morris, laconicamente.

– Oh – disse o Professor –, então os senhores dois estão bem mais próximos do começo que nosso amigo John. Este ainda terá que fazer uma longa caminhada em sentido inverso, até que finalmente localize o atalho capaz de aproximá-lo do começo.

Estava evidente que ele já detectara o retorno que eu fizera a meu antigo esquema de arraigada dúvida de princípios, antes mesmo que lhe dissesse uma só palavra. A seguir, volvendo-se para os outros dois, falou-lhes com a mais profunda seriedade:

– Preciso da permissão dos senhores para pôr em execução o que julgo ser de benefício geral, ainda esta noite. Sei que é muito o que vou pedir. E somente no instante em que tiver formulado todo o meu pedido perante vocês e que já tenham ouvido tudo, somente então estarão em condições de avaliar a extensão do que lhes peço. Por isso, aventuro-me antes a pedir-lhes que mo prometam no escuro, isto é, em caráter prévio, de maneira que, mesmo se depois ambos ficarem com raiva de mim por algum tempo, pois nem mesmo essa hipótese eu posso desprezar, depois não venham a lamentar-se do ocorrido.

– De qualquer modo, isto já é uma franqueza – interveio Quincey. – Respondo pelo Professor. Não suspeito ainda aonde ele quer chegar. Juro, porém, que o fará honestamente. E isso é o quanto basta para mim.

– Agradeço-lhe, senhor – disse Van Helsing, com orgulho. – Sinto-me honrado em tê-lo como um dos meus amigos de confiança, e o testemunho que o senhor acaba de me dar me é muito caro. – E, ao concluir, estendeu-lhe a destra e Quincey a apertou.

Coube então a Arthur manifestar-se:

– Dr. Van Helsing, conforme diz o chavão popular escocês, não gosto de forma alguma de "comprar gatos em sacos". E se trata de alguma coisa na qual minha honra de cavalheiro ou a minha fé cristã entre em jogo, não lhe posso fazer esta promessa. Se me assegurar que o que o senhor pretende fazer não viola nenhum desses dois princípios, posso dar-lhe meu consentimento desde já, embora pelo amor que tenho a minha própria vida possa afirmar-lhe que não consigo atinar até onde o senhor pretende chegar com o que propõe.

– Aceito as limitações que acaba de estabelecer – disse Van Helsing – e tudo o que lhe peço é que, se o senhor julgar necessário condenar-me por algum dos meus atos, antes de o fazer considere sob todos os ângulos possíveis e se dê por satisfeito caso nenhum deles viole as suas condições.

– De acordo! – disse Arthur. – Assim está correto. E, agora que a parlamentação está encerrada, posso perguntar-lhe o que é que nós teremos de fazer?

– Preciso que vocês me acompanhem até o cemitério em Kingstead, e quero que esta nossa ida até lá seja mantida em segredo.

O rosto de Arthur tornou-se subitamente soturno, e num tom de irreprimível surpresa perguntou ao Professor:

– Onde a pobre Lucy está sepultada? – O Professor assentiu com uma ligeira vênia. E Arthur prosseguiu inquisidor: – E quando chegarmos lá, o que faremos?

– Entraremos no jazigo!

A resposta fez Arthur erguer-se como que sobressaltado.

– Professor – perguntou ele mais uma vez –, o senhor está falando sério, ou tudo isso não passa de uma monstruosa pilhéria? Perdoe-me! Já estou vendo que o senhor está falando com seriedade.

Voltou a sua cadeira, mas pude observar que ele se sentara já inteiramente dono de si mesmo. Seu orgulho e sua dignidade tinham feito dele um novo homem. Reinou um profundo silêncio até que ele formulou uma nova pergunta:

– E depois de entrarmos no jazigo, o que é que o senhor pretende fazer?

– Abrir a urna mortuária.

– Isso é demais! – exclamou ele, reerguendo-se visivelmente enraivecido. – Concordo em ser paciente em tudo que for razoável. Mas neste absurdo... a profanação do túmulo... de uma pessoa que... – E aqui ele deu franca vazão a sua indignação. O Professor o contemplou penalizado.

– Meu pobre amigo, se eu pudesse poupar-lhe deste sofrimento – disse ele – só Deus sabe com que satisfação o faria. Mas estes nossos pés terão que caminhar sobre acerados espinhos. Do contrário, mais tarde e para sempre, estes mesmos abençoados pés terão que palmilhar um chão forrado de brasas!

Arthur, nessa altura, continha-se a custo. Seu rosto estava rijo e lívido quando ele disse:

– Tenha cuidado, senhor! Tenha cuidado!

– Não seria oportuno o senhor ouvir agora o que tenho a dizer? – perguntou Van Helsing. – Assim, ao menos, o senhor ficará sabendo a extensão do que proponho. Posso continuar?

– Isso seria perfeitamente razoável – aparteou Morris.

Após uma breve pausa, Van Helsing, já evidentemente arrostando um grande esforço:

– A srta. Lucy está morta, não é verdade? Sim! Consequentemente, nenhum mal poderá advir-lhe daí. Mas, se ela não estiver morta...

Num átimo, Arthur pôs-se de pé.

– Deus Misericordioso – exclamou ele –, o que é que o senhor está querendo dizer? Que tenha havido algum engano, que ela foi sepultada viva? – Suas últimas palavras pareciam antes um rugido de angústia, cujo impacto nem mesmo a mais terna esperança lograria apaziguar.

– Não afirmei que ela estivesse viva, meu caro jovem. Nem sequer cheguei a pensar nisto. Tudo o que posso aqui dizer é que ela poderá encontrar-se na condição de morta-viva.

– Morta-viva e não viva! Explique-se, por favor. O que é que significam essas duas palavras antagônicas? Será que tudo isso não passa de um arrepiante pesadelo ou, finalmente, o que será?

– Ouça-me – disse o Professor. – Existem certos mistérios que nós, ingênuas criaturas humanas, só superficialmente podemos imaginar, os quais apenas de era em era são parcialmente decifrados. Creia-me: nós agora estamos no limiar de um deles. Eu, todavia, nada fiz. Posso eu decapitar o corpo da srta. Lucy?

– Por Deus nos céus, e Jesus na Terra, não! – exclamou Arthur, numa tempestade de paixão. – Por nada deste mundo permitirei a menor mutilação do seu corpo inerte. Dr. Van Helsing, está-me pondo à prova temerariamente. O que foi que eu lhe fiz para que o senhor venha torturar-me desta maneira? Qual o insopitável mal que lhe foi infligido por aquela pobre coitada para que o senhor agora insista em manchar seu túmulo com semelhante sacrilégio? Será que o senhor enlouqueceu para falar em tão terríveis coisas ou já estarei louco para poder ouvi-las? Nem ouse mais pensar nesta heresia! O senhor já não mais terá o meu consentimento para nada do que quer fazer. Saiba que é do meu dever proteger seu túmulo contra tamanho ultraje! E, por Deus do Céu, eu o farei!

Chegou então a vez de Van Helsing erguer-se da cadeira onde estivera sentado todo esse tempo. Já de pé, falou com voz grave e firme.

– Meu caro Lorde Godalming, também tenho um árduo dever a cumprir. Um dever para com os outros, um dever para com o senhor e ainda um dever para com a morta. E, por Deus, afirmo-lhe, este dever será cumprido! Tudo quanto lhe peço agora é que venha comigo, e que veja e ouça. E se, mais tarde, eu lhe fizer este mesmo pedido, saiba que o senhor jamais estará mais sôfrego do que eu por sua execução. E então, nesta ocasião, saberei cumprir com o meu dever, sem embargo do que possa parecer. E sob tais circunstâncias e em conformidade com os desejos de vossa senhoria, estarei a seu inteiro dispor para prestar-lhe conta do que fiz, quando e onde o senhor determinar. – Neste momento, sua voz tornou-se menos autoritária, passando a ser modulada num tom amistoso e compassivo: – Suplico-lhe, porém, que não se zangue comigo. Numa longa existência, em que somos frequentemente chamados a cumprir extenuantes e desagradáveis missões, cuja execução, por vezes, tem dilacerado o meu coração, jamais me deparei com uma tarefa tão pesada. Creia-me que, se em algum indeterminado tempo o senhor conseguir modificar sua opinião e atitude em relação a mim, bastará um simples olhar de sua parte para apagar toda a amargura da nossa triste hora, porquanto, no instante imediato, o senhor iria ver-me empenhado até a alma em fazer tudo que ainda esteja ao alcance de um ser e da ciência humana para livrá-lo desta desventura. Pense, por um instante! Por que me estaria impondo a mim mesmo tanta preocupação e tanto dissabor? Quando parti do meu país, foi para chegar aqui e fazer o bem. Em primeiro lugar, para satisfazer meu bom amigo John e para, através do seu humanitário empenho, socorrer uma jovem e terna senhora, à qual hoje também já dedico a minha mais profunda admiração. E por ela, digo-o agora muito constrangidamente, mas faço-o também muito mais por um princípio de altruística gentileza, dei tanto quanto o senhor mesmo lhe deu: este sangue que corre em minhas veias. Sim, eu o dei! E o dei, não como o senhor, por ser seu noivo, nem por qualquer outro motivo especial, mas simplesmente por ser seu médico e prezar sua amizade! E foi a ela que dediquei cada segundo, cada minuto de todas as horas das sofridas noites e promissores dias que passei a seu lado, quer antes, quer depois de sua morte. E se minha vida ainda puder beneficiá-la em algum sentido mesmo agora, em sua presente condição de morta-viva, aqui me tem pronto e disposto a sacrificar-me.

Nenhum de nós deixou de perceber que estas suas últimas palavras se achavam repassadas de um comovente e profundo tom de orgulho. E, como todos os demais, também Arthur já não se pôde manter indiferente. Ele apertou as mãos ainda trêmulas do intrépido ancião e, com voz grave e embargada, disse:

– Oh! É terrível pensar em tudo isso e não estou entendendo mais nada! Mas agora já me sinto com alguma condição de acompanhá-lo e esperar.

XVI

O DIÁRIO DO DR. SEWARD

(Continuação)

O RELÓGIO MARCAVA precisamente um quarto para a meia-noite quando penetramos no cemitério, passando por cima do muro num ponto onde este era mais baixo. A noite estava muito escura, apresentando apenas algumas raras e fugazes clareiras de um fraco luar, o qual, por vezes, se esgueirava entre as caprichosas saliências de densas e pesadas nuvens que se arrastavam através do céu. Caminhávamos todos mais ou menos juntos, tendo Van Helsing ligeiramente à frente, a fim de indicar-nos o caminho. Quando nos aproximamos do jazigo, concentrei minha atenção em Arthur, temendo que, à vista daquele recanto carregado de tão tristes lembranças, pudesse ficar perturbado.

Ele, todavia, mantinha-se firme. Isto me fez concluir que o próprio mistério de que se revestia este nosso ritual atuasse sobre ele talvez de alguma forma como um neutralizador de sua amargura. O Professor abriu então a porta e, notando a natural hesitação que por diferentes razões se manifestou entre nós, superou esse transitório constrangimento entrando ele próprio à nossa frente. Depois que todos acabamos de entrar, voltou e fechou a porta. Acendeu então uma lanterna envernizada de preto e apontou seu foco de luz para a urna. Demonstrando agora visível hesitação, Arthur deu um passo à frente. Dirigindo-se a mim, Van Helsing falou:

– Você esteve ontem aqui comigo. Viu que o corpo de Lucy estava nesta urna?

– Sim, estava.

O Professor então volveu-se para os demais e disse:

– Os senhores acabam de ouvir o que foi dito. E ainda assim nenhum dos aqui presentes se mostra disposto a acreditar no que lhes digo.

Após essas palavras, apanhou sua chave de fenda e removeu a tampa da urna. Atento a cada movimento e muito pálido, Arthur prosseguia de olhos fixos, observando tudo silenciosamente. Assim que a tampa foi retirada, ele deu um passo à frente. Evidentemente não supunha que a urna, como habitualmente, contivesse um invólucro de estanho, ou, por algum outro motivo, talvez não estivesse alertado sobre isso. Logo que deparou com o extenso rasgo aberto na lâmina de estanho, uma onda de sangue ruborizou seu rosto. Sua perturbação, entretanto, foi apenas passageira, sendo sucedida, logo após, por uma lividez quase irreal. Ele, a despeito de tudo, se manteve silente. Van Helsing afastou então a parte livre do invólucro. Todos nós olhamos e retrocedemos.

A urna estava vazia!

Por um largo período nenhum de nós se aventurou a enunciar uma só palavra. Finalmente, o opressivo silêncio foi interrompido pela emocionada voz de Quincey Morris:

– Professor, ainda há pouco eu próprio me responsabilizei voluntariamente pelos seus atos e suas palavras. E agora é precisamente a sua palavra que quero ouvir. Jamais lhe faria esta pergunta normalmente, noutras circunstâncias. Jamais o desonraria, inquinando-o com uma dúvida. Aqui, porém, estamos diante de um mistério que supera toda e qualquer conceituação daquilo que comumente qualificamos de honra e desonra. Isso está sendo feito pelo senhor?

– Juro perante todos os senhores e por tudo quanto para mim é mais sagrado que não a retirei daqui nem tampouco cheguei a tocar nela. O que aconteceu foi o seguinte: há duas noites atrás, meu amigo Seward e eu viemos aqui... creiam-me que com os mais legítimos bons propósitos. Abri esta urna, seccionei esta parte do invólucro e, como agora, a encontramos vazia. Então nos postamos à espera e vimos um vulto branco avançando entre as árvores. No dia seguinte, voltamos aqui antes do anoitecer e então ela estava no devido lugar. Não estava, amigo John?

– Sim, estava.

– Naquela noite, chegamos no momento preciso. Mais uma entre tantas outras criancinhas havia desaparecido. E nós, graças a Deus, a encontramos ainda ilesa, mas desacordada, entre os túmulos. Ontem, voltei aqui antes do por do sol, uma vez que é na hora do crepúsculo que os mortos-vivos entram em atividade. Fiquei ainda na espreita aqui durante toda a noite, até o nascer do sol, e nada vi. E muito provável que tenha sido assim em virtude de eu haver enchido todos esses interstícios entre a porta e o portal com uma grande quantidade de flores de alho silvestre, cujo aroma repele os mortos-vivos, além de outras coisas que eles não suportam. Na noite passada, não houve evasão. Então, hoje à tarde, antes do por do sol, retornei até aqui e retirei todas as flores de alho, juntamente com tudo que havia deixado. E é por isso que encontramos a urna vazia. Mas continuem aqui, comigo. Ainda vamos ter oportunidade de testemunhar muitos outros eventos singulares. Venham postar-se comigo agora do lado de fora, em locais de onde não possamos ser vistos nem ouvidos, e assistamos a fenômenos ainda mais estranhos. Portanto – e assim dizendo, calcou o dedo sobre o negro interruptor de sua lanterna, apagando-a –, vamos todos para fora. – Ele abriu a porta, e todos nós o acompanhamos, em fila indiana. Ele foi o último a sair e, logo atrás de si, fechou a porta.

Oh! Que delícia haurir agora o ar fresco e puro da madrugada, depois de termos estado por tanto tempo enclausurados no tétrico jazigo. Como é reconfortante poder contemplar a ininterrupta revoada das nuvens sem destino e das efêmeras clareiras roubadas pelo luar, num constante e caprichoso desafio ao negrume da noite – tudo como se ali estivesse espelhada a própria imagem da instável vida humana, com todas as suas alternativas de júbilos e de dores. Ali podíamos respirar a plenos pulmões, tal era a doce frescura e pureza daquela atmosfera, totalmente livre dos miasmas da morte e da destruição. E como era realmente humanizante a vista distante e momentaneamente solitária daquele rubro segmento do horizonte que se projetava por detrás da colina, quando, ao mesmo tempo, estávamos podendo ouvir aquele profundo e remoto rumor que marca a trepidante vida de uma cidade de tentacular tamanho. Tudo que ali então nos cercava parecia adquirir uma nova dimensão, solene e dominantemente portentosa. Arthur continuava imerso em seu mutismo, mas, simultaneamente, segundo eu já notara, desenvolvia um esforço ingente, visando a alcançar não só o propósito, como também a significação mais transcendental de todo aquele intrincado mistério. De minha parte, voltara a ser o paciente tolerante e, portanto, semi-inclinado a libertar-se da dúvida e aceitar as conclusões de Van Helsing. Quincey Morris, numa atitude bem mais cômoda, permanecia fiel a sua fleuma, no papel de um homem que aceita tudo fazendo-o porém sob um manto de fria intrepidez, sempre desejoso de correr os riscos da trilha por ele próprio balizada. Não tendo adquirido o hábito de fumar, cortou um alentado naco de tabaco e se dispôs a mascá-lo contemplativamente, enquanto em redor dele nada acontecia. No que concerne momentaneamente às providências adotadas por Van Helsing, somente posso afirmar que ele continuava ativo e definitivamente obstinado. Em primeiro lugar, retirou de sua inseparável sacola certa quantidade de uma massa plástica semelhante à que é usada pelos vidraceiros e a envolveu cuidadosamente num guardanapo branco; em seguida, apanhou dois punhados de um pó esbranquiçado que aparentava ser um tipo de resina denominado mastique. Ele abriu e esticou a massa plástica, comprimindo-a entre os dedos e a palma da mão e ao mesmo tempo foi-lhe adicionando a resina até obter uma mistura homogênea. Depois, transformou a massa informe em longos e grossos fios flexíveis, e com eles vedou todas as fendas e interstícios existentes entre a porta e a soleira e seus marcos de sustentação. Vendo-o fazer aquilo pela primeira vez, senti-me confuso. E como estava bem perto dele, perguntei por que estava fazendo tal coisa. Arthur e Quincey também se aproximaram, impelidos pela curiosidade. E ele explicou-nos:

– Estou vedando o jazigo para que a morta-viva não consiga entrar.

– E esta massa que o senhor pôs aí será o suficiente?

– Sim – disse ele.

– E o que é isto que o senhor está empregando? – Agora a pergunta partira de Arthur. Van Helsing ergueu respeitosamente seu chapéu e respondeu:

– Estou pondo aqui a própria Hóstia. A Sagrada Hóstia, Bendita e Imaculada. Eu a trouxe especialmente, quando estive em Amsterdã. Fui autorizado a trazê-la mediante uma Indulgência.

O tom e o teor de sua resposta fizeram com que até o mais empedernidamente céptico de nós empalidecesse. E individualmente sentimos que, diante de tão sérios e transcendentais propósitos como este que o Professor acabara de nos revelar, através da ungida e respeitosa manipulação dos mais sagrados ingredientes de sua própria Igreja, toda e qualquer possível desconfiança já agora não mais tinha cabimento. E então, no mais contrito silêncio, tomamos posição nos lugares que nos haviam sido previamente designados. E cuidadosamente ocultos das vistas do que quer que se aproximasse, lá estávamos todos na mais tensa das expectativas. Tive muita pena dos demais, principalmente de Arthur. Eu, que já ganhara alguma experiência em nossas anteriores vigílias de terror, e que apenas uma hora antes ainda ousara repudiar todas as provas, voltava agora a sofrer terrivelmente a ponto de sentir gelar-me o sangue em meu coração! Jamais as catacumbas me pareceram tão sinistramente brancas; e os esguios ciprestes, os zimbros e os teixos nunca me haviam parecido simbolizar tão bem um séquito funéreo; até o farfalhar contínuo das folhas e da relva assumia agora um lamentoso acento, no que era secundado por misteriosos estalidos do crispar dos galhos, como numa desengonçada e macabra sinfonia de queixumes; e tampouco me lembro de já ter ouvido o distante ganir e uivar dos cães prenunciar mais expressiva e impressionantemente o indecifrável presságio de uma noite como aquela.

Seguiu-se um longo e opressivo silêncio, um imenso, caótico e angustiante vazio. Passados mais alguns minutos, que me pareceram durar uma eternidade, ouvi o Professor, numa sequência quase inaudível, emitir o seu característico "psiu...", e ao mesmo tempo apontar em direção à aleia dos teixos. E, efetivamente: lá vinha o vulto branco, esguio e, quase incorpóreo, apertando de encontro aos seus prováveis seios algo ainda indistinguível, mas de cor escura. Num próximo instante, o vulto se deteve, precisamente quando um merencório raio de luar dardejou através do docel de nuvens, apresentando em nítido e proeminente destaque uma mulher de cabelos castanhos, trajando um amplo sudário, como se normalmente estivesse preparada para a sua própria cerimônia de sepultamento. De onde estávamos, somente não podíamos divisar-lhe a face, que se achava reclinada sobre o que identificamos como uma criança de lindos cabelos. Fez-se uma rápida pausa e, a seguir, ouviu-se uma débil mas aguda exclamação de dor, como, às vezes, se percebe numa criança adormecida, ou então num cão, ao sonhar diante das chamas da lareira. Fizemos menção de avançar, mas ainda vimos a tempo o gesto que o Professor fez com a mão por trás do zimbro junto ao qual se achava e ficamos quietos em nossos lugares. E a mulher caminhou um pouco mais. Agora, com o luar atingindo-a em cheio, sua proximidade nos permitia vê-la por inteiro e nitidamente. Meu coração ameaçava transformar-se num bloco de gelo e no mesmo instante ouvi o penoso ofegar de Arthur, pois ambos havíamos já reconhecido naquele fantasma de mulher os inconfundíveis traços fisionômicos de Lucy Westenra. Sim, Lucy Westenra! Mas, quanta diferença! Sua ternura se transmudara numa crueldade empedernida e sem entranhas, e a jovialidade de sua pureza nada mais era que a mais grosseira e voluptuosa devassidão. Van Helsing ergueu-se e, obedecendo a novo gesto seu, todos nós avançamos juntos. Destarte, todos os quatro agrupados formamos uma fileira diante da porta do jazigo. Van Helsing ergueu sua lanterna e calcou o botão sobre o seu rosto: vimos que os lábios de Lucy estavam ainda tintos e úmidos de sangue gotejante, e que um rubro filete lhe descera queixo abaixo, acabando por manchar a alvura da cambraia de sua mortalha. Por um breve momento, nós quatro ficamos ali imobilizados, trêmulos de horror; percebi que até mesmo os nervos de Van Helsing estavam começando a falhar. Arthur continuava próximo de mim. Se eu não o agarrasse a tempo firmemente pelo braço, ter-se-ia estatelado no chão.

Quando Lucy – eu ainda chamo aquela coisa que ali estava a nossa frente de Lucy, como outrora, porque ela ainda conserva algumas de suas formas – nos avistou, deu um salto para trás e soltou um cavernoso rosnado, como costumam fazer os felinos, ao se verem acuados. Então dardejou seus olhos sobre nós. Os olhos apenas em forma e coloração lhe eram similares. No mais, eram olhos lúbricos e impregnados de um fogo demoníaco, ao invés daqueles olhos castos e gentis que tanto a embelezavam. Isso bastou para que, dali em diante, todo o amor que já um dia eu lhe dedicara se transformasse num repelão de ódio e repugnância. Se fosse aquele o instante predeterminado para eliminá-la, eu a teria matado ali com o mais selvagem dos deleites. Ao encará-la, suas órbitas chamejavam como chispas amaldiçoadas e seu rosto parecia contorcer-se por histéricas e voluptuosas gargalhadas. Ó Deus Misericordioso, como sua abjeta presença me fazia estremecer! Num displicente gesto de maligna indiferença, como se fosse uma favorita do próprio Satanás, ela atirou ao chão a criança que até então fortemente apertara contra os próprios seios, grunhindo sobre seu rostinho, como uma cadela ao carregar um osso. A criancinha soltou um lancinante grito e ficou estendida de bruço e choramingando. Parecia ter havido uma fria premeditação naquele gesto animalizado, fazendo Arthur ficar fora de si. Ao vê-la agora, de braços abertos, e com um sorriso libertino a crispar-lhe os lábios, ele retrocedeu e cobriu seu rosto com ambas as mãos.

Ela, porém, não se deteve. E, já bem próxima, disse-lhe com um lascivo e voluptuoso encanto:

– Venha Arthur, venha para os meus braços! Deixe esses outros aí e venha comigo! Meus braços estão sequiosos por você. Venha e nós repousaremos juntos. Venha, meu marido, venha!

Havia algo diabolicamente sedutor em sua voz, algo assim como a vibração dos mais puros cristais quando se chocam, algo que ia repercutir no nosso cérebro, mesmo sabendo que suas palavras tinham como alvo um outro companheiro. E, espanto dos espantos: Arthur agora, como sob o fluxo de um sortilégio, despregou suas mãos do rosto e estendeu para ela seus longos braços. A mulher já media a distância para saltar sobre ele, quando Van Helsing, com a rapidez de um raio, se interpôs entre ambos e exibiu para ela o seu crucifixo de ouro. Ela se retraiu desfigurada e, soltando uma raivosa gargalhada, passou pelo Professor e precipitou-se em direção à porta, para voltar à urna.

Eis porém que apenas a um ou dois palmos de distância do batente ela estancou, como se contida por uma força irresistível. Então voltou-se, e sua face foi colhida em cheio e simultaneamente pela intensidade do luar e pelo facho de luz da lanterna, agora já mais concentrado e também sereno, porquanto os nervos de aço de Van Helsing nessa altura já não vacilavam. Confesso que durante toda a minha vida não vi nem jamais ouvi falar de um rosto impregnado de tão ardilosa e sinistra malignidade. E creio também que outros olhos humanos nunca o irão ver. Sua cor fugaz foi-se tornando lívida, seus olhos pareciam expelir chispas de fogo envenenado; suas sobrancelhas se repregavam sobre o frontal como se sua pele fosse feita com as mil dobras das víboras da Medusa; e sua boca, ainda manchada de sangue escancarava-se num esgar medonho, quase quadrado, como aparece nas máscaras teatrais das tragédias grega e japonesa. Se algum dia uma expressão facial já se confundiu com a Morte – pois seu olhar era letal – nós ali tínhamos chegado ao limiar dos fluidos fatais.

E foi durante os cronometrados trinta segundos mais eternos que já vivi em toda a minha existência que a vi ali irremediavelmente estatelada entre o crucifixo erguido pelas mãos de Van Helsing e a sagrada vedação que a deteve. Foi o Professor quem rompeu o silêncio, perguntando a Arthur:

– Responda, meu amigo! Quer que eu prossiga com meu trabalho?

Arthur deixou-se cair sobre os joelhos, tornou a ocultar seu rosto com as duas mãos e disse:

– Faça o que quiser, amigo; o que quiser! Não pode existir nada mais hediondo do que isto que acabo de ver!

E seu tom de voz mais lembrava um rugido, tal era o seu horror. Quincey e eu nos aproximamos dele simultaneamente, para ampará-lo. Van Helsing orientou o foco de luz de encontro à porta, de onde começou a remover a massa sagrada que ali pusera em todas as frinchas, além do sinal da cruz que com ela havia traçado. E então todos nós assistimos estupefatos quando, logo que o Professor retrocedeu, a estranha mulher, dotada de uma massa corporal agora tão real e palpável quanto a nossa, passou através daquele estreitíssimo interstício, no qual mal se conseguia insinuar a delgada lâmina de uma faca. Logo após, todos ali presentes experimentamos uma reconfortante sensação de alívio, pois o Professor se limitou a apenas restaurar a vedação que segundos antes havia retirado.

Concluída esta breve tarefa, ele recolheu a criancinha e disse:

– Agora venham, meus amigos. Nada mais podemos fazer hoje: aguardaremos o dia de amanhã. Haverá, aqui, um enterro ao meio-dia. Depois disso, teremos bastante tempo para voltar ao jazigo. Os amigos do morto já deverão ter ido embora por volta das duas horas, e logo que o coveiro passe a chave no portão poderemos agir tranquilamente. E, depois, há muito mais o que fazer. Mas nada parecido com o que foi feito esta noite. No que tange a este pobre pequenino, nada de mais sério lhe aconteceu. Amanhã, à noite, ele já estará bom. Nós o deixaremos num lugar onde a polícia o encontre facilmente, como já fizemos com o da noite anterior. E, agora, todos para casa. – Aproximando-se ainda de Arthur, disse-lhe: – Meu bravo amigo Arthur: foi submetido a uma triste prova. Mas, daqui por diante, ao olhar para trás, o senhor verá melhor como tudo isso tinha de ser feito. Agora está singrando em águas amargas, meu caro jovem. Amanhã, por essas horas, se Deus quiser, o senhor as terá ultrapassado, e poderá então saciar toda esta sede sequiosa e incontida, pois tudo aquilo que lhe parecia irremediavelmente amargo terá recuperado novamente a inefável doçura dos dias de outrora. Por isso, peço-lhe não se entregar ao desespero. Até então não pretendo suplicar-lhe o meu perdão.

Arthur e Quincey resolveram acompanhar-me, e assim tratamos de nos consolarmos uns aos outros. A criancinha já fora deixada em lugar seguro e, para sermos mais claros, todos estávamos terrivelmente fatigados. Fomos então direto para a cama, a fim de aproveitar da melhor maneira nosso sono.

29 de setembro, à noite. – Um pouco antes do meio-dia, nós três – Arthur, Quincey Morris e eu – fomos ter com o Professor, que já se achava a nossa espera. É desnecessário dizer que, por consenso tácito, todos nós nos havíamos trajado de preto. Arthur, aliás, já vinha usando esse traje por estar ainda de luto fechado. Nós outros, porém, o adotamos por uma piedosa intuição. Saímos então com destino ao cemitério à uma hora e trinta e, a partir daí, ficamos perambulando pela necrópole de tal forma que não somente não despertássemos a atenção dos circunstantes como tampouco do chefe dos coveiros; assim, logo que estes completaram seu trabalho e seu chefe pôde passar a chave no portão, ficamos com plena liberdade de ação. Desta feita, ao invés da pequena sacola preta, Van Helsing levava consigo um longo estojo de couro, algo parecido com um porta-tacos de criquete, e consideravelmente mais pesado.

Quando realmente nos sentimos sós, após ouvirmos o eco das últimas passadas dos retardatários do enterro se perderem na curva do caminho, silenciosos e como que obedecendo a uma ordem superior, acompanhamos o Professor em direção ao jazigo. Ele calmamente enfiou a chave na fechadura e abriu a porta. E assim que todos acabamos de entrar, tornou a fechá-la, atrás de nós. A seguir, retirou a lanterna de dentro do seu longo estojo, acendendo-a, e também duas velas de cera, as quais, para obter melhor claridade, fixou sobre os dois nichos anexos, depois de aquecer uma das extremidades. Assim que ele ergueu a tampa da urna de Lucy, nós três nos precipitamos para vê-la. Todo o corpo de Arthur estremecia, como se ele se houvesse transformado numa aranha tremedeira. E, para nosso espanto, ali estava ela, com toda a sua natural e, até certo ponto, bela aparência mortuária. Entretanto já não havia em meu coração o mais remoto vestígio do amor de outrora. Tudo agora se transformara numa profunda e irremissível repugnância pela abominável coisa que se apossara das formas de Lucy, à revelia de sua própria alma. Até mesmo as feições de Arthur mais pareciam uma rígida máscara de pedra, enquanto ele conosco a contemplava. E, sem desviar seus olhos do que via, perguntou a Van Helsing:

– Isto que aí está é realmente o corpo de Lucy, ou apenas o demônio que nela se ocultou?

– Isto é efetivamente seu corpo, ou talvez mesmo um pouco menos do que isso. Mas espere um instante e veja-a como realmente era e ainda o é.

Na verdade, o que tínhamos ali estendido diante de nós mais parecia uma Lucy de pesadelo. Os dentes aguçados, a boca sensual ainda manchada de sangue – visão bestial que nos fazia estremecer – a chocante ausência espiritual de sua carnagem lúbrica e animalizada – todas essas hediondas singularidades pareciam reunir-se numa diabólica e sarcástica conjura para zombar da imaculada pureza de Lucy. Com sua habitual metodicidade, começava Van Helsing a retirar os objetos que formavam o conteúdo do seu estojo, a fim de deixá-los prontos para usar. Em primeiro lugar, apanhou um ferro de soldar e uma barra de solda e, em seguida, um pequeno maçarico, do tipo desses que, sob uma pressão conveniente, emitem um ruidoso facho de chama azulada; seus bisturis e cutelos cirúrgicos especiais, que deixou a seu alcance imediato; e por último uma espécie de madeira bem roliça, com uma espessura de seis a oito centímetros e cerca de um metro de comprimento. Uma de suas extremidades fora endurecida a fogo e transformada numa ponta aguçada. Juntamente com este alentado chuço, ele trouxera também uma marreta de tamanho médio, do tipo das que são usadas para quebrar o carvão de coque de consumo caseiro. Para mim, qualquer aparato destinado aos mais variados tipos de intervenção cirúrgica me atrai e estimula, mas o mesmo já não deveria acontecer a Arthur e Quincey, que talvez pudessem sentir-se consternados. Ambos, porém, se mantiveram imperturbáveis, atentos, mas silenciosos. Após haver preparado tudo, Van Helsing disse:

– Antes de fazermos alguma coisa, preciso dar-lhes mais esta explicação. Ela tem sua origem na ciência e experiência dos antigos e de todos aqueles que estudaram os poderes dos mortos-vivos. Quando alguém se transforma em um deles, juntamente com esta metamorfose contrai também a maldição da imortalidade. Não mais podendo morrer, fica condenado a se arrastar através dos tempos, dos séculos e das eras, causando sempre e incansavelmente novas vítimas e destarte multiplicando os males deste mundo. Isso porque todo aquele que morreu vitimado pela fúria predatória de um morto-vivo transmuda-se, por sua vez, num novo morto-vivo e dá início a um novo ciclo predatório. E assim se alastra a sua sinistra disseminação, ampliando-se cada vez mais, como as sucessivas ondas que se formam ao atirarmos uma pedra sobre a superfície tranquila de um lago. Amigo Arthur, se chegasse a consumar a sua tentativa de beijar a pobre Lucy antes de expirar; ou novamente na noite passada, quando abriu seus braços para ela, mais tarde, depois de sua morte, o senhor se transformaria em um *nosferatu*, como são conhecidos na Europa Oriental, e prosseguiria infestando este mundo de outros tantos mortos-vivos, cuja presença tanto nos aterroriza. Para sorte nossa, a escalada de nossa infeliz Lucy apenas começou. Todas aquelas crianças de cujo sangue ela se saciou ainda não atingiram um estágio de maior gravidade. Se ela, todavia, prossegue em suas cruentas incursões noturnas sob aquela abjeta forma de morta-viva, suas vítimas iriam perdendo sangue em quantidades sempre crescentes e, sob a influência de seus poderes, voltariam novamente a encontrá-la, e neste círculo vicioso ela sugaria todo o seu sangue com esta maligna boca. Mas se ela morrer em estado de Verdade e Bem-Aventurança, tudo cessará. As minúsculas incisões que ela infligiu em suas gargantas desaparecerão, e elas poderão retornar tranquilamente a suas inocentes brincadeiras, ignorando por completo o que antes já lhes aconteceu. Mas, sem embargo, a maior de todas essas bênçãos se consumará quando a nossa morta-viva estiver repousando definitivamente, após sofrer nova morte, isto é, uma morte verdadeira, porque então a alma de nossa pobre e amada Lucy estará novamente a salvo. Ao invés de acirrar-se na prática de perversos ataques noturnos e degradar-se cada vez mais a ponto de aventurar-se em sortidas diurnas, ela poderá então compartilhar de paz e tranquilidade no abençoado convívio com os anjos. Portanto, meu amigo, bendita será a mão que desferir o golpe que a libertará. Eu mesmo estaria disposto a fazê-lo, mas não haverá aqui entre nós alguém mais legitimamente qualificado para executá-lo? Depois de tudo consumado, não será este realmente um motivo de humanitário júbilo, quando, tempos depois, dentro do silêncio da noite e enquanto o sono não nos dominar, pensarmos: foi esta mão que a restituiu ao resplandecente infinito constelado; foi precisamente a mão daquele que na Terra mais a amava; esta mão carinhosa que entre tantas outras ela mesma saberia escolher se ainda agora lhe fosse dado o poder de escolha? Digam-me, por favor, se não há ninguém nessas condições, aqui?

Todos os olhares convergiram sobre Arthur. Como todos os demais, também ele sentira a tocante ternura contida nessas palavras que tão sutilmente sugeriam que fosse sua a mão que deveria devolver a Lucy a sua pia condição cristã, livrando-a para todo o sempre desta repulsiva e abominável memória. Ele deu um passo à frente e, embora suas mãos estivessem trêmulas e a extrema palidez de seu rosto espelhasse toda a amargura que lhe ia n'alma, com a voz ainda embargada, disse resolutamente:

– Meu sincero amigo, do fundo do meu enlutado coração eu lhe agradeço. Diga-me o que tenho a fazer, e não hesitarei!

Van Helsing passou-lhe um braço sobre os seus ombros e disse-lhe:

– Bravo rapaz! Um instante de coragem, e tudo estará consumado. Este chuço terá que traspassar todo o seu corpo. Sei que esta será uma rude prova, não se iluda sobre o que lhe estou dizendo, mas tudo levará apenas alguns segundos, e uma vez terminada a obra, o senhor verá que a grandeza do seu júbilo o compensará largamente deste breve sofrimento. Ao emergir deste jazigo, o senhor sentirá sua alma leve, tão leve que se julgará estar flutuando no ar. Peço-lhe, todavia, não hesitar depois de começar. Pense apenas que nós, seus sinceros amigos, estamos todos aqui a seu redor rezando sem parar uma fervorosa prece para que seu ânimo se mantenha íntegro.

– Prossiga – disse Arthur com uma voz rouca. – Diga-me como proceder.

– Segure este chuço com sua mão esquerda pronto para fazer sua extremidade pontiaguda apontar sobre o coração, e com a direita pegue este martelo. Então, quando dermos início à Prece dos Mortos... eu a lerei neste missário, e os demais me acompanharão... desfira o golpe em nome de Deus, a fim de que todos voltemos a estimar a morta que tanto admiramos e que a morta-viva, então, desapareça.

Arthur empunhou o chuço e o martelo como já descrito e logo que sua mente se concentrou para assestar a martelada fatal suas mãos há pouco trêmulas nem sequer estremeciam. Van Helsing abriu seu missário e começou a ler, e Quincey e eu o acompanhamos da melhor forma possível. Arthur apontou o chuço sobre o coração e eu ainda pude vê-lo apoiando a afiada ponta sobre o alvo peito do cadáver. E, um repugnante jato de sangue negro e já coagulado saiu de sua garganta e projetou-se em borbotões através de seus lábios, juntamente com um agudo grito, mortal e aterrador. Seu corpo prosseguia tremendo e estertorando numa sequência de alucinantes e selvagens convulsões. Os dentes, brancos e aguçados, entrechocavam-se furiosamente, retalhando os lábios, fazendo com que uma densa e viscosa espuma vermelha enchesse e se derramasse de sua boca. Arthur, não obstante, não esmoreceu. Vendo-a ainda agitar-se tanto, como nas sagas nórdicas de um Thor ressurreto, ergueu novamente o martelo e golpeou repetidamente o chuço da redenção, até que o sangue que ainda jorrava do coração se esparramou dentro do esquife. Sua expressão mostrava-se resoluta, e seu exemplo parecia incutir-nos uma nova coragem, fazendo com que nossas vozes vibrassem num emocionante uníssono no estreito ambiente do jazigo.

Nessa altura, os tremores e as contorções do corpo entraram em declínio, os dentes começaram a rilhar e os músculos do rosto apresentavam apenas alguns espasmos. Finalmente, tudo serenou. A terrível tarefa estava consumada.

O martelo tombou pesadamente da mão de Arthur. Ele próprio cambaleou e certamente se teria precipitado ao chão, se nós não o amparássemos. Grossas bagas de suor rolavam de sua testa, e sua respiração estava ofegante e descompassada. O que acabara de fazer exigira dele realmente um esforço sobre-humano, e se não tivesse sido previamente convencido da irremissibilidade da sua execução através de argumentos da mais profunda significação altruística e humana, ele jamais a teria levado a bom termo. E assim ficamos por alguns minutos tão preocupados em consolá-lo que nem sequer nos ocorreu lançar mais um olhar sobre o esquife. Todavia, assim que o fizemos, nenhum de nós conseguiu sopitar uma exclamação de agradável surpresa. Nossa exultação se manifestou com tanta veemência que Arthur, que ficara sentado no chão, ergueu-se de um salto para vir também ver o que acontecera. E então um alegre e festivo raio de luz pareceu brilhar em seu rosto, libertando-o do sombrio terror que o empanava.

Ali, na mesma urna, já não se achava aquela Coisa maligna e repulsiva que tanto nos aterrorizara e que, por obra de sua obstinada e cruel destruição, nos inspirara tal ódio que culminara com o seu final trucidamento, assim imposto como um extremo privilégio, a ser cumprido a quem melhores títulos possuía para tal, mas, sim, a outra Lucy, aquela que sempre conhecêramos e adoráramos em vida, com seus inigualáveis traços de ternura e pureza. É certo que já não podiam ser contemplados sós. Havia também com eles os profundos sulcos ali deixados pelos sofrimentos e pela natural devastação. Estes, porém, nos eram muito caros, pois apenas revelavam a autenticidade de uma alma que tão bem conhecíamos. Todos e cada um dos ali presentes sentimos que a santa tranquilidade que, como um novo raio de acariciante sol, se derramava sobre a desfigurada face e sua forma de agora, nada mais era que um signo e um símbolo desta doce calma que dali por diante reinará para ela até a Eternidade.

Van Helsing aproximou-se a passos lentos de Arthur e, estendendo o braço direito sobre seus ombros, inquiriu-o cordialmente:

– Agora, amigo Arthur e meu caro rapaz, diga-me: estou ou não perdoado?

Toda a reação da tremenda tensão por ele vivida parecia desencadear-se ali, agora, quando, elevando as mãos do Professor até seus lábios, disse num arroubo de emoção:

– Perdoar? Oh! Que Deus com sua infinita bondade o abençoe por haver restituído a alma e a merecida paz a minha querida.

E, pondo por seu turno ambas as mãos sobre os ombros do Professor, encostou a cabeça em seu peito dando, por alguns minutos, silenciosa vazão a seu pranto, enquanto todos nós nos deixamos quedar imóveis. Quando ele tornou a levantar a cabeça, Van Helsing disse.

– Agora sim, meu jovem, você pode beijá-la. Beije os seus lábios já mortos, como sua querida o gostaria que fizesse, se nesse instante ainda pudesse exprimir sua vontade. Beije-a porquanto ela já não é mais aquele demônio caricato... e tampouco um ser maligno a desafiar toda a eternidade. Ela já não é mais a morta-viva. Ela agora repousa na paz de Deus, e sua alma já está com Ele!

Arthur curvou-se e beijou-a, e nós então o fizemos sair do interior do jazigo em companhia de seu amigo Quincey. O Professor e eu serramos a parte superior do chuço e deixamos a ponta do mesmo cravada no cadáver. Depois disso, decepamos sua cabeça e enchemos a boca da morta com um punhado de flores de alho silvestre. Soldamos cuidadosamente a abertura que fora feita na cápsula de estanho, aparafusamos novamente a tampa da urna e, depois de reunir tudo o mais que restara, também saímos. Após fechar a porta do jazigo, o Professor entregou a chave a Arthur.

No exterior, a atmosfera parecia estar impregnada por um doce aroma. O sol brilhava ainda bem alto no céu, e as aves modulavam seus bucólicos gorjeios. Toda a natureza se mostrava mais festiva e parecia haver despertado para um novo ritmo. Havia em tudo um inexprimível tom de alegria, paz e satisfação, pois nós mesmos agora já estávamos intimamente descansados e satisfeitos, embora ainda tivéssemos que dosar nosso júbilo. Antes de iniciarmos a nossa caminhada, Van Helsing disse:

– Agora, amigos, a primeira etapa de nossa tarefa está cumprida. Aliás, uma das mais tormentosas. Resta-nos ainda uma faina gigantesca: descobrir quem é o autor de toda essa trágica sequência e liquidá-lo. Já disponho de certas pistas que podem ser investigadas. Trata-se, porém, de uma longa e difícil jornada. E nela haverá perigo e sofrimento. Vocês, que têm sido tão solícitos, não estariam novamente dispostos a ajudar-me? Todos e cada um já aprendemos a confiar nos demais, não é verdade? E assim sendo, por que iríamos deixar de cumprir mais este dever? Claro que sim! E não nos prometemos também marchar juntos até o amargo fim?

Cada um de nós, sucessivamente, apertou sua mão, e destarte ficou selada a nova promessa. E quando já nos íamos retirando, o Professor falou:

– Daqui a duas noites, vocês vão ter comigo e, juntos, jantaremos, às sete, com nosso amigo John. Nesse ínterim, convidarei dois outros personagens que vocês ainda não conhecem. Nessa ocasião, já estarei apto a discorrer sobre o nosso trabalho e sugerir-lhes o plano a ser executado. Meu amigo John, venha comigo, pois tenho agora muito o que consultá-lo, e desde já você começa assim a ajudar-me. Hoje à noite, sigo para Amsterdã, mas já amanhã, ao anoitecer, estarei de volta. Antes, porém, ainda tenho muito o que dizer, a fim de que você fique sabendo o que deve ser feito e o que deve ser temido. Isso porque o nosso compromisso agora partirá de um esquema totalmente inédito. A tarefa que nos aguarda é terrivelmente complexa, e uma vez deflagrada a borrasca todos nós vamos ter que navegar em frente, sem a menor guarida aos receios e às hesitações.

XVII
O DIÁRIO DO DR. SEWARD
(Continuação)

AO CHEGARMOS AO HOTEL BERKELEY, Van Helsing encontrou um telegrama a ele endereçado, nos seguintes termos:

"Viajarei por trem. Jonathan acha-se em Whitby. Notícias importantes. Mina Harker."

O Professor mostrou-se entusiasmado.

– Oh! Esta maravilhosa sra. Mina – disse ele. – Ela é uma verdadeira pérola entre as mulheres! Está para vir, mas eu infelizmente não posso ficar. Assim, ela vai ter de ir para sua casa, amigo John. Você precisa ir recebê-la na estação. Expeça-lhe um telegrama especial, para lhe ser entregue durante a viagem, pois ela deve ser avisada previamente.

Enquanto eu despachava o telegrama, ele aproveitou para tomar uma xícara de chá. A seguir, contou-me que existia um diário escrito por Jonathan Harker durante sua permanência no exterior, e deu-me uma cópia datilografada do seu teor, o mesmo fazendo em relação a outro diário, este da autoria da sra. Harker, e escrito em Whitby.

– Leve-as com você – disse ele – e estude-as com toda a atenção. Quando eu voltar, você já estará ciente de todos os fatos, e, então, poderemos iniciar melhor as nossas sindicâncias. Conserve-as em lugar seguro, pois em seu conteúdo encerra-se um valiosíssimo tesouro. Você vai ter que mobilizar toda a sua fé, mesmo sabendo que acaba de passar por toda a extraordinária experiência de que hoje participamos. O que aqui está narrado – e ele colocou sua mão direita pesada e significativamente sobre os dois maços de papel enquanto assim falava – pode converter-se no nosso começo do fim, e também de muitos outros. Mas poderá, ao mesmo tempo e por igual, significar a primeira das fatais badaladas de um dobre de finados que percutirá sobre a cabeça e o coração dos mortos-vivos que hoje andam espalhados pela Terra. Leia tudo, peço-lhe, com sua mente totalmente aberta; e se você, de alguma forma, puder acrescentar alguma coisa à história que aqui nos é revelada, qualquer palavra sua será para nós da mais vital importância. Você vem mantendo também um diário desse tipo a respeito dos fatos estranhos que ocorrem em seu asilo, não é verdade? Então será através desses três diários que estabeleceremos as bases do nosso plano de ação, quando voltarmos a nos encontrar.

Ele, a seguir, preparou-se para partir. Vi-o ainda quando, já em sua carruagem, tomou a direção da rua Liverpool. Eu, por minha vez, saí caminhando no sentido de Paddington, a cuja estação cheguei quinze minutos antes do horário do trem.

A multidão aos poucos foi-se dissolvendo, após o costumeiro atropelo que assinala a chegada de um comboio de passageiros à plataforma da estação. E eu já começava a sentir-me frustrado, julgando ter havido um desencontro, quando uma elegante e encantadora jovem interceptou meus passos e, após olhar-me de relance, perguntou-me

– O senhor é o dr. Seward, não é assim?

– E a senhora é madame Harker! – respondi-lhe eu, ao que ela me estendeu a mão.

– Virtualmente, já o conhecia, através da descrição que de sua pessoa me fizera a querida e malfadada Lucy; mas... – E sua súbita interrupção coincidiu com um leve rubor que assomou em sua face.

Entretanto, o mesmo e momentâneo embaraço que também se manifestou em mim deixou-nos logo à vontade, pois nada mais fora que uma tácita resposta ao seu. Apanhei então sua bagagem, que incluía uma máquina de escrever portátil e, ambos, tomamos o metrô, que nos levaria à rua Fenchurch, para onde eu também enviara um telegrama, instruindo o administrador no sentido de preparar uma sala de estar e um dormitório para acolherem a sra. Harker.

Cobrimos o breve trajeto sem maior demora, e daí a pouco estávamos chegando. Ela soubera de antemão que se iria instalar num asilo de lunáticos, o que, todavia, não foi suficiente para evitar que sentisse um certo sobressalto ao entrar ali.

Já devidamente instalada, ela manifestou o desejo de, se possível, ir imediatamente a meu escritório, afirmando que tinha muita coisa a revelar-me. Portanto, neste ponto encerro o registro fonográfico que fazia em meu diário, enquanto aqui fico a sua espera. Devo esclarecer que, até o presente momento, ainda não tivera sequer a oportunidade de passar os olhos nos papéis que Van Helsing deixara comigo, embora já os tivesse aberto e posto diante de mim, sobre minha escrivaninha. Preciso mantê-la momentaneamente interessada em alguma coisa, a fim de dispor de uma breve ocasião para poder lê-los. Ela não sabe como cada instante é precioso para mim, assim como também não está a par da natureza da tarefa que ainda temos pela frente. Preciso ser cauteloso, a fim de involuntariamente não lhe causar um possível susto. Aí vem ela!

O diário de Mina Harker

29 de setembro – Após um rápido banho, desci ao escritório do dr. Seward. Diante da porta do mesmo me detive por alguns instantes, pois pareceu-me ouvi-lo conversar com alguém. Como ele, porém, pedira-me que não demorasse, decidi assim mesmo bater à sua porta e, ouvindo dizer-me que entrasse, logo me apresentei.

Para surpresa minha, não havia ninguém na sala com quem ele pudesse estar falando. Encontrei-o lá completamente só. Mas sobre uma mesa no outro lado da sala pude observar haver um aparelho que, através de descrições técnicas e alguns prospectos, imediatamente identifiquei como sendo um fonógrafo, isto é, um gravador. Como jamais tivera oportunidade de ver um deles, mostrei-me interessada.

– Espero não o ter feito esperar – disse eu –, mas preferi deter-me um pouco antes de entrar, ao ouvi-lo falar, porque isto me fez pensar que havia alguém em sua companhia.

– Oh – exclamou ele, sorrindo. – Apenas estava gravando meu diário.

– Seu diário? – perguntei-lhe, surpresa.

– Sim – respondeu. – Meu diário é todo registrado no gravador. – E, enquanto falava, punha a mão sobre o seu precioso fonógrafo. Porém, eu mal podia conter minha excitada curiosidade sobre o admirável aparelho, e por isso falei-lhe:

– Pelo que vejo, este aparelho supera a própria estenografia! Posso ouvi-lo dizer alguma coisa?

– Certamente – disse ele, com alacridade, e logo pôs-se de pé, a fim de armar o dispositivo próprio. Mas, a seguir, conteve-se. Um súbito embaraço estampou-se em seu rosto.

– O fato é... – começou ele com visível embaraço – que eu apenas gravei aí meu diário. E como contém somente... aliás quase que somente... registros relativos a casos de minha clínica pode tornar-se impróprio, isto é, quero dizer...

Notando que ele já não atinava com uma fórmula capaz de justificar-se, tentei tirá-lo de sua transitória dificuldade:

– O senhor deu sua assistência médica à querida Lucy em seus últimos dias. Deixe-me ouvir o que aconteceu na ocasião de sua morte. Por tudo que sei a seu respeito, devo-lhe dizer, desde já, que esta deferência me deixará eternamente grata. Ela sempre me foi muitíssimo cara.

Para ainda maior surpresa minha, este meu pedido fez com que uma inexprimível máscara de horror desfigurasse o seu rosto:

– Falar-lhe a respeito de sua morte? Isso eu jamais faria por nada deste mundo!

– Por que não? – voltei a perguntar-lhe, pois um terrível pressentimento já começava a me atormentar. E novamente observei o seu silêncio, que evidentemente se acabaria convertendo em mais outra desculpa. Finalmente, ouvi-o balbuciar:

– Veja, não consigo encontrar uma maneira de isolar um trecho particular de meu diário. – E mesmo enquanto assim falava, uma ideia se insinuou em sua mente e, com inconsciente simplicidade, num tom bem diferente e com a ingenuidade de uma criança, acabou confessando: – Palavra de honra, palavra de um honesto pele-vermelha, o que lhe digo é a mais pura verdade! – Diante disso, limitei-me a sorrir. Ele, entretanto, já não mantinha o mesmo espírito, chegando a esboçar uma careta. – Acho que perdi todo o meu tempo! Mas, quer saber de uma coisa: embora venha conservando este diário já desde alguns meses, jamais me ocorreu pensar em como localizar uma parte qualquer predeterminada, à qual eu pretendesse recorrer. – Nessa altura, comecei a pensar em como o diário de um médico que havia tratado de Lucy podia contribuir para incrementar o elenco de conhecimentos já reunidos a respeito do terrível Ser, e ousadamente perguntei-lhe:

– Então, dr. Seward, melhor seria o senhor permitir que eu copie toda esta matéria, datilografando-a para futuras consultas.

Minha sugestão deixou-o mortalmente pálido, obrigando-o a obstinar-se pela negativa:

– Não, não e não! Por nada deste mundo! Jamais a deixaria tomar conhecimento dessa terrível história!

Havia ali, então, algo de terrível. Minha intuição, portanto, não falhara! Por um breve instante, senti-me imersa em meus próprios pensamentos e deixei meus olhos vagarem pela sala, procurando inconscientemente algum pretexto que pudesse vir em meu auxílio, quando meu olhar se deteve num enorme maço de notas datilografadas sobre a mesa. Sua vista instintivamente acompanhou a minha. Ao fixar-se sobre os papéis, não lhe foi difícil adivinhar meu pensamento.

– O senhor não me conhece – disse-lhe. – Quando tiver lido esses papéis, meu próprio diário e de meu marido, ambos datilografados por mim, o senhor passará a me conhecer melhor. Não me furtei a dar o mais extremado empenho do meu coração a esta causa. Mas, evidentemente, o senhor não me conhece... ainda. E, assim, não é justo que espere desde já merecer a sua confiança.

Ele é indubitavelmente um homem dotado de um nobre espírito. A pobre Lucy o definiu muito bem. Levantou-se e abriu um gavetão no qual arrumara, em determinada ordem, uma grande quantidade de rolos metálicos revestidos externamente por uma camada de cera escura, e disse-me:

– A senhora tem toda razão. Não confiei na senhora porque não a conhecia. Agora, porém, já a conheço. Devo ainda dizer-lhe que a podia ter conhecido já desde muito tempo. Estou perfeitamente a par do que Lucy lhe contou a meu respeito e não há, tampouco, nenhum motivo para negar o que ela me disse sobre a senhora. Permita que agora me penitencie da única falta cuja correção se acha a meu alcance? Aqui estão os rolos já gravados. Ouça-os à vontade. Esta primeira meia dúzia é de natureza exclusivamente pessoal, e por isso tenho certeza de que as gravações não irão horrorizá-la... ao contrário, após ouvi-las, a senhora me estará conhecendo melhor. Logo mais, nosso jantar será servido. Nesse ínterim, farei uma rápida leitura desses documentos, e assim estarei capacitado a compreender melhor umas tantas coisas. Isto dito, ele próprio removeu o gravador para a minha sala de estar, deixando ali já preparado para funcionar. Agora, irei ouvir algo sumamente interessante, ao que me parece; algo que me revelará, de viva voz, a outra face de um real episódio de amor, do qual uma metade já é do meu completo conhecimento...

O diário do dr. Seward

29 de setembro – Tão absorvido fiquei neste extraordinário diário de Jonathan Harker e neste outro, escrito por sua mulher, que cheguei a me esquecer de que o tempo continuaria rolando na ampulheta da eternidade... A sra. Harker já não se achava lá embaixo quando a copeira a procurou para o jantar. Expliquei-lhe, então, que ela talvez se tivesse sentido fatigada, e ao mesmo tempo recomendei que transferisse nosso jantar para dali a uma hora. E prossegui com minha leitura.

Precisamente ao haver terminado o diário da sra. Harker, ela entrou no meu escritório. Estava, como dantes, encantadora, mas pareceu-me um pouco triste, e seus olhos estavam um tanto avermelhados, como se tivesse chorado. Isso me deixou bastante comovido. Decorrido já tanto tempo, e haver ainda motivo para lágrimas! Somente Deus, porém, tem acesso a tais segredos, porque até o seu consolo me foi recusado. Mas agora a contemplação desses olhos tão ternos e ainda úmidos do pranto derramado me falou diretamente ao coração. Imprimindo então em minha voz o mais doce tom que ela comporta, disse-lhe:

– Lamento profundamente, se é que a magoei!

– Oh, não! Não é nada disso! Eu é que me deixei comover até este ponto ao ouvir sua aflição. Trata-se, realmente, de um instrumento maravilhoso. Entretanto, para tornar-se eficiente não precisava encerrar tanta crueldade. Na verdade, em cada palavra do que nele ouvi pareceu-me ocultar-se mais uma angústia do seu coração. Ao fim de tudo, ficara-me a impressão de ter estado diante de uma alma penada implorando pela misericórdia do Onipotente. Jamais outros ouvidos humanos deverão ter acesso a elas! Veja, ainda assim tentei ser prática. Transcrevi palavra por palavra, datilograficamente, e, além de mim, ninguém deverá ouvir o pulsar do seu coração.

– Ninguém mais o saberá, ninguém jamais o saberá! – disse eu, à meia-voz. Ela, porém, pôs sua mão sobre a minha e, mudando de tom disse-me, séria:

– Oh, mas eles terão de saber!

– Terão? Mas, por quê? – perguntei.

– Porque faz parte da terrível história, da história da morte da pobre Lucy e de tudo mais que provocou seu fim. E porque na luta em que estamos empenhados, visando a libertar o mundo desse terrível monstro, precisaremos dispor de todos os conhecimentos e ajuda que estiverem a nosso alcance. Acho que os rolos que o senhor me entregou contém muito mais do que o senhor pensa que eu já soubesse. Asseguro-lhe de que, em seus registros, existem muitas luzes capazes de nos levar a esclarecer este sombrio mistério. O senhor vai permitir-me que o ajude, não é verdade? Já sei de tudo, até um certo ponto. E, embora somente tenha ouvido o seu diário até a data de sete de setembro, já me foi possível avaliar quantos perigos e ameaças se abateram sobre nossa pobre Lucy e também a extensão da terrível conjura que foi urdida contra ela. Jonathan e eu nos mantivemos dia e noite em constante atividade, desde que o Professor Van Helsing se avistou conosco. Por esse motivo, ele seguiu para Whitby, a fim de obter melhores informações e amanhã deverá estar aqui de volta, para nos ajudar. Não precisamos manter o menor segredo entre nós. Trabalhando em equipe e dentro da mais absoluta confiança, obviamente seremos muito mais fortes e capazes do que se qualquer um de nós fosse obrigado a agir no escuro.

Encarou-me com olhos tão súplices e ao mesmo tempo manifestava tal coragem e resolução em sua atitude, que não hesitei um só instante em concordar com seu desejo.

– De acordo – disse-lhe, já com plena liberdade neste assunto. – Proceda como achar melhor. Deus me perdoe, se estou errado! Há ainda uma imensa série de coisas terríveis a serem pesquisadas. Mas se a senhora já avançou tanto em relação às causas da morte de Lucy, sei que certamente não se satisfará agora em permanecer marginalizada no assunto. Não, no fim, no fim de tudo, é possível que a senhora venha a fruir um instante de paz. Venha, a mesa nos espera. Devemo-nos alimentar bem, a fim de podermos enfrentar com êxito nossas próximas tarefas. Nossa faina é cruel e aterradora. Após o jantar, a senhora saberá do resto, e eu lhe prometo responder a tudo que me for perguntado... caso ainda haja alguma coisa que a senhora não tenha compreendido.

O diário de Mina Harker

29 de setembro – Depois do jantar, fui para o escritório em companhia do dr. Seward. Este foi apanhar o gravador que ficara na sala de estar, ao passo que eu já me achava munida de minha inseparável máquina de escrever. Ele escolheu uma cadeira bem confortável para mim e dispôs o gravador numa posição tal que eu o alcançasse sem precisar levantar-me, instruindo-me, inclusive, como proceder, caso necessitasse fazê-lo parar. E ele, então, muito acertadamente instalou-se numa outra cadeira de costas para mim, para que eu me sentisse o mais possível à vontade, e começou a ler. Pus os fones nos ouvidos para escutar.

Quando toda a terrível história da morte de Lucy – e tudo mais que ainda aconteceu – chegou ao fim, tive de me recostar no espaldar da cadeira, pois me sentia literalmente aniquilada. Felizmente não sou propensa a sofrer desmaios. Estranhando meu silêncio, o dr. Seward lançou um rápido olhar em minha direção. Vendo o que estava acontecendo, levantou-se num pulo, e proferiu uma exclamação de horror. Ato contínuo, retirou de dentro de um estojo que guardava no aparador uma garrafa e me fez beber um pouco de conhaque, que logo me reanimou. Meu cérebro, entretanto, parecia transformar-se num tremendo torvelinho. E se, no fim de tudo, não surgisse aquele providencial raio de luz que acabou superando todo o paroxismo de um interminável séquito de horrores, isto é, sua final redenção para a paz cristã, eu certamente teria provocado uma cena de desvario. É tudo tão selvagem, tão chocante e tão misterioso que, se eu não conhecesse de antemão os penosos transes vividos por Jonathan na Transilvânia, jamais teria acreditado no que ouvira. E mesmo como ali se achava narrado, eu ainda estava custando a acreditar. Então, para contornar esta momentânea dificuldade, procurei logo ocupar-me de um outro assunto. Retirei, então, a tampa de minha máquina de escrever e disse ao dr. Seward:

– Acho que vou datilografar esta parte agora. Todo o material deverá estar pronto quando o dr. Van Helsing chegar. Já expedi um telegrama a Jonathan, a fim de que venha para cá, logo que chegue a Londres de volta de Whitby. Nestes casos, o tempo conta muito, e eu penso que, se conseguirmos aprontar todo o nosso material e colocar todos os seus principais itens na devida ordem cronológica, teremos dado um grande passo à frente. O senhor me disse que Lorde Godalming e o sr. Morris também estão para chegar. Vejamos se é possível informar-lhe a data da chegada desses dois.

A fim de facilitar a transcrição, o dr. Seward reduziu a velocidade do gravador, e eu comecei o meu trabalho a partir do início do sétimo rolo. Empregando papel-carbono, fiz a cópia em três vias, tal como o fizera com as anteriores. Era já bastante tarde quando eu, finalmente, terminei. Mas o dr. Seward descera a fim de cumprir a habitual visita a seus pacientes. Ao voltar, sentou-se a meu lado, para ler. Agora já não me sentia tão solitária, e resolvi estender minha atividade por mais algum tempo. Como estou notando, ele é bom e cuidadoso. Este mundo parece estar repleto de bons homens – apesar de haver também alguns monstros entre eles. Antes de desejar-lhe "boa-noite", lembrei-me da anotação que Jonathan lançou em seu diário, a respeito da perturbação do Professor ao ler certa notícia num vespertino, enquanto aguardava a partida do trem de Exeter. Ao saber, porém, que o dr. Seward conserva os jornais que lê pedi-lhe emprestados os arquivos que guardam as coleções da *Westminster Gazette* e da *Pall Mall Gazette* e levei-os comigo para meu quarto. Ainda me lembro de como as notícias publicadas no *Telegraph* e na *Whitby Gazette*, dos quais retirei vários recortes, nos ajudaram a entender os alarmantes acontecimentos verificados em Whitby quando o Conde Drácula ali desembarcou. Agora, portanto, passarei em revista essas duas coleções vespertinas a partir daquela época, porque assim talvez venha a descobrir mais alguma coisa sobre o mesmo assunto. Ainda não estou com sono, e a leitura dos jornais me restituirá a tranquilidade.

O diário do dr. Seward

30 de setembro – O sr. Harker chegou às oito horas. Ele recebeu o telegrama enviado por sua mulher momentos antes de partir. É dotado de uma sagacidade fora do comum, se o deva julgar pelos seus traços fisionômicos. Além disso, demonstra possuir uma energia realmente impressionante. Se este seu diário espelha toda a verdade, e julgando-o através de suas surpreendentes experiências assim o é, ele é um homem provido de nervos de aço. Seu retorno, isto é, sua segunda ida às catacumbas subterrâneas do castelo é uma rara e notável demonstração de coragem e ousadia. Após ter lido o relato dessa proeza, senti-me apto para ir ao encontro de uma individualidade expoente da bravura viril, mas não propriamente de um tranquilo cavalheiro e homem de negócios que hoje veio ter conosco.

Mais tarde – Após o lanche, Harker e sua mulher voltaram a seus aposentos. Pouco depois, ao passar diante de sua porta, ouvi as ágeis batidas da máquina de escrever. Os dois desenvolvem uma atividade realmente assombrosa. A sra. Harker me disse que eles estão reunindo todos os fragmentos esparsos de que dispõem sobre o caso, para, depois de ordená-los cronologicamente, resumirem-nos a textos datilografados. Harker obteve as cartas expedidas entre os consignatários dos caixões, em Whitby, e a empresa transportadora de Londres, que se encarregou de dar destino aos mesmos. Ele agora está lendo o texto datilografado que sua mulher extraiu do meu diário gravado. Estou intrigado com o que eles pretendem fazer com tudo isso. Aqui está ele...

É realmente singular que jamais me ocorresse imaginar que a casa mais próxima da minha fosse o verdadeiro esconderijo do Conde! Só mesmo um exagerado escrúpulo de benevolência poderia fazer passar despercebidos os motivos da conduta do paciente Renfield! O maço da correspondência relativa à compra da casa achava-se anexado às demais folhas datilografadas. Oh, se dispuséssemos dessas cartas antes, poderíamos ter salvo a pobre Lucy! Chega! É sob uma tensão como esta que se chega às trevas da loucura! Harker saiu novamente para coletar mais material. Diz ele que, à hora do jantar, estarão capacitados a reconstituir todo o encadeamento cronológico dos fatos. Ele acha que, nesse ínterim, eu deveria avistar-me com Renfield, porquanto nele teríamos uma espécie de índice vivo, para nos contar tudo a respeito das idas e vindas do Conde. Ainda não estou plenamente convencido desta possível correlação, mas assim que puder confrontar as datas estarei em condições de mudar de ideia. Que magistral lembrança esta da sra. Harker de transcrever para o papel o conteúdo dos rolos gravados do meu diário! De outra forma, jamais teríamos confirmado as datas decisivas...

Fui encontrar Renfield placidamente sentado em seu quarto, de mãos cruzadas e com um cordial sorriso nos lábios. Naquele momento, ele parecia mentalmente tão saudável como a mais normal das criaturas. Sentei-me, então, diante dele e pusemo-nos a conversar sobre os mais variados assuntos, todos os quais ele abordou com precisão. Daí a pouco, ele, por iniciativa própria, falou-me a respeito da possibilidade de voltar para casa, coisa que jamais me dera a conhecer durante sua permanência em minha instituição. Na verdade, ele me falou em tom confidencial, sugerindo, inclusive, que lhe desse alta imediata. Creio que, se não tivesse tido o encontro prévio com Harker e, também, lido as cartas e as datas de suas fugas, talvez concordasse de imediato com o que pedia, depois de mantê-lo por mais um breve período de observação. Mas agora, diante das circunstâncias já evidenciadas, minhas suspeitas se avolumaram. O certo é que todas as vezes em que logrou escapar o fez de alguma forma em conexão com a presença do Conde nas proximidades. E, finalmente, o que é que tudo isso pode significar? Poderá tal subordinação chegar ao ponto de fazer com que seu instinto se regozije em contribuir vitalmente para que o triunfo bestial de um vampiro se consuma. Espere: ele próprio é dado à prática da zoofagia, e no decurso de suas turbulentas refregas diante da porta da capela da casa deserta, invariavelmente se referia a um "patrão". Tudo isso parece confirmar nossa suspeita. Não obstante, depois de mais alguns instantes de palestra, retirei-me. Acontece que meu amigo apenas começa a mostrar uma palpável recuperação e não seria aconselhável submetê-lo já a um questionário desta natureza. Ele pode começar a raciocinar e, de repente... Deixei-o, portanto, em paz. Continuo desconfiando desta sua atitude tranquila. Por isso, ao sair, recomendei ao atendente para mantê-lo sob constante observação e não hesitar em aplicar-lhe a camisa de força, caso isso se torne necessário.

O diário de Jonathan Harker

29 de setembro. No trem para Londres – Quando recebi a gentil missiva do sr. Billington, prontificando-se a fornecer-me toda e qualquer informação que estivesse a seu alcance, achei melhor ir pessoalmente até Whitby e eu próprio, lá mesmo, proceder às necessárias pesquisas. Minha meta agora consistia em traçar todo o itinerário da horrenda carga despachada pelo Conde até seu final destino, em Londres. Mais tarde saberemos como utilizar todos esses dados. Billington Júnior, um distinto rapaz, foi receber-me na estação, conduzindo-me a seguir até a casa de seu pai, onde ficou decidido que eu deveria pernoitar. Eles se mostraram muito hospitaleiros, do que, aliás, muito se orgulham os naturais de Yorkshire: dão a seus hóspedes tudo de que precisam e, além disso, põe-nos inteiramente à vontade para fazer o que bem entenderem. Todos da casa sabiam que eu estava atarefadíssimo e que minha permanência era muito breve, de sorte que o sr. Billington já havia, inclusive, reunido em seu escritório todos os papéis relativos à consignação das caixas. Nessa ocasião, ainda procedi a uma revisão geral dos documentos a fim de identificar uma dentre aquelas cartas que eu vira sobre a mesa do Conde, antes mesmo de ter conhecimento de seus planos diabólicos. Tudo havia sido cuidadosamente previsto, sendo depois sistematicamente executado e com toda a precisão. Ele parecia estar preparado para enfrentar os mais difíceis obstáculos, inclusive aqueles que eventualmente se interpusessem no caminho de seus torvos desígnios. Usando o pitoresco linguajar norte-americano, ele "não quis arriscar-se", e a absoluta precisão com que suas instruções foram cumpridas nada mais foi que o resultado lógico dos seus cuidados. Examinei a fatura e tomei nota do seu teor: "cinquenta caixas de terra comum, destinada a fins experimentais". O mesmo fiz com relação aos textos da carta endereçada a Carter Paterson, e sua resposta. Extraí cópia de ambas. Este foi todo o conjunto de informações que o sr. Billington me pôde fornecer. De posse desses dados, desci até a Administração do Porto, onde me avistei com os guardas-costeiros, os agentes da alfândega e o capitão do porto. De todos eles colhi algumas informações a respeito da estranha chegada do navio, o qual já ocupa o seu definitivo lugar na tradição local. Ninguém, porém, achava-se em condições de acrescentar mais nada à simples descrição "cinquenta caixas de terra comum". Entrei a seguir em contato com o chefe da estação, o qual solicitamente me apresentou aos homens que, na ocasião, haviam recebido as caixas. Segundo eles, o conteúdo conferia perfeitamente com o conhecimento, e nada mais esclareceram, exceto quanto ao peso das caixas, que era "compacto e descomunal", e que lidar com elas exigiu deles tamanho dispêndio de forças que os deixou quase mortos. Um deles ainda lamentou que seu serviço não tivesse sido presenciado por um cavalheiro, ou um lorde do meu talhe, para que lhe coubesse também uma boa recompensa; e um outro, em tom de pilhéria, disse que, ao cabo do trabalho, a sede fora tão grande que até agora ainda não a conseguira aplacar satisfatoriamente. Torna-se ocioso esclarecer que, antes de retirar-me, tratei de mitigar da melhor maneira possível as óbvias causas de tão justas reivindicações.

30 de setembro – O chefe da estação teve ainda a gentileza de me indicar o nome do seu velho colega, o chefe da estação de King's Cross, de forma que, ao chegar lá, pela manhã, fiquei mais à vontade para perguntar-lhe o que necessitava sobre a chegada das caixas. Ele, por sua vez, me pôs em contato com os funcionários do respectivo setor, e lá também eu soube que o conteúdo da carga conferia com a fatura e o conhecimento. Aqui, as oportunidades de argumentar com a sede implacável se mostram bem mais atenuadas. O apelo foi mais moderado; mas, nem por isso, pude eximir-me de saldar mais essa dívida *ex posto facto.*

De lá segui direto para o escritório central de Carter Paterson, onde tive uma acolhida das mais amáveis. Assim que conseguiram identificar a transação através dos lançamentos feitos no Diário e de uma rápida busca no Copiador de Cartas, telefonaram para o escritório de sua filial em King's Cross, a fim de obter maiores detalhes. Por sorte, os homens que tinham feito o transporte estavam no momento aguardando ordens para dar início a um novo trabalho, e o agente imediatamente os fez virem a minha presença, remetendo com eles ainda a folha do roteiro e os demais papéis concernentes à entrega das caixas em Carfax. E novamente tudo foi encontrado correto, tanto os dizeres do rol quanto as quantidades apontadas. Os carregadores, todavia, ainda complementaram o laconismo do que estava escrito com alguns novos detalhes. O que mais lhes despertara a atenção fora a abundante poeira que escapava de dentro das caixas e a inusitada sede que provocou entre os trabalhadores. Depois de demonstrar-lhes uma certa liberalidade, através de razoável distribuição em moeda corrente, e de desculpar-me por fazê-lo com tão grande atraso, um dos homens saiu-se com esta observação:

– Moço, aquela casa abandonada é a mais singular de todas que já vi. Credo! Há mais de um século que aquilo não via gente! Havia por lá uma camada de pó de tal espessura que mais parecia um colchão, pois dava para deitar sem machucar os ossos. E todo o conjunto estava há tanto tempo esquecido, que já começava a cheirar à velha Jerusalém. Mas a antiga capela... esta, então, nem se fala! Eu e meu companheiro pensávamos que nunca mais fôssemos sair dali. Por Deus! Jamais arriscaria um só segundo para voltar àquela escuridão!

Já tendo estado, anteriormente, no velho casarão que tanto os assustara, podia agora perfeitamente avaliar o que me diziam. Acho, contudo, que, se soubessem ao menos a metade do que sei a respeito do mesmo, certamente me teriam falado em termos bem diferentes.

Ao menos de uma coisa eu tinha plena certeza: todas as caixas que haviam chegado a Whitby a bordo do *Demeter* e procedentes de Varna tinham sido integralmente depositadas na velha capela, em Carfax. Lá, portanto, deveriam estar cinquenta delas, salvo se alguma já houvesse sido removida, o que, aliás, parece inferir-se dos termos do diário do dr. Seward.

Agora, iniciarei a busca ao veículo que retirou as caixas de Carfax, na ocasião em que Renfield atacou os homens que as transportavam. Na localização dessa pista deveremos fazer novas e sensacionais revelações.

Mais tarde. – Mina e eu ficamos trabalhando o dia inteiro. Agora, pusemos todos os papéis em perfeita ordem.

O diário de Mina Harker

30 de setembro – Minha satisfação é tão grande que quase não a consigo conter. Suponho que toda esta minha euforia nada mais seja que a reação diante do terrível temor que me vinha preocupando; que toda esta hedionda tarefa e a reativação do seu antigo sofrimento fossem atuar em detrimento de Jonathan. Eu o vi partir para Whitby com a mais decidida bravura, mas, nem por isso, deixei de ficar apreensiva. Porém, felizmente, tal esforço lhe fez bem. Nunca o vi mais resoluto, tão forte, tão pleno de estuante energia como agora. Vejo que se cumpre tudo aquilo que foi previsto pelo bondoso e admirável Professor Van Helsing: ele foi moldado do mais rijo granito e por isso se refaz ao embate de um grande esforço, que por si só seria suficiente para matar qualquer outro, de natureza mais frágil. Ele retornou de lá cheio de vigor, esperança e determinação. Já organizamos tudo para esta noite. Eu própria quase já não contenho meu ímpeto e excitação. Acho que devia haver alguém disposto a lamentar a triste sina de qualquer coisa viva que fosse submetida a uma caçada tão atroz como a do Conde. Mas a verdade é bem diferente: a tal Coisa não é um ser humano nem tampouco um animal. Lendo-se o doloroso relato da morte de Lucy e dos estranhos fatos que posteriormente culminaram com a cena final em seu jazigo, não é difícil concluir-se pelo total descabimento de qualquer sentimento de piedade em nosso coração.

Mais tarde – Lorde Godalming e o sr. Morris chegaram mais cedo do que os esperávamos. O dr. Seward saíra a negócios, e levara Jonathan com ele. Isso fez com que eu os recebesse. Tal encontro foi muito penoso para mim, pois trazia à tona todas as mais ternas esperanças que Lucy nutrira apenas alguns meses antes. É certo que ambos já tinham algum conhecimento superficial a meu respeito, precisamente obtido através de Lucy. Além disso, ao que parece, o dr. Van Helsing também já havia "tocado o seu arauto", segundo deduzi das palavras do sr. Morris. Pobres homens! Nenhum dos dois desconfia de que estou a par de todas as propostas por eles feitas a Lucy. Nem mesmo sabiam o que dizer ou fazer, de vez que nada sabiam a respeito dos meus conhecimentos sobre a nossa árdua tarefa comum. Isso os obrigou a ficarem divagando sobre uma série infinita de assuntos gerais. No entanto, refleti sobre esta contingência, e cheguei à conclusão de que o melhor que tinha a fazer era pô-los a par de todos os detalhes e desdobramentos do palpitante assunto até aquele instante. Através das gravações do diário do dr. Seward, eu sabia que os dois tinham estado presentes à morte de Lucy – à morte real – e destarte não precisava temer trair qualquer segredo intempestivamente. Expus então da melhor maneira possível que eu já havia lido todos os diários e demais papéis e que meu marido e eu, depois de os datilografar, tínhamos posto tudo na devida ordem. Dito isso, dei a cada um deles uma cópia do meu trabalho, pedindo-lhes a seguir que as fossem ler na biblioteca. Assim que Lorde Godalming recebeu a sua e a desenrolou, pois seu volume formava uma bela pilha, perguntou-me:

– Sra. Harker, todo esse trabalho foi feito pela senhora?

Assenti com um gesto, e ele prosseguiu:

– Ainda não logrei descobrir o alcance de tudo isso. Vocês são pessoas tão bondosas e tão amáveis, e têm trabalhado com tanta decisão e energia, que tudo que posso fazer é dizer que aceito suas ideias até de olhos vendados, desde que isto possa ajudá-los. Já aprendi uma lição que me manda aceitar os fatos que podem tornar um homem mais humilde até os últimos instantes de sua vida. Além disso, sei que a senhora dedicava uma profunda amizade à pobre Lucy...

Aqui ele volveu seu rosto e cobriu-o com as duas mãos. E eu ouvia a catadupa de suas lágrimas percutindo no soalho. O sr. Morris, num gesto de instintiva delicadeza, acabava momentaneamente de enlaçá-lo com um dos braços sobre os ombros, conduzindo-o para fora da sala. Suponho que na natureza feminina deve existir algo indefinido que faz com que o homem dê vazão livre a suas emoções diante dela e exprima seus sentimentos mais íntimos pelas formas mais ternas e comovidas sem considerar-se afetado em sua masculinidade. Digo isso porque, logo que Lorde Godalming voltou a estar a sós comigo, sentou-se no sofá e não demonstrou a menor inibição por seu temperamento de uma sensibilidade franca e ostensiva. Sentei-me a seu lado e segurei delicadamente sua mão. Espero que ele não tenha interpretado este meu gesto de uma forma diferente; e sem que importe mesmo o que tenha pensado, ele jamais voltará a pensar assim, porque então terá uma decepção. Sei que ele nunca o fará, porque é um verdadeiro cavalheiro. Percebendo que se achava realmente consternado, disse-lhe:

– Adorava a pobre Lucy e sei o quanto ela significava para o senhor, bem como o que o senhor representava para ela. Nós duas éramos como irmãs. E agora Lucy partiu. Não seria oportuno considerar-me também como sua irmã, enquanto perdurar esta sua aflição? Avalio perfeitamente toda a infinita amargura que o acabrunhou, embora não possa medir toda a sua profundidade. Se simpatia e piedade podem mitigar sua aflição, minha sugestão não lhe seria útil, digamos, por amor da própria Lucy?

No mesmo instante, o pobre homem parecia aniquilar-se em seu próprio sofrimento. Minha impressão era de que toda a profunda desdita que o vinha martirizando em silêncio abrira subitamente caminho através de uma ampla comporta, até então cerrada. Seus gestos eram desordenados e histéricos. Erguendo ambas as mãos, batia insólitas e descompassadas palmas, como se quisesse libertar-se de uma envolvente agonia. Levantou-se e tornou a sentar-se, e mais lágrimas rolaram de seus olhos. Não pude conter um novo impulso e sob forte comoção abri meus braços, instintivamente. Soltando um suspiro, ele apoiou a cabeça em meu ombro e chorou como uma criança abandonada.

Nós, mulheres, possuímos no íntimo do nosso ser um espontâneo dom maternal que nos eleva acima das coisas mais triviais da existência, desde que essa dádiva seja despertada. Foi assim que senti a volumosa cabeça desse homem torturado pesar sobre meu ombro, como se ali estivesse a criancinha que um belo e almejado dia viverá em minhas entranhas, e eu acariciei os seus cabelos, pensando em meu futuro filho. Eu jamais poderia imaginar uma sensação de transferência mais curiosa e mais deleitável.

Após um breve intervalo, seus suspiros silenciaram, e ele logo ergueu a cabeça, desculpando-se; sem, contudo, manifestar qualquer acanhamento por seu incontrolável delíquio. Contou-me que durante muitos dias e muitas noites – dias desertos e noites insones – tinha sido incapaz de dirigir uma só palavra a quem quer que fosse, mesmo as já surradas palavras que todo mundo diz e ouve ao passar por tal provação. Não havia uma só mulher cuja simpatia o consolasse, ou mesmo com a qual ele pudesse usar de maior franqueza, devido, antes de tudo, às aterradoras circunstâncias que envolviam sua tristeza.

– Agora posso dizer o que sofri – exclamou ele, enquanto enxugava seus olhos. - Não sei ainda, porém... e ninguém mais o poderá saber jamais... o quanto me reconfortou hoje a sua terna simpatia. Mas eu o saberei mais significativamente daqui a algum tempo. E creia-me que, embora aqui não pretenda parecer-lhe ingrato, meu reconhecimento crescerá à medida que melhor possa avaliar a bênção recebida. Quero que doravante me trate como irmão, pelos restantes dias de toda a nossa vida. Pelo amor de Lucy, a senhora não o fará?

– Pelo amor de Lucy – repeti eu, enquanto nos dávamos as mãos.

– Sim, e também pela sua própria amizade – acrescentou ele –, pois quando a estima de um homem e sua gratidão são realmente merecidas, a senhora pode considerar suas, a partir de hoje, as minhas, que ora lhe ofereço. Se o futuro, sempre imprevisível, a confrontar com algum problema que exija a ajuda de um homem, esteja certa de que não recorrerá em vão. Permita Deus que tal ocasião jamais se apresente, toldando o benfajezo sol de sua vida. Mas, se ainda assim, algo acontecer, quero que me prometa que me falará.

Suas palavras eram tão sinceras e sua amargura tão espontânea e natural que eu, para satisfazê-lo, disse:

– Prometo.

Ao chegar ao corredor, notei que o sr. Morris havia-se debruçado e olhava através de uma janela. Ouvindo os meus passos, voltou-se e perguntou:

– Como está Arthur? – Então, percebendo que meus olhos estavam avermelhados, prosseguiu: – Oh, vejo que a senhora também o esteve confortando. Pobre e velho companheiro! Ele bem que necessita disso. Ninguém melhor que uma mulher para reanimar um homem quando carrega uma mágoa no coração. E, na verdade, ele não tinha ninguém que o fizesse.

O sr. Morris enfrentou seu sofrimento com tamanho estoicismo que eu senti meu coração sangrar por ele. Vi, então, que o rapaz trazia numa das mãos um alentado maço de papéis. E eu sabia que logo que o acabasse de ler, certificar-se-ia sobre o quanto eu estava bem informada. Falei-lhe então:

– Desejaria poder oferecer o mesmo conforto a todos aqueles que guardem tais desgostos em seus corações. Permite-me que o conte entre os meus amigos e que o conclame a procurar-me sempre que necessitar de um lenitivo para suas provações? Mais tarde, o senhor irá saber por que assim lhe falo.

Ele viu que minhas palavras eram sinceras, inclinou-se e, erguendo minha mão à altura dos seus lábios, beijou-a respeitosamente. Semelhante recompensa, não obstante, parecia muito pouco expressiva para uma alma dotada de tanta bravura e tamanho desprendimento. Como que obedecendo a um secreto impulso, ergui-me à altura de seu rosto e beijei-o. As lágrimas brotaram em seus olhos, dando lugar a um momentâneo embargo em sua garganta. Refeito, disse, calma e tranquilamente:

– Mimosa jovem, a senhora jamais se arrependerá desta sincera e espontânea homenagem. Ela a acompanhará ao longo dos futurosos dias que se desdobrarão para balizar a sua vida! – Depois disso se afastou em direção ao escritório, onde ficara seu amigo.

"Mimosa jovem!"... exatamente as mesmas palavras com que costumava dirigir-se a Lucy! Oh, sim! Mas ele provara também ser um amigo!

XVIII

O diário do dr. Seward

(Continuação)

30 de setembro – Voltei para casa às cinco horas, quando soube que Lorde Godalming e o amigo Morris não somente já haviam chegado como também lido a cópia do texto dos diversos diários e cartas, as quais Harker e sua maravilhosa mulher tinham preparado e organizado. Harker ainda não retornara de sua visita ao grupo de carregadores, que nos havia sido indicado pelo dr.

Hennessey. A sra. Harker nos serviu uma chávena de chá e agora já posso honestamente afirmar que, pela primeira vez desde que nele venho morando, este velho casarão me parece um verdadeiro lar. Após havermos saboreado a deliciosa infusão, disse-nos a sra. Harker:

– Dr. Seward, posso pedir-lhe um favor? Gostaria de avistar-me com o seu paciente de nome Renfield. Deixe-me vê-lo. O que o senhor disse em seu diário sobre ele está-me interessando muito!

Seu pedido foi feito num tom tão terno e tão súplice que eu não encontrei argumentos para recusá-lo. E, na verdade, não havia qualquer razão impeditiva. Assim, levantei-me e levei-a até lá. Chegando a seu quarto, disse a meu paciente que uma senhora desejava vê-lo, ao que ele simplesmente retrucou:

– Por quê?

– Ela veio percorrer a casa e precisa ver cada um de vocês e onde é que estão – respondi eu.

– Oh, muito bem! – disse ele. – Bem, sendo assim, mande-a entrar. Mas espere um instante, para que eu possa fazer uma rápida limpeza do lugar.

Seu método de limpeza era dos mais peculiares: simplesmente engolia todas as moscas e aranhas que mantinha em suas caixinhas antes que eu o pudesse impedir. É evidente que ele temia ou tinha ciúme de qualquer interferência estranha. Depois de concluir sua repugnante tarefa, disse jovialmente:

- Agora, mande a senhora entrar. – E sentou-se na beira da cama, de cabeça inclinada para a frente, mas ainda conservando um ângulo que lhe permitia enxergar quase através das sobrancelhas quem então viesse em sua direção. No primeiro instante, pensei que ele ocultasse alguma ideia homicida. Recordo-me de um de seus períodos de tranquila quietude pouco antes de haver-me agredido em meu próprio escritório. Por isso, precavidamente não me afastei muito, a fim de poder intervir a tempo, caso ele investisse contra ela. A jovem senhora entrou no quarto com todo o seu gracioso desembaraço, o que por si só já seria o bastante para incutir um sentido de respeito a qualquer lunático, porquanto o desembaraço é uma das condições de maior eficácia para impor respeito a um pobre insano. Caminhou diretamente a seu encontro e, sorrindo despreocupadamente, estendeu-lhe a mão.

– Boa noite, sr. Renfield – disse ela. – Pode ver que eu já o conheço, pois o dr. Seward já me falou a seu respeito.

Ele não respondeu logo, detendo-se momentaneamente em observá-la em todas as minúcias, enquanto uma ligeira contração se operava em seu rosto. Seu estranho modo de olhar surpreendeu-me e, ao mesmo tempo, deixou-me assustado. E então, para minha surpresa ainda maior, ele perguntou:

– A senhora não é a moça com quem o doutor queria casar-se, não é mesmo? Não pode ser ela, pois, como a senhora sabe, a mesma está morta.

A sra. Harker sorriu com ternura e respondeu-lhe:

– Oh, não! Tenho o meu marido, com quem já era casada antes mesmo de avistar-me com o dr. Seward. Ele também não me conhecia. Sou a sra. Harker.

– Então o que é que a senhora está fazendo aqui?

– Meu marido e eu estamos fazendo uma visita ao dr. Seward.

– Então não fique aqui.

– Mas por que não?

Pensei que esse tipo de conversação não fosse do agrado da sra. Harker, como já não o estava sendo para mim, e assim resolvi interferir:

– Como é que você sabia que eu desejava casar-me com alguém?

Sua resposta foi evidentemente desdenhosa e dada num instante em que ele desviara para mim seu olhar até ali fixo na sra. Harker, voltando-o, porém, rapidamente para ela:

– Que pergunta estúpida!

– Pois eu não a acho de maneira alguma, sr. Renfield – disse a sra. Harker, dando-me apoio imediato. Ele lhe respondeu num tom de tão espontânea cortesia e respeito quanto, ao contrário, se esmerara em me contestar:

– A senhora naturalmente compreenderá que quando um homem é tão querido e venerado como o é o nosso anfitrião, tudo que diz respeito a ele é do máximo interesse de uma pequena comunidade como a nossa. O dr. Seward não é somente querido por seus empregados e amigos, como também por seus pacientes, dentre os quais alguns, por manterem um equilíbrio mental apenas precário, facilmente distorcem a dependência lógica que deve existir entre causa e efeito. Desde que me converti num pensionista de um asilo de lunáticos, nada mais constato que essas sofísticas tendências de alguns dos nossos internos de impeli-los para os erros de *non causa* e *ignoratio elenchi.*

Eu positivamente tive de arregalar meus olhos diante deste moderno desenvolvimento. Aqui estava o meu lunático favorito, um caso dos mais característicos com que até então me havia defrontado, pontificando sobre filosofia elementar e, além do mais, adotando métodos de um polido cavalheiro. Tenho minhas dúvidas sobre se tudo isso teria sido uma simples decorrência da presença da sra. Harker, que assim ativasse algum esquecido escaninho de sua memória. Se esta nova fase era espontânea ou, de alguma forma, devida a alguma inconsciente influência sua, devo admitir ser ela possuidora de um raro dom de poder.

Continuamos a conversar por mais algum tempo. E notando que ele se comportava razoavelmente, após olhar-me interrogativamente, ela começou a encaminhá-lo para o tópico central de sua entrevista. Surpreendi-me mais uma vez, por vê-lo voluntariamente enveredar pela questão com uma imparcialidade do mais irrepreensível equilíbrio mental, chegando ao cúmulo de citar-se a si mesmo como um exemplo vivo sobre certos aspectos por ele mencionados.

– Veja: eu mesmo sou um exemplo de um homem que adotara uma estranha convicção. Com efeito, não podia constituir surpresa o fato de meus amigos se mostrarem alarmados e insistirem para que eu fosse posto sob controle. Costumava imaginar que a vida era uma entidade positiva e perpétua e que, se consumisse uma grande quantidade de seres vivos, não importando qual a respectiva ordem na escala zoológica, o indivíduo poderia prolongar indefinidamente a duração de sua própria vida. Por vezes, deixei-me arrebatar de tal maneira por esta forma de pensar que cheguei a atentar até contra a vida de outros seres humanos. O doutor aqui presente é testemunha de que, numa certa ocasião, tentei matá-lo com o propósito de revigorar minhas energias vitais mediante a ingestão do seu sangue... reportando-me, naturalmente, ao conhecido axioma assim formado: "pois sangue é vida". Entretanto, precisamente o próprio vendedor de uma certa e secreta fórmula medicinal vulgarizou o truísmo até chegar ao ponto de ser relegado ao desprezo. Não é verdade, doutor?

Assenti, com um leve gesto, pois sentia-me literalmente aturdido, mal atinando com o que pensar ou dizer. Nessa altura, eu só dificilmente conseguia ainda imaginar que pouco antes o surpreendera devorando suas moscas e aranhas. Olhando para meu relógio, notei que já era tempo de ir à estação a fim de apanhar lá Van Helsing, que estava para chegar. Disse então a sra. Harker que estava na hora de nos retirarmos. Ela me atendeu imediatamente, depois de dirigir-se prazerosamente ao sr. Renfield:

– Até logo! Espero voltar a vê-lo com frequência e sempre sob seus agradáveis auspícios!

Ao que, para outra grande surpresa minha, ele respondeu:

– Adeus, minha prezada. Vou pedir a Deus para jamais ver seu lindo rosto novamente. Que Ele a abençoe e a proteja!

Ao seguir para a estação, ao encontro de Van Helsing, deixei os demais amigos em casa. O desditoso Arthur pareceu-me bastante mais animado do que tinha estado desde que Lucy adoecera, e o próprio Quincey voltou a ser quase tudo o que era em matéria de boa disposição de espírito desde há muitos dias. Van Helsing desceu do vagão com a gárrula agilidade de um menino. Viu-me de longe e correu a meu encontro, perguntando:

– Oh, amigo John, como vão as coisas? Tudo bem? Olhe, estive atarefadíssimo, pois voltei agora inclusive disposto a ficar, se isto for necessário. Deixei por lá tudo funcionando. Venha, que eu tenho muita coisa para lhe contar. A sra. Mina já está em sua casa? E seu maravilhoso marido, está com vocês? E Arthur e meu amigo Quincey, estão todos com você também, não é mesmo? Ótimo!

Enquanto rodávamos para casa, coloquei-o a par de quanto se havia passado e também como o meu próprio diário se convertera em algo útil através de uma oportuna sugestão da sra. Harker, ao que o Professor logo me interrompeu:

– Oh! Esta maravilhosa sra. Mina! Ela é dotada de um cérebro de homem, um cérebro que somente podia pertencer a um homem privilegiadamente bem-dotado... e um coração de mulher. O dadivoso Deus a criou para um grande propósito, reunindo nela tão felizes predicados. Amigo John, ela é uma predestinada e até agora o destino afortunadamente fez com que esta admirável mulher nos ajudasse. Mas a partir desta noite ela já não mais terá que se preocupar com essa terrível tarefa. Não acho conveniente que continue correndo um risco tão grave. Nós, os homens, estamos determinados... não, estamos conjurados... a destruir este monstro. Isso porém não é próprio para uma mulher. Mesmo que fisicamente se mantenha incólume, seu coração talvez não seja bastante forte para se defrontar com cenas tão horrendas. E, depois disso poderá ficar sofrendo duplamente: dos nervos, quando em estado de vigília, e de constantes sobressaltos, ao adormecer ou em seus sonhos. Devemos ainda levar em consideração que ela é ainda muito jovem e casada há pouco tempo. Há ainda outros pontos a serem meditados, se não agora, logo que pudermos. Você me disse que ela já datilografou tudo. Sendo assim, participará de nossa reunião. Amanhã, porém, despedir-se-á definitivamente dessa terrível empreitada. Iremos sós.

Concordei de bom grado com seu ponto de vista, e depois contei-lhe o que tínhamos descoberto durante sua ausência, isto é, que a casa adquirida pelo Conde Drácula era contígua à minha propriedade. Tal coincidência o surpreendeu e ao mesmo tempo pareceu despertar nele um grande interesse.

– Que pena que nós não tivéssemos sabido disto antes! – exclamou ele. – Pois, assim, tê-lo-íamos alcançado a tempo de salvar a pobre Lucy. A despeito de tudo, não devemos chorar pelo leite já derramado, como vocês costumam dizer. Não nos vamos agora lamentar por isso, mas sim prosseguir em nossa caminhada até chegarmos ao fim.

Depois, ele se fechou num mutismo que só foi interrompido quando entramos na pequena estrada que dá acesso ao portão do asilo. Antes de nos prepararmos para o jantar, ele disse à sra. Harker:

– Madame Mina, meu amigo John me contou que a senhora e o seu marido puseram em perfeita ordem todos os assuntos existentes e tratados até agora.

– Não precisamente até agora, Professor – redarguiu ela, ciosa de suas palavras –, mas até esta manhã.

– Mas, como não até agora? Até aqui já vimos como inclusive os mais ínfimos pormenores foram esclarecidos. Todos revelamos os segredos que tínhamos para contar e, segundo me consta, ninguém ainda se arrependeu disto.

A sra. Harker sentiu um ligeiro rubor aflorar em seu rosto. Mas, apanhando uns papéis que se achavam em sua bolsa, disse:

– Dr. Van Helsing, gostaria de que o senhor lesse isso agora e a seguir me dissesse se o seu texto deve ser juntado aos demais assuntos. Foi isso que registrei hoje. Eu própria fui talvez a que mais insistiu para que toda a matéria disponível fosse reunida, mesmo a aparentemente mais trivial. Aqui, porém, parece que todo assunto é exclusivamente pessoal. Devo juntá-lo mesmo assim?

O Professor leu todo o conteúdo e, com sisudez, devolveu as folhas, dizendo:

– Não precisa incluir, se a senhora não o desejar. Rogo-lhe, todavia, que o faça. O que aí está escrito só poderá fazer com que seu marido a ame mais ainda, e também todos nós, seus amigos, a honrem ainda muito mais... além de toda a nossa estima e admiração.

Ela recebeu as folhas de volta com renovado rubor e um fulgurante sorriso. E assim, até o presente momento, todos os registros que possuímos estão realmente completos e em perfeita ordem. O Professor apanhou um dos exemplares dos mesmos para estudá-lo logo após o jantar, a fim de inteirar-se de todos os assuntos antes da reunião, marcada para as nove horas. Todos os demais já haviam lido tudo. Assim, quando nos reunirmos no escritório, estaremos a par de todos os fatos e devidamente esclarecidos para traçar todo o plano de combate contra o nosso misterioso e temível inimigo.

O diário de Mina Harker

30 de setembro – Quando, duas horas após o jantar, que fora servido às seis horas, nos reunimos, havíamos involuntariamente organizado um colegiado ou um conselho. Coube ao Professor Van Helsing presidir a reunião. Seu nome, indicado pelo dr. Seward, foi aprovado por aclamação, assim que entrou na sala. Ele me fez sentar à sua direita e ao mesmo tempo pediu-me que desempenhasse as funções de secretária. Jonathan sentou-se a meu lado. Do lado oposto, e nesta ordem, instalaram-se Lorde Godalming, o dr. Seward e o sr. Morris. Abrindo a sessão, disse o Professor:

– Creio que posso supor que todos nós estamos perfeitamente a par dos fatos relatados nestes papéis. – Observando o nosso unânime assentimento, prosseguiu. – "Penso, então, que seria conveniente dizer-lhes algo sobre a espécie de inimigo com que vamos lidar. Devo agora narrar-lhes um pouco da história deste homem, até onde me foi possível investigá-la. Depois disso, passaremos a discutir como iremos agir, e assim adotarmos as medidas mais acertadas.

"Existem seres a que chamamos de vampiros. Alguns de nós que aqui nos encontramos já tivemos ocasião de ver esta existência evidenciada. Mesmo se não dispuséssemos das provas de nossa desditosa experiência, os ensinamentos e os registros do passado nos oferecem provas mais que suficientes para que um cérebro normalmente esclarecido as possa entender. Admito que, inicialmente, eu mesmo encarei este assunto com o maior cepticismo. Se durante longos anos ele não viesse realizando um constante esforço no sentido de conservar a minha mente sempre aberta, jamais teria podido acreditar em tudo isto, até o dia em que tal fato explodiu bem ao pé dos meus ouvidos. *Veja, veja! Eu provo, eu provo*! Oxalá tivesse eu sabido antes o que sei agora... não, bastaria que desconfiasse.. e uma vida das mais preciosas teria sido poupada de todos esses infortúnios, inclusive para todos nós, que tanto a estimávamos. Infelizmente, trata-se de um fato que pertence ao passado. Mas nós temos a obrigação de agir, e de tal forma que outras tantas pobres almas não venham também a ser imoladas, enquanto as pudermos salvar. O *nosferatu* desafortunadamente não tem um organismo igual ao da *Apis melifera*, a nossa abelha doméstica, que morre após desferir a sua única picada. Ele é muito mais forte e, sendo mais forte, tem também um maior poder de desencadear o mal. O vampiro que vive entre nós é por si só tão forte quanto vinte homens reunidos. Sua sagacidade transcende as raias da letalidade conhecida, pois precede a própria origem de nossas eras. Suas são também as armas da necromancia, prática que, segundo sua própria etimologia, significa um presságio ou adivinhação proferidos pelos mortos. E todos os mortos dos quais ele logra aproximar-se passam a submeter-se às ordens de seu comando. Ele é mais que bestial, é um verdadeiro demônio empedernido e seu coração já não existe. Dentro de determinadas limitações, ele pode metamorfosear-se à vontade, quando e onde quiser, em qualquer das formas que lhe são peculiares. Pode, também, dentro de um certo alcance, impor sua vontade ao curso dos elementos naturais, como a tormenta, o nevoeiro e o trovão. Ele pode incutir os seus desígnios na maioria dos seres inferiores, como o rato, a coruja, o morcego, a mosca, a raposa e o lobo. Pode crescer e reduzir seu próprio tamanho, como também lhe é possível, em determinadas circunstâncias, desaparecer diante de nossas vistas humanas e voltar incógnito. Como então vamos dar início ao cerco que deverá culminar com a sua destruição definitiva? Como vamos encontrar o seu esconderijo? E, tendo-o descoberto, como iremos destruí-lo? Meus amigos, trata-se de uma ingente e terrível tarefa que nos desafia. E suas alternativas, longe de estarem livres de sérias consequências, podem fazer tremer até o mais bravo dentre todos nós. Estaremos, então, diante de um dilema: se falharmos, é óbvio que o triunfo será todo dele, e neste caso, onde iremos acabar? A vida não é nada. Não é sob esse aspecto que o temo. Mas se falharmos aqui, nossa derrota não se resumirá apenas a uma questão de viver ou morrer. Nosso insucesso simplesmente nos converterá... prestem bem atenção... converterá cada um de nós em outros tantos seres iguais a ele. Daí em diante nos transformaremos em malignos notívagos, destituídos de consciência e coração, e em constantes sortidas predatórias, visando, principalmente, os corpos e as almas daqueles a quem mais amamos. Para nós, entretanto, as portas do céu estarão fechadas para sempre; quem, pois, ousaria abri-las novamente? Seremos obrigados a prosseguir em nossa infausta trilha através dos tempos sob a condenação de todos que nos cercam. Seremos a eterna sombra dentro da claridade solar com que Deus nos presenteia e como que um doloroso dardo cravado nos flancos Daquele que deu sua própria vida em holocausto ao Homem. Agora nos estamos defrontando com a própria dúvida. Devemos então, só por isso, recuar? Por mim, digo que não. Não posso, todavia, negar que já estou velho, e que para mim a vida, com suas manhãs ensolaradas, seus recantos mais bucólicos, o gorjeio dos pássaros, sua terna música e todo o seu amor são dádivas que pertencem ao passado. Os senhores, entretanto, são jovens. Posso, contudo, mesmo assim, afirmar que dias melhores ainda hão de vir. Agora, eu gostaria de ouvi-los."

Enquanto o Professor falava, Jonathan segurou sugestivamente minha mão. Temi então que o aterrador perigo de nossa missão o abalasse, ao sentir que sua mão se tornava tensa. Pude, porém, logo notar, desafogada, que tal estremecimento nada mais era do que um novo e vigoroso toque de vida – forte, valente e resoluto. A mão de um bravo fala por si mesma. Nem mesmo precisa inspirar-se no amor de uma mulher, para que possamos admirar a sua música.

Assim que o Professor concluiu sua oração, meu marido fixou firmemente seus olhos nos meus, e eu nos dele. O uso da palavra já não se fazia necessário.

– Respondo por Mina e por mim – disse ele

– Conte também comigo, Professor – disse o sr. Quincey Morris, lacônico como sempre.

– Estou onde o senhor estiver – disse Lorde Godalming – pelo amor que dedico a Lucy, se não houver outra razão.

O dr. Seward, a seguir, deu seu assentimento mediante um simples meneio de cabeça.

O Professor, então, pôs-se de pé e, depois de colocar seu crucifixo de ouro sobre a mesa, estendeu ambos os braços no sentido do ocupante da cadeira mais próxima. Destarte, coube a mim segurar sua mão direita, e a Lorde Godalming, a esquerda; por sua vez, com a esquerda, Jonathan segurou a minha direita, enquanto estendeu a outra em direção do sr. Morris. Assim acabávamos de selar o nosso pacto. Senti como se uma pedra de gelo houvesse tombado sobre meu coração, mas não pensei em retroceder por um só instante. Retomamos os nossos assentos, e o dr. Van Helsing prosseguiu ainda nos alertando e incentivando, o que em resumo demonstrava que nossa árdua tarefa já havia começado. Tudo devia daqui por diante ser encarado com a maior seriedade possível, como se estivéssemos tratando de um disputadíssimo negócio, onde estaríamos transacionando com as nossas próprias vidas:

– Bem, todos nós sabemos a quem teremos de enfrentar, mas, é também preciso não esquecer que, unidos, representamos um potencial de força nada desprezível. Temos a nosso favor uma imensa força de combinação... força de que a estirpe dos vampiros jamais poderá dispor; possuímos os recursos da ciência; temos liberdade de ação e de pensamento; e além disto, tanto as horas do dia quanto também as da noite são todas nossas, por igual. Na verdade, até onde os nossos poderes alcançarem, elas estarão sempre descompromissadas, e teremos sempre livre acesso a elas. Estamos devotados a uma grande causa e a um alto objetivo, e, o que é muito importante, ambos totalmente isentos de qualquer parcela de egoísmo. E esses valores significam muito.

"Agora vejamos como o arsenal de forças alinhadas contra nós é efetivamente limitado e como a potencialidade individual isolada se torna inoperante. Em resumo, analisemos as limitações impostas ao vampiro em caráter geral, e a deste, em particular."

"Tudo o que teremos de investigar gira em torno de tradições e superstições. Tais circunstâncias parecem inicialmente não pesar muito nos pratos da balança, quando se trata de uma alternativa de vida e morte... e que, não obstante, representa muito mais que simplesmente vida e morte. Mesmo assim, admitamos que tais dados nos satisfaçam. Em primeiro lugar, porque não temos outra saída, nenhum outro recurso se acha ao nosso alcance útil; e em segundo, porque, finalmente, nesses dois fatores disponíveis, tradição e superstição, concentra-se tudo o que atualmente existe. Não é verídico que para os outros, não, infelizmente, para nós, a crença sobre a existência dos vampiros se baseia totalmente nisso? Há um ano, quem dentre nós teria sequer admitido tal possibilidade em plena vigência do nosso rumoroso século XIX, a científica era dos cépticos e dos adeptos dos fatos comprovados? Nós mesmo desdenhamos uma crença, cuja justificação entrava pelos nossos próprios olhos. Compreendam, portanto, que tanto o vampiro, em si, quanto a crença em suas limitações e a sua cura, até o presente momento, ainda permanecem nesta mesma base. Gostaria de dizer-lhes que, na verdade, ele é hoje conhecido por toda a parte deste mundo que já tenha sido palmilhada por um ser humano. Assim o foi na Grécia Antiga e na Velha Roma; floresceu também por toda a Germania dos velhos tempos, na França, na Índia e até no Quersoneso e na China, nos mais longínquos rincões da terra, lá está ele, sendo temido por todos os povos, inclusive nos nossos dias. Ele secundou o despertar do furioso "Pelo de Urso" da Islândia; acompanhou as pegadas de fogo de Átila, o "Endemoniado Huno", os eslavos, os saxões e os magiares. Já temos, consequentemente, uma ideia aproximada contra o que nós vamos agir. Agora permitam-me afirmar que a maioria dessas crenças é justificada por fatos como aqueles que tivemos em nossas próprias e infelizes experiências. O vampiro tem vida perpétua, e a ação do tempo nada tem a ver com ela. Ele florescerá sempre, desde que possa nutrir-se do sangue de criaturas vivas. E, mais que isso, como, aliás, já o provamos, ele pode tornar-se mais jovem. Sua força vital cresce continuamente, e esse crescimento torna-se efetivamente aparente desde que a possa revigorar com um abundante e especial repasto. Ele, contudo, não pode manter-se e desenvolver sem essa dieta. Não se alimenta como os demais seres. Até mesmo o nosso amigo Jonathan, que viveu com ele durante algumas semanas, jamais o viu comer, jamais! Ele não projeta sombra, como também não consegue ver sua imagem refletida num espelho, observação igualmente confirmada por Jonathan. Possui, outrossim, a força de vários homens do seu porte, outro testemunho de Jonathan, ao vê-lo fechar sozinho o grande e pesado portão, para impedir a entrada dos lobos e quando o ajudou a descer da diligência. Tem, além disso, a faculdade de transformar-se num lobo, como o podemos deduzir de sua chegada a Whitby, onde eviscerou um cão. Pode ainda apresentar-se sob a forma de um grande morcego, como a sra. Mina o viu através da vidraça, em Whitby, e como o amigo John o viu fugir do casarão vizinho, e o amigo Quincey o surpreendeu adejando junto à janela da srta. Lucy. Querendo, é-lhe possível surgir envolto numa nuvem de denso nevoeiro, criado por ele mesmo, circunstância sob a qual o viu o nobre capitão a bordo, em alto-mar. Sabemos, não obstante, que a distância que consegue sob tal nevoeiro é restrita, e a pequena nuvem é apenas suficiente para ocultá-lo. Sob a incidência direta dos raios de luar tem ainda a opção de apresentar-se como um pó sutil e elementar, segundo outro fato testemunhado por Jonathan, por ocasião da aparição das três irmãs no Castelo de Drácula. Seu tamanho pode sofrer uma redução tão extraordinária, exemplo testemunhado por nós mesmos, no caso da srta. Lucy após seu insólito retorno, quando, antes de recuperar a paz, se insinuou para dentro do jazigo através de uma fresta existente entre o caixilho e a porta, na qual mal cabia um fio de cabelo. Uma vez descoberto o seu objetivo, ele logra entrar ou sair seja do que for, por mais hermético, mesmo que tenha sido vedado a fogo, ou a solda, como se costuma fazer. Sua aguda visão devassa a mais densa treva, capacidade nada desprezível, se levarmos em conta que metade do mundo em que vivemos está constantemente mergulhado em escuridão. Mas, por favor, ouçam-me até o fim. Ele possui realmente todos esses poderes, mas nem por isso é inteiramente livre. Não. Podemos considerá-lo ainda mais prisioneiro do que os escravos condenados às galés, ou que o pobre insano confinado em sua cela. Ele não tem acesso a todos os lugares que deseja, Mesmo não sendo um ser natural, é constrangido a obedecer a algumas leis da natureza... por que, não sabemos. Não lhe é facultado entrar onde quer que seja em primeiro lugar, enquanto algum dos ocupantes da casa ou de um outro recinto não o mandar entrar. Mas, depois de ter acesso pela primeira vez, pode voltar quantas vezes quiser. Seus poderes, como os de todas as coisas malignas, cessam ao raiar do dia. Somente em ocasiões muito especiais pode ele fruir de uma liberdade limitada. Se ele não alcançar o sítio a que se destina, somente pode transformar-se ao soar o meio-dia ou exatamente ao nascer ou ao por do sol. Além desses fatos, que nos são narrados, dispomos neste nosso registro de fartas provas, que nos levam a outras tantas inferências. Assim, enquanto por um lado ele pode exercer sua vontade dentro de suas próprias limitações, desde que disponha de habitáculos simplesmente de terra, num esquife mortuário, como o presenciamos no jazigo em que foi destruído, em Whitby, num outro lugar qualquer não santificado ou mesmo no próprio inferno; já, numa outra ocasião, só poderá mesmo metamorfosear-se no clímax de um dos três instantes apropriados. Diz-se também que só lhe é dado atravessar uma correnteza no pico da maré, isto é, no auge da preamar ou da baixa-mar. Fora disso existem determinadas coisas que o afligem de tal maneira que o deixam impotente, como é o caso do alho silvestre do qual fizemos largo uso. E quanto aos símbolos sagrados, temos aqui este meu crucifixo que, como agora, sempre nos acompanha. É suficiente mostrar-lhe para que ele se anule e, desde que o perceba, respeita-o logo, mantendo-se à distância e silenciosamente. Existem ainda outros recursos desse tipo dos quais lhes darei conhecimento, desde que em nossas buscas ainda venhamos necessitar. Um ramo de rosa selvagem posto sobre o esquife por ele ocupado o mantém preso e imobilizado; um projétil bento disparado em seu ataúde fá-lo perecer de morte real. Sobre o chuço trespassado em seu coração, já vimos seus efeitos saneadores, o mesmo acontecendo com a decapitação, restituindo-lhe a paz e a tranquilidade. Não me estenderei a esse respeito, porquanto isso foi visto com os nossos próprios olhos.

"Assim, logo que descobrirmos o esconderijo deste pseudo-homem, podemos confiná-lo em seu próprio esquife e destruí-lo, se observarmos tudo o que sabemos. Ele, entretanto, é muito astuto. Pedi a meu amigo Arminius, da Universidade de Budapeste, que me fizesse um levantamento de sua vida pregressa. E me remeteu tais dados por ele recolhidos em todas as fontes que estiveram a seu alcance. Realmente deve ter sido esse tal Voivode Drácula que se tornou famoso na luta contra os turcos, travada às margens do grande rio que serve de fronteira com a Turquia. Se isto é verdade, não se trata de um homem comum, porquanto, naquela época e ainda por muitos séculos, seu nome foi propalado e ele foi celebrado como o mais sábio, o mais destro e o mais bravo dos filhos das "terras situadas além das densas florestas". São este poderoso cérebro e esta férrea resolução que, depois de o acompanharem ao túmulo, hoje nos desafiam. Segundo Arminius, os Dráculas pertenciam a uma grande e nobre estirpe, embora vez por outra também apresentassem certas degenerescência que, na versão de seus contemporâneos, os levassem a manter estreitas ligações com o Maligno. Eles se apoderaram dos seus torvos segredos nos antros de necromancia, existentes às escarpadas margens do Lago de Hermanstadt, onde o Demônio ia recrutar o seu dízimo humano entre os indiciados para, a partir daí, submetê-los a seus serviços. Nos registros de então, as expressões mais encontradiças são *stregoica*, que significa bruxa; *ordog* e *pokol*, que são o mesmo que Satanás e Inferno; e, num determinado manuscrito, este mesmo Drácula é descrito como um *wampyr*, cuja lexicologia conhecemos já perfeitamente. Houve neste clã muitas e sucessivas gerações de grandes homens e bondosas mulheres e até hoje seus túmulos santificam aquele chão onde somente o mal podia florescer. Pois não é certamente o menor dos seus terrores devermos admitir que este ser do mal ainda conserva suas raízes profundamente mergulhadas nas terras do Bem, visto como sobre os solos de sagradas memórias ele jamais poderá deter-se.

Enquanto o Professor falava, o sr. Morris fixou seu olhar na janela. A seguir, ergueu-se silenciosamente e saiu da sala. Fez-se então um breve intervalo, e logo a seguir o Professor prosseguiu:

– Agora vamos decidir o que devemos fazer. Dispomos de uma boa quantidade de informações e podemos perfeitamente organizar nossa campanha. Através das sindicâncias do sr. Jonathan, sabemos que do castelo foram despachados para Whitby cinquenta caixões contendo terra, e que todos eles foram desembarcados em Carfax. Sabemos também que pelo menos alguns desses caixões foram removidos do local em que se encontravam. Parece-me que o nosso primeiro passo deveria ser no sentido de verificar se todo o resto deles permanece no casarão atrás do muro de onde estivemos olhando hoje ou se mais alguns saíram de lá. Nessa última hipótese, traçaremos...

Neste ponto, fomos interrompidos de forma inesperada. No pátio externo da casa soou um tiro de pistola. O vidro da janela foi estilhaçado por uma bala que, ricocheteando na parte superior do caixilho, foi atingir a parede oposta da sala. Receio dizer que sou uma covarde, pois me encolhi toda. Os outros homens se puseram imediatamente de pé. Lorde Godalming avançou para a janela e ergueu a persiana. Nesse mesmo instante, ouvimos lá fora a voz do sr. Morris:

– Perdão! Lamento tê-los assustado. Já vou aí contar-lhes o que aconteceu.

Logo após ele entrou e disse:

– Foi realmente uma idiotice isto que fiz, e peço-lhe desculpar-me, sra. Harker. Temo sinceramente ter-lhe causado um terrível susto. Mas a verdade é que, enquanto o Professor estava falando, apareceu um enorme morcego e postou-se no encosto da janela. Tomei tamanho horror a esses bichos miseráveis devido aos últimos acontecimentos que já não os posso suportar. Por isso, saí para atirar nele, como aliás, venho fazendo todos esses dias ao anoitecer, sempre que avisto um deles. E nestas ocasiões, Arthur, você sempre ria muito de mim.

– O senhor o acertou? – perguntou o dr. Van Helsing.

– Não sei. Mas creio que não, porque ele saiu voando em direção à floresta. – Sem dizer mais nada, ele voltou a ocupar o seu lugar, e o Professor começou a fazer um breve resumo do que relatara:

– Temos que descobrir o destino de cada um desses caixões, e depois de havermos feito isto precisamos capturar ou matar esse monstro em seu próprio covil. Ou então, de certa forma, esterilizar a terra, a fim de que nela ele já não encontre mais guarida. Assim procedendo, ao fim de tudo poderemos surpreendê-lo sob sua forma humana nas horas que medeiam entre o meio-dia e o por do sol, para enfrentá-lo quando se achar exposto ao máximo de sua fraqueza.

"E agora quero dirigir-me especialmente à senhora, madame Mina. Esta é a nossa última noite de paz. A senhora nos é demasiadamente preciosa para ficar exposta a semelhante risco. Quando sairmos esta noite, peço-lhe não mais nos fazer perguntas. No momento oportuno lhe diremos tudo. Nós somos homens e estamos portanto capacitados para dar conta do nosso recado. A senhora, porém, será a nossa estrela e a nossa esperança, porque, na verdade, poderemos agir com muito mais liberdade se a senhora não ficar exposta ao perigo como nós estaremos.

Todos os homens, inclusive Jonathan pareciam agora mais aliviados. Mas ainda assim não me pareceu muito aconselhável que eles por um lado superestimassem o perigo e por outro desdenhassem sua própria segurança, pois a força nesses casos se constitui ainda no mais válido argumento. Mas, de qualquer forma, suas mentes já estavam alertadas e, embora para mim fosse um trago amargo a ser sorvido, agora nada mais podia dizer, além de submeter-me aos cavalheirescos cuidados com que cumulavam minha pessoa. O sr. Morris então arrematou a discussão:

– Como não temos tempo a perder, proponho que demos uma olhada no casarão agora mesmo. Já que o tempo é um fator importante para ele, uma rápida ação de nossa parte poderá salvar uma nova vítima.

Confesso que meu coração começou a trepidar ao sentir chegado o momento de agirmos. Não obstante, nada disse, pois o meu receio maior era ser encarada como um estorvo ou obstáculo ao seu trabalho, e que por isso acabasse marginalizada de suas discussões. Mas, mesmo assim, não os acompanhei quando partiram com destino a Carfax, para onde foram munidos dos devidos recursos para penetrarem no casarão.

Varonil e cavalheirescamente eles sugeriram que eu me recolhesse e fosse dormir. Como se uma mulher pudesse dormir tranquilamente enquanto aqueles a quem ama e admira vão-se expor ao perigo! Eu, porém, irei deitar-me e procurar adormecer a fim de evitar que Jonathan venha a ter mais uma preocupação comigo ao voltar.

O DIÁRIO DO DR. SEWARD

1º de outubro, quatro horas da manhã – No momento em que nos dispúnhamos a sair, um dos atendentes trouxe-me um recado urgente de Renfield, pedindo que o fosse ver imediatamente, de vez que tinha algo da máxima importância a dizer-me.

Mandei o encarregado responder que satisfaria seu pedido logo que amanhecesse. O atendente, todavia, insistiu:

– Ele está muito impaciente, senhor. Jamais o vi ficar tão impertinente. Não sei por que, mas tenho a impressão de que, se o senhor não o vir imediatamente, ele sofrerá outra daquelas suas crises violentas.

Percebi que ele não insistiria tanto, se não houvesse um motivo muito forte. Disse-lhe, então:

– Bem! Desço nesse instante! – E pedi aos demais que esperassem apenas alguns breves minutos por mim, pois precisava agora ver meu paciente.

– Deixe-me ir com você, amigo John – disse o Professor. – Seu caso, conforme consta de seu diário, interessa-me muito, e relaciona-se também, aqui e ali, com o nosso próprio caso. Gostaria muito de vê-lo, e especialmente enquanto sua mente estiver perturbada.

– Posso ir também? – perguntou Lorde Godalming.

– Eu também? – indagou Quincey Morris.

– Posso ir? – perguntou Harker.

Com um leve aceno, fi-los passar, e todos juntos descemos ao longo do corredor. Fomos encontrá-lo num estado de forte excitação, mas suas palavras e suas atitudes eram agora muito mais comedidas e racionais que em qualquer outra ocasião anterior. Havia uma inusitada compreensão de sua parte, totalmente diversa daquela que jamais se poderia esperar de um lunático. E percebia-se que ele se mostrava confiante de que seus argumentos iriam prevalecer sobre os nossos. Todos nós cinco entramos em seu quarto, mas, tacitamente, delegaram-me a iniciativa de falar. Seu primeiro pedido foi formulado no sentido de que lhes desse alta imediata do asilo e o mandasse para casa. Para tanto, ele reuniu uma série de alegações a respeito de sua completa recuperação, apelando, inclusive, para a nossa própria consciência.

– Exorto-os como amigos – disse ele – porquanto acho que, como participantes de uma junta médica, talvez não quisessem apreciar o meu caso, pois na verdade não foram os senhores que me internaram.

A minha surpresa era tão grande que a óbvia referência à internação de um insano em um asilo nem sequer chegou a chocar-me no momento. E, além do mais, havia uma comovente gama de dignidade na atitude deste homem, e uma clara demonstração do seu hábito de igualdade, a ponto de levar-me incontinenti a fazer a apresentação de todos os demais: Lorde Godalming; Professor Van Helsing; sr. Quincey Morris, natural do Texas, e sr. Jonathan Harker; e aqui, o sr. Renfield. Ele apertou a mão de cada um, dizendo por sua vez:

– Lorde Godalming, tive a honra de secundar seu pai em suas altas funções em Windham. Consterna-me saber que ele já não existe, pois aqui o vejo como detentor e herdeiro do seu título. Ele era um homem honrado e estimado por todos os que o conheceram. E, segundo soube, coube-lhe, ainda em sua juventude, a glória de inventar um delicioso ponche de rum queimado que mereceu o alto patrocínio das "Noites do Derby". sr. Morris, devia orgulhar-se de seu magnífico Estado natal. Seu ingresso na União Norte-Americana estabeleceu um precedente que mais tarde pode produzir resultados de muito longo alcance, quando chegar a época em que os povos dos trópicos e dos polos celebrarão sua aliança com o pavilhão das listras e estrelas. O poder do novo tratado pode ainda se converter num imenso mecanismo de congraçamento, desde que a Doutrina de Monroe assuma o seu devido lugar no cenário político. O que poderá alguém dizer quanto a este raro prazer de achar-se na presença de Van Helsing? Senhor, jamais fui adepto desse tipo de apologia que mais parece uma catadupa de estereotipados convencionalismos. Quando uma personalidade que revolucionou toda a terapêutica, através da descoberta da contínua evolução da massa encefálica, concede-nos o privilégio de sua presença, as formas laudatórias usuais perdem toda a sua significação, visto como assim o estaria equiparando a um outro qualquer de sua esfera. Os senhores cavalheiros que por predicados de nacionalidade, por hereditariedade ou pela possessão de seus dons naturais estão fadados a dar realce a suas missões neste trepidante mundo, serão minhas testemunhas de que estou mentalmente tão são como a maioria dos homens que se acham em pleno gozo de sua liberdade. E estou certo, dr. Seward, de que o senhor, como um humanitário médico-jurista e distinto cientista, considerará um dever moral examinar meu caso sob um prisma de circunstâncias excepcionais.

Na verdade, ele conseguiu imprimir a este seu apelo final um tom de veemente e sincera convicção, ao qual soube ainda juntar muito de sua própria graça pessoal. Creio que todos nós estivéssemos literalmente atordoados. De minha parte, apesar do meu profundo conhecimento do caráter e da história deste homem, já me considerava convencido de que sua razão se encontrava plenamente restaurada, e senti um forte impulso de dizer-lhe que eu estava satisfeito quanto a sua sanidade e que pela manhã iria preencher todas as indispensáveis formalidades para a sua alta. Contudo, julguei melhor esperar antes de tomar tão grave decisão, pois de há muito que conhecia as súbitas transformações de que esse peculiar paciente era capaz. Por isso, contentei-me em fazer apenas uma apreciação geral de que notara com satisfação seus rápidos progressos. Disse-lhe ainda que, pela manhã, voltaria a manter uma agradável palestra com ele, quando então veria o que poderia fazer para melhor corresponder a seus desejos. Minha resposta, porém, não o satisfez de forma alguma, pois ele renovou mais uma vez seu apelo, dizendo, ansiosamente:

– Temo, porém, dr. Seward, que o senhor mal tenha conseguido interpretar o que lhe peço. Desejo é sair já, aqui, agora, neste segundo que passa... sem a menor demora, se assim posso exprimir-me. O tempo urge, e no meu solene compromisso assumido com o velho da pátria dos citas, o fator tempo é essencial. Estou certo de que é suficiente expor meu desejo tão momentoso ao simples e simultaneamente admirável médico credenciado dr. Seward para vê-lo satisfeito. – Ele encarou-me de forma mordaz e, vislumbrando a negativa que transparecia em minha face, volveu-se para os demais, prescrutando-os intimamente. Não se sentindo, porém, suficientemente apoiado, prosseguiu: – Será possível que errei em minha suposição?

– Exatamente – disse-lhe eu com toda a franqueza e, simultaneamente, com insopitável rudeza. Seguiu-se um prolongado silêncio que ele finalmente interrompeu, ao prosseguir num tom quase sussurrante:

– Suponho então que terei de mudar o fundamento de minha solicitação. Permita-me que pleiteie esta concessão... dádiva, mercê, privilégio, seja como quiser. Não me acanho num caso como esse em implorar, não por simples motivos pessoais, mas pelo bem dos nossos semelhantes. Não gozo de suficiente liberdade para expor aqui todas as minhas razões. Asseguro-lhes porém, de antemão, que se trata de motivos bons e válidos, sólidos e altruísticos e oriundos do mais alto senso do cumprimento do dever. Senhor, caso lhe fosse possível devassar o recôndito de meu coração, estou certo de que nem por um só instante se recusaria a aprovar na íntegra os sentimentos que ora me animam. Não, ainda digo mais, assim então o senhor poderia incluir-me entre os seus melhores e mais fiéis amigos.

Mal acabou de falar, voltou a olhar-me de forma mordaz. Agora eu já abrigava uma crescente convicção de que a sua súbita transformação, envolvendo inclusive seus próprios métodos intelectuais, nada mais significava que mais outra forma ou fase de sua insanidade, e por isso estimulei-o a continuar a justificar seu pedido por mais algum tempo. Sabendo, por experiência própria, que, como a generalidade dos lunáticos, ele no fim se demistificaria, optei pela contemporização. Nessa altura notei que Van Helsing o estava fixando com seu olhar agudamente percuciente, a ponto de suas sobrancelhas virtualmente se confundirem junto ao ápice do nariz. Foi ele então que dirigiu a palavra a Renfield, fazendo-o num tom que, de imediato, não me surpreendeu, mas que me fez refletir mais tarde, de vez que o tratava como se estivesse falando a um seu igual:

– É verdade que o senhor não nos poderia revelar francamente a real razão por que pretende ser libertado esta noite? Compreendo que o senhor está disposto a satisfazer inclusive a minha curiosidade... a curiosidade de um estrangeiro destituído de ideias preconcebidas e que tem por hábito manter a sua mente sempre aberta... e o dr. Seward lhe dará, sob seu próprio risco e responsabilidade, o privilégio que o senhor pleiteia.

Ele meneou a cabeça tristemente, enquanto seu rosto se anuviava sob uma contração pungente. O Professor prosseguiu tranquila e persuasivamente:

– Vamos, senhor, reflita maduramente sobre o que lhe proponho. Reivindica um privilégio da razão em seu mais alto grau, uma vez que nos procura convencer, através do seu mais sólido arrazoado. O senhor o faz, embora todos nós tenhamos múltiplos motivos para duvidar de sua validade, dada a sua condição mental e posto que ainda não teve alta do tratamento médico do mal que o aflige. Se não nos ajudar no nosso esforço para escolher o caminho mais acertado, como poderemos cumprir o nosso dever naquilo que o senhor próprio nos impõe? Seja inteligente e ajude-nos. E neste caso, se pudermos, ajudá-lo-emos também a obter o que deseja.

– Dr. Van Helsing – respondeu, meneando a cabeça –, nada tenho a dizer. O seu argumento é terminante. E se eu dispusesse de ampla liberdade para falar, não hesitaria um só instante. Neste assunto, entretanto, não sou dono de mim mesmo. Somente posso pedir-lhe que confie em mim. Se este direito me for recusado, a responsabilidade deixa de ser minha.

Eu então achei que era tempo de encerrar o assunto, que começava a se revestir de uma conotação comicamente grave. Voltei-me por isso em direção à porta, dizendo simplesmente:

– Venham meus amigos, temos muito o que fazer. Boa noite!

Todavia, enquanto eu me aproximava da porta de saída, uma nova mudança se operou no paciente. Ele investiu em minha direção com tamanha rapidez que, por um momento pensei que ele estivesse na iminência de desferir um novo ataque homicida. Meus receios, não obstante, eram infundados, já que ele vinha com ambas as mãos erguidas para o alto, numa atitude suplicante, reiterando seu pedido pela forma mais comovente. Mas logo que percebeu que seu excesso de emoção o estava prejudicando, alijando-o novamente à sua antiga situação, retornou à sua anterior argumentação demonstrativa. Pisquei furtivamente ao olhar para Van Helsing e notei que minha convicção já refletia em seus próprios olhos. Isso me fez obstinar-me um pouco mais nas condições propostas, sem todavia exasperá-lo, a fim de convencê-lo de que, destarte, seus esforços seriam inúteis. Tempos atrás eu já presenciara algo semelhante em relação a sua crescente excitação quando tinha que formular um pedido sobre o qual antes já meditara demoradamente, como quando, por exemplo, sofregamente me implorou que lhe fornecesse um gato. Este raciocínio me deixou predisposto a vê-lo entrar num colapso total de mau humor se a aquiescência não se consumasse. Minha expectativa, entretanto, não se confirmou. Logo que se convenceu de que seu apelo não teria êxito, ele se tornou frenético. Pôs-se de joelhos e, erguendo ambas as mãos e contorcendo-as numa inexprimível súplica, entregou-se a um pranto paroxístico, aqui e ali entrecortado por novas e ininteligíveis súplicas. E ainda sob essa intensa emoção, voltou a articular um novo apelo:

– Permita que lhe rogue, dr. Seward! Permita que lhe implore! Deixe-me sair desta casa agora! Faça-me sair como o senhor achar melhor. Faça-me acompanhar por uma boa escolta, munida de açoites e correntes. Ordene-lhes que me ponham dentro de uma camisa de força, que me algemem, que imobilizem minhas pernas, que me ponham numa jaula! Mas deixe-me sair daqui. Os senhores não fazem a menor ideia do mal que me causam mantendo-me aqui. Falo-lhes da profundeza do meu coração, do íntimo de minha alma! Os senhores não sabem a quem estão prejudicando nem tampouco como. E eu não o ouso contar-lhes. Por tudo o que é sagrado, pelo amor dos seus entes mais queridos, pelo amor que os senhores já perderam, por toda a esperança de suas vidas, pelo amor do Todo-Poderoso, tirem-me daqui e salvem minha alma deste pecado! Será que os senhores não me podem ouvir? Os senhores não querem compreender? Será que os senhores jamais vão aprender? Não sabem que a minha mente já está perfeitamente sã e que eu falo sério! Vejam, já não se trata de um lunático com intuitos loucos, mas de um homem são, lutando por sua própria alma! Oh, ouçam-me, ouçam-me! Deixem-me ir! Deixem-me ir! Deixem-me ir!

Achei que quanto mais se prolongasse o seu sofrimento, mais desatinado ele ficaria, acabando por ter um colapso talvez fatal. Peguei-o pela mão e pedi que se levantasse.

– Venha – disse eu, em tom austero. – Não quero ouvir mais isto. Já chega o que você fez. Vá para a sua cama e trate de comportar-se mais discretamente.

Ele então se acalmou subitamente e encarou-me fixamente por alguns instantes. A seguir, sem articular qualquer palavra, deu alguns passos em direção à cama e sentou-se à beira da mesma. O colapso acabara de chegar, como noutras ocasiões, como eu já esperava. Quando eu já ia saindo do quarto, sendo o último do grupo, ele virou-se para mim e, com voz calma e bem modulada, disse-me:

– Dr. Seward, mais tarde o senhor há de me fazer justiça! Haverá de lembrar-se de que eu fiz tudo que estava a meu alcance para lograr convencê-lo, hoje à noite.

XIX
O diário de Jonathan Harker

1º de outubro, cinco da manhã – Foi com ótima disposição de espírito que me incorporei ao grupo de pesquisas, pois não me recordo de já ter visto Mina tão forte e bem disposta. Por outro lado, estou muito satisfeito por vê-la concordar em ficar em casa para que nós, homens, cumpríssemos esta missão. Mesmo assim, eu não me libertava por completo da constante preocupação de sabê-la envolvida nesse temível empreendimento. Mas agora que esta tarefa já está concluída, e que é graças a seu cérebro, energia e previdência que os fatores essenciais foram equacionados de forma que cada ponto de referência ocupa o seu devido lugar, ela própria deve admitir que sua participação fica encerrada e que, daqui em diante, pode confiar o arremate exclusivamente a nós. Acho que todos ficamos um pouco revoltados com o que ocorreu ao sr. Renfield. Depois que saímos do seu quarto, permanecemos silenciosos até chegarmos ao escritório. Uma vez lá, o sr. Morris disse ao dr. Seward:

– Olhe, Jack, se aquele homem não nos estava impingindo uma peça, deve ser o mais são lunático que já vi em toda minha vida. Embora não o possa assegurar, creio mesmo assim que tivesse um seríssimo problema a resolver, e se realmente o tinha, deve ter passado por uma terrível provação, já que seus rogos não foram atendidos.

Lorde Godalming e eu nada dissemos, mas o dr. Van Helsing acrescentou:

– Amigo John, sabe mais do que eu a respeito de lunáticos, e isto me deixa um pouco mais à vontade, pois se a decisão dependesse de mim já antes de sua última crise histérica ter-lhe-ia concedido a liberdade. Porém, vivemos aprendendo. E na nossa presente tarefa não podemos abrir a menor trégua, como muito bem diria o nosso amigo Quincey. Tudo está melhor como ficou.

O dr. Seward parecia estar respondendo a ambos numa forma algo sonhadora:

– Ainda não sei como, mas de alguma forma concordo com ambos. Se o nosso homem fosse um lunático comum, eu teria realmente assumido o risco de confiar nele. Ele, porém, parece estar de tal maneira comprometido com o Conde... e seus indícios são mais que evidentes... que receio cometer um sério erro ao coonestar com suas escapadas. Ainda não esqueci com que obstinada veemência ele me implorou que lhe entregasse um gato, chegando a ponto de tentar dilacerar minha garganta com seus dentes. Além disso, para ele o Conde já se converteu em patrão e senhor, e desconfio de que ele precise sair a fim de ajudá-lo em algum plano diabólico. Aquela coisa abjeta já tem os lobos e os ratos submissos a seus sórdidos desígnios, isto sem falar nos de sua própria espécie, por isso eu presumo que ele jamais se utilizaria de um lunático respeitável. Não obstante, também a mim ele pareceu mostrar-se sério. Apenas acho que optamos pelo melhor. Tais coisas, quando coincidem com uma rude missão como a que ora nos espera, são o suficiente para exasperar os nervos de qualquer um de nós.

O Professor aproximou-se dele e, passando-lhe um dos braços em torno dos seus ombros, disse-lhe, em tom grave mas amável:

– Amigo John, não tenha medo. Estamo-nos cercando de todos os recursos para dar conta de um triste e terrível caso. E só faremos aquilo que julgarmos acertado. O que mais podemos esperar, além da misericórdia do bom Deus?

Lorde Godalming, que se afastara por poucos minutos, acabava de voltar. Ao entrar, mostrou-nos um pequeno apito de prata, explicando:

– Esse pardieiro parece-me infestado de ratos. Se assim é, aqui trago um antídoto para eles.

Depois de transpormos o muro, tomamos a direção do casarão, tendo o cuidado de caminhar sob a sombra das árvores, sempre que o luar irrompia através das nuvens. Ao atingirmos a varanda, o Professor abriu sua sacola, dela retirando uma porção de coisas. Depois de colocá-las sobre um dos degraus da escada, distribuiu-as em quatro pequenos grupos, destinando-as, evidentemente, a cada um de nós. E então falou:

– Meus amigos, agora vamo-nos expor a um terrível perigo e para enfrentá-lo necessitamos de armas de diversos tipos e qualidades. Nosso inimigo não é somente de natureza espiritual. Lembrem-se de que ele possui a força de vinte homens e que, embora os nossos pescoços e traqueias se classifiquem entre os de tipo normal, sendo portanto friáveis e passíveis de esmagamento, os seus não são vulneráveis à pressão dos mais fortes dedos de duas mãos comuns. Um homem bem mais vigoroso ou um grupo de homens bastante fortes podem, em determinadas circunstâncias, imobilizá-lo. Mas, jamais poderão causar-lhe algum dano. Ele, entretanto, ter-nos-á à sua mercê. Precisamos, por isso, proteger-nos contra o seu contato. Ponham isto sobre seus corações. – Ao que nos estendeu um pequeno crucifixo de prata, sendo que a mim coube o primeiro deles, por achar-me bem junto, a seu lado. E a seguir disse: – Ponham esses colares de flores em torno do pescoço. E para outros inimigos de um tipo mais mundano, têm este revólver e esta faca. E, finalmente, para verem o que estão fazendo, essas pequenas lanternas elétricas, as quais podem ficar também penduradas nos seus pescoços. E finalmente, acima de tudo, isto, cuja santidade não devemos violar em vão.

Tratava-se de uma pequena porção da hóstia sagrada, a qual ele encerrara em pequenos envelopes e nos entregara. Estava finda a distribuição, e cada um de nós fora devidamente contemplado.

– Agora – perguntou ele – onde estão as chaves mestras, amigo John? Assim poderemos entrar por esta porta, sem recorrer a um outro meio bem mais difícil, que seria invadirmos a casa pela janela, como já o fizéramos, enquanto tratávamos da srta. Lucy.

O dr. Seward experimentou uma ou duas de suas chaves, demonstrando, como cirurgião, excepcional destreza como serralheiro. Uma delas parecia adaptar-se bem. Depois de girar um pouco para a frente e para trás, o mecanismo cedeu e, com um ranger de ferrugem, a lingueta abandonou o seu encaixe. Empurramos a porta, os gonzos estalaram fortemente e, após algum esforço, conseguimos abri-la. Assim, de repente, tudo me pareceu corresponder à lúgubre cena que o dr. Seward descrevera em seu diário, quando fora aberto o jazigo da srta. Westenra. Creio que a mesma ideia ocorrera aos demais, pois, como que tocados por uma mola invisível, todos recuaram. O Professor foi o primeiro a avançar. Ao cruzar o batente divisório, ele exclamou, persignando-se:

– *In manus tuas, Domine!*

Fechamos então a porta atrás de nós, pois, do contrário, se acendêssemos nossas lanternas, poderíamos despertar a atenção de alguém que passasse na estrada. O Professor mais uma vez experimentou a fechadura cuidadosamente para que não caíssemos numa armadilha, caso fossemos obrigados a bater rapidamente em retirada. Isso feito, acendemos todas as nossas lanternas e demos início às buscas.

A luz das minúsculas lanternas focalizava agora toda sorte de formas vagas e desinteressantes, enquanto seus raios se entrecruzavam, ou a opacidade de nossos corpos projetava as mais caprichosas imagens sobre o chão e as paredes. Por todos os bens de minha vida, confesso que já não conseguia livrar-me de um inquietante pressentimento de que havia algo de extraordinário ali entre nós. Mas quiçá tudo não passasse de uma viva recordação, repassada das mais terríveis experiências por que havia passado na Transilvânia. E mais uma vez pareceu-me que todos os demais participavam desta mesma sensação, pois notei que todos, já naturalmente alertados, não paravam de olhar por cima dos ombros a cada ruído ou uma nova sombra que surgia, precisamente como eu me sentia.

Todo o ambiente estava impregnado de espessa poeira. O piso, então, estava recoberto por uma camada de várias polegadas, exceto onde havia marcas de recentes pegadas. Entre estas, sob a luz de minha lanterna, pude então divisar os vestígios impressos por pesados cravos, que chegavam a fender o vetusto pó, já incrustrado. As paredes pareciam fofas e saturadas de pó, e pelos cantos havia uma grande quantidade de teias de aranha, onde também o pó se depositara, mais parecendo um amontoado de velhos e imundos farrapos que se arrastavam pelo chão. Sobre uma mesa no saguão via-se um enorme molho de chaves, cada uma delas providas de uma etiqueta metálica já fortemente azinhavrada pela ação do tempo. Percebia-se que tinham sido usadas com frequência, pois havia diversas marcas bem nítidas na poeira da mesa que coincidiam com a produzida pelo mesmo conjunto de chaves, que se tornou visível quando o Professor as levantou. Ele virou-se para mim e disse:

– O senhor conhece este lugar. Sei que já fez algumas cópias de sua planta topográfica, e pelo menos o conhece melhor do que nós. Onde encontraremos o caminho que leva à capela?

Tinha uma vaga ideia de sua localização, mas mesmo assim em minha visita anterior não fui capaz de encontrá-la. E, então, tomei a frente do nosso grupo e, após dar algumas voltas sem rumo certo, defrontei-me com uma grande porta em arco, lavrada em carvalho, guarnecida por cintas de ferro.

– É este o lugar – disse o Professor enquanto iluminava uma planta da propriedade copiada do arquivo de minha correspondência original a respeito de sua compra.

Depois de algumas tentativas, achamos a chave entre as demais do molho e abrimos a porta. Logo nos prevenimos quanto à possibilidade de nos depararmos com alguma surpresa desagradável, pois, assim que abrimos a porta, sentimos que o interior da capela exalava um cheiro difuso e pestilento. A malignidade de tal odor, entretanto, excedera nossa expectativa. Nenhum dos demais companheiros jamais tinha tido um encontro pessoal com o Conde, e eu, de minha parte, quando estivera com ele ou o avistara, encontrara-o em uma fase de abstinência alimentar de sua existência, em que vivia em seus aposentos, ou quando intumescido de sangue ainda fresco, nas ruínas de um pardieiro, virtualmente ao ar livre. Aqui, porém, o espaço era estreito e acanhado, e seu prolongado abandono criara um ambiente estagnado e infecto. O ar estava impregnado de uma emanação terrosa, além de um miasma ressequido que tornava a nossa respiração difícil e pesada. Mas quanto à natureza do odor em si, como poderia eu descrevê-lo? Não somente parecia conter todos os filtros letais do mundo em que vivemos, como ainda um acre e pungente cheiro de sangue, a ponto de fazer com que a própria podridão se deteriorasse. Não! Repugna-me pensar em tudo isso! Todo novo alento do abjecto monstro parecia viciar cada átomo de tudo o que ali nos cercava para intensificar o asco que imperava.

Sob circunstâncias normais, semelhante fedentina teria encerrado a nossa missão ali mesmo. Nosso caso, entretanto, nada tinha de trivial, e o alto e terrível propósito que nos levara até ali incutia em cada um de nós uma fortaleza de ânimo que pairava muito acima de meras restrições de ordem física. Após uma breve e instintiva hesitação consequente à nauseante lufada inicial, individualmente e em conjunto prosseguimos imperturbavelmente em nossa árdua faina, como se todo aquele abominável asco se transformasse numa sutil essência de rosas. Procedemos, então, a um acurado exame do recinto. Já íamos começando ativamente o nosso trabalho, quando o Professor nos disse:

– A primeira coisa a fazer é contar quantos caixões estão aqui; pois vamos examinar todos os ângulos, fendas e desvãos para tentar descobrir uma pista do que foi feito com os caixões restantes.

Um rápido olhar foi suficiente para verificarmos a exata quantidade dos que haviam ficado, pois os grandes caixões contendo terra eram realmente enormes, e assim não havia a menor possibilidade de errar. Restavam apenas 29 dos cinquenta! E subitamente fui sacudido por um sobressalto. É que vi Lorde Godalming bruscamente voltar-se para olhar através da porta em arco, na direção de um escuro corredor além. Olhei também e, por um instante, meu coração parou. Em algum recanto, espreitando do fundo das sombras, pareceu-me vislumbrar os traços peculiares da sinistra cara do Conde: seu nariz adunco, seus olhos e lábios vermelhos e sua aterradora palidez. Tudo não durou mais que um fugaz instante. Foi Lorde Godalming quem exclamou:

– Penso ter visto um rosto, mas tudo não passou de uma sombra. – E ali mesmo encerrou suas buscas.

Eu, porém, dirigi o foco de minha lanterna para o ponto visado e avancei ao longo do corredor. Realmente não descobri o menor vestígio da presença de alguém. E como também não existiam portas, reentrâncias ou abertura de qualquer espécie, mas somente as sólidas paredes que formavam o próprio corredor, não havia mesmo possibilidade nenhuma de ele conseguir um esconderijo ali.

Transcorridos mais alguns minutos, vi Morris recuar repentinamente de um canto que estava examinando. Todos nós passamos a observar atentamente os seus movimentos. Nessa altura, era fora de dúvida de que um natural nervosismo começava a crescer dentro de nós. Nossos olhos haviam-se fixado numa enorme massa quase compacta de pequenos pontos fosforescentes, que cintilavam como minúsculas estrelas. Nós todos recuamos instintivamente. Toda aquela área regurgitava de vida: havia ali uma verdadeira avalancha de ratos.

Por um breve instante empalidecemos, exceto Lorde Godalming, que efetivamente parecia estar prevenido contra tal emergência. Investindo em direção à grande porta de carvalho com guarnições de ferro, já mencionada pelo dr. Seward e que fora localizada por mim, girou a chave na fechaduras, destravou os pesados ferrolhos e a escancarou. A seguir, levou à boca o pequeno apito de prata que tirara da algibeira e emitiu um fino e estridente assobio. Seu apelo foi imediatamente respondido pelo forte e impetuoso latido dos cães que vinha dos canis do quintal da casa do dr. Seward. Em menos de um minuto, três terriers contornavam o oitão da casa. Instintivamente, tínhamo-nos reunido junto à porta e, enquanto nos deslocávamos, notei que uma densa nuvem de pó se agitava pouco acima do piso: os caixões que tinham sido retirados haviam seguido por este caminho. Mas durante este breve minuto, o número de ratos aumentara assustadoramente. Pareciam estar enxameando agora por todo o recinto, fazendo com que os focos de luz, incidindo sobre seus corpos em constante movimento e seus olhos esbugalhados, transformassem toda a área numa ampla esteira de saltitantes vaga-lumes.

Os cães avançaram, mas subitamente estancaram diante da soleira da porta e começaram a rosnar, e ao mesmo tempo ergueram os focinhos e passaram a uivar de um modo terrivelmente lúgubre. Agora os ratos pareciam ter-se multiplicado aos milhares, e nós resolvemos sair.

Lorde Godalming ergueu um dos cães e largou-o de pé sobre o soalho. No instante em que seus pés tocaram no chão, ele pareceu recobrar a coragem e saiu em perseguição a seus naturais inimigos. Os ratos fugiram diante dele com tal rapidez que, antes de ele ter estraçalhado alguns, os demais cães trazidos para dentro da mesma maneira mal alcançaram alguns retardatários, pois o grosso da massa já desaparecera.

Com a sua fuga tinha-se a impressão de que também alguma outra influência perniciosa se desvanecera, pois os cães já se mostravam descontraídos, farejando em torno e latindo normalmente enquanto desfechavam novos botes sobre suas já prostradas vítimas, revirando-as e atirando-as para o alto, com bruscas sacudidelas. Todos nós recobramos novo ânimo. Se isso resultara da clarificação da letal atmosfera através da abertura da porta da capela ou do alívio que experimentamos por nos encontrarmos novamente ao ar livre, eu francamente não tenho condição de afirmar. O que é certo, todavia, é que nos desvencilhamos da sombra do medo como alguém que despe uma camisa de força, e toda esta nossa surtida perdeu boa parte de sua horrenda significação, embora nós não tenhamos afrouxado um milímetro de nossa resolução. Fechamos então o portão externo, trancando-o a chave e aferrolhando-o. A seguir, acompanhados pelos cães, demos início às buscas no casarão. Nada, porém, encontramos em todas as suas vastas dependências, exceto o mesmo pó em inusitadas proporções. Tudo, entretanto, permanecia intacto, salvo as minhas próprias pegadas, ali deixadas em minha primeira visita. Superado o impasse inicial, os cães não mais demonstraram qualquer sintoma de inquietação e, mesmo quando retornamos à capela, eles simplesmente se puseram a farejar os cantos, como se estivessem voltando de uma caça à lebre num prado ensolarado.

O amanhecer lançava os seus primeiros albores pelas orlas do nascente, quando retornamos de nossa surtida. O dr. Van Helsing acabava de retirar a chave da fechadura da porta do saguão, trancando-a com o devido cuidado. A seguir, ao guardar a chave em seu bolso, disse:

– Até aqui, a nossa noite se constitui num êxito completo. Nada de grave nos aconteceu, o que tanto temera, e tivemos uma boa oportunidade de verificar com exatidão o número de caixões que estão faltando. E, antes de tudo mais, rejubilo-me de que o nosso primeiro e talvez mais difícil e perigoso passo tenha sido executado sem precisar contar com a participação direta de nossa admirável sra. Mina, e sem expô-la a desnecessários transtornos, quer em estado de vigília, quer em pleno sono, com pensamentos, ruídos ou odores horrorosos que ela jamais poderia esquecer. Uma lição, entretanto, já aprendemos, se nos é permissível argumentar *a particulari*: que a selvagem alimária que geralmente se submete às ordens do Conde ainda não se acha sob seu domínio mental. A melhor prova disso são os ratos que acorreram a seu comando, tal como da torre do seu castelo ele convocou os lobos para barrar seus passos e para lançá-los contra a pobre mãe em prantos. Pois, na verdade, esses ratos, mesmo depois de obedecerem a seu apelo, fugiram de cambulhada diante dos minúsculos rafeiros do meu amigo Arthur. Ainda temos outros problemas, outros perigos e outros terrores a desafiar-nos; e, acima de tudo, aquele monstro, o qual não terá empregado esta noite pela única nem última vez a força dos pobres e brutos irracionais. Não há dúvida de que ele se evadiu, tomando destino ainda ignorado. Bem! De qualquer forma, já nos deu uma oportunidade de gritar-lhe: xeque!, nesta singular partida de xadrez que ora disputamos para o bem das almas de nossos semelhantes. E agora vamos para casa. A aurora já nos banha com suas primeiras luzes e também possuímos bons motivos para nos contentarmos com os resultados do que foi feito nesta investida inicial. É possível, inclusive, que ainda tenhamos de enfrentar outras muitas noites e mesmo dias tão atribulados e cheios de perigos. Mas prosseguiremos e jamais retrocederemos, haja o que houver.

O asilo ainda estava mergulhado em profundo silêncio quando retornamos, salvo quanto a uma ou outra pobre criatura que soltava mais um grito de tédio num dos alojamentos mais distantes; ou um surdo murmúrio que nos chegava do quarto ocupado por nosso Renfield. O pobre desgraçado certamente se impunha assim uma espécie de autotortura, segundo os métodos peculiares aos insanos, isto é, um sofrimento absolutamente inócuo e desnecessário.

Entrei em nosso próprio dormitório na ponta dos pés. Mina dormia profundamente, o ritmo de sua respiração estava tão suave que somente o pude ouvir depois de curvar-me sobre ela. Ela pareceu-me mais pálida que usualmente. Espero que nossa saída desta noite não a tenha aborrecido. Sinto-me realmente grato por sabê-la fora de nossa próxima missão e também livre de participar de nossas deliberações. Na verdade, tudo isso iria exigir um desgaste exagerado para um organismo de mulher. Inicialmente, eu não pensava assim, mas agora estou mais esclarecido. Consequentemente, alegra-me que assim tenha sido decidido. Provavelmente ainda surgirão certos fatos cujo conhecimento poderia assustá-la. Mas, por outro lado, ocultá-los dela seria talvez ainda pior, caso viesse a suspeitar de que estivesse sendo marginalizada. Doravante, o nosso trabalho será como um código cifrado para ela, pelo menos até que possamos dizer-lhe que tudo está terminado, e que a nossa terra está livre de um monstro, nossa terra ou quiçá o mundo. Ouso, contudo, afirmar que será muito difícil iniciar e manter este silêncio depois de conquistar uma confiança como a nossa. Devemos, não obstante, ser resolutos, e amanhã guardarei segredo sobre a tarefa desta noite, recusando-me terminantemente a falar sobre o que aconteceu. Vou deitar-me no sofá, a fim de não a perturbar.

1º de outubro, mais tarde – Creio ter sido perfeitamente natural que todos nós só despertássemos com um grande atraso, pois nosso dia fora um dos mais laboriosos, e ainda assim o emendamos com uma noite em claro. A própria Mina já devia estar caindo de exaustão ao recolher-se, posto que, embora eu dormisse até o sol já estar bem alto, ainda despertei antes dela, tendo de chamá-la duas ou três vezes até que acordasse. Com efeito, seu sono era tão profundo que, por alguns segundos após abrir os olhos, não me reconheceu, fixando-me com um vago terror, como alguém que emerge de um pesadelo. Ela esboçou então uma breve queixa de que precisava descansar mais um pouco, e eu a deixei dormir por mais algum tempo. Agora sabemos que 21 caixões foram retirados e, se muitos deles tomaram um destino comum, dentro em breve localizaremos todos. Se assim for, teremos nosso trabalho extraordinariamente simplificado, e quanto mais cedo o problema for resolvido, tanto melhor. Hoje irei colher informações junto à empresa Thomas Snelling.

O DIÁRIO DO DR. SEWARD

1º de outubro – Cerca do meio-dia, fui despertado pelos passos do Professor dentro de meu quarto. Mostrava-se mais alegre e expansivo que de costume, e era mais que evidente que os resultados de nossos esforços da noite anterior haviam contribuído para aclarar as perspectivas de sua mente. Após uma breve digressão sobre nossa aventura noturna, disse-me inesperadamente:

– Seu paciente me interessa muito. Concorda em que lhe façamos uma visita conjunta quando tiver de vê-lo? Aliás, talvez o possa fazer só, caso esteja muito ocupado com outros casos. Para mim, trata-se de uma experiência completamente inédita, esta de encontrar um lunático que discute temas filosóficos, arrazoando-os com segurança.

Eu realmente tinha certas tarefas urgentes a cumprir; assim, dei-lhe ampla liberdade e disse-lhe que teria uma grande satisfação caso se dispusesse a ir só, pois com isto evitaria a espera. Diante disso, chamei um atendente e ministrei-lhe as necessárias instruções. Antes de o Professor se retirar de minha presença, alertei-o para que não se deixasse induzir a algum falso diagnóstico por meu paciente.

– Mas – ponderou ele – preciso fazê-lo falar de si mesmo e de suas desilusões quanto à ingestão de seres vivos. Conforme pude ler em seu diário de ontem, ele disse à sra. Mina que, durante um certo tempo, acreditou na eficácia de tal procedimento. Por que ri, amigo John?

– Desculpe-me – disse eu –, mas a resposta está aqui. – E assim dizendo, pus minha mão sobre as laudas datilografadas. – Enquanto o nosso são e sábio lunático fazia esta convicta declaração a respeito de como tivera o hábito de consumir seres vivos, sua boca ainda regurgitava dos nauseantes fragmentos de moscas e aranhas que ele havia devorado momentos antes de a sra. Harker ser admitida em seu quarto.

E era Van Helsing quem sorria agora.

– Bem! – dizia ele. – Sua memória está perfeita, meu amigo John. Devia-me ter-me lembrado. Sem embargo, é precisamente nesta obliquidade do pensamento e da memória que reside o fascínio dos distúrbios mentais. Talvez eu possa ganhar melhores ensinamentos do delírio deste demente que propriamente dos ensinamentos teóricos dos mais sábios. Quem sabe?

Dei prosseguimento a meu trabalho, faltando ainda muito para concluir a tarefa da jornada. Parecia-me que o tempo estava muito escasso, quando, para surpresa minha, Van Helsing irrompeu no meu escritório.

– Estou interrompendo? – perguntou-me polidamente, enquanto me olhava junto à porta.

– Em absoluto – disse-lhe eu. – Entre. Meu trabalho já está pronto, e estou livre. Posso acompanhá-lo, se assim o desejar.

– É desnecessário. Eu já o vi!

– Bem, que me diz?

– Receio que ele não me veja com muita simpatia. Nossa entrevista foi breve. Ao entrar, encontrei-o sentado num tamborete, no centro do quarto, com os cotovelos apoiados nos joelhos e seu rosto era a própria imagem de um sombrio descontentamento. Falei-lhe no tom mais carinhoso possível, imprimindo às minhas palavras o máximo respeito. Ele, entretanto, nada respondeu. "O senhor não me conhece?", perguntei-lhe. E sua resposta foi definitivamente desanimadora: "Eu o conheço até demais. O senhor é o estúpido Van Helsing. Prefiro que o senhor saia daqui com suas idiotas teorias sobre o cérebro e vá pregá-las onde quiser. Que se danem os cabeçudos holandeses!" Depois disso, trancou-se num impenetrável mutismo. E assim manteve-se sentado, envolto em seu próprio desapontamento, totalmente indiferente, como se eu nem sequer estivesse ali. Então frustrou-se desta vez minha oportunidade de aprender muita coisa com tão sagaz lunático. Assim vou retirar-me, se o permite, a fim de reanimar-me com algumas palavras de estímulo com esta alma de ternura que se chama Mina. Amigo John, alegra-me indizivelmente que ela não mais precise expor-se a novas provações, e que não mais se aflija com os nossos terríveis problemas. Embora sintamos muito sua falta, é essa ainda a melhor solução.

– Concordo com o senhor de todo o coração – respondi com ênfase –, porquanto não queria vê-lo fraquejar nesse propósito. A sra. Harker estará bem melhor ficando fora de tudo isso. Tais coisas já são bastante penosas para nós, homens afeitos às insídias deste mundo e que já passamos por muitos apertos semelhantes nos nossos tempos. Isso não é missão a ser confiada a uma mulher, pois, se prosseguisse lidando com tais assuntos, as próprias asperezas dos fatos a arrasariam.

Van Helsing saiu então para conferenciar com o casal Harker. Quincey e Arthur, por sua vez, achavam-se empenhados em levantar a pista dos restantes caixões de terra. Pretendo ainda terminar outros trabalhos de rotina, a fim de estar pronto para participar da reunião desta noite.

O diário de Mina Harker

1º de outubro – É realmente estranho que eu tenha de me alhear dos fatos, como hoje me impõem. Depois de merecer a mais plena confiança de Jonathan durante tantos anos, sou constrangida a vê-lo manifestamente evitar certos assuntos, principalmente os mais vitais de todos. Esta manhã acordei-me muito tarde, em consequência das fadigas de ontem. E embora Jonathan também se atrasasse, ainda assim despertou antes de mim. Ele falou-me antes de sair, fazendo-o num tom mais terno e doce do que nunca. Entretanto, não mencionou uma única palavra daquilo que aconteceu durante a incursão nos domínios do Conde. E, no entanto, ele devia estar sabendo como eu me sentia terrivelmente ansiosa. Pobre e querido companheiro! Creio que tal decisão o entristeceu muito mais que a mim mesma. Todos eles concordaram que o melhor seria eu não prosseguir participando deste pavoroso trabalho, e eu aquiesci. Mas agora, quando penso que ele está ocultando tudo de mim!... Fico eu então aqui chorando como uma tola e idiota, sabendo que tudo isso se deve ao grande amor que meu marido me dedica e à extrema bondade de todos esses outros valorosos homens.

Finalmente, já me sinto um pouco melhor. Bem, algum dia Jonathan me contará tudo. E para evitar que ele, por sua vez, possa por um momento pensar que eu não lhe queira franquear tudo, preencherei este diário como usualmente o faço. Se em qualquer ocasião ele demonstrar alguma dúvida quanto a minha confiança, eu o poderei mostrar, com todos os meus pensamentos e as mágoas do meu coração ao direto alcance dos seus adorados olhos, para que os leia. Hoje sinto-me estranhamente triste e desanimada.

Presumo que seja ainda a reação de tanta e tão terrível excitação. Na noite passada, fui para a cama logo após a saída dos homens, apenas porque assim me pediram que fizesse. Não estava sentindo sono algum, e, ao contrário, uma intensa ansiedade parecia devorar-me. Pensei demoradamente sobre cada um dos fatos acontecidos desde que Jonathan veio a meu encontro, em Londres. Tudo parece articular-se para compor uma angustiante tragédia, como se a mão do destino estivesse incessantemente nos impelindo para um fim ainda imprevisível. Cada ato por nós praticado, por mais justo que possa ser, aparentemente tem-nos conduzido a resultados dos mais deploráveis. Se eu não tivesse ido a Whitby, talvez a pobre e adorada Lucy ainda se achasse entre nós. Ela ainda não adquirira o hábito de visitar o cemitério, o que só foi feito após minha chegada. E se durante o dia não tivéssemos ido lá tantas vezes, ela certamente não se aventuraria numa caminhada tão longa sob a influência do sonambulismo. Assim, logicamente, se lá não estivesse à noite, como sonâmbula, o monstro jamais a teria destruído e aniquilado. Oh!, por que teria eu de ir a Whitby? Pronto, estou eu chorando de novo! Não sei o que está acontecendo comigo. Isto eu tenho de ocultar de Jonathan, pois, se ele viesse a saber que estive chorando duas vezes numa só manhã... eu que jamais chorei por motivo próprio e em quem ele nunca provocou uma só lágrima, o meu adorado companheiro ficaria com o coração despedaçado. Aparecerei com uma fisionomia corajosa, e, mesmo que ainda me sinta chorosa, ele jamais o descobrirá. Creio que esta é uma das lições que nós, pobres mulheres, temos que aprender...

Não consigo lembrar-me de como adormeci ontem à noite. Recordo-me de ter ouvido um súbito latido dos cães e uma indistinta sequência de palavras, como se alguém estivesse rezando tumultuosamente. Tal rumor provinha possivelmente do cômodo ocupado pelo sr. Renfield, que se acha situado aproximadamente abaixo do meu. E depois o silêncio voltou a envolver todas as coisas; na verdade, um silêncio tão profundo que me fez estremecer. Levantei-me então e fui até à janela, de onde lancei um olhar nas redondezas. Tudo era silêncio e escuridão. As negras sombras projetadas pelas nuvens pareciam condensar ainda mais o pesado mistério em que aquele fantástico mundo se achava mergulhado. Absolutamente nada se movia. E essa esmagadora imobilidade parecia querer saturar-nos de caos e de morte. Eis, porém, que um tênue traço nevoento começa a ganhar corpo e numa lenta e quase imperceptível progressão vem avançando rente à relva em direção à casa. Por sua estranha forma e deslocamento, a tênue coluna quase transparente parecia dotada de sensibilidade e vida próprias. Creio que essa minha breve divagação mental não me tenha feito bem, pois, ao voltar para a cama, senti como que uma espécie de inexplicável letargia entorpecer todo o meu corpo. Deitei-me por um instante mas não logrei conciliar o sono. Isso fez-me levantar de novo e voltar à janela. A branca névoa agora parecia espalhar-se, estando já bem próxima da casa. Suas camadas se condensavam precisamente junto à parede, como se buscasse penetrar pelas janelas. O pobre Renfield fazia agora um alarido mais forte do que nunca, e embora não conseguisse ainda distinguir nada do que pronunciava, a inflexão de sua voz que chegava até mim denotava uma incontida aflição. Seguiu-se um ruído de luta e percebi então claramente que os atendentes estavam tentando subjugá-lo. Seus gritos me assustaram de tal modo que eu corri para a cama e, após deitar-me, cobri-me dos pés à cabeça com a colcha e tapei os ouvidos com a ponta dos meus dedos. Apesar disso, continuava sem sono ou, pelo menos, assim me parecia. Mas, de qualquer forma, devo ter adormecido, pois salvo quanto a breves sonhos não me lembro de mais nada até Jonathan me despertar, na manhã seguinte. Acho que somente após algum esforço e decorrido um certo tempo é que tive plena consciência de onde me achava e percebi que era Jonathan quem se inclinava sobre mim. Meu sonho fora bastante peculiar, podendo figurar entre os típicos exemplos de que nossos pensamentos, das horas de vigília, vão-se insinuar como imagens vivas em nossa mente semi-adormecida ou mesmo ter prosseguimento em tais divagações oníricas.

Contudo, creio que tenha adormecido esperando pela volta de Jonathan. Estava realmente preocupada acerca do resultado de sua saída, ficando eu, ao longe, na incerteza. Minha cabeça, pés e mãos pareciam desmesuradamente pesados, de forma que mais nada estava tendo uma sequência pacífica e normal. Foi isso que me fez adormecer pensativa e sobressaltada. E logo após veio a queda de temperatura da madrugada, cujo ar pesado e úmido me obrigou, novamente, a puxar a coberta sobre o rosto. Nesta ocasião notei com surpresa que todo o ambiente a meu redor estava impregnado daquela mesma névoa. O bico de gás que eu deixara aceso para a volta de Jonathan transformara-se numa tênue e mortiça chama, mal rompendo a semiopaca cortina que inundara todo o quarto. Achando que havia fechado a janela antes de voltar à cama, pensei em ir até lá a fim de abri-la e arejar o quarto. Mas uma insólita letargia parecia imobilizar meus membros e também a minha mente. Procurei tranquilizar-me pacientemente. Nada se alterou. Fechei meus olhos, mas prosseguia enxergando através das pálpebras. (É realmente maravilhosa a gama de ficções que nossos sonhos conseguem impingir-nos, e como é dócil a nossa imaginação ao acumpliciar-se com elas.) A névoa tornava-se cada vez mais espessa, e agora eu podia observar como conseguia penetrar no quarto, já que se insinuava como um rolo de fumaça, ou como um branco jato de vapor d'água em ebulição. Penetrava não através da abertura da janela, mas por entre as frestas da porta. E assim foi crescendo e aumentando em densidade até concentrar-se numa espécie de coluna que se elevava do chão do quarto, e através de cujo topo eu ainda vislumbrava a luz de gás, como se fora um disforme olho avermelhado. Os objetos começaram a rodopiar dentro do meu cérebro, como se participassem dos vertiginosos giros que a coluna esbranquiçada descrevia diante de mim. E, fantástica e inopinadamente, vejo minha própria retina captar uma a uma as letras de uma legenda em chamas: "Durante o dia, um torvelinho de nuvens; à noite, uma coluna de fogo". Teria sido realmente algo assim como um guia espiritual que baixara sobre mim, durante meu sono? A coluna, entretanto, era formada por elementos representativos dos dois guias, do diurno e do noturno, posto que o fogo se condensara no olho vermelho, que mentalmente me fascinava. E, enquanto contemplava, a espiral de fogo se bifurcava e, através da névoa, parecia agora fixar-me como dois olhos verdadeiros, tais como Lucy os vira durante suas momentâneas distorções mentais, quando na escarpa os raios do sol poente se refletiram nos vitrais da Igreja de Santa Maria. Mas, subitamente, o horror dos horrores se abateu sobre mim, quando me dei conta de que fora assim que Jonathan vira as aterradoras mulheres adquirirem sua forma corpórea, isto é, através de um torvelinho de névoa e sob o claro luar do plenilúnio. E ainda em meu sonho, devo ter desmaiado, pois tudo se converteu na mais densa escuridão. O derradeiro e consciente esforço de minha imaginação colocou diante de mim um rosto pavorosamente lívido, que se reclinava sobre mim através da névoa. Preciso precaver-me contra semelhantes sonhos, pois sua repetição pode acarretar a perda da razão. Gostaria de que o dr. Van Helsing ou o dr. Seward me prescrevessem um tranquilizante capaz de fazer-me dormir. Temo, entretanto, alarmá-los com tal pedido. Se lhes descrevesse um sonho desse tipo, passariam a preocupar-se com a minha segurança. Esta noite estarei seriamente empenhada em dormir naturalmente. Caso não seja bem-sucedida, amanhã peço a um dos dois uma boa dose de cloral. O sonífero não prejudicará minha saúde, ao passo que me fará fruir um sono calmo e reparador. A noite passada me deixou mais fatigada ainda, como se não tivesse dormido a noite inteira.

2 de outubro, às dez da noite – Durante a noite passada, eu dormi, mas não sonhei. Devo ter dormido a sono solto, pois não despertei nem mesmo quando Jonathan veio deitar-se. O sono, todavia, ainda não produziu o tão desejado efeito reparador. Digo isso porque me sinto terrivelmente fraca e desanimada. Passei toda a tarde tentando uma leitura mais atenta, mas fatalmente voltava a cochilar. Na parte da tarde, o sr. Renfield pediu-me que fosse vê-lo. Pobre homem, foi cativantemente gentil comigo, e ao sair beijou-me a mão e rogou a Deus que me abençoasse. Esse seu gesto, por um motivo qualquer, comoveu-me profundamente. Vez por outra as lágrimas marejam meus olhos quando me lembro de suas palavras. Este é um novo sintoma de fraqueza contra o qual devo prevenir-me. Jonathan ficaria realmente inconformado se soubesse que eu venho tendo frequentes crises de choro. Ele e todos os demais haviam saído. E à hora do jantar, quando voltaram, estavam muito cansados. Fiz o que estava a meu alcance para reanimá-los, e creio que tal esforço me fez bem, visto como esqueci completamente a minha própria fadiga. Depois do jantar, eles me mandaram ir para a cama. Disseram-me que iriam fumar um cigarro, mas eu sabia perfeitamente que se reuniram para trocar impressões a respeito das ocorrências do dia. Percebi, pela atitude de Jonathan, que ele guardava segredo de alguma coisa importante que agora iria revelar. Eu, entretanto, não estava sentindo bastante sono. Por isso, antes de recolher-me, pedi ao dr. Seward que me desse um sonífero qualquer, pois não dormira bem na noite anterior. E ele, solicitamente, preparou uma poção que me fez tomar, dizendo que não me prejudicaria em nada, pois a dose era bastante fraca... Agora, porém, continuo aguardando os efeitos do remédio, que me parecem cada vez mais distantes. Espero não ter feito nada de errado, porquanto, sempre que o sono se aproxima, um novo temor me faz estremecer. Talvez tenha sido tolice minha privar-me assim de poder despertar a qualquer instante. Quem sabe se isso não será necessário? Aí vem sua Majestade, o Sono. Boa noite!

XX
O diário de Jonathan Harker
(Continuação)

1º de outubro, à noite – Encontrei o sr. Thomas Snelling em sua residência em Bethnal Green, mas infelizmente não se achava em condições de se lembrar de nada. O consumo de cerveja, provocado pela expectativa de minha chegada, fora além de todas as conveniências, e ele se entregara prematuramente a seus debochados delíquios. Soube, todavia, através de sua mulher, que me pareceu uma senhora decente e sofredora, que ele exercia apenas as funções de assessor de Smollet, e que era a este que cabia a responsabilidade dos negócios. De posse dessa informação, rodei até Walworth, onde me avistei com o sr. Joseph Smollet, também em casa e em mangas de camisa, tomando seu chá num pires e fora de hora. Ele é um sujeito inteligente e realmente se apresenta como o protótipo de um bom e idôneo trabalhador que tem a cabeça no devido lugar. Ele se recordou de todos os pormenores relacionados com os caixões. E retirando de um bolso traseiro e algo misterioso de suas calças um maravilhoso caderninho de notas, provido de índice e ostentando certas inscrições hieroglíficas em traços grossos de lápis mal apontado, forneceu-me todos os dados a respeito da destinação dos caixões. Disse-me então que ao todo transportara uma dúzia deles. Seis formaram a carga de uma carruagem que os apanhou em Carfax e descarregou no número 197 da rua Chicksand, Mile End New Town. As seis restantes foram depositadas em Jamaica Lane, Bermondsey. Se o Conde efetivamente pretendia espalhar os seus repulsivos esconderijos através da ampla área ocupada pela cidade de Londres, tais sítios tinham sido escolhidos para as primeiras entregas, ficando assim os demais numa futura e mais ampla distribuição. A sistemática do esquema que até então observara fez-me presumir que cogitaria de disseminar seus refúgios apenas nos dois extremos opostos da Grande Metrópole. Ele agora se estabelecera na extremidade leste da Costa Norte, a leste da Costa Sul e no próprio Sul. As áreas do norte e do oeste naturalmente nunca seriam excluídas do seu cerco diabólico – somente a City e o próprio coração da aprazível Londres das orlas sudoeste e oeste não seriam incluídos na trama sinistra. Voltei então à casa de Smollet, e perguntei-lhe se ele sabia informar-nos quanto a outras eventuais remoções já feitas de Carfax.

– Bem, meu patrão – respondeu, após o haver presenteado com meio soberano –, o senhor me tratou com muita distinção, por isso vou contar-lhe tudo o que sei. Há quatro noites, ouvi um homem de Are an'Ounds, em Pincher's Alley, de nome Bloxam, dizer que ele e um companheiro haviam descarregado uma carga muito empoeirada numa casa velha em Purfleet. Como não existem muitas cargas desse tipo, acredito que Sam Bloxam possa fornecer-lhe mais outros detalhes.

Indaguei se ele não sabia onde eu o poderia encontrar. Prometi-lhe outra moeda igual à que já lhe dera se me fornecesse o endereço do carregador. Isso fê-lo esvaziar o resto de chá de um só gole e, depois de levantar-se, dizer-me que começaria já a procurá-lo aqui e ali, até descobri-lo. Junto à porta de entrada, ele se deteve para falar-me:

– Escute, patrão, agora não há necessidade de retê-lo por aqui. Espero daí a pouco ter encontrado Sam; pode, entretanto, também acontecer o contrário. Mas, de qualquer forma, ele não deve achar-se em condições de dizer-lhe muita coisa esta noite. Sam sabe ser perseverante quando inicia uma bebedeira. Se o senhor puder fornecer-me um envelope selado, já munido de seu endereço, anotarei onde Sam pode ser localizado e lhe despacharei a carta ainda esta noite pelo correio. Então, a melhor hora de avistar-se com ele é estar aqui de manhã bem cedo, porque, do contrário, o senhor já não o encontrará. Sam invariavelmente se levanta muito cedo, pouco importando a carraspana que tenha tomado na véspera.

Sua sugestão pareceu-me prática e sensata. Pedi que um de seus filhos fosse à papelaria mais próxima e comprasse um envelope e uma folha de papel de carta. Pus em sua mão um pêni e disse-lhe que o troco era seu. Quando voltou, enderecei e selei o envelope e, depois que Smollet me prometeu que não deixaria de remeter o endereço que viesse a obter, retomei o caminho de casa. De qualquer maneira, já estamos na trilha certa. Sinto-me cansado esta noite e preciso dormir. Mina dorme a sono solto. Acho-a demasiadamente pálida e, pelo volume dos seus olhos, tenho a impressão de que ela chorou. Pobre querida, não tenho dúvida de que se sente magoada por a havermos descartado de nossas atividades. Isso também a deve manter duplamente ansiosa, por mim e por todos os outros. Mas é preferível que tudo fique como está. É melhor sentir-se desapontada e aborrecida agora, do que ficar com os nervos em frangalhos. Os dois médicos tiveram toda razão ao insistirem que ela ficasse fora desse nosso projeto. Preciso manter-me firme, pois é em mim que a principal carga deste silêncio tem que repousar. Não abordarei este assunto com ela em circunstância alguma. Na verdade, tal cuidado já não se me afigura tão difícil, de vez que ela própria vem-se mostrando reticente sobre o assunto, não mais falando sobre o Conde ou suas façanhas desde que lhe transmitimos nossa decisão.

2 de outubro, à noite – Longa, estrênua e excitante foi esta jornada. Recebi o envelope que eu mesmo sobrescritara pela primeira mala do correio. Abrindo-o, encontrei a folha de papel já bastante suja. E, em caracteres rabiscados a lápis de carpinteiro por mão insegura, estava reproduzido o endereço:

"Sam Bloxam, Korkrans, 4, Poter's Coourt, rua Bartel, Walworth. Pergunte pelo delegado."

Quando a carta chegou eu já estava na cama. Levantei-me então com todo o cuidado, a fim de não despertar Mina. Ela pareceu-me estranhamente sonolenta, e sua fisionomia flácida e pálida estava longe de mostrar-se saudável. Deixei instruções para que não a despertassem. De minha parte, já decidira que, ao retornar de minha nova busca, a levaria de volta a Exeter. Creio que se sentiria mais à vontade e mais feliz em nossa própria casa, onde estaria ocupada com seus afazeres diários, ao invés de permanecer marginalizada entre nós, sem o que fazer e além disto sendo mantida no desconhecimento de tudo o que está acontecendo. Pela manhã, apenas me avistei momentaneamente com o dr. Seward. Disse-lhe para onde ia, prometendo que voltaria para contar o resto, assim que tivesse descoberto alguma coisa.

Rodei então até Walworth, onde, após vencer algumas dificuldades, localizei Potter's Court. A pronúncia do sr. Smollet me acabou confundindo, pois procurara inicialmente por Poter's Court (com apenas um "t" na palavra Poter's), quando o correto é Potter's Court. Todavia, logo que localizei o bairro, não demorei a descobrir a estalagem de Corcoran. Ao homem que me atendeu à entrada, perguntei pelo "delegado". Ele balançou a cabeça e disse:

– Não o conheço. Não existe tal pessoa aqui. Jamais ouvi uma só palavra a seu respeito durante todos os fagueiros anos de minha vida. Não creio que haja alguém dessa espécie morando por aqui ou em qualquer outro lugar.

Mostrei-lhe então o endereço escrito por Smollet e ocorreu-me que a anterior lição de prosódia poder-me-ia voltar a ser útil.

– Quem é o senhor? – perguntei eu.

– Sou o representante – disse ele.

Percebi imediatamente que palmilhava o caminho certo. Algo parecido com uma distorção fonética ia botando tudo a perder. Uma gratificação de meia-coroa escancarou todas as portas do conhecimento do "representante", que se pôs solicitamente à minha disposição. Soube então que o sr. Bloxam, que curtira os remanescentes de sua bebedeira da noite anterior na estalagem de Corcoran, já saíra às cinco horas da manhã para Poplar, local onde trabalhava. O homem, entretanto, não sabia indicar a direção certa para encontrá-lo. Tinha, contudo, uma vaga ideia de que ele estaria trabalhando para um armazém recém-construído. Foi de posse desses escassos e imprecisos dados que eu segui para Poplar. Já era meio-dia quando obtive alguns informes satisfatórios a respeito de tal construção, aliás numa cafeteria, onde alguns trabalhadores faziam refeições ligeiras. Um deles referiu-se a um novo frigorífico recém-inaugurado na rua Cross Angel. Como tais particularidades coincidiam com os aspectos gerais de "um novo depósito", dirigi minha carruagem imediatamente para lá. Após duas sucessivas entrevistas, uma com um porteiro mal-humorado e outra com um feitor ainda mais rude, ambos amaciados com uma luzente moeda do Erário Real, finalmente encontrei-me na trilha certa de Bloxam. Atendendo a uma sugestão minha, às custas do pagamento de sua jornada de salário, ele foi chamado à presença do seu feitor, a fim de conceder-me o privilégio de formular-lhe algumas perguntas de natureza particular. Provou ser um sujeito inteligente, embora suas palavras e atitudes fossem bastante rudes. Após prometer-lhe o pagamento já estipulado e entregar-lhe o dinheiro, ele me disse que fizera duas viagens entre Carfax e uma determinada casa em Piccadilly, retirando daquela casa para esta nove grandes caixas, todas tremendamente pesadas, com cavalos e uma carruagem especialmente alugada para este fim. Interroguei-o ainda sobre o número da casa situada em Piccadilly, obtendo a seguinte resposta:

– Bem, patrão, esqueci o número. Sei, porém, que fica a apenas uma distância de poucas casas de uma igreja branca, ou algo parecido, e de construção ainda bem recente. Os caixões foram descarregados numa casa velha e empoeirada. A poeira que encontramos nesta última, todavia, se a compararmos às camadas de pó já endurecido que vimos no casarão de onde os retiramos, nada representa.

– Como é que o senhor conseguiu entrar nas duas casas, se ambas estavam vazias?

– Estava lá o próprio velho dono da carga, que se reuniu a mim ao passar por sua casa em Purfleet. Ele ajudou-me a erguer os caixões e colocá-los na carroça. Que Deus me perdoe, mas ele é o sujeito mais forte com quem já lidei em toda a minha vida. É ele um velho, de bigode branco, cuja aparência não o capacitaria nem mesmo a derrubar a própria sombra.

Como esta última frase me fez estremecer!

– Ele agarrou numa das cabeceiras dos caixões e ergueu-os como se fossem pequenos fardos de chá, enquanto eu gemia e me esbaforia. E, olhe, não sou nenhum estafermo.

– E como o senhor entrou na casa onde os descarregou, em Piccadilly? – perguntei-lhe.

– Ele estava lá também. Deve ter partido logo e chegado antes de mim, pois assim que toquei a sineta ele próprio abriu o portão e ajudou-me a colocar os caixões no saguão da casa.

– Todos os nove? – perguntei eu.

– Sim. Para lá foram cinco na primeira viagem e quatro na segunda. Foi uma das tarefas mais áridas ou ressequidas, no sentido próprio da palavra, que já executei. Não sei como ainda consegui chegar em casa.

– As caixas ficaram todas no saguão?

– Sim, trata-se de um saguão enorme, e estava completamente vazio.

Fiz ainda mais outra tentativa para eventualmente colher mais alguns dados:

– O senhor não recebeu nenhuma chave?

– Não recebi chave nem coisa parecida. Foi o próprio velho quem abriu o portão e tornou a fechá-lo, quando eu saí. Quanto a este particular, na última viagem eu já não me lembro... devido à cerveja.

– E recorda-se do número da casa?

– Não. Mas o senhor não precisa preocupar-se com isso. É um casarão bem alto, com uma fachada de pedra e abertura em arco, e ainda uma alta escadaria até chegar ao portão. Parece que estou vendo seus degraus, pois tive de carregar escada acima todos os caixotes, que mais pareciam estar cheios de chumbo, com mais três vadios que apareceram para no fim receberem uns mirrados cobres. O velho deu-lhes apenas alguns xelins. Mas eles não estavam ainda satisfeitos, e exigiam mais. Ele, porém, agarrou um deles pela gola e ameaçou atirá-lo pela escada abaixo. Bastou isso para que todos fossem embora num instante.

Pareceu-me, então, que de posse da descrição que ele me fornecera eu já poderia encontrar a casa que procurava. Assim, depois de pagar-lhe cordialmente o que julgava merecer, segui para Piccadilly. Agora, eu havia adquirido uma nova e decepcionante experiência: o Conde sozinho, com suas próprias mãos, podia manipular os seus caixões de terra. Sendo assim, o tempo era mais que precioso, de vez que a partir desse instante ele concluíra um amplo esquema de distribuição. Podia, outrossim, caso o deseje, na ocasião que melhor lhe convier, completar sua tarefa sem ser observado. Em Piccadilly Circus, despachei a minha carruagem e saí caminhando no sentido oeste. Logo depois de haver passado pelo Junior Constitucional deparei-me com o prédio descrito e dei-me por satisfeito por haver localizado mais este covil destinado a homiziar o Conde Drácula. A casa, em seu conjunto, dava a impressão de que, já de há muito, não vinha sendo habitada. Todas as janelas estavam impregnadas e recobertas de pó, e todos os postigos estavam fechados. Toda a sua estrutura aparente estava enegrecida pela ação do tempo, assim também acontecendo com as guarnições de ferro, que já não continham o menor vestígio de tinta. Era evidente que já há algum tempo sua sacada ostentara um amplo painel de avisos. Este, entretanto, parecia ter sido retirado de lá violentamente, restando ainda alguns vestígios dos suportes superiores. Por trás das barras da mesma sacada viam-se ainda vários outros painéis soltos, cujas bordas desprotegidas ainda apresentavam um friso branco. Eu estaria disposto a pagar uma boa soma, se me fosse dado examinar um daqueles painéis ainda intactos, o qual certamente me forneceria uma pista para chegar ao proprietário da casa. Recordei-me então das peripécias que tive de enfrentar durante as investigações e a própria compra da propriedade de Carfax, e por isso sabia que, se encontrasse o proprietário anterior, obteria também os meios para ter acesso à casa.

Mas no presente caso nada poderia ser apurado em Piccadilly, e, portanto, no momento nada poderia ser feito. Isso me sugeriu a ideia de realizar uma inspeção nos fundos do edifício, a fim de ver se por lá seria possível alcançar algum indício. As estrebarias existentes naquela parte achavam-se em plena atividade, pois os demais prédios de Piccadilly estavam quase todos ocupados. Perguntei a alguns cavalariços e ajudantes mais próximos se sabiam algo a respeito da casa vazia. Um deles disse que ouvira falar que fora recentemente adquirida, sem entretanto poder precisar de quem. Informou-me, todavia, que ultimamente vira lá uma tabela anunciando sua venda, e que talvez seus agenciadores, Mitchell, Sons & Candy, pudessem esclarecer o que eu procurava, pois tinha uma vaga ideia de que este era o nome que constava do painel. Não quis mostrar-me muito interessado e tampouco despertar a imaginação do meu informante. Por isso, agradeci-lhe descompromissadamente e retirei-me. Começava a escurecer, e a noite outonal caía célere. Não tinha, portanto, um segundo a perder. Uma vez obtido o endereço dos agenciadores através do Anuário de Berkeley, em poucos minutos chegava a seu escritório, na rua Sackville.

O cavalheiro que me recebeu tratou-me com extrema polidez, mas seu grau de comunicabilidade era a perfeita antítese desta delicadeza. Tendo-me declarado incisivamente que a casa de Piccadilly, a qual o meu interlocutor qualificava invariavelmente de mansão, já havia sido vendida, considerou o meu assunto encerrado. Ao perguntar-lhe quem a havia comprado, arregalou os olhos desmesuradamente e, após breve e deliberado silêncio, repetiu o que já dissera:

– Foi vendida, senhor.

– Perdão – disse eu, com igual polidez –, acontece, entretanto, que tenho uma razão muito especial para querer saber quem a comprou.

Desta feita seu silêncio se estendeu um pouco mais, e suas sobrancelhas pareciam não conter seu próprio espanto:

– Já foi vendida, senhor – foi novamente sua lacônica resposta.

– Certo – disse-lhe eu. – Mas o senhor provavelmente não se negará a fornecer-me o pouco que lhe peço.

– É inútil insistir – disse ele. – Os negócios dos nossos clientes são tratados sob o mais estrito sigilo por Mitchell, Sons & Candy.

Sua obstinada recusa não passava da mais enfatuada presunção, e já não havia o que argumentar nesse sentido. Achei então mais viável abordá-lo nos limites dos seus próprios domínios:

– Senhor, seus clientes estão de parabéns por poderem contar com tão resoluto depositário de sua confiança. Eu próprio sou um profissional do nosso ramo. – E enquanto assim falava, entreguei-lhe um dos meus cartões. – Neste caso, não o estou consultando por mera curiosidade. Estou agindo em nome de Lorde Godalming, que deseja colher alguns dados a respeito da propriedade, que, segundo veio a saber, foi recentemente posta à venda.

– Teria imenso prazer em atendê-lo, sr. Harker, se isto estivesse a meu alcance, e especialmente sabendo tratar-se de assunto do interesse do seu amigo Lorde. Numa certa ocasião, desincumbimo-nos de uma pequena transação sua, quando arrendamos alguns escritórios para ele, em sua condição de Venerável Arthur Holmgood. Caso o senhor concorde em fornecer-me o atual endereço deste nosso distinto cliente, consultarei a firma sobre o que me pede e, de alguma maneira, enviar-lhe-emos uma resposta por carta, ainda hoje pela mala noturna. Será para nós um prazer, se assim nos for lícito, fornecer as informações desejadas pelo Lorde.

Eu pretendia conquistar um amigo e não fazer um inimigo. Agradeci-lhe então, naturalmente, e forneci o endereço da casa do dr. Seward e despedi-me. Já era noite fechada, e eu estava cansado e sentia fome. Tomei uma xícara de chá numa panificação próxima e segui para Purfleet no trem imediato.

Ao chegar, encontrei todos já em casa. Mina continuou parecendo-me pálida e fadigada. Notei, porém, que se esforçava bravamente para mostrar-se alegre e bem-disposta. Sentia angustiar-me o coração por ter de ocultar-lhe tantos fatos palpitantes, deixando-a sob constante inquietude. Graças a Deus, esta será a última noite em que ela se bendirá excluída de nossas reuniões diárias, e que tanta mágoa lhe tem causado, por uma penosa suposta falta de confiança. Foi preciso empenhar-me com toda a coragem para cumprir a sábia resolução de mantê-la fora de nossa imprevisível tarefa. Ela dá-me a impressão de estar um pouco mais conformada. Ou talvez todo o assunto já lhe esteja repugnando, pois, sempre que há uma alusão mesmo acidental sobre o mesmo, ela estremece. Alegra-me havermos tomado tal resolução ainda a tempo, já que, se realmente se sente assim, nossa progressiva tensão fatalmente iria torturá-la.

Nada pude revelar aos demais quanto às minhas novas descobertas enquanto não ficamos sós. Assim, depois do jantar, após o qual ouvimos um pouco de música, não somente para salvar as aparências mas também para acalmar os nervos de todos nós, acompanhei Mina até o nosso quarto e fi-la ir para a cama. A adorada menina mostrou-se mais afetuosa do que nunca, abraçando-se a mim, como se pretendesse manter-me junto de si. Havia, porém, muito sobre o que falar, e deixei-a só. Graças a Deus, a ausência de comentários não causara o menor ressentimento entre nós.

Ao descer novamente, encontrei todos reunidos em torno da lareira do escritório. Durante minha rápida viagem de trem, aproveitara o tempo para lançar todas as ocorrências do dia em meu diário. Limitei-me então a ler o que tinha escrito, sabendo de antemão que este seria o melhor processo de torná-los cientes do que fora feito. Assim que terminei, Van Helsing disse:

– Eis o que poderemos qualificar de uma grande jornada, amigo Jonathan. É fora de dúvida que estamos na trilha exata dos caixões que faltam. Se os encontrarmos todos nessa casa, o nosso trabalho estará próximo do fim. Mas se ainda houver algum extraviado, teremos que prosseguir em nossas buscas, até localizá-los. Então desferiremos o golpe final e caçaremos o monstro até matá-lo real e definitivamente.

Por alguns instantes, mantivemo-nos em silêncio, agora interrompido pelo dr. Morris:

– Digam-me: o que faremos para entrar na tal casa?

– O que fizemos para entrar na outra – respondeu imediatamente Lorde Godalming.

– Mas, Arthur, aqui o caso é diferente. Em Carfax forçamos a entrada, mas tínhamos a escuridão da noite e a amurada do parque para proteger-nos. Será fundamentalmente diferente pretender invadir um domicílio em plena Piccadilly Circus, quer à luz do dia, quer sob as trevas da noite. Confesso que não consigo atinar com qualquer outro meio de penetrarmos nesse novo esconderijo do Conde, se nossa respeitável agência não se dignar fornecer-nos uma chave própria para isso.

Esta oportuna observação fez com que as sobrancelhas de Lorde Godalming se franzissem. Levantou-se e deu algumas largas passadas para lá e para cá, através da sala. Daí a instantes, parou e disse, encarando-nos sucessivamente, um por um:

– Quincey provou ter a cabeça no devido lugar. Esta série de invasões está se tornando evidentemente abusiva. Já nos livramos de uma, é verdade. Mas desta feita nossa missão é bem mais complexa, a menos que consigamos pôr a mão no molho de chaves pertencente ao próprio Conde.

Como nada mais podia ser executado a contento antes do amanhecer e levando em conta que seria mais prudente aguardarmos os informes da Agência Mitchell, decidimos não tomar qualquer nova iniciativa antes do café da manhã. Por um razoável lapso de tempo ainda permanecemos no escritório para fumar e simultaneamente discutir nossas diretrizes sob os mais variados ângulos e consequências. Gastei mais alguns minutos para ultimar as anotações ainda em aberto em meu diário. Estou com muito sono e vou já para meu quarto...

Mais uma linha: Mina dorme tranquilamente, e sua respiração se processa num ritmo perfeitamente regular. Sua testa está franzida por pequenas rugas, como se suas preocupações ainda a afligissem em pleno sono. Sua palidez se mantém exagerada, mas já não lhe imprime aquele ar de desvario que apresentava anteriormente. Amanhã, tudo isto pertencerá ao passado. Levá-la-ei para Exeter e a deixarei em casa. Oh! Que sono impertinente!

O diário do dr. Seward

1º de outubro – Estou novamente confuso a respeito de Renfield. Seu comportamento muda com tal rapidez que eu próprio sinto dificuldade em trazê-lo sob uma constante observação. E como cada manifestação envolve sempre alguma coisa além de seu próprio bem-estar, tudo contribui para formar um quadro geral realmente digno de ser estudado. Esta manhã, quando o visitei após sua hostil atitude contra Van Helsing, suas maneiras eram as de um homem que comanda o seu destino. E ele, de fato, comandava o próprio destino, embora o fizesse subjetivamente. Ele efetivamente já não cuidava das simples coisas deste mundo. Alçara-se por assim dizer à altura das nuvens e agora contemplava as fraquezas e necessidades de todos nós, pobres mortais, cá embaixo, neste vale de lágrimas. Pensei, então, em valorizar essas circunstâncias, através de um novo e oportuno aprendizado. Por isso, perguntei-lhe:

– Que me diz agora a respeito das moscas?

Ele sorriu para mim com um ar de sarcástica superioridade, um sorriso digno do rosto do Maligno, ao responder-me:

– A mosca, meu prezado senhor, apresenta-nos uma fisionomia alarmante. Suas asas são implementos típicos das forças aéreas das faculdades psíquicas. Os antigos estavam certíssimos ao classificarem a alma como uma borboleta!

Ocorreu-me, então, provocar ao máximo sua pitoresca veia de analogismo lógico. Com essa intenção, atalhei-o, dizendo bruscamente:

– Oh, é então uma simples alma o que agora o preocupa, não é isso mesmo?

Mas a loucura embotou sua razão, e um olhar confuso sombreou seu rosto. Ele, todavia, sacudiu a cabeça numa atitude decisiva, como poucas vezes o vira ostentar. E saiu-se com esta resposta:

– Oh, não! Não! Não é de almas que preciso. Tudo o que eu quero é Vida. – Aqui ele se reencontrou. – Na verdade, dedico a esse assunto agora a minha total indiferença. Meu ciclo vital satisfaz-me plenamente. Disponho de reservas suficientes. Agora, doutor, se o senhor pretende prosseguir em seu estudo de zoofagia vai ter que arranjar um novo paciente!

Esta sua tirada me pegou desprevenido. Insisti então mais uma vez:

– Então o senhor comanda a própria vida. O senhor é um deus, pelo que acabo de ouvir, não é assim?

Isso o fez esboçar um novo sorriso, agora porém já impregnado de outro tipo de superioridade: tudo era simples e inefável benignidade.

– Oh, não! Longe de mim arrogar-me os supremos predicados da Divindade. Não estou sequer familiarizado com Suas práticas espiritualistas especiais. Se me for permitido revelar o nível intelectual a que pertenço, devo declarar que não vou além das coisas exclusivamente restritas ao mundo terrestre, algo assim como o papel que fora atribuído a Enoque na esfera espiritual!

Eis-me diante de um novo embaraço. Assim, de pronto, eu não podia atinar com a significação de Enoque, nem mesmo no Velho Testamento. Apelei por isso para uma nova pergunta, aliás bem simples, embora com ela soubesse que perderia terreno aos olhos de meu lunático interlocutor:

– E por que essa comparação com Enoque?

– Porque ele privava da intimidade de Deus.

Confesso que não via a menor analogia em sua citação, mas também não pretendia admitir semelhante desfaçatez. Voltei então a fustigá-lo precisamente com o argumento que ele negara:

– Então o senhor não se interessa pela Vida e também não precisa das almas. Mas por que todo esse alheamento?

Eu formulara minha pergunta à queima-roupa e com um certo tom de severidade, visando a desconcertá-lo. Meu estratagema foi bem-sucedido. Por um instante, ele se retraiu para a sua antiga atitude de servil docilidade. Agora se curvava diante de mim, para bajular-me, enquanto respondia:

– Não preciso de alma alguma! Sim, não preciso mesmo, não preciso! Jamais poderia utilizá-las, se as possuísse. Elas realmente não teriam nada que me pudessem dar. Não poderia alimentar-me com elas... – E calou-se repentinamente, enquanto todos os vestígios de sua estudada astúcia voltavam a aflorar-lhe ao rosto, como quando uma rajada de vento fustiga a superfície de um lago. – E, doutor, quanto à Vida, o que vem a ser Vida, ou o que chamamos de Vida, afinal? Depois que o senhor se sacia de tudo o que deseja e que sabe que de nada mais vai precisar, aí está tudo. Tenho bons amigos, muitos bons amigos, como o senhor, dr. Seward. – Esta última frase foi acompanhada de um olhar furtivo e astucioso. – Por isso, sei que jamais me faltarão os meios próprios para assegurar-me a Vida!

Acho que de dentro do nebuloso horizonte de sua insanidade ele pressentiu algum antagonismo na minha maneira de falar, pois imediatamente se recolheu a seu último refúgio que tão bem o secunda, o seu impenetrável mutismo. Senti então que nestas condições seria totalmente inútil tentar ainda falar com ele. Mostrava-se embirrado, e eu o deixei só.

Mais tarde, neste mesmo dia, mandou chamar-me. Normalmente, não o teria atendido, sem que houvesse uma razão especial. Estou agora, porém, de tal forma interessado nele que prazerosamente farei mais esse esforço. Além disso, estou contente por ter algo com que matar o tempo. Harker saiu para pesquisar suas novas pistas; o mesmo fazem Lorde Godalming e Quincey. Van Helsing entronizou-se no meu escritório e faz uma triagem nos apontamentos preparados pelos Harker. Acha que, através de um apurado conhecimento de todos os pormenores relacionados com o caso, ele irá descobrir mais alguma coisa. Não quer ser interrompido em hipótese alguma, enquanto lá estiver trabalhando. Poderia tê-lo convidado quando desci para ver o paciente, mas achei que, depois de sofrer tão rude rejeição, ele não mais pretendesse voltar lá. Havia ainda uma outra razão: Renfield normalmente não se mostra tão loquaz quando há uma terceira pessoa assistindo a nosso diálogo.

Ao chegar, notei que ele se sentara em seu tamborete no meio do quarto, o que normalmente já é um indício de que se acha com boa predisposição mental. Assim que me avistou, começou a falar, como se tal pergunta já estivesse pendente de seus lábios:

– Que me diz a respeito das almas? – Isto vinha provar que minhas conjecturas estavam corretas. A cerebração inconsciente estava desempenhando seu papel natural, mesmo em se tratando de um lunático. Então decidi levar o debate até o fim:

– Primeiramente, quero ouvir sua opinião – disse eu.

Não me respondeu logo. Ficou olhando para cima e para baixo e em redor, como à procura de alguma inspiração.

– Não preciso de alma alguma! – disse ele, num tom de débil apologia.

Mas como o assunto parecia haver-se fixado em sua mente, prossegui explorando-o cruel e ao mesmo tempo amavelmente. Perguntei, então:

– Mas o senhor gosta da Vida e precisa da Vida?

– Oh, sim! Mas vai tudo bem; o senhor não precisa preocupar-se por esse motivo!

– Como, porém, o senhor pretende obter a Vida, se não quer simultaneamente acolher a alma? – Percebendo que essa dupla dependência o deixara confuso, procurei falar-lhe com maior clareza: – Algum dia o senhor terá oportunidade de sair voando daí de dentro em companhia de milhares de almas das moscas, das aranhas, dos pássaros e dos gatos, zumbindo, gorjeando e miando a seu redor. O senhor lhes tirou a vida, como sabe, e terá de partir com suas almas!

Algo parecia agora estar-lhe afetando a imaginação, pois ele fechou os olhos e enfiou a ponta dos indicadores nos ouvidos, como costuma fazer uma criança ao ser ensaboada na banheira. A cena tinha um quê de patético que me comoveu. Trouxe-me também um inesperado ensinamento, posto que tudo ocorrera como se, diante de mim, estivesse uma criança... apenas uma criança, embora de feições já desgastadas e de dentição já decadente. Era evidente que ele se achava sob um processo de distúrbio mental. E sabendo através de suas atitudes anteriores como ele costuma interpretar a existência de coisas estranhas em relação a sua própria pessoa, eu procurava, destarte, penetrar em sua mente da melhor maneira possível, a fim de acompanhá-lo em seu raciocínio. O primeiro passo consistia em restabelecer sua confiança. Então, falando bem mais alto, de modo a que me ouvisse, mesmo de ouvidos tapados, perguntei-lhe:

– O senhor não gostaria de ganhar um pouco de açúcar para voltar a ter a seu redor as moscas que tanto aprecia?

Parecendo despertar de um devaneio, sacudiu a cabeça. E, soltando uma gargalhada, respondeu:

– Não muito! Pois moscas nada mais são que uns pobres seres! – E depois de uma breve pausa, acrescentou: – Mas não quero ouvi-las zumbindo em torno de mim, de maneira nenhuma.

– E as aranhas? – prossegui.

– Ao inferno com as aranhas! Qual a utilidade das aranhas? Elas não têm nada para se comer ou... – E silenciou de repente, como que advertido sobre um objeto proibido.

"Bem", pensei eu de mim para mim mesmo, "esta é a segunda vez que ele se cala antes de pronunciar a palavra *sorver.* O que é que ele procura ocultar?"

O próprio Renfield pareceu-me conscientizado quanto ao lapso cometido, uma vez que logo se antecipou a qualquer observação minha:

– Já não me interessa colecionar nada disso. "Ratos e camundongos, e outras alimárias miúdas", segundo o grande Shakespeare, "rações próprias para a dispensa dos pintainhos", é o que merecem ser chamados. Já estou livre de todos esses absurdos. O senhor pode perfeitamente pedir a um homem para ingerir moléculas acompanhadas de umas boas costeletas, numa tentativa de interessar-me a respeito de um regime menos carnívoro, mas sei exatamente o que tenho diante de mim.

– Compreendo – disse eu. – O senhor prefere seres mais avantajados, em cujas entranhas possa cravar melhor seus dentes? O que me diz de almoçar um elefante?

– Como é ridícula e absurda esta sua pergunta! – Sua acuidade mental estava ganhando terreno rapidamente, e era preciso aproveitar esta excepcional oportunidade.

– Eu mal posso imaginar – disse eu, em tom reflexivo – qual seja a aparência da alma de um elefante!

O efeito por mim desejado logo se confirmou, porquanto no mesmo instante ele apeou do seu fogoso corcel alado, voltando a ser novamente a mesma criança.

– Não preciso de uma alma de elefante nem de outra alma qualquer! – disse Renfield. E ali estava ele visivelmente desorientado. Mas, um segundo após, pôs-se de pé e, com um olhar fuzilante e todos os demais indícios de uma intensa excitação cerebral, bradou: – Para o inferno, o senhor e suas almas! Já não tenho bastantes aborrecimentos e provações, para ainda ter que pensar em tantas almas? – Seu comportamento se tornara tão hostil que cheguei a temer um novo acesso de fúria homicida, não hesitando em fazer uso de meu apito. Seu furor, porém, não durou mais que alguns segundos, após o que volveu-se para mim e, com toda a calma, disse em tom súplice: – Perdoe-me, Doutor, fiquei fora de mim. O senhor não necessitará de qualquer ajuda. É que sinto a mente tão tumultuada que me acabo irritando. Se o senhor apenas imaginasse o problema com que ora me defronto e que estou procurando solucionar, estaria com pena de mim, e não somente me toleraria mas ainda dar-me-ia todo o seu perdão. Rogo-lhe não mandar encerrar-me numa camisa de força. Preciso pensar e, na verdade, não o consigo enquanto meu corpo permanece confinado. Estou certo de que o senhor me entenderá!

Ele demonstrara estar de posse de um evidente autocontrole. Assim, logo que os meus atendentes acorreram para me ajudar, disse-lhes que tudo já passara, e eles se dispersaram. Renfield aguardou que se retirassem. Assim que fechei novamente a porta, falou-me com toda a brandura e dignidade:

– Dr. Seward, tem-me dado toda a consideração. Creia-me que por isso lhe fico muito, muitíssimamente grato!

Achei melhor deixá-lo sossegado e entregue a seus próprios pensamentos. Então, despedi-me. Há, sem dúvida, algo a ser ponderado a respeito do estado de espírito desse homem. Vários pontos isolados daquilo que diz compõem o que o entrevistador norte-americano chama "uma história", caso alguém os pudesse pôr numa sequência ordenada. Aqui vão eles:

Ele evita enunciar a palavra *sorver.*

Teme a ideia de ter de carregar consigo a alma de alguma coisa. Não teme necessitar futuramente de prover-se de nova vitalidade.

Desdenha indistintamente as menores formas de vida, embora receie ser perseguido por suas almas.

Logicamente, cada um desses indícios convergem para um objetivo definido! Através deles meu paciente ganha a convicção de que ascenderá a um superior estágio de vida. Mas, ao mesmo tempo, teme as consequências... a sobrecarga de uma alma. Então é a uma vida humana que ele se reporta!

E de onde se origina sua certeza inabalável...?

Deus Misericordioso! O Conde se avistou com ele! E daí só podemos esperar que um novo esquema de terror já esteja em adiantada gestação!

Mais tarde – Após concluir minha visita de rotina, fui ter com Van Helsing e expus-lhe toda a minha suspeita. Vi quando seu sobrecenho se contraiu. Depois de pensar um pouco sobre o que ouvira, pediu que o levasse à presença de Renfield. E assim o fiz. Ao chegarmos a sua porta, notamos que ele cantarolava alegremente, como o fazia por vezes há já bastante tempo. Assim que entramos, vimos que espalhara seu açúcar, na forma habitual. As moscas, já um tanto entorpecidas pela friagem do outono, começavam a zumbir dentro do quarto. Tentamos reentabular nossa conversa de há pouco, mas se mostrou esquivo. Prosseguiu cantarolando, como se não houvéssemos chegado. Havia apanhado um pedaço de papel e agora dobrava-o com a evidente intenção de transformá-lo num tosco caderno de apontamentos. E assim saímos tal qual havíamos entrado.

Ele se converteu num caso realmente curioso. Vamos vigiá-lo esta noite.

Carta de Mitchell, Sons & Candy para Lorde Godalming

1º de outubro

Meu Lorde:

Como sempre, é-nos imensamente grato vir ao encontro de vossos respeitosos desejos. Em conformidade com o pedido de v. excia., formulado através do sr. Harker, temos a satisfação de informar-vos de que, a respeito da operação de compra e venda do prédio nº 347, Piccadilly, dispomos dos seguintes dados: os vendedores são os sucessores do falecido sr. Archibald Winter-Suffield. O comprador é um nobre estrangeiro, Conde De Ville, que saldou o montante da operação em moeda corrente e à boca do cofre. Desculpando-nos pelo emprego de uma expressão tão vulgar esclarecemos nada mais sabermos no tocante ao último citado.

Esperando merecer sempre as prezadas ordens de v. excia., subscrevemo-nos, humildemente,

Mitchell, Sons & Candy.

O diário do dr. Seward

2 de outubro – Destaquei um dos meus atendentes ontem à noite para o corredor e ordenei-lhe que, no dia seguinte, me fornecesse um relato pormenorizado de qualquer ruído proveniente do quarto de Renfield e ainda que, caso notasse algo estranho, viesse imediatamente procurar-me. Depois do jantar, já reunidos no meu escritório – a sra. Harker já se havia recolhido – passamos a discutir as tentativas e as novas descobertas realizadas durante o transcurso da jornada. Harker fora o único a trazer-nos um resultado positivo, e todos tínhamos fundadas esperanças de que se tratasse de uma pista das mais importantes.

Antes de deitar-me, saí para proceder à costumeira visita geral e decidi olhar através da vigia de inspeção do quarto do nosso paciente. Ele dormia a sono solto, e seu tórax arfava num perfeito ritmo de respiração normal.

Ao amanhecer, o vigia relatou-me que, um pouco depois da meia-noite, vira Renfield tornar-se irrequieto, passando a recitar suas preces em voz bastante alta. Perguntei-lhe se fora só isso o que observara. Disse-me simplesmente que era o que apenas tinha ouvido. Notei, entretanto, algo de suspeito em sua atitude, e perguntei-lhe secamente se não havia adormecido.

Negou que tivesse dormido, porém admitiu que cochilara durante algum tempo. É realmente lamentável que tais pessoas não cumpram fielmente suas obrigações, a menos que, por seu turno, se saibam vigiadas.

Hoje Harker saiu a fim de explorar a sua pista, enquanto Arthur e Quincey estão à procura de alguns cavalos. Godalming é de opinião de que devemos dispor sempre de algumas parelhas atreladas e prontas, pois, quando obtivermos a informação que procuramos, não teremos de preocupar-nos com mais perda de tempo. Devemos esterilizar toda a carga de terra importada, e fazê-lo entre o nascer e o por do sol. Destarte, estaremos aptos a interceptar o Conde já enfraquecido e sem nenhum refúgio onde possa homiziar-se. Van Helsing foi ao Museu Britânico, onde espera avistar-se com possíveis especialistas em Medicina Antiga. Isso porque os antigos médicos adotavam certos recursos que os seus sucessores desprezaram, e o Professor pretende pesquisar certos preventivos especificamente destinados a combater os flagelos impostos por bruxas e demônios, aos quais provavelmente teremos que recorrer mais tarde.

Às vezes, chego a pensar que nós todos estamos loucos e que, de um momento para outro, teremos que nos recuperar dentro de uma camisa de força.

Mais tarde – Tivemos nova reunião. Finalmente parece que estamos no caminho certo, e que nossa tarefa de amanhã assinalará o início do fim. Já desconfio de que a tranquilidade de comportamento de Renfield tenha algo a ver com essa expectativa. Suas atitudes têm apresentado uma sincronização tão singular com as vicissitudes do caso do Conde, que talvez a próxima destruição do monstro exerça alguma sutil influência sobre ele. Se ao menos pudéssemos levantar uma ponta do véu do que se oculta em sua mente, desde o dia em que argumentei com ele até o presente instante e sua volta à caçada de insetos, provavelmente estaríamos diante de outro indício valioso. Ele aparentemente se acha no limiar de novas revelações... Não é mesmo? O grito selvagem que acabo de ouvir pareceu-me vir da direção do seu quarto...

Meu atendente irrompeu aflito em meu escritório, dizendo-me que Renfield havia provocado um acidente. Ele também o ouvira gritar. E quando foi ver o que acontecia, encontrou-o estirado no chão, em decúbito ventral, literalmente coberto de sangue. Tenho que ir lá, correndo...

XXI
O diário do dr. Seward

3 de outubro – Procurarei reproduzir com toda a exatidão tudo o que aconteceu, na medida do que puder recordar, desde que fiz a última anotação. Nenhuma minúcia do que ainda guardo na lembrança deverá ser esquecida. Prosseguirei metodicamente e com toda a calma.

Ao chegar ao quarto de Renfield, encontrei-o estendido no chão, sobre o seu lado esquerdo, numa reluzente poça de sangue. Quando me dispus a removê-lo, percebi que ele apresentava sérias lesões corporais. Nenhuma delas, entretanto, apresentava qualquer correlação com as partes do corpo mais expostas, mesmo nos casos de sanidade letárgica. Como seu rosto me despertou a atenção em primeiro lugar, notei que estava horrivelmente machucado, como se se tivesse chocado brutalmente de encontro ao soalho. Aliás, fora das feridas de sua face que escorrera todo aquele sangue. O atendente que se ajoelhara ao lado do corpo inanimado disse-me, enquanto o deitávamos de costas para o chão:

– Senhor, acho que fraturou a coluna vertebral. Veja, seu braço e perna direitos, como também toda esta metade de seu rosto, estão paralisados...

Como semelhante coisa pôde acontecer deixava o atendente boquiaberto. Ele parecia literalmente aturdido, e suas sobrancelhas pareciam pregueadas em sua testa enquanto dizia:

– Há duas coisas que não consigo entender. Ele realmente, num exagero de absurdo, poderia ainda mutilar seu próprio rosto, batendo-o desvairadamente contra o chão. Uma ocasião vi uma jovem senhora fazer uma coisa dessas, antes que lhe pudesse pôr as mãos em cima, no Asilo de Eversfield. Posso também admitir que fraturasse a espinha ao cair da cama, caso fosse atingido por uma convulsão maligna. Mas, por tudo que mais quero nesta vida, não atino como essas duas coisas puderam ocorrer simultaneamente. Se sua espinha estava quebrada, ele não podia bater com sua cabeça; e se seu rosto já estivesse assim antes de ele tombar da cama, fatalmente teria que deixar manchas de sangue atrás de si.

Após ouvi-lo, disse:

– Vá procurar o dr. Van Helsing e diga-lhe para fazer o favor de vir imediatamente até aqui. Preciso falar com ele agora, sem perda de um segundo.

O homem saiu correndo, e dentro de poucos instantes, ainda de chinelos e roupa de dormir, o Professor veio a meu encontro. Ao deparar com Renfield ainda estendido no chão, lançou-lhe um olhar penetrante e, a seguir, volveu-se para mim. Acho que leu-me o pensamento através do meu olhar, pois limitou-se a dizer tranquilamente, com a evidente intenção de ser ouvido pelo atendente:

– Oh, um triste acidente! Vai necessitar de cuidados muito especiais e de assistência constante. Eu próprio ficarei para ajudá-lo. Mas, antes de mais nada, volto lá em cima para vestir uma roupa mais própria. Se o senhor quiser esperar-me, dentro de dois minutos estarei de volta.

O paciente agora respirava estertoradamente e diagnosticava-se facilmente que sofrera um terrível castigo. Van Helsing voltou com extraordinária rapidez, trazendo consigo um estojo com instrumental cirúrgico. Ele evidentemente já formara seu juízo sobre o caso, pois, antes mesmo de olhar para o ferido, sussurrou para mim:

– Dispense o seu atendente. Precisamos ficar a sós com o paciente, logo que recuperar a lucidez, após a operação.

– Sua parte está cumprida, Simmons. O mais urgente já está feito. Continue a fazer a sua ronda, que agora o dr. Van Helsing vai operar. Se notar mais alguma anormalidade por aí, venha dar-me imediato conhecimento.

O homem se retirou, e nós demos início a um meticuloso exame do paciente. As lesões faciais eram apenas superficiais. O mal mais grave consistia numa fratura do crânio com afundamento do parietal direito, afetando parte da área motora. Após um breve instante de reflexão, o Professor disse:

– Temos que reduzir a pressão e restabelecer as condições normais até onde isto for possível. A rapidez do derrame comprova a terrível gravidade desta lesão. Parece que toda a área psicomotora está afetada. A hemorragia cerebral está progredindo com muita rapidez. Isso nos obriga a fazer uma trepanação imediata, antes que seja demasiado tarde.

Enquanto ele falava, ouviu-se uma série de leves batidas na porta. Quando abri, deparei-me com Arthur e Quincey que, ainda de pijama e chinelos, tinham vindo pelo corredor. O primeiro falou-me:

– Ouvi seu empregado dizer ao dr. Van Helsing que tinha havido um acidente pessoal. Achei conveniente acordar Quincey, ou melhor, chamá-lo, porquanto ainda não havia adormecido. Os fatos se sucedem com rapidez tão vertiginosa ultimamente que mesmo dormindo nos mantemos semiacordados. Acredito que amanhã à noite as coisas já não continuem acontecendo assim. Precisamos olhar mais para a frente e para trás, isto é, precavermo-nos um pouco mais do que vimos fazendo. Podemos entrar?

Gesticulei afirmativamente e, depois que os dois entraram, tornei a fechar a porta. Assim que Quincey percebeu o estado em que se achava o paciente e avistou a poça de sangue que cobria o soalho, exclamou em voz baixa:

– Meus Deus! O que foi que aconteceu? Quem fez isso com esse pobre-diabo?

Contei-lhe sucintamente toda a história, acrescentando que esperávamos que recobrasse a consciência logo após a intervenção, ou, na pior hipótese, pouco depois. Ele então sentou-se na beira da cama, tendo Godalming a seu lado. Toda a nossa atenção concentrava-se agora no Professor.

– Temos ainda que aguardar um pouco – disse Van Helsing. – Destarte, estaremos aptos a determinar o ponto ótimo para a incisão da trepanação, pois será através dela que drenaremos com maior perfeição o coágulo de sangue que se está formando. É evidente que a hemorragia ainda não cedeu.

Cada minuto de espera parecia-nos transcorrer na mais enervante morosidade. Eu sentia como que um enorme peso esmagando meu coração, e através da fisionomia do dr. Van Helsing pude deduzir que também ele relutava intimamente contra o temor e a apreensão sobre o que ainda estava por chegar. O que eu mais receava agora era o que Renfield teria a dizer daí a pouco. Na verdade, eu temia até em pensar no que seria revelado. A convicção sobre o que se avizinhava já se assenhoreava de mim, ao recordar-me da leitura de um texto sobre os homens que haviam ouvido os segredos do velório. A respiração do pobre homem já se processava em haustos entrecortados. A cada instante ele ameaçava abrir os olhos e falar. Mas logo depois sobreviria uma respiração estentórea e prolongada, e ele deveria recair numa insensibilidade generalizada. Mesmo habituado como estava a presenciar frequentes casos de doença e de morte, a expectativa continuava numa tensão crescente, agigantando-se principalmente sobre mim. Parecia-me ouvir já as batidas do meu próprio coração, e o sangue que pulsava em minhas têmporas causava um impacto comparável ao de um martelo. Olhei então para meus companheiros, um após outro, e através da copiosa transpiração que inundava suas sobrancelhas e da ânsia estampada em suas faces conclui que estavam passando por idêntica tortura. E ali estávamos imersos numa nervosa expectativa, embora sobre todos nós pesasse um perigo bem maior e cujo estridente alarma se achava na iminência de deflagrar quando menos esperássemos.

Finalmente, chegou o instante em que o paciente evidentemente entrou num declínio assustador. Podia expirar a qualquer momento. Lancei um olhar em direção ao Professor, e percebi que seus olhos se fixavam nos meus. Sua fisionomia se tornou severa ao falar-me:

– Não há tempo a perder. Suas palavras poderão ainda salvar muitas vidas. Ocorreu-me esse pensamento enquanto aguardava este momento. É possível que aqui tenhamos uma alma ainda na iminência de ser imolada! Operaremos aqui, um pouco acima do conduto auditivo.

E sem dizer mais nada, concluiu a trepanação. Por alguns segundos a respiração se manteve ainda estentórea. E então ouviu-se uma inspiração tão profunda e prolongada que parecia estar dilacerando seu peito. E, de repente, seus olhos se abriram e permaneceram fixos e esgazeados, numa aterradora e selvagem imobilidade. Esse transe angustiante se estendeu por algum tempo. Mas aos poucos sua rigidez foi declinando e de seus lábios ouviu-se um suspiro de alívio. E agitando-se convulsivamente, falou:

– Ficarei quieto, doutor. Mande-lhes livrar-me desta camisa de força. Tive um terrível pesadelo e agora sinto-me tão fraco que nem me posso mover. O que é que há com meu rosto? Tenho a sensação de estar muito inchado e dói que é uma atrocidade.

Ele tentou volver a cabeça, mas bastou esboçar o movimento para que seus olhos ameaçassem voltar à fixidez anterior. Isso me obrigou a cuidadosamente repor sua cabeça na posição inicial. Então, Van Helsing falou em tom sentencioso:

– Conte-nos o seu sonho, sr. Renfield.

Ao ouvir seu nome ser pronunciado, seu rosto, apesar de toda a mutilação, iluminou-se e ele falou:

– Este é o dr. Van Helsing. Como é bom que o senhor esteja aqui! Dê-me um pouco de água, os meus lábios estão secos. Aí então tentarei contar tudo. Eu sonhei... – E interrompeu-se, parecendo que ia desmaiar. Chamei discretamente Quincey:

– A aguardente! Está lá em cima, no meu escritório. Depressa!

Ele foi e trouxe-me um copo e duas garrafas, uma com água e outra com aguardente. Umedecemos então seus lábios ressequidos e o paciente daí a pouco estava reanimado. Pareceu-me, entretanto, que seu pobre e maltratado cérebro nem assim cessara de funcionar. Logo que recuperou a consciência, ele olhou para mim penetrantemente e, superando um embaraço que jamais esquecerei, disse:

– Não pretendo enganar-me a mim mesmo: não houve sonho algum; tudo é a mais crua realidade. – E, dizendo isso, lançou um olhar arrastado em torno do quarto. Logo que avistou os dois homens pacientemente sentados à beira da cama, prosseguiu: – Se já não tivesse tanta certeza, eu teria agora de fazer uma pergunta a respeito dos dois. – E por alguns segundos os seus olhos se fecharam; não porque estivessem premidos pelo sono, mas voluntariamente, como se procurasse mobilizar todas as suas faculdades psíquicas. Ao reabri-los, falou com redobrada energia ainda irrevelada, numa estonteante catadupa: – Depressa, doutor, depressa, que estou morrendo! Sinto que não tenho mais que alguns minutos. Depois, preciso voltar para a Morte, para o Nada Absoluto... ou coisa ainda pior. Umedeça meus lábios com mais um pouco de aguardente. Tenho ainda algo a revelar antes de morrer, ou mesmo antes que o meu frágil e já fraturado cérebro venha a desfalecer de alguma outra forma. Muito obrigado! Tudo começou naquela noite em que lhe pedi para sair, e mais precisamente depois que o senhor se retirou. Então nada podia dizer, porquanto minha língua estava amarrada. Na verdade, porém, salvo no tocante a esse aspecto, minha mente achava-se tão sã como está agora. Depois que o senhor me deixou, passei por um longo período de agonia e desespero, e este sofrimento pareceu-me estender-se por intermináveis horas. E subitamente ganho um refrigério de bem-vinda paz. Meu cérebro pareceu-me novamente tranquilo, e pude recobrar plena noção de onde me encontrava. Ouvi o latido dos cães atrás de nossa casa, mas não era ali que Ele estava!

Enquanto ele falou, os olhos de Van Helsing nem sequer pestanejaram, mas, ouvindo esta última frase, sua mão encontrou-se com a minha, e ambos trocamos um sincero aperto de mão. O Professor, porém, não se deixou trair; e, através de um breve gesto, disse:

– Prossiga.

– Em meio à densa névoa – continuou Renfield –, Ele assomou à minha janela, onde eu já o havia visto várias vezes antes. Desta feita, porém, mostrava-se palpável e corpóreo... não como um fantasma, e seus olhos faiscavam ferozmente, como que refletindo um intenso ódio. Entretanto, ostentava um riso sardônico muito condizente com o cruel vermelho que demarcava sua boca, ao passo que a inusitada alvura dos seus dentes refulgia singularmente sob o luar, quando volveu a cabeça para olhar por cima da copa das árvores na direção do ladrar dos cães. Quis convidá-lo a entrar logo no início, pois sabia ser isto necessário, como ele aliás já pretendera antes. Então começou a me prometer uma porção de coisas... não apenas em palavras, mas oferecendo-as no ato e com todos os requintes da própria natureza.

– Mas como? – interrompeu o Professor.

– Fazendo-as acontecer, precisamente como também me enviava as moscas, enquanto o sol brilhava intensamente. Médias e enormes moscas, com asas de aço e de safiras e, à noite, as gigantescas mariposas, de crânios avantajados e verdadeiras costelas em suas carcaças.

Van Helsing balançou a cabeça afirmativamente, enquanto simultaneamente sussurrava para mim:

– A *Acherontia Atropos das Esfinges*... que vocês chamam de *Mariposa da Caveira*, não é mesmo?

O paciente, não obstante, prosseguiu falando:

– Então Ele começou a sussurrar: "Ratos, ratos, ratos! Centenas, milhares, milhões deles, e cada um uma vida; e cães para os devorar, e gatos também. Tudo isso como vidas palpitantes! Com sangue vermelho e quente, preciosos depositários de anos e anos de vida; não mais simplórias moscas, que mal conseguem zumbir!" Ri diante de suas tiradas predatórias, pois precisava saber até onde tal desvario o levaria. Então, os cães uivaram ao longe, além das árvores sombrias, lá, em Sua casa. Apontou para a janela. Levantei-me e olhei para fora, e Ele ergueu suas mãos, incutindo-me tacitamente a impressão de estar-me convidando a sair. Vi uma informe massa negra espalhar-se sobre a relva e avançar lentamente como se fosse uma chama crepitante. A seguir, Ele deslocou a névoa para a direita e para a esquerda, dando margem a que eu percebesse a presença de milhares de ratos, todos em constante movimento, o que se percebia facilmente através de seus minúsculos olhos: dois irrequietos pontinhos vermelhos... de um vermelho semelhante ao reflexo dos Seus, apenas um pouco menores. Ele ergueu uma das mãos e todos os animaizinhos se imobilizaram. E agora parecia-me ouvi-lo dizer: "Todas essas vidas serão suas, e ainda muitas outras e ainda maiores, através de eras incontáveis, desde que se prostre diante de mim, me adore e me cultue!". E então uma nuvem rubra, uma nuvem cor de sangue, pareceu fechar-se sobre os meus olhos e, antes mesmo que soubesse o que eu estava fazendo, vi-me a mim próprio abrindo o ferrolho da janela e dizendo-lhe: "Entre, meu Senhor e Patrão!" Todos os ratos já haviam desaparecido. Ele, porém, insinuou-se para dentro do meu quarto através da estreita fresta do caixilho, embora o espaço ali existente não fosse maior que uma escassa polegada... o que até então só fora possível a um tênue raio de luar de plenilúnio.

Sua voz voltara a enfraquecer, e eu achei prudente umedecer mais um pouco seus lábios com minha aguardente. Ele prosseguiu. Sua memória, não obstante, deve ter permanecido em plena atividade, mesmo durante o breve intervalo, de vez que a retomada de sua narrativa o levou a omitir algo, que ficou para trás. Já me dispunha a interpelá-lo, mas Van Helsing sussurrou-me:

– Deixe-o continuar; não o interrompa agora. Não está em condições de retroceder e é muito provável que, se vier a perder a sequência do raciocínio, não mais consiga recuperá-la.

E ele continuou:

– Todos os dias eu ficava esperando que Ele me mandasse alguma coisa, mas ele não ligava para mim, e eu não ganhava nem mesmo uma mísera varejeira. E ao nascer da Lua eu já estava seriamente aborrecido com Ele. Ao esgueirar-se para dentro do meu quarto através da fresta da janela, ainda fechada e na qual não chegou a bater, encontrou-me furioso, tal a raiva que agora tinha dele. Ele escarneceu de mim, e seu rosto lívido assomou de dentro da névoa, de olhos vermelhos e fuzilantes, e avançou em minha direção como se tudo ali fosse coisa dele, e eu não fosse ninguém. Seu odor, entretanto, já não era o mesmo ao chegar junto de mim. Não o pude reter. E achava que, por motivos que ainda desconheço, a sra. Harker entrara em meu quarto.

Os dois homens que até ali se achavam sentados à beira da cama se ergueram de um salto e se postaram de pé por trás dele, de forma a não serem notados, a fim de não perderem uma só palavra do que agora dizia. Ambos ainda se mantinham silenciosos. O Professor entretanto estremeceu, mal reprimindo uma exclamação. Seu rosto, porém, tornou-se sério e pálido. Renfield prosseguiu normalmente, pois nada notara:

– Quando a sra. Harker veio até aqui esta noite, já não era a mesma. Mais parecia-me um bule de chá depois de batizado com água da bica.

Esboçamos todos um gesto de incontido espanto, sem contudo quebrarmos o silêncio. E ele continuou:

– Só soube que era ela após ouvir sua voz. E, como disse, já não me parecia a mesma. Gente anêmica não me interessa. Gosto apenas de pessoas em cujas artérias corre sangue farto, ao passo que nas suas o fluido vital já se tornara escasso. Não havia pensado nisso antes. Entretanto, logo que ela saiu, comecei a meditar, e isso foi o bastante para me deixar louco, pois sabia que Ele estivera sugando a Vida de suas veias.

Ao ouvir essa inesperada e trágica revelação percebi que, como eu, todos os demais estremeceram. Contivemo-nos, porém, para não interrompê-lo.

– Por isso, quando Ele retornou hoje à noite, eu já estava pronto para recebê-lo. Vi quando a névoa penetrou em meu quarto, avancei no que pude agarrar e o fiz com toda a minha força. Eu já ouvira dizer que os loucos quando irritados têm uma energia descomunal. E, segundo sabia, eu era um deles... ao menos em certas ocasiões... e agora havia decidido empregar toda esta minha força. Sim! Mas Ele também o pressentiu, pois imediatamente se desvencilhou da névoa para lutar comigo. Agarrei-o firmemente, imobilizei-o e julguei que o venceria, já que não admitia de forma alguma que Ele continuasse a sacrificar sua Vida. Mas, de repente, vi seus sinistros olhos. Suas candentes chispas estavam-me consumindo e toda a minha energia se desintegrara como água. Ele se desvencilhou e, quando tentei agarrá-lo novamente, ergueu-me acima de sua cabeça e lançou-me ao chão. Depois disso, só me lembro de uma nuvem vermelha que inundou meus olhos e de um estrondo semelhante ao do trovão, enquanto a névoa desaparecia pela fresta da soleira. – Sua voz tornara-se extremamente débil, e sua respiração prenunciava o estertor. Van Helsing ergueu-se instintivamente.

– Agora já sabemos do pior – disse. – O Conde está aqui, e todos nós sabemos quais são seus desígnios. Talvez ainda não seja demasiado tarde. Vamo-nos proteger, isto é, munir-nos dos símbolos e ingredientes sagrados a que recorremos na noite das buscas no casarão. Mas não percamos tempo, pois cada segundo é decisivo para nós.

Nessa altura já não era necessário encarecer nossos temores nem tampouco pôr em dúvida nossas próprias convicções, todos compartilhávamos deles. Apressamo-nos em nos munir de tudo quanto já havíamos usado por ocasião da invasão do casarão do Conde. O Professor foi o primeiro a se aprontar. E quando o encontramos ainda no corredor, apontou significativamente e disse:

– Isto nunca me abandona; e assim será até que esta sinistra empreitada tenha terminado. Acautelem-se vocês também, meus amigos. Não estamos lidando com inimigo corriqueiro. Meu Deus, meu Deus! Como nossa cara sra. Mina deve ter sofrido! – E em seguida emudeceu. Sua voz estava embargada e trêmula, e eu próprio não saberia dizer se era ódio ou terror que estrangulava o meu coração. Diante do quarto dos Harker nos detivemos. Arthur e Quincey se entreolharam e o último perguntou:

– Acham que devemos incomodá-los?

– Temos de fazer isto – disse Van Helsing, já impaciente. – Se a porta estiver trancada, eu a arrombarei.

– Mas isso não irá assustá-la mais ainda? Não é nada recomendável irromper desta maneira no dormitório de uma senhora!

Van Helsing, porém, ponderou com firmeza:

– Você sempre tem razão. Mas aqui estamos diante de um caso de vida ou morte. Todos os dormitórios são iguais para o médico. E mesmo que não fossem, o seriam da mesma forma esta noite. Amigo John, vou acionar o trinco. Se a porta não se abrir, encoste aqui seu ombro e empurre. E os senhores também, meus amigos. Agora!

Ele girou a maçaneta, mas a porta não cedeu. Todos nos lançamos contra ela. Escancarou-se com um estrondo e quase nos estatelamos no meio do quarto. O Professor realmente chegou a cair pois ainda o vi reerguer-se, de mãos e joelhos no chão. O que vi então no quarto me deixou paralisado. Senti meus cabelos se eriçarem e meu coração entrar em descompasso.

O clarão do luar inundava de tal maneira o ambiente que, através da espessa persiana amarela, ainda filtrava luz como se estivesse amanhecendo. Estendido na cama junto à janela, de rosto congestionado e respirando ofegadamente, como em pleno estupor, estava Jonathan. E perto dele, junto à beira da cama, de frente para a janela, lividamente pálida, estava sua mulher. A seu lado e de pé encontrava-se um homem alto e franzino, trajando vestes negras. Seu rosto não se volvera para nós, mas no mesmo instante identificamos nele a maligna figura do Conde... em todos os sentidos, inclusive pela cicatriz que desfigurava sua testa. Com sua mão esquerda ele segurava ambos os braços da sra. Harker, mantendo-os afastados sob forte tensão; e com a direita apoiada sobre a nuca, pressionava o rosto dela de encontro a seu peito. Sua camisola de dormir estava salpicada de sangue de um vermelho vivo, e um tênue filete rubro deslizava pelo peito do homem, que estava descoberto. A postura dos dois apresentava uma grotesca semelhança com a de um menino que quer forçar um pinto a beber leite, empurrando seu bico para dentro de um pires. Quando irrompemos dentro do quarto, o Conde encarou-nos, e aquele olhar demoníaco que eu apenas conhecia através do que já lera assomou em seu rosto. Seus olhos se inflamaram de um ódio bestial. As flácidas narinas do seu nariz adunco se dilataram enormemente e começaram a vibrar; e seus brancos e aguçados dentes, que agora pareciam projetar-se para fora dos carnudos e sangrentos lábios, matraqueavam uns de encontro aos outros com o estridor de uma fera enfurecida. Com um repelão selvagem, que lançou sua vítima inconsciente sobre o leito, contorceu-se e, como um réptil, arremeteu em nossa direção. Mas, nesse breve ínterim, o Professor já se erguera completamente e, de braço estendido, apresentava-lhe o pequeno repositório que continha a Hóstia Sagrada. O Conde estancou no mesmo instante, tal como o fizera a pobre Lucy diante do jazigo, e, assustado, retrocedeu. E mais e mais ele se retraiu enquanto nós, erguendo os nossos crucifixos, íamos avançando. A Lua, subitamente, parou de brilhar, encoberta por uma extensa e negra nuvem que cruzou o firmamento. E quando o lampião de gás, aceso por um fósforo de Quincey, iluminou o quarto, nada mais vimos que um diáfano véu de vapor. Enquanto olhávamos, esta espécie de névoa desaparecia através da fresta da soleira da porta, pois esta, com o impacto que a projetara contra a parede, voltara a sua primitiva posição. Van Helsing, Arthur e eu demos alguns passos em direção à sra. Harker, que, nesse meio-tempo, se recompusera e soltara um grito tão lancinante, desvairado e desesperado que provavelmente ficará soando em meus ouvidos até o dia do Juízo Final. Por breves segundos ela ainda permaneceu naquela atitude de siderada inanidade. Seu rosto aparentava a expressão de um fantasma, pois sua palidez se fazia acentuar pelas manchas de sangue que ainda se espalhavam por seus lábios, seu queixo e sua face. De sua garganta escorria um filete de sangue bem perceptível, e seus olhos estavam paralisados de terror. Então, ela ocultou o rosto com seus pobres punhos contraídos, sobre os quais ainda eram visíveis as marcas vermelhas produzidas pela terrível pressão dos dedos do Conde, e por trás deles ouvia-se um débil e lamentoso vagido. Todo o quadro adquiriu então uma expressão de infinita tristeza. Van Helsing avançou alguns passos e dispôs-se cuidadosamente a cobrir melhor seu corpo com a colcha, enquanto Arthur, após lançar um olhar inconformado para o seu rosto, saiu do quarto apressadamente. Van Helsing sussurrou para mim:

– Jonathan encontra-se sob um estado de estupor como só os vampiros podem infligir. Nada podemos fazer em benefício da pobre sra. Mina nestes primeiros instantes, enquanto ela própria não voltar a si. Mas tenho que despertá-lo! E apanhando uma toalha, mergulhou uma das extremidades em água fria e com ela começou a flagelar-lhe o rosto. Durante todo esse tempo, sua mulher mantinha a face oculta entre as mãos e emitia uns suspiros de cortar o coração. Suspendi a persiana e lancei um olhar para fora da janela.

O luar voltara a brilhar, e eu ainda pude acompanhar os movimentos de Quincey Morris, que corria através do gramado, indo ocultar-se sob a sombra de um frondoso teixo. Fiquei intrigado com o que pudesse estar ali fazendo, mas no mesmo instante ouvi um grito proferido por Jonathan, que acabara de despertar parcialmente e olhava em direção à cama. Como já esperava, seu rosto estampava uma expressão do mais desvairado paroxismo. E como se estivesse tonto, assim ainda se manteve por alguns segundos. Mas numa vigorosa reação, ei-lo já senhor de toda a sua consciência e de pé sem vacilar.

Sua mulher, excitada por seu brusco movimento, voltou-se para ele de braços estendidos, para abraçá-lo. Mas, ato contínuo, os recolheu, assustada. E juntando novamente as mãos, espalmou-as sobre o próprio rosto, estremecendo a ponto de abalar a cama.

– Por amor de Deus, o que foi que houve? – gritou Jonathan Harker. – Dr. Seward, dr. Van Helsing, digam-me, por favor, o que é isto? O que está errado, o que aconteceu? Mina, minha querida, o que você tem? O que quer dizer este sangue aí? Meu Deus, meus Deus, a que ponto isso chegou! – E, ajoelhando-se diante dela ergueu as mãos para o alto e numa invocação desesperada gemia, como um louco: – Deus Misericordioso, ajude-nos! Ajude-a, ajude-a! – E de um salto, desceu da cama e começou apressadamente a trocar de roupa... toda a varonilidade estava nele desperta e com redobrada energia estava pronta a responder a este novo e brutal apelo. – O que aconteceu? Digam-me tudo, que eu quero saber! – disse ele, sem parar. – Dr. Van Helsing, sei perfeitamente o quanto o senhor admira Mina. Por favor, faça alguma coisa já para salvá-la. Seu mal ainda não pode ter ido muito longe. Proteja-a enquanto cuido *dele*!

Sua mulher, sobressaltada de tristeza e de terror, percebeu de relance todo o tremendo perigo que o ameaçava e, esquecendo-se momentaneamente da própria desdita, abraçou-se a ele e gritou:

– Não, não, Jonathan! Você não me pode abandonar. Já sofri bastante hoje à noite. Só Deus o sabe, além do pavor de vê-lo molestar você. Você tem de ficar junto de mim. Junte-se a estes amigos que cuidarão de mim!

Sua expressão tornara-se frenética enquanto assim falava, e ele não pôde resistir a seus apelos. Ela então o fez sentar-se na beira da cama, abraçando-se a ele firmemente. Van Helsing e eu tentamos acalmar os dois. O Professor ergueu o seu crucifixo de ouro e, com espantosa tranquilidade, falou:

– Nada temam, meus amigos. Nós estamos aqui. E enquanto este símbolo sagrado estiver próximo, nenhum ente maligno ousará chegar junto de vocês. Então a salvo esta noite, e nós precisamos contar com toda a calma a fim de reunirmo-nos para deliberar.

Ela tremia silenciosamente, enquanto conservava sua cabeça suavemente recostada sobre o peito do marido. Quando a reergueu, voltou a assustar-se com as fortes manchas de sangue que seus lábios e as pequenas incisões de sua garganta haviam deixado sobre a alvura de sua camisola de dormir. E então instintivamente ela se retraiu e, depois de emitir um surdo gemido, sussurrou entre soluços entrecortados:

– Impura, impura! Já não mais posso tocá-lo ou beijá-lo! Oh, por que precisamente eu, que agora sou seu mais intransigente inimigo e de quem só pode esperar as piores consequências!

Ao que Jonathan resolutamente respondeu:

– Isto é um absurdo, Mina. Não me decepcione, obrigando-me a ouvir semelhante palavra. Assim como jamais admitiria ouvir isso dito sobre você, muito menos ainda posso concordar em ouvi-lo de você. Que Deus me julgue segundo o que mereço e me castigue ainda mais amargamente do que aqui acabamos de sofrer, se, por qualquer ato ou pensamento meu, algum desgosto vier um dia se interpor entre nós dois!

E para coroar a sinceridade de suas palavras, estendeu seus braços e carinhosamente a apertou contra o seu peito e ali a manteve até que seus soluços se extinguissem. Enquanto isso, ele nos lançava por cima de sua cabeça um olhar de profunda emoção, com ardentes lágrimas. Suas narinas tremiam, mas a comissura de seus lábios estava firme e determinada como se fora uma lâmina de aço. Quando sentiu que os soluços haviam cessado por completo, olhando firmemente para mim e num tom de sofrida calma, para que seus nervos não explodissem fragorosamente, falou-me:

– E agora, dr. Seward, conte-me tudo o que aconteceu. O fato em si já me é mais que evidente. Quero apenas saber como tudo aconteceu.

Reproduzi-lhe precisamente tudo o que houvera, e ele escutou todo o meu relato sob a mais aparente impassibilidade. Vez por outra, porém, suas narinas tremiam e seus olhos pareciam incendiar-se, principalmente quando descrevi a maneira como as abjetas mãos do Conde haviam subjugado sua mulher naquela horrível posição, obrigando-a a encostar seus lábios numa lesão que ele fizera em seu próprio peito. O que então mais me impressionou foi o lívido furor que parecia petrificar seu rosto já convulsionado, enquanto suas duas mãos prosseguiam ternamente acariciando os sedosos cabelos de sua mulher. No exato instante em que eu terminara, Quincey e Godalming bateram à porta. Ambos entraram, logo que os chamamos. Van Helsing olhava-me agora interrogativamente. Logo percebi sua intenção de aproveitarmos as momentâneas divagações do desditoso casal a respeito deste novo infortúnio. Então, aquiescendo com tácito meneio, ele perguntou-lhes o que haviam visto ou feito lá fora. Coube a Lorde Godalming responder:

– Não o pude ver em parte alguma do corredor nem tampouco em nenhum dos nossos quartos. Procurei-o também no escritório e, embora tivesse estado lá, também já se fora. Ele havia, contudo... – E subitamente interrompeu-se, ao notar o triste abatimento de Mina, agora estendida sobre a cama. Van Helsing disse com enérgica determinação:

– Prossiga, amigo Arthur. O momento já não comporta qualquer dissimulação. Nossa esperança agora resume-se em sabermos tudo. Fale-nos francamente!

– Ele tinha estado lá – prosseguiu Lorde Godalming –, e embora apenas por poucos segundos transformou tudo num montão de lixo. Todos os nossos apontamentos estão reduzidos a cinza, e quando lá cheguei as chamas azuis ainda bruxuleavam por sobre as negras cinzas. Inclusive os rolos do seu fonógrafo foram lançados à fogueira, com a cera aumentando ainda mais o poder destruidor do fogo.

Neste instante, o interrompi e disse-lhe:

– Graças a Deus dispomos de uma outra cópia, que está guardada dentro do meu cofre.

Seu semblante iluminou-se por um breve instante, mas logo a seguir prosseguiu, desanimado:

– Desci então pela escada, mas já não encontrei nenhum traço dele. Fui até o quarto de Renfield. Também lá não descobri o menor vestígio, exceto... – E neste ponto, voltou a fazer uma pausa.

– Fale! – disse Van Helsing, com a voz um pouco rouca. E inclinando a cabeça e umedecendo os lábios, Arthur acrescentou:

– Exceto quanto ao pobre Renfield, que está morto.

Ao ouvir a triste notícia, a sra. Harker ergueu a cabeça e, olhando-nos um por um, disse sentenciosamente:

– Cumpriu-se a vontade de Deus!

Não obstante, não me passou despercebido que Arthur ainda não dissera tudo. Percebendo, porém, que o fizera deliberadamente mantive-me apenas na expectativa. Van Helsing, voltando-se para Morris, perguntou:

– E o senhor, amigo Quincey, tem também alguma coisa para nos contar?

– Pouca coisa – disse ele. – Isto pode parecer exageradamente circunstancial, mas neste momento ainda não posso adiantar nada. Julguei oportuno, se possível, saber aonde o Conde iria após deixar a nossa casa. Não o vi. Surpreendi, porém, um morcego que levantou voo da janela de Renfield e tomou o rumo oeste. Esperava vê-lo retornar, sob outra forma qualquer, a caminho de Carfax. Mas certamente ele buscou refúgio em algum outro esconderijo. Não voltará esta noite, pois o horizonte já se emoldura dos primeiros dourados da aurora a leste. Amanhã, precisamos trabalhar!

Suas últimas palavras foram pronunciadas através de dentes cerrados. Durante um certo lapso de tempo, ou mais precisamente por alguns longos minutos, seguiu-se um profundo silêncio, a ponto de parecer-me ouvir as batidas do meu próprio coração. Então, Van Helsing pôs sua mão ternamente sobre a cabeça da sra. Harker:

– E agora, sra. Mina... pobre e caríssima sra. Mina... conte-nos fielmente o que sucedeu aqui. Deus é testemunha de que não quero que a senhora seja molestada. Mas é indispensável que saibamos tudo. Falo-lhe nestes termos porque agora mais que nunca tudo o que fizermos, cada passo que arriscarmos, tem que ser rápido e incisivo e mortalmente exato. O dia já vem ao nosso encontro, e será este o dia que marcará o fim de tudo, desde que tal fim seja atingível. E agora estamos diante do clímax, isto é, da oportunidade que nos permitirá viver e aprender.

A pobre e querida senhora tremia, e eu percebia a esmagadora tensão nervosa que a apavorava, quando ela mais e mais buscava o único amparo físico que lhe oferecia o fiel regaço do marido. Então, ergueu a cabeça com toda altivez que as circunstâncias lhe permitiam e, estendendo sua mão direita para o Professor, inclinou-se reverentemente, tomou-lhe a mão e beijou-a, conservando-a na sua enquanto falava. A outra, ela ainda mantinha nas mãos de Jonathan, que passara protetoramente um dos braços em torno dos seus ombros. E depois de uma curta pausa, durante a qual evidentemente procurara ordenar suas ideias, começou dizendo:

– Tomei a poção sonífera que o senhor gentilmente me prescreveu, mas ainda assim por bastante tempo ela ficou sem atuar. Pareceu-me que me estivesse tornando progressivamente mais desperta, e uma miríade de extravagantes fantasias começou a povoar minha mente... todas elas relacionadas com mortes e vampiros; com sangue, sofrimento e desamparo. – Seu marido esboçou involuntariamente um gemido, quando, volvendo-se para ele, disse-lhe em tom amável: – Nada tema, meu querido. Seja forte e bravo, e ajude-me a levar de vencida esta terrível tarefa. Se você pudesse imaginar o esforço que estou fazendo para apenas narrar esta aterradora história, compreenderia o quanto necessito de sua ajuda. Bem, agora eu estava convencida de que precisava tentar prestar minha colaboração à medicina, a fim de que pudesse influenciar efetivamente a minha vontade, desde que isto me beneficiasse. Por isso, resolutamente me dispus a adormecer, e logo após o verdadeiro sono me empolgou, pois somente mais tarde percebi que ele já dormia a meu lado. Notei, então, que nosso quarto estava saturado da mesma névoa branca que já vira antes. Mas então esqueci-me se ele sabia ou não deste particular; o senhor o encontrará em meu diário, que lhe mostrarei mais tarde. Senti nessa ocasião o mesmo vago terror que me assaltara antes, com o mesmo pressentimento de alguma ameaça. Virei-me para acordar Jonathan. Notei, porém, que seu sono era tão profundo que até tive a impressão de que fora ele e não eu quem tomara a poção para adormecer. Mesmo assim, tentei e insisti, mas não consegui despertá-lo. Isso deixou-me realmente apavorada, e logo comecei a olhar em torno sem saber o que fazer. Foi neste preciso instante que meu coração ficou paralisado: ao lado da cama, como se tivesse surgido de dentro daquela névoa... ou talvez quando a própria névoa se transformou naquele indivíduo... já que então toda ela se desvaneceu, estava de pé um homem alto e esguio, todo de preto. Eu já o conhecia através da descrição de outros. O rosto lívido e estereotipado, nariz alto e aquilino, sobre o qual a incidência do luar difuso formava um contorno esbranquiçado; os lábios vermelhos entreabertos, deixando à mostra seus brancos e aguçados dentes; e aqueles mesmos olhos vermelhos que me pareceu ter visto ao por do sol, junto aos vitrais da Igreja de St. Mary, em Whitby. Reconheci-o também através da cicatriz vermelha de sua testa, onde Jonathan o golpeara. Por instantes, meu coração deixou de pulsar e pensei em gritar, mas nada pude articular, pois estava literalmente paralisada. No curto intervalo que se seguiu, ele me falou num murmúrio mordaz e cortante, apontando para Jonathan: "Silêncio! Se abrir a boca esfacelarei a cabeça dele diante dos seus olhos."

Eu estava gelada e completamente aturdida para fazer ou dizer alguma coisa. Com um riso sardônico, ele colocou uma das mãos sobre meu ombro, agarrando-o com força, e com a outra desimpediu minha garganta. Ao mesmo tempo, falava: "Primeiramente, um ligeiro refrigério para compensar meu esforço. Procure manter-se quieta; esta não é a primeira nem a segunda vez que suas veias saciam minha sede!" Meu aturdimento então era completo e, estranhamente, já não tentava obstar seus propósitos. Suponho que isso é parte desta horrível maldição, desde que ele ponha as mãos sobre sua vítima. E então, oh, meu Deus! Deus se apiede de mim! Ele baixou seus lábios impregnados de mau hálito sobre minha garganta!

Seu marido voltou a emitir um surdo gemido. Ela apertou ainda mais fortemente sua mão e olhou penalizada para ele, como se o maior molestado não fosse realmente ela, e prosseguiu:

– Senti minhas forças se esvaírem, e agora já me sentia semi-inconsciente. Quanto tempo durou todo este martírio eu realmente não posso precisar. Para mim, porém, pareceu-me transcorrer uma eternidade até ele me libertar de sua asquerosa, aterradora e malcheirosa boca. Ainda vi o sangue vivo gotejar dos seus lábios!

A triste recordação e a constante tensão sob a qual ainda falava pareciam exauri-la, e ela de fato ameaçou desfalecer e entrar em colapso, se o seu marido não a tivesse imediatamente amparado em seus braços. Após outro considerável esforço, ela se recuperou e prosseguiu:

– Então, falou-me sarcasticamente: "E assim, você, como os demais, fazia seus planos para liquidar-me. Ajudaria esses homens a caçar-me e frustrar meus desígnios! Ficou sabendo agora, e eles também já estão começando a saber, e dentro em pouco irão ficar cientes de tudo o que significa querer barrar meu caminho. Eles deviam ter guardado suas energias para fins domésticos. Enquanto eles querem usar de sagacidade contra mim... contra mim, que comandei nações e teci mil intrigas entre elas; e que combati por elas, muitos séculos antes de eles terem nascido... eu estava apenas contemporizando para frustrá-los. E você, a querida deles, pertence agora a mim, carne de minha carne; sangue de meu sangue, estirpe da minha estirpe; generoso lagar de capitosos vinhos, transitoriamente, e mais tarde minha ajudante e companheira. Você também será vingada, por seu turno, pois nenhum deles a utilizará mais como seu instrumento. Mas por enquanto você ainda terá de ser punida pelo que fez. Você ajudou a perseguir-me; agora terá que obedecer a meu chamado. Quando eu mentalmente disser *Venha!*, você atravessará terras e mares para satisfazer meu comando. E para que assim seja, tome isto!" E, abrindo a gola da camisa, com suas afiadas unhas abriu uma veia em seu peito. Logo que o sangue começou a escorrer, tomou uma das minhas mãos e, fazendo dela uma concha, com a outra obrigou-me a dobrar o pescoço até comprimir minha boca sobre a ferida ensanguentada, forçando-me com tamanha violência que eu, ou morria sufocada, ou teria de engolir seu asqueroso... Oh, meu Deus! Meus Deus! O que foi que fiz? O que fiz para merecer semelhante castigo, eu que sempre procurei trilhar o caminho da humildade e da razão. Deus, tenha piedade de mim! Olhe para esta pobre alma, agora exposta a um perigo mais que mortal. Estenda também sua misericórdia a todos aqueles que tanto a amam! – E então ela começou a esfregar-se fortemente, como se quisesse afastar de si todos os vestígios daquele sangue amaldiçoado.

Enquanto ela narrava sua comovente história, o nascente aos poucos se tingia de tons róseos e dourados, e as luzes da alvorada afugentavam as últimas sombras daquela interminável e sinistra noite. Harker agora estava quieto e calado. Mas, enquanto a aterradora narrativa prosseguia com a mais amarga crueldade, seu rosto adquiriu um tom cinza-lívido que eu não ousaria descrever. E foi assim que os primeiros raios da luz matinal nos mostraram suas congestionadas feições e seus grisalhos cabelos revoltos e eriçados.

Decidimos então que um de nós daria constante assistência pessoal ao desditoso casal, até que nos pudéssemos reunir e estabelecer um novo e imediato plano de ação.

De uma coisa estou certo: esta benfazeja luz matinal não iluminará por todo o dia de hoje, aqui e por toda a redondeza, uma outra casa qualquer tão sofrida e marcada de infortúnios.

XXII
O diário de Jonathan Harker

3 de outubro – Diante da alternativa de fazer alguma coisa ou enlouquecer, opto pela primeira hipótese, e volto a meu diário. São seis horas, e devemos ter uma reunião no escritório dentro de trinta minutos e também comer alguma coisa. Isto porque o Professor e o dr. Seward são de opinião que, se não nos alimentarmos, nosso trabalho não terá um rendimento ótimo. E este ótimo terá que ser alcançado hoje, se Deus permitir. Vou manter-me escrevendo aqui, de qualquer maneira, pois não ouso parar de pensar. Tudo, desde o maior até o mínimo, terá que ser posto abaixo. No fim, talvez as ínfimas coisas serão precisamente as que maiores ensinamentos nos trarão. E foram exatamente esses mesmos ensinamentos, grandes ou pequenos, que nos degradaram, a Mina e a mim, a um extremo tal que nem mesmo a mais fértil e perversa imaginação pode conceber coisa pior. A despeito de tudo, devemos confiar e manter nossas esperanças. A pobre Mina acaba de me afirmar, sob nova torrente de lágrimas, que é sob o castigo do infortúnio que a nossa fé é aquilatada, que precisamos conservar-nos otimistas, e que assim Deus nos ajudará a alcançar o fim. O fim! Oh, meu Deus, que fim?... Trabalhar! Trabalhar!

Quando o Professor e o dr. Seward voltaram do quarto do pobre Renfield, indagamos pesarosos o que devíamos fazer. Foi então que o dr. Seward disse que, ao descerem ao quarto, encontraram Renfield morto no chão, como se fosse um monte de carne disforme. Seu rosto, completamente massacrado, estava irreconhecível, e seu pescoço, partido.

O dr. Seward perguntou ao atendente que estava de serviço no corredor se havia ouvido alguma coisa. O empregado disse que estivera quase todo tempo sentado, confessando inclusive que se sentira bastante sonolento, quando ouviu altas vozes no quarto, tendo Renfield ainda várias vezes clamado pelo Altíssimo: "Deus! Deus! Deus!", e depois disso o surdo ruído de uma queda. E, ao entrar no quarto, já o encontrou estirado lá e de rosto no chão, tal como o doutor o viu. Van Helsing ainda perguntou se ele ouvira "vozes" ou "voz", e ele disse que nada podia esclarecer. Que, primeiramente, pareceu-lhe que lá estivessem duas pessoas, mas como lá não havia mais ninguém, é claro que só podia haver uma. Ele podia jurar, se tanto fosse necessário, que a exclamação "Deus!" partira do paciente. Com a saída do atendente, o dr. Seward disse-nos que não deseja intervir neste assunto, porquanto isto importaria em abrir uma sindicância que, por sua vez, jamais nos conduziria à verdade, visto que ninguém acreditaria num resultado verídico. Diante do que ocorrera, e levando em conta o testemunho do atendente, podia perfeitamente expedir um certificado de óbito cuja *causa mortis* se reportasse a uma queda acidental da cama. Caso a empresa funerária o exigisse, seria formalmente instaurado um inquérito, que levaria ao mesmo resultado.

Quando iniciamos a discussão sobre qual seria o nosso próximo passo, ficou prioritariamente estabelecido que Mina teria acesso a todas as discussões e resoluções, e que nada, absolutamente nada, por mais penoso que fosse, permanecesse fora do seu conhecimento. Ela própria reconheceu o sábio alcance da medida, e era realmente comovente contemplá-la tão brava em sua tristeza e em meio a tanto desespero.

– Já não haverá mais segredos – disse ela. – Oh, meu Deus! Já os tivemos demais. E além disso, já não existe neste imenso mundo provação mais rude e mais amarga do que esta pela qual passei... e sob a qual ainda estou sofrendo! Aconteça o que acontecer, tudo será para mim motivo de uma nova esperança e de renovada coragem!

Van Helsing, que estivera olhando para ela fixamente enquanto falava, perguntou-lhe súbita, mas compassivamente:

– Mas, minha cara sra. Mina, realmente não está temerosa? Não pela senhora própria, mas pelos demais que a cercam, depois do que aconteceu?

Sua face tornou-se grave, mas seus olhos prosseguiram brilhando com a devoção de um mártir, ao responder:

– Oh, não! Já tenho um juízo formado!

– Para quê? – perguntei, com ternura, diante do silêncio geral, posto que cada um de nós, segundo seu pensamento, já fazia uma ideia, embora ainda vaga, do significado de suas palavras. Sua resposta foi direta e simples, como se estivesse relatando um fato qualquer:

– Porque se eu própria vier a surpreender a mim mesma... e para tal estarei sob permanente alerta... ao mais leve indício de prejudicar alguém que eu ame ou admire, morrerei!

– A senhora não está afirmando que cometeria suicídio, não é mesmo? – perguntou o Professor, com voz embargada.

– Sim, é o que farei. Não havendo alguém amigo que realmente me quisesse bem e que me poupasse mais esse desgosto, que seria o último gesto do meu desespero! – E olhou significativamente para ele, enquanto falava. O Professor, que estivera sentado até então, ergueu-se, postou-se a seu lado e, depois de colocar a mão sobre sua cabeça, disse, em tom sentencioso:

– Minha querida, haveria sempre um, se isso realmente fosse incontornável e para seu bem. Por mim, não me recusaria de contrair esta irremissível dívida perante o Senhor, pondo a seu alcance uma salvadora eutanásia, até mesmo neste justo instante se isto ainda fosse o melhor. Não! Quero dizer, o mais seguro! Mas, minha querida... – Por alguns segundos a emoção não o deixou falar, e um forte soluço irrompeu de sua garganta. Ele, porém, se retemperou, e prosseguiu: – Aqui existem ainda outros que se interporiam entre a sua pessoa e semelhante morte. Você não morrerá. Não morrerá também pelas mãos de ninguém, e muito menos ainda pelas suas próprias. Enquanto o monstro que arruinou a sua terna vida não tiver sido submetido à morte real, você não morrerá, pois sendo ele aquele que reina sobre os mortos-vivos, sua morte faria de você algo igual a ele. Não, você viverá. Você se esforçará e lutará para viver, pois a morte seria uma maldição irreparável. Terá de combater a própria Morte, venha ela com alegria ou com pesar; à plena luz solar, ou sob as densas trevas da noite; em suave bonança, ou no auge do perigo! Para a salvação da sua santa alma eu a exorto a não morrer... não, nem mesmo pensar em morrer... até que este terrível flagelo tenha sido eliminado.

A pobre e adorável mulher empalideceu assustadoramente, e todo o seu corpo tremia e estremecia de causar pena. O quadro que tínhamos diante de nós assumira tal transcendência trágico-patética, que uma palavra nossa nada significaria. Por isso, observamos um silêncio quase religioso. Finalmente, ela recuperou uma certa calma e, voltando-se para ele e estendendo-lhe as mãos, disse, num misto de ternura e de tristeza:

– Prometo, meu bom e caro amigo, que, se Deus me permitir viver, eu me esmerarei em cumprir Sua vontade. Se tudo se resolver dentro do tempo que o Altíssimo houver por bem determinar, este horror irá cessar, e eu viverei em paz.

Ela se mostrara mais uma vez tão brava e tão bondosa que todos nós sentimos um novo alento pulsar em nossos corações, prontos para lutar e sofrer por ela. E assim começamos a discutir nossos planos. Ele disse então a ela que podia obter todos os papéis que estavam bem guardados no grande cofre, e também os diários e rolos fotográficos de que a seguir precisaríamos. E ainda mais, que todos esses registros ficariam, como antes, exclusivamente entregues a seus cuidados. Ela se mostrou satisfeita com esta nova experiência de ter o que fazer, se é que ainda havia alguma satisfação em executar algo ligado a tão sinistra empresa.

Como de costume, Van Helsing providenciara tudo de antemão, já tendo, inclusive, elaborado uma perfeita agenda de nossas tarefas.

– Talvez tenha sido providencial – disse ele – que durante nossa reunião após a visita a Carfax decidíssemos nada fazer com os caixões de terra que lá estavam. Se, ao contrário, tivéssemos feito alguma coisa, o Conde teria motivos para desconfiar dos nossos propósitos, e certamente se teria antecipado no sentido de frustrar igual esforço nosso em relação aos outros.

Agora, porém, ele desconhece nossas intenções. Não, mais provavelmente, ele nem sequer sabe que existem meios capazes de esterilizar os seus refúgios, tornando-os impróprios para o uso que normalmente faz. Já estamos de tal forma adiantados no que diz respeito a sua distribuição que, após pesquisá-los na casa de Piccadilly, deveremos saber do paradeiro dos que ainda estão restando. O dia de hoje, portanto, nos pertence. E é nele que se fundam as nossas esperanças. Este mesmo sol que, esta manhã, foi testemunha de toda a nossa desolação, será também nosso protetor enquanto brilhar. Até que se ponha, ao anoitecer, o monstro poderá revestir-se de qualquer das formas pelas quais se apresenta. Estará sempre confinado e sujeito às limitações impostas por seu continente terráqueo. Não poderá dissipar-se no ar nem tampouco desaparecer através de fendas, fissuras ou depressões. Se tiver de passar por uma porta, terá de franqueá-la, como qualquer mortal. E assim teremos hoje o dia inteiro para localizar todos os seus esconderijos e esterilizá-los. Destarte, mesmo que então ainda não o tenhamos capturado e destruído, disporemos de recursos para acuá-lo em algum lugar no qual seu oportuno fim se torne certo e inevitável.

Neste ponto, interferi, porquanto já não podia conter minha impaciência ao pensar nos preciosos minutos e segundos dos quais dependiam agora inexoravelmente a vida e a felicidade de Mina, e que fugiam vertiginosamente de nós, de vez que, enquanto ali falávamos, tudo estava ainda por fazer. Mas Van Helsing ergueu a mão em advertência.

– Não, amigo Jonathan – disse ele –, neste assunto, o caminho mais rápido é o mais longo, como o afirma o provérbio tão em voga entre a sua gente. Também agiremos com extrema rapidez, mas o faremos no momento exato. Mas pense um pouco. Com toda probabilidade, a chave da situação reside nesta casa de Piccadilly. O Conde deve possuir muitas casas que já tenha comprado. Destas ele deve possuir escrituras, chaves e outros pertences. Deve também ter seus próprios livros e papéis de apontamentos, assim como talões de cheque. Existem inúmeros outros objetos que ele deve guardar em algum lugar. E por que não o faria ali, num ponto bem centralizado, onde suas idas e vindas, a toda hora, pela frente ou pelos fundos, no constante e tumultuado tráfego, permaneceriam totalmente despercebidas? Iremos até lá e pesquisaremos toda a casa. E depois de sabermos o que nela se esconde, então faremos aquilo que o nosso amigo Arthur, em seu linguajar venatório, qualifica de "estarrecer o mundo", e assim ludibriaremos mais facilmente a nossa sagaz raposa, não acha?

– Então vamos lá imediatamente – gritei. – Estamos perdendo minutos irrecuperáveis!

O Professor prosseguiu impassível, dizendo:

– E como vamos penetrar naquela casa de Piccadilly?

– De qualquer maneira – exclamei eu. – Nós a arrombaremos, se necessário for.

– Sim. E a polícia? Onde estará ela, e o que irá dizer?

Suas perguntas me deixaram vacilante. Mas também sabia que se ele contemporizava era porque tinha bons motivos para isso. Então, num tom mais resignado, pedi:

– Não nos detenha mais que o indispensável. O senhor sabe perfeitamente como essa tortura me aniquila.

– Sim, meu caro, isto nós faremos. Seria óbvio afirmar que não tenho o menor intuito de agravar a sua amarga angústia. Mas raciocinemos, antes de darmos o próximo passo. Então, sim, terá soado nosso momento. Pensei e repensei, e ao que me parece o caminho mais simples ainda é o melhor. Agora queremos entrar na casa mas não estamos de posse da respectiva chave, não é assim?

Assenti, com um breve gesto.

– Suponhamos que o senhor fosse, realmente, o proprietário da casa, e mesmo assim estivesse materialmente impossibilitado de abrir sua porta. Agora abstraia-se da condição de invasor. O que é que o senhor faria?

– Sairia à procura de um serralheiro idôneo e faria com que ele retirasse a fechadura para mim, ou modelasse uma chave de emergência.

– E a polícia? Iria ou não interferir?

– Oh, não! Desde naturalmente que soubesse que o serralheiro cumpria uma missão legítima.

– Então – disse ele, falando e fixando-me incisivamente –, tudo dependerá da consciência do mandante e da boa-fé do policial, no tocante às boas ou más intenções do suposto proprietário. A polícia, aliás, deve ser formada por homens zelosos e argutos... e que argúcia!... sendo tão capaz de ler os nossos pensamentos que chega também a se confundir em certos casos. Não, não, meu amigo Jonathan! O senhor recolherá as chaves de uma centena de casas vazias desta sua Londres, ou de qualquer outra cidade deste mundo. E se fizer tudo como tais coisas devem ser feitas, e na ocasião própria em que possam ser corretamente feitas, ninguém interferirá. Tempos atrás, li a notícia de um cavalheiro proprietário de uma esplêndida casa em Londres e que, tendo-se ausentado por alguns meses na Suíça, deixou sua residência trancada para viajar. Um astuto espertalhão arrombou uma janela e penetrou na casa pelos fundos. Uma vez lá dentro, abriu todos os postigos da frente e saiu e entrou, quantas vezes quis, nas barbas da polícia. Promoveu, então, um leilão na própria casa, anunciou-o e mandou instalar um enorme painel. Na data aprazada, vendeu todos os bens através de um grande leiloeiro, como se fosse o legítimo dono. A seguir, foi a um construtor e contratou a demolição da casa e vendeu todo o material, com a condição de retirá-lo dentro de um certo tempo. E sua polícia e demais autoridades o ajudaram em tudo o que fez. E quando o legítimo proprietário retomou de suas férias na Suíça, encontrou apenas um terreno devastado no local onde erguera sua casa. Tudo foi feito *en régle*; e *en régle* será também executado o nosso trabalho. Não apareceremos lá demasiadamente cedo, quando os policiais geralmente têm pouco com que se preocupar, podendo assim estranhar nossa presença. Chegaremos então logo depois das dez, hora em que já tem muita gente transitando pelas ruas, quando poderemos agir como se fôssemos realmente os donos da casa.

Tive então que admitir a justeza de seus argumentos. Notei que também o terrível desespero que até poucos momentos desfigurava o rosto de Mina já parecia dissipar-se. Havia uma grande esperança em seus sábios conselhos. Van Helsing prosseguiu:

– É provável que, chegando lá, encontremos mais algumas pistas. Se necessário, alguns de nós poderemos ficar por lá, enquanto os restantes localizarão os outros lugares onde existem mais caixões de terra, ou seja, em Bemmondsey e Mile End.

Lorde Godalming levantou-se:

– Neste caso, preciso tomar algumas providências. Vou telegrafar para meus empregados, a fim de que mantenham prontos cavalos e carruagens nos pontos que julgarmos mais convenientes.

– Espere um instante, companheiro – disse Morris. – É realmente da maior importância a sua ideia de dispormos de cavalos e carruagens como condução. Mas não acha que a simples presença de uma luxuosa viatura, revestida de ornamentos heráldicos, estacionada em uma estrada vicinal em Walworth ou Mile End, atrairia logo a atenção para nossa presença inusitada? Parece-me que seria mais acertado alugarmos uns tílburis para nos deslocarmos para sul e para leste. Assim, podiam tranquilamente esperar por nós bem perto de onde estivermos.

– O amigo Quincey tem toda a razão! – disse o Professor. – Sua cabeça é o que costumamos dizer que se acha nivelada com o horizonte. Nossa tarefa é das mais árduas, e não queremos ninguém para vigiar-nos, desde que o possamos evitar.

Mina demonstrou seu crescente interesse em tudo que foi discutido, alegrando-me ver que a complexidade dos debates a ajudava a esquecer temporariamente a terrível experiência da noite passada. Ela estava ainda muito, muito pálida... de aspecto quase irreal, e tão abatida que seus lábios eram apenas perceptíveis, deixando seus dentes em destaque e algo salientes. É claro que me abstive de comentar com ela este seu aspecto, a fim de poupá-la de mais esse desnecessário desgosto. Na verdade, porém, senti o sangue gelar em minhas veias somente em pensar sobre o que acontecera com a pobre Lucy, quando o Conde se aproveitou dela para sugar-lhe o sangue. Por enquanto, felizmente, não havia ainda o menor sinal de que os dentes de Mina estivessem ficando aguçados. Mas, de qualquer maneira, também o tempo fora escasso para isto e todo o meu temor se concentrava no futuro.

Ao iniciarmos a discussão da ordem de sequência para a execução de nossas tarefas e bem assim a distribuição de nossas forças, surgiram novas dúvidas. Finalmente decidimos que, antes de seguir para Piccadilly, destruiríamos o mais próximo refúgio do Conde. E caso o viesse a descobrir demasiadamente cedo, ainda assim teríamos uma certa dianteira sobre ele em nossa missão destruidora. E sua presença sob a forma puramente material, que aliás seria a mais fraca, trazer-nos-ia novos e preciosos indícios.

Quanto à distribuição de nossas forças, sugeriu o Professor que, após nossa passagem por Carfax, partiríamos todos para Piccadilly. Que eu e os dois médicos ficaríamos lá, enquanto Lorde Godalming e Quincey seguiriam à procura dos refúgios de Walworth e Mile End, e também os destruiriam. Seria possível, se não verossímil, segundo ponderou o Professor, que o Conde aparecesse em Piccadilly durante o dia. E, nesta hipótese, nós teríamos que dispor de forças capazes de dominá-lo. Entretanto, se isso se tornasse humanamente inviável, precisávamos, ao menos, igualá-lo em força. Contra tal plano eu me opus estrenuamente, principalmente no concernente à minha ida, pois eu pretendia ficar para proteger Mina, uma vez que todo o meu pensamento se concentrava em tal propósito. Mina, porém, não concordou com minha objeção. Disse ela que lá talvez fosse necessária a presença de alguém versado em assuntos legais. Que entre os documentos do Conde talvez surgisse alguma pista que somente eu, com a experiência adquirida na Transilvânia, pudesse descobrir e interpretar; e, finalmente, que todas as energias disponíveis precisavam ser mobilizadas para enfrentar a descomunal força do Conde. Fui obrigado a ceder, pois a resolução de Mina era irreversível. Seu argumento decisivo foi o de que nesse encontro ela concentrara toda a sua última esperança, e que teríamos de trabalhar conjugadamente.

– Quanto a mim – disse ela –, nada temo. O malefício que nos foi imposto já chegara ao auge. E aconteça o que acontecer, trará em si sempre um novo elemento de esperança e de consolo. Vá, Jonathan! Ao Misericordioso Deus nada é impossível. Se é do Seu desejo, me guardará tão bem sozinha como na companhia de um dos amigos aqui presentes.

Assim que ela concluiu, coube a mim exclamar:

– Então, em nome de Deus, vamos embora imediatamente, pois estamos perdendo tempo. O Conde poderá chegar a Piccadilly antes do que pensamos.

– Espere! – disse Van Helsing, erguendo a mão.

– Mas por quê? – perguntei eu.

– O senhor esquece – disse ele com um leve sorriso – que esta noite ele se banqueteou lautamente e que dormirá até mais tarde?

– Esqueci? Poderia eu jamais esquecer? Pode qualquer um de nós jamais esquecer a terrível cena?

Mina lutou com todas as suas energias para manter sua brava serenidade. A emoção, entretanto, dominou-a, fazendo-a cobrir o rosto, estremecer e emitir um lamentoso suspiro. Van Helsing não tivera a intenção de reavivar sua dolorosa experiência. Ele apenas a perdera de vista e com isto também sua participação no plano intelectual. Ao dar acordo do que dissera, horrorizou-se de sua própria insensatez e fez tudo para reconfortá-la.

– Oh, sra. Mina – disse ele –, minha cara sra. Mina, perdoe-me! Perdoe-me a mim, que tanto a reverencio, e que jamais podia ter dito algo tão censurável. Esta minha estúpida língua e esta minha cabeça estapafúrdia não têm o direito de agir assim. Mas a senhora o esquecerá, não é mesmo?

Curvou-se ternamente junto dela, enquanto falava. Ela apertou-lhe resolutamente a mão e, reprimindo as lágrimas, disse:

– Não, não o esquecerei, porque disso preciso lembrar-me sempre. E, além do mais, em meio a tanta aflição foi que conquistei a sua amizade, tão terna e tão valiosa. Aí está a razão de tudo. Agora, chegou a hora de agirmos. O café matinal está pronto e precisamo-nos alimentar para ficarmos fortes.

O nosso café iria transformar-se numa das mais estranhas refeições. Cada um de nós procurou mostrar-se alegre e encorajar os demais, e Mina era a mais lúcida e jovial de todos. Ao terminarmos, Van Helsing levantou-se e nos fez uma breve preleção:

– Agora, meus caros amigos, vamos dar um passo decisivo para todo o nosso terrível empreendimento. Estamos todos armados, como estávamos naquela noite em que pela primeira vez invadimos um dos covis do nosso inimigo? Armados contra um ataque corporal ou sobrenatural? – Respondemos todos afirmativamente. – Então, está bem. Agora, sra. Mina, de qualquer forma estará aqui perfeitamente segura até o por do sol. E antes disto estaremos de volta... se voltarmos! Mas, antes de sairmos quero ver se a senhora também está armada contra um ataque pessoal. Logo que a senhora desceu, estive preparando o seu quarto mediante a colocação de objetos já nossos conhecidos, para que Ele lá não entre. Esta é a hora de protegê-la espiritualmente. E sobre a sua testa aplico-lhe esse torrão de Hóstia Sagrada, em nome do Pai, do Filho e...

Um grito pavoroso estrugiu de sua garganta, deixando-nos todos literalmente paralisados. Assim que a Santa Hóstia tocou na testa de Mina, crestou-a como se fosse um verdadeiro cautério, abrindo uma profunda ferida, penetrando com a força de um salpico de metal incandescente. Com a mesma fulminante rapidez com que seus nervos sensitivos acusaram a lancinante dor, também a mente da minha pobre querida revelou-lhe a trágica significação do que acontecera. E esses dois desnorteantes impactos devastaram de tal forma suas já precárias reservas que só lhe restou soltar aquele grito aterrador. Mas as palavras que ouvira num instante desanuviaram o seu pensamento. Seu grito ainda ecoava em nossos ouvidos, quando sua reação se manifestou. Ela se precipitou de joelhos sobre o piso numa verdadeira agonia de degradação. Puxando sua belíssima cabeleira sobre o próprio rosto, como habitualmente o fazem os leprosos com seus surrados mantos, sussurrou:

– Impura! Impura! Até mesmo o Altíssimo repudia a minha carne! Terei de carregar esse estigma da maldição sobre minha testa até o Dia do Juízo Final.

Todos nós nos sentíamos como que petrificados. Eu, ainda fora de mim, e mal dissimulando a minha impotente agonia, pus meus braços em torno dela e apertei-a de encontro a meu coração. Por alguns minutos, nossos corações bateram em uníssono, enquanto os nossos amigos disfarçavam as lágrimas, que rolavam copiosamente de seus olhos. Coube mais uma vez a Van Helsing fazer uso da palavra, e o fez com toda a gravidade. Falou num tom tão contrito que eu mesmo me emocionei com sua inspiração, e já começava a sentir um mundo exterior bem diferente:

– Talvez a senhora tenha de carregar sobre sua face esse estigma até que Deus se compadeça de sua provação, como certamente o fará, em consideração ao Dia do Julgamento Final, para redenção de todos os males da Terra e de Seu Filho, que viveu entre todos nós. E então, sra. Mina, minha cara sra. Mina, oxalá todos nós, que lhe queremos tanto bem, estejamos lá, quando essa rubra cicatriz, o sinal vivo de que Deus tomou conhecimento desse infausto evento, desaparecer, restituindo-lhe uma face ainda mais pura que seu próprio coração, que tanto veneramos. Tão certo como nossas vidas, esse estigma desaparecerá assim que Deus nos ajudar a aliviar o mundo do incômodo fardo que tanto nos aflige. Até lá, carregaremos a nossa Cruz, assim como o Seu Amado Filho fez, em obediência a Sua Vontade. Talvez tenhamos sido escolhidos como instrumentos de Sua Boa Vontade, e assim ascendamos a Seu chamamento, como aquele outro, que rastejará na própria vergonha; através de lágrimas e sangue; mediante dúvidas e temores, enfim, tudo o que marca a diferença entre Deus e o homem.

Suas palavras estavam ungidas de consolo e esperança e ao mesmo tempo exortavam em todos a mais pungente resignação. Mina e eu assim o entendemos e sentimos e, simultaneamente, cada um de nós ambos tomamos uma das mãos do Professor, inclinamo-nos e as beijamos reconhecidamente. E sem emitirmos uma só palavra, ajoelhamo-nos todos que ali estávamos a um só tempo e, de mãos postas, juramos e firmamos um pacto de fidelidade recíproca. Nós homens nos comprometemos a libertá-la do seu estigma de tristeza, cada qual à sua própria maneira. E, juntos, fizemos uma prece, implorando ajuda e orientação a fim de darmos conta da aterradora tarefa que nos desafiava. Chegara, finalmente, a hora de partirmos. Despedi-me então de Mina. E esta partida, aparentemente tão simples e natural, jamais será esquecida por nenhum de nós dois até o fim dos nossos dias neste sofrido mundo. E, assim, fomos embora.

Uma resolução já se formara em minha mente: se, ao cabo de tudo, tivermos de nos render à amarga realidade de que Mina somente possa sobreviver como vampira, então ela não passará pelo infortúnio de se aventurar solitariamente em seu terrível e misterioso mundo. Creio que seja por isso que nos tempos antigos a menção de um vampiro invariavelmente pressupunha uma coletividade. Precisamente porque seus repulsivos corpos somente podiam repousar quando em contato com terra sagrada, assim também o mais acendrado amor se constituía no elo de coesão de suas medonhas coortes.

Entramos livremente em Carfax, onde encontramos tudo em seus devidos lugares, isto é, como deixáramos anteriormente. Mesmo para cada um de nós era difícil acreditar que num ambiente tão prosaico, onde somente o pó, o abandono e a decadência imperavam, pairassem ameaças tão letais como já as havíamos comprovado. Não estivéssemos ainda prevenidos e se não contássemos com as mais terríveis lembranças para nos espicaçar, dificilmente estaríamos agora executando esse trabalho. Não encontramos documento algum nem tampouco a menor evidência de que a casa tivesse sido utilizada. E na velha capela as enormes caixas se mantinham exatamente como as havíamos deixado. O dr. Van Helsing nos reuniu num círculo e, em tom solene, falou:

– Meus amigos, aqui está a tarefa decisiva que nos espera. Vamos esterilizar toda essa terra, que sabemos estar impregnada de sagradas memórias, e que foi por ele trazida de um país distante para um fim tão vil. Ele escolheu essa terra porque ela foi santificada. Por isso o derrotaremos com suas próprias armas, pois vamos torná-la ainda mais sagrada. Ela foi santificada em termos humanos. Nós agora a santificaremos consagrando-a a Deus.

E, enquanto assim falava, retirou de sua sacola uma chave de fenda e uma alavanca e, dentro em pouco, uma das caixas estava aberta. A terra exalava um miasma abafado e bolorento. Nós, porém, já não nos sensibilizamos tanto, concentrando toda nossa atenção nos gestos do Professor. Retirando do respectivo estojo um torrão de Hóstia Sagrada, colocou-o reverentemente sobre a terra, cuja superfície ficara livre. Logo após, tornou a arriar a tampa e aparafusou-a firmemente, como a encontrara. Neste arremate final, todos nós o ajudamos.

Uma a uma, todas as caixas tiveram o mesmo tratamento, recebendo uma adequada porção de Hóstia. No mais, toda a aparência permaneceu inalterada. Ao fecharmos a porta atrás de nós, o Professor voltou a falar sentenciosamente:

– Esta parte está concluída. Acredito que com todas as demais poderemos ter este mesmo resultado. Se assim o for, o por do sol de hoje já nos poderá restituir uma sra. Mina de fronte erguida, limpa como o mais puro marfim e já sem qualquer vestígio do estigma que nos entristece!

Ao atravessarmos o gramado a caminho da estação, onde apanharíamos o trem, passamos em frente ao asilo. Aproveitei cada segundo, perscrutando ardentemente a aparente calma ambiente. E lá, na janela do nosso próprio quarto, avistei Mina. Acenei-lhe ternamente com a mão e, ao mesmo tempo, fi-la entender que nossa missão inicial fora bem-sucedida. Ela demonstrou sua satisfação, e, mais uma vez, despedimo-nos com seu doce aceno de adeus. Foi ainda de coração angustiado que chegamos à estação e embarcamos no trem, que acabara de parar quando alcançamos a plataforma.

Piccadilly, 12:30 – Assim que nos aproximamos da rua Fenchurch, Lorde Godalming informou-me que Quincey e ele iriam procurar um serralheiro. Opinou então que seria melhor eu não os acompanhar, pois poderia surgir alguma dificuldade. Naquelas circunstâncias, já não seria tão inconveniente para os dois penetrarem na casa vazia. Alegou que, sendo eu um advogado, a Associação Jurídica local poderia querer interpelar-me por desrespeito a matéria de minha especialidade. Relutei em admitir o risco de uma censura ou qualquer outro contratempo. Ele, porém, retrucou:

– Além do mais, um grupo menor terá ainda a vantagem de despertar menos atenção. Meu título aplainará tudo em relação ao serralheiro ou mesmo no trato com algum policial, que eventualmente aparecer. Será mais conveniente o senhor seguir com Jack e o Professor para aguardarem juntos, em Green Park, num ponto qualquer de onde consigam avistar a casa. Assim que virem a porta aberta e o serralheiro indo embora, poderão entrar. Nós os aguardaremos, para que possam entrar.

– Sua sugestão é válida! – disse Van Helsing.

Esta observação encerrou o assunto. Godalming e Morris partiram velozmente numa carruagem, e nós os acompanhamos noutra. Na esquina da rua Arlington nosso grupo apeou e todos nos encaminhamos para Green Park. Meu coração pulsou mais forte assim que avistei a casa na qual toda a nossa esperança se concentrava agora. Lá estava ela, áspera e silenciosa, em sua silhueta vaga e solitária, entre outras tantas, vizinhas suas, bem mais festivas e sempre utilizadas. Sentamo-nos num banco de onde a mantínhamos sob constante observação e acendemos nossos charutos, visando a nos conduzir ali na maior discrição possível. Os minutos pesavam como chumbo, enquanto esperávamos pela chegada dos demais.

Finalmente, avistamos uma viatura de quatro rodas que se aproximava. E dela saíram, em passos lentos, Lorde Godalming e Morris. Da boleia apeou logo após um corpulento operário, munido de uma cesta de ferramentas trançada de junco. Morris pagou o preço da corrida ao cocheiro. Este agradeceu, tirando o chapéu, e, sacudindo as rédeas, seguiu seu caminho. Os dois à frente galgaram os degraus da escada e, já no patamar, Lorde Godalming instruiu o serralheiro no que deveria fazer. Este último desvencilhou-se calmamente do paletó e pendurou-o numa das pontas do gradil e, ao mesmo tempo, disse alguma coisa a um policial que por ali passava nesse mesmo instante. O agente da lei gesticulou, aquiescentemente, e o trabalhador, já de joelhos, arriou a cesta a seus pés. De dentro dela retirou uma série de ferramentas que colocou no chão numa determinada ordem. Depois disso, levantou-se, olhou para a fechadura, soprou com força através do orifício destinado à chave e, voltando-se para os dois, fez-lhes uma breve observação. Lorde Godalming sorriu. O homem, então, empunhou um volumoso molho de chaves. Separando uma delas, experimentou-a na fechadura, como que tateando para sentir até onde chegava. Após remexer mais um pouco, experimentou uma segunda e uma terceira. Com esta a porta cedeu a um leve impulso seu, e ele e os outros dois entraram no saguão. Permanecemos calados. O meu charuto fumegava furiosamente, ao passo que Van Helsing nem sequer se alterara. Esperamos pacientemente, quando vimos o serralheiro reaparecer diante da porta trazendo sua cesta. Mantendo então a porta entreaberta, escorou-a com um dos seus joelhos, enquanto ajustou uma chave na fechadura. Isso feito, entregou-a a Lorde Godalming, que, por sua vez, retirou algum dinheiro do bolso e pagou o serviço. O homem levou a mão ao chapéu, apanhou a cesta e o paletó e ganhou a rua. Toda a operação transcorreu sem despertar a menor suspeita entre os passantes.

Quando verificamos que o operário já ia bem longe, nós três cruzamos a rua e batemos à porta. Quincey Morris foi quem a abriu. A seu lado, Lorde Godalming acendia um charuto.

– Este lugar cheira tão mal! – disse o Lorde, ao ver-nos entrando.

Efetivamente, sentia-se um odor nauseabundo, muito semelhante ao da capela de Carfax, e segundo nossas prévias experiências tornou-se claro que o Conde vinha usando a casa livremente. Iniciamos imediatamente a exploração do prédio, todos agrupados, visando a precaver-nos contra um possível ataque. Seria dispensável ressaltar o quanto estávamos fartos de saber que tínhamos um forte e obstinado inimigo pela frente, e até então ainda não podíamos afirmar se o Conde estaria ou não ali à nossa espera. Na sala de jantar, contígua ao saguão, encontramos oito caixões de terra. Somente oito, dos nove que procurávamos! Isso significava, desde já, que nosso trabalho ainda não podia terminar ali, e jamais seria dado como concluído, caso não localizássemos o caixão restante. Primeiramente, abrimos os postigos da janela que dava sobre um estreito pátio calçado de pedras, que, por sua vez, confrontava-se com a fachada lisa de um estábulo, cujo disfarce o fazia passar pela frente de uma casa em miniatura. Naquele recanto, não havia nenhuma janela, de maneira que não havia possibilidade de estarmos sendo vigiados. Não perdemos tempo em examinar os caixões. Com os utensílios já usados em Carfax, fomos abrindo um por um, dando-lhes o mesmo tratamento aplicado aos da velha capela. Agora já se tornara evidente que o Conde momentaneamente não se achava na casa, e partimos, então, em busca de outros objetos seus.

Após pormenorizada pesquisa por todas as demais dependências, desde o alicerce até as águas-furtadas, chegamos à conclusão de que na sala de jantar existiam documentos que provavelmente pertenciam ao Conde. Intensificamos então as nossas buscas naquele recinto e examinamos atentamente tudo o que pudemos recolher. Grande parte dos papéis achava-se sobre a grande mesa de refeições. Muitos deles espalhados desordenadamente. Ali estava a escritura de compra e venda desta casa de Piccadilly, a qual formava um alentado maço; também os títulos de propriedade de Mile End e Bermondsey; além de vários cadernos de notas, envelopes, canetas e tinteiro. Tudo isso estava sob um delgado papel de embrulho, provavelmente como proteção contra a poeira. Havia ainda uma escova de roupa, pente e escova de toucador, um cântaro e uma bacia, esta última contendo água servida, ligeiramente avermelhada, aparentando tratar-se de sangue. Restava ainda um pequeno molho de chaves de vários tipos e tamanhos, possivelmente pertencentes às outras casas. Após manusearmos esta última descoberta, Lorde Godalming e Quincey Morris anotaram cuidadosamente os diversos endereços dos prédios localizados nos setores do Leste e do Sul, arrecadaram as respectivas chaves e concluíram a destruição dos caixões encontrados nesses outros lugares. Nós outros ficamos pacientemente aguardando o seu retorno... ou eventualmente a aparição do Conde.

XXIII
O diário do dr. Seward

3 de outubro – Enquanto esperávamos pelo retorno de Godalming e Quincey, o tempo parecia haver parado. O Professor ainda tentou manter nossas mentes em atividade, fazendo-nos executar alguma coisa sem interrupção. Percebi sua louvável intenção ao surpreendê-lo a olhar reiteradamente de soslaio em direção a Harker. Este pobre companheiro está virtualmente esmagado e sob um abatimento digno de pena. Na noite anterior, ele ainda fora um homem jovial, de espírito franco e feliz, ostentando uma fisionomia jovem, decidida, forte e plena de energia, encimada por uma farta cabeleira, de tom castanho-escuro. De ontem para hoje, está reduzido a um hesitante e desvairado ancião, cujas madeixas brancas mais acentuam suas profundas e sombreadas pálpebras e os devastadores sulcos que causticam seu rosto. A energia, não obstante, permanece intacta, pois sua irredutível vontade atua com a intensidade de uma chama ardente. E aí talvez esteja sua salvação, porquanto, se tudo ainda vier a sair bem, é com esta força que superará toda essa terrível depressão. Isso, de certa forma, o redespertará para palpáveis realidades da vida. Pobre homem! Pensei que minhas aflições já fossem as piores, mas as suas...! O Professor está a par de tudo isso e esmera-se em ampará-lo, não permitindo que medite sobre as próprias desventuras. O que acabara de nos dizer era do mais absorvente interesse, dadas as especialíssimas circunstâncias que nos cercavam. Eis o que ainda logrei reter, de pronto, em minha memória:

– Desde que chegaram a minhas mãos, estudei e reestudei todos os papéis relacionados com esse monstro. E quanto mais o estudo, tanto mais urgente parece-me a necessidade de eliminá-lo radicalmente. Tudo que ali foi escrito são indícios dos seus assustadores progressos; não somente de sua força, mas também de seus conhecimentos. Segundo apurei através das pesquisas de meu amigo Arminius, de Budapeste, quando vivo ele foi um homem dos mais maravilhosos. Soldado, estadista e alquimista... ele atingiu o que mais tarde viria a ser o mais alto grau de desenvolvimento da ciência especulativa do seu tempo. Era dotado de um cérebro privilegiado, de uma capacidade de assimilação fora do comum e de um coração alheio a tudo que lhe parecesse relacionar-se com temor ou arrependimento. Ousou, inclusive, frequentar os herméticos redutos de Scholomance, não se desinteressando de nenhum dos ramos do conhecimento, através de cursos ou de constantes ensaios. Bem, e no fim, suas faculdades mentais sobreviveram à morte física, embora aparentemente seu *écran* de memórias não perdurasse por completo. Por isso, para determinadas faculdades mentais, ele foi e ainda é apenas uma criança. Todavia, não cessa de crescer. E determinadas atitudes que antes eram de cunho infantil, agora já adquiriram a madureza de um adulto. Ele faz experiências e as conduz com todo o acerto. E se não nos interpuséssemos em seu caminho ele ainda viria, ou virá, se acaso falharmos, a ser o pai ou predecessor de uma nova ordem de seres cujos caminhos são traçados nos domínios da Morte e não da Vida.

Harker suspirou e o interrompeu:

– E tudo isso agora está sendo arregimentado contra a minha querida! Como, porém, o experimentará? Esse conhecimento nos poderá ser útil para destruí-lo!

– Durante todo esse período, desde que aqui chegou, ele tem estado testando suas forças, metódica mas eficientemente. Seu prodigioso cérebro infantil está trabalhando ativamente. Ainda bem para nós que realmente seja um cérebro infantil. Pois, se ousasse primeiramente cuidar de consolidar determinadas possibilidades, já estaria agora bem além do alcance de nossos recursos. Apesar de tudo, pensa que será bem-sucedido, e um homem que ainda tem séculos e mais séculos diante de si pode dar-se ao requinte de esperar, e agir com toda a calma. *Festina lente* seria um lema ideal para o seu caso.

– Não estou conseguindo entender – disse Harker, ligeiramente agastado. – Por favor, seja mais explícito para mim! Talvez minha aflição por tantos infortúnios esteja embotando minha mente.

O Professor pôs uma das mãos compassivamente sobre seu ombro e explicou-lhe:

– Oh, meu jovem, serei claro e sucinto. O senhor não terá reparado como, neste último período, esse monstro vem avançando no conhecimento experimental? Teria notado como se utilizou do paciente zoófago para insinuar-se no asilo do amigo John? Isso porque o Vampiro, embora posteriormente possa entrar e sair a seu bel-prazer, para fazê-lo da primeira vez só o consegue caso algum dos ocupantes da casa o convide. Esses, entretanto, ainda não são os seus mais importantes experimentos. Veja. Sabemos que inicialmente a transladação desses enormes caixões era executada por estranhos. Ele então não se dera ainda conta, mas as coisas já eram assim. Nesse meio-tempo, porém, seu excepcional cérebro infantil vinha crescendo, e daí foi um passo para que considerasse a possibilidade de ele mesmo remover os caixões. Destarte, foi progredindo. E então, quando percebeu que tudo estava devidamente preparado, tentou deslocá-los por si só. E assim vem progredindo e dispersando os túmulos em que vive; e ninguém, salvo ele próprio, saberia onde eles se achariam escondidos. Ele pode pretender enterrá-los profundamente no chão.

Seja para usá-los apenas durante a noite, ou nas ocasiões em que ele se acha capacitado a mudar de forma, pois, de qualquer maneira, eles o beneficiam. E ninguém jamais ficará sabendo que eles são os seus esconderijos! Mas, meu jovem, não se desespere. Só muito tardiamente veio ele a adquirir plena noção desta faculdade! Nessa altura, com exceção de um único, seus refúgios estarão para sempre e definitivamente fora de uso para ele. E antes do por do sol, tudo estará consumado. A partir de então, já não terá para onde ir nem tampouco como se esconder. Essa manhã atrasei propositalmente um pouco nossa saída para que possamos ter esta certeza. Não somos nós que agora nos achamos mais expostos ao martírio, muito mais que ele próprio? Então por que não devemos também ser mais cautelosos do que ele? Pelo meu relógio, agora é uma hora da tarde e, se tudo correu bem, os amigos Arthur e Quincey já devem estar a caminho daqui. Hoje o dia é nosso, e precisamos agir com absoluta segurança, não deixando escapar a menor oportunidade. Veja! Quando os nossos amigos chegarem, seremos cinco.

Enquanto ouvíamos a preleção do Professor, fomos interrompidos por uma breve sucessão de batidas na porta do saguão. Pelo ritmo das batidas, percebemos que se tratava do estafeta dos telégrafos. Instintivamente, erguemo-nos todos. Van Helsing, porém, levantou a mão e pediu que nos conservássemos silenciosos. O portador entregou o despacho. O Professor fechou novamente a porta e, depois de conferir o nome do destinatário, abriu-o e passou a lê-lo em voz alta:

"Estejam atentos à chegada de D. Agora mesmo, às 12h45, ele passou por aqui procedente de Carfax, seguindo apressadamente rumo ao sul. Parece estar fazendo a ronda e provavelmente deve querer vê-lo. Mina."

Sucedeu-se uma breve pausa, interrompida pela voz de Jonathan Harker:

– Deus seja louvado! O nosso encontro já não tardará!

Van Helsing volveu-se rapidamente para ele, dizendo-lhe:

– Deus estará presente a Seu tempo e feição. Nada tema. Mas ainda é cedo para nos alegrarmos. Para cumprirmos os nossos propósitos este momento é ainda prematuro.

– Agora nada mais me importa – respondeu ele, excitado –, exceto varrer este bruto do rol da criação. De bom grado, eu venderia a minha alma para fazê-lo!

– Calma, calma, meu jovem – disse Van Helsing. – Deus não converte almas através desse processo; e Satanás, embora possa comprá-lo, não conquistaria sua fé. Deus, porém, é misericordioso e justo e está a par de seu martírio e de sua devoção para com a admirável sra. Mina. Imagine-a por um instante tendo sua aflição redobrada por ouvir suas selvagens palavras. Nada tema por nenhum de nós. Estamos todos devotados a essa causa, e hoje veremos o seu fim. Está por pouco o instante de agirmos. Hoje, este Vampiro está reduzido aos limites do poder humano, e até o por do sol ele não se transformará. Ainda terá que gastar algum tempo antes de chegar aqui... veja, agora estamos à 13h20, e ainda transcorrerá algum tempo até que esteja aqui, por mais rápido que seja. Nossa maior esperança está em que Lorde Godalming e Quincey venham antes.

Cerca de meia hora depois de recebermos o telegrama da sra. Harker, soaram algumas tranquilas e resolutas pancadas na porta do saguão. Um sinal comum, como são ouvidos aos milhares a cada hora à chegada de um cavalheiro. Foram, todavia, suficientes para fazer com que o meu coração e o do Professor batessem fortemente. Nos entreolhamos e juntos avançamos até o saguão. Cada qual já pronto para usar os nossos variados armamentos – o espiritual na mão esquerda e o mortal na direita. Van Helsing puxou a porta, deixando-a por instantes apenas entreaberta e dando um passo atrás, pronto para agir. O júbilo de nossos corações espelhou-se instantaneamente em nossos rostos. Junto à porta vimos Lorde Godalming e Quincey Morris. Entraram rapidamente e fecharam logo a porta atrás de si. Enquanto nos deslocávamos, o primeiro disse:

– Está tudo certo. Encontramos os dois lugares. Seis caixões em cada um e nós os destruímos todos!

– Destruíram? – perguntou o Professor.

– Sim. Estão inutilizados para ele!

Voltou a reinar o silêncio por alguns instantes. Quincey então falou:

– Nada mais temos a fazer agora, além de aguardar o instante da decisão aqui. Se, contudo, ele não retornar até as cinco horas teremos de partir, pois não podemos deixar a sra. Harker a sós após o por do sol.

– Ele estará aqui dentro em pouco – disse Van Helsing, após nova consulta a sua agenda de bolso. – Notem bem: segundo o texto do telegrama expedido pela sra. Mina, ele saiu de Carfax rumo ao Sul, e isto significa que terá de cruzar o rio, e isto só o poderia fazer no pico da baixa-mar, um pouco antes da uma hora. O rumo sul quer dizer em direção a Piccadilly, onde estamos. Até agora, ele, no máximo, estará suspeitando de alguma coisa. E saindo de Carfax, naturalmente teria de seguir para o lugar onde menos esperasse encontrar nossa interferência. É provável que os senhores tenham deixado Bermondsey apenas momentos antes de sua chegada. E o fato de ainda não estar aqui significa que logo depois também passou em Mile End. Tudo isso tomou-lhe algum tempo, pois necessitou ainda ser transportado através do rio. Creiam-me, amigos, agora já não o esperaremos por muito tempo. Já devíamos ter elaborado um plano de ataque, pois aproveitaríamos melhor as oportunidades. Esperem! Já não há mais tempo para nada! Atenção! Armas na mão! E com um gesto de advertência, deixou-nos prontos para a tão ansiada refrega. Efetivamente: ouvimos todos o fraco ruído característico da chave que estava sendo inserida na fechadura da porta do saguão.

E mais uma vez pude então admirar como, mesmo sob tamanha tensão, ainda prevalece um espírito dominante. Em todas as nossas caçadas e aventuras por diferentes partes do mundo, coube sempre a Quincey Morris determinar o nosso plano de ação, estando Arthur e eu já acostumados a implicitamente obedecê-lo. E agora, o velho hábito parecia renovar-se instintivamente. Lançando um rápido olhar em torno da sala, ele imediata e mentalmente improvisou um plano de ataque. E com simples gestos e sem dizer palavra, distribuiu-nos pelas posições mais estratégicas. Van Helsing, Harker e eu logo atrás da porta, de tal forma que assim que fosse aberta o Professor a guarnecesse, enquanto nós dois no mesmo instante nos interporíamos entre o recém-chegado e a porta. Quincey seguido de Godalming, de pé e fora das vistas, prontos para tomarem a frente da janela. E assim nos postamos impassíveis e em suspenso, contando a interminável sucessão dos segundos, que pareciam arrastar-se num pesadelo. Os lentos e cautelosos passos soavam cada vez mais próximos. O Conde, evidentemente, já vinha prevenido contra alguma surpresa, ou ao menos já a suspeitava.

Subitamente, dando um simples pulo, ele saltou no meio da sala, ganhando espaço livre além de onde estávamos, antes mesmo que pudéssemos esboçar um gesto para contê-lo. Havia algo de felino neste seu salto, algo de um animal desumanizado, que nos pareceu recuperar do impacto de sua chegada. Harker foi o primeiro a investir sobre ele. Com um rápido movimento, lançou-se diante da porta que conduz à sala de frente da casa. Assim que o Conde se deparou conosco, emitiu um rosnado medonho e ininteligível, pondo ao mesmo tempo à mostra seus longos e afiados incisivos. Seu olhar maligno logo, porém, se converteu numa contemplação fria, num leonino desdém, rude e obstinado. Sua expressão facial, todavia, mudara novamente. Como que impelidos por um instintivo impulso, todos a um só tempo avançamos sobre ele. É pena que não tivéssemos previamente estabelecido um plano de ataque mais eficiente, pois ainda nessa altura eu mesmo não sabia ao certo o que fazer. Na verdade, não tinha qualquer convicção quanto ao emprego das armas mortais que estava empunhando. Coube a Harker, mais uma vez, a iniciativa desta experiência, pois já brandira decididamente sua longa faca Kukri, atingindo-o com um potente e inesperado golpe. A luzente lâmina fora muito bem assestada, e só mesmo a diabólica agilidade do Conde, que deu um acrobático salto para trás, conseguiu salvá-lo. Mais uma ínfima fração de segundo, e a afiada arma teria trespassado seu coração. Sua ponta, todavia, abriu um extenso lanho em seu casaco, através do qual se precipitaram um alentado maço de papel-moeda e uma verdadeira torrente de moedas de ouro. As feições do Conde assumiam agora uma expressão tão demoníaca que, por um momento, cheguei a temer pela sorte de Harker, embora mais uma vez este apontasse sua faca, para desferir-lhe um novo golpe. Instintivamente, dei dois passos à frente com vigoroso impulso, levando diante de mim a Hóstia e o Crucifixo na mão esquerda. Um poderoso fluido percorreu meu braço, não me surpreendendo ver o monstro retroceder diante de igual e simultâneo avanço de todos os demais. Seria totalmente impossível descrever a expressão de ódio e de maligna frustração, de satânica e selvagem fúria, que então se exteriorizou no rosto do Conde. Sua máscara de cera cobriu-se de um amarelo-esverdeado, num agressivo contraste com seus olhos faiscantes e sua cicatriz vermelha, que ressaltava da testa como se fosse uma ferida palpitante. E eis que, num átimo, contorcendo-se num mergulho sinuoso, ele escapou sob o braço de Harker antes que o golpe fosse desferido. E apanhando, de passagem, um punhado de dinheiro do chão, cruzou a sala numa incrível velocidade e arremessou-se de encontro à janela. Em meio ao fragor das vidraças, cujas estilhas se espalharam pela sala, precipitou-se sobre a contígua área empedrada. Através dos ruídos provocados pelos fragmentos de vidro, percebi também, distintamente, o retinir de alguns soberanos de ouro, ao tombarem sobre as pedras.

Partimos em seu encalço e vimo-lo ainda, quando, ileso, reerguia-se do chão. E, acelerando seus passos, atravessou todo o pátio empedrado e empurrou a porta do estábulo, apenas encostada, à sua frente. Então, virou-se para nós e falou:

– Vocês pensaram que me tinham enganado, sua corja de caras pálidas, crentes que iam massacrar um carneiro em seu matadouro. Vocês ainda vão ter muito do que se arrepender! E isso é o que eu digo a cada um de vocês! Estão pensando que já suprimiram todos os meus refúgios. Estão muito enganados. Ainda tenho mais. Minha vingança está apenas começando! Já a venho exercendo século após século, e o tempo corre a meu favor. As moças que vocês amam já são minhas. E, através delas, também vocês virão a ser meus... criações minhas, fiéis e obedientes, serão meus chacais, com os quais irei contar para alimentar-me. Basta!

Então, com desdenhoso sarcasmo e num relance, desapareceu através da porta, cujo ferrolho logo acionou atrás de si. A seguir, ouvimos outra porta além sendo aberta e fechar-se. Entre nós, o primeiro a falar foi o Professor, o qual, percebendo a dificuldade de acompanhá-lo através do estábulo, orientou-nos no sentido do saguão:

– Acabamos de aprender mais alguma coisa... e é coisa de suma importância! A despeito de toda a sua linguagem desaforada e atrevida, ele nos teme. Receia o perpassar do tempo e também a necessidade! Pois, do contrário, jamais estaria assim tão apressado. O próprio tom de suas palavras o traiu, se meus ouvidos não me enganam. E para que teria recolhido aquele dinheiro? Vão correndo em seu encalço. Vão já, os senhores que são caçadores de animais selvagens, e conhecem o ofício. Quanto a mim, afirmo-lhes que nada do que deixou aqui voltará a ser usado por ele, se algum dia pretender retornar. – E, enquanto falava, ia arrecadando o dinheiro abandonado e guardando-o em seu bolso. Apoderando-se também do maço de escrituras que Harker reunira sobre a mesa, lançou-o com os demais objetos na lareira e, riscando um fósforo, reduziu-o a cinzas.

Godalming e Morris tinham saído correndo para o pátio externo, enquanto Harker descera através da abertura da janela quebrada para perseguir o Conde. Este, entretanto, havia trancado por dentro o ferrolho da porta do estábulo. E até que conseguissem forçar passagem já não restava o menor vestígio de sua presença. Van Helsing e eu ainda tentamos fazer algumas indagações entre pessoas que pudessem estar nas proximidades dos fundos da casa. Mas as estrebarias estavam vazias e ninguém o vira fugir.

A tarde já ia bem adiantada, e o por do sol não devia tardar muito. Tivemos de admitir que nossa caçada terminara, e foi com grande pesar no coração que concordamos com o Professor, quando nos disse:

– Voltemos agora para junto da sra. Mina... pobre e sofrida sra. Mina. Tudo o que podíamos fazer por hoje já foi feito. Resta-nos, então, ao menos protegê-la. Não há, porém, motivo para desânimo nem tampouco para desespero. Sabemos agora que por aí existe apenas mais um caixão de terra, e nós vamos tentar localizá-lo. Uma vez que o tenhamos conseguido, tudo ainda estará indo muito bem.

Percebi que imprimia a cada palavra a maior convicção possível, a fim de propiciar algum consolo a Harker. O bom companheiro estava visivelmente abatido. Vez por outra o ouvíamos monologar ininteligivelmente, desapontamento diante do qual, evidentemente, não pretendia conformar-se. É que todo seu pensamento se voltava agora para sua mulher.

Foi de coração amargurado que retornamos todos para minha casa, onde encontramos a sra. Harker já à nossa espera. Sua aparência de franca jovialidade fazia plena justiça à bravura do seu altruísmo. Mas assim que notou o pesar dos nossos rostos, o seu próprio se anuviou de uma palidez mortal. Por um segundo ou dois, seus olhos se obliteraram, como se recitasse uma tácita prece. E a seguir voltou a falar com renovado ânimo:

– Jamais poderei agradecer o bastante por tudo o que fizeram. Oh, meu pobre querido! – E, ao falar, segurou a grisalha cabeça do marido entre suas mãos e beijou-a ternamente, acrescentando: – Ponha a cabeça aqui e deixe-a descansar. Tudo ainda irá terminar bem, meu querido! Deus nos protegerá, sendo esta a Sua santa vontade. – O pobre homem apenas soluçou. Já não cabiam palavras em sua sublime desdita.

Todos nos limitamos a um frugal repasto à guisa de ceia e, de minha parte, parece-me ter sido o suficiente para nos dar uma nova coragem. Faltava-nos talvez, como esfaimados, um rápido suprimento de calorias animais, porquanto nenhum de nós ingerira mais alimento desde o leve café que tomáramos pela manhã. Quiçá também tenha sido aquele congênito sentido de comunidade gregária que nos retemperara. O certo é que, de uma forma ou de outra, já nos sentíamos menos deprimidos, voltando a encarar o dia de amanhã com uma nova e redobrada esperança. Fiéis à nova promessa, relatamos à sra. Harker, um por um, minuciosamente, todos os fatos que se haviam passado. E embora por vezes a víssemos empalidecer assustadoramente, principalmente quando nos referíamos a certos episódios nos quais seu marido mais se expusera, e também vibrar quando sua dedicação por ela era ressaltada, a tudo ouviu com calma e resignada bravura. Quando, então, relatamos a passagem em que seu marido incautamente saiu em perseguição ao Conde, agarrou-se sofregamente a seu braço e assim o conservou, como se tal atitude o livrasse de qualquer perigo que ainda o ameaçasse. Porém, nem uma vez sequer interrompeu nosso relato até que chegasse ao fim e que todos os nossos passos convergissem ali. Então, sem por um só instante largar a mão de Jonathan, ergueu-se entre nós e falou. Oh, pudesse eu transmitir uma ligeira ideia dessa grandiosa cena. Da sugestiva imagem dessa doce, terna e bondosa mulher em toda a radiante beleza de sua juventude e altivez, ainda embora conscientemente marcada com a cicatriz na testa, a qual nos inspirava uma vindita de ranger desdentes, sempre que nos lembrávamos de quando e como chegara. Sua adorável ternura contra nosso entranhado ódio; sua inabalável fé contra todas as nossas dúvidas e os nossos temores; e nós agora sabíamos, até onde os símbolos podiam alcançar, que ela, tão bem-dotada de fé, bondade e pureza, fora excomungada por Deus.

– Jonathan – disse ela, e sua voz fluía como doce música dos ternos lábios, plenos de amor e de encantos –, Jonathan, querido! E todos vocês, meus fiéis amigos, quero que guardem em suas mentes algo que lhes vou dizer sobre os tenebrosos momentos que vivemos. Sei que todos têm que lutar... e que todos devem destruir, destruir como já destruíram a falsa Lucy, a fim de que Lucy, a verdadeira, pudesse voltar a viver. Não se trata, porém, de uma obra do ódio. A pobre alma que deu origem a toda esta miséria é o mais desolador de todos os casos. Imaginem agora qual não será seu júbilo, se também ele for destruído em sua pior parte, permitindo assim que sua essência mais nobre adquira a imortalidade espiritual. Vocês devem apiedar-se dele também, embora isto não signifique que suas mãos o poupem da destruição.

À medida que ela expunha seu pensamento, observei que o rosto de Jonathan se contraía e adquiria um tom soturno e sombrio, como se, apaixonadamente, seu ser estivesse debruçado sobre um confessionário que nada mais era do que seu próprio coração. Instintivamente, a pressão dos seus dedos sobre a mão de sua mulher aumentou de tal maneira que suas articulações se tornaram exangues. E ela, ao invés de retirar a mão, quando assim podia simplesmente libertar-se deste transitório porém não menos perturbador sofrimento físico, prosseguiu estoicamente, fixando-o porém comovedora e suplicantemente bem no fundo dos seus interrogativos olhos. Mal havia ela enunciado a última palavra de seu apelo, Jonathan lançou-se a seus pés, virtualmente arrancando suas mãos das dela, para exclamar:

– Só peço a Deus que o ponha ao alcance de minhas mãos o tempo suficiente para literalmente destruir sua vida terrena, em cuja perseguição tanto estamos empenhados. E se, depois disso, eu puder despachar sua alma por todo o sempre para as profundezas do inferno, não farei outra coisa!

– Oh! Não diga isso, por amor do Misericordioso Deus! Não diga coisas como esta, Jonathan, meu querido marido! Com tais propósitos você me esmagaria de medo e de horror. Por favor, pense por um instante, meu querido... estive refletindo demoradamente, durante todo o dia de hoje, a respeito deste assunto... e que... talvez... algum dia... também eu venha a necessitar de semelhante piedade; e que ainda alguém mais, parecido com você, e por idênticos motivos de ódio, o negue a mim! Oh, meu marido, meu marido! Eu certamente lhe teria poupado de toda esta contrariedade, se me restasse um outro caminho. Rogo, porém, que Deus nada lhe tenha debitado por suas impiedosas palavras, tomando-as apenas como um simples desabafo de um extremado e compungido zelo. Oh, Deus, aceite a evidência destes pobres cabelos brancos como penhor de todo o seu terrível sofrimento, ele que jamais praticou o mal em toda a sua vida, e sobre quem também tantos e tão sucessivos desgostos vêm-se abatendo.

O sincero patético de sua exortação nos deixara a nós, homens, todos banhados em lágrimas. E agora, ao sentir que seu apelo de ternura encontrara eco propício em nossos corações, também ela dava largas a seu doce pranto. Finalmente, seu próprio marido pôs-se de joelhos ao lado dela e, envolvendo-a em seus braços, escondeu seu rosto nas dobras do seu vestido. Van Helsing então nos acenou silenciosamente. E assim abandonamos a sala, deixando os dois enternecidos corações na mais perfeita sintonia com Deus e com seu próprio amor.

Antes que nos retirássemos, o Professor guarneceu o aposento contra uma eventual aparição do Vampiro e dirigiu-se à sra. Harker, assegurando-lhe de que podia repousar tranquilamente. Ela procurou espontaneamente aderir à crença da invulnerabilidade e, por amor e sossego de seu marido, demonstrou seu contentamento. Fora travada uma renhida luta. Mas acredito que o brilhantismo do seu êxito superou todo seu fragor. Van Helsing tivera também o cuidado de instalar uma sineta de alarma, que seria acionada em caso de emergência. Depois que todos se retiraram, Quincey, Godalming e eu organizamos um plantão noturno em revezamento, a fim de garantirmos a mais estrita segurança à pobre e martirizada senhora. O primeiro quarto tocou a Quincey, por isso os demais iremos para a cama o mais cedo possível. Godalming, inclusive, já se recolheu, visto achar-se escalado para o quarto imediato. Agora que minha tarefa está concluída, também estou tomando o rumo dos lençóis.

O DIÁRIO DE JONATHAN HARKER

3 para 4 de outubro, em torno de meia-noite – Pensei que o dia de ontem jamais terminaria. Abatera-se sobre mim uma avassalante vontade de dormir, mas, de alguma maneira, sob a inabalável crença de que ao despertar iria encontrar as coisas já mudadas, e que qualquer mudança agora seria sempre para melhor. Antes de partimos, discutimos quais seriam os nossos próximos passos. Entretanto, não estávamos chegando ao almejado resultado. Tudo o que sabíamos era que restara ainda um caixão de terra e que somente o Conde conhecia o respectivo paradeiro. Se ele optar pelo recurso de manter-se oculto, poderá frustrar-nos ainda por muitos anos. E durante os intervalos... esta possibilidade é demasiadamente trágica, e prefiro por ora não pensar nela. De uma coisa, porém, estou certo: se algum dia o gênero humano já produziu uma mulher perfeita, esta dádiva da Mãe Natureza não pode deixar de ser a minha pobre e injustiçada amada. Apraz-me confessar que a amo agora mil vezes mais ardentemente após seu veemente e piedoso apelo desta última noite, piedade esta que me fez reconhecer que todo o meu ódio mortal por este monstro é realmente desprezível. Deus certamente não permitirá que o mundo seja empobrecido pela perda de semelhante criatura. Eis a esperança que me resta. Todos nós nos sentimos nesse instante à deriva e rodeados de insidiosos escolhos. A Fé é, nesse transe de incertezas, a nossa única e derradeira âncora. Deus seja louvado! Mina dorme a sono solto, um sono inocente e livre de maus sonhos. Tremo somente em pensar o que tais sonhos para ela representam em tormento, sempre ferreteada por suas aterradoras lembranças. A mim me pareceu que ela já não vinha muito calma desde o por do sol. E, repentinamente, por alguns instantes, seu rosto resplandeceu sob uma aura de bonança, repousando como uma manhã primaveril após as rudes lufadas de uma noite de agosto. Na ocasião, tive a impressão de que o plácido rubor do por do sol se aninhara carinhosamente em sua face, mas, por motivo indefinido, penso que sua saudável aparência tem um significado mais profundo. Embora não esteja sentindo propriamente sono, sei que estou todavia esgotadíssimo, mortalmente esgotado. Por isso, farei um supremo esforço para adormecer. Amanhã voltaremos a pensar de novo, e para mim não haverá descanso enquanto...

Mais tarde – Devo ter adormecido profundamente, pois fui despertado por Mina. Estava sentada à beira da cama, e seu olhar pareceu-me assustado. Não tive dificuldade em enxergar porque não deixáramos o quarto em completa escuridão. Ela pousara preventivamente a palma da mão sobre minha boca, e agora sussurrava a meu ouvido:

– Psiu! Há alguém aí no corredor!

Levantei-me cautelosamente, atravessei o quarto e abri a porta devagar. Bem em frente à nossa porta, estendido sobre um colchão, lá estava o sr. Morris num perfeito alerta. Ergueu uma das mãos, pedindo silêncio, enquanto ciciava para mim:

– Psiu! Volte para sua cama. Tudo vai bem. Um de nós estará aqui em revezamento durante a noite toda. Não queremos incorrer na menor omissão!

Seu gestos e atitudes não comportavam qualquer discussão. Voltei para o quarto e contei tudo a Mina. Ela suspirou e um breve e positivo sorriso iluminou sua pobre e descorada face, enquanto me enlaçava em seus braços, dizendo-me, carinhosamente:

– Oh, que Deus abençoe estes bravos e bondosos homens! – E com um novo e profundo suspiro ela se recostou e tornou a adormecer. Volto a escrever porque continuo insone, embora tenha que tentar de novo.

4 de outubro, pela manhã – Durante as restantes horas da noite fui mais uma vez despertado por Mina. Desta feita, ambos havíamos adormecido. Os primeiros albores da aurora projetavam sombras alongadas através das vidraças das janelas, e a chama do lampião de gás nada mais era que uma mancha avermelhada. E então ela me disse apressadamente:

– Vá lá fora chamar o Professor. Preciso falar com ele imediatamente!

– Por quê? – perguntei.

– Ocorreu-me uma ideia. Suponho que ela tenha surgido durante esta noite e ganhou corpo sem que eu tivesse uma precisa noção a seu respeito. O Professor precisa hipnotizar-me antes do romper da aurora, porque assim estarei apta a falar. Vá depressa, meu adorado. O tempo já se faz escasso.

Dirigi-me até a porta. O dr. Seward repousava sobre o colchão e, ao ver-me, pôs-se imediatamente de pé.

– Algum problema? – perguntou, já alarmado.

– Não – respondi-lhe. – Mas Mina deseja avistar-se nesse instante com o dr. Van Helsing.

– Vou chamá-lo – disse ele, e saiu correndo em direção ao quarto do Professor.

Dois ou três minutos depois, Van Helsing já se achava no nosso quarto, de roupão por cima do pijama. O sr. Morris e Lorde Godalming também se haviam levantado e agora estavam junto à porta, fazendo uma série de perguntas ao dr. Seward. Logo que o Professor avistou Mina, um sorriso positivo e de franco otimismo varreu a ansiedade de seu rosto. Esfregando as palmas das mãos de satisfação, foi dizendo:

– Oh, minha caríssima sra. Mina, isto é o que se pode chamar de uma verdadeira mudança. Veja, amigo Jonathan! Aqui temos novamente nossa cara sra. Mina de volta para nós, como nos velhos tempos! – Então, voltando-se para ela, disse-lhe carinhosamente: – E que posso fazer pela senhora? Porque numa hora desta a senhora não me teria chamado para nada.

– Quero que o senhor me hipnotize! – disse ela. – Faça-o antes do romper da aurora, pois sinto que me acho apta a falar, e falar com absoluta franqueza. Seja breve, porque o tempo é curto!

Ele, então, tacitamente fê-la sentar-se na cama. Olhando fixadamente para ela, começou a dar os passes rituais a sua frente, de cima para baixo, do alto da cabeça até os pés, utilizando para isto uma das mãos de cada vez. Mina, a seu turno, encarou-o com firmeza por alguns minutos, durante os quais meu coração me martelava o peito com inusitado vigor, pois eu sentia a iminência de uma nova crise. Aos poucos, seus olhos foram-se fechando e, finalmente, parecia em estado de êxtase. Somente através do suave arfar do seu busto, percebia-se que ainda estava viva. O Professor deu-lhe ainda alguns passes e depois parou. Notei, então, que seu frontal estava recoberto de pesadas bagas de suor. Mina agora abriu os olhos. Mas já não parecia ser a mesma mulher. Pairava em suas órbitas um olhar distante, e sua voz soava num falsete, como se descrevesse um sonho lamentoso, tom aliás inédito para mim. Erguendo a mão para impor silêncio, o Professor acenou-me que chamasse os outros companheiros, a fim de testemunharem o que seria dito. Vieram todos nas pontas dos pés. Depois de fecharem a porta atrás de si, reuniram-se em círculo junto aos pés da cama e ficaram atentos. Mina parecia não notá-los. O silêncio foi quebrado pela voz de Van Helsing, em tom grave e com moderada intensidade, para evitar uma eventual interrupção na corrente de seus pensamentos:

– Onde está você?

A resposta veio com uma inflexão de indiferença:

– Não sei. O sono não dispõe de um recinto privativo, o qual possa considerar como exclusividade sua.

Por vários minutos voltou a reinar o silêncio. Sempre de pé, o Professor prosseguiu olhando-a com imperturbável fixidez. Todos nós outros mal ousávamos respirar. Aos poucos, o ambiente no quarto ia-se tornando mais claro. Sem afastar seus olhos do rosto de Mina, o dr. Van Helsing, mediante novo aceno, pediu-me que suspendesse a persiana da janela. Ao fazê-lo, notei que o dia já vinha raiando. O nascente estava emoldurado de vermelho, e uma suave claridade rosa e difusa inundou o quarto. O Professor aproveitou a oportunidade para formular nova pergunta:

– Onde está você agora?

Ainda desta feita a resposta veio algo sonhadora, mas já um pouco mais objetiva. Era como se ela tentasse interpretar alguma coisa.

Eu já a ouvira empregar este mesmo tom ao proceder à leitura de seus textos taquigrafados.

– Não sei. Aqui tudo é estranho para mim!

_ O que é que você está vendo?

– Não consigo ver nada. Está tudo escuro.

– E o que é que você escuta? – Notava-se já o esforço que o Professor imprimia a cada uma das suas pausadas e pacientes palavras.

– O gorgolejar da água. O rumor está bem próximo e vem com o murmúrio das ondas. Ouço-os lá fora.

– Então, você está a bordo de um navio?

Nós nos entreolhamos, procurando interpretar o pensamento dos demais. Tal ideia nos assustava. A resposta veio pronta e rápida:

– Oh, sim!

– E o que mais está ouvindo agora?

– O ruído produzido pelos passos de muitos homens, correndo para lá e para cá. Agora, ouço o arrastar de uma corrente e o forte impacto do freio do cabrestante, travando a roda do roquete.

– E você, o que está fazendo?

– Eu estou quieto... oh, muito quieto. Parece que estou morto! – E então a voz se desvaneceu, como se fosse um suspiro de alguém que está adormecendo, e seus olhos, até então bem abertos, voltaram a cerrar-se.

Nesse ínterim, já nascera o sol, mergulhando-nos na plena luz do dia. O dr. Van Helsing apoiou suas mãos sobre os ombros de Mina e arriou sua cabeça suavemente sobre o travesseiro. Sua tranquila postura de uma criança adormecida ainda se estendeu por alguns momentos. Mas um prolongado suspiro a despertou, deixando-a aparentemente surpresa por ver-nos todos de pé a seu redor.

– Estive falando durante o sono? – foi sua única pergunta.

Ela, porém, parecia consciente da situação, independentemente de qualquer explicação, embora se mostrasse ávida por saber o que ela própria dissera. O Professor repetiu a íntegra do diálogo, e ela imediatamente acentuou:

– Então não há um momento a perder: talvez ainda não seja demasiado tarde!

O sr. Morris e Lorde Godalming já haviam tomado o caminho da porta, quando a voz sempre calma do Professor os chamou de volta:

– Não se precipitem, meus amigos. Tal navio, não importa qual seja, estava levantando ferros enquanto ela falava. Há outros muitos navios zarpando neste instante do imenso porto de Londres. Qual dentre eles é exatamente o procurado pelos senhores? Deus seja louvado! Agradeçamos a Ele dispormos agora desta nova pista, embora não saibamos ainda até onde nos conduzirá. Indubitavelmente, estivemos tolhidos por uma espécie de cegueira; sim, cegos à maneira dos homens, porque, se olharmos para trás, podemos agora nitidamente perceber o que obviamente se passava em frente de nós, desde que o quiséssemos ver! Compreendo! Poderão dizer que este meu jogo de palavras não passa de um quebra-cabeça, não é assim? Porém, sabemos agora, perfeitamente, o que se ocultava na mente do Conde, quando se apoderou daquele dinheiro, embora a afiada lâmina de Jonathan o tenha posto a perigo, perigo que ele próprio demonstrou temer. Ele tinha em mente escapar. Ouçam-me: ESCAPAR! É que ele percebeu que, com apenas um caixão de terra que ainda lhe restava e tendo um bando de homens a caçá-lo, como uma matilha de cães no encalço da raposa, a bela Londres já não era o lugar com que sonhara. Assim, pôs seu derradeiro caixão a bordo de um navio e deixou este país. Ele pensa ter escapado, mas engana-se: nós o seguiremos. A ele, como diria o nosso amigo Arthur, quando veste seu casaco vermelho! Nossa raposa velha é astuciosa, sim, muito astuciosa, e é com a mesma astúcia que a perseguiremos. Também sei ser astucioso e já me sinto capaz de adivinhar o que está tramando a sua mente. Nesse meio-tempo, podemos desfrutar de repouso e paz, pois agora estamos protegidos pela líquida barreira do oceano, que jamais ousará transpor, mesmo que o quisesse, a menos que seu navio voltasse a tocar em terra, e o fizesse estritamente na hora precisa do pico da maré cheia ou da maré vazante. Vejam: o sol apenas apontou, e toda a jornada, até o ocaso do astro rei, agora nos pertence. Tomemos o nosso banho e mudemos de roupa. Depois vamos tomar um bom café, que é de que mais precisamos. Podemos sentar-nos à mesa confortavelmente, visto ele já estar longe do país que habitamos.

Mina olhou-o suplicantemente, perguntando-lhe:

– Mas por que temos de continuar a persegui-lo, se ele se afastou para tão longe de nós?

O Professor tomou-lhe carinhosamente uma das mãos, dizendo:

– Nada me pergunte por enquanto. Após termos tomado o nosso café, responderei prazerosamente a tudo que me perguntarem.

E como ele nada mais diria, nos separamos para tomar banho e mudar de roupa.

Terminado o café, Mina repetiu a pergunta. Ele fixou-a sentenciosamente por alguns segundos e, a seguir, disse, num tom algo tristonho:

– Porque, minha cara, minha caríssima Mina, agora mais que nunca temos de encontrá-lo, mesmo sendo obrigados a persegui-lo até as profundezas do Inferno!

Empalidecendo levemente, e já sem a mesma firmeza, ela voltou a indagar:

– Por quê?

– Porque – e sua resposta soou pausadamente – ele poderá viver ainda durante muitos séculos, ao passo que a senhora não passa de uma simples mortal. O tempo agora corre contra nós, isto, aliás, desde aquele instante em que ele deixou esta marca em sua garganta.

E eu pude ainda ampará-la, a tempo de evitar que sua síncope a levasse ao chão.

XXIV
O diário gravado do dr. Seward

(Locutor: Van Helsing)

Destinatário: Jonathan Harker.

O senhor deverá ficar ao lado de sua querida esposa, sra. Mina. Nós, os demais componentes do nosso grupo, partiremos em prosseguimento de nossa pesquisa, se realmente nos é lícito assim chamá-la, pois não mais se trata propriamente de uma pesquisa, porém de matéria já do nosso conhecimento, da qual buscamos apenas a confirmação. Mas deixe-nos agir e cuide dela hoje. Esta é a sua melhor e mais santa tarefa. Na jornada de hoje, nada o encontrará aqui. Através do presente pretendemos dar-lhe conhecimento de certos fatos dos quais nós quatro já estamos inteirados, pois eu lhes prestei todas essas informações. Ele, o nosso arqui-inimigo, já partiu, tomando o destino do seu próprio castelo, na Transilvânia. Conheço o local tão perfeitamente como se nesse instante um cunho incandescente o estivesse gravando sobre esta parede. Ele já previra tal hipótese, e esse derradeiro caixão de terra o aguardava, pronto para o reembarque, num local desconhecido. Para isso recolheu aquele dinheiro. Por isso, fugiu desabaladamente, a fim de evitar que o capturássemos antes do por do sol. Era esta sua última e extrema esperança, salvo se pretendesse refugiar-se na tumba da pobre srta. Lucy, que talvez julgasse poder encontrar aberta, na suposição de que sua vítima ainda permanecesse sob sua égide. Mas também lá já chegara tarde. E falhando esta, teria que partir diretamente em busca do recurso extremo, isto é, seu último caixão de terra, e eu preferiria que possuísse desde já um duplo sentido. Ele é sagaz, aliás muito sagaz! Sabe que seu campo de caça aqui está encerrado. Daí ter optado pelo imediato regresso a seu país. Encontrou um navio que percorre a mesma rota que o trouxe para cá. Estamos saindo agora para descobrir qual o navio em que embarcou, e qual o porto de destino. Logo que o soubermos, retornaremos e lhe contaremos tudo. Destarte, esperamos proporcionar-lhes a ambos, ao senhor e à caríssima sra. Mina, uma nova e bem fundada esperança. Reflita: havendo uma nova esperança já é um sinal positivo de que nem tudo está perdido. A vil criatura que estamos perseguindo levou séculos para aventurar-se à distante cidade de Londres; e no primeiro dia em que efetivamente nos sentimos aptos para o termos sob pleno domínio, o enxotamos daqui. Ele também está sujeito às restrições impostas por sua natureza finita, embora possua poderes de infligir muitos males, sem participar dos nossos próprios sofrimentos. Nós, porém, somos fortes, cada qual dentro de sua própria esfera de ação; e unidos somos ainda mais fortes. Coragem, nova e redobrada coragem, meu bravo Jonathan, devotado esposo da sra. Mina. Esta batalha está apenas começando, e seu epílogo nos pertence, tão certo e inevitável como sabemos que o Misericordioso Deus prosseguirá velando pelo bem dos Seus filhos. Mantenha-se, portanto, em ascendente estado de espírito até o nosso regresso.

O diário de Jonathan Harker

4 de outubro – Quando li para Mina a mensagem gravada por Van Helsing, minha pobre e querida companheira manifestou uma considerável e imediata satisfação. Já a certeza de que o Conde deixara o nosso país lhe trouxera um grande consolo. E, para ela, consolo significa fortaleza e boa disposição. De minha própria parte, agora que este insidioso perigo já não mais se defronta conosco, face a face, é-me quase impossível acreditar que isto seja verdade. Até mesmo as minhas próprias e terríveis experiências no Castelo de Drácula já me parecem um malfadado e esquecido pesadelo. Aqui, nos ríspidos ares outonais e sob o brilhante fulgor do sol...

Meu Deus! Como posso ainda descrer! Em meio a esta insensata confusão de ideias meu olhar convergiu sobre a cicatriz vermelha da delicada testa de minha adorada. E enquanto durar este odioso estigma da maldição não haverá lugar para descrença. Mina e eu somos inimigos da ociosidade, e isso nos fez ler e reler todos os diários. Destarte, embora a realidade se evidencie cada vez maior a cada confronto, os sofrimentos e o temor vão-se tornando proporcionalmente menores. Existe inquestionavelmente em tudo isso um manifesto e transcendente propósito dominante que muito nos conforta. Mina afirma que talvez sejamos os instrumentos de um bem supremo.

Quem sabe? Vou tentar seguir a linha de seu pensamento. Nós ambos ainda não mantivemos uma franca troca de ideias a respeito do futuro. Acho, porém, melhor esperar a volta do Professor e dos demais, quando trouxerem o resultado de suas investigações.

O dia está correndo mais rápido do que eu podia imaginar que num futuro próximo voltasse a acontecer. Efetivamente: agora são três horas.

O DIÁRIO DE MINA HARKER

5 de outubro, cinco horas da tarde – Reunião para apreciação das realizações da jornada de hoje. Rol dos presentes: Professor Van Helsing, Lorde Godalming, dr. Seward, Srs. Quincey Morris, Jonathan Harker e sra. Mina Harker.

O dr. Van Helsing enunciou os passos dados durante o dia, visando a descobrir o nome do navio a bordo do qual escapou o Conde Drácula, inclusive o porto de destino do mesmo:

– Sabendo que ele precisava retornar para a Transilvânia, concluí que ele tomaria o rumo da embocadura do Danúbio ou de algum outro porto situado no Mar Negro, porquanto foi de lá que partiu ao vir para cá. Na verdade, o que tínhamos inicialmente diante de nós nada mais era que um árido e desolador vazio. *Omne ignotum pro magnifico*; e, assim, com mais este peso nos nossos corações, partimos para desvendar o enigma dos navios que ontem à noite seguiram com destino à área do Mar Negro. Ele estaria navegando a bordo de um navio a vela, de vez que a sra. Mina se referiu ao içamento de velas. Como estes normalmente não figuram na lista de entradas e saídas do *Times*, por sugestão de Lorde Godalming dirigimo-nos ao Lloyd's, onde existem registros de todos os veleiros, sem distinção de tamanho ou tonelagem. Lá soubemos que apenas uma embarcação saiu ontem com destino à área do Mar Negro, por ocasião do pico da maré. Seu nome é *Czarina Catherine*. Partiu de Doolittle's Wharf com destino a Varna, e dali para outros portos, inclusive escalas fluviais, Danúbio acima. "Aí está!", disse eu. "É neste navio que o Conde embarcou." Então fomos até Doolittle's Wharf, onde nos deparamos com um homem, confinado num escritório totalmente construído de madeira e tão pequeno que o ocupante parecia maior que a saleta por ele utilizada. Foi através dele que nos informamos sobre a partida do *Czarina Catherine*. É um tipo sanguíneo, de rosto bem vermelho, altiloquente e que jura a pretexto de qualquer coisa. Mas mesmo assim é um bom sujeito. E logo que Quincey lhe presenteou com algo que tirou do bolso e que, antes que recolhesse a uma pequenina bolsa bem oculta em suas vestes, ainda ouvimos estalar em suas mãos, mostrou-se ainda mais humilde e disposto a colaborar conosco. Ele então deu uma volta pelas docas em nossa companhia, fazendo perguntas a diversos trabalhadores de aspecto rude e violento. Sabemos que gente desse tipo solta bem melhor a língua depois de molhar a goela. Seu pitoresco linguajar está sempre às voltas com sangue e flores, e ainda outros símbolos e onomatopeias que não entendo bem, cujo sentido, porém, procuro logo adivinhar. Mas, a despeito de tudo, acabam sempre nos fornecendo todas as informações de que necessitamos.

"Eles nos contaram que efetivamente ontem à tarde, por volta das cinco horas, apareceu lá um homem muito apressado. Um homem alto, esguio e pálido, de nariz aquilino e dentes muito brancos, e cujos olhos pareciam ter fogo. Seu traje era todo negro. Usava porém um chapéu de palha que, na verdade, não condizia bem com sua pessoa nem tampouco com o tempo. Disseram-nos que ele estivera dissipando muito dinheiro ao informar-se quais eram os navios que sairiam para a área do Mar Negro e quais seus portos de escala. Alguns deles o acompanharam ao escritório e, a seguir, até o navio. Ele, entretanto, recusara-se a subir a bordo, permanecendo no cais, ao pé da escada da embarcação, pedindo que o capitão descesse para falar-lhe. Este veio realmente atendê-lo em terra, após saber que seria regiamente recompensado. Mesmo assim relutou muito em aceitar os termos do contrato. Depois disso, o homem esguio retirou-se, após indagar de alguns deles onde poderia alugar uma carruagem e os cavalos necessários. Daí a pouco estava de volta, dirigindo ele próprio a viatura, sobre a qual transportava uma grande caixa. Esta foi ainda por ele mesmo descarregada, embora a seguir ocupasse vários dos nossos para ser posta na carreta do navio. Ele discutiu durante muito tempo com o capitão sobre como e onde sua caixa teria de ser colocada. O capitão porém não se dispunha a satisfazê-lo, esbravejando simultaneamente em diversas línguas. Por fim, disse que ele poderia ir lá ver onde sua caixa deveria ficar. A resposta foi um redondo "não"; que tinha muito a providenciar e que ainda não podia subir a bordo. Diante disso, o capitão preveniu-o de que seria melhor sair correndo, a todo sangue, pois seu navio desatracaria, com sangue, antes da queda da maré... com todo sangue. Então o *esguio* esboçou um rápido sorriso, dizendo ironicamente que, por certo, iria, logo que o achasse conveniente, e que ficaria muito surpreso se o capitão conseguisse desatracar seu navio tão depressa quanto pensava. O capitão soltou mais algumas imprecações em seu estilo poliglótico. O *esguio* limitou-se a responder-lhe com uma cortês reverência, agradeceu-lhe e terminou dizendo que apenas faria questão de interferir nas amabilidades do capitão até o ponto de poder subir a bordo despreocupadamente, antes da partida do navio. Finalmente, mais vermelho e enfurecido do que nunca, e exprimindo-se em mais outras línguas desconhecidas, o capitão disse-lhe que não queria franceses, de *sangue florido*, a bordo do seu navio... também de sangue, mas de boa cepa. E foi assim que, já devidamente instruído sobre onde nas redondezas poderia adquirir fórmulas para embarque, ele tornou a retirar-se.

"Nenhum deles soube informar aonde ele fora ou *viçosamente floresceu*, como diziam, pois também tinham suas ideias próprias a respeito, sempre com sangue de permeio, já que logo a seguir tornou-se evidente que o *Czarina Catherine* não iria desatracar na hora prevista. Uma tênue camada de névoa começou a elevar-se da superfície do rio e foi crescendo progressivamente, até transformar-se num denso nevoeiro, envolvendo o navio e tudo mais que o cercava. O capitão blasfemou mais uma vez como bom poliglota... com toda a sua verve poliglota... legítimo poliglota de sangue e floração; mas nada pôde fazer. A maré subia cada vez mais, e ele começou a temer que a perdesse. E já estava um tanto fora de si, quando, precisamente no pico da preamar, o *esguio* surgiu no portaló e pediu para ver onde sua caixa havia sido depositada. O capitão respondeu-lhe então que queria que ele e sua caixa, velhos e carcomidos, com muito sangue e uma coroa de flores, fossem para o inferno. O *esguio*, entretanto, não pareceu agastar-se e, em companhia do imediato, desceu ao porão, a fim de ver onde a caixa se encontrava. A seguir, subiu e permaneceu por algum tempo de pé no tombadilho, em meio ao nevoeiro. Deve ter escolhido tal caminho por iniciativa própria, já que ninguém subiu com ele, nem o notou sequer. Na verdade, o pessoal de bordo já nem mesmo se lembrava dele, de vez que dentro em pouco o nevoeiro se desfez e a visibilidade voltou a ser perfeita. Meus amigos 'de um bom trago', e cujo linguajar só se fazia ouvir através de 'flores e de sangue', deram boas gargalhadas quando juraram que os palavrões então berrados pelo capitão excederam todo o seu vasto e poliglota repertório, adquirindo, além disto, um colorido muito especial quando, em conversa com outros marinheiros de serviço, e que iam e vinham pelas docas, soube que não haviam visto nevoeiro nenhum, exceto aquele que encobrira seu navio. Mas, ao cabo de toda essa estranha confusão, o veleiro zarpou na maré cheia e, já ao amanhecer, provavelmente alcançara a foz do rio. Agora, portanto, devia estar navegando em alto-mar.

"E assim, minha prezada sra. Mina, podemos tranquilamente descansar por algum tempo, pois nosso inimigo e a névoa que tem sob seu comando estão singrando agora o oceano, em demanda do estuário do Danúbio. Velejando, um navio sempre gasta muito tempo. E se nós recorrermos a um meio de transporte mais rápido, poderemos ainda marcar um novo encontro lá com ele. Nossas melhores perspectivas residem em interceptá-lo dentro de seu caixão no período que vai do nascer do sol até que este se ponha. Isso porque durante todas essas horas ele não terá meios de se defender, e nós o teremos totalmente à nossa mercê. Temos ainda alguns dias pela frente, durante os quais ultimaremos nossos planos. Já conhecemos todo o nosso itinerário, porquanto estivemos com o armador e proprietário do navio, que nos exibiu todas as faturas, conhecimentos e outros papéis pertinentes à viagem. O caixão que nos interessa será descarregado no porto de Varna. Dali passará às mãos de um agente de nome Ristics, que na ocasião apresentará suas credenciais. Destarte, o nosso amigo comerciante terá também desempenhado seu papel. Caso venha a suspeitar sobre uma eventual irregularidade, deverá telegrafar para Varna, solicitando esclarecimentos, e de lá responderemos negativamente, porque tudo quanto vai ser feito já não dependerá da polícia comum nem tampouco das autoridades da aduana. E isso nós faremos sós, e em conformidade com nossos próprios métodos."

Logo que o dr. Van Helsing encerrou seu relato, perguntei-lhe se tinha certeza de que o Conde seguira a bordo do navio. Ele respondeu-me com a maior convicção:

– Estamos de posse da mais sólida prova de que assim aconteceu: ela está na sua própria evidência, quando nos falou no decurso do seu transe hipnótico, esta manhã.

Voltei então a inquirir se era absolutamente necessário que prosseguissem em perseguição ao Conde, porquanto receava demasiadamente que Jonathan se afastasse de mim, e sabia de antemão que ele não ficaria comigo se os outros partissem para lá. Sua resposta veio num crescendo de paixão. Primeiramente, usou palavras brandas; mas, aos poucos, foi-se tornando cada vez mais rude e imperativo, até que, no fim, todos sentimos a razão de sua inconteste ascendência pessoal, a qual de há muito fizera dele um portentoso mentor entre todos os seus semelhantes:

– Sim, Madame, isso é necessário... necessário e novamente necessário! Primeiramente para seu próprio bem, e depois para o bem de toda a Humanidade. Este monstro já nos causou muitos males no limitado alcance em que ainda se encontra e neste breve tempo em que ainda não passa de uma crisálida e que vive às apalpadelas em seu incipiente círculo de obscuros conhecimentos. Tudo isso já foi dito por nossos predecessores. A senhora, minha cara Mina, o poderá saber através do gravador do meu amigo John ou mesmo no do seu marido. Já expliquei a ambos o motivo por que abandonam seus sáfaros países... isto é, sáfaros de gente... e emigram para uma nova terra onde a vida humana ainda é fecunda e comparável a uma luxuriante seara de trigo reluzente, hábito que se transformou numa prática centenária. Se se tratasse de um outro morto-vivo, seu semelhante, que estivesse tentando fazer o que esse já conseguiu, talvez nem todos os séculos já passados, juntamente com os que estão por vir, pouco pudessem ajudá-lo. Mas com esse, todas as forças da natureza, desde as mais profundas até as mais poderosas, devem ter-se unido para, juntas, operarem este prodígio. O próprio sítio onde ele esteve em atividade como morto-vivo durante todos esses séculos já é por si um lugar repletos de singularidades dos nossos mundos químico e geológico. Existem ali nas entranhas da terra cavernas e fissuras cujo alcance ainda hoje se desconhece. Por lá houve erupções vulcânicas cujas crateras continuam vomitando líquidos das mais estranhas propriedades, e expelindo gases cujas miraculosas propriedades tanto podem matar quanto rejuvenescer. Não há dúvida de que existe algum fluido elétrico ou magnético no âmago dessas caprichosas combinações de forças ocultas que atuam de maneira muito peculiar sobre a nossa vida física. E para ele isso representa uma de suas principais características. Numa das mais aguerridas quadras de provações ele foi enaltecido por possuir nervos de aço, um cérebro mais sutil e um coração mais bravo que qualquer outro homem. Em seu organismo algum princípio vital, mediante processos para nós desconhecidos, atingiu o auge do desenvolvimento. E como seu corpo permanece forte, vigoroso e continua acumulando energia, também seu cérebro progride e se enriquece. E tudo isso lhe advém independentemente daqueles diabólicos recursos que tem a seu dispor, e, assim, tendo que ceder aos poderes de onde emanam e que representam, como símbolos do bem. E aí está o que ele realmente é para qualquer um de nós. Ele, porém, a deixou impura, a estigmatizou... oh, perdoe-me, minha caríssima, que eu seja obrigado a lhe falar desta maneira. Mas se assim o faço, é em seu próprio bem. Ele a infectou de tal maneira que, mesmo não voltando a fazê-lo, à senhora só restará viver, isto é, viver segundo seus próprios, ternos e tradicionais costumes. Mas, no devido tempo, pois a morte de um ser humano, além de contar com a sanção divina, é uma decorrência de estarmos vivos; a morte, disse eu, fará da senhora um outro ser, à sua semelhança. E isso não deve nem pode acontecer! Juntos, juramos que não acontecerá. Para tanto, somos ministros da própria vontade de Deus: para que este mundo e todos que nele vivemos, e pelos quais Seu Filho sacrificou a própria vida, não sejam dados em holocausto a esses monstros, cuja simples existência O injuriaria. Ele já nos concedeu o sagrado galardão de redimir a primeira dessas almas, e agora, como os cavaleiros das Antigas Cruzadas, partiremos para a redenção de outras. Como aqueles, seguiremos no rumo do Oriente; e também, como aqueles, se tombarmos, o faremos em defesa de uma santa causa.

Aproveitando uma breve pausa, perguntei-lhe:

– Não acha que o Conde venha a aceitar resignadamente o seu revés? Já que foi expulso da Inglaterra, não tratará daqui por diante de evitá-la, como o faz o tigre diante da aldeia que lhe deu caça?

– Muito bem – disse ele –, sua comparação com o tigre é muito inteligente, e eu passarei a adotá-la. O seu devorador de homens, como na Índia tais tigres normalmente são chamados, após haver provado o sangue humano já não se interessa por qualquer outra presa, passando a rondar incessantemente os povoados, até surpreender o seu novo repasto. A caça que perseguiremos quando deixarmos a nossa aldeia é também um tigre, um obstinado devorador de homens, e jamais cessa de rondar em torno de todos nós. Não, não é de sua própria têmpera bater em retirada e permanecer distante. Durante sua vida, esta vida normal, que todos nós vivemos, ele cruzou a fronteira da Turquia e foi atacar seu inimigo dentro de sua própria terra. Foi rechaçado, mas pensa que se deu por vencido? Não! Tornou a voltar; uma, duas, três vezes ele voltou. Preste atenção à sua persistência e a seu estoicismo. Com o cérebro infantil de que é provido, já desde há muito que concebeu a ideia de vir para uma grande cidade. O que faz, então? Escolhe exatamente o lugar mais promissor do mundo, e mais condizente com seus propósitos! E a partir daí, deliberadamente, dedica-se à meticulosa preparação de sua tarefa. Pacientemente experimenta até onde chega sua força e ao mesmo tempo vai testando seus poderes. Estuda novos idiomas. Aprende as sutilezas da moderna vida social; os novos aspectos de temas já antigos; a arte política, as leis, as finanças, a ciência, os costumes de um país novo e ainda parcialmente desconhecido para ele, e um povo jovem que atingiu um nível pelo qual ele já passou. A ampla visão que assim colhera apenas aguçou seu apetite e estimulou seu desejo. Não, isso fez com que ele se alçasse à altura do seu cérebro, de vez que lhe provou que suas primeiras conjecturas estavam certas e exatas. Tudo isso ele o fez sozinho, absolutamente só! Partindo de uma catacumba em ruínas e isolado no ermo de uma terra esquecida. O que mais não fará a partir do momento em que este nosso maior e mais pujante universo do pensamento se abrir de par em par diante dele. E já pode zombar da morte, no estado em que agora o conhecemos. Quem pode não somente sobreviver, mas ainda crescer e florescer em meio às mais mortíferas epidemias, que provocam verdadeiras hecatombes entre os povos? Oh! Se semelhante criatura tivesse suas origens em Deus, e não em Satanás, que potencial inesgotável do Bem não seria ele para com este velho e lacerado mundo que é o nosso. Nós, porém, estabelecemos um pacto que fará com que este mesmo mundo fique livre. Nossa missão será cumprida em silêncio, e todos os nossos esforços se concentrarão em segredo. Pois nesta era iluminada, quando muitos de nós não acreditamos nem mesmo naquilo que vemos e tocamos, a dúvida dos sábios se converteria em sua mais temível força. Seria a um só tempo seu casulo e sua couraça, e ainda sua insidiosa arma para nos destruir, a nós, que somos seus inimigos, que estamos dispostos a perecer, sacrificando até mesmo nossas almas, pela segurança e pela salvação daquela a quem tanto veneramos, fazendo-o pelo bem da Humanidade e pela honra e glória de nosso Deus, Todo-Poderoso.

Após uma discussão generalizada, ficou decidido que nesta nossa primeira noite seguinte a sua fuga nada ficaria definitivamente estabelecido. Que todos nos devíamos recolher e, depois de meditarmos maduramente sobre os fatos, apresentaríamos as conclusões que nos parecessem mais racionais e apropriadas. Amanhã, à hora do café matinal, teremos um novo e proveitoso encontro e, depois de tudo devidamente debatido em comum, decidiremos sobre o nosso definitivo plano de ação...

Sinto-me impregnada de uma paz maravilhosa, e assim pretendo descansar toda essa noite. A impressão que tenho é como se uma presença repulsiva e hostil acabasse de ser removida de mim mesma. Talvez...

Minha boa expectativa infelizmente não se consumou, aliás não chegou a consumar-se. Ao passar pelo espelho, recobrei a visão do meu triste estigma, sempre a torturar-me, noite e dia. E, não obstante, sabia que a horrível marca da maldição continuava ali...

O diário do dr. Seward

5 de outubro – Todos nós nos levantamos cedo, e eu acredito que o sono fez um bem extraordinário a todos. Hoje nosso encontro matinal para o café foi de um modo geral bem mais animado do que qualquer de nós jamais esperava voltar a ter.

É realmente maravilhoso como se acha arraigado no íntimo da criatura humana o hábito da volta ao passado. Desde que uma causa de obstrução, não importa qual seja, venha a ser removida de qualquer forma – até mesmo pela morte – e eis-nos retornando aos primitivos princípios de esperança e alegria. Enquanto estávamos sentados em torno da mesa, por mais de uma vez arregalei meus olhos, surpreendidos pela dúvida sobre se tudo que haviam presenciado dias antes não passara de um mau sonho ou de um pesadelo. Somente ao deparar-me com a mancha vermelha na testa da sra. Harker é que retornei à realidade. Mesmo agora, ao proceder a um sóbrio balanço do assunto, é-me quase impossível admitir que a causa de todos os nossos transtornos ainda exista. Até a sra. Harker parece ter perdido a convicção no tocante à extensão do seu mal. Apenas vez por outra, quando algo lhe desperta a memória, ela demonstra pensar sobre sua triste cicatriz. Está marcada uma reunião em meu escritório para dentro de meia hora, na qual será decidido o roteiro de nossas atividades. Vejo apenas uma dificuldade imediata, o que me ocorre mais por instinto propriamente do que por qualquer outra razão: todos nós devemos falar com a mais absoluta franqueza. Continuo porém receando que, por motivos ainda não esclarecidos, nossa pobre sra. Harker não se expresse com plena liberdade. Sei que ela estabelece suas próprias conclusões e, de tudo que já aconteceu, posso presumir o quanto de brilhantismo e veracidade nela se contém. Ela, todavia, não deseja ou não pode dar-lhe a projeção devida. Já comentei este fato com Van Helsing, e nós dois estamos dispostos a submetê-lo a debate, logo que estejamos sós. Suponho que ela já está sendo tolhida pelo insidioso veneno que foi instilado em suas veias, e cujos efeitos começam a se fazer sentir. O Conde visava a seus próprios e definidos propósitos quando a submeteu ao que Van Helsing chamou de "batismo de sangue do Vampiro". Bem, deve haver também um contraveneno que é destilado pelos seres bondosos com que a Mãe Natureza nos presenteou. Numa época em que a existência da ptomaína ainda é um mistério, nada mais me surpreenderia! De uma coisa, porém, estou certo: se meu instinto não me estiver traindo a respeito do silêncio da sra. Harker, desconfio de que teremos que vencer mais uma dificuldade, um perigo de natureza desconhecida, que se antepõe à execução de nossa tarefa. A mesma influência que a submete compulsoriamente a silenciar pode também obrigá-la a falar. Não ouso dizer mais nada, pois isso me levaria a mentalmente degradar uma nobre senhora!

Mais tarde – Quando o Professor chegou, estivemos trocando ideias sobre a situação geral das coisas. Logo percebi que ele trazia algo em sua mente, algo que queria contar, mas hesitava revelar o que incendiava seu cérebro. Depois de fazer um longo rodeio, disse-me subitamente:

– Amigo John, estou pensando num determinado problema que você e eu precisamos abordar a sós, e que tem prioridade absoluta. Mais tarde, então, confiá-lo-emos a todos os demais. – Fez uma breve pausa, e eu esperei. Depois, prosseguiu: – A sra. Mina, nossa pobre e caríssima sra. Mina, está mudando. – Um arrepio percorreu meu corpo. O Professor acabava de endossar os temores que tanto me afligiam. Van Helsing continuou: – Depois da triste experiência com a srta. Lucy, devemo-nos acautelar antes que as coisas se tornem demasiadamente graves. Nossa tarefa torna-se agora mais penosa do que nunca, e este novo transtorno fez com que cada hora adquira uma pungente relevância. Parece-me entrever as características do vampiro surgindo em sua face. Tais sintomas se mantêm ainda muito discretos. Mas, de qualquer forma, eles lá estão, se tivermos olhos para observá-los sem qualquer ideia preconcebida. Seus dentes já se mostram mais aguçados, e vez por outra seus olhos se apresentam duros e penetrantes. Mas isso ainda não é tudo: há também um frequente e significativo silêncio, o que também observei ao tratar da srta. Lucy. Ela se abstinha de falar, mesmo quando escrevia no papel aquilo que deveria ser conhecido mais tarde. Aí está o que agora mais me preocupa. Assim como pôde, através de um transe hipnótico, dizer-nos o que o Conde via e ouvia, não será menos verdadeiro que ele, que depois de hipnotizá-la, sorveu seu sangue e fê-la sorver o seu, condicione sua mente a revelar-lhe também tudo aquilo que ela souber?"

Aquiesci, e ele prosseguiu:

– Então, precisamos evitar que isso aconteça. Temos que privá-la do conhecimento do que pretendemos fazer, e assim ela não poderá relatar o que desconhece. Eis o que se pode chamar de uma penosa tarefa! Tão penosa que me dói o coração só em pensar em sua inevitabilidade. Mas assim tem que ser. Ainda hoje ela me ouvirá dizer que, por uma razão muito especial e que no momento não podemos revelar, já não mais participará de nossas reuniões, continuando simplesmente a ter a mesma proteção de todos nós.

Ao terminar de falar enxugou a testa, que estava coberta de suor, assim demonstrando toda tortura que semelhante pensamento lhe infligia. Sabendo que, de alguma forma, lhe aliviaria, se lhe dissesse que também eu já havia chegado à mesma conclusão e que com isso eliminaria uma possível dúvida, contei-lhe o que observara e o efeito confirmou o que eu esperava.

Aproxima-se a hora de nossa reunião. Van Helsing foi para seu quarto preparar a ordem do dia, inclusive a justificação do afastamento da sra. Harker. Acho que ele sozinho se desincumbirá disso.

Mais tarde – Precisamente na hora marcada para abertura da reunião, Van Helsing e eu tivemos um grande alívio pessoal. A sra. Harker nos encaminhara uma mensagem por intermédio de seu marido, dizendo-nos que presentemente não participaria de nossas reuniões, por julgar que assim teríamos mais liberdade de discutir nossas iniciativas, que assim ficariam livres do embaraço criado por sua presença. O professor e eu nos entreolhamos por alguns instantes, e o recíproco alívio espelhou-se em nossas faces. Eu, de minha parte, acho que, se a sra. Harker reconheceu o perigo por si mesma, não somente nos livrou de inevitável constrangimento como também de um perigo bem maior. E sob as presentes circunstâncias, através de uma rápida troca de olhares e um dedo sobre os lábios, decidimos guardar silêncio sobre nossas suspeitas, pelo menos até outra ocasião em que ambos pudéssemos novamente conferenciar a sós. E imediatamente passamos à discussão do Plano de Campanha. Van Helsing expôs sucintamente aos presentes os fatos já conhecidos

– O *Czarina Catherine* deixou o Tâmisa ontem de manhã. Se admitirmos que fará esta viagem constantemente dentro da velocidade máxima que pode alcançar, levará no mínimo três semanas para aportar em Varna. Nós, porém, podemos cobrir o mesmo trajeto por via terrestre em três dias. Agora, se reduzirmos a viagem marítima em dois dias, o que eventualmente poderá ocorrer por alterações meteorológicas influenciadas pelo Conde, acrescentando um dia inteiro e uma noite de possíveis demoras em nosso caminho, então resta-nos ainda uma larga margem de quase duas semanas. Assim, para estarmos a salvo de algum imprevisto, teremos de partir daqui o mais tardar no dia dezessete. Dentro deste plano, em qualquer hipótese, estaremos em Varna no dia anterior ao da chegada do navio e portanto aptos a realizar os preparativos que forem necessários. É óbvio que viajaremos todos bem armados... Armados contra quaisquer ciladas, de natureza física ou espiritual.

Quincey Morris então aparteou:

– Devo alertá-los que o Conde procede de um país infestado de lobos, e não devemos desprezar a hipótese de que chegue a seu destino antes de nós. Por isso, proponho que acrescentemos uma Winchester ao nosso armamento pessoal. Deposito bastante confiança nos efeitos de uma Winchester quando há uma alcateia desses animais perto da gente. Recorda-se, Arthur, quando tivemos de enfrentar uma perseguição dessas feras em Tobolsk? O que é que não teríamos então dado por uma simples arma de repetição!

– Bem – disse Van Helsing –, teremos também Winchesteres. A cabeça de Quincey certas vezes dá provas de rara eficiência, principalmente quando nossa missão se resume num episódio de caça. Quero, contudo, ressalvar que uma simples metáfora se constitui em muito maior desonra para a ciência do que os perigos que os lobos representam para a espécie humana. Neste ínterim, nada podemos fazer aqui. E como acho que Varna não nos é nada familiar, porque não partirmos para lá mais cedo? Nossa espera lá não será maior do que aqui. Temos a noite de hoje e o dia de amanhã para nos aprontarmos, e então, se tudo correr bem, nós quatro podemos iniciar nossa jornada.

– Nós quatro? – exclamou Harker com surpresa, olhando sucessivamente para cada um de nós.

– Naturalmente! – respondeu o Professor sem titubear. – O senhor precisa ficar para cuidar de sua terna esposa!

Harker silenciou por alguns momentos. A seguir, num tom cavo e magoado, disse:

– Falemos sobre este assunto amanhã de manhã. Antes, pretendo consultar Mina.

Achei a ocasião propícia para que Van Helsing o advertisse no sentido de não revelar a ela os nossos planos. Ele, porém, pareceu nada notar. Olhei então significativamente para ele e improvisei uma repentina tosse. À guisa de resposta, limitou-se a levar o dedo aos lábios e retirar-se.

O diário de Jonathan Harker

5 de Outubro, parte da tarde – Depois que terminamos nossa reunião desta manhã, fiquei algum tempo sem conseguir raciocinar. As sucessivas e vertiginosas fases que marcaram nosso empreendimento deixaram minha mente numa espécie de estupefação, não dando margem a um pensamento mais profundo. A decidida determinação de Mina de não mais participar de forma alguma de nossas discussões relacionadas com nossos futuros planos obriga-me a raciocinar. E como não devo abrir tal debate com ela, posso agora apenas conjeturar. E uma solução racional do problema parece-me ainda tão distante como sempre esteve. O pronto acolhimento que todos os demais deram a sua deliberação também me está intrigando. Ora, na última vez que abordamos esse assunto, concordamos todos que não haveria mais qualquer segredo entre nós. Mina, no momento, dorme calma e tranquilamente, como a mais cândida criança. Sua boca está entreaberta e sua face resplende de felicidade. Graças a Deus, ainda existem para ela momentos bonançosos como este.

Mais tarde – Como tudo isso é estranho. Estive observando o reparador sono de Mina. E bastou isso para que eu próprio me sentisse ungido de felicidade, como acho que sempre estarei. À medida que a tarde avançava e as sombras do sol poente se alongavam pelas campinas, o silêncio em nosso quarto adquiria um sentido de profunda e significativa transcendência. Vejo então Mina subitamente abrir os olhos e, fixando-me com toda a sua ternura, dizer-me:

– Jonathan, quero que você me prometa uma coisa sob sua palavra de honra. Uma promessa feita a mim, mas celebrada sob a égide do Altíssimo e para não ser quebrada em hipótese alguma, mesmo que eu caísse de joelhos diante de você e o implorasse com as mais candentes lágrimas. Rápido, você terá que fazê-la já.

– Mina – disse eu –, uma promessa desse alcance não pode ser feita de repente. Talvez eu não tenha o direito de fazê-la já.

– Mas, meu adorado – voltou ela a insistir, e desta feita com tamanho fervor espiritual que me pareceu estar ouvindo um anjo –, sou eu quem o deseja. E o que peço não é para mim mesma. Pode perguntar ao dr. Van

Helsing se não estou com razão. Caso ele discorde, dou-lhe inteira liberdade para agir como achar melhor. Não, ainda mais: se você concordar, mais tarde será novamente desobrigado desta promessa.

– Prometo! – respondi.

No mesmo instante, a suprema ventura brilhou em seus profundos olhos. Para mim, entretanto, toda a felicidade estaria denegada a seu coração, enquanto perdurasse o indelével estigma que deformava sua testa. Ela então falou:

– Prometa-me que nada me contará a respeito dos planos já estabelecidos para a campanha contra o Conde. Não o faça nem por palavras, nem por inferência, nem tampouco por implicação. Quero que não o faça enquanto isto não me abandonar! – E altivamente apontou para a cicatriz. Vendo que seu apelo era definitivo, disse-lhe solenemente:

– Prometo! – Ao mesmo tempo, porém, senti que a partir daquele amargo instante uma intransponível porta se fechara entre nós dois.

Mais tarde (meia-noite) – Mina manteve-se alegre e inspirada durante toda a noite. Seu estado de espírito pareceu contagiar todos os demais, infundindo-lhes novo ânimo. Todos pareciam agora mais alegres e eu próprio tinha a impressão de que a densa sombra que pesava sobre nós começava a dissipar-se. Recolhemo-nos mais cedo. Mina dorme agora a sono solto. É realmente maravilhoso que seu regime de sono permaneça normal em meio a tanta consternação. Que Deus seja louvado, pois assim ao menos ela poderá esquecer seu martírio. Talvez o seu estoico exemplo me inspire como sua alacridade o fez esta noite. É isso o que tentarei. Oh! Como anseio por um sono sem pesadelos.

6 de outubro, pela manhã – Outra surpresa. Mina despertou-me bem cedo, mais ou menos à mesma hora de ontem, e pediu-me que fosse chamar o dr. Van Helsing. Julguei tratar-se de uma outra revelação hipnótica, por isso nada lhe perguntei quando saí em busca do Professor. Ele evidentemente já esperava a repetição do chamado, de vez que o encontrei de pé e vestido, em seu quarto. Sua porta estava apenas encostada, o que permitiu que ele me ouvisse abrir a porta do nosso quarto. Assim, chegou imediatamente, e, ao entrar, perguntou a Mina se os demais também podiam estar presentes.

– Não – disse ela simplesmente. – Não será necessário. O senhor poderá transmitir-lhes tudo, tão bem quanto eu. Tenho que partir com o senhor em sua viagem.

O dr. Van Helsing ficou tão surpreso quanto eu. Após uma breve pausa, ele perguntou-lhe:

– Mas por quê?

– O senhor terá que me levar em sua companhia. Estarei mais segura a seu lado, e o senhor também estará mais resguardado.

– Diga-me, porém, por que, minha cara sra. Mina! Sabe que sua segurança é o nosso dever mais sagrado. Vamos enfrentar um perigo ao qual a senhora está, ou poderá estar, mais exposta do que qualquer um de nós, em virtude de circunstâncias e fatos que já pertencem a um curto passado.

Nessa altura, ele se deteve, como que embaraçado. Quando ela replicou, ele ergueu seu dedo e apontou para a cicatriz:

– Já sei. É precisamente por isso que preciso ir. Isto eu lhe posso revelar agora, enquanto o sol se aproxima do nascente. Talvez não tenha condição de voltar a fazer este apelo. Sei também que, se o Conde me chamar, não poderei deixar de atendê-lo; além disto, se ordenar que parta em segredo, terei que recorrer a um estratagema, algum subterfúgio... mesmo Jonathan.

Deus teria sido a sua mais íntima testemunha, enquanto assim falava. E se houvesse realmente um Anjo dos Anais, aquele olhar falaria eloquentemente em favor de sua perpétua honra. Apenas pude apertar-lhe a mão. Perdera momentaneamente o uso da palavra. Minha emoção fora tão intensa que não pude evitar as lágrimas. Ela prosseguiu:

– Vocês homens são bravos e fortes. Contam também com superioridade numérica, podendo assim levar de vencida aquele que aniquilaria qualquer resistência humana de qualquer um que tenha que defendê-la isoladamente. Além do mais, poderei ser mantida à margem de toda atividade, desde que o senhor me hipnotize e me instrua no sentido de que nada sei.

O dr. Van Helsing disse então sentenciosamente:

– Sra. Mina, devo reconhecer que é sempre muito sensata. A senhora viajará conosco. E unidos vamos executar tudo aquilo que estivemos planejando.

Mal ele terminara de falar, olhei para Mina, agora silenciosa. Ela se recostara em seu travesseiro e dormia tranquilamente, não despertando nem mesmo quando ergui a persiana, para que a luz solar inundasse o quarto. Van Helsing acenou-me silenciosamente no sentido de que o acompanhasse. Fomos então para seu aposento, e dentro de um minuto, aproximadamente, Lorde Godalming, o dr. Seward e o sr. Morris estavam conosco. Ele narrou então tudo o que Mina lhe dissera, e acrescentou:

– Amanhã, de manhã, partiremos para Varna. Temos agora que lidar com um novo fator: a sra. Mina. Sim, mas sua alma permanece fiel e verdadeira. Para ela deve ter sido profundamente angustiante dizer-nos tudo aquilo. Mas este era o único caminho a tomar, e nós fomos alertados a tempo. Não podemos perder a mínima oportunidade, e em Varna devemos estar prontos para agir assim que o navio atracar.

– O que precisamos fazer precisamente? – perguntou o sr. Morris laconicamente. Após uma curta pausa, o Professor respondeu:

– Primeiramente, subiremos a bordo do navio. Uma vez identificado o caixão, colocaremos sobre ele uma haste de rosa branca. Isso bastará para imobilizá-lo, pois, enquanto lá estiver, nada poderá sair de dentro dele. Ao menos é isto que consta das sagas e das superstições. E neste domínio temos que admitir os fatos sem os discutir, pois sua origem reporta-se à crença até nossos dias. Então, quando for chegada a ocasião que nós esperamos, quando ninguém nos puder surpreender, vendo-nos ou ouvindo-nos, abriremos o caixão e, sim... tudo estará felizmente terminado.

– Não vou esperar por oportunidade nenhuma – disse Morris. – Assim que puser meus olhos no caixão, eu o abro e destruo aquele monstro. Não importa que tenha mil olhos cravados sobre mim e que no instante seguinte venham acabar comigo!

Instintivamente apertei-lhe a mão e senti-a tão firme quanto o aço. Acho que soube interpretar devidamente meu olhar. Espero que o tenha conseguido.

– Belo jovem – disse Van Helsing. – Bravo jovem. Quincey é um homem de verdade. Que Deus o abençoe por mais esta peregrina virtude. Meu caro jovem, creia-me: nenhum de nós se deterá e muito menos retrocederá por temor ao perigo. Somente direi o que poderemos fazer... o que precisaremos fazer. Mas, de qualquer forma, não poderemos de antemão prever tudo o que teremos de fazer. Os próprios acontecimentos nos impõem quase sempre tantas alternativas, seus caminhos e seus fins variam tanto que previamente pouco pode ser dito. O que é certo é que todos precisamos estar muito bem armados, em todos os sentidos. Assim, quando for chegada a ocasião de coroar o nosso objetivo, nossos esforços não podem ser baldados. Aproveitemos o dia de hoje para pôr as nossas coisas em ordem. Façamos com que tudo aquilo que se relaciona com nossos entes queridos e que de nós depende receba todo o nosso cuidado, pois nenhum de nós pode ainda afirmar quando, onde ou como o nosso alvo será alcançado. No que me diz respeito, todas as minhas atribuições estão regularizadas e em dia, e como nada mais me resta fazer, vou tratar da viagem propriamente dita. Providenciarei todas as passagens e reservarei todas as demais acomodações necessárias à nossa jornada.

Nada mais havendo a ser dito ou tratado, nós saímos. Agora, pretendo resolver todos os meus problemas ainda pendentes neste mundo e preparar-me para o que der e vier...

Mais tarde – Essa etapa já está feita, e cumprida foi também minha vontade. Agora tudo está completo. Caso Mina sobreviva a tudo isto, será para sempre minha herdeira solitária. Se tal, porém, não for possível, então todos os outros, que têm sido tão bondosos para nós, serão meus sucessores.

O por do sol já se aproxima. O mal-estar de Mina despertou minha atenção. Estou certo de que há algo em sua mente que, no exato instante do ocaso, será revelado. Tais momentos estão-se transformando num verdadeiro martírio para todos nós, pois cada novo nascer e por do sol traz-nos invariavelmente outra ameaça... uma nova tortura. Espero, contudo, que com a Graça de Deus tais provações sejam o prenúncio de um final feliz. Lanço tudo isso em meu diário porque minha querida ainda não deve estar a par desses detalhes. Rogo, porém, que os possa ler numa oportunidade bem próxima, quando tudo já houver sido consumado.

Agora, ela me chama.

XXV
O diário do dr. Seward

11 de outubro, à noite – Jonathan Harker pediu-me que registrasse o que se segue, alegando que não se acha em condições de fazê-lo ele próprio, e que deseja conservar uma fiel gravação do assunto.

Penso que nenhum de nós se mostrou surpreso ao sermos chamados à presença da sra. Harker, momentos antes do por do sol. Já nesses últimos dias chegamos à conclusão de que o nascer e o por do sol propiciam a ela instantes de peculiar libertação. É então que o seu próprio e verdadeiro ego pode manifestar-se, sem que qualquer influência estranha subjugue, restrinja ou mesmo a incite a agir. Essa condição ou disposição de espírito tem início cerca de meia hora antes do momento em que o sol transpõe a linha do horizonte, pela manhã, no nascente, e à tarde, no poente, e assim permanece até que o astro rei se erga bem alto, matinalmente, ou enquanto as nuvens se tingem do característico rosa-dourado, no ocaso. Inicialmente, tem-se a impressão de uma influência negativa, como se algumas amarras se soltassem, e a seguir sobrevém rapidamente a libertação absoluta. Todavia, assim que essa libertação cessa, o retorno ou reinvolução também se instala com muita rapidez, fazendo preceder-se apenas de um breve e sintomático silêncio.

Esta noite, por ocasião do nosso encontro, ela mostrava-se um tanto constrangida e apresentava evidentes sinais de estar travando uma luta íntima. Eu o percebi ao vê-la fazer um inaudito esforço, no primeiro instante em que isto lhe foi possível.

Passados alguns minutos, porém, recuperou pleno controle de si mesma. Então, pediu a seu marido que se sentasse a seu lado, no sofá, no qual se recostara, Se sugeriu que os demais se aproximassem com suas cadeiras. Tomando as mãos de Jonathan nas suas, ela começou:

– Todos nós nos reunimos aqui sob o signo da liberdade talvez pela derradeira vez. Eu sei, querido, sei que prosseguirá assim a meu lado até o almejado fim. – Esta introdução era exclusiva e evidentemente destinada a seu marido, cujas mãos, segundo víamos, continuavam estreitamente cingidas pelas suas. – Pela manhã, partiremos todos ao encontro da nossa tarefa, e só Deus sabe o que do outro lado nos está reservado. Os senhores todos são dotados de uma excelsa bondade, cujo edificante testemunho está em levarem-me em sua companhia. Sei perfeitamente o que tão dignos e bravos homens podem fazer em benefício de uma pobre mulher, cuja alma esteja talvez perdida... não, não, ainda não, mas de qualquer forma está condenada ao empalhamento. Mas os senhores devem lembrar-se de que eu não sou o que os senhores são. Corre em meu sangue um maligno miasma, que afeta também minha alma, que causará minha destruição, que inexoravelmente terá de aniquilar-me, a menos que um lenitivo venha em nosso auxílio. Oh, meus amigos, os senhores sabem tão bem quanto eu que minha alma está sujeita ao empalhamento. E embora eu saiba que há uma alternativa, não permito que os senhores apelem para ela, e assim também muito menos eu! – E olhou suplicantemente ao redor, para todos nós, começando e terminando em seu marido.

– E qual seria essa alternativa? – perguntou Van Helsing, com a voz embargada. – Em que consiste essa alternativa a que não devemos nem podemos recorrer?

– Que eu morresse agora, por mãos de outrem ou por minhas próprias, antes que o mal maior esteja plenamente consumado. Sei e todos os senhores sabem que, se eu agora estivesse morta, todos não só poderiam como realmente o fariam para libertar meu espírito imortal, tal como o fizeram com a minha pobre Lucy. Fosse a morte ou o temor da morte o único e válido obstáculo a considerar em nosso caminho, eu jamais recuaria diante do passo extremo aqui e agora, na presença dos amigos que tanto me consideram. Mas a morte não é tudo. E não consigo acreditar que a morte, num caso como este, em que a esperança nos acena e uma amarga tarefa terá de ser cumprida, esteja realmente merecendo a aprovação de Deus. Eu, de minha parte, renuncio desde já à inefável certeza do repouso eterno e parto de corpo e alma para a região das trevas, a região onde medram os mais negros enigmas deste nosso mundo, ou quiçá de um outro e diferente submundo, habitado por bruxos e duendes!

Mesmo depois de ouvirmos tudo isso, mantivemo-nos imóveis e silenciosos, porque instintivamente sabíamos que o que fora dito até então nada mais era do que um prelúdio. Em nossas fisionomias estampava-se uma cruel ansiedade, enquanto o rosto de Harker apresentava uma tonalidade cinza-pálido. Talvez conjecturasse melhor que todos os demais o que estava para vir. Ela prosseguiu:

– É esta a colaboração que lhes posso dar em toda essa mixórdia. – Não pude deixar de anotar a excentricidade desta frase, que com tanta seriedade ela empregou diante de todos nós. – E o que é que cada um dos senhores estará disposto a dar? Já sei, suas vidas, naturalmente. Isso é tarefa fácil para homens tão bravos. Suas vidas pertencem a Deus, e os senhores estarão sempre à vontade para restituí-las. Mas a mim, o que é que me darão?

Numa breve interrupção, lançou-nos um olhar interrogativo. Desta feita, porém, não se dirigiu a seu marido. Quincey pareceu-lhe ter entendido sua pergunta, gesticulando um breve assentimento, o que fez com que o rosto de sua interlocutora se iluminasse.

– Quero, portanto, expor-lhes o que pretendo, pois não deve restar agora a menor sombra de dúvida no que concerne a esta questão entre nós. Quero que todos os senhores... você, inclusive, meu adorado Jonathan.. me prometam: chegada a ocasião, os senhores me matarão.

– O que quer dizer com *chegada a ocasião*? – A voz era de Quincey, mas soara rouca e comovida.

– Logo que se convencerem de que as mudanças operadas em minha pessoa terão em minha morte uma solução mais digna e mais cristã que continuar levando uma vida impura. Quando minha existência física atingir tal degradação, peço-lhes que, sem um instante de hesitação, trespassem meu coração com um chuço de madeira e cortem meu pescoço. Quero que façam isso ou outra coisa qualquer capaz de me restituir a almejada paz!

Quincey foi o primeiro a erguer-se depois de seu apelo. Ajoelhou-se diante dela e, segurando-lhe uma das mãos, falou em tom solene:

– Sou apenas um rude companheiro que talvez nem disponha de um passado que me torne merecedor de semelhante distinção. Juro-lhe, porém, por tudo que há de mais sagrado e querido para mim, que, se essa ocasião realmente se caracterizar, não fugirei ao dever que acabo de aceitar. Prometo-lhe, também, que tudo farei para certificar-me no tocante ao inexorável, pois antes terei de eliminar qualquer dúvida quanto à oportunidade a que estamos qualificando de *ocasião*!

– Este é um fiel amigo! – foi o quanto ela ainda logrou dizer, entre as copiosas lágrimas que lhe rolavam pela face. E, inclinando-se ligeiramente, beijou-lhe a mão.

– Também lhe juro, minha cara sra. Mina! – disse Van Helsing.

– Também eu! – falou Lorde Godalming.

Todos, por seu turno, ajoelharam-se cerimoniosamente, para que ela celebrasse o juramento. Ao chegar minha vez, também os acompanhei. E então coube a seu marido lançar-lhe um olhar de desvario que mais aprofundava o tom pálido-esverdeado de seu rosto e o grisalho de sua cabeleira.

– Oh, minha querida, serei também obrigado a fazer semelhante promessa?

– Sim, também você, meu adorado – disse ela num tom de infinita compunção, que se refletia também em seus olhos. – Você não pode recuar. Você, o único a quem confio toda a minha intimidade e que é tudo que mais amo neste mundo. Nossas almas serão hoje e sempre unas e indivisíveis. Lembre-se, querido, de que já houve épocas em que os homens mais bravos mataram suas mulheres e todo o seu parentesco feminino, a fim de impedir que caíssem nas mãos dos inimigos. Suas bravas e másculas mãos não tremeram um só instante, porque aquelas que tanto os amavam foram as primeiras a implorar que as matassem. Este é um dos deveres de um homem perante aquela que o ama, nessas ocasiões de provação! E então, meu querido, se tenho de morrer pelas mãos de alguém, que seja pelas mãos daquele que mais me ama. Dr. Van Helsing, não esqueci a deferência que no caso da pobre Lucy o senhor teve para com aquele que tanto a amava – e, interrompendo-se com um leve rubor, modificou sua frase –, para com aquele que se achava investido dos melhores direitos de proporcionar-lhe a paz. Se esta ocasião voltar a se apresentar, rogo-lhe inserir mais esta feliz lembrança na vida de meu marido, que terá sua mão abençoada para sempre após me haver libertado deste tenebroso cativeiro.

– Torno a jurar! – foi a ressonante resposta dada pelo Professor. A sra. Harker sorriu, um sorriso positivo e franco, apesar do tema do debate, e, com um suspiro de alívio, reclinou-se e disse:

– E agora uma palavra de advertência, uma advertência que jamais deve ser esquecida: a ocasião, se realmente ocorrer, deve consumar-se rápida e inesperadamente, e neste caso não percam um único segundo para aproveitar a oportunidade. Digo isso porque, em tal ocasião, eu própria posso estar... não! Quando a ocasião realmente chegar, eu obrigatoriamente estarei... do lado do nosso inimigo e contra os senhores. Mais um último pedido – disse ela, em tom contrito. – Embora não tão vital e necessário quanto o anterior, mas ainda assim é um desejo meu.

Todos aquiescemos tacitamente; a palavra já não se fazia necessária:

– Quero que leiam a prédica do Cerimonial Fúnebre. – Neste instante, um profundo gemido de Jonathan a interrompeu. Colocando a mão do marido sobre seu coração, ela prosseguiu: – Um dia desses os senhores a terão de ler todinha para mim. Seja qual for o resultado dessa triste sucessão de acontecimentos, as espirituais palavras ali contidas soarão sempre como um refrigério no pensamento de todos nós. Você, meu adorado, é de quem espero ouvi-lo, pois assim será a sua voz que eternamente falará em minha memória... aconteça o que acontecer!

– Mas, oh, minha adorada – implorou ele –, a morte está muito distante de você!

– Não – disse ela, erguendo advertentemente uma das mãos. – Neste instante, sinto-me mais aprofundada na morte do que se estivesse sendo esmagada pelo peso da terra de uma sepultura, lançada sobre mim!

– Oh, minha adorada! Você quer realmente que eu leia isto para você ouvir? – inquiriu ele, antes de começar.

– Seria um consolo para mim, meu querido! – foi tudo o que lhe respondeu. E ele então começou a ler, logo que ela lhe estendeu o livro.

Como posso... como poderia quem quer que fosse... descrever aquela estranha cena, sua solenidade e seu ar sombrio, sua tristeza e seu horror e, simultaneamente, o seu transcendente enternecimento. Até um céptico, que nada vê além de um disfarce da amarga verdade num ato sagrado ou simplesmente de fundo emotivo, teria certamente sucumbido e sentiria seu coração enternecido diante daquele restrito grupo de incomparáveis e devotados amigos ajoelhados em torno de uma contrita e atormentada mulher; ou também ouvindo a terna e pungente paixão que pesava em cada palavra através da voz de seu marido, tantas vezes interrompida pelo travo da emoção, enquanto lia o singelo e belíssimo sermão do Sepultamento dos Mortos. Eu, eu... já não consigo prosseguir... minhas palavras e minha voz estão-me traindo!

E, realmente, ali estava ela, e seu instinto não falhara. Por mais estranho e bizarro que a seguir nos parecesse, mesmo para nós, tão afeitos e influenciados por sua presença, tais palavras nos confortaram. E o soturno silêncio, prova evidente de que um novo lapso de inibição de seu espírito se aproximava, já não nos causou a cada um de nós todo o desespero que tanto temíamos.

O diário de Jonathan Harker

15 de outubro, Varna – Partimos de Charing Cross na manhã do dia doze e seguimos para Paris nesta mesma noite. Ali, ocupamos os lugares que nos haviam sido reservados no Expresso do Oriente. Após viajarmos durante o dia e a noite inteiros, chegamos aqui às cinco da manhã. Lorde Godalming passou no Consulado a fim de verificar se chegara algum telegrama para ele, ao passo que todos nós outros nos alojamos num hotel de nome Odessus. Nossa jornada provavelmente apresentou alguns ligeiros contratempos. Eu, porém, estava demasiadamente impaciente para levá-los em consideração. Até que o *Czarina Catherine* chegue a este porto, nada haverá que possa despertar meu interesse em todo este nosso imenso mundo. Graças a Deus, Mina vai bem, e parece-me estar ficando mais forte. Suas saudáveis cores já estão voltando. Tem dormido bastante. Durante nossa viagem, ela também dormiu quase o tempo todo. Entretanto, como habitualmente, por volta do nascer e do por do sol, mostra-se mais desperta e ativa. E de lá para cá, tornou-se já um hábito o dr. Van Helsing hipnotizá-la durante esses períodos. Inicialmente, isso custou-lhe algum esforço, e ele era obrigado a dar-lhe muitos passes. Agora, todavia, ela cede logo, como se já estivesse acostumada, e tudo se consuma fácil e rapidamente. Ele parece já ter adquirido poderes especiais através de sua simples vontade, os quais utiliza nesses momentos próprios, e os pensamentos dela o obedecem. Em primeiro lugar, ele sempre lhe pergunta o que ela vê e escuta na ocasião. Quanto à primeira pergunta, ela responde simplesmente:

– Nada; está tudo escuro. – E em relação à segunda, diz: – Ouço o marulhar das vagas fustigando o costado do navio e as águas que passam. As velas e o cordame estalarem nos mastros e nos estais. O vento sopra forte; posso ouvi-lo sibilar nos ovéns, e a proa abre cascatas de espuma.

É evidente que o *Czarina Catherine* ainda está em alto-mar, singrando velozmente em demanda do nosso porto de Varna. Lorde Godalming acaba de voltar. Recebeu quatro telegramas, um para cada dia, depois que nós partimos, e todos do mesmo teor: o *Czarina Catherine* não constava de qualquer comunicado especial recebido pelo Lloyd's. Antes de deixarmos Londres ele instruíra seu agente dali que diariamente lhe remetesse um cabograma informando se ocorrera alguma anormalidade com o navio. Este comunicado deveria ser feito, inclusive, na hipótese de o mesmo não ter sido citado, de forma que ele também pudesse assegurar-se de que havia uma constante vigilância no porto de onde a embarcação partira.

Jantamos e, a seguir, fomos todos cedo para cama. Amanhã, avistar-nos-emos com o vice-cônsul, a fim de, se possível, subirmos a bordo do navio no momento de sua chegada. Van Helsing já nos disse que todas as nossas possibilidades estarão de pé, se conseguirmos estar a bordo entre o nascer e o por do sol. Mesmo que se metamorfoseie num morcego, o Conde não poderá cruzar qualquer extensão de água corrente por sua própria vontade. Isso fará com que permaneça a bordo. E como também não ousará revestir-se da forma humana, devido às suspeitas que despertaria, o que evidentemente procurará evitar, deverá continuar confinado no interior de seu caixão. Se então pudermos subir a bordo após o nascer do sol, ele ficará à nossa mercê. Pois então teremos tempo de abrir a caixa e nos certificarmos de sua presença, como já o fizemos com a finada Lucy, antes que ele desperte. O tipo de tratamento que receberá de nós por enquanto pouco importa. Achamos que não teremos muitos problemas com os funcionários de terra, e tampouco com os marujos, a bordo. Graças a Deus, estamos num país onde toda sorte de suborno é válida, e dinheiro não nos fará falta. Apenas precisamos prevenir-nos para que a chegada do navio não se dê à noite, isto é, entre o pôr e o nascer do sol, sem que sejamos previamente avisados. Isto será o bastante. Creio que uma boa sacola de dinheiro solucionará também este probleminha!

16 de outubro – O relatório que Mina nos fornece continua inalterado: o murmúrio das vagas, as águas que correm e ventos favoráveis. Até aqui tudo nos favorece, e assim que tivermos novas notícias do *Czarina Catherine* estaremos prontos e à sua espera. Como a passagem dos Dardanelos é obrigatória, teremos então notícias suas.

17 de outubro – Já se acha tudo perfeitamente previsto e programado. Espero poder dar ao Conde as boas-vindas muito especiais que merece, ao fim desta viagem. Godalming convenceu os armadores do navio de ter sido alertado de que o caixão que está no porão do navio contém certos objetos furtados de um amigo seu. E eles já admitem que o Lorde possa abri-lo por seu próprio risco. O proprietário assinou-lhe um documento ordenando ao capitão que lhe conceda todas as facilidades em fazer o que bem entender a bordo do navio, tendo, inclusive, expedido ordem similar para seu agente em Varna. Estivemos com o agente, que se mostrou muito impressionado com o tratamento distinto que Godalming lhe tributou, e saímos de lá satisfeitos por ter-nos dito que tudo fará, a seu alcance, para que nossos desejos sejam cumpridos. Já determinamos, outrossim, como procederemos, caso possamos abrir o caixão. Se encontrarmos o Conde, Van Helsing e o dr. Seward o decapitarão imediatamente e na mesma hora trespassarão seu coração. Morris, Godalming e eu nos incumbiremos de evitar a aproximação de quem quer que seja, mesmo que tenhamos de fazer uso das armas, que já se acham prontas para tal fim. O Professor diz que, com esse tratamento, o corpo do Conde dentro em pouco estará desfeito em pó. Neste caso, não restaria nem mesmo esse indício contra nós, se por acaso surgisse a suspeita de homicídio. Mas mesmo em qualquer outra emergência, não fugiríamos à responsabilidade deste ato, e então algum dia talvez este meu texto ainda venha a servir de irrecusável evidência, livrando-nos mesmo da corda da forca. Por mim, aceitaria tranquilamente tal risco, e não me lastimaria se o tivesse de fazê-lo. Estamos decididos a não deixar pedra sobre pedra, se tal for preciso, para ultimarmos os nossos propósitos. Outra providência que tomamos foi obter de funcionários especializados o compromisso de que nos informem, no primeiro instante, logo que avistarem o *Czarina Catherine*, dispondo para isso de mensageiro especial.

24 de outubro – Toda uma semana de espera. Os telegramas diários continuam chegando. Todos, porém, trazem uma só frase: "Até agora não foi citado". Também as respostas hipnóticas de Mina prosseguem inalteradas: marulhar de vagas, águas que correm e mastros que estalam.

Telegrama, 24 de outubro

De Rufus Smith, Lloyd's, Londres, para Lorde Godalming, aos cuidados de H.B.M., vice-cônsul, Varna.

O *Czarina Catherine* foi assinalado esta manhã na travessia dos Dardalenos.

O diário do dr. Seward

25 de outubro – Como consegui perder meu gravador! Escrever um diário a mão é intoleravelmente aborrecido para mim! Van Helsing, porém, disse-me que isso é preciso. Todos nós exultamos de excitação ontem, quando Godalming nos mostrou o último telegrama recebido de Londres. Agora sei o que um homem sente no campo de batalha, quando soa o toque de atacar! A sra. Harker foi a única entre todos nós que não demonstrou o menor sinal de emoção. Afinal, também já não é de estranhar que assim seja, pois tomamos precauções especiais para que ela nada soubesse a esse respeito, e todos nos contivemos de demonstrar qualquer excitação, quando nos achávamos em sua presença. Há alguns dias atrás, estou certo de que ela o teria notado, por mais que o quiséssemos ocultar. Mas, desta feita, ela mudou muito durante essas três últimas semanas. Uma progressiva letargia passou a dominá-la, e embora aparentemente esteja forte e bem-disposta e mesmo chegue a mostrar cores mais saudáveis, Van Helsing e eu estamos começando a nos preocupar. Agora, falamos frequentemente a seu respeito. Nada, entretanto, deixamos transpirar junto aos demais. Isso seria o bastante para arrasar o pobre Harker, principalmente com seus nervos, desde que soubesse que suspeitávamos de alguma coisa nesse particular. Pelo que me falou, Van Helsing tem tido o constante cuidado de examinar seus dentes sistematicamente, aproveitando para isso os momentos em que a tem sob influência hipnótica. Diz-me ele que, enquanto não apresentarem evidentes sinais de aguçamento, não haverá também iminente perigo de mudança radical da parte dela. E caso tais mudanças se evidenciassem, seríamos naturalmente obrigados a adotar certos critérios!... Ambos sabemos o que seriam esses novos critérios, mesmo sem revelarmos nossos pensamentos um ao outro. Nenhum de nós, entretanto, iria fugir a esta imposição – por mais aterradora e martirizante que possa ser. *Eutanásia* é inegavelmente uma bem sonante e confortadora palavra! Aqui registro a minha admiração por quem quer que a tenha criado.

Dos Dardanelos até aqui são apenas 24 horas a vela, dentro do rendimento médio apresentado pelo *Czarina Catherine* desde sua partida de Londres. Deverá aportar aqui, consequentemente, na parte da manhã. Como, porém, não poderá entrar no estuário antes do meio-dia, é bem possível que ainda cedo tenhamos concluído tudo. Nossa alvorada está prevista para a uma hora, a fim de que nada fique por providenciar.

25 de outubro, ao meio-dia – Até agora não recebemos qualquer notícia da chegada do navio. O relato hipnótico da sra. Harker esta manhã, como de regra, revestiu-se do mesmo laconismo. Isso nos faz crer que tal notícia chegue a qualquer momento. Nós, homens, estamos ardendo de excitação, com exceção de Harker, que se mantém inalteradamente calmo. Suas mãos parecem dois blocos de gelo, e uma hora atrás eu o surpreendi afiando a famosa lâmina original dos gurcas, da qual ultimamente não se tem separado por um só instante. Essa é uma sombria perspectiva para o Conde, desde que o mortífero fio da Kukri se aproxime de sua garganta, brandida pela intrépida e gelada mão de Harker!

Van Helsing e eu ficamos um tanto alarmados acerca do comportamento da sra. Harker hoje. Por volta do meio-dia, ela caiu numa espécie de letargia, a qual não nos agradou. Embora guardássemos segredo para os demais, já não nos sentíamos muito à vontade ao refletir sobre seu caso. Ela já se mostrara muito irrequieta pela manhã, de maneira que inicialmente acolhemos como um bom sintoma o fato de vê-la adormecida. Logo, entretanto, que seu marido casualmente nos fez saber que ela dormia tão profundamente que ele não a conseguiu despertar, fomos a seu quarto para vê-la com nossos próprios olhos. Seu ritmo respiratório era normal e seu aspecto geral pareceu-nos tão bom e tranquilo que logo concluímos que o sono seria para ela melhor que qualquer outra coisa. Pobre jovem, ela tem tanto a apagar de sua memória que até mesmo este sono, desde que momentaneamente a desligue de suas preocupações, somente lhe poderá fazer bem.

Mais tarde – Nossa opinião foi plenamente justificada, de vez que, após algumas horas de sono, ao despertar, ela pareceu-nos mais animada e melhor que durante todos esses últimos dias. Ao por do sol, ela fez o seu habitual relato hipnótico. Não importando onde no momento estivesse no Mar Negro, o Conde convergia aceleradamente para seu porto de destino. Ou melhor, segundo confio, para seu próprio túmulo!

26 de outubro – Passa-se mais um dia, e não temos nenhum vestígio da chegada do *Czarina Catherine.* Deve estar aportando aqui agora. Que ainda navega por alguma rota, torna-se realmente aparente, já que o informe hipnótico de hoje, ao nascer do sol, foi igual aos demais. É possível que o navio, por vezes, fique à deriva, em virtude de um denso nevoeiro. Alguns dos vapores chegados ontem à noite assinalaram algumas áreas de nevoeiro em ambos os lados do estuário, isto é, ao sul e ao norte. Devemos prosseguir vigilantes, porquanto o navio deve ser avistado a qualquer momento.

27 de outubro, meio-dia – Tudo isto está ficando muito singular. Nenhuma notícia ainda do navio que tanto esperamos. Ontem à noite e hoje de manhã, a sra. Harker repetiu seu relato usual: rumor de vagas e águas que correm, acrescentando, porém, que "as vagas estavam muito fracas". Os telegramas chegados de Londres traziam o mesmo teor: "nada de novo". Van Helsing mostra-se terrivelmente impaciente, chegando a confiar-me que começava a recear que o Conde estivesse escapando de nossas mãos. E acrescentou significativamente:

– Não me agradou o acesso letárgico hoje apresentado pela sra. Mina. A alma e a mente humanas são capazes das mais insólitas atitudes durante um breve transe.

Quando me dispunha a pedir que esclarecesse melhor o que dissera, surgiu Harker, erguendo a mão direita logo que nos avistou. Esta tarde, ao por do sol, tentaremos fazê-la falar um pouco mais, quando estiver hipnotizada.

Telegrama, 28 de outubro

De Rufus Smith, Londres, para Lorde Godalming, aos cuidados de H.B.M. vice-cônsul, Varna.

Czarina Catherine foi assinalado entrando em Galatz, hoje, à uma hora.

O diário do dr. Seward

28 de outubro – Quando tomamos conhecimento do teor do telegrama, anunciando a chegada do navio em Galatz, acho que o impacto que a notícia produziu em cada um de nós ficou muito aquém do que havíamos esperado. Na verdade, não tínhamos a menor ideia de onde, como ou quando o raio seria deflagrado. Acho, porém, que algo estranho estava na iminência de acontecer. O dia da chegada a Varna deixou-nos individualmente convencidos de que as coisas não aconteceriam na exata ordem que havíamos previsto. Agora nos limitávamos apenas a descobrir a tempo onde tais mudanças ocorreriam. Mas, nem por isso, entretanto, deixariam de se constituir em novas surpresas. Presumo que a natureza age numa base tão esperançosa que, mesmo contra nós, acreditamos que as coisas são como deviam, e não como gostaríamos que fossem. Transcendentalismo é um fanal erigido para os anjos, não obstante prossiga sendo um fogo-fátuo para os homens. Van Helsing ergueu ambas as mãos para os céus, em tácita devoção ao Todo-Poderoso. E assim, silenciosamente, manteve-se estático, de pé, com seu rosto sulcado pelas conflitantes ideias que turbilhonavam em seu cérebro. Lorde Godalming empalideceu, deixando-se abater pesadamente sobre uma cadeira, onde, sem emitir uma só palavra, ofegava ruidosamente. Eu mesmo me sentia atordoado, e foi sob essa impressão de espanto que meus olhos focalizaram um por um dos presentes. Quincey Morris ajustou o cinto com aqueles movimentos rápidos e decididos que me eram tão familiares. Nos nossos bons e passados dias de peregrinação isso simplesmente significava *barulho*. A sra. Harker, espectralmente lívida, dava a impressão de que a cicatriz que desfigurava sua testa estivesse ardendo em chamas. Ela, não obstante, ergueu os olhos para o céu e, contritamente, de mãos postas, rezou uma prece. Harker sorria – um sorriso estereotipado – repleto de negras e amargas perspectivas, sorriso destituído da mais tênue esperança. Mas, ao mesmo tempo, sua mão, instintivamente, procurava o punho de sua Kukri, a grande faca que trazia na cintura, e nele se detinha.

– A que horas parte o próximo trem para Galatz? – perguntou Van Helsing, em caráter impessoal.

– Amanhã, às seis e trinta da manhã! – Todos nós estremecemos, pois a resposta viera da sra. Harker.

– Mas por Deus, como é que a senhora sabe? – perguntou Arthur.

– O senhor esquece... ou talvez não saiba, embora Jonathan e o dr. Van Helsing estejam a par desta especialidade... que eu sou uma tabela ferroviária que fala. Em casa, em Exeter, costumava sempre preparar tabelas dos horários dos trens, para com elas ajudar as viagens do meu marido. Elas me pareceram tão úteis que ainda hoje continuo fazendo um estudo das mesmas. Eu sabia que, se por algum motivo tivéssemos que nos deslocar até o Castelo de Drácula, primeiramente teríamos de viajar para Galatz ou, de qualquer maneira, através de Bucareste. Isso fez-me decorar os diversos horários de uma forma detalhada. Infelizmente, não há melhores alternativas à mão, visto como o único trem amanhã parte à hora que eu já disse.

– Admirável mulher! – murmurou o Professor.

– Não seria possível obtermos um trem especial? – perguntou Lorde Godalming.

– Receio que não – respondeu Van Helsing, desanimadamente. – Este país é muito diferente do seu e do meu. Mesmo que obtivéssemos um comboio especial, ele provavelmente não chegaria ao destino antes do trem regular da tabela. Além do mais, temos ainda umas coisas a tratar. Deixe-me pensar. Vamo-nos organizar. O senhor, amigo Arthur, dê um pulo até a estação, compre os bilhetes e providencie para que tudo esteja pronto para seguirmos de manhã cedo. O senhor, amigo Jonathan, vá ao agente do navio e peça-lhe as cartas necessárias para que o agente de Galatz nos franqueie uma visita livre ao navio, tal como o faríamos aqui. Quincey Morris, vá à presença do vice-cônsul e peça sua ajuda junto a seu colega de Galatz, e tudo mais que ele possa fazer a fim de facilitar nossa missão, inclusive para não perdermos tempo na margem oriental do Danúbio. John fará companhia à sra. Mina e a mim, e nós aproveitaremos este meio-tempo para uma análise da situação. Isso porque, se as coisas demorarem, vocês se atrasarão. E independentemente da hora em que o sol se ponha, quero estar aqui ao lado de Madame, para pegar o seu relato.

– E eu – disse a sra. Harker, com vivacidade e com um forte ímpeto, bem mais animada do que há muito já não se mostrava – procurarei ser útil de todas as maneiras, darei minha colaboração mental e escreverei tal qual como sempre o fiz. Algo está desvencilhando-se de mim de maneira muito peculiar, e começo a me sentir mais livre do que tenho estado todos esses dias!

Os três homens mais jovens se entreolharam já bem mais esperançosos naquele mesmo instante, assim que apreenderam todo o alcance de suas palavras. Já Van Helsing e eu, entretanto, apenas ousamos volver-nos um para o outro e trocar um sombrio e preocupado olhar. Contudo, nada deixamos transparecer ali do que acabávamos de observar.

Assim que os outros três haviam saído para executar suas diversas tarefas, Van Helsing pediu à sra. Harker que apanhasse as cópias dos diários e lhe separasse a parte do diário de Jonathan relativa ao Castelo. Ela se afastou para trazer os papéis. Logo que fechou a porta atrás de si, o Professor me disse:

– Temos as mesmas ideias! Fale!

– Neste momento, houve repentinamente uma certa mudança. É o tipo da esperança que me deixa sobressaltado, uma vez que pode perfeitamente nos iludir.

– É isto, exatamente. Sabe por que a mandei trazer o manuscrito?

– Não – respondi –, a menos que tenha sido para obter uma oportunidade de ficar a sós comigo.

– Sim, numa certa parte você está certo, amigo John, mas somente numa certa parte. Preciso agora dizer-lhe mais alguma coisa. E, oh, meu amigo, estou assumindo um enorme e terrível risco. Creio, porém, que esteja com a razão. No instante em que a sra. Mina pronunciou aquelas palavras que atraíram nossa atenção, tive uma inspiração. No transe de três dias atrás, o Conde enviou-lhe o seu espírito para ler a sua mente; ou melhor, ele a transportou para lá a fim de vê-lo dentro de seu caixão de terra a bordo, com as águas a correr, justamente como acontece de fluir livremente, ao nascer e ao por do sol. Ele soube então que estamos aqui. Isto porque ela, com sua vida em ambiente livre, de olhos abertos e ouvidos atentos, tem muito mais a contar do que ele em seu caixão-túmulo. Agora, ele fará os maiores esforços para escapar ao cerco que lhe preparamos. Neste preciso instante, ele não está precisando dela. Com seus grandes conhecimentos, ele está seguro de que ela correrá a seu encontro para atender a seu chamado. Ele, porém, a desligou dele... faremos então o mesmo que ele sabe fazer, libertá-la-emos dos seus poderes, para que assim ela não retorne a ele. Oh! Agora tenho esperanças de que nossos cérebros humanos, que sempre pertenceram à espécie humana desde que o mundo existe, e que jamais perderam a graça de Deus, falarão mais alto do que seu cérebro infantil, que jaz em seu túmulo há séculos, que ainda não adquiriu a estatura do nosso, e que apenas elabora ideias egoístas e por isso mesmo mesquinhas. Aí vem a sra. Mina. Nem uma só palavra a respeito de seu transe! Ela de nada sabe. E se o soubesse, isto a empolgaria e poderia desesperá-la exatamente quando mais necessitamos cultivar toda a sua esperança, toda a sua coragem; quando mais precisamos de seu imenso cérebro, apto a raciocinar como o cérebro de um homem e que, sem embargo, pertence a uma terna mulher e que agora dispõe de um poder especial com o qual o Conde a dotou e que não deverá retomar totalmente dela, embora suas intenções não sejam precisamente estas. Psiu! Eu falarei, e você aprenderá. Oh, John, meu amigo, nós estamos num aperto aterrador. Agora sinto um enorme receio, um receio como jamais havia sentido antes. Daqui em diante somente podemos confiar em Deus Misericordioso. Silêncio! Aí vem ela!

Cheguei a pensar que o Professor fosse sofrer um colapso nervoso, tal como por ocasião da morte de Lucy, mas, mediante um enorme e visível esforço, ele se controlou e já apresentava pleno domínio de si quando a sra. Harker retornou à sala, com seu porte radiante, e feliz por estar prestando esta breve colaboração, já aparentemente esquecida de todo o seu martírio. Logo que chegou, entregou um alentado maço de papéis datilografados a Van Helsing. Ele os examinou concisamente, e seu rosto parecia iluminar-se enquanto procedia à leitura. Então, retendo algumas folhas entre o indicador e o polegar, falou:

– Amigo John, você que já tem tanta experiência... e a senhora também, cara Madame Mina, ainda tão jovem... para ambos aqui vai uma lição: jamais tenham medo de pensar. Uma ideia embrionária havia-se empoleirado em meu cérebro, eu, porém, receava liberar suas asas. Aqui, agora, de posse de mais sólidos conhecimentos, retorno às origens de minha ideia embrionária e chego à conclusão de que não se trata de uma ideia-embrião, e sim de uma ideia já formada, embora ainda tão jovem que não dispõe de suficiente energia para fazer uso de suas próprias asas. Não, como na história do Patinho Feio, do meu amigo Hans Andersen, ela nada tem de ideia de pato, mas, sim, possui todas as pompas de uma ideia de cisne, que singra ao vigoroso sopro de suas nobres asas, logo que soar a hora de experimentá-las. Vejam, vou ler o texto da autoria de Jonathan:

"Que outro de sua estirpe, em épocas passadas, repetidas e reiteradas vezes, conduziu suas forças ao território da Turquia, cruzando o Grande Rio; ele que, quando rechaçado, tornou a voltar, não só uma, mas incontáveis vezes, mesmo quando foi obrigado a retornar sozinho dos campos de batalha ensanguentados onde suas tropas haviam sido ceifadas, desde que estava convicto de que somente ele possuía os dons necessários ao triunfo final."

"– O que é que tudo isso nos conta? Não parece ser muito, não? O raciocínio infantil do Conde nada vê. Daí ele falar com toda esta franqueza. Neste momento, os raciocínios de adulto de ambos também nada veem; e meu próprio raciocínio adulto igualmente nada percebe, até este momento. Não! Mas aí entra mais uma palavra pronunciada por alguém que fala sem pensar, porque ela, esse alguém, desconhece o seu significado, isto é, o que *poderia* significar. Como sempre restam elementos que perduram, por seu próprio impulso natural, eles se deslocam através dos respectivos caminhos e acabam-se tocando... e, de repente, puf! E aí está o jato luminoso, incendiando todo o horizonte, cegando uns, matando outros, e deixando atrás de si uma esteira de destruição. E então podemos contemplar a terra a nossos pés num ralo de léguas e mais léguas. Não é isso mesmo? Bem, eu me explico. Para começar, faço-lhes uma pergunta: já teriam estudado a filosofia do crime? *Sim* e *Não*. Você, John, sim, porquanto é uma das matérias do estudo da insanidade. A senhora, não, visto como o crime jamais a atingiu... exceto uma vez. Ainda assim, ambos consideram as palavras como manifestações fiéis e verdadeiras, sem arguírem a *particulari ad universale*. Esta é uma das peculiaridades do criminoso. Sua ocorrência é tão frequente, não somente em todos os países, como também em todas as épocas, que até as corporações policiais, que pouco conhecem a respeito de filosofia, acabam por aplicá-la empiricamente, na base do "é porque é". E a isso chamamos de empírico. O criminoso atua sempre num determinado tipo de crime, isto é, o verdadeiro criminoso nato, que parece predestinado ao crime, e que não se interessará por outros. Este nosso criminoso não possui um cérebro de adulto plenamente desenvolvido. Ele é inteligente, sagaz e dotado de muitos recursos. Não apresenta, entretanto, um dimensionamento de adulto no que se relaciona com sua capacidade cerebral. Em quase tudo ele reflete apenas um cérebro infantil. Agora, o nosso criminoso está também predestinado ao delito. Ele somente possui um cérebro infantil, e não passa de um recurso infantil o que ele acaba de fazer. O passarinho ao romper o ovo, o peixinho ao sentir a água, o filhote de um animal qualquer não aprendem por princípio, mas empiricamente. E uma vez aprendido aquilo, ele tem base de partida para fazer mais alguma coisa. "*Dos pou sto*", disse Arquimedes: "Deem-me uma alavanca e eu erguerei o mundo." Fazer de uma só vez... eis o que distingue o cérebro infantil de um cérebro adulto. E enquanto ele estiver no propósito de fazer mais, ele prossegue fazendo a mesma coisa sempre, exatamente como o fazia antes! Oh, minha estimada amiga, noto que seus olhos estão agora bem abertos e que o clarão dos relâmpagos já lhe iluminaram léguas e léguas do mundo que a cerca.

Realmente, a sra. Harker lhe batia palmas e seus olhos brilhavam de entusiasmo. E ele prosseguiu:

– Agora é a vez de a senhora falar. Diga-nos, a nós, dois áridos homens da ciência, o que é que vê através dos seus inspirados olhos. – Ele tomou sua delicada mão e assim a segurou, enquanto falava. O indicador e o polegar envolviam o seu pulso, ao que me pareceu, instintiva e inconscientemente, assim que coube a ela falar:

– O Conde é um delinquente qualificado como criminoso típico. Nordau e Lombroso o classificariam assim; e como criminoso, seu quadro mental apresenta lacunas e deformações. Daí, quando em dificuldade, não hesitar em recorrer a seus hábitos. Seu passado já nos fornece um sólido indício, e a única página que conhecemos e na qual este passado está sintetizado, porquanto colhida dos seus próprios lábios, diz-nos que uma vez, anteriormente, quando confinado numa área que o sr. Morris chamou de "espaço exíguo", ele retornou do país que pretendera invadir para a sua própria terra. E que de lá, sem desistir de seus propósitos, se aprestou novamente para outra invasão. E em sua nova tentativa, já bem melhor aparelhado, saiu vitorioso. Assim também chegou a Londres, disposto a efetuar outra nova incursão. Foi batido. E quando as últimas esperanças de sucesso se desvaneceram e sua existência ficou em perigo, empreendeu a retirada para seu país, no ultramar. Exatamente como outrora ele cruzara o Danúbio, fugindo da Turquia.

– Muito bem, muito bem! Como a senhora é inteligente! – disse Van Helsing, entusiasticamente, enquanto numa reverência beijava sua mão. Um pouco depois, com toda a calma, como se estivéssemos num consultório clínico, ele me dizia: – Apenas 72, e com toda essa excitação. Tenho esperanças. – E volvendo-se novamente para ela, disse, com impaciente expectativa: – Por favor, prossiga, prossiga! Há ainda muito o que dizer, se a senhora o desejar. Nada receie. John e eu sabemos, ou pelo menos eu, em qualquer hipótese, e logo a alertaremos se estiver com a razão. Fale, e nada tema!

– É o que vou tentar. Peço, entretanto, desculpar-me se lhes parecer um tanto egocêntrica.

– Não, não tenha medo; a senhora, aliás, deve mostrar-se egocêntrica, pois é na senhora que estamos pensando.

– Então, como criminoso ele é egoísta. E como seu alcance intelectual é muito limitado e suas atividades se baseiam apenas no egoísmo, ele se restringe a apenas um propósito. E esse propósito é inexorável. Tal como fugiu através do Danúbio, deixando suas forças para trás, onde foram aniquiladas, assim também agora ele procura salvar a própria pele, pouco lhe interessando o que acontece aos demais. Destarte, seu egoísmo chega ao ponto de libertar a minha alma do terrível poder que exerce sobre mim, desde aquela sinistra noite. Eu o percebi! Oh, eu o percebi! Dou graças a Deus por Sua infinita misericórdia! Minha alma está agora mais livre do que jamais esteve desde aquele aterrador momento. E tudo o que me preocupa é o receio de que, durante algum transe ou mesmo sonho, ele tenha utilizado os meus conhecimentos em benefício dos seus torvos fins.

– Sim, ele efetivamente recorreu a este meio para utilizar-se de sua mente – disse o Professor, erguendo-se. – Por isso, deixou-nos a sua espera aqui em Varna, enquanto o navio que o transportava, sob constante cortina de nevoeiro, aproou velozmente para o porto de Galatz, onde, sem dúvida, ele montara um dispositivo para escapar à nossa perseguição. Seu cérebro infantil, entretanto, limitou-se a enxergar até ali. E precisamente daí pode resultar que, como sói acontecer por obra da Providência Divina, a própria astúcia que o malsinado mais encarecera em favor de seu egoístico bem se acabe convertendo em sua incontornável perdição. O caçador é apanhado em sua própria armadilha, como diz o inspirado salmista. A partir de agora, quando pensa estar livre de qualquer ameaça da nossa parte, e que já se antecipou em muitas horas sobre nós, seu egoísta cérebro infantil o acalantará para que adormeça. Ele pensa, também, que, por haver-se desligado a si próprio do conhecimento telepático de sua mente, igualmente não poderá haver conscientização aqui do que a ele ocorre, através da sua. É aí que ele falha redondamente! Aquele terrível batismo de sangue que ele lhe impôs deixa-a completamente livre de submeter-se a sua tutela espiritual, como a senhora já o tem feito nos períodos de libertação, por ocasião do nascer e do por do sol. Nesses intervalos, a mente da senhora está subordinada à minha volição e não à dele. E este poder de beneficiar-se a si mesma e aos outros a senhora adquiriu através do sofrimento que lhe foi infligido pelas mãos dele próprio. É portanto vital e imprescindível que ele agora não tome conhecimento desta valorosíssima circunstância, pois, para resguardar-se, ele acabou seccionando os elos que lhe forneciam os dados de nossa posição. Nós, contudo, não somos egoístas, e acreditamos que Deus está conosco para guiar-nos através de todas estas densas trevas e das horas sinistras que se aproximam. Nós o seguiremos sem esmorecimentos. Mesmo que cada um de nós tenha de perecer por estar-se convertendo à sua semelhança. Amigo John, este foi um dos momentos culminantes de toda a nossa longa luta e, por isso, proporcionou-nos um alentado progresso no desbravamento de nosso caminho. Você será o nosso escriba, e assim terá de registrar palavra por palavra deste nosso encontro, a fim de que, logo que os outros voltarem de suas missões, possa apresentar-lhes o texto para lerem. Assim, ficarão sabendo, como nós, tudo o que dissemos.

Aqui então reproduzi nossos debates enquanto aguardava o seu retorno. E a sra. Harker datilografou tudo depois de trazer-nos o manuscrito.

XXVI
O diário do dr. Seward

29 de outubro – Este texto foi escrito no trem, durante o trajeto de Varna para Galatz. Ontem à tarde, nossa reunião teve início um pouco antes do por do sol. Todos nós tínhamos executado as tarefas predeterminadas da melhor maneira possível. Assim, até onde alcançaram os nossos pensamentos, empenho e oportunidade, estamos preparados para um cabal cumprimento desta jornada, inclusive das providências a serem tomadas logo que chegarmos a Galatz. Ao aproximar-se a hora de costume, a sra. Harker, de *motu proprio*, aprestou-se para a sua colaboração hipnótica. E, após um mais forte e prolongado esforço da parte de Van Helsing, ela entrou em transe. Habitualmente, ela vem-se manifestando através de sugestões. Desta feita, todavia, o Professor se viu obrigado a formular as questões e enunciar cada pergunta resolutamente, para que ela nos revelasse alguma coisa. Finalmente, obtivemos a seguinte resposta:

– Não estou vendo nada; estamos parados. Não ouço o marulhar das vagas, mas somente o constante e suave deslizar da água em torno do cabo de reboque. Escuto vozes masculinas chamando e dando ordens, próximas e distantes, e ruído do vaivém dos remos nas forquetas. Soa um disparo de peça em algum lugar, e seu eco parece bem distante. Ouço o ruído de passos apressados acima de minha cabeça e também o arrastar de cabos e correntes. O que é isto? Um súbito clarão. Sinto um deslocamento de ar em torno de mim.

E nada mais disse. Ela se ergueu de forma impulsiva do sofá onde se sentara e levantou ambas as mãos de palmas para cima, como se estivesse suspendendo um peso. Van Helsing e eu nos entreolhamos compreensivamente. Quincey alçou suas sobrancelhas levemente e encarou-a com firmeza, enquanto a mão de Harker instintivamente empunhou a sua Kukri. Seguiu-se um demorado silêncio. Sabíamos que sua hora de falar estava quase terminando. Percebemos, entretanto, que agora era inútil dizer alguma coisa. De repente, ela se sentou e, abrindo os olhos, disse amavelmente:

– Será que ninguém gostaria de tomar uma xícara de chá comigo? Devem estar todos tão cansados!

Só nos restava satisfazê-la, e assim aceitamos sua sugestão. Ela, porém, saiu quase precipitadamente para tomar seu chá. Logo que se afastou, Van Helsing disse:

– Vejam, meus amigos. *Ele* está perto de terra e já deixou seu esconderijo de terra. Ainda tem, entretanto, de descer em terra. Durante a noite, poderá ocultar-se em algum lugar. Mas se não for desembarcado, ou se o navio não atracar, não poderá alcançar a terra. Neste caso, se for durante a noite, ele pode metamorfosear-se e saltar ou voar para chegar à praia, como fez em Whitby. Raiando, porém, o dia antes de ele descer em terra, a menos que seja carregado, não o poderá fazer. E para ser carregado, os funcionários aduaneiros poderão facilmente descobrir o inusitado conteúdo do caixão. Em conclusão, se ele não desembarcar durante a noite até o alvorecer, então o dia inteiro estará perdido para ele. Neste caso, teremos chegado ainda a tempo. Isto porque, se não houver escapado à noite, nós o surpreenderemos em pleno dia, encaixotado e à nossa mercê. Na verdade, não deverá ousar apresentar-se sob seu aspecto real, visível e ativo, salvo já tendo sido descoberto.

Nada mais havendo a tratar, esperamos pacientemente o raiar do dia, ocasião em que esperávamos saber mais alguma coisa através da sra. Harker.

Era ainda cedo de manhã, e nós já aguardávamos com incontida ansiedade as palavras que ela nos diria através do transe. O estágio preparatório do ciclo hipnótico prolongou-se ainda além da chamada anterior. E quando, finalmente, o contato foi estabelecido, o tempo que nos restou até o sol surgir foi tão breve que nos deixou desesperados. Van Helsing parecia estar empenhando a própria alma naquele esforço. Por fim, obedecendo a suas exaustivas exortações, ela respondeu:

– Está tudo mergulhado na escuridão. Ouço o murmúrio das águas ao mesmo nível do lugar onde me encontro, e o ranger de madeira contra madeira. – Ela silenciou, e os róseos raios do sol matinal inundaram o nosso compartimento. Agora temos de esperar pelo anoitecer.

E assim rodamos rumo a Galatz sob a mais tensa e angustiosa expectativa. Deveríamos atingir a estação de destino entre as duas e três horas da manhã. Mas já ao passarmos por Bucareste estávamos com um atraso de três horas, o que provavelmente fará com que desembarquemos depois do nascer do sol. Assim, aproveitaremos mais duas comunicações hipnóticas da sra. Harker! Uma delas ou talvez mesmo ambas eventualmente poderão lançar mais alguma luz sobre os últimos acontecimentos.

Mais tarde – O por do sol, como sói acontecer com os eternos fenômenos da natureza, veio e passou. Felizmente, coincidiu com um período em que o nosso comboio rodava tranquilamente entre duas estações, pois, se então estivéssemos parados, jamais conseguiríamos a necessária calma e recolhimento. Como já o vínhamos observando, a sra. Harker demora cada vez mais a submeter-se à influência hipnótica. Receio que seu poder de captar as reações sensoriais do Conde venha a desaparecer precisamente quando mais necessitamos dele. Parece-me que sua imaginação começa a interferir. Sempre que entrava em transe até aqui, mantinha-se atenta aos fatos. Se continuar assim, é capaz de nos acabar confundindo. A minha ideia de que o poder que o Conde exercia sobre ela se iria desvanecendo à medida que ela readquirisse os próprios conhecimentos seria, realmente, das mais maravilhosas. Agora, porém, já estou duvidando que assim o seja. Ao abrir a boca, suas palavras me soaram de maneira um tanto enigmática:

– Alguma coisa está saindo; sinto que passa por mim, como se fosse uma rajada de vento gelado. A uma grande distância, ouço sons confusos... parecem-me vir de um grupo de homens conversando em línguas estranhas. Escuto também o estrondo de uma queda d'água e o uivar dos lobos.

Fez-se silêncio, e um progressivo estremecimento sacudiu todo seu corpo, por alguns segundos. Finalmente, um abalo mais forte a deixou inerte e paralisada. Ela não disse mais nada, mesmo sob uma intensa e imperativa barragem de perguntas que lhe eram formuladas pelo Professor. Ao despertar do transe, estava fria, exausta e prestes a desfalecer. Sua mente, todavia, estava perfeitamente alerta. Não se lembrava de nada, mas perguntou o que dissera. Após ouvir a resposta, ficou refletindo sobre a mesma em silêncio, durante muito tempo.

30 de outubro, sete da manhã – Estamos nas proximidades de Galatz, e talvez eu não tenha tempo de escrever mais tarde. Esta manhã, o nascer do sol pareceu-nos a todos estar demorando uma eternidade. Já prevenidos a respeito da crescente dificuldade em obtermos o transe hipnótico, Van Helsing deu início à aplicação dos passes bem mais cedo. Pouco adiantou, porquanto somente produziram efeito em cima da hora, quando, mediante exaustivo esforço, ela cedeu a apenas um minuto para o pico da alvorada. O Professor partiu direto para as perguntas. Sua resposta também não se fez esperar:

– Tudo é escuridão. Ouço o rodopiar da água ao nível dos meus ouvidos, e o rumor causado pela madeira sobre madeira. Vejo vacas pastando à distância, num plano inferior. Ouço agora outro rumor, um rumor esquisito e parecido... – Ela estancou e empalideceu. Depois disso, ficou impenetrável.

– Vamos, vamos! Fale! Fale, eu lhe ordeno! – exclamou Van Helsing, num tom de voz já rouco de aflição. Enquanto isso, seus olhos se mostravam desalentados, de vez que os primeiros raios avermelhados que banhavam a face da sra. Harker já anunciavam o nascer do novo dia. Ela então arregalou os olhos, e nós todos nos precipitamos em sua direção. Suas primeiras palavras soaram terna e indiferentemente:

– Oh, Professor! Por que o senhor me pede o que não posso fazer? Não me lembro de nada. – Notando a decepção que se estampara em nossos rostos, lançou sobre cada um de nós um olhar desconcertado e disse: – O que foi que eu falei? Que foi que eu fiz? Não sei de nada! Lembro-me apenas de que estive deitada aqui, semiadormecida, e ouvindo o senhor dizer: "Vamos! Fale! Eu lhe ordeno!" Pareceu-me tão divertido ouvi-lo dar-me ordens, como se eu fosse uma criança!

– Oh, sra. Mina – disse ele tristemente. – Aí está uma prova, se é que precisamos de uma prova, de quanto a venero e admiro, a ponto de uma palavra que é toda para o seu bem, quando enunciada com a máxima seriedade, parecer-lhe estranha, porque realmente é uma ordem endereçada àquela a quem sempre sentirei orgulho em obedecer!

Nesse instante soou um longo apito. Estamos entrando em Galatz. Ardemos de ansiedade e sofreguidão.

O diário de Mina Harker

30 de outubro – O sr. Morris conduziu-me ao hotel, no qual já havíamos, através de telegrama, reservado os necessários aposentos. Ele era agora o mais indicado para acompanhar-me, por não falar nenhuma língua estrangeira. Os demais tinham sido distribuídos aproximadamente dentro do mesmo critério já adotado em Varna, exceto quanto a Lorde Godalming, que entraria em contato com o cônsul, pois sua categoria social o credenciava com uma imediata garantia em relação a qualquer formalidade oficial, pois agora tínhamos que agir com a máxima presteza. Jonathan e os dois médicos saíram à procura do agente marítimo, a fim de obter as indispensáveis informações a respeito da chegada do *Czarina Catherine.*

Mais tarde – Lorde Godalming já está de volta. O cônsul está fora da cidade, e o vice-cônsul adoeceu. Por isso, os serviços de rotina estavam sendo atendidos por um funcionário graduado. Ele se mostrou muito solícito, prontificando-se a fazer tudo o que estivesse ao seu alcance.

O diário de Jonathan Harker

30 de outubro – Às nove horas da manhã nós três – os drs. Van Helsing e Seward e eu – nos apresentamos nos escritórios dos srs. Mackenzie & Steinkoff, agentes da firma londrina Hapgood. Eles já haviam recebido um telegrama de Londres, em resposta a um pedido de Lorde Godalming, solicitando a máxima fidalguia no tratamento que nos fossem dispensar. E foram mais que solícitos e corteses para conosco. Imediatamente nos conduziram a bordo do *Czarina Catherine*, que lançara ferros no molhe fluvial. Já a bordo, entramos em contato com seu comandante, o Capitão Donelson, que nos narrou os pormenores de sua viagem. Disse ele que jamais em toda a sua vida fizera aquela rota sob ventos tão favoráveis.

– Homem – disse ele –, tudo isso, porém, nos deixou assustados, pois ficamos numa constante expectativa de, por alguma forma, termos de pagar por isto com o mais inesperado tipo de infortúnio, já que não é normal singrar nesta média que nos trouxe até aqui. Nunca é prudente navegar de Londres até o Mar Negro de vento à ré, numa única e estranha empopada, como se o próprio demônio soprasse em nossas velas a fim de levar-nos mais depressa ao Purgatório. E assim, quase o tempo todo, nada encontrávamos em que pôr os olhos. E sempre que nos aproximávamos de um outro navio, de um porto ou de um promontório, um denso nevoeiro descia sobre nós e conosco passava a viajar, até que, mais tarde, quando se dissipava e nós olhávamos, o diabo já não deixara nada para vermos. Atravessamos o Estreito de Gibraltar sem termos a menor possibilidade de trocar os sinais convencionais. E quando atingimos os Dardanelos, onde teríamos de aguardar permissão para passar, jamais nos conservamos no roteiro devido. Inicialmente, estive inclinado a rizar as velas e ficar bordejando até o nevoeiro se dispersar. Mas então pensei que, se o Demônio decidira mandar-nos numa só bordada até as águas do Mar Negro, ele o faria de qualquer maneira, quiséssemos ou não obedecê-lo. Finalmente, se cumpríssemos a nossa mais rápida viagem, isto também não traria qualquer descrédito a nossos armadores. E o Velho Solitário foi desta forma também devidamente atendido em seus propósitos, o que, por certo, o fará extremamente grato a todos nós, principalmente por não o termos decepcionado.

Esse misto de sabedoria e simplicidade, de superstição e argumentação comercial, excitou a curiosidade de Van Helsing:

– Meu amigo, aquele Demônio é mais sagaz do que parece ser; e sabe perfeitamente escolher seus parceiros!

O capitão não se mostrou agastado com tal cumprimento, e prosseguiu:

– Logo que transpusemos o Bósforo, meus homens começaram a murmurar. Alguns dentre eles, os romenos, vieram a mim e pediram-me que lhes permitisse lançar ao mar uma grande caixa que fora posta a bordo por um ancião de aspecto esquisito, já nos momentos finais de nossa partida de Londres. Eu os vi interpelando o tal sujeito e cruzando os dois dedos sempre que o avistavam, a fim de guardá-los de um mau-olhado. Homem! A superstição desses estrangeiros é perfeitamente ridícula! E não fiz por menos: mandei-os imediatamente de volta a seus trabalhos. Entretanto, justamente depois de me ver embolsado num desses frequentes nevoeiros, senti realmente que eles talvez tivessem um pouquinho de razão, embora não quisesse afirmar que aquilo fosse causado novamente pela grande caixa. Bem, nós prosseguimos. E como o nevoeiro não se despregou de nós durante cinco longos dias, simplesmente deixei os ventos me levarem, pois, se o Demônio nos queria arrastar para um certo lugar... bem, ele nos conduziria até lá a salvo. E, se assim não fosse, de qualquer maneira reforçaríamos nossa vigilância. Na verdade, cobrimos uma bela rota e navegamos sempre em águas profundas. Dois dias depois, assim que o sol matinal rompeu através da bruma, achávamo-nos exatamente ao largo do rio e em frente a Galatz. Nessa altura, os romenos já não se continham e exigiam que eu lançasse o caixão no rio. Tive de enfrentá-los de alavanca em punho; e quando o último deles abandonou o tombadilho com as mãos na cabeça, eu sabia tê-los convencido de que, com ou sem mau-olhado, a propriedade e a confiança de meus armadores estariam melhor em minhas mãos do que no fundo do Danúbio. E veja o senhor: eles já haviam trazido o caixão para o tombadilho e já estavam prontos para lançá-lo ao rio. E como estava marcado "Galatz via Varna", eu pensei em deixá-lo ali mesmo até que o descarregássemos no porto e nos livrássemos dele, definitivamente. Não tivemos muito o que providenciar naquele dia, pois permanecemos fundeados. Mas, pela manhã, lépido e desembaraçado, uma hora antes do nascer do sol, um homem subiu a bordo com uma ordem por escrito, vinda da

Inglaterra, autorizando-o a receber uma caixa marcada para um certo Conde Drácula. É claro que, diante disso, o citado volume foi imediatamente entregue ao emissário. Seus papéis estavam em ordem e é desnecessário dizer o grande alívio que senti ao ficar livre da amaldiçoada caixa, que estava já começando a inquietar-me. Se o Demônio dispunha de alguma bagagem a bordo deste navio, pode crer que não era nenhuma outra, senão aquela!

– Como se chama o homem que a levou? – perguntou o dr. Van Helsing, com indisfarçada impaciência.

– Isso eu lhe digo já! – respondeu ele. E, descendo a seu camarote, exibiu-nos um recibo assinado por Immanuel Hildesheim, cujo endereço anotamos: Burgenstrasse, 16. Depois de apurarmos que aquilo era tudo o que o Capitão sabia, agradecemos e nos retiramos.

Fomos encontrar Hildesheim em seu escritório. Era um israelita típico, uma figura do Teatro Adelphi, de nariz ovino e fez à cabeça. Seus argumentos variavam em função da remuneração, e nós resolvemos financiá-los. Assim, depois de uma breve barganha ele nos contou gentilmente tudo o que sabia. Sua história foi muito simples, mas nem por isso menos importante. Ele recebera uma carta enviada pelo sr. de Ville, de Londres, solicitando-lhe receber, se possível, antes do nascer do sol, para evitar a intervenção da Alfândega, uma caixa que chegaria a Galatz a bordo do *Czarina Catherine*. Esse volume ele deveria entregar aos cuidados de um certo Petrof Skinsky, o qual, por sua vez, mantinha constante intercâmbio com os eslovacos que exploravam o transporte fluvial rio abaixo, até o porto. Por seu serviço ele fora pago com papel-moeda inglês, cambiado e convertido em ouro pelo Banco Internacional do Danúbio. Quando Skinsky o procurou, foi com ele a bordo, onde deixou a caixa sob sua responsabilidade, a fim de evitar o pagamento de capatazias e armazenagem. E nada mais sabia dizer-nos.

Partimos então em busca de Skinsky, mas não fomos capazes de encontrá-lo. Um dos seus vizinhos, que aliás não parecia tributar-lhe a menor simpatia, disse-nos que ele saíra dois dias antes sem que ninguém soubesse para onde. Essa informação foi corroborada inclusive por seu senhorio, que recebera a chave da casa através de um portador, juntamente com o aluguel devido, em moeda inglesa. Isso ocorrera entre as dez e as onze horas da noite anterior. E assim chegáramos novamente a um impasse.

Enquanto conversávamos, veio alguém correndo e, esbaforido, contou-nos que o corpo de Skinsky fora encontrado no interior do cemitério de St. Peter, acrescentando que sua garganta estava dilacerada como se tivesse sido atacado por um animal selvagem. Aqueles com quem íamos falando partiam imediatamente para o local do macabro encontro e voltavam horrorizados, enquanto as mulheres saíam gritando que aquilo era obra de um eslovaco. Tratamos de nos afastar rapidamente das imediações, para evitar de nos vermos envolvidos na ocorrência e, consequentemente, ficarmos aqui retidos.

Ao chegarmos de volta ao hotel, não nos foi possível estabelecer uma conclusão definitiva. Estávamos, não obstante, todos convencidos de que o caixão prosseguia em seu caminho, para algum lugar. Mas, não importando aonde isso nos leve, nós o vamos descobrir. Foi, portanto, com grande pesar no coração que nos encontramos com Mina, no hotel.

Logo que nos reunimos, nossa primeira preocupação foi determinar se Mina devia ou não continuar participando de nossos debates confidenciais. Os fatos estão atingindo o clímax do desespero, e há no momento ao menos uma grande probabilidade, embora algo aleatória. Como passo preliminar, fui desobrigado de cumprir a promessa que fizera a ela.

O diário de Mina Harker

30 de outubro, à noite – Estavam todos tão cansados, desgastados e desolados que nada de útil poderia ser feito antes de um merecido descanso. Por isso, pedi a todos que se recolhessem por um mínimo de trinta minutos, enquanto ponho rigorosamente em dia os registros do diário. Fico muito grata a quem inventou a máquina de escrever portátil e à gentileza do sr. Morris, cedendo-me esta para meu uso. Sentir-me-ia irremediavelmente perdida, se tivesse de executar todo esse trabalho a bico de pena...

Está tudo pronto; pobre e querido, queridíssimo Jonathan! O que não deve ter sofrido e o que não estará sofrendo agora. Ele se estirou no sofá e mal parece respirar. Todo seu corpo dá a impressão de entrar em colapso. Suas sobrancelhas estão franzidas e seu rosto vincado pelo sofrimento. Pobre companheiro, é provável que nesse instante esteja imerso em profundos pensamentos. Toda a sua fisionomia está desfigurada por suas preocupações. Oh! Se ao menos eu pudesse ajudar mais um pouco em tudo isso... Mesmo assim, farei tudo o que puder.

Pedi ao dr. Van Helsing, e ele me entregou todos os papéis que eu ainda não havia lido... Neste período em que todos descansam, examinarei tudo cuidadosamente, e quem sabe se não chegarei a alguma conclusão. Procurarei seguir o exemplo do Professor e raciocinar sem prejulgar os fatos que tenho diante de mim...

Creio que, com a ajuda da Providência Divina, acabo de fazer uma valiosa descoberta. Vou apanhar os mapas geográficos e lançar um olhar sobre eles...

Estou mais que convencida de que tenho razão. Minha nova conclusão está pronta. Assim, participarei da reunião, quando farei uma leitura-exposição. Quero que todos a julguem. É bom que seja devidamente analisada, porquanto cada minuto é para nós agora da mais vital importância.

Exposição elaborada e lida por Mina Harker
(Lançada em seu diário)

Fundamentos da pesquisa. O problema que ora se apresenta ao Conde Drácula é o de sua volta a seu próprio sítio.

a) – Ele deve ser *transportado de volta* por alguém. Isso é evidente, pois, se tivesse o poder de deslocar-se por seus próprios meios, poderia cobrir o trajeto sob a forma humana, transformado em lobo, morcego ou mediante um outro processo qualquer. Ele, ao que tudo indica, teme ser descoberto ou mesmo receia uma interferência estranha, durante esse período de total vulnerabilidade em que deve encontrar-se – confinado, como se acha, do nascer ao por do sol, em seu caixão de madeira.

b) – *Como pode ele ser transportado*? – Aqui um raciocínio por exclusão nos poderá ser útil. Por estrada, por trem, por via fluvial?

1 – *Por estrada.* – As dificuldades são incontáveis, principalmente para sair da cidade.

(x) – Há muita gente; e gente é curiosa, e quer investigar. Uma suspeita, uma suposição ou uma dúvida no tocante ao conteúdo da caixa seriam suficientes para destruí-lo.

(y) – Nesse trajeto existem ou pelo menos devem existir postos alfandegários e barreiras a serem franqueados.

(z) – Seus perseguidores poderiam acompanhá-lo. Este é o seu principal receio. E a fim de prevenir-se contra tal hipótese, afastou o mais que pôde até sua própria vítima... eu!

2 – *Por trem.* – Neste caso não haveria ninguém diretamente responsável pela caixa. E teria de correr os riscos de um possível atraso. E esse atraso lhe seria fatal, tendo os inimigos em seus calcanhares. É certo que ele poderia escapar durante a noite. Mas o que poderia ele esperar num lugar estranho, e sem qualquer refúgio ao qual pudesse recolher-se? Não creio que seria esta a sua intenção, e tampouco que quisesse correr este risco.

3 – *Por via fluvial.* – Este é o caminho mais seguro, num certo sentido, mas também o mais perigoso, se atentarmos bem. Navegando sobre a água ele se torna impotente, salvo à noite. Mas, ainda assim, somente para invocar a ajuda do nevoeiro, da tempestade, da neve e dos seus lobos. Mas no caso de um naufrágio, a água corrente o engolfaria, e ele estaria realmente perdido.

Poderia, ainda, encalhar a embarcação num banco de areia. Mas se a terra lhe fosse hostil e ele não pudesse locomover-se livremente, estaria numa posição desesperada.

Pelos nossos registros sabemos que ele se achava sobre água. Portanto, o que precisamos apurar é sobre *que espécie de água.*

O que temos de fazer em primeiro lugar é imaginar exatamente o que ele terá feito até agora, para então termos uma ideia do que será a nossa próxima tarefa.

1º – Precisamos distinguir entre o que ele fazia em Londres, como parte do seu plano geral de ação, e quando, pressionado e diante de inesperada dificuldade, teve que improvisar uma série de medidas.

2º – Com base nisso e no que pudermos deduzir dos fatos que nos são conhecidos, concluir o que ele teria feito aqui.

Ressalta em primeiro lugar que, pretendendo evidentemente desembarcar em Galatz, enviou o conhecimento para Varna com o visível intuito de nos enganar, desde que descobríssemos os meios a que recorrera para sair da Inglaterra. Então, seu imediato e único propósito era escapar. Prova-o a carta com as instruções expedida a Immanuel Hildesheim, a fim de que desembaraçasse e desembarcasse a caixa *antes do nascer do sol.* Nesse mesmo sentido, devem também ter sido redigidas as instruções para Petrof Skinsky, embora se trate de mera dedução. Mas deve ter havido alguma carta ou outro tipo de mensagem na aproximação de Skinsky e Hildesheim.

Já sabemos que até aí seus planos foram muito bem-sucedidos. O *Czarina Catherine* fez uma viagem fenomenalmente rápida, a ponto de despertar suspeitas no próprio Capitão Donelson. Sua superstição, porém, unida a sua sagacidade pessoal fizeram com que os poderes do Conde operassem em seu benefício, fazendo-o navegar sob ventos favoráveis através de nevoeiros e outros obstáculos sempre incólume, aportando virtualmente às cegas em Galatz. Que todas as providências tiveram uma perfeita elaboração, ficou mais que provado. Hildesheim desembaraçou a caixa, tomou-a a seu cargo e passou-a a Skinsky. Este a retirou do navio... e aí perdemos sua trilha. Sabemos apenas que a caixa se acha em algum lugar, e que se desloca sobre água. As alfândegas e as barreiras foram evitadas.

Agora, vejamos o que o Conde deve ter feito após sua chegada... *em terra*, já em Galatz. A caixa foi entregue a Skinsky antes do nascer do sol. Ao raiar do dia, o Conde poderia apresentar-se já sob sua forma humana. Aqui cabe perguntar por que tal escolha teria recaído em Skinsky, a fim de ajudá-lo na execução desta parte do seu plano. No diário do meu marido, Skinsky é citado como elemento ligado aos eslovacos, que, por sua vez, exploram o transporte fluvial no Danúbio, desde as regiões do interior até o porto. E o depoimento de um dos homens mencionados afirmou que o homicídio fora obra de um eslovaco, o que demonstra uma animosidade generalizada contra sua gente. Por conseguinte, o Conde evidentemente optaria pelo isolamento.

Minha dedução resume-se no seguinte: que em Londres o Conde decidiu retornar a seu castelo por via marítima, isto é, por água, por ser o mais seguro e discreto meio para ele. Foi retirado de seu castelo por ciganos, e estes provavelmente entregaram sua carga aos eslovacos, que transportaram as caixas até o porto de Varna, porquanto foi de lá que elas seguiram para Londres. Isso significa que o Conde tem conhecimento pessoal dos agentes aptos a executarem essa tarefa. Logo que a caixa foi posta em terra, antes do nascer do sol ou após o ocaso, ele saiu de dentro dela, avistou-se com Skinsky e o instruiu no sentido de providenciar uma carruagem para conduzir a caixa até a margem de algum rio. Depois que tudo isto foi feito e que ele se certificou de que tudo estava encaminhado como ordenara, tratou de, segundo seus próprios processos, eliminar suas pegadas, assassinando seu agente.

Consultei o mapa geográfico da região e concluí que a via fluvial mais adequada a ser utilizada pelos eslovacos seria navegar rio acima pelo Pruth ou pelo Sereth. Num dos diários que reproduzem os diálogos dos meus transes, li que eu estava ouvindo o mugir das vacas no fundo do vale e o ruído de um torvelinho de águas que corriam ao nível de meus próprios ouvidos, além de um ranger de madeira. O Conde, confinado em seu caixão, navegava então a bordo de uma embarcação descoberta ao longo de um rio... e provavelmente impulsionada a remos ou varas, pois as margens se achavam bem próximas e o barco navegava contra a correnteza. Não haveria semelhante ruído se a embarcação navegasse em sentido oposto.

É possível até que não se trate do Sereth nem do Pruth. Isso, porém, poderá ser investigado mais tarde. Nesta época, o Pruth oferece melhor navegabilidade, mas o Sereth, na altura de Fundu, recebe um afluente denominado Bistritza, cujo curso prossegue subindo até circundar o Passo Borgo. A curva que ali descreve leva-o tão próximo quanto possível do Castelo de Drácula.

O diário de Mina Harker
(Continuação)

Assim que terminei minha leitura, Jonathan, precipitando-se sobre mim, abraçou-me e beijou-me. Os demais ficaram apertando efusivamente minhas duas mãos, e o dr. Van Helsing disse:

– Nossa admirável sra. Mina mais uma vez nos dá uma lição. Seus olhos nos deram mais uma prova de clarividência quando agíamos às cegas. Agora, temos certeza de que estamos novamente na pista certa, e desta feita o sucesso será nosso. O inimigo acha-se aqui no auge de sua impotência. E se o alcançarmos durante o dia, enquanto estiver navegando, toda a tarefa estará terminada. Ele ainda dispõe de um recurso, mas está incapacitado de utilizá-lo, visto não poder abandonar seu caixão sem despertar a imediata suspeita daqueles que o carregam. Pois, à mais leve suspeita, todos estariam prontos a o lançarem no fundo do rio, onde pereceria. Isto ele sabe e não há de desejar. Agora, senhores, ao nosso Conselho de Guerra! Pois aqui e agora planejaremos o que todos e cada um de nós terá de fazer.

– Fretarei uma lancha fluvial e o perseguirei – disse Lorde Godalming.

– E eu montarei numa dezena de cavalos, para acompanhá-lo ao longo das margens, a fim de prevenir um eventual desembarque – disse o sr. Morris.

– Ótimo! – disse o Professor. – Ambos pensaram muito bem. Mas nenhum dos dois pode ir sozinho. Devemos reunir força capaz de sobrepujar qualquer ardil que nos espreite. Os eslovacos são fortes e rudes e usam armas perigosas.

Os homens sorriram, pois cada um deles portava um pequeno arsenal. O sr. Morris foi o primeiro a manifestar-se:

– Eu trouxe algumas Winchester. São de fácil manejo, mesmo diante de uma multidão, e, além do mais, por lá podem surgir alguns lobos. Se ainda se lembram, o Conde ainda tomou outras precauções. Ele se articulou com outros, cujos nomes a sra. Harker não ouviu bem ou não entendeu. Devemos estar preparados para enfrentar qualquer emergência.

– Acho mais acertado formar dupla com Quincey – disse o dr. Seward. – Estávamos acostumados a caçar juntos, e nós dois, bem armados, estaremos capacitados a enfrentar o que quer que apareça. Você não pode ir só, Arthur. Talvez tenha de lutar contra os eslovacos, e um golpe de sorte... pois eu não creio que aqueles sujeitos usem armas de fogo... poria por terra todos os nossos planos. Desta feita, não poderemos dar-lhe o menor quartel; não descansaremos enquanto não tivermos separado a cabeça de seu corpo, e estejamos certos de que não mais reencarnará.

Ele olhava para Jonathan ao falar, e este, por sua vez, olhava para mim. Percebi então a luta íntima que se travava em sua mente. É óbvio que ele pretendia ficar comigo. Mas acontece que, segundo todas as evidências, seria precisamente a bordo da embarcação fluvial que iríamos destruir o... o... o... Vampiro. (Por que tanta hesitação em escrever esta palavra?) Tendo então permanecido em silêncio por alguns instantes, o dr. Van Helsing usou da palavra:

– Amigo Jonathan, esta missão é sua por dois motivos: primeiro, porque o senhor é jovem e bravo e está em condições de lutar, e toda a energia é necessária nesta fase do nosso empreendimento; e segundo e definitivo, porque ao senhor melhor que a mais ninguém assiste o direito de destruí-lo... aquele que em tão pouco tempo infligiu tantos martírios e tantas calamidades ao senhor e aos seus. Não se preocupe pela segurança da sra. Mina. Ela permanecerá sob os meus cuidados pessoais, se o permitir. Já sou velho. Minhas pernas já não possuem a agilidade para correr que tinham outrora. E, por outro lado, não estou habituado a cavalgar por muito tempo ou de me empenhar numa perseguição e fazer uso de armas mortíferas. Posso, entretanto, desempenhar outras funções, e lutar de outra maneira. E posso também morrer, como um outro mais jovem, se isto for necessário. O que quero dizer é o seguinte: enquanto o senhor, meu prezado Lorde Godalming, e o amigo Jonathan estiverem navegando rio acima em sua rápida lancha, e John e Quincey vigiando as margens do rio, na eventualidade de um desembarque, seguirei com a sra. Mina diretamente para o próprio coração do país inimigo. Aproveitaremos este meio-tempo durante o qual a velha raposa está trancafiada dentro do seu caixão e navegando sobre a correnteza das águas fluviais, de onde não lhe é facultado escapar para terra, já que nem sequer ousará erguer a tampa de seu esconderijo, sob pena de os eslovacos sobressaltados lhe darem um fim imediato, para palmilhar as mesmas trilhas já percorridas por Jonathan... isto é, passando por Bistritz, através do Passo Borgo, de onde tomaremos o caminho do Castelo de Drácula. E então, o poder hipnótico de Mina certamente nos será de uma utilidade incomparável, e nós mesmos iremos descobrir os nossos caminhos, os quais de outra forma permaneceriam sombria e solitariamente fora do nosso alcance após o primeiro nascer do sol, quando já estaremos próximos do fatídico lugar. Lá, há muito o que fazer, além de outros lugares que precisam ser santificados, a fim de que aquele covil de víboras seja eliminado.

Neste momento, Jonathan o interrompeu bruscamente:

– Professor Van Helsing, quer dizer que pretende levar Mina, com todas as suas atribulações e marcada como está com seu estigma diabólico, diretamente para dentro das mandíbulas daquela armadilha mortal? O senhor não o fará por nada deste mundo, do céu ou do inferno! – Seu inconformismo o deixou virtualmente afônico por cerca de um minuto, após o que ele prosseguiu: – O senhor tem alguma ideia do que é aquele lugar? Já imaginou o que é aquele aterrador antro de infâmias demoníacas, onde o próprio luar parece povoado de duendes pardacentos e cada fragmento de pó que rodopia ao sabor do vento encerra o embrião de um monstro devorador? O senhor, por acaso, já sentiu os lábios do Vampiro roçarem sua garganta? – Ao enunciar esta pergunta, voltou-se para mim. E quando seus olhos se fixaram em minha testa, ergueu ambos os braços e exclamou: – Oh, Misericordioso Deus! O que fizemos nós para sermos castigados por todo esse terror! – Mal enunciou esta última frase, deixou-se tombar no sofá, aniquilado por um colapso nervoso. Mas a voz do Professor, numa entonação clara e enternecida a vibrar no ambiente, acalmou-nos:

– Oh, meu amigo, é precisamente por querer livrar a sra. Mina daquele sinistro lugar que pretendo ir até lá. Deus me proíbe de levá-la para dentro do covil do seu algoz. Na verdade, o que temos lá é trabalho... trabalho bravio... a ser feito *in loco*, trabalho que seus olhos jamais testemunharão. Nós homens aqui presentes, com exceção de Jonathan, já vimos com os nossos próprios olhos o que deve ser feito antes que determinado lugar possa ser purificado. Lembre-se de que estamos virtualmente encurralados. Se o Conde escapar-nos ainda desta vez, e o sabemos forte, sutil e sagaz, pode optar por um sono secular, e então na ocasião por ele determinada nossa admirável companheira – neste momento ele empalmou minha mão – teria que acorrer a seu chamado e fazer-lhe companhia, como já acontecera àquelas outras que foram vistas pelo próprio Jonathan. O senhor nos falou a respeito dos seus sequiosos lábios; ouviu também suas escandalosas risadas quando agarraram a sacola que o Conde lhes atirou. O senhor sente arrepios, e acho que tal cena é realmente chocante. Perdoe-me se lhe causo tanto sofrimento; isto é, porém, necessário. Meu amigo, diga-me: não é também uma missão apavorante esta pela qual eu talvez vá expor minha vida? Se houvesse alguém disposto a ir àquele lugar para ficar, seria eu o primeiro a ir com ele, a fim de fazer-lhe companhia.

– Faça então como o senhor quiser – disse Jonathan, com um soluço que o abalou da cabeça aos pés. – Estamos nas mãos de Deus!

Mais tarde – Oh!, é inacreditável o estímulo que me trouxe o simples fato de sentir o extraordinário élan com que todos esses bravos homens trabalharam. Como pode a mulher recusar seu amor a homens tão dedicados, tão sinceros e tão bravos! Também estive refletindo sobre o maravilhoso poder do dinheiro! Do que ele afinal não será capaz, se bem aplicado, e como se torna prejudicial quando dele se faz um uso indevido e vil. Sinto-me tão grata por saber que Lorde Godalming é dono de uma imensa fortuna, e que ele e o sr. Morris, também titular de boas posses, se mostrem tão generosos em gastá-lo. Na verdade, se assim não fosse, a nossa pequena expedição não teria sequer partido, nem estaria tão pronta e perfeitamente equipada, como estará aliás dentro de uma hora. Ainda não faz três horas que decidimos sobre as atribuições de cada um do nosso grupo. Entretanto, Lorde Godalming e Jonathan já dispõem de uma moderníssima lancha fluvial, pronta para iniciar seu roteiro de buscas. Já o dr. Seward e o sr. Morris ganharam uma meia dúzia de belos cavalos, bem encilhados. Temos ainda à mão uma coleção de mapas e roteiros de diversos tipos. O Professor Van Helsing e eu partiremos hoje à noite, no trem das 23h40, para Veresti, onde obteremos uma carruagem que nos conduzirá ao Passo Borgo. Estamos munidos de uma boa soma de dinheiro, em moeda corrente, pois pretendemos também adquirir viatura própria e boas parelhas de cavalos. Nós mesmos dirigiremos nosso carro, a fim de evitar que pessoas estranhas fiquem a par dos nossos propósitos. O Professor tem suficientes conhecimentos práticos de grande número de línguas, com o que esperamos ter facilitada a missão que nos reservamos. Todos nós dispomos de boas armas, inclusive eu, que ganhei um revólver de grosso calibre. Jonathan não seguiria satisfeito, se não me visse armada como todos os demais. Que Deus me perdoe! Há, todavia, uma arma que eu não posso carregar, como o farão todos os outros! A cicatriz que desfigura minha testa a proíbe. O meu caro dr. Van Helsing consola-me dizendo que, por isso mesmo, estou muito bem armada, principalmente para enfrentar os lobos, que ali são muito frequentes. A temperatura desce cada vez mais, a cada hora que passa, e vez por outra atravessamos intermitentes precipitações de neve, que vão surgindo à guisa de advertência.

Mais tarde – Reúno todas as energias do meu ser para despedir-me de meu amado esposo. Talvez jamais voltemos a ver-nos. Coragem, Mina! O Professor está olhando para você penetrantemente. O olhar dele encerra ao mesmo tempo um estímulo e uma ordem. Não é hora de lágrimas, a menos que Deus as transforme num pranto de êxito e satisfação.

O diário de Jonathan Harker

30 de outubro, à noite – Escrevo estas linhas sob o clarão da fornalha de nossa lancha a vapor: Lorde Godalming está alimentando a caldeira. Já demonstrou conhecer bem o ofício, visto que, anos atrás, teve uma lancha semelhante a esta no Tâmisa, e uma outra em Norfolk Broads. Quanto ao desenvolvimento de nossos planos, chegamos finalmente à conclusão de que as estimativas de Mina estavam corretas, e que, se alguma via fluvial estivesse sendo utilizada pelo Conde, a fim de escapar e homiziar-se em seu próprio castelo, o Sereth e, a seguir, o Bistritza, após sua confluência, seriam o caminho escolhido. Chegamos à conclusão de que somente a cerca dos 47 graus de latitude norte alcançaríamos o local próprio para transpor da região dos vales da baixada para a Cadeia dos Cárpatos. Não esperamos ter problemas à noite ao navegarmos rio acima a plena velocidade porquanto ele continua apresentando bom espelho d'água e sua largura entre as margens é bastante extensa para permitir boas manobras, mesmo na escuridão. Lorde Godalming acaba de recomendar-me que durma um pouco, pois, no momento, basta que um permaneça alerta. Eu, porém, não dormiria... como o poderia, sabendo do terrível perigo que ameaça minha querida Mina, ela que está avançando em direção àquele tenebroso lugar...

Meu único consolo é que nos entregamos nas mãos de Deus. Só mesmo em respeito a essa fé é que a morte se torna mais justificável que a própria vida, e isto, num certo sentido, liberta-nos de todos os martírios. O sr. Morris e o dr. Seward partiram antes de nós para sua longa cavalgada. Devem percorrer toda a margem direita, mantendo-se, todavia, a uma distância suficiente para galgarem sempre uma boa altura de onde possam descortinar um bom trecho do rio, evitando assim acompanhá-lo em todas as suas curvas. Nas primeiras etapas, eles contratarão dois cavalariços que os acompanharão a cavalo, conduzindo cada um deles pela rédea uma montada de reserva. Estas somarão, portanto, quatro, a fim de não despertar qualquer curiosidade. Logo que os dois homens tenham sido dispensados, o que também não deverá demorar, caberá aos nossos próprios companheiros cuidarem de todas as montadas. Prevendo uma eventual necessidade de reunirmos nossas forças, convertendo-as num só grupo, uma das selas possui um dispositivo articulado que a transformará rapidamente num selim feminino, que seria destinado a Mina.

Estamos agora empenhados numa aventura realmente bravia. Aqui, enquanto navegamos através das trevas e de encontro às gélidas lufadas com que o rio nos envolve a todo instante, com todas as misteriosas vozes da noite repercutindo em nossos ouvidos aguçados, tudo parece acenar-nos de volta a nosso lar. Temos a impressão de navegar à deriva através de ignotos e fantásticos meandros, para nos precipitarmos num tenebroso mundo, povoado de sortilégios e terrores. Godalming está fechando a portinhola da fornalha...

31 de outubro – Estamos ainda navegando a todo vapor. Já é dia claro, e Godalming dorme. Agora estou eu a postos. A manhã está terrivelmente fria. O revérbero da fornalha é um conforto a mais, embora estejamos bem agasalhados. Até agora ultrapassamos apenas uns poucos barcos descobertos, mas nenhum deles levava a bordo uma caixa ou qualquer carga cujo volume correspondesse ao do que estamos procurando. Os barqueiros se mostram aterrados todas as vezes que lançamos o foco de nossas lâmpadas elétricas sobre eles, arrojando-se invariavelmente de joelhos e rezando.

1º de novembro, à noite – Nada de novo nesta nova jornada até agora. Coisa alguma encontramos que, ao menos, se parecesse com o que buscamos. Já estamos navegando em águas do Bistritza. E se nossas suposições iniciais estiverem erradas, nossas possibilidades estão esgotadas. Ultrapassamos e inspecionamos, uma por uma, todas as embarcações, grandes e pequenas. Hoje, ao amanhecer, certa tripulação nos confundiu com um barco oficial, dispensando-nos o tratamento que nossa suposta autoridade exigia. Isso nos abriu caminho a uma série de providências inclusive para a aquisição de uma bandeira romena, em Fundu, onde o Bistritza deságua no Sereth. O novo pavilhão tremula agora sobranceiramente sobre nossa lancha. Com todas as embarcações que deixamos para trás, o novo ardil teve pleno sucesso. Fomos acolhidos sempre com toda a deferência, e ninguém fez a menor objeção ao que quer que quiséssemos perguntar ou fazer. Um grupo de barqueiros eslovacos disse-nos que uma embarcação de grande porte e velocidade os havia ultrapassado, e que levava a bordo uma tripulação dobrada. Isso ocorrera antes de sua chegada a Fundu, de forma que não sabiam informar se tal embarcação tomara o rumo do Bistritza ou seguira diretamente pelo Sereth acima. Na localidade de Fundu ninguém nos soube dizer nada a respeito de semelhante barco, o que nos fez supor que o mesmo tenha passado ali ainda sob a escuridão da noite. Estou sentindo muito sono. O frio está começando a me castigar, e a natureza nos impõe certas regras que não podem ser transgredidas impunemente. Godalming insiste em desempenhar o primeiro quarto. Que Deus o abençoe por toda a sua imensa bondade, por sua dedicação à querida Mina e a mim próprio.

2 de novembro, pela manhã – Navegamos agora sob um sol brilhante. Meu bom companheiro não me despertou. Disse-me simplesmente que isso teria sido um pecado, pois eu dormia tranquilamente e assim me libertava de meus amargos tormentos. Parece-me chocantemente egoístico ter dormido esse tempo todo e deixá-lo navegar durante a noite inteira. Esta manhã, sinto-me um novo homem. E enquanto estou aqui sentado e o vejo dormir, faço tudo o que é necessário, isto é, alimento a caldeira, manobro a roda do leme e mantenho a vigilância. Sinto agora que minhas forças e energias já estão voltando. Estou curioso por saber onde nesse instante estarão Mina e Van Helsing. Devem ter seguido para Veresti por volta do meio-dia da quarta-feira. Naturalmente, também gastaram algum tempo para adquirir a carruagem e os cavalos. Assim, se não demoraram muito a partir e fizeram uma viagem rápida, devem nessa altura estar-se aproximando do Passo Borgo. Que Deus os guie e os ajude! Continuo receoso do que lhes possa acontecer. Se ao menos pudéssemos avançar com mais velocidade! Isso, entretanto, é impossível. As máquinas estão girando e desenvolvendo sua potência máxima. Gostaria, por outro lado, de saber como vai progredindo a missão confiada ao dr. Seward e ao sr. Morris. Parece haver uma interminável série de torrentes descendo do alto das montanhas para se precipitarem nas águas deste rio. Nenhuma delas, porém, apresenta um grande volume... nessa estação, naturalmente, porquanto durante o inverno, logo que a neve começa a liquefazer-se, elas adquirem uma tremenda força. Assim, nossos cavaleiros terão caminho livre com suas montarias. Espero que antes de chegarmos a Strasba os possamos avistar. De qualquer maneira, se até lá não tivermos alcançado o Conde, torna-se urgentemente necessário realizarmos uma nova reunião, a fim de reexaminar nossos planos.

O diário do dr. Seward

2 de novembro – Três dias de constante movimentação. Ainda não descobrimos o menor vestígio em nossa caçada e tampouco haveria tempo para descrever algum encontro eventual, pois cada momento nos é muito precioso. O único repouso que tivemos foi o estritamente necessário para a recuperação de nossas montadas. Nós dois, todavia, estamos dando perfeita conta do recado. Esses aventurosos dias a que estamos sendo submetidos são de grande utilidade. Nosso avanço prosseguirá com crescente disposição, até conseguirmos novamente avistar nossa lancha.

3 de novembro – Em Fundu, soubemos que a lancha prosseguiu viagem pelo Bistritza acima. Por mim, preferiria não ter de cavalgar sob um frio tão intenso. Os sinais de fortes nevascas são cada vez mais frequentes, e se houver uma precipitação mais forte e demorada poderá interromper as nossas buscas. Nesta hipótese, teremos que recorrer aos trenós, à moda russa.

4 de novembro – Hoje tivemos notícias de nossa lancha. Teria sido detida por um acidente ao forçar caminho através das corredeiras. Os barcos eslovacos as franquearam facilmente com o auxílio de cordas e mediante hábeis manobras ao leme. Alguns deles o tinham feito poucas horas antes. Godalming é também um bom maquinista amador e naturalmente foi ele quem repôs a lancha em condições de navegar. Finalmente, transpuseram as corredeiras sem maiores problemas e, com alguma ajuda dos habitantes locais, voltaram à caça com redobradas energias. Receio que a lancha já não esteja em boas condições depois do acidente. Os ribeirinhos nos disseram que logo que o barco reiniciou sua jornada começou a parar aqui e ali, para finalmente desaparecer de suas vistas. Agora, temos de alcançá-los o quanto antes, pois a nossa ajuda pode ser brevemente muito necessária.

O diário de Mina Harker

31 de outubro – Chegamos a Veresti ao meio-dia. O Professor disse que esta manhã, ao romper da alvorada, mal conseguiu hipnotizar-me, e que tudo que eu disse foi: "Escuro e tranquilo". Neste momento, acabou de sair, a fim de comprar cavalos e uma carruagem. Segundo seus planos, mais tarde adquirirá mais alguns cavalos, a fim de que os possamos ir substituindo nas paradas intermediárias. Temos ainda uns 120 quilômetros a vencer. Este país é pitoresco e muito interessante. Se viajássemos sob outras circunstâncias, como seria delicioso poder contemplar toda esta beleza. Se fôssemos Jonathan e eu a rodar a sós por estas paragens, estou certa de que nosso prazer seria redobrado. Pararíamos aqui e ali para aprender algo sobre os que aqui vivem e ao mesmo tempo memorizar todas as cores e paisagens deste mundo maravilhoso. Que país lindo e que gente bizarra. Mas, oh!...

Mais tarde – O dr. Van Helsing acaba de voltar. Aí está ele com a carruagem e os cavalos. Devemos jantar rapidamente para partir dentro de uma hora. A hospedeira está-nos preparando uma alentada cesta de provisões. Pela quantidade, seria suficiente para alimentar toda uma companhia de soldados em operações de campanha. O Professor não obstante continua a estimulá-la, cochichando para mim que talvez tenhamos de viajar durante uma semana até conseguirmos novamente o que comer. Ele andou também fazendo outras compras. Durante sua ausência, recebi aqui na estalagem uma belíssima coleção de casacos e abrigos, além de toda a sorte de roupas próprias para inverno.

Dentro em pouco estaremos partindo. Começo a recear o que possa vir a nos acontecer. Nosso destino estará daqui por diante apenas confiado às misericordiosas mãos de Deus. Só Ele sabe o que terá de ser. Eu lhe rogo com todas as forças de minha triste e humilde alma, para que Ele proteja meu adorado marido. Que, aconteça o que acontecer, Jonathan jamais esqueça que o amei e venerei acima e além do que estas distantes palavras podem exprimir, e que meu último e extremo pensamento será eternamente para ele.

XXVII
O diário de Mina Harker

1º de novembro – Viajamos o dia inteiro sempre a boa velocidade. Os cavalos parecem saber que estão sendo bem tratados, pois, mesmo sem ser fustigados, avançam a toda brida e com grande rapidez. Já enfrentamos tantas mudanças e tudo nos parece tão constante que agora temos a corajosa impressão de que nossa jornada transcorrerá tranquilamente. O dr. Van Helsing mostra-se lacônico; tem dito aos lavradores que viaja para Bistritz, proporcionando-lhes sempre generosa paga pela troca das parelhas. Servem-nos sopa quente e, às vezes, café ou chá. E lá vamos nós. A região é realmente aprazível, repleta das mais variadas belezas. Sua gente é simples, brava e robusta e nos deixa a impressão de ser dotada de boas qualidades. São todos, porém, terrivelmente supersticiosos. Na primeira casa em que paramos, logo que a moça que nos serviu uma sopa deu com os olhos na cicatriz de minha testa, persignou-se e cruzou seus dois indicadores em minha direção, a fim de livrar-se de um mau-olhado. Creio até que tiveram a preocupação de adicionar uma dose extra de alho em nossa refeição. E logo eu, que não tolero alho. A partir de então tive o cuidado de não me desfazer do meu chapéu e do véu, e assim consegui escapar a suas suspeitas. Estamos viajando a toda velocidade, e como não temos um cocheiro para nos contar anedotas, nós mesmos nos encarregamos de criar as novidades. Receio, todavia, que o mau-olhado nos acompanhará por toda a parte. O Professor parece infatigável. Não para um só segundo o dia inteiro, embora me deixe dormir por muito tempo. Ao por do sol, ele me hipnotizou. Depois, disse-me que lhe dei a resposta costumeira: "escuridão, águas murmurantes e ranger de madeira"; o que prova que nosso inimigo prossegue rio acima. Continuo temendo pela sorte de Jonathan, mas, diante das momentâneas circunstâncias, não chego a preocupar-me por ele nem tampouco por mim. Escrevo na casa de um lavrador, enquanto aguardamos que os cavalos sejam arreados. O dr. Van Helsing está dormindo. Pobre homem! Parece estar muito cansado, grisalho e envelhecido. Mas sua boca ainda nos mostra a firmeza de um antigo conquistador, e mesmo dormindo deixa transparecer toda a sua quase instintiva resolução. Assim que partirmos, vou pedir-lhe que prossiga descansando enquanto manuseio as rédeas. Insistirei dizendo-lhe que ainda teremos que viajar por vários dias, e que ele não se deve expor a uma exaustão no momento em que todas as suas energias serão mais que necessárias. Tudo pronto. Partiremos dentro em pouco.

2 de novembro, pela manhã – Minha sugestão teve boa acolhida, e nós nos revezamos e rodamos toda a noite. Agora é dia pleno; o sol brilha, mas o frio continua intenso. A atmosfera parece-me opressiva – digo opressiva por falta de uma expressão mais adequada. Acho que a mesma opressão está sendo experimentada por nós dois. O frio torna-se cada vez mais forte, só mesmo os nossos espessos agasalhos nos garantem um bom conforto. À hora do crepúsculo, Van Helsing, como habitualmente, me hipnotizou. Minha resposta se manteve invariável: "escuridão, madeira rangendo e água borbulhante", o que significa que a torrente se torna cada vez mais forte, à medida que o barco vai galgando o seu curso. Espero que meu querido não se exponha a riscos desnecessários, isto é, além do essencial. Estamos, porém, nas mãos de Deus.

2 de novembro, à noite – Mais uma jornada cumprida sem maiores interrupções. A região torna-se progressivamente mais selvática à medida que avançamos, e os alcantilados cumes dos Cárpatos, que, em Varesti, nos pareciam tão baixos e distantes, agora dão a impressão de convergirem em torno de nós e barrar-nos tudo à nossa frente. Creio que ambos estamos de espírito forte e é curioso como cada um se esforça por incutir mais um pouco de ânimo e perseverança ao outro. O certo, porém, é que com isto nos mantemos alertas e otimistas. O dr. Van Helsing prevê para amanhã cedo a nossa chegada ao Passo Borgo. As já poucas casas que avistamos vão rareando agora cada vez mais, e o Professor acha que o último cavalo que adquirimos terá de prosseguir conosco, porquanto daqui por diante não mais o poderemos permutar. Ele adquiriu mais duas montadas além da parelha que havíamos trocado, de maneira que agora dispomos de quatro cavalos. São todos muito bons e pacientes e não nos causam o menor transtorno. Não somos importunados por outros viajantes, o que permite que também eu dirija. Pretendemos atingir o Passo sob a luz do dia, pois não nos convém chegar lá antes. Por isso, avançamos lentamente, aproveitando as horas que nos sobram para nos revezarmos num descanso mais prolongado e reparador. Oh, o que nos reservará o dia de amanhã? Teremos de descobrir o sítio em que meu pobre querido tanto sofreu. Permita Deus que sejamos guiados para o caminho certo, e que Ele se digne velar por meu marido e todos os demais que nos são tão caros, e que agora enfrentam um perigo mortal. Quanto a mim, acho já não merecer Sua proteção. Sou impura diante de Seus olhos, e impura serei até o momento em que Ele julgar-me digna de Sua misericórdia.

Mensagem do próprio punho de Abraham Van Helsing

4 de novembro – Destino estas linhas a meu velho e fiel amigo John Seward, M.D., de Purfleet, Londres, caso não o voltemos a ver. Explico-me: o dia está amanhecendo e eu escrevo junto à fogueira que mantivemos bem acesa durante boa parte da noite... a sra. Mina está-me ajudando. Faz frio, muito frio, tanto frio que o cinzento do céu está saturado de neve, pronta para cair e permanecer aqui por todo o inverno, pois o terreno endurecido está prenunciando sua chegada. A baixa temperatura parece estar afetando a saúde de Mina. Sua cabeça a atormentou o dia inteiro, a ponto de ela própria estranhar-se. Ela dorme, dorme e não quer fazer outra coisa senão dormir. Logo ela, habitualmente tão ativa, literalmente nada fez até agora, tendo inclusive perdido o apetite. Nem sequer cuidou de redigir seu diário, o que tem feito invariavelmente, sempre que interrompemos a jornada. Algo me segreda que as coisas não estão indo bem. Hoje à noite, contudo, ela se mostra mais animada. Seu prolongado sono, que durou o dia todo, parece que lhe restituiu a jovialidade habitual e a recuperou, de vez que agora ela está mais terna e brilhante do que antes. Ao por do sol tentei mais uma vez hipnotizá-la, mas, para surpresa minha, sem qualquer resultado. Tal poder foi diminuindo progressivamente a cada dia, e hoje à noite falhou-me totalmente. Que se cumpra a vontade de Deus... Ele nos conduzirá e inspirará cada um de nossos passos!

Agora, um dado histórico: já que a sra. Mina não colabora com suas anotações taquigráficas, quem o faz sou eu mesmo, pelo meu lerdo e antiquado processo, para que nada do que se passa a cada nova etapa de nossa jornada fique sem o devido registro.

Atingimos o Passo Borgo ontem ao amanhecer, logo após o nascer do sol. Assim que observei os primeiros sinais da aurora, preparei-me para novo esforço hipnótico. Paramos nossa carruagem e descemos imediatamente, a fim de que nada nos perturbasse. Forrei o chão com alguns grossos agasalhos e, depois de estender-se no leito improvisado, a sra. Mina cedeu a meu comando, fazendo-o, porém, com uma lentidão exasperante. Como de outras vezes, veio a clássica resposta: "escuridão e águas turbilhonantes". E logo despertou, jovial e radiante, após o que cobrimos o resto do trajeto até chegarmos ao Passo. Nesta altura, em pleno Passo, ela passou a demonstrar um zelo extraordinário. Uma nova e inusitada faculdade de liderança acabava de se revelar, porquanto apontou para uma estrada lateral e disse:

– Este é o caminho.

– Como o sabe? – perguntei eu.

– É natural que o saiba – respondeu ela. – Não foi por aqui que Jonathan viajou e descreveu todo o seu itinerário?

Inicialmente, achei sua atitude muito estranha, mas logo depois notei que realmente só havia uma estrada secundária que partia dali. Mostrava-se pouco trafegada, e os sulcos que a marcavam eram bem diferentes dos que víramos no leito da estrada que liga Bukovina a Bistritz, a qual, além de mais ampla e mais sólida, é constantemente trafegada.

Tomamos assim esta nova estrada e quando nos deparávamos com as entradas de outros atalhos, os quais nem sempre nos pareciam ser realmente estradas, dado o abandono em que se achavam e por se encontrarem ligeiramente recobertos por fina camada de neve, confiávamos nosso destino ao instinto dos cavalos. Eu os deixava de rédeas livres e eles prosseguiam pacientemente. Pouco a pouco, íamos encontrando os principais pontos de referência que Jonathan havia citado em seu admirável diário. E assim fomos progredindo durante longas e longas horas. Logo no início desta nova jornada, sugeri à sra. Mina que procurasse dormir um pouco. Ela tentou e efetivamente adormeceu. E, então, como já o fizera no dia anterior, dormiu o tempo todo. Finalmente, voltei a preocupar-me com esta sua sonolência e resolvi despertá-la. Ela, porém, continuou dormindo, a despeito de todos os meus esforços. Não quis, todavia, exagerar, a fim de não magoá-la. Sei o quanto tem sofrido, e o sono mais prolongado vez por outra só lhe pode fazer bem. Acho que eu mesmo estive cochilando, pois, de repente, tive um sobressalto, como se estivesse na iminência de um perigo. Mas logo me apercebi que mantinha as rédeas nas mãos, e os dóceis corcéis prosseguiam em seu trote largo, como sempre. Olhei para trás e notei que a sra. Mina ainda dormia. Já não falta muito para o por do sol. A suave luz do ocaso próximo projeta-se sobre o tênue manto de neve, adquirindo reflexos amarelados, fazendo com que nossas sombras se diluam em alongadas silhuetas de encontro aos íngremes paredões das montanhas. Agora estamos subindo num aclive constante e tudo me parece tão selvagem e pedregoso como se aquela trilha nos conduzisse diretamente ao fim do mundo.

E então acordei a sra. Mina. Já desta feita não me deu tanto trabalho. Logo, a seguir, procurei submetê-la ao transe hipnótico. Ela, entretanto, nem chegou a cerrar os olhos, mantendo-se desperta e indiferente, como se nada lhe dissesse respeito. E assim tentei e tornei a tentar, até que, de repente, vi-me envolto em plena escuridão. Olhei então em torno e verifiquei que o sol já se pusera. A sra. Mina riu, e eu voltei-me para vê-la. Está agora totalmente desperta e sua aparência é a melhor que já pude observar desde aquela noite em Carfax, quando, pela primeira vez, entramos na casa do Conde. Estou intrigado e não muito à vontade. Ela, entretanto, mostra-se tão terna e tão radiante e atenciosa comigo que logo esqueço todos meus temores. Acendo uma pequena fogueira, pois trouxemos uma razoável provisão de lenha, e, enquanto ela prepara uma rápida refeição, eu troco a parelha de cavalos e os ponho sob um abrigo para forrageá-los. Ao retornar para junto do fogo já encontro nossa ceia pronta. Chego e quero servi-la. Ela, no entanto, olha-me sorridente e diz já haver comido, que sentia tanta fome que nem mesmo pôde esperar. Estes sintomas não me agradam. Minhas dúvidas se acumulam.

Receio, porém, alarmá-la e prefiro ainda silenciar. Ela me serviu, e acabei comendo só. A seguir, agasalhamo-nos nos acolchoados e nos deitamos ao pé da fogueira. E novamente sugiro que ela durma, enquanto pretendo vigiar. Daí a pouco, porém, esqueço toda e qualquer vigilância, até que subitamente me lembro do que tinha em vista fazer. Mas ela, embora permaneça quieta e deitada, está muito bem acordada, olhando-me com olhos arregalados. O mesmo fato se repetiu mais uma, duas vezes, e, destarte, acabei ainda dormindo o bastante antes do amanhecer. Ao despertar definitivamente, tentei hipnotizá-la, mas, oh!, embora cerrasse os olhos, obedecendo-me, não adormeceu. O sol surgiu e foi subindo e subindo no horizonte; e só então, tardiamente, o sono a dominou. E foi um sono tão pesado que não houve meios de despertá-la. Dispus-me a tratar dos cavalos e depois de arreá-los e atrelá-los na carruagem, tive de apanhá-la e pô-la no coche. Mina continua dormindo e durante o sono sua aparência está mais saudável do que nunca. Seu comportamento não me agrada mesmo. E sinto medo, medo, muito medo!... sinto medo de tudo... até de pensar, mas não me resta outra alternativa e tenho que avançar até o fim do caminho. Estamos comprometidos numa partida de vida e morte, ou coisa ainda pior, e agora já não há como recuar.

5 de novembro, pela manhã – Permita-me ser minucioso em tudo, pois, embora eu e você juntos já tenhamos testemunhado muitos fatos estranhos, à primeira vista pode parecer que eu, Van Helsing, esteja louco, que a longa sucessão de horrores e que a constante tensão nervosa tenham transtornado minha mente.

Viajamos durante todo o dia de ontem numa progressiva aproximação das montanhas e penetrando cada vez mais num mundo bravio e ermo. Cruzamos vários profundos e vertiginosos precipícios e passamos ao pé de portentosas cachoeiras, onde a natureza parece promover um luxuriante festival. A sra. Mina continua profundamente adormecida e, embora eu tenha tido fome e já a aplacasse, mesmo assim não logrei despertá-la... nem para comer. Começo a temer que o fatal apelo do lugar a tenha dominado, infectada como se acha pelo estigma do Vampiro. "Bem", disse eu de mim para mim mesmo, "se ela há de dormir durante o dia inteiro, então também eu terei que velar enquanto a noite não terminar." Durante o tempo em que rodávamos ao longo de nossa áspera estrada – pois realmente trata-se de uma trilha de feitura antiga e muito imperfeita – deixei pender minha cabeça e adormeci. E, ao despertar sob aquela mesma impressão de susto e de uma falsa noção do tempo que passara, vi que a sra. Mina prosseguia imperturbável em seu sono sem fim, e que o sol estava prestes a desaparecer. A paisagem, porém, já era outra. As montanhas abissais tinham recuado para um segundo plano, e nós nos encontrávamos junto ao topo de uma íngreme colina, em cujo cume se destacava a silhueta de um castelo como o descrito por Jonathan em seu diário. Senti-me simultaneamente invadido por um frêmito de temor e de exultação, porquanto agora, para o bem ou para o mal, o fim se achava a nosso alcance.

Despertei finalmente a sra. Mina e, ao tentar mais uma vez hipnotizá-la, vi que meu esforço era baldado. Então, antes que o manto das trevas baixasse sobre nós, pois, mesmo depois do sol já posto, o céu continuava a refletir seus raios sobre a neve e durante algum tempo todo o ambiente ficava mergulhado na difusa luz crepuscular, desatrelei os cavalos e lhes dei forragem no melhor abrigo que pude improvisar. E então fiz nova fogueira e pedi à sra. Mina, agora bem desperta e realmente encantadora, que confortavelmente se sentasse ao redor, envolta em espessos agasalhos. Apresentei-lhe então um apetitoso prato já preparado. Ela, todavia, o recusou, alegando simplesmente que não sentia fome. Sabendo de antemão da total inapetência, não insisti. Eu, porém, comi, pois sei que aqui e agora vou necessitar de todas as minhas energias. Então, temendo o que pudesse acontecer, tracei uma ampla circunferência em torno do ponto em que a sra. Mina se sentara, a fim de protegê-la, e sobre toda extensão do traço espalhei um pouco de hóstia reduzida a pó, de forma que o vento não a arrastasse. Ela se manteve sentada e imóvel o tempo todo.... estática como se estivesse inanimada, e assim foi empalidecendo cada vez mais, a ponto de rivalizar com o brancor da neve. Mas assim que me aproximei, ela se abraçou a mim, e percebi que seu corpo tremia da cabeça aos pés, com uma violência de dar pena. Logo que se acalmou um pouco, perguntei-lhe:

– Vamos para perto do fogo?

Eu pretendia verificar se ainda conseguiria superar esta nova prova. Ela ergueu-se obedientemente, mas, logo ao primeiro passo, estancou como que assustada.

– Por que não vem? – perguntei eu. Ela sacudiu a cabeça negativamente e, retornando, sentou-se no mesmo lugar. E então, com um olhar de espanto, como se despertasse naquele mesmo instante, disse-me simplesmente:

– Não posso! – E depois fechou-se num obstinado silêncio.

Isto foi o bastante para me deixar parcialmente satisfeito, pois agora, sabendo o que ela se recusava a fazer, sabia também que todos aqueles os quais tanto temíamos sofreriam essas mesmas limitações. E mais, embora corporalmente corresse algum perigo, sua alma ainda permanecia a salvo!

Nesse instante, os cavalos começaram a relinchar e a se debater até que eu os acalmasse. Logo que sentiram que minhas mãos os afagavam apenas resfolegaram e lamberam-nas, como se agradecessem, e se mostraram tranquilos.

Várias vezes durante a noite tive que retornar para junto deles até aquela hora em que a natureza mais nos deprime e desencoraja, e minha presença sempre os acalmou. Na hora em que o frio parecia redobrar, o fogo enfraqueceu, e eu me ergui para realimentá-lo, pois a neve tombava em flocos compactos e com ela descia um denso e incômodo nevoeiro. Apesar de toda a escuridão, pairava sobre nós uma claridade algo fantástica, como sói acontecer quando neva. Mas agora os flocos de neve e as sucessivas ondas formadas pelo nevoeiro assumiam as caprichosas formas de vultos femininos em vestes de baile. O silêncio era agora mortal e esmagador, só sendo interrompido pelas patadas e o relinchar dos cavalos, como se o terror os dominasse. Também eu comecei a ter medo – um medo sem limites e sem explicação. Mas logo após eu me lembrava de estar dentro do círculo sagrado, e isto me tranquilizou. Pensei então que tudo resultava das fantasiosas imaginações da noite, dos mistérios de suas meias-luzes, das fadigas que me vinham desgastando, e de todas as minhas terríveis ansiedades. Sentia-me num estado de espírito em que todas as memórias da aterradora aventura vivida por Jonathan começavam a perturbar-me. E, de fato: os flocos de neve e o nevoeiro davam início àquele macabro bailado que ele tão bem focalizara, rodopiando diante de mim em crescente velocidade, até se consolidarem numa sombria visão das três mulheres que o quiseram beijar. Foi então que toda a cavalhada se encolheu cada vez mais e começou a gemer, como um ser humano imobilizado pelo terror. Mas, ao menos, o pânico ainda não os havia enlouquecido a ponto de fazê-los debandar. O que mais temi, então, foi pela sorte da nossa querida sra. Mina, quando vi que as repulsivas criaturas estavam-se aproximando, para nos rodear. Olhei para ela e notei que se mantinha calma, tendo mesmo sorrido para mim. Quando percebeu que eu ia dar um passo à frente para reavivar a fogueira, segurou-me pela mão e, retendo-me, murmurou num tom apenas audível, como se fosse num sonho:

– Não! Não! Não saia daqui. Aqui o senhor está seguro!

Voltei-me para ela e, olhando-a dentro dos olhos, falei:

– E a senhora? É pela senhora que eu receio!

Ao que ela riu – uma risada contida e algo irreal, dizendo-me:

– Receia por *mim*! Por que recear por mim? Ninguém neste mundo está aqui agora mais segura do que eu.

E enquanto eu procurava atinar com o sentido de suas palavras uma lufada de vento provocou uma forte labareda, fazendo-me distinguir a cicatriz gravada em sua testa. Ah, bem, agora sim, eu sei! E se ainda não o soubesse, aprenderia logo após, visto como os três vultos rodopiantes misturados com os flocos de neve e o nevoeiro se aproximaram, sem contudo invadir a área defendida pelo círculo sagrado. E então teve lugar a materialização – se é que Deus não me despojou do uso da razão, pois o que afirmo foi visto com meus próprios olhos –, surgindo diante de nós, em carne e osso, as mesmas três mulheres que Jonathan vira em seu quarto, quando tentaram beijar sua garganta. Reconheci suas formas arredondadas, seus olhos duros e brilhantes, seus dentes de um branco incomum, sua cor avermelhada e seus lábios voluptuosos. Elas riram até mesmo da pobre e querida sra. Mina; quando suas risadas quebraram o silêncio da noite, elas enlaçaram seus braços e apontaram para ela e, naquele tom de voz cristalino descrito por Jonathan como de irresistível doçura, disseram:

– Venha, irmã. Venha conosco, venha! Venha!

Sobressaltado, voltei-me para minha pobre sra. Mina, quando senti meu coração pulsar com um novo e redobrado alento; oh!, sim, o terror que vi estampado em seus olhos e a repulsa mesclada de horror falaram mais alto que qualquer palavra, fazendo renascer todas as esperanças. Graças a Deus, nossa prezada companheira ainda não se transformara numa delas. Apanhei a seguir alguns dos grandes tições que pude alcançar e, empunhando certa quantidade de hóstia sagrada, investi sobre elas na direção da fogueira. Elas foram recuando diante de mim, enquanto davam suas escandalosas gargalhadas. Tratei de reativar a fogueira sem demonstrar-lhes o menor temor, porquanto me sentia perfeitamente seguro dentro de nossas proteções. Elas efetivamente não conseguiam aproximar-se nem transpor meus limites defensivos, e tampouco os da sra. Mina, enquanto permanecesse dentro do círculo traçado, pois assim como a nossa prezada companheira não podia sair, também elas não podiam entrar. A cavalhada cessara de relinchar e parecia ter recuperado a calma. Os animais estavam todos deitados e imóveis, e a neve começava a cobri-los de branco. Percebi então que, para nossos difíceis animais, o pior já havia passado.

E assim permanecemos até que os rubores da alvorada se insinuaram através da cortina de flocos de neve que caíam. Diante do que presenciara não podia deixar de sentir-me desolado e temeroso, acabrunhado e triste. Mas esse mal-estar logo se desfez, quando senti os primeiros raios do mais lindo sol se alçando no horizonte, infundindo-me vida nova. Aos primeiros vestígios da aurora as asquerosas mulheres se desfizeram na neve e no nevoeiro, num rodopio, tal como quando tinham aparecido. Os torvelinhos de névoa transparente saíram flutuando em direção ao castelo até os perdemos de vista.

Como sempre o vinha fazendo, ao romper do dia instintivamente voltei-me para a sra. Mina, a fim de hipnotizá-la. Acontece, porém, que ela caiu num sono súbito e profundo, do qual não me foi possível despertá-la. Ainda tentei obter o transe em pleno sono. Ela, evidentemente, não demonstrou a menor reação. E assim nasceu o novo dia. Ainda temia expor-me a qualquer excitação. Reacendi a fogueira e, quando fui tratar dos cavalos, encontrei-os todos mortos. Hoje tenho muito o que fazer aqui, mas por enquanto permaneço na expectativa até ver o sol brilhando no alto do firmamento. Isto porque deve haver certos lugares onde terei de ir que, por motivos de segurança, só podem ser visitados sob a luz do sol, embora ainda assim a neve e o nevoeiro me ameacem.

Vou fortalecer-me com uma boa refeição matinal, e então partirei para enfrentar minha terrível tarefa. Mina ainda dorme, e, graças a Deus, seu sono é calmo e tranquilo...

O diário de Jonathan Harker

4 de novembro, à noite – O acidente sofrido pela lancha causou-nos um tremendo transtorno. Não fosse isso e teríamos já há muito alcançado a embarcação que perseguimos. E nesta hora a minha querida Mina já estaria livre. Receio até em pensar nela, perdida nas densas florestas daquele lugar tenebroso. Obtivemos bons cavalos e estamos no encalço do terrível monstro. Faço essas breves anotações enquanto Godalming se prepara. Estamos bem armados. Os ciganos vão-se arrepender se nos quiserem enfrentar. Oh, se ao menos Morris e Seward estivessem aqui conosco. Por enquanto tudo ainda é esperança! Se nada mais escrever, o meu adeus para você, Mina! Que Deus a abençoe e a proteja.

O diário do dr. Seward

5 de novembro – Ao romper da aurora, avistamos o bando de ciganos à nossa dianteira retirar-se das margens do rio com seu *leiterwagen*. Eles o rodearam como um enxame e partiram em disparada como uns endemoniados. Há uma suave precipitação de neve, e o ambiente está impregnado por estranha excitação. Pode também se tratar de simples impressão nossa, mas o fato é que nos estamos sentindo deprimidos. De um ponto qualquer, muito distante, ouço o uivar dos lobos. A neve os faz descer das montanhas, e com isto aumentam os perigos que nos espreitam, a todos nós e por todos os lados. Os cavalos já estão quase prontos e não tardaremos a partir. Cavalgamos ao encontro da Morte. Só Deus sabe quem, onde, o quê, como ou quando haverá uma vítima...

Mensagem de Van Helsing

5 de novembro, parte da tarde – Pelo menos permaneço lúcido. Agradeço a Deus por mais esta graça diante de tudo o que aconteceu, embora minha provação tenha sido terrível. Após haver deixado a sra. Mina dormindo sob a proteção do círculo sagrado, parti em direção ao castelo. O malho de ferreiro adquirido em Veresti e que trouxe na carruagem me foi muito útil. Embora as portas e portões estivessem abertos, arrebentei todas as charneiras e dobradiças já enferrujadas, a fim de prevenir-me contra alguma cilada, pois pretendia sair por onde havia entrado. Nesta altura, vali-me da experiência de Jonathan. Tendo memorizado o texto de seu diário reconstituí todo o caminho que conduz à velha capela, pois sabia que era lá que teria de desempenhar toda a minha missão. O ambiente era opressivo; parecia estar impregnado de um vapor sulfuroso, que, por várias vezes, me deixou tonto. Ou havia uma distorção em meus ouvidos, ou eu realmente ouvia um distante uivar de lobos. Então, lembrei-me de minha prezada sra. Mina, e senti-me sob tremenda tensão. O dilema me colhera em suas garras.

Eu jamais ousaria trazê-la a este infecto covil, por isso a deixei segura contra as vampiras dentro do círculo sagrado. Mas, de um momento para outro, podiam surgir os lobos! Por fim tomei a resolução no sentido de que minha tarefa se concentraria aqui, e quanto à hipótese dos lobos havia apenas uma possibilidade, o que dependeria da vontade de Deus. De qualquer forma, seria sua morte aqui e a salvação no Além. Por isso, minha escolha de qualquer maneira reverterá em seu benefício. Caso se tratasse de mim mesmo, a escolha seria bem mais fácil, pois na boca do lobo o repouso seria mais completo que na tumba do Vampiro! Daí ter preferido prosseguir com meu trabalho.

Eu sabia da existência de, pelo menos, três túmulos, os quais teriam que ser encontrados – túmulos-habitáculos. Depois de muito procurar, encontrei um deles. Ela jazia diante de meus olhos em seu sono de Vampiro, cheia de vida e de voluptuosa beleza. Ao vê-la, estremeci, sentindo-me mais assassino, propriamente, que verdugo. Oh, é por isso que duvido que nos velhos tempos, quando tais ocorrências eram mais frequentes, quantos homens, confrontados com esta minha tarefa, não veriam seus nervos e corações falharem. E então o indivíduo protelaria, protelaria e continuaria protelando, até que a simples beleza e fascinação da lasciva morta-viva o hipnotizasse. E assim ficaria a contemplá-la até o por do sol e o sono da Vampira ter passado. Abrir-se-iam então os belos olhos da encantadora mulher, numa promessa de amor e logo a voluptuosa boca lhe oferecia um beijo... o homem é fraco. E aí teríamos mais uma vítima imolada no aprisco dos Vampiros, mais um incauto a engrossar as tétricas e aterradoras fileiras dos mortos-vivos!...

Há, inegavelmente, uma certa fascinação, desde que eu me emocionei com a simples presença de semelhante criatura, mesmo jazendo numa tumba desgastada com o perpassar dos séculos e recoberta do pó de muitas eras, a despeito do nauseante odor que exalam tais covis, como também aqueles que serviam de refúgio ao Conde. Sim, eu me comovi – eu, Van Helsing, apesar de todo meu premeditado propósito e do meu entranhado ódio –, senti um misto de remorso e compaixão que parecia paralisar minhas faculdades volitivas e obturar minha própria alma. É provável que as noites indormidas e a estranha opressão que saturava o ar me houvessem perturbado. Era certamente por isso que eu lutava contra um sono quase invencível, um sono de olhos escancarados, sono de quem capitula diante de um doce fascínio, quando, subitamente, através da silenciosa e gelada atmosfera, soou um longo e lamentoso apelo, cheio de dor e sofrimento, e, ao mesmo tempo, claro como notas de um instrumento musical. Na verdade, fora a voz de minha prezada Mina que eu ouvira.

Então me lancei decisivamente à minha horrenda tarefa; e depois de despregar a tampa de mais algumas tumbas, descobri a segunda das irmãs, a de cor morena. Desta feita não ousei sequer contemplar seu aspecto, como o fizera com a primeira, já que ao menos me livrara de uma nova hesitação. Prossegui em minha impaciente busca até que me deparei com uma alta e enorme tumba, talvez um jazigo especial, destinado a acolher a mais querida e mais bela irmã, aquela que, como já fora presenciado por Jonathan, eu assistira corporizar-se através dos próprios átomos da neblina. Seu aspecto era realmente encantador e sua beleza tão marcante e voluptuosa que todo meu instinto varonil, cujo primeiro impulso me levaria obviamente a amá-la e protegê-la, fez minha cabeça balançar de emoção. Mas, graças a Deus, o apelo espiritual de minha prezada sra. Mina ainda não cessara de soar em meus ouvidos. E antes que um novo e insólito sortilégio entibiasse meus sentidos, parti cegamente para a conclusão de minha dantesca obra. Nessa altura, já localizara todas as tumbas existentes na capela, e que agora estavam ali à minha mercê. E como na noite anterior também só havia três desses fantasmas mortos-vivos diante de nós, concluí não existirem outros mortos-vivos em atividade. E entre as demais, havia ainda uma tumba imensa, bem mais luxuosa e trabalhada que as outras. Seu porte era imponente e suas proporções bem delineadas. Sobre ela só havia uma palavra:

DRÁCULA

Este era então o *habitat* do Rei-Vampiro, e aqui se achavam ainda alguns dos seus mortos-vivos, onde provavelmente muitos outros já haviam passado. O seu vazio era a mais eloquente prova de tudo aquilo que eu já sabia. Antes de começar a restituir as três mulheres à sua própria morte natural através de minha horrenda tarefa, tive o cuidado de espalhar uma certa quantidade de hóstia sagrada na tumba de Drácula, banindo-o assim definitivamente dela, e transformando-o para sempre num morto-vivo.

Então, teve início minha terrível tarefa. Confesso que estava assustado. Se o fizesse uma vez só, seria comparativamente fácil. Mas três! Ter de recomeçar por mais duas vezes uma obra de horror. Se já fora terrível proceder assim com a doce srta. Lucy, o que não será com essas três estranhas, que talvez venham sobrevivendo através de muitos séculos, e que têm sido fortalecidas pelo perpassar dos anos, e que, finalmente, caso isto lhes fosse possível, teriam lutado por suas vidas impuras...

Oh, meu bom amigo John, confesso que executei um trabalho de magarefe. Se meus nervos não estivessem retemperados pelos pensamentos de outras mortes e de tantos outros vivos sobre os quais pairava a ameaça de uma mortalha, eu não o teria levado a cabo. Estou tremendo ainda agora, embora meus nervos se mantivessem firmes durante toda a aterradora operação, o que agradeço a Deus. Caso não considerasse seu repouso acima de tudo, e a satisfação de roubá-las do castigo eterno antes da dissolução final e salvação de sua alma, jamais teria prosseguido com tão rude carnagem. Nunca teria tampouco suportado o lancinante grito que ainda ecoa em meus ouvidos, ao mergulhar o afiado estoque em seus corações, suas medonhas contorções e o sangue espumante que assomava a seus lábios. Teria simplesmente fugido aterrorizado e deixado metade do trabalho por fazer. Mas agora está tudo acabado! E as pobres almas? Já posso chorá-las e lamentá-las e imaginá-las, cada qual em seu plácido sono de morte, de curta duração, até se desvanecerem. Na verdade, amigo John, mal minha faca acabara de seccionar o pescoço de cada uma delas, logo seu corpo começava a desaparecer, transformado no primitivo pó, como se a Morte, que já de há séculos tinha contas a ajustar com cada uma delas, lhes dissesse de repente, em alto e bom som: "Estou aqui!".

Antes de deixar o castelo, fiz com que cada uma de suas entradas jamais pudesse ser transposta pelo Conde como morto-vivo.

Logo que entrei no círculo em que a sra. Mina dormia, ela despertou; e, vendo-me, queixou-se em altas vozes de que eu havia demorado muito a voltar.

– Vamos! – disse ela. – Vamos embora deste lugar terrível! Vamos ao encontro de meu marido, pois sei que ele já se aproxima de nós.

Sua aparência era de abatimento, pois estava pálida e enfraquecida. Seus olhos, porém, luziam com pureza e fervor. Alegrou-me contemplar a palidez de seu abatimento, porquanto minha mente ainda se achava fortemente tumultuada diante de tanto horror que me causara o sangrento sono das vampiras.

E assim, confiantes e esperançosos, embora ainda repassados de temor, partimos rumo ao nascente, ao encontro de nossos amigos – e *dele* – os quais a sra. Mina acaba de dizer *saber* que já estão vindo a nosso encontro.

O diário de Mina Harker

6 de novembro – Já passava muito do meio-dia quando o Professor e eu seguimos em direção ao leste, de onde eu sabia que Jonathan viria. Caminhávamos vagarosamente, embora o caminho formasse um declive bem acentuado. É que tínhamos que conduzir conosco pesados abrigos e agasalhos, visto considerarmos a possibilidade de haver necessidade de pernoitar sob a inclemência do frio e da nevasca. Tivemos também de levar uma parte de nossas provisões de boca, já que aquela região era erma e desolada, e até onde nossa vista alcançava, através dos flocos de neve que caíam, não divisávamos o menor sinal de habitação. Tínhamos avançado cerca de quilômetro e meio e sentia-me fatigada da extensa caminhada, o que me fez sentar para descansar. Então, olhamos para trás e observamos a silhueta do castelo de Drácula nitidamente recortada de encontro ao céu. No momento, já nos achávamos num ponto tão abaixo do nível da colina onde fora erguido, que o ângulo de perspectiva das Montanhas dos Cárpatos ficava num plano bem inferior a ela. Dali a contemplávamos em toda a sua majestosa grandeza, projetando-se cerca de trezentos metros além do cume, que formava um verdadeiro abismo, e simultaneamente uma chaminé imensa entre um de seus flancos e as lisas paredes de uma montanha adjacente, que praticamente a circundava. Havia algo de selvagem e ameaçador naquele lugar. Agora mesmo ouvíamos o distante uivar dos lobos. A distância era grande, mas suas vozes, não obstante atenuadas pela constante precipitação da neve, chegavam repassadas de terror. Pela maneira como o dr. Van Helsing inspecionava os arredores, pude perceber que procurava um ponto estratégico, onde ficássemos menos expostos, em caso de ataque. A estrada rústica prosseguia em forte declive, o que estava bem visível devido ao manto de neve que recobria o seu leito.

Daí a pouco, o Professor acenou-me, e eu levantei-me e fui até onde se encontrava. Ele descobrira um excelente lugar, uma espécie de gruta natural na rocha, cuja entrada era limitada por dois paredões, como se fosse um estreito corredor. Ele tomou-me pela mão e conduziu-me para dentro, dizendo-me:

– Veja, aqui a senhora ficará bem abrigada; e se os lobos aparecerem, eu os enfrentarei um por um, de cada vez.

Foi então apanhar nossos abrigos e agasalhos e, num instante, preparou um confortável e aconchegante ninho para mim. Depois disso, separou alguns alimentos e insistiu para que eu comesse. Eu, porém, não podia comer. Mesmo uma simples tentativa repugnava-me e, por mais que o quisesse agradar, não me foi possível satisfazê-lo. Ele mostrou-se muito triste, entretanto não me repreendeu. Retirando o seu binóculo de campanha, lá estava ele no alto do rochedo, esquadrinhando o horizonte. E de repente exclamou:

– Veja, sra. Mina! Veja, veja!

Levantei-me de um salto e postei-me a seu lado, no alto do rochedo. Passou-me o binóculo e indicou-me um ponto mais abaixo. A neve caía agora mais intensamente, flutuando de maneira desordenada, pois uma forte lufada de vento acabara de soprar. Havia, contudo, intervalos em que os torvelinhos de neve amainavam, e eu pude abranger uma ampla vista ao redor. Da altura de onde nos encontrávamos era possível divisar uma grande distância. E longe, bem longe, além do imenso lençol de neve, distingui o leito do rio que se destacava como uma fita negra, serpeando em curvas e meandros, sempre ao pé das encostas. Diretamente em frente a nós e não muito distante, na verdade tão próximo que até me admirei de que não o notássemos antes, aproximava-se um grupo de homens a cavalo. No centro da bizarra formação via-se uma viatura, um longo *leiterwagen*, que balançava para um lado e para outro, como a cauda de um cão, fazendo com que ora uma roda ora outra ameaçassem sair do leito da estrada. Como se destacavam sobre o manto de neve, percebi pela roupagem dos homens que se tratava de camponeses ou ciganos.

A viatura transportava uma grande caixa quadrada. Meu coração deu um salto quando a vi, pois senti que o fim estava próximo. A noite avizinhava-se, e eu estava mais que prevenida de que, ao por do sol, a Coisa que ali estava confinada ganharia nova liberdade e, assumindo uma das muitas formas que lhe são facultadas, poderia iludir-nos. Já temerosa, voltei-me para o Professor. Para minha consternação, entretanto, ele já não se achava ali. Mas logo depois eu o vi logo abaixo de mim, na base do rochedo. Em torno do nosso refúgio, ele traçara uma circunferência, tal como o fizera em torno do nosso abrigo, na noite anterior. Assim que a terminou, voltou para meu lado, dizendo:

– Ao menos a senhora estará livre de ser molestada por ele!

Devolvi-lhe o binóculo e um novo intervalo da nevasca abriu uma imensa clareira abaixo de nós.

– Veja, – disse ele –, estão avançando a toda brida; fustigam os cavalos, e estes galopam a toda velocidade. – E, após uma breve pausa, prosseguiu num tom desanimado: – Eles correm assim para se anteciparem ao por do sol. Talvez cheguemos atrasados. Seja feita a vontade de Deus!

Uma nova lufada provocou outro turbilhão de neve, e toda a paisagem desapareceu. Mas logo passou, e mais uma vez seu binóculo focalizou a planície. Um grito de júbilo cortou o ar:

– Veja, rápido, veja! Dois cavaleiros vêm pelo sul e se aproximam velozmente. Devem ser Quincey e John. Pegue o binóculo e olhe, antes que a neve volte a fechar!

Olhei e efetivamente os dois pareciam ser o dr. Seward e o sr. Morris. De qualquer maneira, eu sabia que nenhum dos dois era Jonathan. Meu consolo é que também *sabia* que Jonathan não estava longe. Prosseguindo minha inspeção dos arredores, percebi que pelo flanco norte do bando que se aproximava surgiam outros dois homens cavalgando a toda brida. Um deles era inequivocamente Jonathan, e o outro identifiquei, naturalmente, como Lorde Godalming. Ambos também perseguiam o bando que cercava a carruagem. Quando mostrei os dois ao Professor, ele vibrou de alegria como se fosse um colegial, e depois de aproveitar ao máximo a clareira para certificar-se do que acabara de ver, apanhou sua Winchester e colocou-a cuidadosamente sobre uma saliência da rocha que havia na entrada do nosso abrigo, já pronta para usar.

– Veja – disse ele –, estão todos convergindo para cá. Daqui a pouco teremos ciganos aqui por toda a parte.

Eu, por minha vez, empunhei meu revólver, pois, enquanto falávamos, notei que o uivar dos lobos se tornara mais forte e estava vindo de mais perto. Assim que a tempestade de neve amainou um pouco, tornamos a olhar. Pareceu-nos estranho que a neve se precipitasse em tão pesados flocos ali à nossa frente, quando, um pouco além, o sol continuava brilhando em todo seu esplendor, embora já em declínio e próximo dos mais altos picos da Cadeia dos Cárpatos. Então, varrendo toda a área, até onde a minha vista alcançava, passei a perceber a sutil movimentação de numerosos pontos negro-acinzentados, alguns isolados, outros aos pares e trincas, ou em grupos ainda maiores... os lobos se reunindo, para espreitarem suas presas.

Agora, cada segundo de espera nos parecia um século. As rajadas geladas se abatiam com redobrada fúria, e os flocos de neve formavam verdadeiros turbilhões ao sabor da tempestade. Havia momentos em que nossa visão não ia além da extensão de um braço. Mas daí a pouco o vento que rugia voltava a abrir nova clareira e deixava-nos descortinar tudo ao redor. Por sorte, estávamos de tal forma afeitos a calcular o instante preciso do nascer e do por do sol que agora sabíamos ainda ter bastante luz do dia pela frente. Ainda assim custávamos a acreditar em nossos relógios, pelos quais ainda não se escoara uma hora de nossa chegada àquele abrigo, quando os três grupos começaram a convergir em nossa direção. O vento então tornou-se mais cortante e violento do que nunca. Suas gélidas lufadas desciam das encostas nevadas do norte. Sua crescente intensidade aparentemente varrera as sucessivas nuvens de neve para longe de nós, já que a nevasca virtualmente havia cessado. Isso permitia que distinguíssemos, clara e individualmente, os componentes de cada grupo, os perseguidos e seus perseguidores. Outro fato estranhável é que os perseguidos não se davam conta, ou pelo menos pareciam não se cuidar de estarem sendo seguidos de perto. Deixavam, porém, evidenciado que estavam avançando com redobrada rapidez, já que o sol ia baixando progressivamente sobre os picos das montanhas que tinham à sua frente.

E assim chegavam cada vez mais perto. O Professor e eu rastejamos para trás do nosso maciço parapeito de rocha e apontamos nossas armas. Logo percebi que ele estava decidido a não deixá-los passar. Nenhum deles se apercebera sequer de nossa presença.

Num forte uníssono soaram repentinamente duas vozes: "Parem!". Uma delas era a do meu Jonathan, e ecoara com um profundo tom de determinação; a outra era a do sr. Morris, vibrando num resoluto timbre de comando. Os ciganos provavelmente nada entendiam daquela língua, mas bastava o seu tom para não lhes deixar dúvidas, pouco importando a etimologia da palavra articulada. Instintivamente, refrearam as rédeas e, no mesmo instante, Lorde Godalming e Jonathan irromperam por um lado e o dr. Seward e o sr. Morris do outro. O líder dos ciganos, um guapo e esplendoroso jovem que cavalgava fogoso corcel, como se fosse um centauro redivivo, endereçou-lhes um gesto para que se afastassem e, com voz irada, ordenou que seus companheiros prosseguissem. Estes fustigaram os cavalos, que deram logo um salto à frente. Os quatro homens, porém, apontaram suas Winchester e, com uma irretorquível ordem, mandaram que parassem. Neste preciso momento, o dr. Van Helsing e eu nos erguemos por trás da rocha e apontamos também nossas armas para eles. Vendo-se cercados, os homens retesaram as rédeas e se detiveram. Seu líder, mais uma vez, proferiu uma ordem. Cada um dos ciganos então empunhou o que portava consigo e que pudesse ser utilizado como arma, faca ou pistola, e todos se apressaram para o ataque. O impasse teria que ser resolvido imediatamente.

Com um rápido movimento de suas rédeas, o líder lançou sua montada para a frente e, apontando primeiramente para o sol, agora cerce ao pico da colina, e a seguir para o castelo, proferiu algumas palavras que eu não entendi. Como resposta, todos os nossos quatro companheiros apearam de seus cavalos e avançaram sobre a carruagem. Fiquei aterrada ao ver Jonathan expor-se a tamanho perigo, mas mesmo assim o ardor de combate não me abandonou um só instante, como igualmente a todos eles. O que eu sentia não era medo, mas apenas uma indomável vontade de fazer alguma coisa.

Surpreendidos com o inesperado avanço dos nossos, o líder dos ciganos deu mais uma voz de comando. Seus homens imediatamente se postaram ao redor da carruagem, numa formação apenas improvisada, vendo-se cada um deles ombrear-se com os demais, puxando o companheiro mais próximo para junto de si, num visível esforço de dar cumprimento à ordem.

De permeio a tudo isso, notei que Jonathan por um lado do círculo de ciganos e Quincey pelo outro estavam forçando uma passagem para chegar à viatura. Era evidente que pretendiam terminar sua tarefa antes do por do sol. Nada mais os podia conter ou mesmo interrompê-los Nem as armas de fogo e as facas que os ciganos lhes exibiam e tampouco o ameaçador uivar dos lobos pareciam atrair suas atenções. A impetuosidade de Jonathan e a manifesta singeleza de seus propósitos pareciam aterrorizar o grupo que se postara a sua frente. Instintivamente lhe abriram caminho, deixando-o passar. Num átimo ele pulou sobre a carruagem e, de um só golpe, com incrível violência, ergueu a grande caixa e por sobre a roda a atirou ao chão. Nesse meio-tempo o sr. Morris tivera de recorrer à força para romper através da barreira de ciganos com que se defrontava. Todos esses intermináveis minutos eu vigiava cada movimento de Jonathan. E com a respiração suspensa, pelo canto do olho eu vira o sr. Morris abrir caminho desesperadamente e vira também o brilho das afiadas lâminas dos ciganos sendo vibradas contra ele. Eles o contiveram a golpes de facão e, por um momento, julguei que também ele tivesse passado incólume. Mas ao saltar para junto de Jonathan, que já descera da carruagem, percebi que com sua mão esquerda ele pressionava um dos lados do tórax, e que um filete de sangue escorria entre seus dedos. Ele, entretanto, nada demonstrava, pois, enquanto Jonathan com redobrada fúria forçava uma das extremidades da caixa, tentando abri-la com a lâmina de sua Kukri, ele na outra ponta fazia a mesma coisa com igual empenho, com o seu facão. Sob o simultâneo esforço dos dois, a tampa começou a ceder. Os pregos se soltaram com um ranger metálico, e a tampa da caixa foi lançada para trás.

Nessa altura, sob as miras das Winchester, e inteiramente à mercê de Lorde Godalming e do dr. Seward, os ciganos se retraíram e não mais esboçaram qualquer resistência. O sol já estava quase desaparecendo por trás dos cumes das montanhas e sua imponente sombra se projetava, em caprichoso contraste, sobre o alvor da neve. E eu vi o Conde estirado ao comprido sobre o seu mortal leito de terra, parte da qual já se espalhara sobre ele, naturalmente por ocasião da queda da caixa até o chão. Estava então mortalmente pálido, como se possuísse um corpo de cera. Lá estavam também seus olhos vermelhos, abertos e parados, como se nos fixassem com aquele horrível e vingativo olhar que eu tanto temera.

Enquanto os contemplava, seus olhos pareciam dirigir-se ao sol, já prestes a se pôr, e seu olhar de ódio ia adquirindo um brilho triunfante.

Mas, neste preciso instante, flamejou um sibilante golpe da cortante lâmina empunhada por Jonathan. Nada mais fiz que estremecer quando a vi mergulhar em sua garganta. E como numa perfeita sincronização, o aguçado facão do sr. Morris trespassou o coração do monstro.

Tudo acontecera como por milagre. Mas diante dos meus olhos marejados de alegres lágrimas, num átimo fugaz, seu corpo já inerte se desfez em pó e desapareceu de minha vista.

Um contentamento perdurará para sempre em meu coração até o instante final de minha existência: na consumação da morte, estampara-se em seu rosto uma sensação de paz, como eu jamais imaginara que ainda pudesse comportar.

Agora, o Castelo de Drácula parecia emergir do fundo de um céu ensanguentado, e cada pedra de suas muralhas decadentes estava sendo esquadrinhada pelos afogueados raios do sol poente.

Julgando-nos de qualquer forma como causadores da extraordinária desaparição do homem morto, os ciganos, um por um, foram-se retirando em silêncio, e depois partiram em disparada com suas montadas, como se temessem pelas próprias vidas. Aqueles que se achavam a pé saltaram apressadamente sobre seu *leiterwagen*, enquanto imploravam ao cocheiro que não os abandonasse. Os lobos, que já se mantinham a uma distância segura, os acompanharam em sua fuga, deixando-nos sós.

Caído no chão, o sr. Morris apoiava-se sobre o cotovelo, enquanto com uma das mãos comprimia o ferimento que recebera. O sangue, entretanto, continuava a escorrer entre seus dedos. Corri então para socorrê-lo, pois o círculo sagrado já não me retinha. O mesmo fizeram os dois médicos. Jonathan ajoelhou-se a suas costas, e ele recostou a cabeça em seu ombro. Com um profundo suspiro ele segurou minha mão com a que ainda não manchara de sangue. Deve ter notado a angústia que se refletia em meu rosto e, sorrindo, disse-me:

– Estou felicíssimo por poder ter-lhe sido útil. Oh, Deus Misericordioso! – exclamou ele repentinamente, lutando para sentar-se com aprumo enquanto apontava para mim. – Por isto valia realmente a pena ter morrido! Veja! Veja!

O sol acabara de descer sobre o distante cume da montanha, e seus raios avermelhados banhavam meu rosto, transmitindo-lhe um suave tom rosado. Num inexplicável impulso de contrição, os homens todos se ajoelharam e a *una voce* murmuraram um enternecedor e profundo “Amém”. Ao mesmo tempo, seus olhos acompanharam a direção do seu indicador, que se mantinha apontado para mim. E quase morrendo, Morris falou:

– Deus seja louvado! Agradeçamos a Deus que tudo o que fizemos não tenha sido em vão! Vejam! A neve que cai não é mais pura que sua altiva fronte! O maldito estigma desapareceu!

E, para nosso amargo pesar, ao esboçar seu derradeiro e silencioso sorriso, morreu o nosso galante cavalheiro.

NOTA

Sete anos são já passados desde que emergimos da mais sinistra e dantesca aventura. E a felicidade e bem-aventurança em que a grande maioria de nós tem vivido desde então parece-nos bem digna de todo o martírio que então nos assolou. Para Mina e para mim é uma alegria a mais que o aniversário natalício do nosso primogênito tenha coincidido com o lendário dia da morte do grande Quincey Morris. Sua bondosa mãe, segundo sei, guarda até hoje a secreta crença de que algo do generoso espírito do nosso bravo amigo é agora uma parte dele. Seu sonoro nome é ainda hoje um dos mais fortes elos que mantêm o nosso pequeno grupo coeso e unido. Por isso, o batizamos com o nome de Quincey.

Na temporada de verão deste ano fizemos uma excursão à Transilvânia e voltamos a palmilhar o antigo sítio que foi e ainda é para todos nós tão repleto das mais vívidas e terrificantes memórias. E até para nós mesmos, protagonistas, foi quase impossível acreditar que as coisas que ali havíamos visto com nossos próprios olhos e escutado com os nossos próprios ouvidos eram verdades vivas. Todos os traços do que lá acontecera já se haviam apagado. Somente o castelo ainda estava lá, hostil e solitário, como testemunha muda da desolação.

Ao voltarmos para casa, discorremos mais uma vez sobre aqueles já velhos tempos – os quais nós, sobreviventes, podíamos agora contemplar sem desespero, pois Godalming e Seward estão casados e são ambos muito felizes. Retirei então nossos papéis de dentro do cofre, onde haviam sido postos logo que de lá retornamos, há já tanto tempo. Intrigou-nos o fato de que em todo aquele copioso material, que formava todo nosso arquivo, dificilmente poderíamos selecionar um documento autêntico. Nada mais que uma enorme quantidade de laudas datilografadas, com exceção dos últimos cadernos de notas de Mina, do dr. Seward e de mim mesmo, além da exposição e memorando de Van Helsing. Certamente não encontraríamos ninguém, mesmo que o quiséssemos, que os aceitasse como provas de tão singular história. Van Helsing os sintetizou admiravelmente, enquanto entretinha nosso filho, balançando-o sobre seus joelhos:

– Não carecemos de provas; não pedimos a ninguém que acredite em nós! Algum dia este menino saberá venerar a brava e galante mulher que lhe deu a vida. Já a adora por sua ternura e carinho inexcedível; um pouco mais tarde ele compreenderá por que este luzidio pugilo de homens tanto a venerou, a ponto de tudo ousar por sua redenção.

Jonathan Harker